Super ET

Dello stesso autore nel catalogo Einaudi

L'isola dei cacciatori di uccelli
L'uomo di Lewis
L'uomo degli scacchi
Il sentiero

Peter May
Trilogia dell'isola di Lewis

L'isola dei cacciatori di uccelli

L'uomo di Lewis

L'uomo degli scacchi

Traduzione di Chiara Ujka e Anna Mioni

Einaudi

L'isola dei cacciatori di uccelli

Titolo originale *The Blackhouse*

Traduzione di Anna Mioni

L'uomo di Lewis

Titolo originale *The Lewis Man*

Traduzione di Chiara Ujka

L'uomo degli scacchi

Titolo originale *The Chessmen*

Traduzione di Chiara Ujka

Prima edizione «Stile Libero»

www.einaudi.it

ISBN 978-88-06-23881-0

Trilogia dell'isola di Lewis

L'isola dei cacciatori di uccelli

a Stephen,
con cui ho percorso quelle felici contrade

Questa è la terra della gioia perduta,
Chiaro come la luce ora m'appare,
Le felici contrade che percorsi
Alle quali non posso ritornare.

A. E. HOUSMAN, *Blue Remembered Hills*.

Ci sono tre cose che ti arrivano senza chiederle: la paura, l'amore e la gelosia.

PROVERBIO GAELICO

Ecco un aiuto alla pronuncia di alcuni nomi e parole gaeliche del libro attraverso una tabella di corrispondenze tra la grafia originale e la relativa pronuncia in inglese.

Ch si pronuncia come in tedesco o nella parola scozzese *loch* e l'accento va sulla sillaba sottolineata:

Fionnlagh	Fionlach
Marsaili	Marshally
An Sgeir	An Skerr
Ceit	Kate
Seonaidh	Shawnay
Iain	Ian
Sine	Sheena
Eilidh	Eilei
Ruadh	Rooag
Coinneach	Coinyach
Eachan	Iachan
Mairead	Mirad
Seoras	Shawrass
Slainthe mhath	Slange e vaa
Mamaidh	Mammy
Eilean	Ieilan
Beag	Beg
Dubh	Doo
Uilleam	Uilliam

Machair, pronunciato *macher*, è il termine gaelico che si usa per definire il fertile terreno sabbioso intorno alle aree costiere delle isole occidentali della Scozia. È entrato nell'inglese grazie alla preoccupazione internazionale per il problema dell'«erosione del *machair*» che, gradualmente, viene invaso dal mare.

Prologo

Sono solo ragazzi. Di sedici anni. Vanno in cerca dell'abbraccio del buio, resi audaci dall'alcol e frettolosi dall'imminenza del giorno del Signore.

Stranamente c'è solo un venticello leggero. E per una volta è tiepido, come l'alito sulla pelle, carezzevole e seducente. Una lieve foschia nel cielo d'agosto nasconde le stelle, ma tre quarti di luna gettano la loro luce pallida ed esangue lungo la sabbia compatta, residuo della marea calante. Il mare respira delicato sulla riva, mentre la sua schiuma fosforescente fa scoppiare bolle argentee sul fondo dorato. La giovane coppia scende di corsa dal villaggio lungo la strada di catrame, con il sangue che pulsa nelle tempie al ritmo delle onde.

Alla loro sinistra, il movimento alterno dell'acqua nel porticciolo spezza il riflesso della luna sulla superficie del mare, e i ragazzi sentono lo scricchiolare delle barche che tirano con forza gli ormeggi, e il lieve rumore sordo del legno che cozza sul legno mentre si spingono per farsi largo, urtandosi giocose nel buio.

Uilleam le stringe la mano, percependo la sua ritrosia. Ha sentito il sapore dolce dell'alcol nel suo respiro e il desiderio nel suo bacio, e sa che stasera finalmente cederà. Ma c'è cosí poco tempo! Il giorno del Signore è vicino. Troppo vicino. Manca solo mezz'ora, come ha scoperto con un'occhiata furtiva all'orologio prima di lasciarsi alle spalle i lampioni della strada.

Ora Ceit respira ansando. Ha paura, non del sesso, ma di suo padre: sa che lo troverà ad aspettarla accanto al fuoco, intento a guardare le braci di torba che si smorzano verso mezzanotte, secondo un tempismo perfettamente collaudato: devono spegnersi prima che inizi il giorno del riposo. Sente quasi la sua impazienza che si prepara a esplodere in rabbia man mano che il ticchettio dell'orologio si avvicina al giorno dopo e lei non è ancora rincasata. Com'è possibile che le cose siano cambiate cosí poco su quest'isola timorata di Dio?

I pensieri le affollano la mente, contendendosi lo spazio con il desiderio che vi si è insediato, e l'alcol che ha annebbiato la sua resistenza di adolescente. Fino a poche ore prima, le era sembrato che il loro sabato sera al centro sociale si dilatasse fino all'eternità. Ma il tempo non passa mai cosí in fretta come quando scarseggia. E ora è praticamente finito.

Nel petto le sale un'onda mista di terrore e passione mentre scivolano oltre l'ombra di un vecchio peschereccio inclinato sui ciottoli sopra il livello dell'acqua. Attraverso la metà aperta della rimessa di cemento vedono in fondo la spiaggia, incorniciata dalle finestre prive di vetri. Il mare sembra illuminato dall'interno, è quasi brillante. Uilleam le lascia andare la mano e apre la porta di legno quel tanto che basta per farli passare. E la spinge dentro. È buio. C'è un odore acre di gasolio, acqua salata e alghe che riempie l'aria, come il profumo triste del sesso affrettato dei ragazzi. Sopra di loro incombe l'ombra scura di una barca sul suo carrello, con due finestrelle rettangolari che si aprono come spioncini verso la riva.

La spinge contro il muro, e lei sente subito la bocca di lui premuta contro la sua, con la lingua che le si insinua oltre le labbra, e le mani che le strizzano i seni morbidi. Le fa male, e lo respinge. – Fai piú piano –. E il suo respiro quasi rimbomba nel buio.

– Non c'è tempo –. Coglie la tensione nella voce di lui. Una tensione maschile, piena di desiderio e di ansia al tempo stesso. E i ripensamenti si fanno strada nel suo animo. È davvero cosí che vuole la sua prima volta? Qualche attimo sordido rubato nel buio di una lercia rimessa per barche?

– No –. Lo respinge e si allontana, girandosi verso la finestra per prendere un po' d'aria. Se si sbrigano, sono ancora in tempo per tornare entro mezzanotte.

Vede la sagoma scura che dondola nel buio quasi nello stesso momento in cui la sente. Morbida e fredda e pesante. Le sfugge un grido.

– Porca miseria, Ceit! – Uilleam la segue, in preda alla frustrazione che si è aggiunta al desiderio e all'ansia, e i piedi gli sfuggono da sotto, proprio come se avesse fatto un passo sul ghiaccio. Cade crollando sul gomito e il dolore gli si propaga lungo il braccio. – Cazzo! – Il pavimento è bagnato di gasolio, sente che gli inzuppa il cavallo dei pantaloni. Ne ha anche sulle mani. Senza riflettere, cerca l'accendino in tasca. Non c'è abbastanza luce, cavolo! Solo nell'attimo in cui il pollice gira la rotella, accendendo la fiamma, gli viene in mente che corre il pericolo di trasformarsi in una torcia umana. Ma ormai è troppo tardi. La luce è improvvisa e sconvolgente nell'oscurità. Uilleam si prepara al peggio. Ma nessun vapore di gasolio s'infiamma, e nessun lampo di fuoco inizia ad ardere. C'è solo un'immagine cosí profondamente spaventosa che all'inizio è impossibile comprenderla.

L'uomo è appeso per il collo alle travi sopra di loro, con una corda di plastica arancione sfrangiata che gli inclina il capo a un'angolazione impossibile. È grosso, nudo come un verme, con i rotoli di carne bianco-azzurra che pendono dal torace e dal fondoschiena come un completo di due taglie troppo grande. Tra le gambe scendono anelli di qualcosa di liscio e lucido, che fuoriescono da un largo sorriso che gli apre la pancia da un lato all'altro. La fiamma fa ballare l'ombra dell'uomo sui muri scrostati e pieni di scritte, come tanti fantasmi che accolgono un nuovo arrivato. Oltre la sagoma, Uilleam vede il viso di Ceit. Pallida, con gli occhi scuri, resa immobile dall'orrore. Per un attimo gli attraversa la mente il pensiero assurdo che la pozza di gasolio intorno a lui sia di carburante agricolo, tinto di rosso dall'ufficio delle imposte per identificarlo come «tax-free»; poi si accorge che è sangue, vischioso e denso, e gli si sta già seccando, marrone, sulle mani.

Uno

1.

Era tardi e faceva quel caldo afoso che arriva solo nel periodo del festival. Fin faticava a concentrarsi. L'oscurità del suo studio minuscolo gli si serrava intorno come grandi mani nere e morbide che lo trattenevano sulla sedia. Il cerchio di luce della lampada da tavolo gli bruciava gli occhi, attirando il suo sguardo come viene attirata una falena, cosí accecante da impedirgli di mettere a fuoco gli appunti. Il computer ronzava piano nel silenzio e lo schermo baluginava nella sua visione periferica. Sarebbe dovuto andare a dormire da ore, ma doveva assolutamente finire quel breve saggio. La Open University era la sua sola via di fuga, e lui aveva temporeggiato troppo. Che stupido!

Sentí un movimento alla porta dietro di lui e si girò rabbioso sulla sedia, aspettandosi di vedere Mona. Ma non riuscí a pronunciare le solite parole di rimprovero. Si trovò invece ad alzare lo sguardo meravigliato su un uomo cosí alto da non potersi ergere del tutto nella stanza, con la testa inclinata da un lato per evitare il soffitto. Aveva gambe lunghissime e pantaloni scuri che ricadevano intorno agli scarponcini neri. Una camicia di cotone a scacchi era infilata nella cintura, e sopra l'uomo portava una giacca a vento aperta, con il cappuccio che pendeva dal colletto girato verso l'alto. Le braccia gli dondolavano sui fianchi, con le grosse mani che sporgevano da maniche troppo corte. A Fin sembrò un sessantenne dal viso rugoso e lugubre, con gli occhi scuri e privi di espressione. I suoi capelli grigio argento erano lunghi e sporchi, e gli scendevano al di sotto delle orecchie. Non disse niente. Rimase a fissare Fin, e la lampada da tavolo gli proiettava ombre profonde sui tratti inespressivi del volto. Cosa ci faceva lí, in nome di Dio? Fin aveva i peli del collo e delle braccia ritti, e sentiva la paura avvolgerlo come un guanto e tenerlo saldo nella sua presa.

Come se provenisse da lontano, udí la propria voce, lamentosa, infantile, nel buio: – Un signore stra-ano... – L'uomo continuava a fissarlo. – C'è un signore stra-ano...

– Fin, che succede? – Era la voce di Mona. Lo scrollava per una spalla, agitata.

E persino mentre apriva gli occhi e vedeva il viso della moglie, spaventato, perplesso e ancora gonfio di sonno, udí il proprio gemito: – Un signore stra-ano...

– Per l'amor di Dio, cosa c'è?

Fin si allontanò da lei e si stese supino, respirando a fondo per riprendere fiato. Aveva il cuore a mille. – Era solo un sogno. Un brutto sogno –. Ma il ricordo dell'uomo nel suo studio era ancora vivido, come l'incubo di un bambino. Fissò la sveglia sul comodino. Il display segnava le quattro e sette minuti. Provò a deglutire, ma aveva la bocca arida, e sapeva che non si sarebbe riaddormentato.

– Mi hai spaventata a morte.

– Scusami –. Scostò le coperte e si girò per posare i piedi a terra. Chiuse gli occhi e si strofinò il viso, ma quell'uomo era ancora lí, impresso a fuoco sulle sue retine. Si alzò.

– Dove vai?

– A fare pipí –. Si mosse a passi felpati sul tappeto e aprí la porta del corridoio. La luce della luna lo colpí, divisa in due metà esatte dalle finestre falso-georgiane. Al centro del corridoio passò davanti alla porta aperta del suo studio. Dentro era buio pesto, e rabbrividí al pensiero dell'individuo alto che aveva invaso il suo sonno. Quant'era ancora forte e nitida quell'immagine nella sua mente! Quant'era stata potente quella presenza! Davanti alla porta del bagno fece una sosta, come ogni notte da quasi un mese, gli occhi attirati verso la stanza in fondo al corridoio. La porta era socchiusa e l'interno era inondato dalla luna. Le tende avrebbero dovuto essere tirate, ma non era cosí. La camera conteneva solo un vuoto terribile. Fin distolse lo sguardo, con il cuore pieno di dolore, mentre un freddo sudore gli affiorava sulla fronte.

Lo spruzzo dell'urina che colpiva l'acqua riempí il bagno del consolante rumore della normalità. La depressione gli arrivava sempre dal silenzio. Ma quella notte il vuoto consueto era occupato. L'immagine dell'uomo con la giacca a vento aveva scacciato tutti gli altri pensieri, come un'ossessione piú violenta delle altre. Fin ora si chiedeva se lo conosceva, se in quel viso lungo e nei capelli disordinati ci fosse qualcosa di noto. E improvvisamente si ricordò la descrizione dell'uomo nell'auto fatta da Mona alla polizia. Portava una giacca a vento, secondo lei, e doveva essere sulla sessantina, con capelli grigi, lunghi e unti.

2.

Fin prese un autobus per il centro, e guardò le file di caseggiati popolari in pietra grigia che sfilavano davanti al finestrino come le immagini guizzanti di un noioso film in bianco e nero. Avrebbe potuto prendere la macchina, ma Edimburgo non è il tipo di città in cui ne vale la pena. Al suo arrivo in Princes Street il cielo si era aperto e la luce del sole spaziava a ondate sulla distesa verde dei giardini sotto il castello. Numerosi spettatori del festival erano radunati intorno a un gruppo di artisti di strada che sputavano fuoco e facevano volteggiare birilli. Un gruppo jazz suonava sulle scale dei musei d'arte. Fin scese a Waverley Station e attraversò il ponte diretto alla città vecchia, verso sud passando davanti all'università, e poi verso est all'ombra dei Salisbury Crags. Il sole si inclinava sul pendio erboso che s'innalza fino all'altura rocciosa che domina il panorama, sopra il commissariato di polizia del distretto «A».

Lungo un corridoio al piano superiore, volti noti gli rivolsero un cenno di saluto. Qualcuno gli mise una mano sul braccio e gli disse: – Sentite condoglianze, Fin –. Lui rispose a sua volta con un cenno.

L'ispettore capo Black alzò a malapena gli occhi dalle sue carte, e gli indicò con la mano una sedia davanti alla scrivania. Aveva il viso sottile e la carnagione livida, e sfogliava documenti tra le dita macchiate di nicotina.

C'era qualcosa di simile a un falco nel suo sguardo quando, infine, si rivolse a Fin. – Come va con la Open University?

Fin alzò le spalle. – Tutto bene.

– Non ti ho mai chiesto perché hai lasciato l'università, a suo tempo. Studiavi a Glasgow, vero?

Fin annuí. – Perché ero giovane, signore. E stupido.

– E perché ti sei arruolato in polizia?

– Allora si usava cosí, se uno veniva dalle isole e non aveva lavoro e nemmeno un titolo di studio.

– Conoscevi qualcuno nel corpo?

– Piú di una persona, sí.

Black lo studiò pensoso. – Sei un buon poliziotto, Fin. Ma non è questo che vuoi essere, vero?

– È ciò che sono.

– No, è ciò che eri. Fino a un mese fa. E quello che è successo, be', è stata una tragedia. Ma la vita va avanti, e noi con lei. Tutti hanno capito che avevi bisogno di tempo per elaborare il lutto. Dio solo sa se non vediamo abbastanza morte in questo mestiere per capirlo.

Fin lo guardò con rancore. – Lei non ha idea di che cosa sia perdere un figlio.

– No, in effetti no –. Nella voce di Black non c'era traccia di compassione. – Ma ho perso varie persone care, e so che bisogna affrontare la situazione, e basta –. Mise le mani giunte davanti a sé come se pregasse. – Ma crogiolarsi nella disgrazia, be', è malsano, Fin. È morboso –. Increspò le labbra. – Quindi è ora che tu prenda una decisione su cosa vuoi fare per il resto della tua vita. E, finché non la prendi, a meno che tu non sia impedito da seri motivi medici, voglio che torni al lavoro.

Da tempo le pressioni per farlo ritornare al lavoro stavano aumentando. Da parte di Mona, nelle telefonate dei colleghi, nei consigli degli amici. E lui aveva opposto resistenza, perché non sapeva come avrebbe potuto tornare a essere quello che era prima dell'incidente.

– Quando?

– Oggi stesso. Ora.

Fin rimase sconvolto. Scosse il capo. – Ho bisogno di un po' di tempo.

– Di tempo ne hai avuto, Fin. O torni, o ti dimetti –. Black non aspettò risposta. Si sporse a prendere una cartellina color carta da pacchi da una pila di pratiche tutte uguali e sbrindellate, e la fece scivolare in direzione di Fin. – Ti ricordi dell'omicidio di Leith Walk a maggio?

– Sí –. Ma Fin non aprí la cartellina. Non ne aveva bisogno. Ricordava fin troppo bene il corpo nudo appeso all'albero tra la chiesa evangelica pentecostale e la banca. Sul muro c'era un manifesto che diceva: «Dio è il salvatore». E ricordava di aver pensato che sembrava una pubblicità della banca, e che avrebbero dovuto scrivere: «Dio è il salvatore della Bank of Scotland».

– Ce n'è stato un altro, – disse Black. – Identico modus operandi.

– Dove?

– Su al Nord. Distretto delle Highlands e delle Isole. È uscito sul computer dello Holmes, il database della polizia. Anzi, è stato lo Holmes ad avere la brillante idea di inserirti nell'indagine –. Sbatté le ciglia lunghe e fissò Fin con uno sguardo che rispecchiava tutto il suo scetticismo. – Parli ancora il dialetto locale, vero?

Fin era sorpreso. – Il gaelico? Non parlo gaelico da quando me ne sono andato dall'isola di Lewis.

– Meglio che tu ci dia una rinfrescata, allora. La vittima viene dal tuo villaggio.

– Da Crobost? – Fin era stupefatto.

– Ha un paio d'anni piú di te. Si chiama... – consultò un foglio davanti a sé – ... Macritchie. Angus Macritchie. Lo conosci?

Fin annuí.

3.

La luce del sole che entrava di sghembo dalla finestra del salotto sembrava volerli rimproverare per la loro infelicità. Atomi di pulviscolo restavano sospesi nell'aria ferma, intrappolati dalla luce. Fuori si sentivano le grida dei bambini che giocavano a pallone per la strada. Solo poche settimane prima avrebbe potuto essere la voce di Robbie. Il ticchettio dell'orologio sulla mensola del caminetto scandiva il silenzio tra di loro. Mona aveva gli occhi arrossati, ma le lacrime si erano asciugate e avevano lasciato il posto alla rabbia.

– Non voglio che tu ci vada –. Era diventato il ritornello della loro discussione.

– Ma se stamattina volevi che ci andassi!

– Sí, ma volevo che poi tornassi a casa. Non voglio che mi lasci qui da sola per chissà quante settimane –. Fece un sospiro lungo e tremolante. – Con i miei ricordi. Con... con...

Forse non avrebbe trovato le parole per finire quella frase. Ma Fin si intromise e lo fece al posto suo. – I tuoi sensi di colpa? – Non le aveva mai detto che le attribuiva colpe. Ma era cosí, anche se dentro di sé si sforzava di non farlo. Lei gli scoccò uno sguardo talmente carico di dolore che se ne pentí all'istante. Disse: – Comunque, si tratta solo di qualche giorno –. Si passò le mani tra i capelli biondi, fitti e ricci. – Credi davvero che ci voglia andare? Ho passato diciotto anni della mia vita a evitare quel posto.

– E adesso non perdi l'occasione. L'occasione di fuggire. Di scappare da me.

– Dài, non essere ridicola –. Ma sapeva che aveva ragione. E sapeva anche che non era solo da Mona che voleva scappare. Era da tutto. Voleva tornare in un luogo dove la vita era semplice. Un ritorno all'infanzia, al grembo materno. Era fin troppo facile ora ignorare che aveva passato la maggior parte della sua vita adulta a evitare proprio quello. Era facile dimenticare che da ragazzo niente gli sembrava piú importante che andarsene.

E si ricordava quant'era stato facile sposare Mona. Per tutti i motivi sbagliati. Per avere compagnia. E una scusa per non tornare a casa. Ma in quattordici anni tutto quello che avevano ottenuto era una forma di accettazione reciproca, uno spazio che ciascuno aveva ricavato per l'altro nella propria vita. Uno spazio che avevano occupato insieme, ma mai condiviso sul serio. Erano stati amici. C'era stato dell'affetto sincero. Ma Fin dubitava che ci fosse mai stato amore, amore vero. Come spesso accade nella vita, parevano essersi accontentati di una soluzione di ripiego. Robbie aveva fatto da ponte tra di loro. Ma ora Robbie non c'era piú.

Mona chiese: – Hai una vaga idea di come sono state queste ultime settimane per me?

– Penso di sí.

Scosse il capo. – No. Tu non hai dovuto passare ogni minuto di veglia con qualcuno che grida rimprovero anche con il suo silenzio. Lo so che dài la colpa a me, Fin. Ma sai una cosa? Per quanto tu mi incolpi, io lo faccio dieci volte di piú. E la perdita è stata anche mia, Fin. Era anche mio figlio –. E tornarono le lacrime a bruciarle gli occhi. Lui non riusciva a parlare. – Non voglio che tu ci vada –. Ricominciava il ritornello.

– Non ho scelta.

– Certo che hai scelta. Si ha sempre una scelta. Per settimane hai scelto di non andare al lavoro. Puoi scegliere di non andare sull'isola. Basta che dici di no.

– Non posso.

– Fin, se domani sali su quell'aereo… – Lui aspettò che arrivasse l'ultimatum, mentre lei cercava di trovare il coraggio per dirlo. Ma non arrivò.

– Cosa, Mona? Cosa succede se domani salgo su quell'aereo? – La stava incitando a dirlo. Allora sarebbe stata colpa di lei, e non sua.

Mona distolse lo sguardo, succhiandosi il labbro inferiore e mordendoselo fino a sentire il sapore del sangue. – Non aspettarti di trovarmi quando torni, tutto qua.

Lui la guardò a lungo. – Forse sarebbe la cosa migliore.

Il bimotore da trentasette posti traballò nell'aria inclinandosi per aggirare Loch a Tuath e prepararsi ad atterrare sulla pista breve e spazzata dal vento dell'aeroporto di Stornoway. Mentre emergevano dalle nuvole fitte e basse, Fin osservò il mare color ardesia rompersi bianco sulle dita di roccia nera che sporgevano dalla penisola di Eye, quel frastagliato pezzo di terra che loro chiamavano Point. Vide quelle forme familiari incise nel paesaggio, come le trincee della Grande Guerra, anche se lí l'uomo aveva scavato quei fossati per combattere non il nemico, bensí il freddo. Secoli di taglio della torba avevano lasciato cicatrici nitide sulle distese infinite di paludi altrimenti indistinguibili. L'acqua della baia sottostante dava l'impressione di essere fredda, increspata dal vento che vi soffiava ininterrotto. Fin si era dimenticato di quel vento, dell'assalto incessante che arrivava da tremila miglia di Oceano Atlantico. Oltre il riparo del porto di Stornoway, c'era a malapena un albero su tutta l'isola.

Durante l'ora di volo si era sforzato di non pensare. Non voleva immaginare come sarebbe stato il ritorno sull'isola in cui era nato, e nemmeno rivivere il silenzio terribile che aveva accompagnato la sua partenza da casa. Mona aveva passato la notte nella stanza di Robbie. Mentre Fin faceva i bagagli l'aveva sentita piangere dall'altra estremità del corridoio. La mattina se n'era andato senza dire una parola e, mentre si chiudeva alle spalle la porta d'ingresso, sapeva che l'aveva chiusa non solo su Mona, ma anche su un capitolo della propria vita che avrebbe voluto non fosse mai stato scritto.

Ora, vedendo scintillare in lontananza le familiari baracche di lamiera con il tetto a volta sul campo d'aviazione, e il nuovo attracco dei traghetti che non aveva mai visto prima, sentí un'ondata di emozione. Era passato cosí tanto tempo, e non era preparato all'improvvisa marea di ricordi che rischiava di sopraffarlo.

Due

Ho sentito gente nata negli anni Cinquanta descrivere la propria infanzia nei toni del marrone. Un mondo virato seppia. Io sono cresciuto negli anni Sessanta e Settanta, e la mia infanzia è stata viola.

Vivevamo in una tipica *whitehouse*, una «casa bianca», circa mezzo miglio fuori dal villaggio di Crobost. Faceva parte della comunità che chiamano Ness, sulla punta settentrionale piú estrema di Lewis, l'isola piú a nord dell'arcipelago delle Ebridi Esterne in Scozia. Le *whitehouse* furono costruite negli anni Venti in pietra e calce, o in mattoni di calcestruzzo, con il tetto di ardesia o lamiera ondulata o feltro incatramato. Sostituirono le vecchie *blackhouse*, le «case nere». Le *blackhouse* avevano i muri a secco in pietra con i tetti di paglia e ospitavano sia gli uomini che il bestiame. Al centro del pavimento in pietra della stanza principale bruciava giorno e notte un fuoco di torba. Si chiamava «stanza del fuoco». Non c'erano caminetti, e il fumo sarebbe dovuto uscire da un buco sul tetto. Naturalmente non funzionava granché bene e le case erano sempre invase dal fumo. C'è poco da stupirsi che l'aspettativa di vita fosse tanto breve.

I resti della *blackhouse* dove avevano vissuto i miei nonni paterni sopravvivevano nel nostro giardino, a pochi passi da casa nostra. Non c'era piú il tetto e i muri erano crollati quasi del tutto, ma era un posto meraviglioso per giocare a nascondino.

Mio padre era un uomo pratico, con una zazzera folta di capelli neri e occhi azzurri intelligenti. Aveva la pelle ispessita come cuoio, che diventava color catrame d'estate, quando passava la maggior parte del tempo all'aperto. Quand'ero piccolo, prima ancora di iniziare la scuola, mi portava a raccogliere rifiuti e rottami sulla spiaggia. Allora non capivo, ma in seguito scoprii che in quel periodo era disoccupato. C'era stata una contrazione nel settore della pesca, e la barca di cui era capitano era stata venduta come rottame. Quindi papà aveva molto tempo a disposizione, e alle prime luci del giorno ci alzavamo a perlustrare le spiagge in cerca di tutto quello che la corrente aveva portato durante la notte. Legname. Un sacco di legname. Mio padre mi disse che aveva conosciuto un signore che si era costruito tutta la casa con il legno raccolto sulla battigia. Lui stesso aveva ricavato dal mare la maggior parte del legno per costruire le stanze della nostra mansarda. Il mare ci dava molto, ma ci toglieva anche molto. Non passava mai un mese senza che sentissimo di qualche povero cristo che era annegato. Un incidente di pesca. Qualcuno che faceva il bagno e veniva trascinato dai flutti. Qualcuno che cadeva dagli scogli.

Da quei giri sulle spiagge portavamo a casa oggetti di tutti i tipi. Corde, reti da pesca, boe in alluminio che mio padre rivendeva ai calderai. I ritrovamenti erano ancora migliori dopo una tempesta. E proprio in un'occasione simile trovammo il fusto gigante da centosettanta litri. Anche se la tempesta vera e propria era cessata, il vento continuava a soffiare impetuoso e il mare era ancora alto e furibondo, e sferzava la costa. Sopra di noi, grandi gruppi sfrangiati di nuvole rade correvano a cento all'ora o piú. Tra di loro, il sole colorava la terra a chiazze luminose e variabili di verde, viola e marrone.

Anche se il fusto non aveva scritte, era pieno e pesante, e mio padre era esaltato dalla nostra scoperta. Ma non avevamo la forza per spostarlo da soli, inclinato e semisepolto nella sabbia com'era. Cosí papà fece venire un trattore e un rimorchio e alcuni uomini che ci aiutassero, e nel pomeriggio l'avevamo già depositato al sicuro in una dépendance nel podere. Papà non ci mise molto ad aprirlo e scoprire che era pieno di vernice. Vernice lucida di un viola luminoso. Per quel motivo in casa nostra tutte le porte e le credenze e le mensole, tutte le finestre e le assi del pavimento erano dipinte di viola. Per tutti gli anni in cui vissi lí.

Mia madre era una bella donna con fitti riccioli biondi che raccoglieva in una coda. Aveva la pelle chiara, con le lentiggini, e occhi castani liquidi, e non mi ricordo di averla mai vista truccata. Era una persona mite di indole solare, ma sfoderava il suo carattere se la si prendeva dal verso sbagliato. Si occupava del podere, una striscia lunga e sottile di soli due ettari e mezzo che andava dalla casa alla riva. Fertile terra di *machair*, un'ottima pastura per le pecore, dalle quali provenivano la maggior parte degli introiti del podere grazie ai sussidi governativi. Mia madre coltivava anche patate e rape e alcuni cereali, oltre all'erba per il fieno e il foraggio. Nell'immagine piú presente che ho di lei la vedo seduta sul nostro trattore, con la tuta blu e gli stivaloni neri, mentre sorride timida per un fotografo del giornale locale, dopo aver vinto qualche premio alla fiera di Ness.

Quando cominciai la scuola, mio padre aveva trovato lavoro nella nuova raffineria di gasolio di Armish Point a Stornoway: lui e altri uomini del villaggio partivano presto tutte le mattine su un furgone bianco per il lungo tragitto fino in città. Quindi sarebbe toccato a mia madre accompagnarmi a scuola il primo giorno, con la nostra Ford Anglia arrugginita. Io ero esaltato. Il mio migliore amico era Artair Macinnes, e anche lui come me era impaziente di cominciare la scuola. Avevamo solo un mese di differenza e la sua casa era la piú vicina al nostro podere. Quindi, passavamo molto tempo insieme. Però i suoi genitori e i miei non erano mai stati altrettanto amici. Immagino che ciò dipendesse da una certa differenza di classe sociale. Il padre di Artair insegnava alla Crobost School, nella quale non si frequentavano solo i sette anni di elementari, ma anche i primi due delle medie. Lui insegnava matematica e inglese alle medie.

Ricordo che era una giornata ventosa di settembre, con nuvole basse che urtavano e ammaccavano la terra. Si sentiva l'odore della pioggia in arrivo al margine del vento. Avevo un giubbotto marrone con il cappuccio e dei pantaloni corti che sapevo mi avrebbero irritato la pelle se si fossero bagnati. Gli stivali di gomma neri mi battevano sui polpacci, e mi lanciai la nuova cartella di tela rigida sulla spalla, con dentro il pranzo e le scarpe sportive. Ero impaziente di andare.

Mia madre stava tirando fuori l'Anglia a marcia indietro dalla baracca che fungeva da garage, quando sopra il rumore del vento si sentí una strombazzata di clacson. Mi girai e vidi Artair e suo padre che arrivavano con la loro Hillman Avenger di un arancione vivace. Solo quando la macchina ripartí, e guardai mia madre in piedi che si sbracciava, mi accorsi che non l'avevo salutata.

Ora so cosa si prova il giorno in cui tuo figlio comincia la scuola per la prima volta. C'è uno strano senso di perdita, di cambiamento irrevocabile. E, ripensandoci, so che mia madre provò proprio quello. Ce l'aveva dipinto sul viso, insieme al rammarico per essersi persa in qualche modo quel momento.

La scuola di Crobost era in una valletta sotto il villaggio, rivolta a nord verso Port of Ness, all'ombra della chiesa che dominava il profilo del villaggio sulla collina lí sopra. La scuola era circondata da pascoli aperti e da lontano si scorgeva la torre del faro del Butt of Lewis. In certe giornate si riusciva a vedere fino alla terraferma, al di là dello stretto del Minch, il vaghissimo contorno delle montagne in lontananza, all'orizzonte. Dicevano sempre che, se si vedeva la terraferma, il tempo metteva al brutto. E avevano sempre ragione.

Le elementari di Crobost erano frequentate da centotre alunni, le medie da ottantotto. Quel giorno insieme a me cominciavano la scuola altri undici ragazzini dalla faccia nuova, e ci sedemmo in classe in due file di sei banchi, uno dietro l'altro.

La nostra insegnante era la maestra Mackay, una signora magra dai capelli grigi che probabilmente era molto piú giovane di quello che sembrava. Io ero convinto che fosse decrepita. Era davvero una signora dolce, la maestra Mackay, ma severa, e a volte con una lingua mordace. La prima domanda che fece alla classe fu se c'era qualcuno che non parlava inglese. Naturalmente io avevo sentito parlare inglese, ma a casa usavamo sempre il gaelico e mio padre non voleva saperne di comprare un televisore, quindi non ebbi la minima idea di che cosa la maestra avesse detto. Artair alzò la mano con l'aria di quello che la sa lunga. Sentii pronunciare il mio nome e mi ritrovai addosso gli sguardi di tutti i compagni. Non ci voleva un genio per capire cosa Artair le aveva detto. Mi sentii arrossire.

– Ebbene, Fionnlagh, – disse in gaelico la maestra Mackay, – a quanto pare i tuoi genitori non hanno avuto il buon senso di insegnarti l'inglese prima che venissi a scuola –. La mia prima reazione fu di rabbia verso mia madre e mio padre. Perché non ero capace di parlare inglese? Non lo sapevano quanto era umiliante? – È il caso di dirti che in questa classe si parla solo inglese. Il gaelico non ha niente di male, ma le cose stanno cosí, e basta. E scopriremo presto quanto sei rapido a imparare –. Io non riuscivo ad alzare gli occhi dal banco. – Cominceremo col dirti il tuo nome inglese. Sai qual è?

Alzai la testa, con vaga aria di sfida. – Finlay –. Lo sapevo perché i genitori di Artair mi chiamavano cosí.

– Bene. E, dato che oggi la prima cosa che farò è l'appello, mi puoi dire come ti chiami di cognome.

– *Macleoid* –. Usai la pronuncia gaelica che, a un orecchio inglese, suonava un po' come Maclodge.

– Macleod, – mi corresse. – Finlay Macleod –. Poi passò all'inglese e scorse l'elenco degli altri nomi. Macinnes, MacDonald, Murray, Macritchie, Maclean, Pickford... Tutti gli sguardi erano puntati sul ragazzino che si chiamava Pickford, e la maestra Mackay gli disse qualcosa che fece ridere la classe. Il ragazzino arrossí e borbottò una risposta sconnessa.

– È inglese, – mi sussurrò in gaelico una voce dal banco accanto al mio. Mi voltai, sorpreso, e mi ritrovai davanti una bimba carina con i capelli chiari raccolti in codini intrecciati, con un nastro azzurro alla fine. – Vedi, è l'unico che non ha il cognome che inizia per M, quindi dev'essere per forza inglese. La maestra Mackay immagina che sia il figlio del guardiano del faro, perché loro sono sempre inglesi.

– Cosa bisbigliate voi due? – La voce della maestra Mackay era brusca e le sue parole in gaelico mi intimorirono ancora di piú, perché le capivo.

– La prego, maestra Mackay, – disse la bimba con i codini. – Sto solo facendo la traduzione per Finlay.

– Oh, la chiami traduzione adesso? – La voce della maestra Mackay aveva un tono sarcastico di meraviglia. – È un parolone per una bambina piccola come te –. Fece una pausa per consultare il registro. – In teoria volevo risistemarvi in ordine alfabetico, ma forse, Marjorie, dato che sei cosí brava come poliglotta, è meglio che continui a stare nel banco vicino a Finlay e a... tradurre per lui.

Marjorie sorrise, soddisfatta di sé, senza cogliere il tono della maestra. Quanto a me, ero piuttosto felice di sedere vicino a una bella ragazzina con i codini. Guardai dall'altra parte della classe e vidi Artair che mi fissava in cagnesco. In quel momento credevo fosse perché voleva sedersi lui vicino a me. Ora so che il motivo era la gelosia.

Lo rimproverai in cortile durante la ricreazione. – Perché hai fatto la spia sull'inglese?

Ma lui era indifferente. – Tanto lo scoprivano comunque, no? – Si estrasse di tasca un piccolo inalatore azzurro e argentato, s'infilò il boccaglio e inspirò mentre premeva sul tubo della ricarica. Io non ci feci caso. Aveva lo spruzzetto da quando lo conoscevo. Era asmatico, mi avevano detto i miei, parola che allora per me non voleva dire molto. Sapevo solo che a volte aveva difficoltà a respirare, e se succhiava lo spruzzetto stava di nuovo bene.

Un ragazzo grosso con i capelli corti glielo rubò. – Che cos'è? – Lo sollevò in controluce, come se cosí potesse vedere in trasparenza i segreti che aveva all'interno. Quello fu il mio primo incontro con Murdo Macritchie. Era piú alto e massiccio degli altri bambini e aveva una caratteristica zazzera di capelli rosso carota. Scoprii in seguito che lo chiamavano Murdo Ruadh, che in gaelico vuol dire rosso. Letteralmente, Murdo il Rosso. Era per distinguerlo da suo padre, che si chiamava anche lui Murdo Macritchie, ma aveva i capelli neri e lo chiamavano Murdo Dubh. A tutti veniva assegnato un soprannome, perché molti nomi e cognomi erano uguali. Murdo Ruadh aveva un fratello, Angus, di un paio d'anni piú grande di noi. Lo chiamavano Angel perché era il bullo della sua classe, e sembrava proprio che Murdo Ruadh stesse seguendo le sue orme.

– Dammelo! – Artair cercava di riprendersi lo spruzzetto, ma Murdo Ruadh lo teneva fuori dalla sua portata. Per quanto Artair fosse robusto, non poteva competere con il grosso Murdo, che lanciò lo spray a un altro ragazzo che lo lanciò a un altro ancora, che lo ributtò a Murdo. Come tutti i bulli, Murdo Ruadh aveva fatto seguaci come gli escrementi con le mosche. Ragazzini deboli, ma abbastanza furbi da evitare di diventare vittime.

– Vieni a prenderlo, allora, asmatico –. Murdo Ruadh lo scherniva. E, nel momento in cui Artair fece per afferrarlo, lanciò lo spray a una delle sue «mosche».

Sentivo quel caratteristico suono aspro nel petto di Artair mentre inseguiva il suo spruzzetto, con il panico e l'umiliazione che salivano insieme a bloccargli le vie respiratorie. Io fermai uno dei seguaci di Murdo e gli strappai di mano lo spray. – Tieni –. Lo restituii al mio amico. Artair aspirò varie volte. Sentii sul colletto una mano dotata di una forza irresistibile che mi schiaffava contro il muro. L'intonaco grezzo mi fece sanguinare la nuca. – A che gioco credi di giocare, gaelico? – Avevo la faccia di Murdo Ruadh a due dita dalla mia e sentivo il suo alito fetido. – Non parli inglese. Non sai parlare proprio –. L'aspetto ironico di tutto ciò, per quanto sulle prime non mi colpí, era che mi aveva lanciato gli insulti in gaelico: era la lingua della ricreazione. L'inglese si parlava solo in classe.

– Lascialo stare! – Era solo la voce di un bambino, ma aveva in sé una tale autorevolezza che zittí i fischi dei ragazzi che si erano radunati per vedere Murdo che mi dava una lezione. Sulla faccia grande e brutta di Murdo Ruadh si dipinse una smorfia d'incomprensione. Sfidato due volte nel giro di un minuto. Doveva mettere fine a quella storia. Mi lasciò il colletto e si girò. Il ragazzino non era piú grosso di me, ma qualcosa nel suo modo di comportarsi fece arrestare di botto Murdo. L'unico suono che si udiva era il rumore del vento e le risate delle bambine che saltavano alla corda dall'altra parte del cortile. Tutti avevano gli occhi fissi su Murdo. Sapeva che era in gioco la sua reputazione.

– Se mi crei problemi, vado a chiamare mio fratello piú grande.

Mi veniva da ridere.

L'altro ragazzino continuava a fissare Murdo Ruadh, e si capiva che riusciva a intimidirlo. – Se tu corri da tuo fratello piú grande, – e il ragazzino pronunciò le parole «fratello» e «grande» con un tono di disprezzo, – allora mi tocca andarlo a dire a mio padre.

Murdo impallidí sotto la zazzera di ispidi capelli rossi. – Be', stammi fuori dai piedi, e basta –. Era una risposta fiacca, e lo sapevano tutti. Murdo si fece strada a spintoni in mezzo al gruppetto di bambini fino all'altro lato del cortile, con i suoi seguaci che gli correvano dietro e si chiedevano se forse non avevano scelto il cavallo sbagliato.

– Grazie, – dissi al ragazzino appena il gruppo si diradò.

Ma lui alzò le spalle, come se fosse un'inezia. – Non sopporto i bulli, cazzo –. Era la prima volta che sentivo dire una parolaccia. Lui si ficcò le mani in tasca e se ne andò in direzione dell'edificio a fianco.

– Chi è? – chiesi ad Artair.

– Non lo sai? – Artair era stupito. Io scossi il capo. – È Donald

Murray –. Parlava sottovoce con tono di reverenza. – È il figlio del pastore.

La campanella suonò proprio in quel momento e tornammo tutti in classe. Fu solo un caso, davvero, che passassi davanti all'ufficio del preside proprio mentre lui apriva la porta ed esaminava la marea di alunni nel corridoio, in cerca di un candidato adatto. – Tu, figliolo –. Mi indicò con un dito. Mi fermai di colpo e lui m'infilò in mano una busta. Non ho idea di che cosa mi disse dopo, e restai lí in preda a un panico sempre maggiore.

– Non parla inglese e la maestra Mackay ha detto che devo tradurre per lui. – Marjorie mi incombeva dietro le spalle come un angelo custode. Quando mi girai a guardarla mi sorrise, affascinante.

– Oh, ma davvero? Tradurre, eh? – Il preside ci squadrò con interesse e alzò un sopracciglio con finta severità. Era alto e calvo, con gli occhialini a mezzaluna, e portava sempre completi grigi di tweed troppo grandi di una taglia. – Allora è meglio che gli vai dietro, signorinella.

– Sí, signor Macauley, – incredibile come facesse a conoscere il nome di tutti. – Finlay! – Mi prese a braccetto e mi riportò verso il cortile.

– Dove andiamo?

– Quel biglietto che hai in mano è un'ordinazione al *Crobost Stores* per rifornire lo spaccio.

– Lo spaccio? – Non avevo la minima idea di cosa stesse parlando.

– Ma non sai proprio niente, stupidino? Lo spaccio è dove compriamo dolcetti e patatine e bibite e altra roba qui a scuola. Cosí non ce ne andiamo in giro su e giú per la strada fino al negozio rischiando di farci investire da una macchina.

– Ah –. Annuii e mi chiesi come facesse a sapere tutte quelle cose. Solo qualche tempo dopo scoprii che aveva una sorella all'ultimo anno delle elementari. – E cosí ci facciamo investire solo noi due?

Lei rise. – Probabilmente il vecchio Macaulay ti ha scelto perché hai l'aria del tipo saggio.

– Si è sbagliato, allora –. Mi sovvenne lo scontro con Murdo Ruadh. Lei rise di nuovo.

Il *Crobost Stores* era in un vecchio fienile di pietra a circa mezzo chilometro da lí, in fondo alla via e ad angolo con la strada principale. Aveva due vetrine piccole in cui sembrava non ci fosse mai niente, e in mezzo una porta stretta che conduceva nel negozio. Lo vedevamo da lontano, a fianco di un casotto in pietra con il tetto rosso di lamiera arrugginita. La strada, dove le auto potevano passare in una direzione alla volta, era lunga e diritta, senza marciapiedi, e delimitata da una sbilenca recinzione di legno marcio che non serviva granché a tenere lontane le pecore. L'erba alta lungo il fossato era bruciata e piegata dal vento, e l'erica era tutta morta. Sul pendio piú oltre, le case erano disposte lungo la strada principale come perle quadrate su un filo, senza alberi o cespugli che ne addolcissero gli spigoli. Solo un'accozzaglia di recinzioni, carcasse arrugginite di automobili e trattori rotti.

– E allora, in quale zona di Crobost abiti? – chiesi a Marjorie.

– Non abito a Crobost. Vivo a Mealanais Farm. È a circa tre chilometri –. E abbassò la voce, tanto che con il vento riuscivo a malapena a sentirla. – Mia madre è inglese –. Era come se mi stesse raccontando un segreto. – È per questo che so parlare inglese senza accento gaelico.

Alzai le spalle e mi chiesi perché mi raccontava quel particolare. – Non me n'ero accorto.

Rise. – Ovvio.

Faceva freddo e cominciò a piovere, e mi tirai su il cappuccio, lanciando uno sguardo alla bambina. I codini le svolazzavano dietro, spinti dal vento, e sembrava che le piacesse farsi sferzare il viso dall'aria. Aveva le guance di un rosso acceso. – Marjorie –. Alzai la voce per farmi sentire sopra il vento. – Che bel nome.

– A me fa schifo –. Mi guardò in cagnesco. – È il mio nome inglese, ma nessuno mi chiama cosí. Il mio vero nome è Marsaili –. Come per Marjorie, mise l'accento sulla prima sillaba, con la «S» che diventava una «Sc» dolce, come succede sempre in gaelico dopo una «R», eredità nordica dei due secoli in cui le isole erano dominate dai vichinghi.

– Marsaili –. Lo provai per vedere che effetto faceva sulle mie labbra, e quel suono mi piacque. – È ancora piú carino.

Mi lanciò uno sguardo civettuolo, due occhi azzurri e dolci che incontrarono i miei per un attimo e poi si distolsero di nuovo. – A te piace il tuo nome inglese?

– Finlay? – Lei annuí.

– No, no.

– Allora ti chiamo Fin. Va bene?
– Fin –. Provai anche quello. Era breve e calzante. – Va bene.
– Fantastico –. Marsaili sorrise. – Allora da adesso ti chiami cosí.
Ecco come fu che Marsaili Morrison mi diede il soprannome che mi restò appiccicato per tutta la vita.

A quei tempi, per la prima settimana, i nuovi arrivati della scuola restavano solo fino all'ora di pranzo. Si mangiava e poi si tornava a casa. Ma, anche se quel primo mattino io e Artair avevamo approfittato di un passaggio, al ritorno avremmo dovuto farcela a piedi. Era solo un chilometro e mezzo. Artair mi aspettava al cancello. Ero in ritardo perché la maestra Mackay mi aveva chiamato per darmi un biglietto da consegnare ai miei. Vedevo Marsaili davanti a noi lungo la strada, che camminava da sola. Ci eravamo inzuppati di pioggia tornando dal negozio e avevamo passato il resto della mattinata seduti vicini su un radiatore, ad asciugarci. Per il momento aveva smesso di piovere.
– Sbrigati, ti aspettavo –. Artair era impaziente di arrivare. Voleva andare in cerca di granchi nelle pozze tra gli scogli sotto casa sua.
– Faccio il giro per Mealanais Farm, – gli dissi. – È una scorciatoia.
– Come? – Mi guardò come se fossi matto. – Ma ci metterai delle ore!
– No. Posso tornare tagliando per la strada tra Cross e Skigersta –. Non sapevo dov'era, ma Marsaili mi aveva detto che era la piú veloce da Mealanais a Crobost.
Non aspettai nemmeno le sue obiezioni, ma accelerai per raggiungere Marsaili. Quando ci riuscii ero senza fiato. Mi fece un sorriso d'intesa. – Credevo che tornassi a casa con Artair.
– Ho pensato di fare la strada con te per Mealanais –. Ero disinvoltissimo. – È una scorciatoia.
Lei sembrava tutt'altro che convinta. – È tanta strada per una scorciatoia –. Poi alzò le spalle. – Ma non ti posso impedire di fare la strada con me, se questo è ciò che vuoi.
Sorrisi tra me e me e trattenni l'impulso di esultare sferrando un pugno per aria. Mi girai e vidi Artair che ci guardava di traverso.
La strada per la fattoria partiva dall'estremità della via principa-

le, prima della svolta per Crobost. Punteggiata qua e là di piazzole per il sorpasso, serpeggiava in direzione sud-est attraversando torbiere infinite che si estendevano fino all'orizzonte. Ma lí il terreno era piú alto e voltandosi indietro si riusciva a vedere la strada fino a Swaimbost e a Cross. Oltre, il mare s'infrangeva bianco sulla costa occidentale sotto la foresta di lapidi del cimitero di Crobost che si stagliavano cupe contro il cielo. La parte settentrionale di Lewis era piatta e priva di colline o montagne, e le perturbazioni l'attraversavano dall'Atlantico fino al Minch, sempre con una fretta terribile. Quindi il tempo cambiava continuamente. Luce e buio in successione mutevole, uno contro l'altro, pioggia, sole, cielo nero, cielo azzurro. E arcobaleni. La mia infanzia ne è stata piena. Doppi, di solito. Ne guardammo uno quel giorno, che si formava veloce sopra la torbiera, vivido su un cielo nerazzurro piú che mai. Lasciava senza parole.

In quel punto la strada cominciava a scendere dolcemente verso un gruppo di edifici agricoli in una valletta. Lí gli steccati erano in condizioni migliori e c'erano mucche e pecore al pascolo. C'era un fienile alto dal tetto rosso e una grande fattoria bianca circondata da alcune dépendance in pietra. Ci fermammo davanti a un cancello dipinto di bianco all'inizio di un sentiero sterrato che scendeva verso la casa.

– Vuoi entrare a bere qualcosa? – chiese Marsaili.

Ma ormai ero preoccupato da morire. Non avevo la minima idea di dove fossi e di come tornare a casa. E sapevo che avrei fatto molto tardi. Immaginavo già la rabbia di mia madre. – Meglio di no –. Guardai l'ora sforzandomi di non mostrare la preoccupazione. – Sono un po' in ritardo.

Marsaili annuí. – Va cosí con le scorciatoie. Fanno sempre arrivare in ritardo –. Sorrise allegra. – Puoi venire a giocare sabato mattina se vuoi.

Con la punta dello stivale di gomma smossi un grumo di torba e alzai le spalle, fingendo indifferenza. – Vediamo.

– Fammi sapere, allora –. Si girò e scese di corsa per il sentiero verso la grande fattoria bianca.

Non ho mai scoperto di preciso come riuscii a trovare la via di casa quella prima volta, perché dopo Mealanais la strada finiva in un sentierino pietroso. Lo seguii per un po', in preda a un'ansia sempre maggiore, quando vidi il tettuccio di una macchina che passava lungo la linea dell'orizzonte. Risalii di corsa il sentiero e mi trovai su quella che doveva essere la strada da Cross a Skigersta a cui aveva accennato Marsaili. A guardarla in entrambe le direzioni, la strada pareva scomparire nella torbiera. Non sapevo da che parte andare. Avevo paura e stavo per piangere. Una mano misericordiosa deve avermi spinto a sinistra, perché se avessi girato a destra non sarei mai tornato a casa.

Comunque, ci vollero piú di venti minuti prima di trovare una svolta dove un cartello bianco e nero rattrappito puntava vagamente verso Crobost. Ormai correvo, con le lacrime che mi bruciavano le guance e i bordi degli stivali che mi ferivano i polpacci. Sentii l'odore e il rumore del mare ben prima di vederlo. Poi, superata la salita, comparve il profilo familiare della Chiesa libera di Crobost sopra l'accozzaglia di casette e poderi che le si raccoglievano intorno sulla strada rocciosa.

Quando arrivai a casa, mia madre stava uscendo a bordo della Ford Anglia. Sul sedile posteriore c'era Artair. La mamma saltò fuori dall'auto e mi afferrò come se potessi volarle via. Ma subito il sollievo si trasformò in rabbia.

– Per l'amor di Dio, Fionnlagh, dove sei stato? Ho fatto due volte la strada fino alla scuola per cercarti. Stavo per impazzire –. Mi asciugò le lacrime dal viso mentre io cercavo di arrestare quelle che si facevano strada dietro le mie palpebre. Artair era uscito dall'auto e stava lí a osservarci con interesse. Mia madre lo guardò. – Artair è venuto a cercarti dopo la scuola ma non sapeva dov'eri.

Gli lanciai uno sguardo e mi fissai bene in mente che, quando si trattava di ragazze, di lui non ci si poteva fidare.

Dissi: – Ho accompagnato a casa la bambina di Mealanais Farm. Non sapevo che ci si mettesse tanto.

Mia madre era sbigottita. – Mealanais? Fionnlagh, ma cosa ti è saltato in testa? Non lo fare mai piú!

– Ma Marsaili vuole che vada lí a giocare sabato mattina!

– Be', te lo proibisco! – Mia madre era diventata gelida. – È troppo lontano e né io né tuo padre abbiamo il tempo di accompagnarti e venirti a prendere. Capito?

Annuii, sforzandomi di non piangere, e improvvisamente la mamma fu presa da un moto di compassione e mi abbracciò forte, con le labbra morbide che mi sfioravano le guance in fiamme. In quel momento ricordai il biglietto che mi aveva dato la maestra Mackay. Mi frugai nella tasca e glielo porsi.

– Che cos'è?

– Un biglietto della maestra.

Mia madre si accigliò e lo aprí. La vidi arrossire, lo ripiegò in fretta e se lo infilò nella tasca della tuta. Non seppi mai cosa diceva il biglietto, ma da quel giorno in poi a casa nostra si parlò solo inglese.

La mattina dopo io e Artair andammo a scuola a piedi. Suo padre doveva andare a Stornoway per una riunione tra insegnanti e mia madre aveva un problema con una pecora. Percorremmo la maggior parte del cammino in silenzio, sferzati dal vento e di tanto in tanto scaldati da brevi sprazzi di sole. Il mare scagliava le onde con violenza sulla spiaggia piú sotto. Eravamo quasi in fondo alla collina quando gli chiesi: – Perché con mia madre hai fatto finta di non sapere che andavo a Mealanais?

Artair sbuffò, indignato. – Sono piú grande di te. Mi avrebbe dato la colpa di averti lasciato andare.

– Piú grande? Ma solo di un mese!

Artair alzò la testa e la scosse, solenne, come gli anziani che se ne stavano intorno al *Crobost Stores* il sabato mattina. – È un sacco.

Io ero poco convinto. – Be', ho detto a mia madre che vengo da te a giocare dopo la scuola. Quindi è meglio che mi reggi il sacco.

Mi guardò, sorpreso. – Cioè, vuol dire che non vieni? – Scossi il capo. – Ma allora dove vai?

– Accompagno a casa Marsaili –. E gli scoccai uno sguardo che lo sfidava a obiettare.

Camminammo in un silenzio ancora piú fitto fino a raggiungere la strada principale. – Non so perché diavolo vuoi accompagnare a casa le bambine –. Ad Artair la cosa non faceva piacere. – È roba da femminucce –. Non risposi e attraversammo la strada principale diretti alla stradina a una sola corsia che scendeva fino alla scuola. Adesso c'erano altri bambini che convergevano da ogni direzione e si avviavano verso il grappolo di edifici scolastici in lontananza, a gruppi di due o di tre. E improvvisamente Artair disse: – Va bene, allora.

– Va bene cosa?

– Se me lo chiede, dico a tua madre che eri a giocare da noi.

Gli gettai uno sguardo, ma lui evitava i miei occhi.

– Grazie.

– A una sola condizione.

– Quale?

– Che accompagno a casa Marsaili insieme a te.

Feci una smorfia, contrariato, e lo guardai in cagnesco. Ma continuava a evitare di guardarmi negli occhi. Perché, mi chiesi, voleva accompagnare a casa Marsaili se era una cosa tanto da femminucce?

Naturalmente, dopo tutto questo tempo so perché. Ma allora non immaginavo che la nostra conversazione di quella mattina segnasse l'inizio di una rivalità per i favori di Marsaili che sarebbe durata per tutto il periodo della scuola, e ben oltre.

Tre

1.

Fin aveva a malapena sollevato la valigia dal rullo trasportatore quando una manona ne afferrò la maniglia e gliela prese. Si girò, sorpreso, e vide un volto ampio e cordiale che gli sorrideva. Era un viso tondo, senza rughe, sotto capelli neri pieni di brillantina che terminavano in una V sulla fronte. Apparteneva a un uomo sulla quarantina, ben piazzato, ma un po' piú basso del metro e ottanta di Fin. Portava un completo scuro con camicia bianca e cravatta azzurra sotto una pesante giacca a vento nera trapuntata. Ficcò l'altra manona in quella di Fin. – Sergente George Gunn dell'investigativa –. Aveva l'inconfondibile accento di Lewis. – Benvenuto a Stornoway, signor Macleod.

– Chiamami Fin, George. Come hai fatto a sapere che ero io?

– Riconosco un poliziotto a cento passi di distanza, signor Macleod –. Sorrise e, mentre uscivano verso il parcheggio, lo avvertí: – Probabilmente noterà un po' di cambiamenti –. Sorrise nuovamente e si piegò al forte vento di ponente. – C'è una cosa che non cambia mai, però. Il vento. Non smette mai di soffiare.

Ma quel giorno era un vento benevolo, con una sfumatura dolce, scaldato dal sole di agosto che ogni tanto faceva capolino tra le nuvole sparse. Gunn diresse la Volkswagen verso la rotatoria all'ingresso del campo di aviazione, quindi salí e ridiscese la pendenza di Oliver's Brae. Svoltò a destra per entrare in città, e la conversazione si spostò sull'omicidio.

– È il primo del nuovo millennio, – disse Gunn. – E in tutto il ventesimo secolo ce n'è stato solo uno.

– Be', speriamo che sia l'ultimo del ventunesimo. Di solito dove si tengono le autopsie?

– Ad Aberdeen. Qui sull'isola abbiamo solo tre medici legali.

Due di loro sono sostituti. Esaminano il corpo di chiunque muoia in modo improvviso e spesso fanno autopsie, ma tutti i casi controversi vanno dritti ad Aberdeen. All'ospedale di Forrester Hills.

– Non sarebbe piú vicina Inverness?

– Sí, ma il loro medico legale disapprova i nostri sostituti. Vuole fare tutte le autopsie lui, oppure nessuna –. E Gunn lanciò a Fin uno sguardo furbetto. – Ma io non le ho detto niente.

– Su cosa?

Il volto di Gunn si aprí in un sorriso e Fin capí che si potevano fidare l'uno dell'altro.

Mentre percorrevano il lungo rettilineo fino a Stornoway, Fin vide la città estendersi davanti a loro, costruita intorno al riparo fornito dal porto e dalla collina alberata alle spalle. Il capolinea dei traghetti, in vetro e acciaio, in testa al nuovo frangiflutti, sembrava a Fin un disco volante. Piú oltre, il vecchio molo pareva abbandonato. Rivedere quei luoghi gli dava una strana scossa. Da lontano sembrava esattamente come se lo ricordava. Solo il disco volante era nuovo. E di sicuro aveva portato con sé qualche alieno.

Oltrepassarono le gialle sagome familiari degli stabilimenti tessili Kenneth Mackenzie Ltd, nel magazzino enorme dei quali si trovavano milioni di metri di Harris tweed tessuto a mano, in attesa di essere esportato. Dopo una lunga fila di case a schiera, che Fin non ricordava, c'era un capannone in metallo dove grazie ai fondi governativi venivano prodotti programmi televisivi in gaelico. Mentre ai tempi di Fin era roba da vecchi, il gaelico ora costituiva un business multimilionario. Le scuole insegnavano persino matematica e storia e altre materie in gaelico. E in quel periodo andava di moda parlarlo.

– Un paio d'anni fa hanno ricostruito *Engebrets*, – disse Gunn mentre passavano davanti a un distributore di benzina e a un minimarket in una rotatoria che Fin pure non ricordava. – È persino aperto la domenica. E durante il giorno di riposo si trova da bere o da mangiare quasi ovunque in città.

Fin scosse il capo, incredulo.

– E ci sono due voli da Edimburgo ogni domenica. Addirittura, si può arrivare col traghetto da Ullapool.

Ai tempi di Fin la domenica tutta l'isola chiudeva. Era impossibile mangiare fuori, uscire a bere qualcosa, comprare sigarette e benzina. Fin ricordava i turisti che la domenica vagavano per le strade, assetati, affamati e impossibilitati a ripartire fino al primo traghetto del lunedí. Naturalmente era risaputo che, non appena le chiese di Stornoway si svuotavano, i pub e gli alberghi si riempivano in segreto di festaioli della domenica che entravano dall'ingresso posteriore. Dopo tutto non era illegale bere durante il riposo settimanale, era solo inconcepibile. O, se non altro, non ci si poteva far cogliere sul fatto.

– Bloccano ancora le altalene con le catene? – Fin si ricordò il triste spettacolo delle altalene al parco giochi chiuse con catene e lucchetti la domenica.

– No, hanno smesso qualche anno fa –. Gunn ridacchiò. – Gli osservanti del riposo domenicale hanno detto che quello era solo l'inizio del peggio. E forse avevano ragione.

Le Chiese protestanti fondamentaliste dominavano la vita dell'isola da secoli. Si diceva che il gestore di un pub o un restauratore che sfidassero la Chiesa sarebbero stati messi silenziosamente in condizione di non lavorare. I mutui revocati, le licenze ritirate. Il potere della Chiesa, visto dalla terraferma, appariva medievale. Ma sull'isola era concreto, reale, e imperversavano alcune sette che bollavano come peccaminoso ogni tipo di divertimento, e come opera del diavolo ogni tentativo di screditare la loro autorità.

Gunn disse: – Badi, anche se non chiudono le altalene, di domenica è impossibile trovare un bambino che le usi. E capita raramente di vedere qualcuno che stende il bucato. O, quanto meno, non fuori dalla città.

Il nuovo centro sportivo nascondeva alla vista la vecchia scuola di Fin. Passarono davanti agli uffici amministrativi dell'isola, i Comhairle nan Eilean, e al *Seaforth Hotel*, di fronte a una fila di case in arenaria con la facciata a gradoni. Un misto di brutture vecchie e nuove. Stornoway non era mai stata una città graziosa, e non era certo migliorata. Gunn girò a destra in Lewis Street, con le sue case portuali fianco a fianco con i pub e le botteghine buie, poi a sinistra in Church Street, verso il commissariato che si trovava a metà della via. Fin notò che tutti i nomi delle strade erano in gaelico.

– Chi gestisce l'indagine?

– Una squadra di Inverness, – rispose Gunn. – Ce li hanno

mandati con l'elicottero domenica mattina presto. Un ispettore capo, un sergente e sette agenti, tutti dell'investigativa. Oltre a una squadra della scientifica. Non se ne sono stati certo lí con le mani in mano una volta che è scoppiato il finimondo.

Il commissariato era un'accozzaglia di edifici in pietra intonacati alla maniera scozzese e dipinti di rosa all'angolo tra Church Street e Kenneth Street, a fianco della Sala del regno dei Testimoni di Geova e del ristorante cinese da asporto *Peking Cuisine*. Piú in là lungo la via, un barbiere aveva sfidato il politicamente corretto chiamando il suo negozio *Men Only*, per soli uomini. Gunn entrò dal cancello e parcheggiò a fianco di un grosso cellulare bianco della polizia.

– Da quanto tempo ti hanno assegnato a Stornoway, George?

– Da tre anni. Sono nato e cresciuto a Stornoway. Ma ho passato la maggior parte dei miei anni di servizio in altri posti di polizia in giro per le isole. E poi a Inverness –. Gunn uscí dall'auto con un fruscio di nylon trapuntato.

Fin scese dal lato del passeggero. – E allora, che ne pensi di tutti questi intrusi che vi scippano l'indagine?

Gunn sorrise, afflitto. – Mi aspettavo esattamente questo. Qui non abbiamo l'esperienza necessaria.

– Come ti sembra l'ispettore a capo delle indagini?

– Le piacerà un sacco –. Gunn corrugò gli occhi in un sorriso. – È un vero bastardo.

Il vero bastardo era un tipo piccolo e tracagnotto con la fronte bassa e larga e folti capelli rossicci tirati indietro con la brillantina. Aveva un viso fuori moda, cosí come il suo profumo (era Brut?) e, prima ancora che aprisse bocca, Fin capí che veniva da Glasgow. – Ispettore capo Tom Smith del reparto investigativo –. L'ispettore incaricato delle indagini si alzò dalla sedia e gli porse la mano. – Le faccio le mie condoglianze per il suo lutto, Macleod –. Fin si chiese se lo sapevano tutti, e pensò che forse erano stati avvertiti. La stretta di Smith fu breve e salda. Si risedette; aveva le maniche della camicia bianca ben stirata ripiegate fino ai gomiti, e la giacca del completo marrone chiaro appesa diritta allo schienale della sedia dietro di lui. La scrivania era ricoperta di carte, ma emanava una sensazione d'ordine. Fin notò che le mani dalle dita tozze erano immacolate e che le unghie erano state sottoposte a una scrupolosa manicure.

– Grazie –. Fin rispose meccanicamente.

– Si sieda –. Mentre parlava, Smith passò piú tempo a guardare le sue carte che non l'interlocutore. – Ho tredici agenti dell'investigativa, compresi quelli locali, e ventisette poliziotti al lavoro su questo caso. Sull'isola ci sono piú di quaranta agenti su cui posso contare –. Alzò lo sguardo. – Non so bene perché dovrei avere bisogno di lei.

– Non sono stato io a offrirmi per questo lavoro, signore.

– Lo so, è stato lo Holmes a tirare fuori il suo nome. Di sicuro non è stata un'idea mia –. Fece una pausa. – Quell'omicidio a Edimburgo. Avete qualche sospetto?

– No, signore.

– Dopo tre mesi?

– Sono stato in congedo durante l'ultimo mese.

– Sí. Giusto –. Sembrava che la cosa non lo interessasse piú, e ritornò di nuovo alle sue carte. – E cosí, quale incredibile illuminazione crede di riuscire ad avere sulla nostra misera indagine?

– Non ne ho idea, signore, finché non mi ragguaglierete.

– È tutto nel computer.

– Ho un suggerimento, però.

– Ah, davvero? – Smith alzò lo sguardo, scettico. – E che suggerimento sarebbe mai?

– Se l'autopsia non è stata ancora eseguita, potrebbe essere una buona idea far venire il medico legale che si è occupato del cadavere di Edimburgo. Cosí possiamo fare un confronto di prima mano.

– Che idea fantastica, Macleod. Dev'essere per questo che è già venuta a me –. Smith si appoggiò allo schienale della sedia, in preda a un autocompiacimento tanto aggressivo quanto lo era il suo dopobarba. – Il professor Willis è arrivato ieri con l'ultimo volo –. Guardò l'orologio. – L'autopsia dovrebbe cominciare fra mezz'ora circa.

– Allora non mandate il cadavere ad Aberdeen?

– Qui abbiamo strutture adeguate, cosí abbiamo deciso di portare la montagna da Maometto.

– Cosa vorrebbe che facessi?

– Sinceramente, ispettore Macleod, proprio nulla. Ho una

squadra ottima che è in grado di gestire questa indagine senza il suo aiuto –. Sospirò, profondamente contrariato. – Ma a quanto pare lo Holmes pensa che lei sia in grado di stabilire se c'è o meno un collegamento con l'omicidio di Leith Walk. E non sia mai che andiamo contro alle istruzioni dello Holmes. E allora, perché non assiste all'autopsia, confronta le prove in parallelo e poi se trova qualcosa gli diamo un'occhiata? Va bene?

– Non mi dispiacerebbe poter vedere il luogo del delitto.

– Faccia pure. Il sergente Gunn può accompagnarla. Gli agenti locali non sono in grado di esserci utili piú di tanto, se non come galoppini –. Il suo disprezzo per chiunque non appartenesse alla sua squadra, compreso Fin, era lampante.

– E vorrei esaminare gli incartamenti –. Fin stava forzando la mano alla fortuna. – Magari interrogare un paio di testimoni. E i sospetti, se ce ne sono.

Smith torse le labbra ed esaminò Fin con calma. – Non posso impedirle di farlo, Macleod. Ma tanto vale comunicarle che vorrei chiudere questo caso nel giro di qualche giorno. E, perché non si illuda, non credo che ci sia alcun legame con l'omicidio di Edimburgo.

– Come mai?

– Chiamiamolo istinto. La gente qui non è molto raffinata –. Sorrise maligno. – Be', lei dovrebbe saperlo fin troppo bene –. Ora tamburellava la matita sulla scrivania, seccato di dover dare spiegazioni a un suo subalterno di un altro reparto. – Penso che si tratti di un rozzo omicidio su imitazione. All'epoca hanno pubblicato moltissimi particolari sui quotidiani. Credo che l'assassino sia una persona del luogo con qualche rancore personale, che cerca di coprire le sue tracce provando a farci guardare da un'altra parte. Quindi intendo trovare una scorciatoia per scavalcare tutta questa faccenda –. Fin resistette alla tentazione di sorridere. Sapeva tutto di scorciatoie, lui. Aveva imparato già da molto piccolo che le scorciatoie possono farti perdere l'orientamento. Ma l'ispettore capo Smith non era edotto di quell'informazione saggia. Disse: – A meno che l'autopsia non tiri fuori qualcosa d'inatteso, preleverò campioni di Dna a tutti i maschi adulti di Crobost, oltre a tutti gli ulteriori sospetti in cui ci imbatteremo. Immagino che siano al massimo duecento. Economia di scala. Un bel po' meno costoso di un'indagine lunga che blocca gli agenti sul campo per settimane –.

Smith era uno della nuova leva di ufficiali di polizia, per i quali la prima preoccupazione era l'utile economico.

Fin, comunque, era sorpreso. – Ha un campione del Dna dell'assassino?

Smith era raggiante. – Pensiamo proprio di sí. Ignorando la suscettibilità degli abitanti, domenica abbiamo mandato in giro i nostri uomini a perquisire la scena. Abbiamo trovato gli abiti della vittima in un sacco per la spazzatura, lasciati in un fosso a circa ottocento metri da lí. Gli abiti sono coperti di vomito. E, dato che il medico legale è piuttosto sicuro che la vittima non abbia vomitato, dobbiamo dedurre che l'abbia fatto l'assassino. Se il patologo della scientifica riesce a confermarlo, dovremmo avere un campione perfetto del Dna dell'assassino.

2.

In Church Street e per tutto il percorso giú fino al porticciolo interno, cestini di fiori appesi dondolavano al vento, uno sforzo nobile per portare un po' di colore in quelle vite grigie. Negozi dipinti di rosa, bianco e verde erano allineati lungo la strada, e in fondo Fin osservò un gruppetto di barche da pesca legate alla banchina, che si muovevano su e giú insieme all'oceano. Un palpito di sole colpí la rimessa bianca sulla riva opposta e sfiorò le cime degli alberi nel parco di Lews Castle.

– Allora, che impressione ti sei fatto dell'ispettore a capo delle indagini? – chiese Gunn.

– Sono piuttosto d'accordo con la tua valutazione –. I due poliziotti si sorrisero.

Gunn aprí l'automobile ed entrarono. – È convinto di essere un divo, quello lí. Il mio vecchio capo di Inverness diceva che gli ufficiali non sono diversi da noi. Devono comunque far uscire le gambe dai calzoni una alla volta.

Fin rise. Gli piaceva immaginarsi l'ispettore capo Smith che faticava a far uscire le sue gambette tarchiate dai pantaloni.

– Senta, – disse Gunn, – mi dispiace di non averle potuto dare l'informazione sul medico legale. Non sapevo nemmeno che fosse arrivato sull'isola. Cosí si capisce quanto tengano aggiornato anche me.

– Non c'è problema –. Fin ignorò le scuse. – A dire la verità, conosco piuttosto bene Angus. È un bravo ragazzo. E almeno starà dalla nostra parte –. Uscirono sulla strada in retromarcia. – Secondo te, perché Smith non assiste all'autopsia?

– Forse è schifiltoso.

– Non lo so. Uno che si mette tanto dopobarba non deve avere un olfatto troppo sensibile.

– Eh, già. La maggior parte dei cadaveri ha un odore migliore di lui.

Da Kenneth Street si portarono sulla Bayhead e si diressero verso nord, fuori città. Fin guardava dal finestrino il parco giochi, i campi da tennis, il prato per le bocce, il campo sportivo piú avanti e quello da golf sulla collina alle sue spalle. Dall'altra parte della strada, negozietti minuscoli si ammassavano sotto le finestre ad abbaino degli appartamenti ai piani superiori. A Fin sembrava quasi di non essere mai partito. Disse: – Il venerdí e il sabato sera, negli anni Ottanta, i ragazzi andavano avanti e indietro per questa via con i loro macinini.

– Lo fanno ancora. Puntuali come orologi, tutti i fine settimana. Intere processioni di ragazzi.

Fin rifletté su quanto doveva essere triste quell'esistenza. I ragazzi avevano poco o niente da fare, soffocati da una società che era ancora in preda a una religione senza gioia. Un'economia in caduta libera, una grave disoccupazione. L'alcolismo che imperava e un tasso di suicidi molto piú alto della media nazionale. La spinta ad andarsene era forte ora proprio come lo era stata diciotto anni prima.

Il Western Isles Hospital era una novità rispetto ai tempi di Fin e aveva sostituito il vecchio ospedale di provincia che si trovava sulla collina sotto il monumento ai caduti. La nuova struttura era moderna e ben equipaggiata, migliore di tanti ospedali di città sulla terraferma. Vi arrivarono da Macauley Road e Fin vide l'edificio basso a due piani costruito ad angoli ottusi intorno a un ampio parcheggio. Gunn arrivò ai piedi della collina e svoltò a destra in un piccolo parcheggio privato.

Il professor Angus Wilson aspettava nella camera mortuaria. Aveva gli occhiali posati sulla cuffietta e la mascherina abbassata sotto il mento, dalla quale spuntava una barba fitta e ispida color fili di rame, con qualche spruzzata d'argento. Portava un grembiule di plastica sopra la tuta verde da chirurgo, coperta da un camice in cotone a maniche lunghe. Sul tavolo in acciaio davanti a sé aveva preparato manicotti di plastica, un paio di guanti in cotone, un paio in lattice e il tipico guanto in maglia d'acciaio che si indossa sulla mano non impegnata a tagliare per proteggersi da accidentali scivolate del bisturi. Non vedeva l'ora di cominciare.

– Era ora che arrivaste, accidenti! – Un lampo negli occhi verdi sconfessò l'impressione di eccentrico irascibile che gli piaceva dare di sé. Era un'immagine che coltivava come scusa ufficiale per la scortesia che ormai tutti si aspettavano da lui. – Come diavolo stai? – Allungò una mano per stringere quella di Fin. – È lo stesso assassino, vero?

– Sei qui tu per dircelo.

– Che posto dimenticato da Dio! Uno si aspetterebbe che, se c'è un posto al mondo dove mangiare del buon pesce fresco, sia qui. Ieri sera in albergo ho ordinato una platessa. Sí, era fresca. Fresca di freezer e cotta in una friggitrice da schifo. Cristo, ma quella roba me la posso fare anche a casa mia! – Guardò Gunn e si sporse sopra il tavolo per prendergli l'incartamento da sotto il braccio. – C'è la relazione con le fotografie?

– Sí –. Gunn gli porse la mano. – Sergente George Gunn dell'investigativa –. Ma il professore si era già girato dall'altra parte per esaminare la relazione e tirare fuori le fotografie. Gunn ritirò la mano, imbarazzato.

– Nella stanza del medico legale dall'altra parte del corridoio trovate cuffiette, soprascarpe, occhiali, mascherine e camici.

– Vuole che ce li mettiamo? – chiese Gunn. Forse era un po' di tempo che non assisteva a un'autopsia, pensò Fin.

– No –. Il professor Wilson si girò sui tacchi. – Voglio che li ammucchiate e gli diate fuoco –. Lo guardò malissimo. – Certo che voglio che ve li mettiate, cazzo. A meno che non intendiate prendervi l'aids o qualsiasi altro virus giri nella polvere d'osso di cui riempirò l'aria quando apriremo il cranio della vittima con la sega vibrante. In alternativa, se ne può stare laggiú –. Con la mano indicò il finestrone che dava sul corridoio. – Ma non sentirà un accidente di quello che dico.

– Cristo, – disse Gunn, mentre si infilavano gli abiti protettivi nella stanza del medico. – E io che pensavo che l'ispettore capo fosse cattivo.

Fin rise e, ascoltandosi, quasi si interruppe. Era la seconda volta che rideva quel giorno, ed era passato cosí tanto tempo da quando l'aveva fatto l'ultima volta. Nel rendersene conto, lo spunto della sua ilarità fu presto sopraffatto da un'ondata di emozioni contrastanti. Ci mise un attimo per riprendersi. – Angus è un tipo a posto. Abbaia ma non morde.

– Se mi mordesse, avrei paura di prendermi la rabbia –. Gunn era ancora scosso dalla lingua tagliente del medico legale.

Quando tornarono nella camera mortuaria, il professore aveva disposto le fotografie su ogni superficie libera. Stava esaminando gli abiti della vittima sul tavolo operatorio. L'acciaio era coperto da un grosso foglio di carta oleata bianca per raccogliere le fibre vaganti o le particelle di vomito essiccato che si staccavano dai materiali. La vittima indossava una felpa con la zip sopra una maglietta bianca di cotone, e dei jeans. In fondo al tavolo c'erano delle scarpe da ginnastica grosse, sfondate, color bianco sporco. Il medico legale si era infilato i guanti protettivi e nella mano sinistra reggeva una lente quadrata, mentre raccoglieva delicatamente il vomito secco dalla felpa blu scuro con una pinzetta. – Non mi avevate detto che la vittima si chiamava come me.

– Nessuno l'ha mai chiamato Angus, – disse Fin. – Lo conoscevano tutti come Angel. Si poteva persino spedire una lettera indirizzata ad Angel, Ness, isola di Lewis, da qualsiasi paese del mondo, e lui l'avrebbe ricevuta.

Il sergente Gunn era sconvolto. – Non sapevo che lo conoscesse, signor Macleod.

– Frequentavamo la stessa scuola. Suo fratello minore era in classe con me.

– Angel… – Il professor Wilson era ancora concentrato sulle pinzette. – Ha le ali?

– Il soprannome era ironico.

– Ah. Forse questo spiega perché qualcuno ha voluto ucciderlo.

– Forse sí.

– Ti ho preso, brutta rompicazzo! – Il professore si raddrizzò e puntò verso la luce le pinzette, che reggevano qualcosa che sembrava una perlina bianca.

– Che cos'è?

– Un fantasma –. Li guardò, sorridente. – Il fantasma di una pastiglia. Una di quelle a rilascio graduale. Il rivestimento è pieno di micropori che lasciano filtrare il farmaco lentamente. Questo è vuoto. Ma l'involucro a volte sopravvive nello stomaco per ore dopo aver svolto la sua funzione. Ne vediamo continuamente.

– È importante per noi? – chiese Fin.

– Forse, o forse no. Ma se questo è davvero il vomito dell'assassino, allora ci potrà dire qualcosa di lui che non avremmo potuto sapere altrimenti. Il farmaco contenuto nell'involucro non è detto che emerga dall'esame tossicologico, ma questo reperto ci può comunque dire che cosa prendeva l'assassino.

– Come?

Il professore piazzò la lente davanti al minuscolo involucro. – Con questa non si vede molto, ma se la cacci in un microscopio per dissezione di sicuro si vedranno numeri e lettere incise sulla superficie, e forse persino il simbolo di una casa farmaceutica. Possiamo controllare quei contrassegni e confrontarli con un prontuario per identificare il farmaco. Magari ci metteremo un po' di tempo, ma alla fine ci arriveremo –. Lasciò cadere con attenzione il fantasma di pastiglia in una bustina di plastica trasparente per le prove e la sigillò. – Vedete, di questi tempi siamo diventati davvero furbi.

– E il Dna? – Fin guardò i grumi secchi di cibo non digerito attaccati al tessuto della felpa, senza avere la minima idea di che cosa si trattasse. Sembrava che qualsiasi cibo tornasse sempre su con l'aspetto di porridge con carote a dadini. – Riuscirà a estrarlo da quella roba?

– Sí, credo proprio di sí. Nella saliva troveremo di sicuro cellule della mucosa orale. Si può estrarre Dna dal nucleo di qualsiasi cellula del rivestimento della bocca, dell'esofago e persino dello stomaco. Si staccano in continuazione e di sicuro ce ne saranno dentro il vomito.

– Ci vorrà molto? – chiese Gunn.

– Se portiamo il campione al laboratorio di genetica oggi pomeriggio... dunque, estrazione, amplificazione... dovremmo riuscire ad avere un risultato nella tarda mattinata di domani –. Il professore si accostò un dito alle labbra. – Ma non ditelo a nessuno, altrimenti poi tutti vorranno i loro risultati cosí in fretta.

Fin disse: – L'ispettore capo ha detto che preleverà fino a duecento campioni di Dna per confrontarli con quello che verrà estratto da questi reperti.

– Ah –. Il professor Wilson sorrise, facendo rizzare i peli della barba. – Per quello ci vorrà un po' piú di tempo. E poi non abbiamo ancora chiarito che questo non è il vomito della vittima.

Due assistenti in camice bianco e guantoni gialli di gomma trasportarono il corpo dal freezer a sei scomparti che si trovava dall'altra parte del corridoio fino al tavolo dell'autopsia. Angel Macritchie era un uomo grande e grosso. Ancora piú grosso di come Fin se lo ricordava e probabilmente una ventina di chili piú pesante dell'ultima volta in cui lo aveva visto. Non avrebbe sfigurato nella prima linea di una mischia di rugby. I folti capelli neri ereditati dal padre erano piú radi ora, e piú bianchi che neri. Da morto, la pelle era di un color stucco grigio chiaro. Le labbra che avevano insultato e i pugni che avevano ferito ora erano flaccidi e incapaci di infliggere i danni emotivi e fisici dispensati con tanta facilità per tutti gli anni della loro infanzia.

Fin lo guardò, cercando di restare impassibile, ma persino da morto la presenza di Angel lo metteva in tensione e gli stringeva lo stomaco al punto che si sentiva male fisicamente. Lasciò vagare lo sguardo sull'orribile apertura che aveva sull'addome. Dallo squarcio nella parete addominale erano fuoriuscite spire gonfie e lucide di intestino tenue di un marroncino rosato, trattenute da uno strato di grasso di cui Fin sapeva dall'autopsia di Edimburgo che si chiamava mesenterio. Sembrava che ci fosse anche un palloncino di intestino crasso che premeva per uscire. Il corpo aveva le cosce striate di sangue secco e liquidi corporei. Il pene minuscolo e flaccido sembrava un fico secco. Fin si girò e vide l'ispettore Gunn nella parte posteriore della stanza, quasi schiacciato contro la finestra. Era molto pallido.

Il professor Wilson prelevò del sangue dalle vene femorali in cima alle gambe e del vitreo dagli occhi. Fin aveva sempre faticato molto a guardare un ago che entra in una pupilla. Gli occhi hanno qualcosa di particolarmente vulnerabile.

Il professore, borbottando in modo quasi impercettibile in un piccolo registratore, esaminò prima i piedi, poi le gambe, e notò lividi viola e rossastri sulle ginocchia, prima di arrivare allo squarcio nell'addome. – Mmh. La ferita comincia piú in alto sul lato sinistro dell'addome, e la terminazione è in basso a destra, e diventa sempre piú affusolata fino a ridursi quasi a un graffio all'estremità.

– Questo è rilevante? – chiese Fin.

Il professore si raddrizzò. – Be', significa che la lama usata per infliggere la ferita è stata inserita nell'addome da destra a sinistra, guardando dal punto di vista dell'assassino.

Fin improvvisamente capí dove voleva arrivare. – A Edimburgo era da sinistra a destra. Significa che un assassino è destro e l'altro è mancino?

– Non si può stabilire, Fin. Ormai lo dovresti sapere, che cavolo! Con la stessa mano si può tagliare in entrambe le direzioni. Significa solo che sono due tagli diversi –. Fece scorrere un dito ricoperto di lattice lungo il bordo superiore della ferita, dove la pelle, seccandosi, si era scurita. – La ferita della vittima di Edimburgo era anche piú profonda, piú violenta, e ha staccato il mesenterio dal retroperitoneo. Ti ricorderai che c'era quasi un metro di intestino tenue che pendeva tra le gambe in anelli che erano stati in parte tagliati e svuotati –. Fin ricordò quell'odore sulla scena del delitto, e le strie verde chiaro e gialle nel sangue sparso sul marciapiede. E all'autopsia l'intestino tenue, svuotato dei suoi succhi, aveva un colore dorato smorto, piuttosto diverso da quello di Angel. – Qui c'è solo un piccolo cuneo di omento che è fuoriuscito, e un bulbo di colon trasverso –. Il professore si fece strada intorno alla ferita e alle sue protrusioni. La misurò. – Venticinque centimetri e mezzo. Mi sembra piú corta di quella di Edimburgo, ma devo controllare il dato. E quest'uomo è ben piú massiccio. Probabilmente offriva un bersaglio molto piú largo.

L'esame esterno si spostò a braccia e gambe. Il professore notò dei lividi intorno a entrambi i gomiti. Sulle mani c'erano vecchie cicatrici con macchie ostinate di grasso, e ne grattò via dell'altro, nero, che si era accumulato sotto le unghie smangiate. – Curioso. Queste non sembrano proprio le mani di un uomo che ha lottato furiosamente per respingere il proprio aggressore. Non ci sono tracce di traumi e nemmeno brandelli di cute sotto le unghie.

Un attento esame del torace evidenziò che nemmeno lí vi erano traumi. Ma sul collo c'erano dei lividi netti, dello stesso viola rossastro di quelli sulle ginocchia e sui gomiti. Una fila di quattro lividi rotondi sul lato sinistro del collo, due dei quali avevano un diametro di quasi dodici centimetri, e uno ovale, piú grande, sul lato destro. – Molto probabilmente sono stati provocati dalle dita. E si vedono le piccole abrasioni a forma di mezzaluna prodotte dalle unghie dell'assassino. Lungo il lato concavo ci sono scagliette di cute –. Il professore alzò lo sguardo verso Fin. – Sai, è interessante sapere quanto poca pressione basti per strangolare qualcuno. Non occorre farlo smettere di respirare, basta impedire che il sangue defluisca dal cervello. Basta una pressione solo di circa cinque chili per isolare le vene giugulari che trasportano il sangue dalla testa. Invece, per bloccare le arterie carotidi che trasportano il sangue verso la testa ne servono tredici. Servirebbero settantasei chili di pressione per isolare le arterie vertebrali, e trentotto per soffocare la trachea. In questo caso si nota un'emorragia petecchiale conclamata sul viso –. Tirò indietro le palpebre, sotto un grosso livido viola sulla tempia destra. – Sí, e anche qui intorno alle congiuntive. Il che potrebbe suggerirci che la causa della morte sia stata l'interruzione del drenaggio venoso.

Ritornò al collo. – Però è interessante che, ancora una volta, non ci sia alcuna indicazione che il nostro angelo abbia opposto resistenza in qualche modo. Qualcuno che si stesse difendendo, probabilmente, si sarebbe graffiato il collo nel tentativo di togliersi di dosso le mani dell'aggressore. Questo è un altro motivo per cui potevamo aspettarci di trovare tracce di cute sotto le unghie. È interessante anche rilevare che il trauma qui intorno al collo, inflitto dalla corda, e il colore del livido, indicherebbero che con ogni probabilità quando è stato appeso era già morto –. Si spostò verso la panca dove aveva disposto le fotografie. – E, se guardi la foto, la pozza di sangue per terra, e la confronti con il modo in cui il sangue e i fluidi hanno striato il corpo, si può solo trarre la conclusione che lo sventramento è avvenuto quando il nostro angelo era già stato appeso al soffitto, e dopo la sua morte. Quando la ferita gli è stata praticata, il sangue non era sotto pressione, altrimenti ci sarebbero degli spruzzi inconfondibili sul pavimento. Il sangue è semplicemente defluito dal corpo attraverso la ferita.

Gunn chiese: – Quindi vuol dire che prima lo hanno strangolato a morte, e poi l'hanno appeso alle travi e sbudellato?

– No, non dico niente del genere –. Il professore non era un tipo paziente. – Sto pensando ad alta voce. Cristo, abbiamo appena cominciato questa cazzo di autopsia.

Gli assistenti rigirarono con delicatezza il cadavere, e dei brandelli di carne si staccarono dalle pieghe di grasso intorno alla vita e caddero sull'acciaio freddo. Sulle natiche bianche, grosse e flaccide c'erano delle fossette screziate di peli neri e ispidi. La stessa peluria pubica cresceva riccia e fitta intorno al collo e alle spalle. Non c'erano segni visibili di traumi se non, ancora una volta, sul collo.

– Ahhh... – il professore scosse il capo, deluso. – Quasi speravo di trovare i monconi delle ali sotto le scapole –. Si spostò verso l'alto e si mise a esaminare attentamente la capigliatura, aprendola e richiudendola come se stesse cercando i pidocchi.

– Pensavi invece di trovare le corna? – chiese Fin.

– Ti sorprenderesti?

– No.

– Ahhh... – Questa volta il professore trovò qualcosa che non lo deluse. Andò a frugare nella cassetta degli strumenti, ne prese un bisturi e si rimise al lavoro sul corpo: cominciò a tagliare una zona di capelli in alto sul retro della testa, svelando una chiazza viola e rossa un po' piú grande di una noce, e un'ammaccatura ovale morbida al tatto. La cute era scoppiata e c'erano tracce di sangue secco. – Una bella botta sul cranio.

– Qualcuno l'ha preso alle spalle, – disse Fin.

– Sembrerebbe proprio cosí. E cadendo ha sbattuto ginocchia, braccia e fronte, piuttosto forte direi. La forma dell'ammaccatura sul cranio indica che l'hanno colpito con un tubo di metallo o una mazza da baseball, qualcosa di cilindrico. Capiremo di piú quando apriremo il cranio.

Con il cadavere supino e la testa sostenuta da un apposito blocco di metallo, il professor Wilson cominciò a sbucciare via gli strati dei segreti nascosti di Angel. Tracciò un'incisione a forma di Y, partendo da ciascuna spalla fino a un punto dello sterno, e poi scese con la lama, tagliando torace, stomaco e addome, fino al pube, in modo da poter aprire la carne da entrambi i lati per esporre la cassa toracica. Usò un paio di grosse cesoie per spezzare le costole prima di dislocarle all'altezza delle clavicole, poi asportò lo sterno ed entrambe le metà dello scudo che il corpo umano ha sviluppato per proteggere i delicati organi interni. Quegli organi furono asportati uno a uno – cuore, polmoni, fegato, reni – e portati al banco di lavoro all'estremità opposta della sala per essere pesati. Tutte le misure furono annotate su una lavagna, prima di sezionare gli organi in varie fette, come fossero una pagnotta, per esaminarli.

Angel non era stato certo nelle condizioni di salute ottimali per un uomo della sua età e della sua stazza: aveva i polmoni anneriti dai danni del fumo e le arterie ispessite, ma non in pericolo imminente di occlusione. Il fegato mostrava i danni di troppi eccessi alcolici e aveva il colore marrone-grigiastro di una lieve cirrosi, oltre a noduli e cicatrici. Per prendere i reni, il professore dovette scavare tra i fitti strati di grasso retroperitoneale.

La sacca viscida e piena di fluido dello stomaco fu lasciata sgocciolare in un recipiente d'acciaio inossidabile. Fin era nauseato dall'odore, mentre il professor Wilson sembrava impegnato ad assaporarlo. Annusò l'aria varie volte, come un cane, con gli occhi chiusi. – Curry, – disse. – Potrebbe trattarsi di agnello *bhuna* –. Gli occhi ebbero un guizzo d'allegria nel notare la repulsione di Fin.

L'ispettore Gunn disse con voce fioca: – Ha preso un piatto di curry alla *Balti House* di Stornoway alle otto di sabato sera circa.

– Mmh, – disse il professore. – Ieri sera ne avevo proprio voglia.

Fin espirò forte con disgusto: – C'è anche odore di alcol.

– Secondo i testimoni si era bevuto piú di qualche birra al *Crobost Social* dopo essere tornato dalla città, – gli disse Gunn.

– Be', – osservò il professore, – direi che il contenuto dello stomaco è piú o meno intatto. Digerito solo parzialmente. Nessuna identificazione di residui di medicinali. Rilevato odore di etanolo. Qualsiasi mistura idiota di curry e di alcol si sia ingollato, di sicuro non l'ha ricacciata su. Quindi credo che possiamo cominciare a propendere per l'ipotesi che il vomito sui suoi abiti sia davvero quello dell'assassino.

Il medico legale cominciò quindi a liberare l'intestino dagli strati di grasso, srotolandoli e tagliandoli per lungo con un paio di forbici. La puzza di escrementi era quasi insostenibile. Fin riusciva a stento a trattenere i conati di vomito. Sentí Gunn che annaspava, si girò e lo vide con una mano salda su naso e bocca. Lui, invece, voleva tenere duro.

Finalmente gli scarti dell'intestino furono gettati in un secchio e portati via. – Niente da rilevare, – disse il professor Wilson, all'apparenza imperturbato. Si mise all'opera sul collo e tirò sul viso del cadavere il lembo di cute che aveva creato con il taglio a forma di Y, rivelando i danni causati a ossa e cartilagini dallo strangolamento e dall'impiccagione successiva, ma stabilí subito che l'osso del collo non era rotto.

Praticò un'incisione sulla nuca, da un orecchio all'altro, e abbassò il cuoio capelluto sopra il viso per mettere a nudo il cranio. Allontanò Fin dal tavolo operatorio mentre uno degli assistenti prendeva la sega vibrante per tagliare la sommità del cranio per poi asportarla e far cadere il cervello in un altro bacile d'acciaio inossidabile. Il professore esaminò il cranio e annuí con soddisfazione. – Proprio come pensavo. C'è una zona di emorragia subgaleale sopra l'osso parietale sinistro, dai due ai tre centimetri e mezzo, che ha piú o meno la stessa dimensione della contusione sul cuoio capelluto. E una lieve emorragia subdurale profonda. Nel punto esattamente speculare sull'osso parietale, come sospettavo, c'è una frattura. Si tratta di un tubo di metallo, una mazza da baseball, o qualcosa del genere che è stata usata per colpirlo alle spalle. Se anche non avesse perso i sensi, non sarebbe stato in condizioni di opporre resistenza.

Fin andò a curiosare sul bancone dove il medico aveva appoggiato le fotografie scattate sul luogo del delitto. La rimessa per le barche sembrava illuminata come un teatro dove al tecnico delle luci fosse scappata la mano. I colori erano sinistri e inquietanti, il sangue si era già seccato fino a diventare di un marrone rugginoso. Il corpo morto di Angel sembrava inverosimilmente grande, lembi di carne azzurrognola a strati. Le spire d'intestino che uscivano dal ghigno sull'addome parevano irreali. Tutto aveva la patina dozzinale e crudele di un brutto B-movie anni Sessanta. Ma Fin cominciava a farsi un quadro delle ultime ore di Angel.

L'uomo era andato a Stornoway a mangiare un curry, poi era tornato a Ness, dove aveva bevuto svariate birre al *Crobost Social Club*. Aveva accompagnato l'assassino alla rimessa per le barche di Port of Ness, oppure si erano incontrati lí. Per quale motivo, non si sapeva. Ma in ogni caso Angel doveva conoscere il suo omicida, o essere a suo agio a tal punto da voltargli le spalle, dandogli l'opportunità di aggredirlo da dietro. Stordito e atterrato da un colpo alla nuca, era stato girato supino e strangolato. L'assassino doveva essere in una situazione di forte tensione nervosa, sovreccitato, con l'adrenalina in circolo. Aveva vomitato sulla propria vittima.

Imperterrito, a quanto pareva, aveva spogliato Angel. Di sicuro aveva impiegato qualche tempo per quell'operazione, tutt'altro che semplice, dato il peso morto di oltre un quintale. Cosa ancora piú incredibile, gli aveva legato una corda intorno al collo, l'aveva fatta passare su una trave del soffitto e aveva messo il cadavere in piedi, tanto da riuscire ad appenderlo con i piedi a piú di quindici centimetri da terra. Il che svelava alcune cose sull'omicida. Era un uomo forte. E, nonostante l'atto dell'omicidio l'avesse letteralmente fatto vomitare, era molto determinato. Piú tempo ci impiegava, piú aumentava il rischio di essere sorpreso. Doveva sapere che la rimessa era un ritrovo tipico per le coppiette il sabato sera, e che lo avrebbero scoperto da un momento all'altro. Eppure, non contento di averlo ucciso, l'aveva spogliato, impiccato e sbudellato. Una procedura lunga e sporchevole. In tutti quei pensieri c'era qualcosa che metteva a disagio Fin.

Si girò verso il professor Wilson. – Come considera il confronto con l'omicidio di Leith Walk? Abbiamo a che fare con lo stesso assassino?

Il professore si alzò gli occhialoni sulla fronte e abbassò la mascherina sotto la barba. – Sai come vanno le cose, Fin. I medici legali non dànno mai una risposta definitiva, e non sarò certo io a infrangere questa tradizione –. Sospirò. – A prima vista, il modus operandi è molto simile. Entrambi aggrediti alle spalle, colpiti alla testa, storditi e poi strangolati. Entrambi svestiti e ritrovati appesi per il collo. Entrambi sbudellati. Sí, ci sono alcune differenze nell'angolazione e nella profondità della ferita. E l'omicida del nostro Angel era agitato a tal punto da vomitare sulla vittima. Non possiamo sapere se a Edimburgo sia successo lo stesso. Sul corpo non c'erano tracce di vomito e non abbiamo mai ritrovato gli abiti. Però, ricorderai che su quel cadavere sono state rinvenute fibre di moquette, ipotizzando quindi che la vittima fosse stata uccisa altrove e poi portata a Leith per essere appesa e messa in mostra. Di sicuro a Edimburgo c'era meno sangue, probabilmente perché era trascorso un po' di tempo tra la morte e lo sventramento.

Il professore cominciò la procedura di ricomposizione del cadavere sul tavolo operatorio davanti a sé. – Il fatto è, Fin, che le circostanze e l'ambientazione sono talmente diverse che anche i particolari risulteranno molto diversi. Quindi la verità è che, senza prove certe nell'una o nell'altra direzione, è impossibile dire se i due omicidi siano stati compiuti dalla stessa persona oppure no. Forse la natura rituale di questi omicidi potrebbe portarti a pensare che sia cosí, ma d'altro canto molti quotidiani hanno riportato nei particolari i fatti salienti dell'omicidio di Leith Walk. Quindi, se qualcuno voleva replicarlo, poteva farlo piuttosto facilmente.

– Ma perché mai uno dovrebbe voler fare una cosa del genere? – chiese Gunn. Ora sembrava un po' meno verde di spavento.

– Faccio il medico legale, non lo psichiatra –. Il professore incenerí Gunn con lo sguardo, prima di tornare a rivolgersi a Fin. – Preleverò dei campioni di cute e vediamo se emerge qualcosa dall'esame tossicologico. Ma non aspettatevi ulteriori illuminazioni.

3.

La strada per Barvas usciva da Stornoway con i suoi tornanti, lasciandosi alle spalle vedute spettacolari in direzione di Coll, Loch a Tuath e Point, con la luce del sole che scintillava dall'altra parte della baia, e le nuvole sfrangiate che inseguivano la propria ombra sull'acqua azzurra e profonda. Di fronte si stendevano venti chilometri di brughiera spoglia, man mano che la strada si raddrizzava e conduceva a nord-ovest in direzione del piccolo villaggio di Barvas sulla costa occidentale. Era un paesaggio cupo, che in un attimo di sole si poteva trasformare in modo del tutto inatteso. Fin conosceva bene quella strada, in tutte le stagioni, eppure non aveva mai cessato di stupirsi per come quegli acri interminabili di torbiere uguali a se stesse potessero cambiare nel giro di un mese, di un giorno o persino di un minuto. Il colore paglierino spento dell'inverno, i tappeti di minuscoli fiorellini bianchi primaverili, i viola abbaglianti dell'estate. A destra il cielo si era annerito e da qualche parte nell'entroterra cadeva la pioggia. A sinistra il cielo era limpido e il sole estivo illuminava il paesaggio, lasciando vedere in lontananza la sagoma pallida dei monti di Harris. Fin si era dimenticato di quant'era grande il cielo lassú.

I due poliziotti proseguivano in silenzio, i pensieri pieni delle immagini di carneficina autoptica a cui avevano appena assistito. Non c'è nulla che ricordi la propria mortalità come vedere un altro essere umano che giace nudo sul freddo tavolo di un obitorio.

A circa metà del percorso, la strada scendeva bruscamente prima di risollevarsi in un'altura dalla quale si vedeva in distanza l'Atlantico, che sfogava la sua rabbia inesorabile su una linea costiera frastagliata. Nella valletta del punto piú basso, a circa cento metri sul lato settentrionale della strada c'era una casupola di pietra con il tetto d'alluminio dipinto di un verde vivace. Una capanna di pastori, che una volta gli affittuari dei poderi sulla costa usavano come dimora estiva, quando spostavano gli animali nell'entroterra per farli pascolare meglio. Sull'isola ce n'erano ovunque. La maggior parte era caduta in disuso da molto tempo, come quella. Fin vedeva la capanna dal tetto verde nella brughiera di Barvas ogni lunedí mattina quando partiva per andare al convitto scolastico di Stornoway. E la rivedeva di nuovo il venerdí. La conosceva sotto qualsiasi condizione meteorologica. E spesso, proprio come oggi, illuminata dal sole del Sud, si stagliava con la sua sagoma vivace e colorata contro un cielo nerissimo a nord. La capanna è un punto di riferimento che pressoché tutti, uomini, donne e bambini dell'isola riconoscerebbero. Per Fin, però, aveva un significato speciale, e vederla ora lo riempí di un dolore che aveva dimenticato da tempo, o se non altro sepolto in un luogo oscuro dove non aveva la minima voglia di tornare. Ma, finché si trovava sull'isola, sapeva che avrebbe incontrato ricordi del suo passato che non era in grado di evitare. Ricordi che, come le cose infantili, aveva messo da parte quando era diventato uomo, circa vent'anni prima.

Il viaggio lungo la costa occidentale lo immerse a fondo nel passato, e restò in silenzio sul sedile del passeggero mentre Gunn guidava. Lunghe strade vuote collegavano insediamenti brulli ed esposti, raccolti intorno a chiese di tante denominazioni diverse. La Chiesa di Scozia. La Chiesa libera unita di Scozia. La Chiesa libera di Scozia. La Chiesa libera di Scozia post XX secolo, o *Wee Frees*, come erano universalmente note le chiese libere. Ognuna era una scissione dalla precedente. Ognuna era testimonianza dell'incapacità degli uomini di andare d'accordo con gli altri uomini. Ognuna una forza aggregante per l'odio e la sfiducia nel prossimo. Fin guardò passare i villaggi, come immagini in movimento di un vecchio album di famiglia, ogni edificio, ogni recinzione e filo d'erba evidenziato con nettezza drammatica dal sole che avevano dietro. Non si vedeva anima viva. Solo qualche auto sulla strada ogni tanto, oppure ferma davanti all'emporio di un villaggio o a una stazione di servizio. Anche le minuscole scuole elementari dei villaggi erano vuote, ancora chiuse per le vacanze estive. Fin si chiese dove fossero tutti i bambini. Alla loro destra, la torbiera si perdeva in un'infinita foschia, interrotta solo da qualche pecora stoica che resisteva saldamente al vento forte dell'Atlantico. Alla sinistra, l'oceano si abbatteva in cicli eterni sulle spiagge e nelle insenature rocciose, con la schiuma bianca e cremosa che cozzava sullo gneiss scuro e caparbio, la roccia piú antica del mondo. All'orizzonte si distingueva a malapena, come un miraggio lontano, la sagoma di una nave cisterna.

A Cross, Fin vide che l'albero che una volta cresceva alto al riparo del *Cross Inn* era stato abbattuto. Un punto di riferimento scomparso. Era l'unico albero della costa occidentale. Senza di lui, il villaggio sembrava stranamente nudo. L'edificio della Chiesa libera di Cross dominava ancora il paesaggio, con il suo granito scuro che torreggiava sulle case con i doppi vetri e l'intonaco scozzese degli isolani ostinati, decisi a resistere al clima avverso. E ogni tanto le loro preghiere venivano esaudite. Perché a volte, in giornate come quella, il vento s'impietosiva e il cielo lasciava passare il sole per ammorbidirne la lama tagliente. Una vita dura ricompensata da fuggevoli momenti di piacere.

Non lontano dalla chiesa la strada saliva e a Fin si aprí la vista dell'estremità settentrionale dell'isola. I frontoni dei cottage dipinti di bianco erano illuminati dal sole lungo tutto l'orizzonte a est, tra le rovine delle vecchie *blackhouse*, spuntoni di pietra lavorata disposti in ordine sparso che sporgevano dalla torba. E Fin vide la curva familiare della terra che scendeva in picchiata verso il villaggio di Crobost sulla strada costiera, e la sagoma caratteristica di una chiesa costruita solo per dimostrare agli abitanti di Cross che gli abitanti di Crobost erano devoti quanto loro.

La strada principale, oltrepassate le deviazioni in direzione di Crobost e Mealanais, li portò giú ad attraversare Swainbost e Lionel fino al piccolo villaggio di Port of Ness. Lí la strada finiva e le scogliere formavano un porto naturale all'estremità nordoccidentale di una spiaggia vuota e dorata lunga quasi un chilometro. L'uomo aveva accentuato gli effetti della natura costruendo un frangiflutti e una muraglia per il porto. Un tempo le barche da pesca e quelle con le reti a strascico avevano svolto il loro compito dentro e fuori dal porto. Ma la natura si era vendicata, abbattendo il frangiflutti a un'estremità, dove i grossi blocchi di rocce e cemento semisommersi avevano lottato contro l'assalto del mare e non erano riusciti a resistere. Ormai il porto era completamente abbandonato, usato come rifugio solo da pescherecci di piccole dimensioni come quelli per la pesca dei granchi, oppure da gommoni.

Gunn parcheggiò fuori dall'*Ocean Villa*, di fronte alla strada del porto. Il nastro giallo e nero che impediva l'accesso del pubblico alla scena del crimine lanciava frustate e si dimenava al vento. Un agente in uniforme, appoggiato contro il muro della *Harbour View Gallery*, gettò rapido la sigaretta riconoscendo Gunn che scendeva dal posto di guida. Qualche buontempone aveva cancellato la lettera «S» dal cartello «To the Shore», verso la riva, facendolo diventare «To the Hore», verso la puttana, in scozzese. Fin si chiese se fosse un commento sulla trafila di ragazze che in quegli anni avevano perso la verginità nella rimessa dove, il sabato precedente, era morto un angelo caduto.

Scavalcarono il nastro e seguirono la strada tortuosa fino al riparo della banchina. La marea era alta, e l'acqua verde sulla sabbia gialla. Alla muraglia interna erano legati un gruppo di gommoni e una barca per la pesca dei granchi e sulla banchina sopra di loro erano ammucchiate delle nasse, a fianco di un intrico di reti verdi e di boe da segnalazione rosa e gialle. Una barca piú grande, trascinata fuori dall'acqua, era inclinata sulla sabbia con un'angolazione pericolosa.

La rimessa per le barche era piú o meno come Fin se la ricordava. Tetto di lamiera verde, muri dipinti di bianco. Il lato destro era aperto ed esposto alla furia degli elementi. Sulla parete posteriore due finestrelle davano sulla spiaggia. Sul lato sinistro c'erano due grandi portoni di legno. Uno era chiuso e l'altro semiaperto, e mostrava una barca con il suo rimorchio all'interno. Qui c'era altro nastro della polizia. Fin e Gunn entrarono nella penombra della metà chiusa dell'edificio. C'era ancora la macchia del sangue di Angel sul pavimento, e l'odore di morte persisteva insieme ai vapori del gasolio e all'acqua salmastra. Sulla traversa del tetto alla quale l'assassino aveva appeso Angel si era formato un solco. Lí dentro i rumori del mare e del vento erano attutiti, ma costituivano comunque una presenza forte. Dalle finestre strette, Fin vide che la marea stava mutando e l'acqua cominciava a ritirarsi dalla sabbia liscia e umida.

A parte la macchia, la pavimentazione di cemento era pulita in modo innaturale: gli uomini con le tute in *tyvek* avevano raccolto scrupolosamente tutti i rifiuti per farli esaminare in laboratorio. I muri erano segnati dalle scritte di un'intera generazione. «Murdo è un finocchio»; «Anna ama Donald» e il vecchio classico «'Affanculo il papa». Fin trovava il tutto deprimente in modo quasi intollerabile. Uscí nella metà aperta della rimessa e fece un respiro profondo. Alle travi era appesa un'altalena rudimentale, due pezzi di legno legati insieme con una corda di plastica arancione per creare il sedile. La stessa corda arancione che era stata usata per appendere Angel alle travi lí di fianco. Fin sentí che alle sue spalle c'era Gunn. Senza girarsi, gli chiese: – Abbiamo una vaga idea del perché qualcuno poteva volerlo uccidere?

– Non gli mancavano i nemici, signor Macleod. Lei di sicuro lo sa. C'è tutta una generazione di uomini di Crobost che in un momento o l'altro della vita ha sofferto per mano di Angel Macritchie o di suo fratello.

– Oh, sí –. Fin sputò per terra come se quel ricordo gli mettesse in bocca un gusto amaro. – Io ero uno di loro –. Si girò e sorrise. – Forse dovresti chiedermi dov'ero sabato sera.

Gunn alzò un sopracciglio. – Forse dovrei, signor Macleod.

– Ti spiace se facciamo due passi in spiaggia, George? È passato tanto tempo.

Dalla parte della terraferma, la spiaggia era contornata da scogli frastagliati non piú alti di una decina di metri e sul lato opposto la sabbia lasciava spazio ad affioramenti rocciosi che arrivavano esitanti fino all'acqua, come se ne stessero saggiando la temperatura. Alcuni raggruppamenti di rocce, ammassati qua e là nella baia, erano appena visibili sopra il frangersi delle onde. Fin aveva passato ore su quella spiaggia da bambino, a raccogliere rifiuti e rottami, a prendere i granchi nelle pozze, ad arrampicarsi sugli scogli. Ora lui e Gunn lasciavano impronte sulla sabbia vergine. – Il fatto è che aver subito episodi di bullismo a scuola venticinque anni fa non è certo il movente per un assassinio, – disse Fin.

– A quanto pare, signor Macleod, c'erano molte piú persone che gli portavano rancore di quelle con cui faceva il bullo.

– Quali persone, George?

– Be', tanto per cominciare, abbiamo in archivio a Stornoway due inchieste aperte contro di lui. Una per aggressione e l'altra per stupro. In teoria, in entrambi i casi le indagini sono ancora in corso.

Fin era sorpreso solo dalla querela per aggressione. – A meno che non fosse cambiato dai tempi in cui lo conoscevo io, Angel Macritchie era sempre impegnato in qualche rissa. Ma quegli episodi venivano ogni volta sistemati in un modo o nell'altro, facendo a pugni nel parcheggio, concedendosi una birra al bar. Nessuno è mai andato dalla polizia.

– Ma qui non si tratta di qualcuno della zona. Nemmeno di un abitante dell'isola. E senza dubbio Angel l'ha riempito di botte. È solo che non siamo riusciti a far testimoniare nessuno di averlo visto.

– Cos'è successo?

– Be', è un bastardo animalista di Edimburgo. Si chiama Chris Adams. Direttore delle campagne per *Allies for Animals*.

Fin sbuffò. – Che ci faceva qui? Voleva proteggere le pecore dalle violenze sessuali dopo l'ora di chiusura dei pub il venerdí sera?

Gunn rise. – Per stroncare quell'abitudine ci vorrebbe ben di piú di un animalista, signor Macleod –. Il sorriso si spense. – No, è venuto qui, e ci è rimasto, per cercare di fermare la caccia alle *guga* di quest'anno.

Fin fischiò piano. – Cristo! – Era una cosa a cui non ripensava da anni. *Guga* era il nome gaelico delle giovani sule, uccelli che gli uomini di Crobost cacciavano ogni anno in agosto durante un viaggio di due settimane fino a una roccia ottanta chilometri a nord-ovest dell'estremità dell'isola di Lewis. An Sgeir, lo chiamano. «Lo scoglio», per antonomasia. Cento metri di roccia sferzati dalle tempeste che sorgono in mezzo all'oceano settentrionale. Ogni anno in quel periodo erano ricoperti di sule nidificanti con i loro pulcini. Era una delle colonie di sule piú importanti del mondo e gli uomini di Ness vi si recavano in pellegrinaggio annuale da oltre quattrocento anni, attraversando mari colossali in barchini aperti per portare a casa le loro prede. Ultimamente vi si recavano con barche per la pesca a strascico. Dodici uomini del villaggio di Crobost, l'unico rimasto a Ness che portasse avanti quella tradizione. Si accampavano sullo scoglio per due settimane, arrampicandosi con ogni condizione meteorologica, e rischiavano l'osso del collo per tendere trappole agli uccellini nei nidi e ucciderli. In origine quel viaggio veniva fatto per necessità, per alimentare gli abitanti rimasti nei villaggi. Ora la *guga* era un piatto ricercato, molto richiesto in tutta l'isola. Ma la cattura era limitata da una legge apposita a solo duemila esemplari, una dispensa speciale inserita nella legge per la protezione degli uccelli, approvata a Londra alla Camera dei Comuni nel 1954. E quindi al giorno d'oggi una famiglia poteva assaggiare la *guga* solo per un caso fortunato, o grazie alle conoscenze giuste.

Fin ricordava ancora distintamente, con l'acquolina in bocca, il gusto oleoso di quella carne sulla lingua. Conservata in salamoia e poi bollita, aveva la consistenza dell'anatra e il sapore del pesce. Secondo alcuni solo col tempo si poteva apprezzare quel gusto, ma Fin ci era cresciuto insieme. Era una ghiottoneria stagionale. Due mesi prima che gli uomini partissero per lo scoglio, cominciava a pregustarne il sapore, proprio come faceva ogni anno per il gusto ricco del salmone selvaggio durante la stagione della pesca di frodo. Suo padre riusciva sempre a procurarsi uno o due uccelli e la famiglia ci banchettava per una settimana. Altri invece li conservavano in barili d'acqua salata e li dilazionavano durante l'anno. Ma, conservata cosí, la carne sapeva troppo di cacciagione per i gusti di Fin, e il sale gli bruciava la bocca. Le *guga* gli piacevano appena catturate dallo scoglio, servite con le patate e annaffiate con il latte.

– Hai mai assaggiato la *guga*? – chiese a Gunn.

– Sí. Mia madre conosceva qualcuno a Ness e di solito riuscivamo a procurarcene una tutti gli anni. E quindi questi *Allies for Animals* stanno cercando di bloccare il viaggio?

– Sí.

– Angel andava sempre allo scoglio, no? – Fin si ricordò che l'unica volta in cui anche lui aveva fatto parte dei dodici uomini di Crobost, per Angel era la seconda volta. Quel ricordo fu come un'ombra che gli passò sopra.

– Regolare come un orologio. Era il cuoco.

– Quindi non avrebbe preso troppo bene un tentativo di sabotaggio.

– Infatti è cosí –. Gunn scosse il capo. – Ma non era certo l'unico. Ed è per questo che non riusciamo a trovare nessuno che abbia assistito al pestaggio.

– Gli ha causato danni gravi?

– Molti lividi sul corpo e sul viso. Un paio di costole rotte. Niente di terribile. Ma il ragazzo se lo ricorderà per un po'.

– Ma allora perché è ancora qui?

– Perché spera ancora di riuscire a impedire che la barca porti gli uomini allo scoglio. È un cretino del cavolo! Domani arriva un gruppo di attivisti con il traghetto.

– Quando devono partire per An Sgeir? – Solo pronunciare quelle parole fece rabbrividire leggermente Fin.

– Nel giro di uno o due giorni. Dipende dal tempo.

Erano arrivati all'estremità opposta della spiaggia e Fin cominciò ad arrampicarsi sulle rocce.

– Io non ho le scarpe adatte, signor Macleod –. Gunn era in equilibrio precario su quella roccia nera e scivolosa.

– Da qui conosco una strada per arrivare in cima alla scogliera, – disse Fin. – Dài vieni, è facile.

Gunn gli arrancò dietro, quasi a quattro zampe, mentre si inerpicavano per un sentierino stretto di pietrisco che faceva dietrofront su se stesso prima di arrivare a una serie di gradini naturali, ma irregolari, che finalmente li portarono fino alla cima. Da lí si vedeva, attraverso il *machair*, il punto in cui le case di Crobost erano annidate nel declivio della strada costiera, raccolte intorno alla presenza tetra e imponente della sede della Chiesa libera dove Fin da bambino aveva passato cosí tante domeniche fredde e deprimenti. Il cielo dietro alla chiesa si stava annerendo di pioggia, e Fin ne sentiva l'odore nel vento, proprio come gli capitava un tempo. Si sentiva elettrizzato dalla salita e godeva delle leggere sferzate del vento teso, libero da tutti i pensieri su An Sgeir. Gunn era senza fiato e preoccupato per i graffi sulle scarpe nere e lucide. – Era da moltissimo che non ci venivo, – disse Fin.

– Io sono uno di città, signor Macleod –. Gunn era senza fiato. – Non ho mai fatto una cosa del genere.

Fin sorrise. – Ti fa bene, George –. Si sentiva meglio di quanto non gli capitava da parecchio. – E allora, pensi che l'animalista abbia ucciso Angel Macritchie per vendicarsi di essere stato pestato?

– No, sinceramente. Non è il tipo. È un po'... – cercò la parola giusta. – Una checca. Ha presente? – Fin annuí, pensieroso. – Ma sono abbastanza vecchio da sapere che a volte sono le persone piú improbabili che commettono i crimini piú tremendi, signor Macleod.

– E viene da Edimburgo –. Fin rifletteva. – Qualcuno ha controllato per vedere se ha un alibi per il delitto di Leith Walk?

– No, signore.

– Potrebbe essere un'idea. La prova del Dna lo assolverà o lo incriminerà per l'omicidio di Macritchie, ma ci vorranno un paio di giorni. Forse è il caso di andare a parlargli.

– Sta alla *Park Guest House* in città, signor Macleod. Credo che *Allies for Animals* non abbia un budget altissimo. E l'ispettore capo Smith gli ha detto di non lasciare l'isola.

Cominciarono ad attraversare il *machair* diretti verso la strada, con le pecore che si sparpagliavano davanti a loro man mano che procedevano. Fin alzò la voce per farsi sentire sopra il vento. – E stupro, hai detto. Che storia è?

– Una sedicenne l'ha accusato di violenza.

– E l'ha violentata davvero?

Gunn fece spallucce. – In molti casi di questo genere è difficilissimo ottenere la prova che serve per formulare un'accusa.

– Be', forse non ci riguarda. Non in questo caso, comunque. Direi che per una sedicenne sarebbe quasi impossibile fare a Macritchie quello che gli ha fatto il suo assassino.

– Forse sí, signor Macleod. Ma il padre della ragazza ne sarebbe piú che capace.

Fin si fermò di colpo. – Chi è il padre?

Gunn fece un cenno in direzione della chiesa in lontananza. – Il reverendo Donald Murray.

Quattro

Mancavano solo tre giorni alla notte dei falò. Avevamo raccolto una montagna di vecchi copertoni e non vedevamo l'ora di preparare il falò piú grande di Ness. Ce n'era uno in ogni villaggio e tutti volevano che il proprio fosse il migliore. A quei tempi era una gara che prendevamo molto sul serio. Avevo tredici anni e frequentavo la seconda media a Crobost. Gli esami che avrei sostenuto alla fine di quell'anno avrebbero piú o meno deciso il mio futuro. E il resto della vita è una responsabilità grossa da assumersi a tredici anni.

Se gli esami mi fossero andati bene avrei frequentato la Nicolson a Stornoway e magari anche il biennio di preparazione e avrei sostenuto gli esami per l'ammissione all'università. Avrei avuto l'occasione di continuare gli studi, la possibilità di fuggire.

Se fossero andati male avrei frequentato la Lews Castle School, che a quell'epoca aveva ancora sede proprio dentro il castello. Lí avrei ricevuto un'istruzione professionale. Quella scuola aveva la fiera tradizione di sfornare marinai di prim'ordine. Ma io non avevo la minima intenzione di andare per mare, e nemmeno volevo imparare un mestiere e restare poi bloccato in qualche cantiere edile come mio padre quando non era piú riuscito a campare di sola pesca.

Il problema era che non stavo andando troppo bene. La vita di un tredicenne è piena di distrazioni. Come la notte dei falò. E poi, ormai da cinque anni vivevo con mia zia, e lei mi faceva lavorare nel podere, a tagliare le formelle di torba, disinfestare le pecore, sovrintendere alla nascita degli agnelli, portare dentro il fieno. A lei non interessava se andavo bene o male a scuola. E a quell'età non è molto facile motivarsi a restare alzati fino a tardi su qualche arido libro di storia o di equazioni matematiche.

Fu allora che il padre di Artair venne a trovare mia zia e si offrí di darmi lezioni private. Mia zia gli disse che era pazzo. Lei non si sarebbe mai potuta permettere delle lezioni private. Lui rispose che non ce n'era bisogno. Dava già lezioni ad Artair, e per lui non sarebbe stato un problema darle anche a me. Poi, le aveva detto – e lo so perché lei me lo raccontò in seguito, parola per parola, e con grande scetticismo nella voce – che secondo lui ero un ragazzo intelligente che rendeva meno di quanto avrebbe potuto. E che, con una spintarella nella direzione giusta, era sicuro che avrei passato gli esami di fine anno e sarei potuto andare alla Nicolson. E, chissà, forse persino all'università.

Fu cosí che quella sera ero seduto a un tavolo nella stanzetta sul retro della casa di Artair, che a suo padre piaceva chiamare il suo studio. Una parete intera era ricoperta di scaffali imbarcati sotto il peso dei libri ammassati su tutta la loro lunghezza. Centinaia di libri. Ricordo di essermi chiesto com'era possibile che una persona leggesse cosí tanti libri in un'unica vita. Il signor Macinnes aveva un tavolo di mogano con il piano rivestito di cuoio lavorato verde e una sedia del capitano intonata. Il tavolo era accostato al muro di fronte alla libreria. C'era una grossa poltrona comoda dove il padre di Artair si sedeva a leggere, con a fianco un tavolino con una lampada flessibile. Se alzava lo sguardo, fuori della finestra vedeva il mare. Per dare lezione a me e ad Artair usava un tavolino che collocava al centro della stanza. Noi stavamo su sedie dure e davamo le spalle alla finestra, per non lasciarci distrarre dal mondo di fuori. A volte ci teneva insieme, soprattutto per la matematica. Ma piú spesso ci istruiva separatamente. I ragazzi, messi insieme, hanno l'abitudine di incoraggiarsi a vicenda a perdere la concentrazione.

Ora non ricordo molto di quelle lunghe ore di lezione nelle sere buie d'inverno e alle prime luci della primavera, se non che mi annoiavano. Strano, però, quali siano le cose che mi ricordo. Come, per esempio, il color cioccolato del tavolino da gioco rivestito di feltro e la macchia chiara e ben delineata di caffè sul panno, che sembrava la mappa di Cipro. Mi ricordo una vecchia macchia marrone di umidità nell'angolo del soffitto che mi faceva pensare a una sula in volo, e la crepa nell'intonaco che la divideva in due parti e attraversava obliqua il cornicione prima di sparire sotto una carta da parati color crema con motivi in rilievo. Mi ricordo anche una crepa nel telaio della finestra, notata durante gli sguardi che riuscivo a lanciare verso il mondo di fuori, e l'odore di pipa stantio che aveva sempre addosso il padre di Artair, per quanto non ricordi di averlo mai visto fumare.

Il signor Macinnes era alto e magro, e aveva una buona decina d'anni piú di mio padre. Immagino che gli anni Settanta siano stati il decennio in cui probabilmente ammise a se stesso di non essere piú giovane. Ma si portò dietro fino agli anni Ottanta inoltrati una pettinatura che allora non era già piú di moda. È strano come le persone possano restare imprigionate nel periodo della loro vita che li ha definiti, e vi rimangano attaccati per tutti i decenni successivi: gli stessi capelli, lo stesso stile nel vestire, la stessa musica, anche se il mondo intorno a loro è cambiato tanto da essere irriconoscibile. Mia zia era imprigionata negli anni Sessanta: mobili in tek, moquette viola, intonaco arancione, i Beatles. Il signor Macinnes ascoltava gli Eagles. Mi ricordo albe di tequila e un hotel in California.

Ma non era un intellettuale decadente. Il signor Macinnes era in forma. Gli piaceva navigare ed era un assiduo partecipante al viaggio annuale fino ad An Sgeir per catturare le *guga*. Quella sera era arrabbiato con me perché avevo scarsa concentrazione. Quando ero arrivato, Artair moriva dalla voglia di dirmi qualcosa, ma suo padre mi aveva fatto sgattaiolare nello studio e aveva detto a suo figlio di stare buono. Qualsiasi cosa fosse, poteva aspettare. Ma dall'altro lato della porta sentivo l'impazienza di Artair, e alla fine il signor Macinnes capí che stava combattendo una battaglia persa e mi lasciò libero.

Artair non vedeva l'ora di portarmi fuori, e ci precipitammo nel buio, lungo il sentiero che dalla porta di casa conduceva al cancello. Era una serata gelida, con il cielo nero come si vede raramente, incastonato di stelle che sembravano fisse come gioielli. Non c'era vento e sulla brughiera si stava già depositando una brina spessa e bianca, come polvere, che cominciava lentamente a scintillare man mano che la luna si alzava nella sua posizione autunnale, gettando la propria luce meravigliosa su un mare eccezionale e quieto. Sopra le Ebridi stazionava l'alta pressione e avevano detto che ci sarebbe rimasta per qualche giorno. Il tempo ideale per la notte dei falò.

Sentivo l'esaltazione di Artair che gli rendeva affannoso il respiro. Era diventato un ragazzo forte e grosso, piú alto di me, ma ancora perseguitato dall'asma che a volte minacciava di bloccargli le vie respiratorie. Aspirò a lungo dal suo spruzzetto. – I ragazzi di Swainbost hanno trovato un vecchio pneumatico di trattore. Ha un diametro di oltre un metro e ottanta!

– Cazzo! – esclamai. Uno pneumatico come quello sarebbe bruciato meglio di qualsiasi cosa avessimo. Ne avevamo raccolti piú di una decina, ma erano solo camere d'aria di automobili e biciclette. E di sicuro i ragazzi di Swainbost ne avevano ammucchiati di simili. – Dove l'hanno preso?

– Che importa? Il fatto è che l'hanno preso e avranno un falò molto migliore del nostro –. Fece una pausa, osservando la mia delusione, poi sorrise. – Forse.

Sentii che stavo aggrottando le sopracciglia. – Cosa intendi con forse?

Artair assunse un'aria cospiratoria. – Non sanno che noi siamo al corrente che ce l'hanno. Lo tengono nascosto da qualche parte e lo porteranno fuori solo la notte dei falò.

Forse era colpa dell'ora passata rinchiuso nello studio del signor Macinnes, ma mi sembrava di non capire. – E allora?

– Credono che, se lo sapessimo, saremmo invidiosi e cercheremmo di sabotarli.

Cominciava a fare freddo. – Be', adesso lo sappiamo. Ma non vedo come cavolo possiamo sabotare lo pneumatico di un trattore.

– Ma noi mica lo sabotiamo –. Gli occhi di Artair brillavano di esaltazione. – Noi lo rubiamo.

Il che mi colse completamente di sorpresa. – E chi lo dice?

– Donald Murray, – disse Artair. – Ha un piano.

Il giorno dopo, durante la ricreazione, il cortile era ancora coperto di brina. Tutti erano usciti. C'erano almeno sei scivoli occupati. Il migliore era all'estremità piú lontana dal cancello, dove l'asfalto scendeva verso una canaletta di scolo ed era alto cinque metri. Una breve salita, poi la gravità faceva il resto. Ma alla fine bisognava saltare giú veloci, altrimenti si finiva nel fosso.

Non vedevo l'ora di mettermi in fila per fare un giro, ma Donald Murray aveva convocato una riunione dei ragazzi di Crobost ed eravamo radunati in consultazione vicino all'edificio delle caldaie, quindi potevo solo guardare da lontano con invidia.

Donald era un ragazzo alto, spigoloso, bello, con una testa di capelli rossi e il ciuffo che gli cadeva sulla fronte. Piaceva a tutte le ragazze, ma lui non ci faceva particolarmente caso. Preferiva stare con i ragazzi, era un leader naturale della banda maschile, e se si stava con Donald si era al sicuro dai fratelli Macritchie. Angel era già uscito dalla Crobost per andare alla scuola professionale di Lews Castle. Però Murdo Ruadh era una minaccia sempre presente.

All'inizio Donald aveva attinto il suo potere al fatto che tutti avevano paura di suo padre. Tutti, cioè, a parte Donald. A quell'epoca il pastore era ancora una figura dominante nella comunità, e Coinneach Murray era un uomo temibile. Coinneach è Kenneth in gaelico e, anche se sulla bacheca fuori dalla chiesa c'era scritto «Kenneth Murray», tutti lo conoscevano come Coinneach. Ma nessuno si permetteva di chiamarlo cosí. In sua presenza, ci si rivolgeva a lui solo come «signore» o «reverendo» Murray. Ci eravamo sempre immaginati che pure sua moglie lo chiamasse reverendo. Anche a letto.

Donald, però, chiamava sempre suo padre «il vecchio bastardo». Lo sfidava in ogni occasione possibile, si rifiutava di andare in chiesa la domenica e, di conseguenza, era segregato in canonica tutta la giornata.

Un sabato sera, c'era una festa a casa di qualcuno i cui genitori erano a un matrimonio a Stornoway e avevano deciso di passare lí la notte per non correre il rischio di guidare dopo aver bevuto. Era molto tardi, forse le dieci e mezzo, quando la porta si spalancò e irruppe Coinneach Murray, come un angelo vendicatore mandato da Dio a punirci per i nostri peccati. Naturalmente metà dei ragazzi stavano fumando e bevendo. E c'erano anche delle ragazze. Coinneach ci urlò la sua disapprovazione e disse che avrebbe fatto in modo di parlare con ciascuno dei nostri genitori. Non lo sapevamo che era la vigilia del giorno del Signore e che i ragazzi della nostra età dovevano essere a casa e a letto? Eravamo tutti terrorizzati. A parte Donald. Restò dov'era, stravaccato sul divano, con una lattina di birra in mano. E, naturalmente, era Donald il motivo della visita del pastore. Puntò verso suo figlio il dito tremante e accusatore e gli intimò di uscire. Ma Donald restava lí seduto, con un'espressione maligna di sfida, e ci sconvolse tutti quando mandò 'affanculo suo padre. C'era un tale silenzio che si sarebbe potuta sentire una mosca che volava a Stornoway.

Coinneach Murray, rosso in faccia per la rabbia e l'umiliazione, entrò nella stanza a grandi passi e con un colpo scalzò la lattina di mano a Donald. La birra si versò dappertutto. Ma nessuno si mosse. Nessuno parlò. Nemmeno Coinneach. Oltre all'autorità che gli dava l'abito talare, aveva comunque un'imponente presenza fisica. Era un uomo massiccio e forte. Sollevò letteralmente Donald dal divano per la collottola e poi lo trascinò fuori nella notte tenendogli le braccia bloccate. Fu un'impressionante dimostrazione di potere di fronte alla sfida e nessuno di noi avrebbe voluto trovarsi nei panni di Donald quando suo padre l'avesse portato a casa.

Fedele alla parola data, il reverendo Coinneach Murray andò a trovare i genitori di tutti i ragazzi e le ragazze che erano a quella festa, e scatenò un putiferio. Non a casa mia, però. Mia zia era un tipo decisamente eccentrico e, in una comunità timorata di Dio, appariva quasi normale che fosse un'atea incallita. Disse chiaramente al reverendo, anche se in modo meno colorito di Donald, dove si poteva ficcare la sua rabbia farisaica. Lui le rispose che sarebbe andata sicuramente all'inferno. – Ci vediamo lí, allora, – gli aveva risposto, sbattendosi la porta alle spalle. Credo di aver imparato il disprezzo per la Chiesa da mia zia.

E cosí Donald si era guadagnato una sorta di fama leggendaria. Non per chi era suo padre, ma per il modo in cui lui lo sfidava e andava contro tutto ciò che suo padre sosteneva. Donald fu il primo del nostro anno a provare a fumare. Il primo a bere. Fu anche il primo dei miei coetanei che vidi ubriaco. Ma aveva anche un lato positivo: era bravo negli sport, ed era il secondo miglior allievo della nostra classe. E, anche se fisicamente non poteva competere con Murdo Ruadh, dal punto di vista intellettuale gli dava dei punti. E Murdo lo sapeva. Quindi, in linea di massima, gli girava al largo.

Quel giorno in cortile eravamo in sei. Io, Donald e Artair, un paio di ragazzi della zona piú lontana del villaggio, Iain e Seonaidh, e Calum MacDonald. Calum mi aveva sempre fatto un po' pena. Era piú piccolo di noi e di indole troppo mite. Era bravo in disegno, gli piaceva la musica celtica e suonava la *clàrsach*, una piccola arpa celtica, nell'orchestra della scuola. Veniva inoltre perseguitato senza pietà da Murdo Ruadh e la sua banda. Non raccontava mai niente e non si lamentava mai, ma io ho sempre immaginato che la sera si addormentasse piangendo. Distolsi lo sguardo dallo scivolo all'altra estremità del cortile per concentrarmi sul piano per il raid notturno a Swainbost.

– Okay, – stava dicendo Donald, – ci vediamo a Swainbost, alla fine della strada per il cimitero, all'una di stanotte.

– Come facciamo a uscire di casa senza farci scoprire? – Calum aveva gli occhi sbarrati ed era pieno di trepidazione.

– Problemi vostri –. Donald non era particolarmente comprensivo. – Se qualcuno non vuole venire, sono affari suoi –. Fece una pausa per dare la possibilità di ritirarsi a chi voleva. Ma nessuno lo fece. – Bene, a un centinaio di metri giú per la strada del cimitero ci sono i resti di una vecchia *blackhouse*, con il tetto di lamiera. La usano soprattutto come magazzino per gli attrezzi agricoli e ha un lucchetto sulla porta. È lí che hanno nascosto lo pneumatico.

– E tu come fai a sapere tutto questo? – gli chiese Seonaidh.

Donald ghignò. – Conosco una ragazza a Swainbost. Non va d'accordo con suo fratello –. Annuimmo tutti, e nessuno rimase sorpreso che Donald conoscesse una ragazza a Swainbost; tra di noi pensammo che c'erano buone probabilità che la conoscesse anche in senso biblico.

– Allora, che cazzo succede qui? – Murdo Ruadh si introdusse a forza nel gruppo, fiancheggiato dagli stessi due ragazzi che si erano messi con lui quel primo giorno di scuola di tanti anni addietro. Uno dei due era afflitto da un'acne terribile, e ci si trovava a guardargli i gruppetti di brufoli purulenti e gialli che aveva intorno al naso e alla bocca. Il nostro circolo si allargò subito per allontanarsi da lui.

– Niente che ti riguardi, – disse Donald.

– E invece sí –. Murdo era stranamente sicuro di sé in presenza di Donald. – Volete rubare lo pneumatico che i ragazzi di Swainbost hanno nascosto.

Ci rimanemmo tutti di sale che lo sapesse. Poi, dopo lo sconcerto iniziale, arrivò l'illuminazione: uno di noi doveva averglielo detto. Tutti gli occhi si girarono verso Calum, il quale era visibilmente a disagio.

– Non sono stato io a dirglielo, davvero.

– Non importa come faccio a saperlo, – ruggí Murdo Ruadh. – Lo so e basta. E vogliamo venire anche noi. Io e Angel e i ragazzi. In fondo, siamo tutti di Crobost. Va bene?

– No –. Donald aveva un tono di sfida. – Siamo già abbastanza.

Ma Murdo era piuttosto rilassato. – È uno pneumatico grande. Peserà una tonnellata. Ci vuole tanta gente per sollevarlo.

– Non lo solleviamo, – disse Donald.

Per un attimo Murdo restò spiazzato. – E come lo portate fino a Crobost, allora?

– Lo facciamo rotolare, stupido.

– Ah –. Era chiaro che Murdo Ruadh non ci aveva pensato. – Be', vi serviranno comunque tante mani per tenerlo dritto e non farlo cadere.

– Te l'ho detto –. Donald non cedeva. – Non abbiamo bisogno di voi.

– Senti! – Murdo gli conficcò un dito nel petto. – Non me ne frega un cazzo di quello che mi hai detto. O ci fai venire con voi, o vi facciamo la spia –. Aveva giocato l'asso nella manica e adesso fece un passo indietro, trionfante. – Allora?

Dal crollo delle spalle di Donald, capii che per una volta era stato battuto. Nessuno di noi voleva portarsi dietro i fratelli Macritchie e i loro scagnozzi. Però non volevamo nemmeno che i ragazzi di Swainbost vincessero la gara per il miglior falò. – E va bene, – sospirò Donald. E Murdo Ruadh sorrise, raggiante.

Quella notte non sarei riuscito a dormire nemmeno se avessi voluto. Restai alzato fino a tardi a preparare i compiti della settimana successiva per il signor Macinnes. Nella mia camera c'era una stufetta elettrica a due tubi con un riflettore concavo, ma non aveva alcun potere contro il freddo, a meno di non starci a quindici centimetri di distanza, e in quel caso ci si bruciava. Avevo addosso due paia di calzini e gli stivaloni in pelle da contadino. Portavo un paio di jeans, una maglietta, una camicia, un maglione di lana pesante e un giaccone da lavoro. E avevo comunque freddo. La casa era grande e tetra, costruita negli anni Venti e, quando il vento arrivava dal mare, le finestre e le porte sbatacchiavano e lo lasciavano entrare a suo piacimento. Quella sera non c'era vento, ma la temperatura era scesa a meno sei e il fuoco di torba nel salotto sembrava molto lontano. Almeno, se mia zia fosse venuta a controllarmi prima di andare a letto, avrei avuto una scusa valida per avere addosso tutti quei vestiti. Ma, naturalmente, sapevo che non lo avrebbe fatto. Non lo faceva mai.

La sentii venire di sopra intorno alle dieci e mezzo. Di solito andava a letto molto tardi, ma quella sera faceva troppo freddo persino per lei. E il letto, insieme a una borsa dell'acqua calda, offriva l'unica prospettiva di calore. Continuai a studiare alla luce del mio abat-jour per un'altra ora e mezzo prima di chiudere finalmente i libri e stare alla porta ad ascoltare la presenza di eventuali cenni di vita. Non udii nulla, quindi uscii di soppiatto nel buio del corridoio. Con mio grande orrore vidi una striscia di luce sotto la porta della camera da letto di mia zia. Probabilmente stava leggendo. Ritornai subito nella mia stanza. La scala di legno era vecchia e scricchiolava, quindi sapevo che non avrei mai potuto affrontarla senza farmi scoprire. L'unica alternativa era arrampicarmi sul tetto dalla finestra, e scivolare giú per la grondaia. L'avevo già fatto, ma quella sera, con la brina fitta sulle tegole, sarebbe stata un'impresa pericolosa.

Tolsi il chiavistello dal telaio in metallo della finestra e la aprii. Il cardine scricchiolò terribilmente e mi bloccai, in attesa di sentire la voce di mia zia. Invece mi arrivò solo il ritmo costante del mare che si infrangeva sulla spiaggia di ciottoli quindici metri piú sotto. L'aria fredda mi pizzicava il viso e mi entrava nelle dita mentre mi aggrappavo alla finestra per issarmi sul tetto. Le tegole scendevano ripide dall'abbaino alla grondaia piú sotto. La trovai con i piedi e mi feci strada passo passo fino alla facciata, dove avrei potuto aggrapparmi alla cimasa e calarmi fino a una presa salda sul pluviale. E provai un grande sollievo nel lasciarmi scivolare giú per il tubo di metallo freddo fino a terra. Ero fuori.

L'aria odorava di brina invernale e fumo di torba. Il vecchio macinino di mia zia era sul quadrato di asfalto davanti alla casa. Dietro l'ombra delle rovine di una casa piú antica, la spiaggia di ciottoli in basso era illuminata a giorno dalla luna. Alzai lo sguardo e vidi le luci ancora accese nella finestra della zia, e corsi nella capanna di cemento che confinava con il lato orientale della casa. Presi la bicicletta e, guardando l'orologio, pedalai forte lungo la strada a una sola corsia verso Crobost, con la brughiera che scintillava fosca alla mia sinistra e l'oceano che brillava alla mia destra. Era mezzanotte e mezzo.

La casa di mia zia era a circa un chilometro e mezzo dal villaggio, tutta sola sugli scogli vicino al porticciolo di Crobost, tagliato in un crepaccio profondo della roccia. In pochi minuti coprii la distanza per tornare al villaggio, passando davanti alla mia vecchia casa, buia e vuota, ormai chiusa e tristemente in disarmo. Cercavo sempre di non guardarla. Era un ricordo quasi insostenibile di com'era stata una volta la mia vita, e di come avrebbe potuto ancora essere.

Il cottage di Artair era sotto il livello della strada, e la montagnola indistinta della catasta di torba si stagliava contro l'oceano argentato, mentre la luna faceva risaltare le formelle accuratamente disposte a spina di pesce. Accostai al cancello e sbirciai nelle ombre raccolte intorno alla casa. Da tempo Artair era soprannominato Spruzzetto, ma io non ero mai riuscito a chiamarlo cosí. – Artair! – Il mio sussurro sembrò terribilmente forte. Ma non c'era traccia di lui. Aspettai per oltre cinque minuti, sempre piú agitato, guardando ogni tanto l'orologio, come se facendolo potessi rallentare l'avanzata del tempo. Avremmo fatto tardi. Stavo per rinunciare, quando udii un forte rumore metallico provenire dal lato della casa vicino al mucchio di torba. Artair uscí ansimando dal buio, scrollandosi di dosso un secchio di plastica il cui manico gli si era impigliato intorno al piede. Attraversò l'erba di corsa e a momenti fece una capriola sopra la staccionata, spinto dalla tensione del filo in cima, che non aveva visto. Atterrò sulla schiena ai miei piedi, sorridendomi sotto il chiaro di luna.

– Bella mossa, davvero, – dissi. – Perché hai tardato tanto?

– Mio padre è andato a letto solo mezz'ora fa. Ha l'orecchio fino come una lepre, cavolo. Ho dovuto aspettare finché non l'ho sentito russare, prima di essere sicuro che dormisse –. Si alzò arrancando e imprecò. – Oh, Cristo! Sono pieno di merda di pecora.

Ebbi un moto di stizza. Dovevo portarlo seduto dietro di me, e avrebbe appoggiato i pantaloni smerdati sulla mia sella e stretto le mani smerdate intorno alla mia vita. – Sali!

Slanciò una gamba oltre la sella, sempre con quel sorriso idiota. Sentivo l'odore di escrementi. – E cerca di non smerdare anche me!

– Gli amici servono per dividere gioie e dolori –. Artair mi afferrò il giaccone. Io strinsi i denti e cominciai a pedalare giú per la stradina fino alla strada principale, con Artair che teneva le gambe larghe per farci stare meglio in equilibrio.

Nascondemmo la bicicletta in un fosso a circa duecento metri dalla strada del cimitero di Swainbost e corremmo per il resto del percorso. Gli altri aspettavano impazienti alla fine della strada, rannicchiati all'ombra del vecchio edificio della Co-op che era stato comprato dall'impresa edile Ness Builders. – Dove vi eravate cacciati, in nome di Dio? – sussurrò Donald.

Angel Macritchie spuntò fuori dal buio e mi spinse contro il muro. – Stupido bastardo! Piú tempo restiamo qui ad aspettare voi, piú rischiamo di farci beccare.

– Criiiisto! – sibilò la voce di Murdo nell'ombra. – Che cazzo è questo tanfo?

Guardai malissimo Artair, e Donald disse: – Dài. Muoviamoci.

Angel mi liberò dalla sua manona e seguii gli altri mentre uscivamo dal riparo dell'edificio dei Ness Builders sotto la luce della luna che picchiava di sbieco sulla strada. Ci sentivamo molto esposti. Recinzioni messe alla rinfusa contrassegnavano il percorso della strada fino al cimitero, le cui lapidi scintillavano sul promontorio lontano. I nostri passi scricchiolavano sulla brina sotto di noi e sembravano incredibilmente rumorosi mentre passavamo rapidi a fianco dei giardini delle case alla nostra sinistra. Il respiro si condensava nell'aria gelida e ci girava intorno alla testa come fumo.

Donald si fermò fuori da una vecchia *blackhouse* con il tetto di lamiera. Aveva porte di legno massiccio e un grosso lucchetto che passava in un robusto anello di metallo. Sopra la porta era stata costruita una parte di tetto a triangolo per permettere ai macchinari agricoli piú grossi di entrare e uscire. – Eccoci qui.

Murdo Ruadh si fece avanti ed estrasse dalla giacca delle cesoie enormi.

– E quello cosa diavolo è? – sussurrò Donald.

– Ci hai detto che era chiuso con un lucchetto.

– Siamo qui a rubare uno pneumatico, Murdo, non a danneggiare una proprietà altrui.

– E allora come lo apriamo il lucchetto?

– Be', di solito si fa con una chiave –. Donald mostrò una grossa chiave dentro un pezzo di cuoio.

– Ma dove cazzo l'ha presa? – A parlare era stato il ragazzo con l'acne, i cui brufoli sembravano splendenti al chiaro di luna.

– Conosce una ragazza, – disse Calum, come se quello bastasse a spiegare tutto.

Donald sganciò il lucchetto e spinse la porta che si aprí scricchiolando nell'interno buio. Estrasse di tasca una torcia e ci accalcammo dietro di lui mentre la puntava su un incredibile ammasso di rottami. C'era la carcassa arrugginita di un vecchio trattore, un aratro in disuso, una sassola rotta, cazzuole, zappe, badili, corde, reti da pesca appese alle travi, boe arancioni e gialle che pendevano poco sopra le nostre teste, il sedile posteriore di una vecchia auto. E lí, contro il muro opposto, ecco un gigantesco pneumatico di trattore, piú grande di tutti noi, e con un battistrada cosí grande che avremmo potuto infilarci il pugno. Sul lato rivolto verso di noi aveva un taglio di venticinque centimetri, un danno inflitto da un guidatore disattento. Forse l'assicurazione aveva coperto i costi della sostituzione, ma lo pneumatico ormai era inutile per uomini o animali. Era il combustibile perfetto per un falò. Lo fissammo in silenzio, attoniti. – È una bellezza, – sussurrò Artair.

– Brucerà per giorni interi, cazzo, – disse Angel.

– Portiamolo fuori –. Nella voce di Donald c'era una sensazione di trionfo.

Pesava una tonnellata, quello pneumatico, proprio come aveva predetto Murdo Ruadh. Serví la forza di tutti anche solo per impedirgli di rovesciarsi mentre lo facevamo uscire in strada dalla porta. Donald si staccò dal gruppo, richiuse la porta e rimise il lucchetto. Tornò sorridendo mentre pregustava la vittoria. – Non capiranno com'è successo. Sarà come se si fosse volatilizzato.

– Eh, sí, finché non diventa fumo del nostro falò –. Murdo era raggiante.

Era un lavoraccio, spingere quello pneumatico su per la salita fino alla strada principale. E il pendio non era nemmeno troppo ripido il che ci diede un'idea chiara di quanto sarebbe stato difficile farlo salire fino in cima alla collina di Crobost. Ci attendeva una lunga notte.

Quando arrivammo alla fine della strada, lo appoggiammo alla facciata dell'edificio della Co-op e facemmo una pausa, ansanti e sudati. Ormai avevamo generato calore a sufficienza da non preoccuparci piú del freddo. Ci distribuimmo le sigarette e tutti fumammo congratulandoci in silenzio. Eravamo piuttosto soddisfatti di noi stessi.

– Da qui in poi sarà difficile, – disse Donald, riparando la brace della sigaretta con la mano.

– In che senso? – gli chiese Murdo con un'occhiataccia. – Da qui alla svolta per Crobost è tutto in discesa.

– Appunto. La gravità ne aumenterà il peso e faremo una bella fatica a evitare che ci sfugga. I ragazzi piú grossi e forti dovranno stare davanti per tenerlo sotto controllo.

E cosí i fratelli Macritchie, Mister Acne e il suo amico ebbero l'incarico di controllare lo pneumatico da davanti, camminando all'indietro. Io e Artair eravamo da un lato, Iain e Seonaidh dall'altro. E Donald e Calum reggevano un bordo della gomma ciascuno sul retro.

L'avevamo appena spinto sulla strada principale quando scorgemmo i fari di un'auto comparire all'improvviso da una curva cieca in cima alla collina. Nessuno di noi l'aveva sentita arrivare. Ci fu un attimo di panico. Non c'era tempo per riportare lo pneumatico all'ombra dell'edificio, cosí Donald lo spinse nel fosso con una spallata. Lo pneumatico si portò dietro Murdo Ruadh. Sentimmo lo schiocco del ghiaccio che si rompeva e, mentre ci tuffavamo per nasconderci, le imprecazioni sottovoce del giovane Macritchie. – Bastardo del cazzo!

L'auto ci superò veloce e i fari sparirono verso la curva lontana per Fivepenny e il Butt of Lewis. Murdo Ruadh, gocciolante, con il viso striato di fango e Dio solo sa cos'altro, uscí barcollando dal fosso, sputacchiando nell'aria fredda e continuando a imprecare. Naturalmente noialtri eravamo piegati in due dal ridere, finché Murdo non attraversò la strada arrabbiato per venire da me a tirarmi una sberla sulla guancia, facendomi ronzare le orecchie. Non gli ero mai stato troppo simpatico, a quel Murdo Ruadh. – Credi che faccia tanto ridere, brutta merdaccia? – Guardò torvo gli altri, che cercavano disperatamente di restare seri. – Qualcun altro crede che faccia ridere? – Nessun altro voleva ammetterlo.

– Andiamo avanti, – disse Donald Murray.

Impiegammo cinque minuti buoni per togliere lo pneumatico dal fosso e raddrizzarlo, e io avevo il viso in fiamme. Sapevo che l'indomani mi sarebbe spuntato un bel livido sulla guancia. Prendemmo posto di nuovo e pian piano, scrupolosamente, cominciammo a farlo rotolare giú per la collina verso la fine della strada per Crobost. All'inizio sembrava piú facile di quanto fosse stato spingerlo in salita. Poi, man mano che la discesa aumentava, cominciò a farsi piú pesante e ad acquistare una propria inerzia.

– Cristo, rallentate! – sibilò Donald.

– Cosa cazzo credi che stiamo cercando di fare? – Nella voce di Angel si cominciava a sentire il panico. Lo pneumatico diventava piú pesante e piú veloce, le mani ci bruciavano sulla gomma mentre ci sforzavamo di tenerlo fermo, trottandogli ai lati, e cercando di impedire che prendesse troppo abbrivio. La banda dei Macritchie non riusciva piú a trattenerlo. Il ragazzo con l'acne cadde e la gomma gli rimbalzò sopra la gamba. Calum inciampò su di lui e finí per terra.

– Non riusciamo a tenerlo, non riusciamo! – Murdo Ruadh stava quasi gridando.

– Abbassa il volume, Cristo, – sibilò Donald. C'erano case da entrambi i lati della strada. Ma in realtà il volume era l'ultimo dei nostri problemi. Lo pneumatico era incontrollabile. Angel e Murdo saltarono via e finalmente il nostro oggetto riuscí a liberarsi dall'ultimo tentativo di Donald di trattenerlo.

E partí per conto suo, dotato di vita e direzione propria. Noi tutti gli andammo dietro, a rompicollo giú per la collina. Ma continuava ad andare sempre piú veloce e piú lontano. – Oddio, – sentii Donald che gemeva, e capii ciò che lui aveva già capito. Lo pneumatico stava filando dritto verso il *Crobost Stores*, che aveva l'ingresso sulla curva della strada principale in fondo alla collina. Tra peso e velocità accumulata, avrebbe causato grossi danni. E noi non potevamo farci proprio un bel niente.

Il suono di vetri rotti mandò schegge di onde d'urto nell'aria notturna. Lo pneumatico era finito dritto nella vetrina a sinistra della porta. Giuro che vidi tremare tutto l'edificio. E poi nient'altro. Rimase lí in piedi, conficcato saldamente nello squarcio della vetrina come una stramba scultura moderna. Arrivammo, sfiatati e ridotti al silenzio dallo shock, una trentina di secondi dopo l'impatto, e restammo a guardarlo in preda all'orrore. Nelle case vicine, a circa centocinquanta metri da lí, si accesero le luci.

Donald scuoteva la testa, incredulo. – Non ci credo, – continuava a ripetere. – Non ci credo.

– Dobbiamo levare il culo da qui, – disse annaspando Murdo Ruadh.

– No –. Angel fermò il fratello, con una mano sul petto, per impedirgli di muoversi. – Se scappiamo e basta, non mollano finché non scoprono chi è stato.

– Cosa intendi? – Murdo aveva l'aria di pensare che il fratello fosse impazzito.

– Intendo un capro espiatorio. Qualcuno che si prenda la colpa e non ci faccia la spia. Alla gente basterà avere qualcuno da incolpare e si accontenteranno.

Donald scosse il capo. – È da pazzi. Andiamocene, e basta –. Ormai si sentivano già voci in lontananza. Voci che si alzavano interrogative, chiedendosi che cosa diamine fosse successo.

Ma Angel non mollava. – No, ho ragione io. Fidatevi. Ci serve un volontario –. Ci guardò tutti uno alla volta. Poi fermò lo sguardo su di me. – Tu, orfano. Sei quello che ha meno da perdere –. Non ebbi nemmeno il tempo di obiettare: sentii un pugno in piena faccia e mi si piegarono le gambe. Finii per terra con tale violenza che rimasi del tutto senza fiato. Poi Angel mi diede un calcio in pancia che mi ridusse inerme, in posizione fetale; vomitai sulla ghiaia.

Sentii Donald che gridava: – Smettila, cazzo! Smettila!

E poi il tono basso e minaccioso di Angel. – Vuoi farmi smettere tu, chierichetto? Vuoi essere tu il prossimo, cosí facciamo il paio?

Ci fu un attimo di silenzio, e poi Calum frignò: – Dobbiamo andare!

Sentii dei passi che correvano via, poi una strana pace calò sulla notte, insieme al gelo. Non riuscivo a muovermi, non avevo nemmeno la forza di rotolare. Mi accorgevo vagamente che nelle case vicine avevano acceso altre luci. Udii qualcuno che gridava: – Il negozio! Una vetrina spaccata al negozio! – L'aria della notte fu trafitta dai raggi delle torce. Poi delle mani mi rialzarono brusche. Riuscivo a malapena a stare in piedi. Sentii una spalla che mi sosteneva sotto ciascuna delle ascelle, poi la voce di Donald.

– Ce l'hai, Artair?

E il suono familiare dell'ansito di Artair. – Sí.

Mi trascinarono, correndo, dall'altra parte della strada e nel fosso.

Non so per quanto tempo ce ne restammo lí nel fango e nel ghiaccio, nascosti dall'erba alta, ma sembrò un'eternità. Vedemmo i vicini che arrivavano in camicia da notte e stivali di gomma, raggi di torce sulla strada e davanti al negozio. E ci giunse la loro delusione. Uno pneumatico alto due metri conficcato nella vetrina del negozio e intorno non c'era un'anima viva. Decisero che nessuno era entrato nel negozio, ma che era il caso di chiamare comunque la polizia e, mentre tornavano verso casa, Donald e Artair mi fecero alzare e ci avviammo barcollando sulla torbiera gelata. A un cancello al riparo della collina, Donald aspettò con me mentre Artair andava a riprendere la mia bici. Stavo da cani, anche peggio. Ma sapevo che Donald e Artair avevano rischiato di farsi beccare per tornare a prendermi.

– Perché siete tornati?

– Che cavolo, sono stato io che mi sono fatto venire questa idea idiota –. Donald sospirò. – Non potevo lasciare che te ne prendessi tu la colpa –. Poi si fermò un attimo. Non lo vedevo in viso, ma sentivo la rabbia e la frustrazione che aveva nella voce. – Un giorno strapperò le ali a quello stronzo di Angel Macritchie.

Non scoprirono mai chi aveva lanciato lo pneumatico dei ragazzi di Swainbost nella vetrina del *Crobost Stores*. Comunque ai ragazzi di Swainbost non venne restituito. La polizia lo sequestrò e quell'anno Crobost ebbe il falò piú bello di tutta Ness.

Cinque

1.

Fin risalí a piedi la strada a corsia unica verso il villaggio, con il vento che gli soffiava sul viso. Guardò giú per la collina e in lontananza vide Gunn che tornava a Port of Ness a riprendere l'auto. Sentí le prime gocce di pioggia, ma il cielo nero sopra di lui si stava già aprendo, e pensò che forse avrebbe smesso.

Avrebbe potuto essere agosto per il caldo, ma qualcuno aveva acceso il fuoco nel camino. Quel profumo pieno, tostato, inconfondibile, del fumo di torba gli arrivò con il vento. Lo riportò indietro di venti, trent'anni. Era straordinario, pensò, quanto lui fosse cambiato in tutto quel tempo, e quanto poco fossero cambiate le cose nel luogo in cui era cresciuto. Si sentiva come un fantasma che perseguitava il proprio passato, percorrendo le strade della sua infanzia. A momenti si aspettava di vedere se stesso e Artair spuntare dalla curva all'altezza della chiesa, diretti con le bici verso il negozio ai piedi della collina per spendere la paghetta del sabato. Il grido di un bimbo gli fece girare la testa e vide due ragazzini che giocavano su un'altalena rudimentale di fianco a una casa sul pendio sopra di lui. Dei vestiti stesi svolazzavano e, mentre guardava, vide una giovane donna che correva fuori dalla casa a riprenderli prima che piovesse.

La chiesa si ergeva fiera sulla curva, affacciata sul villaggio al di sotto e la terra che digradava verso il mare. Il grande parcheggio massicciato era una novità rispetto alla sua ultima visita. I cancelletti di ingresso e di uscita erano protetti dalle pecore e dai loro escrementi con griglie metalliche, e l'asfalto era contrassegnato da linee bianche dipinte di fresco, che invitavano i fedeli a parcheggiare le auto in file cristianamente ordinate. Ai tempi di Fin, la gente andava in chiesa a piedi. Alcuni venivano da chilometri di distanza, cappotti neri che svolazzavano intorno alle gambe, mani libere che reggevano cappelli, e altre mani strette sulla Bibbia.

Dal parcheggio scendevano dei gradini che portavano alla canonica, una grande casa a due piani costruita ai tempi in cui la Chiesa riteneva che i suoi pastori avessero bisogno di tre stanze «pubbliche» e cinque camere da letto, tre per la famiglia, una per i pastori in visita e una da usare come studio. Dalla canonica si ammiravano panorami incredibili sull'estremità settentrionale dell'isola, fino al dito lontano del faro rivolto verso il cielo. La casa del pastore era anche esposta all'ira di Dio, sotto forma di qualsiasi tempo potesse riversarle addosso il paradiso. Nemmeno al pastore veniva risparmiato il tempaccio di Lewis.

Oltre la curva della collina, la strada saliva di nuovo insieme al terreno, fin sulle cime delle colline, e ciò che restava di Crobost si estendeva lungo la strada per quasi un chilometro. Anche se da lí non le vedeva, Fin sapeva che il cottage dove abitava Artair e il podere dei suoi genitori erano a poche centinaia di metri. Ma non era ancora sicuro di essere pronto per affrontare quel momento. Spinse il cancelletto a fianco della griglia per il bestiame e attraversò il parcheggio diretto ai gradini che portavano alla canonica.

Bussò alla porta varie volte, ma nessuno rispose. Provò ad aprirla, spalancandola su un corridoio buio. – Salve! C'è qualcuno in casa? – Lo accolse il silenzio. Richiuse la porta e guardò dall'altra parte, verso la chiesa. Era ancora massiccia, imponente, costruita in blocchi enormi di pietra ricavati dalla roccia locale. Un campanile, fiancheggiato da due torrette, si ergeva sopra l'arco della soglia. Non c'era campana. Non c'era mai stata, per quanto ne sapeva Fin. Le campane erano frivole, forse puzzavano di cattolicesimo. Tutte le finestre erano ad arco, due sulla porta principale, una per lato, e altre quattro su ciascuna fiancata. Finestre alte e semplici. Niente vetrate variopinte in quell'austera cultura calvinista. Niente immagini. Niente croci. Niente gioia.

La metà di una porta doppia era aperta e Fin entrò nell'atrio dove il pastore accoglieva i fedeli in ingresso e gli stringeva la mano all'uscita. Un luogo triste, con le assi del pavimento consumate e del legno scuro e verniciato. Odorava di polvere e di stoffa umida e di tempo. Un odore che, a quanto pareva, dopo trent'anni non era cambiato e rievocava quei lunghi giorni di domenica quando i genitori di Fin lo costringevano a sopportare un'ora e mezzo di salmi cantati in gaelico e l'acceso sermone di mezzogiorno, piú un'altra dose alle sei di sera. Nel pomeriggio gli toccava sorbirsi due ore di catechismo nella sala dietro la chiesa. Quando non era in chiesa, o a catechismo, doveva stare in casa a sentire suo padre che leggeva la Bibbia in gaelico.

Fin ripercorse le sue orme di bimbo entrando dalla porta di sinistra nella chiesa con le sue file di impietosi banchi in legno lungo le due navate che portavano alla zona sopraelevata e recintata all'estremità opposta, da cui gli anziani imbronciati conducevano il canto dei salmi. Il pulpito si ergeva alto, un baldacchino con incisioni elaborate scolpito sul muro, che si raggiungeva da entrambi i lati attraverso scale tortuose. Cosí elevato, collocava il pastore nella sua posizione dominante di autorità sui mortali che rimproverava ogni domenica con minacce di dannazione eterna. La salvezza era nelle loro mani, gli diceva settimana dopo settimana, ma solo se si mettevano nelle mani del Signore.

Fin riusciva quasi a sentire nella sua testa il canto dei salmi in gaelico. Un canto tribale, senza accompagnamento, che a orecchi non allenati poteva sembrare caotico. Tuttavia aveva qualcosa di meraviglioso e commovente. Qualcosa che evocava la terra e il paesaggio, la lotta per sopravvivere in quella situazione di indicibile difficoltà. Qualcosa delle persone tra le quali era cresciuto. Brava gente, per la maggior parte, che portava in sé un'indole unica, nel modo di lodare Iddio, esprimendo gratitudine per le vite dure in cui avevano trovato un significato. Solo ricordarlo gli fece venire la pelle d'oca.

Fin udí un rumore percussivo che sembrò riempire la chiesa, sferragliando intorno alle balconate che ne contornavano tre lati su quattro. Metallo che batteva su metallo. Si guardò in giro, perplesso, prima di capire che il suono veniva dai radiatori appoggiati ai muri. Il riscaldamento centralizzato era nuovo, cosí come i doppi vetri alle finestre. Forse il giorno del Signore era piú caldo oggi di quanto non fosse trent'anni prima. Fin tornò nell'ingresso e vide una porta aperta all'estremità piú lontana. Il rumore proveniva da qualche punto al di là.

La porta conduceva in quello che si rivelò il locale caldaie. Un grosso boiler a benzina era lí con il cancelletto aperto, e la copertura asportata, a svelare cosí gli intricati meccanismi all'interno.

Vari pezzi smontati erano sparsi sul piedistallo di cemento su cui era montata. C'era una cassetta degli attrezzi aperta e un uomo con la tuta da lavoro blu, sdraiato sulla schiena, che cercava di allentare il giunto di un tubo di sfiato percuotendolo con una grossa chiave inglese.

– Mi scusi, cerco il reverendo Donald Murray, – disse Fin.

L'uomo con la tuta si alzò, sorpreso, e picchiò la testa sul cancelletto della caldaia. – Cazzo! – E Fin vide il colletto da prete sotto la tuta aperta sul collo. Riconobbe il viso spigoloso sotto la zazzera di capelli rossicci. Ora c'erano fili grigi in quei capelli, diventati un po' piú radi. Anche il viso era piú scarno, e aveva abbandonato la bellezza adolescenziale per diventare crudele, aggrottato in rughe intorno alla bocca e agli occhi. – Sono io –. L'uomo alzò gli occhi strizzati verso Fin, ma non lo vedeva perché era in controluce. – Cosa posso fare per lei?

– Potresti stringermi la mano tanto per cominciare, – disse Fin. – Cosí si fa tra vecchi amici, no?

Il reverendo Murray fece una smorfia e si alzò, fissando in volto lo sconosciuto che era un vecchio amico. E poi gli si vide negli occhi un lampo di illuminazione. – Buon Dio! Fin Macleod –. Afferrò la mano a Fin e gliela strinse saldamente, con un sorriso da un orecchio all'altro. E Fin rivide in lui il ragazzo che aveva conosciuto tanti anni prima. – Che piacere vederti. Che piacere –. Ed era sincero, ma solo per il tempo necessario ad altri pensieri di affollargli la mente e rannuvolargli il sorriso. E, mentre il sorriso svaniva, disse: – È da una vita che non ci vediamo.

Fin stentava a crederci quando Gunn gli aveva raccontato che Donald Murray era subentrato al padre come pastore della Chiesa libera di Crobost. Ma non poteva negare ciò che aveva davanti agli occhi, per quanto il vederlo non lo rendesse piú facile da credere. – Saranno diciassette anni. Ma, anche se fossero settanta, non avrei mai pensato di vederti in abito talare, se non a una festa a tema «vescovi ed entraineuse».

Donald lo guardò di traverso. – Dio mi ha mostrato i miei errori.

Errori che l'avevano condotto ben lontano dalla retta via, ricordò Fin. Donald si era trasferito a Glasgow piú o meno in contemporanea con lui ma, mentre quest'ultimo si era iscritto all'università, Donald era entrato nell'ambiente della musica, facendo da manager e promotore ad alcuni dei gruppi rock piú famosi di Glasgow negli anni Ottanta. Poi, però, le cose avevano cominciato a girare storte. L'alcol aveva preso il sopravvento sul lavoro. L'attività era andata a carte quarantotto e Donald era finito in un giro di droga. Fin una sera l'aveva incontrato a una festa e si era sentito offrire della cocaina. E una donna. Naturalmente, era ubriaco perso, e in quegli occhi una volta cosí pieni di vita c'era qualcosa di morto. In seguito Fin era venuto a sapere che Donald, dopo essere stato arrestato e multato per possesso di droga, aveva lasciato la Scozia e si era spostato a sud, a Londra.

– E cosí hai preso il *curàm*? – gli chiese Fin.

Donald si pulí le mani sporche di grasso su uno straccio, evitando accuratamente lo sguardo di Fin. – Non è una parola che mi piace.

Era una condizione talmente comune sull'isola che il gaelico aveva preso a prestito un termine per descriverla. *Curàm* in realtà significava ansia. Ma, nel contesto di chi si era riconvertito alla fede, era usato nell'accezione di qualcosa che ti può contagiare, come un virus. E, in un certo senso, lo era. Un virus della mente. – Ho sempre pensato che fosse una parola molto appropriata, – disse Fin. – Tutto quel lavaggio del cervello da bambino, seguito da un rifiuto violento e da una vita depravata. Alcol. Droga. Donne di malaffare –. Si fermò un attimo. – L'hai già sentito? E poi, immagino, subentrano la paura e il senso di colpa, come un'indigestione in ritardo, dopo tutta quella dieta precoce di fiamme dell'inferno e dannazione –. Donald lo guardò imbronciato, rifiutando di abboccare all'amo. – È in quel momento, dicono, che Dio ti parla, e tu diventi molto speciale per tutta quella gente che vorrebbe che Dio parlasse anche a loro. A te è successo cosí, Donald?

– Una volta mi stavi simpatico, Fin.

– A me tu sei sempre stato simpatico. Da quel primo giorno in cui hai impedito a Murdo Ruadh di stendermi a pugni –. Avrebbe voluto chiedergli perché stava buttando via cosí la sua vita. Però sapeva che Donald l'aveva già buttata nello scarico del cesso con l'alcol e la droga. Forse questa era davvero una specie di redenzione. In fondo, non tutti serbavano a Dio lo stesso rancore di Fin. Si addolcí. – Scusami.

– Sei qui per qualche motivo? – Chiaramente, Donald non era pronto a perdonare quanto lo era stato Fin a scusarsi.

Fin sorrise triste. – Tutte quelle ore a studiare per entrare all'università, e ho buttato via tutto quanto –. Fece una risatina amara. – Sono finito a fare lo sbirro. Questa sí che è una bella svolta, no?

– L'avevo saputo –. Ora Donald era cauto. – E non mi hai ancora detto perché sei qui.

– Sto indagando sull'omicidio di Angel Macritchie, Donald. Mi hanno coinvolto perché l'hanno ucciso nello stesso identico modo di un altro delitto su cui ho indagato a Edimburgo.

Per un attimo Donald sorrise, un breve lampo di com'era una volta. – E vuoi sapere se sono stato io.

– Sei stato tu?

Donald rise. – No.

– Una volta mi dicesti che avresti strappato le ali a quello stronzo di Angel Macritchie.

Il sorriso di Donald svaní. – Siamo nella casa del Signore, Fin.

– E questo dovrebbe toccarmi in qualche modo?

Donald lo guardò un attimo, poi si girò e si accucciò per rimettere gli attrezzi nella cassetta. – È stata quella tua zia atea a farti rivoltare contro Dio, vero?

Fin scosse il capo. – No. Le sarebbe piaciuto che fossi un pagano felice come lei. Ma mi ha preso troppo tardi, il danno era già fatto. Ero già infetto. Una volta che credi, è difficilissimo smettere. Ho solo smesso di credere che Dio sia buono, tutto qui. E l'unico responsabile di questo è Dio in persona –. Donald si girò per guardare Fin, con una smorfia d'incomprensione. – La notte in cui si prese i miei genitori nella brughiera di Barvas –. Fin forzò un sorriso. – Ero piccolo allora, ovviamente. Adesso, nei miei momenti piú razionali, so che sono solo cazzate e che queste cose nella vita succedono. Anche piú di una volta, – aggiunse con amarezza. Un ulteriore motivo per serbare rancore. – È solo quando non riesco a togliermi il pensiero che forse Dio esiste davvero, che ricomincio ad arrabbiarmi.

Donald tornò a occuparsi dei suoi attrezzi. – Non sei venuto sul serio per chiedermi se ho ucciso Angel Macritchie, vero?

– Non ti stava troppo simpatico.

– Non stava simpatico a molta gente, ma non per questo l'avrebbero ucciso –. Si fermò, soppesando un martello in una mano. – Ma, se vuoi sapere cosa ne penso, non è stata una gran perdita.

– Non è molto cristiano da parte tua dire una cosa del genere, – commentò Fin, e Donald lasciò cadere il martello nella cassetta. – È per via di quanto ci ha rotto le palle da piccoli, o perché tua figlia sostiene che l'ha violentata?

Donald si alzò. – L'ha violentata, è vero –. Era sulle difensive e sfidava Fin a contraddirlo.

– La cosa non mi sorprenderebbe affatto. Per questo vorrei sapere cos'è successo.

Donald gli passò bruscamente davanti e uscí nell'atrio. – Penso che troverai tutto quello che devi sapere nel rapporto della polizia.

Fin si girò e lo seguí. – Preferirei sentirlo direttamente dall'interessata.

Donald si fermò di colpo. Girò sui tacchi e fece un passo verso il vecchio compagno di scuola. Era piú alto di Fin di dieci centimetri buoni. Ben piú di un metro e ottanta, e capacissimo, pensò Fin, di trascinare i centoventi chili di Macritchie con una corda e appenderlo alle travi della rimessa di Port of Ness. – Non voglio piú sentirne parlare né da te, né da altri. Quell'uomo l'ha stuprata, e la polizia l'ha trattata come se fosse una bugiarda. Come se lo stupro non fosse già abbastanza umiliante di per sé.

– Donald, io non voglio umiliarla, o accusarla di mentire. Voglio solo sentire il suo resoconto.

– No.

– Senti, non voglio usare le maniere forti, ma questa è un'indagine per omicidio, e se voglio parlare con lei, ci parlerò.

Fin vide negli occhi di Donald la rabbia di un padre. Esplose per un attimo, poi un meccanismo di controllo interno abbassò la fiamma. – In questo momento non c'è. È giú in città con sua madre.

– Allora ritorno. Domani, magari.

– Sarebbe stato meglio, Fin, se tu non fossi proprio venuto.

Nel tono e nelle parole di Donald Fin sentí il gelo di una minaccia e faticò a ricordare che quell'uomo era lo stesso ragazzo che lo aveva difeso contro i bulli e aveva rischiato la pelle per andare a salvarlo la notte in cui Angel Macritchie lo aveva atterrato fuori dal *Crobost Stores*. – Ma perché? Forse perché potrei scoprire la verità? Cosa c'è da temere nella verità, Donald? – Donald si limitò a guardarlo in cagnesco. – Sai, se Macritchie avesse violentato la mia, di figlia, probabilmente sarebbe venuta anche a me la tentazione di vendicarla di persona.

Donald scosse il capo. – Non riesco a credere che tu mi ritenga capace di un gesto del genere, Fin.

– In ogni caso, puoi farmi sapere dov'eri sabato sera?

– Dato che i tuoi colleghi me l'hanno già chiesto, vedrai che è materia contenuta nei verbali.

– Non riesco a stabilire se i verbali mentono. Con la gente, invece, di solito ci riesco.

– Ero dove sono sempre di sabato sera. A casa, a scrivere il sermone per il giorno del Signore. Mia moglie te lo potrà confermare, se glielo vuoi chiedere –. Donald andò alla porta e la aprí, facendo capire a Fin che la loro conversazione era finita. – In ogni caso, non sta a me castigare i peccatori. Il Signore si occuperà di Angel Macritchie a modo suo.

– Forse l'ha già fatto –. Fin uscí nel pomeriggio ventoso proprio mentre cominciava a piovere sul serio. A gocce orizzontali.

Quando Fin raggiunse l'auto di Gunn ferma nel parcheggio, era già fradicio. Si lasciò cadere sul sedile del passeggero con i ricci intrisi di pioggia che gli colava sul viso e sul collo, e sbatté la portiera. Gunn accese il riscaldamento e lo guardò. – E allora?

– Dimmi cos'è successo la notte in cui la ragazza sostiene che Macritchie l'ha violentata.

2.

La nuvola copriva tutto il cielo e, mentre tornavano a Stornoway, vedevano le sue strisce sfrangiate di azzurro e nero e viola grigiastro. La strada era dritta davanti a loro e saliva in direzione dell'orizzonte e di una fascia di luce sotto il punto di cielo livido da cui si vedeva scrosciare la pioggia.

– È successo circa due mesi fa, – disse Gunn. – Donna Murray era al *Crobost Social* a bere con un gruppo di amici.

– Ma non avevi detto che ha solo sedici anni?

Gunn lo guardò per vedere se scherzava. – Manca dall'isola da molto tempo, signor Macleod.

– È illegale, George.

– Era venerdí sera, signore. Probabilmente il locale era animato. E alcune delle ragazze erano sicuramente maggiorenni. Comunque, nessuno ci fa piú molto caso.

Il sole inaspettatamente squarciò le tenebre, e i tergicristalli spargevano sul parabrezza luce e pioggia insieme, mentre dalla brughiera lontana alla loro sinistra spuntava un arcobaleno.

– C'erano le solite scaramucce tra ragazzi e ragazze. So bene com'è quando si mescola l'alcol con gli ormoni degli adolescenti. E comunque, Macritchie era seduto al suo solito posto al bancone, su uno sgabello, appoggiato sugli avambracci a guardare lascivo le ragazzine. Chissà come faceva ad avere ancora degli ormoni in circolo dopo tutto l'alcol che si era bevuto negli ultimi anni –. Gunn ridacchiò. – Ha visto in che stato aveva il fegato –. Fin annuí. Angel era sempre stato un ubriacone, anche da ragazzo. – Chissà come mai, quella sera si è fissato su Donna. E, per qualche motivo inspiegabile, deve avere pensato che lei potesse trovarlo attraente. Cosí si è offerto di pagarle da bere. Probabilmente, quando lei ha rifiutato, tutto sarebbe potuto finire lí. Ma, stando a quello che si dice, qualcuno gli ha detto che era la figlia di Donald Murray, e a quanto pare quell'informazione lo ha incoraggiato a proseguire.

Fin immaginava bene come l'idea di mettere le mani addosso alla figlia di Donald Murray, soprattutto con la prospettiva che suo padre venisse a saperlo, potesse solleticare il perverso senso dell'ironia di Macritchie.

– Ha passato il resto della serata ad assillarla, a offrirle consumazioni che lei non toccava, a cercare di abbracciarla, a farle proposte oscene. Gli amici di Donna pensavano che la situazione fosse ridicola. Nessuno vedeva Macritchie come una vera minaccia. Solo un idiota ubriacone da bar come tanti. Ma Donna si è incazzata sul serio. Le stava rovinando la serata, cosí ha deciso di andarsene a casa. Si è alzata, furiosa, appena ne ha avuto l'occasione, raccontano i suoi amici. La maggior parte della gente non se n'è accorta, ma circa un minuto dopo la barista ha notato Macritchie che scendeva dallo sgabello e le andava dietro. Da qui in poi, le varie versioni sono discordanti.

Passarono davanti a un gruppo di ragazzine pigiate sotto una pensilina dell'autobus a South Dell. Erano tipiche dell'isola di Lewis, quelle costruzioni in cemento, con il tetto piatto e quattro scomparti aperti che offrivano riparo quale che fosse la direzione del vento. Fin si ricordò che le chiamavano «tavoli da picnic per i giganti». Le ragazzine che aspettavano l'autobus per andare a passare la serata a Stornoway sembravano piú o meno coetanee di Donna. Alcol e ormoni di adolescenti. Fin era certo che quelle ragazze non avessero la minima idea di quanto quel cocktail fosse rischioso. Sorrisi su volti pallidi che sfrecciavano dai finestrini striati di pioggia. Vite che prendevano direzioni che nessuna di loro avrebbe potuto predire ma che, al tempo stesso, erano invece decisamente molto prevedibili.

– Sono passati circa trentacinque minuti da quando Donna è uscita dal *Social* a quando è tornata a casa, – disse Gunn.

Fin emise un soffio. – Ci vogliono al massimo dieci minuti.

– Sette. Abbiamo fatto cronometrare il percorso da una poliziotta.

– E quindi cos'è successo nella mezz'ora in piú?

– Be', per usare le parole di Donna, è stata vittima di un'aggressione a scopo sessuale da parte di Macritchie. Quando è rientrata a casa, era in disordine. Questa è la parola che ha usato suo padre. Rossa in viso, con il trucco sbavato, agitata come una bambina piccola. Lui ha chiamato la polizia e l'hanno portata a Stornoway per interrogarla e farla visitare dal medico della polizia. Lí per la prima volta ha usato la parola stupro. Quindi, tra Ness e Stornoway, ha cambiato versione da un'aggressione a scopo sessuale a uno stupro. Naturalmente, come facciamo sempre, abbiamo dovuto stabilire la natura esatta dell'aggressione. Quando abbiamo cominciato a entrare nei particolari, la ragazza ha dato in escandescenze. Però ha confermato che Macritchie l'ha bloccata a terra e le ha messo il pene nella vagina. No, lei non era consenziente. Sí, era vergine. O lo era stata fino a quella sera –. Gunn guardò Fin, a disagio. – Ma devo essere sincero con lei, signor Macleod: non aveva sangue addosso, nemmeno sui vestiti, e non c'era alcuna traccia esterna del fatto che l'avessero schiacciata per terra in una serata umida. Non aveva lividi sulle braccia e i vestiti non sembravano bagnati e nemmeno sporchi.

Fin era perplesso. – Cos'ha dimostrato la visita medica?

– Be', questo è il problema, signor Macleod: la ragazza ha rifiutato di sottoporsi a una visita medica. Si è opposta con veemenza. Ha detto che sarebbe stato troppo umiliante. Le abbiamo spiegato che era improbabile riuscire a formulare delle accuse contro Macritchie senza avere delle prove fisiche o una testimonianza. E, alla fine dei conti, l'unico testimone che siamo riusciti a trovare fuori dal *Social* ha detto che Macritchie se n'era andato nella direzione opposta a quella di Donna. E, dato che lei si è rifiutata di sottoporsi alla visita medica...

– Suo padre cos'ha detto?

– L'ha appoggiata su tutta la linea. Ha dichiarato che, se non voleva farsi vedere da un dottore, era nei suoi diritti. Abbiamo provato a spiegargli qual era la sua posizione, ma non c'è stato modo di far sí che la convincesse se lei non era disposta a farlo.

– E come si è comportato in tutta questa situazione?

– Direi che era arrabbiato, signor Macleod. Quella rabbia da pugni stretti, ha presente, quella rabbia che si cova dentro. Dall'esterno sembrava piuttosto calmo. Anche troppo calmo. Come l'acqua in una diga prima che aprano le cateratte –. Gunn sospirò. – In ogni caso, gli agenti hanno interrogato praticamente chiunque era presente al *Social* quella sera, ma nessuno ha confermato la versione di Donna. In teoria il caso rimane aperto, ma di fatto l'indagine è stata archiviata –. Scosse il capo. – Naturalmente, queste storie di merda lasciano il segno. Ci sono state voci e pettegolezzi, e molta gente è convinta che Macritchie abbia violentato la ragazza.

– E tu pensi che l'abbia fatto?

La luce del sole rimandava un freddo bagliore azzurro dai piccoli *lochan*, laghetti – piú simili a pozze – sparpagliati nella brughiera. La pioggia si era placata liberando il cielo a sud. Alle spalle avevano Siadar e, mentre si avvicinavano a Barvas, il sole quasi orizzontale da ovest illuminò le sue casette bianche e accese i pendii dolci delle montagne meridionali in lontananza.

– Mi piacerebbe rispondere di sí, signor Macleod. Da tutto quello che so di quell'uomo, doveva essere proprio un gran bastardo. Ma, come si fa, senza prove?

– Non ti ho chiesto delle prove, George. Ti ho chiesto che cosa pensi tu.

Gunn reggeva saldamente il volante con entrambe le mani. – Be', le posso dire cosa penso, signor Macleod, purché non lo dica a nessuno –. Esitò solo un attimo. – Penso che la ragazza abbia mentito.

3.

La *Park Guest House* si trovava in una fila di case di arenaria di fronte a quello che ora si chiamava *Caladh Inn*: pietra scura e striata dalla pioggia che se ne stava cupa dietro un cancello di ferro battuto dipinto di nero. Ospitava uno dei migliori ristoranti della città, con un giardino d'inverno costruito intorno alla sala per sfruttare al massimo la luce estiva. Nel periodo del solstizio, si poteva cenare a mezzanotte con il sole che ancora tingeva di rosa il cielo.

Dopo che Fin gli disse che il salottino al piano terra non era il posto giusto per la loro conversazione, Chris Adams lo condusse riluttante al piano di sopra, nella sua piccola stanza singola. Le assi del pavimento scricchiolavano sotto i piedi come neve fresca. Fin notò che Adams aveva una postura rigida e mentre saliva le scale appariva dolorante. Era inglese, cosa che Fin non si aspettava: lo tradiva un morbido accento delle zone intorno a Londra. Era sulla trentina, alto e magro, con capelli biondissimi e, per essere uno che doveva passare la maggior parte del tempo all'aperto per promuovere il benessere degli animali, aveva una carnagione pallida e malaticcia. La pelle eburnea era segnata da lividi gialli intorno all'occhio sinistro e allo zigomo. Portava pantaloni di velluto abbondanti e una felpa con uno slogan che parlava dell'impossibilità di nutrirsi con il denaro. Aveva dita stranamente lunghe, quasi femminee.

Tenne aperta la porta per far accomodare Fin, poi sgomberò una sedia pieghevole dai vestiti e dalle carte per farlo sedere. La camera sembrava il teatro di un'esplosione di carta in cui centinaia di fogli e palline di pasta adesiva si erano appiccicati ai muri. Mappe, appunti, ritagli di giornale, post-it. Fin non sapeva quanto ne sarebbe stato felice il proprietario. Il letto era cosparso di libri e raccoglitori e blocchi per appunti. Sulla cassettiera alla finestra un computer portatile si divideva lo spazio con altre carte, tazze vuote e i resti di un pasto cinese da asporto. La vista di cui godeva Adams era su James Street, verso l'edificio tetro di vetro e cemento che un tempo si era chiamato *Seaforth*.

– Ho già dedicato fin troppo tempo a quelli come voi, e non ve lo meritate, – si lamentò. – Non fate niente per arrestare l'uomo che mi ha pestato poi mi accusate di averlo ucciso quando lo ritrovate morto –. Gli suonò il cellulare. – Mi scusi –. Rispose e disse che era impegnato e avrebbe richiamato. Poi guardò Fin con aria interrogativa. – Allora, cosa vuole sapere?

– Voglio sapere dov'era venerdí 25 maggio di quest'anno.

La domanda spiazzò totalmente Adams. – Perché?

– Mi dica dov'era e basta, signor Adams, per favore.

– Non ne ho idea, devo controllare l'agenda.

– Lo faccia, allora.

Adams guardò Fin con un misto di costernazione e fastidio. Emise segni tangibili di impazienza e si sedette sul bordo del letto, facendo danzare in modo enfatico le lunghe dita sulla tastiera del portatile. Lo schermo si rianimò e mostrò la pagina di un'agenda. La visualizzazione passò da giornaliera a mensile, e Adams tornò indietro da agosto a maggio. – Il 25 maggio ero a Edimburgo. Quel pomeriggio in ufficio avevamo una riunione con il rappresentante locale della Società reale per la prevenzione delle crudeltà sugli animali.

– E dov'era quella sera?

– Non lo so. A casa, probabilmente. Non tengo un diario della mia vita privata.

– Avrò bisogno che me lo confermi. C'è qualcuno con cui posso verificarlo?

Adams sospirò. – Immagino di sí. Roger, il mio coinquilino.

– Allora le suggerisco di chiedergli di farsi vivo con me.

– Ma cosa diavolo succede, signor Macleod?

Fin ignorò la domanda. – Il nome John Sievewright le dice niente?

Adams non si fermò nemmeno a riflettere. – No. Mi vuol dire di cosa si tratta?

– All'alba del 26 maggio di quest'anno, un notaio trentatreenne di Edimburgo di nome John Sievewright è stato trovato impiccato a un albero in una via ai piedi di Leith Walk. Strangolato, spogliato e sbudellato. Come lei ben sa, solo tre giorni fa un certo Angus John Macritchie ha subito un trattamento quasi identico proprio qui sull'isola di Lewis.

Adams emise un minuscolo scoppio d'aria dalla gola. – E lei vuole sapere se vado in giro per la Scozia a sbudellare la gente? Io? È ridicolo, signor Macleod. Ridicolo.

– Mi vede ridere, forse, signor Adams?

Adams guardò Fin con studiata incredulità. – Chiederò a Roger che cosa abbiamo fatto quella sera. Lo sa di sicuro, è piú organizzato di me. C'è altro?

– Sí, voglio che mi racconti perché Angel Macritchie l'ha pestata.

– Angel? È cosí che lo chiamate? Ormai immagino che sia volato all'inferno, piú che in paradiso –. Fece una smorfia. – Ho già rilasciato una dichiarazione ufficiale.

– A me non ancora.

– Be', non ha molto senso indagare sull'aggressione ora, dato che il responsabile è fuori dalla vostra portata.

– Mi racconti cos'è successo, e basta –. Fin controllò la propria impazienza, ma qualcosa nel suo tono evidentemente la fece trasparire, dato che Adams sospirò di nuovo, stavolta in modo ancora piú teatrale.

– Uno dei vostri quotidiani locali, «The Hebridean», ha pubblicato un servizio sulla mia presenza nell'isola allo scopo di organizzare una manifestazione per cercare di impedire l'eliminazione annuale delle *guga* ad An Sgeir. Uccidono duemila uccelli all'anno, sa. Li massacrano. E strangolano le creaturine mentre gli esemplari adulti volano come impazziti lí sopra piangendo per i loro pulcini perduti. È una cosa brutale. Inumana. Sarà anche una tradizione, ma non è accettabile in un paese civilizzato del ventunesimo secolo.

– Se può risparmiarmi la conferenza e attenersi ai fatti...

– Immagino che, come chiunque altro in questo posto dimenticato da Dio, lei sia a favore. Sa, non me lo aspettavo. Neanche una persona sull'isola mi ha offerto una sola parola di sostegno. E io che avevo sperato di raccogliere intorno a me l'opposizione locale per rimpolpare i nostri ranghi.

– Alla gente piace il gusto della *guga*. E, a lei potrà anche sembrare barbaro, ma il metodo che usano per uccidere gli uccelli è quasi del tutto istantaneo.

– Bastoni con un cappio in fondo e mazze? – Adams arricciò le labbra in segno di disgusto.

– Sono molto efficaci.

– E lei cosa ne sa?

– Ne so eccome. L'ho fatto anch'io.

Adams lo guardò come se avesse un gusto schifoso in bocca. – Allora non ha alcun senso discuterne con lei.

– Bene, allora. Possiamo tornare all'aggressione, per favore?

Il cellulare di Adams suonò di nuovo. Rispose. – Adams... Oh, sei tu –. Abbassò la voce in un tono un po' piú intimo. – Sei a Ullapool? Bene. A che ora arriva il traghetto...? Va bene, ti vengo a prendere alla stazione del traghetto –. Guardò imbarazzato verso Fin. – Senti, ti richiamo piú tardi. C'è qui la polizia... sí, di nuovo –. Alzò gli occhi al cielo. – Va bene. Ciao –. Lasciò cadere il telefono sul letto. – Sono spiacente –. Ma non era vero.

– Sono i suoi manifestanti che arrivano?

– Sí, se proprio vuole saperlo. Non è un segreto.

– Quanti?

– Una dozzina. Uno per ogni membro della squadra omicida.

– Cosa farete? Vi sdraiate davanti alla barca?

– Molto divertente, signor Macleod –. Increspò le labbra per simulare un'espressione divertita. – Lo so che non possiamo fermarli. Non quest'anno, se non altro. Ma possiamo influenzare l'opinione pubblica. Ci saranno la stampa e la televisione. Avremo risonanza nazionale. E, se riusciamo a convincere il governo scozzese a revocare l'autorizzazione, allora diventerà illegale. E la gente come lei non avrà piú il permesso di andare lassú a uccidere quei poveri uccellini.

– E ha dichiarato tutto questo nell'articolo su «The Hebridean»?

– Sí.

– Dev'essersi reso molto simpatico.

– Il mio errore è stato permettergli di pubblicare una mia fotografia. Cosí ho perso l'anonimato.

– E allora, cos'è successo?

– Sono andato a Ness per una perlustrazione. A quanto pare, la barca parte da Stornoway, ma gli uomini di Crobost le vanno incontro con un barchino che parte da Port of Ness. Volevo fare qualche fotografia della zona, piú che altro per avere dei riferimenti. Immagino di essere stato un po' indiscreto. Ho pranzato al *Cross Inn* e qualcuno mi ha riconosciuto dall'articolo del giornale. Non sono abituato a sentire parole di quel genere, signor Macleod.

Fin trattenne l'impulso di sorridere. – Ha parlato con qualcuno lassú?

– Be', mi sono perso un paio di volte e ho dovuto chiedere indicazioni. L'ultima persona con cui ho parlato prima di essere aggredito era in un piccolo atelier di ceramiche appena fuori Crobost. Un tipo strano, peloso. Non sono certo che fosse del tutto sobrio. Gli ho chiesto dove fosse la strada per il porto. E lui me l'ha detto. Sono tornato alla macchina, che era solo una ventina di metri piú in là. È successo allora.

– Che cos'è successo, di preciso?

Adams si assestò sul letto e fece una smorfia. Fin non capiva se era per il ricordo, o per il dolore. – Mi ha superato un furgone bianco. Un Transit, o qualcosa del genere. Fatto strano, l'avevo già notato un paio di volte quel giorno. Immagino che debba avermi seguito, aspettando il momento propizio. Insomma, il furgone si è fermato davanti a me e dal lato del guidatore è uscito un omone che in seguito ho identificato come Angus Macritchie. Il fatto strano è che mi era sembrato ci fossero altre persone nel furgone, ma non ho visto nessuno.

– Le ha detto qualcosa?

– Neanche una parola. O almeno, non in quel momento. Ha cominciato a prendermi a pugni, e basta. Ero cosí sorpreso che non ho nemmeno avuto il tempo di provare a fuggire. Credo che dopo il secondo pugno mi siano cedute le ginocchia, e sono crollato come un castello di carte. Poi ha cominciato a prendermi a calci nelle costole e in pancia. Mi sono raggomitolato per cercare di proteggermi, e mi ha colpito un paio di volte sugli avambracci –. Si tirò su le maniche per mostrare i lividi. – Brava gente, i vostri assassini di uccelli.

Fin sapeva bene come ci si sentiva a prendere un sacco di botte da Angel Macritchie. Era qualcosa che non avrebbe augurato a nessuno, meno che meno a una persona ingenua come Chris Adams. – Macritchie non era il tipico uomo di Crobost. E potrà sorprenderla sapere che lui non andava sullo scoglio per uccidere gli uccelli. Faceva il cuoco della spedizione.

– Be', è una cosa molto consolante per me, certo –. La voce di Adams traboccava di sarcasmo.

Fin lo ignorò. – Poi cos'è successo?

– Si è chinato e mi ha sussurrato all'orecchio che, se non facevo le valigie e me ne andavo, mi avrebbe ficcato una *guga* intera in gola. Poi è risalito sul furgone ed è ripartito.

– E lei ha preso il numero di targa?

– Strano a dirsi, ma sí. Non so come ho fatto a essere cosí lucido, però sono riuscito a imparare a memoria quel numero.

– Testimoni?

– Be', c'erano varie case lí intorno. Come faccia la gente a dire che non ha visto nulla, non lo so. Ho visto io con i miei occhi le tende che si spostavano alle finestre. E poi c'era quel tizio delle ceramiche. È sceso e mi ha aiutato a rimettermi in piedi e mi ha portato a casa sua per darmi un bicchiere d'acqua. Mi ha detto che non ha visto nulla, ma non gli credo. Ho insistito perché chiamasse la polizia, e l'ha fatto. Ma con molta riluttanza, le devo dire.

– Allora, se Macritchie l'aveva minacciata di ficcarle una *guga* intera in gola, signor Adams, perché era ancora qui sabato sera?

– Perché non ho trovato posto sul traghetto fino a lunedí. Poi, naturalmente, una persona dotata di squisito buon gusto è andata a uccidere Macritchie, e adesso i suoi colleghi non mi lasciano piú ripartire.

– Suppongo, però, che non le dispiaccia troppo, dato che cosí può continuare la sua protesta nonostante tutto.

– Con due costole rotte, signor Macleod, credo di avere varie cose di cui dispiacermi. E, se la polizia avesse fatto un po' meglio il suo mestiere, il vostro signor Macritchie probabilmente sarebbe vivo oggi. Languirebbe in una cella, invece di essersi fatto assassinare in una rimessa per barche.

In effetti questo era vero, pensò Fin. – Dov'era sabato sera, signor Adams?

– Qui nella mia camera, a mangiare fish and chips. E purtroppo non c'è nessuno che glielo può confermare, come mi hanno felicemente ricordato i suoi colleghi piú di una volta.

Fin annuí, pensieroso. Forse Adams era fisicamente in grado di compiere il delitto, in circostanze normali. A malapena. Ma con due costole rotte? Secondo Fin, no. – A lei piace il pesce, signor Adams?

Adams sembrò sorpreso di quella domanda. – Non mangio carne di animali.

Fin si alzò in piedi. – Ha una vaga idea di quanto ci mette un pesce a morire, privato dell'ossigeno, soffocato nel vero senso della parola, quando un peschereccio issa le reti a bordo? – Ma non voleva aspettare la risposta. – Molto di piú che una *guga* presa al cappio.

4.

La centrale operativa era stata impiantata in una grande sala conferenze in fondo al corridoio al primo piano del commissariato di polizia di Stornoway. Due finestre davano su Kenneth Street e sui tetti delle case i cui gradoni scendevano scoscesi verso il porto sottostante. Oltre gli alberi dei pescherecci legati per la notte, si vedevano appena le torri del Lews Castle sopra gli alberi sul lato opposto dell'acqua. Le scrivanie e i tavoli erano stati spinti lungo i muri, e cavi ben custoditi alimentavano telefoni, computer e stampanti in azione. Alle pareti erano attaccate foto eloquenti del luogo del delitto, e su una lavagna bianca c'era una gran mole di appunti. Su un tavolino ronzava calmo un proiettore.

Quando Fin si sedette a uno dei quattro terminali connessi allo Holmes per aggiornarsi, c'era quasi una decina di agenti al lavoro, che rispondevano al telefono e digitavano al computer. Non voleva studiare solo l'omicidio di Macritchie, ma anche le querele per stupro e aggressione che erano state sporte contro di lui. Inoltre aveva riguardato tutti i documenti sull'omicidio di John Sievewright, rinfrescandosi la memoria sulla decina di verbali che erano stati stilati, e sui rapporti dei medici legali e dell'anatomopatologo. Ma ora era stanco, non era sicuro di essere lucido. Il numero di agenti nella centrale operativa si era ridotto a tre. Era stata una giornata lunga, dopo una notte insonne. Per la prima volta aveva ripensato a Mona. Alla sua minaccia: «Non aspettarti di trovarmi quando torni, tutto qua». E alla sua risposta: «Forse è meglio cosí». In quelle due brevi battute, erano riusciti a porre fine alla loro relazione. Nessuno di loro l'aveva programmato. Senza dubbio avrebbero avuto dei rimpianti, la maggior parte dei quali per i quattordici anni di matrimonio sprecati. Ma c'era stata anche un'enorme sensazione di sollievo. Fin si era tolto dalle spalle un peso di silenziosa infelicità, che però era stato sostituito quasi immediatamente dall'incertezza di un futuro non del tutto imprevedibile. Un futuro a cui ora non voleva pensare.

– Come va, signore? – Gunn gli si avvicinò, accostandosi con la sedia da dattilografo.

Fin si appoggiò allo schienale e si stropicciò gli occhi. – Perdo colpi a rotta di collo, George. Mi sa che per oggi mi fermo qui.

– La accompagno in albergo, allora. Ha ancora la valigia nel bagagliaio della mia auto.

Passarono insieme davanti all'armeria e all'ufficio amministrativo della zona, con i muri color ocra e la moquette viola pastello. Sulle scale si imbatterono nell'ispettore capo Smith. – È stato molto gentile a riferirmi i risultati dell'autopsia, – gli disse.

– Non c'era niente da riferire –. Fin fece una pausa, poi aggiunse: – Signore –. Da molto tempo aveva scoperto che l'impertinenza piú stupida era l'unico modo di rapportarsi con il sarcasmo dei superiori.

– Ho ricevuto un verbale dal medico legale. A quanto pare, ci sono varie analogie con Edimburgo –. Li aveva superati sulle scale, in modo da poter supplire alla bassa statura stando sul gradino superiore.

– Ma senza alcuna conclusione, – disse Fin.

Smith lo guardò pensieroso per un attimo. – Be', mi auguro che abbia delle conclusioni da consegnarmi domani a fine giornata lavorativa, Macleod. Perché non la voglio qui piú a lungo del necessario. Capito?

– Sissignore.

Fin distolse lo sguardo. Ma Smith non aveva finito. – Lo Holmes ha tirato fuori un altro possibile legame. Voglio che lei domattina vada subito a verificare con il sergente Gunn, che adesso le illustrerà i particolari –. E si girò per salire i gradini a due a due fino al pianerottolo, senza voltarsi indietro. Fin e Gunn scesero al piano terra.

Fin disse: – Allora, se manda noi due, mi sa che vuol dire che non è molto importante.

Gunn sorrise sardonico. – L'ha detto lei, signor Macleod, non io.

– C'è un legame con Edimburgo?

– Io non l'ho visto.

– Allora, di che storia si tratta?

Gunn tenne aperta la porta a Fin, e insieme salirono i gradini davanti al bancone delle denunce per arrivare all'ingresso posteriore. Il sole del tardo pomeriggio gettava lunghe ombre sul parcheggio.
– Sei mesi fa Macritchie è stato condannato per pesca di frodo. In una grossa proprietà giú nel sud-ovest dell'isola, che appartiene a un inglese. Da quelle parti fanno pagare una fortuna per la pesca al salmone, quindi il proprietario ci tiene a proteggere il fiume dai pescatori di frodo. Piú di un anno fa ha portato un peso massimo da Londra, un ex militare. Ha presente il tipo: un farabutto. Non sa un cazzo di pesca ma, se ti becca a pescare, sono cavoli amari.

Presero la borsa di Fin. – E ha sorpreso Macritchie sul fatto?

Gunn sbatté il portellone del bagagliaio e si diressero giú verso il porto. – Sí, signor Macleod. E non si è fermato lí. Quando è finito nelle nostre mani, Macritchie era piuttosto malconcio. Ma non l'avrebbe mai ammesso. Ammettere che qualcuno gli aveva dato una ripassata era come perdere la faccia. Macritchie sarà stato anche grosso, ma quel tipo di Londra è un professionista. E con quelli lí non c'è niente da fare, per quanto grosso uno sia.

– E allora, quale sarebbe il legame in questo caso? – A Fin piaceva l'idea che qualcuno avesse dato una ripassata a Macritchie, ma non capiva dove andava a parare il racconto di Gunn.

– Circa tre settimane fa, il tizio di Londra è stato aggredito una sera nella proprietà. Erano in tanti, mascherati, eccetera. L'hanno pestato a sangue.

Passarono davanti al negozio dell'usato *Phab Fair Trader* all'angolo tra Kenneth Street e Church Street. In vetrina c'era un cartello che diceva: «Commercio equo nel mondo – meglio il commercio degli aiuti». – E quindi il computer, con la sua saggezza, pensa che Macritchie si sia un po' vendicato. E... ci scommetto, che l'ex militare l'abbia scoperto e sia andato ad assassinarlo?

– Piú o meno le cose stanno cosí, signor Macleod.

– E quindi Smith ha intravisto un'ottima scusa per togliersi dalle scatole me e te per un po'.

– Bisogna fare un bel giro per andare nel sud-ovest. Conosce Uig, signor Macleod?

– La conosco bene, George. Ci andavamo spesso d'estate a fare dei picnic sulla spiaggia. Io e mio padre facevamo volare gli aquiloni –. Ricordava chilometri di sabbia finissima che si estendevano tra riccioli di scogli fino ai frangiflutti lontani. E il vento che trascinava in alto nel blu il loro aquilone fatto in casa con una scatola, e gli gettava indietro i capelli e gli tirava i vestiti. Il sorriso che increspava il viso di suo padre, con gli occhi azzurri luminosi in un incredibile contrasto con la scurissima abbronzatura estiva. E ricordava anche quanto ci restava male se c'era l'alta marea, e tutti quegli ettari di sabbia giacevano sotto mezzo metro d'acqua turchese e loro dovevano accontentarsi di stare seduti tra le dune a mangiare i panini.

L'alta marea si era fatta strada nel porticciolo interno, e le barche ormeggiate lungo la banchina di Cromwell Street troneggiavano su Fin e Gunn mentre si dirigevano a sud verso la banchina di North Beach, oltre una foresta di alberature e riflettori di radar e antenne satellitari. Stornoway sorgeva lungo una lingua di terra che separava il porticciolo interno dai moli nelle acque profonde dell'avamporto, dove ormeggiavano il traghetto e le petroliere. Il *Crown Hotel*, in cui era stata prenotata una stanza per Fin, era in un'ottima posizione sulla lingua di terra, fra Point Street e North Beach, e dava sul porticciolo interno e il Lews Castle. Agli occhi di Fin non sembrava cambiato molto. Alcuni negozi avevano un nuovo titolare, alcune vetrine erano state ridipinte. Il cappellaio c'era ancora, con la vetrina piena di creazioni bizzarre che le donne si appuntavano in testa nel giorno del Signore. Tra le donne religiose dell'isola di Lewis i cappelli erano obbligatori, una sorta di burka. La torre dell'orologio del municipio si scorgeva sopra i tetti d'ardesia acuminati e le finestre degli abbaini. Fin e Gunn schivarono mucchi di nasse per le aragoste e reti da pesca verdi ingarbugliate. I capitani e gli equipaggi erano scesi a scaricare provviste dai furgoncini e dai 4x4 sui pescherecci a strascico e sui barchini, perché la giornata non era finita finché non si facevano i preparativi per l'indomani. E in cielo i gabbiani volteggiavano incessanti, particelle bianche contro il cielo azzurro limpido, a prendersi gli ultimi bagliori del sole e a gridare mesti agli dèi.

In Point Street si fermarono fuori dall'ingresso del *Crown*. Fin percorse con lo sguardo la via pedonale, con le aiuole ornamentali e le panchine di ferro battuto. Point Street, chiamata «i Narrows» dagli abitanti del luogo, di venerdí e sabato sera era piena di ragazzini raccolti in gruppi e comitive, che bevevano birra in lattina, fumavano erba e si ingozzavano di zuppe e hamburger di pesce presi in uno dei due fish and chips. In assenza di qualsiasi altra forma di divertimento, i ragazzi si creavano quella. Fin aveva passato varie serate lí, strizzato sotto gli androni dei negozi con i compagni di scuola per ripararsi dalla pioggia, in attesa che qualcuno dei ragazzi piú grandi arrivasse con del cibo da asporto. Allora sembrava tutto esaltante, pieno di occasioni. Ragazze, alcol, forse uno o due tiri dallo spinello di qualcuno. Se all'ora di chiusura si era ancora lí, c'erano buone probabilità di assistere a una rissa, o magari due. Se si era fortunati, si era già venuti a sapere che da qualche parte c'era una festa e si era già andati via dalla strada. Ogni generazione seguiva le orme della precedente, come i fantasmi dei loro padri. E delle loro madri. In quel momento, però, i Narrows erano deserti.

Gunn porse la borsa a Fin. – Ci vediamo domani mattina, signor Macleod.

– Dài George, mi farebbe piacere offrirti da bere.

Gunn guardò l'ora. – Solo uno, però.

Fin si registrò e lasciò la borsa in camera. Quando scese, Gunn aveva già ordinato due boccali di birra. A quell'ora il bar dell'albergo era quasi deserto, ma si sentiva pulsare la musica dal bar pubblico al piano di sotto, e il tamburellare forte delle voci dei pescatori assetati e degli operai del cantiere navale che era stato riaperto ad Arnish, i quali si prendevano la ricompensa per la giornata di duro lavoro. C'era una targa che commemorava lo scandalo del principe di Galles minorenne che aveva ordinato uno sherry quando la sua scuola aveva fatto scalo lí durante un giro in barca delle isole occidentali. Il quattordicenne Carlo era stato riportato di nascosto in auto alla sua scuola, a Gordonstoun, sulla terraferma. Quant'erano cambiati i tempi!

– È riuscito a guardare tutti i documenti? – Gli chiese Gunn.

– La maggior parte –. La birra era fresca e rinfrancante, e Fin bevve una lunga sorsata.

– Ha trovato qualcosa di interessante?

– A dire la verità, sí. Il testimone che afferma di aver visto Angel Macritchie andare nella direzione opposta a quella di Donna Murray la sera in cui lei sostiene di essere stata stuprata...

Gunn fece una smorfia. – Eachan Stewart. Cosa c'entra?

– Allora non sei stato coinvolto direttamente nel caso dell'aggressione ad Adams, vero?

– No, io no. C'era il sergente Fraser.

– Be', mi sa che non possiamo aspettarci che lo Holmes trovi da solo tutti i collegamenti. Conosci Eachan Stewart?

– Sí, è un vecchio eccentrico sempre strafatto. Ha un negozio di ceramiche appena fuori Crobost. Ce l'ha da anni. È una vita che vende i vasi ai turisti estivi.

– Da quando ero bambino io, – disse Fin. – Chris Adams è stato pestato da Macritchie fuori dal negozio di Eachan Stewart. Stewart stava parlando con Adams un minuto prima dell'aggressione, e l'ha raccolto dalla strada un minuto dopo. Eppure sostiene di non aver visto niente. È stato molto conveniente per Macritchie avere lo stesso testimone che gli ha fornito un alibi di ferro in entrambi i casi. C'era un legame tra quei due?

Gunn rifletté. – Immagino sia possibile che Macritchie fornisse la droga a Stewart. Per un periodo l'abbiamo sospettato di spaccio, ma non l'abbiamo mai beccato sul fatto.

– Credo che magari domani andrò a dire due parole al signor Stewart –. Fin bevve un'altra lunga sorsata di birra. – George, oggi pomeriggio hai detto che c'erano altre persone che serbavano rancore a Macritchie, oltre a quelle che perseguitava da ragazzo.

– Sí, secondo suo fratello. Ma sono solo dicerie.

– Murdo Ruadh?

Gunn annuí.

– Che dicerie ha sentito?

– Non so quanto credito dargli, ma a quanto pare Murdo è convinto che ci fosse una specie di faida in corso tra suo fratello e un ragazzo con cui andava a scuola. Un tipo che si chiama Calum MacDonald. A quanto pare è rimasto storpio in un incidente anni fa e lavora al telaio in una baracca dietro casa sua. Non ho idea di che cosa sia successo tra di loro.

Fin appoggiò con calma il bicchiere sul banco. Gli venne la nausea solo al ricordo. – Io lo so –. E Gunn aspettò una spiegazione che però non arrivava. Alla fine Fin si svegliò dalla sua sorta di trance. – Anche se non fosse storpio... – e Fin si ricordò lo sguardo che aveva il ragazzo quando era caduto, –... dubito che Calum MacDonald sarebbe stato capace di infliggere danni del genere a chiunque.

– Murdo è convinto che quel Calum MacDonald abbia pagato qualcun altro.

Fin gli scoccò uno sguardo, chiedendosi se era possibile, se Calum sarebbe mai stato capace anche solo di un pensiero del genere. Ma perché, dopo tutto quel tempo? – Non credo, – disse infine.

Gunn attese di nuovo una spiegazione, ma gli fu subito chiaro che Fin non intendeva illustrare alcunché. Guardò l'ora. – Meglio che vada –. Scolò il resto della birra e s'infilò il giubbotto. – A proposito, come è andata con Adams?

Fin si fermò un attimo, evocando l'immagine dell'animalista alto e smorto. – È interessante. Mi ero immaginato che un uomo con due costole rotte non sarebbe stato in grado di affrontare Macritchie. Ma poi mi è venuto in mente che c'è un legame che stavo trascurando.

– Quale?

– Adams è gay.

Gunn fece spallucce. – Be', non mi sembra certo una novità, signor Macleod –. Poi ebbe un'intuizione che lo fece accigliare. – Non mi starà dicendo che Macritchie era gay?

– No, ma la vittima di Edimburgo, John Sievewright, sí.

Sei

Fin attraversò il bar in trance. La musica pulsava, in competizione con le risate indotte dall'alcol. Con la coda dell'occhio vedeva le luci di un videogioco che lampeggiavano da qualche parte, con i bip e i ronzii di un'èra elettronica. Ordinò una birra e si appoggiò al bancone mentre aspettava che la barista la spillasse. Si sentiva come se fosse sigillato ermeticamente in una bolla invisibile. Come se in quel luogo lui semplicemente non esistesse. Aveva deciso di bere qualcosa, mangiare fish and chips e andare a dormire presto, ma non era stato in grado di affrontare la solitudine del bar dell'albergo ed era sceso nel bar aperto al pubblico, sperando cosí di distrarsi dai propri pensieri. Stava imparando di nuovo quant'è facile essere soli tra la folla. Chiunque fossero quelle persone, non le conosceva, e non era piú uno di loro.

Arrivò il suo boccale, che fu sbattuto sul bancone in una pozza di birra. Sganciò i soldi nella stessa pozza e intercettò lo sguardo che gli aveva lanciato la barista, la quale si fece scivolare la banconota in mano e tornò un attimo dopo con uno strofinaccio di qualche marca di birra per asciugare il bancone. Fin le fece un sorriso trionfante, e lei gli rispose con un cipiglio.

Era deprimente. Fin si accostò il bicchiere alle labbra ma si fermò prima di riuscire a bere. Un gruppo di operai, alcuni ancora in tuta da lavoro, erano radunati intorno a un tavolo in vetrina, con i bicchieri vuoti che si accumulavano in grandi quantità. Scherzavano in gaelico e ridevano forte, chiassosi. Fu la voce, in verità, ad attirare la sua attenzione, come una melodia familiare udita a spizzichi, che non si riesce a collocare. Poi vide il viso, e il trauma fu come un pugno nel plesso solare.

Artair era cambiato. Dimostrava dieci anni piú di Fin. Era ingrassato molto piú di quanto la sua pur robusta ossatura riuscisse a reggere senza problemi. I suoi bei lineamenti di bambino erano persi in un viso rotondo e rosso. E i capelli che una volta erano folti e neri ora erano sottili, grigi e tagliati a spazzola. I capillari visibili sulle guance tradivano una passione eccessiva per l'alcol, ma gli occhi erano limpidi e penetranti, del castano vivido e caldo di sempre.

Artair stava scolandosi le ultime gocce di un whisky quando incontrò lo sguardo di Fin.

– Ehi, Spruzzetto, – gli disse uno degli uomini al tavolo. – Che c'è che non va? Sembra che tu abbia appena visto un fantasma.

– Infatti è cosí –. Artair si alzò e i due uomini si guardarono a lungo al di sopra delle teste dei bevitori. Gli altri al suo tavolo si girarono a guardare Fin. – Porca puttana, – borbottò Artair. – Ma quello è Fin Macleod, cazzo! – Scivolò fuori dal tavolo e si fece strada a spintoni tra la gente; poi, con grande imbarazzo di Fin, gli buttò le braccia al collo per abbracciarlo forte. Fin rovesciò metà della birra per terra. Poi Artair fece un passo indietro e lo guardò in faccia. – Cavolo, amico mio. Dove cazzo sei finito per tutti questi anni?

– Un po' qua, un po' là... – disse Fin, a disagio.

– Piú là che qua, – replicò Artair, con un tono accusatorio. Vide i resti della birra di Fin. – Lascia che te la riempia.

– No, sono a posto, davvero.

Artair incontrò lo sguardo della barista. – Dammi un altro goccio, Mairead –. Si girò di nuovo verso Fin. – E allora, cos'hai combinato?

Fin non avrebbe mai immaginato il disagio di quella situazione. Alzò le spalle. Cosa si doveva dire? Come si faceva a comprimere diciott'anni in una sola frase? – Un po' di tutto, – disse.

Artair sorrise, ma era una cordialità innaturale, e non riusciva comunque a evitare il tono accusatorio. – Deve averti tenuto occupato a tempo pieno –. Prese il whisky dal bancone. – Ho saputo che sei entrato in polizia –. Fin annuí. – Che diavolo, potevi farlo anche qui, bello. Avremmo potuto spassarcela per tutti questi anni, io e te. Cos'è successo alla mitica laurea?

– All'università andavo male e l'ho lasciata al secondo anno.

– Cazzo. Tutto quel tempo che aveva investito mio padre per farti passare gli esami, e tu l'hai sprecato.

Fin annuí. – Alla grande.

– Be', almeno hai la decenza di ammetterlo –. Artair tossí e si ritrovò senza fiato. Prese l'inalatore dalla tasca e aspirò due volte. Nella gola gli risuonò il catarro mentre aspirava profondamente l'ossigeno e le vie respiratorie si dilatavano. – Cosí va meglio. Non cambia niente, eh?

Fin sorrise. – Non molto.

Artair prese Fin per il gomito e lo portò verso un tavolo nell'angolo in fondo. Barcollava un po' e Fin capí che prima di quel whisky ce n'erano stati molti altri. – Dobbiamo parlare, io e te.

– Davvero?

Artair sembrava sorpreso. – Certo che sí. Abbiamo diciott'anni di aggiornamenti, cazzo –. Si sedettero uno di fronte all'altro e Artair lo guardò attentamente in volto. – Cristo, non è giusto. Non sembri invecchiato per niente. Guarda me, invece. Una balena grossa e grassa. Deve piacerti, fare il poliziotto.

– Non molto. Sto cercando di uscirne. Sto prendendo una laurea alla Open University.

Artair scosse il capo. – Che spreco, cazzo. Io? Be', tutto come previsto. Ma tu, Fin. Avevi una marcia in piú. Eri fatto per cose migliori della polizia.

– Senti, ma tu cos'hai combinato per tutto questo tempo? – Fin si sentí in obbligo di chiederlo, anche se in un certo senso non voleva saperlo. In realtà, non voleva sapere proprio niente di quell'uomo. Voleva ricordarsi Artair com'era una volta, come erano stati insieme da bambini. Quella conversazione assomigliava a convenevoli.

Artair emise uno sbuffo di autocommiserazione. – Ho finito il tirocinio alla Lewis Offshore appena in tempo per vederla chiudere, cazzo. Immagino di aver avuto fortuna a rientrare quando hanno riaperto nel novantuno. Poi ha chiuso di nuovo nel maggio novantanove. È andata in liquidazione. Ci hanno cacciati tutti in mezzo a una strada. Adesso ha riaperto e fabbrica turbine eoliche. Te lo immagini? Pianteranno dei cazzo di mulini giganteschi in tutta l'isola. Diventeremo autosufficienti per l'energia, dicono. Ma ucciderà l'industria turistica. Cioè, chi ci viene in questo cazzo di posto per guardare un sacco di mulini del cavolo? Foreste intere di mulini, cazzo –. Aveva un sorriso amaro mentre inclinava il bicchiere e si versava in gola il liquido dorato. – Ma Marsaili dice che ho avuto fortuna che mi abbiano ripreso. Di nuovo –. Sentire quel nome diede una piccola scossa a Fin. Il sorriso di Artair era privo di gioia. – E, sai una cosa? Mi sento fortunato, Fin. Davvero. Non hai idea di quanto mi sento fortunato, cazzo. Vuoi qualcos'altro da bere?

Fin scosse il capo e Artair, senza dire nulla, spinse indietro la sedia e si diresse al bar a farsi riempire il bicchiere. Fin restò lí a fissare il tavolo. Era di una tristezza indicibile vedere il suo amico d'infanzia cosí amareggiato. La vita ti supera in un lampo, come un autobus in una notte piovosa a Ness. Bisogna essere certi che ti abbia visto e che si fermi per farti salire, altrimenti parte senza di te, e tu non puoi fare altro che tornare a casa, abbattuto, sotto la pioggia e il vento. Fin immaginava che, a modo suo, lui fosse proprio come Artair, incancrenito nella sensazione di non essere riuscito a fare le grandi cose che prometteva, di avere in qualche modo perso quell'autobus, avvilito per i suoi fallimenti e scoraggiato dalla faticosa camminata verso un futuro incerto. Tutti quei sogni infantili persi per sempre, come lacrime nella pioggia. Non erano poi tanto diversi, in realtà, lui e Artair. In un certo senso, vederlo ora era un po' come guardare un riflesso di se stesso, e non gli piaceva granché ciò che vedeva.

Artair si lasciò di nuovo cadere sulla sedia e Fin vide che si era fatto versare un whisky doppio. In quel locale servivano dosi da quaranta centilitri. – Sai, mentre ero lí al bancone, pensavo: solo a sentirla nominare. Ho visto l'espressione che hai fatto. È per questo che non sei mai tornato per tanti anni, vero? Per via di quella stronza di Marsaili.

Fin scosse il capo. – No –. Ma non era sicuro che quella fosse la verità.

Artair si avvicinò sul tavolo, fissando Fin negli occhi, mettendolo a disagio. – Neanche una telefonata, una lettera, niente. Sai, all'inizio ero solo ferito. Poi mi sono arrabbiato. Ma non si riesce a far durare quel tipo di cose. Alla fine, le fiamme si spengono sempre da sole. E a quel punto ho cominciato a sentirmi colpevole: forse pensavi che te l'avevo portata via –. Fece spallucce, smarrito, senza sapere come altro dirlo. – Capisci?

– Non è stato cosí, Artair. Tra me e Marsaili era finita.

Artair continuò a fissarlo, con lo sguardo simile a una mano che si trattiene troppo a lungo in una stretta, e Fin si sentí in imbarazzo. – Be', non ci ho mai creduto. Non ci ho mai creduto sul serio. Alla fine me la sono presa io, ma tu e Marsaili... Era cosí che sarebbero dovute andare le cose, no? Cosí sarebbe stato normale –. Finalmente smise di guardarlo negli occhi e bevve un sorso di whisky. – Sei sposato?

La sua esitazione fu impercettibile. – Sí.

– Hai figli?

Un mese prima avrebbe risposto di sí. Ma non poteva piú fingere di essere padre, e non aveva alcuna intenzione di raccontare quella storia. Non qui, non ora. Scosse il capo.

– Noi ne abbiamo uno solo, – disse Artair. – Ha finito la scuola quest'anno. Somiglia a suo padre: non è troppo sveglio. Sto cercando di trovargli un posto alla fabbrica di pale eoliche –. Artair piegò la testa con delicatezza, e sorrise fiero ora. – È un buon ragazzo, però. Questa settimana viene con noi sullo scoglio per uccidere un po' di *guga*. È la prima volta per lui –. Ridacchiò. – Adesso che ci penso, ha proprio la stessa età che avevamo noi quando ci siamo andati per la nostra prima volta –. Svuotò il bicchiere e lo sbatté sul tavolo. Fin ne vide gli effetti che gli annebbiavano gli occhi. Artair alzò lo sguardo su di lui, improvvisamente serio. – È per quello che non sei mai tornato? È stato quello?

In un certo senso, Fin aveva temuto quel momento. Ma era una sfida con il passato che sapeva di non poter evitare nell'istante stesso in cui aveva messo piede sull'isola. – Cosa? – chiese, falso.

– Quello che è successo quell'anno ad An Sgeir.

Fin non riusciva a guardare Artair negli occhi. Scosse il capo. – Non lo so, – rispose, ed era sincero. – Davvero, non lo so.

– Se è per quello, non era un motivo valido, cazzo.

– Se non fossi stato cosí disattento, accidenti... – Fin si accorse che stava contorcendo le mani sul tavolo davanti a sé, e le appoggiò con i palmi verso il basso per fermarle.

– Quello che è successo è successo. È stato un incidente. Non è stata colpa di nessuno. Nessuno ha mai dato la colpa a te, Fin.

Fin alzò lo sguardo rapidamente per incontrare quello di Artair, e si chiese se intendeva «nessuno tranne Artair». Ma non vide alcuna traccia di ostilità, nessuna indicazione che il suo vecchio amico potesse aver voluto dire qualcosa di diverso.

– Sei pronto per quel rabbocco, adesso?

Nel bicchiere di Fin restavano solo un paio di centimetri, ma lui scosse il capo. – Ho bevuto abbastanza.

– Fin, non è mai abbastanza, – gli disse Artair, sporgendosi sul tavolo con l'aria cospiratoria. E il viso gli si aprí in un sorriso contagioso. – Io mi bevo il bicchiere della staffa –. E tornò al bancone.

Fin restò seduto a rigirarsi in mano il bicchiere, i pensieri affollati di ricordi. An Sgeir, Marsaili. Il suono delle voci che gridavano dall'altra parte del bancone gli fece alzare lo sguardo. I colleghi di Artair se ne stavano andando, e salutarono vociando e facendo un cenno dalla porta. Artair alzò una mano frettolosamente e tornò verso il tavolo, barcollando. La sedia scricchiolò mentre lui si risedeva con veemenza. Appoggiò un altro whisky doppio sul tavolo, ancora una volta sbattendolo. Sulle labbra aveva un sorriso come quello di una farfalla che cerca di trovare un posto dove posarsi. – Pensavo... Ti ricordi quel professore di storia che avevamo in seconda?

– Shed? William Shed?

– Proprio lui. Ti ricordi che aveva un buco tra i denti anteriori, e pronunciava la S come un fischio?

Fin se lo ricordava molto bene, anche se erano piú di vent'anni che non pensava a William Shed. E quel ricordo lo fece ridere. – Ci faceva leggere ad alta voce interi paragrafi del libro di storia...

– Tutti facevano fischiare la S come lui.

– E lui diceva: «Smettetela con quel fischio!» – disse Fin, facendo fischiare le S proprio come Shed. E risero come due scolaretti per l'assurdità della situazione.

– E ti ricordi quella volta che ha provato a separarci, e mi ha preso per l'orecchio per trascinarmi a un altro banco? – chiese Artair.

– Sí, e tu continuavi ad allungarti per prendere la cartella, e lui credeva che stessi cercando di scappare, e siete finiti ad azzuffarvi davanti alla classe.

Artair quasi moriva dal ridere a quel ricordo. – E tu, brutto disgraziato, stavi lí seduto a ridere.

– Solo perché Shed continuava a fischiare: «Smettila subito, figliolo!»

Il che scatenò in Artair un nuovo attacco di ridarella, con le lacrime che gli rigavano le guance rubizze, fino a quando gli mancò il fiato e dovette ricorrere all'inalatore. La risata in un certo senso aveva sbloccato tutta la tensione di Fin, liberandolo dallo stress di trovarsi di fronte un amico che era diventato un estraneo. Erano tornati entrambi scolaretti, che ridevano scioccamente di ricordi infantili. Per quanto si fossero allontanati negli anni successivi, i loro ricordi erano qualcosa che avrebbero sempre avuto in comune. Un legame per la vita.

La risata si smorzò man mano che ripresero il controllo di sé, e restarono a guardarsi, di nuovo seri. Erano tornati adulti. Finché una nuova risata esplose all'improvviso dalle labbra tremanti di Artair, e ricominciarono da capo. Alcuni avventori del bar si girarono verso di loro, chiedendosi perché ridessero. Ma non l'avrebbero mai capito.

Quando, infine, Artair si ricompose, guardò l'orologio. – Oh cazzo, devo andare.

– A Ness? – Artair annuí. – Come torni?

– Ho la macchina parcheggiata alla banchina.

– Non vorrai mica guidare?

– Be', mica si guida da sola, la cazzo di macchina.

– Non sei in condizioni di guidare. Ti ammazzi. O ammazzi qualcuno.

– Ah, mi ero dimenticato che ora sei uno sbirro. Cosa vuoi fare? – Artair agitò un dito verso di lui – Arrestarmi?

– Dammi le chiavi e ti porto io.

Il sorriso di Artair si dileguò. – Sul serio?

– Sul serio.

Artair si strinse nelle spalle, trasse di tasca le chiavi della macchina e le buttò sul tavolo. – È il mio giorno fortunato, eh? Farmi scortare fino a casa dalla polizia.

Il cielo era di un azzurro tetro, il sole stava scomparendo dietro nuvole plumbee che gorgogliavano all'orizzonte verso occidente. Da metà agosto le notti cominciavano ad accorciarsi molto rapidamente, ma nonostante ciò sull'isola c'era comunque piú luce di quanta ce ne sarebbe mai stata a Londra, anche in piena estate. La marea aveva iniziato ad arretrare e le barche ormeggiate ora erano piú in basso nell'acqua. In capo a un paio d'ore sarebbero servite le scale per scendere a bordo.

L'auto di Artair era una Vauxhall Astra riverniciata malamente, che all'interno puzzava di vecchie scarpe da tennis lasciate fuori sotto la pioggia. Un vecchissimo deodorante a forma di pino oscillava inefficace dallo specchietto retrovisore, dopo aver rinunciato da tempo alla lotta impari per cercare di profumare quell'aria viziata. Il rivestimento era macchiato e strappato, e il contachilometri stava per azzerarsi e ricominciare il giro da capo. Fin rifletté sull'ironia di quei loro destini che si erano invertiti. Il padre di Artair era un maestro, borghese, con un buon reddito, aveva una Hillman Avenger nuova fiammante, mentre la famiglia di Fin si dibatteva tra la disoccupazione e la mezzadria e possedeva una vecchia Ford Anglia malconcia. Ora Artair lavorava in un cantiere a Stornoway e guidava una macchina che probabilmente non avrebbe passato la prossima revisione, e Fin era uno stimato ispettore della polizia giudiziaria che guidava una Mitsubishi Shogun. Decise lí per lí di non dire ad Artair che automobile aveva.

Si infilò nel sedile del guidatore, si allacciò la cintura di sicurezza e girò la chiave nel cruscotto. Il motore tossí, scoppiettò e si spense.

– Cristo, – disse Artair. – Gli servirebbe il mio inalatore. C'è un trucchetto però. Frizione e acceleratore a tavoletta. Appena si accende, togli i piedi dai pedali. Andrà liscia come l'olio. E tu che macchina hai, Fin?

Fin sí concentrò sul trucchetto e, mentre il motore si accendeva scoppiettando, rispose con noncuranza: – Una Ford Escort. In città non serve chissà quale macchina –. Raccontare quella bugia gli lasciò la bocca amara.

Partí e si immise in Cromwell Street e, mentre si dirigeva a nord verso Bayhead, non trovò traffico. I fari non potevano molto contro la luce del crepuscolo e Fin rischiò di non notare il dosso sulla strada all'incrocio con il parco giochi. Ci saltarono sopra troppo velocemente, e la macchina sobbalzò.

– Ehi, vacci piano, – disse Artair. – Questa carretta deve farmi ancora un bel po' di chilometri –. Fin sentí l'odore del whisky quando Artair espirò profondamente. – Quindi, non mi hai ancora detto perché sei venuto.

– Non me l'hai chiesto.

Artair girò la testa e gli scoccò uno sguardo che Fin evitò accuratamente. – Be', te lo sto chiedendo adesso.

– Mi hanno assegnato l'indagine sulla morte di Angel Macritchie –. Sentí l'improvviso interesse di Artair, e percepí che si era voltato sul sedile per guardarlo.

– Ma dài! Pensavo che lavorassi a Glasgow.

– Edimburgo.

– E perché ti hanno chiamato? Perché lo conoscevi?

Fin scosse la testa. – Sono stato coinvolto in un caso a Edimburgo, che era… be', molto simile. Stessa tecnica, come vuoi chiamarla, oppure modus…

– …operandi. Già, lo so. Leggo anch'io quei cazzo di romanzi gialli, sai –. Artair ridacchiò. – Che buffo. Finisci di nuovo qui per indagare sull'omicidio del tizio che da bambini ci ha pestati tutti –. Gli venne un pensiero improvviso. – L'hai visto? Voglio dire, eri all'autopsia, o come si chiama?

– Sí.

– E…?

– Non è il caso che te lo racconti.

– Magari sí, invece. Io e Angel Macritchie ci siamo sempre odiati cordialmente –. Ci pensò su un attimo prima di dare la sua opinione meditata. – Quel farabutto! Chiunque sia stato, si merita una cazzo di medaglia.

Mentre attraversavano la strada nella brughiera verso Barvas, il cielo era ancora chiaro a ovest, con striature grigio-viola scuro e rosa smorto. Le nuvole, come volute di fumo nero, si addensavano al largo, il cielo a est era buio. Quando superarono la capanna da pastori con il tetto verde, che si vedeva appena, Fin sentí Artair russare dolcemente sul sedile accanto a lui. I lampioni erano accesi a Barvas, e Fin sterzò verso nord in direzione di Ness.

Aveva quasi venti minuti per pensare, indisturbato dalle divagazioni da ubriaco di Artair. Quasi venti minuti per prepararsi al momento in cui si sarebbe ritrovato faccia a faccia con Marsaili per la prima volta dal giorno del funerale di sua zia. Quasi diciotto anni prima. Non aveva idea di che cosa aspettarsi. Dopo tutto, Artair era cambiato cosí tanto. Avrebbe riconosciuto la ragazza con i codini e i nastri azzurri dopo tutto quel tempo?

Attraversarono lentamente villaggi deserti, in cui le luci gialle alle finestre dei cottage erano l'unica traccia di abitanti. Un cane spuntò dal nulla latrando e Fin dovette sterzare per evitarlo. L'odore di fumo di torba trapelava dalle ventole della vettura, e Fin ricordava quei lunghi viaggi settimanali in autobus con Artair per andare ai convitti delle loro scuole a Stornoway. Lo guardò e vide, alla luce dei lampioni, la sua bocca spalancata, con un filo di bava che scendeva da un angolo. Completamente partito. Una fuga causata dall'alcol. Per Fin la fuga dall'isola era stata fisica. Artair aveva trovato altri mezzi.

Arrivati a Cross, Fin si rese conto che non aveva idea di dove Artair abitasse. Si sporse e lo scrollò per le spalle. Artair grugní e aprí un occhio, poi si asciugò la bocca col dorso della mano. Rimase disorientato per qualche istante, fissando assente oltre il parabrezza, prima di raddrizzarsi sul sedile. – Hai fatto presto.

– Non so dove abiti.

Artair si girò a guardarlo, il volto alterato dall'incredulità. – Che cosa? Non puoi esserti dimenticato dove abito! Ho vissuto lí tutta la mia vita, che cazzo!

– Oh –. A Fin non era mai venuto in mente che Artair e Marsaili si fossero stabiliti nel cottage dei Macinnes.

– Già, lo so, non è una cosa triste? Vivo ancora nella stessa casa del cazzo in cui sono nato –. Nella sua voce tornò a farsi sentire l'amarezza. – A differenza di te, ho avuto delle responsabilità.

– Tua mamma?

– Sí, mia madre.

– È ancora viva?

– No, l'ho portata dal tassidermista e l'ho fatta impagliare, cosí può sedersi sulla sedia accanto al fuoco e tenerci compagnia la sera. Certo che è ancora viva! Pensi che sarei rimasto qui tutti questi anni, altrimenti? – Espresse a bocca spalancata la sua frustrazione, e l'abitacolo si riempí dell'odore di alcol stantio. – Gesú. Sono diciotto anni che imbocco la vecchia stronza mattina, mezzogiorno e sera. La sollevo per metterla sul cesso, le cambio quei pannoloni del cazzo – anzi, scusa, si chiamano presidi per l'incontinenza. E sai cosa mi fa davvero incazzare? Forse non saprà piú fare molto altro, ma parla bene quasi quanto me e te, e in buona parte ha il cervello acuto come prima. Penso che goda a rendermi la vita un inferno –. Fin non sapeva cosa dire. Si chiese chi le dava da mangiare e la cambiava quando Artair era al lavoro. E quasi come se gli avesse letto nel pensiero, Artair disse: – Certo, Marsaili è buona con lei. E a lei piace Marsaili –. E Fin immaginò improvvisamente come doveva essere stata la loro vita in tutti quegli anni, intrappolati nella stessa casa, incatenati alle responsabilità familiari e alle esigenze di una donna anziana privata della maggior parte delle sue facoltà fisiche e mentali da un ictus che l'aveva colpita quando Artair era ancora adolescente. Di nuovo, come se fosse dentro la testa di Fin, Artair aggiunse: – Dopo tutto questo tempo, poteva almeno avere la decenza di morire una buona volta, che cazzo, e restituirci la nostra vita.

Fin svoltò nella strada a una sola carreggiata che li portò in cima alla collina fino ai lampioni di Crobost che si estendevano per quasi un chilometro lungo la strada sulla scogliera. Passarono sotto l'ombra della chiesa, e Fin vide le luci accese nella canonica. Oltre la curva della collina, la strada saliva vertiginosamente verso il cottage dei Macinnes, costruito sul pendio in cui il terreno precipitava verso la cima della scogliera. La luce filtrava dalle finestre verso la catasta di torba, illuminandone la disposizione accurata a spina di pesce, proprio come se il padre di Artair l'avesse fatta con le sue mani. Circa duecento metri piú avanti, Fin vide la sagoma scura della piccola fattoria dei suoi genitori, sbavata contro il cielo notturno. Niente luci, non c'era vita lí.

Rallentò e imboccò il vialetto dei Macinnes fermando la macchina davanti alla porta del garage. Un fremito della luna spruzzò una pozza d'argento frastagliato sul mare piú oltre. C'era una luce accesa in cucina e dalla finestra Fin vide una persona in piedi davanti al lavandino. Si rese conto, con un tuffo al cuore, che era Marsaili, i lunghi capelli biondi, ora piú scuri, raccolti con severità e legati in una coda di cavallo alla nuca. Non portava trucco e in qualche modo sembrava stanca, pallida, con le occhiaie sotto gli occhi azzurri che avevano perso la loro lucentezza. Alzò gli occhi quando sentí la macchina, e Fin spense i fari in modo che nella finestra vedesse solo il proprio riflesso. Distolse in fretta lo sguardo, come delusa da ciò che aveva visto, e in quel momento lui rivide la bambina che lo aveva stregato dal primo momento in cui aveva posato lo sguardo su di lei.

Sette

Passò un anno intero prima che trovassi il coraggio di sfidare i miei genitori e andare un sabato alla fattoria di Marsaili.

Dire bugie è una cosa che non ho fatto molto spesso. Ma quando è successo, mi sono sempre assicurato che fossero plausibili. Avevo sentito altri ragazzi inventare storie ai loro genitori, o ai loro insegnanti, che anch'io riconoscevo come false. E sul viso degli adulti si vedeva subito che lo sapevano anche loro. Era importante rendere la bugia credibile. E, se non ti scoprivano, allora avevi un utile strumento da tenere in saccoccia per il momento giusto, o sbagliato. Motivo per cui i miei genitori non dubitavano di me, quando gli dissi che andavo giú a giocare con Artair un sabato mattina. Dopo tutto, quale motivo poteva avere un bambino di sei anni per mentire su una cosa del genere?

Naturalmente glielo dissi in inglese, dato che in casa non parlavamo piú gaelico. L'avevo trovato molto piú facile da imparare di quanto mi immaginassi. Mio padre aveva comprato un televisore. Di malavoglia. E io ci passavo le ore incollato. A quell'età ero come una spugna, assorbivo tutto quello che vedevo intorno a me. Fu piuttosto semplice: ora per dire qualunque cosa, ci volevano due parole, dove prima ne bastava una sola.

Mio padre rimase deluso dal fatto che andassi da Artair. Aveva passato tutta l'estate a ristrutturare un vecchio battello di legno che aveva trovato sulla spiaggia. Non c'era scritto alcun nome, tutta la vernice si era sbiadita con l'acqua salata. Papà tuttavia aveva messo un annuncio sulla «Stornoway Gazette», descrivendo il battello, e offrendosi di restituirlo a chi si fosse presentato come il legittimo proprietario. Era un uomo scrupoloso e onesto, mio padre. Ma credo fosse alquanto felice quando nessuno chiamò, e poté iniziare la ristrutturazione con la coscienza pulita.

Quell'estate trascorsi molte ore con lui a sfregare fino all'osso lo scafo di legno, o reggergli il tavolo da lavoro mentre lui segava nuovo fasciame a partire dal legno trovato sulla battigia. Acquistò degli scalmi a buon mercato a un'asta a Stornoway e costruí dei remi nuovi con le sue mani. Disse che voleva metterci l'albero e ricavare una vela da una tela che avevamo trovato durante uno dei nostri raid sulla spiaggia a raccogliere oggetti. E nella rimessa aveva un vecchio motore fuoribordo che intendeva provare ad aggiustare. Cosí avremmo potuto far andare la barca a remi, a vela o a benzina. Ma tutto ciò poteva aspettare. In quel momento voleva solo metterla in acqua il primo giorno buono, e fare un giro intorno alla baia da Port of Ness al porticciolo di Crobost.

L'aveva dipinta dentro e fuori per proteggerla dal sale. Di viola, naturalmente, come tutti gli oggetti di casa nostra. E su entrambi i lati della prua, in caratteri bianchi fiammeggianti, aveva dipinto il nome, «Eilidh», che per l'orecchio non gaelico suona come Ehi-Lèi, Helen in gaelico. Il nome di mia madre.

Era davvero una giornata perfetta per il battesimo della barchetta. Un bel sabato di settembre prima che iniziassero le tempeste equinoziali. Il sole era luminoso e forte, e ancora caldo, e c'era solo una leggera brezza che increspava il mare calmo. Quello era il giorno, disse mio padre, e io ero in preda al dilemma. Ma dissi che avevo promesso ad Artair di andare da lui e non volevo che ci restasse male. Mio padre ribatté che non potevamo aspettare fino al sabato successivo, perché probabilmente il tempo sarebbe peggiorato, e alla nostra *Eilidh* sarebbe toccato restare sotto il telone in giardino fino alla primavera seguente. Se non volevo andare con lui, ci sarebbe andato da solo. Credo sperasse di farmi cambiare idea, e che avremmo compiuto insieme il viaggio inaugurale della *Eilidh*. Non riusciva a capire perché mi perdevo l'occasione solo per andare a giocare con Artair. Potevo giocare con il mio amico in qualsiasi momento. Ma io avevo promesso a Marsaili, nonostante mi fosse stato severamente proibito da mia madre, di andare alla fattoria proprio quel sabato. E, anche se mi dispiaceva da morire, e probabilmente anche a mio padre, non intendevo venir meno alla mia promessa.

Cosí, in preda a sentimenti contrastanti mi congedai e mi diressi giú per la strada verso la casetta di Artair, con la menzogna che mi pesava sulla coscienza. Avevo detto ad Artair che quel sabato sarei stato impegnato, e di non aspettarmi. E appena mi trovai fuori dalla vista della mia casa, mi misi ad attraversare il terreno su un sentiero nella torbiera, fino a quando non fui certo di non essere visibile dalla strada di Crobost. Da lí, tagliando per la brughiera, impiegai circa dieci minuti per arrivare sulla strada da Cross a Skigersta e girare a ovest verso Mealanais. Era un percorso che conoscevo bene ormai, avendo trascorso l'ultimo anno a riaccompagnare Marsaili a casa con Artair dopo la scuola. Ma quella era la prima volta che avevo il coraggio di andarci di sabato. Un appuntamento organizzato in segreto durante una conversazione rubata in cortile. La mia condizione essenziale era che Artair non ne sapesse nulla. Volevo Marsaili tutta per me, per una volta. Ma, mentre correvo lungo il pendio che portava alla fattoria di Mealanais, mi sentivo in colpa, avevo una sensazione simile al malessere di chi ha mangiato troppo.

Al cancello bianco esitai con la mano sul chiavistello. Ero ancora in tempo per cambiare idea. Se fossi corso per tutta la strada, forse sarei potuto tornare prima che mio padre mettesse la barca sul rimorchio, e nessuno l'avrebbe mai saputo. Ma una voce mi arrivò insieme al vento, allegra e cordiale.

– Fi-in... Ciao, Fin.

Alzai lo sguardo e vidi Marsaili che correva su per il sentiero dalla fattoria. Sicuramente era stata lí ad aspettarmi. E ora non potevo piú tornare indietro. Arrivò, senza fiato, davanti al cancello, le guance rosate, gli occhi azzurri che brillavano come fiori in un campo di mais. Aveva i capelli intrecciati come il primo giorno di scuola, e i nastri azzurri intonati con il colore degli occhi.

– Vieni –. Aprí la porta e mi afferrò la mano, e io attraversai lo specchio per entrare nel mondo di Marsaili prima di avere il tempo di riflettere.

La mamma di Marsaili era una bella donna che profumava di rose e parlava con un accento inglese strano e morbido, che alle mie orecchie suonava quasi musicale. Aveva i capelli castani ondulati e occhi color cioccolato, e indossava un grembiule stampato sopra un maglione di lana color panna e dei jeans. Portava un paio di stivali di gomma verdi, e non sembrava preoccupata che il pavimento lastricato nella grande cucina della fattoria si riempisse di fango secco. Scacciò due vivaci *border collie* in cortile e ci disse di sederci a tavola. Poi ci versò bicchieri di limonata torbida fatta in casa. Mi raccontò che aveva visto spesso me e i miei genitori in chiesa, anche se in realtà io non ricordavo di avere visto lei. Faceva un sacco di domande. Che lavoro faceva mio padre? E mia madre? E io, che cosa volevo fare da grande? Non ne avevo la piú pallida idea, ma non mi piaceva ammetterlo. Cosí dissi che volevo fare il poliziotto. Lei alzò le sopracciglia per la sorpresa e disse che era un bel desiderio. Sentivo lo sguardo di Marsaili costantemente su di me, vigile. Ma io non volevo girarmi a guardarla, perché sapevo che sarei solo arrossito.

– Allora, – disse sua madre, – ti va di restare a pranzo?

– No, – risposi in fretta, poi mi resi conto che forse ero sembrato un po' brusco. – Ho detto a mia madre che sarei tornato alle dodici e lei ha detto che avrebbe preparato qualcosa. E poi io e mio padre dobbiamo andare in barca –. Stavo imparando presto che una bugia spesso tira l'altra. E poi un'altra ancora. Iniziai a farmi prendere dal panico, nel caso in cui mi chiedesse qualcos'altro su cui dovevo mentire. – Posso avere un altro po' di limonata, per favore? – Cercai di cambiare discorso.

– No, – Marsaili disse. – Dopo –. E a sua madre: – Andiamo a giocare nel fienile.

– Va bene, basta che stiate attenti a non farvi pungere dagli acari.

– Gli acari? – chiesi quando uscimmo in cortile.

– Acari dei mietitori. Non si vedono. Vivono nel fieno e ti pungono sulle gambe. Guarda –. E si tirò su i jeans per mostrarmi i morsi minuscoli e rossi sulla gamba, che aveva grattato fino a sanguinare.

Ero terrorizzato. – Perché stiamo andando nel fienile, allora?

– Per giocare. Non c'è problema, abbiamo i jeans. E probabilmente non ti pungerebbero lo stesso. Mio padre dice che gli piace solo il sangue inglese –. Mi prese di nuovo per mano e mi mostrò l'aia. Cinque o sei galline svolazzavano sui ciottoli mentre ci dirigevamo verso il fienile. Piú in là sulla sinistra c'era una stalla in pietra, dove davano da mangiare e mungevano le mucche. C'erano tre grossi maiali rosa che grufolavano in un porcile, tra fieno sparso e rape tritate. Sembrava non facessero altro che mangiare e cagare e pisciare. L'odore dolce e pungente del letame suino riempiva l'aria e mi scatenò una smorfia.

– Questo posto puzza.

– È una fattoria –. Sembrava che Marsaili ritenesse inutile fare commenti. – Le fattorie puzzano sempre.

Il fienile dentro era enorme, con balle di fieno accatastate fin quasi al tetto di lamiera ondulata. Marsaili iniziò a inerpicarsi sulle balle piú basse. E quando si accorse che non la seguivo, si voltò e mi fece cenno di muovermi, irritata perché non avevo eseguito i suoi ordini.

– Vieni!

A malincuore la seguii in alto verso il tetto, dove una stretta apertura ci portò in uno spazio in cui le balle creavano un rifugio grande quanto una stanzetta, quasi del tutto riparato, a eccezione del punto in cui la scala di altre balle di fieno conduceva fin là.

– Questo è il mio spazio. Me l'ha costruito mio padre. Certo, quando dovremo iniziare a dare il fieno agli animali non ci sarà piú. Che te ne pare?

Era fantastico. Io non avevo uno spazio da chiamare davvero mio, fatta eccezione per la minuscola camera da letto in mansarda che mio padre mi aveva costruito, e lí non si poteva fare niente senza che il rumore si sentisse in tutta la casa. Cosí passavo la maggior parte del tempo all'aperto. – È fenomenale.

– Guardi mai i film di cowboy in televisione?

– Certo –. Cercai di fare l'indifferente. Avevo visto una cosa intitolata *Due onesti fuorilegge*, ma l'avevo trovato piuttosto difficile da seguire.

– Bene, so un gioco fantastico di indiani e cowboy che possiamo fare.

In un primo momento pensai che alludesse a una specie di gioco da tavolo, finché non mi spiegò che io dovevo fare il cowboy catturato da una tribú di guerrieri, e che lei sarebbe stata la principessa indiana che si era innamorata di me e stava per aiutarmi a fuggire. Non assomigliava ai giochi che facevo con Artair, e non ero molto entusiasta. Ma Marsaili aveva già pensato a tutto, e prese il comando in un modo che mi lasciava poco spazio per oppormi.

– Siediti qui –. Mi condusse in un angolo e mi fece accucciare con la schiena contro le balle. Si voltò un attimo per recuperare qualcosa da un nascondiglio nel fieno, poi si girò di nuovo verso di me con una corda e un grande fazzoletto rosso in mano. – Adesso ti lego.

Non mi piaceva niente di quel gioco e feci per alzarmi in piedi. – Non credo che sia una buona idea.

Ma lei mi spinse giú con una fermezza inaspettata. – Certo che lo è. Devi essere legato in modo che io possa venire a liberarti. E tu non ti puoi legare da solo, giusto?

– Immagino di no –. Ammisi quella verità con grande riluttanza.

Marsaili procedette a legarmi le mani dietro la schiena, e poi preparò un cappio per stringermi insieme le caviglie, con le ginocchia piegate sotto il mento. Mi sentivo costretto mentre Marsaili faceva un passo indietro per guardare la sua opera e sorridere di soddisfazione. Stavo cominciando ad avere seri dubbi su quanto fosse stato saggio venire alla fattoria. Qualunque cosa avevo immaginato che potessimo fare, non era questo. Ma il peggio doveva ancora arrivare. Marsaili si chinò e cominciò a legarmi il fazzoletto rosso intorno alla testa come una benda.

– Ehi, cosa fai? – Scossi la testa dall'altra parte per cercare di fermarla.

– Stai fermo, sciocco. Ti devo anche bendare. Gli indiani bendano sempre i loro prigionieri. E, comunque, se mi vedessi arrivare, ti tradiresti.

Ormai cominciavo a dubitare della sua salute mentale e mi stava montando il panico. – Mi tradirei con chi? – Mi guardai intorno nella stanza piena di balle di fieno. – Non c'è nessuno qui!

– Certo che c'è. Ma ora dormono tutti. Questo è l'unico motivo per cui posso riuscire a sgattaiolare da te nel buio e liberarti. Ora, stai fermo mentre io ti lego la benda.

Non ero certo in grado di oppormi, dato che le avevo già permesso di legarmi mani e piedi, cosí sospirai forte e mi sottomisi a lei, con rassegnazione indignata. Lei si sporse ancora una volta, mi mise il fazzoletto ripiegato sugli occhi e me lo annodò dietro la testa. Il mondo divenne nero, a eccezione di dove la luce trapelava intorno ai bordi del fazzoletto, e poi si fece rosso.

– Va bene, stai zitto adesso, – Marsaili sussurrò, e sentii il fruscio del fieno mentre lei si allontanava. Poi il silenzio. Un silenzio molto lungo. Un silenzio cosí lungo che cominciai a temere che fosse scappata e mi avesse lasciato lí per scherzo, tutto legato e bendato. Almeno, non mi aveva imbavagliato.

– Cosa succede?

E da qualche parte, molto piú vicino di quanto mi aspettassi, arrivò una risposta: – *Shhhhh!* Ti sentono –. La voce di Marsaili non era nemmeno un sussurro. Piú simile a un respiro, semmai.

– Chi?

– Gli indiani.

Sospirai e attesi. E attesi ancora. Le gambe stavano cominciando a irrigidirmisi, e non riuscivo a raddrizzarle. Mi dimenavo per cercare di cambiare posizione, e facevo frusciare il fieno.

– *Shhhhh*, – mi arrivò di nuovo la voce di Marsaili.

Ora la sentii muoversi, girando intorno a me nella sua stanza segreta di paglia. E poi ancora silenzio, prima di sentire improvvisamente il suo respiro caldo sul viso. Non mi ero reso conto che fosse cosí vicina. A momenti sobbalzai. Sentivo l'odore dolce della limonata che aveva ancora nell'alito. Poi lei premette le labbra morbide e umide contro le mie. Rimasi talmente sconcertato che tirai indietro la testa bruscamente e sbattei contro la balla di fieno alle mie spalle. Sentii Marsaili che ridacchiava. – Smettila! – gridai. – Slegami subito! – Ma lei continuava a ridacchiare. – Marsaili, dico sul serio. Slegami. Slegami! – Stavo quasi per scoppiare a piangere.

Una voce arrivò da qualche parte là sotto. – Ehiii... Tutto bene lassú? – Era la mamma di Marsaili.

La voce di Marsaili mi tuonò nell'orecchio mentre rispondeva urlando: – Tutto bene, mamma. Stiamo solo giocando –. E cominciò a slegarmi rapidamente. Non appena ebbi le mani libere, mi tolsi la benda e mi alzai in piedi, cercando di recuperare la massima dignità possibile.

– Credo che fareste meglio a venire giú un minuto, – gridò la mamma di Marsaili.

– Okay, – gridò Marsaili. Si chinò a sciogliere le corde ai miei piedi. – Arriviamo.

Mi asciugai la bocca col dorso della mano e la guardai torvo. Ma lei si limitò a sorridermi dolcemente. – È stato divertente, no? Peccato che gli indiani si sono svegliati –. E saltando scese lungo le balle di fieno fino al punto in cui la madre ci aspettava, sotto di noi. Mi scossi via il fieno dai capelli e la seguii.

Seppi da subito, vedendo lo sguardo della mamma di Marsaili, che qualcosa non andava. Era un po' rossa in viso. – Mi sa che, senza volerlo, ti ho smascherato, – disse, guardandomi con qualcosa di simile a una richiesta di scuse negli occhi color cioccolato.

Marsaili si accigliò. – Che cosa vuoi dire?

Ma la sua mamma teneva gli occhi su di me mentre parlava. – Purtroppo ho telefonato ai tuoi per chiedere se potevi restare a pranzo, e per dire che ti avrei portato a casa dopo –. Ebbi un tuffo al cuore, e sentii Marsaili che mi guardava terrorizzata.

Sua madre disse: – Non ci avevi detto che i tuoi ti avevano proibito di venire alla fattoria da solo, Fin.

Oh, diavolo, ho pensato. Sono nei guai!

– Tuo padre è già in viaggio per venirti a prendere.

Il problema di raccontare bugie plausibili è che, quando vieni scoperto, nessuno ti crede piú, neanche quando dici la verità. Mia madre mi fece sedere e mi raccontò la storia del ragazzo che gridava al lupo. Era la prima volta che la sentivo. E mia madre aveva un talento per infiorettare le storie. Avrebbe potuto fare la scrittrice. Io in realtà allora non sapevo cos'erano i boschi, perché dove abitavamo non c'erano alberi. Ma lei li faceva sembrare oscuri e spaventosi, con lupi in agguato dietro ogni albero. Non sapevo che cosa fossero i lupi. Ma conoscevo Seoras il cane lupo del vicino di Artair. Era una bestia enorme. Piú grande di me. E mia madre mi fece immaginare che cosa sarebbe accaduto se Seoras fosse impazzito e mi avesse assalito. I lupi sono cosí, mi disse. Io avevo una fantasia vivida, e riuscii a immaginare il ragazzo a cui viene detto di fare attenzione ai lupi nel bosco e poi grida «Al lupo! Al lupo!» per scherzo facendo accorrere tutti. Me lo immaginavo anche quando gridava per la seconda volta, vista la reazione ricevuta la prima. Non riuscivo davvero a credere che l'avrebbe fatto una terza, tuttavia pensai che, se davvero ci avesse provato, quelli che erano accorsi in precedenza avrebbero creduto che fosse di nuovo uno scherzo. E, naturalmente, disse mia madre, quella volta il lupo c'era veramente. E se lo mangiava.

Mio padre era piú deluso che arrabbiato. Deluso che avessi scelto di svignarmela per andare da una ragazza in una fattoria, invece di portare la barca a cui avevamo lavorato insieme per tutta l'estate a fare il suo viaggio inaugurale. Ma non mi picchiò con la cintura perché era deluso. Lo fece per la bugia. E il dolore della pelle sul retro delle cosce, e la storia di mia madre sui lupi, mi portò a decidere lí per lí che non avrei mentito mai piú.

Tranne, ovviamente, le bugie di omissione.

Quel giorno mio padre portò fuori la *Eilidh* da solo, e io fui mandato in camera mia a piangere fino allo sfinimento e a riflettere su quello che avevo fatto. E restai in punizione ogni sabato per un mese. Potevo giocare in casa, o in giardino, ma non mi era permesso nient'altro. Artair poteva venire a casa nostra, ma io non potevo andare da lui. E non ebbi soldi in tasca per un mese intero. In un primo momento Artair pensò che fosse divertente, e gongolava della mia disgrazia, soprattutto perché c'entrava Marsaili. Ma presto si stufò. Se voleva giocare con me, era limitato alla mia casa e al giardino proprio come me. E alla fine rivolse il suo disappunto contro di me e mi ammoní di stare piú attento la prossima volta. Gli dissi che non ci sarebbe stata una prossima volta.

Smisi di accompagnare a casa Marsaili dopo la scuola. Io e Artair andavamo con lei solo fino alla fine della strada per Mealanais, poi la lasciavamo proseguire da sola, e imboccavamo la strada a una carreggiata che saliva a Crobost. Inoltre ora avevo un certo timore di Marsaili, dopo la faccenda della corda e della benda, per cui di solito tendevo a evitarla in cortile e in pausa pranzo. Vivevo nel terrore che qualcuno venisse a sapere del bacio nella camera di paglia. Immaginavo quanto si sarebbero divertiti gli altri ragazzi alle mie spalle.

Poco dopo Natale mi presi l'influenza. Era la prima volta in tutta la mia vita, e credetti di stare per morire. Forse lo credeva anche mia madre. Perché il solo ricordo che ho di quella settimana, ogni volta che aprivo gli occhi, è mia madre lí con me, con un fazzoletto fresco e umido in mano da appoggiarmi sulla fronte, mentre mi sussurra parole d'amore e di incoraggiamento. Mi doleva ogni muscolo del corpo e mi sentivo fluttuare tra febbri brucianti, con temperature oltre i quaranta gradi, e fasi di brividi incontrollabili. Il mio settimo compleanno, che cadeva in quei giorni, passò inosservato, quasi non me ne accorsi. All'inizio avevo nausea e vomito e non riuscivo a mangiare. Trascorse quasi una settimana prima che a mia madre riuscisse di convincermi a prendere un po' di fecola mescolata con il latte e un po' di zucchero. Mi piaceva quel gusto e, ogni volta che in seguito mi capitò di assaggiarla, pensai a mia madre e al suo conforto costante in quei giorni e notti terribili della mia prima influenza.

In effetti, era proprio la prima volta che mi ammalavo. E mi ridussi a uno straccio. Persi peso e forze e passò una quindicina di giorni prima che fossi abbastanza in forma da tornare a scuola. Il giorno che tornai pioveva, e mia madre temendo che prendessi freddo, aveva deciso di portarmi in macchina. Ma io insistetti per andare a piedi e incontrai Artair in cima al sentiero che conduceva a casa sua. Non gli era stato permesso di venirmi vicino mentre ero malato, e ora mi scrutò con cautela.

– Sei sicuro di essere guarito?

– Certo che sono sicuro.

– Non sei contagioso, vero?

– Certo che no. Perché?

– Perché hai un aspetto terribile.

– Grazie. Mi fai sentire molto meglio.

Erano i primi di febbraio. La pioggia non era nient'altro che un piovischio cosí leggero che non si vedeva. Ma ci bagnò molto, arrivando sulle ali di un vento gelido da nord. Mi entrò nel collo e nel colletto e il tessuto mi strofinava la pelle, avevo le guance in fiamme e le ginocchia in carne viva. Ma mi piaceva. Per la prima volta in due settimane mi sentivo di nuovo vivo.

– Allora, che cosa è successo mentre ero fuori?

Artair agitò vagamente una mano in aria. – Non molto. Non hai perso nulla, se è questo che ti preoccupa. Oh, a eccezione delle tabelline.

– Cosa? – Sembrava roba molto esotica. Immaginai grandi mucchi di tabelle in miniatura.

– Le moltiplicazioni.

Non avevo idea di cosa fossero nemmeno quelle. Ma non volevo sembrare stupido, per cui dissi solo: – Oh.

Eravamo già quasi a scuola quando me lo disse. Con noncuranza, come se niente fosse. – Mi sono iscritto al gruppo di danza del paese.

– Al cosa?

– Danze folk. Hai presente... – Alzò le braccia sopra la testa e fece un passo po' buffo con i piedi. – Il pas de bas.

Stavo cominciando a pensare che in mia assenza si era bevuto il cervello. – Il *Paddy Bah*?

– È un passo di danza, stupido.

Lo guardai a bocca aperta, incredulo. – Ballare? Tu? Artair, ballare è da ragazze! – Non riuscivo a immaginare cosa gli fosse preso.

Si strinse nelle spalle, con piú indifferenza di quanto avrei mai ritenuto possibile. – Mi ha scelto la maestra Mackay. Non ho potuto dire di no.

E per la prima volta pensai che, forse, ero stato fortunato a essere a casa con l'influenza. Sennò avrebbe potuto prendere me. Ero veramente dispiaciuto per Artair. Almeno, fino a quando scoprii la verità.

Stavamo camminando lungo la strada alle tre del pomeriggio assieme a Marsaili. Non ero affatto sicuro che fosse contenta di vedermi. Quando mi ero seduto al mio posto accanto a lei in classe mi aveva detto un freddo ciao, poi aveva deciso di ignorarmi per il resto della giornata. Almeno, cosí mi sembrò. Ogni volta che la guardavo, o tentavo di incrociare il suo sguardo, pareva che si sforzasse di evitare il mio. In cortile durante la ricreazione restò vicino alle altre ragazze, saltando e cantando filastrocche e giocando a campana. Ora, mentre andavamo verso la strada principale, davanti e dietro di noi c'erano altri gruppi di ragazzi delle elementari, e lei disse ad Artair: – Hai ricevuto la data del viaggio a Stornoway dalla maestra Mackay?

Lui annuí. – Ho un biglietto per i miei genitori da firmare.

– Anch'io.

– Che viaggio a Stornoway? – Mi sentivo chiaramente escluso. È incredibile quanto si possa perdere in due brevi settimane.

– È una gara di ballo, – rispose Marsaili. – Le scuole di tutta l'isola fanno una competizione presso il municipio.

– Di ballo? – Per un attimo rimasi confuso; poi, come la fredda nebbia marina che si alza lungo la costa settentrionale in una calda mattina d'estate, mi fu tutto chiaro. Marsaili era nel gruppo di danza del paese. Ed era per quello che Artair si era iscritto, anche a rischio di mettersi in ridicolo con i suoi coetanei di sesso maschile. Gli lanciai uno sguardo feroce. – Non hai potuto dire di no, eh?

Alzò le spalle. Sorpresi Marsaili che mi guardava, e capii che era contenta per la mia reazione. Ero geloso, e lei lo sapeva. Mi versò il sale nella ferita. – Ti puoi sedere accanto a me sul minibus, se vuoi, Artair.

Artair a quel punto era un po' impacciato e finse indifferenza. – Forse. Vedremo.

Attraversammo la strada principale fino alla fine della strada per Mealanais, e mi chiesi se in mia assenza l'avesse accompagnata fino a casa. Ma ci fermammo e ovviamente lei non ci chiese di proseguire assieme a lei. – Ci vediamo sabato, allora, – disse ad Artair.

– Sí, va bene –. Lui infilò le mani ben dentro le tasche, mentre ci giravamo in direzione di Crobost. Quando mi guardai indietro, vidi Marsaili che saltellava lungo la strada per Mealanais con passo leggero. Artair camminava molto piú veloce del solito e dovevo quasi correre per stare al passo con lui.

– Sabato? È il giorno della gara di danza?

Scosse la testa. – No, quella è in un giorno di scuola.

– Che cosa succede sabato?

Artair teneva gli occhi fissi sulla strada in un punto da qualche parte piú avanti. – Vado a giocare alla fattoria.

Non riuscivo a crederci. Allora non ero in grado di identificarli con precisione, ma soffrivo di tutti i classici sintomi della gelosia. Rabbia, dolore, confusione, malinconia. – I tuoi genitori non ti daranno il permesso! – Mi aggrappavo a qualunque cosa.

– Sí invece. I miei e i genitori di Marsaili sono amici, frequentano la stessa chiesa. Mia madre mi ha anche dato un passaggio fino a Mealanais sabato scorso.

Penso di essere rimasto con la bocca spalancata. Se fosse stato giugno, ci sarebbero entrate le mosche. – Ci sei già stato? – Ero quasi incredulo.

– Un paio di volte –. Mi gettò uno sguardo, con un sorriso compiaciuto sul volto. – Abbiamo giocato a cowboy e indiani nel fienile.

Avevo le immagini da incubo di Marsaili che legava Artair con la stessa lunghezza di corda, gli bendava gli occhi con lo stesso fazzoletto rosso. Chiesi, con la bocca cosí secca che non riuscivo a parlare: – Ti ha baciato?

Artair girò di scatto la testa a guardarmi, con un'espressione di puro disgusto e incomprensione dipinta sul viso. – Baciarmi? – Gli sentivo l'orrore nella voce. – Perché mai dovrebbe voler fare una cosa del genere?

Il che era, se non altro, una briciola di conforto nelle profondità della mia desolazione.

Quel sabato, il vento soffiava da nord-est. Una forte tempesta di febbraio, con un'avanguardia di nevischio. Mi fermai al nostro cancello con la cerata gialla e gli stivali di gomma nera ad aspettare il passaggio della Avenger. Mia madre mi chiamò piú volte, dicendo che avrei preso un accidenti là fuori e che dovevo tornare a giocare in casa. Ma ero deciso ad aspettare. Forse, una parte di me sperava che Marsaili e Artair mi avessero fatto una specie di scherzo crudele. Ed ero felicemente disposto a starmene là fuori tutta la mattina se solo quella macchina non fosse mai passata. Invece passò, poco dopo le nove e mezzo. Guidava la mamma di Artair, e lui aveva il viso premuto contro il finestrino sul retro, offuscato dalla condensa, ma si vedeva chiaramente un sorriso. Con la mano mi aveva fatto un piccolo cenno di trionfo, come un futuro re. Io lo guardai torvo sotto la pioggia, con il nevischio che mi pungeva il viso arrossato e mascherava le mie lacrime. Ma sentivo le scie calde che mi lasciavano sulle guance.

Il lunedí mattina sorpresi la maestra Mackay suggerendole che, dato che ormai ero quasi autosufficiente in inglese e non avevo piú bisogno di un traduttore, poteva riorganizzare i nostri banchi in ordine alfabetico, come aveva previsto inizialmente. L'idea doveva aver fatto appello al senso dell'ordine della maestra Mackay, perché accettò prontamente. Mi spostarono dalla prima fila alla seconda e ora ero lontano vari banchi da Marsaili. Il suo sgomento era palese. Si girò e abbassò la testa leggermente, alzando gli occhi per lanciarmi uno sguardo da gazzella ferita. Io la ignorai recisamente. Se il suo piano era stato di farmi ingelosire, era riuscito. Ma nello stesso tempo aveva fallito, perché da allora in poi non avrei piú avuto nulla a che fare con lei. Sorpresi Artair con un sorriso compiaciuto a due banchi di distanza. Da allora in poi non volevo avere niente a che fare nemmeno con lui.

Durante la ricreazione girai alla larga da tutti e due e quando suonò la campanella per la fine delle lezioni uscii per primo, ed ero già a metà della strada prima ancora che Marsaili e Artair fossero anche solo usciti dal cortile. Lungo la strada principale mi guardai indietro e vidi Marsaili che si affrettava per cercare di raggiungermi, con Artair che le ansimava alle spalle. Ma mi girai con determinazione e risalii la strada di Crobost piú veloce che potevo, pur senza mettermi a correre.

Il guaio delle vendette per gelosia è che, per quanto male si infligga all'altra persona, non servono a diminuire l'effetto del dolore che si prova. Alla fine tutti sono infelici. E, naturalmente, una volta adottato un certo atteggiamento, è difficile cambiarlo senza perdere la faccia. Non ero mai stato cosí infelice come fui nei due giorni successivi, e decisi che dovevo smetterla subito.

Il giovedí a mezzogiorno il gruppo di danze popolari partí per Stornoway con il minibus della scuola. Li guardai da una finestra della sala da pranzo, pulendo un riquadro nel vetro appannato in modo da poterli scorgere in piedi accanto al cancello in attesa che dal garage arrivasse il pulmino. Quattro ragazze e due ragazzi, Artair e Calum. Artair parlava animatamente con Marsaili, cercando di non perdere la sua attenzione. Ma lei era palesemente distratta, guardava verso la scuola, nella speranza di intravedermi intento a osservarla. Provai un certo piacere masochistico. Vidi Artair che armeggiava in cerca dello spruzzetto e aspirava due lunghi tiri, un segno sicuro che era sotto pressione. Stava perdendo la lucidità.

Ma non trovai consolazione durante quello che sembrò un pomeriggio interminabile. I cinque di noi che erano rimasti in classe ricevettero il compito di copiare parole dalla lavagna. In maiuscolo e poi in minuscolo. Continuavo a guardare dalla finestra la nube bassa che arrivava dall'Atlantico, sfrangiandosi lungo la costa e gettando piccoli scrosci di burrasca intervallati da sprazzi molto occasionali di raggi solari. E la maestra Mackay mi fece una lavata di capo perché non stavo attento. Era quello il mio problema, mi disse, non avevo concentrazione. Ero un sognatore. Tante capacità, ma nessuna voglia di lavorare. Era vero, non avevo voglia di ingegnarmi. Ero come un cucciolo triste, che soffriva per amore, rinchiuso da solo in un armadio. È strano, ripensandoci ora, ricordare quanto fui precoce nel provare emozioni del genere.

Quando suonò la campanella stavo quasi per soffocare. Non

vedevo l'ora di uscire nel vento gelido e riempirmi i polmoni di aria fresca e salmastra. Strascicai i piedi per tutta la salita fino al *Crobost Stores* per comprare un po' di caramelle con gli ultimi soldi che avevo in tasca. Sentivo il bisogno di qualcosa di dolce per consolarmi. C'è un cancello lí, proprio di fronte al negozio, che si apre su un sentiero per i trattori che conduce fino alle trincee di torba sulla collina, scavate da generazioni di abitanti di Crobost. Scavalcai il cancello e, con le mani sprofondate nelle tasche, arrancai su per il sentiero paludoso fino alle trincee di torba. Da lí vedevo la scuola in lontananza e potevo guardare dall'alto in basso entrambe le strade, quella di Mealanais e quella di Crobost. Si vedeva tutta la strada principale fin su a Swainbost e oltre, e avrei potuto vedere il pulmino di ritorno da Stornoway. Ero stato lí nel maggio precedente, a tagliare torba con mio padre e mia madre: un lavoro duro, massacrante, che consiste nel tagliare la torba morbida con una vanga speciale, e quindi impilare le zolle in gruppi di cinque lungo la parte superiore della trincea e metterle ad asciugare al vento caldo della primavera. Piú tardi bisogna tornare a girarle e, quando si sono essiccate a sufficienza, un trattore col rimorchio le trasporta al podere per costruire la propria grande catasta di torba ammucchiata, disposta a spina di pesce per il drenaggio. Una volta adeguatamente essiccate, le formelle di torba diventano impermeabili alla pioggia, e alimentano il fuoco per tutto il lungo inverno. Il taglio comunque è il momento peggiore, soprattutto se il vento cala. Perché allora ti pungono i moscerini. Minuscole mosche, la maledizione scozzese. Il singolo moscerino è cosí piccolo che quasi non si vede, ma si radunano in gruppi, grandi nugoli neri, che si infilano tra i capelli e nei vestiti e si nutrono della carne umana. Se si dovesse restare chiusi in una stanza piena di moscerini, si impazzirebbe prima di sera. A volte il taglio della torba era proprio cosí.

Non c'erano moscerini ora, però, nel pieno dell'inverno delle Ebridi. Solo il vento che soffiava tra l'erba morta, e il cielo che sputava la sua rabbia. La luce viaggiava veloce. Vidi i fari del minibus sulla salita proveniente da Cross prima ancora di capire cosa fossero. Nel punto in cui la strada scendeva verso la scuola, il veicolo si fermò, con le luci di emergenza arancioni, per far scendere i bambini di Crobost. Erano solo Marsaili, Artair e Calum. Dopo che il minibus si allontanò rimasero a parlare per un attimo, poi Artair e Calum si affrettarono in direzione di Crobost e Marsaili si avviò verso la fattoria di Mealanais. Mi sedetti per un minuto, a succhiare la mia dolce caramella sbriciolosa e zuccherina, guardando Marsaili sulla stradina lí sotto. Sembrava minuscola, e sola in un modo difficile da spiegare. Qualcosa nella sua andatura, qualcosa di plumbeo nel suo passo suggeriva infelicità. All'improvviso provai inspiegabilmente pena per lei e avrei voluto correre giú per la collina e abbracciarla forte, e dirle che mi dispiaceva. Mi dispiaceva di essere stato geloso, mi dispiaceva di averla offesa. Eppure qualcosa mi tratteneva: quella riluttanza a esprimere i miei sentimenti che mi ha perseguitato per la maggior parte della vita.

Era quasi scomparsa dalla vista, persa nel crepuscolo invernale, quando per una volta qualcosa mi fece superare la mia naturale reticenza e mi spinse giú per la collina dietro di lei, mulinando le braccia per tenermi in equilibrio mentre attraversavo goffamente la brughiera sciaguattando nei miei stivali di gomma. Mi strappai i pantaloni sul filo spinato, cadendo oltre la recinzione, e feci scappare tutte le pecore in preda al panico. Corsi dietro a Marsaili lungo la strada piú veloce che potei. Quando la raggiunsi faticavo a respirare, ma lei non si voltò, e mi chiesi se sapeva che ero stato tutto il tempo sulla collina a guardarla. Le arrivai di fianco e camminammo per un po', senza dire una parola. Quando, finalmente, ripresi fiato, chiesi: – Allora, come è andato?

– Il ballo?

– Sí.

– È stato un disastro. Artair si è fatto prendere dal panico quando ha visto tutta quella gente, continuava ad aspirare dall'inalatore e non è potuto salire sul palco. Ci è toccato andare avanti senza di lui. Ma è stato inutile, perché ci eravamo allenati in sei, e in cinque non funzionava. Non voglio rifarlo mai piú!

Non riuscii a trattenere un senso di soddisfazione che sfiorava l'euforia. Ma mantenni il mio tono cupo. – Che peccato.

Lei mi gettò un rapido sguardo, forse sospettando il sarcasmo. Ma sembravo opportunamente addolorato da quella notizia. – In realtà no. A dir la verità non mi piace. Ballare è per le bambine sciocche e per i maschi effeminati. Mi sono iscritta solo perché me l'ha detto la mamma.

Tacemmo di nuovo. Vedevo le luci della fattoria di Mealanais piú avanti a noi nella valletta. Sarebbe stato buio pesto al ritorno verso casa mia, ma mia madre mi faceva sempre portare una piccola torcia nello zainetto, perché d'inverno c'era cosí poca luce che prima o poi sarebbe potuta servire. Ci fermammo al cancello bianco e Marsaili restò con me per un attimo.

Alla fine chiese: – Perché hai smesso di accompagnarmi a casa dopo la scuola?

Risposi: – Pensavo che preferissi la compagnia di Artair.

Mi guardò con gli occhi azzurri che perforavano il buio, e io mi sentii le gambe molli. – Artair è una scocciatura. Mi segue dappertutto. Si è anche iscritto al corso di ballo solo perché c'ero io –. Non sapevo cosa dire. Poi aggiunse: – È solo un bambino sciocco. Sei tu che mi piaci davvero, Fin –. E mi diede un bacio rapido e dolce sulla guancia, prima di girarsi e scendere verso la fattoria.

Rimasi a lungo al buio, sentendo il punto in cui le sue labbra mi avevano toccato la guancia. Continuai a percepirne la morbidezza e il calore per un bel po' dopo che lei se n'era andata, prima di alzare le dita fino a toccarmi il viso e sfatare la magia. Mi voltai, poi, e mi misi a correre in direzione della strada tra Cross e Skigersta, con il petto che mi si gonfiava di felicità e orgoglio a ogni respiro. Sarei finito in guai colossali una volta arrivato a casa. Ma non me ne importava proprio niente.

Otto

Marsaili si staccò dal lavello appena Artair entrò dalla porta della cucina. Aveva una rabbia latente negli occhi, e parole di rimprovero sulle labbra, prima di accorgersi che il marito aveva compagnia. Fin non era ancora arrivato sotto la luce che illuminava il gradino piú alto, e lei non poteva vedere chi fosse, solo un'ombra dietro ad Artair.

– Scusami per il ritardo. Ho incontrato un vecchio amico in città. Mi ha dato un passaggio. Forse ti fa piacere salutarlo.

Lo shock sul volto di Marsaili appena Fin entrò nella luce cruda della cucina fu evidente a entrambi gli uomini. E, al di là dello shock, ci fu un immediato imbarazzo. Marsaili passò velocemente le mani sul grembiule, arrossate per aver lavato i piatti, e una di esse involontariamente scostò i capelli dal viso. Aveva l'aspetto di una donna giovane, non ancora di mezza età, che aveva semplicemente smesso di prendersi cura di sé. E aveva anche smesso di dare peso a ciò che gli altri pensavano di lei. Fino a quel momento.

– Ciao, Marsaili –. La voce di Fin sembrava esile.

– Ciao, Fin –. Solo sentire pronunciare il nome che lei stessa gli aveva dato tanti anni prima lo riempí di tristezza per qualcosa di prezioso perduto per sempre. L'imbarazzo di Marsaili si stava trasformando in disagio. Si appoggiò al lavello e incrociò le braccia sul petto, sulla difensiva. – Come mai sei sull'isola? – Non c'era traccia del tono di Artair nella domanda che in quelle circostanze sembrava banale.

Artair rispose per lui. – Sta indagando sull'omicidio di Angel Macritchie.

Marsaili annuí per inerzia, ma non mostrò alcun interesse. – Ti fermi a lungo?

– Probabilmente no. Un giorno o due, forse.

– Pensi che riuscirai ad acchiappare presto l'assassino, eh? – disse Artair.

Fin scosse la testa. – Non appena si esclude un collegamento con l'omicidio di Edimburgo, probabilmente mi rispediscono a casa.

– E secondo te non c'è?

– Pare di no.

Sembrava che Marsaili ascoltasse, ma ancora senza curiosità. Teneva gli occhi su Fin. – Non sei cambiato.

– Nemmeno tu.

A quel punto rise, con un'allegria vera nello sguardo. – Sei sempre lo stesso bugiardo di una volta –. Fece una pausa. Fin era ancora in piedi sulla soglia e non aveva l'aria di voler restare. – Hai mangiato?

– Prenderò del fish and chips a Stornoway.

– 'Fanculo, – grugní Artair. – Sarà tutto chiuso quando torni.

– Ho un po' di quiche in forno, – disse Marsaili. – Ci mette solo un quarto d'ora a scaldarsi. Non so mai quando Artair arriva.

– Sí, è vero –. Artair chiuse la porta dietro a Fin. – Il buon vecchio Artair, cosí inaffidabile. Tornerà presto, tornerà in ritardo? Sarà ubriaco, sarà sobrio? Cosí la vita è piú interessante, vero, Marsaili?

– Sarebbe irrimediabilmente noiosa altrimenti –. Marsaili aveva un tono piatto. Fin vi cercò un pizzico di ironia ma non la trovò. – Metto su le patate –. Si voltò per andare in cucina.

– Vieni a bere qualcosa, – disse Artair, e guidò Fin in un piccolo soggiorno rimpicciolito ancor piú da tre enormi pezzi di mobilio e una tv a trentadue pollici. Era accesa, con l'audio abbassato. Uno di quei terribili telequiz. Era quasi inguardabile per via della sintonia pessima e del colore troppo saturo. Le tende erano tirate, e un fuoco di torba nel camino rendeva la stanza accogliente e calda. – Siediti –. Artair aprí un'anta della credenza che rivelò una collezione di bottiglie. – Che cosa ti do?

– Non voglio niente, grazie –. Fin sedette e cercò di guardare in cucina.

– Dài, hai bisogno di qualcosa per stuzzicare l'appetito.

Fin sospirò. Era impossibile sfuggirgli. – Solo un dito, allora.

Artair versò due whisky abbondanti e gliene porse uno. – *Slàinte* –. Alzò il bicchiere in un brindisi gaelico.

– *Slàinte mhath* –. Fin bevve un sorso. Artair tracannò metà del suo bicchiere, e guardò la porta che si apriva dietro l'amico. Fin si girò e vide un ragazzo di sedici o diciassette anni in piedi sulla soglia. Non era particolarmente alto, poco piú di un metro e settanta, e di corporatura esile. Aveva i capelli biondo chiaro, rasati corti ai lati e piú lunghi sul ciuffo, con le punte modellate con il gel. Portava un anellino all'orecchio destro e indossava una felpa con cappuccio su jeans larghi blu che si raccoglievano attorno a grosse scarpe da ginnastica. Aveva gli occhi azzurro fiordaliso di sua madre. Un bel ragazzo.

– Di' ciao a tuo zio Fin, – disse Artair. E Fin si alzò per stringere la mano al ragazzo. Una bella stretta di mano salda, e il contatto diretto di occhi troppo simili a quelli di sua madre per farlo sentire a suo agio.

– Ehi, – disse.

– Lo abbiamo chiamato Fionnlagh –. Era la voce di Marsaili. Fin si girò e la vide in piedi sulla porta della cucina a osservare, con una strana espressione sul viso e un po' di colore sulle guance dove prima non ce n'era.

Per Fin fu uno shock sentire il proprio nome. Guardò il ragazzo di nuovo e si chiese se lo avessero chiamato cosí in suo onore. Ma perché avrebbero dovuto? Era un nome piuttosto comune sull'isola. – Piacere di fare la tua conoscenza, Fionnlagh, – disse Fin.

– Hai intenzione di mangiare con noi? – gli chiese Artair.

– Ha già mangiato, – disse Marsaili.

– Be', può bere qualcosa con noi, allora.

– Sto ancora cercando di risolvere il problema con il computer, – disse Fionnlagh. – Forse la scheda madre è partita.

– Scheda madre, vedi, – disse Artair a Fin. – Non è mai la scheda padre. Sono sempre le madri a creare problemi –. Si girò verso suo figlio. – Che cosa vuol dire?

– Significa che è fottuta.

– E allora? Non puoi aggiustarla?

Fionnlagh scosse la testa. – Dovrò sostituirla. E probabilmente costa quanto un computer nuovo.

– Be', non abbiamo i soldi per andare a comprare un altro computer del cazzo, – Artair rispose piccato. – Quando ti trovi un lavoro, puoi mettere i soldi da parte.

Fin gli chiese: – Che tipo di computer è?

– Un iMac. G3. Quelli vecchi a forma di caramella.

– E che cosa ti fa pensare che sia la scheda madre?

Fionnlagh espirò, frustrato. – Lo schermo è diventato azzurro e nero ed è quasi impossibile leggerlo, e l'immagine è tutta strizzata in su, come se l'avessero compressa.

– Che sistema usi?

– Ho appena aggiornato da 9 a Jaguar.

Artair sbuffò. – Cristo Gesú, figlio! Non puoi parlare una lingua che si capisca, cazzo?

– Non c'è bisogno di parlare cosí, Artair, – disse Marsaili con calma. Fin le lanciò un'occhiata, dall'altra parte della stanza, e vide il suo disagio.

– Tu hai idea di cosa sta parlando? – chiese Artair a Fin. – Per me è arabo.

– È una laurea in informatica quella che sto prendendo alla Open University, – rispose Fin.

– Cazzarola! Il ragazzo che non sapeva parlare inglese adesso parla la lingua dei computer.

Fin chiese a Fionnlagh. – Quando è iniziato il problema? Durante l'installazione del nuovo sistema?

Il ragazzo annuí. – Sí, il giorno dopo che ho fatto l'aggiornamento. Ho anche speso centotrenta sterline per il software. Per non parlare della scheda di memoria.

– Lo so bene, ho pagato io quella roba del cavolo, – ringhiò Artair, e vuotò il bicchiere. Si chinò per riempirlo di nuovo.

– Dov'è il computer? Nella tua stanza? – chiese Fin.

– Sí.

– Posso darci un'occhiata?

– Certo.

Fin posò il bicchiere sul tavolino e seguí Fionnlagh in corridoio. Una scala portava fino a una stanza nel sottotetto. – La casa è cambiata dai tuoi tempi, – disse Artair, seguendoli. – Ho messo una camera da letto per il ragazzo in soffitta. Io e Marsaili stiamo nella vecchia camera dei miei, e mia madre nella mia. Teniamo lo studio di mio padre come camera per gli ospiti.

– Non che abbiamo mai ospiti, – borbottò Fionnlagh appena arrivò in cima alle scale.

– Come hai detto? – gli chiese il padre.

– Ho detto a Fin di stare attento alla moquette scollata in cima alla scala –. Fionnlagh guardò un attimo Fin negli occhi, e in quel momento fu come se fossero diventati complici di un sotterfugio che solo loro avrebbero mai saputo. Fin gli strizzò l'occhio e ottenne in cambio un sorrisino.

La stanza di Fionnlagh andava da un lato all'altro della soffitta a nord della casa. Su ogni lato c'era un abbaino tagliato nel soffitto. L'abbaino a est aveva una vista straordinaria su tutto il Minch. Il computer era su un tavolo appoggiato alla parete a nord. Fin si sedette nella pozza di luce di una lampada, che sembrava intensificare il buio nel resto della stanza. Era solo vagamente consapevole dei manifesti attaccati ai muri. Calciatori e pop star. Eminem usciva lagnoso da uno stereo che Fin non vedeva.

– Spegni quella merda –. Artair era entrato dietro di loro ed era appoggiato allo stipite della porta, il bicchiere sempre in mano. – Non sopporto il rap. È una sigla che sta per Robaccia Americana Puttanata –. Sbuffò ridendo della propria battuta. – L'avete capita?

– Mi piace Eminem, – disse Fin. – Sta tutto nei testi. È un po' come il Bob Dylan della sua generazione.

– Gesú, – Artair sbottò. – Mi sa che voi due ve la intenderete alla grande.

– Tengo la maggior parte delle mie canzoni nel computer, – disse Fionnlagh. – Ma, dal momento che lo schermo è partito… – Si strinse nelle spalle senza speranza.

– Hai Internet? – chiese Fin.

– Sí, siamo passati alla banda larga un paio di mesi fa.

– Posso dare un'occhiata?

– Prego.

Fin si sedette davanti all'iMac e spostò il mouse, svegliando il computer dallo standby. Lo schermo si accese blu scuro e distorto, proprio come l'aveva descritto Fionnlagh. Il desktop era appena visibile, con la sua finestra del Finder e la barra delle icone sul fondo. – Quando hai caricato il nuovo sistema, lo schermo è mai stato normale?

– Sí, funzionava alla grande quella prima sera. Quando l'ho aperto il giorno dopo era cosí.

Fin annuí. – Scommetto che non si è aggiornato il firmware.

Fionnlagh si accigliò. – Il firmware? Che cos'è?

– È la roba nel cervello del computer, che permette all'hardware e al software di parlarsi. Apple ha fatto davvero un casino a non dire alla gente che per l'aggiornamento del sistema su un G3 serve aggiornare il firmware –. Vide il terrore sul volto di Fionnlagh e sorrise. – Non ti preoccupare, hai circa la metà dei proprietari di Mac dalla tua parte. Stavano buttando via i computer, quando bastava scaricare un semplice aggiornamento firmware. In giro c'è un sacco di gente arrabbiata per questo.

– E possiamo farlo? – chiese Fionnlagh, come se fosse troppo bello per essere vero. – Siamo in grado di scaricare un aggiornamento del firmware?

– Sí –. Fin aprí un browser web tutto schiacciato e digitò un indirizzo. Ci mise un attimo a scaricare e installare l'aggiornamento, poi riavviò il computer. Mezzo minuto dopo apparve la schermata del desktop, luminosa, nitida e senza distorsioni. – Ecco qua –. Fin si appoggiò allo schienale, soddisfatto di sé.

– Fantastico! – Fionnlagh stentava a contenere la sua gioia. – Davvero fantastico –. Gli occhi gli brillavano di entusiasmo.

Fin si alzò per lasciargli il posto. – È tutto tuo. Goditelo. È un buon sistema operativo. Se hai problemi, fammelo sapere.

– Grazie, Fin –. Fionnlagh si lasciò cadere sulla sedia e nel giro di un istante aveva già la freccia che guizzava sullo schermo, aprendo finestre e menu a tendina, impaziente di esplorare tutte le possibilità che pensava di avere perso.

Fin si girò e vide Artair che osservava pensieroso, ancora appoggiato allo stipite della porta. Non aveva piú detto una parola dopo aver criticato Eminem. – Veramente geniale, cazzo, – disse a bassa voce. – Io non avrei mai potuto fare una cosa del genere per lui.

Fin spostò il peso, a disagio. – È incredibile quello che si impara alla Open University –. Si schiarí la gola imbarazzato. – Mi sa che ho lasciato il bicchiere di sotto.

Ma Artair non si mosse, e invece spostò lo sguardo al centimetro di liquido ambrato nel fondo del proprio bicchiere. – Sei sempre stato piú intelligente di me, non è vero, Fin? Mio padre lo sapeva. Ed è per questo che ha investito piú tempo su di te di quanto non abbia mai fatto su di me.

– Abbiamo passato entrambi ore e ore in quella stanza laggiú, – disse Fin. – Devo molto a tuo padre. Non riesco ancora a credere a quanto fosse generoso: rinunciare a tutto il suo tempo libero cosí.

Artair inclinò la testa e guardò intensamente Fin. Che cosa stava cercando? Fin rimase sconcertato dal suo sguardo. – Be', almeno per te ha funzionato, – disse Artair alla fine. – Ti ha portato via dall'isola e all'università. Per me, solo un lavoro senza sbocchi alla Lewis Offshore.

Il silenzio tra loro era rotto solo dal ticchettio della tastiera di Fionnlagh. Il ragazzo, perso nel proprio mondo etereo di computer, sembrava a malapena consapevole di loro due. Marsaili chiamò dal piano di sotto per dire che la quiche era pronta, e l'imbarazzo del momento passò. Artair si riscosse dalla sua trance.

– Vieni, ti rabbocchiamo il bicchiere, e metti qualcosa sotto i denti.

Ai piedi delle scale, una voce chiamò flebile dal fondo del corridoio. – Artair... Artair sei tu? – La voce fioca e tremante di una vecchia.

Artair chiuse gli occhi, fece un respiro profondo, e Fin gli vide contrarsi i muscoli della mascella. Poi aprí gli occhi. – Arrivo, *mamaidh* –. E, sottovoce: – Merda! Mi sente sempre quando torno a casa, cazzo –. Superò bruscamente Fin e si diresse verso la stanza in fondo al corridoio. Fin andò in soggiorno a recuperare il bicchiere, e poi in cucina. Marsaili era seduta a un tavolo a ribalta che aveva aperto dal muro. C'erano tre piatti di quiche e patate, e tre sedie.

– È andato da lei?

Fin annuí e vide che ora Marsaili aveva un'ombra di rossetto sulle labbra, e un po' di colore intorno agli occhi. Si era sciolta i capelli e li aveva spazzolati. Un aspetto diverso. Non da meritare un commento, ma abbastanza perché si notasse. Gli indicò la sedia di fronte, e lui si sedette. – Allora, come te la sei passata in questi anni?

C'era stanchezza nel suo sorriso. – Cosí come mi vedi –. Iniziò a mangiare. – Non preoccuparti di aspettare Artair. Potrebbe metterci molto –. Lo guardò prendere un boccone di quiche. – E tu?

Fin si strinse nelle spalle. – Poteva andare peggio.

Lei scosse la testa malinconica. – E noi che volevamo cambiare il mondo.

– Il mondo è come il tempo, Marsaili. Non si può cambiare. E non si può plasmare. È lui che plasma te.

– Ah, già, il solito filosofo –. E all'improvviso allungò la mano e gli passò la punta delle dita leggermente lungo la guancia. – Sei ancora molto bello.

Suo malgrado, Fin arrossí. Ridacchiò per celare l'imbarazzo. – Non dovrei essere io che lo dico a te?

– Ma non sei mai stato bravo a mentire. E comunque, sei sempre stato bello. Ricordo quando ti vidi il primo giorno di scuola e pensai che non avevo mai visto nessuno cosí bello. Perché pensi che avessi voluto sedermi nel banco vicino al tuo? Non immagini quanto fossero gelose le altre bambine.

Infatti non se lo immaginava. Aveva sempre avuto occhi solo per Marsaili.

– Se solo avessi saputo allora quanto eri una merda, avrei potuto risparmiare a tutti noi un sacco di sofferenza –. Si mise in bocca un altro pezzo di quiche e sorrise, incurvando gli angoli della bocca verso l'alto nel gesto che Fin ricordava cosí bene. Le fossette profonde in entrambe le guance. La stessa malizia nello sguardo.

– Avevo ragione, – disse Fin. – Non sei per niente cambiata.

– Oh, invece sí. Da piú punti di vista di quanti ne immagini. Di quanti ne vorresti mai immaginare –. Sembrava assorta a contemplare la quiche. – Ho pensato spesso a te nel corso degli anni. A com'eri. A come eravamo, da bambini.

– Anch'io –. Fin chinò il capo, con un lieve sorrisino sulle labbra. – Ho ancora quel tuo biglietto –. Lei si accigliò, non ricordava quale. – Prima del ballo per l'ultimo anno delle elementari. Firmato «La ragazza della fattoria».

– Oddio –. La mano scattò di colpo verso la bocca, mentre il ricordo tornava da dove lo aveva sepolto molto tempo prima per risparmiarsi l'imbarazzo che le provocava. – Ce l'hai ancora?

– È un po' sporco, e spiegazzato. Però ce l'ho ancora.

– Cos'è che hai ancora? – Artair entrò in cucina e si lasciò cadere pesantemente sulla sedia. L'incantesimo tra Fin e Marsaili si spezzò di colpo. Artair si ficcò in bocca un morso di cibo e guardò Fin. – Be'?

Fin chiamò a raccolta le forze per un'altra bugia. – Una fotografia della fine delle elementari –. Alzò lo sguardo e vide che Marsaili evitava di guardarlo.

– Mi ricordo quale, – disse Artair. – È l'unica in cui non ci sono, ero malato quell'anno.

– Già, è vero. Ti era venuto un brutto attacco d'asma proprio la sera prima.

Artair si ficcò altro cibo in bocca. – A momenti morivo quella volta. Ci è mancato veramente un pelo, cazzo –. Alzò lo sguardo dall'uno all'altra e sorrise. – Forse sarebbe stato meglio per tutti noi se schiattavo, no? – Innaffiò il cibo con il whisky. Fin notò che si era riempito di nuovo il bicchiere. – Ma come? Nessuno che dica: «No, Artair, sarebbe stato terribile se fossi morto allora. La vita non sarebbe stata la stessa»?

– Be', questo sí che è vero, – disse Marsaili, e lui la guardò male.

Mangiarono in silenzio fino a quando Artair non ebbe svuotato, e poi spinto via, il piatto. Lo sguardo gli cadde sul bicchiere vuoto di Fin. – Hai bisogno di un rabbocco, fratello.

– In realtà, è meglio che vada –. Fin si alzò in piedi, asciugandosi la bocca col tovagliolo di carta che Marsaili aveva preparato.

– Dove?

– Devo tornare a Stornoway.

– E come?

– Chiamo un taxi.

– Non fare lo stupido, cazzo, amico mio. Ti costerà una fortuna. Rimani con noi stasera, e ti do io uno strappo in città domattina.

Marsaili si alzò in piedi e tolse i piatti vuoti dal tavolo. – Preparo il letto nella stanza degli ospiti.

Quando Marsaili tornò, Artair si era piazzato con Fin in salotto, con i bicchieri pieni, una partita di calcio alla televisione, il volume sempre abbassato. Artair era proprio andato, gli occhi vitrei e socchiusi, e farfugliava nel raccontare una storia della loro infanzia, un incidente in bici di cui Fin non si ricordava. Fin aveva detto di voler aggiungere acqua nel whisky e, quando era andato in cucina per farlo, aveva versato metà del whisky nel lavandino. Ora stava seduto tenendo in mano il bicchiere, a disagio, pentito di aver ceduto cosí facilmente alla proposta di Artair di rimanere a dormire. Quando entrò Marsaili, alzò lo sguardo avido, sperando in un salvataggio. Ma Marsaili aveva l'aria stanca. Guardò Artair, con una strana espressione passiva sul viso. Rassegnazione, forse. Poi andò in cucina per spegnere le luci. – Io vado a letto. Sparecchio domattina.

Fin si alzò in piedi, deluso, appena lei uscí dalla stanza. – Buonanotte.

Si fermò per un attimo sulla soglia e i loro occhi si incontrarono brevemente. – Buonanotte, Fin.

Appena la porta si chiuse, Artair disse: – Si è tolta dalle palle, finalmente –. Cercò di concentrarsi su Fin. – Sai, non l'avrei mai sposata se non fosse stato per te, cazzo.

Fin rimase colpito da quel tono caustico. – Non fare lo stupido! Hai cominciato a fare il filo a Marsaili fin dalla prima settimana di scuola.

– Non l'avrei mai nemmeno notata, cazzo, se non ti avesse messo gli occhi addosso. Non le sono mai andato dietro. Ho sempre e solo cercato di tenerla lontana da te. Tu eri il mio amico, Fin Macleod. Eravamo amici, tu e io, da quando avevamo cominciato a camminare. E da quel cazzo di primo giorno, lei ha cercato di portarti via da me. Di separarci –. Rise. Una risata senza ironia, corrosiva e amara. – E cazzo se non lo sta facendo di nuovo ora. Credi che non abbia notato il rossetto, eh? O il mascara? Credi che fosse per te? Nah. È il suo modo di mandarmi 'affanculo. Sapeva che l'avrei notato, e avrei capito perché l'aveva fatto. È da molto tempo che non gliene frega niente di farsi bella per me.

Fin era sconvolto. Non sapeva cosa dire. Cosí restò semplicemente seduto con il whisky annacquato in mano, sentendo il calore del bicchiere, guardando la brace della torba che si spegneva nel focolare. L'aria nella stanza sembrava essersi improvvisamente gelata. Fin tracannò i resti del whisky e si alzò. – È meglio che vada a letto.

Ma Artair non lo guardava. Guardava verso qualche luogo lontano entro una mente appannata dal whisky. – E lo sai qual è la cosa piú ridicola, cazzo?

Fin non lo sapeva, e non voleva saperlo. – Ci vediamo domattina.

Artair alzò la testa e lo guardò strizzando gli occhi. – Lui non è nemmeno mio.

Fin sentí un vuoto allo stomaco. Rimase bloccato, in ansiosa aspettativa. – Che cosa vuoi dire?

– Fionnlagh, – farfugliò Artair. – È tuo figlio, cazzo, non mio.

La carta da parati con motivi in rilievo era stata cambiata di recente. Uno di quei bianchi con un pizzico di pesca, o rosa forse. C'erano tende nuove e una nuova moquette. E il soffitto era stato ridipinto, di un semplice bianco opaco. Ma la macchia di umidità nell'angolo aveva attraversato la vernice, insidiosa, invasiva, e aveva ancora la forma di una sula in volo. Era rimasta anche la crepa nello stucco, che attraversava la sula e tutto il telaio. Il vetro della finestra crepato era stato sostituito da doppi vetri, e, accostato al muro dove il signor Macinnes una volta aveva la scrivania, c'era un letto matrimoniale. Gli scaffali della libreria scricchiolavano ancora sotto il peso degli stessi libri che Fin ricordava da quelle lunghe serate di matematica, inglese e geografia. *Libri* con titoli esotici, che facevano perdere la concentrazione: *La catena del passato*, *Perry Mason e il pugno nell'occhio*, *Smeddum*. E i nomi ancor piú bizzarri dei loro autori, Aldous Huxley, Earl Stanley Gardner, Lewis Grassic Gibbon. La vecchia poltrona del signor Macinnes era stata spinta in un angolo, il tessuto sui braccioli consumato da tanti gomiti. A volte le tracce delle persone rimangono su questa terra molto tempo dopo che loro se ne sono andate.

Fin fu quasi sopraffatto da un senso di malinconia. Però, si disse, «malinconia» in realtà non era la parola giusta. Gli sembrava di avere addosso un gran peso che lo schiacciava e gli rendeva difficile respirare. La stanza era un luogo oscuro e inquietante. Il cuore batteva come in preda alla paura. Paura della luce: spense la lampada lí accanto. Paura del buio: l'accese di nuovo e si rese conto che tremava. C'era qualcosa che stava cercando di ricordare. Stimolato da una parola che Artair aveva detto, o da uno sguardo che gli aveva lanciato, o da un tono nella sua voce. Per la prima volta si accorse che appoggiato al muro dietro la porta, c'era il tavolo da gioco su cui aveva trascorso tante ore per preparare gli esami. La macchia di caffè a forma di Cipro. Sudava ora, e spense di nuovo la luce. Sentiva il battito del cuore, il pulsare del sangue nelle orecchie. Quando chiuse gli occhi, vide solo rosso.

Come faceva Fionnlagh a essere suo figlio? Perché Marsaili non gli aveva detto che era incinta? Come aveva potuto Artair sposarla, se lo sapeva? Gesú! Voleva urlare e svegliarsi a casa con Robbie e Mona e la vita che aveva conosciuto fino a quattro settimane prima.

Sentí voci rabbiose attraverso il muro, e trattenne il respiro per cercare di comprendere quello che dicevano. Ma la forma delle parole si perdeva nei mattoni. Solo il tono attraversava la malta. Rabbia, dolore, accuse, smentite. Il rumore di una porta che sbatteva, e poi il silenzio.

Fin si chiedeva se Fionnlagh avesse sentito. Forse era abituato. Forse succedeva ogni sera. O stasera era diverso? Perché stasera era sfuggito un segreto, e si muoveva in mezzo a loro come un fantasma. O Fin era stato semplicemente l'ultimo a vederlo, l'ultimo a sentirne le dita fredde di incertezza che capovolgevano per sempre il suo mondo?

Nove

Era l'inizio di luglio dell'anno in cui sostenni gli esami di ammissione all'università. La scuola era finita e aspettavo che i risultati mi confermassero un posto alla Glasgow University. Era l'ultima estate che avrei passato sull'isola.

Non so da che parte cominciare a descrivere come mi sentivo. Ero euforico. Era come se avessi passato gli ultimi anni al buio con un grande peso premuto addosso e, ora che il peso era stato sollevato, stavo uscendo, battendo le palpebre, alla luce del sole. Vi contribuí anche il clima, che quell'anno fu magnifico. Dicono che le estati del '75 e del '76 siano state fantastiche. Ma la migliore estate che ricordo è quella prima della partenza per l'università.

Erano anni che avevo rotto con Marsaili. Ora riesco a ripensarci e a stupirmi della mia crudeltà, e posso solo consolarmi con il pensiero che all'epoca ero davvero molto giovane. Ma la gioventú è sempre una comoda scusa per un comportamento stupido e volgare.

Certo, eravamo stati compagni di classe fino alla fine delle scuole elementari, ma Marsaili mi era diventata stranamente invisibile. Durante i primi due anni delle medie, ancora a Crobost, le nostre strade si incrociavano con una certa frequenza. Ma dopo che ci fummo trasferiti al Nicolson a Stornoway la vedevo molto di rado. La incrociavo a volte in un corridoio della scuola, o mentre girava per i Narrows con le sue compagne. Sapevo che lei e Artair erano stati insieme in terza e in quarta, pur frequentando scuole diverse. Li vedevo in coppia ogni tanto ai balli in municipio, o alle feste. Si erano lasciati al quinto anno, quando Artair stava ripetendo l'esame di diploma all'istituto professionale; e avevo anche saputo che Marsaili per qualche tempo era stata con Donald Murray.

Per tutta la durata delle superiori io ero uscito con varie ragazze, ma con nessuna di loro la storia era durata a lungo. La maggior parte rimaneva sconcertata quando faceva la conoscenza di mia zia. Suppongo che dovesse sembrare piuttosto strana. Io semplicemente mi ero abituato a lei. Come i giocattoli che un bambino lascia in giro nella propria stanza: dopo un po' smette di vederli. Ma, alla fine della scuola, ero libero da legami sentimentali e senza alcuna intenzione di intraprenderne. Glasgow offriva la prospettiva di nuove possibilità sconfinate, e io non volevo portarmi zavorre dall'isola.

Fu in qualche momento durante la prima settimana di luglio che andai in spiaggia con Artair a Port of Ness. Condividevamo stati d'animo nettamente contrastanti. Nel periodo precedente gli esami avevo trascorso lunghe e difficili ore rinchiuso nello studio di suo padre per prepararmi. Il signor Macinnes era stato severo con me, guidandomi inesorabilmente verso il successo senza un attimo di tregua. Dopo il fallimento di suo figlio in cinque esami del triennio, il padre aveva completamente rinunciato a lui, anche se Artair aveva deciso di ritornare ancora una volta a ripeterli. Il signor Macinnes pareva investire su di me tutte le speranze e le aspirazioni che un tempo aveva nutrito per Artair, creando in questo modo tensioni tra me e il mio amico, credo indotte dalla gelosia. Ci incontravamo a volte dopo le mie lezioni e attraversavamo il villaggio insieme in un silenzio teso e difficile. Ho il ricordo di noi ai piedi dello scivolo al porto di Crobost, a gettare sassi in acqua per piú di un'ora senza dirci una parola. Non parlavamo mai delle lezioni che mi dava suo padre, le quali si frapponevano tra noi come un'ombra silenziosa.

Ma ora tutto ciò era alle mie spalle, e la giornata sembrava rispecchiare il mio stato d'animo, con il sole brillante che scintillava sulle acque calme della baia. L'aria calda era increspata solo da una lievissima brezza. Ci eravamo tolti le calze e le scarpe da ginnastica e arrotolati i jeans, e correvamo a piedi nudi lungo la spiaggia in lieve pendenza, sguazzando dentro e fuori le piccole onde salmastre che si infrangevano sulla riva e lasciando impronte perfette sulla sabbia vergine. Avevamo uno di quei sacchi di plastica che si usano per imbustare la torba da vendere, e volevamo catturare i granchi nelle pozze lasciate dalla marea che si ritirava tra le rocce in fondo alla spiaggia. L'estate mi si estendeva davanti come una serie interminabile di giornate come quella, piene dei piaceri semplici della vita, senza fretta causata dall'età o dall'ambizione.

Artair, al contrario di me, era cupo e depresso. Era stato accettato per un tirocinio da saldatore alla Lewis Offshore, a partire dal mese di settembre. Vedeva la sua estate scivolargli via come sabbia tra le dita. L'ultima estate della sua infanzia, alla fine della quale lo aspettavano solo la fatica di un lavoro senza fine e la responsabilità della vita adulta.

Era un altro mondo, laggiú tra le pozze della scogliera, remote e lontane dalla realtà della vita. L'unico suono proveniva dai gabbiani e dal mare che si precipitava delicato a incontrare la riva. L'acqua intrappolata in tutte le fessure rocciose era cristallina e si riscaldava al sole, riempita dal colore dei crostacei ostinatamente aggrappati alla roccia nera e dal dolce ondeggiare delle alghe, l'unico movimento a parte lo sgambettio dei granchi. Ne avevamo raccolto quasi una ventina, lasciandoli cadere nel sacco, prima di fare una pausa per fumarci una sigaretta. Pur essendo chiaro di capelli, avevo la carnagione di mio padre e mi abbronzavo facilmente. Mi ero tolto la maglia per mettermela sotto la testa, e me ne stavo sprofondato tra le rocce, a prendere il sole, con gli occhi chiusi per sentire il mare e gli uccelli che di lui si nutrivano. Artair era seduto con le ginocchia piegate sotto il mento, le braccia avvolte intorno agli stinchi, e aspirava triste dalla sigaretta. Stranamente, sembrava che il fumo non nuocesse alla sua asma.

– Ogni volta che guardo l'orologio, – disse, – è passato un altro minuto. E poi un'ora, e poi un giorno. Presto sarà una settimana, poi un mese. E un altro. E poi timbrerò il cartellino il mio primo giorno di lavoro –. Scosse la testa. – E, presto, sarò arrivato al mio ultimo giorno. E poi mi seppelliranno nella terra del cimitero di Crobost. E che senso avrà avuto tutto questo?

– Cristo, amico mio. Parliamo di sessanta, settant'anni. E tu hai appena soffiato via tutto in un attimo. Hai davanti l'intera vita.

– Per te va bene. Tu te ne vai. Hai la tua via di fuga già programmata. Glasgow. L'università. Il mondo. Un luogo diverso da qui.

– Ehi, guardati intorno –. Mi sollevai su un gomito. – Non sarà tanto meglio di cosí, sai.

– Già, – disse Artair, con tono carico di sarcasmo, – per questo hai tanta fretta di partire, cazzo –. Non sapevo cosa rispondere.

Lui mi guardò. – Cos'è, ti si è seccata la lingua? – Gettò la sigaretta tra le rocce, facendo danzare una pioggia di scintille rosse nella brezza. – Voglio dire, che prospettiva entusiasmante mi aspetta? Un tirocinio in un cantiere dove costruiscono trivelle petrolifere? Anni bloccato dietro una maschera a sparare getti di fiamma ossidrica a giunture di metallo del cavolo? Gesú, sento già l'odore. E poi ci sono tutti gli anni di viaggi su quella cazzo di strada da Ness a Stornoway e, alla fine di tutto, un buco nella terra.

– È quello che ha fatto mio padre, – dissi. – Non era stato il suo desiderio, ma non l'ho mai sentito lamentarsi. Ha sempre detto che la nostra era una bella vita. E ne concentrava la maggior parte in tutte quelle ore in cui non lavorava al cantiere.

– E gli ha fatto proprio un gran bene! – Le parole gli uscirono prima che se ne rendesse conto; quindi si girò rapido verso di me, con lo sguardo pieno di rammarico. – Mi dispiace, Fin. Non volevo.

Annuii. Mi sentivo come se l'unica nuvola di tutto il cielo avesse appena gettato la sua ombra su di me. – Lo so. Ma hai ragione, credo –. Lasciai che l'amarezza mi si insinuasse dentro. – Forse se non avesse dedicato tanto tempo al suo Dio, gliene sarebbe rimasto di piú per la vita –. Poi respirai profondamente e compii un notevole sforzo per uscire da sotto quell'ombra. – In ogni caso, non so ancora nulla di preciso sull'università. Dipende dai risultati dell'esame.

– Ma dài –. Artair era sprezzante. – L'avrai passato a occhi chiusi. Mio padre dice che rimarrà deluso lui, se non prendi il massimo dei voti in tutte le materie.

Fu allora che sentimmo le voci delle ragazze. Distanti sulle prime, chiacchieravano e ridevano, e poi si avvicinarono come se venissero verso di noi sulla spiaggia. Da dove eravamo non si riusciva a vederle, e naturalmente loro non vedevano noi. Artair accostò un dito sulle labbra, poi mi fece segno di seguirlo. Ci inerpicammo a piedi nudi sulle rocce fino a quando le scorgemmo, a non piú di trenta metri di distanza, e ci chinammo per non farci scoprire. Erano in quattro, ragazze del paese nostre coetanee. Ci sporgemmo oltre il bordo delle rocce per vedere meglio. Stavano prendendo gli asciugamani dai cestini e stendendoli sulla sabbia morbida sotto le scogliere. Una di loro stese una stuoia di paglia e vi mise sopra bottiglie di ginger e pacchetti di patatine tirati fuori dalla borsa. Poi iniziarono a spogliarsi dei jeans e delle magliette, per svelare la pelle bianca e i bikini che avevano sotto.

Immagino di aver preso atto inconsciamente che Marsaili era tra loro, ma fu solo quando la vidi lí in bikini, con il braccio alzato, intenta a legarsi i capelli con una coda sulla nuca, che capii di non avere piú davanti la bambina che avevo mollato alle elementari. Era diventata una ragazza molto attraente. E sotto la luce del sole che le ombreggiava morbida la curva del sedere sopra le gambe lunghe ed eleganti, e i seni turgidi a malapena contenuti dal succinto reggiseno azzurro, sentii qualcosa che mi si agitava nell'inguine. Ci accucciammo di nuovo dietro le rocce.

– Gesú, – sussurrai.

Artair era allegro. La depressione era svanita all'istante, sostituita da uno sguardo malizioso e un sorriso cattivo. – Ho una grande idea, cazzo –. Mi tirò per il braccio. – Vieni.

Prendemmo le magliette e il sacco con i granchi, e seguii Artair che tornava indietro allo sperone roccioso verso la scogliera. C'era un sentiero, che a volte si utilizzava per scendere sugli scogli senza dover girare intorno al porto e poi tornare indietro lungo la spiaggia. Era ripido e ghiaioso, una fessura tagliata in profondità nella parete rocciosa dal ghiaccio che l'aveva invasa durante una glaciazione passata. A circa due terzi della salita, una stretta sporgenza tagliava in diagonale la facciata prima di fare marcia indietro, per poi proseguire con una serie di gradini naturali fino in cima. Eravamo tre metri sopra la spiaggia, adesso, e sotto i piedi sentivamo la torba soffice e spugnosa, che rischiava di staccarsi in blocchi scivolosi e infidi se ci si avvicinava troppo al bordo. Avevamo raggiunto il nostro obiettivo di arrivare alla scogliera senza farci scorgere, e la attraversammo con attenzione, finché non raggiungemmo un punto che secondo noi era sopra al luogo dove le ragazze prendevano il sole. Lí il bordo della roccia scendeva ripido per circa sei metri, per poi cadere a picco nel tratto finale alto circa tre metri fino alla spiaggia sottostante. L'erba cresceva in chiazze di canneti sul sottile strato di terra che si abbarbicava alla roccia. Non vedevamo le ragazze, ma le sentivamo parlare tra loro, sdraiate fianco a fianco sugli asciugamani. Il trucco era assicurarsi di essere direttamente sopra di loro prima di lanciare il sudato contenuto del nostro sacco. Non potevamo permetterci nient'altro che un attacco diretto.

Ci alzammo a sedere e cominciammo a farci strada centimetro dopo centimetro giú per il ripido pendio erboso. Io ero il primo, con in mano il sacco, e Artair mi seguiva. Poi mi fece da ancoraggio, piantando i talloni nella terra friabile e afferrando con entrambe le mani il mio avambraccio sinistro, in modo che io potessi affacciarmi e cercare di intravedere le ragazze. Ci toccò andare quasi in fondo alla discesa finale prima che scorgessi quattro paia di talloni disposti in riga. Erano leggermente alla nostra sinistra, e feci segno ad Artair di spostarci un poco. Nel farlo, dai bordi si staccò del terriccio misto a sassi, che cadde sulla spiaggia. Le chiacchiere si interruppero.

– Che cosa è stato? – sentii una di loro che chiedeva.

– Cento milioni di anni di erosione –. Era la voce di Marsaili. – Non puoi pensare che abbia intenzione di smettere solo perché siamo qui sotto a prendere il sole.

Ora i talloni erano immediatamente sotto di me, come quattro serie di piedi sul tavolo di un obitorio. Mi sporsi per quanto mi permetteva il mio coraggio e vidi che le ragazze erano sdraiate a pancia in giú, con il reggiseno del bikini slacciato per evitare il segno bianco sulla schiena. Perfetto. Probabilmente ero quattro o cinque metri sopra di loro. Sorrisi ad Artair e annuii. Presi il sacco con la mano libera, allentando l'apertura, poi ne scossi il contenuto oltre il bordo. Una ventina di granchi volarono per aria, fuori dalla nostra vista. Ma il loro effetto fu immediato. Urla di terrore lacerarono l'aria e ci arrivavano da là sotto come applausi infervorati per il successo della nostra impresa. Quasi incapaci di controllare le nostre risate, scendemmo pian piano un po' piú giú, e io allungai il capo per dare un'occhiata al caos sulla spiaggia.

Proprio in quel momento una grossa zolla di terra arida scelse di staccarsi dalla roccia friabile, facendomi scivolare lungo il pendio e oltre il bordo, nonostante gli sforzi di Artair per trattenermi. Come i granchi poco prima, anch'io sfrecciai per aria, volando per gli ultimi tre metri fino alla spiaggia e atterrando, per fortuna, in piedi, anche se la gravità mi spinse subito pesantemente a sedere.

Granchi in preda al panico sgambettavano in ogni direzione. Mi trovai ad alzare lo sguardo su quattro ragazze che mi guardavano sorprese. Quattro paia di seni nudi che ondeggiavano al sole. Ci fissammo tutti per un attimo, senza parole, bloccati in un istante di incredulità reciproca. Poi una delle ragazze gridò, e tre di loro incrociarono le braccia sul petto in gesti stravaganti di falso pudore, ridacchiando e fingendosi timide. In verità, credo che non fossero del tutto sconcertate dalla mia improvvisa apparizione.

Marsaili, tuttavia, non fece alcun tentativo di coprirsi. Rimase per alcuni istanti con le mani sui fianchi, il seno spinto in fuori con aria di sfida. Seni sodi e impertinenti, non potei fare a meno di notare, con capezzoli grandi, eretti e rosa. Fece due passi avanti e mi schiaffeggiò cosí forte che vidi le stelle. – Pervertito! – mi apostrofò con disprezzo. E si chinò per recuperare il reggiseno del bikini; poi si allontanò sulla sabbia.

Non rividi Marsaili per quasi un mese. Eravamo in agosto ormai, ed erano arrivati i risultati dei miei esami. Come il signor Macinnes aveva predetto, avevo preso il massimo in inglese, arte, storia, francese e spagnolo. Avevo abbandonato matematica e scienze dopo gli esami triennali. Che strano. Ero portato per le lingue, ma non avevo alcuna propensione a usarle. L'ammissione alla Glasgow University era confermata, e mi sarei iscritto a un corso di laurea in discipline umanistiche. Non sapevo bene cosa fosse, ma tutte le materie umanistiche mi interessavano, e mi era stato detto che non c'era da studiare tanto come per le materie piú complesse e strutturate.

Da tempo mi ero ripreso dallo schiaffo di Marsaili; mi aveva lasciato dei lividi rossi sul viso che avevo sfoggiato come una medaglia d'onore per diversi giorni. Artair si era fatto descrivere nei particolari la vista di cui avevo goduto quando ero atterrato sulla spiaggia. Lui, dal canto suo, era tornato indietro fino alla cima della rupe, senza vedere nemmeno un capezzolo. La storia si diffuse a macchia d'olio nei villaggi vicini, e noi godemmo brevemente dello status di eroi presso l'intera generazione di adolescenti di Ness. Ma, come l'estate, il ricordo si stava spegnendo, e il giorno in cui Artair avrebbe timbrato il cartellino per la prima volta si stava avvicinando in fretta, purtroppo, facendo diventare il mio amico sempre piú cupo.

Il giorno in cui andai a casa sua per dirgli della festa su Eilean Beag, lo trovai di umore nero. Eilean Beag è una piccola isola poche centinaia di metri al largo della costa nord di Great Bernera, che è come il fuoco nella bocca di un drago, appena a ovest di Callanais, dove il mare ha scavato in profondità la costa sud-ovest di Lewis. Non so chi avesse organizzato la festa, ma Donald Murray era stato invitato da un suo amico, e ci aveva esteso l'invito. Erano previsti un falò e una grigliata, e in caso di bel tempo avremmo dormito in spiaggia sotto le stelle. Se avesse piovuto, c'era un vecchio capanno di pastori dove avremmo potuto ripararci. Bastava solo portarsi da bere.

Artair scosse la testa tristemente e mi disse che non poteva venire. Suo padre era sulla terraferma per qualche giorno, e sua madre non stava bene. Doveva rimanere con lei: aveva avuto dolori al petto, disse, e la pressione alle stelle. Il medico credeva che potesse trattarsi di angina pectoris. Non avevo mai sentito nominare l'angina, ma dal nome non sembrava una cosa molto gradevole. Mi dispiaceva che Artair non potesse venire. Davvero. Aveva bisogno di tirarsi un po' su.

Ma la preoccupazione per Artair mi svaní presto dalla mente. Arrivati al venerdí pomeriggio, quando Donald Murray venne a prendermi a casa di mia zia, tutti i pensieri su Artair furono spazzati via dal rombo dell'auto di Donald e dalla nube sulfurea che emetteva. Non so come si fosse procurato una Peugeot rossa decappottabile. Era vecchia, e un po' malmessa, ma era di un rosso meraviglioso, acceso, il tettuccio era abbassato e Donald stava dietro al volante come un divo del cinema, con i capelli schiariti, il viso abbronzato e gli occhiali da sole.

– Ehi fratello, – disse in tono strascicato. – Vuoi uno strappo?

Non me lo feci ripetere. Non mi interessava sapere dove e come l'aveva presa. Volevo solo stare seduto lí davanti accanto a lui e fare il giro dell'isola, godendomi gli sguardi invidiosi di tutti gli altri ragazzi. Una decappottabile sull'isola di Lewis non si era quasi mai vista. Dopo tutto, quando mai si poteva utilizzarla con il tettuccio aperto? Per un pugno di giorni all'anno, se si era fortunati. Be', quell'anno eravamo fortunatissimi. Il bel tempo aveva già bruciato l'isola a luglio, e reggeva ancora.

Caricammo nel bagagliaio quattro casse di birra dal ripostiglio di mia zia, dove le avevo nascoste. Il padre di Donald non avrebbe mai permesso di tenere traffici del genere nella casa parrocchiale. Mia zia uscí a salutarci. Se ci ripenso adesso, mi rendo conto che forse non stava bene già allora, anche se non mi disse mai una parola al riguardo. Ma era pallida, e piú esile del solito. I capelli tinti con l'henné erano fini e radi, con un centimetro di bianco alle radici. Il trucco era indurito e terreo, sbriciolato nelle pieghe delle guance troppo imbellettate. Il mascara formava grumi sulle ciglia e la bocca era una striscia rosa chiaro. Indossava una delle sue creazioni diafane, vari strati di chiffon colorato appuntato a formare qualcosa di simile a una mantella, sopra jeans tagliati e sandali rosa aperti. Anche le unghie dei piedi erano smaltate di rosa. Erano spesse e coriacee, deformate dall'artrite. Era la sorella maggiore di mia madre, di dieci anni piú vecchia. E sarebbe stato difficile immaginare due persone piú diverse. Durante il periodo hippy degli anni Sessanta doveva essere stata già sulla trentina, ma era quella l'epoca che preferiva. Aveva vissuto a Londra, San Francisco e New York, ed era l'unica persona che conoscessi a essere stata presente a Woodstock. È strano quanto poco sapevo di lei veramente. I giovani non sono curiosi di conoscere i parenti piú anziani, si limitano ad accettarli per quello che sono. Ora vorrei tanto poter tornare indietro e farle domande sulla sua vita, colmare tutte quelle lacune. Ma, naturalmente, tornare indietro è impossibile. Non si era mai sposata, questo lo sapevo, ma aveva avuto una storia importante con un personaggio famoso. E ricco. E sposato. Quando tornò sull'isola, aveva comprato la vecchia *whitehouse* con vista sul porto di Crobost e viveva lí da sola. Per quanto ne sapevo, non raccontò a nessuno quello che era successo. Forse si confidava con mia madre, ma io ero troppo piccolo perché lei mi dicesse qualcosa. Credo che ci fosse stato un unico grande amore nella sua vita, una vita a cui sembrava avesse chiuso la porta in faccia quando si era trasferita nella vecchia *whitehouse*. Non ho idea di come si mantenesse, da dove provenisse il suo denaro. Negli anni trascorsi assieme, non potemmo mai permetterci lussi, ma non mi mancarono mai cibo o vestiti, né qualsiasi cosa desiderassi davvero. Quando morí aveva dieci sterline in banca.

Mia zia è un enigma, uno dei grandi misteri inesplorati della mia vita. Vissi con lei per nove anni, eppure non posso dire di averla mai conosciuta. Lei non mi voleva bene, posso affermarlo con sufficiente certezza, né io a lei. Direi che mi tollerava. Ma non mi rivolse mai una parola cattiva. E prendeva sempre le mie parti quando il mondo era contro di me. C'era... come posso definirlo? Una specie di affetto inespresso, quasi riluttante, tra noi. Io credo di non averla mai baciata, e l'unica volta che ricordo un suo abbraccio fu la notte in cui morirono i miei genitori.

Quella macchina le piacque un sacco: probabilmente le ricordava il suo vecchio spirito libero che aveva sepolto. Chiese a Donald se la portava a fare un giro, e lui le disse di saltare su. Io mi sedetti dietro mentre Donald scattava lungo la strada della scogliera fino a Skigersta, con le braci che volavano dalla sigaretta di mia zia, la quale insisteva nel tentare di fumare. I capelli svolazzavano scoprendole il viso, rivelando cosí la sua struttura fragile, ossuta, la pelle percorsa da rughe e tirata come una maschera mortuaria. E tuttavia non credo di averla mai vista cosí felice. Quando tornammo a casa era raggiante, e penso che una parte di lei avrebbe voluto venire con noi. Quando mi girai a guardare, mentre la macchina scorreva oltre il ciglio della collina verso Crobost, lei era ancora lí che ci seguiva con lo sguardo.

Raccattammo Iain e Seonaidh e qualche altra birra in fondo alla collina e ci dirigemmo a sud verso Great Bernera. Fu un viaggio fantastico lungo la costa ovest, con il vento caldo che ci sferzava la faccia e il sole cocente sulla pelle. Non avevo mai visto l'oceano cosí calmo, scintillava verso la foschia dell'orizzonte. Una lieve increspatura, come una respirazione lenta e costante, era l'unico movimento percettibile. I bambini ci salutavano con la mano, villaggio dopo villaggio. Siadar, Barvas, Shawbost, Carloway, e alcuni anziani stavano a guardarci con stupore, pensando di sicuro che fossimo turisti dalla terraferma, pazzi arrivati di là dall'acqua nel ventre della *Suilven*. I menhir di Callanais si ergevano schierati nel loro profilo silenzioso contro il cielo occidentale, un altro dei misteri della vita che era improbabile saremmo mai riusciti a svelare.

Quando trovammo il molo presso la punta nord-est di Great Bernera, il sole calava nel cielo e inondava l'oceano con il suo abbagliante oro liquido. Vedevamo Eilean Beag bassa nell'acqua ad appena duecento metri dalla riva. Non era lunga piú di un chilometro, e larga forse tre o quattrocento metri. Il capanno era vicino alla riva e c'erano già diversi falò accesi in vari punti lí intorno e lungo la spiaggia, e il fumo era sospeso sopra l'isola nell'aria ferma. Vedevamo figure che si muovevano, e la musica arrivava nitida attraverso lo stretto.

Scaricammo la birra dalla macchina e Donald parcheggiò sulla riva accanto a parecchie altre decine di auto. Seonaidh suonò la campanella sul molo e pochi minuti dopo qualcuno salí su una barca a remi per venire a prenderci.

Eilean Beag è un'isola piatta, funge da pascolo estivo per le pecore, ma ha una spiaggia di sabbia fina lungo il margine meridionale, e un'altra spiaggia di ghiaia lungo il lato a nord-ovest. Ci doveva essere un centinaio di persone, quella notte. Non conoscevo quasi nessuno. Pensai che molti di loro probabilmente venivano dalla terraferma. Si stavano raccogliendo in gruppi animati di amici e conoscenti, ognuno con il proprio fuoco, ognuno con la propria musica che usciva martellante dai radioregistratori. L'aria era piena dell'odore di carne e pesce alla brace. Le ragazze avvolgevano cibo nella carta stagnola per seppellirlo nella brace. Anche se non avevo idea di chi fosse il festeggiato, tutto sembrava molto ben organizzato. Quando toccammo terra, Donald mi diede una pacca sulla schiena e disse che ci saremmo rivisti piú tardi. Aveva un appuntamento con dieci grammi di fumo. Io, Iain e Seonaidh impilammo le birre con il resto degli alcolici nel capanno, e ci aprimmo delle lattine. Trovammo dei ragazzi che conoscevamo dalla scuola e passammo un paio d'ore a bere, parlare e mangiare pesce e pollo presi direttamente dal fuoco.

La notte calò all'improvviso, il buio ci colse di sorpresa. Il cielo brillava ancora rosso a ovest e i falò vennero alimentati con nuova legna per dare piú luce. Non so perché, ma con il buio mi prese una certa malinconia. Forse ero troppo felice e sapevo che non poteva durare. Forse sentivo che era la mia ultima estate a Lewis, anche se allora non sapevo che ci sarei tornato solo una volta, per un funerale. Aprii una lattina fresca e vagai tra i falò disposti lungo la riva, intorno ai quali si raccoglievano volti vivaci che riflettevano la luce, e ridevano, bevevano, fumavano. All'odore di fumo di legna e grigliata ora si mescolava il profumo dolce, legnoso di marijuana. Dal bordo dell'acqua, alzai lo sguardo su un cielo libero da ogni inquinamento luminoso, e mi sentivo pieno di meraviglia per la sua vasta volta stellata, nera come l'inchiostro. Ci sono momenti in cui si guarda il cielo e si sente che tutto ruota intorno a noi, e altri in cui ci si sente infinitamente piccoli. Quella notte mi sentii come un infimo granello di polvere nella storia dell'infinito.

– Ehi, Fin! – Mi girai sentendo il mio nome e vidi Donald accanto al falò piú vicino con altri ragazzi. Aveva il braccio intorno a una ragazza, e anche gli altri sembravano per lo piú accoppiati. – Che diavolo ci fai là fuori da solo al buio? Vieni qui con noi.

A essere sincero, non ne avevo davvero voglia. Stavo sguazzando un po' nella mia malinconia, mi godevo la solitudine. Ma non mi piace essere scortese. Mentre entravo nel cerchio di luce intorno al fuoco, Donald stava sbaciucchiando la sua ragazza, e si interruppe quando si accorse che ero lí. Solo allora notai che la ragazza era Marsaili, e sentii una piccola scossa di gelosia attraversarmi il corpo. Sono sicuro di essere arrossito, ma la luce del fuoco mascherava il mio imbarazzo.

Marsaili mi sorrise, arrogante, con uno sguardo freddo e calcolatore. – Guarda un po' chi c'è, il nostro guardone.

– Guardone? – Donald aveva un sorrisino perplesso. Doveva essere l'unico ragazzo di Ness a non aver sentito la storia. Forse era sulla terraferma per prendere la Peugeot rossa decappottabile. Cosí Marsaili gliela raccontò, anche se non proprio come l'avrei fatto io, e Donald rise cosí tanto che pensavo stesse per soffocare.

– Ragazzi, questa è impagabile. Siediti, cazzo, fatti uno spinello con noi e rilassati un po'.

Mi sedetti, ma rifiutai con un gesto l'offerta dello spinello. – Nah, preferisco continuare con la birra.

Donald mi guardò con l'aria di chi la sa lunga e scosse la testa. – Non sarai mica vergine con l'erba?

– Vergine con tutto, probabilmente, – disse Marsaili.

Io arrossii di nuovo, grato per il buio e il fuoco. – Certo che no –. Invece era cosí. E, come Marsaili sospettava, sotto vari aspetti.

– Quindi non raccontarmi la cazzata della birra, – disse Donald. – Fumi con noi, giusto?

Alzai le spalle. – Certo –. E mentre bevevo dalla lattina, lo guardai arrotolare con dovuta cautela quella che adesso chiamano una canna: uní quattro cartine da sigaretta, sparpagliò il tabacco al centro e poi vi sbriciolò sopra la resina scaldata con l'accendino.

Infilò una striscia di cartone in fondo e preparò una sigaretta lunga, leccò la colla della cartina e poi chiuse l'altra estremità girandone la punta. La accese da quella parte, con una forte tirata, aspirò una grossa nube di fumo nei polmoni e se lo tenne dentro, mentre passava lo spinello a Marsaili. Marsaili aspirò, e intanto Donald buttò fuori e disperse il fumo nella notte, e io ne vidi l'effetto quasi istantaneo: la calma che scendeva su di lui come un sudario che usciva dal buio. Marsaili passò lo spinello a me, con l'imboccatura bagnata della sua saliva. Ogni tanto fumavo qualche sigaretta, quindi non pensavo mi sarei reso ridicolo rischiando di soffocare mentre aspiravo. Ma non mi aspettavo che il fumo fosse cosí caldo, e dai polmoni mi esplose in gola un attacco di tosse. Quando ripresi il controllo, vidi che Marsaili e Donald mi guardavano con sorrisi maliziosi. – Mi ha preso la trachea, – dissi.

– Allora fai un altro tiro, – mi disse Donald, e non ebbi altra scelta che riprovare. Riuscii a trattenere il fumo nei polmoni per circa dieci secondi e ripassai lo spinello a Donald, prima di espirare lentamente.

Certo, dovevo immaginare che ridacchiando avrei tradito la mia verginità. Passai i quindici minuti successivi ridendo di tutto e di tutti. Era incredibile quanto quel che mi circondava fosse divertente: un commento, uno sguardo, una risata dal falò vicino. Bastava qualsiasi cosa a scatenarmi. Donald e Marsaili mi guardavano con il distacco rilassato dei fumatori esperti, finché l'attacco di ridarella si placò. Dopo un secondo spinello mi sentii estremamente sciolto, fissavo le fiamme e vedevo tutti i tipi di risposte a quelle domande sulla vita che ai giovani piace tanto farsi. Risposte che sono inafferrabili come le fiamme stesse, e la mattina dopo al risveglio non si ricordano mai.

Mi accorsi solo in parte di qualcuno che chiamava dalla spiaggia e di Donald che si alzava in piedi e se ne andava leggero sulla sabbia. Quando mi guardai intorno, vidi che anche la maggior parte degli altri ragazzi attorno al nostro fuoco si era allontanata, e solo io e Marsaili eravamo rimasti lí seduti. Non sedevamo abbastanza vicini da toccarci, ma lei mi guardava con un'espressione decisamente strana.

– Vieni qui –. Diede un colpetto sulla sabbia accanto a lei.

Come un cagnolino obbediente, mi spostai fino a riempire con il sedere l'incavo creato dalla sua mano sulla sabbia. Sentii la mia coscia toccare la sua e il calore del suo corpo accanto al mio.

– Tu sei un gran farabutto, lo sai? – Ma aveva una voce dolce, e senza rancore. Certo, sapevo di esserlo, quindi non osai contraddirla. – Mi hai rubato il cuore quando ero troppo piccola per capirci qualcosa, e poi mi hai scaricata e umiliata –. Cercai di sorridere, ma sono sicuro che mi venne fuori una smorfia orribile. Lei mi guardò seria e scosse la testa. – Non so perché provo ancora questi sentimenti per te.

– Quali sentimenti?

Lei si chinò, e con la stessa mano che aveva usato per schiaffeggiarmi, mi girò il viso verso il suo e mi baciò. Un bacio a bocca aperta, lungo, morbido, che mi scatenò tremiti in tutto il corpo e mi fece accorrere il sangue all'inguine.

Quando finalmente ebbe finito, mi disse: – *Questi* sentimenti –. Si sedette per un attimo a guardarmi, poi si alzò e mi prese la mano. – Vieni.

Camminammo tra i fuochi tenendoci per mano, i volti che passavano sfocati, le canzoni che si mescolavano l'una con l'altra, le voci che mormoravano dolcemente nella notte, gli scoppi di risa. La consapevolezza di tutto ciò che avevo intorno era accentuata: il suono del mare, la densità della notte, la vicinanza delle stelle, come le punte di aghi bianchi e caldi che si potevano raggiungere e toccare, pungendosi le dita. Ero consapevole anche della mano calda di Marsaili nella mia, della morbidezza della sua pelle mentre ci fermavamo piú volte per un altro bacio e i suoi seni mi premevano dolcemente sul petto, e del pene turgido che mi tirava i jeans, premendomi sulla pancia. Sentii la sua mano scivolare in giú per racchiudermi l'erezione.

Quando arrivammo, la stanza principale del capanno era vuota, il pavimento di terra era disseminato di lattine di birra vuote, di casse di alcolici impilate e di sacchi con l'immondizia della grigliata. Marsaili aveva l'aria di sapere dove andare e mi condusse a una porta in fondo alla sala. Quando la raggiungemmo, la porta si aprí e una coppia, non molto piú adulta di noi, ne uscí ridacchiando e ci sfiorò, ignara della nostra presenza. La stanza sul retro era molto piú piccola, illuminata da candele sparse lungo la parete. L'aria era pesante, con il profumo di erba e cera sciolta e l'odore dei corpi umani. Qualcuno aveva gettato un telone impermeabile sul pavimento e lo aveva ricoperto di plaid, cuscini e sacchi a pelo aperti a mo' di trapunte.

Marsaili si accoccolò su uno dei tappeti, tenendomi ancora per mano, e mi tirò in modo da farmi sedere accanto a lei. Quasi prima che toccassi il pavimento, mi aveva già spinto a terra; quindi rotolò sopra di me e mi baciò con una ferocia che non avevo mai provato prima. Poi si sedette a cavalcioni sulla mia pancia, si raddrizzò per togliersi la maglia e quei bei seni dai capezzoli rosa che avevo visto in spiaggia si liberarono. Io raccolsi nelle mani a coppa quella carne dolce e soda, e sentii i suoi capezzoli che si indurivano contro la mia pelle. Lei si chinò e mi aprí i jeans, togliendomi quel vincolo, e la mia inerzia da hashish fu interrotta da una minuscola fitta di paura.

– Marsaili, avevi ragione, – sussurrai.

Lei mi guardò. – In che senso?

– Non l'ho mai fatto –. Non avrei mai ammesso una cosa del genere alla fredda luce del giorno.

Lei rise. – Non ti preoccupare. Io sí.

Inspiegabilmente, mi punse l'indignazione e mi rizzai a sedere. – Con chi?

– Non sono affari tuoi.

– Artair? – Chissà perché, per me era molto importante che non fosse Artair.

Sospirò. – No, non Artair. Se proprio vuoi saperlo, è stato con Donald.

In un certo senso ero sorpreso, ma anche sollevato. E confuso. Presumo che la birra e l'erba, e tutto il resto che mi stava succedendo quella sera, avessero cospirato per togliermi il senno. E ci si era messa anche la gelosia. Cedetti alla maggior esperienza di Marsaili. Non ricordo molto di quella prima volta. Solo che mi parve velocissima. Ma, come scoprii in seguito, quell'estate avremmo avuto molte altre occasioni per praticare e perfezionare la nostra tecnica.

Mentre ci rivestivamo a fatica la porta si spalancò, ed ecco Donald sorridente, con una ragazza per ciascun braccio. – Per l'amor di Dio, non avete ancora finito, voi due? C'è una coda pazzesca qui fuori.

Dieci

Il ticchettio della tastiera riempiva il silenzio nella camera da letto buia. Lo schermo rifletteva la sua luce sul volto pallido di Fin, la concentrazione raccolta nel cipiglio intorno agli occhi e sul dorso del naso. Quegli esami erano cosí importanti. Tutto dipendeva dal loro esito. Il resto della sua vita. Concentrati, concentrati. Non distrarti. Un movimento percepito con la coda dell'occhio lo fece voltare, e si sentí la pelle d'oca sulle braccia e le spalle. Era tornato. Quell'uomo inverosimilmente alto con la giacca a vento col cappuccio, i capelli unti e lunghi sulle orecchie. In piedi sulla soglia, come l'altra volta, la testa china contro il soffitto, le mani grandi che penzolavano lungo i fianchi. Questa volta le sue labbra si muovevano, come se stesse cercando di dire qualcosa. Fin si protese ad ascoltare, ma dalla sua bocca non provenivano parole, solo l'odore acre di tabacco stantio in un alito talmente fetido che sembrava riempire la stanza.

Fin si svegliò di soprassalto, con la puzza di un alito intriso di alcol stantio in faccia. La luce del giorno entrava dalle tende sottili, trapelando intorno agli orli. Il viso gonfio e stanco di Artair aleggiava su di lui: l'amico gli scuoteva la spalla con una mano. – Fin, che cazzo, svegliati, Fin.

Fin scattò a sedere, ansimando, disorientato, ancora spaventato. Dove diavolo era? Poi lo sguardo gli cadde sul tavolino piegato contro il muro e la macchia di caffè a forma di Cipro. Alzò gli occhi al soffitto e vide la sula in volo. – Gesú! – Era ancora senza fiato.

Artair si tirò indietro, guardandolo con curiosità. – Stai bene?

– Sí. Bene. Sto bene. Era solo un incubo –. Fin aspirò una profonda boccata di aria calda e acida. – Che ore sono?

– Le sei.

Aveva dormito a malapena, girandosi spesso a guardare il display dell'orologio sul comodino. Due. Due e tre quarti. Tre e un quarto. Tre e cinquanta. L'ultima volta che aveva guardato erano quasi le cinque. Si era assopito per un'ora o giú di lí.

– Dobbiamo andare adesso, – disse Artair.

Fin era confuso. – A quest'ora?

– Io e Fionnlagh dobbiamo scendere a Port of Ness prima che io vada al lavoro. Aiutiamo i ragazzi a caricare il camion con i rifornimenti per An Sgeir.

Fin spinse via la trapunta e mise le gambe fuori dal letto. Si stropicciò gli occhi stanchi. – Dammi un minuto per vestirmi.

Ma Artair non accennava ad andarsene. Fin alzò lo sguardo e vide che il suo vecchio compagno di scuola lo guardava fisso, con una strana espressione negli occhi. – Senti, Fin. Quello che ti ho detto ieri sera... Ero ubriaco, okay? Dimenticatelo.

Fin ricambiò lo sguardo. – Era vero?

– Ero ubriaco.

– In vino veritas.

Artair perse la pazienza. – Senti, ero sbronzo marcio, va bene? Non ha avuto importanza per diciassette anni, perché cazzo dovrebbe averne ora? – Fin sentí il catarro che gli crepitava in gola, mentre si voltava bruscamente e usciva dalla stanza. E lo sentí aspirare due volte dall'inalatore nel corridoio che lo portava con passi rabbiosi verso il salotto.

Fin si vestí, in bagno si spruzzò il viso con acqua fredda, e nello specchio vide due occhi iniettati di sangue che lo guardavano. Aveva un aspetto terribile. Si strizzò un po' di dentifricio sul dito e si strofinò i denti e le gengive, sciacquandosi la bocca per cercare di sbarazzarsi del saporaccio della sera prima. Si chiedeva come sarebbe riuscito ad affrontare Fionnlagh alla fredda luce del giorno, sapendo quel che sapeva ora. Si guardò allo specchio e distolse rapidamente lo sguardo. Riusciva sí e no ad affrontare se stesso.

L'Astra era al minimo sulla strada sopra la casa. Il rombo del motore che usciva dallo scarico sembrava spompato, proprio come Fin. Artair era seduto imbronciato al volante, Fionnlagh dietro con il cappuccio della felpa tirato su, le mani tra le ginocchia, il viso gonfio per la mancanza di sonno. Eppure, il tempo per mettersi il gel nei capelli lo aveva trovato. Fin si infilò sul sedile del passeggero e si guardò alle spalle. – Ciao, – disse solo, guardando davanti a sé e sentendosi disperatamente inadeguato mentre faceva scattare la cintura di sicurezza nella chiusura.

Artair ingranò rumorosamente la marcia e rilasciò il freno a mano, e l'auto scese vacillando giú per la strada. Fin era abbastanza sicuro che, se l'avessero fermato, Artair non avrebbe superato il test con l'etilometro.

Il cielo era plumbeo, ma non aveva l'aria di piovere. Da qualche parte lontano sul mare, il sole usciva obliquo da uno squarcio invisibile tra le nubi, come un riflettore che proiettasse un cerchio illuminato sull'acqua. Un forte vento strattonava l'erba estiva. Mentre oltrepassavano la chiesa, e l'Astra percorreva sobbalzando la strada a una sola corsia, diretta verso quella principale, scorsero tutto il paese fino a Port.

Fin trovava quasi insopportabile il silenzio in macchina. Senza voltarsi, disse a Fionnlagh: – Allora, come è andata poi con il computer?

– Alla grande –. Fin aspettava che proseguisse. Ma niente.

Artair disse: – Non è entusiasta di andare ad An Sgeir.

Fin si girò a guardare il ragazzo. – Perché?

– Non è il mio ambiente. Non mi piace uccidere.

– Ha l'animo sensibile, – disse sprezzante Artair. – Gli farà bene, diventerà un uomo.

– Come ha fatto bene a noi?

Artair gettò a Fin uno sguardo di disprezzo, poi fissò di nuovo lo sguardo sulla strada. – Un rito di passaggio, ecco cos'è. I ragazzi diventano uomini. Nessuno ha mai detto che era facile.

Non c'erano poliziotti in servizio a Port of Ness. Forse avevano pensato che non fosse piú necessario, o magari non credevano che qualcuno potesse alzarsi cosí presto. Il nastro della polizia che chiudeva la strada era stato tirato da parte e avvolto attorno a un cono spartitraffico arancione. La strada stretta scendeva tortuosa verso il porto, e Fin vide un camion accostato alla banchina e sette o otto auto ferme accanto alla rimessa per le barche. L'area era ancora delimitata dal nastro giallo e nero che svolazzava al vento e, dopo aver parcheggiato e averlo oltrepassato, ognuno di loro gettò uno sguardo all'interno. Un uomo era stato ucciso proprio lí. Un uomo che conoscevano. E ognuno di loro era stato toccato dalla sensazione che in qualche modo l'ombra di Angel Macritchie indugiasse ancora lí, come un fantasma incapace di riposare fino a quando il suo assassino non fosse stato scoperto.

La sua presenza si faceva sentire anche tra i dieci uomini riuniti intorno al camion, per quanto solo tramite la sua assenza. Era stato uno di loro per diciotto anni, e avrebbe dovuto essere tra loro quel giorno, per aiutare a caricare le provviste accatastate lungo il molo, i sacchetti di torba per alimentare il fuoco, l'acqua potabile in fusti di metallo, materassi, teloni, scatole di cibo, gli strumenti, una batteria per auto per garantire il collegamento radio, piú di quaranta sacchi di sale da stagionatura ammucchiati, fino a un metro di altezza, contro il muro del porto.

Fin scoprí che conosceva molti degli uomini sul molo. Alcuni di loro erano sulla cinquantina, reduci dall'annata in cui anche Fin e Artair erano andati sulla roccia, e continuavano a unirsi al pellegrinaggio annuale. C'erano uno o due coetanei di Fin conosciuti a scuola, e alcuni uomini piú giovani sui vent'anni, che Fin non conosceva. Ma c'era un legame inespresso tra tutti, costituivano una sorta di club molto esclusivo la cui appartenenza era estesa a un ristretto pugno di uomini da ben cinquecento anni. Bastava essere stati ad An Sgeir una sola volta per aspirare a essere soci, avendo dimostrato il proprio coraggio, la propria forza e la capacità di resistere alle avversità. I loro predecessori avevano fatto il viaggio in barche aperte sul mare in tempesta perché vi erano costretti, per sopravvivere, e per nutrire gli abitanti dei villaggi affamati. Ora si salpava in peschereccio per portare una prelibatezza ricercata ai ben nutriti isolani. Ma la loro permanenza sulla roccia non era meno pericolosa, né meno impegnativa di quanto lo fosse stata per tutti quelli che li avevano preceduti.

Fin salutò e strinse solennemente la mano a tutti. L'ultimo prese entrambe le mani di Fin nelle sue. Era un uomo tarchiato di altezza media, con folte sopracciglia nere sotto una testa di capelli neri, spruzzati di grigio solo qua e là. Non si imponeva per la prestanza fisica, ma era dotato di un percepibile carisma. Gigs Macaulay era sulla cinquantina ed era stato sulla roccia piú spesso di chiunque altro della squadra. Quando Fin e Artair erano stati iniziati al rito antico, lui aveva già fatto circa una quindicina di viaggi ad An Sgeir. Era quindi riconosciuto come l'implicito capo della squadra. Nella sua stretta di mano c'erano una fermezza e un calore in piú rispetto agli altri, mentre fissava Fin con occhi vivaci, di un azzurro celtico intenso. – Mi fa piacere vederti, Fin. Hai fatto strada, ho saputo.

Fin si strinse nelle spalle. – Cosí dicono.

– Se facciamo del nostro meglio, Dio non può chiederci di fare di piú –. Gli occhi guizzarono in direzione di Artair e poi si posarono di nuovo su Fin. – È passato tanto tempo.

– Sí.

– Quanti anni saranno? Diciassette, diciotto?

– Credo di sí.

– Il figlio di Artair viene con noi per la prima volta.

– Sí, lo so.

Gigs guardò il ragazzo e sorrise. – Anche se non ti servirà il gel per capelli sulla roccia, vero, figliolo? – Gli altri ridevano, e Fionnlagh arrossí, girandosi dall'altra parte per fissare in silenzio l'oceano lontano –. Gigs batté le mani. – Bene, è meglio caricare questa roba sul camion –. Guardò Fin. – Hai intenzione di darci una mano?

– Certo, – rispose Fin; si tolse il giubbotto e la giacca, gettandole su una catasta di nasse vuote, e si rimboccò le maniche.

Lavorarono con metodo, in catena di montaggio, come ogni buona squadra, passandosi i sacchi e le scatole, fino agli uomini che li impilavano sul camion. Fin si sorprese a guardare Fionnlagh, alla ricerca di qualcosa di sé nel ragazzo, un segno che fosse davvero sangue del suo sangue. Avevano colori simili, ma d'altro canto anche Marsaili era bionda, e quelli che aveva il ragazzo erano gli occhi azzurro chiaro della madre. Gli occhi di Fin erano verdi. Se c'era qualcosa di Fin in lui, forse non stava nel fisico. Forse qualcosa nel suo atteggiamento, nel suo silenzioso riserbo.

Fionnlagh sorprese Fin che lo guardava, e quest'ultimo immediatamente si girò, imbarazzato. Gigs gli lanciò un sacchetto di sale tra le braccia. Era pesante, e Fin gemette. – Era piú facile ai miei tempi, quando si doveva solo caricare il peschereccio qui a Port, – disse.

– Sí –. Gigs scosse la testa con aria grave. – Ma con il porto danneggiato i pescherecci non possono piú attraccare, cosí ora ci tocca trasportare tutto a Stornoway.

– Ma voi ragazzi salpate ancora da qui?

– La maggior parte di noi, sí. Nel gommone –. Gigs lo indicò con un cenno: era ormeggiato alla banchina, con il motore fuoribordo sollevato dall'acqua. – Andiamo incontro al peschereccio là nella baia e tiriamo a bordo il gommone. Ci serve poi ancora per traghettare tutta la roba sulla roccia.

– Allora, state per catturare l'assassino di Angel? – chiese improvvisamente a Fin uno degli uomini piú giovani, sopraffatto dalla curiosità.

– Non sono io che dirigo le indagini, – rispose Fin. – Non so proprio come stiano andando le cose.

– Sí, be', pare che ci vogliano arrivare con questo test del Dna, – disse uno degli altri.

Fin rimase sorpreso. – Lo sai già?

– Certo, – disse Gigs. – Credo che ogni uomo di Crobost abbia ricevuto una telefonata ieri dalla centrale operativa. Io devo andare alla stazione di polizia a Stornoway, o allo studio medico qui a Crobost, entro oggi, per consegnare un campione.

– Non è obbligatorio, però, – disse Fin.

Artair osservò: – Sí, ma pensi davvero che qualcuno non ci vada? Voglio dire, sembrerebbe davvero sospetto, cazzo, non ti pare?

– Io non ci vado, – disse Fionnlagh, e tutti si fermarono a guardarlo.

– Perché no? – Artair chiese.

– Perché è il primo anello di una catena –. Fionnlagh si accese in viso di una passione strana. – L'inizio di uno stato di polizia. Finiremo tutti in una banca dati da qualche parte, con il nostro Dna identificato da un codice a barre, e presto non potremo fare nulla o andare da nessuna parte senza che qualcuno sappia perché, o da dove siamo venuti, o dove abbiamo intenzione di andare. Ci ritroveremo con un mutuo o un'assicurazione sulla vita rifiutati, perché la compagnia di assicurazione pensa che rappresentiamo un rischio eccessivo. La nostra vita sarà tutta lí, nella banca dati del Dna. Tuo nonno è morto di cancro, o forse c'è una storia di malattia cardiaca nella famiglia di tua madre. Ti rifiuteranno un impiego perché il futuro datore di lavoro ha scoperto che la tua bisnonna è stata ricoverata in un reparto psichiatrico, e il tuo codice a barre somiglia un sacco al suo.

Artair guardò i visi che aveva intorno, ascoltando a bocca aperta. Le operazioni di carico del furgone si erano arrestate. – Non vorrete mica ascoltarlo? Sembra uno di quegli estremisti di sinistra. Karl Marx, cazzo. Non so da chi diavolo ha preso –. Gli occhi guizzarono un attimo verso Fin, poi si rivolse a Fionnlagh. – Tu fai il test, che ti piaccia o no.

Fionnlagh scosse la testa. – No, – disse, calmo e risoluto.

– Senti... – Artair assunse un tono piú conciliante. – Lo faremo tutti, giusto? – Si guardò in giro in cerca di sostegno. Gli altri annuirono e mormorarono in segno di assenso. – Sembrerà sospetto, cazzo, se tu non lo fai. È questo che vuoi? Sí? Vuoi far credere che sei stato tu?

Sul viso di Fionnlagh si dipinse un'aria di rassegnazione cupa. – Be', a chi l'ha ucciso dovrebbero dare una medaglia –. A Fin non sfuggí l'eco delle parole di Artair. Fionnlagh riguardò tutti i visi rivolti nella sua direzione. – Quell'uomo era un bruto e un prepotente, e scommetto che non c'è uno solo di voi in piedi su questo molo che non pensi che se lo sia meritato.

Nessuno disse una parola. E i pochi istanti di silenzio si prolungarono a mezzo minuto, interrotto solo dal rumore del vento che fischiava tra l'erba sulla scogliera. Infine, come se fosse solo per rompere il silenzio, uno degli uomini disse: – Ma fa male, questo test del Dna?

Fin sorrise e scosse la testa. – No. Prendono una specie di cotton fioc gigante e lo strisciano all'interno della guancia.

– Ah, meno male che non te lo strisciano nel culo, – disse un uomo magro con i capelli rossi e un berretto di panno, e tutti risero, felici di allentare la tensione. – Non esiste proprio che qualcuno mi ficchi un cotton fioc nel culo!

La risata fu il pretesto per ricominciare a caricare, e gli uomini ripresero a passarsi i sacchi di sale lungo la catena fino al furgone.

– Quanto ci vuole prima che arrivino i risultati delle analisi? – chiese Artair.

– Non so, – disse Fin. – Due o tre giorni, forse. A seconda del numero di campioni che prelevano. Quando contate di partire per la roccia?

– Domani, – rispose Gigs. – Forse anche stasera. Dipende dal tempo.

Fin soffiò l'aria tra i denti stretti mentre afferrava un altro sacco, e sentí la fronte imperlata di sudore. Avrebbe dovuto fare una doccia e cambiarsi, al ritorno a Stornoway. – Sapete, quello che non capisco è perché continuavate a portarlo con voi.

– Chi, Angel? – chiese Gigs.

Fin annuí. – Voglio dire, lo odiavate tutti, non è vero? Da quando sono arrivato qui non ho trovato una sola persona che avesse una buona parola per lui.

Lo spiritoso con i capelli rossi disse: – Angel era il cuoco. Era bravo –. E ci fu un mormorio di accordo.

– E chi avete preso al suo posto? – chiese Fin.

– Asterix –. Gigs indicò un omino con grossi baffoni. – Ma non glielo abbiamo chiesto. Non abbiamo mai chiesto niente a nessuno, Fin. Facciamo sapere che c'è un posto disponibile, e se qualcuno lo vuole, basta che venga e ce lo chieda –. Si interruppe, con un pesante sacco di sale che tra le sue braccia sembrava leggerissimo. – Cosí nessuno può dare la colpa a noi, se qualcosa va storto.

Quando ebbero finito di caricare il furgone, fecero una pausa per fumare, un momento collettivo di tranquillità prima che quell'adunanza improbabile di tessitori e mezzadri, elettricisti, falegnami e muratori, partisse per andare nei campi e negli altri luoghi di lavoro. Fin si allontanò lungo il molo, passando davanti ad argani arrugginiti e grovigli di rete da pesca verde. C'era calcestruzzo fresco in giro per la passerella e sulla parete, dove di recente erano stati svolti dei lavori per riparare i danni causati dalle violente mareggiate. Un grande scoglio muscoso sorgeva dall'acqua nel porto interno. Una volta, da ragazzo, Fin ci era andato con la bassa marea e si era arrampicato fino in cima, per sedervisi sopra a sorvegliare tutto quello che lo circondava. Il re del porto. Fino a quando la marea era salita e l'aveva intrappolato lassú. Aveva dovuto aspettare fino alla nuova bassa marea prima di poter scendere e tornare a casa. Perché, come la maggior parte dei ragazzi dell'isola della sua generazione, Fin non aveva mai imparato a nuotare. Quando era arrivato a casa, si era scatenato il putiferio.

– Sai, non abbiamo mai parlato come si deve di ciò che è successo quell'anno –. La voce di Gigs vicino a lui, alle sue spalle, lo fece trasalire. Fin si girò e vide che gli altri erano ancora raccolti intorno al furgone in fondo al pontile; fumavano e chiacchieravano. – Quando siamo tornati non eri nelle condizioni di parlare. E non ricordavi molto, comunque. E poi sei partito per l'università e non sei piú tornato.

– Non mi risulta che avessimo qualcosa da dirci, – rispose Fin.

Gigs si appoggiò alla cintura di salvataggio appesa al muro del porto e osservò il molo frangiflutti dall'altra parte, ora distrutto dal mare, dove una volta ormeggiava il peschereccio utilizzato per trasportare i frutti della spedizione ad An Sgeir. – In passato, centinaia di persone si radunavano lí sulla banchina, in fila lungo la strada per il villaggio, per essere sicuri di avere almeno una *guga* –. Il vento gli spingeva il fumo della sigaretta lontano dalla bocca.

– Me lo ricordo, – disse Fin, – da quando ero bambino.

Gigs piegò la testa e gli lanciò uno sguardo indagatore. – Che altro ti ricordi, Fin, della volta in cui sei venuto con noi?

– Mi ricordo che ho rischiato di morire. Non è una cosa facile da dimenticare –. Sentiva gli occhi penetranti di Gigs, come riflettori in cerca di qualche luogo oscuro nel profondo, e ne restò sconfitto.

– Qualcuno è morto davvero.

– Questo non lo scorderò mai –. L'emozione sgorgò in Fin come l'acqua in una sorgente. – Non passa giorno senza che ci pensi.

Gigs sostenne il suo sguardo per un momento, poi lo riportò verso la banchina in frantumi. – Sono stato alla roccia piú di trenta volte, Fin. E mi ricordo ogni singolo viaggio. Come le canzoni in un libro di inni religiosi, ognuno è diverso dall'altro.

– Immagino sia cosí.

– Si potrebbe pensare che, dopo trenta e passa anni che ci vado, forse un viaggio avrebbe cominciato a sembrarmi uguale a tutti gli altri; invece ricordo tutti i particolari di ciascuno come se fosse l'ultimo –. La pausa era gravida di significato. – Mi ricordo l'anno in cui sei venuto con noi come se fosse ieri –. Esitò, e aveva l'aria di soppesare le sue parole con attenzione. – Ma non se n'è mai discusso al di fuori di quelli che erano presenti.

Fin strascicò i piedi, a disagio. – Non c'erano segreti, Gigs.

Gigs girò di nuovo la testa verso di lui, con lo stesso sguardo negli occhi. Indagatore. E poi disse: – Tanto perché tu lo sappia, Fin. C'è una regola non scritta. Qualsiasi cosa succeda sulla roccia rimane sulla roccia. È sempre stato cosí, e lo sarà sempre.

Undici

La notizia che Artair e io ci saremmo uniti alla squadra che quell'anno andava ad An Sgeir rovinò la mia ultima estate sull'isola. Spuntò fuori dal nulla e mi gettò in una depressione profonda e nera.

Mancavano solo sei settimane prima della mia partenza per l'università a Glasgow, e avrei voluto passarle come le due precedenti. Io e Marsaili avevamo trascorso quasi ogni giorno insieme dal nostro incontro a Eilean Beag. Cominciavo a perdere il conto di quante volte avevamo fatto l'amore. Ci capitava di farlo con la ferocia e la passione di chi teme di non averne piú l'occasione: era stato cosí la volta in cui eravamo stati assieme nel fienile, in alto tra le balle, dove Marsaili mi aveva rubato il primo bacio tutti quegli anni prima. Altre volte lo facevamo con un lento, languido appagamento, come se credessimo che quei giorni idilliaci di estate, sole e sesso non sarebbero finiti mai.

Non sembrava possibile, allora, che finissero. Anche Marsaili era stata ammessa alla Glasgow University e avevamo davanti altri quattro anni insieme. Eravamo andati a Glasgow la settimana precedente a cercare una stanza. Avevo raccontato a mia zia che ci andavo con Donald, per quanto non le importasse molto con chi passassi il mio tempo. I genitori di Marsaili erano convinti che con lei ci fosse un gruppo di compagni di scuola. Per due notti alloggiammo in un bed and breakfast: stavamo a letto tutta la mattina, avvinghiati l'uno all'altra fino a quando la padrona di casa non ci buttava fuori. Immaginavamo che, una volta cominciata l'università, ogni giorno sarebbe stato come quello, condividendo lo stesso letto, facendo l'amore ogni notte. Una tale felicità sembrava quasi impossibile. Certo, ora so bene che lo era.

Ci trascinammo per ore attraverso tutto il West End, seguendo gli annunci sul giornale, usando un elenco che ci aveva dato l'università, controllando i suggerimenti di altri studenti incontrati nei bar di Byres Road la sera prima. La fortuna ci arrise. Una stanza tutta nostra, in un grande appartamento in stile edoardiano in Highburgh Road, da condividere con altri sei compagni. Primo piano, palazzo in arenaria rossa, vetrate, pannelli in legno. Non avevo mai visto niente di simile. Era tutto cosí straordinariamente esotico. Pub aperti fino a tardi, ristoranti cinesi, italiani, indiani, gastronomie aperte fino a mezzanotte, drogherie ventiquattr'ore su ventiquattro, negozi, pub, ristoranti aperti di domenica. Sembrava incredibile. Immaginavo quanto mi sarei sentito felicemente fuorilegge a comprare il giornale della domenica il giorno stesso, e a leggerlo in un pub davanti a un boccale di birra. Allora, sull'isola, non avevo mai visto un giornale della domenica prima del lunedí.

Quando tornammo a Lewis l'idillio continuò, nonostante ora ci fosse un pizzico di insofferenza. Per quanto entrambi saremmo stati felici se quell'estate fosse durata per sempre, allo stesso tempo non vedevamo l'ora che arrivasse il momento di partire per Glasgow. La grande avventura della vita si apriva davanti a noi e a momenti desideravamo che la nostra gioventú finisse, tanto avevamo fretta di intraprenderla.

La sera prima di ricevere la notizia di An Sgeir, io e Marsaili andammo giú alla spiaggia di Port of Ness. Attraversammo al buio le rocce all'estremità meridionale, fino a una lastra di gneiss nero reso liscio dai secoli, riparato dal resto del mondo da strati di roccia che pareva tagliata a fette giganti, raddrizzate e poi ribaltate per stenderle in pile inclinate. Sopra di noi la scogliera saliva verso un cielo notturno di infinite possibilità. La marea era bassa, ma si sentiva il respiro del mare delicato sulla riva. Un vento caldo scuoteva l'erica seccata dal sole che cresceva in grumi di terra su ripiani e balze. Stendemmo il sacco a pelo che ci eravamo portati, ci spogliammo, ci sdraiammo alla luce delle stelle e facemmo l'amore con movimenti lunghi e lenti, a tempo con il battito del mare, in armonia con la notte. Quella fu l'ultima volta in cui tra noi ci fu amore vero, e la dolce intensità della situazione risultò quasi insopportabile, lasciò entrambi deboli e senza fiato. Nudi, scivolammo sulle rocce fino alla sabbia dura e piatta lasciata dalla marea, l'attraversammo di corsa fino al punto in cui l'acqua spandeva il chiaro di luna sulla spiaggia, e danzammo tra le onde che si infrangevano, mano nella mano, strillando quando l'acqua fredda ci bruciava la pelle.

Quando tornammo al sacco a pelo, ci asciugammo a vicenda e ci vestimmo, battendo i denti dal freddo. Presi tra le mani la testa di Marsaili, con i capelli d'oro ancora arruffati e gocciolanti, e le diedi un bacio lungo e profondo. Quando mi staccai, la guardai fisso negli occhi e aggrottai la fronte: per la prima volta mancava qualcosa.

– Che cosa hai fatto agli occhiali?

Lei sorrise. – Mi sono messa le lenti a contatto.

È difficile ricordare ora il motivo preciso della mia reazione cosí violenta all'idea di andare ad An Sgeir a caccia di *guga*, anche se mi vengono in mente molte ragioni plausibili.

Non ero un ragazzo particolarmente atletico e sapevo che la vita su An Sgeir sarebbe stata durissima, fisicamente estenuante, piena di pericoli e disagi.

Non gradivo la prospettiva di massacrare duemila uccelli. Come la maggior parte dei miei coetanei, mi piaceva il gusto della *guga*, ma non avevo alcun desiderio di scoprire come mi arrivava nel piatto.

Avrei dovuto stare lontano da Marsaili per due settimane intere, o anche di piú. A volte il clima bloccava i cacciatori sulla roccia per un numero di giorni maggiore del previsto.

Ma c'era anche dell'altro. Mi sembrava un po' come ricadere in quel buco nero da cui ero appena emerso. Non saprei davvero spiegare il perché. Ma fu proprio cosí che andarono le cose.

Ero sceso a casa di Artair per chiedere come stava sua madre. L'avevo visto molto poco in quelle ultime settimane. E lo trovai seduto su un vecchio pneumatico da trattore vicino alla catasta di torba, che guardava di là dal Minch verso la terraferma. Non me n'ero accorto prima, ma i monti del Sutherland si stagliavano chiari e nitidi contro l'azzurro pastello del cielo, e capii che il tempo stava per peggiorare. Dall'espressione sul viso di Artair temetti brutte notizie su sua madre. Mi sedetti sullo pneumatico accanto a lui.

– Come sta tua madre?

Si girò e mi lanciò un lungo sguardo spento, come se fossi trasparente.

– Artair...?

– Cosa? – Era come se si fosse appena svegliato.

– Come sta tua madre?

Si strinse nelle spalle, sprezzante. – Oh, lei sta bene. Meglio di prima.

– Ottimo –. Aspettai e, visto che non diceva altro, aggiunsi: – Allora, cosa c'è che non va?

Estrasse di tasca l'inalatore, stringendolo in quel suo modo caratteristico, coprendosi la faccia a metà, premendo verso il basso la cartuccia d'argento e succhiando il beccuccio. Ma non ebbe il tempo di dirmelo: sentii una porta che si chiudeva dietro di noi e la voce di suo padre che gridava dalla soglia. – Fin, Artair ti ha già dato la bella notizia?

Mi voltai mentre il signor Macinnes si avvicinava. – Che notizia?

– Ci sono due posti liberi per il viaggio ad An Sgeir quest'anno. Ho convinto Gigs Macaulay a portarvi con noi.

Se mi avesse schiaffeggiato con tutta la sua forza, dubito che avrei potuto essere piú sbalordito di cosí. Non sapevo cosa dire.

Il sorriso del signor Macinnes scomparve. – Be', non mi sembri troppo contento –. Guardò suo figlio e sospirò. – Proprio come Artair –. E scosse la testa, irritato. – Non vi capisco, ragazzi. Avete idea di quale onore sia essere invitati per andare alla roccia? È un momento di grande cameratismo e solidarietà. Partirete ragazzi e tornerete uomini.

– Non voglio andarci, – dissi.

– Non essere ridicolo, Fin! – Il papà di Artair era assolutamente sprezzante. – Gli anziani del villaggio sono d'accordo, la squadra ti ha accettato. È ovvio che ci vai. Che figura da stupido ci farei se tu te ne tirassi fuori adesso? Mi sono fatto in quattro perché vi accettassero. Quindi ci andrete. Fine del discorso –. Si girò e tornò verso casa.

Artair mi guardò appena, e non servirono le parole per sapere che condividevamo gli stessi sentimenti. Nessuno dei due voleva restare lí, nel caso in cui il signor Macinnes fosse uscito di nuovo, cosí ci dirigemmo lungo la strada fuori dal paese verso la casa di mia zia e il porticciolo di sotto. Era uno dei nostri luoghi preferiti, di solito tranquillo, con i barchini in secca lungo un lato del ripido scivolo di alaggio, e il piccolo molo ai suoi piedi che si affacciava sulle limpide acque verdi sotto la piega della scogliera che proteggeva il porto. Ci sedemmo insieme sul bordo del molo vicino all'angolo con la gru per l'alaggio, a guardare il movimento dell'acqua che distorceva i granchi dentro le nasse, tenute sott'acqua dai pescatori di crostacei finché il prezzo non saliva. Non so per quanto tempo restammo lí seduti in silenzio, proprio come facevamo dopo le ripetizioni che mi dava suo padre, ad ascoltare il rumore del mare che saliva e scendeva, risucchiando le rocce che affioravano nere e luccicanti dal pelo dell'acqua, e le grida lamentose dei gabbiani sopra la scogliera. Ma, alla fine, dissi: – Io non ci vado.

Artair mi rivolse uno sguardo addolorato. – Non puoi mollarmi da solo, Fin.

Scossi la testa. – Mi dispiace, Artair, dipende da te. Ma io non ci vado, e nessuno mi può obbligare a farlo.

Se mi aspettavo di trovare un alleato in Marsaili, andai incontro a una forte delusione.

– Perché non vuoi andarci?

– Perché no.

– Be', non è esattamente un motivo, ti pare?

Detestavo il modo che aveva Marsaili di applicare la logica a situazioni puramente emotive. Il fatto che non ci volessi andare avrebbe dovuto essere un motivo sufficiente. – Non ho bisogno di una ragione.

Eravamo nella stalla, in alto tra le balle di fieno. C'erano coperte e una scorta di birra, e pensavamo di fare l'amore ancora una volta, quella sera, alla faccia degli acari dei mietitori.

– In tutta Ness ci sono ragazzi della tua età che darebbero qualsiasi cosa per avere la possibilità di andare alla roccia, – disse. – Tutti provano grande rispetto per chi ci va.

– Sí, certo. Uccidere un sacco di uccelli indifesi è un ottimo modo di guadagnarsi rispetto.

– Hai paura?

Negai recisamente. – No, non ho paura! – Anche se forse non era del tutto vero.

– Però è quello che penserà la gente.

– Non mi interessa cosa pensa la gente. Non ci vado, basta.

Negli occhi di Marsaili c'era uno strano miscuglio di comprensione e di frustrazione: comprensione, credo, per l'evidente forza del mio sentimento, frustrazione per il mio rifiuto di spiegarle il perché. Scosse la testa delicatamente. – Il papà di Artair...

– Non è mio padre, – la interruppi. – Non può costringermi ad andare. Trovo Gigs e glielo dico io –. Mi alzai, e lei rapidamente mi afferrò la mano.

– Fin, non lo fare. Ti prego, siediti. Parliamone.

– Non c'è niente di cui parlare –. Era questione di giorni prima della partenza. Credevo che avrei ottenuto il sostegno morale di Marsaili, per rafforzare in me una decisione che poteva avere delle conseguenze. Sapevo che cosa avrebbe detto la gente. Sapevo che gli altri ragazzi avrebbero sussurrato che ero un vigliacco, che stavo disertando una tradizione di cui tutti andavano fieri. Se si veniva accettati per An Sgeir, bisognava avere una ragione dannatamente buona per tirarsi indietro. Ma non mi importava. Stavo per abbandonare l'isola, sfuggendo alla claustrofobia della vita di villaggio, al pettegolezzo e alla meschinità, a chi serbava rancori. Non avevo bisogno di un motivo. Ma ovviamente Marsaili era convinta del contrario. Mi diressi verso l'apertura tra le balle di fieno; poi mi fermai improvvisamente, colto da un pensiero. Mi voltai. – Ma tu pensi che abbia paura?

Esitò un po' troppo a lungo prima di rispondere. – Non lo so. So solo che ti comporti in modo strano.

E questo fu la spinta che mi bastava. – Be', allora vattene 'affanculo –. Saltai giú sulle balle piú in basso e mi precipitai fuori dalla stalla nella luce calante del tramonto.

Il podere era uno dei molti sulle pendici piú basse sotto Crobost, una stretta striscia di terra che scendeva verso le scogliere. Gigs allevava pecore e galline, e un paio di mucche, e coltivava orzo e radici commestibili. Pescava anche, ma piú per il consumo familiare che per la vendita, e non sarebbe riuscito a sbarcare il lunario se non fosse stato per il lavoro part-time di sua moglie come cameriera in un albergo a Stornoway.

Quando fui di ritorno da Mealanais ormai si era fatto buio, e mi sedetti sulla collina sopra il podere dei Macaulay a guardare l'unica luce accesa alla finestra della cucina. La luce gettava un lungo riflesso sul cortile e vidi un gatto che lo attraversava per seguire qualcosa nel buio. Era come se il mio petto racchiudesse un uomo intrappolato con una mazza che cercava di uscire. Mi sentivo malissimo.

C'era ancora luce nel cielo lontano a ovest, lunghe strie pallide tra le file di nuvole grigio-violette. Nessuna traccia di rosso, il che non era un buon segno. Mi voltai a guardare la luce che sbiadiva e sentii freddo per la prima volta da settimane. Il vento aveva girato. La brezza tiepida e quasi mite da sud-ovest aveva invertito la direzione e ora portava con sé un brivido che scendeva dritto dall'Artico. La velocità del vento aumentava, e lo sentivo fischiare tra l'erba secca. Il tempo stava per cambiare. Quando guardai di nuovo verso il podere, vidi l'ombra di una figura alla finestra della cucina. Era Gigs. Stava lavando i piatti. Non c'era nessuna macchina nel vialetto, quindi la moglie non era ancora tornata dalla città. Chiusi gli occhi, serrai i pugni e presi la mia decisione.

Impiegai solo pochi minuti per scendere la collina fino al podere ma, appena raggiunsi la strada, un paio di fari spuntarono all'improvviso dalla salita e spazzarono tutta la brughiera nella mia direzione. Mi accucciai dietro lo steccato, accovacciato tra le canne, e guardai la macchina che si infilava nel vialetto e parcheggiava fuori dal podere. Ne uscí la moglie di Gigs. Era giovane, sui venticinque anni. Una bella ragazza, ancora in camicetta bianca e gonna nera. Sembrava stanca e si trascinò fino a spingere la porta della cucina. Dalla finestra vidi Gigs che la stringeva a lungo e poi la baciava. Ero molto deluso. Non potevo discutere di quell'argomento con Gigs quando c'era sua moglie. Mi alzai dall'erba alta, saltai la recinzione e sprofondai le mani in tasca, diretto verso la rivendita illegale di alcolici, il *bothan* come lo chiamavano a Lewis, sulla strada di Habost.

Erano rimasti pochi *bothan* ancora in funzione dopo la decisa repressione che aveva attuato la polizia. Non ho mai capito quale fosse il problema: saranno anche stati senza licenza, ma non avevano mai fini di lucro. Erano solo luoghi dove gli uomini si ritrovavano per bere qualcosa. Ma per quanto fossero illegali, io ero ancora minorenne e non mi avrebbero lasciato entrare. Vigeva ancora uno strano senso della morale. Il che non significava, però, che mettere le mani su qualcosa di alcolico fosse impossibile. Nella baracca di pietra dietro il *bothan* trovai una specie di riunione dei miei coetanei, seduti intorno a scheletri di vecchie macchine agricole, che tracannavano lattine di birra. In cambio di soldi e sigarette, alcuni dei ragazzi piú grandi ogni tanto uscivano a portare da bere a noi nella baracca, trasformandola in una specie di *bothan* dei minorenni. Qualcuno aveva acquistato un po' di confezioni da sei, e l'aria era densa dell'odore di marijuana e del concime della stalla vicina. Alle travi era appesa una lampada a cherosene, cosí bassa che, se non si prestava attenzione, ci si sbatteva la testa.

C'erano Seonaidh, e Iain, e alcuni altri ragazzi che conoscevo da scuola. Io ero proprio depresso e avevo solamente l'intenzione di ubriacarmi. Cosí cominciai a versarmi birra in gola a fiotti. Naturalmente, tutti avevano sentito dire che io e Artair saremmo andati sulla roccia. A Ness le voci si diffondono rapide come il fuoco su una torbiera asciutta, alimentate dai venti della congettura e del pettegolezzo.

– Hai tutte le fortune, tu, – disse Seonaidh. – Mio padre ha provato in tutti i modi a mandare anche me, quest'anno.

– Facciamo cambio.

Seonaidh fece una smorfia. – Perché no? – Naturalmente, pensava che scherzassi. Tutti i presenti quella sera avrebbero dato un occhio per prendere il mio posto in squadra. L'ironia della sorte era che gliel'avrei dato gratis. A chiunque. Certo, non potevo dirglielo. Non mi avrebbero mai preso sul serio o, se sí, avrebbero pensato che fossi pazzo. In realtà, interpretavano la mia mancanza di entusiasmo come voglia di darmi arie. La loro invidia era difficile da sopportare. E cosí non feci altro che bere.

Non sentii entrare Angel. Era piú vecchio di noi e aveva bevuto nel *bothan* la maggior parte della serata. Aveva portato fuori qualche birra in cambio di uno spinello. – Guarda, guarda chi si vede, l'orfano, – disse quando mi notò. Alla luce della lampada a cherosene il suo viso era tondo e giallo e fluttuava nel buio della baracca come un palloncino luminoso. – È meglio che bevi piú che puoi, figliolo, perché ad An Sgeir non si tocca alcol. Gigs è inflessibile su questo, cazzo. Niente alcol sulla roccia. Se te ne porti dietro anche solo un sorso ti butta giú da quella cazzo di scogliera –. Qualcuno gli offrí uno spinello rollato e lui se lo accese; aspirò profondamente il fumo e lo trattenne nei polmoni. Quando, infine, lo spense, chiese: – Sai che sono il cuoco, quest'anno? – Non lo sapevo. Sapevo che c'era già stato prima, e che suo padre, Murdo Dubh, era stato il cuoco per anni. Ma sapevo anche che suo padre era rimasto ucciso in un incidente su un peschereccio nel corso del febbraio tempestoso di quell'anno. A pensarci, in effetti era logico che Angel seguisse le orme del padre. Era ciò che gli uomini di Ness facevano da generazioni. – Non preoccuparti, – disse, – starò attento a metterti la giusta quantità di insetti nel pane.

Dopo che Angel se ne fu andato, i ragazzi accesero un altro spinello e se lo passarono. Ormai mi sentivo male e, dopo un paio di tiri, la claustrofobia soffocante del capanno cominciò a farmi girare il mondo intorno. – Devo andare –. Mi precipitai fuori dalla porta nell'aria fredda della sera e subito vomitai nel cortile. Mi appoggiai al muro, premendo il viso contro la pietra fredda, e mi chiesi come diavolo avrei fatto a tornare a casa.

Il mondo mi scorreva accanto sfocato. Non ho idea di come riuscii ad arrivare fino alla strada per Crobost. Dei fari mi presero in pieno, e mi bloccai come un coniglio, restando a barcollare sul posto, finché un grosso veicolo non mi sorpassò con un tale spostamento d'aria da farmi cadere nel fosso. Non aveva piovuto nelle ultime settimane, ma l'acqua residua dentro la torba, che scolava ancora in un rivolo di fango denso e marrone sul fondo del fosso, mi ricoprí come una melma, attaccandosi ai vestiti e scorrendomi a rivoli sul viso. Annaspai e imprecai e mi tirai fuori rotolandomi sul bordo irto di spini. Rimasi lí per quelle che mi sembrarono ore, anche se probabilmente furono solo pochi minuti. Ma bastarono perché il freddo del vento di tramontana mi gelasse fino all'osso. Mi rialzai a quattro zampe con fatica, battendo i denti, e alzai gli occhi scorgendo un altro veicolo che scendeva lungo la strada verso di me e illuminava la mia sventura con i suoi fari. Mentre si avvicinava, girai la testa e chiusi gli occhi. L'auto si fermò, e sentii una portiera che si apriva e poi una voce. – In nome di Dio, figliolo, cosa combini? – Due grandi mani mi rimisero in piedi, sollevandomi quasi di peso, e mi trovai faccia a faccia con il volto accigliato di Gigs Macaulay, il quale subito mi passò l'avambraccio sul viso per ripulirmi dal fango con la manica della tuta. – Fin Macleod, – disse, riconoscendomi finalmente. Sentí l'odore dell'alcol nel mio fiato. – Per amor del cielo, figliolo, non puoi andare a casa in questo stato!

Mi ci volle del tempo per riscaldarmi, rannicchiato su una sedia accanto al fuoco di torba, una coperta sulle spalle, una tazza di tè caldo stretta tra le mani. Rabbrividivo ogni volta che ne bevevo un sorso. Il fango si era seccato e ora era raggrumato e crepato come sterco sulla pelle e i vestiti. Dio solo sa che aspetto avevo. Gigs mi aveva fatto lasciare fuori dalla porta le scarpe da ginnastica, ma c'era ancora una scia di fango secco che arrivava fino al focolare. Lui era seduto nella poltrona dall'altra parte del focolare e mi osservava pensieroso. Fumava una vecchia pipa annerita, e il fumo azzurro volteggiava nell'alone di luce della lampada a olio sul tavolo con un profumo dolce come una noce, che prevaleva sul profumo tostato della torba. La moglie di Gigs mi passò un asciugamano umido sul viso e le mani prima di preparare il tè; poi, a un segnale tacito, andò a coricarsi.

– Be', Fin, – disse finalmente Gigs, – spero che questo sia servito a sfogarti prima di partire per la roccia.

– Io non ci vengo, – dissi con una voce cosí bassa da risultare poco piú di un sussurro. Ero ancora ubriaco, suppongo, ma il trauma della caduta nel fosso mi aveva snebbiato un po', e anche il tè era d'aiuto.

Gigs non reagí. Aspirava dolcemente dal cannello della pipa e mi guardava meditabondo. – Perché no?

Non ho alcun ricordo di ciò che gli dissi quella notte, di come espressi quei sentimenti di profondo, oscuro terrore che il solo pensiero di partire per la roccia mi suscitava. Suppongo che, come chiunque altro, Gigs abbia pensato che fosse paura, pura e semplice. Ma, mentre altri avrebbero potuto mostrare disprezzo per la mia vigliaccheria, sembrava che lui mi comprendesse in un modo che mi toglieva di dosso il peso enorme che avevo sullo stomaco dal momento in cui il padre di Artair mi aveva dato la notizia. Si chinò nella mia direzione, dall'altra parte del focolare, fissandomi con quegli occhi azzurri celtici, reggendo la pipa con delicatezza. – Non ci sono dodici singoli individui là fuori, Fin. Ci sono dodici persone unite. Siamo una squadra. Ognuno di noi fa affidamento sugli altri e sostiene gli altri. È difficile, sí. È difficilissimo, cazzo. Ed è pericoloso. Non voglio fingere il contrario. E il Signore ci mette alla prova al limite della nostra resistenza. Ma grazie a questo sarai migliore e sarai piú fedele a te stesso. Perché conoscerai te stesso come non ti è mai capitato prima, e forse non ti capiterà mai piú. E proverai il legame che proviamo tutti con ognuno degli uomini che sono andati lí prima di noi, nei secoli precedenti, unirai le forze con i nostri antenati, dormendo nei luoghi in cui hanno dormito loro, costruendo tumuli dai tumuli che ci hanno lasciato –. Fece una lunga pausa, aspirando dalla pipa, e si lasciò mulinare intorno alle labbra e alle narici il fumo, che saliva nel silenzio a formargli corone blu intorno alla testa. – Quale che sia la tua paura piú nera, Fin, quale che sia la tua piú grande debolezza, queste sono cose che devi affrontare. Cose che devi guardare in faccia, o passerai il resto della vita a rimpiangere di non averlo fatto.

E cosí con il cuore pieno di terrore partii per il viaggio ad An Sgeir quell'anno, anche se, oggi, vorrei con ogni fibra del mio essere non averlo fatto.

Nei giorni prima della partenza, restai per conto mio. Il vento era girato di nuovo, verso nord-est, e una tempesta che sembrava segnare la fine dell'estate aveva martellato l'isola per due giorni. Venti a forza dieci soffiavano la pioggia in orizzontale al largo del Minch, e la terra la bevve avidamente. Non mi ero rappacificato con Marsaili dopo il nostro ultimo dialogo nel fienile, ed evitai di andare a Mealanais. Restai in casa, a leggere nella mia stanza, ascoltando la pioggia che sferzava le finestre e il vento che sollevava le tegole sul tetto. La sera del martedí Artair venne ad avvisarmi che saremmo partiti per la roccia il giorno successivo.

Non riuscivo a crederci. – Ma il vento proviene da nord-est. Dicono sempre che non si può attraccare sulla roccia se c'è un qualsiasi vento da est.

Artair disse: – C'è un nuovo fronte in arrivo. Da nord-ovest. Gigs pensa che abbiamo una finestra di ventiquattr'ore per salire sulla roccia. Quindi, partiamo domani sera. Carichiamo il peschereccio al porto domani pomeriggio –. Non sembrava piú felice di me. Si sedette sul bordo del mio letto e restò a lungo in silenzio. Poi disse: – Allora ci vieni?

Non riuscivo nemmeno a trovare la forza di parlare. Gli feci un piccolo cenno con la testa.

– Grazie, – disse. Come se in qualche modo lo facessi per lui.

Ci vollero diverse ore del giorno successivo per caricare la

Purple Isle attraccata al molo frangiflutti di Port of Ness con tutte le provviste necessarie per mantenere dodici uomini su una roccia in mezzo all'oceano per due settimane. Non esistevano sorgenti su An Sgeir, cosí ci portammo l'acqua in vecchi barili da birra. Avevamo casse e casse di cibo, due tonnellate di sacchi di sale per conservare le *guga* una volta catturate, attrezzi, impermeabili, materassi per dormire, cinque metri di antenna per captare i segnali radio. E, naturalmente, la torba per i falò che avrebbero riscaldato noi e cotto il nostro cibo. Il duro lavoro di passarsi il carico dalla banchina al peschereccio e di sistemarlo nella stiva mi distrasse dai pensieri sulla partenza imminente. Anche se la tempesta si era placata, il mare era ancora molto mosso e il peschereccio si alzava e si abbassava contro il muro del porto, il che rendeva difficile e talvolta pericoloso il trasferimento delle provviste. Ci infradiciammo, con il mare che continuava a cozzare con l'altra parte del muro, inondandoci di schizzi mentre lavoravamo. Il giorno prima c'erano state onde che sbattevano sul frangiflutti ed esplodevano in aria fino a un'altezza di quindici metri, mentre la loro schiuma formava un arco sul porto cancellandolo alla vista a ogni impeto dell'oceano.

Partimmo con la marea di mezzanotte, i motori diesel che battevano forte mentre uscivamo in fretta nella baia lasciando il riparo del porto, per affrontare i flutti immensi, con le onde che si infrangevano sulla prua e versavano fiumi di schiuma su tutto il ponte. In poco tempo le luci di Ness furono inghiottite dalla notte mentre noi straorzavamo e beccheggiavamo in mare aperto oltre il Butt of Lewis. L'ultima cosa a sparire fu il lampo rassicurante del faro sulla scogliera del Butt e, perduto quello, rimase solo l'oceano. Infinite miglia tempestose di oceano. Se avessimo sbagliato mira e mancato la roccia, la fermata successiva sarebbe stato il Canada. Io guardavo fuori nel buio in preda a quello che posso descrivere solo come estremo terrore. Qualunque fosse la mia piú grande paura, pensai che la stavo affrontando proprio in quel momento. Gigs mi tirò per la cerata e mi disse di andare sottocoperta. C'era una cuccetta dove Artair e io avremmo fatto meglio a dormire un po'. Il primo giorno sulla roccia e l'ultimo, disse Gigs, erano sempre i piú difficili.

Non so come riuscii ad addormentarmi, stretto in quella cuccetta sul fianco sinistro della prua, tremante, bagnato e triste. Ma ci riuscii. Per otto ore sbattemmo contro onde colossali per coprire cinquanta miglia su acque tra le piú famigerate al mondo, e io dormii per tutto il tempo. Credo fu il cambio di tono dei motori a svegliarmi. Artair stava già salendo sulla scala verso la cucina. Mi stropicciai via il sonno dagli occhi e mi tirai fuori dalla cuccetta per prendere stivali e cerata, e poi seguirlo sul ponte. Era giorno pieno, il cielo sopra di noi era lacerato e frastagliato dal vento, e oscurato a tratti da raffiche di pioggia sottile che ci arrivava in faccia.

– Cristo, che cos'è questa puzza? – chiesi. Era un fetore acre e pungente, un miscuglio di escrementi e ammoniaca.

– È il guano, orfano –. Angel mi sorrise. Sembrava che a lui piacesse. – Diecimila anni di merda di uccelli. Facci l'abitudine. Dovrai conviverci per le prossime due settimane.

Scoprii cosí che eravamo vicini alla roccia. Dalla puzza di merda di uccelli. An Sgeir non si vedeva ancora, ma sapevamo che c'era. La *Purple Isle* aveva ridotto la velocità a pochi nodi. Il rigonfiamento del mare era sceso di molto e ora lo assecondavamo piuttosto che combatterlo.

– Eccola! – gridò qualcuno, e scrutai tra la nebbia e la pioggia per vedere per la prima volta quel luogo leggendario. Eccola lí. Trecento metri di scogliera a picco nera striata di bianco, che si ergeva dall'oceano dritta davanti a noi. Quasi nello stesso momento, appena la nebbia si diradò, schegge di luce spuntarono dalle fessure tra le nubi, e la roccia luccicante si trasformò in una proiezione di netti contrasti di luce e ombra. Vidi qualcosa di simile a neve che vorticava in un flusso costante dalla vetta, prima di rendermi conto che i fiocchi di neve erano gli uccelli. Splendidi uccelli bianchi con le ali blu-nere e la testa gialla, e un'apertura alare di quasi due metri. Le sule. A migliaia, riempivano il cielo, vorticando nella luce, cavalcando le turbolenze delle correnti d'aria. Era una delle colonie di sule piú importanti rimaste nel mondo, e quegli uccelli straordinari tornavano ogni anno in numero sempre maggiore a deporre le uova e allevare i loro piccoli in quel luogo ostile. E questo nonostante la caccia annuale degli uomini di Crobost, e i duemila pulcini che stavamo per prendere dai loro nidi anche quell'anno.

An Sgeir sorge lungo una linea che corre piú o meno da sud-est a nord-ovest. La costola imponente della roccia scende vertiginosa dal suo punto piú alto a sud fino a una curva dilavata di scogliere alte sessanta metri a nord, come una banchina costruita contro i continui venti e le mostruose mareggiate che salgono a sud-ovest, fino ad abbattersi contro il suo gneiss ostinato. Sul lato ovest tre promontori si gettano in mare, con l'acqua intorno che schiuma di bianco e si rompe furiosamente in cerchi concentrici intorno alle rocce che si immergono giú negli anfratti sottomarini.

La piú vicina cresta di roccia si chiama Promontorio del Faro, per via del faro automatico costruito dove si unisce al resto dell'isola, la cui sommità incombeva sopra di noi mentre ci avvicinavamo. Oltre, il secondo e piú lungo dei promontori forma un'insenatura che incide profondamente il cuore dell'isola, lasciandola scoperta a est, ma riparandola a ovest e a nord. Era l'unico posto di An Sgeir dove potevamo scaricare le nostre provviste. Qui, il tempo e l'assalto implacabile degli elementi hanno scavato nella roccia grotte cosí profonde che alla fine l'hanno tagliata fino alla scogliera a picco sul lato opposto. Era possibile, disse Gigs, attraversarle a remi con un barchino o un gommone: grandi cattedrali che si ergono per dodici e quindici metri nell'oscurità, prima di emergere dall'altra parte dell'isola. Ma si poteva fare solo quando il mare era calmo e piatto, ovvero quasi mai.

An Sgeir è lunga sí e no un chilometro e la sua spina dorsale ha poco piú di un centinaio di metri di diametro. Non c'è terra lí, né rive erbose o terreni piatti, né spiagge. Solo roccia coperta di escrementi, a picco sul mare. Non riuscivo a immaginare niente di piú inospitale.

Il comandante condusse dolcemente la *Purple Isle* nell'insenatura denominata Gleann an Uisge Dubh, Baia dell'acqua nera, e gettò l'ancora, con la catena arrugginita che sferragliò rumorosamente. Appena spenti i motori mi resi conto per la prima volta del rumore degli uccelli, una cacofonia assordante di creature che stridevano, chiamavano, schiamazzavano, riempiendo l'aria insieme alla puzza di guano. Ovunque cadesse lo sguardo, su ogni sporgenza e affioramento e crepa nella roccia, si trovavano uccelli seduti sui loro nidi o radunati in gruppi. Sule e urie e gabbiani tridattili e procellarie artiche. La baia intorno a noi brulicava di giovani cormorani, che tuffavano il collo lungo e serpeggiante dentro e fuori dall'acqua in cerca di pesci. Era straordinario pensare che un luogo cosí ostile ed esposto potesse essere tanto ospitale per gli animali. Gigs mi diede una pacca sulla schiena. – Vieni, figliolo, abbiamo del lavoro da fare.

Un gommone venne calato tra i flutti calmi e iniziò la fase di trasferimento delle provviste dalla barca alla roccia. Io uscii con il primo carico, Gigs diede gas al fuoribordo e ci condusse al luogo di sbarco, spegnendo il motore all'ultimo momento e girandosi sul fianco per permettere alle onde di sollevarci dolcemente contro la roccia. Il mio compito era saltare fuori con la corda su una sporgenza non piú larga di mezzo metro e assicurarci a un grande anello di metallo fissato nella pietra. A momenti atterrai sul fondoschiena, quando i piedi mi scivolarono sulla superficie viscida di licheni. Ma restai in equilibrio e infilai la corda nell'anello. Il gommone fu assicurato e iniziammo a scaricare. Posammo scatole e fusti e sacchi in equilibrio precario sulle sporgenze e gli affioramenti finché sembrò che tutto quello che ci eravamo portati dietro fosse stato paracadutato dall'alto fin sul bordo inferiore della scogliera. A ogni viaggio della barca si aggiungevano altri membri della squadra, che balzavano a terra. Poco oltre il nostro punto di ormeggio, la roccia ripiegava in una delle sue grotte simili a cattedrali. Era buia e inquietante, e l'eco lugubre dell'acqua che sbatteva sulla pietra emergeva dal profondo di tutto quel nero come il respiro stridulo di una creatura vivente. Era facile immaginare perché in quei luoghi fossero nate leggende di draghi e di mostri marini.

Dopo quattro ore le ultime provviste erano state portate a terra, e ricominciò a piovere, in scrosci umidi di foschia, bagnando tutto e rendendo insidioso sotto i piedi il terreno roccioso coperto di alghe. L'ultima cosa che portammo sull'isola fu un gommone di piccole dimensioni, che quattro uomini della squadra trascinarono lungo il pendio e assicurarono al terreno circa quindici metri sopra la baia. Era destinato a un'eventuale emergenza, anche se non riuscivo a pensare che tipo di emergenza mi avrebbe fatto venire voglia di prendere il mare su quella bagnarola. Con stupore, vidi che Angel era accovacciato in un crepaccio poco profondo e, usando il corpo come schermo, aveva acceso un piccolo fuoco di torba. Ci aveva messo sopra una teiera ormai vicina all'ebollizione. La *Purple Isle* suonò il corno da nebbia nella baia, e mi voltai a guardare mentre levava l'ancora e si dirigeva in mare aperto. Fu una sensazione terribile vederla scivolare via cosí, con il comandante in seconda che salutava a poppa mentre se ne andava. Era il nostro unico legame con casa, il nostro unico modo per tornare indietro. Poi scomparve, e noi restammo lí, soli, su quello sterile pezzo di roccia a cento chilometri dall'approdo piú vicino. Nel bene e nel male, ero lí, e tutto ciò che rimaneva da fare era affrontare la situazione.

Come un miracolo, Angel stava distribuendo tazze di tè caldo. Vennero aperte le scatole di latta contenenti i panini, e ci accovacciammo sulla roccia, con l'odore di fumo di torba nelle narici e il mare che schizzava ai nostri piedi. Bevemmo per scaldarci e mangiammo per reintegrare le energie. Perché, ora, tutte quelle casse e barili e sacchi dovevano essere trascinati ottanta metri piú su, in cima all'isola.

Quel che piú mi sorprese fu l'ingegnosità dei cacciatori di *guga*. In una delle spedizioni precedenti, avevano portato lí delle assi di legno e costruito uno scivolo, di un metro di larghezza e quasi sessanta di lunghezza, strutturato in sezioni di dieci metri ciascuna, che venivano avvolte in teloni e lasciate sulla roccia per ciascuno degli anni successivi. Pezzo dopo pezzo le sezioni furono recuperate e incastrate insieme, assicurandole alla roccia con gambe robuste e puntelli. Sembrava uno di quei vecchi scivoli in legno che si vedono nelle fotografie in bianco e nero dei giorni della corsa all'oro nel Klondike. Un carrello su ruote scese rombando dalla cima attaccato all'estremità di una corda, e cominciammo a tirare su fusti e sacchi e materassi arrotolati. Le casse piú piccole venivano passate di mano in mano in una catena di uomini lungo tutta la strada fino alla cima dell'altura. Io e Artair ci passavamo le casse in silenzio; poi la catena proseguiva con il signor Macinnes, il quale continuava a fare commenti, spiegandoci che lo scivolo sarebbe rimasto montato per le due settimane che avremmo trascorso sulla roccia, e utilizzato alla fine per far scendere le *guga* – spennate, strinate, eviscerate e trattate per la conservazione – una alla volta nella barca lí sotto. Tutte e duemila. Non riuscivo nemmeno a immaginare come si potesse uccidere e trattare cosí tanti uccelli in sole due settimane.

Era metà pomeriggio quando finimmo di trasferire tutte le provviste in cima alla roccia, e io e Artair salimmo stancamente per raggiungere gli altri. Lí vidi per la prima volta, rannicchiati tra le rocce e i massi, i resti di una vecchia *blackhouse*, costruita piú di due secoli prima e riparata ogni anno dai cacciatori di *guga* che la usavano come rifugio. Era composta solo da quattro mura e dagli spuntoni di un tetto inesistente sbiaditi dal sole e dal sale. Non riuscivo a credere che quella sarebbe stata la nostra casa per le due settimane successive.

Il signor Macinnes doveva aver visto la nostra espressione. Sorrise. – Non vi preoccupate, ragazzi. Nel giro di un'ora l'avremo trasformata. Sarà molto piú accogliente di quello che sembra –. In realtà la trasformazione richiese meno di un'ora. Per raggiungere la *blackhouse* bisognava attraversare tutto il caos di rocce sulla cima dell'isola, scivolando e sdrucciolando tra i licheni, e il guano e il fango che li ricoprivano, cercando di evitare i nidi di procellarie artiche infilati quasi in ogni fenditura. L'intera sommità della roccia appariva piena di uccelli e dei loro nidi intrecciati con scarti di spago sfilacciato e i resti di reti da pesca rotte trovati in mare. Verdi, arancioni, azzurri. Del tutto incongrui nel piú primordiale dei luoghi. Mentre ci muovevamo goffi lí in mezzo era impossibile sfuggire al vomito dei pulcini di procellaria, una reazione involontaria alla nostra presenza improvvisa e inaspettata. La loro bile verde schizzava sugli stivali e la cerata al nostro passaggio. Puzzava quasi come la merda che ricopriva ogni insidiosa superficie.

Tra le mura della *blackhouse* furono recuperate ed estratte grandi lamiere avvolte in teloni, e insieme le inchiodammo sulle travi del tetto. Poi ci gettammo sopra i teloni e reti da pesca gravate da sassi che appendemmo tutto intorno ai muri. Ora la nostra *blackhouse* era impermeabile alle intemperie. Dentro era buio e umido, e l'odore del guano quasi insopportabile. Il pavimento era cosparso di materiali di scarto dei nidi, e il nostro primo compito fu toglierli e levare i nidi costruiti in ogni angolo e nicchia della parete, e ridisporli accuratamente da qualche parte tra le rocce. Accendemmo cinque o sei fuochi di torba in barili aperti per asciugare le pareti bagnate e trasferimmo tutte le nostre provviste in una stanza in fondo alla *blackhouse*, quella in cui, in una casa tradizionale, avrebbero trovato alloggio gli animali.

Presto l'ambiente si riempí di fumo soffocante, che scacciò l'odore di escrementi e costrinse file di fastidiosi insetti a uscire da ogni fessura e crepa nei muri. I nostri occhi lacrimavano copiosamente. Artair corse fuori: il fumo gli bloccava le vie respiratorie. Era senza fiato. Lo seguii e lo trovai che succhiava disperatamente il suo spruzzetto, e il panico diminuí man mano che i canali si riaprivano e l'ossigeno gli inondava i polmoni.

Gigs disse: – Andate a esplorare la roccia, ragazzi. Non c'è nient'altro da fare qui ora. Vi diamo una voce quando è pronto da mangiare.

E cosí, con il vento che ci sferzava le gambe, e la pioggia che scrosciava sulle cerate, ci facemmo strada lentamente e con cautela tra le rocce, dirigendoci verso nord, al terzo promontorio, un enorme arco di roccia liscia quasi separato dall'isola madre da un precipizio profondo. Avevamo visto le cataste dei *cairn*, i tumuli che si stagliavano contro il cielo grigio, mucchi di pietre disposte con cura l'una sull'altra per creare colonne alte un metro e piú, come pietre tombali. Là fuori sul promontorio, accanto ai tumuli, scorgemmo i resti di una piccola abitazione simile a un alveare, con il tetto sfondato da tempo. Trovammo due pietre piatte per sederci e con qualche difficoltà ci accendemmo una sigaretta. Eppure, a quanto pareva, non avevamo niente da dirci. Cosí rimanemmo in silenzio a guardare tutta An Sgeir. Da quel punto si godeva un panorama meraviglioso sulla roccia, che saliva fino al punto piú alto, il faro, una struttura bassa e tozza in cemento dotata di un portello per la manutenzione e di un tetto in vetro dalla forma bizzarra che proteggeva la lampada. Gli uccelli marini vi erano raccolti intorno a migliaia. Lí accanto c'era l'unico luogo pianeggiante dell'isola: un quadrato di cemento disposto sulla roccia come piattaforma di atterraggio per gli elicotteri che due volte all'anno trasportavano le squadre di manutenzione. Vedevamo intorno a noi l'oceano, grigio-verde e plumbeo, che si schiantava contro la roccia in corone di schiuma cremosa, e saliva e scendeva in lontananza, oscurato dalla pioggia. Nonostante la presenza di altri dieci uomini sull'isola, e il mio migliore amico seduto accanto a me, non ricordo di essermi mai sentito cosí solo. La depressione mi cadde addosso come un sudario.

Da lontano vidi una figura che si approssimava lungo la roccia. Quando fu piú vicina ci rendemmo conto che era il papà di Artair. Ci chiamò e ci salutò e cominciò a salire verso di noi. Al di sopra del suono del vento e della pioggia che mi sferzava il cappuccio sentii Artair che diceva: – Perché cazzo non ci lascia in pace? – Mi voltai per vedere se il commento era stato indirizzato a me. Ma aveva lo sguardo fisso su suo padre che si avvicinava. Sussultai. Non avevo mai sentito Artair riferirsi cosí a suo padre.

– Non dovresti fumare, Artair –. Furono quelle le prime parole del signor Macinnes quando ci raggiunse. – Non nella tua condizione –. Artair non disse nulla, ma continuò a fumare. Il signor Macinnes si sedette accanto a noi. – Sapete la storia di quelle rovine? – Indicò l'alveare crollato. Gli facemmo cenno di no. – Sono i resti di un monastero del XII secolo abitato, dicono alcuni, da Bruinhilda, la sorella di San Ronan. Ce n'è un altro uguale su uno scoglio chiamato Sula Sgeir a circa dieci miglia a ovest di qui, vicino a North Rona. La leggenda vuole che i resti di Bruinhilda furono trovati su uno dei due, anche se non so se qui o a Sula Sgeir. Ma le sue ossa erano state sbiadite dalle intemperie come legno trovato sulla spiaggia, e nel costato aveva un nido di cormorani –. Scosse la testa. – Difficile credere che qualcuno possa vivere qui da solo.

– Chi ha costruito i tumuli? – chiesi. Dalla nostra posizione ora vedevo che ce n'erano decine e decine che si estendevano lungo la curva del promontorio, come un cimitero.

– I cacciatori di *guga*, – disse il signor Macinnes. – Ognuno di noi ha il proprio tumulo. Ogni anno si aggiunge un'altra pietra e quando ci si viene per l'ultima volta rimangono a ricordo, per quelli che verranno, di chi è stato qui.

Un grido proveniente dalla *blackhouse* attirò la nostra attenzione, e vidi qualcuno che ci richiamava indietro a gesti.

– Dev'essere pronto da mangiare, – disse il signor Macinnes.

Quando arrivammo alla *blackhouse*, il fumo usciva dal buco lasciato sul tetto a mo' di fumaiolo. L'interno era sorprendentemente caldo, ora, e meno fumoso di prima. Angel aveva preparato il fuoco per cucinare in un fusto aperto al centro del pavimento, e sopra vi pendeva una pentola appesa al soffitto con una catena, mentre sulla fiamma era disposta una griglia, su cui sfrigolava una padella capiente con dell'olio. La puzza di guano e vomito di uccelli era sparita, sostituita dall'odore di aringhe affumicate in padella. C'erano patate che bollivano in pentola, e Angel ci aveva preparato una pila di fumoso pane tostato, per assorbire i succhi gastrici. E per annaffiare il tutto, c'erano due pentoloni pieni di tè.

Le mensole di pietra larghe un metro sulle pareti tutto intorno erano state coperte con i teloni e i grandi materassi che avevamo trascinato lungo le rocce nella prima parte della giornata. Sarebbero stati i nostri letti. Alla tremolante luce gialla delle candele piazzate a intervalli per tutta la stanza, si vedeva che brulicavano di scarafaggi. Rabbrividii al pensiero di trascorrerci una notte, figuriamoci quattordici. O di piú.

Prima di mangiare, ci lavammo le mani nell'acqua accantonata dal viaggio dell'anno prima, una broda marrone e torbida dentro un fusto tagliato, e poi ci radunammo intorno al fuoco, accovacciati sul pavimento, mentre Gigs apriva la Bibbia e iniziava a leggere in gaelico. Ascoltavo appena il ronzio monotono della sua voce. Per chissà quale ragione ero pervaso da una sensazione di paura, di attesa, forse una premonizione. Può darsi che, da qualche parte, programmato nello spazio-tempo, sapessi già che cosa stava per accadere. Cominciai a tremare e, quando Gigs ebbe finito di leggere, mangiai il pesce con dita malferme.

Non ricordo che si sia parlato molto intorno al fuoco quella prima notte. Eravamo un gruppo solenne, percosso e ferito dalle intemperie, che chiamava a raccolta le proprie riserve di forza e resistenza per affrontare i giorni a venire. Si sentiva il vento che ululava attorno al nostro rifugio di pietra antica, e la pioggia martellante sul tetto. Non ricordo nemmeno di essere andato a letto, ma mi rivedo con grande chiarezza sdraiato sopra un materasso umido sul ripiano di pietra impietosa, completamente vestito e avvolto nelle coperte, desideroso di essere abbastanza piccolo da poter piangere impunemente. Ma i ragazzi grandi non piangono. Cosí me ne restai zitto e fui trascinato dalla marea in un sonno leggero e turbato.

Il giorno successivo mi sentivo meglio. È incredibile quel che poche ore di sonno riescono a fare per rinfrancare un morale a terra. La luce del sole entrava obliqua attraverso il telo avvolto sulla porta, e nel suo raggio volteggiava il fumo di torba azzurro. Scesi dal materasso, battendo le palpebre, e mi inserii nel cerchio degli uomini radunati intorno al fuoco. Il calore della torba incandescente era quasi soporifero. Qualcuno mi serví una ciotola di porridge e inzuppai grossi pezzi di pane tostato affumicato in quella sostanza appiccicosa e calda, riempiendomi poi la bocca. Mi versai il tè bollente nella tazza e pensai che non avevo mai assaggiato niente di cosí buono. Credo che la prima notte sia la peggiore, forse come la prima notte in una prigione. Dopodiché si è superato il peggio e in qualche modo si va avanti.

Il silenzio cadde sul gruppo quando Gigs aprí la Bibbia, un tomo consunto e macchiato da un uso costante. La sua voce si alzava e si abbassava in dolci incantesimi in gaelico, e noi lo ascoltavamo nella solennità delle prime luci del giorno. – Bene, allora, – disse richiudendo il libro, e fu il suo segnale, o almeno cosí pensai, che il primo raid omicida del viaggio stava per iniziare. – Fin, Donnie, Pluto, siete con me –. Provai un grande senso di sollievo sapendo che sarei stato con Gigs il primo giorno. Artair era con un'altra squadra. Cercai di attirare la sua attenzione dall'altra parte del fuoco e fargli un sorriso di incoraggiamento, ma non guardava nella mia direzione.

Mi aspettavo che ci saremmo diretti subito sulle scogliere per iniziare la caccia, ma in realtà passammo gran parte della mattinata a costruire una strana rete di puntelli e cavi in cima alla roccia, dalle zone dedicate all'uccisione fino a quelle dedicate alla conservazione vicino ai tumuli e giú di nuovo fino alla fine dello scivolo. Quelle reti aeree, a tratti lunghe un centinaio di metri, furono montate su treppiedi di legno grezzo e piegate a gomito con un argano fino alla tensione perfetta. Gestita da pulegge, quella rete ingegnosa avrebbe consentito di trasportare i sacchi pieni di uccelli morti, appesi a dei ganci, da un luogo all'altro attraverso l'intera isola con il minimo sforzo. Dipendeva tutto dall'angolazione e dalla tensione dei cavi, in modo che la forza di gravità facesse la maggior parte del lavoro, e Gigs era stato precisissimo a calcolare ciascuno di quei fattori alla perfezione. Ogni uccello pesava circa quattro chili, e in ogni sacco ci stavano dieci uccelli. Tentare di spostare a mano carichi cosí gravosi in quel paesaggio lunare di rocce infide e irregolari sarebbe stata una follia. E tuttavia, prima che arrivasse Gigs con la sua idea di carrucole e cavi, doveva essere proprio cosí che i cacciatori di *guga* avevano fatto nei secoli precedenti.

A mezzogiorno, eravamo vicino al Promontorio del Faro quando vidi Angel che camminava sulla roccia verso di noi, con un numero di equilibrismo straordinario: in una mano portava un grande bollitore pieno di tè nero caldo; nell'altra, appesi a una scatola di plastica con torta e panini, c'erano i nostri boccali, legati per i manici alle estremità di dodici pezzi di corda. Ogni giorno, a mezzogiorno e alle cinque, cercavamo la sua sagoma che attraversava l'isola con tè caldo e panini per farci andare avanti. Per quanto disprezzassi Angel Macritchie, non avevo da ridire sul cibo che preparava. Era pignolo in tutto ciò che faceva, come i veterani dicevano che lo fosse suo padre prima di lui. Doveva essere all'altezza di quella fama, e sicuramente lo era. E suppongo che per questo, anche se nessuno gli voleva bene, fosse riuscito se non altro a guadagnarsi rispetto.

Ci sedemmo quindi intorno al faro, a mangiare panini e torta annaffiando il tutto con sorsate di tè caldo. Arrotolammo e fumammo sigarette, e il gruppo manteneva un silenzio tranquillizzante mentre la luce del sole svolazzava dentro e fuori da nuvole basse e rotte, togliendo incisività al vento che soffiava ancora da nordovest. Tra pochi minuti sarebbe cominciata la strage e credo che ognuno di noi riflettesse in silenzio sull'estinzione di tutte quelle vite. È difficile iniziare la carneficina; diventa piú facile una volta che si è cominciato.

Iniziammo dalle colonie sulle scogliere a est del Promontorio del Faro, in due squadre di quattro che partirono dalle due estremità e lavorarono andandosi incontro in una manovra a tenaglia. Una terza squadra di tre si fece strada in alto. Appena scendemmo giú sulle scogliere, i genitori dei pulcini si levarono a migliaia dai nidi, urlando e volteggiando sopra di noi mentre prendeva il via l'uccisione dei loro cuccioli. Era come lavorare in mezzo a una tempesta di neve, con gli occhi pieni del bianco abbacinante delle piuma di sula, le orecchie piene della loro rabbia e della loro angoscia, e del battito delle loro ali contro il vento. E bisognava stare attenti a non farsi cavare un occhio dai pulcini con un colpo di riflesso del becco, se li si spaventava passando di fianco ai nidi.

Gigs condusse il nostro gruppo lungo cenge e crepacci, esaminando il contenuto di ogni nido. Portava un palo per la cattura, lungo piú di sei metri e con una ganascia di metallo a molla attaccata a un'estremità. Lo allungava per prendere i pulcini dai nidi, passandoli rapidamente indietro al secondo del gruppo. Donnie era un veterano di oltre dieci spedizioni, un uomo tranquillo, vicino ai sessant'anni, sempre con un berretto calcato sulla fronte, i baffi d'argento irti su un viso devastato dal tempo e dalle intemperie. Portava un bastone robusto e, quando un uccello gli veniva passato attaccato al palo, lo afferrava e lo uccideva con un colpo secco ben assestato. Io ero l'anello successivo della catena. Gigs aveva deciso di farmi un vero battesimo del fuoco. Portavo un machete e il mio compito era decapitare gli uccelli e passarli indietro a Pluto, che li impilava perché potessimo recuperarli al ritorno. All'inizio ero disgustato dal mio compito, e andavo lento. Mi faceva schifo il sangue che mi scorreva sulle mani e mi schizzava la tuta. Sentivo spruzzi caldi sul viso. Ma gli uccelli cominciarono ad arrivare cosí in fretta che dovetti rinunciare alla mia ritrosia, per liberare la mente da ogni pensiero e adottare un ritmo meccanico e costante. Migliaia di sule e procellarie artiche stridevano e volteggiavano in cerchi senza fine sulla nostra testa, e sessanta metri sotto il mare ribolliva e sferzava la fascia verde di alghe sulle rocce piú in basso. A poco a poco la mia tuta blu diventò nera di sangue.

All'inizio avevo pensato che Gigs scegliesse i pulcini a caso. Ne prendeva alcuni e ne lasciava altri nel nido. Fu Donnie a spiegarmi che le sule giovani attraversano tre fasi di sviluppo. I pulcini coperti di piume della prima fase producono pochissima carne, quindi Gigs li lasciava diventare adulti. I giovani uccelli neri e slanciati della terza fase erano i piú difficili da prendere. La preda piú ambita erano i pulcini della seconda fase, facili da riconoscere per i tre ciuffi di piume rimasti sulla testa, sul dorso e sulle zampe. Buoni, carnosi e facili da catturare. Gigs aveva anni di pratica nell'identificarli a colpo d'occhio.

Ci spostammo lungo tutta la scogliera a una velocità sorprendente, in un'ondata omicida, lasciandoci dietro cumuli di *guga* morte, finché non ci incontrammo con il secondo gruppo. C'erano voluti poco piú di dieci minuti e Gigs segnalò che la carneficina per quel giorno era finita. E cosí tornammo sui nostri passi, riportandoci indietro tutte le *guga* che potevamo, impilandole, e quindi formando una catena per passarcele una a una verso la parte alta della roccia. Lí, il mucchio di uccelli morti raccolti dai tre gruppi cresceva, e Gigs tirò fuori una matita e un taccuino, contò attentamente il numero e lo annotò. Guardai indietro verso le scogliere dove il sangue rosso striava le rocce nere, e mi resi conto che non avevo nemmeno avuto il tempo di provare paura. Solo in quel momento capii che una scivolata, o una mossa imprudente, mi avrebbero portato a una morte immediata.

Gigs si rivolse a me e, come se mi stesse rivelando un grande segreto tramandatogli di generazione in generazione, disse semplicemente: – Hai visto, allora, Fin? È questo che facciamo sull'isola.

– Perché? – gli chiesi. – Perché lo fate?

– È la tradizione, – intervenne Donnie. – Nessuno di noi vuole essere il primo a romperla.

Ma Gigs scosse la testa. – No. Non è la tradizione. Sí, forse in parte. Ma ti dirò perché io lo faccio, ragazzo. Perché nessun altro lo fa, in nessun'altra parte del mondo. Solo noi.

Il che, supponevo, ci rendeva in qualche modo speciali. Unici. Guardai il mucchio di uccelli morti sulla roccia e mi chiesi se per caso non ci fosse un modo migliore per essere speciali.

Infilammo gli uccelli in sacchi di iuta, e vidi lo strano spettacolo dei sacchi che piombavano in picchiata giú per la roccia uno dopo l'altro, fermandosi nel punto piú basso, per essere poi trasportati con le corde fino alla zona vicino ai tumuli, dove infine gli uccelli venivano spennati. Dopodiché venivano gettati su dei teloni per lasciarli essiccare al vento.

Quella notte dormii come un sasso e al risveglio scoprii che il tempo era cambiato di nuovo. La pioggia batteva ora costante contro la roccia, fronte d'attacco delle raffiche di vento da sud-ovest. A metà mattina Gigs, nervoso, decise che non potevamo permetterci di stare lí ad aspettare che la pioggia ci desse una tregua. Quindi, con rassegnazione silenziosa, ci infilammo le cerate e tornammo sulla scogliera con pali, bastoni e machete, sentendo sotto gli scarponi la glassa di guano scivoloso mentre ci facevamo strada in mezzo alle colonie di uccelli nascoste nei tratti inferiori del Promontorio del Faro.

Il mucchio degli uccelli da conservare era cresciuto, e ora era stato coperto per evitare che si infradiciasse. Si sarebbe potuto iniziare a spiumarli solo quando avesse smesso di piovere. Il che non avvenne fino alla domenica ma, dal momento che i cacciatori di *guga* non lavoravano nel giorno del Signore, potemmo solo togliere i teloni e lasciare che il sole e il vento si occupassero di essiccare gli uccelli, mentre noi ci riposavamo.

Era strano. In quelle due settimane sulla roccia, non mi trovai mai nella stessa squadra con Artair. Lo vedevo appena, in realtà. Era quasi come se ci tenessero separati, ma non riesco a immaginare il perché. Anche durante le due domeniche vidi a malapena lui e suo padre. Quando ci ripenso, non ho alcun ricordo del signor Macinnes sulla roccia. Ma immagino che non fosse troppo strano. Non essendo mai in squadra insieme, la procedura di spennare, bruciare, eviscerare e salare faceva sí che i nostri gruppi lavorassero a incarichi diversi in momenti e luoghi diversi.

Eppure, che io e Artair non ci fossimo trovati quella prima domenica, anche solo per condividere la nostra sofferenza in silenzio, ancor oggi mi risulta incomprensibile. Quel giorno mi arrampicai fino a un punto vicino a quello in cui avevamo scaricato le provviste. Lí era piú riparato dal vento, e l'acqua di mare intrappolata nelle pozze tra le rocce si era riscaldata delicatamente al sole di agosto. Molti degli uomini che erano già stati sulla roccia erano seduti intorno alla pozza con gli stivali e le calze allineati lungo una cengia di roccia, i pantaloni arrotolati fino alle ginocchia, e i piedi nudi a mollo nell'acqua tiepida. Facevano qualche battuta e fumavano, ma non mi trattenni a lungo perché al mio arrivo sembrò che si fossero cuciti la bocca. Salii invece verso la cima del promontorio, dove trovai una lastra di pietra piatta, angolata verso sud, dove potei sdraiarmi al sole e chiudere gli occhi, in fuga almeno nella mia testa verso l'idillio estivo che ero stato costretto ad abbandonare cosí prematuramente.

Era meraviglioso non fare niente, starmene lí sdraiato a rilassare i muscoli indolenziti e lasciarmi scaldare le ossa dal sole. Piú tardi tornai alla *blackhouse* per mettere all'aria aperta il mio materasso e provare a farlo un po' asciugare, ma l'umidità era cosí radicata che ci sarebbero voluti giorni interi al sole per toglierla del tutto.

Il giorno di riposo finí troppo presto, ed eccoci a strisciare verso i nostri ripiani dopo un pasto serale a base di uova, pancetta e pane fritto nel lardo, e la lettura quotidiana della Bibbia gaelica da parte di Gigs. Sorpresi Artair a guardarmi dal suo materasso dall'altra parte della *blackhouse*. Gli sorrisi e gli diedi la buonanotte, ma lui si limitò a girarsi verso il muro senza dire una parola.

Iniziammo a spiumare il lunedí. Con il sole della domenica gli uccelli si erano ben essiccati e ci mettemmo a sedere tra i tumuli per compiere il nostro lavoro, con il vento che ci soffiava intorno alle caviglie. Era un'impresa complicata. Gigs mi mostrò come dovevo fare: prima si strinse un uccello tra le ginocchia e gli spennò il collo, lasciando solo uno stretto collare di piume. Poi si dedicò al petto, strappando manciate di piume fino ad arrivare alla coda. Tolse le remiganti primarie appena nate dall'ala superiore e le penne del margine dell'ala. Poi capovolse l'uccello e spiumò la schiena e le zampe, fino a quando non rimase che la peluria bianca piú sottile. Gigs sapeva spennare una *guga* in meno di tre minuti. A me ci volle piú del doppio.

Era un lavoro inesorabilmente duro e competitivo. Ogni ora ci fermavamo a contare e gridavamo quanti uccelli avevamo spiumato. Gigs era sempre il primo, io e Artair gli ultimi. E poi si ricominciava. Entro la fine di quella prima mattina, avevo le mani completamente bloccate, i muscoli e le articolazioni doloranti al punto che non riuscivo piú a stringere una piuma tra pollice e indice. E le piume si cacciavano dappertutto. Negli occhi e nel naso, nelle orecchie e nella bocca. Si attaccavano ai capelli e ai vestiti. Al culmine dell'operazione, con il vento che ci fischiava intorno, era come se fossimo intrappolati in una tempesta di piume e piumini. L'asma di Artair reagí male alla situazione e dopo due ore il mio amico riusciva a malapena a respirare. Gigs lo esonerò dall'operazione di spennare e lo mandò ad accendere i fuochi per la bruciatura.

I fuochi furono accesi in bassi camini di pietra larghi un metro, in una zona quasi direttamente sopra al punto in cui avevamo attraccato al nostro arrivo. Decenni, forse secoli, prima si era scoperto che quello era il luogo ideale per fornire la forza e la direzione ai fuochi, che dovevano bruciare nel modo piú intenso possibile. E quindi le cataste venivano sempre allestite nello stesso posto. Mentre con un fischio mandavamo giú gli uccelli spennati in sacchi da dieci per quasi duecento metri lungo i fili, verso quella che Gigs chiamava «manifattura», vidi Artair che trasportava della torba incandescente dalla *blackhouse* con tenaglie rudimentali. Quando tutti gli uccelli furono trasferiti con successo, e tutti noi salimmo per dargli una mano, scoprimmo che Artair aveva acceso un fuoco in ogni camino. Lui e Pluto furono delegati a strinare gli uccelli. Pluto mostrò ad Artair come fare: prese un uccello e gli ruppe le giunture delle ali all'altrezza del petto. Poi, reggendo un'ala per mano, con la *guga* che penzolava a peso morto tra di loro, l'abbassò sulle fiamme per bruciacchiare via le piumette che restavano. Guardai le fiamme che lambivano l'uccello morto, trasformandolo per un attimo in un angelo di fuoco, prima che Pluto lo ritirasse bruscamente. Le piumette erano diventate una cenere nera e sottile, e i piedi palmati si erano arricciati. Era importante non bruciare la pelle per non rovinare il sapore, ma era altrettanto importante togliere tutti i calami, perché ne guastavano la consistenza. Artair e Pluto iniziarono a passare sul fuoco tutti gli uccelli che avevamo spiumato quel giorno, creando in quel lunedí pomeriggio ventoso le loro decine di angeli di fuoco.

Dal fuoco gli uccelli passavano al vecchio Seoras, un uomo scheletrico ma nerboruto, con la testa simile a un teschio. Gli occhialoni di protezione che indossava aumentavano quell'effetto. Seoras spazzolava via la cenere prima di consegnare gli uccelli a Donnie e Malcolm, che esercitavano una specie di controllo della qualità, bruciando con la fiamma ossidrica tutto quello che era rimasto dopo il fuoco.

Passavano poi a John Angus, che tagliava le ali con un'accetta, e poi a Gigs e Seumas per il taglio. I due erano seduti di fronte, a cavalcioni di una grossa trave di quercia posata su due tumuli bassi. La trave per il taglio aveva svolto il suo ruolo sanguinario per decenni, si era stagionata e aveva assunto la patina di tutti gli anni passati sulla roccia. Su di essa, con coltelli affilati come rasoi, le *guga* venivano tagliate da un capo all'altro e la coda asportata. Si eseguivano con attenzione tre tagli sopra le costole e, con un abile movimento, le dita venivano infilate tra carne e ossa togliendo la cassa toracica e le interiora. Il mio compito era prendere quelle viscere dal mucchio sempre piú alto e usarle per rivestire il bordo dei camini dove Pluto e Artair fabbricavano i loro angeli. Il grasso colava immediatamente tra le fiamme, sputando e scoppiettando, e alimentando la loro ferocia.

La parte finale della procedura veniva dopo il taglio. Gigs e Seumas con i coltelli praticavano incisioni nette nella carne degli uccelli, creando tasche in cui infilavamo manciate di sale per dar inizio alla conservazione.

Sul terreno piú piatto possibile, proprio accanto alla cima dello scivolo, i due uomini stendevano dei teloni e vi disponevano gli uccelli salati in un largo cerchio, con le zampe rivolte verso l'interno e il lembo di pelle esterno ripiegato per evitare la fuoriuscita dei liquidi di marinatura creati dal sale. Un secondo cerchio veniva creato concentrico al primo, un terzo dentro il secondo, e cosí via fino a formare un primo strato. Una ruota enorme di uccelli morti. Poi si dava inizio a un altro strato in cima a quello, e a un altro, e a un altro, finché si arrivava a quasi cinque metri di altezza. Al termine delle due settimane, c'erano due enormi ruote del genere, ciascuna composta da un migliaio di uccelli. Tutto intorno a noi le loro ali erano sparse tra le rocce, perché le tempeste autunnali le soffiassero via in un ultimo volo verso la libertà.

Cosí fu la vita sulla roccia per due settimane alienanti. Passammo a tappeto tutte le scogliere, tutte le colonie. Sempre ripetendo i cicli di uccisione, spiumatura, bruciatura, taglio. Fino a quando le ruote vennero completate. Fu un'esperienza paralizzante, che dopo un po' divenne del tutto meccanica. Ci si alzava al mattino e si lavorava tutto il giorno fino a quando la sera si tornava strisciando sul proprio materasso. Sembrava che alcuni degli uomini si divertissero persino. Una sorta di cameratismo silenzioso, intercalato da qualche battuta e il sollievo di una risata. Ma dentro qualcosa mi si era spento, e mi ritirai in me stesso. Non prendevo parte al cameratismo. Credo di non aver riso una sola volta in quattordici giorni. Stringevo i denti e facevo il conto alla rovescia.

Con la seconda domenica il lavoro era quasi finito. Il tempo era stato piuttosto clemente e avevamo fatto buoni progressi. Era asciutto, anche se non soleggiato come la settimana precedente. Salii fino al faro e mi fermai sul piazzale di cemento dell'eliapprodo a osservare l'isola. Tutta An Sgeir era sotto di me, la curva nodosa della sua colonna vertebrale, i suoi promontori come tre costole rotte, tutto quello che rimaneva dopo un'eternità di erosione. Appena fuori dalla punta a nord-ovest, vedevo masse di roccia nera che sorgevano da un mare di un verde profondo che schiumava di rabbia contro di loro, e nugoli di uccelli attorno alle cime, che cavalcavano le correnti ascensionali in infiniti cerchi fluidi. Mi voltai e mi avviai verso il bordo della scogliera. Scendeva a picco per un centinaio di metri. Ma era attraversato da crepacci, spaccature e profondi camini, e inframmezzato in diagonale, in piú punti, da cenge incrostate di guano bianco levigato dal vento e dalla pioggia. C'erano migliaia e migliaia di nidi sulla scogliera. I raccolti migliori dell'isola. E i meno inaccessibili. L'indomani saremmo scesi sulle cenge lí sotto per l'ultima raccolta. Un nodo nauseante di paura mi strinse lo stomaco e distolsi lo sguardo. Ancora un ultimo giorno, poi il martedí avremmo iniziato a smontare il campo in tempo per l'arrivo della *Purple Isle*, meteo permettendo, il mercoledí. Non vedevo l'ora.

Quella sera facemmo il miglior pasto del nostro soggiorno. Mangiammo le prime *guga* di quell'anno. Ormai le nostre provviste erano scarse. Il pane era raffermo e a volte ammuffito, ed era sempre infestato dagli insetti. La carne era stata mangiata tutta e ci sembrava di vivere di porridge e uova. L'unica costante a ogni pasto era la dieta a base di Scritture e di Salmi servita dalla Bibbia di Gigs. La *guga* fu dunque come la manna dal cielo, forse un premio per tutta la nostra devozione.

Angel passò il pomeriggio a preparare. Prese tre *guga* dalla prima ruota, le lavò e le pulí. Poi le divise in quattro parti e le tuffò in un pentolone d'acqua che bolliva sul fuoco. Mentre cuocevano, pelò le ultime patate e le mise in pentola su un altro fuoco. Quando stavano per bollire, Angel era pronto a cambiare l'acqua in cui cuocevano le *guga*. Con attenzione tolse tutti i pezzetti degli uccelli, rovesciò l'acqua marrone piena di grasso e scurita dal sale sulle rocce, e riempí la pentola di acqua fresca da rimettere a bollire. Poi rimise gli uccelli in pentola per un'ultima mezz'ora.

E il senso di attesa nella *blackhouse* quella sera mentre ci sedevamo intorno al fuoco, stringendo i piatti, era quasi palpabile. La scatola di latta con le posate, che solitamente veniva passata perché ognuno si scegliesse le proprie, rimase al suo posto. La *guga* si era sempre e solo mangiata con le dita. Angel serví un pezzo di uccello su ciascuno dei nostri piatti, mentre da soli ci servivamo generosamente di patate. E il banchetto cominciò, lí alla luce blu fumosa del fuoco, pelle e carne e patate assaporate in silenzio, che riempivano le nostre bocche affamate. La carne era soda ma tenera, del colore e della consistenza dell'anatra, ma con un gusto che stava tra la bistecca e l'aringa affumicata.

Un quarto di uccello fu piú che sufficiente, insieme alle patate, per lasciarci sazi e assonnati, ad ascoltare in uno stato quasi di trance Gigs che leggeva la Bibbia. E poi il letto, e la gradita foschia del sonno. Dubito che uno qualunque degli uomini nella *blackhouse* quella notte abbia pensato ai pericoli che ci attendevano sulle ultime scogliere l'indomani. Se l'avesse fatto, quasi certamente non avrebbe dormito.

Ancora una volta il vento era cambiato. Ora scendeva da nordovest, con un avamposto di pioggia. Faceva anche molto piú freddo. Su al faro, dove ero stato solo il giorno prima con il vento caldo in faccia, ci si poteva inclinare nell'aria impetuosa senza cadere. Le condizioni atmosferiche ci avrebbero reso molto piú arduo il lavoro sulle scogliere sotto di noi. In un primo momento non riuscii a capire come si potesse scendere sulle cenge che avevo visto il giorno prima. La scogliera scendeva a picco per trenta metri fino alla prima di esse. Ma Gigs ci condusse lungo un canalone ripido sulla sinistra, quasi nascosto dalla piega della roccia, che si sviluppava in un camino profondo, con crepe e fessure che creavano dei gradini su una parete. Ci si poteva facilitare la discesa facendo leva con la schiena contro la parete opposta. Il camino era largo poco piú di un metro e si restringeva verso la base, dove uscimmo direttamente sulla prima cengia. In quel momento migliaia di sule decollarono gridando in segno di allarme, sbattendoci le ali in faccia. La cengia era fitta di nidi. Il guano riempiva ogni fessura nella roccia, smussandone la consistenza e le cavità. Percosso dal vento e dal sale, si era indurito in una superficie liscia e bianca come il marmo, ed era infido sotto i piedi. In quel punto fortunatamente eravamo al riparo dal vento, e la pioggia ci superava e passava oltre. Il mare sferzava la roccia ai piedi della rupe, sessanta metri piú in basso. Gigs ci fece segno che dovevamo agire rapidamente, e cosí ci avviammo lungo la cengia, che misurava poco piú di un metro nel punto piú largo, uccidendo il piú velocemente possibile, ammucchiando uccelli dietro di noi, con il rosso scarlatto che ci si ammassava intorno sul guano bianco marmo. Alla nostra destra, una seconda squadra stava lavorando su un'altra cengia. Non avevo idea di dove fosse la terza squadra.

Il modo in cui successe fu del tutto inaspettato. C'è qualcosa nell'atto di uccidere che ottunde i sensi, ma ancora adesso non so come potei essere cosí stupido. Eravamo tornati al camino, accumulando gli uccelli morti alla base. Pluto era risalito sulla parte superiore e calava una corda, e noi legavamo quattro uccelli alla volta in modo che li potesse trasportare fino in cima. Gigs stava esplorando un possibile percorso fino alla cengia successiva quando mi voltai, spaventando un pulcino che aveva il nido in un crepaccio. Con uno strido e uno svolazzare di piume e ali, me lo ritrovai in faccia. Sentii il becco che mi perforava la guancia. Alzai le braccia per difendermi e feci un passo indietro, nel vuoto. In quella frazione di secondo ora credo che forse avrei potuto recuperare l'equilibrio. Ci ho ripensato cosí tante volte. Ma allora, in quel momento, fu come se le rocce mi avessero lasciato andare, consegnandomi al mio destino. Avevo aria sotto i piedi, e le mani annaspavano alla ricerca disperata di qualcosa a cui reggermi. Ma non c'era nulla. Ricordo di aver pensato che Gigs mi aveva raccontato che, a memoria d'uomo, non c'era mai stato un incidente sulle scogliere. E mi sentii come se stessi rovinando il record. Percepii chiaramente il rumore degli uccelli e mi parve che ridessero mentre cadevo, godendo della mia drammatica situazione. Diversamente da loro, io non sapevo volare. Me lo meritavo, per aver ucciso i loro piccoli. Volavo in silenzio, troppo sorpreso per sentire la paura e darle sfogo. Come in un sogno, pensai che magari non stava accadendo veramente. Non a me.

Poi il primo impatto mi attraversò come il colpo di un maglio. Da qualche parte sul braccio sinistro o sulla spalla. Il dolore fu intenso, e mi spinse finalmente a rompere il silenzio. Urlai. Ma ritengo che fu quell'impatto a salvarmi la vita. Precipitai ancora e ancora, colpendo ogni volta le rocce, prima di arrestarmi all'improvviso. Sentii il cranio che si spaccava, ma la coscienza si spense in un attimo, come la fiamma di una candela, e non provai piú dolore.

La prima cosa che ricordo di aver sentito furono le voci. Gridavano. Non avevo idea di che cosa dicessero perché, mentre mi ritornava qualcosa di simile alla coscienza, portò con sé un dolore indescrivibile. Dicono che non si può sentire il dolore in due punti contemporaneamente. Ma io ero consapevole del bruciore alla spalla, che bruciava come un taglio affilato che trapassava la carne, i muscoli e i tendini, fino all'osso. E anche del dolore alla testa, come se qualcuno l'avesse bloccata in una morsa di ferro e stesse girando lentamente la vite. Probabilmente avevo male anche altrove, un dolore di cui avrei preso coscienza molto piú tardi, ma in quel momento tutti i miei sensi erano inghiottiti da quei due fulcri. Non riuscivo a muovermi, e in mezzo alla nebbia della sofferenza mi chiesi se mi fossi rotto la schiena. Mentre mi costringevo ad aprire gli occhi, scoprii che guardavo a picco sul mare che si schiantava furiosamente sulle sporgenze rocciose, una cinquantina di metri sotto di me. Mi aspettava, attirandomi tra le sue braccia, e la cengia che mi aveva trattenuto gli aveva tolto la possibilità di inghiottire il mio corpo frantumato nelle sue tenebre oscure.

Con un indicibile sforzo rotolai dal precipizio e mi misi supino. Piegai la gamba all'altezza del ginocchio, e da qualche parte nella nebbia della mia angoscia trovai sollievo al pensiero che, dopo tutto, il midollo spinale forse era ancora intatto. La sporgenza era stretta, sessanta centimetri circa. Miracolosamente aveva fermato la mia caduta e mi tenne lí, cullato nel seno della scogliera. Mi vedevo il sangue sulle mani, e fui preda del panico per un po' prima di rendermi conto che era il sangue delle *guga* che stavamo macellando un minuto prima della mia caduta. L'estremo sfilacciato di una corda di plastica verde mi pendeva sopra la testa, e una quindicina di metri piú in alto vidi le teste e le spalle degli uomini che si sporgevano nel vuoto, quanto se la sentivano, e guardavano verso il basso per cercare di vedermi. Anche nel mio stato di semicoscienza confusa capivo che non c'era modo di scendere. La roccia era ripida, liscia e ricoperta di guano. Per arrivare a raggiungermi, qualcuno sarebbe dovuto scendere legato all'estremità di una corda.

I miei compagni gridavano ancora. In un primo momento pensai che gridassero a me. Vidi Artair che si sporgeva a destra dalla scogliera, il viso pallido e sconvolto. Gridava anche lui, ma non riuscivo a capire le sue parole. E poi un'ombra mi scese sul viso, girai la testa e scorsi il signor Macinnes che si tirava su sulla cengia accanto a me. Aveva un aspetto terribile. La barba lunga, il viso giallo, gli occhi affondati nel profondo del cranio. Sudava e tremava, e sembrava alla disperata ricerca di una presa per evitare di cadere; si inginocchiò in quello spazio ristretto, premendosi forte contro la parete della scogliera. – Andrà tutto bene, Fin –. Aveva una voce roca e sottile. – Ce la farai –. E afferrò la corda verde, avvolgendosela parecchie volte intorno al polso, prima di dondolare dalla roccia e girarsi in modo da finire seduto sulla cengia proprio a fianco della mia testa. Si spinse indietro, con gli occhi chiusi, e respirava profondamente. Chissà come era salito dal basso per raggiungermi. A tutt'oggi non ho idea di come ci fosse arrivato. Ma riuscivo quasi a sentire la sua paura. È strano. In quel momento ricordo che, nonostante tutto il mio dolore, provai pena per lui. Sporsi una mano e lui la afferrò e me la strinse.

– Riesci ad alzarti a sedere?

Provai a parlare, ma le parole non mi venivano. Provai di nuovo. – Non credo.

– Devo farti sedere, cosí posso legarti la corda sotto le braccia. Non ci riesco da solo, ho bisogno del tuo aiuto.

Annuii. – Ci provo.

Con una mano stringeva ancora la corda e mi mise l'altro braccio intorno alla vita per cercare di tirarmi in piedi. Il dolore che mi percorse il braccio e la spalla fu atroce, e gridai. Mi fermai per diversi minuti, ansimando, aggrappato a lui con tutto me stesso. Il signor Macinnes continuava a mormorarmi parole di incoraggiamento, parole che erano solo suoni soffiati via dal vento. Ma mi erano comunque di conforto e mi davano coraggio. Con il braccio sano afferrai il suo e mi tenni stretto, puntellandomi con la gamba che ero riuscito a piegare, e mi sollevai con tutte le mie forze fino a riuscire a trascinarmi quasi in posizione seduta. Gridai di nuovo, ma ora ero appoggiato contro le sue gambe, e il signor Macinnes riuscí a passarmi la corda rapidamente sotto entrambe le braccia e intorno alla schiena, e la legò in un grande nodo dall'aspetto sicuro sul mio petto.

Quando ebbe finito, ci sedemmo entrambi respirando a fatica, cercando di non guardare in basso e sforzandoci di non immaginare il momento in cui mi avrebbe liberato dalla sua stretta e avrei dondolato fuori dalla sporgenza. A quel punto sarei stato appeso a un capo di quel pezzo di corda sfilacciata di plastica verde, e la mia vita sarebbe dipesa dal suo nodo e dalla forza degli uomini di sopra per trarmi in salvo. In un certo senso, penso che in quel momento avrei potuto decidere di scegliere a favore della caduta, dei pochi secondi necessari per il volo, e una morte rapida sulle rocce sottostanti che ponesse fine al mio dolore.

– Sanguini, – disse. E mentre parlava sentii il sangue che scorreva caldo sul collo da una ferita alla testa, da qualche parte sopra l'orecchio. Il signor Macinnes cercò un fazzoletto e mi asciugò il sangue fresco dal viso. – Mi dispiace tanto, Fin, – disse. E mi chiesi perché. Non era colpa sua se ero caduto.

Inclinò la testa all'indietro, gridò agli altri che era pronto e diede tre strattoni alla corda. Ci fu uno strattone di risposta e tutto il peso della corda venne preso in carico dagli uomini di sopra.

– Buona fortuna, – disse il signor Macinnes. La corda mi tirò su e urlai di nuovo per il dolore. Lui mi lasciò andare, allora, e ciondolai libero dalla roccia, girando velocissimo nel vento, salendo in una serie di brevi scatti dolorosi. Sbattei due volte contro la scogliera prima di oscillare di nuovo nella corrente ascensionale che proveniva dal mare. E tutto ciò mentre le sule volavano intorno alla mia testa, urlando la loro rabbia, augurandomi di cadere. «Muori, muori, muori», sembrava che gridassero.

Ero a malapena cosciente, nel momento in cui riuscirono a issarmi sulla cengia da cui ero caduto e volti preoccupati si affollarono intorno a me. E la voce di Gigs: – Al diavolo, figliolo, pensavo che fossi spacciato.

Poi qualcuno gridò. E il terrore nella sua voce fu raggelante, perentorio. Girai la testa in tempo per vedere il signor Macinnes sospeso nell'aria, le braccia tese come ali, come se pensasse di saper volare. Sembrò metterci un'eternità a raggiungere la roccia sottostante, dove il suo volo terminò bruscamente. Per un attimo atterrò a faccia in giú, le braccia spinte ai lati, una gamba piegata, come una parodia di Cristo in croce. E poi una grande onda lo coprí e lo trascinò al largo, e la schiuma bianca divenne rosa mentre lui spariva per sempre negli abissi verdi senza fondo.

Ci fu un silenzio spettrale in quel momento, come se tutti gli uccelli avessero risposto a un appello per avere un momento di silenzio. Solo il vento continuava con il suo lamento funebre finché non sentii, ancora piú forte, l'urlo di angoscia di Artair.

Dodici

1.

Le montagne dell'isola di Harris si ergevano davanti a Gunn e a Fin, sporgendo dalla bassa nuvola nera e aprendovi grandi squarci che rivelavano sorprendenti brandelli di azzurro e cenci frastagliati di bianco. Frammenti di sole cadevano sulle acque di un laghetto scintillante che si insinuava profondo tra le colline. Alla svolta, sulla curva della collina, passarono vicino a un vecchio capanno da pastori, abbandonato, con un panorama fuori del tempo quanto l'isola stessa.

– E c'è gente che sceglie di stare nel traffico sulla M25 per due ore al giorno, – disse George Gunn. – Peggio per loro, eh?

Fin annuí e pensò che probabilmente lui stesso era uno di quei pazzi. Quante ore della sua vita aveva sprecato bloccato negli ingorghi a Edimburgo? La strada per Uig, che si snodava attraverso campagne tra le piú cupe e allo stesso tempo le piú belle del mondo, era un ottimo promemoria che la vita non deve essere cosí. Ma avvicinandosi alle montagne, avvolte nelle nuvole e nella nebbia, azzurre e verdi e viola piú scuro, la loro cupezza divenne contagiosa, e all'ombra del loro splendore imbronciato Fin si ritrovò a sprofondare nella depressione che aveva già provato al risveglio.

Al ritorno a Stornoway era rimasto sotto la doccia calda nella sua camera d'albergo per un tempo quasi interminabile, cercando di lavare via il ricordo della sera prima. Ma quel pensiero gli stava addosso con ostinazione, ossessionandolo con l'immagine del giovane Fionnlagh, proprio come lui stesso da giovane, travagliato e infelice alla prospettiva del viaggio ad An Sgeir. A scioccarlo era anche il cambiamento nel suo piú vecchio amico. Artair dal viso fresco, un tempo cosí pieno di vita e di sprezzo, ora era sovrappeso, sboccato e alcolista, intrappolato in un matrimonio senza amore, con una madre paralizzata e un figlio che non era suo. E

Marsaili. Povera Marsaili, stanca e slavata, su cui la vita e gli anni si erano accaniti.

Eppure, in quei pochi momenti al tavolo della cucina, aveva visto di nuovo in lei la giovane Marsaili, ancora presente nel bagliore degli occhi, nel sorriso, nelle dita che gli avevano sfiorato il viso. E in quell'antica ironia sarcastica che una volta adorava.

Gunn era consapevole della distrazione del suo compagno di viaggio, e lo osservò seduto accanto a lui. – A che cosa pensa, signor Macleod?

Fin si riscosse dal sogno a occhi aperti e fece un sorriso forzato. – A niente di speciale, George.

Svoltarono in una lunga gola, intagliata nella roccia dalla forza inarrestabile dell'acqua per milioni di anni. Un fiume che una volta era ampio, ormai ridotto a un filo tra i massi. E appena emersero dalle ombre, videro il primo assaggio della spiaggia di Uig da una fenditura nel terreno. Chilometri di sabbia bianca. Non si riusciva nemmeno a vedere l'oceano.

Gunn si allontanò dalla costa, seguendo una strada a una carreggiata sopra una griglia per il bestiame, su per le colline, costeggiando un largo fiume poco profondo che si muoveva rapido, e cadeva e si schiantava su pietre irregolari che sorgevano in gradini e ammassi dal letto del fiume.

– Si trova facilmente il salmone selvaggio a Edimburgo, signor Macleod?

– No, non molto. Di questi tempi pare che arrivi solo pesce d'allevamento.

– Sí, tremendo, non è vero? Tutte quelle sostanze chimiche e quegli antibiotici del cavolo, e poi far nuotare in cerchio quei poveri animali. La carne è cosí molle che ci si possono infilare le dita dentro –. Lanciò un'occhiata al fiume che scorreva veloce davanti a loro. – Suppongo che sia per questo che alcuni pagano cosí tanto per venire a prendere il salmone vero.

– E perché altri rischiano cosí tanto per pescarlo di frodo –. Fin evitò di guardare Gunn. – Tu ne hai mangiato spesso negli ultimi tempi, George?

Gunn alzò le spalle. – Be', ha presente, un assaggino qua e uno là, signor Macleod. Mia moglie conosce qualcuno che ce ne fa arrivare una puntina ogni tanto.

– Tua moglie?

– Sí –. Gunn guardò furtivo verso di lui. – Io non chiedo mai, signor Macleod. Quello che non si sa non può nuocerti.

– L'ignoranza non è una scusa agli occhi della legge.

– Sí, ma qualche volta la legge è asina. Dio non ha messo i salmoni migliori del mondo nei nostri fiumi, signor Macleod, perché degli inglesi vengano qui a far pagare un occhio della testa ad altri inglesi per portarseli via.

– E se tu scoprissi che qualcuno sta pescando di frodo?

– Oh, lo arresterei, – disse Gunn senza esitazioni. – È il mio mestiere –. Teneva gli occhi fissi sulla strada. – Forse potrebbe farle piacere cenare con noi questa sera, signor Macleod. Magari mia moglie riesce a scovare un pezzo di salmone vero da qualche parte.

– Un'offerta allettante, George. Sono tentato di accettarla. Ma vediamo prima come va a finire la giornata. Non si sa mai, potrebbero mettermi su un aereo per Edimburgo già oggi pomeriggio.

Arrivarono a un tratto di strada in salita, e lí sotto di loro, adagiato sulla riva di un minuscolo sgorbio di laghetto grigio, c'era *Suainaval Lodge*, con un boschetto di pini silvestri che gli crescevano intorno, piantati con precisione al riparo delle colline circostanti. Il *lodge* probabilmente nasceva su un'antica fattoria, ampliata e rialzata. Era una casa imponente, appena ridipinta di un bianco brillante che spiccava nel buio di quel luogo tenebroso. Una strada asfaltata scendeva fino a un parcheggio a lato della casa e a un pontile dove un gruppo di barchette galleggiava sulla superficie increspata del lago. C'era solo un veicolo parcheggiato, una Land Rover dall'aria malconcia. Gunn vi parcheggiò a fianco e i due poliziotti scesero sull'asfalto. Un omone in tuta blu, giacca di tweed e berretto con la visiera in tinta calato sul viso rotondo e rubizzo corse fuori dal *lodge*.

– Posso fare qualcosa per voi? – A Fin parve sulla quarantina, ma era difficile a dirsi. Aveva il viso rovinato dalle intemperie e pieno di venuzze rosse. I capelli che si vedevano sotto il berretto erano rossi, striati di bianco.

– Polizia, – disse Gunn. – Da Stornoway.

L'uomo tirò un sospiro di sollievo. – Be', sono contento. Credevo foste quelli del ministero con un giorno di anticipo.

– Che ministero? – chiese Fin.

– Dell'Agricoltura. Vengono a contare le pecore per calcolare la sovvenzione. Erano da Coinneach Iain ieri, e non sono ancora riuscito a trasferire le sue bestie da me –. Accennò a un piccolo podere sul versante opposto, una striscia di terra delimitata sulla collina soprastante, e pecore bianche sparse tra l'erica.

Fin si accigliò. – Ci sono già delle pecore lí.

– Oh, sí, sono le mie.

– Quindi, perché vuole portare qui le pecore di Coinneach Iain?

– Cosí il tipo del ministero pensa che ne ho il doppio, e mi dànno il doppio di sovvenzione.

– Vuol dire che le stesse pecore vengono conteggiate due volte?

– Sí –. L'uomo sembrava sorpreso dalla lentezza di Fin.

– Ma è sicuro che può raccontarcelo?

– Be', non è un segreto –. L'uomo era sprezzante. – Anche quello del ministero lo sa. Se le pecore sono qui quando arriva, lui le conta. È l'unico modo in cui riusciamo a guadagnarci da vivere. È cosí che mi è toccato prendere questo lavoro al *lodge*.

– Che lavoro è? – Gunn chiese.

– Custode. Mi occupo della casa quando sir John non c'è.

– Sir John chi? – chiese Fin.

– Wooldridge –. Il custode ridacchiò. – Lui mi dice di chiamarlo Johnny. Ma non mi piace, dato che è un baronetto –. Gli porse una manona. – Ah, mi chiamo Kenny –. Sorrise. – Anch'io mi chiamo Coinneach, cosí la gente mi ha soprannominato Kenny. Big Kenny.

Fin ritirò la mano schiacciata dalla stretta fortissima di Kenny. – Allora, Big Kenny, – disse, sgranchendosi le dita, – Johnny c'è?

– Oh, no, – rispose Big Kenny. – Sir John non c'è mai d'estate. Porta sempre gente a settembre. L'autunno è migliore per la caccia.

Gunn estrasse dalla tasca un foglio di carta piegato e lo aprí. – Che mi dici di un certo James Minto?

Big Kenny si rabbuiò, i capillari sul naso presero una sfumatura viola scuro. – Ah, lui. Sí, lui c'è. Lui c'è sempre.

– Non sembri particolarmente contento, – disse Fin.

– Non ho niente da ridire su di lui, signore. Ma non sta molto simpatico a nessuno. Qualcuno deve fermare la pesca di frodo, e penso che lui abbia fatto un buon lavoro. Ma c'è modo e modo di fare le cose. Se capite cosa intendo.

– E non ti piace il suo modo di fare le cose, – disse Gunn.

– No, signore, proprio cosí.

– Dove possiamo trovarlo? – chiese Fin.

– Sta in un vecchio podere tra le dune sul lato sud della spiaggia di Uig –. Si fermò, a metà del discorso, come si fosse ricordato improvvisamente con chi stava parlando. Si accigliò. – Che cosa ha fatto? Ha ucciso qualcuno?

– Ti sorprenderebbe se fosse cosí? – chiese Fin.

– No, signore. Non mi sorprenderebbe affatto.

Il podere di Minto era un'ex casa di vacanza tra le dune, alla fine della strada costiera. Da lí si vedeva tutta la spiaggia di Uig, dall'oceano lontano a ovest, fino all'estremità est con *Uig Lodge*, un incredibile capanno da caccia che sorgeva splendido e isolato su un promontorio che affacciava sulla sabbia, con dietro le montagne a strati ondulati e sovrapposti di viola pastello e azzurro, come silhouette ritagliate nella carta e disposte una dietro l'altra. Subito di fronte, sul lato piú lontano della spiaggia, c'era un gruppo di edifici dipinti di bianco: Baile-na-Cille, il luogo di nascita di Kenneth Mackenzie, il profeta scozzese.

– Certo, – raccontava il padre di Fin, – noi lo conosciamo in gaelico come Coinneach Odhar, e il mondo lo conosce come il Veggente di Brahan –. Fin si rivedeva come fosse ieri seduto sul bordo del *machair* mentre suo padre montava il loro aquilone e raccontava la storia di un fantasma che, tornando una notte nella sua tomba a Baile-na-Cille, aveva detto alla madre di Coinneach di cercare una piccola pietra azzurra rotonda in un lago vicino. – Le disse che, se avesse dato quella pietra a suo figlio e lui se la fosse messa davanti agli occhi, avrebbe visto il futuro.

– E lei lo fece? – aveva chiesto ingenuo Fin a suo padre.

– Sí, figliolo.

– E vedeva davvero il futuro?

– Predisse molte cose che si sono avverate, Fionnlagh, – gli aveva risposto il padre elencando tutta una serie di profezie che per il piccolo Fin non significavano nulla. Ma il Fin adulto ora guardava in direzione delle lapidi sul *machair* lontano, e ricordò una profezia che suo padre non era vissuto abbastanza a lungo per veder realizzata. Il Veggente di Brahan aveva scritto: «Quando gli uomini andranno sotto il mare di Francia in carrozze senza cavalli, la Scotia risorgerà libera da ogni oppressione». Quando lui e suo padre facevano volare gli aquiloni sulla spiaggia, il tunnel sotto la Manica era solo un'idea appena abbozzata da Margaret Thatcher, e nemmeno il nazionalista piú fervido avrebbe potuto prevedere allora che prima della fine del secolo un parlamento scozzese si sarebbe insediato di nuovo a Edimburgo. Coinneach Odhar era stato arso vivo per stregoneria quasi trecento anni prima di tutto ciò.

– È una specie di luogo magico, questo, – disse George Gunn, alzando la voce per farsi sentire sopra il vento che si increspava come l'acqua in onde tra l'erba alta del *machair*.

– Sí, davvero –. E Fin pensò al mezzadro che aveva ritrovato, sepolti nella sabbia di Uig, gli Scacchi di Lewis, intagliati dai Normanni del XII secolo da zanne di tricheco. E immaginava com'era stato possibile, secondo la leggenda, che quel mezzadro li avesse scambiati per elfi e gnomi, i folletti pigmei del folklore celtico, e avesse girato i tacchi fuggendo a rotta di collo.

Un uomo uscí dalla porta d'ingresso del podere non appena Fin e Gunn chiusero le portiere dell'auto. Indossava pantaloni di fustagno infilati in stivali neri al ginocchio e un maglione di lana spessa sotto una giacca con toppe di pelle sulle spalle e i gomiti. Aveva un fucile su un braccio e una borsa di tela appesa alla spalla. I capelli neri erano corti e il viso magro. Ma nemmeno l'intensa abbronzatura estiva riusciva a nascondere le tracce dei lividi gialli, e sulle labbra tagliate c'erano delle cicatrici in via di guarigione. I suoi occhi erano verdi e chiarissimi, e Fin decise che era piú o meno suo coetaneo. L'uomo si fermò per un attimo, poi chiuse la porta alle sue spalle e si avviò verso di loro zoppicando lievemente. – Cosa posso fare per voi? – Era pacato, e il vago accento cockney si percepiva appena sopra il baccano del vento. Ma la voce non rispecchiava la diffidenza in quegli strani occhi verdi, o la tensione che Fin notava nel portamento, che aveva qualcosa di un gatto, raggomitolato e pronto a saltare.

– Lei è James Minto? – chiese Fin.

– Chi lo vuole sapere?

– Sergente Finlay Macleod –. Fin fece un cenno verso Gunn. – E l'agente George Gunn della polizia investigativa.

– Mi mostrate il tesserino? – Minto li guardava ancora diffidente. Entrambi glielo mostrarono, lui li esaminò e poi annuí. – Bene, sono io. Cosa volete?

Fin accennò col capo al fucile. – Immagino abbia il porto d'armi per questo.

– Lei cosa crede? – La diffidenza si stava trasformando in ostilità.

– Credo di averle fatto una domanda a cui lei non ha risposto.

– Sí, ce l'ho.

– A cosa intende sparare?

– Ai conigli, se proprio lo vuole sapere, sergente –. Aveva tutte le caratteristiche di un soldato semplice che mostra disprezzo per un superiore.

– Non ai pescatori di frodo.

– Non sparo ai pescatori di frodo, io. Li catturo e poi ve li consegno.

– Dove si trovava la notte di sabato tra le otto e mezzanotte?

Per la prima volta la sicurezza di Minto vacillò. – Perché?

– Sono io che faccio le domande.

– Non le rispondo se non so il perché.

– Se non risponde la ammanetto, la infilo nel sedile posteriore di quella macchina e la porto a Stornoway, dove sarà accusato di resistenza a pubblico ufficiale nell'esercizio delle sue funzioni.

– Provaci, amico, e ti ritrovi con due braccia rotte, cazzo.

Fin aveva letto il materiale di Gunn su Minto. Era un ex soldato delle Forze aeree speciali, aveva prestato servizio nel Golfo e in Afghanistan. E qualcosa nel suo tono lo convinse che faceva sul serio. Fin mantenne un tono calmo. – Anche minacciare un agente di polizia è un reato, signor Minto.

– Allora mi ammanetti e mi infili nel sedile posteriore della vostra auto.

Fin si sorprese del tono tranquillo e minaccioso che udí nella voce di Gunn al suo fianco. – Penso che farebbe meglio a rispondere alle domande del signor Macleod, signor Minto, sennò si ritrova lei con le braccia rotte, e gliele rompo io mentre la ammanetto.

Minto lo soppesò rapidamente con lo sguardo. Fino ad allora aveva prestato scarsa attenzione a Gunn. Se lo aveva liquidato come un giovane poliziotto ininfluente, ora di sicuro ci ripensò. Si decise. – Sono stato a casa sabato sera, a guardare la tv. Non che si veda molto bene qui –. Spostò lo sguardo da Gunn di nuovo verso Fin.

– Qualcuno lo può confermare? – chiese Fin.

– Già, come se avessi un sacco di amici qui a Uig. Vengono sempre a trovarmi per bere una birra e fare due chiacchiere.

– Era da solo, allora?

– È sveglio per essere uno sbirro.

– Che programmi ha visto? – Gunn chiese con l'autorevolezza di qualcuno che probabilmente aveva guardato la tv quel sabato sera.

Minto gli lanciò un'altra occhiata diffidente. – Come cazzo faccio a saperlo? Quella tv del cavolo trasmette la stessa robaccia tutte le sere. Merda –. Spostò lo sguardo da uno all'altro. – Sentite, prima mi chiedete quello che volete sapere, io ve lo dico, e poi la finiamo con questo giochetto, va bene?

– Forse dovremmo farlo in casa, – disse Fin. – E ci potrebbe offrire una tazza di tè –. Gli sembrava un buon modo per stemperare le ostilità.

Minto ci rifletté per un attimo. – Sí, va bene. Perché no?

Per essere un uomo che viveva da solo, Minto teneva la casa in perfetto ordine. Il salottino era spartano e pulito, privo di foto o ninnoli, fatta eccezione per una scacchiera su un tavolo vicino alla finestra, con gli scacchi disposti in varie posizioni sui quadrati avorio e neri. Fin riusciva a vedere dentro la cucina mentre aspettavano che Minto portasse il tè. Non c'era un piatto sporco in vista. Le posate erano appese in rastrelliere ordinate sul muro e gli strofinacci messi ad asciugare accuratamente piegati sopra un calorifero. Minto portò un vassoio con una teiera, tre tazze e i piattini, una piccola brocca di latte e una ciotola con le zollette di zucchero. Fin si aspettava delle semplici tazze alte. C'era qualcosa di vagamente maniacale nella pignoleria di Minto, un ordine e una disciplina che forse gli erano stati inculcati durante gli anni nell'esercito. Fin si chiedeva cosa potesse spingere un uomo a venire a vivere da solo in un posto come quello. Il suo lavoro, per la sua natura, non lo avrebbe portato a farsi molti amici. Ma sembrava che ce la mettesse tutta per crearsi dei nemici. Non stava simpatico a nessuno, aveva detto Big Kenny. E Fin capiva bene perché.

Mentre Minto versava il tè, Fin disse: – Non è facile giocare a scacchi da soli.

Minto guardò la sua scacchiera dall'altra parte della stanza. – Gioco per telefono. Con il mio ex comandante.

– Ha gli Scacchi di Lewis, vedo.

Minto sorrise. – Già, non gli originali, purtroppo. Non ho ancora capito come entrare nel *British Museum* a prendermeli –. Fece una pausa. – Sono belli, vero?

«Belli» non era una parola che Fin si aspettava di sentire in bocca a Minto. Se anche avesse sospettato per un momento che Minto facesse caso al lato estetico della vita, non avrebbe comunque pensato che potesse apprezzarli. Ma l'unica cosa che Fin aveva imparato dai suoi anni in polizia era che, per quanto tu creda di averla capita, la gente ti sorprende sempre. – Ha mai visto gli originali? Alcuni pezzi sono in mostra al *Museo nazionale scozzese* di Edimburgo.

– Mai stato a Edimburgo, – rispose Minto. – In realtà, non sono stato da nessuna parte in Scozia tranne qui. E non sono nemmeno andato in giro per l'isola da quando sono arrivato, un anno e mezzo fa –. Fin annuí. Se era vero, Minto era escluso da ogni legame con l'omicidio di Leith Walk. – In un primo momento ho pensato che fosse venuto a dirmi di aver arrestato i bastardi che mi hanno fatto questa roba sulla faccia.

– Purtroppo no, – disse Gunn.

– No, – disse Minto con accento strascicato. – Non so cosa mi sia passato per la testa. Come tutti gli stronzi che ci sono da queste parti, vi interessa di piú proteggere la vostra, di faccia. Giusto? – Si sedette e lasciò cadere due zollette di zucchero nel tè e le mescolò assieme al latte.

– Ho visto anche un sacco di pescatori di frodo malconci, – disse Gunn.

– Un sacco di pescatori di frodo non sono contenti di farsi prendere.

Fin chiese: – Lavora da solo?

– No. C'è un paio di altri ragazzi sul libro paga di sir John. Gente del posto. Probabilmente quando non sono con me vanno anche loro a pesca di frodo.

– Sir John deve avere un libro piuttosto pesante, – disse Fin. – Paga tre persone solo per catturare i pescatori di frodo.

Minto rise. – Una goccia nell'oceano, amico mio. Sapete, ci sono associazioni di pescatori che vengono qui, affittano il *lodge* e pagano diecimila sterline alla settimana per una sola battuta. Sommando tutta la stagione, fa un sacco di grana, avete presente? E, pagando tutti quei soldi, non sono troppo felici se non trovano pesce nel fiume. Un centinaio di anni fa, su a Grimersta Estate, si catturavano piú di duemila salmoni l'anno. Dicono che il gestore un giorno ne abbia pescati cinquantasette di fila. Di questi tempi ti puoi dire fortunato se ne tiri su un centinaio in una stagione. Il salmone selvaggio è una razza in estinzione, sergente. Ed è mio compito fare in modo che non si estingua.

– Massacrando di botte chiunque sorprende a pescarlo illegalmente?

– Questo lo dice lei.

Fin bevve il tè, meditabondo, stupito per un attimo dal profumo inaspettato di Earl Grey. Guardò Gunn e vide che l'agente aveva posato la tazza sul tavolo, senza bere. Fin si concentrò su Minto. – Si ricorda di un tizio di nome Macritchie? Lo ha sorpreso a pescare di frodo nella tenuta circa sei mesi fa. Lo ha consegnato alla polizia, un po' ammaccato, a quanto pare.

Minto si strinse nelle spalle. – Ho preso diversi pescatori di frodo negli ultimi sei mesi, amico. E si chiamavano tutti Macqualcosa. Datemi un indizio.

– È stato ucciso a Port of Ness sabato notte.

Per un momento, l'innata sfrontatezza di Minto lo abbandonò. Intorno agli occhi gli si dipinse un cipiglio. – Il tizio che era sul giornale l'altro giorno –. Fin annuí. – Cristo, e pensate che io abbia qualcosa a che fare con questo?

– Lei è stato picchiato abbastanza violentemente un paio di settimane fa. Da un aggressore, o piú di uno, ignoto.

– Sí, ignoto perché voi deficienti non l'avete ancora preso.

– Perciò lei non incontra solo i pescatori di frodo in giro?

– No, quelli volevano darmi una lezione. Mi aspettavano al varco.

– E non è riuscito a identificarli, perché? – chiese Gunn.

– Perché avevano delle cazzo di maschere, no? Non volevano farsi vedere in faccia.

– Il che significa che probabilmente lei li conosce, – disse Fin.

– Mamma mia, rimango di stucco! Non ci avrei mai pensato –. Minto bevve un lungo sorso di tè, come per lavare via il cattivo gusto del proprio sarcasmo.

– Deve esserci un sacco di gente qui intorno che non le vuole troppo bene, allora, – disse Fin.

E infine Minto ebbe l'illuminazione. Spalancò gli occhi verdi. – Credete che sia stato quel ragazzo, Macritchie. Credete che io sapessi che era lui e che l'abbia ucciso per questo.

– L'ha fatto?

La risata di Minto era senza allegria. – Lasciati dire una cosa, amico. Se avessi saputo chi mi ha fatto questo, – e si indicò il volto, – avrei agito con rapidità e in silenzio. E non avrei lasciato alcuna traccia.

Fuori, il vento piegava ancora l'erba alta. L'ombra delle nuvole correva su chilometri di sabbia compatta, e i due poliziotti notarono che la marea si era alzata e stava riempiendo i terreni bassi con una fretta esagerata. Alla macchina si fermarono e Fin disse: – Mi piacerebbe andare fino a Ness, George, e parlare con un po' di gente.

– Io devo tornare a Stornoway, signore. L'ispettore capo Smith non ci lascia molta libertà.

– Suppongo che dovrò chiedergli una macchina, allora.

– Ah, io non lo farei, signor Macleod. Probabilmente direbbe di no –. Gunn esitò. – Perché non mi lascia in commissariato e prende la mia macchina? Meglio farsi perdonare dopo che ricevere un divieto prima, no?

Fin sorrise. – Grazie, George –. Aprí la portiera.

Gunn chiese: – Allora, che cosa ne pensa? – Fece un cenno verso il podere. – A proposito di Minto.

– Penso che, a parte il panorama, abbiamo sprecato il nostro tempo –. Gunn annuí. Ma Fin ebbe l'impressione che fosse piú un cenno di riconoscimento che di approvazione. – Non sei d'accordo?

– No, probabilmente ha ragione, signor Macleod. Ma quel tizio non mi piace granché. Mi fa venire i brividi. Con il suo tipo di addestramento di sicuro sa usare bene un coltello, e credo che non ci penserebbe due volte prima di servirsene.

Fin si passò una mano tra i ricci fitti e sottili. – Sono piuttosto ben qualificati, questi tipi delle Forze aeree speciali.

– Eh, sí.

– E tu credevi di potergli rompere le braccia?

Gunn gli lanciò un'occhiata e arrossí, con un sorrisino rigido. – Probabilmente mi avrebbe rotto tutte le ossa che ho in corpo prima ancora che mi avvicinassi, signor Macleod –. Lo guardò leggermente di traverso. – Ma non era il caso che lo sapesse.

2.

A quanto Fin ricordava, il negozio di ceramiche *The Pottery* era lí, ai piedi della collina, da sempre. Quando aveva preso in gestione l'ex podere, Eachan Stewart era un capellone trentenne con gli occhi spiritati che a tutti i bambini di Crobost sembrava molto vecchio. Fin e gli altri ragazzi del villaggio credevano che fosse uno stregone, e per una volta obbedivano ai consigli dei genitori e stavano alla larga dal negozio, temendo di vedersi gettare addosso un maleficio. Eachan non era dell'isola, anche se si diceva che suo nonno provenisse da Carloway, l'equivalente del Far West per l'isola di Lewis. Era nato da qualche parte nel nord dell'Inghilterra, e lo avevano chiamato Hector, ma tornando alle radici si era ribattezzato Eachan, l'equivalente gaelico.

Fin, appena accostò l'auto di Gunn sul ciglio erboso, vide Eachan seduto davanti alla porta del suo cottage. Aveva superato i sessant'anni. I capelli erano lunghi come un tempo, ma tutti bianchi, e gli occhi un po' meno spiritati, offuscati come il suo cervello da anni di fumo di marijuana. Sulla facciata bianca scrostata della casa si vedeva ancora l'insegna rossa, «The Pottery», dove l'aveva dipinta trent'anni prima. Un giardino caotico, pieno di rifiuti accumulati in decenni di raccolta sulla spiaggia, era decorato con una rete da pesca verde drappeggiata tra recinzioni infradiciate. A fianco del cancello di legno traballante c'erano cataste di legno sbiadito raccolto sulla spiaggia. Sopra vi era legata una trave maestra con un pezzo di corda sfilacciata a cui erano appese boe, galleggianti e segnalatori, arancioni, rosa, gialli, bianchi, che sventolavano e sferragliavano al vento. Arbusti stentati e sferzati dal vento si aggrappavano ostinatamente al terreno sottile e torboso in cui Eachan li aveva piantati quando Fin era ancora un ragazzo.

Una grande attrazione per i bambini che ci passavano davanti andando a scuola, all'epoca, erano stati i misteriosi lavori di sterro che Eachan Stewart aveva iniziato poco dopo il suo arrivo. In un periodo di quasi due anni, tra i canneti e le paludi sterili intorno a casa sua, l'uomo aveva lavorato scavando e trasportando carriole piene di terra attraverso la brughiera e accumulando poi, come una talpa gigante, grandi mucchi disposti a dieci-dodici metri di distanza. Sei, in tutto. I bambini si sedevano in cima alla collina e lo guardavano lavorare da una distanza di sicurezza mentre livellava i mucchi di terra e ci seminava l'erba. Solo alla fine capirono che Eachan si era costruito un piccolo campo da golf a tre buche, con le piazzole e i green con le bandierine piantate nei fori. Erano rimasti a bocca aperta il primo giorno che si era presentato con il maglione e il berretto a scacchi, una sacca da golf a tracolla, a dare il colpo d'inizio sulla prima buca e battezzare il campo giocando la prima partita. Durò solo quindici minuti, ma da allora divenne una routine seguita con fervore religioso ogni mattina, con la pioggia o con il sole. Dopo un po' la novità perse il suo fascino per i bambini, i quali trovarono nuovi passatempi. Eachan Stewart, il ceramista eccentrico, si era inserito nel tessuto della vita del paese e diventò, a tutti gli effetti, invisibile.

Fin vide che il campo da golf a cui il vasaio folle aveva lavorato cosí duramente anni prima ora annegava in un mare di erba alta, trascurata e lasciata crescere senza regole. Eachan alzò lo sguardo quando sentí il cancello che raschiava sul sentierino d'ingresso ricoperto di erbacce. Strizzò gli occhi con aria interrogativa mentre Fin si avvicinava. Stava appendendo a un filo delle campane eoliche di ceramica da aggiungere alla ventina abbondante già allineata lungo la parte anteriore del cottage. Il suono sordo dei tubicini di terracotta decorati con smalto variopinto riempiva l'aria intorno a lui. Squadrò Fin dalla testa ai piedi. – Be', a giudicare dalle scarpe che porti, ragazzo, direi che sei un poliziotto. Ho ragione?

– Non ti sbagli, Eachan.

Eachan lo guardò di traverso. – Ci conosciamo? – Non aveva mai perso l'accento del Lancashire, anche dopo tutti quegli anni.

– Una volta, sí. Ma non credo che ti ricordi di me.

Eachan lo guardò fisso in faccia, e Fin immaginò di sentir scricchiolare gli ingranaggi della sua memoria. Alla fine scosse la testa. – Dammi un indizio.

– Mia zia acquistava alcuni dei tuoi pezzi piú insoliti, per cosí dire.

Gli occhi del vecchio si illuminarono. – Iseabal Marr, – disse. – Viveva nella vecchia *whitehouse* vicino al porto. Mi faceva preparare quei grandi vasi in colori primari per i suoi fiori secchi, ed è stata l'unica abitante della zona ad aver comprato una delle mie coppie di maialini che scopano. Era una creatura piuttosto eccentrica. Che riposi in pace –. Fin pensò che era il colmo, Eachan che definiva eccentrica sua zia. – E tu devi essere Fin Macleod. Gesú, ragazzo, l'ultima volta che ti ho visto è stato quando ho aiutato a trasportarti dalla *Purple Isle* l'anno in cui il vecchio Macinnes è morto sulla roccia.

Fin si sentí arrossire in viso, colpito come da uno schiaffo. Non aveva idea che Eachan fosse uno degli uomini che lo aveva portato giú dalla barca quell'anno. Non aveva alcun ricordo del viaggio di ritorno da An Sgeir, né della corsa in ambulanza attraverso la brughiera fino a Stornoway. La prima cosa che ricordava erano le lenzuola bianche inamidate del suo letto d'ospedale, e il viso preoccupato di una giovane infermiera china su di lui come un angelo. Si ricordò di aver creduto per un momento di essere morto e giunto in paradiso.

Eachan si alzò e gli strinse saldo la mano. – Che piacere vederti, ragazzo. Come stai?

– Sto bene, Eachan.

– E come mai sei tornato a Crobost?

– Per l'assassinio di Angel Macritchie.

La cordialità di Eachan svaporò subito, e il vasaio diventò improvvisamente guardingo. – Ho già detto agli sbirri tutto quello che so di Macritchie –. Si girò di scatto ed entrò nel cottage, una figura dinoccolata in salopette di jeans e camicia sporca a maniche lunghe con il collo alla coreana. Fin lo seguí all'interno. Il cottage era una grande stanza che fungeva da laboratorio, negozio, soggiorno, cucina e sala da pranzo. Eachan viveva, lavorava e vendeva la sua merce lí. Ogni spazio disponibile su ogni tavolo e scaffale era pieno di vasi, coppe, targhe e statuette. Dove non c'erano ceramiche, c'erano pile di piatti e vestiti sporchi. Centinaia di campane eoliche pendevano dalle travi. La fornace era in una stanzetta sul retro, e la casa aveva un bagno esterno in un capanno malconcio in giardino. Un cane dormiva su un divano che aveva l'aria di essere anche il letto di Eachan, e del fumo usciva da una piccola stufa di ghisa, dove l'uomo bruciava la torba, e offuscava la luce che entrava nella stanza dalle vetrine ingombre.

– Non sono qui in veste ufficiale, – disse Fin. – E quel che mi dirai rimarrà tra di noi. Mi interessa solo la verità.

Eachan prese una bottiglia di whisky quasi vuota da una mensola sopra il lavandino, tolse le foglie di tè da una tazza sporca e se ne versò una dose. – Una cosa molto soggettiva, la verità. Ne vuoi un po'? – Fin scosse la testa ed Eachan svuotò la tazza in un sorso solo. – Che cosa vuoi sapere?

– Macritchie ti forniva l'erba, vero?

Eachan spalancò gli occhi per lo stupore. – Come fai a saperlo?

– La polizia di Stornoway sospetta da tempo che Macritchie spacciasse droga. E tutto il mondo, Eachan, sa che tu ogni tanto ti fumi qualche canna.

Eachan spalancò gli occhi. – Davvero? Voglio dire, anche la polizia?

– Anche la polizia.

– E allora perché non mi hanno mai arrestato?

– Perché hanno cose piú importanti a cui badare, Eachan.

– Cristo –. Eachan si sedette bruscamente su uno sgabello, come se capire che tutti sapevano, e avevano sempre saputo, che si faceva le canne gli togliesse l'intero divertimento. Poi alzò gli occhi su Fin, improvvisamente allarmato. – Pensi che questo sia un movente per ucciderlo?

Fin a momenti scoppiò a ridere. – No, Eachan, penso che sia un movente per coprirlo mentendo.

Il vecchio aggrottò la fronte. – Cosa vuoi dire?

– Lo stupro di Donna Murray. L'attivista per i diritti degli animali che Angel ha picchiato proprio davanti a casa tua.

– Ah, adesso aspetta un minuto, – la voce di Eachan si alzò di tono. – Va bene. Okay. Lo ammetto. Big Angel ha pestato a sangue quel ragazzo. Gliel'ho visto fare, proprio davanti a casa mia, come hai detto. Ma un sacco di altra gente l'ha visto. E può anche dispiacermi per il ragazzo, ma se l'è andata a cercare. Nessuno a Crobost avrebbe fatto la spia a Angel per questo –. Si versò il fondo della bottiglia di whisky nella tazza con mano tremante. – Ma la piccola Donna Murray ha raccontato solo bugie.

– Come fai a saperlo?

– Perché ero andato al *Social* quella sera a farmi una birra prima della chiusura, e l'ho vista uscire nel parcheggio e poi dirigersi su per la strada –. Tracannò il whisky.

– Ti ha visto?

– No, non credo. Sembrava proprio preoccupata. Io ero dall'altra parte della strada, e quel lampione è rotto da mesi.

– E allora?

– E poi ho visto Angel che usciva. O forse dovrei dire che barcollava. Cazzo quant'era sbronzo. Anche se avesse voluto violentarla, non ci sarebbe mai riuscito. L'aria fredda l'ha colpito come una mazza e ha vomitato su tutto il marciapiede. Gli ho girato al largo, ti assicuro. Non volevo che mi notasse. Quando beveva, a volte diventava davvero aggressivo, cazzo. Cosí sono rimasto al buio sotto il lampione rotto e l'ho guardato per un paio di minuti. Si è appoggiato contro il muro, a riprendere fiato; poi è sceso barcollando verso casa sua. Nella direzione opposta rispetto a Donna Murray. E io sono andato a farmi la mia birra.

– Non hai visto nessun altro là fuori?

– No. Non c'era anima viva.

Fin era pensieroso. – E allora perché pensi che lei lo abbia accusato di averla violentata?

– Come diavolo faccio a saperlo? E che importanza ha? È morto adesso. Non fa alcuna differenza.

Ma Fin pensava che, forse, non era cosí. – Grazie, Eachan. Apprezzo la tua franchezza –. Si avviò verso la porta.

– E allora, che cosa è accaduto davvero sulla roccia quell'anno? – Eachan aveva abbassato la voce, ma avrebbe ottenuto un impatto minore se avesse urlato.

Fin si fermò sulla soglia e si girò. – Cosa vuoi dire?

– Be', tutti dicevano che era stato un incidente. Ma nessuno ne ha mai parlato. Mai, in tutti questi anni. Nemmeno Angel, e lui non riusciva a tenere un segreto per cinque minuti.

– Questo perché non c'era nessun segreto da tenere. Sono caduto sulla scogliera. Il signor Macinnes mi ha salvato la vita e nel farlo è rimasto ucciso.

Ma Eachan scosse la testa. – No. Io c'ero, me lo ricordo bene, quando la nave è rientrata. C'era dell'altro. Non si è mai visto che un bel po' di uomini parlino cosí poco di una faccenda tanto grave –. Socchiuse gli occhi nel buio e fece qualche passo malfermo verso Fin. – Dài, puoi dirmelo. Ci siamo solo io e te, qui –. Quel suo sorriso aveva qualcosa di sgradevole.

Fin chiese: – Hai idea di dove viva Calum MacDonald?

Eachan si accigliò, sconcertato dal cambio d'argomento improvviso. – Calum MacDonald?

– Ha la mia età. Eravamo a scuola insieme. Penso che lavori al telaio ora.

– Lo storpio?

– Proprio lui.

– Scoiattolo, lo chiamano.

– Davvero? Perché?

– Non ne ho idea. Sta nel casolare rivestito in ghiaia, in cima alla collina. L'ultimo del paese, sulla destra –. Eachan fece una pausa. – Che cosa c'entra lui con quello che è successo ad An Sgeir?

– Niente, – disse Fin. – Voglio solo andare a salutare un vecchio amico –. Si girò, si abbassò per passare sotto le campane eoliche e uscí nel vento di tramontana che si era fatto piú freddo.

3.

Il casolare in ghiaia di Calum MacDonald faceva parte di un gruppo di tre case appena oltre il ciglio della collina. L'ultima volta che Fin era stato a Crobost era quasi abbandonato, una vecchia *whitehouse* a un solo piano, con il tetto di lamiera, lasciata lí a marcire. Qualcuno ci aveva speso un sacco di soldi da allora. Un nuovo tetto, finestre con doppi vetri, una cucina aggiunta sul retro. C'era un giardino recintato, la cui muraglia era spruzzata con lo stesso rivestimento della casa. E qualcuno aveva passato un sacco di tempo a domare la natura selvaggia, aveva curato i prati e piantato aiuole. Fin sapeva che dovevano avergli pagato qualche indennizzo, anche se nessuna somma di denaro può compensare una vita sulla sedia a rotelle. Probabilmente il denaro era stato speso nella casa, o almeno una parte.

La madre di Calum era rimasta vedova prima che lui nascesse, un altro incidente mortale in mare, e loro due abitavano in una schiera di case popolari nei pressi della scuola. Fin sapeva che Calum non le aveva mai parlato del bullismo che subiva, o di quel che accadde la notte in cui si spezzò la schiena. Erano vissuti tutti nel terrore di ciò che sarebbe potuto accadere se tutta la storia fosse venuta fuori. Ma non successe. Come tutto il resto della sua vita, le sue paure, i suoi sogni, i suoi desideri segreti, Calum la tenne per sé, e la bomba non scoppiò mai.

Fin parcheggiò vicino al cancello e percorse le mattonelle fino alla porta della cucina. C'era una rampa al posto dello scalino. Bussò e aspettò. Dietro a quella di Calum c'erano due case e un garage di grandi dimensioni in calcestruzzo con le porte rosso ruggine. Il cortile pieno di erbacce era disseminato di parti di trattori demoliti e rimorchi in panne. Un contrasto stridente con il giardino ordinato e pulito da questa parte del muro. Fin si girò, mentre la porta si apriva, e vide una donna anziana in piedi in cima alla rampa. Indossava un grembiule stampato su un maglione di lana e una gonna di tweed. Quando Fin l'aveva vista l'ultima volta, la madre di Calum aveva i capelli neri come la pece. Ora erano candidi. Ma erano disposti con ordine in riccioli morbidi intorno a un viso quasi altrettanto incolore, un viso segnato da un reticolo di rughe sottili e incrociate. Gli occhi erano di un azzurro pallido, acquoso, e lo fissarono senza riconoscerlo. Fin fu quasi sorpreso di vederla. Non riusciva ad abituarsi al fatto che la gente della sua età avesse i genitori ancora vivi.

– La signora MacDonald?

Lei si accigliò, chiedendosi se avrebbe dovuto riconoscerlo. – Sí.

– Sono Fin Macleod. Abitavo vicino al porto con mia zia. Andavo a scuola con Calum.

Il cipiglio sbiadí, ma non comparve alcun sorriso. La bocca si irrigidí. – Oh, – disse.

Fin scalpicciò goffamente sul posto. – Mi chiedevo se fosse possibile incontrarlo.

– Be', ci hai messo un po'a venire, no? – Aveva un tono duro, e il gaelico le dava una sfumatura d'acciaio. Aveva anche la tipica raucedine dei fumatori incalliti. – Sono quasi vent'anni che Calum si è spezzato la schiena, e nessuno di voi ha mai avuto nemmeno la decenza di venire a trovarlo. Fatta eccezione per Angel, povero ragazzo.

Fin fu diviso tra il senso di colpa e la curiosità. – Angel veniva a trovare Calum?

– Sí, ogni settimana. Regolare come un orologio –. Fece una pausa per un respiro affannoso. – Ma non verrà piú, no?

Fin si fermò un attimo, incerto su cosa rispondere, prima di decidere che non esisteva alcuna risposta adeguata. – Calum c'è? – Guardò dentro la casa, dietro di lei.

– No, non è qui. Sta lavorando.

– Dove posso trovarlo, allora?

– Nel capannone, dall'altra parte della casa. Angel gliel'ha costruito per il telaio –. Prese un pacchetto di sigarette dalla tasca del grembiule e se ne accese una. – Lo sentirai subito, appena giri l'angolo. Basta che bussi –. Sbuffò una nuvola di fumo e gli chiuse la porta in faccia.

Fin seguí il sentiero che girava intorno al casolare. Il selciato era stato accuratamente disposto e cementato per spianare il passaggio alla sedia a rotelle, e Fin si chiese se Angel fosse stato l'artefice anche di quello. Si chinò sotto uno stendipanni carico di bucato al vento, e vide il capannone a ridosso della casa. Era una struttura semplice in blocchi di calcestruzzo, con l'intonaco in stile scozzese per proteggerla dalla pioggia, e aveva un tetto di lamiera spiovente. C'era una finestra su ogni facciata, e una porta che dava su una catasta di torba e, piú oltre, la brughiera. La luce solare si rifletteva in lampi passeggeri sulle particelle d'acqua raccolte in tutte le sue cavità.

Mentre si avvicinava alla porta, Fin udí il ticchettio ritmico del telaio, il rumore delle ruote che facevano girare altre ruote, e mandavano avanti e indietro le spolette di legno attraverso le righe di lana filata, quasi piú velocemente di quanto l'occhio riuscisse a vedere. Quando Fin era ragazzo, era quasi impossibile percorrere le strade di Ness senza sentire un telaio in azione da qualche parte, in qualche capannone o garage. Fin si era sempre chiesto perché il tweed lavorato a Lewis si chiamasse Harris tweed. In ogni caso, comunque si chiamasse, i tessitori non ci avevano mai guadagnato molto. L'Harris tweed non era Harris tweed se non era tessuto a mano, e una volta gli isolani lavoravano in casa a migliaia per produrlo. Gli stabilimenti tessili di Stornoway glielo pagavano una miseria e poi lo rivendevano sui mercati in Europa e in America, con un grosso profitto. Ma ora quei mercati erano in crisi, il tweed era stato sostituito da tessuti piú alla moda, ed erano rimasti solo una manciata di tessitori, che guadagnavano ancora una miseria.

Fin alzò la mano per bussare alla porta ed esitò, chiudendo gli occhi e sentendo nuovamente aumentare il senso di colpa che lo aveva ossessionato per tutti gli anni da quando era successa la disgrazia. Per un attimo si chiese se Calum si ricordasse di lui, prima di liquidare quel pensiero. È ovvio che lo ricordava. Come avrebbe potuto dimenticarlo?

Tredici

Potrebbe sembrare un'affermazione ovvia, ma la Lews Castle School a quei tempi si trovava nel castello. Molti degli studenti e del personale vivevano presso la scuola, in alloggi creati nel labirinto di corridoi e pianerottoli. Lo specifico solo perché quello in cui Calum e io ci arrampicammo sul tetto fu l'ultimo anno in cui la scuola ebbe sede nel castello. L'edificio era in cattivo stato di conservazione e in rapido deterioramento, e l'assessorato all'istruzione non poteva permettersi di mantenerlo. Cosí la scuola si trasferí altrove, ma mantenne il nome di Lews Castle School.

Per uno scherzo del destino, l'edificio in cui fu spostata fu il *Gibson Hostel* in Ripley Place, proprio dove alloggiavo durante il mio primo anno alla Nicolson, vale a dire il mio terzo anno di scuola superiore.

A causa dei suoi scarsi risultati a Crobost, Artair era stato iscritto alla Lews Castle per seguire degli studi professionali, e quindi si ritrovò con la splendida compagnia di vecchi amici quali Murdo Ruadh e suo fratello maggiore, Angel. Calum invece aveva avuto la fortuna di essere mandato al Nicolson. Non ne parlò mai, ma per lui doveva essere stato un enorme sollievo sfuggire al bullismo e alle percosse che aveva sofferto durante tutti gli anni a Crobost.

Non avevo mai avuto molto tempo per Calum a scuola. Lui ci stava appiccicato, penso con la speranza di rimorchiare qualcuna delle ragazze che noi scartavamo. Calum non era molto bravo a trattare con le ragazze. Era eccessivamente timido e arrossiva fino alla radice dei riccioli rossi anche solo se una ragazza gli rivolgeva la parola. Per riuscire a conoscere delle ragazze non poteva far altro che stare in gruppo, cosí da non doversi mai rendere ridicolo presentandosi da sé. Per i ragazzi l'adolescenza è un periodo difficile. Le ragazze non se ne rendono conto. Devi esporti, rischiando un rifiuto se una ragazza ti dice di no quando le chiedi di ballare, o le proponi un fish and chips nei Narrows. Tutti quegli ormoni di cui è inondato il sangue di un adolescente lo costringono a rischiare simili rifiuti che lo lasciano frustrato e umiliato. Sono felice di non avere piú quindici anni.

Quell'anno il giorno di San Valentino eravamo tutti a un ballo nel municipio di Stornoway. Di solito tornavamo a Ness per il weekend, ma in occasione del ballo eravamo rimasti nei nostri convitti. C'era un gruppo che suonava le canzoni piú recenti in classifica. È strano che a quell'età sia la musica a fungere da riferimento per i ricordi. Di solito la memoria è olfattiva, un profumo associato a un luogo o momento della vita, che ti coglie di sorpresa e ti trasporta indietro nel tempo e nello spazio, evocando in modo sorprendente e vivido un ricordo quasi dimenticato. Ma a riportarti all'adolescenza è soprattutto la musica. Ho sempre associato certe canzoni a certe ragazze. Ricordo una ragazza di nome Sine. Fu lei, Sine, che portai a quel ballo in febbraio. Ogni volta che risento il singolo dei Foreigner, *Waiting For A Girl Like You*, anche solo qualche nota in un programma di revival alla radio o alla tv o qualche replica di un vecchio *Top of the Pops*, penso a Sine. Era una bella ragazza, ma un po' troppo appiccicosa. Ricordo che a quel ballo io saltavo qua e là come uno scemo al ritmo di *Senses Working Overtime* degli Xtc, e *Dead Ringer for Love* dei Meat Loaf. Ma *Waiting For A Girl Like You* era la canzone di Sine. Quella sera, però, non rimasi con lei. La abbandonai e me ne andai presto con Calum per tornare al convitto prima che chiudesse. O, se non altro, quella fu la mia scusa ufficiale.

Artair stava ancora con Marsaili, all'epoca, ed erano arrivati insieme al ballo di San Valentino. Allora in cima alle classifiche c'era una canzone intitolata *Arthur's Theme (Best That You Can Do)*. Pensai che era davvero strano, perché il testo sembrava adattarsi alla perfezione ad Artair. Parlava di un tipo che vuole solo divertirsi, senza preoccuparsi delle aspettative che gli altri hanno su di lui. La canzone di Artair, la chiamavo. Quando la suonarono quella sera, Artair e Marsaili ballavano insieme, vicini, e si sbaciucchiavano. Io ballavo con Sine, ma non riuscivo a fare a meno di guardare sopra la sua testa. Non avevo mai ascoltato la prima strofa, che non parlava di Arthur. Ma in quel momento prestai attenzione. Parlava di una ragazza che trasforma completamente il tuo cuore, e poi la perdi e non sai come gestire la cosa. A quelle parole mi si mosse qualcosa dentro, un senso latente di gelosia o di rimpianto, e mi ritrovai a desiderare che al posto di Sine ci fosse Marsaili. Naturalmente, fu una sensazione che durò poco. Di nuovo gli ormoni. In quel periodo mi creavano un gran caos in testa.

Calum stava passando una serata deprimente. Per ballare faceva coppia con una ragazza timida dai capelli scuri che si chiamava Anna. Ma solo quando ne aveva voglia lei. Lui le chiedeva di ballare a ogni canzone e lei a volte gli diceva di sí, altre volte lo rifiutava. Lui era innamorato cotto, lei lo sapeva e ne approfittava.

Circa a metà serata, un gruppo di noi era uscito in strada a fumare, tremando dal freddo, e a bere lattine di birra che qualcuno era riuscito a imboscare. Il rimbombo della musica e la confusione di voci nella sala ci avevano seguiti nella notte umida di febbraio, insieme a Calum. Murdo Ruadh e Angel erano in mezzo al nostro gruppetto e colsero l'occasione per tormentare un po' Calum.

– E allora, stanotte trombi, vero ragazzo? – disse Murdo, guardando Calum, che era già abbastanza depresso.

– Alla grande, cazzo, – disse Angel. – È una che te la fa annusare e poi scappa, quella lí.

– Che ne sai tu di lei? – disse Calum di malumore.

– Che ne so io di lei? – Angel sghignazzò. – So tutto, ragazzo. Me la sono già fatta, io.

– Bugiardo! – gridò Calum. In un'altra circostanza, Angel si sarebbe offeso e lo avrebbe pestato. Ma per qualche motivo quella sera era di umore benevolo, e sembrava piú intenzionato a prendere Calum sotto la sua ala protettiva che a fargli del male. Ora so, naturalmente, che aveva già escogitato un piano.

– Anna lavora su a Lews Castle, – disse. – Fa la cameriera alla scuola. Anna la cameriera, la chiamano.

Murdo Ruadh diede una pacca sulla schiena a Calum. – Sí, ragazzo, e non puoi dire di aver vissuto veramente fino a quando non ti sei fatto Anna. Tutti gli altri se la sono già fatta –. E si sbellicò dal ridere per la battuta.

Calum gli saltò addosso, come un gatto, tutto unghie e braccia che si agitavano. Murdo fu preso talmente alla sprovvista che gli cadde la lattina, e la birra schiumò fuori sul marciapiede. Io e Artair cercammo di calmare Calum, e temetti davvero che Murdo lo volesse uccidere. Ma intervenne Angel, spingendo sul petto il fratello minore con la sua manona. – Piantala, Ruadh. Non capisci che il ragazzo è cotto perso?

Murdo schiumava. Non poteva perdere la faccia in quel modo. – Io lo uccido, cazzo.

– No che non lo fai. Il ragazzo ha la mente sconvolta. Mi ricordo la prima volta che tu eri tutto sentimentale con una ragazza. Dio, eri patetico –. L'umiliazione di Murdo aumentava a ogni parola pronunciata dal fratello. – Devi... com'è che si dice... metterti nei suoi panni –. Sorrise. – Ma forse c'è un piccolo favore che possiamo fare al ragazzo.

Murdo guardò Angel come se il fratello avesse perduto il senno. – Cosa stai dicendo?

– La sera del bagno.

Uno sguardo di incomprensione si dipinse sul viso di Murdo. – La sera del bagno? Per l'amor di Dio, Angel, non vorrai mica condividere quel momento con una merda come questo qui.

Calum lottò per liberarsi dalla mia presa e aggiustarsi la giacca. – Cosa vuoi dire? – Nella baia una sirena suonò, e noi ci girammo a vedere le luci della *Suilven* che usciva facendosi strada lungo il Minch per iniziare le sue tre ore e mezzo di traversata fino a Ullapool.

Angel disse: – Il personale della scuola ha le stanze in cima al castello. Usano un bagno in comune nella mansarda e, siccome la finestra si affaccia sul tetto, non tirano mai le tende. La piccola Anna si fa il bagno ogni domenica sera, alle dieci in punto. Credo che tutti i ragazzi della scuola siano stati lassú a dare una sbirciatina. Ha un gran bel corpicino quella ragazza, vero, Murdo?

Murdo guardava in cagnesco il fratello.

– Potremmo organizzarti una visita privata, se vuoi.

– Che schifo! – disse Calum.

Angel alzò le spalle. – Accomodati pure. Noi l'offerta te l'abbiamo fatta. Se non accetti, è peggio per te.

Mi accorsi che Calum era combattuto, ma mi sentii sollevato quando alla fine disse: – Niente da fare, – e si girò per tornare dentro a ballare.

– Siete degli stronzi a punzecchiarlo in quel modo, – dissi.

Angel ostentò innocenza eccessiva. – Nessuno lo punzecchia, orfano. In bagno si vede chiaro come il giorno. Vuoi darla tu la sbirciatina?

– Vaffanculo, – dissi. A quei tempi ero bravo a rispondere per le rime. E tornai al ballo in cerca di Sine.

Quando entrai mi fece piacere vedere che Calum stava ballando con Anna, ma durante l'ora successiva lei lo respinse sette o otto volte. In un paio di occasioni lo vidi seduto lungo il muro, tutto solo, che la guardava triste mentre ballava con altri ragazzi. Ballò anche con Angel Macritchie, chiacchierando animatamente e ridendo, e la vidi strofinarsi contro di lui e rivolgere lo sguardo piú in là, per controllare se Calum la stava guardando. Sí, ovviamente. Era davvero disperato, e non riuscivo a evitare di provare pena nei suoi confronti.

Ma poi mi dimenticai di lui, e mi dedicai a come districarmi dalla situazione con Sine. Ogni volta che mi sedevo me la ritrovavo addosso, come una specie di eruzione cutanea. Mi aveva anche messo la lingua nell'orecchio, e lo trovavo disgustoso. Per ironia della sorte, fu Calum a salvarmi, alla fine. Venne da noi con le mani sprofondate nelle tasche. Ricordo che la band stava suonando la canzone degli Stranglers, *Golden Brown*.

– Io vado.

Ostentai grandi occhiate all'orologio. – Oddio, è già ora? Non riusciremo mai a tornare al Gibson prima che chiudano le porte –. Calum aprí la bocca per dire qualcosa, ma lo interruppi prima che mi mettesse nei guai. – Ci tocca correre, mi sa –. Saltai in piedi e mi rivolsi a Sine. – Mi dispiace, Sine. Ci vediamo la prossima settimana –. La vidi restare a bocca aperta per lo stupore, poi presi Calum sottobraccio e ce ne andammo in tutta fretta attraversando la pista da ballo. – Ma non se sono io a vederti per primo, – mormorai sottovoce.

– Che succede? – disse Calum.

– Sto cercando di togliermi da una situazione in cui ho le spalle al muro.

– Beato te. Io non riesco nemmeno a portarle vicino al muro, le ragazze.

L'odore del mare arrivava forte con il vento. Un gelido febbraio, da tagliarti in due. La pioggia era cessata, ma le strade erano lucide sotto i lampioni, come vernice fresca. I Narrows erano intasati e Calum e io avanzammo a spintoni attraverso il porto interno e lungo Cromwell Street fino a Church Street, prima di salire la collina verso Matheson Road. Fu solo quando ci trovammo in Robertson Road che Calum mi disse che aveva intenzione di farlo.

– Che cosa?

– Domani sera vado al castello.

– Cosa? – Non riuscivo a crederci. – Stai scherzando.

– È tutto organizzato. Ho parlato con Angel prima di venire via dal ballo. Vuole aiutarmi a risolvere il problema.

– Perché?

– Perché Angel ha ragione. È solo una troietta. Sarà la mia rivincita, arrivare a vederla nuda nella vasca da bagno.

– No, voglio dire, perché Angel vuole aiutarti a risolvere il problema? Non ha mai fatto altro che pestarti. Perché improvvisamente dovrebbe essere il tuo migliore amico?

Calum si strinse nelle spalle. – Non è cosí male come si pensa, lo sai.

– Sí, certo –. Non riuscivo a celare il mio scetticismo.

– Comunque, mi chiedevo... – esitò. Da lí si vedevano appena, sopra i tetti, le torri merlate del castello, illuminato sulla collina di fronte alla baia.

– Che cosa ti chiedevi, Calum?

– Mi chiedevo se ti va di venire con me.

– Eh? Ma scherzi? Niente da fare –. Non solo era domenica, e avremmo passato dei guai se ci avessero beccati fuori di nascosto a quell'ora di notte, ma soprattutto ero molto sospettoso. Stavano incastrando Calum. Come, non ne avevo idea, ma ero fin troppo sicuro che Angel non si era improvvisamente scoperto una vena filantropica.

– Oh, per favore, Fin. Non posso farlo da solo. Non c'è bisogno che vieni sul tetto. Basta che mi accompagni al castello.

– No! – Ma sapevo già che l'avrei fatto. Controvoglia. Ma era certo che stavano tramando qualcosa per quel poveretto. E qualcuno doveva guardargli le spalle. Andando anch'io, forse avrei potuto impedirgli di mettersi troppo nei guai. Adesso vorrei non averlo fatto. Forse le cose sarebbero andate diversamente.

Era una notte molto fredda, con un vento rigido e frequenti raffiche di nevischio e grandine che arrivavano dal Minch. Non avevo nessuna voglia di lasciare la sicurezza calda e asciutta del convitto per imbarcarmi in un'avventura folle, di natura sconosciuta ed esito incerto. Ma in fin dei conti l'avevo promesso a Calum, e cosí sgattaiolammo fuori nella notte poco prima delle nove e mezzo, con il bavero dell'impermeabile rialzato e berretti da baseball calati sulla testa, con le visiere che coprivano la faccia nel caso ci avessero sorpresi. Avevamo lasciato una finestra aperta su un corridoio al primo piano sul retro del convitto, accessibile dalla grondaia, in modo da poter tornare indietro, anche se non mi allettava per niente l'idea di arrampicarmi in una notte come quella.

Stornoway era una specie di città fantasma, con i lampioni che gettavano deboli pozze di luce nel buio, e le strade vuote. I cittadini timorati di Dio erano rinchiusi nelle loro case accoglienti dietro le tende tirate, a guardare la tv e sorseggiare tazze di cioccolata calda prima di andare a letto. Nel porto interno, il tintinnio e lo scricchiolio dei pescherecci da rimorchio legati alla banchina lottavano per farsi sentire al di sopra del vento. Le gelide acque nere erano increspate, sferzavano i pilastri in cemento della banchina e si schiantavano in onde bianche sulle rive del Castle Green dal lato opposto della baia. Percorremmo veloci il Bayhead deserto, svoltando al Bridge Community Centre, e attraversammo rapidi il ponte fino agli alberi al di là. Salimmo la collina e poi, in una burrasca di neve terrificante, la strada soprastante il golf club. Appena raggiunta la strada, il cielo si rasserenò, e un chiaro di luna incredibilmente argentato si riversò sulla distesa di campi da golf ben curati, illuminandoli a tal punto che ci si poteva quasi aspettare di vedere i golfisti risalire la collina per raggiungere la quinta buca.

Lews Castle fu costruito nel 1870 come residenza di sir James Matheson, che aveva comprato l'isola di Lewis nel 1844 con i proventi dell'oppio che lui e il socio William Jardine avevano importato in Cina, rendendo tossicodipendenti sei milioni di cinesi. È strano pensare che la disgrazia di milioni di persone abbia portato alla trasformazione di una piccola isola delle Ebridi, a migliaia di chilometri di distanza dall'altra parte del mondo, o che le persone e la loro terra si possano comperare e vendere. Matheson costruí un nuovo porto, e un gasdotto e un acquedotto a Stornoway, oltre a una fornace a Garrabost. Fece erigere una fabbrica di prodotti chimici per l'estrazione di catrame dalla torba e un cantiere per costruire e riparare navi. Trasformò i settanta chilometri di sentieri sterrati in tutta l'isola in trecentoventi chilometri di strade carrozzabili. E, naturalmente, rase al suolo il vecchio *Seaforth Lodge* sulla collina che domina la città per costruire il suo castello in finto stile Tudor.

Si tratta di uno straordinario palazzo di granito rosa, con torri, torrette e spalti merlati. Si erge sulla collina sopra il porto, e probabilmente è l'edificio piú assurdo che si possa vedere sulle isole che formano l'arcipelago delle Ebridi.

Naturalmente, a quei tempi, non conoscevo la storia completa. Lews Castle era lí e basta, come se ci fosse sempre stato. Lo si accettava, proprio come si accettano le scogliere che circondano il Butt, o le spiagge favolose a Scarasta e Luskentyre.

Quella notte il castello si stagliava buio tra gli alberi, con le luci accese solo in alcune finestre. Io e Calum costeggiammo l'ingresso principale, un enorme portico a volta che conduceva a un'altissima porta a due battenti, e aggirammo l'edificio fino al retro, dove Angel aveva dato appuntamento a Calum, accanto alla dépendance che ospitava il locale caldaie. Infatti, appena arrivammo nel cortile lungo e stretto tra il locale caldaie e la lavanderia, una figura si mosse nell'ombra e sventolò un braccio per farci cenno di avanzare.

– Dài sbrigatevi! – Rimasi stupito nel vedere che era Artair. Anche lui fu sorpreso di vedermi. – Che ci fai qui? – mi sibilò nell'orecchio.

– Bado a Calum, – sussurrai.

Ma lui scosse la testa. – Bastardo! – E il mio presagio di sventura aumentò.

Artair aprí una porta rossa che dava su un corridoio corto e tetro. Si sentiva odore stantio di cavolfiore. Presto capii il perché, quando Artair con un dito sulle labbra e nella semioscurità ci fece attraversare le cucine e poi quella che chiamavano «The Long Hall». Correva lungo quasi tutta la parte anteriore del castello, con le luci di sicurezza che la illuminavano fiocamente. Mentre passavamo accanto a quella che una volta era la biblioteca, e poi la sala da ballo, capii che se ci dovevano beccare era molto probabile che succedesse lí. Non c'era un posto dove nascondersi in quasi sessanta metri di corridoio. Una qualsiasi delle porte lungo entrambi i lati, o alle estremità, si sarebbe potuta aprire da un momento all'altro, cogliendoci sul fatto.

Cosí, fu con un certo sollievo che raggiungemmo la scala principale in fondo alla sala, e seguimmo Artair salendo a due a due i gradini di pietra fino al primo piano. Una stretta scala a chiocciola ci portò al secondo piano. Artair ci fece attraversare altri corridoi bui e porte, per arrivare infine in un corridoio che portava a un'alta finestra all'estremità nord del castello. Lí, nell'ombra, un gruppo di ragazzi aspettava con impazienza. Erano quasi una decina. Le torce ci balenarono in faccia e li intravidi. Alcuni li conoscevo, altri no. Murdo Ruadh e Angel erano tra loro.

– Che ci fai qui, orfano? – ringhiò Angel a bassa voce, come aveva già fatto Artair.

– Sto solo attento che a Calum non succeda niente di male.

– Perché dovrebbe?

– Dimmelo tu.

– Ascolta, intelligentone –. Angel mi afferrò per il bavero della giacca. – Quella troietta entrerà nella vasca da bagno fra meno di cinque minuti. Quindi non hai molto tempo.

– Non salgo sul tetto con lui, – e mi liberai della sua presa.

– E invece sí, cazzo, – mi soffiò in faccia Murdo. – Oppure il custode potrebbe scoprire che c'è un intruso nel castello. Hai capito cosa intendo?

– Chiamalo pure, il custode, – dissi. – Allora sí che i tuoi piani andranno definitivamente a quel paese.

Murdo mi guardò, ma avevo smascherato il suo bluff e non seppe come ribattere.

Angel aprí la finestra e uscí verso la scala antincendio. – Dài Calum. Esci di qui.

– No, Calum, – dissi. – Ti stanno ingannando.

– Vaffanculo, orfano! – Angel aveva un bagliore omicida negli occhi mentre mi guardava dalla finestra. Poi il cipiglio si rilassò in un sorriso, e si girò verso Calum, che vacillava. – Andiamo, amico. Non ti stiamo ingannando su nulla. È solo un'occhiata. Se non ti sbrighi te la perdi –. Calum si allontanò dalla mia disapprovazione e si arrampicò su per la scala antincendio, che sferragliava rumorosa mentre salivo dietro di lui. Forse potevo ancora riuscire a convincerlo a lasciar perdere.

Dalla piattaforma al secondo piano della scala antincendio, c'erano dei gradini che scendevano a un pianerottolo intermedio, e poi tornavano indietro fino alla piattaforma del primo piano immediatamente sottostante. Da lí, alcuni gradini conducevano sul tetto del portico d'ingresso, mentre altri in direzione opposta scendevano e poi giravano intorno al muro fino alla facciata del castello. Accostata al muro fuori dalla finestra c'era una scala telescopica. Angel sbloccò l'estensione e la fece scivolare per quasi tutta la lunghezza; poi rimise la sicura e la riaddossò al muro, regolando l'angolo di appoggio per facilitare la salita.

– Ecco.

Calum alzò lo sguardo. La scala arrivava appena oltre una sporgenza quasi un metro sotto la merlatura che circondava il tetto. Gli vidi il panico nello sguardo. – Non posso farcela.

– Certo che puoi –. La voce di Angel suonava rassicurante.

Calum mi guardò, con occhi da coniglio spaventato. – Vieni con me, Fin. Non sono bravo con l'altezza.

– Avresti dovuto pensarci prima di venire, cazzo – sussurrò Murdo dalla finestra.

– Non devi farlo per forza, Calum, – dissi. – Andiamo a casa.

Non ero preparato alla violenza con la quale Angel mi sbatté contro il muro. – Tu sali con lui, orfano. Assicurati che non si faccia del male –. Sentivo in faccia gli schizzi della sua saliva. – È per questo che sei venuto, non è vero?

– Io sul tetto non ci salgo!

Angel mi si avvicinò e sussurrò, con tono quasi intimo: – O sali, o scendi, orfano. Scoprilo a tue spese.

– Per favore, Fin, – disse Calum. – Ho troppa paura di farlo da solo.

Capii che non avevo scelta. Mi liberai della presa di Angel. – Va bene –. Guardai in alto verso il tetto e desiderai di non aver mai accettato di venire. In realtà sembrava una faccenda abbastanza semplice: salire la scala e poi saltare al di là di una delle merlature sul tetto. Doveva essere piatto lassú, e una volta saliti non c'era pericolo di cadere, con i merli che creavano un muro di contenimento.

– Abbiamo pochissimo tempo, – disse Angel. – E piú restiamo qui, piú possibilità abbiamo di farci beccare.

– Vai avanti, Calum, – dissi. – Togliamoci il pensiero.

– Tu vieni con me?

– Sono proprio dietro di te –. Mi girai a guardare Artair dalla finestra e lui si strinse nelle spalle, come a dire che non era colpa sua se avevo scelto di accompagnare Calum.

Angel disse: – Quando siete su, vedrete il tetto spiovente della mansarda. C'è un lucernario che dà sul bagno. Capirete che c'è qualcuno quando la luce si accende.

Io continuavo a chiedermi dov'era il trucco, e che cosa avremmo trovato lassú. Ma non c'era modo di tirarsi indietro ora. Quanto meno, per il momento aveva smesso di piovere e la luce della luna rendeva facile vedere il cammino.

Calum cominciò la salita, facendo tremare la scala sotto i suoi piedi, e quello sferragliamento si trasmetteva anche alla scala antincendio. – Per l'amor di Dio non fare rumore, – gli disse Angel in un sussurro udibile, e afferrò la scala per tenerla ferma. Poi si girò verso di me. – Bene, orfano, si sale –. Sorrise, e io ero certo che sarebbe finita male.

Come pensavo, fu abbastanza facile arrivare sul tetto. Anche per Calum. Lo raggiunsi, mi accovacciai sul piano in cemento, e tra le merlature vidi tutta la strada fino al porto piú sotto. I pescherecci che sembravano finti, barche giocattolo allineate contro il molo, la città che si espandeva sulla collina alle spalle, le scie di luce che tracciavano i percorsi delle strade, intersecandosi secondo lo schema tradizionale a griglia. Da qualche parte, lontano nel Minch, si scorgevano le luci di una nave cisterna che progrediva costante verso nord nel forte moto ondoso.

Alla luce della luna si vedeva piuttosto nitida la falda del tetto del solaio. C'erano un paio di lucernari, ma nessuna luce accesa.

– Dove si va adesso? – sussurrò Calum.

– Teniamo duro e aspettiamo di vedere se si accende una luce.

Ci accucciammo dando le spalle ai merli, tirammo le ginocchia al petto per tenerci al caldo, e aspettammo. Guardammo l'ora. Erano quasi le dieci e cinque. Sentii qualche rumore e risatine dall'uscita antincendio piú sotto, e fui tentato di abbandonare l'impresa e ritornare giú. Ma il pensiero di Angel che ci aspettava ai piedi delle scale bastò a farmi decidere di attendere ancora qualche minuto.

All'improvviso una luce si accese nel piú vicino dei due lucernari, e sul tetto si allungò un quadrato giallo. Calum aveva gli occhi accesi di impazienza. – Deve essere lei –. All'improvviso si era fatto coraggio. – Vieni –. E sgattaiolò lungo il tetto verso il lucernario. Già che c'ero, pensai, potevo dare uno sguardo anch'io. Cosí lo seguii, e restammo accucciati per un minuto o piú sotto il livello della finestra, cercando il coraggio di alzare la testa verso la luce e sbirciare. Sentivamo rumore di acqua corrente, e qualcuno che si muoveva al di là della finestra.

– Vai tu per primo, – dissi. – Spicciati, prima che la finestra si appanni e non si veda piú niente.

Sul volto di Calum passò uno sguardo preoccupato. – Non ci avevo pensato –. Lentamente salí lungo la falda del tetto fino a ritrovarsi in punta di piedi, e vidi che sbirciava nella finestra. Sentii un forte sibilo, e poi Calum si accovacciò di nuovo accanto a me, scurissimo in volto. Credo di non averlo mai visto cosí arrabbiato. – Bastardi! Bastardi del cazzo! – Non l'avevo neanche mai sentito dire tante parolacce.

– Che cosa c'è?

– Vai a vedere –. E sbuffò di nuovo, furioso. – Bastardi!

Cosí salii lungo l'angolo del tetto fino ad avere il viso all'altezza della finestra, proprio nel momento in cui qualcuno dall'altra parte toglieva il chiavistello e apriva. Mi trovai faccia a faccia con un donnone tondo e pallido che indossava solo una cuffia rosa da bagno, e nient'altro. Lo sguardo sorpreso sul viso non poteva essere che un riflesso del mio. Non sono sicuro se fu il mio urlo o il suo quello che sentii, ma entrambi gridammo, lo so per certo, e lei barcollò all'indietro e cadde nella vasca da bagno, con grandi montagne di carne bianca tremolante che gettarono sul pavimento decine di litri d'acqua calda. Per un attimo restai immobile, fissando in stato di shock la cicciona nuda che si dibatteva nel bagno. Aveva come minimo sessant'anni. Probabilmente mi si vedeva chiaramente in faccia alla luce del bagno, perché lei ricambiò il mio sguardo, con le gambe ancora per aria. Non avevo nessuna intenzione di vedere quello che rivelavano, ma il mio sguardo ne era attratto, affascinato e inorridito. La donna respirò a fondo, facendo tremolare le montagne rosa dei seni, e gridò di terrore. Temevo mi facesse scoppiare i timpani. Scesi giú dal tetto e quasi atterrai addosso a Calum.

Aveva gli occhi come due fari. – Che cos'è successo?

Scossi la testa. – Non importa. Dobbiamo alzare il culo da qui!

La sentivo urlare: – Aiuto! – e: – Mi stuprano! – E pensai che ormai per lei era solo un pio desiderio. Su tutto il tetto si stavano accendendo le luci. Tornai indietro di corsa verso il punto in cui ci eravamo arrampicati con la scala, sentendo Calum che mi seguiva a passettini. Mi infilai tra i merli, mi girai e sporsi una gamba verso il basso per trovare il gradino superiore della scala, prima di rendermi conto che non c'era.

– Cazzo!

– Che succede? – Calum sembrava terrorizzato.

– Quegli stronzi hanno portato via la scala –. Quindi era quello il loro piano. Intrappolarci sul tetto. Probabilmente sapevano che Anna non avrebbe fatto il bagno quella sera. O magari era in combutta con loro. Nessuno aveva potuto prevedere, però, che la donna grassa ci avrebbe visti. Ora, la scala non c'era piú, eravamo bloccati sul tetto, e tutto il castello era stato allertato. Era solo questione di tempo prima che ci trovassero, e poi sarebbero stati guai grossi. Risalii sul tetto, con la rabbia che si mescolava alla preoccupazione per le umiliazioni che ci attendevano.

– Be', non possiamo restare qui –. Calum era in preda al panico. – Ci troveranno.

– Non abbiamo altra scelta. Non c'è modo di scendere, a meno che non ci spuntino improvvisamente le ali.

– Non possiamo farci beccare! Non possiamo! – Era in preda all'isteria. – Cosa dice mia madre poi?

– Penso che sia l'ultima delle nostre preoccupazioni, Calum.

– Oddio, oddio, – continuava a ripetere. – Dobbiamo fare qualcosa –. Iniziò a scendere tra i merli.

Lo afferrai. – Che stai facendo?

– Se arriviamo fino al cornicione, possiamo saltare giú da lí sulla scala antincendio. Sono solo tre metri –. Proprio lui, che solo dieci minuti prima sosteneva di soffrire di vertigini.

– Sei matto? Calum, è troppo pericoloso.

– No, ce la possiamo fare, ce la possiamo fare.

– Gesú, Calum, non farlo! – Ma non riuscii a fare niente per fermarlo. Si attaccò con le mani a entrambi i lati dell'apertura tra i merli e scivolò giú fino a posare i piedi sul cornicione. Ora c'erano luci nella torre nord. La donna urlava ancora, ma la sua voce era piú lontana. Me la immaginai correre nuda lungo un corridoio da qualche parte, e rabbrividii.

Vidi Calum che guardava in giú, e quando si girò di nuovo sotto la luna era pallido come un morto. Aveva uno sguardo strano, e io sentii un vuoto allo stomaco. Sapevo che stava per succedere qualcosa di brutto. – Fin, mi sono sbagliato. Non ci riesco –. La sua voce era esitante e ridotta a un filo.

– Dammi la mano.

– Non riesco a muovermi. Fin, non riesco a muovermi.

– Sí che ci riesci. Basta che mi dài la mano e ti riporto sul tetto.

Ma lui scuoteva la testa. – Non ci riesco. Non ci riesco. Non ci riesco –. E lo guardai incredulo mollare la presa e scivolare all'indietro, dove non riuscii piú a vederlo. Rimasi lí, incapace di muovermi. Come se mi fossi trasformato in pietra. Ci fu un abisso di silenzio, e subito dopo un frastuono terribile sulla scala antincendio. Da Calum non giunse alcun suono. Dovette passare almeno mezzo minuto prima che riuscissi a guardare. Calum aveva mancato completamente il pianerottolo del secondo piano, era caduto di un altro piano intero per poi atterrare di schiena sul corrimano e scivolare giú fino alla griglia metallica. Aveva il corpo contorto in un angolo innaturale ed era immobile.

Non avevo mai vissuto un istante peggiore. Chiusi gli occhi e pregai con fervore che Calum si svegliasse.

– Macleod! – Il mio nome arrivava dal basso, e sentii un rumore sulla scala antincendio. Aprii gli occhi e vidi Angel sul pianerottolo. Aveva tirato fuori nuovamente la scala e armeggiava per far scorrere l'estensione fino ai gradini. La parte superiore della scala raschiò il muro appena sotto la merlatura. – Macleod! Adesso scendi subito qui, cazzo!

Ero ancora impietrito, dello stesso granito di quelle mura, ero diventato parte di loro, bloccato lí per l'eternità. Non riuscivo a distogliere lo sguardo dalla sagoma prona e distorta del povero Calum dieci metri piú sotto.

– Macleod! – Angel quasi urlò il mio nome. Il sangue tornò a scorrermi nelle vene bloccate e cominciai a tremare in modo quasi incontrollabile. Ma almeno ero di nuovo in grado di muovermi. E, con le gambe ridotte in poltiglia, scesi come un automa al di là delle merlature e fino alla scala, piú velocemente di quanto richiedesse la prudenza, con le mani in fiamme sul metallo freddo. Avevo sí e no raggiunto il pianerottolo quando Angel mi afferrò per il giubbotto. Aveva il viso a pochi centimetri da me. Sentivo il suo alito di tabacco stantio e, per la seconda volta quella sera, i suoi sputacchi in faccia. – Non dire una parola. Non una cazzo di parola. Tu non sei mai stato qui, capito? – E, dato che non dicevo nulla, spinse il viso ancora piú vicino. – Giusto? – Annuii. – Okay, vai. Giú per la scala antincendio. Senza voltarti indietro.

Mi lasciò andare e scavalcò nuovamente la finestra, lasciando la scala dov'era, appoggiata contro il muro. Vedevo i volti lividi e spaventati nel buio al di là. Ancora non mi mossi. Angel mi fissò da dentro l'edificio. E per la prima volta nella mia vita gli lessi in faccia la paura. Paura vera.

– Vai! – E chiuse la finestra.

Mi voltai e corsi giú per la scala antincendio sferragliante fino a raggiungere il pianerottolo del primo piano. Mi fermai. Avrei dovuto passare sopra al corpo di Calum per raggiungere la rampa di scale successiva. Lo vedevo in faccia adesso. Aveva un'espressione pallida e passiva, come se dormisse. E poi vidi il sangue che colava lentamente sul metallo dietro la sua testa, spesso e scuro, come melassa. C'erano voci che provenivano da qualche parte piú sotto nel giardino, e luci dall'esterno in arrivo davanti alla porta d'ingresso. Mi inginocchiai e gli toccai il viso. Era ancora caldo, e vidi il petto che si sollevava. Respirava. Ma non c'era nulla che potessi fare per lui. Era solo una questione di minuti prima che lo scoprissero. E me con lui, se non fuggivo. Lo scavalcai con attenzione e corsi giú per l'ultima rampa di gradini piú in fretta che potei, saltando gli ultimi cinque o sei con un balzo; poi schizzai al riparo degli alberi. Sentii qualcuno gridare, e dei passi che correvano sulla ghiaia. Ma non mi voltai. E non smisi di correre fino a quando raggiunsi il ponte accanto al Community Centre. In lontananza udii l'ululato di una sirena e vidi la luce blu lampeggiante di un'ambulanza tra gli alberi in direzione del castello. Mi chinai oltre la balaustra, reggendomi per fermare il tremito delle gambe, e vomitai nel fiume Bayhead. Le lacrime mi inondavano il viso nel vento gelido di febbraio, e mi sbrigai lungo la strada principale per iniziare la camminata lunga e lenta fino a Mackenzie Street e Matheson Road. Le luci erano spente nella maggior parte delle finestre, e mi sentivo come se fossi l'unica persona ancora viva in tutta Stornoway. Quando arrivai in Ripley Place, udii la sirena dell'ambulanza che tornava dal castello verso l'ospedale. Se avessi creduto nei miracoli, ne avrei chiesto uno a Dio proprio in quel momento. Forse è colpa mia, che non lo feci. Forse se l'avessi fatto Calum sarebbe guarito.

Fu l'ultima volta che lo vidi, e mi portai dentro per sempre il ricordo di quel momento fatale. Le lentiggini sul viso cereo. I riccioli color carota. Il sangue come melassa sul metallo dietro di lui. La torsione impossibile del suo corpo sotto la luna.

Lo trasportarono in elicottero a un'unità specializzata di Glasgow. Sentii dire in giro che si era spezzato la schiena e che non avrebbe camminato mai piú. Non tornò a scuola e rimase sulla terraferma per alcuni mesi di terapia intensiva. È incredibile quanto sia rapido il tempo a far crescere pelle nuova sulle ferite aperte. Quando fu chiaro che la verità su ciò che era avvenuto quella sera non sarebbe mai venuta a galla, nuovi ricordi sostituirono i vecchi, quelli in carne viva, come la pelle che ricresce sopra le ferite, e il povero Calum a poco a poco non fu piú in prima linea nei nostri pensieri. Una vecchia ferita che causava solo dolore a pensarci, e quindi si evitava di farlo. Almeno, non consapevolmente. Non se si riusciva a evitarlo.

Quattordici

1.

Fin bussò alla porta, ma il ticchettio del telaio continuò ininterrotto. Respirò profondamente e attese fino alla pausa per il cambio di spoletta. Poi bussò di nuovo. Ci fu un momento di silenzio, poi una voce gli disse di entrare.

L'interno del capannone pareva una discarica di ogni cosa possibile e immaginabile. Una vecchia bicicletta, una falciatrice e un tagliasiepi, attrezzi da giardino, reti da pesca, cavi elettrici. Il telaio era montato in un angolo e le pareti che aveva dietro erano rivestite di mensole con utensili e matasse di lana di colori diversi, tutti a portata di mano del tessitore. C'era un passaggio sgombro per la sedia a rotelle, e Calum era seduto dietro il telaio intento a manovrare due grandi maniglie di metallo che sporgevano dal meccanismo sottostante.

Fin era sconvolto. Calum era ingrassato moltissimo. Il fisico, una volta delicato, era appesantito e ingobbito. Sotto il mento aveva una gigantesca piega di carne, e aveva perso la gran parte dei suoi capelli rossi. Quelli rimasti li portava rasati, anche se non erano bianchi. La carnagione pallida che non vedeva mai il sole appariva diafana, quasi di un bianco azzurrognolo. Anche le lentiggini sembravano sbiadite. Calum strizzò gli occhi per guardare Fin, in controluce sulla soglia, con gli occhi verdi diffidenti e sospettosi.

– Chi è?

Fin si allontanò dalla porta in modo da non avere piú la luce alle spalle. – Ciao, Calum.

Ci volle un momento prima che Fin vedesse un lampo di riconoscimento nello sguardo di Calum. Vide un bagliore di sorpresa, ma solo un secondo prima che gli occhi dell'amico venissero rivestiti da una patina opaca, come una cataratta. – Ciao, Fin. Sono vent'anni che ti aspetto. Ci hai messo un po'.

Fin sapeva che non c'erano scuse valide. – Mi dispiace.

– Di cosa? Non è stata colpa tua. L'idea stupida era stata mia. E come vedi, non avevo le ali.

Fin annuí. – Come te la sei cavata? – chiese, pur sapendo che era una domanda stupida. La fece solo perché non aveva idea di che altro dire.

– Secondo te?

– Non riesco a immaginarmelo.

– Ci scommetto. A meno che non ti sia successo, come si fa a immaginare cosa voglia dire non avere il controllo dell'intestino o della vescica? Dover essere cambiato come un bambino quando ti sporchi. Non hai idea delle piaghe che vengono sul culo quando uno sta seduto tutto il giorno. E il sesso? – Dalle labbra gli uscí una risatina amara e forzata. – Be', naturalmente, io sono ancora vergine. Non posso farmi nemmeno una sega. È impossibile trovare quel dannato affare, anche se volessi. E la cosa piú crudele è che mi trovo in queste condizioni proprio per via del sesso –. Fece una pausa, perso in qualche lontano ricordo. – È morta, sai?

Fin si accigliò. – Chi?

– Anna la cameriera. In un incidente in moto anni fa. Ed eccomi qua, un barile di lardo bloccato su una sedia a rotelle, ma tengo duro. Sembra ingiusto, no? – Allontanò lo sguardo da Fin e finí di rinfilare la spoletta, poi la reinserí nello spazio vuoto del suo cilindro. – Perché sei venuto, Fin?

– Faccio il poliziotto ora, Calum.

– L'avevo saputo.

– Sto indagando sulla morte di Angel Macritchie.

– Ah, cosí non sei venuto solo per il piacere della mia compagnia.

– Sono sull'isola per via di quel delitto. Sono qui da te perché sarei dovuto venire molto tempo fa.

– Per mettere a sopire i vecchi fantasmi, eh? Metterti a posto la coscienza turbata.

– Forse.

Calum si appoggiò allo schienale e guardò Fin intensamente. – Sai, la cosa piú assurda è che, in tutti gli anni da quando è successo, l'unico vero amico che ho avuto è stato Angel Macritchie. Eccoti un bel colpo di scena, cazzo.

– Tua madre mi ha detto che ti ha costruito il capannone per il telaio.

– Oh, ha fatto ben di piú. Ha ristrutturato tutta la casa, reso accessibile ogni stanza alla sedia, messo in ordine quel giardino là fuori, e allestito un percorso per cui se voglio posso sedermi fuori –. Si strinse nelle spalle. – Non che ne abbia mai avuto voglia –. Afferrò le maniglie che aveva da entrambi i lati. – Ha adattato il telaio in modo che possa lavorare a mano, con una praticissima prolunga per i pedali –. Calum iniziò ad azionare le leve avanti e indietro, e le spolette si misero a volare su e giú per la trama del tessuto, con ruote e ingranaggi che interagivano per dare vita a tutto quel procedimento complesso. – Un uomo intelligente –. Alzò la voce per sovrastare il rumore della macchina. – Molto piú intelligente di quanto gli abbiamo mai riconosciuto –. Mollò le leve e il telaio si arrestò. – Non che guadagni molto con la tessitura. Certo, c'è la pensione di mia madre e il poco denaro che è rimasto dall'indennizzo che abbiamo ottenuto. Ma è difficile, Fin, sbarcare il lunario. Angel faceva in modo che non ci mancasse niente. Non veniva mai a mani vuote. Salmone, coniglio, cervo. E, naturalmente, aveva sempre una mezza dozzina di *guga* per noi, ogni anno. Cotte da lui in persona –. Calum sollevò un'altra spoletta da un secchio di legno agganciato al bracciolo della sedia e ci giocherellò distrattamente. – Credo che in un primo momento, quando ha cominciato a venire, fosse per i sensi di colpa. E probabilmente si aspettava che lo accusassi della mia disgrazia.

– Non l'hai fatto?

Calum scosse la testa. – Perché avrei dovuto? Non mi ha costretto lui a salire su quel tetto. Certo, mi stava prendendo in giro, ma ero io quello che aveva fatto la figura dell'idiota. Certo, ha tolto la scala, ma non mi ha spinto lui giú dal tetto. Sono stato preso dal panico. Sono stato stupido. Sono io l'unico colpevole –. Fin vide le nocche diventare bianche mentre l'amico stringeva le dita intorno alla spoletta per poi lasciarla ricadere nel secchio. – Poi quando ha capito che non gli serbavo rancore, avrebbe potuto benissimo smettere di venire. Si era ripulito la coscienza. Invece ha continuato. Se tanti anni fa mi avessi detto che sarei diventato amico di Angel Macritchie, ti avrei risposto che eri impazzito –. Scosse la testa come se lui stesso stentasse a crederlo. – Ma è cosí che è andata. Veniva una volta alla settimana per lavorare in giardino, e stava qui seduto per ore, solo per parlare. Informazioni di tutti i tipi –. Si interruppe e rimase perso in un silenzio che Fin non osò rompere. Poi le lacrime gli sgorgarono all'improvviso dagli occhi, sfocando il loro colore verde, e Fin rimase sconvolto. Calum guardò il suo vecchio compagno di scuola. – Non era un uomo cattivo, Fin. Non proprio –. Cercò di asciugarsi le lacrime. – Gli piaceva far credere alla gente di essere un duro, ma non faceva altro che trattare le persone come la vita trattava lui. Una specie di ripartizione della sofferenza. Ho conosciuto un altro lato di lui, un lato che credo nessuno abbia mai visto, nemmeno suo fratello. Un lato che non avrebbe voluto mostrare a nessun altro. Un lato di lui che dimostrava come avrebbe potuto essere in circostanze diverse, in una vita diversa –. E altre lacrime tremolarono sul ciglio degli occhi, per poi riversarsi giú lungo le guance. Lacrime grandi, lente, silenziose. – Non so come farò senza di lui –. Fece uno sforzo per sbattere le palpebre e cacciar via il pianto, e tirò fuori un fazzoletto per asciugarsi il viso. Si sforzò di sorridere, ma sembrò piú una smorfia. – Comunque… – Nella voce gli ritornò una sfumatura amara. – Sei stato gentile a passare. Se ti ritrovi da queste parti, torna a trovarmi.

– Calum…

– Vai, Fin. Vai via, per favore.

Fin si girò riluttante verso la porta e se la chiuse delicatamente alle spalle. Sentí il telaio che ricominciava all'interno. *Clic clac, clic clac*. Il sole splendeva su tutta la brughiera al di là della catasta di torba, un sole beffardo che aumentava solo la depressione di Fin. Faticava a immaginare di che cosa avessero parlato Angel e Calum per tutti quegli anni. Ma una cosa era certa: a uccidere Angel Macritchie non era stato certo Calum. Il povero tessitore storpio, probabilmente, era l'unica persona sulla faccia della terra a versare una lacrima per la morte di Angel.

2.

Mentre Fin discendeva la collina, il cielo era sempre piú blu, ma strappato a chiazze da distese di nubi che arrivavano dall'Atlantico. La terra che digradava al di sotto era un collage in continua evoluzione di sole e ombra, uno che inseguiva l'altra attraverso il *machair* intervallato da poderi e case, recinzioni e pecore. L'oceano, lontano a est, era un riflesso d'acciaio del cielo, duro, luminoso.

Fin passò davanti al podere dei suoi genitori e sentí un dolore lancinante alla vista del tetto crollato. Ai resti erano aggrappate solo alcune tegole ricoperte di muschio. Le pareti, una volta bianche, erano striate di muffa e alghe. Le finestre non c'erano piú. La porta d'ingresso era spalancata e si apriva sul guscio buio e abbandonato della casa. Anche le assi del pavimento erano state asportate. Era rimasta solo una traccia di vernice viola scrostata, che si aggrappava ostinatamente allo stipite della porta.

Fin distolse lo sguardo, si concentrò di nuovo sulla strada e spinse il piede sull'acceleratore. Era inutile guardare indietro, anche se non aveva idea di dove fosse diretto ora.

C'era una figura nel giardino oltre la casa di Artair, china sotto il cofano aperto di una vecchia Mini. Fin premette il piede sul freno ed entrò nella parte superiore del vialetto. La figura si raddrizzò e si girò al rumore degli pneumatici sulla ghiaia. Fin aveva pensato per un momento che la figura in tuta potesse essere Marsaili. Ma non restò deluso quando vide che si trattava di Fionnlagh. Spense il motore e uscí sul sentiero. Al buio, la sera prima, non aveva visto le carcasse di auto ammucchiate in giardino, e non le aveva notate nella fretta della loro partenza quella mattina. Erano cinque, arrugginite e smontate per estrarne parti e componenti, che erano sparsi su tutto il prato come ossa di animali morti da tempo. Fionnlagh aveva una cassetta degli attrezzi aperta per terra accanto a lui. Teneva una chiave inglese nelle mani annerite di grasso, e aveva diversi sbaffi d'olio sul viso. – Ciao, – disse a Fin mentre si avvicinava.

Fin accennò alla Mini. – Sei riuscito a farla partire?

Fionnlagh rise. – No. Forse è morta da troppo tempo. Sto cercando di riportarla almeno in terapia intensiva.

– Allora ci vorrà un po' prima che possa ritornare sulla strada?

– Se ci riesce, è un miracolo.

– Sono di gran moda di questi tempi, le Mini –. Fin scrutò piú da vicino. – È una Mini Cooper?

– Originale, pagata cinque sterline in un cimitero di auto a Stornoway. Mi è costato di piú portarla fin qui che comprarla. La mamma ha detto che se riesco a farla andare mi paga lei la scuola guida.

Mentre parlava, Fin ebbe l'occasione di osservarlo piú da vicino. Era un ragazzo snello, come sua madre, e aveva gli occhi della stessa intensità. Ma anche della stessa malizia.

– Allora, avete catturato il vostro assassino?

– Purtroppo no. La mamma è in casa?

– È andata giú al negozio.

– Ah –. Fin annuí, e tra di loro ci fu un momento di imbarazzo. – Sei già stato in ambulatorio a lasciare il campione di Dna?

Un'espressione accigliata si disegnò sul viso del ragazzo, come un'ombra. – Sí. Non c'era modo di evitarlo.

– Come sta il computer?

L'ombra passò e il viso si illuminò di nuovo. – Benone. Grazie, Fin. Non avrei mai scoperto da solo quella cosa del firmware. Il Sistema 10 è fantastico. Ho passato metà della giornata a copiare i miei cd su iTunes.

– Avrai bisogno di un iPod per scaricarli.

Il ragazzo sorrise mesto. – Hai visto quanto costano?

Fin rise. – Già, lo so. Ma il prezzo scenderà –. Fionnlagh annuí, e i due restarono in silenzio, a disagio. Fin allora chiese: – Quanto tempo credi che ci metterà tua mamma?

– Non lo so. Mezz'ora, forse.

– Allora la aspetto –. Esitò. – Hai voglia di scendere in spiaggia? Ho bisogno di un po' di aria di mare per soffiare via le ragnatele.

– Certo. Tanto qui non combino niente. Dammi due minuti per ripulirmi e togliermi la tuta. E devo dire alla nonna dove vado –. Fionnlagh raccolse gli attrezzi, li rimise nella cassetta e se li portò in casa. Fin lo guardò allontanarsi chiedendosi perché si stesse torturando cosí. Anche se fosse stato figlio suo, Fionnlagh era comunque di Artair. Artair gli aveva detto quella mattina: «Non ha avuto importanza per diciassette anni, perché cazzo dovrebbe averne ora?» E aveva ragione. Se era sempre stato cosí, perché doveva fare qualche differenza ora che lo sapeva? Fin calciò una zolla spinosa con la punta della scarpa. In realtà, faceva differenza.

Fionnlagh uscí in jeans e scarpe da ginnastica e una felpa bianca pulita. – Cerchiamo di non stare via troppo. A mia nonna non piace essere lasciata da sola.

Fin annuí e si incamminò con Fionnlagh lungo la parte superiore della scogliera, fino al burrone che da ragazzi lui e Artair usavano per scendere a riva. Fionnlagh scese senza sforzo, tenne le mani in tasca persino quando saltò l'ultimo metro fino alla lastra di gneiss piatta, leggermente inclinata, dove il giovane Fin una volta aveva fatto l'amore con Marsaili. Fin trovò la discesa sullo sperone roccioso un po' piú difficile di quando l'aveva fatta diciotto anni prima, e restò indietro mentre Fionnlagh saltava con passo sicuro sulle striature di roccia nera e scivolosa fino alla spiaggia. Il ragazzo attese sulla sabbia che Fin lo raggiungesse.

– La mamma ha detto che voi due stavate insieme.

– È stato tanto tempo fa.

Si diressero verso la riva e si incamminarono verso il porto. – E perché vi siete lasciati?

Fin era un po' imbarazzato per la franchezza del ragazzo. – Be', sai, capita –. Rise per un ricordo improvviso. – In realtà, abbiamo rotto due volte. La prima volta, avevamo solo otto anni.

– Otto? – Fionnlagh era incredulo. – Stavate insieme a otto anni?

– Be', non direi proprio insieme. Però c'era qualcosa tra di noi. Sin da quando avevamo iniziato la scuola. La accompagnavo a casa alla fattoria. I suoi abitano ancora lí?

– Certo. Ma non si vedono molto di questi tempi –. Fin era sorpreso e aspettò che Fionnlagh spiegasse di piú, ma non fu cosí. Invece, chiese: – Allora, perché vi siete lasciati a otto anni?

– È stata tutta colpa mia. Tua madre un giorno venne a scuola con gli occhiali. Orribili. Azzurri, con le alette, e le lenti spesse che le facevano assomigliare gli occhi a due palline da golf.

Fionnlagh rise per l'immagine che Fin aveva evocato. – Gesú, la imbellivano proprio.

– Appunto. E, naturalmente, in classe tutti la presero in giro. Quattrocchi, Fondo di bottiglia, tutto questo genere di cose. Sai quanto possono essere spietati i bambini –. Il suo sorriso sbiadí in un'espressione triste. – E io non ero migliore di loro. Mi vergognavo a farmi vedere con lei. La evitavo in cortile, smisi di accompagnarla a casa dopo la scuola. Penso di averla distrutta, poverina. Perché era una bambina graziosa, tua mamma. Molto sicura di sé. E un sacco di compagni di classe erano gelosissimi di me. Ma tutto questo sparí quando le misero gli occhiali –. E nel ricordarlo, Fin sentí una fitta di senso di colpa e malinconia. La povera Marsaili aveva passato le pene dell'inferno. E lui era stato cosí crudele. – I bambini non hanno idea di quanto male possono fare.

– Tutto qui? Smetteste di fare coppia?

– Piú o meno. Tua mamma mi inseguí per un po'. Ma se la vedevo venire verso di me in cortile, facevo in modo di mettermi improvvisamente a parlare con qualcuno o a giocare a calcio. Uscivo sempre dal cancello della scuola prima di lei per non doverla accompagnare. A volte in classe mi giravo e la trovavo lí che mi guardava con gli occhioni innocenti e gli occhiali abbandonati sul banco davanti a lei. Ma ogni volta fingevo di non notarla e, Gesú… – all'improvviso gli tornò in mente un episodio a cui non pensava da quasi trent'anni. – Ci fu quel momento in chiesa –. Il ricordo, inaspettatamente, aveva particolari vividi.

Fionnlagh era incuriosito. – Cosa? Che cos'è successo in chiesa?

– Oddio… – Fin scosse la testa sorridendo contrito. – Be', sono sicuro che Dio non c'entrasse molto –. La marea li costrinse a salire piú su sulla spiaggia per evitare di bagnarsi i piedi. – A quei tempi i miei genitori erano ancora vivi, e io dovevo andare in chiesa ogni domenica. Due volte. Mi portavo sempre un pacchetto di caramelle. Le Polo alla frutta o qualcosa del genere. Era un gioco per alleviare la noia, vedere se riuscivo a tirarle fuori dal pacchetto e mettermele in bocca senza farmi beccare, e poi succhiarle di nascosto. Immagino fosse una specie di piccola vittoria segreta contro il potere dell'oppressione religiosa, se riuscivo a finire un pacchetto intero senza che i miei se ne accorgessero. Anche se dubito di averci pensato proprio in questi termini all'epoca.

Fionnlagh sorrise. – Non doveva fare troppo bene ai denti.

– Infatti –. Fin si passò la lingua tristemente intorno alle otturazioni. – Sono sicuro che il pastore sapeva quello che facevo, solo che non mi ha mai sorpreso in flagrante. C'erano momenti in cui mi fissava con uno sguardo gelido, e a volte mi soffocavo quasi con la saliva che avevo in bocca, perché cercavo di non deglutire fino a quando lui non allontanava lo sguardo. Comunque, una domenica stavo cercando di infilarmi una caramella in bocca durante una preghiera. Hai presente, una di quelle lunghe preghiere farneticanti che recitavano gli anziani nella parte anteriore della chiesa. E il pacchetto mi cadde per terra. Assi di legno nude, rumore forte, e quell'accidenti che rotola a destra verso il centro della navata. Naturalmente, tutti in chiesa lo sentirono, compresa la gente nella galleria, che a quei tempi era piena. E tutti aprirono gli occhi. Non c'era anima viva nella chiesa che non avesse visto il pacchetto di Polo alla frutta proprio lí. Compresi gli anziani, e il pastore. La preghiera si fermò a metà frase, e restò appesa lí come un grosso punto di domanda. Sai, non ho mai sentito un altro silenzio cosí lungo in vita mia. E sapevo che non c'era modo di riavere quelle caramelle senza ammettere che erano mie. Fu allora che una figurina schizzò fuori dai banchi sull'altro lato della navata e le afferrò.

– Mia mamma?

– Proprio lei. La piccola Marsaili prese le caramelle davanti a tutta la congregazione e si prese la colpa al posto mio. Di sicuro sapeva a quali guai sarebbe andata incontro. Incrociai il suo sguardo una decina di minuti piú tardi. Occhioni grandi che mi scrutavano da dietro quelle lenti terribili, alla ricerca di qualche accenno di gratitudine, un riconoscimento da parte mia per quello che aveva fatto. Ma ero cosí contento di avere evitato le cinghiate che distolsi lo sguardo il piú velocemente possibile. Non volevo neanche essere collegato a lei.

– Che disgraziato.

Fin si girò e vide Fionnlagh che lo guardava, tra il serio e il faceto. – Sí, credo di sí. Mi vergogno ad ammetterlo, ma non posso negarlo. E non posso tornare indietro e cambiare le cose, o comportarmi diversamente. Andò proprio cosí –. Inspiegabilmente, e con suo grande imbarazzo, il mondo si sfocò all'improvviso. Si girò in fretta a guardare la baia, sbattendo le palpebre furiosamente per ricacciare indietro le lacrime.

– È una storia triste.

Fin impiegò un momento per riprendersi. – Trascorsi i quattro anni successivi piú o meno a ignorarla –. Ora era perso in un mondo infantile che aveva sepolto. – A tal punto che avevo quasi dimenticato quello che c'era stato tra di noi. Poi ci fu un ballo, alla fine del nostro ultimo anno di elementari, e invitai una ragazza di nome Irene Davis. Avevo un'età in cui non mi interessavano le ragazze, ma dovevo invitarne una, cosí lo chiesi a Irene. Non mi era mai nemmeno venuto in mente di chiederlo a tua madre, fino a quando non ricevetti una sua lettera. Arrivò per posta un paio di giorni prima del ballo –. Ricordava ancora quel grande scarabocchio triste, a penna blu scura su carta azzurrina. – Non riusciva a capire perché avevo invitato Irene e non lei. Suggeriva che non era troppo tardi per cambiare idea e invitarla. La sua soluzione al problema di Irene era che poteva invitarla tuo padre. Si firmò «la ragazza della fattoria». Ma, naturalmente, era troppo tardi. Non potevo rimangiarmi l'invito a Irene, anche se avessi voluto. Alla fine fu tuo padre ad accompagnare tua madre.

Erano arrivati alla fine della spiaggia, quasi all'ombra della rimessa dove Angel era stato assassinato.

– Il che basta a dimostrare quanto poco si capisce a undici anni. Solo cinque anni dopo, tua madre e io eravamo follemente innamorati e volevamo passare il resto della vita insieme.

– Che cosa è successo quella volta?

Fin sorrise e scosse il capo. – Basta cosí. Devi lasciarci qualche segreto.

– Dài. Non puoi lasciar perdere proprio adesso.

– Sí che posso –. Fin si girò e cominciò a tornare indietro lungo la sabbia verso le rocce. Fionnlagh si affrettò a raggiungerlo, adeguando il passo al suo, e seguirono le tracce che avevano lasciato all'andata. Fin chiese: – Che programmi hai per il futuro, Fionnlagh? Hai finito con la scuola?

Fionnlagh annuí cupo e prese a calci una conchiglia sulla sabbia compressa. – Mio padre sta cercando di procurarmi un lavoro al cantiere.

– Non sembri entusiasta.

– Infatti.

– Che cosa vuoi fare davvero?

– Voglio andare via da questa isola del cavolo.

– E allora perché non lo fai?

– Dove vuoi che vada? Cosa farei? Non conosco nessuno sulla terraferma.

– Adesso conosci me.

Fionnlagh lo guardò. – Sí, da cinque minuti.

– Senti, Fionnlagh. Forse adesso non ci credi, ma questo è un luogo magico –. E quando Fionnlagh lo guardò male, Fin disse: – Il fatto è che non te ne rendi conto finché non sei lontano –. Lui stesso aveva appena cominciato a capirlo. – E se non te ne vai, se resti qui tutta la vita, a volte la tua visione del mondo viene distorta. L'ho visto in un sacco di gente qui.

– Come mio padre?

Fin guardò il ragazzo, ma Fionnlagh teneva gli occhi rivolti davanti a sé. – Ad alcuni non capita la possibilità di andare, o non la colgono se si presenta.

– Tu l'hai fatto.

– Non vedevo l'ora di andare via –. Fin ridacchiò. – Non lo nego, è un posto fantastico da cui allontanarsi. Ma è bello tornarci.

Fionnlagh si voltò a fissarlo da vicino. – Allora sei tornato sul serio?

Fin sorrise e scosse la testa. – Probabilmente no. Ma questo non significa che non mi piacerebbe.

– Quindi, per trasferirmi in terraferma, cosa devo fare?

– Potresti iscriverti al college. Oppure, se passi gli esami, potresti andare all'università.

– E la polizia?

Fin esitò. –È un buon lavoro, Fionnlagh. Ma non è adatto a tutti. Si vedono cose che mai si sceglierebbe di vedere. Il lato peggiore della natura umana. E le sue conseguenze. Cose che non si può davvero fare nulla per cambiare, ma bisogna comunque affrontare.

– È un consiglio che mi dài?

Fin rise. – Forse no. Qualcuno deve pur farlo. E ci sono persone buone tra chi ci lavora.

– È per questo che vuoi cambiare lavoro?

– Che cosa te lo fa pensare?

– Hai detto che stai prendendo una laurea in informatica.

– Non ti sfugge niente, eh? – Fin sorrise, pensoso. – Diciamo che sto esaminando delle alternative.

Erano quasi arrivati alle rocce. Fionnlagh chiese: – Sei sposato? – Fin annuí. – Hai figli?

Fin impiegò molto tempo per rispondere. Troppo tempo. Ma

il diniego non gli uscí facilmente come era stato con Artair. Alla fine rispose: – No.

Fionnlagh si arrampicò su per le pietre e si girò per aiutare Fin a salire. Fin afferrò la mano e si issò a fianco del ragazzo. – Perché non mi dici la verità su una cosa del genere? – chiese Fionnlagh.

Ancora una volta, Fin fu preso alla sprovvista dalla sua franchezza. Una caratteristica che aveva ereditato dalla madre. – Che cosa ti fa pensare che non sia vero?

– Hai mentito?

Fin lo guardò dritto negli occhi. – A volte ci sono argomenti di cui non si vuole parlare.

– Perché?

– Perché parlarne te li fa venire in mente, e pensarci fa male –. Fin aveva una forte tensione nella voce. Vide il ragazzo che reagiva e si addolcí. Sospirò. – Avevo un figlio. Di otto anni. Ma ora è morto.

– Che cos'è successo?

La volontà di Fin di tenersi tutto dentro stava cedendo sotto le domande incessanti del ragazzo. Si inginocchiò sul bordo di una pozza nella roccia, con la luce solare che splendeva sulla superficie limpida, e fece scorrere le dita nell'acqua salata tiepida, creando onde di luce che si abbattevano sulle sue rive in miniatura. – Un pirata della strada. Mia moglie e Robbie stavano attraversando. Non era nemmeno una strada particolarmente trafficata. Una macchina ha girato l'angolo e *bam*! Li ha colpiti in pieno. Mia moglie è volata per aria ed è atterrata sul cofano. Probabilmente si è salvata grazie a questo. Robbie è finito proprio sotto le ruote. L'autista si è fermato solo per un secondo. Forse aveva bevuto, perché subito dopo ha accelerato ed è sparito. Nessun testimone. Nessun numero di targa. Non l'abbiamo mai preso.

– Cristo, – disse piano Fionnlagh. – Quando è successo?

– Poco piú di un mese fa.

Fionnlagh si accoccolò accanto a lui. – Fin, mi dispiace tanto. E mi dispiace di averti fatto rivivere quel dolore.

Fin liquidò le scuse con un cenno. – Non fare lo sciocco, figliolo. Come facevi a saperlo? – E nell'usare quella parola, «figliolo», sentí che il cuore gli si fermava. Guardò Fionnlagh, ma il ragazzo sembrava assorto nei suoi pensieri. Fin tornò con lo sguardo all'acqua e vide, sotto il riflesso del cielo, appena un accenno di movimento. – C'è un granchio là. Tuo padre e io venivamo qui e ne catturavamo a decine.

– Già, mi portava qui spessissimo quando ero piccolo –. Fionnlagh si tirò su le maniche, preparandosi a tuffare le mani in acqua per prendere il granchio. Fin rimase sconvolto nel vedere che su entrambi gli avambracci aveva un brutto ematoma violaceo, lungo la linea dell'osso. Afferrò il polso di Fionnlagh.

– Come diavolo ti sei fatto dei lividi cosí?

Il ragazzo trasalí, allontanando il braccio da lui. – Ahia! Mi fai male –. Si tirò giú le maniche per coprire i lividi e si alzò.

– Scusami –. Fin era angosciato. – Ha un brutto aspetto. Che cos'è successo?

Fionnlagh fece spallucce. – Niente. Mi sono fatto male da solo mentre inserivo il nuovo motore della Mini. Avrei dovuto farmi aiutare.

– Infatti –. Fin si alzò in piedi. – Per quel genere di cose hai bisogno dell'attrezzatura adeguata e di farti aiutare.

– Ho imparato la lezione, adesso –. Fionnlagh saltò leggero sopra le rocce e si avviò su per il burrone. Fin lo seguí, sentendo che in qualche modo era riuscito a guastare il loro rapporto. Ma quando arrivarono in cima alla scogliera fu come se nulla fosse accaduto. Fionnlagh indicò la strada. Una Renault argentata stava salendo lungo la collina. – È la signora Mackelvie. Ha dato uno strappo alla mamma fino al negozio. Mi sa che è tornata. Facciamo a chi arriva primo.

Fin rise. – Cosa? Ma ho il doppio della tua età.

– Ti concedo un vantaggio di un minuto, allora.

Fin lo guardò per un attimo, poi sorrise. – Va bene –. E partí, accelerando lungo il bordo della scogliera prima di girare su per la collina verso la casa. Improvvisamente l'impresa si fece difficile, le gambe diventarono rapidamente di piombo, i polmoni raschiavano nel tentativo di aspirare piú ossigeno. Fin vedeva la catasta di torba e sentiva il motore della Renault al minimo in cima al sentiero. Era quasi arrivato. Appena giunse alla catasta di torba vide Marsaili che scendeva per il vialetto, con le borse della spesa in mano, e la Renault che se ne andava lungo la collina. Lei lo vide quasi nello stesso momento, e si fermò, osservandolo con stupore.

Sorrise. Stava per battere il ragazzo. Stava per arrivare primo. Ma all'ultimo momento, Fionnlagh lo superò di gran carriera, ridendo, per nulla sfiatato, e salí su per il sentiero, proprio quando Fin dovette chinarsi e appoggiarsi sulle cosce per riprendersi.

– Dài vecchio. Perché ci hai messo tanto?

Fin lo guardò male, e vide Marsaili che sorrideva. – Sí, vecchio. Perché ci hai messo tanto?

– Perché ho diciotto anni piú di lui, – rispose Fin, ansimando.

In casa il telefono si mise a squillare. Marsaili guardò verso la porta della cucina e Fin vide la preoccupazione nei suoi occhi.

– Rispondo io, – disse Fionnlagh. Corse alla porta, salendo i gradini a due a due, e scomparve dentro. Dopo un momento il suono si fermò.

Fin sorprese Marsaili che lo guardava. – Che ci fai qui?

Fin alzò le spalle, mentre cercava di riprendere fiato. – Passavo da queste parti. Sono stato a trovare Calum.

Lei annuí, come se questo spiegasse tutto. – È meglio che entriamo –. Lui la seguí lungo il sentiero e i gradini per raggiungere la cucina. Posò le borse sul tavolo, sentendo la voce di Fionnlagh in sala, che parlava al telefono. Marsaili riempí il bollitore. – Una tazza di tè?

– Con piacere –. Si alzò goffo e la guardò mentre accendeva il bollitore e prendeva due tazze da una credenza a muro. Il suo respiro stava tornando quasi normale.

– Ho solo bustine, spero non ti dispiaccia.

– Perfetto.

Marsaili lasciò cadere una bustina in ogni tazza e si girò a guardarlo, appoggiandosi contro il piano di lavoro. Sentí Fionnlagh che riagganciava il telefono, e poi i suoi passi sulle scale fino alla sua stanza. E ancora continuò a guardarlo, con gli occhi azzurri che ispezionavano, sondavano, violavano. Il bollitore ringhiò e sibilò quando la resistenza cominciò a scaldare l'acqua. La porta della cucina non era ben chiusa e Fin sentiva fischiare il vento attraverso gli stipiti.

– Perché non mi hai detto che eri incinta? – chiese.

Marsaili chiuse gli occhi, e per un attimo Fin si sentí liberato dalla loro presa –. Artair disse che te l'aveva detto. Non ne aveva il diritto.

– Ma io avevo il diritto di saperlo.

– Tu non avevi proprio nessun diritto. Non dopo che… – S'interruppe e fece appello a tutta la propria calma. – Tu non c'eri, qui. Artair sí –. Lo fissò di nuovo con quegli occhi e Fin si sentí intrappolato, nudo sotto quello sguardo. – Io ti amavo, Fin Macleod. Ti ho amato da quel primo giorno in cui ti sei seduto vicino a me a scuola. Ti ho amato anche quando eri una carogna. Ti ho amato per tutti gli anni in cui non sei stato qui. E ti amerò ancora quando sarai partito di nuovo.

Fin scosse la testa, senza sapere cosa dire, finché chiese esitante: – Ma allora, che cos'è andato storto?

– Tu non mi amavi altrettanto. Non sono sicura che tu mi abbia mai amata.

– E Artair sí?

Gli occhi le si riempirono di lacrime. – Non cominciare, Fin. Non entrare nemmeno in questo argomento.

Fin attraversò la cucina in tre passi e le posò le mani sulle spalle. Lei distolse il viso. – Marsaili…

– Ti prego, – disse, come se sapesse che stava per dirle che anche lui l'aveva sempre amata. – Non voglio sentirlo. Non ora, Fin, non dopo tutti questi anni sprecati –. E si girò per guardarlo negli occhi. Avevano il volto a pochi centimetri di distanza. – Non riuscirei a sopportarlo.

Si baciarono prima ancora di rendersene conto. Non fu una decisione consapevole, solo un riflesso. Un breve incontro di labbra prima di staccarle ancora. Un soffio, e poi qualcosa di molto piú intenso. Il bollitore tremava e sferragliava sul supporto mentre portava l'acqua a ebollizione.

Il rumore di Fionnlagh sulle scale li costrinse a dividersi, indietreggiando come se una scossa elettrica li avesse colpiti. Marsaili si diresse veloce al bollitore, colorita e agitata, e versò l'acqua nelle tazze. Fin si mise le mani in tasca e si girò a guardare, senza vedere, dalla finestra. Fionnlagh entrò dal salotto con una grossa sacca. Si era cambiato la felpa con un maglione di lana pesante e indossava un giaccone impermeabile. Se il senso di colpa li imbarazzava, Fin e Marsaili non avevano da temere che Fionnlagh se ne accorgesse. Era di umore nero, preoccupato e agitato.

– Partiamo stasera.

– Per la roccia? – chiese Fin. Fionnlagh annuí.

– Perché cosí presto? – Tutto l'imbarazzo di Marsaili in un attimo fu sostituito dalla preoccupazione materna.

– Gigs dice che c'è brutto tempo in arrivo. Se non andiamo stasera potrebbe passare un'altra settimana. Asterix mi passa a prendere alla fine della strada. Andiamo a Stornoway per caricare la barca e partiamo da lí –. Aprí la porta e Marsaili attraversò la cucina in fretta e gli afferrò un braccio.

– Fionnlagh, non è necessario che tu vada. Lo sai bene.

Lui le lanciò un'occhiata gravida di significato che solo la madre poteva interpretare. – Sí, lo so –. Divincolò il braccio e scivolò fuori dalla porta, senza nemmeno congedarsi. Fin lo osservò dalla finestra mentre correva lungo il sentiero, con il borsone su una spalla. Si girò a guardare Marsaili. Era lí immobile accanto alla porta, fissava il pavimento, e alzò gli occhi solo quando si accorse dello sguardo di Fin su di lei.

– Che cos'è successo sulla roccia l'anno in cui siete andati tu e Artair?

Fin si accigliò. Era la seconda volta che glielo chiedevano quel giorno. – Lo sai cosa è successo, Marsaili.

Lei scosse la testa quasi impercettibilmente. – So quello che tutti dicevano che era successo. Ma deve esserci stato qualcosa di piú. Vi ha cambiati, entrambi. Tu e Artair. Dopo, niente è piú stato come prima.

Fin ansimò per la frustrazione. – Marsaili, non c'è stato altro. Cristo, non sono successe abbastanza disgrazie? È morto il padre di Artair. E a momenti morivo anch'io.

Lei lo guardò di sbieco. Nello sguardo aveva qualcosa di simile a un'accusa. Non credeva che le stesse raccontando tutta la verità. – Non è morto solo il padre di Artair. Io e te siamo morti. E tu e Artair siete morti. È come se tutto ciò che eravamo prima fosse morto quell'estate.

– Pensi che ti stia mentendo?

Lei chiuse gli occhi. – Non lo so. Davvero, non lo so.

– Be', Artair che cosa dice?

Marsaili aprí gli occhi e la sua voce scese di volume. – Artair non dice niente. Artair non ha mai detto niente in questi anni.

Una voce chiamò da qualche parte nell'interno della casa. Debole, ma ancora perentoria. – Marsaili! Marsaili! – Era la madre di Artair.

Marsaili alzò gli occhi al cielo ed emise un sospiro profondo e tremante. – Arrivo, un minuto, – disse.

– Meglio che vada –. Fin si diresse alla porta.

– E il tuo tè?

Lui si fermò e si girò, i loro occhi si incontrarono nuovamente e avrebbe voluto passarle il dorso della mano, delicatamente, sulla guancia morbida. – Un'altra volta –. Scese i gradini verso il sentiero e si avviò veloce fino a dove aveva lasciato la macchina di Gunn, sul ciglio della strada.

3.

Sulle spalle di Fin pesava la sensazione che tutti loro avessero sprecato le loro vite, avessero sprecato le loro occasioni per stupidità o negligenza, e questo lo gettò in uno sconforto profondo. Il suo umore non era aiutato dalle nuvole livide che si stavano accumulando sopra il Minch, né dal soffio artico che arrivava portato da un vento che intirizziva. Girò la macchina, risalí la collina e uscí da Crobost al bivio che portava giú al porto, dove arrivò accanto alla *whitehouse* in cui aveva vissuto con la zia per quasi dieci anni. Scese dalla macchina e respirò profondamente, rivolto al vento, con il rumore del mare che si infrangeva sulla spiaggia di ghiaia lí sotto.

La casa della zia era tutta chiusa, trascurata, lasciata in eredità a un ente per la protezione dei gatti che non era riuscito a venderla e poi l'aveva ignorata. Fin sentiva che avrebbe dovuto provare qualche reazione emotiva di fronte a quel luogo, ripensando a quanto tempo aveva vissuto lí. Invece rimase indifferente. La zia non lo aveva mai trattato male, eppure Fin associava quegli anni solo con un sentimento di infelicità. Non aveva alcun ricordo preciso. Solo una nube oscura e amorfa di sconforto che trovava difficile spiegare persino a se stesso. La casa era affacciata sulla baia, dove le barche un tempo portavano il pesce per la salatura, che si svolgeva negli appositi edifici sulla collina sopra la riva. Ora restavano solo le rovine in pietra delle loro fondamenta a testimoniare che fossero mai esistiti. Fuori, sul promontorio, si ergevano tre alti tumuli. Fin da ragazzo ne era affascinato e ci andava spesso; sostituiva le pietre che tempeste particolarmente feroci facevano uscire dalle loro sedi. I tumuli erano stati costruiti da tre uomini di ritorno dalla Seconda guerra mondiale, cosí gli aveva raccontato la zia. Nessuno ne conosceva il motivo, e quegli uomini erano morti da tempo. Fin si chiese se qualcuno ora si prendesse la briga di curare quelle pietre.

Discese la collina fino al porticciolo di Crobost, dove lui e Artair si sedevano spesso a lanciare sassi nelle acque calme e profonde. Un cavo d'acciaio robusto con un grosso gancio all'estremità serpeggiava lungo lo scivolo dal capanno della gru per alaggio sopra il porto. Il capanno era un edificio con due aperture nella parte anteriore e una porta sul fianco. Fin aprí la porta e il grande motore diesel dipinto di verde era lí, silenzioso testimone delle migliaia di barche che aveva calato in acqua, o tirato fuori. La chiave era in posizione di accensione, e Fin ebbe l'impulso di girarla: il motore scoppiettò, ma non partí. Fin regolò la valvola dell'aria e riprovò, e questa volta il motore sputacchiò, scoppiettò e si accese, rombando nello spazio buio e chiuso. Qualcuno ne curava ancora la manutenzione. Lo spense e dopo quel rombo il silenzio parve assordante.

Fuori, cinque o sei barchette erano sollevate lungo il bordo dello scivolo di alaggio, messe di sbieco ai piedi della scogliera, una dietro l'altra. Fin riconobbe il celeste sbiadito della *Mayflower*. Difficile credere che fosse ancora in uso dopo tutti quegli anni. Sopra il capanno della gru giaceva rovesciato lo scheletro di una barca da tempo in disuso, con la chiglia verso l'alto, dove si arricciavano le ultime scaglie di vernice viola rimaste. Fin si chinò a pulire la melma verde che copriva le assi rimaste sulla prua e vide, in lettere bianche sbiadite, il nome di sua madre, *Eilidh*, che suo padre aveva accuratamente dipinto il giorno prima del varo. E tutti i rimpianti della sua vita gli si gonfiarono dentro come acqua in una sorgente. Si inginocchiò accanto alla barca e pianse.

Il cimitero di Crobost era sul *machair* sopra la riva occidentale, oltre la scuola, dove il villaggio da secoli seppelliva i suoi morti nel terreno sabbioso. Le lapidi si ergevano come spine pungenti sul ciglio della collina. Erano migliaia, generazioni di *Niseachs* – come venivano chiamati gli abitanti di Ness – con un ultimo ed eterno panorama sul mare che aveva dato loro la vita e se li era portati via. Anelli di schiuma bianca si rompevano sulla riva lí sotto mentre Fin passava sbirciando i nomi di coloro che l'avevano preceduto. Tutti i Macleod e i Mackenzie, i MacDonalds e i Murray. I Donald e i Morag, i Kenneth e le Margaret. Era un luogo esposto alla furia delle tempeste atlantiche, e a poco a poco il mare aveva eroso il *machair* finché al villaggio non era toccato costruire delle protezioni, per impedire che le ossa degli antenati fossero portate via dal mare insieme alla terra.

Fin trovò finalmente le tombe dei suoi genitori. «John Angus Macleod, trentotto anni, marito amorevole di Eilidh, trentacinque anni». Due pietre piatte, disposte sull'erba fianco a fianco. Non era piú tornato dal giorno in cui li avevano sepolti, il giorno in cui era rimasto a guardare le prime palate di terra che si abbattevano sui coperchi delle bare. Ora restò lí con il vento che gli soffiava in pieno viso e pensò a quello che era stato. Cosí tante vite erano state toccate dalla loro morte. E cambiate. Tutto sarebbe potuto andare in modo molto diverso.

Quindici

Di solito dormivo come un sasso. Ma quella notte ero inquieto. Non che possa dire di aver avuto una premonizione di ciò che stava per accadere. È piú probabile che la colpa fosse del letto. Era il mio vecchio letto, dove avevo dormito per i primi tre anni della mia vita, prima che mio padre costruisse le camere in mansarda. Si trovava in una rientranza del muro in cucina, dove passavamo la maggior parte della nostra vita. Era una specie di piano in legno con sotto un cassettone per la biancheria e con una tenda che lo schermava dal resto della stanza.

Lí mi ero sempre sentito al caldo e al sicuro, e prima di addormentarmi ascoltavo il mormorio delle voci dei miei genitori nella stanza al di là della tenda; dopodiché mi svegliavo con il profumo di torba e pane tostato, e il borbottio del porridge che bolliva sul fuoco. Ci avevo messo molto tempo per abituarmi al freddo isolamento della mia nuova stanza sotto il tetto della casa ma, ora che ci ero riuscito, faticavo a tornare a dormire nel mio letto precedente. Ma lí mi trovavo quella notte, perché mia zia mi faceva da babysitter e non aveva voglia di correre su e giú per le scale tutta la sera.

Probabilmente ero in dormiveglia, perché la prima cosa che ricordo è il suono delle voci nel corridoio, e uno spiffero freddo insinuatosi in casa e nella mia nicchia da una porta aperta da qualche parte. Scesi dal letto a piedi nudi, con indosso solo il pigiama. La stanza era illuminata dalle braci nel camino e da una strana luce azzurra che lampeggiava intorno ai muri. Ci misi un po' a capire che veniva da fuori. Le tende non erano tirate, cosí andai alla finestra per sbirciare fuori e vidi una macchina della polizia sulla strada, offuscata dalla pioggia che scendeva lungo il vetro. La luce blu lampeggiante sul tetto era quasi ipnotica. Vidi gente sul vialetto, poi sentii la voce di una donna che si lamentava come se si sentisse male.

Non avevo idea di quello che stava succedendo, ero ancora mezzo addormentato e disorientato quando la porta si aprí. Le luci si accesero nella stanza, e quasi mi accecarono. Mia zia era in piedi, pallida come un fantasma, e l'aria fredda si precipitò dentro al suo seguito per avvolgermi come una grande coperta gelata. Vidi un poliziotto e dietro di lui una donna in divisa. Ma questi sono solo frammenti di ricordi. Non so riferire chiaramente ciò che accadde. Ricordo solo il calore improvviso e morbido del seno di mia zia, che si inginocchiò davanti a me e mi abbracciò forte, con il respiro interrotto dai singhiozzi, ripetendo: – Povero bambino. Povero il mio piccino.

Solo il giorno dopo capii che i miei genitori erano morti. Ammesso che un bambino di otto anni possa mai capire che cos'è la morte. Sapevo che erano andati a un ballo a Stornoway la sera prima, e ora sapevo che non sarebbero mai piú tornati. È un concetto difficile da gestire a quell'età. Ricordo che mi ero arrabbiato con loro. Perché non tornavano? Non sapevano che mi sarebbero mancati? Non gli importava? Ma avevo passato abbastanza tempo in chiesa per avere compreso il concetto di paradiso e inferno. Erano i posti dove si andava da morti. O nell'uno, o nell'altro. E cosí, quando mia zia mi disse che i miei genitori erano andati in paradiso, avevo una vaga idea di dove fosse, da qualche parte al di là del cielo, e che chi ci andava ci restava per sempre. L'unica cosa che non riuscivo a capire era il perché.

A ripensarci, mi stupisce che mia zia mi abbia detto una cosa del genere, dato quello che pensava su Dio e la religione. Presumo abbia creduto che fosse il modo migliore di dirmelo con dolcezza. Ma non c'è modo per comunicare con dolcezza a un bambino la morte dei suoi genitori.

Ero sotto shock. Per tutto il giorno la casa mi sembrò piena di gente. Mia zia, alcuni lontani cugini, i vicini, gli amici dei miei genitori. Un susseguirsi di volti in lacrime preoccupati per me. Fu l'unica volta in cui sentii una spiegazione dell'accaduto. Mia zia non me ne parlò mai, durante tutti gli anni in cui vissi con lei. Qualcuno disse (non so chi fosse, era solo una voce in una stanza affollata) che una pecora era saltata su dal fosso, e che mio padre aveva sterzato per evitarla. – Vicino a quel capanno nella brughiera di Barvas, hai presente, quello con il tetto verde –. Le voci si abbassarono, e in una serie di sussurri che distinguevo appena, sentii qualcun altro dire: – A quanto pare la macchina si è capottata cinque o sei volte prima di prendere fuoco –. Qualcuno rantolò, e un'altra voce disse: – Oddio, che morte orribile!

Credo che esista gente con un interesse morboso per la morte.

Quel giorno passai un sacco di tempo da solo nella mia stanza, appena consapevole del via vai al piano di sotto, con le auto che arrivavano al sentiero e poi ripartivano. Avevo sentito dire piú volte quanto ero coraggioso, e mia zia che raccontava che non avevo versato una sola lacrima. Ma ora so che le lacrime sono una sorta di accettazione. E io non ero ancora pronto.

Mi sedetti sul bordo del letto, con l'intorpidimento che mi proteggeva dal freddo, e mi guardai intorno nella stanza, soffermandomi su tutte le cose familiari che conteneva. Il panda con cui dormivo, il globo di vetro con la neve e Babbo Natale e la renna che avevo trovato nella calza il Natale precedente. Una grande scatola di giocattoli dei tempi in cui ancora gattonavo, formine di plastica colorate e pezzi di Lego smontati. La maglietta da calcio della Scozia con il nome di Kenny Dalglish e il numero 7 sulla schiena. Il pallone che mio padre mi aveva comprato nel negozio di articoli sportivi a Stornoway un sabato pomeriggio. Uno scaffale pieno di giochi da tavolo. Due mensole cariche di libri per bambini. Forse non avevano molti soldi, mia madre e mio padre, ma non mi avevano mai fatto mancare nulla. Fino a quel giorno. E l'unica cosa che desideravo, non potevano darmela.

Mi venne in mente, stando seduto lí, che un giorno sarei morto anch'io. Non era un pensiero del tutto nuovo per me, e spinse contro il mio dolore per trovare un po' di posto nel mio piccolo armadietto degli orrori. Ma non si riesce a soffermarsi troppo a lungo sul pensiero della propria morte, e ben presto lo liquidai del tutto e decisi che, avendo solo otto anni, era molto lontano, e avrei affrontato il problema quando si fosse presentato.

Ma ancora non riuscivo a piangere.

Il giorno del funerale, il clima sembrava il riflesso della rabbia e della disperazione con cui non ero ancora venuto a patti. Scendeva una pioggia tendente al nevischio. I venti di dicembre soffiavano dal mare, sotto gli ombrelloni e sui nostri visi. Pungenti e freddi.

Ricordo solo nero e grigio. Ci fu un lungo e solenne servizio funebre in chiesa, e sono ancora perseguitato dal suono dei salmi cantati in gaelico, quelle voci semplici, senza accompagnamento, che evocavano in modo cosí potente il mio dolore. E poi, fuori dalla casa, con le bare affiancate contro gli schienali di sedie disposte in mezzo alla strada, oltre un centinaio di persone si erano riunite sotto la pioggia. Cravatte, cappotti e cappelli neri. Ombrelli neri che lottavano contro il vento. Visi pallidi e tristi.

Ero troppo piccolo per portare la bara, cosí presi posto subito dietro alla testa del corteo, con Artair al mio fianco. Sentivo il suo dolore nel catarro che crepitava a ogni respiro. E fui stranamente commosso quando la sua manina fredda si infilò nella mia e me la strinse, una silenziosa espressione di amicizia e solidarietà. La tenni stretta per tutta la durata del percorso fino al cimitero.

Sull'isola di Lewis solo gli uomini possono accompagnare i morti al luogo di sepoltura, e cosí le donne si misero in fila lungo la strada a guardarci partire dalla casa. Vidi la mamma di Marsaili, con il dolore dipinto sul volto, e mi ricordai del profumo di rose che aveva quel primo giorno in cui ero andato alla fattoria. Marsaili era in piedi accanto a lei, aggrappata al suo cappotto, con i nastri neri nei capelli. Notai che non portava gli occhiali, quel giorno. Venne da me sotto la pioggia con i suoi dolci occhi azzurri, e dentro vidi tanto dolore che dovetti distogliere lo sguardo.

Fu allora che arrivarono le lacrime, nascoste dalla pioggia. Fu la prima volta che piansi per i miei genitori. E, suppongo, fu allora che accettai che non c'erano piú, davvero.

Non avevo pensato al di là del funerale, nemmeno per chiedermi cosa sarebbe successo. Se lo avessi fatto, dubito che mi sarei potuto immaginare un cambiamento cosí brutale nella mia vita.

Subito dopo che l'ultima persona se ne fu andata dalla casa, mia zia mi portò al piano di sopra per preparare la valigia. Tutti i miei vestiti erano già stati riposti senza troppe cerimonie al suo interno. Mi fu permesso di prendere una piccola borsa per portare un po' di giocattoli e libri. Poi torniamo un'altra volta, mi disse, e passiamo in rassegna quello che è rimasto. Non compresi subito che quella non sarebbe piú stata la mia casa, e di fatto non tornammo piú a prendere il resto delle mie cose. Non ho idea di cosa ne sia stato.

Fui spinto fuori nella macchina di mia zia, parcheggiata sulla strada, con il motore acceso e i tergicristalli che spazzavano via la pioggia dal parabrezza. Dentro faceva caldo, ma odorava di umido e i finestrini erano tutti appannati. Non pensai nemmeno per un istante di guardarmi indietro mentre ci allontanavamo su per la collina.

Ero già stato a casa di mia zia e l'avevo sempre ritenuta un luogo freddo e triste, nonostante tutti i vasi di fiori di plastica e i tessuti variopinti drappeggiati in giro. C'era un freddo umido che dopo un po' entrava nelle ossa. Il fuoco era stato spento tutto il giorno, quindi l'ambiente sembrava piú desolato del solito quando mia zia aprí la porta per entrare. La lampadina nuda in sala brillava aspra mentre salivamo a fatica le scale con la borsa e la valigia.

– Eccoci, – disse, aprendo la porta su una stanza mansardata in fondo al corridoio, con il soffitto spiovente, la carta da parati macchiata di umido, la condensa sulle finestre arrugginite. – Questa è la tua camera –. C'era un letto singolo contro il muro, con un copriletto di ciniglia rosa. Un armadio anteguerra aveva le ante aperte, e attaccapanni e scaffali vuoti, in attesa del contenuto della mia valigia. La zia sollevò la valigia sul letto e la aprí. – Metti pure le tue cose nell'armadio come preferisci. Per merenda ho solo aringhe affumicate, temo.

Era quasi fuori dalla porta quando chiesi: – Quando torno a casa mia?

Si fermò e mi guardò. E, per quanto avesse compassione nello sguardo, sono sicuro di aver percepito anche una certa impazienza. – È questa la tua casa adesso, Fin. Ti chiamo quando è pronto il tè.

Si chiuse la porta alle spalle e io mi ritrovai nella stanza fredda e triste che ora era la mia. Il senso di desolazione era quasi schiacciante. Cercai il mio panda nel sacco dei giocattoli e mi sedetti sul bordo del letto, stringendomelo al petto, mentre sentivo che l'umidità del materasso mi filtrava nei pantaloni. E per la prima volta quel giorno capii che la mia vita era cambiata, inesorabilmente e per sempre.

Sedici

1.

L'auto passò rumorosamente sopra la griglia per il bestiame ed entrò nel parcheggio. Fin posteggiò ai piedi dei gradini della casa parrocchiale. Tutta la luce era stata espulsa dal cielo tardo pomeridiano dalle nubi minacciose che prima si erano raccolte sopra l'oceano. Ora arrivavano da nord-ovest, livide e inquietanti, gettando un buio profondo sull'estremità settentrionale dell'isola. C'erano luci accese nella stanza anteriore della casa del pastore, e, mentre saliva le scale, Fin sentí le prime gocce di pioggia.

Suonò il campanello e si fermò sulla soglia, con il vento che gli sferzava la giacca e i pantaloni. Ad aprirgli venne una giovane donna sui trentacinque anni. Era una ventina di centrimetri piú bassa di Fin, con i capelli corti scuri, una maglietta bianca infilata a casaccio in pantaloni cachi con dei tasconi e scarpe da ginnastica bianche. Non era cosí che Fin si era immaginato la moglie di Donald Murray. Inoltre aveva un viso che gli ricordava qualcuno. La squadrò senza capire, e lei inclinò il capo.

– Non ti ricordi di me, vero? – Il tono della domanda non era cordiale.

– Dovrei?

– Eravamo insieme alle superiori. Ma io ero un paio d'anni piú giovane, quindi forse non mi hai mai notata. Naturalmente, noi eravamo tutte stracotte di te.

Fin si sentí arrossire. E cosí aveva trentatre anni, forse trentaquattro, il che significava che doveva aver avuto Donna a soli diciassette anni.

– Sento quasi il rumore delle rotelle che girano –. Aveva una punta di sarcasmo nella voce. – Non ti ricordi? Io e Donald siamo stati insieme per un po' al Nicolson. Poi ci siamo incontrati di nuovo a Glasgow, dopo che ho lasciato la scuola. Sono andata a Londra con lui. A quei tempi non aveva ancora trovato Dio, cosí il matrimonio fu una soluzione di ripiego. Dopo che sono rimasta incinta, cioè.

– Catriona, – Fin disse a un tratto.

Lei alzò le sopracciglia fingendo sorpresa. – Bravo.

– Macfarlane.

– Hai una buona memoria. Sei venuto a trovare Donald?

– In realtà, si tratta di Donna.

Una serranda invisibile si chiuse tra loro. – No, è Donald che vuoi, – disse Catriona con veemenza. – Vado a chiamarlo.

Mentre Fin aspettava, iniziò a piovere e, quando Donald Murray venne alla porta, era già zuppo. Il pastore lo guardò impassibile. – Pensavo che non avessimo piú niente da dirci, Fin.

– Noi due no. È con tua figlia che voglio parlare.

– Lei non vuole parlare con te.

Fin guardò il cielo, alzando il viso contro la pioggia. – Senti, mi fai entrare? Mi sto infradiciando qui.

– No. Se vuoi parlare con Donna, Fin, deve essere un atto ufficiale. Arrestala, o fai quello che fate quando volete interrogare la gente. Altrimenti lasciaci in pace, per favore –. E chiuse la porta.

Fin rimase per un po' sul gradino, soffocando la rabbia, prima di tirarsi su il bavero e correre in auto. Accese il motore, mise la ventola al massimo e si liberò a fatica della giacca bagnata, gettandola sul sedile posteriore. Aveva già ingranato la prima e sollevato la frizione quando la portiera si aprí. Entrò Catriona Macfarlane, e la richiuse sbattendo. Aveva i capelli bagnati e appiccicati alla testa. La maglietta era diventata quasi trasparente, e sotto si vedeva bene un reggiseno di pizzo nero. Fin non riuscí a fare a meno di notarlo, e rifletté su quanto poco Dio sembrava aver fatto cambiare gusti a Donald nel corso degli anni.

Catriona sedette fissando un punto davanti a sé, le mani giunte in grembo, le dita intrecciate. Senza parlare.

Fin ruppe il silenzio. – Allora lo hai trovato anche tu?

Si girò a guardarlo, aggrottando la fronte. – Trovato chi?

– Dio. O è stata solo un'idea di Donald?

– Tu non l'hai mai visto come l'abbiamo visto noi. Quando è arrabbiato. Con Dio dalla sua parte. Sono urla, furore e rabbia.

– Hai paura di lui?

– Ho paura di cosa farà quando scoprirà la verità.

– E qual è la verità?

L'esitazione di Catriona fu solo momentanea. Con la mano tolse un po' di condensa dal finestrino del passeggero, e guardò su verso la casa parrocchiale. – Donna ha mentito sul fatto di essere stata violentata da Macritchie.

Fin grugní. – Questo l'avevo già capito. E non mi sorprenderebbe se l'avesse capito anche Donald.

– Forse –. Lanciò un altro sguardo alla canonica. – Ma lui non sa perché.

Fin aspettò, ma Catriona taceva. – Be', hai intenzione di dirmelo o no?

Si torceva le mani, adesso. – Non l'avrei saputo se non avessi trovato la scatola aperta in camera sua e non le avessi chiesto spiegazioni –. Lo guardò imbarazzato. – Un test di gravidanza.

– Quanto avanzata?

– Allora, era solo questione di settimane. Ma ora è di tre mesi e comincia a vedersi. È terrorizzata da quello che può fare Donald se lo scopre.

– Ed è per questo che si è inventata la storia di Macritchie? – Fin era incredulo. Catriona annuí. – Gesú! Non sa che la paternità si può stabilire da un semplice test del Dna?

– Lo so, lo so. È stata stupida. Era in preda al panico. E aveva bevuto troppo quella sera. È stata una pessima idea.

– Altroché –. Fin la guardò attentamente per qualche istante. – Perché mi racconti tutto questo, Catriona?

– Cosí ci lasci in pace. La denuncia per stupro non ha piú importanza. Quel poveretto è morto. Voglio che tu smetta di disturbarci, cosí riusciamo a sistemare questa faccenda tra di noi –. Si girò a guardarlo. – Lasciaci in pace, Fin.

– Non posso prometterti niente.

Lei lo fissò con odio e paura, poi si girò per aprire la portiera della macchina.

Appena fu uscita nella pioggia, Fin chiese: – E chi è il padre?

Lei si chinò a guardarlo, con la pioggia sul viso che gocciolava dal naso e dal mento. – Il figlio del tuo amico –. Lo disse con disprezzo. – Fionnlagh Macinnes.

2.

Fin ricordò molto poco del viaggio di ritorno in città. Oscillava tra la confusione e l'incertezza, mentre il cielo plumbeo gli incombeva sulla testa e riduceva le montagne di Harris a uno sbaffo grigio in lontananza, e la pioggia sfocava la vista dal parabrezza. Il vento la spingeva lateralmente attraverso la brughiera di Barvas e Fin dovette concentrare l'attenzione sulla strada finché non arrivò in cima, appena oltre il minuscolo Loch Dubh, e vide le luci di Stornoway che si estendevano sotto di lui in quel tardo pomeriggio cupo, e la città adagiata al riparo delle colline, cullata tra le braccia protettive del porto.

Terminata l'ora di punta, Bayhead era quasi deserta sotto la pioggia, ma mentre Fin girava per entrare nel parcheggio del porto, vide sorpreso una gran folla illuminata in un technicolor livido dalle luci della troupe televisiva venuta a riprenderla. Per lo piú si trattava di spettatori curiosi che sfidavano la pioggia, nella speranza di finire in tv. Tra loro c'erano una decina o piú di manifestanti con impermeabili rossi e gialli, armati di striscioni. Cartelli scarabocchiati a mano con slogan come: «Salvate le *guga*», «Assassini», «Strangolati e decapitati», «Assassini di uccelli». L'inchiostro si sbavava con l'umidità. Era tutto piuttosto dozzinale e fastidioso, pensò Fin, e non molto originale. Chissà chi aveva finanziato quella gente.

Quando uscí dalla macchina li sentí scandire: «Assassini, assassini, assassini». C'erano una o due facce note ai margini della folla, i cronisti che Fin riconobbe dalle foto sui giornali nazionali. Un paio di agenti di polizia dalla faccia truce stavano a guardare a distanza di cortesia, mentre la pioggia cadeva a scrosci dalle sommità dei loro berretti a scacchi.

Sulla banchina c'era il camion che Fin, Artair e Fionnlagh avevano aiutato a caricare quella mattina a Port of Ness. Era vuoto, ora, e stava lí con il motore al minimo tra le nasse vuote e i mucchi di reti da pesca. Un gruppo di uomini in cerata e cappello da marinaio guardava giú nella stiva della *Purple Isle*, lo stesso peschereccio che aveva portato Fin ad An Sgeir tutti quegli anni prima. Sul parapetto arrugginito e sulle assi consunte dalle intemperie erano stati applicati spessi strati di vernice fresca. Il ponte era azzurro, e la tuga era in mogano laccato di recente. Sembrava una vecchia puttana che fa di tutto per nascondere la sua età.

Fin abbassò la testa e si fece largo tra la folla fino al molo. Intravide Chris Adams che guidava gli slogan dei manifestanti, ma non aveva tempo per lui adesso. Notò Fionnlagh sotto uno dei cappelli da marinaio, e gli afferrò il braccio. Il ragazzo si girò. Fin disse: – Fionnlagh, ho bisogno di parlarti.

– Ehi, amico mio! – Era la voce di Artair, piena di affabilità. Diede una pacca sulla schiena a Fin. – Sei arrivato giusto in tempo per venire a bere una birra con noi prima che salpiamo. Ti va? – Fin si guardò intorno e vide Artair che gli sorrideva da sotto un altro cappello gocciolante. – Cristo, ragazzo mio, non hai un cazzo di giubbino? Sei bagnato fino all'osso. Ecco... – Salí di scatto nella cabina del furgone, tirò fuori una cerata gialla e la lanciò sulla testa a Fin. – Dài ci sbronziamo insieme. Ho bisogno di un po' di alcol prima di partire. Sarà una traversata difficile.

Il pub di McNeil era strapieno, l'aria satura di vapore e fumo e del suono di voci animate dall'alcol. Tutti i tavoli erano pieni, e una folla in tre o quattro file era ammucchiata davanti al bancone. Le vetrine erano appannate, perché la maggior parte degli uomini era lí da un paio d'ore. I dodici cacciatori di *guga* e Fin si fecero largo fino al bancone, e i bevitori che li riconoscevano intonavano brindisi alle *guga*. L'equipaggio della *Purple Isle* era rimasto a bordo per preparare la partenza e mantenersi sobrio per quella che rischiava di essere una traversata tempestosa.

Fin si trovò in una mano un mezzo boccale di birra e nell'altro una misura di whisky. Artair sorrise con aria folle. – Mezzo e mezzo. Proprio quello che ci vuole per rimetterti in piedi –. Era il modo piú veloce per ubriacarsi. Artair si girò di nuovo verso il bar. Fin chiuse gli occhi e buttò giú il whisky in un unico sorso, poi ci tracannò dietro una lunga sorsata di birra. Per una volta, pensò, forse ubriacarsi non era una cattiva idea. Ma con la coda dell'occhio intravide Fionnlagh che si dirigeva verso il bagno e posò entrambi i bicchieri sul bancone per dirigersi tra la folla dietro di lui.

Quando riuscí a raggiungerlo, Fionnlagh si stava lavando le mani, e due uomini agli orinatoi si stavano richiudendo la cerniera.

Fin aspettò che se ne andassero. Fionnlagh lo guardava con diffidenza nello specchio. Era evidente dallo sguardo che sapeva che qualcosa non andava. Mentre la porta si chiudeva, Fin chiese: – Hai intenzione di parlarmi di quei lividi? – Vide il ragazzo sbiancare.

– Te l'ho detto oggi pomeriggio.

– Perché non mi dici la verità su una cosa del genere? – E l'eco delle sue stesse parole fece sí che Fionnlagh si girasse ad affrontare il suo accusatore.

– Perché non sono affari tuoi, ecco perché! – E cercò di spingerlo via e passare oltre. Ma Fin lo acchiappò e lo fece voltare, tirandogli su la maglia sotto la giacca impermeabile a esporre un torace coperto di lividi viola che stavano ingiallendo.

– Cristo! – Spinse il ragazzo faccia al muro e tirò su il maglione per vedergli la schiena. Brutti lividi segnavano anche lí la pelle pallida, eburnea. – Ti sei trovato in una rissa coi fiocchi, ragazzo.

Con uno sforzo determinato, Fionnlagh si liberò, e si girò. – Te l'ho detto, non sono affari tuoi.

Fin ansava, e la lotta per controllare le emozioni minacciava di soffocarlo. – Questo lo decido io.

– No, invece. Per diciotto anni non siamo stati affari tuoi. E tutto quello che hai fatto è venire qui adesso e sconvolgere mia madre. E mio padre. E me. Perché non te ne torni da dove sei venuto?

La porta si aprí dietro di loro e lo sguardo di Fionnlagh guizzò oltre Fin per vedere chi fosse. Il suo viso arrossí leggermente, e il ragazzo si spinse oltre Fin e fuori dal bagno. Fin si girò e trovò Artair lí, con un sorriso perplesso. – Cosa succede?

Fin sospirò e scosse la testa. – Niente.

Fece per seguire Fionnlagh, ma Artair gli mise la grossa mano sul petto per fermarlo. – Che cos'hai detto al ragazzo? – Il tono era seriamente minaccioso e dagli occhi era svanito ogni calore.

Fin stentava a riconoscere il bambino che gli aveva tenuto la mano tanti anni prima al funerale dei suoi genitori. Guardò il suo vecchio amico dritto negli occhi. – Non ti preoccupare, Artair, il tuo segreto è al sicuro con me –. E guardò la mano ancora premuta sul suo petto. Lentamente Artair la allontanò, e nei suoi occhi tornò a farsi strada un sorriso. Ma era un sorriso senza umorismo.

– Bene, allora. Non vorrei mai che tuo figlio si frapponesse tra noi.

Fin gli passò accanto e tornò nel pub. Esplorò tra le facce, in cerca di Fionnlagh. I cacciatori di *guga* erano ancora lí, e Fin vide Gigs che lo guardava con occhi scuri e pensierosi. Ma non c'era traccia di Fionnlagh. Una pacca sulla schiena quasi gli tolse il fiato. – Mi venisse un colpo se non è l'orfano, cazzo –. Fin si girò di scatto. Per un momento surreale e bizzarro quasi gli parve di vedere Angel Macritchie. O il suo fantasma. Invece si trovò di fronte la faccia rossa e ghignante di suo fratello. A Fin, Murdo Ruadh sembrò grosso proprio come il primo giorno di scuola. Solo che ora pesava molto di piú, come il fratello maggiore, e i capelli rossi erano piú scuri, tirati indietro con l'olio su un'enorme testa piatta. Indossava una casacca blu da lavoro su una sudicia maglietta bianca e jeans abbondanti con il cavallo che scendeva fino a metà coscia. Aveva grandi mani callose che sembravano in grado di schiacciare una palla da cricket. – Che cazzo ci fai di nuovo qui a inquinare questo posto?

– Cerco di trovare l'assassino di tuo fratello.

– Ah, già, come se te ne importasse qualcosa, cazzo.

Fin sentí che gli saltava la mosca al naso. – Sai una cosa, Murdo? Forse non me ne importa un cazzo. Ma è il mio mestiere far finire gli assassini dietro le sbarre. Anche se hanno ucciso feccia come tuo fratello. Va bene?

– No, non va bene un cazzo! – Murdo tremava per la rabbia, e le guance gli vibravano. – Brutta carogna strisciante del cazzo! – E si lanciò su Fin, che si fece da parte rapido e guardò Murdo andare a schiantarsi su un tavolo pieno di bicchieri che si ruppero sul pavimento. Gli avventori arrabbiati e spaventati balzarono in piedi imprecando contro di lui, con chiazze di alcol tra le gambe e sulle cosce. Murdo atterrò in ginocchio, come in preghiera, con mani e viso battezzati dalla birra. Ruggí come un grande orso infuriato e si rimise in piedi; poi si girò, in cerca di Fin.

Fin era lí, sfiatato, circondato da uomini che gli lanciavano urla di incoraggiamento, reclamando sangue. Sentí una presa ferrea sul braccio e voltandosi vide Gigs, con il viso assorto e intenso. – Dài Fin, andiamo via di qui –. Ma Murdo stava già caricando, con un pugno grosso come un prosciutto che dondolava per aria. Gigs tirò da parte Fin e il pugno si scontrò con un omaccione calvo con i baffi da tricheco. Il naso gli si aprí come un frutto marcio, le ginocchia gli si piegarono e franò sul pavimento come un sacco di patate.

C'era chiasso nel pub, e su tutte le altre voci se ne sentí una acuta, stridula e autorevole. Una voce di donna. – Fuori! Fuori! Tutti quanti, prima che chiami la polizia.

– È già qui, – disse qualche burlone, e chi conosceva Fin rise.

A gridare era stata la titolare, una donna di mezza età, piuttosto attraente, con morbidi riccioli biondi intorno a un viso delicato e malizioso. Faceva quel mestiere da diversi anni e sapeva come trattare gli uomini che avevano bevuto. Picchiò un grosso bastone di legno sulla parte superiore del bancone. – Fuori! Subito! – Nessuno si sarebbe mai messo a discutere con lei.

Decine di uomini uscirono nei Narrows. La strada era deserta sotto la pioggia raccolta in pozzanghere sotto i lampioni che fendevano appena il buio del crepuscolo. Gigs teneva ancora Fin per un braccio, e i cacciatori di *guga* gli si affollarono intorno per portarlo via verso il molo. La voce di Murdo tuonò sopra l'ululato del vento. – Bastardo vigliacco! Scappi con i tuoi amici del cazzo. Proprio come hai sempre fatto, cazzo!

Fin si fermò e liberò il braccio dalla presa di Gigs. – Lascia perdere, – disse Gigs.

Ma Fin si girò ad affrontare la rabbia del fratello dell'uomo ucciso, mentre una gran folla si radunava dietro di lui in silenziosa attesa.

– Forza allora, pezzo di merda. Cosa aspetti?

Fin lo fissò con trent'anni di odio che gli bruciavano dentro, pur sapendo che era sbagliato. Aspettò di essersi liberato di tutta la tensione. Sospirò. – Perché non ci stringiamo la mano, Murdo? Litigare non risolve niente. Non è mai servito e non servirà mai –. Camminava cautamente con la mano tesa verso l'omone, e Murdo lo guardò incredulo.

– Non dici mica sul serio, cazzo?

– No, – disse Fin. – Volevo solo avvicinarmi abbastanza da essere sicuro di non sbagliare –. E assestò lo scarpone nelle parti basse di Murdo, cogliendolo del tutto alla sprovvista. Uno sguardo di puro stupore fu sostituito quasi subito da uno di straziante dolore. Mentre Murdo si piegava in due, Fin gli diede una ginocchiata in faccia, e vide il sangue che sgorgava dalla bocca e dal naso del suo avversario. Murdo barcollò all'indietro in mezzo alla folla, che si divise come il Mar Rosso per lasciarlo passare. Fin lo seguí, con i pugni stretti come pistoni che martellavano contro quel pancione molle, uno dopo l'altro, facendogli uscire grugniti dalle labbra insanguinate. Ogni colpo, una vendetta. Per quel primo giorno in cortile, sbattuto contro il muro e salvato solo dall'intervento di Donald Murray. Per quella sera in cui avevano rubato lo pneumatico del trattore. Per il povero Calum condannato a vita su una sedia a rotelle. Per tutte le brutalità inflitte da quel prepotente senza palle in tanti e tanti anni. Fin perse il conto del numero di volte in cui lo stava colpendo. Aveva perso la capacità di ragionare, preda di una frenesia insensata. E continuava a colpire e colpire. Murdo era in ginocchio, gli occhi allucinati, il sangue che gli schiumava tra le labbra e gli usciva dalle narici. Il rombo delle voci sulla strada era assordante.

Fin sentí due mani forti che gli bloccavano le braccia lungo i fianchi e lo trascinavano via. – E che cazzo, amico, cosí crepa! – Girò la testa a incontrare lo sguardo perplesso sul viso di George Gunn. – Andiamo via di qui prima che arrivino i poliziotti.

– Tu sei la polizia.

– Quelli in divisa, – disse Gunn a denti stretti. – Se lei è ancora qui quando arrivano, la sua carriera è finita.

Fin si afflosciò e lasciò che Gunn lo tirasse via tra la folla incitante. Tra tutte quelle facce scorse un barlume del viso di Fionnlagh. Il ragazzo sembrava sconvolto. E scorse Artair che rideva, felice di vedere Murdo Ruadh ricevere finalmente la meritata punizione.

Mentre Fin si allontanava in fretta lungo i Narrows verso il *Crown*, si sentí il lamento di una sirena della polizia, un segnale che disperse la folla. Due dei suoi amici avevano tirato in piedi Murdo e lo stavano trascinando via in fretta. Era tutto finito.

Fin tremava ancora mentre si sedevano al bar. Mise le mani stese sul bancone per arrestare il tremito. Non avevano gravi ferite. Fin sapeva che non era il caso di mettere a rischio le mani su ossa che lo avrebbero facilmente danneggiato. Aveva perciò concentrato i pugni sul busto, morbido e ben imbottito, lo stomaco e le costole, provocando lividi al suo avversario, erodendo la sua resistenza, colpendolo senza farsi male. I danni veri e propri erano stati provocati dallo scarpone e dal ginocchio con i primi due colpi. Trent'anni di rabbia repressa e di umiliazione avevano alimentato quell'attacco. Ma Fin si chiese perché non si sentiva meglio, perché era nauseato, depresso e sconfitto.

Il lounge bar del *Crown* era deserto, fatta eccezione per una giovane coppia in colloquio intimo in un angolo lontano. Gunn si mise a sedere su uno sgabello accanto a Fin e allungò cinque sterline al barista per le loro bevande. Disse con voce bassa e controllata: – Che diavolo stava facendo, signor Macleod?

– Non lo so, George. Una figura da perfetto idiota, forse –. Abbassò lo sguardo e vide il sangue di Murdo Ruadh sulla giacca e sui pantaloni.

– L'ispettore capo è già incazzato perché lei non ha fatto rapporto dopo Uig. Potrebbe incorrere in guai grossi, signore. Davvero grossi.

Fin annuí. – Lo so –. Bevve un lungo sorso dal boccale, fino a sentire l'effetto della birra. Strinse forte gli occhi. – Penso di sapere chi ha ucciso Macritchie.

Gunn rimase a lungo in silenzio. – Chi?

– Non sto dicendo che è stato di sicuro lui. Solo che ha un movente perfetto. E un sacco di lividi addosso –. Gunn aspettava che andasse avanti. Fin bevve un altro sorso di birra. – Donna Murray si è inventata la storia della violenza da parte di Macritchie.

– Penso che lo sapessimo già, no?

– Ma non sapevamo che era incinta. Ecco perché lo ha fatto, George. In modo da poter dare la colpa a qualcuno. In modo da non dover affrontare il padre e dirgli la verità.

– Ma poiché il padre di Donna credeva che fosse stata violentata, rimane comunque un possibile colpevole, ha un movente.

– Non il padre. Il suo ragazzo. Quello che l'ha messa incinta. Se lui credeva che l'avesse davvero violentata, avrebbe avuto un movente altrettanto forte.

– Chi è il ragazzo?

Fin esitò. Una volta detto, sarebbe stato pubblico. E non si sarebbe piú potuto negare. – Fionnlagh Macinnes. Il figlio del mio amico Artair –. Si girò a guardare Gunn. – È ricoperto di lividi, George. Come se avesse lottato a sangue.

Gunn rimase in silenzio. – Cos'è che mi nasconde, signor Macleod? – disse infine.

– Perché pensi questo, George?

– Perché le è costato molto dirmi quello che mi ha appena detto, signore. Quindi c'è qualcosa di personale. E se c'è qualcosa di personale, allora non mi ha detto tutto.

Fin sorrise cupamente. – Sai, saresti proprio un buon poliziotto. Hai mai pensato di arruolarti?

– Proprio no, ho sentito che l'orario di lavoro è tremendo. Mia moglie non accetterebbe mai.

Il sorriso di Fin scomparve. – È mio figlio, George –. George si accigliò. – Fionnlagh. Non lo sapevo fino a ieri sera –. Lasciò cadere la testa in avanti sui palmi aperti. – E quindi il bambino che aspetta Donna Murray è mio nipote –. Soffiò un lungo getto d'aria tra le labbra serrate. – Che pasticcio terribile!

Gunn sorseggiò pensieroso la birra. – Be', non posso fare niente per la sua vita privata, signor Macleod, ma forse posso metterle l'animo in pace riguardo al ragazzo.

Fin si voltò bruscamente a guardarlo. – Che cosa vuoi dire?

– Non ho mai avuto una buona impressione di quel pastore. So che sua moglie ha detto che erano a casa assieme quel sabato sera, ma le mogli mentono sempre per i loro mariti.

Fin scosse la testa. – Non è stato Donald.

– Senta, signore –. Gunn trasse un profondo respiro. – Ho fatto un po' di controlli oggi. Sull'isola ci sono tutte quelle sette protestanti diverse. Be', lo sa. Donald Murray sta con la Chiesa libera di Scozia. Tengono la loro assemblea generale ogni anno alla Chiesa libera di San Columba a Edimburgo. Ho scoperto che quest'anno si è tenuta in maggio, nella stessa settimana dell'omicidio di Leith Walk. Il che colloca Donald Murray sul luogo di entrambi i delitti. E come tutti i poliziotti con esperienza, signor Macleod, né lei né io crediamo alle coincidenze. Vero?

– Gesú! – Fin non se lo aspettava.

– L'ispettore capo ha mandato due agenti a Ness a prenderlo per un interrogatorio circa un'ora fa.

Fin scese dallo sgabello. – Vado in commissariato a parlare con lui.

Gunn lo afferrò per un braccio. – Con tutto il rispetto, signore, lei ha bevuto. Se l'ispettore Smith le sente odore di alcol nel fiato, sarà in guai ancora piú grossi di quelli in cui è già.

Si udí la litania lontana dei manifestanti sulla banchina. «Assassini, assa-ssini, assa-ssini».

– Questa deve essere la *Purple Isle* che salpa dal porto, – disse Fin, e andò alla finestra. Ma da lí non riusciva a vedere il molo di Cromwell Street.

– Vanno ad An Sgeir stasera?

Fin annuí. – E Fionnlagh è con loro.

– Be', allora lui non scappa da nessuna parte nelle prossime due settimane, giusto? E noi possiamo parlare con Donald Murray domattina. Credo che neanche lui scapperà da nessuna parte.

Fuori nei Narrows Fin disse: – Grazie, George. Ti sono debitore.

Gunn alzò le spalle. – Il motivo per cui ero venuto a cercarla questa sera, signore, era per dirle che mia moglie era riuscita a trovare del salmone selvaggio, proprio come pensavo. Giusto per noi tre. Aveva detto che ce lo grigliava, se volevamo.

Ma Fin era distratto. – Magari un'altra sera, George. Ringraziala, comunque.

Gunn guardò l'orologio. – Sí, be', si è fatto un po' tardi, ormai.

Fin consegnò a Gunn le chiavi della sua auto. – È nel parcheggio di Cromwell Street –. Camminò con lui fino a North Beach, dove si strinsero la mano e Fin lo guardò avviarsi verso il parcheggio. La *Purple Isle* aveva già virato a sud, alla fine di North Beach Quay, ed era invisibile, da qualche parte tra l'Esplanade e Cuddy Point. Fin tornò sui suoi passi per Castle Street, attraversò i Narrows e scese fino a South Beach. Per tutto il percorso lungo la riva, fino alla stazione degli autobus deserta in lontananza, e ai fari del nuovo approdo dei traghetti, la luce triste dei lampioni splendeva sotto la pioggia. Il vecchio molo all'estremità piú vicina era avvolto nelle tenebre.

Fin affondò le mani nelle tasche, incurvando le spalle per difendersi dalla pioggia e dal freddo, e uscí sul molo deserto. C'era una petroliera ormeggiata sul lato est, ma non un'anima viva. Vide le luci della *Purple Isle* mentre ricompariva alla vista, facendosi strada tra le onde increspate e verso la baia diretta a Goat Island. Scorse figure in movimento sul ponte, ma era impossibile dire chi fossero, solo macchie gialle e arancioni.

Non aveva piú idea di quali sentimenti provasse. Di cosa credesse o pensasse. Ma sapeva che quel ragazzo che era suo figlio portava con sé un segreto a bordo del peschereccio, navigando per mari infidi fino a una roccia desolata nell'Atlantico del Nord, dove diciotto anni prima Fin era quasi morto.

E lo turbava pensare al ragazzo sulla roccia, tra il macello delle bestie e gli angeli delle fornaci e le ruote di carne morta. Qualunque fosse il suo segreto.

Diciassette

Nubi basse sfioravano le cime delle colline, sospinte su tutta l'isola da un forte vento di ponente. I cesti di fiori colorati appesi lungo la facciata anteriore della stazione di polizia di Stornoway oscillavano pericolosamente nel vento. I rifiuti volteggiavano per strada a raffiche e mulinelli, e la gente si inclinava contro il vento, ingobbita per difendersi dal freddo insolito ad agosto.

Fin salí stancamente dal porto lungo Church Street, con un maglione di lana sotto la giacca a vento al posto della camicia macchiata di sangue, che aveva lasciato in ammollo nel lavandino della stanza d'albergo. Si era appisolato varie volte durante la notte, ma il sonno, quello vero, non era arrivato. Quello che avvolge tutti i pensieri nel buio e li cala dolcemente sul fondo di un pozzo profondo e oscuro. Piú volte aveva pensato di chiamare Mona. Ma che cosa avrebbe potuto dirle? Che non dovevano piú piangere per la perdita di Robbie? Perché aveva trovato un altro figlio che non sapeva nemmeno di avere?

Attraversò il parcheggio ed entrò nella stazione di polizia dalla porta sul retro. Il sottufficiale di turno era appoggiato al bancone per le denunce a compilare dei moduli. L'odore forte di gabinetti e disinfettante caratteristico delle celle della polizia in tutto il mondo era attenuato grazie al profumo di pane tostato e caffè. Fin alzò gli occhi verso la telecamera sopra il bancone e mostrò il tesserino al sergente.

– Il reverendo Murray è ancora qui?

Il sergente accennò al corridoio. Il cancello che conduceva alle celle era aperto, e la maggior parte delle porte erano socchiuse. – Prima a destra. Non è chiusa a chiave –. Vide la sorpresa nello sguardo di Fin. – Ci sta aiutando nelle indagini, signore. Non è ufficialmente in arresto. Vuole un caffè?

Fin scosse la testa e si avviò lungo il corridoio. Tutto era pulito e dipinto di fresco. Pareti color crema, porte beige. Spinse la porta della prima cella a destra. Donald era accovacciato su un panchetto di legno sotto una finestrella alta nel muro. Stava mangiando pane tostato, e sul panchetto accanto a lui c'era una tazza di caffè fumante. Indossava ancora la camicia da ecclesiastico sotto una giacca che ormai era tutta grinzosa e sgualcita. Un po' come il viso. Sembrava che avesse dormito tanto quanto Fin. Aveva occhiaie profonde e i capelli spettinati e incolti che gli ricadevano sulla fronte. Si accorse subito della presenza di Fin, ma non gli rivolse alcun cenno.

– La vedi quella? – Con la testa indicò l'angolo alla sinistra di Fin. Fin guardò in basso e vide una freccia bianca accanto a una E maiuscola, dipinte sul pavimento di calcestruzzo rosso scuro. – È rivolta verso est. Alla Mecca. Cosí i prigionieri musulmani sanno in che direzione pregare. Il sergente mi dice che non ha mai visto un solo prigioniero musulmano qui. Ma è il regolamento. Gli ho chiesto se poteva darmi una Bibbia in modo da trovare conforto in mezzo a questo inferno. Si è scusato, ma qualcuno l'ha smarrita. Ma se volevo poteva darmi una copia del Corano e un tappeto da preghiera –. Alzò gli occhi, con il viso gonfio di disprezzo. – Questa era un'isola cristiana, Fin.

– Sí, con i valori cristiani, come la verità e l'onestà, Donald.

Donald incontrò il suo sguardo in modo molto diretto. – Non ho ucciso io Angel Macritchie.

– Lo so.

– Perché sono qui?

– Non ti ho convocato io.

– Dicono che ero a Edimburgo in contemporanea con un altro omicidio. Ma c'era anche un altro mezzo milione di persone.

– Puoi dimostrare i tuoi spostamenti di quella sera?

– Molti di noi alloggiavano nello stesso albergo. Direi che abbiamo cenato insieme. Stanno riscontrando con gli altri. Naturalmente, questo non può confermare i miei movimenti dopo che sono andato a letto, da quando sono rimasto solo.

– Sono contento di sentirlo. Si dice che il numero delle prostitute a Edimburgo aumenti ogni volta che c'è un'assemblea generale –. Donald lo guardò acido. – A ogni modo, non importa. Il tuo campione di Dna ti libererà dall'accusa di avere ucciso Macritchie quando arriveranno i risultati. Il codice a barre di Dio.

– Perché sei cosí sicuro che non sono stato io?

– Ci ho pensato per tutta la notte.

– Be', sono contento di non essere l'unico che ha perso il sonno. Allora, a che conclusione sei arrivato?

Fin si appoggiò allo stipite della porta. Si sentiva debole e stanco. – Ho sempre pensato che tu fossi uno dei bravi ragazzi, Donald. Hai sempre lottato per quello in cui credevi, senza mai cedere ai bulli. E non ti ho mai visto una sola volta alzare un dito contro qualcuno. Il tuo era un potere psicologico, non fisico. Riuscivi a trattare con la gente senza mai ricorrere alla violenza. Non credo che tu sia capace di uccidere qualcuno.

– Be', grazie per l'attestato di fiducia.

Fin ignorò il suo tono. – Però sei capace di un orgoglio grande, testardo, egoista.

– Sapevo che ci doveva essere la fregatura.

– Resistere ai bulli, mettere a rischio se stessi per gli altri, sfidare il proprio padre, fare la parte del ribelle. Tutto rientra nello stesso motivo per cui hai finito per rivolgerti a Dio.

– Ah, sí, e quale sarebbe?

– Il tuo desiderio divorante di essere al centro dell'attenzione. Per te è sempre stata una questione di immagine, Donald, non è vero? La tua immagine di te stesso. L'immagine che volevi che gli altri avessero di te. La decappottabile rossa, la sfilza di belle ragazze, la droga, l'alcol, la bella vita. E ora il pastore. Difficile essere piú al centro dell'attenzione di cosí. Non sull'isola di Lewis, almeno. E alla fine, tutto si riduce a una sola cosa. E sai di cosa si tratta?

– Perché non me lo dici, Fin? – Nonostante la sua strafottenza, le parole di Fin facevano effetto. Donald aveva le guance accese di colore.

– L'orgoglio. Sei un uomo orgoglioso, Donald. E il tuo orgoglio viene prima di ogni altra cosa. Il che è divertente, perché ho sempre creduto che l'orgoglio fosse un peccato.

– Non darmi lezioni sulla Bibbia.

Ma Fin non aveva intenzione di mollare. – Ed è qualcosa, dicono, che precede la caduta –. Si allontanò dal telaio della porta e infilò le mani in tasca; poi avanzò fino al centro della cella. – Tu sai benissimo che Macritchie non ha violentato Donna. E penso anche che tu sappia perché lei ha sostenuto che l'abbia fatto.

Per la prima volta, Donald distolse lo sguardo e abbassò gli occhi a terra, concentrandosi su qualcosa che solo lui riusciva a vedere. Fin vide le dita che si stringevano intorno alla tazza di caffè.

– Lo sai che è incinta, non è vero? Ma preferisci chiudere gli occhi davanti alla verità, far sí che il mondo creda che sia colpa di Macritchie. Perché, quali danni arrecherebbe alla tua immagine? Al tuo prezioso senso dell'io? Se la figlia del pastore è incinta, non perché l'hanno violentata, ma perché ha fatto sesso di comune accordo con il suo fidanzato, che macchia sulla tua reputazione! Che smacco per il tuo orgoglio.

Donald stava ancora fissando il pavimento, con i muscoli della mascella al lavoro con rabbia silenziosa.

– Pensaci Donald. Tua moglie e tua figlia hanno paura di te. Paura! E ti dico un'altra cosa. Angel Macritchie non valeva granché. Ma non era uno stupratore. Non aveva molte qualità, ma non merita una macchia del genere sulla sua memoria.

Fin scese svelto lungo le scale, passando oltre il bancone delle denunce, avvolto negli stessi pensieri che lo avevano tenuto sveglio per quasi tutta la notte. Nessuno di essi includeva l'ispettore capo Tom Smith; quindi gli ci volle un attimo prima di rendersi conto della sua voce.

– Macleod! – La voce era tersa e con un forte accento di Glasgow. Quando Fin non reagí, disse di nuovo, piú forte: – Macleod! – Fin si girò e lo vide in piedi sulla porta aperta di una saletta per gli interrogatori. – Venga qui.

L'immagine curata e azzimata dell'ispettore capo di Glasgow era sparita. Smith aveva la barba lunga, la camicia stazzonata e arrotolata alla bell'e meglio sui gomiti. I capelli imbrillantinati cadevano in ciuffi unti ai due lati della fronte piatta e larga, e il profumo del Brut era stato sostituito da una puzza di sudore vagamente sgradevole, il che era peggio solo in parte. Anche lui, chiaramente, era stato sveglio tutta la notte.

Chiuse la porta e disse a Fin di sedersi. La scrivania era cosparsa di carte, con un posacenere pieno fino a traboccare. Ma Fin non si sedette. – È stato a parlare con Murray –. Non era una domanda.

– Avete preso l'uomo sbagliato.

– Era a Edimburgo la notte del delitto di Leith Walk.

– Anche tutti gli altri pastori della Chiesa libera dell'isola.

– Ma non avevano un movente per uccidere Macritchie.

– Nemmeno Murray. Sa che Macritchie non ha mai violentato sua figlia. Il suo ragazzo l'ha messa incinta, cosí lei si è inventata la storia.

Stranamente, Smith sembrò a corto di repliche. Ma fu solo un attimo. – Come fa a saperlo?

– Perché io conosco queste persone, ispettore capo. Sono uno di loro, come lei è stato cosí lieto di sottolineare quando me le ha descritte come ruspanti il giorno del mio arrivo qui.

Smith si inalberò. – Non intendo tollerare il suo sarcasmo, Macleod.

– Però devo porgere l'altra guancia quando lei ha voglia di offendere? È cosí che funziona?

Smith trattenne la risposta. – Se è cosí intelligente, Macleod, cazzo, allora ovviamente saprà chi è stato a uccidere Macritchie –. Fece una pausa. – Allora, lo sa?

– No, signore. Ma penso che lei avesse ragione fin dall'inizio. Non c'è alcun collegamento con Edimburgo. Solo qualcuno che cerca di condurci in un vicolo cieco.

– Sono onorato di avere la sua approvazione. E quando esattamente è arrivato a questa conclusione?

– Durante l'autopsia, signore.

– Perché?

Fin scosse la testa. – Non mi sembrava possibile. Troppe cose che non coincidevano. Piccolezze. Ma sufficienti a farmi pensare che probabilmente eravamo di fronte a due assassini diversi.

Smith si spostò alla finestra, con le corte braccia conserte sul petto. Si girò verso Fin. – E quando aveva intenzione di condividere queste informazioni con me?

– Non era una conclusione, signore. Solo un'impressione. Ma se l'avessi condivisa con lei, mi avrebbe messo sul primo aereo per tornare a Edimburgo. Mentre io sentivo che le mie conoscenze a livello locale mi davano qualcosa da offrire a questa indagine.

– E lei ha creduto di avere il potere di prendere una decisione simile? – Smith scosse la testa incredulo. Si appoggiò di peso sulla scrivania, le nocche bianchissime, e annusò l'aria. – Non sento odore di alcol. Si è sciacquato la bocca prima di venire questa mattina?

Fin si accigliò. – Non so di che cosa stia parlando, signore.

– Sto parlando di un agente ai miei ordini coinvolto in una rissa tra ubriachi nei Narrows la notte scorsa. Sto parlando di un agente che resterà ai miei ordini solo il tempo necessario per prendere il primo volo disponibile che lo porti via da qui. La voglio fuori dall'isola, Macleod. Se non trova un passaggio aereo, usi il traghetto –. Si erse in tutta la sua altezza, che non era enorme. – Ho già parlato con il suo capo a Edimburgo. Immagino che, quando tornerà a casa, troverà una calda accoglienza.

Il suo fallimentare ritorno sull'isola era finito. Tutti quegli incontri dolorosi con i fantasmi del suo passato. Era quasi un sollievo. E Fionnlagh aveva ragione. Se ne era disinteressato per diciotto anni e non aveva alcun diritto di tornare adesso a impicciarsi nella loro vita. Un uomo era stato ucciso, e il suo assassino era ancora libero. Ma quella non era piú una sua responsabilità. Stava tornando a casa, sempre che ancora lo fosse. Sempre che Mona ancora ci fosse. Avrebbe potuto semplicemente chiudere il sipario e dimenticare. Guardare avanti invece che indietro. Ma allora perché la prospettiva lo riempiva di un tale terrore?

Sfiorò la mappa in rilievo di Lewis e Harris nel corridoio e aprí le porte tagliafuoco passando nell'atrio. L'agente di servizio dietro il vetro alzò lo sguardo, mentre le immagini della videosorveglianza tremolavano su una parete di monitor alle sue spalle. C'erano due figure solitarie sedute ad aspettare con pazienza su sedie di plastica contro il muro di fronte alla finestra, ma Fin non le notò. Era quasi fuori dalla porta quando una di loro lo chiamò per nome e si alzò in piedi.

Catriona Macfarlane, o Murray come Fin immaginava che si facesse chiamare ora, gli stava davanti torcendosi le mani. Era pallida e sconfitta. Seduta come una bambola di pezza appoggiata sulla fila di sedili vuoti dietro di lei, c'era una ragazza che dimostrava poco piú di dodici anni, i capelli tirati indietro sopra un viso esangue, senza una traccia di trucco. Turbato, Fin si rese conto che doveva essere Donna. Sembrava cosí giovane. Era difficile credere che potesse essere incinta di tre mesi. Forse truccata sembrava piú grande. Non era affatto brutta, solo molto semplice. Aveva i colori del padre, la stessa pelle eburnea delicata e i capelli rossicci. Indossava jeans e una camicetta rosa sotto una giacca a vento imbottita, dentro cui spariva.

– Maledetto! – Catriona gli disse.

– Non c'entro niente con tutto questo, Catriona.

– Quando hai intenzione di lasciarlo andare?

– Per quanto ne so, può andarsene in qualsiasi momento. Io invece vengo rispedito a Edimburgo. Cosí esaudisco il tuo desiderio. Non vi disturberò piú –. La loro vita non era piú affar suo.

Spinse la porta a battente e corse giú per le scale, fuori nel vento impetuoso. Aveva già attraversato Kenneth Street, e stava passando il fish and chips di fronte a Nazir quando udí dei passi sul selciato dietro di lui. Si guardò intorno e vide Donna che lo seguiva lungo Church Street. Sua madre era in piedi sui gradini del commissariato. Chiamava la figlia per nome. Ma Donna la ignorò. La ragazza raggiunse Fin e gli si accostò, senza fiato. – Ho bisogno di parlare con lei, signor Macleod.

Una cameriera che masticava gomma portò a Fin e a Donna due caffè al tavolo in vetrina. Un flusso costante di veicoli rumoreggiava lungo Cromwell Street, sul lato della vetrina. Era ancora buio là fuori, il mare color peltro soffiava attraverso il porto in archi di onde con le creste bianche.

La ragazza giocherellava con il cucchiaio. – Non so perché ho ordinato il caffè. Non mi piace nemmeno.

– Ti prendo qualcos'altro –. Alzò una mano per chiamare la cameriera.

– No, va bene cosí –. Donna continuò a giocare con il cucchiaio e a rigirare la tazza nel caffè che si era versato nel piattino. Fin zuccherò il suo e rimase in attesa. Se la ragazza aveva qualcosa da dirgli, gliel'avrebbe lasciato fare con i suoi tempi. Bevve un sorso. Era appena tiepido. Alla fine lei lo guardò. – So che mia madre le ha detto la verità su quanto accaduto con il signor Macritchie –. Per essere una ragazza che aveva falsamente accusato un uomo di stupro, c'era un candore straordinario nei suoi occhi. – E sono abbastanza sicura che anche mio padre sa che era tutta una bugia.

– Sí.

Sembrava sorpresa. – Allora lei sa che mio padre non l'ha ucciso.

– Non ho mai pensato nemmeno per un minuto che tuo padre avesse ucciso qualcuno, Donna.

– E allora perché lo trattenete?

– Non è trattenuto. Sta aiutando l'indagine. È solo una formalità.

– Non volevo provocare tutti questi problemi –. Si morse il labbro, e Fin vide che si sforzava di non piangere.

– Che cos'hai detto a Fionnlagh?

E all'improvviso Donna fermò le lacrime. Lo guardò con diffidenza. – Che cosa vuol dire?

– Lo sa che sei incinta?

Abbassò la testa e la scosse, e tornò a giocare con il cucchiaio. – Io… Non sono ancora riuscita a dirglielo. Non ancora.

– Quindi lui non aveva motivo di non credere alla tua storia su Macritchie. A meno che tu non gli avessi detto il contrario –. Lei non disse niente. – L'hai fatto? – Scosse nuovamente il capo. – Dunque Fionnlagh è convinto che ti abbia violentata.

La ragazza alzò lo sguardo, gli occhi pieni di indignazione. – Lei non può credere che Fionnlagh l'abbia ucciso! Non ho mai conosciuto una persona piú dolce nella mia vita.

– Be', devi ammetterlo, gli hai dato un movente piuttosto forte. E addosso ha un sacco di lividi che si rifiuta di spiegare.

Lo sguardo di Donna si fece ora perplesso piú che indignato. – Come può anche solo pensare questo di suo figlio?

Per un momento, tutta la calma di Fin lo abbandonò. Cercò di ripetersi nella mente ciò che la ragazza aveva appena detto, quasi incapace di credere alle proprie orecchie. Aveva la voce roca. – Come fai a saperlo?

Gli era chiaro che Donna aveva capovolto la situazione a suo vantaggio. – Perché Fionnlagh me l'ha detto.

Era semplicemente impossibile. – Fionnlagh lo sa?

– Lo ha sempre saputo. O, almeno, da quando ha memoria. Il signor Macinnes gli ha detto anni fa che non era suo figlio. Voglio dire, Fionnlagh non ricorda nemmeno quando. L'ha sempre saputo –. Aveva di nuovo quello sguardo negli occhi. – Era in lacrime quando me l'ha detto. E mi ha fatto sentire davvero speciale per lui. Non l'aveva mai detto a nessuno. Mai. E ho pensato: accidenti, ha condiviso questo solo con me –. La luce che aveva in faccia al ricordo di quel momento sbiadí. – Siamo entrambi abbastanza sicuri che sia per questo motivo che suo padre lo ha picchiato in tutti questi anni.

Fin era stordito. Aveva la gola secca e si sentiva la nausea. – Che cosa vuoi dire?

– È un uomo grosso, suo padre. E Fionnlagh, be', anche adesso non è esattamente un culturista. Quindi le botte non sono mai cessate.

– Non capisco –. Doveva aver frainteso.

– Cosa non capisce, signor Macleod? Il padre di Fionnlagh lo picchia. Lo fa da anni. Mai in modo che si possa vedere. Ma il povero Fionnlagh ha avuto le costole rotte, e una volta anche un braccio fratturato. Ferite su tutto il torace, la schiena e le gambe. Come se chi gli ha fatto da padre intendesse punire il figlio per i peccati del suo vero padre.

Fin chiuse gli occhi e pregò di svegliarsi da quell'incubo. Ma non era ancora finito.

– Fionnlagh ha sempre coperto tutto. Non ne ha mai parlato con nessuno. Fino alla sera in cui io e lui, be', ha presente, l'abbiamo fatto per la prima volta. E io ho visto con i miei occhi. È stato allora che me l'ha detto. Suo padre – be', non è davvero suo padre, no? – è un mostro, signor Macleod. Un incredibile mostro.

Diciotto

Rovinò il resto di quell'estate, l'incidente sulla roccia. E non sono sicuro che a me non abbia rovinato anche il resto della vita. Rimasi in ospedale per quasi una settimana. Dicevano che avevo una grave commozione cerebrale, e continuai a soffrire di mal di testa per mesi. Sospettavano una frattura del cranio, anche se dalla radiografia non si vedeva nulla. Il braccio sinistro era rotto in due punti e restò ingessato per piú di un mese. Quando ripresi conoscenza avevo tutto il corpo nero e blu e non riuscivo a muoverlo.

Marsaili veniva a trovarmi ogni giorno, ma io in realtà non la volevo lí. Non so perché, ma trovavo la sua presenza fastidiosa. Penso che fosse ferita dalla mia freddezza e dal fatto che tutto il suo calore era sprecato con me. Mia zia venne un paio di volte, ma non fu particolarmente affettuosa. Probabilmente sapeva già che le restava poco da vivere. Io avevo avuto un incontro ravvicinato con la morte, ma i medici avevano detto che avrei recuperato del tutto. Perché lei avrebbe dovuto sprecare la sua comprensione per me?

Venne anche Gigs. Un'unica volta. Me lo ricordo vagamente, seduto accanto a me che mi guarda con quei profondi occhi azzurri preoccupati. Mi chiese quanto mi ricordavo dell'accaduto. Ma allora tutto era ancora molto confuso. Il mio ricordo dei fatti era frammentario. Immagini disturbate. Il papà di Artair che sale sulla cengia accanto a me. La sua paura. Il suo corpo che giace sugli scogli sotto la rupe, il mare che allunga le sue dita di schiuma a trascinarlo con sé. Quelle due settimane erano sfocate, come se le stessi guardando attraverso una garza. Era colpa della commozione cerebrale, mi dissero. Solo con il passare del tempo la garza si dissolse e io affinai la messa a fuoco.

La cosa che ricordo piú chiaramente del mio periodo in ospedale fu che Artair non venne mai a trovarmi, nemmeno una volta. Durante i primi giorni non me ne accorsi, ma mano a mano che recuperavo e si cominciò a parlare di mandarmi a casa, mi resi conto che il mio amico non era mai venuto. Chiesi di lui a Marsaili e lei disse che sua madre era in uno stato terribile. C'era stato il funerale. Senza il corpo. Una bara vuota trasportata fino al cimitero di Crobost, che conteneva solo una manciata di oggetti personali che il signor Macinnes amava. Si dice che è difficile elaborare un lutto senza il corpo del defunto. Dato che di sicuro il mare non l'avrebbe mai restituito, temo che per la morte del signor Macinnes l'elaborazione del lutto non sia mai stata possibile, e cominciai a pensare che forse Artair me ne attribuiva la colpa. Marsaili disse di non pensare a una questione di colpa. Era solo il dolore di venire a patti con la morte di un genitore. Proprio io avrei dovuto saperlo bene. E, naturalmente, era cosí.

Il periodo piú brutto lo trascorsi tra il ritorno a casa dall'ospedale e la partenza per l'università. Fu un periodo buio, pieno di lunghe giornate vuote. Era settembre, e l'estate era quasi finita. Mi sentivo gravemente depresso per quel che mi era successo sulla roccia, e per la morte del papà di Artair. Il mio entusiasmo verso il futuro a Glasgow diminuí, ma mi aggrappai alla speranza che partire per la terraferma avrebbe segnato un cambiamento nel modo in cui mi sentivo, che in qualche modo sarei stato in grado di buttarmi tutto alle spalle e ricominciare da zero.

Mi scoprii desideroso di evitare Marsaili, rammaricandomi della decisione di condividere una stanza a Glasgow. In qualche modo mi sembrava una parte di quel tutto che avevo bisogno di lasciarmi alle spalle. Il problema di Artair lo evitai, semplicemente. Se lui non era riuscito a farmi visita in ospedale, io di certo non sarei andato a trovarlo.

Nei giorni in cui non pioveva, andavo a fare lunghe passeggiate sulla scogliera, verso sud lungo la costa orientale, oltre le rovine dell'antico borgo e la chiesa di Bilascleiter, fino alla lunga spiaggia argentata di Tolastadh dove mi sedevo tra le dune a guardare il mare per ore. Le uniche anime vive da quelle parti erano i gitanti della terraferma, l'unica compagnia le migliaia di uccelli che volavano e si tuffavano dalle scogliere per prendere i pesci nel Minch.

Fu quando tornai un giorno da una di quelle passeggiate che

mia zia mi raccontò che la madre di Artair aveva subito un ictus e si diceva fosse molto grave. E allora capii che non potevo piú evitarlo. Avevo un braccio ancora ingessato e non potevo guidare la bici, quindi andai a piedi. Quando si vorrebbe che non finisse mai, un tragitto risulta sempre troppo breve. Mi ci volle pochissimo tempo per scendere la collina fino alla casa di Artair. Il che rendeva ancora piú assurdo che non lo avessi fatto prima di allora.

L'auto del signor Macinnes era ancora nel vialetto dove l'aveva lasciata prima di partire per An Sgeir. Un ricordo possente del fatto che non era tornato. Bussai alla porta sul retro e mi fermai sul gradino con il cuore in gola. Mi sembrò un'eternità prima che qualcuno venisse ad aprire. Artair era lí e mi fissava. Era terribilmente pallido, con ombre scure sbavate sotto gli occhi. Aveva perso peso. Mi guardò impassibile.

– Ho saputo di tua madre.

– È meglio che entri –. Spalancò la porta e io entrai in cucina. L'odore di tabacco da pipa di suo padre aleggiava ancora dentro casa. Un altro ricordo della sua assenza. C'era anche un odore sgradevole di cibo stantio. I piatti sporchi erano ammucchiati nel lavandino.

– Come sta?

– Probabilmente sarebbe stato meglio per lei se fosse morta. È paralizzata da un lato. Ha perso la maggior parte dei movimenti. E non riesce quasi piú a parlare, anche se i medici dicono che può migliorare. Se sopravvive. Quando tornerà a casa dall'ospedale mi hanno detto che dovrò darle da mangiare con un cucchiaio. E quasi certamente non camminerà mai piú.

– Gesú, Artair. Mi dispiace tanto.

– Dicono che è stato il trauma della morte di mio padre –. Il che mi fece sentire ancora peggio, ammesso che fosse possibile. Ma Artair alzò le spalle e guardò il gesso. – Allora, tu come stai?

– Ho sempre mal di testa. Mi tolgono il gesso la prossima settimana.

– Giusto in tempo per precipitarti a Glasgow –. Aveva un tono acido nella voce.

– Non sei venuto a trovarmi in ospedale –. Non la posi come una domanda, ma sapevamo entrambi che gli avevo chiesto il perché.

– Sono stato occupato –. Era scocciato. – Avevo un funerale

da organizzare. Mille cose amministrative di cui occuparmi. Hai idea di quanta burocrazia c'è nella morte? – Ma non si aspettava una risposta. – No, certo che no. Eri solo un bambino quando sono morti i tuoi genitori. Qualcun altro si è occupato di tutta quella merda.

La sua suscettibilità mi fece arrabbiare. – Mi dài la colpa per la morte di tuo padre, non è vero? – Le parole mi sfuggirono di bocca.

Mi guardò in modo cosí strano da lasciarmi del tutto confuso. – Gigs dice che non ti ricordi molto di quello che è successo là fuori sulla roccia.

– Cosa c'è da ricordare? – chiesi, ancora stordito. – Sono caduto. Okay, non mi ricordo esattamente come. Qualcosa di stupido, probabilmente. E tuo padre è salito sulla cengia e mi ha salvato la vita. Se questo mi rende responsabile della sua morte, allora mea culpa. Mi dispiace. Non sono mai stato piú dispiaciuto di nulla nella mia vita. Era fantastico, tuo padre. Me lo ricordo sulla cengia mentre mi diceva che tutto sarebbe finito bene. Ed è andata cosí. Non per lui, purtroppo. Gli sarò sempre grato, Artair. Sempre. Non solo per avermi salvato la vita. Ma per avermi dato un'occasione nella vita. Per tutte quelle ore che ha investito per farmi passare gli esami. Non ci sarei mai riuscito senza di lui –. Tutta la tristezza e il senso di colpa mi uscirono fuori a fiotti.

Ricordo Artair che mi fissava, ancora con quello sguardo strano negli occhi. Immagino che stesse soppesando quanta colpa mi meritavo, perché sembrò prendere una decisione e svuotarsi improvvisamente di tutta la tensione e la rabbia, come pus da un ascesso che viene inciso. Poi scosse la testa. – Non ti incolpo di niente, Fin. No davvero. È solo... – E gli occhi gli si riempirono di lacrime. – È difficile affrontare la morte di un padre –. Fece un sospiro profondo e tremante. – E ora questo –. Alzò le mani disperato, e poi le lasciò cadere di nuovo lungo i fianchi.

Mi sentivo cosí triste per lui che feci una cosa che non avevo mai fatto prima. Qualcosa che i veri uomini di Lewis non fanno per nulla al mondo. Lo abbracciai. Percepii la sua sorpresa iniziale, e una pausa momentanea, prima che ricambiasse il mio abbraccio, e sentii i peli del suo viso non rasato contro il mio collo e i singhiozzi che gli scuotevano il corpo.

Marsaili e io partimmo separatamente per Glasgow alla fine di settembre e ci incontrammo al *Curlers bar* in Byres Road. Eravamo già stati entrambi a lasciare i bagagli all'appartamento di Highburgh Road, ma avevamo delle questioni da affrontare. Per parte mia dovevo comprendere e gestire i sentimenti, o la mancanza di sentimenti, che provavo per lei. Non riuscivo a spiegarlo allora, e non riesco a spiegarlo adesso. Ero fuggito da An Sgeir con la mia vita, ma qualcosa di me era morto sulla roccia, proprio come avrebbe detto Marsaili tanti anni dopo. E Marsaili era in qualche modo collegata con quella parte di me che se n'era andata. Avevo bisogno di ricostruirmi e ricrescere, e non ero sicuro come, e soprattutto se, Marsaili rientrava in quel progetto. Per lei, la questione era semplice. Volevo che stessimo insieme o no? Devo confessare la mia vigliaccheria. Non sono bravo a chiudere i rapporti. Quando c'è la possibilità di un taglio rapido e netto, sono incline ai tentennamenti, per paura di provocare dolore. Alla fine tutto si trasforma in un pasticcio e finisco per ferire ancora di piú le persone. Cosí non ebbi il cuore, o forse il coraggio, di dirle che era finita.

Bevemmo invece un paio di bicchieri e ce ne andammo a mangiare in un ristorante cinese ad Ashton Lane. Con la cena prendemmo del vino, e diversi brandy per finire, e al momento di tornare a casa eravamo ubriachi. Il nostro monolocale era una grande stanza nella parte anteriore dell'appartamento; in origine probabilmente era la sala. Aveva alti soffitti con cornici modellate, e una stufa a gas in un caminetto di legno con intagli raffinati. Una spettacolare finestra a bovindo con i vetri colorati affacciava sugli alberi della strada lí sotto. Salendo una breve rampa di scale si arrivava al bagno in comune e sul retro c'era un'enorme cucina con un grande tavolo e un televisore vicino a una finestra che dava sul cortile interno. Quando entrammo, ci giunsero le voci degli altri studenti e il suono della musica in cucina, ma quella sera non ci sentivamo granché socievoli. Andammo subito nella nostra stanza e chiudemmo la porta. La luce dei lampioni fuori filtrava tra le foglie e cadeva tra le chiazze d'ombra sul pavimento. Non badammo nemmeno a chiudere le tende prima di aprire il divanoletto e toglierci i vestiti. Immagino che, se qualcuno avesse guardato dagli appartamenti di fronte, avrebbe potuto vederci. Ma a noi non importava. Il cocktail di alcol e di ormoni ci spinse a un impeto di sesso furioso, breve e intenso.

Sembrava passata una vita dall'ultima volta in cui avevamo fatto l'amore, sulla spiaggia di Port of Ness. Quella prima notte a Glasgow soddisfece un bisogno fisico, ma quando finí io restai sdraiato sulla schiena a fissare il soffitto, a guardare la luce riflessa che si muoveva tra le foglie insieme al vento. Niente era piú come prima. Mi assalí un senso di vuoto, e in quel momento capii che era davvero finita, e che era solo questione di tempo prima che entrambi dovessimo affrontare la separazione.

A volte, quando ci si rifiuta di assumersi colpe, si escogitano situazioni in cui il destino, o la controparte, si possano incolpare per la rottura di una relazione. Andò cosí tra me e Marsaili in quel primo semestre alla Glasgow University. Se ci ripenso ora, non so bene chi fosse la persona che abitava il mio corpo in quelle settimane d'autunno che portarono al nostro primo inverno in città. Ma di sicuro era un farabutto, lunatico e difficile. Beveva troppo. Fumava troppa erba. Faceva l'amore con Marsaili quando ne aveva voglia, e la trattava come una merda per il resto del tempo. Mi vergogno a dire di averlo conosciuto, o di essere collegato con lui in qualche modo.

Scoprii un sacco di cose su me stesso. Scoprii che non ero davvero interessato alle materie umanistiche, né a conseguire una laurea. In realtà, non mi interessava studiare, punto. Quando penso alle ore che il povero signor Macinnes aveva sprecato con me! Tutto quel tempo e quella fatica! Scoprii che ero quel che gli scozzesi delle Lowlands chiamano *teuchter*, un provinciale delle Highlands, che si riconosceva subito dal brutto accento dell'isola, e mi sforzai accanitamente di eliminarlo. A quanto pareva, il gaelico suonava assurdo alle orecchie di chi non lo capiva, e cosí smisi di parlarlo con Marsaili, anche quando eravamo soli. Scoprii che le ragazze mi trovavano attraente, e non erano poche quelle disposte a venire a letto con me. Era il periodo precedente al primo grande impatto dell'Aids, e il sesso era ancora molto rilassato. Arrivavo a una festa con Marsaili e me ne andavo con qualcun'altra. Quando tornavo a casa, la trovavo da sola al buio. Non avrebbe mai confessato di piangere per me, ma vedevo le macchie di mascara sul cuscino.

Tutto precipitò verso la fine del nostro primo semestre. C'erano due ragazze che condividevano la stanza di fronte alla nostra. Una di loro aveva un debole per me. Non ne aveva mai fatto mistero, anche quando Marsaili era in giro, e per questo Marsaili la odiava. Si chiamava Anita. Era una bella ragazza, ma nonostante il suo incoraggiamento non mi ero mai interessato a lei. Mi veniva dietro in modo troppo insistente. Come Sine. E io ero sempre scappato da situazioni di quel tipo.

Un giorno tornai dall'università in anticipo. Avevo saltato alcune lezioni ed ero andato al pub. Avevo già speso la maggior parte della mia borsa per quell'anno, ma non mi importava. Ero immerso a capofitto in un percorso di autodistruzione. Faceva un freddo cane, il cielo era pesante sulla città gravida di neve. I negozi rilucevano dell'atmosfera natalizia. I miei genitori erano morti esattamente due settimane prima di Natale, e da allora per me era sempre stato un periodo triste e deprimente, aggravato da mia zia, che non si era mai sforzata di rendermelo speciale. Mentre tutti gli altri bambini attendevano ogni anno la festa di Natale con entusiasmo, io l'ho sempre aspettata con un senso di terrore. E tutta la falsa felicità a scopi commerciali della grande città, le luci, gli alberi e le vetrine sgargianti, e le canzoni di Natale suonate all'infinito nei negozi e pub, accrescevano soltanto il mio senso di straniamento.

Quando entrai in casa ero leggermente alticcio e mi crogiolavo nell'autocommiserazione. Anita era in cucina da sola. Stava rollando uno spinello e alzò lo sguardo, felice di vedermi.

– Ciao, Fin. Mi sono appena procurata dell'erba fantastica. Vuoi fumare?

– Certo –. Accesi la tv, c'era un cartone animato orrendo doppiato in gaelico, sepolto nella programmazione pomeridiana della Bbc2. Era strano sentir parlare nuovamente la mia lingua. Anche se erano solo le voci dei cartoni animati, fui assalito dalla nostalgia di casa.

– Cristo, – disse Anita, – non so come fai a capire quella roba. Sembra norvegese accelerato.

– Perché non vai a farti fottere? – le dissi in gaelico.

Lei sorrise. – Ehi, che cosa hai detto?

– Ho detto che mi piacerebbe scopare con te.

Alzò un sopracciglio, civettuola. – Che cosa direbbe Marsaili?

– Marsaili non c'è.

Accese lo spinello e diede un tiro lungo e lento, prima di passarmelo. Guardai il fumo che le usciva lentamente dalla bocca, mentre mi riempivo i polmoni. Quando alla fine lo soffiai fuori, le chiesi: – Qualcuno ti ha mai scopata in gaelico?

Lei rise. – In gaelico? Che vuoi dire?

– Se ti fosse successo, non avresti bisogno di chiedermelo.

Si alzò, mi prese lo spinello e si riempí la bocca di fumo, premendola poi contro la mia in modo da poterlo condividere. Sentii i suoi seni che mi spingevano contro il petto e la sua mano libera che si infilava tra le mie gambe. – Perché non me lo mostri?

Se fossimo entrati in camera sua, invece che nella mia, le cose avrebbero potuto andare diversamente. Ma tra l'alcol e il fumo, e una ragazza con la mano dentro i miei pantaloni, non me ne importò niente. Il letto era ancora disfatto dalla mattina. Accesi la stufa a gas, ci spogliammo e ci infilammo tra le stesse lenzuola che io e Marsaili avevamo condiviso la sera prima. Faceva freddo, ci stringemmo per scaldarci e le parlai dolcemente in gaelico.

– È come se mi avessi lanciato un incantesimo, – disse. E in un certo senso era cosí. Fare una magia nella lingua di mio padre. E di mio nonno. Blandire, lusingare, fare promesse che non sarei mai riuscito a mantenere. Entrare dentro di lei per darle il mio seme. Naturalmente prendeva la pillola, e quindi era un seme che sarebbe caduto su un terreno sterile. Ma per un momento fu una fuga. Non per lei, per me. La possibilità di riconnettermi con il Fin Macleod che ero stato una volta. Libero di essere il ragazzo che un tempo aveva parlato solo gaelico. Libero di toccare i miei antenati ed essere di nuovo con loro. Ma, in realtà, mi sa che fu tutta questione dell'erba che avevamo fumato.

Non so quando mi accorsi che Marsaili era in piedi sulla soglia. Alzai subito lo sguardo, bruscamente. Aveva il viso bianco come il gesso.

– Cosa c'è? – chiese Anita; poi la vide anche lei.

– Prendi i tuoi vestiti e vattene, – le disse Marsaili molto tranquillamente.

Anita mi guardò e io annuii. E con grande sfoggio di arroganza, Anita scese dal letto, raccolse le sue cose dal pavimento e si precipitò in camera sua. Marsaili chiuse la porta dietro di lei. Negli occhi aveva lo sguardo di un cane che è appena stato scacciato dal padrone. Tradimento, dolore, fiducia infranta. Sapevo che non c'erano parole.

– Sai, non te l'ho mai detto, – disse. – L'unico motivo per cui ho fatto domanda per un posto all'università era perché sapevo che l'avevi fatta tu –. E capii che doveva essere stato prima del nostro incontro sull'isola di Great Bernera. E pensai alla lettera che aveva mandato implorandomi di non portare Irene Davis al ballo dell'ultimo anno delle elementari. Firmato «la ragazza della fattoria». E capii che non aveva mai smesso di amarmi, in tutti quegli anni. Dovetti distogliere lo sguardo, non ero piú in grado di reggere il suo. Perché finalmente capii il male che le avevo fatto, con la mia crudeltà e il mio egoismo. L'avevo derubata della speranza. La speranza che un giorno mi avrebbe riavuto. Che avrebbe ritrovato il vecchio Fin. Sapevo ancora meno di lei dove fosse quel Fin, e credo che nemmeno io stesso avessi la speranza di ritrovarlo.

Avrei voluto chiederle scusa. Abbracciarla, dirle che sarebbe andato tutto bene. Proprio come il signor Macinnes mi aveva detto sulla cengia della scogliera. Ma sapevo che non era vero, e mi chiesi se lo avesse saputo anche lui.

Marsaili non disse altro. Tirò giú la valigia dall'armadio e iniziò a metterci dentro i vestiti.

– Dove vai?

– A casa. Prendo il treno per Inverness domani, e poi l'autobus per Ullapool.

– Dove dormi stasera?

– Non lo so. Non in questa casa, questo è sicuro.

– Marsaili...

– Taci, Fin! – Mi interruppe bruscamente. Poi piú piano, con un nodo in gola, aggiunse: – Taci, e basta.

Mi sedetti sul bordo del letto, ancora nudo, battendo i denti per il freddo, e la guardai mentre faceva la valigia. Quando ebbe finito, s'infilò il cappotto e trascinò il bagaglio in corridoio. Si chiuse la porta alle spalle senza una parola, e dopo un attimo sentii il portone d'ingresso che si apriva e si richiudeva.

Andai alla finestra a guardarla scendere a fatica lungo la strada verso Byres Road. La bambina che era seduta accanto a me il primo giorno di scuola e si era offerta di farmi da interprete. La bambina che mi aveva rubato un bacio su tra le balle del fienile a Mealanais Farm e si era presa la colpa al posto mio quando mi erano cadute le caramelle in chiesa. Dopo tutti quegli anni, alla fine, le avevo fatto del male in maniera irreparabile e l'avevo allontanata dalla mia vita. Poi cominciò a nevicare a fiocchi grossi, che la nascosero alla mia vista prima che raggiungesse il semaforo.

Dopo quell'episodio tornai sull'isola solo una volta, quando mia zia morí improvvisamente nell'aprile successivo. Dico improvvisamente solo perché la notizia mi arrivò di sorpresa. Ma, in realtà, per diversi mesi c'era stato un lungo, lento declino. Non avevo idea che fosse malata, anche se scoprii che le avevano diagnosticato un cancro allo stadio terminale l'estate precedente. Aveva rifiutato la chemioterapia, dicendo ai medici che aveva vissuto una vita lunga e felice, bevendo i migliori vini e fumando le migliori sigarette, andando a letto con gli uomini piú ambiti (e anche con qualche donna) e spendendo i suoi soldi con grande disinvoltura. Perché rovinare gli ultimi sei mesi? Come si scoprí poi, i mesi furono invece nove, la maggior parte dei quali passati in preda al dolore, da sola, nel gelo del suo ultimo inverno.

Presi l'autobus per Ness e risalii a piedi la collina che attraversava Crobost, fino alla *whitehouse* sul vecchio porto. Era un giorno di primavera ventoso, ma l'aria che spettinava l'erba morta aveva una sfumatura piú dolce, e nella luce del sole acquoso che ogni tanto filtrava dalle nuvole che si rincorrevano nel cielo si percepiva del calore.

La casa aveva ancora il gelo dell'inverno attaccato addosso, un odore di umido e di disinfettante. Tutti i vasi colorati di fiori secchi, le pareti dipinte di viola, i tessuti rosa e arancioni del suo periodo di massimo splendore ora apparivano tristi e pacchiani. Era lei che gli conferiva la loro vitalità, e senza di lei ora sembravano di pessimo gusto. La zia era sempre stata una presenza importante in casa, e il vuoto era enorme senza di lei.

La griglia in cui aveva acceso l'ultimo fuoco conteneva ancora la cenere e le braci, grigie e incredibilmente fredde. Mi sedetti a lungo al suo posto, a fissare il fuoco e a pensare a tutti gli anni che avevo vissuto con lei. Era straordinario quanto fossero pochi i ricordi di lei che conservavo. Che infanzia strana e gelida avevo avuto.

Nella mia camera da letto trovai tutti i vecchi giocattoli che la zia aveva inscatolato e accatastato nel guardaroba, tristi ricordi di un passato che ero stato fin troppo impaziente di lasciarmi alle spalle. Pensai alla lettera di san Paolo ai Corinzi. «Quand'ero bambino, parlavo da bambino, pensavo da bambino, ragionavo da bambino. Ma, divenuto uomo, ciò che era da bambino l'ho abbandonato». Tutte quelle ore trascorse nella Chiesa libera di Crobost la domenica avevano lasciato le loro tracce. Presi le scatole dei giocattoli, le accatastai al piano di sotto e le ammucchiai vicino al cassonetto dei rifiuti.

Non avevo idea di come gestire gli effetti personali di mia zia. Andai in camera sua e aprii l'armadio. I suoi vestiti erano appesi in file silenziose, i colori oscurati dall'ombra della sua morte. Aveva tenuto pantaloni, gonne e camicette per anni dopo che non poteva piú metterli. Era come se avesse nutrito qualche speranza di ritrovare un giorno la persona che era stata negli anni Sessanta. Giovane, magra, attraente, con tutta la vita davanti.

Non volevo passare una sola notte in quella casa. Ma non avevo altro posto dove stare, e cosí quando scese la notte accesi il fuoco, mi avvolsi in una coperta e dormii sul divano di fronte al camino, entrando e uscendo da strani sogni in cui mia zia e il signor Macinnes danzavano insieme su una pista da ballo vuota.

Mi svegliai sentendo dei colpi. Era pieno giorno. Guardai l'orologio e vidi che avevo dormito per quasi dieci ore. C'era qualcuno che bussava alla porta. Andai ad aprire, ancora avvolto nella coperta, strizzando gli occhi per difendermi dal sole, e mi trovai davanti una donna. Si chiamava Morag ed era una cugina di secondo grado, credo, ma molto piú grande di me. L'ultima volta che l'avevo vista forse era stato al funerale dei miei genitori.

– Fin. Ho pensato che dovevi essere tu. Ho sentito l'odore del fumo di torba e ho capito che c'era gente in casa. Ho le chiavi, ma non era bello usarle se c'era qualcuno dentro. Sai che il funerale è oggi?

Annuii confuso, e ricordai che mia zia non aveva mai avuto una parola buona per Morag. Ma scoprii che era stata proprio Morag, in assenza di altri, a organizzare il funerale. – È meglio che entriamo.

E fu Morag che risolse il problema delle cose di mia zia. C'era roba che la sua famiglia poteva usare, disse, e quel che non serviva l'avrebbe dato al negozio di beneficenza a Stornoway. – Sai, qualcuno ha buttato fuori tutti i tuoi vecchi giocattoli –. Era indignata. – Li ho trovati vicino al cassonetto. Li ho messi nel bagagliaio in modo che non vadano sprecati –. E qualche altro bambino, pensai, si sarebbe costruito dei nuovi ricordi con loro. Gli auguravo che fossero piú felici dei miei.

Non c'era molta gente in chiesa. Alcuni parenti lontani, qualche irriducibile del villaggio che andava a tutti i funerali, un manipolo di vicini, curiosi forse di imparare un po' di piú sulla strana vecchia che aveva vissuto in splendido isolamento nella *whitehouse* sul porto. Fu solo alla fine della funzione, quando mi alzai e mi girai verso la porta, con i salmi in gaelico che mi risuonavano ancora nelle orecchie, che vidi Artair e Marsaili uscire insieme da una panca in fondo. Dovevano avermi visto nelle prime file, ma se ne andarono veloci, come se cercassero di evitarmi.

Li ritrovai tra le persone in lutto radunatesi fuori dalla casa un quarto d'ora dopo, quando una decina di noi si raccolse sulla scogliera per accompagnare i fragili resti di mia zia nell'ultimo viaggio. Artair mi salutò con un cenno e una stretta di mano, e ci ritrovammo spalla a spalla quando sollevammo la bara dagli schienali delle sedie poste fuori sull'asfalto. Sono sicuro che la bara era piú pesante del corpo di mia zia. Vidi Marsaili in piedi, in nero, nel gruppo di donne che guardavano mentre gli uomini cominciavano la lunga camminata fino al cimitero. Questa volta colsi il suo sguardo, ma solo per un attimo. Lo deviò rapidamente a terra, come sopraffatta dal dolore. Aveva conosciuto mia zia solo superficialmente, e non le piaceva granché. Quindi non poteva essere in lutto per lei.

Solo al termine della sepoltura, quando lasciammo i becchini a coprirla, Artair mi parlò per la prima volta. Un gruppetto di noi tornò indietro alla spicciolata passando in mezzo alle lapidi verso il cancello del cimitero, percosso dal vento che arrivava forte dal largo dell'Atlantico. Chiese: – Come va l'università?

– Non è come viene tanto decantata, Artair.

Lui annuí, come se avesse capito. – Ti piace, laggiú, a Glasgow?

– Non è male. Meglio di qui.

Arrivammo al cancello prima di poter aggiungere altro. Lasciammo passare il resto del gruppo e io rimasi con lui mentre chiudeva.

Si girò a guardarmi, e prima di parlare fece una pausa che mi sembrò interminabile. – C'è una cosa che devi sapere, Fin –. Fece un respiro profondo e sentii il rumore del catarro nella trachea. – Io e Marsaili ci siamo sposati.

Non so perché – voglio dire, non ne avevo il diritto – ma sentii una vampata calda di rabbia e di gelosia. – Davvero? Congratulazioni.

Naturalmente, sapeva che non erano sincere. Ma che altro avrei potuto dire? Annuí. – Grazie –. E ci mettemmo a camminare svelti attraverso il *machair* per raggiungere gli altri.

Diciannove

1.

Marsaili era accanto alla catasta di torba a riempire un secchio. Indossava jeans e stivali di gomma e un maglione di lana spessa. Per una volta aveva i capelli sciolti, che le svolazzavano intorno al viso. Con il vento da nord, non sentí la macchina di Fin che arrivava nella parte superiore del vialetto. Una piccola Daewoo, di un colore improbabile, che aveva noleggiato a buon mercato in città per tutta la giornata. Lungo la linea costiera sotto di lei, il mare si rompeva in ghirlande bianche rabbiose, caricandosi per la tempesta che si preparava a nord-ovest come un esercito invasore.

– Marsaili.

Lei si alzò, sorpresa dalla voce dietro le spalle, e si girò, stupita di vederlo e poi allarmata dall'espressione che gli vide dipinta sul viso. – Fin, che cosa c'è?

– Di sicuro lo sai che picchia il ragazzo –. Lei chiuse gli occhi e lasciò cadere il secchio a terra, rovesciando la torba su tutto il prato.

– Ho cercato di farlo smettere, Fin. Ci ho provato.

– Non abbastanza –. Il tono era duro, accusatorio.

Marsaili aprí gli occhi e Fin vide che erano pieni di lacrime pronte a essere versate. – Non immagini il carattere che ha. All'inizio, quando Fionnlagh era piccolo e vedevo i lividi, non riuscivo a crederci. Pensavo che fossero degli incidenti. Ma c'è un limite al numero di incidenti che possono capitare.

– Perché non l'hai preso e non l'hai portato via?

– Ci ho provato, credimi. Volevo farlo. Ma lui mi diceva che se me ne fossi andata sarebbe venuto a cercarci. Ovunque fossimo andati ci avrebbe trovato, diceva. E avrebbe ucciso Fionnlagh –. Gli occhi cercavano disperatamente la comprensione di Fin. Ma lui era impietrito.

– Potevi fare qualcosa!

– L'ho fatto. Sono rimasta. E ho dato tutta me stessa per fermare le botte. Non lo faceva se c'ero io. Cosí cercavo di esserci sempre. Per proteggerlo, per tenerlo al sicuro. Ma non era sempre possibile. Povero Fionnlagh. Lui è stato meraviglioso –. Le lacrime ora le scorrevano liberamente sul viso. – Accettava tutto come se fosse normale. Non ha mai pianto. Non si è mai lamentato. Sopportava e basta.

Fin si sorprese a tremare. Di rabbia e di dolore. – Ma Cristo, Marsaili, perché?

– Non lo so! – quasi gridò. – È come se lo facesse per fare del male a me, per qualche motivo. Qualunque cosa sia successa su quella roccia maledetta, qualunque cosa mi stiate nascondendo, tutti e due, l'ha cambiato in modo da renderlo irriconoscibile.

– Ma tu sai cos'è successo, Marsaili! – Fin alzò le braccia in un gesto disperato, e poi le lasciò cadere di nuovo, impotente.

Lei scosse la testa. – No, non lo so –. E lo guardò a lungo, perplessa per la sua ostinazione. – Ha cambiato tutti noi, e tu lo sai, Fin. Ma su Artair ha avuto gli effetti peggiori. Non me n'ero resa conto, in un primo momento. Penso che me lo stesse nascondendo. Ma poi, dopo la nascita di Fionnlagh, ha cominciato a uscirgli fuori, come un veleno.

Fin sentí suonare il cellulare nella tasca. La suoneria era *Scotland the Brave*, un inno allegro e disinvolto. Assurdamente poco adatto alla circostanza. Rimasero a guardarsi, con quella musichetta ridicola che fibrillava al vento. – Be', non hai intenzione di rispondere a quell'aggeggio?

Nessuno sull'isola aveva il suo numero. Doveva essere qualcuno dalla terraferma. – No –. Attese che scattasse la segreteria, e si sentí sollevato quando la musica si arrestò.

– Che facciamo ora? – Marsaili si asciugò le lacrime dal viso con il dorso della mano, lasciando al loro posto uno sbaffo di torba sulla guancia.

– Non lo so –. Fin vide la stanchezza nei suoi occhi, la vita che tutti gli anni con Artair le avevano tolto, e il senso di colpa per le percosse che suo figlio era stato costretto a subire e che lei non era riuscita a evitare. Il cellulare ricominciò a squillare. – Ma Cristo! – Fin lo tirò fuori di tasca con veemenza, schiacciò il tasto con il simbolo del telefono e se lo schiaffò all'orecchio. Era il servizio di segreteria telefonica che gli comunicava la presenza di un nuovo messaggio. Ascoltò con impazienza e udí una voce familiare, ma cosí fuori dal contesto che ci mise alcuni secondi per riconoscerla.

– Troppo occupato per rispondere a quel cavolo di telefono, eh? Spero tu sia in giro a catturare il nostro assassino –. Era il medico legale, il professor Angus Wilson. – In caso contrario, ho qualcosa per te, che potrebbe essere d'aiuto. Lo scriverò nella relazione, ma ho pensato di avvisarti prima. Ricordi quel fantasma di pillola che abbiamo trovato nel vomito dell'assassino? Contiene una forma orale di corticosteroide, noto come prednisone. Viene comunemente usato per curare le allergie cutanee dolorose, ma è anche molto efficace per ridurre le infiammazioni delle vie respiratorie. Quindi spesso viene prescritto ai malati di asma. Ti suggerisco di tenere gli occhi aperti se vedi qualcuno con una brutta eruzione cutanea, o un asmatico cronico. Buona caccia, *amigo* –. Il servizio di segreteria gli disse che non aveva altri messaggi.

Fin si chiese perché il terreno non lo stesse inghiottendo. Quel che rimaneva del suo mondo era appena andato in pezzi. Perché la terra avrebbe dovuto reggerlo ancora? Spense il telefono e se lo infilò in tasca.

– Fin? – Marsaili era spaventata. Glielo sentiva nella voce. – Fin, che cosa c'è? Sembra che tu abbia visto un fantasma.

La guardò senza vederla. Era nella rimessa a Port of Ness. Era sabato sera, ed era buio. C'erano due uomini. Uno di loro era Angel Macritchie. L'altro si muoveva alla luce della luna. Artair. Fin non aveva idea del perché fossero lí, ma quando Macritchie si girò, Fin nella luce della finestrella aperta vide qualcosa di simile a un tubo di metallo o a un palo di legno che si schiantava sulla testa di Angel. Il gigante cadde in ginocchio prima di crollare in avanti sulla faccia. Artair era agitato, respirava affannosamente. Si mise in ginocchio per sollevarsi quell'omone sulla schiena. Il peso morto era piú faticoso da spostare di quanto avesse previsto. Udí qualcosa, dei rumori dal villaggio. Erano voci? Forse era solo il vento. Iniziò a farsi prendere dal panico, e con il panico le vie respiratorie si chiudono. Il suo stomaco reagí rigettando il proprio contenuto dalla bocca. Un riflesso condizionato. Tutto addosso a Macritchie, privo di sensi. Frugò in tasca per cercare le pillole, ne inghiottí una e succhiò lo spruzzetto mentre aspettava che la pillola facesse effetto, ancora in ginocchio, con il respiro che ansava nel buio. Lentamente riprese a respirare regolarmente e cercò il rumore che gli aveva scatenato l'attacco. Ma non sentí nulla, e tornò quindi al suo compito, stringendo le grosse dita intorno alla gola dell'omone. E premette. Ora agiva molto in fretta.

Fin strizzò forte gli occhi per cercare di mandar via quelle immagini; poi li riaprí e vide lo sgomento di Marsaili. – Fin, per l'amor di Dio, parlami!

La sua voce, quando la trovò, era debole e rauca. – Parlami dell'asma di Artair.

Lei si accigliò. – In che senso, parlarti della sua asma?

– Dimmi... – Cercava di trovare un po' di forza nella voce. – È peggiorata?

Marsaili scosse la testa irritata, chiedendosi perché le faceva quelle domande stupide. – Sí, – disse. – Sta diventando un incubo. Gli attacchi erano sempre peggiori, fino a quando non gli hanno dato il farmaco nuovo.

– Prednisone?

Lei lo guardò di sbieco per la sorpresa e qualcosa le oscurò l'azzurro degli occhi. Un presentimento, forse. – Come fai a saperlo?

Lui la prese per il braccio e si mise a tirarla verso la casa. – Mostramelo.

– Fin, che cos'è questa storia?

– Mostramelo e basta, Marsaili.

Andarono in bagno e aprirono un armadietto a specchio sulla parete sopra il lavabo. Il flacone era sul ripiano superiore. Fin lo prese e lo aprí. Era quasi pieno.

– Perché non se l'è portate dietro?

Marsaili era smarrita. – Non ne ho idea. Forse ne ha un altro flacone.

Fin non voleva neanche pensarci. – C'è un posto dove tiene le sue carte private? Roba che non ti permette di vedere?

– Non lo so –. Ci pensò su, distratta; faceva fatica a concentrarsi. – C'è un cassetto della vecchia scrivania di suo padre che tiene sempre chiuso a chiave.

– Mostramelo.

La scrivania era accostata sotto la finestra nell'ex studio del signor Macinnes, sepolta da una valanga di giornali e riviste, e vassoi traboccanti di bollette pagate o meno. Fin aveva dormito lí la notte precedente, ma non l'aveva notata. La sedia del capitano che una volta faceva coppia con la scrivania era sparita. Tra i piedi centrali era infilata una vecchia sedia da pranzo. Fin la tirò in fuori e si sedette. Provò il cassetto a sinistra: si aprí e rivelò una cartella a soffietto piena di documenti di famiglia. Fin li scorse rapidamente, ma non c'era niente di suo interesse. Provò il cassetto di destra: era bloccato.

– Hai la chiave?

– No.

– Un cacciavite pesante, allora. Oppure uno scalpello.

Marsaili si voltò senza dire una parola, uscí dalla stanza e tornò qualche istante dopo con un grosso cacciavite. Fin lo prese, lo infilò tra la parte superiore del cassetto e il piede del tavolo, facendo leva verso l'alto fino a quando il legno si scheggiò e la serratura si ruppe. Il cassetto si aprí. C'era un binario con cartelline sospese gialle, azzurre, rosa. Le passò in rassegna una per una. Fatture, investimenti, lettere. Articoli di giornali, testi scaricati da internet. Fin si fermò e udí il proprio respiro, corto e affannoso. Dispose gli articoli sul piano della scrivania. L'«Herald», lo «Scotsman», il «Daily Record», l'«Edinburgh Evening News», il «Glasgow Evening Times». Tutti datati fine maggio o inizio giugno. «Trovato cadavere sventrato a Leith». «Lo squartatore di Edimburgo». «Strangolato e mutilato». «Morte all'ombra del Cross». «Appello della polizia per l'omicidio di Leith Walk». Oltre una ventina in un periodo di tre settimane, quando le cronache dell'omicidio erano frenetiche, e prima che la notizia di un imminente aumento della tassa sugli immobili si impossessasse delle prime pagine.

Fin batté il pugno sul tavolo e una pila di riviste franò sul pavimento.

– Per l'amor di Dio, Fin, dimmi cosa succede! – Nella voce di Marsaili si era insinuato un accenno di isteria.

Fin lasciò cadere la testa tra le mani e serrò forte gli occhi. – Artair ha ucciso Angel Macritchie.

Nella stanza cadde un silenzio cosí denso che Fin lo percepiva fisicamente. La voce di Marsaili, sottile e spaventata, lo attraversò a forza. – Perché?

– Era l'unico modo in cui poteva essere sicuro che io sarei tornato sull'isola –. Con la mano colpí gli articoli, mandandone alcuni a svolazzare nell'aria immobile. – I giornali erano pieni di particolari sull'omicidio a Edimburgo. Tutti i dettagli scabrosi. Il fatto che io ero stato incaricato delle indagini. Quindi, se un altro cadavere fosse spuntato qui a Lewis, con lo stesso particolare modus operandi, si poteva scommettere che sarei stato coinvolto in qualche fase delle indagini. Soprattutto se la vittima era un mio compagno di scuola. Una scommessa azzardata, forse. Ma ha funzionato. Io sono qui.

– Ma perché? Oh, Fin, non riesco nemmeno a credere di sentirti dire queste cose. Perché avrebbe voluto vederti qui?

– Per dirmi di Fionnlagh. Cosí avrei saputo che era mio figlio –. Pensò a quello che Donna Murray aveva detto. «Come se chi gli ha fatto da padre intendesse punire il figlio per i peccati del suo vero padre».

Marsaili sedette pesantemente sul bordo del letto e si coprí il viso con le mani. – Non capisco.

– Hai detto che secondo te picchiava Fionnlagh per fare del male a te. Ma non è a te che voleva arrivare. È a me. Tutti questi anni a picchiare quel povero ragazzo, e per tutto il tempo era me che prendeva a pugni e a calci. E per lui era importante che io lo sapessi prima di... – s'interruppe, troppo spaventato anche solo per esprimere a voce alta quel pensiero.

– Prima di cosa?

Fin si girò lentamente a guardarla. – Non lo preoccupava il fatto di dover dare un campione del suo Dna alla polizia. Sapeva che sarebbe già stato sulla roccia quando avremmo capito che era lui il colpevole. Troppo tardi per fermarlo.

Marsaili si alzò all'improvviso, come se le fosse sovvenuto solo allora dove tutto questo andava a parare. – Smettila, Fin! Smettila!

Lui scosse la testa. – Ecco perché non ha badato a portare con sé le pillole. Dopo tutto, che bisogno ne aveva se non sarebbe tornato?

Guardò l'orologio, si alzò e rimise gli articoli di giornale nella cartellina. Fuori il vento stava aumentando. Fin vide tutta la strada fino alla battigia, le onde che si infrangevano tra le rocce ritraendosi poi sotto forma di schiuma. Si girò verso la porta, e Marsaili gli prese il braccio.

– Dove vai?

– Vado a cercare di impedirgli di uccidere nostro figlio.

Lei si morse forte il labbro e cercò di fermare i singhiozzi che minacciavano di soffocarla. Lacrime le scorrevano lungo le guance. – Perché, Fin? Perché dovrebbe farlo?

– Perché per qualche motivo vuole farmi del male, Marsaili. Infliggermi piú dolore di quanto io possa sopportare. Probabilmente sa che ho già perso un figlio –. E negli occhi le vide uno sguardo dal quale capí che lei non lo sapeva. – Quale modo migliore di infierire che uccidermi anche l'altro? – Si liberò dalla sua presa, ma lei lo seguí fino alla porta e lo afferrò di nuovo.

– Fin, guardami –. Aveva qualcosa di irresistibile nella voce. Lui si girò per andare incontro a quella veemenza. – Prima di andare... c'è una cosa che devi sapere.

2.

La pioggia picchiettava la finestra della centrale operativa, offuscando il panorama dai tetti del porto fino al diroccato Lews Castle, dall'altra parte della baia. Seduti alle scrivanie disseminate per la sala c'erano piú di una ventina di agenti al lavoro. Si girarono tutti verso Fin. A eccezione di George Gunn e di un paio di altri poliziotti che stavano ancora parlando al telefono. L'ispettore capo Smith era inquieto, esasperato. Si era fatto la doccia e si era cambiato. Aveva i capelli tirati indietro con la brillantina, e profumava di nuovo di Brut. Per quanto fosse al centro dell'attenzione all'interno della centrale, nell'indagine era stato messo in ombra da Fin. Non era mai un uomo felice, e in quel momento lo stavano relegando in un angolo.

Esordí: – Va bene, allora, ammettiamo che questo Artair Macinnes probabilmente è il nostro assassino.

– Lo confermerà il suo Dna, – disse Fin.

Smith sbirciò con irritazione gli articoli di giornale sparsi sulla scrivania piú vicina. – E lei pensa che abbia imitato l'omicidio di Leith Walk per attirarla fin qui, sull'isola.

– Sí.

– Per dirle che suo figlio in realtà è suo figlio.

– Sí.

– E poi ucciderlo –. Fin annuí. Smith indugiò per un momento. Poi aggiunse: – Perché?

– Le ho raccontato cosa successe ad An Sgeir.

– Il padre di Macinnes morí su quegli scogli per salvarla, diciotto anni fa. Pensa davvero che basti come movente per compiere due omicidi dopo cosí tanti anni?

– Non sono in grado di spiegarlo –. La frustrazione di Fin esplose, trasformandosi in rabbia. – So soltanto che non ha fatto altro che pestare a sangue quel ragazzo per tutta la sua vita, e adesso che mi ha rivelato che sono io il padre, sono sicuro che lo ucciderà. Ha già ucciso una volta per farmi venire qui. Che sia stato lui è innegabile.

Smith sospirò e scosse il capo. – Non ho intenzione di mettere a repentaglio la vita dei miei agenti e mandarli su uno scoglio nell'Atlantico a ottanta chilometri da qui, nel bel mezzo di una tempesta.

Gunn riattaccò e si girò sulla sedia. – L'ultimo bollettino meteo dalla Guardia costiera, signore. Venti di burrasca in prossimità di An Sgeir, e la situazione sta peggiorando –. Diede un'occhiata veloce a Fin, come per scusarsi. – Dicono che non c'è modo di far atterrare l'elicottero sulla roccia in queste condizioni.

– Ecco –. Smith sembrò sollevato. – Ci tocca aspettare finché la tempesta non si placa.

Gunn aggiunse: – Il comandante della capitaneria di porto ha confermato che la *Purple Isle* è rientrata da An Sgeir. Ha attraccato circa un'ora fa.

– Non ordinerò certo a una barca di uscire in mare in queste condizioni!

Un sergente in divisa entrò nella centrale operativa. – Capo –. Il volto scuro sembrava scolpito nella selce. – Non riusciamo a contattare i cacciatori di *guga* con il Cb.

– Allora, c'è proprio qualcosa che non va, – disse Fin. – Gigs tiene sempre un canale di comunicazione aperto. Sempre.

Smith guardò il sergente in cerca di una conferma, e questi annuí. Il sergente sospirò e alzò le spalle. – Prima di domani, non possiamo fare proprio niente.

– Ma domani il ragazzo potrebbe essere morto! – Fin alzò la voce, e un silenzio immediato calò in tutta la sala.

Smith alzò un dito e se lo portò sulla punta del naso. Un gesto strano, minaccioso. Ringhiò con voce bassa. – Macleod, lei rischia di superare il limite. Non c'entra piú niente con questo caso, se lo ricorda?

– C'entro, eccome. Sono al centro di questo cazzo di caso –. E si voltò per dileguarsi in corridoio, oltrepassando con furia la porta a battente.

Quando Fin giunse in fondo a Church Street e svoltò a sinistra in Cromwell Street, era ormai fradicio. Il parka e il cappuccio gli avevano protetto il busto, ma aveva i pantaloni appiccicati alle gambe e il viso irrigidito e paralizzato sotto l'attacco violento della pioggia gelida che infuriava dalla brughiera. Si riparò sotto l'ingresso di un negozio di articoli da regalo, dipinto di verde, in cerca di un po' di tregua, e vide degli Scacchi di Lewis, alti circa trenta centimetri che lo fissavano con espressioni curiose di là dal vetro, come a esprimergli solidarietà. Armeggiò per trovare il cellulare e compose il numero della centrale operativa a poco meno di duecento metri di distanza, in cima alla strada. Gli rispose uno degli agenti in divisa.

– Voglio parlare con George Gunn.

– Posso dirgli chi lo sta cercando?

– No.

Una breve pausa. – Un attimo, signore.

E poi la voce di Gunn. – Sergente Gunn, investigativa.

– George, sono io. Puoi parlare?

Un momento di silenzio. – Non proprio.

– Okay, allora ascoltami. George, devi farmi un favore. Un grosso favore.

3.

Il peschereccio seguiva la curva dell'onda, alzandosi e abbassandosi nel porticciolo interno, facendo cigolare e tendere gli ormeggi. Un secchio rosso di plastica oscillava sul ponte di coperta, avanti e indietro. Le pesanti catene dondolavano, sferragliavano e cozzavano, e ogni singolo pezzo delle manovre sulla sovrastruttura della barca vibrava e strideva nel vento. La pioggia martellava le finestre della tuga, e Padraig MacBean era appollaiato sul sedile del timoniere, logoro e lacero da anni di uso: il nastro adesivo si sforzava di contenere la spessa imbottitura che sembrava determinata a sfuggirgli. L'uomo teneva un piede sul timone e fumava pensieroso il mozzicone di una sigaretta arrotolata a mano. Era giovane per essere un timoniere, aveva poco piú di trent'anni. La *Purple Isle* era stata la barca di suo padre, ed era stato suo padre che aveva portato Fin alla roccia, diciotto anni prima, quando Padraig doveva avere appena dodici anni. Per trent'anni il vecchio MacBean aveva accompagnato i cacciatori di *guga* ad An Sgeir in occasione del loro pellegrinaggio annuale allo scoglio. Dopo la sua morte, i figli avevano continuato la tradizione. Duncan, il fratello minore di Padraig, era il secondo marinaio. C'era soltanto un altro membro nell'equipaggio, un ragazzo di nome Archie. Era disoccupato, cosí si era unito a loro per un lavoro temporaneo di sei mesi. Aveva cominciato due anni prima, ed era ancora in servizio.

– Signor Macleod, è una storia incredibile, accidenti, – disse Padraig con il suo accento di Ness, lento e strascicato. – Le devo confessare che non mi è mai piaciuto quell'Artair Macinnes. Mentre suo figlio è un ragazzo tranquillo –. Diede un altro tiro alla cicca. – Ma non posso dire di aver notato qualcosa di strano nel viaggio di andata.

– Mi accompagna? – gli domandò Fin con impazienza. Gli stava chiedendo un grosso favore, e lo sapeva.

Padraig abbassò la testa e diede una sbirciatina fuori da sotto il tetto della tuga. – Signore, là fuori c'è una tempesta da paura.

– Sei uscito in mare in condizioni peggiori.

– Eh, sí, l'ho fatto. Ma mai per mia scelta.

– Qui è in gioco la vita di un ragazzo, Padraig.

– E io sto pensando alla mia barca, e alle vite che metterei in pericolo se uscissi in mare ora.

Fin non replicò. Sapeva che la decisione non era ancora definitiva. Lui gliel'aveva chiesto. Non poteva fare nient'altro. Padraig diede un ultimo tiro al mozzicone della sigaretta, poco piú di un centimetro ormai, ma si era spenta. Guardò Fin.

– Non posso chiedere ai ragazzi di uscire in mare –. Fin sentí la speranza gocciolare via da tutti i pori. – Ma gliene vado a parlare. Decideranno loro. E se decidono di sí, allora l'accompagno –. Il cuore di Fin si riempí di nuovo di speranza.

Seguí il giovane timoniere nella cucina di bordo. Sul muro c'erano dei ganci appesi da cui pendevano le cerate, sopra una fila di stivali gialli di gomma. C'erano dei piatti sporchi che sguazzavano nell'acqua torbida del lavello con uno strato di grasso che rifletteva la violenta luce elettrica. Un bollitore era posato sul gas, al di sotto di una fila di tazze di porcellana sbrecciate, appese ai ganci.

I due uomini scesero gli scalini inchiodati a un asse di metallo fino a raggiungere gli alloggi angusti sul retro del peschereccio. C'erano sei cuccette attorno allo scafo della barca, e un tavolo triangolare munito di panche su ogni lato occupava gran parte dello spazio disponibile. Duncan e Archie erano seduti con tazze di tè e sigarette e guardavano un televisore dallo schermo nebbioso, fissato su un angolo in alto. Ann Robinson, la caustica presentatrice, stava trattando male qualcuno degli sventurati concorrenti del suo gioco televisivo, *L'anello debole*, insistendo che l'anello debole erano proprio loro. Una donna di mezza età con un'espressione effervescente si precipitò verso la telecamera per uscire dopo essere stata eliminata. Padraig spense il televisore e soffocò le proteste con uno sguardo. Per essere giovane era decisamente autorevole: una presenza forte, silenziosa, che si faceva notare.

A voce bassa, nell'insipida luce elettrica in quel vano del vecchio peschereccio arrugginito, disse ai suoi compagni cosa Fin voleva da loro. E perché. I due ragazzi rimasero seduti con i maglioni sbrindellati e i jeans sdruciti, le unghie spezzate e incrostate di nafta, i volti sporchi, smunti e incattiviti, nati da generazioni di povertà isolana, ad ascoltare la storia di Padraig. Ogni tanto lanciavano un'occhiata a Fin. A malapena riuscivano a campare, quei ragazzi. E la loro vita non era un granché: mangiavano, dormivano e cagavano a bordo di quella vecchia baldracca truccata che era il peschereccio; ventiquattr'ore al giorno, per cinque, a volte sei giorni alla settimana. Per poter vivere cosí rischiavano la pelle tutti i giorni. Quando Padraig finí, restarono per un momento in silenzio. Poi Archie disse: – Be', immagino che ci costi meno che andare al pub, no?

4.

Erano passate le sette quando lasciarono il porto, superando Cuddy Point per entrare nell'avamporto e fronteggiare le grosse onde che si levavano dal Minch. Quando infine si lasciarono alle spalle Goat Island e procedettero verso le acque piú profonde, il mare iniziò a sollevarsi e a infrangersi attorno a loro, mentre la barca avanzava a fatica fra le avanguardie della tempesta. Padraig stava al timone, con il viso corrugato per la concentrazione: era verde dai riflessi fosforescenti dei malandati schermi radar che lampeggiavano ed emettevano segnali tutt'intorno al cruscotto. In cielo c'era ancora uno squarcio di luce, ma era impossibile vederci qualcosa. Padraig li stava guidando con la strumentazione e l'istinto. – Eh sí, è scatenata la mia barca. Non va cosí male qui, a ridosso di Lewis. Sarà molto peggio quando supereremo il Butt.

Fin non riusciva a immaginare niente di peggio. Quando superarono il faro di Tiumpan Head aveva già vomitato due volte e declinato l'offerta di Archie: uova fritte e salsiccia, che il ragazzo in qualche modo era riuscito a preparare in una cucina di bordo che non aveva piú punti di riferimento stabili.

– Quanto ci metteremo? – chiese a Padraig.

Il timoniere si strinse nelle spalle. – Ieri sera ci abbiamo messo poco meno di otto ore. Stasera potremmo mettercene nove, o forse piú. Ci stiamo dirigendo proprio in bocca alla tempesta. Prima di arrivare ad An Sgeir sarà l'alba.

Fin si ricordò la sensazione che aveva provato diciotto anni prima quando avevano aggirato il Butt of Lewis e il fascio di luce del faro era infine svanito nell'oscurità. Si erano lasciati alle spalle la sicurezza dell'isola per avventurarsi nella selvaggia immensità dell'Atlantico settentrionale, tenuti al sicuro e all'asciutto soltanto da un vecchio peschereccio arrugginito che pesava poche tonnellate e dalle capacità del suo timoniere. All'epoca si era sentito spaventato, solo, incredibilmente vulnerabile. Ma quell'esperienza non lo aveva preparato alla furia con cui l'oceano si scagliava addosso a loro questa volta, mentre oltrepassavano la punta settentrionale di Lewis. I motori a nafta ronzavano nell'oscurità, lottavano contro l'impossibile, con l'acqua che s'impennava a picco tutt'intorno, come nere montagne dalle vette innevate che s'infrangevano sulla prua e martellavano la tuga. Fin si aggrappava a qualsiasi oggetto a disposizione, e si chiedeva come facesse Padraig a restare cosí calmo; e provò a immaginarsi come sarebbe riuscito a sopravvivere, senza impazzire, ad altre sette o otto ore simili.

– Prima di morire, – Padraig dovette urlare per farsi sentire tra il ruggito dei motori e nella rabbia della tempesta, – mio padre comprò un'altra barca per sostituire la *Purple Isle* –. Annuí e sorrise fra sé e sé, tenendo gli occhi fissi sui monitor e sull'oscurità dall'altra parte del vetro. – Eh, sí, anche lei era proprio una bellezza. *Iron Lady*, cosí l'aveva chiamata. Spese un sacco di soldi e di tempo per farla diventare proprio come la desiderava –. Lanciò un'occhiata a Fin. – Certe volte vorresti che fosse altrettanto facile con una donna –. Si voltò e fece un gran sorriso al buio; poi la sua allegria svaní. – Aveva intenzione di vendere la sua vecchia cara barca quando se ne fosse presentata l'occasione. Solo che non l'ha mai fatto. Cancro al fegato. Nel giro di poche settimane è morto. E io ho dovuto prendere il suo posto –. Con una mano tirò fuori una sigaretta spiegazzata da una scatola di tabacco Virginia e se l'accese. – Ho perso l'*Iron Lady* la prima volta che sono uscito in mare. Un tubo rotto nella sala macchine. Quando abbiamo trovato quel tubo, c'era ormai molta piú acqua che entrava di quanta ne buttavamo fuori. Ho detto ai ragazzi di tirare fuori il gommone, e io ho fatto tutto il possibile per salvare la barca. Avevo l'acqua alla gola quando infine mi sono messo in salvo e sono uscito dalla sala macchine. Ce l'ho fatta per un pelo –. Dalla bocca gli uscivano spirali di fumo nell'aria vorticosa della tuga. – Però siamo stati fortunati. Il tempo era buono e un altro peschereccio ci ha avvistati. L'ho guardata affondare. Con tutte le cose che mio padre ci aveva messo dentro: tutte le sue speranze, tutti i suoi sogni. In quel momento sono riuscito solo a pensare a come avrei fatto a dire ai miei zii che avevo perso la barca di mio padre. Ma non mi sarei dovuto preoccupare: erano solo contenti che fossimo sopravvissuti. Uno di loro mi ha detto: «Ragazzo, una barca è soltanto un mucchio di legno e di ferro. L'unico cuore che ha è quello di chi la fa salpare» –. Aspirò una lunga boccata dalla sigaretta. – Eppure, mi viene la pelle d'oca ogni volta che passo dal posto in cui è affondata, e so che giace sul fondo del mare, esattamente sotto il punto dove l'abbiamo vista l'ultima volta. Tutti i sogni di mio padre, svaniti per sempre, proprio come lui.

Fin percepí l'ardore del giovane timoniere come una terza presenza nella tuga. Lo guardò. – Siamo appena passati sopra quel punto, vero?

– Eh, sí, signor Macleod, proprio cosí –. Lanciò un rapido sguardo al poliziotto. – Dovrebbe scendere di sotto a riposarsi un po' in una delle cuccette. Non si sa mai, magari riesce a dormire. Sarà un viaggio lungo.

Duncan prese il posto di Padraig al timone quando Fin scese di sotto e si rannicchiò nella stessa cuccetta che aveva occupato l'unica altra volta che aveva fatto quel viaggio. Non si aspettava di addormentarsi: sapeva soltanto che nelle lunghe, lente ore che lo attendevano avrebbe avuto un sacco di tempo per riesaminare tutte le domande senza risposta che lo tormentavano. Domande che non avrebbero trovato risposta fino all'arrivo ad An Sgeir. E persino sullo scoglio non avrebbe avuto alcuna garanzia. Artair e Fionnlagh sarebbero potuti essere già morti, e lui non avrebbe mai saputo la verità. E non si sarebbe mai perdonato di non aver presagito minimamente ciò che stava per accadere.

Fu quindi sorpreso quando Archie lo scosse per svegliarlo. – Ci siamo quasi, signor Macleod.

Fin scese dalla cuccetta, confuso, disorientato e si mise a sedere, strofinandosi gli occhi con i palmi delle mani. Sembrava che il martellio ritmico e regolare dei motori fosse diventato una parte di lui: gli batteva nella testa, gli scuoteva l'anima. Il peschereccio s'inclinava e s'impennava con violenza, e Fin non poté fare altro che risalire in cucina senza cadere. C'era Duncan al timone, assorto e concentrato. Padraig era seduto accanto a lui e fissava distratto l'oscurità. Aveva una brutta cera. Vide il riflesso di Fin nel vetro e si voltò. – È un'ora che cerco di contattarli via radio, ma non ricevo altro che rumore bianco e interferenze. Non è un buon segno, signor Macleod. Non è da Gigs.

– Quanto manca? – chiese Fin.

– Dieci minuti, forse meno.

Fin sbirciò nell'oscurità ma non vide niente. Anche Padraig si stava sforzando di scorgere qualcosa nel buio. – Dov'è quel maledetto faro? – Premette un interruttore e tutte le luci della *Purple Isle* si accesero nella notte. I novanta metri di scogliera su cui Fin era quasi morto emersero di colpo dal mare: neri e luccicanti, e spalmati di strie di guano bianco. Fu sorpreso da quanto fossero vicini.

– Cristo! – si lasciò sfuggire, indietreggiando e afferrandosi al telaio della porta per non perdere l'equilibrio.

– Porca puttana, sterza! – urlò Padraig a Duncan. Suo fratello fece virare il timone a sinistra, e la *Purple Isle* straorzò pericolosamente, sbandando di lato fra le onde che tuonavano e si infrangevano tutt'intorno. – Non c'è luce! – gridò. – Non c'è luce, cazzo!

– La scorsa notte c'era? – urlò Fin.

– Sí! Si vedeva per chilometri.

Duncan riprese il controllo del peschereccio, riassestandolo ancora una volta in direzione del vento, e aggirò a fatica la punta meridionale dell'isola, evitando il Promontorio del Faro e raggiungendo infine il riparo di Gleann an Uisge Dubh dove il vento giungeva molto attenuato. Ma le onde erano ancora alte, una decina di metri o piú, e gli uomini scorsero le creste bianche che s'infrangevano sul punto in cui di solito venivano scaricati i rifornimenti: le onde si schiantavano e si frantumavano tutt'intorno all'entrata delle grotte che s'incuneavano in profondità nel ventre di An Sgeir.

Padraig scosse il capo. – Non c'è proprio modo di arrivare là col gommone stanotte, signor Macleod.

– Non ho certo fatto tutta questa strada, – urlò Fin nel frastuono dei motori, – per starmene seduto su una cazzo di barca mentre quell'uomo uccide mio figlio.

– Se avvicino l'*Isle* a sufficienza in modo da farla scendere sul gommone, con ogni probabilità ci sfracelleremo in mille pezzi su quegli scogli.

– Una volta vidi tuo padre ormeggiare un peschereccio alla banchina di Port of Ness durante una tempesta, – disse Fin. – Quando ancora riportavano i *guga* a Ness.

– Se lo ricorda? – chiese Padraig con gli occhi scintillanti.

– Tutti se lo ricordano, Padraig. All'epoca io ero soltanto un ragazzino. Ma la gente ne parlò per anni.

– Non conosceva la paura, mio padre. Se pensava di essere in grado di fare qualcosa, la faceva. La gente diceva che doveva avere i nervi di ghiaccio. Ma non era vero. Lui non ce li aveva proprio, i nervi.

– E come fece?

– Prima gettò l'ancora e poi innescò la retromarcia. Cosí, se si fosse trovato nei guai, si sarebbe staccato dall'ancora e se la sarebbe svignata a tutto gas per mettersi in salvo.

– Allora, quanto c'è di tuo padre in te, Padraig?

Padraig guardò a lungo Fin. – Una volta che sarà salito su quel gommone, signor Macleod, se la dovrà cavare da solo. Io non potrò piú fare niente per lei. Niente.

Fin si domandò se avesse mai avuto cosí tanta paura. Là fuori, con un mare mostruoso che si schiantava sugli scogli attorno a loro, si sentiva assolutamente privo di controllo. Era un aspro duello con la natura al massimo della potenza, e lui sembrava piccolo e insignificante in confronto. Eppure erano riusciti ad arrivare fin là tutti interi, attraversando piú di novanta chilometri di oceano sferzato dalla tempesta, e adesso restava soltanto un centinaio di metri da percorrere. Duncan legò una cima al gommone e lo tenne a poppa, mentre Padraig fece indietreggiare lentamente la *Purple Isle* verso l'insenatura, trattenendo ben tesa la catena dell'ancora. Le scogliere sui due promontori li accerchiarono, pericolosamente vicine, e il peschereccio scansò e scivolò sulla grossa onda, prima da una parte, poi dall'altra. Sentirono il mare schiantarsi e rumoreggiare avido sugli scogli, come se volesse divorarli.

Padraig lanciò un segnale: non osava far avvicinare il peschereccio piú di cosí, e Duncan fece un cenno con la testa a Fin. Era arrivato il momento. La pioggia gli cadeva addosso a fasce orizzontali mentre scendeva lungo i pioli della scaletta con le dita bagnate e irrigidite per il freddo. In qualche modo era riuscito a non bagnarsi sotto l'incerata, ma sapeva che non sarebbe rimasto asciutto tanto a lungo. Il giubbotto di salvataggio gli sembrò ridicolo e inconsistente. Se fosse caduto in acqua, probabilmente gli sarebbe servito a tenersi a galla finché il mare l'avrebbe sfracellato sugli scogli. Il gommone ondeggiava violentemente, sollevandosi e abbassandosi sotto di lui: era impossibile salire a bordo. Fin respirò a fondo, come se fosse sul punto di tuffarsi, e mollò la presa della *Purple Isle*, lasciandosi cadere nel gommone, che cedette sotto il suo peso. Con le mani Fin cercò la corda che segnava il perimetro del gommone. Non trovò altro che il tessuto liscio e bagnato. Ebbe la sensazione di scivolare via, come una caduta libera nello spazio: il gommone stava scomparendo sotto di lui, e Fin si preparò all'impatto con l'acqua. Ma all'ultimo momento, sentí la plastica abrasiva della corda bruciargli il palmo della mano destra, e le serrò le dita attorno. Era di nuovo sul gommone e questa volta, aggrappandosi alla corda, si sollevò e poi ricadde con il medesimo movimento e trovò un appiglio, afferrando la cima sul lato sinistro.

Alzò lo sguardo e vide il volto sbiancato di Duncan, molto piú in alto di lui. Gli stava urlando qualcosa, ma Fin non riuscí a sentire. Si spostò verso il retro del gommone e spinse il fuoribordo sopra la poppa. Aprí la valvola dell'aria e tirò la corda di avviamento. Una, due, tre, quattro volte. Niente. Alla quinta, il motore tossicchiò, scoppiettò e si accese, e Fin accelerò con furia per evitare che si spegnesse. Era il momento della verità. Legato soltanto dal cordone ombelicale della corda, stava per abbandonare la sicurezza della barca madre.

La corda si srotolò dietro di lui mentre faceva ruotare il gommone, e la prua si impennò fra le onde, verso il punto di approdo. Fin spinse sull'acceleratore e la piccola imbarcazione arancione sfrecciò a velocità sorprendente in direzione degli scogli. Grazie alle luci del peschereccio, vide l'enorme bocca nera della grotta che si apriva sopra di lui, e sentí il ruggito cavernoso e la corrente del mare dalle profondità del ventre dell'isola. La schiuma bianca e cremosa ribolliva impazzita tutt'intorno, e una grossa onda sollevò il gommone e lo spinse contro gli scogli. Fin strattonò il timone e spinse il motore al massimo della velocità. Evitò cosí all'ultimo secondo di sfracellarsi, e il mare lo risucchiò indietro nella baia. Il ruggito nelle orecchie era assordante. Non osò nemmeno girarsi indietro per guardare il peschereccio.

Ruotò nuovamente il gommone e si ritrovò di fronte agli scogli: comparivano e scomparivano sotto il livello delle onde, come se lo stessero studiando, nascondendosi poi per preparare l'agguato. Fin rimase lí per un minuto buono a seguire l'impennarsi e l'inabissarsi delle onde, raccogliendo tutto il suo coraggio ormai in frantumi. Si rese conto che il tempismo era essenziale. Non poteva permettersi di scontrarsi con l'onda, come aveva fatto la prima volta: era molto piú potente del suo minuscolo fuoribordo e in un baleno l'avrebbe scaraventato contro gli scogli. Doveva avanzare a tutta velocità quando l'onda digradava, sfruttando il suo slancio in avanti contro la ritirata del mare per evitare lo scontro. Facile! Quasi rise dei suoi ridicoli tentativi di trovare una soluzione razionale. A dir la verità, se Dio esisteva, allora la vita di Fin era interamente nelle sue mani. Fece un paio di respiri profondi, in attesa che il mare s'infrangesse di nuovo sugli scogli, e poi accelerò con forza verso il flusso di acqua bianca. Ancora una volta, la bocca della caverna si chiuse attorno a lui, e il gommone sembrò non fare alcun progresso limitandosi a mantenere la sua posizione nel bel mezzo della schiuma, finché all'improvviso non fu sospinto in avanti a una velocità incontrollabile. Fin cercò di sterzare, ma l'elica era fuori dall'acqua e le pale stridettero rumorose nell'aria che non opponeva alcuna resistenza. Sembrava che tutto lo scoglio di An Sgeir gli si gettasse addosso. Fin urlò la sua sfida, mentre il mare lo teneva sul palmo della mano e lo sollevava dal gommone per scaraventarlo sugli scogli con una forza tale da smorzargli il respiro. Sentí il sapore del sangue in bocca, e le estremità frastagliate dello gneiss lacerargli la pelle. Il gommone era sparito e lui era inchiodato sugli scogli dalla forza dell'acqua. E poi quasi in un istante la pressione che lo teneva bloccato si allentò, e il mare lo risucchiò indietro. Si sentí scivolare sulla superficie nera e scintillante, levigata dai secoli. Raspò sugli scogli in cerca di un appiglio, ma strizzò solamente fra le dita il verde collare di alghe che circondano An Sgeir, e fu consapevole che la forza del mare lo stava risucchiando in un luogo buio e freddo, dove il sonno sarebbe stato eterno.

E poi lo sentí. Il morso gelido del ferro, il movimento dell'anello mentre le sue dita si chiudevano disperatamente attorno a esso, senza piú staccarsi. Là restarono, avvinghiate. Fin quasi si slogò una spalla, mentre il mare lo tirava e lo strattonava prima di lasciarlo finalmente andare, a malincuore. Per un momento rimase immobile, afferrandosi all'anello di ormeggio, scagliato a riva come una creatura marina spiaggiata. Poi cercò a tentoni un punto d'appoggio per i piedi, e un appiglio per le mani, e poi ancora la forza per tirarsi su prima che il mare ritornasse a reclamarlo. Lo sentí infrangersi ai suoi piedi quando trovò la sporgenza della roccia su cui Angel aveva acceso il fuoco e preparato il tè il giorno in cui erano approdati nello stesso punto, diciotto anni prima. Ce l'aveva fatta. Era sulla roccia, al sicuro dal mare. E tutto quello che poteva fare adesso era sputargli in faccia la sua rabbia.

In quel momento si accorse che non pioveva piú, e immensi strappi nel cielo nero sopra di lui sprigionarono improvvise e inaspettate scaglie di luce lunare, diffondendole su tutta l'isola. Vide la *Purple Isle* in una pozza di sfolgorante luce argentea: il peschereccio stava rientrando verso il riparo della baia, sempre ondeggiando sul mare, infuriato perché era stata complice della fuga di Fin.

Fin armeggiò in cerca della torcia, che aveva attaccata alla cintura, sperando che funzionasse ancora. La luce gli lampeggiò in faccia e la agitò nel buio per segnalare all'equipaggio che era sano e salvo. Poi si portò le ginocchia al petto, con la schiena rivolta alla scogliera, e rimase là rannicchiato per cinque minuti, cercando di riprendere il fiato e la padronanza di sé, e la volontà di affrontare la scalata fino in cima. Puntò la torcia sull'orologio. Erano da poco passate le quattro del mattino. In meno di due ore, a est sarebbe spuntato il sole. Aveva quasi paura di contemplare ciò che la luce del giorno poteva rivelargli.

Niente pioggia, e i frammenti di luna balenavano qua e là fra gli squarci del cielo. Fin si chiese se il vento era davvero calato un po', o se se l'era solo immaginato. Si alzò barcollando e puntò la torcia sul pendio. Là, illuminato dal fascio di luce, c'era lo scivolo che i cacciatori di *guga* usavano per trascinare le provviste fino in cima. Funzionava ancora, dopo tutti quegli anni. Fin sollevò la torcia e ne seguí l'andamento fino alle parti piú ripide del pendio, e vide la corda usata per zigzagare tra le rocce. Si arrampicò finché non riuscí ad afferrare l'estremità della corda, e la strattonò con forza. Reggeva bene. Se la legò attorno alla vita, e iniziò la lunga arrampicata, servendosi della corda per orientarsi nel buio e per tirarsi su quando la pendenza aumentava, fermandosi spesso per avvolgersela attorno alla vita: una misura di sicurezza contro l'eventualità di una caduta.

Ci impiegò oltre venti minuti per trascinarsi sul tetto dell'isola e slegarsi dalla corda. Si guardò indietro, cercando di riprendere fiato, percosso e flagellato dal vento che spazzava incontrastato le rocce, e vide le luci della *Purple Isle* che scintillavano nella baia.

Quando si voltò, una luna quasi piena spuntò dai resti sfilacciati delle nubi temporalesche, e sparse la sua luce su tutta An Sgeir. Vide il profilo tozzo del faro, ben saldo nell'oscurità nel punto piú alto dell'isola, e un centinaio di metri piú in là, dall'altra parte di quel caos di rocce e nidi, la sagoma scura e accovacciata della vecchia *blackhouse*. Non c'era nessuna luce, nessun segno di vita. Fu solo l'odore di fumo di torba, trascinato dal vento, a fargli sapere che là dentro doveva esserci qualcuno.

5.

I pulcini di procellaria vomitavano sui suoi piedi mentre Fin incespicava fra le rocce con l'aiuto della torcia, rovesciando i nidi e facendo fuggire gli uccelli in uno strepito notturno. Il telone incerato appeso all'entrata della *blackhouse* era stato ancorato al terreno da massi. Lo strattonò per liberarlo, e si spinse all'interno della costruzione.

Scorse le braci al centro della stanza, che baluginavano ancora nel buio, e sentí l'odore acre del sudore umano, ancora piú intenso dell'odore diffuso del fumo di torba. Fece lampeggiare la torcia lungo le pareti, penetrando nell'aria azzurrognola e fumosa, e vide i profili degli uomini raggomitolati sui materassi adagiati lungo il ripiano di pietra. Alcuni si stavano già svegliando, e la luce della torcia illuminò in pieno un viso smunto e sonnolento. Gigs alzò una mano per proteggersi dalla luce. – Artair? Sei tu? Ma cosa diavolo succede?

– Non sono Artair –. Fin lasciò ricadere il telone alle sue spalle. – Sono Fin Macleod.

– Gesú! – sentí qualcuno imprecare. – Come diavolo hai fatto a venire fin qua?

Si erano svegliati tutti, adesso. Alcuni si misero a sedere sui materassi, prima di scendere sul pavimento. Fin li contò in fretta. Erano dieci. – Dove sono Artair e Fionnlagh? – Qualcuno accese una lampada antivento e alla sua luce spettrale Fin vide tutti i loro volti attraverso il fumo: lo fissavano, come se fosse un fantasma.

– Non lo sappiamo, – rispose Gigs. Accesero un'altra lampada, e alcuni di loro si chinarono a rastrellare le braci e ad aggiungere altra torba al fuoco. – Abbiamo lavorato quasi fino al tramonto per mettere le pulegge. Artair e Fionnlagh hanno lasciato il gruppo, e tutti abbiamo pensato che li avremmo rivisti alla *blackhouse*. Ma quando siamo arrivati qui, non ne abbiamo trovato traccia. Le loro cose sono scomparse, e la radio è stata fracassata.

– E non sapete dove sono andati? – Fin era incredulo. – Non ci sono tanti posti in cui nascondersi ad An Sgeir. E non avrebbero resistito a lungo là fuori con questo tempo.

Uno degli uomini disse: – Devono essere da qualche parte giú nelle grotte.

– Ma non abbiamo idea del perché –. Gigs puntò lo sguardo su Fin. – Forse ce lo puoi dire tu.

– Come diavolo hai fatto ad arrivare fin qui, Fin? – Gli domandò Asterix. – Non avevi mica le ali ieri.

– Mi ha accompagnato Padraig.

– Con questo tempo? – Pluto lanciò uno sguardo a Fin nell'oscurità. Anche lui aveva partecipato alla caccia in quel tremendo anno in cui ci era andato Fin. – Sei completamente pazzo?

L'urgenza di Fin s'intensificò, rasentando il panico. – Credo che Artair stia per ammazzare Fionnlagh. Devo trovarli –. Scostò il telone per tornare fuori, nella tempesta. Con tre lunghe falcate Gigs attraversò la *blackhouse* e lo afferrò per il braccio.

– Non fare il cretino! È buio pesto là fuori. Ti ammazzerai prima di riuscire a trovarli –. Lo trascinò dentro e ricoprí l'uscio con il telone. – Nessuno uscirà di qui a cercare quei due finché non ci sarà luce a sufficienza. Allora, perché non ci mettiamo tutti a sedere, ci prepariamo un po' di tè e ascoltiamo cos'hai da raccontarci?

Mentre le fiamme lambivano i mattoni di torba secca, i cacciatori di *guga* si riunirono attorno al fuoco e Asterix mise una pentola piena d'acqua sul fuoco. Alcuni di loro si avvolsero le coperte sulle spalle. Altri si misero le coppole o i berretti da baseball. In molti si accesero sigarette, a esalare altro fumo nell'aria già densa. E restarono seduti in uno strano silenzio, carico di tensione, in attesa che l'acqua bollisse e che Asterix riempisse le tazze. Fin trovò uno strano conforto nella loro pazienza tranquilla, e cercò di rilasciare un po' della tensione accumulata nei muscoli dopo gli eventi dell'ultima ora. Gli sembrava quasi impossibile trovarsi là.

Quando il tè fu pronto, Asterix riempí le tazze, lo versò, e i barattoli di latte in polvere e zucchero cominciarono a girare. Fin abbondò di zucchero e bevve grandi sorsate di quel liquido sciropposo e pieno di latte. Nonostante non avesse affatto il sapore del tè, era caldo e serviva di conforto, e Fin sentí tornargli le forze quando lo zuccherò entrò in circolo nel sangue. Alzò lo sguardo e si accorse che lo stavano guardando tutti. Provò una stranissima sensazione di déjà vu: si era seduto attorno al fuoco in quel rifugio sulla scogliera ogni sera che aveva passato sull'isola diciotto anni prima, ma questa volta era diverso. Questa volta era come vivere un sogno. Una situazione che non sembrava del tutto reale. E lo spettro oscuro dell'inquietudine iniziò a offuscare i suoi pensieri. Era stato già in quel posto, ma non nel modo in cui se lo ricordava.

– Allora, – Gigs interruppe il silenzio. – Perché Artair ha intenzione di uccidere suo figlio?

– Due sere fa mi ha confessato che Fionnlagh è mio figlio –. Il vento fuori sembrava un grido lontano. L'aria nella *blackhouse* era immobile come la morte, e il fumo vi aleggiava sospeso, quasi senza alcun movimento. – E per qualche ragione, – disse Fin, scuotendo il capo, – davvero non so perché, mi odia oltre ogni limite –. Respirò profondamente. – È stato Artair ad assassinare Angel. L'ha ucciso imitando un omicidio su cui ho indagato a Edimburgo, con lo scopo di attirarmi qui sull'isola. Sono piuttosto sicuro che volesse farmi sapere che Fionnlagh è mio figlio e poi, farmi soffrire uccidendolo.

Un'ondata di inquietudine si levò attorno al fuoco. Fin vide che diversi uomini si scambiavano occhiate cupe, gravide di significato. Gigs disse: – E tu non riesci a immaginare una sola ragione per cui Artair riesca a odiarti cosí tanto?

– Posso solo pensare che in qualche modo mi ritenga responsabile della morte di suo padre –. All'improvviso Fin ebbe la sensazione che anche gli altri uomini la pensassero allo stesso modo. – Ma non è stata colpa mia, Gigs. Lo sai. È stato un incidente.

Gigs continuò a fissarlo intensamente, con uno sguardo ostile. – Davvero non ti ricordi niente?

Fin si rese conto di avere il respiro corto e affannato: un'indicibile paura cominciava ad avvolgerlo con le sue dita lunghe e fredde. – Che vuoi dire?

Gigs rispose: – Non sono mai stato sicuro se sia stato il colpo alla testa. Insomma, la commozione cerebrale. O qualcosa di piú profondo. Qualcosa nella tua mente. Qualcosa di psicologico a farti perdere la memoria –. La paura inondò ora ogni recesso della mente di Fin. In quel momento ebbe la sensazione che una ferita da tempo dimenticata gli venisse aperta per recuperare una scheggia nascosta; non sarebbe riuscito a sopportarlo. Voleva urlare a Gigs di smettere. Di qualsiasi cosa si trattasse, non voleva saperlo. Gigs si accarezzò la mascella non sbarbata. – All'inizio, quando venni a trovarti in ospedale, pensai che stessi fingendo. Adesso sono piuttosto sicuro che non fingevi affatto. Che sinceramente non ti ricordi. Forse questa è una cosa buona, forse no. Potrai dirlo solo tu, alla fine.

– Per l'amor di Dio, Gigs, di cosa stai parlando? – La tazza tremava nella mano di Fin. Qualcosa di tremendo aleggiava nel fumo sopra di loro.

– Ti ricordi quella notte che ti ritrovai sbronzo sul ciglio della strada? Blateravi che non volevi venire sulla roccia –. Fin annuí in silenzio. – Non ti ricordi perché?

– Avevo paura, tutto qua.

– Paura, sí. Ma non della roccia. Quando ti riportai al podere, mi raccontasti qualcosa quella notte, qualcosa che ti provocava un dolore inimmaginabile. Ti sedesti sulla sedia di fronte al mio focolare acceso e piangesti come un bambino. Piangevi come non ho mai visto un uomo adulto piangere. Lacrime di paura e di umiliazione.

Fin rimase immobile, con gli occhi sbarrati. Gigs stava parlando di qualcun altro. Non di lui. Lui c'era quella notte. Non aveva pianto. Era sbronzo, tutto qua.

Gigs rivolse un'espressione cupa a tutte le facce sedute attorno al fuoco. – Alcuni di voi si trovavano sulla roccia quell'anno, quindi sapete di cosa sto parlando. Altri di voi, no. E a voi dirò quello che dissi a loro all'epoca. Qualsiasi cosa succeda su questa roccia, qualsiasi cosa succeda fra di noi, resta qua. Sull'isola. Ci rimarrà nella mente, ma non uscirà mai dalla nostra bocca. E se uno qualunque di voi ne fa parola con anima viva, allora dovrà vedersela con me, prima che con il Creatore –. Non c'era un solo uomo seduto attorno al fuoco a non credere che fosse possibile.

Mentre le fiamme divoravano i mattoni di torba, le ombre degli uomini radunati danzavano sui muri come muti testimoni di un giuramento di silenzio, e il buio oltre il fuoco sembrava risucchiare la *blackhouse* che si era stretta attorno a loro. Si voltarono tutti verso Fin, e videro un uomo in trance, che tremava nel buio: tutto il sangue gli era defluito dal viso ed era pallido come la morte.

Gigs disse: – Era il diavolo in persona, quell'uomo.

Fin aggrottò la fronte. – Chi?

– Macinnes. Il padre di Artair. Faceva cose inimmaginabili a voi ragazzi. Nel suo studio. Tutti quegli anni di lezioni private, dietro una porta chiusa a chiave. Prima Artair, e poi tu. Quel tipo di abusi che nessun bambino dovrebbe mai subire –. Si fermò per prendere fiato, quasi soffocato dal silenzio. – Ecco cosa mi raccontasti quella notte, Fin. Non ne avete mai parlato, tu e Artair. Non l'avete mai ammesso. C'era un patto di silenzio fra voi. Ma ognuno dei due sapeva cosa succedeva, cosa subiva l'altro. Ed ecco perché eri cosí felice quell'estate. Stavi per andartene dall'isola. Non avresti avuto mai piú motivo di rivedere Macinnes. Era finita, una volta per tutte. Non l'avevi mai raccontato a nessuno. Come avresti potuto affrontare la vergogna di ciò che ti aveva fatto? L'umiliazione. Ma non avresti piú dovuto sopportare. Potevi dimenticare. Dimenticare per sempre.

– E poi ci disse che saremmo andati allo scoglio –. La voce di Fin era un sussurro quasi impercettibile.

Gigs aveva un'espressione cupa sul viso, accentuata dall'ombra. – All'improvviso, dopo il sollievo, ti toccava affrontare due settimane con lui qui, ad An Sgeir. Fianco a fianco con l'uomo che ti aveva rovinato la giovinezza. E Dio lo sa se qui stiamo appiccicati l'uno all'altro. È inevitabile. Anche se non ti avesse messo un solo dito addosso, avresti dovuto subire la sua presenza ventiquattr'ore al giorno. Per te era impensabile. Non ti ho dato la colpa allora, e non te la do adesso, per come ti sentivi.

Fin teneva gli occhi chiusi, ma era come se li avesse spalancati per la prima volta in quei diciotto anni. La sensazione che aveva provato in tutta la sua vita adulta, come di qualcosa che non riusciva a scorgere, qualcosa che usciva dalla sua visione periferica, era svanita. Come se avessero tolto i paraocchi a un cavallo. Lo shock portò con sé un dolore fisico. La tensione lo aveva irrigidito. Com'era possibile che non ricordasse niente? Eppure, tutti i suoi pensieri coscienti furono spazzati via dai ricordi, in uno stato simile a un risveglio in cui si rivivono le scene di un incubo con lucidità. Sentí la bile riempire il vuoto dentro di sé, mentre gli balenavano le immagini davanti agli occhi, come un vecchio film di famiglia fuori sincrono. Sentiva l'odore della polvere sui libri nello studio del signor Macinnes, la puzza di tabacco e alcol stantio nel fiato che gli alitava sul viso. Sentiva il tocco delle sue mani aride e fredde, e rabbrividí disgustato, persino in quel momento. E rivide l'immagine di quello strano uomo con le gambe incredibilmente lunghe che aveva infestato i suoi sogni da quando Robbie era morto, come un segno premonitore della memoria che gli stava ritornando. Quella strana figura che se ne stava in silenzio in un angolo del suo studio, con la testa piegata di lato per evitare il soffitto, con le braccia penzolanti dalle maniche della giacca a vento. E ora, per la prima volta, lo riconobbe. Era il signor Macinnes. Con i capelli grigi e lunghi che gli scendevano al di sotto delle orecchie, e gli occhi cupi, smorti. Perché non se n'era accorto prima?

Aprí gli occhi e si rese conto che stava piangendo: le lacrime gli bruciavano le guance come fossero acido. Si mise in piedi e raggiunse barcollando la porta; scostò il telone e uscí a svuotarsi lo stomaco nella tempesta. Poi si lasciò cadere sulle ginocchia, e continuò a vomitare finché i muscoli non si bloccarono, lasciandolo senza fiato.

Delle mani lo sollevarono con delicatezza e lo riaccompagnarono dentro, al caldo. Gli misero una coperta sulle spalle e lo riportarono al suo posto accanto al fuoco, dove si sedette singhiozzando. Tremava senza controllo, come se avesse la febbre. Aveva la fronte imperlata di sudore.

Sentí la voce di Gigs. – Non so adesso quanto ricordi, Fin, ma quella notte, quando me lo raccontasti, ero cosí infuriato che volevo ucciderlo. Pensare che un uomo potesse fare cose del genere a dei bambini! Al suo stesso figlio! – Emise un respiro profondo, graffiante. – Poi pensai di andare dalla polizia. Per denunciarlo. Ma tu mi implorasti di non farlo. Non volevi che lo sapesse nessuno. Mai. E fu in quel momento che capii che l'unico modo di risolvere il problema era qui sulla roccia. Fra di noi. Cosí nessun altro l'avrebbe mai saputo.

Fin annuí. Non c'era bisogno che Gigs gli raccontasse il resto. In quel momento lo ricordò chiaramente, come se fosse successo ieri: una patina di nebbia si staccò da ogni anno che era trascorso sin da allora. Si rammentò degli uomini seduti attorno al fuoco quella prima notte: Gigs che appoggiava la Bibbia per terra dopo la lettura, e che li aveva scioccati tutti quando aveva messo il padre di Artair di fronte ai suoi crimini. Un silenzio spettrale, un diniego. E Gigs che lo tormentava e lo intimidiva come un avvocato in tribunale, minacciandolo, evocando l'ira di Dio, mettendolo di fronte a ogni cosa che Fin gli aveva raccontato, finché l'uomo non era crollato. Ed era sgorgato fuori tutto, come un veleno. Spinto dalla paura e dalla vergogna. Non sapeva perché l'aveva fatto. Non l'aveva fatto apposta. Era cosí dispiaciuto, tanto. Non sarebbe successo mai piú. Avrebbe chiesto perdono ai ragazzi, a entrambi. Il signor Macinnes si era disintegrato davanti a loro.

Fin ricordò anche lo sguardo che gli aveva rivolto Artair dall'altra parte del fuoco, l'espressione di dolore e tradimento nei suoi occhi. Fin aveva infranto il loro patto di silenzio. Aveva frantumato l'unica cosa che aveva permesso alla famiglia Macinnes di continuare a funzionare. La rimozione. Se negavi, non era mai successo. E Fin si rese conto in quel momento, forse per la prima volta, che la madre di Artair sicuramente sapeva, e che anche lei l'aveva rimosso. Ma dopo la confessione di Fin a Gigs, non era piú possibile negare. Qualsiasi altra alternativa era impensabile.

Gigs lasciò vagare lo sguardo sulle facce attorno al fuoco: le fiamme riflettevano l'orrore nei loro occhi. Disse: – Quella notte ci eravamo riuniti per giudicarlo. Una giuria formata dai suoi pari. E lo giudicammo colpevole. E cosí lo bandimmo dalla *blackhouse*. Come punizione sarebbe vissuto allo stato brado sulla roccia per le due settimane che avremmo passato qui. Gli avremmo lasciato da mangiare fuori dai tumuli, e l'avremmo ripreso solo al termine delle due settimane. Ma non sarebbe mai piú tornato sulla roccia. E non avrebbe mai, mai piú, messo una mano su nessuno di quei due ragazzi.

Fin capí perché il signor Macinnes non era mai comparso nei suoi ricordi di quelle due settimane sulla roccia. Ma in quel momento ebbe delle visioni fugaci di quella sagoma spettrale: il padre di Artair che si arrampica dalle grotte di sotto per prendere il cibo che gli avevano lasciato accanto ai tumuli. Una figura che si trascina per la scogliera, ingobbita dalla vergogna. Sebbene non avesse mai detto niente, Gigs aveva percepito l'ostilità di Artair nei confronti di Fin dopo la sua confessione, e li aveva tenuti sempre separati, mettendoli in squadre di lavoro diverse.

Fin guardò la torba in fiamme che illuminava il volto di Gigs. – Il giorno dell'incidente sulla scogliera. Dopo che il signor Macinnes mi aveva legato alla corda. Non è caduto, vero?

Gigs scosse tristemente la testa. – Non lo so, Fin. Davvero, non lo so. Non sapevamo come fare per raggiungerti. E poi qualcuno lo vide arrampicarsi, sbucando dalle grotte di sotto. Forse aveva sentito il trambusto. Credo che fosse spinto dal desiderio di redimersi. E in un certo modo ci è riuscito. Probabilmente ti ha salvato la vita. Ma se è caduto, o se è saltato giú, be', non si sa.

– Non è stato spinto?

Gigs piegò lievemente la testa di lato e guardò Fin dritto negli occhi. – Da chi?

– Da me –. Doveva saperlo.

Fuori, la tempesta si stava placando, ma il vento continuava a soffiare e urlare in ogni crepa e in ogni fenditura negli scogli, attraverso i calanchi e le grotte, fra i tumuli lasciati dalle generazioni di cacciatori di *guga* che erano passati di là prima di loro. Gigs disse: – Ti avevamo tirato su di una quindicina di metri quando se n'è andato, Fin. Nessuno l'ha spinto, a parte forse la mano di Dio.

Venti

1.

Sentí qualcuno che lo chiamava per nome. In maniera distinta, decisa e chiara. «Fin. Fin Macleod». Ma da lontano. Da un punto indefinito, al di là della nebbia. Si alzò prontamente, come se emergesse dall'oscurità del fondo marino, e infranse la superficie della coscienza: era disorientato e batté le palpebre, perché la luce del sole lo feriva, lo accecava. Sagome e ombre si muovevano attorno a lui. Qualcuno aveva scostato il telone incerato, e la *blackhouse* era stata inondata dalla luce soffice e gialla dell'alba. Dalle braci affievolite spirali di fumo si levavano e vorticavano nel vento che, furtivo, se le portava via.

Quando Gigs aveva detto che dovevano provare a dormire un po' prima che sorgesse l'alba, Fin non credeva che sarebbe stato possibile. Eppure, adesso non riusciva nemmeno a ricordare di essersi raggomitolato sul ripiano di pietra lungo la parete piú lontana. Un meccanismo di autodifesa l'aveva semplicemente spento. Lo stesso meccanismo, forse, che aveva nascosto il tormento dei ricordi in un angolo buio e inaccessibile della sua mente per diciotto anni.

– Fin Macleod! – La voce lo chiamò ancora, ma questa volta Fin riconobbe il respiro asmatico. Artair. La paura lo penetrò come una freccia di ghiaccio. Saltò giú dal ripiano e barcollò verso la porta, facendosi largo fra gli altri. Gigs e alcuni altri cacciatori erano già fuori. Fin si portò una mano agli occhi per proteggersi dal sole ancora basso nel cielo a est e vide, su una sporgenza della scogliera oltre il faro, il profilo di due uomini che si stagliava sullo sfondo dell'alba. Il cielo era quasi giallo, screziato di nuvole rosa, e diecimila sule lo riempivano con le loro ali enormi e aperte, stridendo il loro disprezzo per gli uomini là sotto.

Artair e Fionnlagh si trovavano a quasi duecento metri di distanza, ma Fin riuscí a scorgere la corda legata attorno al collo del ragazzo, e stretta nelle mani di suo padre. Fionnlagh aveva le mani bloccate dietro la schiena e vacillava pericolosamente sull'orlo della scogliera: era soltanto la tensione esercitata da Artair sulla corda a impedirgli di cadere giú per novanta metri fino alle rocce di sotto.

Fin avanzò barcollando e scivolando nel pantano di fango, massi e alghe che lo separava dalle due figure in cima alla scogliera. Artair lo guardò con uno strano sorriso stampato sul volto. – Lo sapevo che eri tu quando ho visto il peschereccio arrivare la notte scorsa. Ti abbiamo visto mentre cercavi di scendere sul gommone. Sei proprio pazzo! Ma facevamo il tifo per te, ragazzo –. Guardò Fionnlagh. – Non è vero, piccolo Fin? È meglio di quanto abbia potuto mai sperare. Cazzo, un padre in prima fila a guardare suo figlio che vola giú –. Si voltò verso Fin. – Dài, Macleod. Piú vicino. Uno spettacolo dal posto d'onore. Immagino che i risultati del Dna siano pronti.

Fin adesso si trovava a una quindicina di metri di distanza. Riusciva quasi a sentire nel vento l'odore della paura del ragazzo. Si fermò per riprendere fiato, e guardò il vecchio compagno di scuola con un misto di odio e incredulità. – No, – rispose urlando. – Hai vomitato una delle tue pillole, Artair. Prednisone. Per gli asmatici. Puoi essere stato soltanto tu.

Artair rise. – Cristo, perché non ci ho pensato io? Ce l'avrei messa apposta.

Fin iniziò ad avvicinarsi con piú cautela, adesso, ansioso di far continuare Artair a parlare il piú a lungo possibile.

– Hai ucciso Angel Macritchie soltanto per attirarmi fin qui.

– Sapevo che non ci avresti messo molto a capirlo, Fin. Sei stato sempre troppo sveglio, cazzo.

– Perché Macritchie?

Artair rise. – E perché no, cazzo? Era un pezzo di merda, Fin. Lo sapevi. Chi cazzo sentirà la sua mancanza?

E Fin ripensò alle lacrime negli occhi di quel ragazzo che Angel aveva reso storpio tanti anni prima.

– E comunque... – il sorriso di Artair si raggelò sulle sue labbra – se l'è meritata. Era qui, ti ricordi, diciotto anni fa. Lui sapeva cos'è successo veramente quell'anno. E non c'è stato un solo giorno che non me l'abbia ricordato, che non mi abbia minacciato di umiliarmi pubblicamente –. Aveva il viso distorto dalla rabbia e dall'odio. – Te lo ricordi, adesso, Fin? Te l'ha detto Gigs?

Fin annuí.

– Bene. Sono contento che sai. Tutta quella storia di merda che avevi perso la memoria. Per un sacco di tempo ho pensato che stavi facendo finta. E poi ho capito. Era proprio vero. E cosí te la sei svignata, cazzo. Dai ricordi, dall'isola, da ogni cosa. E qui ci sono rimasto io, condannato a badare a una madre che ha bisogno di essere alimentata con una cannuccia, sposato all'unica donna che abbia mai amato ma che era uno scarto di Fin Macleod, incinta di suo figlio, e non del mio. Imprigionato dal ricordo di ogni singola cosa che ci ha fatto mio padre. Dall'umiliazione di sapere che anche un sacco di altra gente ne era a conoscenza. Per colpa tua. E tu te la sei svignata, cazzo. Gesú! – Rovesciò la testa all'indietro e fissò il cielo. – Be', è finita, Fin. Adesso vedrai morire tuo figlio, proprio come io ho visto morire mio padre su questa stessa scogliera. Per colpa tua.

– Immagino che tu sappia che mio figlio è stato investito e ucciso da un pirata delle strada.

Artain fece un ghigno. – L'ho letto sul giornale, amico. Ho esultato quando l'ho letto, cazzo. Alla fine quello che cadeva sempre in piedi si era beccato anche lui una disgrazia. È stato questo a darmi l'idea. La possibilità di rovinarti la vita, cosí come tu hai rovinato la mia.

Fin era a meno di tre metri adesso. Vide la follia negli occhi di Artair. E il terrore in quelli di Fionnlagh.

– Fermati, sei abbastanza vicino, – disse bruscamente Artair.

Fin disse: – Se volevi toglierti lo sfizio di vedermi guardare mentre mio figlio moriva, allora dovevi venire all'Edinburgh Royal Infirmary il mese scorso. Aveva solo otto anni, quel bambino. Ero con lui, in terapia intensiva, quando il cuore ha smesso di battere –. E per un momento vide un flebile guizzo di umanità negli occhi di Artair. – Avresti potuto vedere il mio dolore da vicino, Artair. Avresti visto con i tuoi occhi che la mia vita è stata rovinata per sempre dalla perdita di mio figlio. Ma oggi questo non accadrà.

Artair si accigliò. – Che vuoi dire?

– Soffrirei molto a vedere Fionnlagh morire qui in questo modo. Ma non assisterei alla morte di mio figlio.

Lo smarrimento di Artair si stava trasformando in rabbia. – Ma che cazzo dici, Macleod?

– Dico che Fionnlagh non è mio figlio, Artair. Marsaili te l'ha detto soltanto in uno scatto di rabbia. Una stupida vendetta per essersi dovuta accontentare di quello che considerava la sua seconda scelta. Per essersi dovuta accontentare di te. Cosí non avresti pensato di aver ottenuto tutto con facilità –. Esitando, fece qualche altro passo verso di loro. – Fionnlagh è tuo figlio, Artair. Lo è sempre stato, sempre lo sarà –. Vide l'espressione di shock sul viso del ragazzo. Ma continuò senza fermarsi. – Tutti gli anni passati a picchiarlo, povero ragazzo. Vendicandoti su di lui pensando di farlo su suo padre. In realtà per tutto questo tempo hai abusato del tuo stesso figlio. Proprio come tuo padre con te.

Fin si accorse, guardando la faccia di Artair, che ogni convinzione avesse mai avuto, che ogni sicurezza avesse mai conosciuto, gli era stata strappata via. Lasciandogli soltanto una verità con cui non sarebbe mai riuscito a convivere.

– Stronzate! Stai mentendo!

– Sei sicuro? Pensaci, Artair. Ricordati com'è andata. Ricordati quante volte lei ha provato a rimangiarsi le parole. Quante volte ti ha confessato di avertelo detto soltanto per ferirti –. Fin avanzò di altri due passi.

– No! – Artair si voltò lentamente verso il ragazzo che aveva preso a calci e a pugni, che aveva punito per quei diciassette anni infernali, e fece una smorfia di dolore e vergogna. – Lei mi ha detto la verità. Poi si è resa conto che era stato un errore –. Si voltò verso Fin con uno sguardo infuriato. – Ma non si può ritrattare la verità e tu, Fin, lo sai, no?

– Ti ha mentito per ferirti, Artair. Sei tu che hai voluto crederlo. Sei tu che hai voluto prendertela con il ragazzo in mia assenza. Per avere un capro espiatorio. Per avere un sacco da prendere a pugni e sfogare tutto l'odio che nutrivi per me.

– No! – Artair quasi lo urlò adesso. Ed emise un ululato feroce che fece rizzare i peli sulle braccia, sulle gambe e sulla schiena di Fin. Lasciò cadere la corda, e Fin sfrecciò in avanti per allontanare il ragazzo dal precipizio della scogliera. Avvertí subito il tremore che sconquassava il corpo esile di Fionnlagh. Se tremasse di freddo o di paura, non lo sapeva. Artair li fissava con uno sguardo cupo, gli occhi brucianti di furia e dolore.

Fin gli tese una mano. – Dài, Artair. Non deve finire cosí.

Ma Artair non lo vedeva nemmeno piú. – Troppo tardi. Non posso tornare indietro –. E lanciò un'occhiata al ragazzo che si era aggrappato saldamente a Fin per non crollare. Tutta la tragedia della sua vita era racchiusa nei suoi occhi, ogni sfumatura di ogni momento di dolore, ogni fendente di un coltello che alla fine aveva rivolto contro di sé. – Mi dispiace –. La sua voce era un sussurro impercettibile portato nel vento, un'eco distante delle scuse di suo padre a Fin, diciotto anni prima. – Mi dispiace tanto –. Incontrò lo sguardo di Fin per un attimo fugace, prima di girarsi senza aggiungere altro e lanciarsi nel vuoto. Le sule si alzarono in volo attorno a lui, come angeli fiammeggianti che lo avrebbero accompagnato all'inferno.

Fin slegò Fionnlagh e lo accompagnò lungo la roccia verso la *blackhouse*. Furono accolti da alcuni dei cacciatori, che misero delle coperte attorno alle spalle del ragazzo. Fionnlagh non aveva detto una parola, ma il suo dolore era evidente, era sotto gli occhi di tutti. Aveva il volto esangue, bianco-grigiastro. Una sessantina di metri piú in basso, nella gola fra i promontori, gli uomini della *Purple Isle* se ne stavano sul ponte a guardare il mare, e da qualche punto indefinito nel vento, a sud-est, sentirono un rumore di pale che percuotevano l'aria turbolenta.

Fin si voltò quando il Sikorsky piombò dal cielo, disperdendo nuvole di uccelli marini davanti a sé; un enorme volatile bianco e rosso, dai motori ronzanti riempí l'aria con il suo boato. Fin vide le parole, «H. M. Coastguard, Guardia costiera di Sua Maestà», incise in nero su bianco lungo un fianco del velivolo, sotto i rotori, mentre l'elicottero si abbassava e poi si levava nel vento che soffiava dalla scogliera, finché alla fine riuscí ad atterrare con grazia delicata sulla piattaforma accanto al faro. Si spalancò un portellone e sul quadrato di cemento sciamarono poliziotti in divisa e in borghese.

Fin, Fionnlagh e i cacciatori di *guga* rimasero a guardare i poliziotti che avanzavano con molta attenzione nel fango, scivolando e incespicando fra le rocce. L'ispettore capo Smith era alla testa del gruppo, con l'impermeabile che gli svolazzava sulle spalle e i capelli che gli sferzavano il viso nonostante la brillantina. Si fermò barcollando di fronte a Fin e lo guardò di traverso. – Dov'è Macinnes?

– Siete arrivati troppo tardi. È morto.

Smith piegò la testa di lato, sospettoso. – Come?

– Si è buttato giú dalla scogliera, ispettore –. E quando vide Smith storcere le labbra, aggiunse: – Qui l'hanno visto tutti lanciarsi giú –. Diede un'occhiata a Gigs che fece un cenno del capo, quasi impercettibile. Qualsiasi cosa fosse finita sulla relazione della polizia, sarebbe stata soltanto la metà della storia. L'intera storia, la verità, non si sarebbe mai allontanata dalla roccia. Sarebbe rimasta ad An Sgeir, in mezzo al pantano di massi e uccelli, sussurrata soltanto nel vento. E sarebbe morta nel cuore e nella mente degli uomini che erano là quel giorno, quando fossero morti loro. E poi l'avrebbe conosciuta soltanto Dio.

2.

Fin abbassò lo sguardo sulle acque plumbee e gelide di Loch a Tuath; la corrente d'aria discendente dai rotori soffiava cerchi concentrici di luce spezzata sulla baia. Poi l'elicottero s'inclinò e virò a est, oscillando violentemente prima di atterrare sul piazzale dietro l'aerostazione. Ad attenderli c'era un capannello di veicoli della polizia e un'ambulanza, con le luci blu lampeggianti nel bagliore del sole che s'insinuava fra gli squarci delle nuvole, brillando come polvere magica sulla brughiera prima di scomparire di nuovo, in un baleno.

Fin guardò un'altra volta il ragazzo, avvolto nelle coperte, accanto allo sportello. Era rimasto impassibile per tutta la durata del viaggio. Qualsiasi tempesta si agitasse nella sua mente, non si rifletteva all'esterno. Lo stesso Fin si sentiva svuotato. Un guscio. Svuotato di qualsiasi elemento che un tempo avrebbe potuto definirlo. Distolse lo sguardo, in preda alla disperazione, e vide Marsaili che li aspettava vicino all'ambulanza. C'era George Gunn in piedi accanto a lei, in un atteggiamento imbarazzato. Marsaili indossava un lungo cappotto nero, che l'avvolgeva tutta, sopra i jeans e gli stivali, e i suoi capelli svolazzavano come un lungo fiume, lontano dal viso pallido come la luna d'agosto. Sembrava minuscola accanto a Gunn. E Fin rivide in lei la bambina con i codini che si era seduta al suo fianco quel primo giorno di scuola, piena di caparbia determinazione. In quel momento però era vulnerabile, come mai era stata da piccola. Era stata avvisata via radio della morte di Artair. Allontanò il volto dalla raffica di aria e polvere gettata dalle pale dell'elicottero della guardia costiera che atterrò sulla piazzola.

Fin si voltò e vide Gigs e Pluto seduti nel retro della cabina, imbronciati e in silenzio: Smith aveva preteso la loro presenza perché aveva intenzione di raccogliere delle dichiarazioni formali una volta tornati a Stornoway. Gli altri cacciatori erano rimasti sulla roccia a fare i bagagli per poi rientrare a bordo della *Purple Isle*. Senza aver ucciso un solo uccello. Per la prima volta dopo secoli, quell'anno nessuno avrebbe mangiato una sola *guga* sull'isola di Lewis.

Quando si spensero i motori e si aprí il portellone, Marsaili scrutò con ansia i volti degli uomini che scendevano dall'elicottero. Fin si accorse che trattenne il fiato finché il suo sguardo non individuò Fionnlagh; poi si precipitò verso la pista di rullaggio, per gettargli le braccia al collo e stringerlo forte come se non volesse piú lasciarlo andare. Fin scese, e rimase là: inerme, impotente, a guardarli con titubanza. Gunn si avvicinò e passò a Fin un foglio di carta strappato da un quaderno, poi posò delicatamente una mano sulla spalla di Marsaili. – Dobbiamo portare il ragazzo in ospedale per una visita di controllo, signora Macinnes –. Con riluttanza, Marsaili lasciò andare il figlio, prima di prendergli il viso fra le mani e guardarlo dritto negli occhi in cerca forse di un segno che non la odiasse cosí tanto. – Parlami, Fionnlaigh. Dimmi qualcosa –. Ma fu verso Fin che il ragazzo si voltò.

– Era vero? Quello che hai detto a mio padre là sulla roccia?

Marsaili guardò Fin con gli occhi sbarrati, pieni di paura. – Che cosa gli hai detto?

Fin strinse il pezzo di carta che gli aveva passato Gunn: non aveva il coraggio di leggerlo. – Che Fionnlagh era suo figlio.

– Ed è vero? – Fionnlagh li guardò, piú volte, con la rabbia che gli cresceva in petto, come se fosse convinto di essere escluso da un segreto che condividevano soltanto loro due.

Marsaili disse: – Tu avevi solo poche settimane, Fionnlagh. Piangevi tutte le notti. Io soffrivo di depressione postparto, e di ogni altro tipo di depressione che tu possa immaginare –. I suoi occhi azzurri incontrarono brevemente quelli di Fin, poi si allontanarono in un luogo remoto da dove poteva guardare il passato. – Litigammo violentemente. Io e Artair. Adesso, non riesco nemmeno a ricordare il perché. Ma volevo ferirlo –. Guardò suo figlio, con il senso di colpa inciso nelle rughe che le solcavano la fronte. – E ti usai. Gli dissi che eri figlio di Fin, e non suo. Mi uscí semplicemente di bocca. Come potevo immaginare le conseguenze che avrebbe causato, come sarebbe finita? – Alzò gli occhi al cielo che le correva veloce sopra la testa. – Mi sarei dovuta mordere la lingua. Gliel'ho spiegato mille volte che l'avevo detto soltanto per fargli del male, ma non mi ha mai creduto –. Abbassò la testa e accarezzò le guance del figlio con la punta delle dita. – E tu sei stato costretto a vivere con quelle conseguenze, da allora in poi.

– Quindi, era davvero mio padre –. Tutta l'amarezza e la delusione sgorgarono nelle lacrime che erano rimaste sospese nei suoi occhi.

Marsaili esitò. – La verità, Fionnlagh? – disse, scuotendo la testa. – La verità è che non lo so. Sul serio, non lo so. Dopo che io e Fin ci lasciammo a Glasgow, tornai a Lewis, depressa e infelice. E finii dritta fra le braccia di Artair. Lui era fin troppo contento di darmi il conforto che stavo cercando –. Sospirò. – E non ho mai saputo se la gravidanza era frutto di Artair o di Fin.

Fionnlagh si accasciò e posò uno sguardo apatico sui lampeggianti delle auto della polizia. Batté le palpebre per scacciare le lacrime, determinato a diventare un duro in quel mondo di incertezza. – Allora, non lo sapremo mai.

Marsaili disse: – Possiamo scoprirlo.

– No! – Fionnlagh quasi urlò. – Non voglio saperlo! Cosí lui non sarà comunque mai stato mio padre.

Fin dispiegò il pezzo di carta che stringeva in mano e abbassò lo sguardo per leggerlo. Si sentí stringere la gola. – Ormai è troppo tardi, Fionnlagh –. Il ragazzo lo guardò con gli occhi pervasi da un improvviso terrore.

– Che vuoi dire?

Dalle volanti vicine giunse il crepitio di voci sulle frequenze radio della polizia.

– Ieri sera ho chiesto al sergente Gunn di telefonare al laboratorio che sta analizzando i campioni di Dna prelevati mercoledí. Hanno analizzato il tuo e quello di Artair –. Sia Fionnlagh sia Marsaili lo fissarono con uno sguardo gravato dalle speranze e dalle paure di due vite intere. Fin ripiegò il foglio e se lo infilò in tasca. – Ti piace il calcio, Fionnlagh? – Il ragazzo si accigliò. – Perché, se ti piace, posso procurarci i biglietti per la prossima partita della Scozia a Glasgow. È quello che fanno i padri con i loro figli, no? Vanno insieme allo stadio a vedere la partita.

Ringraziamenti.

Vorrei esprimere la mia gratitudine piú sentita a chi generosamente mi ha messo a disposizione il suo tempo e la sua esperienza durante le ricerche per *L'isola dei cacciatori di uccelli*. In particolare, vorrei ringraziare di cuore il medico legale dottor Steven C. Campman, di San Diego, California; Derek «Pluto» Murray, attore e speaker in gaelico; il sergente George Murray del North Constabulary di Stornoway, nell'isola di Lewis; John «Dods» Macfarlane, Angus «Bobby» Morrison, e Angus «Angie» Gunn, cacciatori di *guga* di Ness, isola di Lewis; Calum «Pugwash» Murray e Murdo «Beag» Murray, capitano e secondo della *Heather Isle*, Stornoway; Donald Macritchie, docente di matematica e geografia alla Lionel School, Ness; Evelyn Coull, attrice e speaker in gaelico; il dottor Brian Michie, medico di base e medico legale della polizia scientifica, Stornoway; An Comunn Eachdraidh, la Ness Historical Society, Ness. Ringrazio anche John Beatty e il suo libro eccellente, *Sula, The Seabird-Hunters of Lewis*, che mi ha fornito una stupenda documentazione fotografica e scritta del pellegrinaggio annuale degli uomini di Ness per catturare duemila *guga* sull'isola di Sula Sgeir. E vorrei esprimere un ringraziamento speciale agli abitanti dell'isola di Lewis per la loro generosità e l'affetto che mi hanno dimostrato nei cinque anni passati a effettuare riprese sull'isola, e durante le mie ricerche per questo libro.

L’uomo di Lewis

in ricordo di mio padre

È là che vivono:
non qui e adesso, ma là dove tutto è successo un tempo.

PHILIP LARKIN, *Vecchi scemi*.

Ecco un aiuto alla pronuncia di alcuni nomi e parole gaeliche del libro attraverso una tabella di corrispondenze tra la grafia originale e la relativa pronuncia in inglese.

Ch si pronuncia come in tedesco o nella parola scozzese *loch*.

Fionnlagh	Fionlach
Marsaili	Marshally
An Sgeir	An Skerr
Ceit	Kate
A ghràidh	A chrai
Seilebost	Sheelebost
Seamus	Shaymus
Eilidh	Eilei
Tarasgeir	Taraskerr
Coinneach	Coinyach
Eachan	Iachan
Feannagan	Fjanaken
Siader	Sheeater
Dun Eisdean	Doon Eish-deean

Machair, pronunciato *macher*, è il termine gaelico che si usa per definire il fertile terreno sabbioso intorno alle aree costiere delle isole occidentali della Scozia. È entrato nell'inglese grazie alla preoccupazione internazionale per il problema dell'«erosione del *machair*» che, gradualmente, viene invaso dal mare.

Prologo

Su quest'isola sferzata dalle tempeste, a tre ore di distanza dalla costa nord-occidentale della Scozia, il poco terreno esistente, rubato alla roccia, concede alla gente cibo e calore. Ma ne accoglie dentro di sé anche i morti. E molto di rado, come oggi, ne restituisce uno.

Il taglio della torba è un'attività importante, che coinvolge l'intera comunità. Famiglie, vicini, bimbi, tutti insieme si riversano nella brughiera mentre un dolce vento che soffia da sud-est asciuga i pascoli e tiene a bada i moscerini. Annag ha solo cinque anni. È il suo primo taglio della torba, quello che ricorderà per il resto della vita.

Ha passato la mattinata con la nonna nella cucina della sua crofthouse, *la tipica casa bassa dal tetto di paglia, a guardare le uova bollire sul vecchio fornello Enchantress, alimentato dalla torba dell'anno precedente. Ora le donne attraversano la brughiera portando ceste, Annag sguazza coi piedi nudi nelle acque fangose della palude mentre corre avanti sull'erica spinosa, trasportata dall'eccitazione della giornata.*

Il cielo le riempie gli occhi. Un cielo che il vento riduce a brandelli. Un cielo che lascia filtrare come lampi improvvisi di un flash gli sprazzi di luce che si rovesciano sui pascoli abbandonati, dove le bianche punte degli eriofori turbinano nei violenti e frenetici vortici d'aria. Nei prossimi giorni i fiori selvatici di primavera e di inizio estate coloreranno di giallo e viola i cupi resti dell'inverno, ma per il momento sono ancora addormentati, come morti.

In lontananza le figure di una mezza dozzina di uomini in tuta e berretto si stagliano contro l'abbagliante luce del sole, che illumina l'accanirsi dell'oceano contro gli scogli di duro, ostinato gneiss. La luce è quasi accecante e Annag solleva la mano per schermarsi gli occhi, per vedere gli uomini che si chinano mentre il tarasgeir *scivola nella morbida nera torba per trasformarla in mattoni squadrati inzuppati d'acqua. La terra è piena delle cicatrici di generazioni e generazioni di tagli della torba. Tagli profondi trenta, quaranta centimetri, con bordi lungo i quali si getta la torba ancora fresca per farla asciugare da un lato e poi dall'altro. Tra pochi giorni i tagliatori torneranno per il* cruinneachadh, *la raccolta delle zolle in* rúdhain, *piccoli cumuli triangolari che lasciano penetrare l'aria per completare l'asciugatura.*

Quando saranno pronti, verranno caricati su un carro e portati alla casa, zolle di torba secche e friabili conservate come mattoni, una sopra l'altra a lisca di pesce, a formare la catasta che terrà calda la famiglia e cuocerà il cibo che ne riempirà i ventri per tutto l'inverno successivo.

Cosí la gente di Lewis, l'isola piú a nord-ovest dell'arcipelago delle Ebridi scozzesi, sopravvive da secoli. E in quest'epoca di incertezza economica, mentre il costo del carburante aumenta, le famiglie con stufe, cucine economiche e uno sbocco per il fumo sono ritornate in massa alle tradizioni degli antenati. In questo modo il solo costo per il riscaldamento di una casa è dato dal dispendio della propria fatica e della propria devozione a Dio.

Ma per Annag non è altro che un'avventura, lí fuori nella brughiera battuta dal vento, dove l'aria soffice le riempie la bocca mentre ride e chiama il babbo e il nonno, mentre le voci della mamma e della nonna da qualche parte dietro di lei gridano le loro chiacchiere. Annag non può comprendere la tensione che si è impossessata del piccolo gruppo di tagliatori. Non ha modo, con la sua limitata esperienza, di comprendere il linguaggio del corpo di uomini chini attorno al muricciolo di torba che è crollato sotto i loro piedi.

Troppo tardi suo padre la vede arrivare e le urla di rimanere indietro. Troppo tardi perché lui blocchi il suo movimento in avanti o perché lei percepisca il panico nella sua voce. Gli uomini di colpo si alzano e si girano verso la bambina, e Annag vede il volto di suo fratello prendere il colore delle lenzuola di cotone messe a sbiancare al sole.

Annag segue il suo sguardo giú verso la banchina di torba crollata e vede il braccio che giace allungato verso di lei, pelle ruvida come scura pergamena, dita piegate come se tenessero una palla invisibile. Ci sono una gamba aggrovigliata all'altra, una testa immersa nel fosso come alla ricerca di una vita perduta, buchi neri dove avrebbero dovuto trovarsi gli occhi.

Per un istante Annag galleggia in un mare di ignoranza, prima che la consapevolezza la inondi, e il grido che esce dalla sua bocca viene frustato dal vento.

1.

Gunn vide già in lontananza i veicoli parcheggiati sul ciglio della strada. Il cielo era nero e blu, meditabondo, dolorante, e si avvicinava basso dall'oceano senza incontrare ostacoli. I primi sputi di pioggia furono spalmati sul parabrezza dal passaggio intermittente dei tergicristalli. Il color peltro dell'acqua era punteggiato dal biancore delle onde alte tre, quattro metri che si rompevano sulle rocce, e il solitario lampeggiante blu dell'autopattuglia accanto all'ambulanza era ingoiata e resa irrilevante dalla vastità del paesaggio.

Oltre i veicoli, le case di Siader, intonacate alla tradizionale maniera scozzese, stavano quasi abbracciate per difendersi dal clima maligno, in un'attesa logorante nonostante l'abitudine al suo inesorabile assalto. Non un singolo albero rompeva l'orizzonte. Lungo la strada correvano solamente recinzioni quasi marcite e carcasse arrugginite di trattori e auto in cortili abbandonati. Cespugli tormentati dal vento con coraggiose cime verdi si aggrappavano con le loro caparbie radici al terreno sottile aspettando speranzosi l'arrivo di giorni migliori, e un mare di eriofori oscillava simile a una distesa d'acqua percorsa da vortici e correnti.

Gunn parcheggiò accanto alla macchina della polizia e uscí sotto le raffiche impetuose. L'aria gli frustava i folti capelli neri con l'attaccatura a punta sulla fronte aggrottata, e Gunn si strinse addosso l'impermeabile nero imbottito. Si maledisse per non aver pensato di portare un paio di stivali, e procedette con cautela sul terreno paludoso finché sentí il freddo dell'acqua penetrargli nelle scarpe e inzuppargli le calze.

Per prima cosa si avviò verso gli argini della torbiera seguendo un sentiero che vi correva in cima, costeggiando i cumuli di torba messa ad asciugare. Gli agenti avevano piantato pali di metallo nel terreno per delimitare la zona con il nastro bianco e blu che identificava la scena di un crimine, nastro che ora frusciava e si contorceva, sconvolto dal vento. Dalla casa piú vicina, a poco meno di un chilometro di distanza verso l'orlo della scogliera, giungeva l'odore del fumo di torba.

Un gruppo di uomini era in piedi attorno al corpo, con il busto chinato a difendersi dal vento: erano i paramedici dell'ambulanza nel loro giallo fosforescente, che aspettavano di poter portare via il cadavere, e i poliziotti in impermeabili neri e cappelli con la fascia a scacchi, i quali pensavano di aver già visto tutto. Fino a ora.

Senza una parola, allargarono il cerchio per far passare Gunn, che vide il medico della polizia accovacciato sul corpo, intento a spazzolare via delicatamente briciole di torba con le dita avvolte in guanti di lattice. Il medico alzò lo sguardo mentre Gunn si affacciava sopra la sua testa e vedeva per la prima volta la pelle scura e incartapecorita del cadavere. Aggrottando la fronte Gunn chiese: – È… nero?

– Solo per la torba. Direi che era di etnia caucasica. Piuttosto giovane, tra i diciotto e i ventidue, ventitre anni. Un classico corpo sepolto in una palude, conservato quasi alla perfezione.

– Ne avevi già visti altri?

– Mai. Ma ho letto qualcosa. Il sale dell'oceano portato dal vento fa crescere il muschio sulla torba. E quando le radici marciscono si origina dell'acido. L'acido conserva i corpi, una specie di salamoia. Quest'uomo dovrebbe avere ancora gli organi interni intatti.

Gunn osservò con impassibile curiosità quei resti quasi mummificati. – Com'è morto, Murdo?

– Oserei dire che è stato ucciso. Questi segni nella zona del torace sembrano ferite da pugnale, e gli è stata tagliata la gola. Ma devo chiamare il medico legale per poterti dire la reale causa del decesso, George –. Si alzò e si sfilò i guanti. – Meglio portarlo via di qui prima che si metta a piovere.

Gunn annuí, ma senza riuscire a staccare gli occhi dal volto di quel ragazzo imprigionato nella torba. Anche se i suoi lineamenti erano rattrappiti, chiunque lo avesse incontrato da vivo lo avrebbe ancora riconosciuto. Solo gli occhi, con i loro tessuti molli ed esposti all'esterno, si erano decomposti. – Da quanto tempo è qui?

La risata di Murdo si perse nel vento. – Chi può saperlo? Centinaia di anni, forse addirittura migliaia. Lo potrà dire solo un esperto.

2.

Non mi serve guardare l'orologio per sapere che ore sono.

È strano come la macchia scura sul soffitto, attraversata da una crepa, sembri piú chiara al mattino. Le tracce cristalline di muffa che seguono la crepa paiono in qualche modo piú bianche. Ed è strano che io mi svegli sempre alla stessa ora. Non è colpa della luce che penetra dai bordi delle tende, perché le ore di luce sono molto poche in questo periodo dell'anno. Dev'essere qualche sorta di orologio interno. Quanti anni passati ad alzarmi all'alba per la mungitura e per le altre incombenze che riempivano le ore precedenti l'arrivo del giorno! E adesso è tutto finito.

Mi piace guardare questa macchia sul soffitto. Non so perché, ma al mattino assomiglia a un cavallo elegante, già sellato, pronto a portarmi via verso un futuro piú luminoso. Durante la notte, quando ogni cosa sembra cupa, la macchia ha un aspetto diverso, una creatura al galoppo con le corna e le zampe venuta a gettarmi nelle tenebre.

Sento la porta che si apre e mi volto a guardare la donna ferma lí in piedi. Mi sembra un volto familiare, ma non riesco a capire chi sia. Finché si mette a parlare.

– Oh, Tormod…

Ovvio. È Mary. Riconoscerei ovunque la sua voce. Mi chiedo perché abbia l'aria cosí triste. E poi c'è qualcos'altro. Qualcosa che le tira gli angoli delle labbra verso il basso. Qualcosa che potrei definire disgusto. So che un tempo mi amava, nonostante io non sia sicuro di avere mai amato lei.

– Cosa c'è, Mary?

– Hai di nuovo bagnato il letto.

A quel punto anch'io sento l'odore. All'improvviso. Ed è quasi insopportabile. Perché non me ne sono accorto prima?

– Non potevi alzarti? Non potevi?

Non so perché mi stia rimproverando. Non l'ho fatto apposta. Non lo faccio mai apposta. L'odore peggiora mentre lei tira indietro le coperte e si mette una mano sulla bocca.

– Alzati, – dice. – Devo disfare il letto. Vai a portare il pigiama in bagno e a farti una doccia.

Getto le gambe fuori dal letto e aspetto che Mary mi aiuti a mettermi in piedi. Una volta non era cosí. Quello forte ero io. Mi ricordo quando si storse una caviglia, su al vecchio recinto delle pecore, mentre stavamo radunandole per la tosatura. Non riusciva a camminare e dovetti portarla in braccio fino a casa. Piú di tre chilometri, con le braccia che mi dolevano, ma mai un lamento. Perché non se lo ricorda piú?

Non capisce quanto sia umiliante tutto ciò? Distolgo lo sguardo per non farle vedere le lacrime che mi salgono agli occhi e sento che li sto strizzando con furia per scacciarle. Faccio un sospiro profondo. – Donald Duck.

– Donald Duck?

La guardo e quasi rabbrividisco per la rabbia che vedo nei suoi occhi. Ho detto questo? Donald Duck? Non può essere quello che intendevo. Ma ora non mi viene in mente che cosa intendevo. Quindi lo ripeto, in tono deciso. – Sí, Donald Duck.

Mary mi tira in piedi, in modo brusco, e mi spinge verso la porta. – Fuori! Non ti voglio vedere.

Perché è cosí arrabbiata? Ondeggiando mi avvio verso il bagno e mi tolgo il pigiama. Dove ha detto che dovevo metterlo? Lo lascio cadere sul pavimento e guardo nello specchio. Un vecchio con uno sgorbio di sottili capelli bianchi e smorti occhi celesti risponde al mio sguardo. Per un momento mi chiedo chi sia, poi mi giro e guardo fuori dalla finestra, oltre il *machair* e verso la costa. Vedo il vento arruffare il pesante vello invernale delle pecore che pascolano sull'erba dolce e salata, ma non arrivo a sentirlo. E nemmeno arrivo a sentire l'oceano, là dove s'infrange sulla scogliera. Splendide onde bianche spumeggianti piene di sabbia e di rabbia.

Dev'essere per via dei doppi vetri. Alla fattoria non li abbiamo mai avuti. Lí sapevi di essere vivo, con il vento che sibilava attraverso i telai delle finestre e soffiava giú dal camino il fumo di torba. C'era posto per respirare, c'era posto per vivere. Qui le stanze sono cosí piccole, isolate dal mondo. È come stare in una bolla.

Quel vecchio mi sta di nuovo guardando dallo specchio. Gli sorrido, e lui ricambia. Ovviamente l'ho sempre saputo che si trattava di me. E mi chiedo come stia Peter in questi giorni.

3.

Quando Fin si decise a spegnere la luce era già buio. Ma quelle parole rimasero lí, a marchiargli a fuoco le retine. Nell'oscurità non c'era via di fuga.

Oltre a Mona, c'erano due testimoni. Nessuno di loro però aveva avuto abbastanza presenza di spirito per annotare il numero di targa. Che Mona non l'avesse visto non era certo una sorpresa. All'impatto con l'auto era stata sbalzata in aria, dopodiché era caduta sul cofano e sul parabrezza con una violenza terribile prima di rimbalzare a terra e rotolare piú volte sul duro acciottolato della superficie stradale. Era già un miracolo che non fosse rimasta ferita in modo grave.

Robbie, con il suo baricentro basso, era finito direttamente sotto le ruote.

Ogni volta che leggeva quelle parole, Fin immaginava di essere stato lí anche lui, di aver visto tutto, e ogni volta sentiva la nausea salirgli dallo stomaco. La scena era cosí vivida nella sua mente che pareva essere un ricordo concreto. Cosí come lo era la descrizione di Mona del volto che aveva visto dietro il volante, impresso a fuoco nella sua memoria: un uomo di mezza età con lunghi capelli grigio topo e la barba di un paio di giorni. Come era riuscita a vedere tanti dettagli? Eppure Mona non aveva dubbi. Fin aveva persino chiesto a un illustratore della polizia di disegnare un identikit basato sulla descrizione fatta dalla moglie. Un volto che era rimasto nella documentazione, un volto che lo perseguitava nei sogni, anche se erano già passati nove mesi.

Si girò e chiuse gli occhi, nella vana speranza di riaddormentarsi. Dietro le tende, le finestre della sua stanza d'albergo erano socchiuse, con lo scopo di lasciar entrare un po' d'aria ma con la conseguenza di far giungere anche il rombo del traffico su Princes Street. Fin si tirò le ginocchia al petto, strinse i gomiti e intrecciò le mani sul torace, come un feto in preghiera.

Domani sarebbe finito tutto ciò che aveva conosciuto per gran parte della propria vita adulta. Proprio come quel giorno di tantissimi anni prima, quando la zia gli aveva comunicato che i suoi genitori erano morti e lui, per la prima volta nella sua breve esistenza, si era sentito completamente, assolutamente solo.

L'arrivo della luce non portò alcun sollievo, solo una quieta determinazione a superare quella giornata. Una brezza tiepida soffiava sui Bridges, mentre la luce del sole colpiva i giardini sotto il castello in forme sempre diverse. Fin seguiva deciso il suo cammino passando accanto a gruppi di persone intente a chiacchierare nei loro leggeri abiti primaverili. Una generazione che aveva dimenticato il vecchio proverbio «Acqua di maggio è come la parola di un saggio». Non sembrava mai giusto che le vite degli altri potessero andare avanti esattamente come prima. Eppure chi avrebbe potuto cogliere il dolore che si celava dietro la sua maschera di normalità? E dunque chi avrebbe potuto sapere quali tormenti si nascondevano dietro le facciate degli altri?

Fin si fermò alla copisteria in Nicolson Street, infilò le pagine fotocopiate nella borsa di pelle e si diresse a est fino a St Leonard's Street e alla stazione di polizia dove aveva trascorso quasi tutti gli ultimi dieci anni, quella della Divisione A. La sua festa d'addio era consistita in una bevuta con un gruppetto di colleghi in un pub di Lothian Road due giorni prima. Una serata semplice, segnata principalmente da ricordi e rimpianti, ma anche da qualche affetto sincero.

Nel corridoio della Divisione qualcuno gli rivolse un cenno di saluto. Altri gli strinsero la mano. Alla sua scrivania, gli ci vollero solo pochi minuti per sistemare i propri effetti personali in una scatola di cartone. I tristi detriti accumulati in un'inquieta vita professionale.

– Dài pure a me il distintivo, Fin.

Si girò. L'ispettore capo Black assomigliava a un falco. Famelico e attento. Fin annuí e gli consegnò quanto richiesto.

– Mi dispiace che tu te ne vada, – disse Black. Ma non aveva affatto l'aria dispiaciuta. Non aveva mai dubitato delle capacità del suo detective, solo della sua dedizione. E solamente ora, dopo tutti quegli anni, Fin era pronto a riconoscere che Black aveva ragione. Entrambi sapevano che era un buon poliziotto, ma a lui ci era voluto di piú per rendersi conto che non era quella la sua professione. Ci era voluta la morte di Robbie.

– A quanto mi risulta, tre settimane fa hai preso la documentazione sull'incidente in cui ha perso la vita tuo figlio –. Black fece una pausa, aspettando forse una conferma. Accortosi che non l'avrebbe ricevuta, aggiunse: – Dovresti restituirla all'archivio.

– Certo –. Fin tirò fuori dalla borsa la cartelletta e la posò sulla scrivania. – Anche se non credo che servirà piú a nessuno.

Black annuí. – Probabilmente no –. Esitò. – Ed è venuto il momento che anche tu chiuda con questa faccenda, Fin. Continuerai solo a farti del male e manderai a puttane il resto della tua vita. Chiudila qui, figliolo.

Fin non riusciva a guardare in faccia il suo superiore. Prese la scatola con gli effetti personali. – Non posso.

Appena fuori, girò sul retro dell'edificio, aprí il coperchio di un grosso cassonetto verde per la raccolta differenziata e vi gettò dentro l'intero contenuto della scatola di cartone, e infine la scatola stessa. Niente tra quelle cose gli sarebbe piú servito.

Rimase per un momento fermo a guardare la finestra da cui cosí spesso aveva osservato il sole, la pioggia e la neve spazzare i pendii ombrosi dei Salisbury Crags. Tutte le stagioni di tutti quegli anni sprecati. Quindi uscí in St Leonard's Street e fermò un taxi.

Si fece lasciare sul ripido acciottolato del Royal Mile, subito sotto la cattedrale di St Giles, e trovò Mona che lo aspettava in Parliament Square. Indossava ancora i suoi scialbi abiti grigi invernali, e quasi si perdeva sotto l'architettura classica di questa Atene del Nord, con i suoi edifici in arenaria scuriti dal tempo e dal fumo. Fin considerò che ciò che circondava Mona ne rifletteva l'umore. Ma in realtà quell'umore era piú che depresso. Si vedeva chiaramente che Mona era agitata.

– Sei in ritardo.

– Scusami –. La prese sottobraccio e attraversarono in fretta la piazza deserta, passando sotto le arcate e fra alte colonne. Fin si chiese se il suo ritardo fosse inconsciamente voluto. Non tanto per riluttanza a dire addio al passato, quanto per paura dell'ignoto, di abbandonare la sicurezza di una relazione comoda per affrontare il futuro da solo.

Lanciò uno sguardo alla moglie mentre entravano nel portone di quella che un tempo era stata la sede del parlamento scozzese, prima che – trecento anni addietro – i proprietari terrieri e i mercanti che ne facevano parte si lasciassero corrompere dagli inglesi e tradissero il popolo che avrebbero dovuto rappresentare imponendogli un'unione non gradita. Anche quella tra Fin e Mona era stata un'unione di facciata, un'amicizia senza amore. Era nata da un'occasione di sesso e l'aveva tenuta insieme solo la condivisione dell'amore per il figlio. E ora, senza Robbie, il tribunale civile stava per decretarne la fine. Divorzio. Un pezzo di carta che chiudeva un capitolo delle loro esistenze scritto nel corso di sedici anni.

Fin scorse dolore sul volto di Mona, e i rimpianti di un'intera vita tornarono a ossessionarlo.

Ci vollero solo pochi minuti per consegnare tutti quegli anni alla pattumiera della Storia. I momenti belli e quelli brutti. Le fatiche, le risate, i litigi. Mona e Fin uscirono in una giornata luminosa, con il sole che si riversava sui ciottoli della strada, in mezzo al fragore del traffico lungo il Royal Mile. Erano le vite di altre persone che continuavano a scorrere, mentre le loro erano passate da «pausa» a «stop». Rimasero lí come figure immobili di una pellicola inceppata, e nel frattempo il resto del mondo vorticava attorno a loro a velocità accelerata.

Sedici anni, e si ritrovavano nuovamente estranei, incapaci di decidere che cosa dirsi, a parte addio, e quasi impauriti di pronunciarlo a voce alta, nonostante i fogli che tenevano in mano. Oltre quell'addio, che cosa li aspettava? Fin aprí la borsa di pelle per infilarci dentro i documenti, e le pagine fotocopiate scivolarono fuori dalla loro cartelletta beige e si sparsero ai suoi piedi. Lui si chinò in fretta a raccoglierle e Mona si accovacciò per aiutarlo.

Fin si accorse che lei si era voltata a osservarlo dopo aver preso in mano alcuni di quei fogli. Le era chiaramente bastata un'occhiata per capire di che cosa si trattava. C'era anche la sua testimonianza: poche centinaia di parole a descrivere una vita spezzata e una relazione finita. L'incubo di Fin. Ma Mona non disse nulla. Si alzò, gli porse le carte e lo guardò mentre le rimetteva nella borsa.

Quando raggiunsero la strada e il momento di separarsi non poté piú essere rimandato, Mona disse: – Resteremo in contatto?

– Ne abbiamo motivo?

– Direi di no.

E in quelle tre parole, l'investimento che avevano fatto l'uno sull'altra per tutti quegli anni, le esperienze condivise, le gioie e i dolori, svanirono per sempre come fiocchi di neve caduti in un fiume.

Fin la guardò. – Che cosa farai dopo aver venduto la casa?

– Tornerò a Glasgow, per un po' abiterò da mio padre –. I loro sguardi si incontrarono. – E tu?

Fin alzò le spalle. – Non lo so.

– Sí, lo sai –. Era quasi un'accusa. – Tornerai sull'isola.

– Mona, ho passato quasi tutta la mia vita adulta a cercare di tenermene lontano.

Lei scosse la testa. – Ma è quel che farai. E lo sai bene. Non potrai mai sfuggire all'isola. Ha costituito un muro tra noi in tutti questi anni, è stata un'ombra invisibile. Ci ha tenuti a distanza, come qualcosa che non avremmo mai potuto condividere.

Fin fece un profondo sospiro e, alzando per un istante il volto verso il cielo, sentí il calore del sole. Poi la guardò.

– C'era un'ombra, è vero. Ma non era l'isola.

Naturalmente, Mona aveva ragione. Fin non aveva nessun altro posto dove andare, poteva solo tornare nel grembo materno. Nel luogo che lo aveva allevato, alienato e alla fine allontanato. Era l'unico luogo, lo sapeva bene, dove avrebbe avuto la possibilità di ritrovare se stesso. Tra la sua gente, parlando la sua lingua natale.

In piedi sul ponte anteriore della *Isle of Lewis*, Fin guardava il lieve salire e scendere della prua che arava le acque insolitamente calme del Minch. Le cime dei monti, sulla terraferma, erano scomparse da tempo e si udí il suono desolato della sirena mentre la nave scivolava nella densa foschia primaverile che ammantava la costa orientale dell'isola.

Fin penetrò in profondità con lo sguardo in quel grigio mulinello, sentendone sul volto l'umidità, finché una sagoma indistinta emerse dalla caligine, come una semplice sbavatura su un orizzonte perduto, angoscioso ed eterno, come i fantasmi del passato tornati a perseguitarlo.

Mentre l'isola prendeva gradualmente forma nella nebbia, si sentí venire la pelle d'oca e fu quasi sopraffatto dalla sensazione di essere tornato a casa.

4.

Gunn sedeva alla scrivania, concentrato sullo schermo del computer. Il suo subconscio registrò il suono di una sirena da nebbia non lontano sul Minch, e seppe che il traghetto avrebbe attraccato presto.

Divideva l'ufficio al primo piano con altri due agenti investigativi, e dalla finestra godeva di una bella vista su Blythswood Care, il mercatino dell'usato dall'altro lato di Church Street. «Solidarietà cristiana per il corpo e per l'anima». Se allungava il collo intravedeva la strada e su fino al ristorante indiano *Bangla Spice*, con le sue salse dai colori sgargianti e l'irresistibile riso fritto all'aglio. Ma per ora le informazioni che stava leggendo sul computer avevano bandito ogni pensiero dedicato al cibo.

Le mummie di palude, note anche come «uomini di palude», erano cadaveri umani conservati e trovati nelle paludi di sfagno del Nord Europa, della Gran Bretagna e dell'Irlanda, come si leggeva nella pagina di Wikipedia dedicata all'argomento. L'acidità dell'acqua, le basse temperature e la mancanza di ossigeno erano fattori che, combinati, conservavano la pelle e gli organi interni, al punto tale che in alcuni casi era persino possibile recuperare le impronte digitali.

Gunn pensò al corpo che giaceva nella cella frigorifera all'obitorio dell'ospedale. Ora che non si trovava piú nella palude, quanto ci avrebbe messo la decomposizione ad avere inizio? Fece scorrere la pagina e guardò la fotografia della testa di un corpo trovato sessant'anni prima in una torbiera in Danimarca. Un volto color cioccolato incredibilmente ben definito, una guancia schiacciata contro il naso dal lato appoggiato per riposare, una barba di qualche giorno ancora chiaramente visibile sul labbro superiore e sul mento.

– Ah, sí, la mummia di Tollund.

Gunn sollevò lo sguardo e vide una figura alta, snella, dal volto magro e incorniciato da capelli scuri che si stavano diradando. L'uomo si era chinato per osservare meglio lo schermo.

– La datazione al carbonio dei peli lo colloca attorno al 400 a. C. Gli idioti che hanno eseguito l'autopsia gli hanno tagliato la testa e hanno buttato via il resto del corpo. A parte i piedi e un dito, che sono ancora conservati in formalina –. Sorrise e porse la mano. – Professor Colin Mulgrew.

Gunn rimase sorpreso dalla forza di quella stretta di mano. Sembrava un uomo cosí esile.

Come se gli avesse letto nel pensiero, o avesse notato il lieve stupore mentre si stringevano la mano, il professor Mulgrew sorrise e disse: – I medici legali hanno bisogno di mani robuste, sergente, per segare ossa e separare parti dello scheletro. La sorprenderebbe sapere quanta forza serve –. Nel suo accento c'era una lieve traccia di pronuncia irlandese colta. Mulgrew tornò a rivolgere l'attenzione alla mummia di Tollund. – Incredibile, vero? Dopo duemila e quattrocento anni, è stato ancora possibile scoprire che lo avevano impiccato, e che il suo ultimo pasto era consistito in una minestra di cereali e legumi.

– Ha partecipato anche lei all'autopsia?

– Purtroppo no, accidenti. È successo ben prima che io arrivassi. Il mio uomo è stato il Vecchio di Croghan, tirato fuori da una torbiera irlandese nel 2003. Comunque era piú o meno della stessa epoca, di sicuro oltre duemila anni fa. Un bel pezzo d'uomo, per gli standard fisici di quei tempi, alto due metri. Un vero e proprio gigante –. Grattandosi il cranio, sorrise. – Allora, il vostro uomo come lo chiamiamo, eh?

Gunn fece ruotare la sedia e invitò il professore ad accomodarsi. Ma il medico legale scosse la testa.

– Sono stato seduto per ore, accidenti. E gli aerei che arrivano fin quassú non hanno molto spazio per le gambe.

Gunn annuí. Essendo di altezza leggermente inferiore alla media, per lui lo spazio in aereo non era mai stato un problema. – Allora, come morí il suo Vecchio di Croghan?

– Ucciso. E prima torturato. C'erano dei tagli profondi sotto ciascun capezzolo. Poi fu pugnalato al torace, decapitato e il suo corpo tagliato a metà –. Mentre parlava, il professore gironzolava per l'ufficio; quando giunse davanti alla finestra, guardò da un lato e dall'altro della strada. – In realtà c'è un po' di mistero, perché l'uomo aveva le unghie perfettamente curate. Quindi non svolgeva un lavoro fisico. Non c'è dubbio che fosse carnivoro, ma il suo ultimo pasto fu un misto di orzo e siero di latte. Il mio vecchio amico Ned Kelly, del Museo nazionale d'Irlanda, lo ritiene vittima di un sacrificio per assicurare un fruttuoso raccolto di grano e una buona produzione di latte nelle terre reali della zona –. Rivolse lo sguardo a Gunn. – Il ristorante indiano in cima alla strada è buono?

– Accettabile.

– Bene. Sono secoli che non mi faccio un pasto indiano decente. Dunque, dov'è adesso il nostro uomo?

– In una cella frigorifera all'obitorio dell'ospedale.

Il professor Mulgrew si fregò le mani. – Meglio andare a dargli un'occhiata prima che inizi a decomporsi sotto i nostri occhi. E poi si va a mangiare un boccone? Sto morendo di fame, accidenti.

Il corpo, che ora giaceva sul tavolo settorio, aveva uno strano aspetto rinsecchito; in vita doveva essersi trattato di un uomo corpulento, ma ora sembrava in qualche modo rimpicciolito. Era color tè e pareva quasi scolpito nella resina.

Il professor Mulgrew indossava una tuta da lavoro blu scuro sotto un camice da chirurgo. Una mascherina di un giallo brillante gli copriva la bocca e il naso, e sopra la mascherina stava appollaiato un paio di occhiali protettivi con la montatura di tartaruga e grandi sino al ridicolo, che sembravano strizzargli e ridurgli la testa, trasformandolo assurdamente in una buffa caricatura di sé stesso. Senza alcuna apparente consapevolezza del suo aspetto tanto bizzarro, Mulgrew si muoveva con scioltezza attorno al tavolo facendo misurazioni, con le scarpe da tennis bianche protette da copriscarpe verdi.

Andò poi alla lavagna magnetica e scarabocchiò i primi dati, parlando per tutto il tempo al di sopra dello stridulo rumore del pennarello con cui scriveva. – Il poveretto pesa solo quarantun chili. Non un granché per un uomo alto un metro e settantatre –. Lanciò uno sguardo a Gunn da sopra gli occhiali.

– Pensa che fosse ammalato?

– No, non necessariamente. Per quanto ben conservato, nel corso degli anni deve aver perso parecchio peso in liquidi. Lo giudicherei un esemplare in buona salute.

– Di che età?

– Tra i diciotto e i ventitre anni, direi.

– No, intendevo chiedere a quando risale, quanto è rimasto nella torbiera.

Il professor Mulgrew alzò un sopracciglio e rivolse a Gunn un severo cenno del capo. – Abbia pazienza, per favore. Non sono mica un accidenti di macchina per la datazione al carbonio, sergente.

Tornò accanto al cadavere e lo girò a pancia in giú, poi si piegò per togliere frammenti di muschio marrone e giallo-verdastro.

– Avete trovato vestiti con il corpo?

– No, niente –. Gunn si avvicinò per vedere se riusciva a capire che cosa aveva attratto l'attenzione di Mulgrew. – Abbiamo scavato in tutta la zona. Niente vestiti, né oggetti di alcun genere.

– Hmmm. In questo caso direi che probabilmente lo hanno avvolto in una sorta di lenzuolo prima di seppellirlo. E dev'essere rimasto cosí per qualche ora.

Gunn spalancò gli occhi per la sorpresa. – Come fa a dirlo?

– Nelle ore immediatamente successive alla morte, sergente Gunn, il sangue si deposita nelle parti inferiori del corpo, causando una decolorazione della pelle con macchie dal rosso al violaceo. Lo chiamiamo livor mortis. Se lei guarda con attenzione la schiena di quest'uomo, le natiche e le cosce, vedrà che la cute è piú scura, ma nel livor è riscontrabile un'impronta piú chiara, sbiancata.

– Che significa…?

– Significa che è rimasto steso sulla schiena per almeno otto-dieci ore dopo la morte, avvolto in un lenzuolo grezzo, e che il tessuto ha lasciato l'impronta nella colorazione piú scura. Possiamo ripulirlo e fotografare questa impronta, se vuole, e chiamare un illustratore che copi il disegno del tessuto.

Con un paio di pinzette, Mulgrew recuperò parecchie fibre ancora attaccate alla cute.

– Potrebbe essere lana, – disse. – Non dovrebbe essere difficile verificarlo.

Gunn annuí, ma decise di non chiedere a che cosa sarebbe servito identificare il disegno e il tessuto di un lenzuolo risalente a centinaia o addirittura migliaia di anni prima. Il medico tornò a esaminare la testa.

– Mancano gli occhi e non è possibile determinare di che colore fossero le iridi, e questo rosso mogano non indica assolutamente quale fosse il colore originario dei capelli. La torba li ha per cosí dire tinti, come è successo alla cute –. Quindi frugò nelle narici. – Questo però è interessante –. Si osservò con attenzione le punte delle dita guantate. – Nel naso c'è una discreta quantità di sottile sabbia argentea, a quanto pare la stessa che si ritrova nelle abrasioni presenti sulle ginocchia e sulle dita dei piedi –. Mulgrew si spostò verso la fronte e con cautela tolse della sporcizia dalla tempia sinistra e dai capelli subito sopra. – Accidentaccio cane!

– Cosa c'è?

– Ha una cicatrice curva sul cuoio capelluto, lato sinistro, area temporale e frontale. Circa dieci centimetri di lunghezza.

– Una ferita?

Il professore scosse la testa pensieroso. – No, sembra una cicatrice chirurgica. A occhio e croce direi che questo ragazzo era stato operato per una lesione al cranio.

Gunn era perplesso. – Be', questo significa che è un cadavere molto piú recente di quanto pensassimo, giusto?

Il sorriso di Mulgrew comunicava sia un senso di superiorità sia un certo divertimento. – Dipende da che cosa intende con «recente». La neurochirurgia è probabilmente una delle discipline mediche piú antiche. Ci sono numerose prove archeologiche che la fanno risalire addirittura al neolitico –. Fece una pausa, dopodiché aggiunse, a beneficio di Gunn: – L'età della pietra.

Quindi rivolse l'attenzione al collo, e all'ampia e profonda ferita che lo attraversava per una lunghezza di 18,4 centimetri.

– È questa che lo ha ucciso? – chiese Gunn.

Mulgrew ora sospirò. – Immagino, sergente, che lei non abbia presenziato a molte autopsie.

Gunn arrossí. – Non molte, no, signore –. Non voleva proprio confessare che prima di quella ne aveva vista una soltanto.

– Mi è totalmente impossibile determinare le cause della morte prima di averlo aperto. E anche a quel punto, non posso prometterle che ci riuscirò. Gli hanno tagliato la gola, sí. Ma ha ferite multiple da arma da taglio al torace, e una anche all'altezza della scapola destra. Ci sono abrasioni che suggerirebbero la presenza di una corda attorno al collo, e altre analoghe ai polsi e alle caviglie.

– Come se fosse stato legato mani e piedi?

– Esatto. Potrebbe essere stato impiccato, da cui le abrasioni sul collo, oppure trascinato lungo una spiaggia usando la stessa corda, il che spiegherebbe la sabbia nelle lacerazioni sulle ginocchia e sui piedi. In ogni caso, è troppo presto per avanzare supposizioni sulla causa della morte. Le possibilità sono molte.

Ora l'attenzione di Mulgrew era stata attratta da una zona di pelle piú scura sull'avambraccio destro. La strofinò con un tampone, quindi si voltò a prendere una spugna abrasiva dal lavandino in acciaio inossidabile e iniziò a grattare con veemenza lo strato superiore della cute. – Porca puttana! – disse.

Gunn inclinò la testa per cercare di vedere meglio. – Che c'è?

Mulgrew rimase in silenzio per un po' prima di sollevare lo sguardo su Gunn. – Perché era cosí ansioso di sapere da quanto tempo il corpo poteva trovarsi nella torbiera?

– Per poterlo depennare dalla lista dei miei incarichi e passarlo agli archeologi, professore.

– Temo che non potrà farlo, sergente.

– Perché?

– Perché questo corpo è rimasto nella torba al massimo cinquantasei anni.

Gunn si sentí arrossire per l'indignazione. – Non piú tardi di dieci minuti fa mi ha detto che lei non è un accidenti di macchina per la datazione al carbonio –. Pose l'accento sull'«accidenti» con intenzione. – Come fa adesso a essere cosí preciso?

Mulgrew sorrise. – Guardi piú da vicino l'avambraccio destro, sergente. Penso riesca a vedere che c'è un rozzo tatuaggio della faccia di Elvis Presley sopra la scritta «Heartbreak Hotel». Ora, sono piuttosto sicuro che Elvis non fosse in circolazione prima di Cristo. E come fan accreditato posso dirle, senza tema di smentita, che *Heartbreak Hotel* era il disco in cima alle classifiche nell'anno 1956.

5.

Dopo la pausa pranzo, a base di *bhaji* di cipolle, *bhuna* di agnello con riso fritto all'aglio e, come dessert, un bel *kulfi*, al professor Mulgrew servirono quasi due ore per completare l'autopsia. Nel frattempo, George Gunn mangiò un sandwich al formaggio in ufficio, faticando poi a digerirlo.

La cute dura come il cuoio aveva reso impossibile aprire il torace del cadavere con un semplice bisturi, e alla fine il medico legale si era deciso a usare un paio di pesanti forbici, con le quali lo aveva sezionato prima di passare al suo abituale bisturi per scostare la pelle e i muscoli rimanenti dalla cassa toracica.

Ora il corpo giaceva aperto, simile a un pezzo di carne appeso al gancio di un macellaio, con gli organi interni rimossi e messi da parte. Era un uomo giovane e forte e niente di ciò che si trovava all'interno smontò l'ipotesi che la sua morte fosse stata un brutale omicidio. Un omicidio commesso da qualcuno che, presumibilmente, era ancora vivo.

– Un cadavere interessantissimo, accidenti, sergente –. Per quanto sulla linea delle sopracciglia gli si addensassero perle di sudore, il professor Mulgrew si stava divertendo. – Il suo ultimo pasto non è stato succulento come il mio. Ci sono scaglie di carne morbida e del materiale piccolo, fibroso e traslucido che sembra provenire da una lisca di pesce. Patate e pesce, direi –. Sorrise. – Comunque, sono felice di poterle ora fornire un'ipotesi su come sia avvenuto il decesso.

Gunn rimase leggermente sorpreso. Da tutto quel che aveva sentito dire, i patologi quasi sempre riluttavano a prendersi la responsabilità di fare un'affermazione precisa. Ma chiaramente Mulgrew era un uomo che aveva grande fiducia nelle proprie competenze. Richiuse la cassa toracica, vi ripiegò sopra cute e tessuto in direzione dell'incisione iniziale e con il bisturi frugò nelle ferite.

– È stato accoltellato quattro volte al torace. Dall'angolazione dei colpi rivolta verso il basso direi che o l'aggressore era molto piú alto della sua vittima, oppure la vittima stava in ginocchio. Propendo per la seconda ipotesi, ma ci tornerò sopra. Le ferite sono state inflitte con un coltello lungo, sottile e a doppia lama, tipo un Fairbairn-Sykes o simili. Questa ferita, per esempio, – indicò il taglio piú in alto, – è lunga quasi un centimetro e mezzo ed è appuntita a entrambe le estremità, cosa che con relativa sicurezza indica un'arma sottile e a doppia lama. La profondità è di quasi tredici centimetri e passa attraverso l'apice del polmone sinistro, l'atrio destro del cuore e il setto ventricolare. Quindi è molto lunga, cosí come le altre ferite.

– Ed è questa che lo ha ucciso?

– Be', una qualunque ferita del genere sarebbe quasi certamente risultata fatale nel giro di alcuni minuti, ma sospetto che a causare la morte sia stato il taglio inciso in profondità che attraversa la gola –. Mulgrew rivolse l'attenzione a ciò di cui stava parlando. – È un taglio lungo quasi diciotto centimetri e si estende dall'area della mastoide a sinistra, subito sotto l'orecchio, fino alla zona sternocleidomastoidea sulla destra –. Sollevò lo sguardo. – Lo può vedere da sé –. Sorrise e si concentrò nuovamente sulla ferita. – La pugnalata ha tranciato la giugulare sinistra, ha reciso la carotide sinistra e intaccato la giugulare destra. Nel punto piú profondo supera i sette centimetri e penetra addirittura nella colonna vertebrale.

– Questo fatto è significativo?

– A mio parere l'angolazione e la profondità della ferita suggeriscono che è stata inferta da dietro, e quasi certamente con un'arma diversa. E questo è confermato dal taglio che c'è sulla schiena. La ferita è lunga quattro centimetri e ha l'estremità superiore squadrata e quella inferiore appuntita, cosa che suggerirebbe un coltello largo a lama singola, piú indicato per incidere nel collo cosí in profondità.

Gunn aggrottò la fronte. – Non mi è del tutto chiaro, professore. Sta dicendo che l'assassino ha usato due armi? Che lo ha pugnalato al torace con una e poi lo ha assalito alle spalle e gli ha tagliato la gola con un'altra?

Dietro la mascherina, sul volto del medico emerse un sorriso di leggera condiscendenza, visibile a Gunn solo per lo scintillio degli occhi dietro la gigantesca montatura di tartaruga. – No, sergente. Sto dicendo che ci sono stati due aggressori. Uno lo ha bloccato da dietro e lo ha costretto a mettersi in ginocchio, mentre il secondo lo pugnalava al torace. La pugnalata alla schiena probabilmente è stata accidentale, mentre il primo aggressore si preparava ad attraversare la gola della vittima con il suo coltello.

Mulgrew girò attorno al tavolo fino a raggiungere la testa del morto e iniziò a scostare la cute e i tessuti dal volto e dal cranio a partire da un'incisione iniziale.

– Ecco l'immagine che dovrebbe tenere a mente. Quest'uomo era legato mani e piedi, e aveva una corda attorno al collo. Se fosse stata usata per impiccarlo, l'abrasione avrebbe un'inclinazione rivolta verso l'alto, verso il punto di sospensione. Ma non è cosí. Quindi penso che la corda sia stata usata per trascinarlo lungo una spiaggia. Nel naso e negli occhi c'è della sabbia fine e argentea, idem nelle lacerazioni sulle ginocchia e sulla parte superiore dei piedi. A un certo punto lo hanno fatto mettere in ginocchio e pugnalato piú volte prima di tagliargli la gola.

L'immagine che il medico legale aveva appena disegnato con le sue parole apparve di colpo chiara alla mente di Gunn. Non era sicuro del perché, ma in qualche modo era convinto fosse successo di notte, con un mare fosforescente che si rompeva sopra la sabbia compatta, scintillante alla luce della luna. E alla fine il sangue aveva colorato di rosso la spuma delle onde. Ma quel che lo sconvolgeva di piú era il pensiero che un assassinio cosí brutale avesse avuto luogo lí, sull'isola di Lewis, dove in piú di cent'anni c'erano stati solo due altri omicidi.

Chiese: – Sarebbe possibile prendergli le impronte digitali? Dobbiamo cercare di identificare quest'uomo.

Il professor Mulgrew non rispose subito. Era concentrato a separare il cuoio capelluto dal cranio senza strapparlo. – È secchissimo, accidenti, – disse. – Si sgretola con niente –. Alzò gli occhi. – Le falangi delle dita sono rese rugose dalla perdita di liquidi, ma posso iniettare della formalina per reidratare la zona e lei potrà avere impronte perfettamente utilizzabili. Anzi, potremmo anche prelevare un campione di Dna.

– Il medico della polizia ha già inviato dei campioni al laboratorio.

– Davvero? – Il professor Mulgrew non sembrava contento. – Difficile che ci diano qualche informazione, naturalmente, ma non si sa mai. Ah... – Di colpo rivolse l'attenzione al cranio, finalmente liberato dal cuoio capelluto. – Interessante.

– Che cosa c'è? – Gunn, sebbene con riluttanza, si avvicinò un po' di piú.

– Sotto la ferita chirurgica del nostro amico, qui... c'è una piccola placca metallica applicata per proteggere il cervello.

Gunn vide una placca rettangolare, grigia, lunga circa cinque centimetri, cucita nel cranio con suture metalliche attraverso buchi a ciascuna estremità e parzialmente oscurata da uno strato di tessuto cicatriziale di un grigio piú chiaro.

– Una ferita di qualche genere. E molto probabilmente un lieve danno cerebrale.

Su richiesta di Mulgrew, Gunn uscí nel corridoio; rimase a guardare dal vetro che dava sulla sala settoria mentre il medico legale passava una sega tutt'attorno alla calotta cranica per poter estrarre il cervello. Quando Gunn rientrò, il professore stava esaminando il reperto dentro una ciotola in acciaio inossidabile.

– Sí... come pensavo. Ecco... – Lo toccò con un dito. – Encefalomalacia cistica del lobo frontale sinistro.

– Vale a dire?

– Vale a dire, amico mio, che questo poveraccio non ha avuto una gran fortuna, accidenti. Ha avuto una lesione alla testa che gli ha danneggiato il lobo frontale sinistro e che deve averlo lasciato... come posso dire?... un passo indietro, quanto a risorse cerebrali. Con qualche rotella mancante.

Si rivolse di nuovo al cranio e, grattando delicatamente con il bisturi, rimosse la pellicola di tessuto che era cresciuta sulla placca metallica.

– Se non mi sbaglio, si tratta di tantalio.

– E cioè?

– È un metallo altamente resistente alla corrosione, usato nella prima metà del Novecento per la cranioplastica. Fu spesso utilizzato durante la Seconda guerra mondiale per curare ferite da shrapnel –. A mano a mano che graffiava piú a fondo il metallo, anche il suo corpo si inclinava sempre di piú verso il cadavere. – Grande biocompatibilità, ma tendenza a provocare terribili emicranie, per qualche motivo che c'entra con l'elettroconducibilità, mi pare. Lo sviluppo dei materiali plastici negli anni Sessanta lo ha soppiantato e ora è usato principalmente nell'elettronica. A-ha!

– Che c'è? – Gunn superò la propria istintiva reticenza e si portò ancora piú vicino.

Ma il professor Mulgrew si voltò senza tanti complimenti per rovistare tra la strumentazione posata su un piano di lavoro accanto al lavandino. Ritornò impugnando tra pollice e indice una lente d'ingrandimento di sette centimetri quadrati, e la posizionò al di sopra della placca di tantalio.

– Proprio come pensavo –. Nella sua voce c'era una nota di trionfo.

– Che cosa pensava? – La frustrazione di Gunn traspariva chiaramente dal tono con cui aveva pronunciato la domanda.

– I produttori di queste placche spesso le incidevano con dei numeri di serie. E in questo caso anche con una data, accidenti –. Si ritrasse, invitando Gunn a dare un'occhiata.

Gunn prese la lente e la tenne con attenzione sopra il cranio, facendo una smorfia mentre si chinava per guardare. Sotto un numero di serie a dieci cifre c'erano le lettere romane MCMLIV.

Il medico legale era raggiante. – Nel caso non lo sapesse, significa 1954. Due anni prima del tatuaggio di Elvis. E a giudicare dalla quantità di tessuto che vi è cresciuto sopra, tre, forse quattro anni prima che fosse ucciso sulla spiaggia.

6.

Fin era completamente disorientato. Aveva le orecchie che gli martellavano, al di sopra del rumore del vento e del mare. Sotto le coperte sentiva caldo e sudava in abbondanza, ma aveva le mani e il volto freddi. Una strana luce azzurra permeava la luminosità che lo abbagliò quando aprí gli occhi. Gli ci volle almeno mezzo minuto prima di ricordarsi dove si trovava; il rivestimento bianco della tenda si gonfiava e sgonfiava irregolarmente, come il respiro affannoso di un corridore al termine di una gara. Tutto attorno a lui c'era una gran confusione di vestiti, sacchetti di tela mezzi disfatti, il computer e una quantità di fogli sparpagliati.

La sera prima, nella luce del tramonto, aveva scelto uno spiazzo che gli era sembrato relativamente pianeggiante per piantare la sua tenda a due posti. Ma ora si rese conto che il terreno, e con lui la tenda, declinavano verso la scogliera e il mare. Si mise a sedere, ascoltando per un momento i tiranti che cigolavano e sforzavano i pioli a cui erano legati, quindi uscí dal sacco a pelo e indossò dei vestiti puliti.

La luce del giorno lo accecò nel momento stesso in cui aprí lo strato esterno della tenda e strisciò fuori, sulla collina. Durante la notte era piovuto, ma il vento aveva già asciugato l'erba. Fin si sedette, a piedi nudi, e si infilò le calze strizzando gli occhi contro il bagliore del sole sull'oceano, un anello infuocato che divampò brevemente prima che lo squarcio tra le nubi si richiudesse, come se qualcuno avesse spento la luce. Rimase seduto, con le ginocchia al petto e le braccia appoggiate sopra, e respirò l'aria salata, che sapeva di fumo di torba e terreno bagnato. Il vento che lo colpiva al volto arruffando i suoi corti capelli ricci gli diede la magnifica sensazione di essere semplicemente vivo.

Si guardò alle spalle e vide i resti della casa dei suoi genitori, una vecchia *whitehouse*, e piú oltre le rovine della *blackhouse* in cui avevano vissuto per secoli i suoi antenati e dove lui stesso aveva giocato da bambino, felice e protetto, senza poter immaginare neanche per un istante che cosa la vita aveva in serbo per lui.

Al di sopra di quelle costruzioni la strada piegava giú per la collina attraverso la fila di abitazioni, diverse l'una dall'altra, che costituivano il villaggio di Crobost. Rossi tetti di lamiera su vecchi capanni per la tessitura, case intonacate di bianco o di rosa, recinti irregolari, ciuffi di lana impigliati sul filo spinato che svolazzavano mossi dal vento. Le strette strisce di terra note come *crofts* correvano lungo il pendio verso la scogliera, alcune dedicate a coltivazioni di base come cereali o ortaggi da radice, altre destinate solo al nutrimento delle pecore. La tecnologia di decenni ormai lontani – trattori arrugginiti e mietitrici rotte – giaceva abbandonata nei terreni tra la vegetazione trascurata, simboli decadenti di una prosperità in cui un tempo si era creduto.

Oltre la curva della collina, Fin scorgeva il tetto scuro della chiesa di Crobost che dominava abitazioni e persone, gettando la propria ombra sulle loro vite. Qualcuno alla canonica aveva steso il bucato, e alcuni lenzuoli bianchi garrivano furiosamente al vento come un demenziale linguaggio di bandiere che esortasse a lodare e temere Dio in ugual misura.

Fin odiava quella chiesa e tutto ciò che rappresentava. Ma era un luogo familiare, e la sua vista lo confortava. Dopotutto, era a casa. Si sentí piú sereno.

Mentre si infilava gli stivali udí il proprio nome portato dal vento e si girò, alzandosi rapidamente; vide un ragazzo fermo accanto alla sua auto, che aveva lasciato al cancello della fattoria la sera prima. Si mise in movimento, camminando lentamente sull'erba, e a mano a mano che si avvicinava percepí i sentimenti contrastanti nel sorriso del suo visitatore.

Il giovane aveva all'incirca diciotto anni, poco meno della metà di Fin, capelli biondi su cui il gel aveva modellato delle punte e occhi azzurro fiordaliso, cosí simili a quelli della madre che fecero venire a Fin la pelle d'oca. Per un momento rimasero in silenzio valutandosi reciprocamente, sino a che Fin allungò la mano e il ragazzo gliela strinse, in modo rapido e deciso.

– Ciao, Fionnlagh.

Il ragazzo indicò con il mento la tenda azzurra sbiadita. – Sei solo di passaggio?

– Una sistemazione temporanea.

– È un po' che non ti si vede.

– Già.

Fionnlagh fece una breve pausa, per dare enfasi alle parole. – Nove mesi –. E nel suo tono suonava evidente un'accusa.

– Dovevo fare i bagagli e lasciarmi indietro un'intera vita.

Fionnlagh inclinò leggermente la testa. – Questo significa che ora sei tornato per restare?

– Forse –. Fin rivolse lo sguardo ai campi. – Questa è la mia casa. E la propria casa è il luogo a cui si torna quando non si ha altro posto dove andare. Se mi fermo o no... be', vedremo –. Rivolse nuovamente gli occhi verdi al ragazzo. – La gente lo sa?

I loro sguardi si incontrarono per alcuni secondi in un silenzio carico di vita passata. – Quello che sanno tutti è che mio padre è morto ad An Sgeir lo scorso agosto durante la caccia alle *guga*.

Fin annuí. – Okay –. Si girò per aprire il cancello e scese lungo il sentiero coperto di vegetazione, fino a quella che una volta era la facciata anteriore della vecchia *whitehouse*. La porta non c'era piú da tempo, solo pochi brandelli di un architrave putrido restavano ancora attaccati alla muratura. La vernice viola con cui suo padre tanti anni prima aveva dipinto ogni superficie in legno, inclusi i pavimenti, era ancora visibile in macchie dalle strane forme che si stavano sfaldando. Il soffitto era quasi intatto, ma le parti in legno erano marcite e la pioggia aveva segnato tutte le pareti. Le assi del pavimento non c'erano piú, restava solo qualche ostinato travetto. Non era che il guscio di una casa, in cui non rimaneva piú alcuna traccia dell'amore che un tempo l'aveva riscaldata. Fin sentí la presenza di Fionnlagh alle sue spalle e si voltò. – Ho intenzione di demolire questo posto e di ricostruirlo completamente. Magari ti va di darmi una mano durante le vacanze estive?

Fionnlagh alzò le spalle evasivo. – Magari.

– In autunno vai all'università?

– No.

– Perché no?

– Mi serve un lavoro. Adesso ho una figlia e ne sono responsabile.

Fin annuí. – Lei come sta?

– Bene. Grazie per avermelo chiesto.

Fin ignorò il sarcasmo. – E Donna?

– Vive con i genitori e con la bambina.

Fin si accigliò. – E tu?

– Io e la mamma stiamo ancora nel cottage ai piedi della collina –. Il ragazzo indicò vagamente con il capo in direzione della casa che Marsaili aveva ereditato da Artair. – Il reverendo Murray non mi permette di andare a trovarli alla canonica.

Fin lo guardò incredulo. – Perché no? Sei il padre della bambina, per l'amor di Dio.

– Ma un padre senza i mezzi per mantenere né la propria figlia né sua madre. Ogni tanto Donna riesce a portarmela a vedere al cottage, ma di solito dobbiamo incontrarci in città.

Fin ingoiò la rabbia: non aveva senso riversarla su Fionnlagh, era tempo di cambiare. Altro luogo, altra persona. – Tua madre è in casa? – Era una domanda piuttosto innocente, eppure entrambi ne conoscevano la portata.

– È stata a Glasgow, a dare gli esami per l'ammissione all'università –. Fionnlagh notò la sorpresa negli occhi di Fin. – Non te lo ha detto?

– Non ci siamo sentiti.

– Oh –. Lo sguardo del ragazzo vagò lungo la collina verso il cottage dei Macinnes. – Ho sempre pensato che tu e la mamma sareste potuti tornare assieme.

Il sorriso di Fin era venato di tristezza, e forse anche di rimpianto. – Marsaili e io non siamo riusciti a far funzionare la nostra storia tanti anni fa, Fionnlagh. Perché ora dovrebbe essere diverso? – Esitò. – È ancora a Glasgow?

– No. È tornata prima del previsto, con il volo di stamattina presto. Un'emergenza familiare.

7.

Sento che parlano tra loro nell'ingresso come se io fossi sordo. Come se non ci fossi. Come se fossi morto. A volte vorrei esserlo.

Non so perché devo mettermi il cappotto. Si sta bene in casa, non c'è bisogno del cappotto. Né del berretto. Il mio bel vecchio berretto. Mi ha tenuto caldo per anni.

In questi giorni, quando esco dalla camera da letto, non sono mai sicuro di quale Mary troverò. A volte è la Mary buona. A volte la Mary cattiva. Hanno lo stesso aspetto, ma sono due persone diverse. Questa mattina era la Mary cattiva, che alzava la voce, che mi diceva cosa fare, che mi ha fatto indossare il cappotto. E sedere qui. Ad aspettare. Ma che cosa?

E che cosa c'è nella scatola? Gli oggetti che mi appartengono, ha detto Mary. Ma che cosa intendeva? Se intende i miei vestiti, ne ho un armadio pieno e lí dentro non ci starebbero di certo. E nemmeno le mie carte. Documenti di tanti anni. Fotografie. Tutto. Ovviamente non entrerebbero in una scatola di quelle dimensioni. Forse stiamo per andare in vacanza.

Adesso sento la voce di Marsaili. – Mamma, non è giusto –. *Mamma*. Certo. Continuo a dimenticare che Mary è sua mamma.

E Mary dice, in inglese naturalmente, perché non ha mai imparato il gaelico: – Giusto? Pensi che sia giusto nei miei confronti, Marsaili? Ho settant'anni. Non ce la faccio piú. Almeno due volte alla settimana bagna il letto. Se esce da solo non è piú in grado di tornare. Come un maledetto cane. Non mi posso piú fidare di lui. I vicini me lo riportano indietro. Se io dico bianco, lui dice nero; se io dico nero, lui dice bianco.

Io non dico mai né bianco né nero. Di che cosa sta parlando? Questa che blatera è la Mary cattiva.

– Mamma, siete sposati da quarantotto anni –. Ancora la voce di Marsaili.

E Mary dice: – Non è l'uomo che ho sposato, Marsaili. Adesso vivo con un estraneo. Litighiamo su tutto. Non accetta di avere la demenza senile, di non ricordarsi piú le cose. È sempre colpa mia. Fa qualcosa e poi lo nega. L'altro giorno, non so perché, ha rotto la finestra della cucina con il martello. Ha detto che doveva far entrare il cane. Marsaili, noi non abbiamo piú avuto un cane da quando abbiamo lasciato la fattoria. Poi, cinque minuti dopo mi ha chiesto chi avesse rotto la finestra, e quando gli ho detto che era stato lui, ha risposto che non era vero, che dovevo essere stata io. Io! Marsaili, non ce la faccio piú!

– E il centro per anziani? Ci va tre volte la settimana, giusto? Forse potrebbero prenderlo cinque volte, o addirittura sei.

– No! – Mary ora sta gridando. – Mandarlo al centro per anziani peggiora solo le cose. Poche ore al giorno senza follia, questo posto tutto per me, e io non riesco a pensare ad altro se non che tornerà la sera e la mia vita sarà di nuovo un inferno.

Sento che sta piangendo. Singhiozzi terribili, che la scuotono. Non sono piú sicuro se sia la Mary cattiva o quella buona. Non mi piace sentirla piangere. Mi sconvolge. Mi piego in avanti per riuscire a scorgere entrambe nell'ingresso, ma sono fuori dal mio campo visivo. Penso che dovrei andare a vedere se posso aiutarle. Ma la Mary cattiva mi ha detto di non muovermi di qui. Immagino che Marsaili la stia consolando. Non so perché sia cosí sconvolta. Mi ricordo il giorno in cui ci siamo sposati. Io avevo appena compiuto venticinque anni. E lei era una splendida ventiduenne. Anche quel giorno pianse. Una gran bella ragazza era, davvero. Inglese, ma non certo per colpa sua.

Finalmente il pianto si è calmato. E devo sforzarmi per sentire la voce di Mary. – Voglio che se ne vada di qui, Marsaili.

– Mamma, non ha senso. Dove potrebbe andare? Io non posso occuparmi di lui e non possiamo permetterci un'infermiera a domicilio.

– Non me ne importa niente –. Com'è dura adesso la sua voce. Egoista. Piena di autocommiserazione. – Fatti venire un'idea. Voglio che se ne vada. Subito.

– Mamma…

– È vestito e pronto per uscire, e anche la sua valigia è pronta. Ho deciso, Marsaili, e non intendo tenerlo in casa un minuto di piú.

Adesso c'è un lungo silenzio. Ma di chi stavano parlando?

E all'improvviso sollevo lo sguardo e vedo Marsaili sulla porta che mi osserva. Non l'ho sentita entrare. La mia bambina. La amo piú di qualunque cosa al mondo. Un giorno devo proprio dirglielo. Ma sembra stanca, è pallida, poveretta. E ha la faccia piena di lacrime.

– Non piangere, – le dico. – Sto solo andando in vacanza. Non starò via a lungo.

8.

Fin si alzò a guardare il proprio lavoro. Aveva deciso di cominciare eliminando tutto il legno marcio, che ora giaceva in un'enorme catasta nel cortile tra l'abitazione e il vecchio casotto di pietra con il tetto di lamiera arrugginita. Se per un po' non avesse piovuto, il vento avrebbe asciugato il legname, e lui lo avrebbe coperto e messo da parte per il falò di novembre.

I muri e le fondamenta erano in buono stato; tuttavia c'era da togliere e sistemare il tetto per rendere la casa impermeabile e far asciugare l'interno. Per prima cosa bisognava rimuovere e impilare le lastre di ardesia, ma gli serviva una scala.

Il vento sferzava la sua tuta da lavoro blu, gli tirava la camicia a quadri e gli asciugava il sudore dal volto. Fin aveva quasi dimenticato quanto potesse essere incessante. Se vivi in un luogo come questo, il vento lo noti solo quando smette di soffiare. Guardò giú per la collina verso il cottage di Marsaili, ma non c'era nessuna macchina, perciò comprese che non era ancora tornata. Fionnlagh era sicuramente a scuola a Stornoway. Sarebbe sceso piú tardi a chiedere se poteva prendere in prestito una scala.

L'aria era ancora mite, il vento soffiava da sud-ovest, ma Fin riusciva a sentire l'odore della pioggia sul fronte piú avanzato, e in lontananza vide le nubi nere che si addensavano all'orizzonte. Piú vicino, la luce del sole illuminava i campi animandoli di forme in continuo movimento, vivida e limpida contro l'oscurità che vi covava dietro. Il rumore di un motore lo fece voltare, e Fin vide Marsaili nella vecchia Vauxhall Astra di Artair. Aveva accostato al ciglio della strada e stava guardando verso i piedi della collina, verso di lui. In macchina con lei c'era un'altra persona.

A Fin sembrò di essere rimasto lí fermo in piedi per molto tempo, a osservarla da lontano, prima che lei uscisse dall'auto e gli andasse incontro giú per il sentiero. I lunghi capelli chiari le sbattevano sul viso mossi dal vento. Sembrava piú magra, e mentre si avvicinava Fin notò che aveva il viso struccato, teso ed eccessivamente pallido nell'impietosa luce del giorno.

Si fermò a circa un metro da lui; rimasero a guardarsi per qualche istante, quindi lei disse: – Non sapevo che saresti venuto qui.

– Ho deciso solo un paio di giorni fa. Dopo che è arrivata la sentenza di divorzio.

Marsaili si strinse nella giacca impermeabile come se avesse freddo, incrociandoci sopra le braccia per tenerla chiusa. – Pensi di rimanere?

– Non lo so ancora. Mi occupo un po' della casa, poi vedremo.

– E il tuo lavoro?

– Ho dato le dimissioni.

Marsaili sembrò sorpresa. – E che cosa farai?

– Non lo so.

Lei sorrise, quel suo sorriso sardonico che gli era cosí noto. – Qui giace Fin Macleod, – disse. – L'uomo che non sapeva.

Fin le restituí il sorriso. – Ho sempre la mia laurea in Informatica.

Marsaili aggrottò la fronte. – Oh, be', ti servirà molto qui a Crobost.

Questa volta lui scoppiò in una risata. – Già –. Era sempre riuscita a farlo ridere. – Be', vedremo. Magari finirò a lavorare da Arnish, come mio padre, o come Artair.

Sentendo il nome di Artair, il volto di Marsaili si rannuvolò. – Non lo farai mai, Fin –. Arnish era per cosí dire l'ultima spiaggia: ci si rassegnavano gli uomini dell'isola che non riuscivano a trovare lavoro su un peschereccio, o a fuggire sulla terraferma per frequentare l'università. Eppure Arnish pagava bene.

– No.

– Quindi non raccontare stronzate. Ne hai raccontate abbastanza per una vita intera quando eravamo giovani.

Fin sorrise. – Credo proprio di sí –. Fece un cenno in direzione della Vauxhall. – Chi c'è in macchina?

– Mio padre –. La voce di Marsaili sembrò spezzarsi.

– Oh. Come sta? – Era una domanda innocente, ma quando Fin tornò a guardarla, si accorse di averle provocato una reazione dolorosa, che le aveva riempito gli occhi di lacrime. Rimase sconvolto. – C'è qualcosa che non va?

Marsaili strinse le labbra, come se non si fidasse di parlare. Alla fine disse: – Mia mamma lo ha buttato fuori di casa, dice che non lo vuole piú e che adesso è responsabilità mia.

Lui si accigliò confuso. – Perché?

– Soffre di demenza, Fin. Non stava cosí male l'ultima volta che lo hai visto. Ma è peggiorato rapidamente, anzi peggiora di giorno in giorno –. Gettò un'occhiata alla macchina, senza piú trattenere le lacrime. – Ma io non posso badare a lui. Non posso! Ho appena ritrovato la mia vita dopo vent'anni con Artair. E con sua madre. Ho degli altri esami da preparare, ho il futuro di Fionnlagh a cui pensare... – Gli rivolse uno sguardo disperato. – Lo so che sembrano parole terribili, vero? Da egoista.

Fin avrebbe voluto abbracciarla e tenerla stretta, ma era passato troppo tempo. – No, affatto, – fu tutto quel che riuscí a dire.

– È mio *padre*! – Il suo dolore e il suo senso di colpa erano piú che evidenti.

– Sono sicuro che i servizi sociali riusciranno a trovare qualcosa per lui, almeno temporaneamente. Perché non una casa di riposo?

– Non possiamo permettercela. La fattoria non era nostra, stavamo in affitto –. Si asciugò le guance con il dorso delle mani e fece uno sforzo deciso per riprendere il controllo. – Ho chiamato i servizi sociali da casa di mia madre. Ho spiegato tutto, ma hanno detto che devo andare da loro per un colloquio. Per ora lo sto portando al centro per anziani, in modo da avere qualche ora per pensarci –. Scosse la testa, sul punto di scoppiare nuovamente a piangere. – Non so proprio cosa fare.

– Vado a cambiarmi e vengo in città con te. Portiamo tuo papà a pranzo al pub e poi lo lasciamo al centro per anziani mentre andiamo a parlare con i servizi sociali.

Gli occhi blu pieni di lacrime di Marsaili gli rivolsero uno sguardo indagatore. – Perché dovresti farlo?

Fin sorrise. – Perché ho bisogno di una pausa e ho voglia di una birra.

Il *Crown Hotel* stava appollaiato su South Beach, lo sputo di terra che separava il porto interno di Stornoway da quello esterno. Il bar era al primo piano, e da lassú si godeva la vista di entrambi. Le imbarcazioni, ormai rientrate, stavano all'ancora nel porto interno, e beccheggiavano gentilmente mentre la marea saliva: pescherecci arrugginiti e barche da granchi ormai logore, ridipinte in colori primari come anziane signore che tentino inutilmente di nascondere i danni del tempo.

Tormod era confuso. All'inizio non sembrò riconoscere Fin; poi lui gli parlò della sua infanzia, di quando era andato a trovare Marsaili alla fattoria, già innamorato di lei, come se il dolore futuro fosse stabilito dal destino, e il volto di Tormod a quel punto si illuminò: aveva un ricordo chiaro, a quanto pareva, del giovane Fin.

– Sei cresciuto in fretta, ragazzo, – disse, e gli arruffò i capelli come se fosse ancora un bambino di cinque anni. – Come stanno i tuoi?

Marsaili guardò di sottecchi Fin, imbarazzata, e disse a voce bassa: – Papà, i suoi genitori sono morti in un incidente d'auto piú di trent'anni fa.

L'espressione di Tormod fu attraversata da un'ombra di tristezza. Da dietro gli occhiali rotondi con la montatura d'argento rivolse a Fin i suoi umidi occhi blu, e per un momento lui vide in essi sua figlia, e il figlio di lei. Tre generazioni perse in uno stato confusionale. – Mi dispiace tanto, figliolo.

Fin li fece sedere a un tavolo accanto alla finestra e andò al bancone a prendere i menu e ordinare da bere. Quando tornò, Tormod era impegnato a cercare di estrarre qualcosa dalla tasca dei pantaloni. Si contorceva e si dimenava sulla sedia. – Maledizione, porca miseria, – stava dicendo.

Fin lanciò uno sguardo a Marsaili. – Che cosa sta facendo?

Lei scosse la testa con aria avvilita. – Ha ricominciato a fumare, aveva smesso oltre vent'anni fa! Ha un pacchetto di sigarette in tasca, ma a quanto pare non riesce a tirarlo fuori.

– Signor Macdonald, qui dentro non si può fumare, – gli disse Fin. – Deve uscire se vuole farlo.

– Ma sta piovendo, – disse il vecchio.

– No, – lo corresse gentilmente lui. – Ancora non piove. Se vuole una sigaretta, vengo fuori con lei.

– Non riesco a tirarle fuori dalla tasca! – La voce di Tormod si era fatta piú alta, ormai quasi gridava. Il bar si stava riempiendo di gente del posto e di turisti entrati per pranzare, e alcune teste si voltarono verso di loro.

La voce di Marsaili fu uno strano sussurro. – Papà, non c'è bisogno di gridare. Lascia, ti aiuto io a prenderle.

– Sono perfettamente capace di farlo da solo! – Altre teste si girarono.

Arrivò il barista con le bibite, un ragazzo di vent'anni o poco piú dall'accento polacco.

Tormod lo guardò e disse: – Portami del fico!

– Credo che intenda del fuoco, – disse Marsaili in tono di scusa. Si rivolse a Fin. – Vuole dei fiammiferi. Mia madre glieli nasconde.

Il barista si limitò a sorridere e lasciò le loro bibite sul tavolo.

Tormod stava ancora lottando con la mano nella tasca. – Eccolo, lo sento. Ma non esce.

Dai tavoli vicini giunsero risa soffocate. Fin disse: – Lasci che le dia una mano io, signor Macdonald –. E pur non avendo accettato l'aiuto di Marsaili, Tormod fu felice di far provare Fin, il quale le lanciò uno sguardo di scusa. Si inginocchiò accanto al vecchio, consapevole delle teste degli altri avventori voltate nella loro direzione, e infilò la mano nella tasca di Tormod. Sentiva il pacchetto di sigarette, ma a quanto pareva neanche lui riusciva a tirarlo fuori. Era come se le sigarette fossero sotto la tasca piuttosto che dentro. Non capiva come fosse possibile. Sollevò il maglione del vecchio per controllare la cintura alla ricerca di una tasca nascosta, e quel che vide lo fece sorridere suo malgrado. Guardò in su. – Signor Macdonald, lei ha due paia di pantaloni –. Questa affermazione scatenò le risate da parte dei vicini di tavolo che avevano sentito.

Tormod si accigliò. – Davvero?

Fin guardò Marsaili. – Le sigarette sono nella tasca dei pantaloni di sotto. È meglio che lo accompagni alla toilette e gliene tolga un paio.

Nella toilette Fin portò Tormod in uno dei gabinetti. Riuscí con difficoltà a sfilargli i pantaloni indossati sopra, dopo aver convinto il vecchio a togliersi le scarpe. Quindi, gli rimise le scarpe e lo fece sedere per allacciargliele. Infine, dopo aver ben piegato i pantaloni di troppo, lo aiutò a rialzarsi.

Tormod lo lasciò fare senza opporre resistenza, come un bambino beneducato. Insisteva solamente nell'esprimere un'eccessiva gratitudine. – Sei un bravo ragazzo, Fin. Mi sei sempre piaciuto, proprio come tuo padre –. E gli accarezzava i capelli. Poi disse: – Adesso devo fare pipí.

– Prego, signor Macdonald; la aspetto fuori –. Fin si girò e aprí l'acqua calda nel lavandino perché il vecchio potesse lavarsi le mani.

– Ah, merda!

Sentendo l'imprecazione di Tormod, si voltò nuovamente: gli occhiali gli erano scivolati dalla punta del naso ed erano caduti nell'orinatoio. L'inconveniente comunque non ridusse né alterò il flusso di urina che la vescica scaricava nel buco. Anzi, sembrava addirittura che il vecchio mirasse agli occhiali. Fin sospirò, pensando che sarebbe toccato a lui recuperarli. E quando finalmente Tormod ebbe terminato, allungò la mano e li prese, anche se grondavano urina.

Tormod osservò in silenzio mentre Fin li sciacquava per bene sotto l'acqua corrente prima di insaponarsi le mani e passarle anche sugli occhiali. – Si lavi le mani, signor Macdonald, – disse, e si piegò nel gabinetto per prendere della carta igienica con cui asciugare le lenti. Quando Tormod ebbe finito, gli rimise gli occhiali, fissandoli per bene sul naso e dietro gli orecchi. – È meglio che d'ora in poi ci stia attento, signor Macdonald. Non è piacevole farsi la pipí giú per le gambe, vero?

Per qualche motivo Tormod trovò l'idea di farsi la pipí giú per le gambe molto divertente. E rise di cuore mentre Fin lo riaccompagnava nel bar.

Marsaili li guardava piena di aspettativa, e un mezzo sorriso le apparve sul volto alla vista di suo padre che rideva. – Cos'è successo?

Fin fece sedere il vecchio. – Niente, – disse, e le consegnò il paio di pantaloni di troppo ben ripiegati. – Tuo padre ha ancora un bel senso dell'umorismo, tutto qui.

Mentre si sedeva a sua volta, vide lo sguardo grato negli occhi di Tormod, come se il vecchio sapesse che per lui raccontare la verità sarebbe stata un'umiliazione. Non c'era modo di sapere che cosa pensasse, o che cosa sentisse, o quanto consapevole fosse di ciò che lo circondava. Tormod era perso da qualche parte nella nebbia della sua mente. Forse ogni tanto la nebbia si diradava un po', ma altre volte, Fin lo sapeva, sarebbe scesa come una fitta coltre estiva oscurando la luce e la ragione.

Il centro di assistenza per anziani Solas si trovava alla periferia nord-est di Stornoway, in Westview Terrace. Era un edificio moderno, su un unico piano, con un parcheggio sul retro e uno davanti. L'edificio accanto era occupato dalla casa di riposo di Dun Eisdean, gestita dal Comune, circondata da alberi e prati ben curati. Piú oltre, la torbiera chiazzata di bianco brillava qua e là nell'ultimo sole del pomeriggio, in attesa della pioggia. Nella gialla luce obliqua l'effetto era quello di campi dorati, che si estendevano fino a Aird e a Broadbay. Da sud-ovest, nuvole scure arrivavano sull'onda di un vento sempre piú forte, dolenti, infauste e gravide di pioggia.

Marsaili parcheggiò sul retro, dall'altro lato rispetto a una fila di prefabbricati costruiti accanto a strutture già sovraffollate, e le prime pesanti gocce di pioggia iniziarono a cadere mentre lei e Fin si affrettavano verso l'ingresso con Tormod in mezzo a loro. Nel momento in cui lo raggiunsero, un uomo dai capelli scuri con un impermeabile nero a quadri aprí la porta e si scostò per farli passare. Quando furono al riparo dalla pioggia, Fin lo riconobbe.

– George Gunn!

Gunn sembrò altrettanto sorpreso di vedere Fin. Gli ci volle un momento per riprendersi, quindi salutò educatamente: – Signor Macleod –. Si strinsero la mano. – Non sapevo che fosse sull'isola, signore –. Fece un cenno di saluto a Marsaili. – Signora Macinnes.

– Ora mi chiamo Macdonald. Ho ripreso il mio nome da ragazza.

– E io non sono piú «signore», George, soltanto Fin. Ho restituito il distintivo.

Gunn alzò un sopracciglio. – Oh, che brutta notizia, signor Macleod.

Un'anziana con una sbiadita sfumatura azzurra tra i capelli argentei venne a prendere Tormod per un braccio e lo condusse gentilmente con sé. – Ciao, Tormod. Non ti aspettavamo oggi. Vieni, che ci facciamo una tazza di tè.

Gunn li guardò allontanarsi, poi si rivolse a Marsaili. – In realtà, signora Macdonald, era proprio con suo padre che volevo parlare.

Gli occhi di Marsaili si spalancarono per la sorpresa. – Parlare con mio padre? E perché? Non credo che sia in grado di sostenere una conversazione sensata.

Gunn annuí solennemente. – Capisco. Sono stato a Eòrapaidh e ho parlato con sua madre. Ma dal momento che lei è qui, mi sarebbe di aiuto se potesse confermarmi alcune informazioni.

Fin gli posò una mano sul braccio. – George, di che cosa si tratta?

Gunn scostò con cautela il braccio. – Devo chiederle un attimo di pazienza, signore... – E Fin comprese che non si trattava di un colloquio di routine.

– Quali informazioni? – chiese Marsaili.

– Sulla sua famiglia.

– Per esempio?

– Lei ha degli zii, signora Macdonald? Oppure dei cugini? Qualche parente, piú o meno stretto, al di fuori della sua cerchia familiare?

Marsaili lo guardò perplessa. – Mi pare che mia madre abbia dei lontani parenti non so dove nel sud dell'Inghilterra.

– Da parte di suo padre.

– Oh –. Lo sbigottimento di Marsaili crebbe. – Non che io sappia. Mio padre è figlio unico. Né fratelli né sorelle.

– Cugini?

– Non mi pare. È originario del villaggio di Seilebost, sull'isola di Harris. Ma per quanto ne so è l'unico membro ancora in vita della sua famiglia. Una volta ci ha portati a vedere il cottage dove è cresciuto. Ovviamente ora è in rovina. E la scuola di Seilebost che frequentava da bambino. Una meravigliosa scuoletta proprio in mezzo al *machair*, con una vista incredibile sulle spiagge sabbiose di Luskentyre. Ma non ho mai sentito parlare di parenti.

– George, che cosa succede? – Fin faticava a rispettare la richiesta di Gunn di avere pazienza.

L'altro gli lanciò un'occhiata piena di imbarazzo, mentre si faceva scorrere le dita tra i capelli scuri. Esitò un momento prima di prendere una decisione. – Qualche giorno fa, signor Macleod, abbiamo trovato un corpo nella torbiera giú a Siader, sulla costa occidentale. È il corpo, perfettamente conservato, di un ragazzo attorno ai vent'anni, morto di morte violenta –. Fece una pausa. – All'inizio avevamo pensato che potesse essere un cadavere vecchio di centinaia di anni, che magari risalisse all'occupazione norvegese o addirittura all'età della pietra. Ma un tatuaggio di Elvis Presley sull'avambraccio destro ha decisamente smentito questa ipotesi.

Fin annuí. – Non c'è dubbio.

– Be', comunque sia, signore, il medico legale ha stabilito che quest'uomo dev'essere stato ucciso alla fine degli anni Cinquanta. Perciò l'assassino potrebbe essere ancora vivo.

Marsaili stava scuotendo la testa sgomenta. – E cosa c'entra mio padre?

Gunn inspirò a fondo, a denti stretti. – Be', ecco, signora Macdonald, non c'erano vestiti né altro che ci potesse aiutare a identificare il cadavere. Quando abbiamo trovato il corpo, il medico della polizia gli ha prelevato del liquido e dei campioni di tessuto per un'analisi.

– E hanno inserito il Dna nel database? – chiese Fin.

Gunn arrossí leggermente e annuí. – Si ricorda, – disse, – l'anno scorso, quando quasi tutti gli uomini di Crobost hanno fornito dei campioni durante l'indagine sull'omicidio di Angel Macritchie, per essere esclusi dalla lista dei sospettati...

– A quest'ora dovrebbero essere stati distrutti, – disse Fin.

– Spetta al donatore richiederlo, signor Macleod. Va firmato un modulo. E a quanto pare il signor Macdonald non lo ha fatto. Avrebbero dovuto spiegarglielo, ma evidentemente non è andata cosí, o forse lui non ha capito –. Guardò Marsaili. – Comunque, il database ha riscontrato una familiarità. Chiunque fosse l'uomo nella torbiera, era imparentato con suo padre.

9.

La pioggia martella contro la finestra, facendo un bel baccano. Fuori nella brughiera non si udiva mai, naturalmente. Non si udiva nulla che non fosse il vento. Ma si percepiva, eccome. Pungeva il volto quando le raffiche forza dieci te la sbattevano addosso, a volte facendola cadere in orizzontale. Mi piaceva quella sensazione: essere lí in mezzo alla natura selvaggia, solo io e il cielo immenso, e la pioggia che mi bruciava il volto.

Ma in questi giorni mi tengono rinchiuso. La Mary cattiva dice che non ci si può fidare di lasciarmi uscire.

Come adesso, qui seduto in questa sala grande e vuota, con le sedie tirate su. Tutti mi stanno guardando, non so che cosa si aspettino. Sono venuti per portarmi a casa? Riconosco Marsaili, ovviamente. E quel giovane con i capelli biondi e ricci ha un'aria familiare. Prima o poi mi ricorderò anche come si chiama. Di solito ci riesco.

Ma quell'altro *gille*, quello in divisa? Non lo conosco proprio, con quella faccia tonda e rossa e i capelli neri che luccicano.

Marsaili si china su di me e mi dice: – Papà, come sono morti i tuoi genitori? Avevi zii o cugini di cui non ci hai mai parlato?

Non so cosa intenda. Non c'è piú nessuno vivo, di certo questo lo sanno tutti.

Fin! Ecco come si chiama il ragazzo con i ricci. Adesso me lo ricordo. Veniva sempre alla fattoria a pomiciare con la mia piccola Marsaili, prima ancora che imparassero a far di conto. Chissà come stanno i suoi genitori. Mi piaceva suo padre, era una brava persona, solida.

Io non ho mai conosciuto mio padre, ne ho solo sentito parlare. Era un marinaio, ovviamente. A quei tempi qualunque uomo che valesse almeno due soldi trovava lavoro in mare. Fu orribile il giorno in cui mia madre ci riuní nel soggiorno per darci la notizia. Non mancava molto a Natale e lei aveva fatto quel che poteva per dare alla casa un aspetto festoso. A noi interessavano esclusivamente i regali che avremmo ricevuto. Non che ci aspettassimo chissà che. Era solo per la sorpresa.

Sulle strade c'era neve. Non ne era venuta molta e si era squagliata in fretta. Ma nell'aria c'era quel livore grigiastro che arriva con la neve e tra le case filtrava poca luce.

Mia madre era una donna buona, da quel che ricordo. Ma non ricordo molto. Solo che quando mi abbracciava la sentivo soffice e che si metteva un buon profumo, o acqua di colonia o quel che era. E che indossava sempre un grembiule blu a fiori.

Comunque, ci fece sedere sul divano, fianco a fianco, e si inginocchiò sul pavimento davanti a noi. Mi posò una mano sulla spalla. Aveva un aspetto terribile: era cosí pallida che in mezzo alla neve si sarebbe persa. E aveva pianto, lo capivo.

All'epoca non avevo piú di quattro anni. E Peter aveva un anno meno di me. Doveva essere stato concepito durante una licenza, prima che mio padre si mettesse per l'ultima volta in mare.

Mia madre disse: – Vostro padre non tornerà piú a casa, bambini –. Aveva un nodo alla gola. Per il resto della giornata mi sentii perso. E quell'anno il Natale non fu affatto festoso. Nei miei ricordi, tutto ha una patina marrone, come una foto in bianco e nero esposta alla luce. Triste e deprimente. Solo piú tardi, quando diventai un po' piú grande, appresi che la sua nave era stata affondata da un sottomarino tedesco. Era uno di quei convogli che i tedeschi attaccavano sempre nell'Atlantico tra la Gran Bretagna e l'America. E io provai la strana sensazione di affondare con lui, una discesa senza fine nell'acqua sempre piú scura, fino al buio totale.

– Signor Macdonald, ha qualche parente ancora in vita a Harris? – La voce mi fa sussultare. Fin mi sta guardando con aria seria. Ha dei begli occhi verdi, il ragazzo. Non so perché Marsaili non ha sposato lui invece che quel fannullone di Artair Macinnes. Non mi è mai piaciuto quell'uomo.

Fin mi sta ancora guardando e io cerco di ricordarmi che cosa mi ha chiesto. Qualche notizia sulla mia famiglia.

– Ero con mia madre la notte in cui morí, – gli dico. E all'improvviso sento che mi si riempiono gli occhi di lacrime. Perché doveva morire? Era cosí buio in quella stanza. Faceva caldo, e c'era odore di malattia e di morte. Sul comodino aveva una lampada, una lampada elettrica che proiettava un'orribile luce livida sul suo viso.

Che età avrò avuto? Non mi è chiaro adesso. Poco piú di dieci anni, penso. Abbastanza grande da capire, questo è sicuro. Ma non abbastanza grande da assumermi quella responsabilità. E per nulla pronto, ammesso che lo si possa mai essere, a venir gettato da solo alla deriva nel mondo. Un mondo che non riuscivo nemmeno a immaginare. Perlomeno non a quei tempi, non quando l'unica cosa che avessi mai conosciuto erano il calore e la sicurezza della mia casa e di una madre che mi amava.

Non ricordo dove fosse Peter quella notte, probabilmente dormiva già. Povero Peter. Non era piú stato lo stesso dopo quella caduta dalla giostra al parco giochi. Che stupido! Un momento di distrazione, aveva voluto scendere da quel maledetto affare prima che si fosse fermato del tutto. E la sua vita era cambiata per sempre.

Mia madre aveva gli occhi scurissimi, che riflettevano la luce della lampada sul comodino. Ma la luce nel suo sguardo si stava spegnendo, lo vedevo. Girò la testa verso di me. C'era una tale tristezza nei suoi occhi, e sapevo che era triste per me, non per se stessa. Posò la mano destra sopra la sinistra sulle coperte e si tolse la fede nuziale. Non ho mai visto una fede come quella. D'argento, con due serpenti attorcigliati. Uno zio di mio padre aveva portato da qualche viaggio all'estero quello strano anello, che poi era passato da una generazione all'altra della famiglia. E siccome, quando si erano sposati, mio padre non aveva soldi, l'aveva dato a mia madre come fede nuziale.

Lei mi prese la mano, mi mise l'anello nel palmo e mi ci richiuse sopra le dita. – Ti chiedo di badare a Peter, – disse. – Non è in grado di sopravvivere da solo. Voglio che me lo prometti, Johnny. Che mi prometti di prenderti sempre cura di lui.

Ovviamente, non avevo idea di quale grossa responsabilità sarebbe stata. Ma era l'ultima cosa che lei mi stava chiedendo, perciò annuii con aria solenne e dissi che l'avrei fatto. Lei allora sorrise e mi strinse appena la mano.

Vidi la luce spegnersi nei suoi occhi prima che si chiudessero, poi la sua mano si rilassò e lasciò andare la mia. Il prete arrivò solo dopo un quarto d'ora.

Cos'è questo squillo? Maledizione!

10.

Marsaili cercò nella borsa il cellulare. – Scusatemi, – disse, agitata e imbarazzata dall'interruzione. Non che il padre avesse detto molto, o stesse parlando in maniera sensata. Ma dopo aver rivelato che era stato presente al momento della morte di sua madre, sulle sue guance erano scese grosse lacrime silenziose, che indicavano un forte tumulto interiore. E lo squillo del telefono lo aveva interrotto.

– Che cavolo è? – disse Tormod, chiaramente infastidito. – Non si può avere un po' di pace in casa propria?

Fin si chinò e gli mise una mano sul braccio. – Va tutto bene, signor Macdonald. È solo il cellulare di Marsaili.

– Un attimo, per favore, – stava dicendo lei al telefono. Mise la mano sul ricevitore e disse: – Vado a parlare nell'ingresso –. Si alzò e uscí veloce dalla grande sala vuota. La maggior parte dei pazienti era partita con un minibus per una gita, perciò lo spazio era quasi interamente a loro disposizione.

Gunn fece un cenno verso la porta, e lui e Fin si alzarono e si allontanarono da Tormod, parlando a bassa voce. Gunn aveva sei o sette anni piú di Fin, ma nemmeno un capello grigio in testa, e lui si chiese se per caso se li tingesse, anche se a dir la verità non sembrava il tipo. E non aveva quasi rughe, a parte i segni della preoccupazione che gli solcavano ora la fronte. Disse: – Di sicuro manderanno qualcuno dalla terraferma, signor Macleod. Non affidano certo l'indagine su un omicidio come questo a un poliziotto dell'isola. Lei sa com'è.

Fin annuí.

– E chiunque manderanno sarà probabilmente ben meno sensibile di me nel trattare la faccenda. L'unico indizio che abbiamo per risalire all'identità dell'uomo nella torbiera è la sua parentela con Tormod Macdonald –. Fece una pausa e contrasse le labbra in quella che a Fin parve una qualche richiesta di scuse. – E questo mette il padre della signora Macdonald tra i sospettati dell'omicidio.

Marsaili ritornò facendo scivolare il cellulare nella borsa. – Erano i servizi sociali, – disse. – A quanto pare c'è un letto disponibile, almeno per un po', nel reparto per i malati di Alzheimer a Dun Eisdean, proprio qui a fianco.

11.

Questo posto è piú piccolo della mia stanza a casa. Ma sembra che l'abbiano ridipinto di recente. Non ci sono macchie sul soffitto e le pareti sono belle bianche. E ha i doppi vetri. Non riesco a sentire il vento, né la pioggia che batte contro la finestra. Posso solo vederla scorrere lungo il vetro. Come se fossero lacrime. Pioggia di lacrime. Chissà. Ma se bisogna piangere, è meglio farlo quando si è soli. È imbarazzante stare lí seduti con il volto rigato di lacrime e la gente che ti guarda.

Niente lacrime ora, anche se ho addosso una grande tristezza. Ma non sono sicuro del motivo. Mi chiedo quando verrà Marsaili e mi porterà a casa. Spero che quando arriveremo ci sarà la Mary buona. Mi piace la Mary buona. Mi guarda e a volte mi accarezza come se un tempo mi avesse voluto bene.

La porta si apre ed entra una gentile signora. Mi ricorda qualcuno, ma non saprei dire chi.

– Oh, – dice. – Ha ancora addosso il cappotto e il cappello, signor Macdonald –. Fa una pausa. – Posso chiamarla Tormod?

– No, – dico io. E mi sento abbaiare, come un cane.

La donna sembra sconcertata. – Oh, avanti, signor Macdonald. Qui siamo tutti amici. Lasci che le tolga il cappotto e lo appendiamo nell'armadio. E poi disfiamo la sua borsa e mettiamo tutto nei cassetti. Mi dica lei dove mettere le varie cose.

Si avvicina al letto dove sto seduto e cerca di farmi alzare. Ma io resisto e la mando via. – La mia vacanza è finita, – dico. – Marsaili sta venendo a prendermi per riportarmi a casa mia.

– No, signor Macdonald. Non sta venendo nessuno. Adesso è questa la sua casa.

Rimango lí seduto a lungo. Cosa intende dire? Cosa può significare?

Non faccio niente per impedirle di togliermi il berretto o di sollevarmi di peso per levarmi il cappotto. Non ci posso credere. Questa non è casa mia. Marsaili arriverà tra poco. Non mi lascerebbe mai qua. O forse sí? No, non certo mia figlia, la carne della mia carne.

Torno a sedermi. Il letto mi pare duro. E ancora nessuna traccia di Marsaili. E mi sento... come mi sento? Tradito. Ingannato. Mi hanno detto che sarei andato in vacanza, e invece mi hanno messo in questo posto. Proprio come il giorno in cui mi portarono al collegio, al Dean. *Compagni*. Cosí ci definivano. In realtà eravamo dei prigionieri.

Era tardo ottobre quando io e Peter arrivammo al Dean. Si fa fatica a credere che posti del genere vengano costruiti per bambini come noi. Era in cima alla collina, un lungo edificio di pietra su due livelli con ali da entrambe le parti, e due campanili quadrangolari su ciascun lato del corpo centrale. Nei campanili però non c'erano campane. Solo urne di pietra. All'ingresso principale c'era un portico, sormontato da un soffitto triangolare sostenuto da quattro colonne giganti. E sopra quello, un enorme orologio. Un orologio le cui lancette d'oro sembravano scandire la nostra permanenza lí come se andassero a ritroso. O forse dipendeva solo dalla nostra età. Quando sei giovane, un anno è una grossa fetta della tua vita e sembra durare per sempre. Quando sei vecchio, ce ne sono già stati molti prima e passano tutti troppo veloci. Ci allontaniamo cosí lentamente dalla nascita, e ci avviciniamo cosí rapidamente alla morte.

Quel giorno arrivammo con una grande macchina nera. Non so a chi appartenesse. Faceva freddo e il cielo sputacchiava nevischio. Giunto in cima alla scalinata guardai in giú: vedevo nella valle le case degli operai degli stabilimenti tessili, freddi tetti di lamiere grigie e strade acciottolate. E ancora oltre, gli edifici della città. Noi stavamo in mezzo al verde, tra gli alberi, con un enorme orto e un frutteto, eppure eravamo a un tiro di schioppo dal centro della città. Col tempo avrei appreso che nelle notti silenziose si sentiva il rumore del traffico, e talvolta si scorgevano in lontananza le luci posteriori delle auto nell'oscurità.

Fu la nostra ultima visione di quello che giunsi a definire il «mondo libero», perché quando attraversammo la soglia lasciammo dietro di noi ogni benessere e umanità, ed entrammo in un luogo tetro dove il lato piú cupo della natura umana gettava la sua ombra su di noi.

Quel lato cupo era incarnato dal direttore, il signor Anderson, cosí si chiamava, e difficilmente si può trovare un uomo piú brutale e crudele di lui. Mi sono spesso chiesto che genere di uomo sia quello che prova soddisfazione nell'abusare di bambini indifesi. Lui parlava di punizioni. Ho piú volte desiderato incontrarlo da pari a pari, per vedere quanto valesse davvero. Nel suo ufficio teneva una frusta di cuoio in un cassetto. Era lunga quasi mezzo metro, all'estremità era divisa in due, ed era spessa piú di un centimetro. E per prenderti a scudisciate con quella frusta, ti faceva percorrere il corridoio del piano terra fino al fondo delle scale che conducevano al dormitorio maschile e ti costringeva a piegarti. Dovevi tenere i piedi sul primo gradino, per essere un po' piú alto, e le mani appoggiate al terzo. E il signor Anderson ti frustava il didietro finché le gambe non ti cedevano.

Non era un uomo robusto. Ma a noi lo sembrava. Anzi, nella mia memoria lo rivedo come un gigante, anche se in realtà non era molto piú alto della responsabile di noi ragazzi e dell'andamento generale del collegio. Aveva pochi capelli colore della cenere, tirati indietro con la brillantina in maniera cosí precisa che sembravano dipinti sul suo piccolo cranio. Un paio di baffi neri striati d'argento tagliati corti gli pizzicava il labbro superiore. Indossava abiti grigio scuro che si piegavano a fisarmonica attorno a grosse scarpe nere il cui cigolio sulle piastrelle preannunciava il suo arrivo, come il tic-tac del coccodrillo in *Peter Pan*. Fumava la pipa ed emanava un aspro odore di tabacco stantio; aveva sempre della saliva raggrumata agli angoli della bocca che, mentre parlava, passava dal labbro inferiore a quello superiore e viceversa, diventando piú densa a ogni parola.

Non si rivolgeva mai a nessuno di noi per nome. Eri «ragazzo» o «tu, ragazza» e usava sempre parole che non capivamo. Tipo «dolciumi» intendendo «caramelle».

Lo incontrai per la prima volta quel giorno, quando le persone che ci avevano portato lí ci condussero nel suo ufficio. Fu tutto gentile e allegro e ci riempí di rassicurazioni su quanto si sarebbero presi cura di noi in collegio. Be', quelle persone erano a malapena uscite dalla porta che subito scoprimmo cosa significava in realtà «prendersi cura di noi». Ma prima ci fece una breve lezioncina.

Noi eravamo rimasti in piedi e tremavamo sul linoleum davanti alla sua grande e lucida scrivania. Anderson si mise a braccia conserte dall'altro lato, con le finestre squadrate che si alzavano fino al soffitto dietro di lui.

«Prima cosa. Mi chiamerete sempre "signore". D'accordo?»

«Sí, signore», dissi, e dal momento che Peter non rispondeva gli diedi un colpo con il gomito.

Mio fratello mi fissò. «Cosa?»

Feci un cenno verso il signor Anderson. «Sí, signore», dissi.

Gli ci volle qualche istante per capire. Poi sorrise. «Sí, signore».

Il signor Anderson gli rivolse un lungo sguardo gelido. «Qui non abbiamo tempo per i cattolici. La Chiesa di Roma non è la benvenuta. Non sarete invitati a unirvi a noi quando cantiamo gli inni o leggiamo la Bibbia, e resterete nel dormitorio fino al termine delle preghiere del mattino. Non è necessario che vi ambientiate, perché se abbiamo fortuna non resterete a lungo». A quel punto si sporse verso di noi, con le nocche appoggiate sulla scrivania che risaltavano bianche nell'oscurità. «Ma per tutto il tempo in cui starete qui, sappiate che c'è solo una regola». Fece una pausa per sottolineare il concetto e pronunciò lentamente ogni parola. «Fate. Quello. Che. Vi. Viene. Ordinato». Si alzò di nuovo. «Se disobbedirete a questa regola ne pagherete le conseguenze. Avete capito?»

Peter mi lanciò uno sguardo in cerca di conferma, e io gli feci un cenno quasi impercettibile. «Sí, signore», dicemmo all'unisono. A volte eravamo quasi telepatici, Peter e io. Perlomeno quando ero io a pensare per entrambi.

Dopodiché fummo guidati fino alla stanza della responsabile. Era di mezza età, una zitella, penso. Ricordo ancora la sua bocca piegata verso il basso, e quegli occhi ombrosi che in qualche modo sembravano opachi. Era impossibile capire a cosa stesse pensando, e il suo umore era sempre indicato da quella bocca imbronciata. Anche quando sorrideva, il che non accadeva quasi mai.

Dovemmo restare in piedi per un'eternità davanti alla sua scrivania, mentre lei apriva una pratica per ciascuno di noi due; quindi ci ordinò di spogliarci. Peter non sembrò preoccuparsene, ma io ero imbarazzato, e avevo paura che mi venisse il pisello duro. Non che la responsabile risvegliasse in me un qualche appetito sessuale. Ma non potevi mai sapere quando quel maledetto coso ti si sollevava all'improvviso.

La responsabile ci esaminò entrambi, immagino per identificare segni particolari; quindi ci passò con cura le mani tra i capelli in cerca di pidocchi. Evidentemente non ne trovò neanche uno, ma ci disse che avevamo i capelli troppo lunghi e che andavano tagliati.

Quindi ci guardò i denti. Ci spalancò la mandibola e ci ficcò in bocca le sue dita tozze. Avevano un sapore cattivo, di disinfettante. Toccò tutti i denti, come se fossimo animali esaminati per essere venduti.

Mi ricordo come fosse ieri la camminata fino al bagno. Completamente nudi, con in mano i vestiti piegati stretti al petto, pungolati da dietro perché facessimo in fretta. Non so dove fossero gli altri bambini quel giorno. Probabilmente a scuola. Ma mi sentii felice che nessuno ci vedesse, perché fu davvero umiliante.

In una grande vasca di zinco venne versata una quindicina di centimetri di acqua tiepida, e Peter e io ci sedemmo dentro insieme, cercando di produrre un po' di schiuma da alcuni bitorzoli grezzi di sapone carbolico, con cui ci lavammo accuratamente sotto lo sguardo attento della responsabile. Fu l'ultima volta al Dean in cui facemmo un bagno soltanto in due. La sera del bagno settimanale, a quanto scoprii, consisteva nel lavarsi in quattro contemporaneamente, sempre negli stessi quindici centimetri di acqua schiumosa. Perciò quel giorno fu un vero lusso.

Il dormitorio maschile occupava il primo piano dell'ala est. I letti formavano due file addossate alle pareti contrapposte di una lunga stanza. A ogni estremità c'erano alte finestre ad arco, mentre nel muro che dava sull'esterno si aprivano finestre rettangolari piú piccole. In seguito scoprii che talvolta la stanza si riempiva del sole primaverile, caldo e luminoso, ma quel giorno si respirava buio e depressione. A Peter e a me vennero assegnati due letti uno di fianco all'altro, in fondo in fondo alla stanza. Avevo notato, mentre passavamo tra i giacigli accuratamente rifatti, che ai piedi di ciascuno c'era un piccolo sacco di tela, e quando raggiungemmo i nostri vidi due sacchi vuoti stesi sopra la nostra solitaria valigia.

Non c'erano armadietti nella camerata, né cassetti né comodini. Presto scoprii che il possesso di effetti personali era fortemente sconsigliato. E non era gradito alcun rapporto con il passato.

Il signor Anderson ci raggiunse. «Potete disfare la valigia e mettere le vostre cose nei sacchi in dotazione, – disse. – Rimarranno sempre ai piedi dei vostri letti. D'accordo?»

«Sí, signore».

Nella valigia qualcuno aveva piegato tutto con cura. Io separai attentamente i miei vestiti da quelli di Peter e riempii entrambi i sacchi. Peter sedette per un po' sul bordo del suo letto, sfogliando l'unica cosa che gli rimaneva di nostro padre: una collezione di pacchetti di sigarette che aveva cominciato prima della guerra. Una sorta di album, solo che al posto dei francobolli aveva ritagliato decine di pacchetti di sigarette diversi e li aveva incollati sulle pagine. Alcuni avevano nomi esotici tipo *Joystick* o *Passing Cloud* o *Juleps*. Tutti avevano illustrazioni a colori, le teste di giovani uomini e donne che soffiavano estasiati da quei tubicini ripieni di tabacco che avrebbero finito per ucciderli.

Peter non si stancava mai di guardarli. In realtà penso che l'album fosse mio. Comunque ero felice di lasciarglielo. Non glielo chiesi mai, però immagino che quei pacchetti di sigarette fossero per lui una sorta di legame diretto con nostro padre.

Io sentivo un legame molto piú stretto con nostra madre. L'anello che mi aveva regalato era il simbolo del suo ricordo e intendevo custodirlo a costo della vita. Nemmeno Peter sapeva che ce l'avevo. Non era possibile confidargli alcun segreto, perché avrebbe subito aperto bocca per raccontarlo a qualcuno. Perciò lo tenevo nascosto in un paio di calzini arrotolati. Temevo che rientrasse proprio in quel genere di oggetti personali che sarebbero stati confiscati oppure rubati.

La sala da pranzo era al piano terra, e lí incontrammo per la prima volta la maggior parte degli altri bambini, che nel frattempo erano tornati da scuola. All'epoca ce n'era una cinquantina o anche piú. I ragazzi occupavano l'ala est, le ragazze la ovest. Naturalmente Peter e io fummo oggetto di curiosità. Gli ingenui novellini. Gli altri erano bambini ormai disincantati, esperti del Dean. Noi eravamo ancora dei poppanti e, peggio ancora, dei cattolici. Non so come, ma pareva che tutti lo sapessero, e questo fatto ci tagliava fuori. Nessuno voleva parlare con noi, tranne Catherine.

Era un vero maschiaccio: capelli castani tagliati corti, una camicia bianca sotto un maglione verde scuro, una gonna grigia a pieghe, calzettoni grigi arrotolati attorno alle caviglie e pesanti scarpe nere. All'epoca se non sbaglio ero sui quindici anni, e Catherine doveva avere un anno meno di me, ma ricordo che il seno le tirava già la camicia, sebbene non ci fosse praticamente nulla di femminile in lei. Le piaceva dire parolacce, aveva la risata piú impertinente che avessi mai sentito, e non si faceva mettere i piedi in testa da nessuno, nemmeno dai ragazzi piú grandi.

Per andare a scuola dovevamo indossare la cravatta, ma fin dalla prima sera notai che lei si era già sbarazzata della sua, e sotto la camicetta aperta sulla gola vidi una medaglietta di san Cristoforo appesa a una catenina d'argento.

«Siete papisti, giusto?» disse senza tanti preamboli.

«Cattolici», la corressi.

«È quello che ho detto. Papisti. Io sono Catherine. Forza, vi mostro come funziona».

E la seguimmo a un tavolo dove prendemmo dei vassoi di legno per poi metterci in coda in cucina nell'attesa del pasto serale.

Catherine abbassò la voce. «Il cibo è una merda. Ma non preoccupatevi. Da qualche parte ho una zia che mi manda pacchi di roba da mangiare. Lo fa per non sentirsi in colpa, immagino. Molti di questi bambini non sono davvero orfani, ma vengono da famiglie divise. I pacchi di roba da mangiare li ricevono in tanti. Solo che bisogna farli fuori in fretta, prima che i bastardi qui li confischino». Sorrise con aria cospiratoria e abbassò la voce fino a un sussurro. «Gli spuntini di mezzanotte si fanno sul tetto».

Quanto al cibo, Catherine aveva ragione. Ci guidò a un tavolo e ci sedemmo in mezzo al baccano di voci che echeggiavano sull'alto soffitto della grande sala, sorbendo rumorosamente una insipida, brodosissima minestra di verdure e masticando patate verdi e carne dura che nuotava nel grasso. Mi sentii sprofondare nella depressione. Ma Catherine continuava a sorridere.

«Non preoccupatevi se siete papisti. Lo sono anch'io. Qui non amano i cattolici, perciò non rimarremo a lungo». Un'eco delle parole che il signor Anderson ci aveva detto poco prima. «Uno di questi giorni i preti verranno a prenderci».

Non so da quanto tempo stava illudendosi con quel pensiero, ma sarebbe trascorso un anno prima che l'incidente sul ponte portasse finalmente un prete in visita da noi.

Nemmeno in classe i papisti erano graditi. La scuola del villaggio era un austero edificio di granito grigio e arenaria bucato da alte finestre ad arco che si incastravano in abbaini di pietra. Inciso nel muro sotto la torre con la campana che ci richiamava alle lezioni c'era lo stemma in pietra della scuola, che rappresentava una signora con la toga dall'aspetto gentile intenta a istruire un giovane studente sulle meraviglie del mondo. Lo studente aveva i capelli corti, indossava una gonna e mi ricordava Catherine, anche se in realtà immagino che dovesse rappresentare un maschio dell'epoca classica. La data incisa era il 1875.

Essendo cattolici, non potevamo partecipare alla funzione mattutina, che riguardava solo i protestanti. Non che me ne importasse un fico secco delle questioni religiose. Non trovai Dio fino a molto piú tardi nella mia vita. E, strano ma vero, fu un Dio protestante. Comunque dovevamo stare fuori nell'area giochi, con qualsiasi tempo, finché la funzione non terminava. Capitò molte volte che, quando venivamo finalmente richiamati, fossimo fradici di pioggia fino alle ossa e ci dovessimo sedere pieni di brividi ai nostri banchi nelle aule ghiacciate. È un miracolo se non ci siamo presi qualche malattia fatale.

A peggiorare ancora le cose, a scuola venivamo identificati come i bambini del Dean. E questo ci rendeva degli emarginati. Alla fine della giornata di lezioni, quando i nostri compagni erano liberi di fuggire in strada e fino a casa, da genitori e fratelli, noi dovevamo metterci in fila a coppie e sopportare le grida e i fischi degli altri. Quindi venivamo condotti a piedi su per la collina fino al Dean, dove dovevamo sedere in silenzio e trascorrere le successive due ore facendo i compiti. La libertà arrivava solo alle ore dei pasti e nei brevi momenti di tempo libero, prima di essere costretti ad andare a letto presto nei nostri dormitori bui e freddi.

Durante i mesi invernali, questi momenti «liberi» erano occupati dalle lezioni di balli tradizionali delle Highlands tenuti dal signor Anderson. Per quanto strano potesse sembrare, danzare era la sua passione, e voleva che diventassimo tutti esperti nel *pas-de-bas* e nel *drops of brandy* in tempo per la festa di Natale.

Nei mesi estivi c'era troppa luce per dormire. Quando arrivava giugno, il buio non calava prima delle undici, e, anima inquieta com'ero, non riuscivo a rimanere a letto sveglio e con il pensiero di un intero mondo di avventure lí fuori.

In breve tempo scoprii una scala di servizio che portava dal pianterreno dell'ala est fin giú alle cantine. Da lí riuscivo a togliere il chiavistello a una porta sul retro dell'edificio e a fuggirmene fuori nell'oscurità sempre piú fitta. Di corsa, raggiungevo rapidamente il riparo dell'ombra sotto gli alberi che circondavano il parco, e da quel punto ero libero di andare dove volevo. Non che andassi lontano. Ero sempre da solo. Peter non faceva fatica ad addormentarsi, e se qualcuno degli altri si accorse mai che me ne andavo dal dormitorio non lo diede a vedere.

Le mie avventure solitarie, tuttavia, giunsero a una brusca conclusione alla terza o quarta volta che uscivo. Fu la notte in cui scoprii il cimitero.

Doveva essere molto tardi, perché quando scivolai fuori dal dormitorio il crepuscolo aveva già lasciato il posto alla notte. Mi fermai sulla porta, ad ascoltare il respiro degli altri ragazzi. Qualcuno russava lievemente, come un gatto che fa le fusa. E uno dei piú piccoli parlava tra sé e sé. Un flusso ininterrotto di parole che esprimevano ansie nascoste.

Mano a mano che scendevo nell'oscurità, sentivo aumentare il freddo dei gradini di pietra. La cantina aveva un acre odore di umido, era un luogo prigioniero delle ombre. Mi faceva paura fermarmi troppo tempo lí dentro, eppure qualcosa mi spingeva spesso a trattenermi laggiú. Il chiavistello protestò rumorosamente mentre lo tiravo indietro, dopodiché fui fuori. Un rapido sguardo tutto intorno, e le mie gambe stavano già battendo sul cemento in direzione degli alberi. Di solito mi dirigevo in cima alla collina e poi scendevo verso il villaggio. Lí i lampioni si riflettevano sull'acqua, dove un tempo avevano girato e rigirato le ruote di dieci o piú mulini. Ora regnava il silenzio. L'abbandono. Dietro qualche finestra dei condomini costruiti per gli operai degli stabilimenti tessili scintillava una luce; gli alberi e le abitazioni risalivano entrambi i ripidi pendii sotto il ponte che abbracciava il fiume una trentina di metri piú in alto.

Ma quella notte, in cerca di qualcosa di diverso, presi la direzione opposta; ben presto scoprii un cancello di ferro nell'imponente muro che circondava il lato orientale del giardino. Non avevo idea che lí ci fosse un cimitero, dal momento che alti alberi lo nascondevano alla vista dal Dean. Mentre aprivo il cancello mi sentivo un po' come Alice che passa da una parte all'altra dello specchio, tranne che io stavo passando dal mondo dei vivi a quello dei morti.

Viali di pietre tombali si dipartivano a destra e sinistra, perdendosi nell'ombra di salici che sembravano piangere per coloro che se n'erano andati. La prima tomba alla mia sinistra apparteneva a Frances Jeffrey, morta il 26 gennaio 1850 all'età di settantasette anni. Non so perché, ma i nomi di quelle persone sono impressi nella mia mente come nella pietra sotto cui riposavano i loro corpi. Daniel John Cumming, sua moglie Elizabeth e il figlio Alan. Com'era rassicurante, mi parve, che fossero tutti assieme nella morte, proprio come nella vita. Li invidiai. Le ossa di mio padre giacevano sul fondo dell'oceano e non avevo idea di dove fosse sepolta mia madre.

Su un muro per l'intera lunghezza erano affisse delle lapidi, con rettangoli d'erba ben curati sul terreno sottostante e circondati di felci.

Sono ancora stupito di non aver avuto paura. Un cimitero di notte. Un ragazzino nel buio. Eppure credo che sentissi di aver piú da temere dai vivi che dai morti. E sono sicuro che ero nel giusto.

M'incamminai per un sentiero lungo il quale lapidi e croci si ammassavano cupamente su entrambi i lati. Il cielo era chiaro e illuminato dalla luna, ci vedevo senza difficoltà. Stavo seguendo la curva del sentiero verso sud quando un rumore mi fece fermare di colpo. Non saprei descrivere ora che cosa udii; piú che altro ebbi un tonfo al cuore. E poi da qualche parte alla mia sinistra un fruscio nell'erba. E qualcuno che dava un colpo di tosse.

Ho sentito dire che il verso della volpe assomiglia moltissimo al tossire umano, perciò forse fu questo che udii. Ma un altro colpo di tosse, e un movimento tra le ombre degli alberi, piú forte di quello che potrebbe fare una volpe, mi fecero balzare il cuore in gola. Un altro tonfo e sarei morto. Mi misi a correre a perdifiato, dentro e fuori dai chiaroscuri screziati dalla luna e quasi abbagliato dalle macchie di splendente luce argentea.

Forse fu solo la mia immaginazione, ma avrei giurato di sentire dei passi che m'inseguivano. Un improvviso brivido nell'aria. Sul viso mi si gelò il sudore.

Non avevo idea di dove fossi, né di come tornare al cancello. Incespicai e caddi, sbucciandomi le ginocchia. Mi rialzai in fretta e abbandonai il percorso segnato, correndo fra le ombre delle lapidi tetre. Decisi di accucciarmi nelle tenebre, al riparo di una pietra tombale piú alta di me, sormontata da una grande croce di pietra.

Cercai di trattenere il respiro e di non fare alcun rumore. Ma il battito del cuore mi riempiva gli orecchi, e i polmoni che parevano esplodere mi costrinsero a inspirare alla ricerca di ossigeno prima di espirare velocemente per far spazio a nuova aria. Tremavo in tutto il corpo.

Rimasi in ascolto per sentire ancora quel rumore di passi, ma non udii nulla, e stavo quasi cominciando a rilassarmi e a maledire la mia fantasia troppo fervida quando percepii lo scricchiolio leggero e cauto di piedi sulla ghiaia. Non sapevo piú cosa fare per evitare di mettermi a urlare.

Guardai con molta cautela da dietro la croce e notai, a cinque, sei metri di distanza, l'ombra di un uomo che zoppicava lungo il sentiero. Sembrava trascinare la gamba sinistra. Ancora pochi passi ed emerse dall'ombra di un enorme faggio rosso alla luce della luna; cosí vidi per la prima volta il suo volto. Era bianco come un fantasma, pallido come mia madre il giorno in cui ci aveva detto che nostro padre era morto. Il suo sguardo era perso nel buio sotto un paio di sopracciglia prominenti, come se le orbite fossero vuote. Indossava pantaloni laceri, una giacca a brandelli e una camicia grigia aperta sul collo. Dalla mano destra penzolava un sacchetto contenente qualcosa. Un vagabondo alla ricerca di un posto per dormire tra i morti? Non ne avevo idea. E non volevo saperlo.

Attesi che si trascinasse oltre il mio nascondiglio per finire inghiottito dalla notte; allontanandomi dalla lapide vidi per la prima volta il nome inciso nella pietra. E tutti i peli del mio corpo si rizzarono di colpo.

Mary Elizabeth McBride.

Il nome di mia madre. Sapevo, ovviamente, che non era lei a

essere sepolta in quel luogo. La Mary Elizabeth della lapide giaceva lí da quasi duecento anni. Ma non riuscii a togliermi di dosso la sensazione che in qualche modo fosse stata mia madre a guidarmi proprio a quel nascondiglio. Mi aveva affidato l'incarico di badare a mio fratello, ma si era assunta quello di badare a me.

Mi voltai e mi misi a correre, ritrovando la via per la quale ero arrivato, mentre il battito del cuore minacciava di farmi esplodere le costole, finché vidi il cancello nero di ferro socchiuso. Lo attraversai come un fantasma e schizzai sul cemento verso la porta posteriore del Dean. Fu la sola volta in tutta la mia vita, credo, in cui fui felice di ritrovarmi lí dentro.

Ritornato nel mio letto, rimasi a lungo sveglio e tremante prima che mi cogliesse il sonno. Non sono sicuro di che ora fosse quando Peter mi svegliò. Era chino su di me, illuminato dalla luce che penetrava obliqua nel dormitorio in rettangoli oblunghi. Vidi il suo sguardo preoccupato mentre mi toccava il viso.

«John, – sussurrava, – Johnny. Perché piangi?»

Fu per colpa di Alex Curry che l'avventura sul tetto finí in un disastro. Era un ragazzino violento, piú grande di noi, e viveva lí da piú tempo di tutti. Era alto quasi quanto il signor Anderson, e probabilmente era pure piú forte. Si era sempre comportato da ribelle, a quanto si diceva, e il suo fondoschiena era stato preso a cinghiate piú spesso di quello di chiunque altro al Dean. Ma in tre anni era cresciuto al punto che la sua forza fisica era pari alla sua natura ribelle. E doveva incutere un certo timore al signor Anderson. Poco tempo prima si era rifiutato di tagliarsi i folti capelli neri e li aveva fatti crescere in un ciuffo alla Elvis. Credo che quella fu la prima volta in cui io e Peter sentimmo nominare Elvis Presley. Non avevamo grande cognizione del mondo che ci circondava. Le cinghiate ad Alex erano progressivamente calate, e si diceva che sarebbe stato mandato a vivere in un ricovero per indigenti senza dimora. Ormai era troppo cresciuto per il Dean, e soprattutto troppo per il signor Anderson e la sua capacità di gestirlo.

Catherine era venuta da noi il giorno prima, con una strizzatina d'occhio, un sorriso e un tono cospiratorio. Lei e altre ragazze quella settimana avevano ricevuto alcuni pacchi di cibo, e l'indomani ci sarebbe stato uno spuntino di mezzanotte sul tetto.

«E come ci arriviamo, sul tetto?» chiesi.

Mi guardò con occhi pieni di compassione per la mia ingenuità e scosse la testa. «In tutte e due le ali dell'edificio c'è una scala che porta sul tetto, – disse. – Va' a dare un'occhiata sul vostro lato. Alla fine del corridoio c'è una porta e dietro inizia una scala stretta. La porta non è mai chiusa a chiave. Il tetto è piatto e sicurissimo; basta star lontani dal bordo. È l'unica occasione in cui maschi e femmine si possono incontrare senza che quei bastardi dei sorveglianti ci stiano a guardare –. Sorrise maliziosa. – Può diventare interessante».

Sentii un improvviso rimestio da qualche parte nei miei lombi, come un verme che provi a girarsi. Da tempo avevo imparato a masturbarmi, ma non avevo mai nemmeno baciato una ragazza. E lo sguardo di Catherine non lasciava adito a dubbi.

Per tutta la giornata successiva faticai a contenere la mia eccitazione. Le lezioni sembravano non finire mai e al termine del pomeriggio non sarei riuscito a ricordare una sola cosa di quelle che ci avevano insegnato. A cena nessuno mangiò granché, conservando l'appetito per lo spuntino di mezzanotte. Ovviamente non tutti erano invitati: alcuni bambini erano troppo piccoli e altri troppo spaventati. Ma nemmeno dei cavalli imbizzarriti avrebbero potuto trattenermi dal partecipare. E Peter non conosceva la paura.

Eravamo circa dieci quando scivolammo fuori dal dormitorio e uscimmo nel corridoio poco prima di mezzanotte. Alex Curry guidava il gruppetto. Non so come avesse fatto, ma era riuscito a procurarsi una decina di bottiglie di birra e ne affidò una a ciascuno di noi perché le portassimo sul tetto.

Non dimenticherò mai la sensazione di emergere dalla scalinata buia e angusta su quell'ampio spazio aperto, con la luna che gettava libera la propria luce sulla superficie incatramata. Sembrava quasi una fuga. Nemmeno le mie recenti uscite solitarie avevano lo stesso sapore. Avrei voluto rivolgere il viso al cielo e gridare a pieni polmoni. Ma, ovviamente, non lo feci.

Ci radunammo tutti in mezzo al tetto, dietro il grande orologio e a fianco dell'immenso lucernario che sovrastava l'ultimo piano. Le ragazze avevano il cibo, i ragazzi le birre, e sedemmo in un ampio cerchio a mangiare formaggio, dolci e biscotti e a intingere le dita in barattoli di marmellata. All'inizio parlavamo a voce bassissima, però a mano a mano che le bottiglie di birra facevano il giro diventammo piú arditi e distratti. Era la prima volta che bevevo alcol, e l'effetto che mi provocò quel liquido morbido e amarognolo che mi spumeggiava sulla lingua e scivolava giú con tanta facilità mi piacque al punto che dimenticai ogni inibizione.

Non sono sicuro di come accadde, ma in qualche modo mi ritrovai seduto accanto a Catherine. Eravamo fianco a fianco, le nostre spalle e braccia si toccavano, mentre tenevamo le gambe raccolte. Sentivo il calore che emanava da lei attraverso il maglione, e avrei potuto rimanere ad annusare il suo profumo per sempre. Non ho idea di che profumo fosse, ma la accompagnava ovunque. Leggermente aromatico. Penso che fosse un'acqua di colonia, o forse il sapone che usava. Magari glielo aveva mandato sua zia. Mi eccitava ogni volta.

Ero già inebriato dalla birra e trovai un coraggio che non avevo mai saputo di possedere. Le circondai le spalle con un braccio e lei si appoggiò a me.

«Cos'è successo ai tuoi genitori?» le chiesi. Era un argomento di cui non si parlava praticamente mai. Nessuno ci invitava a soffermarci sul passato. Catherine si prese molto tempo prima di rispondere.

«Mia madre è morta».

«E tuo padre?»

«Non ci ha messo molto a trovarsi un'altra moglie, una donna che gli avrebbe dato altri figli, da brava cattolica. Mia madre aveva avuto dei problemi durante il parto e non poteva piú avere bambini».

Ero confuso. «Non capisco. Perché non sei rimasta a casa?»

«*Lei* non mi voleva».

Udii il dolore nella sua voce, e lo percepii pure. Un conto era perdere i genitori perché morivano, un altro essere mandata via di casa, non essere voluta. Specialmente dal proprio padre. Le lanciai uno sguardo di sottecchi e rimasi sconvolto nel vedere alla luce della luna lacrime argentee scorrerle lungo le guance. Piccola, tosta Catherine. L'eccitazione che avevo provato fino a poco prima svaní; non desideravo altro che tenerla stretta e consolarla, perché sapesse che c'era chi la voleva.

A quel punto mi resi conto del trambusto dall'altro lato del lucernario. Qualcuno aveva strappato via a Peter la sua bottiglia di birra, ancora chiusa, e dei ragazzi se la stavano lanciando, stuzzicando mio fratello, facendolo girare come un folle nel tentativo di riprenderla. A quanto pareva il capo della bravata era Alex Curry, il quale gli aveva portato via la bottiglia e lo prendeva in giro incoraggiando gli altri a imitarlo. Tutti sapevano che Peter non brillava per intelligenza, e se io non ero lí a sostenerlo diventava un bersaglio facile.

Ovviamente non potevo competere con Alex Curry sul piano fisico, ma quando si trattava di Peter avevo la forza interiore di oppormi a chiunque. Lo avevo promesso a mia madre, e non mi sarei mai tirato indietro.

Mi alzai di scatto. «Ehi!» gridai quasi, e immediatamente tutti si zittirono. Il lancio della bottiglia si fermò e un paio di voci mi invitarono a fare silenzio nell'aria immobile della notte. «Smettetela!» dissi, fingendomi molto piú coraggioso di quanto mi sentissi.

«Credi che ti aiuterà qualcuno a prendermi a calci in culo?»

«Non mi serve l'aiuto di nessuno, Curry, per prenderti a calci in culo».

So bene quale culo sarebbe stato preso a calci quella notte se non fosse intervenuto il destino. Prima che Curry potesse ribattere, Peter gli balzò addosso per riprendersi la birra, e la bottiglia volteggiò nell'aria, strappata alla presa del robusto compagno.

Il silenzio della notte fu squassato nel momento in cui la bottiglia ruppe il lucernario in un'esplosione di vetro e schiuma, andando a finire nella stanza di sotto. E altro vetro piovve giú subito dopo. Sembrava fosse scoppiata una bomba.

«Santa Maria, madre di Dio», sentii Catherine sussurrare, mentre tutti si alzavano di scatto e si mettevano a correre, ombre che schizzavano a destra e a sinistra sul tetto in preda al panico, cibo e birre abbandonate nella fretta e nel terrore.

I nostri corpi si ammassarono nell'oscurità della scala, spingendo e sgomitando nell'ansia di arrivare al piano di sotto. Come topi ci riversammo oltre la porta del dormitorio e ansimando raggiungemmo i nostri letti.

Nel momento in cui le porte si spalancarono e le luci furono accese, eravamo tutti raggomitolati sotto le coperte e fingevamo di dormire. Il signor Anderson, ovviamente, non si lasciò ingannare. Rimase lí immobile, violaceo di rabbia in faccia, con gli occhi neri che divampavano come se lanciassero fiamme. La sua voce, in confronto, era quasi calma, controllata, e perciò ancor piú terrificante.

Non cominciò subito a parlare. Attese fino a quando tutti quei visi che volevano farsi credere assonnati sbucarono dalle coperte, le teste si sollevarono dai cuscini, i gomiti piegati sorressero le spalle.

«Naturalmente so che non tutti siete coinvolti. Perciò mi appello a quelli che non lo sono: vi chiedo di parlare ora se non volete che la punizione destinata agli altri ricada anche su di voi».

Il custode apparve alle spalle del direttore, ancora in camicia da notte e pantofole e con i capelli arruffati. Di tutto il personale, era colui che trattava meglio noi ragazzi. Ma quella notte era pallido come se fosse ammalato, e nei suoi occhi scuri e fiammeggianti si scorgeva l'ansia. Il signor Anderson si chinò verso di lui per sentirne le parole, sussurrate troppo velocemente e troppo a bassa voce perché noi potessimo captarle.

Il direttore annuí e, mentre il custode si ritirava, disse: «Cibo e alcol sul tetto. Che sciocchi! La ricetta sicura per il disastro. Avanti, alzino la mano quelli che *non* erano lassú». Si mise a braccia conserte e attese. Dopo pochi istanti, alcune mani esitanti si sollevarono, identificando in questo modo i colpevoli. Il signor Anderson scosse la testa con espressione cupa. «E chi è responsabile di aver portato gli alcolici?»

Questa volta silenzio assoluto.

«Avanti! – La sua voce rimbombava ora nella notte. – Se non volete avere tutti la stessa punizione, gli innocenti faranno meglio a rivelare chi sono i colpevoli».

Un certo Tommy Jack, uno dei ragazzi piú giovani al Dean, disse: «Signore, la prego. È stato Alex Curry». In quel momento si sarebbe sentito cadere uno spillo in Inghilterra.

Gli occhi del direttore guizzarono verso lo sprezzante Alex Curry, che si era tirato a sedere sul letto con le braccia appoggiate alle ginocchia. «Allora, cosa intende farmi, signor Anderson? Prendermi a cinghiate? Provi solo ad avvicinarsi».

Un sorrisetto maligno si fece strada sulle labbra del signor Anderson. «Vedrai», fu tutto quel che disse. E si rivolse al piccolo Tommy in tono acido e pieno di disprezzo. «Non mi piacciono i ragazzi che fanno la spia sui loro amici. Sono sicuro che avrai imparato anche tu la lezione prima che questa notte sia finita».

Quindi spense le luci e chiuse la porta, e seguí un lungo silenzio prima che la voce spaventata di Tommy tremasse nell'oscurità. «Non volevo, lo giuro».

Alex Curry ringhiò la sua risposta. «Vaffanculo!»

Il signor Anderson aveva ragione. Il piccolo Tommy quella notte imparò, nel modo piú severo possibile, che raccontare i fatti degli altri non è un comportamento accettabile. E la maggior parte di coloro che avevano alzato la mano – se non tutti – appresero una lezione analoga.

Per quanto riguarda il resto di noi, potemmo solo aspettare trepidanti la ricompensa che il signor Anderson aveva in serbo quel mattino.

Con nostra grande sorpresa, non accadde nulla. A colazione, la tensione era palpabile nella sala da pranzo stranamente muta, dove i ragazzi e il personale parevano essere ugualmente spaventati all'idea di aprire bocca. Quando uscimmo per andare a scuola, marciando a coppie giú per la collina fino al villaggio, parte della nostra ansia si era dissipata. Alla fine della giornata ce n'eravamo quasi dimenticati.

Tornammo come al solito al Dean, dove nulla sembrava fuori dalla solita routine, a parte il fatto che Alex Curry non c'era piú. Se n'era andato per sempre. Poi però entrammo nel dormitorio. E fu a quel punto che ci rendemmo conto che i sacchi con le nostre cose, che stavano ai piedi di ciascun letto, erano spariti. Tutti. Fui preso dal panico. L'anello di mia madre era nel mio sacco. Corsi giú dalle scale infuriato e in preda all'ansia, e nella corsa andai a sbattere contro il custode nel corridoio del piano inferiore.

«Dove sono le nostre cose? – gli gridai. – Che cosa ne ha fatto?»

Il custode aveva la faccia color della cenere, addirittura verdognola attorno agli occhi. Occhi pieni di dispiacere e di senso di colpa. «Non l'ho mai visto cosí, Johnny, – mi disse. – È uscito dal suo appartamento come un ossesso dopo che voi siete andati a scuola. Ha fatto tutto il giro dei dormitori portando via i sacchi e costringendo me e qualcun altro ad aiutarlo –. Le parole gli cadevano di bocca come mele da un barile. – Li ha ammassati giú in cantina e mi ha fatto tenere aperta la porta della caldaia mentre li buttava tutti lí dentro. Uno dopo l'altro. Fino all'ultimo».

Sentii che la rabbia mi stava accecando. Tutto quello che avevo di mia madre non c'era piú. Il suo anello con i serpenti intrecciati. Perduto per sempre. E l'album di Peter con i pacchetti di sigarette. Ogni legame con il passato era stato reciso per l'eternità. Bruciato dal signor Anderson per una vendetta idiota.

Se ne fossi stato capace, avrei ucciso quell'uomo senza provare un briciolo di rimorso.

12.

Fin si sentiva un po' a disagio. Era strano ritrovarsi in quella casa, piena di memorie infantili. La casa dove lui e Artair erano stati a lezione dal signor Macinnes. La casa dove avevano giocato da bambini, amici inseparabili fin da quando avevano imparato a camminare. Una casa piena di cupi segreti, custoditi da entrambi per un tacito accordo.

Per Marsaili era semplicemente la casa in cui abitava. In cui aveva trascorso venti anni infelici sposata a un uomo che non amava, accudendone la madre invalida, allevando il figlio.

Al ritorno da Stornoway aveva invitato Fin a cena con lei e Fionnlagh, e lui aveva accettato con gratitudine, felice di risparmiarsi la minestra in scatola che progettava di scaldarsi sul minuscolo fornelletto da campo.

Nonostante ci fosse ancora luce, bassi nuvoloni neri avevano già posto fine a quella giornata. Un vento accanito fischiava attraverso porte e finestre, spingendo la pioggia contro i vetri a ondate, soffiando il fumo giú per il camino fin dentro il soggiorno e riempiendo la casa del pungente, abbrustolito aroma della torba.

Marsaili aveva cucinato in silenzio, e Fin immaginava che si sentisse in colpa per aver abbandonato suo padre in un letto estraneo di un luogo estraneo, dove non conosceva nessuno.

– Ci sai fare con lui, – disse lei all'improvviso, senza voltarsi ma tenendo lo sguardo fisso sulla pentola e il fornello.

Fin sedette a tavola con un bicchiere di birra. – In che senso?

– Con mio padre. Sembra quasi che tu abbia già avuto a che fare con chi soffre di demenza.

Fin sorseggiò la birra. – La madre di Mona soffriva di una forma precoce di Alzheimer. Un decadimento lento. All'inizio non particolarmente grave. Ma poi cadde, si ruppe un femore e fu ricoverata al Victoria Infirmary a Glasgow, nel reparto geriatrico.

Marsaili fece una smorfia. – Immagino che non sia stato un gran divertimento.

– Terribile –. La profondità dei sentimenti espressi dal tono di voce di Fin la costrinse a voltarsi. – Sembrava una realtà presa pari pari dalle pagine di Dickens. Quel posto puzzava di merda e di piscio, e i pazienti passavano le notti a urlare. Gli infermieri si sedevano sul letto di mia suocera, impedendole di vedere la tv che lei stessa pagava, e si guardavano i telefilm mentre i sacchetti da colostomia traboccavano.

– Oh, Dio –. Sul volto di Marsaili si era dipinto l'orrore.

– Non potevamo lasciarla lí. Perciò una sera arrivammo con una borsa, impacchettammo le sue cose e la riportammo a casa nostra. Pagai un'infermiera privata e rimase con noi per sei mesi –. Bevve un altro sorso di birra, perso nei ricordi. – Imparai a trattare con lei. A ignorare le sue contraddizioni e a non discutere mai. A capire che la sua rabbia era causata dalla frustrazione, e la sua ostinazione dall'incapacità di tenere a mente le cose –. Scosse la testa. – La sua memoria a breve termine si era praticamente azzerata, ma riusciva a ricordare gli avvenimenti della sua infanzia con una chiarezza incredibile, e cosí passavamo ore a parlare del passato. Le volevo bene.

Marsaili rimase in silenzio, poi disse: – Perché tu e Mona vi siete lasciati? – Subito dopo aver posto la domanda, sentí il bisogno di spiegarsi meglio, temendo di essere stata troppo diretta. – È stato solo a causa dell'incidente?

Lui scosse il capo. – Quello è stato il punto di rottura... dopo anni di vita vissuta in una comoda menzogna. Se non fosse stato per Robbie avremmo preso strade diverse molto tempo prima, mi sa. Eravamo amici, non posso dire di essere stato infelice, ma non l'ho mai amata davvero.

– E allora perché l'hai sposata?

Fin incontrò lo sguardo di Marsaili e, nel dare una risposta a quella domanda, si costrinse ad affrontare la verità forse per la prima volta. – Probabilmente perché tu avevi sposato Artair.

Lei gli restituí lo sguardo, e i pochi passi che li separavano contenevano tutti gli anni sprecati, che avevano lasciato scivolare via.

Poi Marsaili rivolse nuovamente l'attenzione alla pentola, incapace di affrontare il pensiero. – Non puoi accusare me di questo. Sei stato tu ad allontanarmi.

La porta d'ingresso si aprí, e il vento e la pioggia entrarono assieme a Fionnlagh. Il ragazzo chiuse rapidamente l'uscio dietro di sé e rimase in piedi, gocciolante e con il volto arrossato, l'impermeabile zuppo e gli stivali di gomma incrostati di fango. Sembrò sorpreso di vedere Fin seduto al tavolo.

– Togliti quei vestiti bagnati, – disse Marsaili, – e siediti. È quasi pronto.

Il ragazzo lanciò lontano gli stivali e appese l'impermeabile, poi portò in tavola una bottiglia di birra presa dal frigorifero. – Allora, cos'è successo al nonno?

Marsaili si scostò i capelli dal viso e serví tre piatti di riso e *chili* con carne. – La nonna non lo vuole piú a casa. Perciò adesso è alla casa di riposo di Dun Eisdean e ci resterà finché non capirò che cosa fare di lui.

Fionnlagh prese una forchettata di cibo. – Perché non lo hai portato qui?

Lo sguardo di Marsaili guizzò verso Fin e poi si rivolse altrove, ma lui vi lesse tutto il suo senso di colpa. Disse: – Perché ha bisogno di un'assistenza professionale, Fionnlagh. Dal punto di vista fisico e mentale.

Il ragazzo però restava concentrato sulla madre. – Hai badato alla madre di Artair per un sacco di tempo. E non era nemmeno sangue del tuo sangue.

Senza preavviso, Marsaili rovesciò vent'anni di risentimento addosso a suo figlio. – Sí, be', forse a te piacerebbe cambiargli le lenzuola ogni volta che le bagna, o andare a cercarlo ogni volta che si perde in giro. Forse ti piacerebbe imboccarlo a ogni pasto, e aiutarlo quando perde o dimentica qualcosa.

Il figlio non rispose, si limitò ad alzare le spalle e a continuare con i bocconi di *chili*.

Fin disse: – C'è anche un altro problema, Fionnlagh.

– Cioè? – Fionnlagh lo guardava a malapena.

– Hanno trovato un corpo sepolto nella torbiera vicino a Siader qualche giorno fa. Un ragazzo, piú o meno della tua età. Stando alle prime indagini, era lí sotto dalla fine degli anni Cinquanta.

La forchetta di Fionnlagh si fermò a metà strada tra il piatto e la bocca. – E allora?

– È stato ucciso.

La forchetta tornò a posarsi sul piatto. – E questo cosa c'entra con noi?

– A quanto pare, era in qualche modo imparentato con tuo nonno. Il che significa che era anche imparentato con te e con tua madre.

Fionnlagh si accigliò. – Come fanno a dirlo?

– Il Dna, – rispose Marsaili.

Il figlio la guardò perplesso per qualche istante, poi iniziò a capire. – I campioni che abbiamo fornito l'anno scorso.

Lei annuí.

– Cazzo, lo sapevo! Avrebbero dovuto distruggerli. Ho firmato un modulo per chiedere che non conservassero il mio Dna nel database.

– L'hanno fatto quasi tutti, – disse Fin, – tranne, a quanto pare, tuo nonno. Probabilmente non aveva capito.

– E quindi lo hanno schedato come un criminale?

Marsaili disse: – Se non hai niente da nascondere, di che cosa ti preoccupi?

– È una violazione della privacy, mamma. Chissà chi accede alle informazioni, e a che scopo le usa.

– Hai perfettamente ragione, – disse Fin, – ma al momento non è questo il punto.

– E allora, qual è?

– Scoprire chi è la vittima e che legame aveva con tuo nonno.

Fionnlagh guardò sua madre. – Be', sarà stato un cugino o qualcosa del genere.

Lei scosse la testa. – Non esiste nessuno di cui siamo al corrente, Fionnlagh.

– Allora dev'essere qualcuno di cui non siamo al corrente.

Marsaili alzò le spalle. – A quanto pare è cosí.

– Comunque sia, questo tizio era imparentato col nonno. E allora?

Fin disse: – Be', dal punto di vista della polizia questo rende Tormod il principale sospettato.

Il silenzio che calò intorno al tavolo rispecchiava lo shock causato dalle sue parole. Marsaili lo guardò. Era la prima volta che sentiva quell'ipotesi. – È cosí?

Fin annuí lentamente. – Quando arriverà dalla terraferma l'ispettore a capo delle indagini, tuo padre sarà il sospettato numero uno in una lista con un unico nome –. Bevve un sorso di birra. – Quindi è meglio che cominciamo a cercare di scoprire chi era quell'uomo.

Fionnlagh spazzò via gli ultimi avanzi di *chili* dal piatto. – Be', potete farlo voi. Io ho altro a cui pensare –. Attraversò la cucina per riprendere l'impermeabile e si dedicò a infilarsi gli stivali, che schizzarono pezzi di fango secco sulle piastrelle.

– Dove stai andando? – La fronte di Marsaili manifestava tutta la sua preoccupazione.

– Mi vedo con Donna al *Crobost Social*.

– Oh, allora suo padre la lascia uscire di sera? – Il tono di Marsaili era fortemente caustico.

– Mamma, non cominciare...

– Se quella ragazza avesse un solo grammo di intraprendenza, manderebbe suo padre dove merita di andarsene... Ti ho detto cento volte che potete stare qui, tu, Donna e la bambina.

– Tu non sai com'è suo padre –. Il figlio quasi le sputò addosso le parole.

– Credo proprio di sí, Fionnlagh. Siamo cresciuti insieme, non ricordi? – Marsaili lanciò un rapido sguardo a Fin e poi lo distolse nuovamente.

– Certo, ma a quei tempi non c'era di mezzo Dio, no? Lo sai come sono, mamma, quando prendono il *curàm*, questi riconvertiti alla fede. Non ci si può ragionare. Perché dovrebbero ascoltare te o me quando hanno già parlato con Dio?

Un brivido corse lungo la schiena di Fin a sentir parlare di *curàm*, quell'ansia che faceva vivere a chi ne era contagiato la fede come una malattia. Era come sentir parlare se stesso. Gli sembrava di sentir parlare se stesso. Dalla morte dei suoi genitori tanti anni prima, la sua vita era stata una continua battaglia tra la fede e la rabbia. Se decideva di credere, riusciva solo a provare rabbia per quel Dio che era stato responsabile dell'incidente. Perciò era piú facile non credere, e di conseguenza aveva ben poca pazienza con coloro che invece credevano.

– È ora che affronti quell'uomo –. C'era stanchezza nella voce di Marsaili, e dal suo tono poco convinto Fin comprese che a suo parere Fionnlagh non avrebbe mai contrastato Donald Murray.

Anche Fionnlagh se ne accorse e si mise sulla difensiva. – E cosa dovrei dirgli? Che prospettive ho? Che meraviglioso futuro posso offrire a sua figlia e a sua nipote? – Si voltò verso l'uscio, e le sue ultime parole quasi si persero nel vento. – Basta, non ce la faccio piú! – Sbatté la porta dietro di sé.

Marsaili arrossí per l'imbarazzo. – Mi dispiace.

– Non ti preoccupare. È solo un ragazzo che deve affrontare troppo presto una responsabilità che non gli dovrebbe competere. Deve finire la scuola e andare all'università. Poi forse potrà davvero offrire loro un futuro.

Marsaili scosse la testa. – Non lo farà. Ha paura di perderle. Vuole lasciare la scuola alla fine del semestre e trovarsi un lavoro. Dimostrare a Donald Murray che si assume appieno le proprie responsabilità.

– Gettando via la sua unica possibilità nella vita? Non credo proprio che voglia fare la fine di Artair.

Per un attimo Fin vide la rabbia arderle negli occhi, ma Marsaili non disse niente.

Lui invece si affrettò ad aggiungere: – E di una cosa sono sicuro. Donald Murray non lo rispetterebbe mai, se lo facesse.

Marsaili cominciò a sparecchiare. – È bello da parte tua tornare dopo tutto questo tempo e dirci come dovremmo condurre le nostre vite –. Sbatté i piatti sul piano di lavoro, poi vi si appoggiò a mani aperte, con la testa china. – Sono stufa, Fin. Stufa di tutto. Stufa di Donald Murray e delle sue prepotenze da bigotto. Stufa della mancanza di coraggio di Fionnlagh. Stufa di prendermi in giro studiando per un futuro che probabilmente non avrò mai –. Con un profondo, tremante respiro si costrinse a raddrizzarsi. – E adesso anche questo –. Rivolse lo sguardo a Fin: lui capí che era a un soffio dal perdere il controllo. – Che cosa devo fare con mio padre?

Sarebbe stato facile per lui alzarsi, prenderla tra le braccia e dirle che tutto sarebbe andato per il meglio. Ma non era vero. E non aveva senso fingere che cosí fosse. Le disse: – Vieni a sederti e raccontami che cosa sai di lui.

Marsaili si fece forza, si allontanò dal piano di lavoro e si sedette pesantemente sulla sedia. Aveva il volto teso e affaticato, e nell'impietosa luce elettrica era pallida ed emaciata. Ma Fin riusciva ancora a vedere la ragazzina di cui si era innamorato tanti anni prima. La ragazzina con le trecce bionde che si era seduta accanto a lui quel primo giorno di scuola e si era offerta di fargli da interprete perché, per qualche ragione a lui sconosciuta, i suoi genitori gli avevano parlato sempre e solo in gaelico. Allungò la mano sopra il tavolo e le scostò i capelli dagli occhi azzurri. Per un momento, lei sollevò una mano a toccare la sua, rivivendo per un fuggevole attimo i ricordi ormai passati. Poi lasciò ricadere la mano sul tavolo e cominciò.

– Papà arrivò da Harris che non aveva ancora vent'anni. Diciotto o diciannove, penso. Trovò lavoro come bracciante alla fattoria di Mealanais –. Si alzò per prendere dal ripiano una bottiglia mezza vuota di vino rosso e se ne versò un bicchiere. Ne offrí anche a Fin, ma lui scosse la testa. – Incontrò mia madre solo parecchio tempo dopo. Il padre di lei era ancora il gestore del faro, al Butt, e vivevano lí. A quanto ne so, papà tutte le sere dopo il lavoro andava a piedi fino al faro per vedere mia madre, anche solo per pochi minuti, e poi se ne tornava indietro. Con qualunque tempo. Oltre sette chilometri all'andata e sette al ritorno –. Bevve un lungo sorso di vino. – Credo fosse vero amore.

Fin sorrise. – Credo proprio di sí.

– Partecipavano a tutti i balli al club. E a tutte le feste nelle fattorie circostanti. Credo che si frequentassero seriamente da circa quattro anni quando il proprietario di Mealanais morí e la fattoria fu data in affitto. Papà fece domanda e lo accettarono. A condizione che fosse sposato.

– Quindi non fu una proposta del tutto disinteressata.

Marsaili sorrise suo malgrado. – Credo che mia madre fosse comunque felice che qualcosa alla fine l'avesse spinto a fargliela, quella proposta. Il matrimonio fu celebrato nella chiesa di Crobost dal padre di Donald Murray, e i miei genitori passarono Dio solo sa quanti anni a sudarsi la vita, lavorando la terra e occupandosi di me e mia sorella. Da quando ho ricordi, mio padre non ha mai lasciato l'isola. E questo è tutto quel che so, davvero.

Fin terminò l'ultimo sorso di birra. – Domani andremo a parlare con tua madre. È probabile che lei abbia piú informazioni di te.

Marsaili si versò altro vino. – Non voglio distrarti dal tuo progetto.

– Quale progetto?

– Restaurare la fattoria dei tuoi genitori.

Il sorriso di Fin fu attraversato da un'ombra di tristezza. – È rimasta in rovina per trent'anni, Marsaili. Può aspettare ancora un po'.

13.

Vedo una sottile striscia di luce gialla sotto la porta. Ogni tanto nel corridoio passa qualcuno, lo capisco dalle ombre che scorrono interrompendo quel bagliore. Ma non sento il rumore dei passi. Forse portano scarpe di gomma, cosí non si può sapere quando stanno arrivando. Non come il signor Anderson con il suo tic-tac. Lui vuole che tu sappia quando arriva. Vuole che tu abbia paura. E noi ne avevamo.

Adesso però non ho paura. Ho aspettato questo momento per tutta la vita. La fuga. Da chiunque intenda chiudermi in posti dove non voglio stare. Be', vaffanculo!

Ah, che liberazione averlo detto. O almeno averlo pensato. – Vaffanculo! – sussurro nel buio. Ma mi esce cosí forte che mi rizzo a sedere, intimorito.

Se ora arriva qualcuno, il gioco è finito. Vedranno il cappello e il cappotto, noteranno la borsa piena ai piedi del letto. Probabilmente chiameranno il signor Anderson, che verrà a darmi un sacco di cinghiate. Spero si sbrighino a spegnere le luci. Quando domattina si accorgeranno che non ci sono, devo essere già molto lontano da qui. Spero che gli altri non se ne siano dimenticati.

Non so quanto tempo sia passato. Mi sono addormentato? Non c'è piú luce sotto la porta. Sto a lungo in ascolto e non sento niente. Perciò prendo la borsa e socchiudo la porta con cautela. Maledizione! Avrei dovuto ricordarmi di fare la pipí prima. Troppo tardi. Non importa. Non ho tempo da perdere.

Accanto alla mia stanza c'è quella del vecchio Eachan. L'ho visto in sala da pranzo. E mi sono subito ricordato di lui. In chiesa guidava sempre i canti dei salmi in gaelico. Mi piacevano quelle voci. Cosí diverse dai cori cattolici della mia infanzia. Piú simili a canti tribali. Primordiali. Apro la porta e scivolo dentro: sta russando. Chiudo e accendo la luce. Sulla toeletta c'è una sacca marrone; Eachan è raggomitolato sotto la trapunta, addormentato.

Vorrei bisbigliare il suo nome, ma adesso mi sfugge. Porca miseria, come si chiamava? Eppure mi pare di sentirlo ancora cantare quei salmi. Una voce forte e limpida, piena di fede. Lo scuoto, e quando lui si gira tiro via la trapunta.

Bene, è tutto vestito, pronto ad andar via. Forse si era solo stancato di aspettare.

– Eachan, – mi sento dire. Ecco. Cosí si chiama. – Forza, amico, è ora di andare.

Sembra confuso.

– Cosa succede? – domanda.

– Stiamo scappando.

– Davvero?

– Sí, certo. Ne abbiamo parlato, non ti ricordi? Sei tutto vestito, amico.

Eachan si mette a sedere e si guarda. – Ah, già –. Appoggia le gambe sul pavimento; le scarpe hanno lasciato dei segni sulle lenzuola. – Dove andiamo?

– Lontano dal Dean.

– E che cos'è?

– *Shhh*. Il signor Anderson potrebbe sentirci –. Lo prendo per un braccio e lo guido verso la porta, dopodiché la apro per scrutare nel buio.

– Aspetta. La mia borsa –. Eachan prende la sacca e io spengo la luce prima di sgattaiolare nuovamente in corridoio.

In fondo c'è la cucina: vedo un bagliore, poi delle ombre muoversi alla luce di una lampada che illumina anche l'ingresso. Mi chiedo se uno dei ragazzi piú grandi abbia parlato. Se è cosí, siamo fregati. In trappola. Mi accorgo che il vecchio Eachan si aggrappa al mio cappotto, mentre ci trasciniamo cercando di non fare rumore. Adesso sento delle voci. Voci di uomini, e mi preparo ad affrontarli quando sarò arrivato all'ingresso. Una volta qualcuno mi ha detto che la sorpresa è l'arma migliore quando si è in svantaggio numerico.

Ma in realtà sono solo in due. Due vecchietti che se ne vanno in giro vestiti di tutto punto e con le borse pronte; sono seduti sul bancone.

Uno di loro mi sembra di conoscerlo. È molto agitato e mi lancia uno sguardo truce. – Sei in ritardo!

Come sa che sono in ritardo?

– Avevi detto subito dopo che si spegnevano le luci. Sono secoli che stiamo aspettando.

Gli rispondo: – Adesso andiamo.

È molto arrabbiato. – Lo so. Ma sei in ritardo.

L'altro si limita ad annuire, con gli occhi spalancati come quelli di un coniglio impietrito davanti ai fari di un'auto. Non ho idea di chi sia.

Qualcuno mi sta spingendo da dietro. È Eachan. Che cosa vuole?

– Vai avanti, vai avanti, – dice.

– Io?

– Sí, tu, – dice l'altro. – L'idea è stata tua e adesso lo fai tu.

Quello che sta zitto continua ad annuire.

Mi guardo attorno, chiedendomi che cosa vogliono che faccia. Perché siamo qui? Poi vedo la finestra. La fuga. Adesso mi ricordo. Uscendo di qui ci troveremo sul retro dell'edificio, poi su per il muro e via, attraverso la torbiera. Non ci prenderanno mai. Dobbiamo correre come il vento. Superare l'asfalto fino agli alberi.

– Venite, datemi una mano, – dico, e trascino una sedia vicino all'acquaio. – Una volta che sono fuori, passatemi la borsa. C'è dentro l'anello di mia madre. Ho giurato di custodirlo.

Eachan e quello che annuisce mi sostengono mentre salgo sulla sedia e metto il piede nell'acquaio. Ora riesco a raggiungere il saliscendi. Ma non si muove, maledizione! Neanche se provo con tutte le mie forze. Vedo le mie dita diventare bianche a forza di tirare.

All'improvviso nel corridoio si accende una luce. Sento dei passi e delle voci, e vengo preso dal panico. Qualcuno ha fatto la spia. Oh, mio Dio!

Oltre la finestra, quando torno a guardare fuori, è tutto nero. Vedo solo la pioggia che scorre sul vetro. Devo uscire. Dall'altra parte c'è la libertà. Comincio a picchiare con il pugno chiuso. E vedo il cristallo piegarsi a ogni colpo.

Qualcuno grida: – Fermatelo! Per l'amor di Dio, fermatelo!

Alla fine il vetro si spacca. Va in pezzi. Finalmente. Mi fanno male le mani e ho del sangue che mi scorre lungo le braccia. La violenza del vento e della pioggia sul viso quasi mi fanno cadere.

C'è una donna che urla.

Ma io riesco a vedere solo il sangue. Che macchia la sabbia. Una frizzante schiuma di mare che diventa rosso acceso sotto la luce della luna.

14.

Fin li accompagnò in auto oltre il *Crobost Social Club* e il campo da calcio adiacente. Le case, rivolte verso sud-ovest per contrastare i venti dominanti di primavera ed estate, si arrampicavano su per la collina a Five Penny e Eòrapaidh, oppure si accalcavano in basso lungo il crinale, per dare le spalle alle gelide raffiche invernali provenienti dall'Artico. Lungo la costa, a perdita d'occhio, il mare risucchiava, schiumava, ringhiava, come popolato da legioni instancabili di bianchi cavalli senza cavaliere che si andavano a schiantare inesorabilmente contro la caparbia pietra nera delle scogliere.

Il sole andava e veniva nel cielo graffiato dal vento; macchie di luce caotiche e casuali si rincorrevano sul *machair*, dove lapidi piantate nel soffice suolo sabbioso marcavano il passaggio delle generazioni. Un po' piú a nord, si vedeva in lontananza la cima del faro sul Butt. Fin immaginò che la madre di Marsaili avesse scelto di rintanarsi a vivere là seguendo qualche atavico istinto che la riportava all'infanzia, al ricordo di giornate inaspettatamente piene di sole, di violente tempeste, del mare selvaggio che si abbatteva sugli scogli sotto il faro in cui era cresciuta.

Dalla finestra della cucina, sul retro del moderno cottage dove i Macdonald si erano stabiliti dopo la pensione, si scorgevano benissimo sia l'insieme di edifici bianchi e gialli che erano stati la sua casa, sia i mattoni rossastri della torre, che aveva messo in guardia innumerevoli generazioni di naviganti sui pericoli nascosti tra gli scogli.

Mentre la signora Macdonald preparava il tè, Fin guardò dalla finestra e vide formarsi un arcobaleno, luminoso contro il banco di nuvoloni che gli faceva da sfondo, un abbaglio di luce che trasformava l'agitata superficie dell'oceano in una distesa di rame increspato. La torba nel piccolo giardino sul retro del faro era ridotta a un cumulo molto piccolo, e lui si chiese chi ora la tagliasse per loro.

Non stava prestando grande attenzione alle inutili chiacchiere dell'anziana signora, che invece era entusiasta di vederlo. Erano passati cosí tanti anni dall'ultima volta, stava dicendo. Nel momento in cui era entrato in casa, il profumo di rose che aveva sempre accompagnato la presenza della madre di Marsaili aveva riportato a galla un'ondata di ricordi. La limonata fatta in casa bevuta nella buia cucina della fattoria, con il suo pavimento lastricato. I giochi tra le balle di fieno nel granaio. La dolce cadenza inglese della madre di lei, strana a quel tempo ai suoi orecchi e ancora invariata, anche dopo tutti quegli anni.

– Abbiamo bisogno di qualche informazione sul passato di papà, – sentí dire a Marsaili. – Per compilare la sua scheda informativa alla casa di riposo –. Avevano concordato che era meglio non raccontarle la verità, per il momento. – E vorrei prendere qualche vecchio album con le foto di famiglia, per mostrarglieli e parlarne con lui. Dicono che le foto stimolino la memoria.

La signora Macdonald fu ben felice di tirare fuori le istantanee di famiglia, e volle sedersi a guardarle con Marsaili e Fin. Per loro era cosí raro di questi tempi avere un po' di compagnia, disse parlando al plurale, come se Tormod fosse ancora in quella casa. Una sorta di negazione. O un messaggio in codice: argomento da non discutere.

Gli album erano una decina. Gli ultimi avevano sgargianti copertine floreali, i piú vecchi erano rivestiti in una sobria fantasia a scacchi: erano stati ereditati dai nonni materni di Marsaili e contenevano una raccolta di sbiadite stampe in bianco e nero di persone defunte da lungo tempo, vestite secondo la moda di un'altra epoca.

– Questo è tuo nonno, – disse la madre a Marsaili, indicando l'immagine di un uomo alto con una scomposta massa di capelli neri e ricci che emergeva da una fotografia sbiadita e sovraesposta. – E questa è tua nonna –. Una donnina con i capelli lunghi e biondi e un sorriso ironico appena accennato. – Che ne pensi, Fin? Identica a Marsaili, non ti pare? – In effetti la somiglianza era notevole.

La signora Macdonald passò quindi alle foto delle proprie nozze. I chiassosi colori degli anni Sessanta, i pantaloni a zampa di elefante, le camicie smanicate e quelle a fiori con i colletti immensi. I capelli lunghi, i frangettoni e le basette. Fin era quasi imbarazzato per loro, e si chiedeva come le generazioni future avrebbero giudicato le fotografie della sua giovinezza. La moda è destinata ad apparire sempre ridicola in retrospettiva.

Tormod doveva avere circa venticinque anni, e sfoggiava una bella testa di folti ricci chiari che gli scendevano sul viso. Fin avrebbe faticato a riconoscere in lui lo stesso uomo del quale solo il giorno prima aveva dovuto ripescare gli occhiali dall'orinatoio, se non fosse stato per i vivi ricordi che conservava della propria infanzia: ricordi di un uomo robusto, alto, in tuta blu scuro, con un cappellino di stoffa perennemente spinto sulla nuca.

– Ha per caso qualche foto di Tormod piú vecchia? – chiese.

Ma la signora Macdonald scosse la testa. – Niente di prima del matrimonio. Quando eravamo fidanzati non avevamo una macchina fotografica.

– E della sua famiglia, della sua infanzia?

Lei alzò le spalle. – Non ne ha mai avute. O, perlomeno, non ne aveva portate con sé da Harris.

– Come sono morti i suoi genitori?

La signora Macdonald si riempí nuovamente la tazza da un bollitore tenuto caldo con un copriteiera lavorato a maglia, e ne offrí anche a Fin e Marsaili.

– Io sono a posto, grazie, – rispose lui.

– Stavi per dirci qualcosa dei genitori di papà, – la incalzò Marsaili.

Sua madre soffiò leggermente sul liquido caldo. – Non ho niente da dirti, tesoro. Erano già morti quando ho conosciuto tuo padre.

– Al matrimonio non c'era nessuno della sua famiglia? – chiese Fin.

La signora Macdonald scosse la testa. – Proprio nessuno. Era figlio unico. E credo che la maggior parte della sua famiglia, se non tutta, fosse emigrata in Canada negli anni Cinquanta. Non ne ha mai parlato molto –. Fece una pausa e per un attimo sembrò persa nelle sue riflessioni, come se cercasse di ricordare qualcosa di molto lontano. Rimasero in attesa di vedere se le tornava in mente qualcosa di utile. Alla fine lei disse: – È strano… – ma non andò oltre.

– Che cosa, mamma?

– Tuo padre era un uomo molto religioso. Lo sai bene. Ogni domenica mattina in chiesa. Lettura della Bibbia tutti i pomeriggi. Preghiera di ringraziamento prima dei pasti.

Marsaili lanciò uno sguardo a Fin, con un cenno di intesa tra il divertito e il mesto. – Come potrei dimenticare?

– Era un uomo molto retto. Onesto, e senza pregiudizi verso nulla e nessuno, tranne...

– Lo so, – Marsaili sorrise. – Odiava i cattolici. Papisti e Feniani, li chiamava.

Sua madre scosse il capo. – Non l'ho mai approvato. Mio padre apparteneva alla Chiesa anglicana, che non è molto diversa dal cattolicesimo. Senza il papa, ovviamente. Ma, comunque, il suo era un odio irragionevole.

Marsaili alzò le spalle. – Non sono mai stata sicura che facesse sul serio.

– Altroché se era serio!

– E allora cosa c'è di strano, signora Macdonald? – Fin cercò di riportarla al suo pensiero iniziale.

Lei gli rivolse uno sguardo vacuo, come se si fosse per un attimo dimenticata di ciò che stava dicendo. – Ah, sí. Ieri sera stavo mettendo in ordine le sue cose. Nel corso degli anni ha accumulato un sacco di spazzatura, almeno per metà totalmente inutile. In vecchie scatole da scarpe, nella credenza e nei cassetti della stanza degli ospiti. Ci passava ore, a rovistare tra quella roba. Non so proprio perché –. Sorseggiò il suo tè. – In ogni caso, in fondo a una scatola ho trovato una cosa che mi è sembrata... be', in un certo senso estranea al suo carattere.

– Che cosa, mamma? – Marsaili era incuriosita.

– Aspetta, ti faccio vedere –. Si alzò e lasciò la stanza, per tornare pochi secondi dopo e sedersi nuovamente tra loro sul sofà. Aprí la mano destra sopra il tavolino da caffè davanti a Fin e Marsaili, e sulle pagine aperte dell'album di nozze cadde una catenina d'argento con una medaglietta rotonda e ossidata.

Loro due si chinarono per guardare meglio. Marsaili la prese in mano e girò il ciondolo. – San Cristoforo, – disse, – patrono dei viaggiatori.

Fin allungò il collo e vide l'immagine consumata di san Cristoforo chino sul suo bastone che aiutava Cristo bambino ad attraversare un fiume impetuoso. «San Cristoforo, proteggici», era inciso lungo il bordo della medaglietta.

– Per quanto ne so, – disse la signora Macdonald, – in realtà è stato cancellato dal calendario dei santi della Chiesa cattolica una quarantina di anni fa, ma il suo culto è ancora profondamente radicato nella tradizione cattolica. Che cosa se ne facesse tuo padre, non riesco proprio a capirlo.

Fin prese il piccolo oggetto dalla mani di Marsaili. – Possiamo prenderla in prestito, signora Macdonald? Sarebbe interessante vedere se gli stimola qualche ricordo.

La signora fece un gesto noncurante. – Certo, prendetela pure. Tenetela. Buttatela via, se volete. A me non serve proprio.

Fin lasciò Marsaili al cottage, nonostante lei non fosse d'accordo. Le aveva spiegato che era meglio se lo lasciava parlare da solo con Tormod, almeno per ora. I ricordi legati alla figlia avrebbero potuto offuscare al vecchio la memoria lontana. Quel che Fin non le disse fu che lungo la strada aveva altre cose di cui occuparsi.

L'auto era appena sparita alla vista del cottage che Fin svoltò dalla strada principale e passando sopra la griglia per il bestiame risalí una viuzza asfaltata fino al parcheggio irregolare della chiesa di Crobost. Era un edificio tetro e severo, senza figure incise nella pietra o altre decorazioni, senza vetrate istoriate né una campana nel campanile. Quel Dio a cui era dedicata non concedeva nessuna distrazione. Era un Dio che considerava il piacere come peccato, l'arte solo come simbolo religioso. All'interno non c'era organo né pianoforte. Solo il lamentoso canto dei fedeli risuonava lungo le navate nel giorno del Signore.

Fin parcheggiò ai piedi della scala che portava alla canonica e salí fino alla porta d'ingresso. La luce del sole illuminava ancora il verde e il marrone del *machair*, mentre gli eriofori danzavano al vento tra le cicatrici lasciate dal taglio della torba. La chiesa era stata costruita in un luogo esposto, in alto, piú vicina a Dio, immaginò lui, a dimostrare la fede dell'uomo che si oppone alla furia degli elementi.

Suonò il campanello; ci volle quasi un minuto perché la porta si aprisse e il volto pallido ed esangue di Donna si affacciasse a scrutarlo dall'oscurità. Fin rimase scioccato, proprio come era successo la prima volta che l'aveva vista. Allora non sembrava neppure abbastanza adulta da essere incinta di tre mesi. Neanche adesso, diventata madre, dimostrava la sua età. I folti capelli castano chiaro, ereditati dal padre, erano tirati indietro e scoprivano un viso piccolo e struccato. Era fragile e minuta, come una bambina. Dolorosamente magra dentro i jeans strettissimi e una t-shirt bianca. Ma gli occhi con cui lo stava osservando erano adulti. Occhi consapevoli, che lasciavano trasparire una maturità ben superiore ai suoi anni.

Per un istante non disse nulla. Poi: – Buongiorno, signor Macleod.

– Ciao, Donna. C'è tuo padre?

Una momentanea delusione le baluginò sul volto. – Oh, pensavo che fosse venuto a vedere la bambina.

E subito Fin si sentí in colpa. Certo, giusta aspettativa. Ma lui, stranamente, si sentiva distaccato. Privo di emozioni. – Un'altra volta.

Un'espressione rassegnata si posò come polvere sui suoi tratti infantili. – Mio padre è in chiesa, sta chiudendo un buco nel muro.

Fin era già sceso di alcuni gradini quando si fermò e si guardò indietro, trovandola ancora ferma a osservarlo. – Lo sanno? – chiese.

Donna scosse la testa.

Fin udí i colpi del martello mentre entrava nel vestibolo, ma solo quando fu nel corpo centrale della chiesa capí da dove venivano.

Donald Murray era in cima a una scala a pioli posta sulla balconata, appollaiato in maniera precaria in mezzo alle travature, intento a inchiodare delle assicelle di legno lungo la parte orientale del tetto. Indossava una tuta blu da operaio. I suoi capelli castano chiaro si erano ingrigiti e andavano rapidamente diradandosi. Era cosí concentrato nel suo lavoro che non si accorse dell'uomo che lo guardava da giú, fermo in piedi tra i banchi. E mentre lo guardava, nella mente di Fin si dipanò un'intera storia. Una storia di avventure la notte dei falò, di feste sulla spiaggia, di gite lungo la costa occidentale in un'assolata giornata d'estate su una macchina rossa con il tettuccio abbassato.

Ci fu una pausa nelle martellate, mentre Donald cercava altri chiodi. – A quanto pare dedichi piú tempo a fare lavoretti di manutenzione che a predicare la parola di Dio, – disse Fin per attirare la sua attenzione.

Donald rimase cosí sorpreso che quasi cadde dalla scala, e dovette aggrapparsi con una mano alla trave piú vicina. Guardò in basso, ma gli ci volle qualche istante prima di riconoscere il suo interlocutore. – L'opera di Dio si può compiere in molte forme, Fin, – disse, quando finalmente si rese conto di chi fosse.

– Ho sentito dire che Dio dà lavoro alle mani pigre, Donald. Forse ha fatto quel buco sul tuo tetto per tenerti lontano dai guai.

Donald non poté evitare un sorriso. – Sei la persona piú cinica che abbia mai conosciuto, Fin Macleod.

– E tu la piú testarda, Donald Murray.

– Grazie. Lo prendo come un complimento.

Fin si ritrovò a sorridere. – Certo. Potrei dirti anche cose molto piú ciniche.

– Non ne dubito –. Mentre parlava, Donald lo fissava con espressione inquisitoria. – È una visita personale o professionale?

– Non ho piú una professione. Perciò direi che è una visita personale.

Donald si accigliò, ma non fece domande. Appese il martello a un passante della cintura e iniziò a scendere la scala con cautela. Quando arrivò giú, Fin notò che ansimava leggermente. La snella figura del ragazzo di una volta, tanto sportivo, atletico, ribelle e corteggiato da tutte le ragazze, cominciava a mostrare i segni del tempo. Sembrava anche piú vecchio: aveva rughe attorno agli occhi, dove la pelle aveva perso elasticità, e su tutto il viso come un reticolo di sottili cicatrici. Strinse la mano tesa di Fin. – Cosa posso fare per te?

– Tuo padre celebrò il matrimonio dei genitori di Marsaili –. Fin notò la sorpresa nel suo volto. Qualunque cosa si fosse aspettato, non era certo questa.

– Immagino di sí. Probabilmente ha sposato la maggior parte della popolazione di Ness.

– Che documento d'identità gli avrà richiesto?

Donald lo osservò per alcuni lunghi secondi. – Questa domanda mi suona piú professionale che personale, Fin.

– Credimi, è personale. Non sono piú nella polizia.

Donald annuí. – D'accordo. Vieni che ti faccio vedere –. Percorse la navata fino in fondo alla chiesa e aprí la porta della sagrestia. Fin lo seguí all'interno e lo guardò girare la chiave di un cassetto dello scrittoio. Donald ne estrasse un modulo stampato e glielo mostrò. – Sono le pubblicazioni di matrimonio. Questa è di una coppia che sposerò sabato prossimo. Le fornisce l'anagrafe solo dopo che gli sposi hanno consegnato tutta la documentazione necessaria.

– Che consiste in...?

– Tu sei sposato, no?

– Lo ero.

La pausa di Donald per assorbire l'informazione fu quasi impercettibile. Continuò come se non avesse sentito. – Dovresti saperlo, quindi.

– Mi sono sposato in fretta e furia in un ufficio comunale quasi diciassette anni fa, Donald. A dirti la verità, non mi ricordo granché.

– D'accordo. Be', avrai comunque dovuto fornire il tuo certificato di nascita, una sentenza di divorzio nel caso fossi già stato sposato, oppure il certificato di morte di tua moglie se fossi stato vedovo. L'anagrafe non rilascia le pubblicazioni a meno che tutta la documentazione sia stata fornita e tutti i formulari compilati. Il pastore non deve far altro che firmare sulla linea tratteggiata una volta terminata la cerimonia. E lo stesso devono fare gli sposi e i loro testimoni.

– Perciò tuo padre non avrebbe mai avuto motivo di dubitare dell'identità di chi stava sposando.

Donald strizzò gli occhi per lo stupore, e il reticolo di rughe si infittí sul suo volto. – Che cos'è questa storia, Fin?

Ma lui si limitò a stringergli la mano. – Non è nulla, Donald. Un'idea stupida. Fai finta che non te lo abbia chiesto.

Donald ripose le pubblicazioni di matrimonio nel cassetto e lo chiuse a chiave. Poi rivolse di nuovo l'attenzione a Fin. – Quindi tu e Marsaili state di nuovo assieme?

Fin sorrise. – Geloso?

– Non dire idiozie.

– No, non stiamo assieme. Sono tornato per restaurare la *crofthouse* dei miei genitori. Ho piantato una tenda nel loro terreno e starò lí finché avrò terminato il tetto e installato un impianto idraulico, per quanto minimo.

– Quindi, sei venuto a trovarmi solo per via di questa *stupida idea*?

Fin gli rivolse un lungo sguardo, cercando di contenere la rabbia che le sue emozioni alimentavano da qualche parte dentro di lui. Non avrebbe voluto che finisse cosí. Ma non riuscí a trattenersi. – Sai, Donald, penso che tu sia un maledetto ipocrita.

Donald reagí come se fosse stato schiaffeggiato. Quasi indietreggiò per lo stupore. – Di che cosa parli?

– Secondo te non lo so che Catriona era incinta quando vi siete sposati?

Donald arrossí. – Chi te lo ha detto?

– Quindi è vero. Il grande Donald Murray, spirito libero e pazzo per le donne, aveva scopato e messo incinta una ragazza.

– Non intendo ascoltare un simile linguaggio nella casa del Signore.

– Perché no? Sono solo parole. Scommetto che anche Gesú ne conosceva qualcuna di speciale. Tu stesso usavi espressioni piuttosto colorite un tempo.

Donald incrociò le braccia. – Dove vuoi arrivare, Fin?

– Voglio arrivare a farti capire che non c'è problema se *tu* hai commesso un errore. Ma Dio aiuterà quella tua ragazzina, o Fionnlagh, se hanno sbagliato anche loro. Tu ti sei dato una seconda chance perché non c'era attorno nessuno a giudicarti, in quell'occasione. Ma non sei disposto a essere tollerante con tua figlia. Perché? Fionnlagh non è abbastanza per lei? Mi chiedo che cosa pensassero di te i genitori di Catriona.

Donald era sbiancato dalla rabbia. Aveva la bocca serrata, le labbra strette. – Non ti stanchi mai di giudicare gli altri, vero?

– Qui se c'è qualcuno che giudica sei tu –. Fin rivolse l'indice al soffitto. – Tu e Lui lassú. Io sono solo uno spettatore.

Si voltò per lasciare la sacrestia, ma Donald lo afferrò. Dita forti che gli artigliavano il bicipite. – Tu che cazzo c'entri, Fin?

Lui si girò e liberò il braccio dalla stretta. – Attento al linguaggio, Donald. Siamo nella casa del Signore, ricordi? E dovresti sapere che l'*inferno* è qualcosa di molto concreto per alcuni di noi.

15.

Era un luogo freddo, adatto alla presenza di un morto. L'assistente in camice bianco aprí la cella frigorifera e Fin si ritrovò a guardare il volto color torba, incredibilmente ben conservato, di un giovane dai tratti maschili, che non doveva essere molto piú vecchio di Fionnlagh.

Gunn fece un cenno all'assistente, il quale con discrezione li lasciò soli. Il poliziotto disse: – Questa faccenda resta tra me e lei, signor Macleod. Se qualcuno la scopre, sono morto –. E arrossí lievemente. – Mi scusi il gioco di parole.

Fin lo guardò. – So benissimo che mi stai facendo un favore enorme, George.

– Questo però non le ha impedito di chiedermelo lo stesso.

– Avresti potuto rispondermi di no.

Con un cenno del capo Gunn ammise: – Avrei potuto –. E poi: – Meglio sbrigarsi, signor Macleod. Credo che la decomposizione progredisca in fretta.

Fin tirò fuori di tasca una piccola macchina fotografica digitale e puntò l'obiettivo sul volto del giovane. Il flash si rifletté sulle piastrelle intorno a loro. Fin scattò tre o quattro foto, da angolazioni diverse; quindi ripose l'apparecchio. – C'è qualcos'altro che mi potrebbe essere utile sapere?

– Il corpo è rimasto avvolto in una coperta di qualche tipo per parecchie ore dopo la morte. Il motivo si è impresso sulla schiena, sulle natiche, sui polpacci e sul retro delle cosce. Sto aspettando di ricevere le fotografie dal medico legale, cosí poi un disegnatore fa lo schizzo.

– Ma non avete niente con cui confrontarle?

– No, con il corpo non c'era nulla. Nessuna coperta, nessun vestito.

Gunn bussò alla porta, e l'assistente tornò per chiudere la cella e consegnare lo sconosciuto trovato nella torbiera a un'eternità di tenebre.

Fuori, il vento strattonava le giacche e i pantaloni e sputava pioggia, ma senza intenzioni serie. Il sole irrompeva in passeggeri momenti di luce, subito spenta da un cielo in continuo movimento. In cima alla collina stavano costruendo un nuovo padiglione dell'ospedale, e le folate portavano con sé il rumore dei trapani e dei martelli pneumatici, mentre giubbotti arancioni fluorescenti e caschetti bianchi riverberavano di quando in quando un frammento di luce.

In presenza della morte, qualunque uomo ha bisogno di un momento di silenzio interiore. Un promemoria della propria fragilità e mortalità. I due poliziotti tornarono alla macchina di Gunn senza una parola e sedettero zitti per quasi un minuto prima che Fin chiedesse: – Credi di potermi passare una copia del referto dell'autopsia, George?

Udí Gunn respirare rumorosamente. – Cristo, signor Macleod.

Fin lo guardò negli occhi. – Se non puoi, dimmi di no e ciao.

L'altro gli restituí lo sguardo, torvo, continuando a respirare a denti stretti. – Vedrò cosa riesco a fare –. Tacque per un momento poi, con voce carica d'ironia: – C'è qualcos'altro che posso fare per lei?

Fin sorrise e sollevò la macchina fotografica. – Potresti dirmi dove far stampare queste foto.

Il negozio di fotografia di Malcolm J. Macleod si trovava in un edificio intonacato a rustico in Point Street o, come dicono i locali, nei Narrows, dove da generazioni i ragazzi dell'isola si radunano il venerdí e il sabato sera per bere e fare a botte, fumare canne e dar sfogo agli ormoni dell'adolescenza. Il vento portava l'odore di olio e pesce fritto dal negozio di fish and chips due porte piú in là.

Quando le fotografie del cadavere furono scaricate dall'apparecchio di Fin e apparvero sullo schermo del computer, l'assistente del negozio le guardò con espressione curiosa. Ma qualunque domanda gli fosse venuta in mente rimase inespressa: George Gunn era una persona nota in città.

Fin guardò le immagini con grande attenzione. Il flash aveva appiattito i lineamenti, ma il volto era ancora perfettamente riconoscibile per chiunque potesse aver incontrato quel giovane uomo da vivo. Scelse la migliore e battendo un dito sullo schermo disse: – Questa, per favore.

– Quante copie?

– Solo una.

All'ingresso della casa di riposo di Dun Eisdean, Fin fu fermato da una bruna con la coda di cavallo e l'aria agitata, che gli chiese di seguirla nel suo ufficio.

– Lei era con la figlia di Tormod Macdonald, quando lo ha portato qui ieri, vero? Signor...

– Macleod. Sí, sono un amico di famiglia.

La donna annuí nervosa. – È tutta la mattina che cerco di mettermi in contatto con lei senza successo. Ci sono stati dei problemi.

Fin si accigliò. – Che genere di problemi?

– Il signor Macdonald... come posso dire... ha cercato di scappare.

Le sopracciglia di Fin sussultarono per la sorpresa. – Scappare? Questa non è una prigione.

– No, ovviamente no. I residenti sono liberi di andare e venire come desiderano. Ma è successo in piena notte. E, naturalmente, le porte erano chiuse a chiave per ragioni di sicurezza. A quanto pare ieri il signor Macdonald ha passato la serata ad aizzare alcuni degli altri residenti, e alla fine abbiamo fermato quattro di loro mentre cercavano di uscire.

Fin non poté fare a meno di sorridere. – Un comitato di fuga?

– Purtroppo non c'è nulla da ridere, signor Macleod. Il signor Macdonald si è messo in piedi sul lavandino e ha spaccato la finestra della cucina a mani nude. Si è provocato parecchi tagli.

Fin smise di sentirsi divertito. – Sta bene?

– Abbiamo dovuto portarlo al pronto soccorso. Gli hanno dato dei punti a una mano. Adesso è di nuovo qui, con le mani bendate, nella sua stanza. Ma ha agito in maniera piuttosto aggressiva, urlando contro il personale e rifiutando di togliersi il cappello e il cappotto. A sentire lui, sta aspettando sua figlia che deve venire a prenderlo per portarlo a casa –. La donna sospirò e si alzò per andare ad aprire una cartelletta beige. – Avremmo bisogno di parlare con la figlia del paziente per valutare l'opportunità di un trattamento farmacologico.

– Che genere di trattamento farmacologico?

– Temo che possiamo discuterne solo con i familiari.

– Volete sedarlo.

– Non si tratta di sedarlo, signor Macleod. Il paziente è in uno stato di grave agitazione. Dobbiamo calmarlo per evitare che si faccia di nuovo del male. O che ne faccia a qualcun altro.

Fin valutò le probabili conseguenze di quel trattamento. Una memoria già fragile e frammentata, spenta dai tranquillanti. Il tentativo di stimolare il ricordo di eventi passati e di stabilire il legame con l'uomo ritrovato nella torbiera sarebbe di certo fallito. Ma non potevano rischiare che si provocasse altre ferite. Disse: – Mentre cerca di contattare sua figlia, mi permetta di vedere se riesco a calmarlo io. Ero venuto per portarlo a fare un giro in macchina, se lei è d'accordo.

– Be', penso che sia un'ottima idea, signor Macleod. Ben venga qualunque cosa possa fargli capire che questa non è una prigione, e che lui non è un prigioniero.

16.

Chi sarà mai adesso? Io non mi muovo. Che vadano tutti all'inferno.

La porta si apre ed entra un uomo giovane. L'ho già visto da qualche parte. Forse lavora qui.

– Salve, signor Macdonald, – dice, e c'è qualcosa di rassicurante nella sua voce. Di familiare.

– Ti conosco?

– Sono Fin.

Fin. Fin. Che strano nome. Significa «pinna». La pinna di un pescecane. La pinna caudale. – Che razza di nome è?

– Il diminutivo di Finlay. Il mio nome era Fionnlagh, ma quando ho cominciato la scuola l'hanno trasformato nell'equivalente inglese. Finlay. È stata Marsaili ad abbreviarlo in Fin.

Si siede vicino a me sul letto.

Comincio a sperare. – Marsaili? È qui?

– No, ma mi ha chiesto di portarla a fare un giretto in macchina. Ha detto che le avrebbe fatto piacere.

Sono deluso. Ma sarebbe bello uscire un po'. È un sacco di tempo che sono bloccato qui dentro. – D'accordo.

– E vedo che è già tutto vestito e pronto per uscire.

– Come sempre –. Mi viene persino da sorridere. – Sei un bravo ragazzo, Fin. Lo sei sempre stato. Ma non saresti dovuto venire alla fattoria se i tuoi genitori te lo avevano proibito.

Anche Fin ora sorride. – Se lo ricorda, davvero?

– Certo. Tua madre era furibonda. Mary aveva una paura che pensasse fossimo stati noi, a suggerirti di mentire… Come stanno i tuoi genitori, a proposito?

Non risponde. Mi guarda le mani, e mi solleva il braccio destro. – Mi hanno detto che si è tagliato, signor Macdonald.

– Davvero? – Mi guardo le mani e vedo delle bende bianche che le avvolgono. Oh. Che diavolo è successo? Sento una punta di paura. – Oddio, – dico, piuttosto scosso. – Dovrebbero farmi male. Ma non sento niente. È grave?

– A una hanno dato dei punti, a quanto sembra. All'ospedale. Si è ferito mentre cercava di scappare.

– Scappare? – La sola parola mi mette allegria.

– Sí. Però, signor Macdonald, lei qui non è segregato. Può andare e venire come le pare e piace. È una specie di albergo. Basta che ne parli coi responsabili.

– Voglio andare a casa, – faccio io.

– Be', sa come dicono, signor Macdonald. Casa è dove appendi il cappello.

– Dicono? Chi lo dice?

– Sí, si dice cosí.

– Be', dov'è il mio cappello?

Fin mi sorride. – Sulla sua testa.

Meravigliato, sollevo la mano, e in effetti il mio cappello è proprio lí. Me lo tolgo e lo guardo. Il mio buon vecchio berretto. Ce l'ho da un sacco di anni. Adesso mi viene da ridere. – Eccolo. Non me ne ero reso conto.

Fin, con gentilezza, mi aiuta ad alzarmi.

– Aspetta, devo prendere la mia borsa.

– No, è meglio che la lasci qui. Cosí quando torna troverà le sue cose.

– Devo tornare?

– Certo. Deve tornare qui per appendere il cappello. Si ricorda? Casa è dove appendi il cappello.

Guardo il mio berretto, lo tengo ancora tra le mani bendate, e scoppio di nuovo a ridere. Me lo calco per bene sulla testa. – Hai ragione. Me n'ero quasi dimenticato.

Adoro vedere il sole sull'oceano. Sai che lí è profondo, perché l'acqua è di un blu davvero scuro. Solo quando è bassa e sabbiosa è verde, o turchese. Ma qui no. La sabbia sparisce quasi subito. È per via della risacca. Un sacco di gente ci è annegata. Immigrati o turisti, perlopiú. La sabbia li frega, perché è morbida, bella, gialla, e sicura. La gente del posto non si sognerebbe mai di entrare in acqua, se non su una barca. La maggior parte di noi non sa nemmeno nuotare, in ogni caso. Maledizione, come si chiama poi questa spiaggia.

– Dalmore, – dice Fin.

Non mi ero accorto di parlare ad alta voce. Ma già. Dalmore beach, giusto. L'ho riconosciuta appena abbiamo curvato per la strada costiera, superando i cottage e i cassonetti dei rifiuti e siamo arrivati al cimitero. Povere anime messe a riposare lí sul *machair*, dove il mare se le mangia poco a poco.

Questi maledetti ciottoli sono grossi. Difficile camminarci sopra. Ma sulla sabbia è piú facile. Fin mi aiuta a togliermi le scarpe e le calze, e la sento tra le dita dei piedi. È morbida, calda di sole. – Mi fa pensare alla spiaggia di Charlie, – dico.

Fin si ferma e mi lancia uno sguardo strano. – Chi è Charlie?

– Oh, nessuno che conosci. È morto tanto tempo fa –. E mi metto a ridere a crepapelle.

Fin stende sulla sabbia, presso il muro del cimitero, il plaid da viaggio che ha preso dal baule dell'auto. Ci sediamo. Ha portato delle bottiglie di birra. Fredde. Non ghiacciate, ma vanno bene comunque. Ne apre un paio e me ne passa una; mi godo quella sensazione spumeggiante nella bocca, proprio come la prima volta, sul tetto del Dean.

Il mare è un po' agitato a causa delle raffiche, e si rompe in onde bianche tutto attorno agli scogli. Sento addirittura qualche spruzzo d'acqua sul viso. Lieve, come il tocco di una piuma. Il vento ora ha spazzato via tutte le nubi. Nella brughiera c'erano giorni in cui avrei ammazzato per un pezzo di cielo blu come questo.

Fin sta prendendo qualcosa dalla borsa, qualcosa che mi vuole mostrare. Una fotografia, dice. È piuttosto grande. Seppellisco nella sabbia il fondo della bottiglia perché non si rovesci e prendo in mano l'immagine. Faccio un po' di fatica con le mani cosí bendate.

– Oh –. Mi giro verso Fin. – È un uomo di colore?

– No, signor Macdonald. Pensavo potesse essere qualcuno che lei ha conosciuto.

– Sta dormendo?

– No, è morto –. Sembra in attesa, mentre guardo la foto. Si aspetta che io dica qualcosa.

– È per caso Charlie, signor Macdonald?

Lo guardo e scoppio a ridere. – No, non è Charlie. Come potrei sapere che aspetto ha Charlie? Sei uno sciocco *balach*, uno stupido ragazzino!

Fin sorride, ma sembra un po' incerto. Non capisco perché. – Guardi con attenzione il volto, signor Macdonald.

Faccio quello che mi ha chiesto. E adesso che vedo oltre il colore della pelle, c'è qualcosa di familiare nei suoi lineamenti. Strano. La leggera curva del naso. Proprio come Peter. E la piccola cicatrice sul labbro superiore, all'angolo destro della bocca. Peter ne aveva una cosí. Si era tagliato con un tubo scheggiato quando aveva piú o meno quattro anni. E, oh... la cicatrice sulla tempia sinistra. Non l'avevo notata prima.

Di colpo mi viene in mente chi è, e mi appoggio la foto sulle gambe. Non posso piú guardarla. L'ho *promesso*! Mi giro verso Fin. – È morto?

Lui annuisce, guardandomi con un'espressione strana. – Perché piange, signor Macdonald?

Anche Peter mi chiese la stessa cosa, tanto tempo fa.

Il sabato era la giornata migliore. Niente scuola, niente Dio, niente signor Anderson. Se avevamo un po' di soldi potevamo andare a spenderli in città. Non ne avevamo quasi mai, in realtà, ma in città ci andavamo ugualmente. Una passeggiata di un quarto d'ora e ci ritrovavamo in un altro mondo.

Il castello dominava l'abitato, troneggiante su quella grande roccia nera, e la sua ombra si allungava sui giardini sottostanti. E c'era gente lungo tutta la strada, dentro e fuori dai negozi e dai bar, e motociclette e autobus che eruttavano nell'aria grosse nubi di gas di scarico.

Io e Peter a volte mettevamo in atto un piccolo imbroglio. Andavamo in città il sabato mattina, con addosso i nostri vestiti piú vecchi e le scarpe piú consumate, con le suole che si staccavano, e lui si appendeva al collo un cartello di cartone con la parola «CIECO» scarabocchiata sopra. Per fortuna avevamo un'istruzione decente e sapevamo scriverlo. Ovviamente, allora non immaginavamo che l'idea di appendersi un cartello al collo si sarebbe ritorta contro di noi fino a diventare una persecuzione.

Peter chiudeva gli occhi, mi appoggiava la mano sinistra sul braccio destro e con la destra teneva il berretto teso davanti a sé, mentre ci muovevamo lentamente tra la gente che faceva gli acquisti del weekend.

Le buone signore di città si impietosivano sempre. «Oh, povero ragazzino», dicevano e, se eravamo fortunati, gettavano uno scellino nel berretto. In questo modo racimolammo abbastanza soldi per pagare il tatuaggio a Peter. Ci volle un mese di guadagni disonesti nei fine settimana per potercelo permettere.

Peter aveva la mania di Elvis. Tutti i giornali e le riviste erano pieni di immagini e articoli su di lui. Era difficile non conoscerlo, o non conoscere la sua musica. In quegli anni postbellici eravamo fissati con l'America. Prima di cominciare a risparmiare per il tatuaggio, solitamente andavamo al *Manhattan Cafe*, di fianco al Monseigneur News Theatre. Era un locale lungo e stretto, con i séparé come in una tavola calda americana. Le pareti erano ricoperte di specchi con impresso lo *skyline* di New York. Considerando come trascorrevamo gli altri sei giorni della settimana, per noi era una fuga in paradiso. Uno sguardo tentatore su una possibile vita diversa. Con un caffè o una Coca i nostri soldi erano già finiti, ma ce li facevamo bastare e rimanevamo seduti ad ascoltare Elvis che cantava a squarciagola dal juke-box.

Heartbreak Hotel. Evocava immagini incredibilmente romantiche. Le strade di New York, il lampeggiare delle luci al neon, il vapore che sale dai tombini. Quel lento *walking bass*, il piano jazz che tintinna in sottofondo. E la sua voce emotiva, sofferta.

Il negozio di tatuaggi era in Rose Street, accanto a un pub frequentato da operai. Era una stanza sola, piuttosto squallida, con uno spazio sul retro separato da una tenda verde vomito con l'orlo sfilacciato. Odorava di inchiostro e di sangue vecchio.

Sulle pareti erano appuntati schizzi sbiaditi e malandati di questo o quel motivo e fotografie di braccia e schiene tatuate. L'artista stesso aveva tatuaggi su entrambi i bicipiti. Un cuore spezzato attraversato da una freccia, un'ancora, Braccio di Ferro. Il nome di una ragazza, Angie, in caratteri svolazzanti.

L'uomo aveva un volto cupo, denutrito, con lunghe basette.

Gli ultimi capelli superstiti erano tirati all'indietro su una zucca quasi pelata, lucida, fino a ricoprire il collo di lussureggianti ricci pieni di brillantina. Notai la sporcizia sotto le sue unghie e per un attimo temetti che Peter si prendesse qualche orribile infezione. Ma forse era solo inchiostro.

Non so cosa dicesse la normativa a quei tempi, non so neppure se fosse legale fare un tatuaggio a un ragazzino dell'età di Peter, ma se le leggi c'erano l'artista di Rose Street non se ne curava minimamente. Quando gli chiedemmo un tatuaggio di Elvis Presley fu colto alla sprovvista. Non ne aveva mai fatti prima, disse, e dovette prenderla come una sorta di sfida. Ci comunicò il prezzo: due sterline, all'epoca un patrimonio. Secondo me credeva che non potessimo permettercelo, ma quando circa sei settimane dopo arrivammo con il denaro, non mostrò alcuna sorpresa. Aveva predisposto uno schizzo grazie a una fotografia presa da una rivista, e aveva elaborato la scritta sotto il disegno – «Heartbreak Hotel» – come una specie di striscione ondeggiante.

Ci vollero ore, e un sacco di sangue, ma Peter sopportò senza un lamento. Dalla sua espressione vedevo quanto fosse doloroso, ma non lo ammise mai. Era uno stoico. Un martire in nome di un sogno.

Rimasi seduto accanto a lui per tutto il pomeriggio, ascoltando il mugolio della macchinetta elettrica, guardando gli aghi che solcavano la carne, e ammirai il coraggio di mio fratello mentre a ogni colpo inchiostro e sangue venivano asciugati.

Avrei fatto qualsiasi cosa per Peter. Sapevo quanto talvolta si sentisse frustrato, conscio com'era dei propri limiti. Ma non si arrabbiava mai, non imprecava, non aveva mai una parola cattiva per nessuno. Era davvero di animo buono, mio fratello. Piú di me. Non mi ero mai illuso al riguardo. E nella vita avrebbe meritato di meglio.

Al termine di quel pomeriggio, il suo braccio era un macello. Il tatuaggio era cosí coperto di sangue ormai secco che quasi non si vedeva. L'artista glielo lavò con acqua e sapone e lo asciugò con della carta prima di bendarlo con una garza che fissò con una spilla di sicurezza.

«Non toglierla prima di un paio d'ore, – disse, – e lava regolarmente il tatuaggio. Per asciugarlo tamponalo, non strofinarlo. La ferita deve prendere aria per rimarginarsi, quindi non coprirla –. Mi diede un barattolino con il coperchio giallo. – Pomata per tatuaggi. Mettine un po' sulla ferita dopo ogni lavaggio. Solo quanto basta perché non si secchi e non si formi la crosta. Se succede, non toglierla, verrebbe via anche l'inchiostro. Man mano che la pelle guarisce si forma una membrana che alla fine si sfalda. Se la curi per bene, in un paio di settimane sarà tutto a posto».

Sapeva il fatto suo, il tipo. Ci vollero dodici giorni per la guarigione completa, e solo a quel punto potemmo renderci conto che aveva fatto un gran bel lavoro. Non c'era dubbio che quello raffigurato sul braccio destro di Peter fosse il re del rock 'n' roll, e il modo in cui la scritta «Heartbreak Hotel» era stata elaborata la faceva sembrare il colletto della camicia di Elvis. Davvero ingegnoso.

Naturalmente, non fu facile tenere il tatuaggio nascosto. Peter indossava sempre le maniche lunghe, al Dean e a scuola, nonostante fosse estate. La sera del bagno si fasciava il braccio e lo teneva fuori dall'acqua. Agli altri ragazzi dicemmo che soffriva di psoriasi, una malattia della pelle di cui avevo letto in una rivista. E cosí il tatuaggio rimase il nostro segreto.

Fino a quel fatale giorno di fine ottobre.

Il problema di Peter era che, proprio come un secchio bucato non può trattenere l'acqua, lui non era in grado di mantenere un segreto. Era cosí limpido, cosí incapace di disonestà o di menzogne: prima o poi era inevitabile che ne parlasse con qualcuno. Se non altro per il gusto di poterlo mostrare.

A volte rimaneva seduto ad ammirarlo, piegando o stendendo il braccio e girando la testa da una parte e dall'altra per poterlo vedere da diverse angolazioni. Ma ciò che gli dava piú soddisfazione era guardarlo allo specchio, da una certa distanza, come se appartenesse a qualcun altro, qualcuno che meritava stima e rispetto. Tra le parole *Heartbreak* e *Hotel* c'era un piccolo cuore spezzato. Rosso. La sola parte colorata dell'intero tatuaggio. Peter andava matto per quella minuscola macchiolina rosso fuoco, e a volte lo scoprivo intento a toccarsela, quasi ad accarezzarla. Ma soprattutto adorava la sensazione che in qualche modo Elvis gli appartenesse e che non lo avrebbe mai abbandonato. Un compagno fedele per il resto di una vita che sarebbe stata breve.

Quell'anno aveva nevicato presto. Poca roba, ma c'era neve sui tetti e sui davanzali, e una spruzzata anche sui rami degli alberi spogliati dai venti insolitamente forti di quell'autunno. Tutto il resto – l'acqua impetuosa del fiume, la pietra nera di fuliggine del vecchio mulino, le abitazioni degli operai al villaggio – appariva piú cupo, piú tetro, in contrasto con il bianco della neve. Il cielo emanava un bagliore plumbeo, come un visore luminoso che emani luce solare senza proiettare ombre. L'aria era frizzante e pungente.

Eravamo a scuola, durante l'intervallo, e le nostre voci risuonavano acute nell'aria gelida, mentre il respiro si condensava uscendo dalle bocche come il fumo di un drago. Vidi Peter al centro di un gruppetto di ragazzi accanto al cancello. Quando li raggiunsi era già troppo tardi: mio fratello non avrebbe potuto scegliere una compagnia piú pericolosa per esibire il suo Elvis. C'erano i tre fratelli Kelly e un paio di loro amici. Altrettanto sgradevoli. L'unico motivo per cui frequentavamo i Kelly era perché erano cattolici come noi, e dovevamo stare insieme fuori al freddo ad aspettare che i protestanti concludessero la funzione mattutina. E anche tra nemici, ciò creava una qualche forma di fratellanza.

I Kelly erano una brutta compagnia. Quattro maschi. Uno molto piú piccolo, che non veniva ancora alla nostra scuola. Due di mezzo, Daniel e Thomas, con un anno di differenza tra loro, piú o meno della mia età. E Patrick, di un anno piú grande. Si diceva che il padre facesse parte di qualche famigerata gang di Edimburgo e che fosse stato in prigione. Pare avesse una cicatrice che disegnava un arco dall'angolo sinistro della bocca fino al lobo dell'orecchio, una specie di estensione del labbro inferiore. Io non lo avevo mai visto, ma l'immagine evocata da quella descrizione non mi abbandonava mai.

Catherine arrivò per prima: anche lei era diventata protettiva nei confronti di Peter. Nonostante fosse piú giovane di me, e quasi coetanea di Peter, ci accudiva con una sorta di istinto materno. Non in maniera sentimentale: si prendeva cura di noi in un modo dispotico, quasi brutale, che forse le derivava dall'esperienza. Nessun rimprovero gentile, né affettuose carezze sulla testa. Un calcio nel didietro e una raffica di insulti erano piú nel suo stile.

Quando arrivai, vidi Catherine sconcertata di fronte al tatuaggio sul braccio di mio fratello. Non gliene avevamo mai parlato, e lo sguardo che mi lanciò comunicava tutta la sua delusione per essere stata esclusa.

Peter si era tolto la giacca e aveva arrotolato le maniche della camicia. Persino i fratelli Kelly, tipi non certo facilmente impressionabili, erano a bocca aperta per l'ammirazione. Ma Patrick fu l'unico a capire che avrebbe potuto sfruttare la situazione a suo vantaggio.

«Finirai nei guai quando lo scoprono, idiota, – gli disse. – Chi te l'ha fatto?»

«È un segreto», rispose lui sulla difensiva. Iniziò a tirarsi giú la manica, ma Patrick gli afferrò il braccio.

«Questo è un lavoro professionale, no? Scommetto che quel tizio finirebbe in guai ancora piú seri per aver deturpato un ragazzino della tua età. Quanti anni hai, quindici? Mi sa che ci vuole l'autorizzazione dei genitori per una cosa del genere –. Scoppiò in una risata crudele. – Ma naturalmente, visto che non li hai, sarebbe un po' difficile ottenerla, no?»

«Meglio essere senza genitori che avere per padre un cazzo di ex galeotto». La voce di Catherine gelò lo sghignazzare dei ragazzi, e Patrick le rivolse un sorriso intimidatorio.

«Chiudi il becco, stronzetta». Fece un passo verso di lei, e io m'infilai pronto in mezzo a loro.

«E tu chiudi il tuo, Kelly».

Gli occhi verde pallido di Patrick Kelly incontrarono i miei. Aveva i capelli rossi e una faccia color porridge spruzzata di lentiggini. Era brutto e violento. Riuscivo a leggergli nello sguardo che intenzioni aveva. Era grande e grosso, ma lo ero anch'io. «E tu cosa vuoi?»

«Non mi piacciono gli insulti».

Qualcuno si mise a ridere, e il piú grande dei Kelly si spazientí. Lanciò un'occhiataccia ai suoi fratelli. «Zitti, cretini –. Quindi si rivolse a me. – Perciò al Dean permettono ai bambini di farsi tatuaggi a loro piacimento, a quanto pare, – disse. E dal momento che io non rispondevo, fece una smorfia. – Come mai ho la sensazione che l'idiota finirebbe nella merda, se lo scoprissero?»

«E perché dovrebbero scoprirlo?»

«Qualcuno glielo potrebbe dire». Patrick Kelly sorrise con aria furba.

«Tipo chi?»

Ridivenne serio e avvicinò la sua faccia alla mia. «Tipo io».

Non mi mossi di un centimetro, ma non potei trattenere una smorfia per la puzza dei suoi denti marci. «Solo i vigliacchi fanno la spia».

«Stai dicendo che io sarei un maledetto vigliacco?»

«Non sto dicendo niente. Le azioni dei vigliacchi parlano per loro».

La rabbia e l'umiliazione di trovarsi di fronte qualcuno piú furbo di lui acuirono il suo coraggio. Mi puntò un dito sul petto. «Vedremo chi è il maledetto vigliacco». Indicò con la testa il viadotto che s'innalzava sopra le nostre teste e che collegava la città con la periferia occidentale. Il penultimo progetto di Thomas Telford, come avrei appreso molto piú avanti. «C'è un cornicione che corre lungo tutta la parte esterna del ponte, subito sotto il parapetto. È largo venti centimetri. Ci troviamo qui stanotte. A mezzanotte. Io e te. E vedremo se hai il coraggio di attraversare il ponte camminandoci sopra».

Guardai in su. Anche da lí riuscivo a vedere la neve incrostata sul cornicione. «Neanche per idea».

«Paura, eh?»

«È un maledetto vigliacco».

«È che non sono scemo», dissi.

«Ti vergogni di tuo fratello, allora, eh? Pensa se lo buttassero fuori e lo mandassero in un dormitorio pubblico. Per una stronzata come quella che ha sul braccio. Non so se sareste felici di farvi separare».

Era una possibilità concreta. Sentii la rete dell'ineluttabilità chiudersi su di me. «E se lo faccio?»

«Elvis rimarrà un segreto. A meno che, ovviamente, non ti tiri indietro a metà strada. In questo caso andrò a dirlo».

«E la passeggiata la fai anche tu?»

«Certo».

«E io che cosa ne ricavo?»

«Sarai contento di poter dire che sono un vigliacco se mi tiro indietro».

«E se non lo fai?»

«Sarò contento di dimostrare che avevi torto».

«Non farlo». La voce di Catherine alle mie spalle mi giunse soffocata e spaventata.

«Zitta, troia!»

Sentii la saliva di Kelly sulla faccia e lanciai uno sguardo a Peter. Non ero sicuro che capisse la gravità della situazione, o il guaio in cui mi aveva cacciato ostentando il suo tatuaggio. «Vengo con te», disse con aria grave.

«Vedi? Anche l'idiota ha piú palle di te». Kelly ora gongolava, sapeva di avermi messo all'angolo.

Alzai le spalle, cercando di fare l'indifferente. «D'accordo. Ma mettiamoci un po' di sugo. Io vado per primo, e calcoliamo il tempo. Quello dei due che va piú lento lo deve rifare».

Per la prima volta vidi vacillare la sicurezza di Patrick Kelly. Toccava a lui ora sentirsi in trappola. «Nessun problema».

Che ragazzini stupidi eravamo! Catherine me lo disse chiaro e tondo mentre trascinavo via Peter dall'area giochi per dirgliene quattro.

«Tu sei matto, – mi disse. – È alto almeno trenta metri, quel ponte. Se cadi sei morto, garantito».

«Non cado».

«Be', lo spero proprio. Perché se cadi, non potrò farti notare che te l'avevo detto –. Fece una pausa. – Come pensi di uscire dal Dean?»

Non avevo mai raccontato a nessuno delle mie gite notturne al villaggio e al cimitero, e non volevo farlo neppure adesso. «Un modo c'è», dissi in tono distratto.

«Be', allora è meglio che me lo dici. Perché intendo venire anch'io».

«E anch'io», le fece eco Peter.

Mi fermai e spostai lo sguardo dall'uno all'altra. «No, voi non venite. Nessuno dei due».

«E chi cazzo pensi che ci fermerà?» disse Catherine.

«Sí, chi cazzo pensi che ci fermerà?» Peter gonfiò il petto con aria di sfida. Non l'avevo mai sentito usare quel linguaggio. Catherine era un pessimo esempio. Comunque sapevo che mi avevano sconfitto.

Dissi a Catherine: «E perché vuoi venire?»

«Be', se fate a gara ad attraversare il ponte, serve qualcuno che prenda il tempo –. Fece una pausa e sospirò. – E poi, se cadi, qualcuno deve pur essere lí per riportare Peter al Dean sano e salvo».

Quella notte non chiusi occhio. Mancavano tre ore e avevo un senso di nausea. Che cosa diavolo mi aveva preso per farmi trascinare in quella stupida provocazione? E quel che mi irritava ancora di piú era che Peter si era addormentato come niente fosse, sicuro che lo avrei svegliato all'ora di uscire. Valutai la possibilità di sgattaiolare fuori senza di lui, ma non sapevo come avrebbe reagito se non mi avesse trovato al suo risveglio, e temevo che la sua reazione avrebbe ulteriormente aggravato i nostri guai.

E cosí me ne rimasi steso sotto le coperte, incapace di scaldarmi, battendo i denti per il freddo e la paura. Naturalmente tra i ragazzi della scuola e del Dean si era sparsa come un incendio la notizia che ci sarebbe stata una sfida tra i Kelly e i McBride. Nessuno sembrava conoscerne il motivo, ma ero ben conscio che nel giro di poco tempo tutti avrebbero saputo del tatuaggio di Peter, e di conseguenza ne sarebbe giunta voce anche ai responsabili del Dean.

Il futuro si prospettava spaventoso, e, ancora peggio, del tutto imprevedibile. Sentivo che stavo perdendo il controllo sulle nostre vite. E se quando eravamo arrivati al Dean non eravamo in alcun modo padroni di noi stessi e del nostro destino, nell'ultimo anno avevamo trovato un certo conforto nella brutale sicurezza della routine quotidiana che ci veniva imposta.

Il tempo passava lentamente e rapidamente assieme. Guardavo l'orologio ogni cinque minuti. E poi di colpo fu mezzanotte meno un quarto. Mi chiesi se, alla fine, non mi fossi appisolato senza rendermene conto. Comunque ora il cuore mi martellava forte in gola e quasi mi soffocava. Era ora di andare.

Scivolai fuori dal letto, completamente vestito, e mi misi le scarpe. Avevano spesse suole di gomma che speravo mi avrebbero dato un po' di aderenza sul cornicione. Me le allacciai con dita tremanti e scossi la spalla di Peter. Con mia grande irritazione gli ci volle un po' di tempo per svegliarsi. Quando infine emerse dal sonno e da qualche suo immeritato bel sogno, gli tornò in mente quello che stava per accadere e i suoi occhi brillarono di aspettativa. «È ora di andare?» bisbigliò a voce un po' troppo alta.

Mi portai un dito alle labbra e gli rivolsi un'occhiata truce.

Solo quando raggiungemmo la porta del dormitorio mi resi conto di quanti altri ragazzi erano svegli. C'erano voci che sussurravano nel buio.

«Buona fortuna, Johnny».

«Fa' vedere a quei bastardi di che pasta sono fatti i ragazzi del Dean».

Mi veniva quasi da rispondergli: «Andateci voi a farglielo vedere!»

Catherine ci stava aspettando ai piedi della scala che portava alle cantine. Aveva con sé una torcia e mentre scendevamo mi accecò puntandomela in faccia.

«Per l'amor di Dio, togli quella luce!» Alzai la mano per schermarmi gli occhi. E poi, quando la luce si abbassò e fu di nuovo buio, rischiai di perdere l'equilibrio. «Cristo!»

«Siete in ritardo! – sussurrò lei. – Qui sotto me la stavo facendo addosso dalla paura. C'è qualcosa che continua a fare strani rumori e a correre sul pavimento. Topi, ne sono sicura».

Tirai il chiavistello per aprire la porta e sentii l'aria fredda della notte irrompere all'interno. C'era odore d'inverno e scorgevo le stelle, come piccoli fori in quel lenzuolo nero che era il cielo, quasi una luce vi risplendesse dietro. Il ghiaccio che scintillava sul nero dell'asfalto rifrangeva la volta celeste. Il paradiso perfettamente specchiato sulla terra. O l'inferno perfettamente riflesso nel cielo.

Nel momento in cui arrivammo giú al villaggio sentimmo un orologio battere da qualche parte. I dodici rintocchi attraversarono la fredda e chiara aria della notte con l'inesorabilità di una campana a morto, echeggiante, profonda e piena di terribili presentimenti. La camminata nell'oscurità lungo la fila di case silenziose che costeggiavano Bell's Brae fu lenta e piena di pericoli. La neve era caduta, poi si era sciolta al sole, e adesso aveva ghiacciato. Quando raggiungemmo Kirkbrae House in cima alla collina, eravamo tutti e tre sudati fradici. A scuola ci avevano detto che Kirkbrae House, con il suo aspetto particolare – torre e scalinata d'ingresso –, visibile solo a metà per via del ponte che la sovrastava, nel diciassettesimo secolo era stata una taverna. In quel momento avrei dato qualunque cosa per un bicchiere della buona birra spumeggiante che si beveva a quell'epoca. Sarebbe servita a staccarmi la lingua dal palato e anche a restituirmi un po' di coraggio, visto che mi accorgevo di perderlo a mano a mano che ci avvicinavamo al ponte.

I ragazzi Kelly ci stavano aspettando all'inizio della prima campata, nascosti nell'ombra di Kirkbrae House. La città era deserta e silenziosa come il cimitero del Dean. Niente macchine per strada, niente luci nelle case a schiera che si allineavano lungo Queensferry Street verso ovest. Ma la luna faceva brillare ogni superficie innevata nel villaggio sottostante. Solo le acque nere del fiume erano completamente avvolte dall'oscurità.

«Sei in ritardo! – sibilò Patrick Kelly dal suo riparo. – Ti aspettiamo da ore. E fa un freddo porco!»

Lo sentivo pestare i piedi e battere le mani nel tentativo di scaldarsi, e desiderai avere anch'io dei guanti, come li aveva lui.

«Be', adesso siamo qui, – dissi. – Iniziamo senza tante storie. Vado io per primo». Mi mossi verso il parapetto, ma sentii la manaccia aperta di Patrick che mi bloccava.

«No, vado prima io. Mi sono stufato di star qui a far niente. Chi prende il tempo?»

«Io». Catherine fece un passo avanti nel pallido bagliore giallastro di un lampione stradale e mostrò un cronometro d'argento con un'incisione, attaccato a un nastro rosa.

Uno degli altri ragazzi Kelly le afferrò il polso per guardare meglio, e nella sua voce si poteva cogliere l'invidia. «Dove lo hai rubato?»

Catherine si divincolò dalla stretta e chiuse le dita attorno all'oggetto per proteggerlo. «Non l'ho rubato. Me lo ha regalato mio papà».

Patrick disse: «Okay, Danny, tu controlla che non imbrogli». E si sporse ad appendersi alle sbarre di ferro battuto che correvano lungo il parapetto. In seguito scoprii che erano state alzate per evitare che la gente si suicidasse buttandosi giú. Chissà che cosa c'è nei ponti che spinge le persone a uccidersi con un salto nel vuoto. Comunque, a me interessava solo non cadere.

Il ponte aveva quattro campate e congiungeva Kirkbrae House con la torreggiante chiesa gotica della Holy Trinity dall'altra parte. Nel punto piú alto era trentadue metri sopra il livello del fiume, per una lunghezza di circa centotrentacinque. Il cornicione era largo appena per camminarci sopra. Niente di piú. Bastava non guardare in basso e non pensarci troppo. Il problema era che in alcuni punti il cornicione girava intorno all'armatura verticale dei tre piloni. E siccome i sostegni erano piegati ad angolo, mi avrebbero costretto ad allontanarmi dalla sicurezza del parapetto, dove era sempre possibile aggrapparsi a una sbarra.

Sentivo lo stomaco sottosopra. Era pura follia. Che cavolo ci stavo facendo in quel posto? Non riuscivo quasi a respirare.

Nel volto di Patrick leggevo riflessa la mia stessa paura, anche se faceva del suo meglio per nasconderla. «Okay, pronti col cronometro», disse, e quando Catherine premette il pulsante di partenza lui s'incamminò sul ponte mentre noi ci sporgevamo per vedere la scena.

Ero stupito dalla sua velocità: procedeva con disinvoltura, la faccia verso il parapetto, spostando prima le mani e muovendosi di lato lungo il cornicione. Abbracciava l'armatura di ciascuna campata, quasi stendendovisi sopra mentre scivolava con i piedi lungo il bordo. Danny lo aspettava dalla parte di Kirkbrae, guardando il cronometro con Catherine, mentre io, Peter e Tam, l'altro fratello di Patrick, lo seguivamo stando al sicuro con i piedi sulla carreggiata.

Sentivo Patrick ansimare per la paura e lo sforzo. Il fiato gli si condensava intorno al volto alla luce della luna. Vedevo la parte alta della sua testa, la concentrazione nei suoi occhi. Peter stava aggrappato al mio braccio, completamente concentrato sui progressi di Patrick. Anche se si trattava del ragazzo che lo aveva minacciato di divulgare il suo segreto sul tatuaggio di Elvis, lui temeva per la sua incolumità. Era fatto cosí. Tam gridava parole di incoraggiamento al fratello e, quando finalmente Patrick raggiunse la chiesa e si sollevò sulla strada con le braccia tremanti, lanciò urla di trionfo e di gioia.

Catherine e Danny vennero di corsa dall'altra parte per unirsi a noi.

«Allora?» disse Patrick con il volto colorito dall'entusiasmo.

«Due minuti e ventitre secondi, – disse Danny. – Ottimo, Paddy».

Patrick indirizzò la sua euforia verso di me. «È il tuo turno».

Guardai Catherine e scorsi l'apprensione che le bruciava negli occhi. «Com'è il ghiaccio da quella parte?» chiesi a Patrick.

Mi rispose con una smorfia. «Si scivola da paura».

Sentii il cuore affondarmi fino alle scarpe. Due minuti e ventitre secondi mi pareva un ottimo tempo. E sapevo che, se non fossi riuscito a batterlo, avrei dovuto attraversare il ponte di nuovo. L'atteggiamento di Patrick manifestava tutta la sua sicurezza. Neanche per un istante credette che sarei stato piú veloce di lui. E, a essere onesto, non ci credevo nemmeno io. Ma non aveva senso ruminarci sopra e finire per essere sconfitto dalla mia stessa paura.

Salii sul parapetto e, tenendomi alle sbarre, feci passare i piedi dall'altra parte raggiungendo il cornicione. Il ferro delle sbarre era gelato, e sulle mie mani già mezzo assiderate faceva l'effetto di un morso. Ma non mollai, e testai la neve ghiacciata sotto i piedi. Fui sorpreso di constatare che le suole di gomma fornivano una presa fantastica. Alla fine lasciai andare le mani e mi trovai in equilibrio sulla curva del cornicione, con almeno centoventi metri da percorrere davanti a me. Se avessi proceduto con la stessa tecnica di Patrick, non avrei avuto grandi possibilità di battere il suo tempo. Ma se tenevo le braccia larghe come un equilibrista e camminavo guardando avanti, fingendo di seguire un sentiero, probabilmente sarei riuscito ad andare piú veloce. A patto di non scivolare. Solo quando raggiungevo i supporti delle campate avrei dovuto aggirarli usando il metodo di Patrick.

Inspirai a fondo, resistendo alla tentazione di guardare in basso, e gridai: «Okay, fate partire il cronometro». Poi mi mossi, con lo sguardo fisso su Kirkbrae House all'altro capo del ponte. Sentivo la neve ghiacciata scricchiolare sotto i miei piedi, e tenevo il braccio sinistro piú alto del destro per evitare di toccare il parapetto. Il minimo errore nelle distanze, il minimo urto contro la parete e sarei finito a roteare nel vuoto.

Raggiunsi il supporto della prima campata e mi ci avvinghiai con le braccia, trascinando i piedi di lato come aveva fatto Patrick. Quindi mi raddrizzai per affrontare il tratto successivo. Provavo una strana euforia, mi pareva quasi di potermi mettere a correre. Ovviamente non era vero, ma mi sentivo sempre piú sicuro e aumentai la velocità, sempre posando un piede davanti all'altro con la stessa attenzione. Dal fondo del parapetto riuscivo a sentire la voce di Tam. «Cristo, Paddy, è veloce!»

E quella di Peter. «Vai, Johnny, vai!»

Nel momento stesso in cui raggiunsi Kirkbrae House e scavalcai il parapetto mettendomi in salvo, seppi di essere stato piú veloce. Anche Patrick lo sapeva, e vedevo la sua ansia crescere mentre attendevamo Catherine e Danny che attraversavano di corsa il ponte verso di noi.

Il viso di Danny era una maschera di trepidazione. Quello di Catherine sfoggiava un sorriso trionfante.

«Due minuti e cinque secondi», disse lui, la voce poco piú che un sussurro.

Ormai non m'importava piú. Avevo vinto la sfida. E se Patrick Kelly era un ragazzo di parola, il segreto di Peter sarebbe rimasto tale, almeno per un po'. «Finiamola qui».

La bocca di Patrick si strinse in una linea sottile. Scosse la testa. «Col cazzo. Il piú lento lo deve rifare. Questo era l'accordo».

«Non ha importanza», dissi.

Ma lui ebbe un moto di disprezzo. «Ne ha per me». E afferrò le sbarre per salire nuovamente sul parapetto.

Tam disse: «Avanti, Paddy, andiamocene a casa».

Patrick si lasciò cadere sul cornicione. «Fate partire quel cazzo di cronometro, okay?»

Danny mi guardò come se potessi fare qualcosa. Alzai le spalle. Io ci avevo provato. Catherine azionò il cronometro. «Vai», gridò. E Patrick si mosse, questa volta adottando la mia tecnica. Ma fin dall'inizio mi accorsi che non avrebbe funzionato altrettanto bene. Le sue scarpe facevano meno presa sulla neve ghiacciata. Nel corso del primo tratto rischiò diverse volte di perdere l'equilibrio e dovette fare un notevole sforzo per ritrovarlo. Tam, Peter e io correvamo accanto a lui sul ponte, spiccando salti a ogni metro per vederlo meglio.

La sua fronte era imperlata di gocce di sudore, illuminate dalla luce della luna, mentre le lentiggini sembravano una cupa spruzzata sul suo volto pallido. C'era paura nei suoi occhi, ma ancor piú un disperato bisogno di riuscire vittorioso. Stava mettendosi alla prova non solo con noi, ma soprattutto con se stesso. Quando perse l'appoggio del piede lo sentii sussultare, vidi la sua mano che cercava di afferrare l'aria fredda, e per un terribile momento pensai che fosse finito. Ma trovò la curva del parapetto e si rimise in equilibrio.

Eravamo quasi a metà strada quando udii la voce di Danny

che gridava dal lato di Kirkbrae. «La polizia!» E quasi nello stesso istante mi arrivò il rumore di un motore che si avvicinava dalla direzione di Randolph Place. Danny e Catherine si misero al riparo nell'oscurità di Kirkbrae House, ma io, Peter e Tam eravamo sul ponte, totalmente esposti, senza alcun possibile nascondiglio.

«Giú!» gridai, e mi accucciai contro il muro, tirando Peter accanto a me. Tam si accovacciò accanto a noi. Potevamo solo sperare che l'autopattuglia passasse oltre senza notarci. Per un momento pensammo di essere colpiti in pieno dalla luce dei fari, ma poi ci parve che la macchina avesse accelerato per proseguire. Mi sentii invadere da un'ondata di sollievo. Subito dopo però giunse lo stridio dei freni, e il rumore di pneumatici che sbandavano sull'asfalto ghiacciato. «Merda!»

«Correte!» strillò Tam.

Sentii il lamento del motore in retromarcia e non me lo feci dire due volte. Saltai in piedi all'istante e corsi a perdifiato verso Kirkbrae House e Bell's Brae, la via di fuga. Ma neanche dieci metri piú avanti mi accorsi che Peter non era con noi. Mi giunse l'urlo di Danny dall'estremità del ponte. «Ma che cazzo sta facendo?» E Tam mi afferrò il braccio.

Ci voltammo e vedemmo Peter inginocchiato sul parapetto, appeso con una mano a una sbarra mentre l'altra era tesa verso la sagoma terrorizzata di Patrick Kelly. Sembrava che lo avesse spinto. Le braccia di Kelly turbinavano in un tentativo disperato di non perdere del tutto l'equilibrio.

Ma già non c'era piú niente da fare. Senza un rumore Patrick scomparve nelle tenebre. Non sono piú riuscito a dimenticare il silenzio di quel momento. Patrick non emise nessun suono, non gridò, non pianse. Semplicemente cadde silenziosamente tra le ombre del ponte. Ogni cellula del mio corpo voleva credere che in qualche modo sarebbe sopravvissuto alla caduta. Ma sapevo, oltre ogni ragionevole dubbio, che era impossibile.

«Merda! – Percepii l'alito di Tam sulla mia faccia. – Quel coglione lo ha spinto!»

«No!» Sapevo che poteva sembrare cosí. Ma era impossibile che Peter avesse fatto una cosa del genere.

Due poliziotti in uniforme erano saltati fuori dall'auto e stavano correndo verso di noi. Schizzai indietro a prendere mio fratello e lo trascinai con me in direzione degli altri che aspettavano sul lato sud. Peter piangeva, disperato. Aveva le guance bagnate e lucide di lacrime. «Aveva chiesto aiuto, – disse, respirando a fondo per cercare di calmarsi. – Ho cercato di prenderlo, Johnny, lo giuro».

«Ehi! – La voce di uno dei poliziotti squarciò l'oscurità. – Fermi, ragazzi. Che ci fate sul ponte?»

Per noi fu il segnale: ci sparpagliammo correndo in tutte le direzioni. Non so dove andarono i ragazzi Kelly, ma io, Peter e Catherine ci precipitammo disordinatamente lungo Bell's Brae, inciampando e scivolando sull'acciottolato, senza nemmeno guardarci indietro. Fummo risucchiati dal buio della notte, tra le ombre degli edifici e degli alberi, e senza dire una parola risalimmo l'altro fianco della collina, verso le due torri del Dean.

Non so come, ma già il mattino dopo tutti al collegio parevano al corrente della caduta di Patrick Kelly dal ponte. E poi, quando qualcuno telefonò dal villaggio per avvertire che per quel giorno la scuola sarebbe rimasta chiusa, tutti seppero che era successo il peggio. Un ragazzo era morto cadendo dal ponte nel corso della notte. Nessuno del personale sapeva ancora chi fosse. Ma al Dean non c'era ragazzo o ragazza che non lo sapesse.

Stranamente, i compagni non ci chiesero che cosa fosse accaduto. Pareva che fossimo contaminati e nessuno di loro volesse prendersi la nostra malattia. Continuarono a frequentare i loro gruppi di amici, standosene però ben alla larga da Catherine, Peter e me.

Noi tre sedevamo in sala da pranzo, in attesa dell'inevitabile. Che giunse poco prima di mezzogiorno.

Un'auto della polizia percorse rombando il viale d'accesso e si fermò ai piedi della scalinata. Due agenti in uniforme entrarono al Dean e vennero condotti nell'ufficio del signor Anderson. Meno di dieci minuti dopo il custode fu mandato a chiamarci. Ci guardò, ansioso. «Che cos'avete combinato?» bisbigliò.

Siccome ero il piú grande, gli altri si voltarono verso di me, ma io mi limitai ad alzare le spalle. «Non ne ho idea», risposi.

Il custode ci precedette lungo il corridoio del pianterreno fino all'ufficio del signor Anderson, e nel passare ci sentimmo addosso gli occhi dei nostri compagni, nessuno escluso. Il tempo pareva essersi fermato, immobile, come quei ragazzi raggruppati a guardare i condannati diretti al patibolo. Sono sicuro che tutti, dal primo all'ultimo, ringraziavano Dio di non essere coinvolti.

Il signor Anderson era in piedi dietro la sua scrivania, il volto cinereo come i capelli. Aveva la giacca del completo scuro abbottonata e le braccia incrociate sul petto. I due agenti, cappelli in mano, erano alla sua destra, la responsabile alla sua sinistra. Noi tre ci allineammo davanti alla scrivania. Il direttore ci lanciò una gran brutta occhiata. «Voglio che uno di voi parli a nome di tutti».

Catherine e Peter mi guardarono.

«D'accordo, tu, McBride». Fu la prima e ultima volta che lo sentii chiamarmi per nome. Guardò gli altri due. «Se non siete d'accordo con qualcosa che lui dirà, parlate. Il vostro silenzio verrà interpretato come un consenso». Prese un profondo respiro e poi puntò le dita sul piano di fronte a lui, inclinandosi leggermente in avanti. «Vi trovate qui perché la notte scorsa un ragazzo è morto cadendo dal Dean Bridge. Un certo Patrick Kelly. Lo conoscevate?»

Annuii. «Sí, signore».

«A quanto pare attorno a mezzanotte sul ponte era in corso una bravata a cui partecipavano diversi ragazzi e una ragazza –. Fissò ostentatamente Catherine. – E una persona ha dichiarato di avere visto due ragazzi e una ragazza del Dean al villaggio, poco prima –. Il signor Anderson si raddrizzò. – Immagino che voi non abbiate idea di chi fossero?»

«No, signore». Sapevo che non potevano provare nulla, a meno che non avessero dei testimoni oculari in grado di identificarci. E se li avessero avuti, di sicuro in quel momento sarebbero stati lí, nell'ufficio del direttore, a puntare il dito contro di noi. Perciò negai ogni cosa. No, non eravamo usciti dal Dean. Eravamo stati tutta la notte nei nostri letti. No, non avevamo saputo niente della caduta di Patrick Kelly fino a quella mattina. E no, non avevamo idea di che cosa lui o altri ci facessero sul ponte in piena notte.

Ovviamente, sapevano che stavo mentendo. Qualcuno doveva averli informati. Uno dei ragazzi Kelly, forse. O uno dei loro amici.

Il signor Anderson si appoggiò sulle nocche, che divennero bianche, proprio come quel primo giorno di quasi un anno prima. «È possibile, – disse, con uno sguardo ai due poliziotti, – che il ragazzo non sia caduto; potrebbe essere stato spinto. Ci sarà un'indagine, e il colpevole sarà accusato di assassinio. O quanto meno di omicidio colposo. Si tratta di una faccenda molto, molto grave. E sarebbe una terribile macchia sulla reputazione del Dean, se si scoprisse che è coinvolto qualcuno dei suoi residenti. Mi capite?»

«Sí, signore».

Né Peter né Catherine avevano aperto bocca durante l'intero colloquio. Ma ora il signor Anderson rivolse lo sguardo su di loro. «Avete qualcosa da aggiungere?»

«No, signore».

Mezz'ora dopo che eravamo usciti dall'ufficio, quando i poliziotti finalmente se ne andarono, la voce del signor Anderson rimbombò per tutto il corridoio: «Maledetti cattolici! Voglio che se ne vadano da qui!»

E finalmente la profezia di Catherine si avverò. La mattina dopo arrivò il prete a portarci via.

17.

Fin scrutò attentamente il vecchio. La luce del sole gli colpiva la rada barba d'argento del viso e la carne flaccida del collo, mettendone in risalto la pelle rugosa e pallida. Per contrasto gli occhi erano quasi opachi, oscurati da ricordi che non poteva, o non voleva, condividere. Era rimasto a lungo in silenzio, e le lacrime si erano asciugate lasciando tracce salate sulle sue guance. Sedeva con le ginocchia strette al petto, e fissava il mare con occhi che vedevano cose di cui Fin non poteva essere partecipe.

Fin raccolse la fotografia dal plaid, dove Tormod l'aveva lasciata cadere, e la rinfilò nella borsa. Poi lo prese delicatamente per un braccio per aiutarlo ad alzarsi.

– Venga, signor Macdonald, facciamo una passeggiata in riva.

La sua voce sembrò risvegliare il vecchio da quei sogni a occhi aperti, e Tormod gli rivolse uno sguardo sorpreso, come se si accorgesse della sua presenza per la prima volta. – Lui non ha fatto niente, – disse, senza muoversi.

– Chi non ha fatto che cosa, signor Macdonald?

Ma Tormod si limitò a scuotere la testa. – Forse non era una cima, ma aveva imparato il gaelico molto piú in fretta di me.

Fin si accigliò, confuso. Sulle isole, tutti crescevano parlando gaelico. Quando Tormod era bambino, nessuno parlava inglese finché non andava a scuola. – Vuole dire che aveva imparato l'*inglese* piú in fretta di lei? – Non aveva idea di chi stesse parlando.

Tormod scosse la testa energicamente. – No, il *gaelico*. Lo sapeva come un nativo.

– Chi, Charlie?

Tormod sorrise, scuotendo la testa davanti alla stupidità di Fin. – No, no. Lui semmai parlava italiano –. Allungò una mano per farsi aiutare e si alzò nel vento. – Andiamo a bagnarci i piedi. Lo facevamo sempre sulla spiaggia di Charlie –. Guardò gli stivali di Fin. – Dài, ragazzo, toglitelí –. Si chinò e iniziò ad arrotolarsi i pantaloni.

Fin lanciò via gli stivali e si tolse le calze, denudando le gambe fino alle ginocchia, e tenendosi sotto braccio i due uomini camminarono sulla sabbia soffice e profonda fino al bagnasciuga, dove invece era compatta e umida. Il vento drappeggiava il cappotto attorno alle gambe di Tormod e riempiva la giacca di Fin. Sulle loro facce soffiava forte, condito di spruzzi, dopo aver percorso senza ostacoli cinquemila chilometri di oceano Atlantico.

La prima onda che lambí i loro piedi era freddissima, e il vecchio Tormod rise allegro, saltellando sulle gambe per allontanarsi mentre l'acqua si ritirava. Il suo berretto fu portato via dal vento e solo per miracolo Fin lo afferrò al volo. Tormod rise ancora, come un bambino intento a giocare. Avrebbe voluto rimettersi il berretto sulla testa, ma Fin lo ripiegò e se lo spinse nella tasca del cappotto perché non andasse perso.

Anche a lui piaceva la sensazione dell'acqua gelida sui piedi e, mentre il mare lanciava schizzi contro le loro caviglie e le loro gambe, ricondusse il vecchio verso l'ultima mite onda di un oceano prima torreggiante. Entrambi risero e gridarono per il brivido freddo.

Tormod appariva rinvigorito; libero, almeno per pochi istanti, dalle catene della demenza che gli imprigionavano la mente e gli impedivano di vivere appieno. Felice, come da bambino, di godere dei piaceri piú semplici.

Camminarono dentro e fuori dell'acqua per quattro o cinquecento metri, in direzione del gruppo di lucidi scogli neri all'estremità opposta della spiaggia, dove il mare si frangeva in una spumeggiante furia bianca. Il rumore del vento e della risacca riempiva loro gli orecchi, isolandoli da tutto. Dolori, ricordi, tristezze. Poi Fin si fermò e ritornarono indietro.

Avevano fatto pochi metri quando Fin si mise una mano in tasca e tirò fuori la medaglietta di san Cristoforo appesa alla catenina d'argento che la madre di Marsaili gli aveva dato poche ore prima. La porse a Tormod. – Se la ricorda, signor Macdonald? – Doveva gridare per farsi sentire al di sopra del rombo degli elementi.

Tormod pareva stupito di vederla. Si fermò e la prese in mano, osservandola sul palmo e richiudendola poi nel pugno. Fin rimase profondamente turbato vedendo lacrime improvvise scendere lungo le tracce di quelle che le avevano precedute. – Me lo aveva dato lei, – disse il vecchio, la voce quasi impossibile da sentire nel frastuono che li circondava.

– Chi?

– Ceit.

Fin rifletté per un momento. Era Ceit la causa del suo irragionevole odio verso i cattolici? – Era cattolica?

Tormod lo guardò come se fosse pazzo. – Certo. Tutti noi lo eravamo –. S'incamminò svelto lungo la battigia, dimentico dell'acqua che gli schizzava le gambe e gli inzuppava i pantaloni arrotolati.

Fin fu preso alla sprovvista e gli ci volle qualche istante per raggiungerlo. Tutto ciò non aveva senso.

– *Lei* era cattolico?

Tormod gli lanciò uno sguardo sprezzante. – Andavo a messa tutte le domeniche nella grande chiesa sulla collina.

– A Seilebost?

– Alla chiesa dei pescatori. Quella con dentro una barca.

– C'era una barca in chiesa?

– Sotto l'altare –. Tormod si fermò, all'improvviso come si era mosso poco prima, e rimase immerso fino alle caviglie nell'acqua che gliele colpiva a intervalli regolari, scrutando l'orizzonte dove la macchia scura di una petroliera lontana interrompeva la separazione fra terra e cielo. – Da lassú si vedeva la spiaggia di Charlie. Oltre il cimitero. Come una linea d'argento dipinta sulla riva tra il viola del *machair* e il turchese del mare –. Si girò e guardò Fin. – E tutti i morti volevano che ti fermassi lungo la strada. Un po' di compagnia umana nel mondo dell'oltretomba.

Si voltò nuovamente e, prima che Fin potesse fermarlo, lanciò la medaglietta di san Cristoforo tra le onde che si avvicinavano. Il ciondolo svaní nel turbine di sabbia e schiuma, risucchiato dalla risacca sino a fermarsi chissà dove negli abissi. Perduto per sempre.

– Non mi serve piú questa roba papista, – disse Tormod. – Il viaggio è quasi finito.

18.

Fin ricevette la chiamata da Gunn sul cellulare mentre stava uscendo dalla casa di riposo di Dun Eisdean. Tormod era stato stranamente silenzioso durante il viaggio di ritorno da Dalmore ed era entrato docilmente nella sua stanza, dove senza una parola di protesta aveva permesso all'inserviente di togliergli il cappotto e di condurlo in sala da pranzo. Non avendo mangiato quasi nulla il giorno prima, a quanto pareva aveva ora un buon appetito. E mentre si gettava su un piatto di agnello e patate bollite, Fin era uscito tranquillamente nel sole di mezzogiorno.

Parcheggiò la macchina in cima a Church Street e scese la via a piedi; Gunn lo stava aspettando sui gradini della stazione di polizia. Il vento era piú forte e piú freddo, lí sulla costa orientale, e increspava l'acqua della baia, facendo frusciare le prime foglie sugli alberi dall'altro lato sotto le cupe rovine del Lews Castle. I due uomini percorsero in fila indiana il sentiero che conduceva a Bayhead; con l'alta marea i pescherecci torreggiavano sulle banchine. Reti, nasse e ceste vuote giacevano sparpagliate sui ciottoli, e la brava gente di Stornoway andava in centro piegata in due per opporsi al vento.

Mentre passavano davanti a un bar le cui vetrate davano sulle barche alla fonda, Gunn disse: – Quello non è il giovane Fionnlagh?

Fin si voltò e oltre l'ombra del proprio riflesso vide all'interno del locale Fionnlagh e Donna seduti assieme a un tavolo. Sul pavimento tra loro c'era un porte-enfant e il ragazzo teneva in braccio sua figlia, osservando con un'espressione di amore incondizionato i suoi occhietti tondi e azzurri. La piccola ricambiava adorante lo sguardo del papà, mentre i suoi minuscoli ditini gli afferravano il pollice. Proprio come un tempo quelli di Robbie avevano afferrato il pollice di Fin.

Ebbe solo un istante per abbandonarsi ai rimpianti di tutta una vita prima che Donna si voltasse e lo scorgesse. La ragazza arrossí – per una volta, pensò lui, non era pallida come al solito – e distolse lo sguardo, rivolgendosi a Fionnlagh. Il ragazzo guardò a sua volta, sorpreso. E Fin vide qualcosa di strano in quegli occhi. Colpa? Paura? Impossibile a dirsi, anche perché in un attimo l'espressione svaní lasciando il posto a un sorriso imbarazzato. Fece un cenno a Fin, il quale rispose allo stesso modo. In quel momento difficile, uno scambio muto attraverso la vetrata era piú facile da accettare che tutte le parole rimaste inespresse tra loro.

– Vuole entrare? – chiese Gunn.

Lui scosse la testa. – No –. Fece un breve movimento con la mano come a salutare la giovane coppia e si allontanò lungo Bayhead, costringendo il poliziotto ad affrettarsi per stargli al passo. Solo di sfuggita si chiese perché Fionnlagh non fosse a scuola.

I due uomini trovarono un angolo riparato allo *Hebridean* e Gunn ordinò due mezze pinte di birra scura. Una volta sedutosi con i boccali davanti, estrasse dall'impermeabile una busta A4 e la passò a Fin dall'altra parte del tavolo. – Lei non ha mai ricevuto niente di tutto ciò.

Lui la ripose nella borsa. – Ricevuto che cosa?

Gunn sorrise, e per un po' sorseggiarono in silenzio le loro birre. Quindi il poliziotto appoggiò lentamente la sua sul sottobicchiere e disse: – Mezz'ora fa mi è arrivata una telefonata. La centrale del Northern Constabulary vuole mandare un ispettore capo da Inverness per aprire l'indagine sull'omicidio.

Fin annuí. – Come previsto.

– Probabilmente però non arriverà prima di una settimana. A quanto pare le alte cariche non ritengono cosí urgente risolvere un omicidio di cinquanta e passa anni fa –. Bevve un altro sorso di birra, poi appoggiò il boccale esattamente sul cerchio che aveva disegnato prima sul sottobicchiere. – Quando arriverà, non potrò piú condividere il lavoro con lei, signor Macleod. E questo è un vero peccato, perché so che lei è stato un buon poliziotto. Ma il fatto che non sia piú in servizio gioca a suo sfavore. Non ho dubbi che le verrà detto di tenersi alla larga dal caso.

Fin sorrise. – Hai ragione –. Prese un sorso dal suo boccale. – Perché tutto questo discorso, George?

– Be', signor Macleod, mi pare che abbiamo un po' di tempo a disposizione. E sarebbe una buona idea approfittarne.

– Che cos'hai in mente?

– Be', signore, pensavo di andare a Harris domani mattina, a Seilebost, per fare qualche ricerca sulla famiglia di Tormod Macdonald e vedere se riesco a farmi un'idea su chi possa essere l'uomo che abbiamo tirato fuori dalla torbiera. Sarebbe bello dimostrare a quelli della terraferma che i poliziotti delle isole non sono degli scalzacani.

– E allora?

– E allora, la mia macchina da un po' di tempo fa un sacco di capricci. Perlomeno, questa sarà la versione ufficiale. Pensavo che magari lei potrebbe darmi un passaggio.

– Oh, davvero?

– Già –. Gunn questa volta bevve un sorso di birra piú lungo. – Che ne dice?

Fin alzò le spalle. – Dico che Marsaili spera con tutta se stessa che io riesca a sistemare questa faccenda.

– Sí, capisco, visto che lei è un ex poliziotto e tutto il resto –. Gunn si portò nuovamente il boccale alle labbra, ma esitò. – Avete... una relazione?

Fin scosse la testa, evitando lo sguardo dell'altro. – Una lunga storia, George. Ma nessuna relazione –. Vuotò il boccale. – A che ora vuoi partire?

Mentre ritornava lungo la costa occidentale da Barvas a Siader e Dell, Fin osservò le cupe avanguardie di un nuovo fronte di maltempo profilarsi all'orizzonte. Nello specchietto retrovisore tuttavia vedeva i raggi obliqui del sole illuminare ancora le montagne purpuree di Harris, a sud. Anche verso nord il cielo rimaneva limpido e uno dopo l'altro i villaggi si stagliavano controluce con le loro vecchie *whitehouses* o le brutte costruzioni novecentesche, le *Daf houses* finanziate dal dipartimento per l'Agricoltura e la pesca, tutte uguali, con i muri intonacati a rustico, i tetti di ardesia inclinati e gli abbaini. Edifici terribilmente inadeguati a contrastare l'ostilità del clima isolano.

Il sole radente sulla torbiera verso est indorava l'erba, e Fin vide gruppi di paesani radunati in mezzo ai fossi con in mano il lungo coltello tipico, il *tarasgeir*, che approfittavano del pomeriggio senza pioggia per tagliare e ammassare la torba.

L'ombra scura della tetra e minacciosa chiesa di Cross gli indicò che era quasi arrivato a casa.

Casa? Era davvero la sua casa? Quest'angolo tormentato di mondo dove diverse fazioni della religione protestante in conflitto fra loro dominavano inflessibili la vita di ognuno. Dove uomini e donne faticavano per tutta l'esistenza cercando di far fruttare la terra o il mare, oppure, spinti dal bisogno, rivolgendosi alle industrie che si stabilivano qui per poi trasferirsi non appena finivano i sussidi, lasciandosi dietro i detriti del fallimento.

Il luogo sembrava, se mai era possibile, ancora piú depresso di quanto non fosse durante la sua giovinezza, nuovamente immerso in un periodo di declino dopo una breve rinascita alimentata da politici che, alla ricerca di voti, spendevano milioni per una lingua morta.

Ma se non era qui la sua casa, dove altro poteva essere? In quale altro luogo si sentiva in tale sintonia con la Terra, gli elementi naturali, la gente? Fin si trovò a rimpiangere di non aver mai portato Robbie qui, sull'isola dei suoi antenati.

Quando si fermò davanti al cottage di Marsaili, capí che dentro non c'era nessuno, perciò proseguí su per la collina, oltre la dimora dei suoi genitori finché, superato il crinale, vide estendersi davanti ai suoi occhi l'intera costa settentrionale dell'isola. Svoltò sulla strada che scendeva al vecchio porto di Crobost, dove un ripido scivolo di cemento per le barche sotto la rimessa conduceva a una piccola banchina al riparo della scogliera. Scotte arrotolate e boe arancioni erano posate su mucchi di catene arrugginite. Nasse da granchi e aragoste giacevano impilate contro il muro. Piccoli pescherecci stavano bizzarramente inclinati, assicurati ad anelli di ferro corroso. Tra di essi c'era ancora il relitto scrostato della barca che suo padre un tempo aveva aggiustato e dipinto di viola come la casa, e a cui aveva dato il nome di sua madre. Dopo tutti quegli anni, rimanevano le tracce di vite perdute.

Compresa la sua. Ricordi tristi e agrodolci aleggiavano tra le pareti in rovina della vecchia *whitehouse* che dalla collina dominava il porticciolo. La casa dove aveva trascorso la maggior parte della sua infanzia, sopportato da una zia che si era assunta di malavoglia la responsabilità di occuparsi dell'orfano di sua sorella. Una casa vuota, di calore e di amore.

Alle finestre c'erano ancora i vetri, e le porte erano sprangate. Ma le pareti un tempo bianche erano diventate nere di umidità, e gli infissi erano arrugginiti o marci. Al di sotto, sullo spiazzo d'erba in cima alla scogliera, la casa in pietra abbandonata dove Fin da bambino aveva tristemente giocato alla famiglia felice era ancora uguale ad allora. Due muri, due architravi. Niente tetto. Niente porte. Niente finestre. Chi l'aveva costruita aveva di certo scelto quel luogo per la splendida vista, ma da molto tempo ormai era stata abbandonata alle crudeli tempeste artiche che d'inverno assalivano quella parte della costa. Inverni lunghi, duri, che lui ricordava molto bene.

Un sentiero erboso conduceva giú fino a una spiaggia di ciottoli. Le nere rocce attorno alla scogliera erano diventate arancioni, incrostate dalle minuscole conchiglie di creature marine morte chissà quando, macchiate dalle alghe in putrefazione lungo tutta la riva. Sul promontorio lontano si ergevano tre *cairns* che erano sempre stati lí, da quando Fin aveva memoria.

Nulla cambiava davvero, a parte le persone che arrivavano, se ne andavano e lasciavano le loro tracce evanescenti.

Udí il rombo di un motore sopra il ruggito del vento, e voltandosi vide Marsaili che parcheggiava la vecchia Astra di Artair sul ciglio della strada, usciva sbattendo la portiera, ficcava le mani nelle tasche della giacca e prendeva lentamente il sentiero per raggiungerlo. Ci fu qualche istante di rassicurante silenzio, mentre entrambi guardavano le brutte *Daf houses* lungo la scogliera sul lato occidentale della baia, dopodiché Marsaili si girò a osservare la casa abbandonata sopra il porticciolo.

– Perché non restauri la casa di tua zia? È messa molto meglio di quella dei tuoi genitori.

– Perché non è mia –. Fin lanciò uno sguardo malinconico alla costruzione in rovina. – Mia zia l'ha donata a qualche associazione animalista. Tipico suo, no? L'associazione non poteva venderla, perciò l'hanno lasciata cadere a pezzi e basta –. Fin rivolse nuovamente lo sguardo all'oceano. – In ogni caso, anche se mi appartenesse, non vorrei mai rimetterci piede dentro.

– Perché no?

– Perché è infestata, Marsaili.

Lei assunse un'espressione perplessa.

– Infestata?

– Dal giovane Fin e da tutta la sua infelicità. L'ultima volta che dormii in quella casa fu la notte prima del funerale di mia zia. E giurai che non ci sarei piú tornato.

Marsaili sollevò una mano per accarezzargli la guancia, con dita leggere come piume. – Il giovane Fin, – disse. – Me lo ricordo. Mi innamorai di lui dal primo momento in cui lo vidi. E non l'ho mai perdonato per avermi spezzato il cuore.

I loro sguardi s'incontrarono, mentre la domanda di Gunn risuonava ancora negli orecchi di Fin. Il vento faceva ondeggiare i capelli di Marsaili in lunghe ciocche di seta, simili a una bandiera di libertà, e le arrossava il volto. Lineamenti delicati appena induriti dal tempo e dal dolore, ma sempre attraenti. La bambina della sua infanzia, la ragazza in fiore della sua adolescenza erano ancora presenti in quella cinica, divertente, acuta donna che lui aveva ferito in modo imperdonabile. Ma tornare indietro non è mai possibile.

– Ho fatto vedere a tuo padre una fotografia dell'uomo trovato nella torbiera, – disse. – Sono sicuro che lo ha riconosciuto.

Marsaili scostò la mano, come colpita da una scossa elettrica. – Quindi è vero.

– A quanto pare.

– Continuavo a sperare che si fossero sbagliati. Che avessero confuso i campioni di Dna o qualcosa del genere. I genitori sono la roccia su cui costruisci la tua vita: è sconvolgente scoprire che quella roccia era solo un'illusione.

– Gli ho fatto vedere la medaglietta di san Cristoforo e l'ha lanciata in mare –. Lo sgomento di Marsaili appariva chiaramente nelle rughe intorno ai suoi occhi. – Mi ha detto che gliel'aveva regalata una certa Ceit, e che tutti loro erano cattolici.

Marsaili alzò le sopracciglia, incredula. – Papà soffre di demenza senile, Fin. Non sa quello che dice.

Lui scrollò le spalle, non del tutto convinto. Ma tenne le proprie riserve per sé. Disse: – George Gunn intende andare a Harris domani per fare qualche ricerca sulla famiglia di tuo padre. Mi ha chiesto di accompagnarlo. Secondo te dovrei andare?

Marsaili annuí. – Sí –. E subito aggiunse: – Ma solo se ti va,

Fin. Se pensi di averne il tempo. Io devo tornare un paio di giorni a Glasgow, ho degli esami. Anche se ho ben altri pensieri per la testa –. Esitò. – Ti sarei grata se nel frattempo dessi un'occhiata a Fionnlagh.

Lui annuí, e il vento riempí il silenzio tra loro. Soffiava tra l'erba, spingeva il mare contro le rocce di tutta la scogliera settentrionale, portava gli strilli dei gabbiani che in lontananza lottavano per resistere al suo impeto. Fin e Marsaili erano in piedi in cima alla scogliera, maltrattati dalle folate impietose che squassavano i loro vestiti ed entravano nelle loro bocche mentre parlavano, rubandogli la voce. Marsaili si appoggiò al suo braccio per tenersi in equilibrio e lui le passò la mano tra i capelli, sentendo sotto le dita il suo collo morbido e fresco. Lei si avvicinò di un passo, in maniera quasi impercettibile, ma abbastanza perché Fin potesse quasi sentirne il calore. Quanto sarebbe stato facile baciarla!

Il suono di un clacson però li riscosse, ed entrambi si girarono per vedere una mano che salutava dal finestrino del guidatore. Marsaili rispose al saluto.

– La signora Macritchie, – disse, e l'istante svaní, portato via dal vento assieme alle loro voci.

19.

Nonostante siano chiamate isola di Lewis e isola di Harris, di fatto si tratta di un'unica isola divisa in due da una catena montuosa e da una stretta striscia di terra.

La strada verso sud, attraverso la piatta torbiera che si estende nella parte settentrionale dell'isola, diventa in breve tortuosa, una via a carreggiata unica che serpeggia tra i *lochs* scavati nella roccia dalla calotta polare in ritirata.

Fin e Gunn viaggiavano nell'oscurità causata dall'addensarsi di nubi di tempesta, con il vento e la pioggia che scendevano dai pendii frastagliati, e passarono su Harris poco prima di Ardvourlie, dove una casa solitaria si erge sulle incerte sponde del Loch Seaforth.

Da quel punto la strada saliva ripida, quasi incisa sul fianco della montagna, con una vista spettacolare sulle acque nere e tortuose del *loch* che si aprivano sotto di loro. Bastoni indicatori per la neve costeggiavano la strada, e le montagne si chiudevano attorno ai due viaggiatori, salite e pendii erti, vette smarrite tra le nubi che rotolavano giú per i ghiaioni come lava.

I tergicristalli dell'auto di Fin riuscivano a stento a contrastare la pioggia che picchiava sul parabrezza limitando la visibilità. I cigli della strada erano un unico ammasso di greggi silenziose, con le pecore intente a brucare qua e là le piccole macchie d'erba ed erica che in qualche modo sopravvivevano tra le rocce.

Poi, all'improvviso, mentre valicavano un angusto passo di montagna, da qualche parte in lontananza sotto di loro una linea di luce dorata sbucò dal margine inferiore delle nubi nere e viola che li circondavano. Una frastagliata linea di demarcazione tra un fronte meteorologico e un altro. Il fosco cumulo di nubi tra i picchi montuosi si dileguò man mano che la strada scendeva verso sud, e davanti all'auto si aprirono gli altopiani meridionali dell'isola di Harris.

La strada costeggiava il porto di Tarbert, dove attraccavano i traghetti dall'isola di Skye e da Lochmaddy, e s'inerpicava nuovamente sulle scogliere che dominavano Loch Tarbert e il gruppetto di case strette l'una all'altra sulla costa. Al riparo dai venti di ponente, l'acqua qui era liscia come olio e rifletteva cupamente gli alberi delle barche a vela all'ancora nella baia. In mare aperto, la luce del sole brillava sulla distesa argentea verso levante, ed era impossibile capire dove finisse il cielo e iniziasse il mare.

Quando Fin e Gunn raggiunsero la cima di Uabhal Beag, il paesaggio cambiò ancora. La roccia granitica sbucava qua e là sulle colline ricoperte di vegetazione, che improvvisamente scendevano in falde e burroni illuminati da una pallida luce primaverile, fino alle meravigliose sabbie dorate e al mare turchese di Luskentyre. Le montagne settentrionali e la tormenta che le avvolgeva erano uscite dalla vista e dalla mente, e l'umore dei due uomini migliorò.

La strada passava tutt'attorno alla spiaggia, per poi piegare verso il gruppo di case e cottage che costituivano la minuscola comunità di Seilebost. Fin girò a destra sulla stretta via che portava alla scuola, superando la carcassa di un camion rosso un tempo di proprietà della Wm Mackenzie Ltd di Laxay. Un segnale in legno tutto scheggiato tra i due pali di una recinzione avvertiva che i cani non erano ammessi nel pascolo comune.

L'asfalto pieno di buche svoltava su un pendio erboso, a rivelare uno splendido panorama sul *machair*. I fiori primaverili si piegavano al vento e le nubi aleggiavano sulle lontane montagne che facevano da corona alla spiaggia. Per quanto non fosse la prima volta che la ammirava, ogni volta quello spettacolo lasciava Fin senza fiato.

La scuola si ergeva isolata, ed era costituita da un gruppetto di edifici grigi e gialli con un campo da calcio a due passi dal mare. Difficile immaginare un'ambientazione piú idilliaca per l'istruzione dei bambini.

Mentre Fin entrava con l'auto nel piccolo parcheggio davanti all'edificio principale, sei o sette ragazzini con in testa un caschetto stavano facendo lezione sulla sicurezza stradale in sella alle loro bici, zigzagando tra i coni rossi posati dall'insegnante lungo la strada.

Gunn scese dall'auto e attirò l'attenzione della donna. – Stiamo cercando il preside.

– La preside, – rispose lei. – Nell'edificio alla vostra destra.

Era una costruzione intonacata di giallo, con il murale di un paesaggio sottomarino dipinto sul fianco. All'interno c'era odore di polvere di gesso e di latticello, e Fin di colpo si sentí riportato indietro nel tempo, alla propria infanzia.

La preside assegnò alla classe un problema da risolvere e guidò i due uomini in sala insegnanti. Era orgogliosa di poter dire agli ospiti che i suoi predecessori avevano tenuto con gran cura l'archivio della scuola, una tradizione che lei stessa desiderava perpetuare, e dunque era possibile consultare i registri risalenti a prima della Seconda guerra mondiale.

La preside, una donna attraente e molto curata sui trentacinque anni, continuava a ravviare dietro l'orecchio una ciocca ribelle di capelli castani sfuggita allo chignon. Indossava jeans, scarpe da ginnastica e un golfino aperto su una t-shirt. Un netto contrasto con le maestre che aveva avuto Fin ai suoi tempi, tutte severe signore di mezza età. Si mise a rovistare nelle scatole dei vecchi registri, e non le ci volle molto a recuperare quelli che si riferivano agli anni in cui Tormod poteva essere stato lí.

Sfogliò avanti e indietro le pagine di un periodo che andava dalla metà degli anni Quaranta all'inizio dei Cinquanta. – Ecco, – disse infine, puntando un dito sulle pagine ingiallite dei vecchi documenti scolastici. – Eccolo qui. Tormod Macdonald. È stato allievo della scuola elementare di Seilebost dal 1944 al 1951 –. Fece scorrere un'unghia smaltata di rosa sulle voci sbiadite che testimoniavano le presenze giornaliere. – Non faceva mai assenze.

– Potrebbero esserci stati fratelli o cugini nella stessa scuola? – chiese Gunn, e la donna scoppiò a ridere.

– Potrebbero, sergente, ma ci sono stati cosí tanti Macdonald qui nel corso degli anni che è quasi impossibile ricostruire le parentele.

– E in quale scuola dovrebbe essere andato dopo? – chiese Fin.

– Probabilmente alla scuola media di Tarbert –. La preside sorrise e gli rivolse uno sguardo intenso, che gli fece pensare a quando Marsaili gli aveva raccontato che tutte le ragazze a scuola erano innamorate di lui. E lui non se n'era mai accorto.

– Ha un indirizzo corrispondente a Tormod Macdonald?

– Posso trovarlo –. Sorrise di nuovo e scomparve in un'altra stanza.

Anche Gunn rivolse a Fin un mezzo sorriso. Invidia, o rimpianto?

– Mai che le cose vadano cosí, a me, – disse.

Il cottage dei Macdonald si trovava a circa ottocento metri dalla costa, in una posizione elevata, con una bella vista sulle sabbie di Luskentyre e Scarista. Tra la *crofthouse* e la strada carreggiabile si estendeva una striscia di terra lunga e stretta, indicata ormai solo dai monconi di una recinzione in rovina e dalla consistenza particolare del terreno, modificata da anni di agricoltura e allevamento.

Ma ormai non c'era piú né agricoltura né allevamento. La terra era andata in semenza, abbandonata da tanto tempo e reclamata a sé dalla natura. La *crofthouse* stessa era solo un guscio vuoto. Il tetto aveva ceduto anni prima, il camino sul lato nord era ridotto a un cumulo di macerie annerite. Erba alta e cardi crescevano dove un tempo c'era stato il pavimento di terra battuta, coperto di una sabbia che la madre di Tormod probabilmente cambiava ogni giorno.

Gunn si ficcò le mani in tasca, guardando la distesa di sabbia dorata sotto di loro e le sfumature turchese e smeraldo che indicavano le lontane secche nel mare. – È un vicolo cieco.

Ma Fin stava osservando la figura di un uomo lungo il pendio, che impilava mattonelle di torba accanto a un cottage da poco intonacato. – Vieni, – disse. – Vediamo che cosa sa il vicino –. E si incamminò ad ampie falcate nell'erba alta, dove il verde appena cresciuto si faceva largo in mezzo all'erba morta dell'inverno e fiori viola e gialli si innalzavano al cielo per annunciare l'inizio della bella stagione. Il prato fluttuava nel vento come se fosse acqua, fluendo e rifluendo in onde e vortici, e Gunn l'attraversò quasi di corsa nel tentativo di tenere il passo con il collega piú giovane.

Nel cottage del vicino tutto sembrava essere stato rinnovato. La pittura, il tetto, la palizzata. Porte e finestre avevano i doppi vetri. Uno splendente Suv rosso era parcheggiato nel vialetto d'accesso. L'uomo, con una folta zazzera di capelli grigi, interruppe il suo lavoro con la torba appena i visitatori arrivarono. Aveva il volto segnato dalle intemperie di chi passa molto tempo all'aperto, ma non aveva un accento isolano. Al saluto in gaelico di Fin rispose in inglese: – Mi spiace. Non parlo gaelico.

Lui gli porse la mano. – Nessun problema. Sono Fin Macleod, – disse, girandosi poi verso Gunn, che finalmente lo stava raggiungendo, senza fiato. – E lui è il sergente di polizia George Gunn.

L'uomo assunse un'aria un po' piú diffidente mentre stringeva la mano prima all'uno e poi all'altro. – Cosa vuole la polizia quassú?

– Cerchiamo informazioni sulla famiglia che viveva qui accanto.

– Oh –. L'uomo si rilassò un poco. – I Macdonald.

– Sí. Li conosceva?

Si mise a ridere. – Purtroppo no. Sono nato e cresciuto a Glasgow. Questo è il paese dei miei genitori, che si sono trasferiti sulla terraferma alla fine degli anni Cinquanta. Io sono nato poco dopo. Magari sono stato concepito in questa casa, ma non potrei giurarci.

– Loro quindi conoscevano i vicini, probabilmente, – disse Fin.

– Be', sicuro. Qui attorno si conoscevano tutti. Quand'ero bambino mi raccontavano un sacco di storie su questi posti, e venivamo qui per le vacanze estive. Ma smettemmo alla fine degli anni Sessanta, quando morí mio padre. Mia mamma è mancata cinque anni fa, e io ho deciso di tornare e restaurare la casa solo l'anno scorso, dopo che mi hanno lasciato a casa dal lavoro. Sono venuto a vedere se posso guadagnarmi da vivere gestendo una fattoria.

Fin si guardò attorno e annuí in segno di approvazione. – Per ora sta facendo un buon lavoro.

L'uomo rise di nuovo. – Quel po' di soldi della cassa integrazione possono servire a molto.

Gunn chiese: – Non sa proprio nulla riguardo ai Macdonald?

L'uomo inspirò sonoramente, a denti stretti. – Nessuna notizia diretta, no. Anche se nei primi tempi in cui venivamo in vacanza in questa casa abitavano ancora qui. Poi ci fu una qualche tragedia familiare, ma non so quale. L'anno dopo, quando tornammo, scoprimmo che avevano levato le tende.

Gunn si sfregò pensosamente il mento. – Lei non sa dove andarono?

– E chi lo sa? Forse in Canada: un sacco di gente a quell'epoca seguiva le tracce di chi ci aveva preceduto ai tempi delle Clearances e dell'emigrazione forzata.

Fin sentí un brivido di freddo e tirò su la cerniera della giacca. – Non crede che fossero cattolici, vero? I Macdonald.

Questa volta l'uomo scoppiò in una risata che risuonò sopra i sibili del vento. – Cattolici? Qui? Sta scherzando, amico. Questo è un paese presbiteriano.

Fin annuí. Sapeva già che era improbabile. – Dove si trova la chiesa piú vicina?

– Penso sia la chiesa di Scozia a Scarista –. L'uomo si girò e indicò verso sud. – A cinque minuti da qui.

– Cosa siamo venuti a fare in questo posto, signor Macleod? – Gunn era fermo nel parcheggio in cima alla collina, con l'aria afflitta e il naso rosso per il freddo, stretto nella sua giacca a scacchi. Il sole creava macchie di luce che si muovevano rapide come cavalli selvaggi lungo la collina e la spiaggia sottostante, ma non era abbastanza forte da scaldare l'aria. Il vento aveva girato verso nord, soffiando impietoso sui loro volti gelati.

La chiesa di Scarista si ergeva orgogliosa in cima alla collina, su una striscia di prato punteggiato da lapidi che proteggevano il riposo eterno di generazioni di fedeli. Una visione sensazionale, pensò Fin, da portare con te nell'aldilà: il blu chiazzato e ombreggiato delle montagne lontane, oltre il giallo delle sabbie di Scarista; la luce cangiante di un cielo in perenne movimento; il costante ritornello del vento, come le voci levate nelle lodi al Signore.

Rivolse lo sguardo all'edificio. La chiesa era spoglia e priva di decorazioni, come quella di Crobost. – Voglio andare a vedere se dentro c'è una barca, – disse.

Gunn aggrottò le sopracciglia. – Una barca? In chiesa?

– Esatto, una barca –. Fin spinse la porta, che si aprí facilmente. Attraversò il vestibolo fino al corpo principale della chiesa. Gunn lo seguiva da vicino, e ovviamente non trovarono alcuna barca. Solo uno spoglio altare in legno di faggio ricoperto da un drappo viola e un pulpito eretto sopra l'altare da dove il ministro del culto, nella sua posizione elevata e privilegiata, piú vicina al paradiso rispetto alle folle a cui predicava, diffondeva la parola di Dio.

– Ma cosa le ha fatto pensare che in chiesa ci fosse una barca, signor Macleod?

– Tormod Macdonald ha parlato di una barca in chiesa, George. Una chiesa costruita dai pescatori.

– Se lo sarà inventato.

Ma Fin scosse la testa. – Non credo. Il padre di Marsaili è confuso, immagino, e frustrato; ha difficoltà con le parole, con la memoria, e fa fatica a comunicare. Forse sta anche nascondendo qualcosa. Consciamente o meno. Ma non credo che abbia mentito.

All'esterno il vento era aumentato ancora ed era sempre piú implacabile. Ne sentirono la sferzata appena uscirono dalla chiesa.

– Tutta la popolazione di Harris è protestante, George, non è vero?

– Sicuramente, signor Macleod. Suppongo che in giro ci saranno uno o due cattolici, come pecore che hanno abbandonato il gregge, ma per la maggior parte i cattolici si trovano sulle isole meridionali –. Sorrise. – Clima migliore e piú divertimenti –. Abbassò la voce. – Ho sentito dire addirittura che i negozi vendono alcolici anche la domenica.

Fin sorrise. – Penso che l'inferno ghiaccerà prima che si arrivi a vedere una cosa simile su Lewis, George –. Aprí la portiera della macchina.

– Adesso dove andiamo?

– Torniamo a Tarbert, direi. Vorrei chiedere all'anagrafe una copia del certificato di nascita di Tormod.

L'ufficio dell'anagrafe occupava il vecchio dormitorio della scuola a West Tarbert, un edificio scialbo, dal tetto piatto, eretto alla fine degli anni Quaranta per alloggiare gli allievi che arrivavano dagli angoli piú remoti dell'isola per frequentare la scuola media cittadina. La casa di fronte era nascosta dietro una gran quantità di alberi e cespugli, quasi sicuramente fatti crescere per celare alla vista l'orrenda costruzione che sorgeva dall'altra parte della strada.

Una signora di mezza età alzò gli occhi dalla scrivania nel momento in cui Fin e Gunn portarono dentro il freddo dell'esterno.

– Chiudete la porta! – intimò. – È già abbastanza sgradevole lavorare in un posto pieno di spifferi senza che ci si metta pure la gente a lasciare la porta aperta.

Un mortificato George Gunn chiuse subito l'uscio dietro di sé, quindi recuperò con fatica il tesserino dalle profondità dell'impermeabile. La signora lo studiò attraverso le lenti bifocali, dopodiché scrutò attentamente anche i due uomini dall'altra parte del bancone. – E come vi posso aiutare, signori?

– Mi serve un estratto dal registro delle nascite, – disse Gunn.

– Be', non penserà mica di poterlo avere gratis solo perché è un poliziotto. Le costerà quattordici sterline.

Gunn e Fin si scambiarono un sorriso.

Fin inclinò la testa per leggere la targa con il nome sulla scrivania. – Lei lavora qui da molto, signora Macaulay?

– Dalla notte dei tempi, – rispose la donna. – Ma da cinque anni sono in pensione e vengo solo ogni tanto, a dare una mano quando qualche impiegato è in vacanza. Che certificato di nascita vi serve?

– Tormod Macdonald, – disse Gunn. – Di Seilebost. Nato attorno al 1939, credo.

– Oh, capisco... – L'anziana signora Macaulay annuí gravemente e fissò lo schermo del computer mentre iniziava a battere sulla tastiera. – Ecco qui: 2 agosto 1939 –. Alzò gli occhi. – Volete anche una copia del certificato di morte?

Nel silenzio che seguí, il vento sembrò aumentare di volume e di forza, gemendo mentre penetrava da ogni fessura non sigillata, come un requiem per il defunto.

La signora Macaulay non si accorse dell'effetto che avevano avuto le sue parole. – Fu un evento terribile, signor Gunn. Me lo ricordo bene. Ero solo un'adolescente, all'epoca. Una vera tragedia –. Le sue dita volarono nuovamente sulla tastiera. – Ecco qui. Morí il 18 marzo 1958. Ve ne stampo una copia? Fanno altre quattordici sterline.

In un quarto d'ora, Fin arrivò di nuovo con Gunn alla chiesa di Scarista, e gli ci vollero meno di dieci minuti per trovare la tomba. «Tormod Macdonald, nato il 2 agosto 1939, amato figlio di Donald e Margaret, morto annegato a Bagh Steinigidh il 18 marzo 1958».

Gunn si inginocchiò sull'erba accanto alla lastra di granito coperta di licheni. Fin rimase in piedi a fissare la lapide, quasi potesse cambiarne l'iscrizione con la sola forza del pensiero. Tormod Macdonald giaceva lí da cinquantaquattro anni, e ne aveva solo diciotto quando era morto.

I due uomini non avevano scambiato neanche una parola dopo essere usciti dall'ufficio dell'anagrafe. Ma ora Gunn alzò lo sguardo e diede voce al pensiero che occupava la mente di entrambi dal momento in cui la signora Macaulay aveva chiesto loro se volessero una copia del certificato di morte. – Se il padre di Marsaili non è Tormod Macdonald, signor Macleod, allora chi diavolo è?

20.

Me ne starò qui seduto per un po'. Le signore sono tutte nella sala comune, a lavorare a maglia. Ma non è un lavoro per uomini, quello. Il vecchio sulla sedia di fronte a me sembra un po' una donna. Dovrebbe andare anche lui a fare la maglia!

Fuori, oltre la porta a vetri, c'è un pezzetto di giardino in cui sarebbe piacevole sedersi. Vedo una panchina. Sempre meglio che dover sopportare questo vecchio bastardo che continua a fissarmi. Mi sa che me ne vado fuori.

Accidenti, fa piú freddo di quanto immaginassi. E la panchina è bagnata. Maledizione! Troppo tardi. Comunque si asciugherà in fretta. Vedo una fetta di cielo. Le nuvole lo attraversano a tutta birra. Ma qui è piuttosto riparato, anche se fa freddo.

– Ciao, papà.

La sua voce mi fa sobbalzare. Non l'ho sentita arrivare. Mi ero addormentato? Fa tanto freddo.

– Cosa fai seduto qua fuori sotto la pioggia?

– Non sta piovendo, – le dico. – Sono solo gli spruzzi che arrivano dal mare.

– Dài, è meglio che entriamo e ti asciughi.

Vuole che scenda sottocoperta. Ma a me non va di tornare nella stanza per fumatori. È ancora peggio che starsene in terza classe. Tutti quegli uomini che fumano, e la puzza di birra stantia. Vomiterò di nuovo se devo sedermi lí, su quelle vecchie panche rivestite di pelle consunta, senza aria respirabile.

Be', ma c'è un letto qui. Non mi ero reso conto che hanno anche delle cabine. Vuole togliermi i pantaloni bagnati, ma non se ne parla nemmeno. La spingo via. – Smettila! – È sconveniente. Un uomo ha diritto alla sua dignità.

– Dài, papà, non puoi stare qui seduto con i vestiti bagnati. Finirai per ammalarti.

Scuoto la testa e sento il rollio della barca sotto di me. – Da quanto tempo siamo in mare, Catherine?

Mi guarda con un'espressione strana.

– Su quale barca siamo, papà?

– La Rms *Claymore*. Difficile che mi scordi questo nome. È la prima volta che salgo su una barca.

– E dove stiamo andando?

E chi lo sa? Ormai è quasi buio e abbiamo lasciato la terraferma da un sacco di tempo. Non avevo idea che la Scozia fosse cosí grande. Sono giorni che viaggiamo. – Ho sentito qualcuno nel salone che parlava di Big Kenneth.

– È una persona che conosci?

– No, mai sentito.

Si siede accanto a me e mi prende la mano. Non so perché stia piangendo. Ma io mi prenderò cura di lei. Mi prenderò cura di entrambi. Sono il piú grande, è mia responsabilità.

– Oh, papà... – dice.

Il prete venne due giorni dopo la caduta di Patrick. La responsabile ci ordinò di fare i bagagli, non che ne avessimo molti. Quando la grande macchina nera arrivò, lo stavamo aspettando in cima alle scale. Io, Peter e Catherine. Non c'era nessun altro in giro, perché i ragazzi erano tornati tutti a scuola. Nessuna traccia del signor Anderson, che non rivedemmo mai piú. Non che la cosa mi spezzasse il cuore.

Il prete era un omino, un paio di centimetri piú basso di me, e quasi completamente calvo in cima alla testa. Ma da un lato si era fatto crescere quel che restava dei capelli fino a poterli pettinare sopra la calvizie, appiccicandoli con olio, brillantina o qualcosa del genere. Immagino fosse convinto che la gente non notasse la calvizie, ma in realtà cosí era buffo e basta. Da allora ho imparato a non fidarmi mai degli uomini con il riporto. Sono dei veri idioti.

Sul momento non ci fece una grande impressione, anzi, pareva un po' nervoso. Incutevano molto piú timore le due suore che lo accompagnavano. Entrambe erano piú alte di lui, con lo sguardo penetrante, e non sorridevano neanche a pagarle oro. Erano donne di mezza età in gonna nera e severa cuffia bianca. Una si sedette davanti con il prete, che era alla guida, e l'altra si schiacciò dietro assieme a noi, proprio di fianco a me. Ero talmente intimidito dalla sua presenza e talmente ansioso di non stare troppo contro il suo corpo ossuto che notai a malapena il Dean scomparire dietro di noi. Fu solo all'ultimo istante che mi voltai, e vidi per l'ultima volta i suoi campanili vuoti, prima che l'edificio svanisse dietro gli alberi.

L'auto del prete sobbalzò e proseguí sull'acciottolato, attraverso piazze alberate e lungo ampi viali costeggiati da edifici grigio fumo. C'erano ancora chiazze di neve, annerite dal traffico dove si era accumulata ai lati della strada. Nessuno di noi osava parlare, sedevamo in silenzio tra i rappresentanti di Dio sulla terra, guardando un mondo alieno scorrere sotto i nostri occhi nell'appannamento invernale.

Non ho idea di dove ci portarono. Da qualche parte a sud della città, penso. Arrivammo davanti a una grande casa nascosta tra alberi spogli, su un prato dove cumuli di foglie giacevano in mezzo alla neve. All'interno era piú calda, piú accogliente del Dean. In tutta la mia vita non ero mai stato in una casa come quella. Rivestimenti di legno verniciato, candelabri, carta da parati stampata e pavimenti di piastrelle brillanti.

Fummo portati al piano di sopra lungo una scalinata ricoperta con una corsia di tappeti: Peter e io fummo alloggiati in una stanza e Catherine in un'altra. Lenzuola di seta e profumo di acqua di rose.

«Dove stiamo andando, Johnny?» mi aveva chiesto piú volte Peter, ma non avevo saputo rispondergli. A quanto pareva non avevamo diritti, né umani né altro. Eravamo oggetti, mobili. Bambini senza genitori e senza un luogo che potessimo chiamare casa. Si potrebbe pensare che ormai ci fossimo abituati. Ma non ci si abitua mai. Basta solo guardarsi intorno, e la vita ti ricorda in continuazione che non sei uguale agli altri. Avrei dato qualunque cosa in quel momento per sentire sul viso le dita di mia madre, le sue calde e dolci labbra sulla fronte, la sua voce che mi bisbigliava all'orecchio che tutto sarebbe andato bene. Ma la mamma non c'era piú da tanto tempo, e nel profondo del mio animo sapevo che non sarebbe andato tutto bene. Però non l'avrei mai detto a Peter.

«Vedremo, – gli risposi per l'ennesima volta. – Non ti preoccupare. Ci penso io a noi».

Fummo tenuti in quelle stanze per il resto della giornata, con il permesso di uscire solo per andare al bagno. Quella sera ci portarono giú, in una grande sala da pranzo dove sulle pareti erano disposte file di libri colorati e dove c'era un lungo, lucido tavolo che andava dalla finestra a bovindo fino alla doppia porta sul lato opposto.

A un'estremità del tavolo c'erano tre posti, e la suora che ci aveva portato lí disse: «Tenete le dita lontano dal tavolo. Se trovo anche un solo segno, verrete picchiati».

Avevo quasi paura di mangiare la mia zuppa, pensando che poteva gocciolare o rovesciarsi sul tavolo. Con la zuppa ci venne offerta una fetta di pane imburrato ciascuno, e poi una porzione di prosciutto con patate bollite fredde. L'acqua era versata in bicchieri dalla base pesante, e appena finito di mangiare fummo ricondotti di sopra.

La notte fu lunga e priva di riposo. Peter e io ci rannicchiammo assieme sotto le coperte nello stesso letto. Lui si addormentò nel giro di pochi minuti, mentre io rimasi sveglio per ore. Sotto la porta filtrava una luce, e ogni tanto sentivo delle voci lontane, basse e dal tono cospiratorio, che parlavano da qualche parte all'interno della casa. Infine anch'io fui trasportato in un sonno leggero.

La mattina dopo ci alzammo appena fece luce e venimmo nuovamente caricati sulla grande macchina nera. Niente colazione, niente tempo per lavarsi. Questa volta prendemmo una strada diversa, passando per il centro città, e non avevo idea di dove fossimo fino a che non vidi il castello alla nostra destra e le case in altro sopra il Mound. L'auto ci condusse giú da una ripida rampa e si fermò accanto a un ampio spazio coperto, illuminato da un soffitto di vetro sostenuto da un'elaborata struttura di pilastri in ferro. Sul lato opposto di quel grande atrio c'erano treni a vapore che aspettavano impazienti e sbuffanti sui binari, e le suore ci fecero muovere svelti tra la folla, quasi correndo, per mostrare i nostri biglietti al controllore prima di salire a bordo e trovare i nostri posti in uno scompartimento da sei in un lungo corridoio. Fummo raggiunti da un uomo in abito scuro e bombetta, che sembrava a disagio in presenza delle suore e sedeva goffamente con il cappello sulle ginocchia.

Era la prima volta che mi trovavo su un treno e, nonostante la situazione, ero piuttosto eccitato. E vedevo che lo era anche Peter.

Per tutto il viaggio tenemmo i visi incollati al finestrino, guardando la città lasciare il posto a una campagna verde che ci scorreva accanto, fermandoci in piccole stazioni dai nomi sconosciuti come Linlithgow e Falkirk, prima che dalla terra vedessimo innalzarsi un'altra città. Una città completamente diversa. Nera di inquinamento industriale. Ciminiere di fabbriche che eruttavano bile in un cielo sulfureo. Un lungo tunnel, buio, e poi il rombo del motore a vapore in uno spazio chiuso mentre il treno avanzava sui binari della stazione di Queen Street a Glasgow, il rumore penetrante di metallo contro metallo che risuonava nei nostri orecchi.

Piú volte avevo rivolto lo sguardo a Catherine, cercando di incontrare i suoi occhi, ma lei aveva ostinatamente rifiutato di incontrare i miei, e si fissava le mani posate in grembo, senza mai voltarsi verso il finestrino. Non avevo modo di capire che cosa le passasse per la testa, ma percepivo la sua paura. Anche a quell'età sapevo che le ragazze hanno al mondo molti piú motivi di paura rispetto ai maschi.

Sedemmo in attesa alla stazione per quasi due ore prima di salire su un altro treno. Un treno che questa volta ci portò a nord e poi ancora piú lontano verso ovest, attraversando il panorama piú spettacolare che avessi mai visto. Montagne con le cime innevate e ponti che scavalcavano turbolenti corsi d'acqua limpidi come cristallo, vaste foreste e viadotti sopra gole e laghi. Ricordo di aver visto un piccolissimo cottage intonacato in mezzo al nulla, con le vette che si innalzavano tutto attorno. E mi chiesi chi mai vivesse in un posto come quello. Avrebbe potuto essere sulla luna.

Quando arrivammo al porto di Oban, sulla costa occidentale, stava facendo buio. Oban era una città gradevole, con le case dipinte in colori diversi e un'imponente flotta da pesca ormeggiata nell'area attorno al molo. Era la prima volta che vedevo il mare. La baia era circondata da colline e una grande cattedrale di pietra si ergeva sulla riva con la facciata rivolta alle acque che, con il sole calante, stavano assumendo una tonalità rosso sangue.

Passammo la notte in una casa non lontano dalla cattedrale, dove trovammo un altro prete che non ci rivolse nemmeno la parola. Una governante ci condusse in due stanze nel sottotetto. Stanze minuscole con finestre ad abbaino e il tetto spiovente. In tutta la giornata avevamo mangiato solo qualche panino sul treno e una zuppa appena arrivati. Mentre ero steso a letto, sentivo lo stomaco borbottare e non riuscivo ad addormentarmi. Se anche Peter mi sentí, non ne fu disturbato. Dormí come un neonato, come sempre. Mentre io non riuscivo a togliermi dalla testa il pensiero di Catherine.

Aspettai fino a dopo mezzanotte, quando tutte le luci della casa si spensero; quindi scesi silenziosamente dal letto. Rimasi a lungo accanto alla porta, cercando di sentire anche il minimo rumore, prima di aprirla e scivolare nel corridoio. La stanza di Catherine era a pochi passi dalla nostra. Mi fermai esitante davanti alla porta, ascoltando i soffocati singhiozzi di disperazione che provenivano dall'altro lato della porta. Una sensazione di malessere mi prese lo stomaco. Era davvero una ragazza forte, la piccola Catherine. Se qualcosa l'aveva ridotta in lacrime, doveva essere una cosa bruttissima. Non l'avevo vista piangere una sola volta in tutto l'anno da quando la conoscevo, a parte quella notte alla luce della luna sul tetto del Dean. Ma sono sicuro non sapesse che me n'ero accorto.

Girai la maniglia e m'intrufolai dentro. Immediatamente si accese la luce del comodino. Catherine era seduta sul letto, con la schiena contro la testiera, le ginocchia strette al petto e in mano uno specchio preso dalla toeletta e sollevato come un'arma. Aveva gli occhi neri di paura, il volto dello stesso colore delle lenzuola.

«Mio Dio, Catherine, che cosa stai facendo?»

Il suo sollievo nel vedermi quasi la sopraffece. Lasciò ricadere la mano sul letto e vi posò lo specchio. Vedevo il suo labbro inferiore tremare, e le guance rigate di lacrime si illuminavano alla luce della lampada. Attraversai la stanza e mi stesi sul letto accanto a lei, e Catherine appoggiò il volto alla mia spalla per soffocare i singhiozzi, mettendomi le braccia sul torace, stringendosi a me come una bambina. L'abbracciai.

«Ehi, ragazza. Va tutto bene. Sono qui, cosa c'è che non va?»

Le ci volle un po' di tempo per trovare la voce e il coraggio di parlare. «Quello schifoso lurido prete!»

Aggrottai le sopracciglia, ancora non capivo. Quanto ero ingenuo! «Quello con il riporto?»

Catherine annuí, il viso ancora affondato nella mia spalla. «La notte scorsa è venuto nella mia stanza. Ha detto che forse avevo bisogno di un po' di compagnia... data la situazione».

«E?»

«E cosa?»

«Cos'è successo?»

Alzò la testa per guardarmi, incredula. «Tu cosa cazzo immagini?»

E in quel momento capii.

All'inizio rimasi scioccato che, tra tutti, proprio un prete potesse fare una cosa simile. Poi fui preso da una grande rabbia. E infine fui quasi soffocato da un implacabile bisogno fisico e mentale di ammazzarlo a calci. E credo che se fosse stato lí lo avrei fatto, lo avrei ammazzato.

«Oh, merda, Catherine!» fu invece tutto quello che riuscii a dire.

Lei affondò nuovamente la testa nella mia spalla. «Pensavo che sarebbe venuto anche quello di oggi, per la stessa cosa. Sono terrorizzata, Johnny. Non voglio piú che nessuno mi tocchi, mai piú».

«Non succederà», dissi. E non riuscivo a provare altro che rabbia e un'enorme indignazione.

Rimasi con lei l'intera notte. Nessuno dei due disse piú una parola. Dopo quasi un'ora, finalmente la sentii addormentarsi, e il suo corpo si abbandonò contro di me con tutto il suo peso.

Non parlammo mai piú di quel che era accaduto.

La Rms *Claymore* partí dal molo principale il mattino seguente. Le suore ci condussero attraverso la città fino alla sala d'attesa della stazione marittima. Peter e io condividevamo un'unica valigetta di cartone, che ero io a trasportare. Catherine aveva una borsa di tela con i manici che si era gettata in spalla con indifferenza, come se viaggiare su treni o traghetti fosse per lei cosa di tutti i giorni.

Solo quando arrivammo al molo mi resi conto che saremmo saliti sulla nave e che le suore non ci avrebbero accompagnato a bordo. Questa consapevolezza mi colpí come una scossa. La presenza delle suore negli ultimi due giorni, per quanto simili a fredde ombre nere, ci aveva procurato una sensazione di sicurezza e di appartenenza. Il pensiero di partire su quella grande nave che odorava di olio e acqua salata, tutti soli e senza alcuna idea di dove saremmo andati, mi riempí di terrore.

Mentre una delle suore si teneva silenziosamente in disparte, l'altra ci fece mettere in riga e s'inginocchiò di fronte a noi. Il suo viso si era un po' addolcito rispetto a quando ci avevano portato via dal Dean. Quasi sorrideva, e nei suoi occhi scorsi qualcosa di simile alla compassione. Da qualche parte sotto la gonna tirò fuori tre fogli di cartoncino, circa quindici centimetri per venti. Ciascuno aveva una cordicella all'estremità superiore, proprio come il cartello che avevamo avuto l'idea di appendere al collo di Peter quando facevamo finta che fosse cieco. A me e Peter diede due cartoncini con il nome «GILLIES» scritto a lettere maiuscole. Quello di Catherine aveva scritto «O'HENLEY».

«Quando scendete dalla nave, – disse, – metteteveli al collo e aspettate sulla banchina. Qualcuno verrà a prendervi».

Alla fine presi il coraggio a due mani e feci la domanda che Peter continuava a rivolgere a me da due giorni a quella parte: «Dove stiamo andando?»

Il volto della suora si scurí, come se una nuvola le fosse passata sopra la testa e avesse gettato la propria ombra. «Non è importante. Vi consiglio di non stare sul ponte. Il mare aperto può diventare molto agitato».

Quindi ci diede i nostri biglietti e si alzò. Fummo scortati in mezzo alla folla fino al molo e fatti salire sulla nave grazie a una passerella. La *Claymore* aveva un grande fumaiolo rosso con una striscia nera in cima, e scialuppe di salvataggio tirate da argani su entrambi i lati a poppa. La gente si radunava lungo il parapetto, premendo e spingendo, per salutare amici e parenti, mentre la sirena della nave suonava e i colpi dei motori vibravano fin sul ponte e nei nostri corpi. Ma le suore non si fermarono a salutarci. Vidi le loro lunghe gonne nere e i copricapi bianchi mentre si allontanavano verso l'edificio della stazione marittima. Mi sono spesso chiesto se se ne andarono perché non riuscivano piú a guardarci, timorose che da qualche parte dentro di loro una scintilla di umanità da tempo sepolta avrebbe potuto pungere la coscienza.

Desolato è il termine che descrive il mio stato d'animo in quella prima ora, mentre la nave scivolava sulle grigie acque della baia lasciando una pallida scia color smeraldo dietro di sé. I gabbiani stridevano attorno agli alberi come tanti frammenti di carta bianca lanciati nel vento. Per la prima volta facemmo conoscenza del grande oceano e guardammo la terraferma che si allontanava dietro di noi. Infine, il verde delle colline divenne una macchia lontana, che a suo tempo svaní completamente. E tutto ciò che vedemmo fu il mare che saliva e scendeva, senza alcuna idea di dove stessimo andando o di quando saremmo arrivati a destinazione. Né di che cosa ci aspettasse all'arrivo.

Negli anni successivi appresi i fatti avvenuti durante le Clearances, vale a dire quando nel XVIII e XIX secolo, con il consenso dei proprietari terrieri incoraggiati dal governo di Londra, la gente fu cacciata dalle proprie terre per fare spazio alle pecore. Decine di migliaia di agricoltori e allevatori vennero strappati alle loro case e costretti a salire su navi che li portarono nel Nuovo Mondo, dove molti erano stati già venduti, quasi come schiavi. Ora so come si dovevano sentire mentre vedevano le loro case e il loro paese svanire nella foschia, con nulla davanti a sé se non mari aperti e una disperata insicurezza.

Osservai il mio fratellino, che si aggrappava al parapetto e guardava indietro, il vento saturo di sale che gli agitava i vestiti e scompigliava i capelli. Quasi invidiavo la sua innocenza, la sua mancanza di consapevolezza. C'era un'espressione sul suo volto che rasentava l'euforia. Non aveva nulla da temere, perché sapeva senza ombra di dubbio che il suo fratello maggiore si sarebbe preso cura di lui. Per la prima volta mi sentii praticamente schiacciato dal peso di quella responsabilità.

Forse anche Catherine se ne accorse. Notai che mi stava osservando, e un mezzo sorriso le stirò le labbra prima che le sue dita scivolassero tre le mie, e non trovo nemmeno le parole per descrivere il piacere e il calore di quella piccola mano nella mia.

Le suore ci avevano dato un cesto di panini, che mangiammo in fretta e che nel giro di un'ora avevamo già vomitato. Mentre all'orizzonte scomparivano le ultime tracce di terra, il vento montò come una furia e il mare altrettanto. La *Claymore*, una grande vasca dipinta di bianco e nero, solcava le onde, e gli spruzzi delle bianche cime di spuma invadevano la prua portati dal vento e inzuppavano chiunque si avventurasse sul ponte.

Facevamo i turni per vomitare nel bagno all'esterno della sala per non fumatori dove eravamo riusciti a conquistare alcuni posti vicino a una finestra rigata dalla pioggia, e dove la gente fumava comunque e beveva birra parlando una lingua che non capivamo, urlando per farsi sentire al di sopra del rumore sordo dei motori.

A volte, in lontananza, si scorgeva la sagoma confusa di qualche isola, che riuscivamo brevemente a mettere a fuoco prima che sparisse di nuovo al di là delle onde. Ogni volta ci chiedevamo se fosse quello il luogo dove eravamo diretti. Speravamo, al di là di ogni speranza, che il nostro incubo stesse per finire. Ma non succedeva mai. O almeno cosí sembrava. Resistevamo, ora dopo ora. Vento, pioggia e mare, conati di vomito, con lo stomaco ormai privo di ogni traccia di cibo da rigettare, tranne bile verde. Non credo di essermi mai sentito cosí triste in vita mia.

Eravamo partiti presto la mattina. E ormai, nel tardo pomeriggio, cominciava a fare buio. Grazie a Dio il mare si era calmato un po', e l'inizio della sera recava la promessa di qualche momento piú tranquillo. Proprio in quell'istante udii qualcuno gridare, in inglese questa volta, che si vedeva Ben Kenneth, e tutti si precipitarono eccitatissimi sul ponte.

Andammo anche noi, aspettandoci di vedere qualcuno di nome Kenneth, ma era impossibile dire se fosse lí tra la folla. Solo molto piú tardi appresi che Kenneth, o Coinneach in gaelico, era il nome della collina che proteggeva il porto: al crepuscolo, per la prima volta, ne vedemmo emergere le luci scintillanti.

Il buio profilo della terra emerse intorno alla città, e all'orizzonte rimase visibile una sola linea di luce argentea. L'ultima del giorno. Ovunque fossimo, era quella la nostra destinazione, e tra i passeggeri c'era una grande aspettativa.

Una voce uscí dall'altoparlante: «I passeggeri che stanno per sbarcare e non hanno ancora acquistato un biglietto, si dirigano per favore all'ufficio del commissario di bordo». C'era un fragore di campane e il profondo gemito sonoro della sirena della nave che entrava nel porto per attraccare al molo. Dei marinai con scope e secchi versavano acqua sul fasciame incrostato di sale, mentre le famiglie con le proprie valigie guardavano issare una passerella.

Fu un misto di fame, sollievo e trepidazione a farmi tremare le gambe nel momento in cui scendevo su quell'asse in forte pendenza, con Peter davanti e Catherine dietro, in cerca di un terreno solido su cui posare i piedi. Il mio corpo seguiva ancora il ritmo della barca.

Mentre la folla si diradava, a caccia di auto e di bus, e l'oscurità calava dalle colline, prendemmo i nostri piccoli rettangoli di cartone e li appendemmo al collo seguendo le istruzioni delle monache. E aspettammo. E aspettammo. Le luci che nel frattempo si erano accese sul traghetto dietro di noi fecero svanire le lunghe ombre che avevamo proiettato sul molo. Una o due persone lanciarono sguardi curiosi nella nostra direzione, ma se ne andarono subito. Ora il molo era quasi deserto, e tutto ciò che udivamo erano le voci dei marinai sulla *Claymore* che si preparavano a passare la notte in bacino.

Una profonda sensazione di sconforto mi assalí mentre stavamo lí da soli nel buio, con le nere acque all'interno delle braccia protettive del porto che sciabordavano contro i pali d'attracco. Le luci di un hotel al di là delle mura del porto apparivano calde e accoglienti, ma non per noi.

Intravedevo il volto pallido di Catherine che mi scrutava nel buio. «Cosa pensi che dovremmo fare?»

«Aspettare, – risposi. – Come hanno detto le suore. Qualcuno verrà».

Non so dove trovai la fede per crederci. Ma non potevo aggrapparmi ad altro. Perché ci avrebbero fatto fare tutta quella strada e attraversare il mare dicendoci che ci sarebbe stato qualcuno ad aspettarci, se non fosse stato vero?

Infine dal buio emerse una figura che correva lungo il molo verso di noi, e non ero sicuro se essere sollevato o avere paura. Era una donna, e mentre si avvicinava notai che aveva tra i quaranta e i cinquant'anni. I suoi capelli erano raccolti sotto un cappello verde scuro ben calcato in testa, e il suo lungo cappotto di lana era abbottonato fino al collo. Indossava guanti scuri e stivali di gomma, e portava una borsa lucida.

Quando ci raggiunse rallentò, uno sguardo sgomento sul volto, e si chinò a scrutare i cartelli che avevamo al collo. Il suo cipiglio svaní mentre leggeva il nome «O'Henley» sul cartello di Catherine, e la esaminò dalla testa ai piedi. Con una mano le prese la mascella e le girò la faccia prima da una parte e poi dall'altra. Quindi le controllò le mani. Praticamente non degnò di uno sguardo né me né Peter. «Sí, tu vai bene», disse, e le prese la mano per portarla via.

Catherine non voleva andare, e fece resistenza.

«Forza, – strillò la donna. – Sei mia ora. E farai quello che ti verrà detto di fare o te ne pentirai». Le strattonò il braccio, e non dimenticherò mai lo sguardo sul volto disperato della piccola Cathy mentre si voltava a guardare Peter e me. Davvero, in quel momento, pensai che non l'avrei mai piú vista, e credo che per la prima volta mi resi conto di essere innamorato di lei.

«Dove sta andando Catherine?» disse Peter. Mi limitai a scuotere la testa, non osando dare una risposta.

Non so per quanto tempo rimanemmo lí, in attesa, mentre faceva sempre piú freddo, finché non potei piú evitare di battere i denti. Vedevo figure che si muovevano nel bar dell'hotel, ombre nella luce, gente di un altro mondo. Un mondo di cui non facevamo parte. Poi, all'improvviso, le luci di un veicolo investirono il molo e arrivò un furgone che si fermò a pochi metri di distanza, catturandoci nel bagliore dei suoi fari come conigli.

Una portiera sbatté e un uomo si mosse sotto la luce, gettando un'ombra gigantesca verso di noi. Riuscivo a malapena a vederlo a causa dei fanali alle sue spalle. Ma capii che era un uomo grande e grosso. Indossava una tuta blu, stivali e un berretto di tela calato sulla fronte. Fece due passi verso di noi, guardò i cartelli intorno al collo e grugní. Percepii l'odore di alcol e tabacco stantio del suo alito.

«Nel furgone, – fu tutto quello che disse, e lo seguimmo fino a un portellone che aprí per farci entrare. – Sbrigatevi, sono già abbastanza in ritardo». Dentro c'erano scotte, reti da pesca, boe arancioni, vecchie casse di legno puzzolenti di pesce marcio, nasse, una cassetta degli attrezzi e una pecora morta. Mi ci volle un momento per capire cosa fosse, prima di fare un salto all'indietro con orrore. Per qualche motivo quella vista non sembrò turbare Peter.

«È morta, – disse, e le mise una mano sulla pancia. – È ancora calda».

Cosí ci sedemmo sul pavimento nella parte posteriore del furgone, con la pecora morta e la roba da pesca. Sballottati fin nelle ossa respiravamo i gas di scarico, con quell'uomo che ci portava lungo strade buie, a una corsia, mentre piatte paludi inargentate dalla luna scintillavano sul nero orizzonte.

Alla fine sentimmo l'odore del mare e lo rivedemmo, quasi abbagliante al chiarore della luna, con rare luci che salivano dalla collina, brucianti nelle finestre di invisibili cottage.

Il lungo dito di un molo in pietra si protendeva in acque tranquille, e una piccola barca ondeggiava leggermente. Un tipo che in seguito avremmo conosciuto come Neil Campbell fumava nella timoniera, e venne a salutarci mentre l'uomo grande e grosso parcheggiava il furgone. Finita la manovra, ci disse di uscire.

I due si misero a parlare, e ci fu uno scambio di risate. Ma non avevo idea di che cosa si dicessero. Fummo poi portati nella barca, che borbottando si diresse verso la sagoma irregolare di un'isola che sorgeva dal mare; tra le sue colline man mano piú visibili spuntavano rade luci sparse. Ci vollero circa dieci minuti per giungere alla nostra meta e lí, una volta arrivati, salimmo su un altro fatiscente molo in pietra sul fianco di una stretta lingua d'acqua che portava a una piccola insenatura. Vedevo delle case su entrambi i lati. Strane, tozze abitazioni in pietra con paglia sui tetti, paglia che, come imparai in seguito, veniva chiamata *thatch*. La marea stava calando, e l'insenatura era piena di alghe color nero e oro.

La barca era partita, stava riattraversando lo stretto. «Seguitemi», disse l'omone, e trotterellammo dietro di lui lungo un sentiero battuto che circondava l'insenatura e poi su per la collina, seguendo un tragitto impervio e pieno di solchi verso una delle case col tetto di paglia che avevamo visto dal porto. Lí conobbi per la prima volta l'odore della torba, quando una cigolante porta di legno si aprí rivelandoci una squallida stanza interna, mezza avvolta nel fumo. Una debole luce gialla usciva da una lampada Tilley a petrolio appesa a una trave, e un ammasso di torba mandava bagliori rossi dallo sportello aperto di una nera stufa di ghisa addossata alla parete opposta. Il pavimento di terra era cosparso di sabbia. Quell'unico ambiente fungeva da cucina, soggiorno e sala da pranzo, con un grande tavolo al centro, una credenza contro il muro opposto, due finestrelle profonde incassate sui lati della porta. Un corridoio con appesi cappotti e attrezzi conduceva a quelle che avrei scoperto essere tre camere da letto. Non c'erano servizi igienici, acqua corrente o elettricità. Era come se avessimo risalito le epoche dal XX secolo a un passato medievale. Poveri tristi orfanelli viaggiatori del tempo.

Quando entrammo, una donna con un abito blu scuro stampato e un lungo grembiule bianco si voltò, dando le spalle alla stufa. Era difficile dire quanti anni avesse. I suoi capelli sembravano acciaio spazzolato, e li portava tirati all'indietro e fissati con dei pettinini. Ma non aveva un viso vecchio. Certamente non rugoso, anche se non era giovane. Ci squadrò con una lunga occhiata e disse: «Sedetevi a tavola. Avrete fame». Ed era vero.

Anche l'uomo si sedette e si tolse il berretto, e per la prima volta lo vidi in faccia. Una faccia magra, dura, con un grande naso storto. Aveva mani grosse come pale, con i peli che crescevano sulle nocche e altri che spuntavano da sotto le maniche. I pochi capelli che gli erano rimasti sulla testa erano appiccicati alla nuca in spirali causate dal sudore sotto il cappello.

La donna portò in tavola quattro piatti fumanti. Un qualche tipo di carne con un sugo che nuotava nel grasso e patate bollite sino al punto di disintegrarsi. L'uomo chiuse gli occhi e mormorò qualcosa in una lingua che non capii, poi mentre iniziava a mangiare ci disse in inglese: «Il mio nome è Donald Seamus. Questa è mia sorella, Mary-Ann. Il signore e la signorina Gillies, per voi. Questa è la nostra casa, e questa ora è la vostra casa. Dimenticatevi da dove venite. È passato. D'ora in poi sarete Donald John e Donald Peter Gillies e, se non farete quello che vi verrà detto di fare, rimpiangerete di essere nati». Si portò una forchettata di cibo alla bocca e mentre masticava guardò la sorella. Lei rimase silenziosa e passiva per tutto il tempo. Poi l'uomo tornò a guardarci. «In questa casa parliamo gaelico, e farete bene a impararlo maledettamente in fretta. Proprio come quei poveracci che parlano in gaelico nei tribunali inglesi, se pronuncerete una parola in inglese in mia presenza, sarà come se non l'aveste detta. Avete capito?»

Feci di sí con la testa e Peter mi guardò in cerca di una conferma prima di annuire a sua volta. Non avevo idea di come fosse il gaelico né di come avrei fatto a parlarlo. Ma non vi accennai neanche.

Finito di mangiare, l'uomo mi passò una pala e mi disse: «Avrete bisogno di scaricarvi prima di andare a letto. Potete semplicemente bagnare l'erica. Se invece dovete fare dell'altro, scavatevi una buca. Ma non troppo vicino alla casa, mi raccomando».

E cosí fummo mandati fuori nella notte per fare i nostri bisogni. Il vento era aumentato, e le nubi si muovevano frenetiche nella vasta distesa del cielo sopra di noi, mentre la luna compariva ogni tanto oltre il pendio. Condussi Peter lontano dalla casa, fino a un punto da cui la vista spaziava senza ostacoli fino al mare, e iniziai a scavare, chiedendomi che cosa mai avremmo fatto se fosse stata una serata di pioggia.

«Ehilà!» La vocina, portata dal vento, fece sobbalzare entrambi e mi voltai, sorpreso di trovare Catherine che ci sorrideva nel buio.

A fatica cercai di fare la domanda. «Come...?»

«Vi ho visto arrivare sulla barchetta, circa un'ora e mezzo dopo di me –. Si voltò e indicò un punto oltre la collina. – Io abito là in fondo, dalla signora O'Henley. Dice che d'ora in poi il mio nome è Ceit. Si scrive in modo strano. C-E-I-T, ma si pronuncia come Kate. È gaelico».

«Ceit», dissi. E il suono mi piacque.

«A quanto pare siamo quel che chiamano *homers*. Ragazzi che la maledetta Chiesa ha buttato qui come spazzatura dalla nostra patria. Ce ne sono decine su quest'isoletta –. Il suo viso si annebbiò per un momento. – Pensavo di avervi persi».

Sorrisi. «Non ti libererai di me tanto facilmente». Ed era immensa la felicità di averla ritrovata.

– Papà, devi toglierti i pantaloni. Sono ancora bagnati!

Certo. Devono essersi inzuppati d'acqua sulla barca. Mi alzo e a quanto pare non riesco ad abbassare la cerniera. Lei mi aiuta, io li lascio cadere sul pavimento e ne esco fuori. Ora mi sta tirando il maglione sopra la testa. È piú facile lasciarlo fare a lei. Ma non sono in grado di sbottonarmi la camicia da solo. Non so perché, ma le mie dita in questi giorni sono rigidissime e impacciate.

La osservo mentre va all'armadio a prendermi dei pantaloni puliti e una camicia bianca ben stirata. È una bella ragazza.

– Ecco, papà –. Mi porge la camicia. – Vuoi mettertela da solo?

Allungo la mano ad accarezzarle il volto, e sento un tale affetto per lei. – Non so cos'avrei fatto se non avessero portato anche te sull'isola, Ceit. Davvero pensavo di averti persa per sempre.

Vedo che il suo sguardo è confuso. Non capisce quel che provo per lei?

– Be', adesso sono qui, – dice, e io le rivolgo un immenso sorriso. Cosí tanti ricordi, cosí tante emozioni.

– Hai presente quando portavamo su dalla riva le alghe? – le chiedo. – In quei grandi cesti sui pony. Per fertilizzare il *feannagan*. E io ti aiutavo a scavare la tua parte.

Perché aggrotta la fronte? Forse non ricorda.

– *Feannagan?* – dice. – I corvi? – È passata all'inglese. – Come puoi fertilizzare i corvi, papà?

Che sciocchina! Mi sento scoppiare a ridere. – È cosí che li chiamavano, naturalmente. Coltivavamo anche delle grosse patate.

Lei scrolla di nuovo la testa. E singhiozza: – Oh, papà.

Vorrei scuoterla, maledizione. Perché non ricorda?

– Papà, sono venuta a dirti che devo andare a Glasgow a dare degli esami. Quindi non ci sarò per un paio di giorni. Ma passerà a trovarti Fionnlagh. E Fin.

Non so di chi stia parlando. Ma non voglio visite. Non voglio che lei se ne vada. Adesso sta abbottonandomi la camicia, il suo viso è molto vicino al mio. Perciò mi piego a baciarla dolcemente sulle labbra. Sembra sorpresa e fa un salto indietro. Spero di non averla turbata. – Sono cosí felice di averti ritrovata, Ceit, – le dico, desideroso di rassicurarla. – Non dimenticherò mai quei giorni al Dean. Mai. E le torrette dell'edificio in cui viveva Danny, che vedevamo dal tetto –. Ricordare mi fa scoppiare a ridere. – Solo per farci tenere a mente qual era il nostro posto nel mondo –. E abbasso la voce, fiero di quello che siamo diventati. – Tutto sommato ce la siamo cavata abbastanza bene, per essere una coppia di orfanelli.

21.

Era già buio quando Fin lasciò George Gunn a Stornoway e proseguí verso la brughiera di Barvas e la costa occidentale. Era una notte nera e bagnata, e l'Atlantico sibilava la sua furia contro il parabrezza. Proprio come la notte in cui i suoi genitori erano morti, su quella stessa strada. Fin ne conosceva ogni avvallamento, l'aveva percorsa in autobus per anni, due volte la settimana: il lunedí diretto al dormitorio studentesco di Stornoway, il venerdí per tornare a casa. Anche se ora non poteva vederlo, sapeva che sulla sua destra, a neanche cento metri di distanza, c'era l'ovile col tetto verde, e che una volta, piú o meno in quel punto, una pecora era sbucata fuori da un fosso all'improvviso facendo perdere a suo padre il controllo dell'auto.

Anche adesso c'erano delle pecore sulla strada. I contadini avevano smesso molti anni prima di recintare i pascoli. A testimonianza del fatto che un tempo ci avevano provato rimanevano solo pochi pali marci. Di notte si scorgevano gli occhi delle pecore brillare nel buio. Due punti luminosi di luce, come le pupille del diavolo, che riflettevano i fari delle auto. Erano bestie stupide. Non si poteva mai prevedere quando con un balzo ti si sarebbero parate davanti. Nelle giornate senza vento si radunavano sulla strada, lasciando la torbiera per sfuggire ai morsi dei minuscoli moscerini che erano la maledizione delle Highlands occidentali, tanto che persino animali passivi come le pecore ne erano infastiditi.

Lungo la salita Fin vide baluginare sotto la pioggia una lunga scia di luci che si dipanava sulla linea costiera prima di svanire nell'oscurità: era l'abitato di Barvas. Seguí quei puntini intermittenti verso nord fino a incontrare le luci di Ness, fitte su tutto il promontorio, quindi prese la strada che saliva in direzione di

Crobost. L'oceano era nascosto nel buio, soffocato dalla notte, ma Fin lo sentí ruggire pieno di rabbia lungo tutta la scogliera mentre parcheggiava e scendeva dall'auto sopra il cottage di Marsaili.

La macchina di lei non c'era, probabilmente era già partita per Glasgow. Ma in casa si vedeva una luce accesa, e Fin fece una corsa sotto la pioggia sino alla porta. In cucina non c'era nessuno e nemmeno in salotto, dove in un angolo il televisore trasmetteva il notiziario della sera. Tornò nell'ingresso e provò a chiamare ad alta voce verso il piano superiore, dove si trovava la camera di Fionnlagh.

– C'è nessuno?

Una striscia di luce filtrava da sotto una porta, e Fin iniziò a salire le scale. Era solo a metà strada quando Fionnlagh uscí dalla sua stanza chiudendosi in fretta il battente alle spalle. – Fin! – Sembrava sorpreso, stupito, stranamente esitante, ma poi scese di corsa superando il visitatore inaspettato. – Pensavo che fossi a Harris.

Lui si girò e lo seguí nel soggiorno, dove alla luce notò che Fionnlagh era rosso in viso, a disagio, quasi imbarazzato. – Già, ma sono tornato.

– Vedo.

– Tua mamma ha detto che posso usare il bagno finché non avrò sistemato da me.

– Certo. Fa' come se fossi a casa tua –. Fionnlagh era chiaramente a disagio e subito si spostò in cucina. Fin lo seguí e lo vide aprire il frigorifero. – Una birra? – Il ragazzo si girò con una bottiglia in mano.

– Grazie –. Lui la prese, la stappò e si sedette al tavolo. Fionnlagh esitò e poi prese una birra anche per sé. Rimase in piedi appoggiato al frigorifero e lanciò il tappo nel lavello sull'altro lato. Quindi bevve una lunga sorsata.

– Allora, che cos'hai scoperto sul nonno?

– Nulla, – disse Fin. – A parte il fatto che non è Tormod Macdonald.

Fionnlagh lo fissò con sguardo interrogativo. – Come sarebbe?

– Tormod Macdonald morí all'età di diciotto anni in un incidente in mare. Ho visto il certificato di morte e la tomba.

– Sarà un omonimo.

Fin scosse la testa. – È proprio il Tormod Macdonald che tuo nonno dichiara di essere.

Fionnlagh tracannò un bel po' di birra, cercando di mandar

giú anche questa nuova notizia. – Be', se non è Tormod Macdonald, allora chi è?

– Bella domanda. Ma è improbabile che riesca a darci lui stesso la risposta.

Fionnlagh rimase a lungo silenzioso, con lo sguardo fisso sulla bottiglia di birra mezza vuota. – Pensi che lo abbia ucciso lui, l'uomo che hanno trovato nella torbiera?

– Non ne ho idea. Ma erano parenti, questo è sicuro. E se riusciamo a stabilire l'identità di uno, probabilmente scopriremo chi è l'altro, e magari anche che cosa è successo.

– Parli come un poliziotto.

Fin sorrise. – È quello che sono stato per la maggior parte della mia vita adulta. La mentalità non cambia dall'oggi al domani solo perché hai lasciato il distintivo.

– E perché l'hai lasciato?

Fin sospirò. – Molte persone passano la vita senza mai sapere che cosa c'è sotto le pietre su cui camminano. I poliziotti passano la loro guardando proprio sotto quelle pietre e devono fare i conti con ciò che trovano –. Tracannò la birra fino all'ultima goccia. – Non ne potevo piú di stare anno dopo anno nelle tenebre, Fionnlagh. Quando non incontri altro che il lato piú oscuro della natura umana, inizi a trovare il buio in te stesso. E questo è spaventoso.

Fionnlagh lanciò la bottiglia vuota nel bidone della raccolta differenziata accanto alla porta, e il tonfo sordo del vetro contro altro vetro riempí il silenzio in cucina. Il ragazzo appariva ancora a disagio.

Fin disse: – Spero di non averti interrotto.

Un rapido sguardo fiammeggiò verso di lui, per distogliersi subito dopo. – No, affatto –. E poi: – Oggi pomeriggio la mamma è andata a trovare il nonno.

– C'è qualche buona notizia?

Il ragazzo scosse la testa. – No. Stava seduto sotto la pioggia, a quanto pare, ma era convinto di essere in barca. Poi ha cominciato a blaterare di raccogliere le alghe per fertilizzare i corvi.

– Corvi?

– Già. Ha usato la parola gaelica, *feannagan*. Corvi.

– Ma non ha senso…

– No, non ne ha.

Fin esitò. – Fionnlagh... – Il ragazzo lo guardò, attendendo che proseguisse. – È meglio se lasci a me il compito di raccontare a tua mamma del nonno –. E Fionnlagh annuí, ben felice di essere sollevato da quell'incarico.

Il vento frustava il rivestimento della tenda, sforzando i cavi, mentre il telo interno si allargava e si restringeva facendo entrare e uscire aria come un polmone collassato. Il rumore della pioggia che sbatteva contro il sottile tessuto esterno era quasi assordante. Il bagliore della lampada a batteria produceva una strana luce blu, sotto la quale Fin sedeva avvolto nel suo sacco a pelo, intento a leggere il referto dell'autopsia sul corpo trovato nella torbiera che Gunn gli aveva fatto avere sottobanco.

Era affascinato dalla descrizione del tatuaggio di Elvis sull'avambraccio sinistro e dalla scritta «Heartbreak Hotel», anche se era stata la placca in testa a stabilire in maniera definitiva che la morte era avvenuta alla fine degli anni Cinquanta. Si trattava di un giovane uomo con una passione per la rockstar piú celebre del pianeta, le cui capacità intellettive erano state ridotte da un imprecisato incidente che gli aveva procurato una lesione al cervello. Ed era imparentato in qualche modo con il padre di Marsaili, la cui stessa identità ora era avvolta nel mistero.

Era stato un omicidio brutale. L'uomo era stato legato, pugnalato, sgozzato. Fin cercò di immaginarsi il padre di Marsaili nelle vesti dell'assassino, ma non ci riusciva proprio. Tormod, o comunque si chiamasse, era sempre stato un uomo di indole mite. Un uomo grande e grosso, questo sí. Possente, da giovane. Ma con un temperamento tranquillo, tanto che Fin non riusciva a ricordare una singola occasione in cui lo avesse sentito alzare la voce.

Mise da parte il referto e prese in mano la documentazione dell'incidente che era costato la vita a Robbie. Quando era tornato alla tenda, aveva passato quasi un'ora studiandolo per l'ennesima volta. Tutto inutile, naturalmente. Ormai aveva perso il conto di quante volte lo aveva letto. Ogni testimonianza, ogni misura di ogni traccia di pneumatico sulla strada. La descrizione dell'auto, il guidatore. Le fotografie della polizia, che aveva fotocopiato a Edimburgo. Conosceva a memoria ogni dettaglio, ciò nonostante sperava sempre di imbattersi in quel dettaglio che avrebbe spiegato tutto.

Era un'ossessione, lo sapeva. Un'irragionevole, illogica, sterile ossessione. Eppure, come un tossico, era semplicemente incapace di smettere. Non sarebbe finita finché il conducente di quell'auto non fosse stato interrogato. Fino a quel giorno la sua vita non avrebbe potuto prendere una nuova direzione, trovare un nuovo senso di marcia.

Imprecò tra i denti e scagliò la cartelletta dall'altro lato della tenda, prima di spegnere la lampada e stendersi dentro il sacco a pelo, con la testa affondata nel cuscino, talmente ansioso di abbandonarsi al sonno da sapere che non ci sarebbe riuscito.

Chiuse gli occhi e ascoltò il vento e la pioggia. Poi li riaprí. Non c'era differenza. Niente luce. Solo l'oscurità piú totale. Non si era mai sentito cosí triste in vita sua.

Passò del tempo. Non avrebbe saputo dire quanto: mezz'ora? Un'ora? Ma alla fine non era piú vicino ad addormentarsi di quando si era coricato. Tornò a sedersi e accese la lampada, strizzando gli occhi abbagliato. In macchina aveva dei libri. Gli serviva qualcosa che lo portasse via da lí, da ciò che era, da ciò che era stato, dalla direzione in cui stava andando. Qualcosa che mettesse un freno a tutte le domande prive di risposta che si ripetevano all'infinito nella sua mente. Indossò la cerata sopra la canottiera e i boxer e infilò i piedi nudi negli stivali, poi afferrò il berretto impermeabile prima di tirare su la cerniera della tenda, pronto ad affrontare la pioggia e il vento. Una corsa di venti secondi fino alla macchina e in meno di un minuto sarebbe stato di ritorno, si sarebbe scrollato di dosso l'acqua nella tenda esterna e sarebbe scivolato nuovamente nel calore del sacco a pelo. Con un libro in mano e la fuga nel cuore.

Tuttavia, esitava a lanciarsi. Fuori c'era il finimondo. Per questo motivo per generazioni i suoi antenati avevano costruito case con i muri spessi sessanta, anche novanta centimetri. Come gli era venuto in mente di poter sopravvivere settimane, addirittura mesi, in una tendina sottile come quella? Espirò con forza tenendo i denti serrati, si strofinò un istante gli occhi e poi si mise a correre. Fuori, mentre la pioggia gli pungeva il volto, la forza del vento gli fece quasi perdere l'equilibrio.

Raggiunse la macchina, cercò faticosamente le chiavi con le dita bagnate, e in quel momento scorse una luce con la coda dell'occhio. Si fermò sotto gli scrosci di pioggia, guardando giú dalla collina, e si accorse che si trattava della luce sopra la porta della cucina di Marsaili, che emanava un flebile bagliore giallastro lungo il sentiero, sin dove l'auto di Fionnlagh era accesa con il motore al minimo. Fin non udiva il motore, ma vedeva il gas di scarico che fuoriusciva dalla marmitta della vecchia Mini per venire immediatamente frustato via nella notte.

Di lí a pochissimo una sagoma con una valigia in mano uscí correndo dalla porta della cucina e raggiunse l'auto. Era solo una silhouette, eppure lo riconobbe subito: Fionnlagh. Fin lo chiamò, ma il cottage era a quasi duecento metri di distanza e la sua voce si perse nella tempesta.

Rimase lí, in piedi, colpito dalla pioggia che gli sferzava la cerata e gli colava sul volto e sul collo, a guardare Fionnlagh che apriva il baule e vi infilava la valigia. Poi il ragazzo corse di nuovo alla casa per spegnere la luce, e Fin poté solo seguire la sua ombra incerta che ripercorreva il sentiero per tornare alla macchina. Mentre la portiera si apriva e si richiudeva, per un attimo il suo volto fu illuminato dalla luce dell'abitacolo. Poi l'auto partí, scendendo lungo la collina.

Fin aprí la portiera della sua macchina e si sedette al posto di guida. Accese il motore, innescò la prima e tolse il freno a mano. Finché riusciva a scorgere i fari di Fionnlagh, poteva tenere spenti i propri. Scese dietro la Mini, tenendosene a circa duecento metri, e rallentò fino a fermarsi quando l'utilitaria accostò davanti ai *Crobost Stores* ai piedi della collina. Alla luce dei fari di Fionnlagh, vide la minuta figura di Donna Murray guizzare fuori dal riparo della porta del negozio, tenendo fra le mani un porte-enfant. Fionnlagh scese ad aprire una delle portiere posteriori e Donna posò il seggiolino prima di correre indietro a prendere una piccola valigia.

In quel momento i fanali di una terza macchina illuminarono tutta la scena. Fin vide, nella pioggia che cadeva fitta, la figura di un uomo che si stagliava contro la luce. Reagí subito, togliendo il piede dalla frizione e accelerando giú per la strada con i fari accesi, pronto a intervenire in quel dramma notturno. Tre volti stupiti si girarono verso la sua auto nel momento in cui frenò, sbandando fino a fermarsi sulla ghiaia. Lasciò la portiera aperta e uscí sotto la pioggia.

– Cosa diavolo ci fai qui? – Donald Murray dovette urlare a pieni polmoni per farsi sentire sopra il rombo della tempesta. Alla luce dei fari il suo volto appariva livido, gli occhi due buchi neri.

– Forse dovrei chiedertelo io, – gridò di rimando Fin.

Con un gesto rabbioso, Donald puntò il dito in direzione della figlia e del suo compagno. – Stanno cercando di scappare con la bambina.

– È figlia loro.

La bocca di Donald si storse in un ghigno. – Quindi ci sei dentro anche tu?

– Ehi! – Fionnlagh intervenne. – Non sono affari vostri! Di nessuno dei due. È nostra figlia e la decisione sta a noi. Potete andarvene tutti all'inferno.

– Questo spetta a Dio deciderlo, – gridò Donald Murray. – Ma tu non andrai da nessuna parte, figliolo. Non con mia nipote, perlomeno.

– Prova a fermarmi, cazzo! – Fionnlagh prese la borsa di Donna e la lanciò nella macchina. – Andiamo, – le disse, e si sedette al posto di guida.

Donald lo raggiunse in due lunghi passi, allungò il braccio nell'abitacolo e tolse la chiave dal cruscotto, per poi lanciarla nell'oscurità. Si spostò quindi rapido sull'altro lato dell'auto con l'intento di afferrare il porte-enfant.

Fionnlagh balzò fuori per fermarlo, ma Fin arrivò per primo. Il suo berretto fu portato via dal vento e svaní nel buio, mentre afferrava il reverendo Murray per le spalle e lo trascinava lontano dalla macchina. Donald era un uomo grande e grosso, e tentò con tutte le sue forze di liberarsi della stretta. Entrambi persero l'equilibrio e caddero all'indietro, rotolando nella ghiaia.

Il colpo contro il terreno tolse il respiro a Fin, e lo costrinse a fermarsi ansimante mentre Donald si rialzava. Riuscí a mettersi in ginocchio, cercando ancora di prendere aria, e sollevò lo sguardo mentre l'altro gli porgeva una mano per aiutarlo a tirarsi su. Fin notò un lampo bianco sulla gola di Donald. Il suo colletto da pastore. E per un momento si rese conto dell'assurdità della situazione. Stava facendo a botte con il ministro della chiesa di Crobost, per l'amor di Dio! Il suo amico d'infanzia. Afferrò la mano e si alzò in piedi. Rimasero a fissarsi, entrambi con il fiato corto, le facce bagnate che brillavano alla luce dei fari.

– Smettetela! – stava gridando Donna. – Tutti e due! Smettetela!

Ma Donald teneva gli occhi puntati su Fin. – Ho trovato i biglietti del traghetto in camera di mia figlia. La prima partenza di domani per Ullapool. Sapevo che avrebbero cercato di scappare questa notte.

– Donald, sono adulti. E quella è figlia loro. Possono andare dove vogliono.

– Dovevo immaginarlo che avresti preso le loro parti.

– Non sto prendendo le parti di nessuno. Sei tu quello che li sta tenendo lontani l'uno dall'altra. Rifiutandoti di far entrare Fionnlagh in casa tua per vedere sua figlia. Sembra di vivere ancora nel medioevo!

– Lui non ha i mezzi per mantenerle. Va ancora a scuola, Dio mio!

– Be', mollando tutto e scappando non riuscirà a ottenere grandi risultati, non ti pare? Ed è a questo che lo stai spingendo. Che stai spingendo entrambi.

Donald sputò tutto il suo disprezzo nella notte. – È una perdita di tempo –. Si voltò di nuovo e cercò di prendere il porte-enfant dalla macchina. Fin gli afferrò il braccio, ma Donald ruotò su sé stesso e gli sferrò un pugno in faccia. La forza di quel colpo fece perdere a Fin l'equilibrio e lo mandò lungo disteso sull'asfalto.

Per alcuni, interminabili istanti, tutti rimasero immobili, come se qualcuno avesse premuto un pulsante e messo il film in pausa. Nessuno poteva credere a quel che Donald aveva appena fatto. Attorno a loro il vento latrava la propria disapprovazione. Fin cercò di rimettersi in piedi e si pulí il sangue dal labbro. Fissò il pastore. – Per l'amor di Dio, – disse, – ragiona! – La sua voce si perse quasi nel frastuono della notte.

Donald si stava strofinando le nocche senza distogliere lo sguardo da quello di Fin, gli occhi pieni di incredulità, rabbia, senso di colpa. Come se in qualche modo fosse l'altro il responsabile del colpo che lui gli aveva inferto. – Ma perché diavolo ti immischi in questa faccenda?

Fin chiuse gli occhi e scosse la testa. – Perché Fionnlagh è mio figlio.

22.

L'ansia di Catriona Murray si tramutò in sconcerto quando aprí la porta della canonica e vide suo marito e Fin Macleod in piedi sul gradino piú alto come due topi annegati, sporchi di sangue e pieni di escoriazioni. Non erano loro che stava aspettando.

– Dove sono Donna e la bambina?

– Anch'io sono felice di vederti, Catriona, – disse Fin.

Donald rispose: – Sono a casa di Marsaili.

Gli occhi scuri di Catriona fulminarono i due uomini. – Ma non dovevi fermarli prima che andassero a Stornoway a prendere il traghetto?

Fu Fin a rispondere: – Non lo faranno.

– Perché no?

– Perché hanno paura che io e Donald ci accapigliamo. Non è che ci fai entrare? Ci stiamo bagnando.

Catriona scosse la testa confusa e frustrata, ma tenne la porta aperta perché i due uomini entrassero, gocciolanti, nell'ingresso. – È meglio che vi togliate quei vestiti bagnati.

Fin sorrise. – È meglio che io me li tenga, Catriona. Non vorrei sconvolgere la tua delicata sensibilità –. Aprí la cerata mostrando che sotto indossava esclusivamente la canottiera e i boxer. – Ero uscito solo per prendere un libro in macchina.

– Ti porto una vestaglia –. Lei inclinò la testa per guardarlo piú da vicino. – Cosa ti è successo alla faccia?

– Tuo marito mi ha picchiato.

Lo sguardo della donna si rivolse immediatamente a Donald, con un'espressione severa che le formava rughe tra le sopracciglia. Il senso di colpa dipinto sul volto del marito, il quale non accennava neppure a negare le parole di Fin, rese quelle rughe ancora piú profonde.

Quindici minuti dopo i due uomini sedevano nel soggiorno, attorno a un fuoco di torba, sorseggiando cioccolata calda alla luce di una lampada da tavolo e dei bagliori del caminetto. Donald indossava una vestaglia cinese, di seta nera ricamata con disegni di draghi. Fin si era avvolto in uno spesso accappatoio di spugna bianco. Entrambi erano scalzi e cominciavano appena a sentire il sangue che tornava a circolare nel loro corpo. A un cenno di Donald, Catriona si era ritirata in cucina, lasciandoli soli. Bevvero in silenzio per alcuni minuti.

– Una spruzzata di whisky qua dentro ci starebbe bene, – disse Fin dopo un po', senza molta speranza.

– Buona idea –. E con sua sorpresa, Donald si alzò e prese dalla credenza una bottiglia di Balvenie Doublewood, vuota per due terzi. La stappò e ne versò senza lesinare nelle due tazze; quindi tornò a sedersi.

Ripresero a sorseggiare in silenzio e Fin disse con un cenno del capo: – Cosí va meglio –. Sentí Donald trarre un profondo sospiro.

– Mi secca enormemente ammetterlo, Fin, ma ti devo delle scuse.

Lui annuí. – Giusto.

– Anche se mi hai provocato, non avevo diritto di picchiarti. È stato un errore.

Fin si voltò a guardare il suo amico di un tempo e gli vide dipinta in faccia un'espressione di sincero rammarico. – Perché? Perché è stato un errore?

– Perché Gesú ci ha insegnato che la violenza è un errore. «A chi ti percuote sulla guancia, porgi anche l'altra».

– A dir la verità, credo di essere stato io quello che ha porto l'altra guancia.

Donald gli lanciò uno sguardo cupo.

– E comunque, che ne è stato dell'«occhio per occhio»?

Donald prese un lungo sorso di cioccolata e whisky. – Come disse Gandhi: occhio per occhio rende il mondo cieco.

– Tu credi davvero in tutta questa roba, vero?

– Sí, ci credo. E il minimo che tu possa fare è portare rispetto.

– Non rispetterò mai ciò in cui credi tu, Donald. Rispetto solo il tuo diritto a crederci. Proprio come tu dovresti rispettare il mio.

Donald gli rivolse un'occhiata lunga e penetrante, mentre il bagliore della torba illuminava un lato del suo volto pallido, lasciando l'altro in ombra. – Tu non vuoi credere, Fin, per via di quel che è successo ai tuoi genitori. Ma è diverso dal non avere fede.

– Ti dico io in che cosa credo, Donald. Credo che il Dio dell'Antico testamento non sia lo stesso del Nuovo testamento. Come si può conciliare la crudeltà e la violenza del primo con la pace e l'amore predicati dal secondo? La verità è che ciascuno prende qua e là le parti che piú gli piacciono e fa finta che quelle sgradite non esistano. E questo è il motivo per cui esistono cosí tante varianti del cristianesimo. Ci sono… quante sette protestanti? Cinque solo su quest'isola.

Donald scosse la testa con veemenza. – L'incapacità di andare d'accordo, e l'accapigliarsi sulle proprie differenze, sono parte della debolezza umana, Fin. La fede è l'unico punto importante.

– La fede è la stampella del debole. La si usa per nascondere tutte le contraddizioni. E serve da ancora di salvezza perché fornisce risposte facili a domande impossibili –. Si piegò in avanti. – Quando mi hai picchiato è stato il tuo cuore, non la tua fede. Eri tu, Donald, e stavi seguendo il tuo istinto. Per quanto in maniera sbagliata, desideravi proteggere tua figlia. E tua nipote.

La risata di Donald risuonò sprezzante. – Un bel rovesciamento di ruoli. Il credente percuote, l'ateo porge l'altra guancia. Ti piace, eh? – L'amarezza risuonava chiara nella sua voce. – È stato un errore, Fin, e non avrei dovuto farlo. Non succederà piú.

– Certo che non succederà. Perché la prossima volta risponderò per le rime. E, lasciamelo dire, so giocare sporco.

Donald non riuscí a reprimere un sorriso. Vuotò la tazza e vi fissò dentro lo sguardo per alcuni lunghi istanti, come se le risposte a tutte le domande dell'universo si potessero in qualche modo trovare lí, sul fondo. – Ne vuoi ancora?

– Cioccolata o whisky?

– Whisky, naturalmente. Ne ho un'altra bottiglia.

Fin gli porse la tazza. – Abbonda pure.

Donald divise equamente tra loro ciò che restava della prima bottiglia. Fin bevve, e il malto puro, colorato, ammorbidito dall'invecchiamento nelle botti di sherry, scivolò giú fino a scaldargli le viscere. – Che cosa ci è successo, Donald? Un tempo eravamo amici. Da bambini eri il leader della compagnia, ti consideravamo quasi un eroe, ti prendevamo a modello.

– Un gran bel modello, allora, maledizione.

Fin scosse la testa. – No. Certo, hai commesso i tuoi errori. Lo facciamo tutti. Ma tu avevi qualcosa di diverso, eri uno spirito libero, Donald, uno che sfidava il mondo. Dio ti ha cambiato. E non in meglio.

– Non cominciare!

– Continuo a sperare che un giorno vedrò sbocciarti in faccia quel tuo grande e contagioso sorriso di scherno e ti sentirò gridare: stavo solo scherzando!

Donald scoppiò a ridere. – Dio mi ha cambiato, Fin. Ma in meglio. Mi ha insegnato a tenere a bada i miei istinti piú volgari, a essere una persona migliore di prima. E a fare agli altri solo ciò che vorrei che gli altri facessero a me.

– Allora perché tratti cosí male Fionnlagh e Donna? Sbagli a tenerli separati. So che dal tuo punto di vista stai proteggendo tua figlia, ma la bambina è anche figlia di Fionnlagh. Come ti sentiresti al posto suo?

– Per prima cosa, io non l'avrei messa incinta.

– Oh, avanti! Scommetto che non ricordi nemmeno con quante ragazze sei andato a letto a quell'età. È stata pura fortuna se nessuna è rimasta incinta –. Fece una pausa. – Prima di Catriona.

Donald gli rivolse uno sguardo torvo da sotto le sopracciglia cespugliose. – Vaffanculo, Fin.

E lui scoppiò in una risata. – Ecco, questo è il vecchio Donald!

L'altro scosse il capo, cercando di reprimere un sorriso. – Sei sempre stato un cattivo esempio per me –. Si alzò e attraversò la stanza fino alla credenza, dove trovò e aprí la seconda bottiglia. Di ritorno al tavolo, riempí fino all'orlo le due tazze e si accasciò sulla sedia. – Alla fin fine, io e te abbiamo una nipote in comune, Fin Macleod. Siamo nonni! – Sbuffò, a indicare tutta la propria incredulità. – Quando hai scoperto che Fionnlagh è tuo figlio?

– L'anno scorso, durante le indagini sull'omicidio di Angel Macritchie.

Donald si accigliò. – Non è una notizia di dominio pubblico, o sbaglio?

– No.

Donald lo fissò con uno sguardo curioso. – Cos'è successo su An Sgeir lo scorso agosto, Fin?

Ma lui si limitò a scuotere il capo. – È una cosa che rimarrà tra me e il cielo.

Donald annuí lentamente. – E il motivo della tua visita in chiesa, l'altro giorno... è un segreto anche quello?

Fin ci rifletté, fissando le braci di torba, e decise che non c'era nulla di male nel raccontare a Donald la verità. – Avrai sentito del corpo trovato nella torbiera a Siader un paio di settimane fa.

L'altro annuí.

– È il cadavere di un ragazzo di diciassette o diciott'anni, morto ammazzato verso la fine degli anni Cinquanta.

– Ammazzato? – Il reverendo Murray era visibilmente sconvolto.

– Sí. E si è scoperto che era imparentato con Tormod Macdonald. Il quale peraltro non è Tormod Macdonald.

Donald si immobilizzò, la tazza a mezz'aria. – Cosa?

E Fin gli raccontò la storia del suo viaggio a Harris con il sergente Gunn e di quel che avevano trovato. Donald ascoltava e sorseggiava pensieroso il suo whisky.

– Il problema è, – disse Fin, – che probabilmente non scopriremo mai la verità. Tormod soffre di demenza in stadio avanzato e continua a peggiorare. È difficile dare un senso alle sue parole. Marsaili è andata a trovarlo oggi e lui le ha parlato di alghe usate per fertilizzare i corvi.

Donald si strinse nelle spalle. – Be', queste non sono parole senza senso.

Fin batté le palpebre per la sorpresa. – Spiegati.

– Certo. Qui a Lewis, o a Harris, *feannagan* significa corvi. Ma sulle isole meridionali indica quelli che la gente chiama i *lazybeds*, i banchi di terreno con i canali di scolo in mezzo.

– Non ho la minima idea di cosa stai parlando, Donald.

Donald scoppiò a ridere. – Non sei mai stato nelle isole meridionali cattoliche, vero Fin? E mi sa che non ci sarei mai stato nemmeno io se non avessi partecipato alle visite ecumeniche –. Gli rivolse un rapido sguardo. – Forse non sono cosí ottuso come ti piacerebbe credere...

– Che cosa sono i *lazybeds*?

– Sono il prodotto del lavoro della gente per coltivare ortaggi, e soprattutto patate, in un terreno troppo poco profondo o di scarsa qualità. Li trovi per esempio su South Uist o su Eriskay. Usano alghe prese sulla costa come fertilizzante. Le sistemano a strisce larghe circa trenta centimetri, lasciando tra l'una e l'altra sempre trenta centimetri di spazio, dove scavano il terreno e lo gettano sopra le alghe. Cosí si creano dei canali di drenaggio tra i banchi di terreno e le alghe, dove vengono piantate le patate. Li chiamano *lazybeds*. Oppure *feannagan*.

Fin prese una sorsata di whisky. – Quindi non è privo di senso parlare di «fertilizzare i corvi».

– Niente affatto –. Donald si piegò in avanti, puntando i gomiti sulle ginocchia e tenendo tra le mani la tazza come se la cullasse. Stava fissando il fuoco morente. – Forse il padre di Marsaili non veniva da Harris, Fin. Forse veniva dal Sud. South Uist. Eriskay. Barra. Chissà? – Si fermò per prendere un altro sorso. – Ma mi viene in mente una cosa… – si voltò a guardarlo. – Non avrebbe mai ottenuto il certificato che ha permesso a mio padre di celebrare il matrimonio, se non fosse stato in grado di presentarne uno di nascita. E come poteva procurarselo?

– Non all'anagrafe di Harris, – disse Fin, – perché negli archivi di lí il ragazzo risulta deceduto.

– Esatto. Perciò conosceva, o era imparentato, con la famiglia. Oppure lo era qualcuno vicino a lui, il che gli ha consentito o di rubare il certificato di nascita o di farselo regalare. Tutto quel che devi fare è trovare il collegamento.

Controvoglia, Fin sentí che un sorriso gli saliva alle labbra e alzò un sopracciglio verso il pastore. – Sai, Donald, sei sempre stato il piú intelligente di tutti noi. Ma cercare un collegamento del genere è come sperare di trovare un granello di polvere nell'universo.

23.

Catriona gli aveva offerto un paio di pantaloni e un maglione di lana di Donald, e con quelli addosso Fin lottava contro il vento che infuriava senza impedimenti attraverso il *machair*.

I due uomini avevano fatto le ore piccole, scolandosi metà della seconda bottiglia. Fin si era svegliato sul divano alle sette passate, con il profumo di bacon che si diffondeva per casa.

Mentre Catriona gli serviva un piatto di pancetta, uova, salsiccia e pane tostato al tavolo di cucina, Donald non si vedeva da nessuna parte. Catriona era andata a letto molto prima che il marito e Fin finissero il whisky e non fece alcun commento sulla quantità che ne avevano consumato. Nessuno dei due aveva voglia di impegnarsi in una conversazione. Il silenzio di Catriona indicava chiaramente la sua disapprovazione nei confronti di Fin e di qualunque cosa fosse successa la notte precedente.

La pioggia era cessata e i lievi venti da sud avevano già asciugato l'erba, il che preannunciava un altro cambiamento meteorologico. Il sole aveva ritrovato il suo calore e combatteva contro la forza fredda del vento.

Fin aveva bisogno d'aria per schiarirsi i pensieri annebbiati e confusi a causa delle parole dette e del whisky bevuto con Donald. Non era ancora tornato alla sua tenda, terrorizzato all'idea di come l'avrebbe ritrovata dopo averla lasciata aperta in balia degli elementi per tutta la notte. C'era persino la possibilità che fosse volata via, e non era sicuro di poter affrontare una simile eventualità.

Guidato dall'istinto o per puro caso, si ritrovò sul viottolo che portava al cimitero di Crobost, dove le lapidi si ergevano sul pendio di una collina come gli aculei sulla schiena di un riccio.

Tutti i Macleod e i Macdonald e i Macritchie, i Morrison e i Macrae che avevano vissuto ed erano morti in quel sottile angolo di mondo erano sepolti lí, gente dura come la roccia e intagliata nella materia prima dell'umanità dalla forza del vento, del mare, della pioggia. Tra loro c'erano i genitori di Fin. Ora avrebbe desiderato aver portato con sé Robbie per metterlo nella terra vicino ai suoi antenati. Ma Mona non lo avrebbe mai consentito.

Si fermò al cancello. Era stato lí, tanti anni prima, che Artair gli aveva detto di aver sposato Marsaili. Quel giorno, una parte di lui era morta, con la definitiva perdita della sola donna che avesse mai amato. La donna che egli stesso aveva allontanato dalla propria vita, per egoismo e crudeltà. Una perdita che si era inflitto da sé.

Si soffermò a pensare a lei. La vide con gli occhi del cuore. La pelle arrossata dal vento, i capelli ribelli che svolazzavano. Vide quelle iridi color fiordaliso che penetravano la sua corazza, disarmandolo con la loro acutezza e spezzandogli il cuore con un sorriso. Si chiese se fosse possibile tornare indietro. Ma forse ciò che aveva detto a Fionnlagh era vero, e se non erano riusciti a far funzionare la loro storia tanti anni prima, non era pensabile che potesse funzionare ora. Era in balia del suo pessimismo, e solo una minuscola parte di lui pensava che per loro ci fosse una seconda occasione. Era per questo che aveva fatto ritorno sull'isola? Per inseguire una speranza cosí remota?

Non aprí il cancello. Era già ritornato troppe volte sul passato, e vi aveva trovato solo sofferenza.

Con l'alcol che ancora gli annebbiava la mente, si incamminò adagio verso la strada che portava a casa, passando davanti alla scuola dove aveva trascorso tantissimo tempo con Artair e Marsaili. Non era cambiata molto, cosí come la lunga strada diritta che portava ai *Crobost Stores*, la silhouette della chiesa sulla collina e tutte le case che si ergevano tetragone al vento sul crinale. Vi crescevano pochissimi arbusti, i piú resistenti. Solamente gli uomini, e le case da loro costruite, potevano sopportare la furia degli elementi che imperversavano da una parte all'altra dell'Atlantico. Ma non per sempre, come testimoniavano il cimitero e le rovine di un gran numero di *blackhouses*.

L'auto di Fionnlagh era ancora posteggiata sul piazzale davanti all'emporio, dove il ragazzo l'aveva abbandonata la notte precedente quando la chiave d'accensione era andata perduta da qualche parte nella torbiera. Senza dubbio Fionnlagh aveva intenzione di tornare piú tardi, per metterla in moto facendo fare contatto ai fili e portarla a casa. Da lí si vedeva anche la macchina di Fin, quasi in cima al colle, fiera, accarezzata dalla brezza che soffiava lungo il sentiero per il cottage di Marsaili. Fin aveva dato le sue chiavi al ragazzo dicendogli di portare Donna e la bambina a casa con sé; dopodiché era tornato alla canonica con l'auto di Donald.

Prima di entrare, bussò alla porta della cucina. Donna era seduta a tavola e stava mangiando una ciotola di cereali, ma quando si girò il suo viso era una maschera di preoccupazione. Si rilassò solo un pochino quando vide che si trattava di Fin. Era pallida, dolorosamente pallida, con ombre azzurrine sotto gli occhi pieni di paura. Guardò oltre le spalle di Fin, come se si aspettasse che ci fosse qualcuno con lui.

– Dov'è mio padre?

– Dorme. Sta smaltendo una sbornia.

Il volto di Donna manifestò tutta la sua incredulità. – Stai scherzando.

E Fin comprese che Donna conosceva solo il Donald di oggi, il rigido censore nel nome della Bibbia, del timore di Dio, della propria superiorità morale. Non aveva idea dell'uomo nascosto dentro il guscio bigotto che si era costruito per celare la propria vulnerabilità, del Donald Murray che Fin aveva conosciuto da ragazzo, di colui che aveva brevemente rivisto quella notte quando il whisky aveva abbassato le sue difese.

– Dov'è Fionnlagh?

Donna fece un cenno in direzione del soggiorno. – Sta dando da mangiare a Eilidh.

Fin la guardò sorpreso. – Eilidh?

– La bambina.

E si rese conto che fino ad allora non aveva mai sentito il suo nome. Tutti si riferivano a lei come alla «bambina» o alla «neonata». E a lui non era venuto in mente di chiedere. Gli parve che lo sguardo penetrante di Donna gli scavasse nell'animo, e si sentí arrossire. Annuí e andò da Fionnlagh, che sedeva in una poltrona con la piccola poggiata al braccio sinistro, mentre con la mano destra le teneva un biberon fra le labbra. Due occhioni spalancati in un viso minuscolo fissavano il papà con totale abbandono.

Fionnlagh parve a disagio quando suo padre lo trovò in quell'atteggiamento, ma non poteva muoversi. Fin si sedette sulla poltrona di fronte e tra loro calò un silenzio carico di imbarazzo. Poi Fin disse: – Eilidh era il nome di mia madre.

Fionnlagh annuí. – Lo so. È per questo che si chiama cosí.

Fin dovette battere le palpebre per fermare le lacrime che gli stavano annebbiando la vista. – Ne sarebbe stata molto felice.

Un pallido sorriso passò velocemente sul volto del ragazzo. – A proposito, grazie.

– Di che cosa?

– Di essere arrivato, ieri notte. Non so cosa sarebbe successo senza il tuo intervento.

– Fuggire non è la scelta giusta, Fionnlagh.

Un improvviso moto di rabbia accese lo sguardo del ragazzo. – E allora qual è la scelta giusta? Non possiamo andare avanti cosí.

– No, non potete. Ma non è nemmeno giusto che buttiate via le vostre vite. Per poter dare il meglio a vostra figlia, dovete dare il meglio a voi stessi.

– E come?

– Tanto per cominciare, dovete riappacificarvi con Donald.

A Fionnlagh mancò il respiro, e distolse lo sguardo.

– Non è il mostro che credi, Fionnlagh. È solo un uomo che ha perso l'orientamento e che vuol fare la cosa giusta per sua figlia e sua nipote.

Il ragazzo avrebbe voluto protestare, ma Fin sollevò una mano per fermarlo.

– Parlagli, Fionnlagh. Digli che cosa vuoi fare della tua vita e come intendi raggiungere i tuoi obiettivi. Fagli capire che hai tutte le intenzioni di mantenere Donna e Eilidh non appena sarai in grado di farlo, e che sposerai sua figlia appena potrai offrirle un futuro.

– Ma io *non so* cosa voglio fare della mia vita! – La frustrazione gli incrinava la voce.

– Non c'è quasi nessuno che lo sappia, alla tua età. Ma sei un ragazzo sveglio, Fionnlagh. Devi finire la scuola, andare all'università. E anche Donna, se è quello che desidera.

– E intanto?

– Restate qui. Tutti e tre assieme.

– Il reverendo Murray non lo accetterà mai!

– Non sai che cosa accetterà finché non gli avrai parlato. Ti chiedo solo di pensarci. Avete molte piú cose in comune di quanto tu creda. Donald vuole solo il meglio per Donna e Eilidh. E tu anche. Devi solo convincerlo di questo.

Fionnlagh chiuse gli occhi e inspirò profondamente. – Piú facile a dirsi che a farsi.

La tettarella di gomma scivolò fuori dalla bocca di Eilidh, la quale espresse una gorgogliante protesta. Fionnlagh tornò a rivolgere l'attenzione alla figlia e rimise il biberon tra le minuscole labbra bagnate di latte.

Fin riconobbe l'auto di Donald parcheggiata dove la sera precedente era sistemata la sua, sulla curva al di sopra della *crofthouse* e della sua tenda battuta dal vento. Nubi basse e pesanti cozzavano contro i pendii, gonfie di pioggia ma non ancora pronte a erompere, come se comprendessero che la terra sotto era già fradicia.

Fin raggiunse l'auto e si guardò attorno. Non vide Donald da nessuna parte. Perlomeno però la sua tenda era rimasta lí, ammaccata e infangata, con i tiranti allentati che vibravano furiosamente sotto l'urto del vento, ma fissi ai loro pioli. Scese il pendio tra uno scivolone e l'altro, e attraverso un lembo aperto vide che nella tenda c'era qualcuno. S'inginocchiò e strisciò dentro, dove trovò uno scarmigliato Donald Murray seduto a gambe incrociate sul sacco a pelo, con il fascicolo dell'incidente che aveva ucciso Robbie aperto sulle ginocchia.

Fin si sentí trafiggere dalla rabbia e gli strappò la cartelletta di mano. – Cosa cazzo credi di fare?

Donald sussultò. Pareva imbarazzato. – Mi dispiace, Fin. Non intendevo ficcare il naso, davvero. Sono venuto quaggiú a cercarti e ho trovato la tenda aperta e il contenuto della tua cartelletta che volava dappertutto. Ho solo raccolto i fogli e... – Fece una pausa. – Non ho potuto non vedere di cosa si trattava.

Fin non riusciva a guardarlo in faccia.

– Non ne sapevo niente.

Fin gettò il fascicolo in fondo alla tenda. – Roba vecchia –. Uscí dalla tenda e, una volta in piedi, si fermò controvento. Sembrava che i grandi banchi di nubi ondeggianti si trovassero proprio sopra la sua testa, lo schiacciassero contro il terreno. Si sentiva il volto in fiamme. Donald s'inerpicò dietro di lui, e i due uomini rimasero fianco a fianco, con lo sguardo che seguiva il pendio verso la scogliera e la spiaggia. Passarono alcuni minuti prima che uno dei due parlasse.

– Hai mai perso un figlio, Donald?

– No, Fin.

– È lancinante. Come se la tua vita non avesse piú alcun senso. Vorresti solo raggomitolarti su te stesso e morire –. Si voltò rapidamente verso il pastore. – E non propinarmi la tua merda su Dio e i suoi disegni imperscrutabili. Servirebbe solo a farmi incazzare con Lui ancora di piú.

– Ti va di parlarmene?

Fin si strinse nelle spalle e ficcò le mani nelle tasche della cerata, mentre iniziava a scendere verso la scogliera. Donald si affrettò a seguirlo. Fin disse: – Aveva solo otto anni, Donald. Non era un gran matrimonio quello tra me e Mona, ma avevamo messo al mondo Robbie e questo dava un senso alla nostra unione.

Sotto di loro, il mare correva verso riva dal Minch in grandi ondate che si andavano a infrangere sulle rocce come al rallentatore, scagliando in aria spruzzi alti dieci metri.

– Quel giorno Robbie era in giro con Mona. Erano andati a fare spese e lei aveva delle borse in una mano, mentre con l'altra teneva lui. Hanno attraversato al semaforo, verde per i pedoni, rosso per le auto. E questa macchina ha preso l'incrocio senza neppure rallentare. Un impatto violento. Mona è stata scagliata in aria, Robbie è finito sotto le ruote. Lei è sopravvissuta, lui è morto –. Fin chiuse gli occhi per un istante. – E siamo morti anche noi. Il nostro matrimonio, intendo dire. Robbie era l'unica ragione per restare assieme. Senza di lui ci siamo semplicemente allontanati.

Avevano quasi raggiunto l'orlo della scogliera, dove l'azione degli agenti atmosferici aveva reso il terreno instabile. Era pericoloso avvicinarsi oltre. Fin improvvisamente si accucciò e strappò l'unico morbido e umido bocciolo di un erioforo, rigirandoselo delicatamente tra pollice e indice. Donald si accucciò a sua volta accanto a lui, mentre l'oceano ululava e ringhiava sotto di loro, come se sperasse di strapparli alla terraferma e risucchiarli negli abissi.

– Che ne è stato di quello che guidava l'auto?

– Niente. Non si è fermato. E non l'hanno mai preso.

– Credi che ci riusciranno?

Fin girò la testa a guardare Donald. – Non credo che potrò riprendere in mano la mia vita finché non ci saranno riusciti.

– E se lo trovano?

– Lo ammazzo –. Fin schiacciò il fiore tra le dita e lo lanciò nel vento.

– No, non lo faresti.

– Fidati di me, Donald. Se ne avessi la possibilità, sarebbe esattamente quello che farei.

Ma il pastore scosse la testa. – Non lo faresti, Fin. Non sai niente di lui: chi è, perché quel giorno non si è fermato, che inferno sta vivendo da quel momento.

– Vallo a raccontare a qualcun altro –. Si alzò. – Ti ho visto l'altra notte, Donald. Ho visto lo sguardo che avevi quando pensavi di perdere la tua nipotina. E stava semplicemente per salire su un traghetto. Pensa come ti sentiresti se qualcuno te la portasse via, le facesse del male, la uccidesse. Non porgeresti certo l'altra guancia. Sarebbe occhio per occhio, e fanculo Gandhi e le sue massime.

– No, Fin –. Anche Donald si alzò. – Riesco a immaginare molte sensazioni che proverei: rabbia, dolore, desiderio di vendetta. Però: «A me la vendetta», dice il Signore. In un caso simile dovrei credere che in qualche modo, da qualche parte, sarà fatta giustizia. Anche se capitasse nella prossima vita.

Fin lo guardò a lungo, perso in una miriade di pensieri. Infine disse: – Ci sono volte, Donald, in cui vorrei tanto avere la tua fede.

L'altro sorrise. – Allora forse per te c'è una speranza.

E lui scoppiò in una risata. – Nemmeno per sogno. Non esiste un'anima piú perduta della mia –. Distolse subito lo sguardo. – Andiamo. Conosco un sentiero che scende alle rocce –. E si incamminò lungo la scogliera, troppo pericolosamente vicino all'orlo perché Donald si sentisse a proprio agio mentre gli arrancava dietro.

Dopo una cinquantina di metri, il terreno scendeva bruscamente e le scogliere lasciavano il posto a torba e scisto che si sgretolavano, protetti dall'assalto del mare grazie a un ammasso torreggiante di rocce che si ergevano sulla riva. Un sentiero frastagliato digradava diagonalmente fino a una spiaggia di ciottoli riparata dal vento, quasi nascosta alla vista del mare e impossibile da raggiungere se non da quel sentiero. Solo pochi metri piú in là, l'oceano sfogava la sua rabbia contro l'acqua bassa tra le rocce, ma il suo ruggito veniva smorzato dagli scogli che lo tenevano a bada. Un'acqua limpidissima affluiva in laghetti sotto di loro e gli spruzzi del mare soffiavano alti sopra le loro teste.

– Questo era il mio posto segreto, da bambino, – disse Fin. – Venivo sempre qui quando non volevo parlare con nessuno. Ho smesso di venirci quando i miei genitori sono morti e io mi sono trasferito dalla zia.

Donald si guardò intorno. Una minuscola oasi di pace, con il rumore dell'oceano che risuonava ovunque, cosí vicino eppure altrettanto lontano. Persino il vento faticava a raggiungere quel luogo.

– Ci sono venuto un paio di volte da quando sono tornato, – sorrise tristemente Fin. – Forse pensavo che il mio vecchio io fosse rimasto qui. Il fantasma di un'età dell'innocenza. Ma non ho trovato altro che sassi e granchi, e un'eco molto distante del passato. E mi sa che l'eco è solo nella mia testa –. Sorrise e poggiò un piede su una roccia sporgente. – Perché mi cercavi?

– Mi sono svegliato pensando a Tormod e alla sua identità rubata –. Donald fece una pausa e ammiccò. – Be', ovviamente dopo essermi scolato mezzo litro d'acqua e aver buttato giú due aspirine. Era un sacco di tempo che non bevevo cosí tanto.

– Catriona mi bandirà dalla canonica.

Donald sghignazzò. – L'ha già fatto.

Anche Fin scoppiò a ridere, ed era bello tornare a scherzare insieme dopo cosí tanti anni. – Allora, cos'è che hai pensato riguardo a Tormod?

– Un paio di mesi fa c'era un articolo sul giornale locale, Fin. Su un centro che si occupa di genealogia all'estremità meridionale di Harris. Si chiama Seallam; praticamente un tizio ha trasformato il suo hobby in un'ossessione e ora possiede il piú ricco catalogo dei rapporti di parentela delle Ebridi Esterne. Migliore di qualunque registro religioso o statale. Questo tipo ha trovato decine di migliaia di relazioni familiari dalle isole fino al Nord America e all'Australia. Se esiste qualcuno che può avere i dati sulla famiglia

Macdonald e su tutte le sue ramificazioni, è di certo lui –. Donald sollevò un sopracciglio. – Che ne pensi?

Fin annuí pensieroso. – Penso che valga la pena darci un'occhiata.

24.

Il viaggio verso sud portò Fin oltre Luskentyre e Scarista, dove era stato il giorno prima con George Gunn. Era partito da quasi due ore quando incontrò la bassa vegetazione sulle colline di South Harris, che con la loro mole facevano sembrare ancora piú minuscoli gli insediamenti aggrappati tenacemente alle rive dei piccoli *lochs* che riempivano le forre.

Al di sopra dell'edificio bianco a un piano che ospitava il Seallam! Visitor Centre, una nube color crema correva giú per i fianchi di una collina dalla forma conica, come un vulcano in eruzione. Stranamente, il vento era cessato e un silenzio innaturale sovrastava la valle assieme alla foschia.

Dei pini nani si accalcavano attorno alle poche case che costituivano il villaggio di Northton, An Taobh Tuath in gaelico. Gli iris gialli e i boccioli rosa delle azalee in fiore punteggiavano le aiuole lungo la strada, rare macchie di colore in un paesaggio monocromo. Un cartello indicava: «SEALLAM! Mostre, genealogie, tè/caffè».

Fin parcheggiò in uno spiazzo ghiaioso sul lato opposto di un ruscello che serpeggiava tra le colline, e seguí un sentiero poco battuto fino a un ponticello di legno che lo condusse sull'altra riva del torrente, in direzione del centro. Un omone con una testa calva su cui spuntava rada una peluria bianca si presentò come Bill Lawson, genealogista di Seallam. Si sistemò sul lungo naso un paio di enormi occhiali a goccia anni Settanta e confessò di essere proprio lui l'uomo per il quale un hobby era diventato l'ossessione descritta nella «Stornoway Gazette».

Si disse ben felice di mostrare a Fin le enormi mappe del Nord America e dell'Australia appese alle pareti, che costituivano parte dell'esposizione permanente del centro. Gruppi di spilli dalle capocchie nere identificavano insediamenti di famiglie originarie delle Ebridi che erano partite in cerca di una nuova vita in California, sulla costa orientale degli Stati Uniti, in Nuova Scozia, nell'Australia sud-orientale.

– Che costa sta cercando esattamente? – chiese a Fin.

– Una famiglia in particolare. I Macdonald di Seilebost. Murdo e Peggy. Avevano un figlio di nome Tormod che annegò in un incidente in mare nel 1958. All'inizio degli anni Sessanta lasciarono il loro cottage e probabilmente emigrarono all'estero. Ora il cottage è abbandonato.

– Dovrebbe essere abbastanza semplice, – disse il genealogista, e Fin lo seguí fino a una piccola area che fungeva da negozio e da reception, dove gli scaffali scricchiolavano sotto il peso di grossi volumi e di guide turistiche dedicate alle isole. Bill Lawson si chinò a prendere un volume da una pila di pubblicazioni marrone chiaro che si trovava sullo scaffale piú basso. – Queste sono le storie delle *crofthouses* di Harris, – disse. – Sono organizzate per villaggio e per *croft*. Registrano chi ci ha vissuto, quando e dove è andato. Tutto il resto cambia, ma la terra rimane al suo posto –. Fece scorrere le pagine del volume rilegato a spirale. – Prima dell'anagrafe civile nel 1855 le informazioni sono sporadiche e tutte quelle disponibili sono stese in una lingua straniera, l'inglese –. Sorrise. – Perciò un nome si può trovare scritto in modi diversi, a seconda di come suonava all'addetto alla registrazione. In molti casi la grafia è sbagliata. E spesso, peraltro, la precisione non interessava granché. Lo stesso vale per i registri ecclesiastici. Alcuni pastori curavano con attenzione gli archivi, altri non ci badavano. Abbiamo messo insieme la tradizione orale con i documenti ufficiali tenuti a partire dal 1855, e quando coincidono possiamo essere certi di non sbagliarci.

– Quindi lei pensa di potermi dire che cosa accadde ai Macdonald?

L'uomo sorrise. – Sí, certo. Abbiamo analizzato praticamente ogni famiglia sulle Isole Occidentali negli ultimi duecento anni. Oltre 27 500 alberi genealogici.

Gli ci volle circa un quarto d'ora di ricerca tra i libri e il database del computer per ritrovare la *crofthouse* e la sua storia, compresi i rami collaterali di tutti coloro che vi avevano vissuto e lavorato generazione dopo generazione.

– Ecco qua –. Puntò un dito sulle pagine di uno dei libri. – Murdo e Peggy Macdonald emigrarono in Canada nel 1962. New Glasgow, Nuova Scozia.

– Sono rimasti rami della famiglia sulle isole?

– Vediamo… – e fece scorrere il dito su un elenco di nomi. – C'è una cugina di Peggy, Marion. Ha sposato un cattolico subito prima della guerra, Donald Angus O'Henley –. Ridacchiò. – Scommetto che ha fatto scalpore!

– E qualche membro della famiglia è ancora in vita?

Ma l'anziano genealogista scosse la testa nell'esaminare i dati. – A quanto pare Donald fu ucciso durante la guerra, senza lasciare figli. Marion morí nel 1991.

Fin sospirò per la frustrazione. Dunque il viaggio era stato inutile. – Immagino che non ci siano conoscenti o vicini che possono ancora ricordarsi di loro.

– Be', per questo dovrebbe andare fino a Eriskay.

– Eriskay?

– Già. Donald Angus era originario di lí. E di sicuro un ragazzo cattolico non avrebbe mai potuto inserirsi in una comunità di rigidi presbiteriani come Harris –. Rise alla propria battuta. – Quando si sposarono, Marion andò a vivere con Donald nella *crofthouse* della sua famiglia a Haunn, sull'isola di Eriskay.

Il porticciolo per traghetti e pescherecci di An t-Òb era chiamato Leverburgh dal nome di William Hesketh Lever, defunto Lord Leverhulme, il quale subito dopo la Prima guerra mondiale aveva acquistato la cittadina assieme alla gran parte di South Harris.

Al giorno d'oggi rimaneva ben poco a testimoniare il mezzo milione di sterline che Leverhulme aveva speso per trasformare la città in un importante porto di pesca destinato a rifornire le oltre quattrocento pescherie da lui possedute in tutta la Gran Bretagna. Erano stati costruiti moli, capanni per la pulizia del pesce, affumicatoi. Erano stati fatti progetti per scavare un tunnel che portasse dal mare al *loch* interno, creando una darsena che potesse ospitare fino a duecento barche.

Ma anche i piani piú accurati possono andare storti, e quando Leverhulme morí di polmonite nel 1925, i suoi progetti furono abbandonati e le sue proprietà vennero vendute.

Ora, una popolazione di poco piú di duemila persone, in costante calo, viveva in case disseminate attorno al molo e alla rampa d'asfalto costruita per dar riparo ai traghetti che facevano la spola tra le isole vivacizzando le acque tra South Harris e North Uist. I sogni di un importante porto di pesca erano andati irrimediabilmente perduti nella nebbia.

Fin si accodò con l'auto a due file di veicoli fermi sull'asfalto in attesa del traghetto. Al di là di cataste di nasse abbandonate e di pecore che brucavano, una fila di case intonacate di verde correva tra le colline che si susseguivano scendendo verso la riva. Il vento era completamente cessato e l'acqua trasparente come vetro rifletteva gli scogli coperti di alghe dai bagliori ambrati. Al largo, nel Sound of Harris, si scorgeva il traghetto che scivolava come un fantasma tra le ombre delle isole: Ensay, Killegray, Langaigh, Grodhaigh.

Fin rimase seduto a guardare l'imbarcazione che si avvicinava al molo, finché udí il rumore sordo dei motori. Ci sarebbe voluta un'ora, forse un'ora e mezza per giungere a destinazione, superando le due isole di Uist e l'arido paesaggio lunare di Benbecula, fino al Sound of Eriskay e all'isola omonima all'estremità meridionale dell'arcipelago, ultima fermata prima di Barra.

Gli indizi che conducevano Fin laggiú erano molto labili: una cugina della madre del defunto Tormod Macdonald che si era trasferita su quell'isola. I *lazybeds* di Eriskay, i *feannagan* di cui aveva parlato il padre di Marsaili. Ma c'era anche la chiesa sulla collina che lui aveva descritto, con la vista sul cimitero e oltre, fino alle sabbie argentee sottostanti. Avrebbe potuto essere la chiesa di Scarista, se non fosse stato per l'assenza della barca che il vecchio rammentava e per il colore della sabbia, che era dorata e non argentea. In qualche modo Fin credeva ai ricordi confusi di quell'uomo anziano, e li interpretava come frammenti di memoria che dipingevano un quadro diverso da quello di Harris, dove era vissuto e morto il vero Tormod Macdonald. Si trattava di ricordi di un luogo diverso, di un tempo diverso. Eriskay. Forse.

Le sirene di allerta iniziarono a suonare non appena la *Loch Portain* entrò nel porto e iniziò ad abbassare la sua rampa sul cemento. Poche auto e una manciata di camion fuoriuscirono dalla pancia del traghetto, dopodiché le file di veicoli in attesa iniziarono una dopo l'altra a scendere lungo il pendio.

La traversata di un'ora da Harris a Berneray trascorse come in un sogno. Il traghetto sembrava scivolare sfiorando appena la superficie a specchio del Sound, vagando tra gli isolotti e le rocce spettrali che emergevano simili a fantasmi dall'argentea foschia. Fin era in piedi sul ponte anteriore, e si teneva al parapetto guardando le nubi che parevano pennellate scure su un cielo pallido e grigio. Gli era capitato raramente di vedere le isole in tale meravigliosa immobilità, misteriose ed eteree, senza il minimo segno apparente del passaggio dell'uomo.

Infine la scura silhouette dell'isola di Berneray si stagliò contro le tenebre, e Fin ritornò all'auto per sbarcare e iniziare il lungo tragitto verso sud. Quella eterogenea raccolta di isole, che un tempo veniva chiamata con termine improprio Isola Lunga, godeva ora di numerosi collegamenti sotto forma di ponti stradali che univano luoghi a cui una volta i veicoli potevano accedere solo nelle ore di bassa marea. Gli unici passaggi per i quali era ancora necessaria la barca erano quelli tra Harris e Berneray e tra Eriskay e Barra.

North Uist offriva un panorama cupo e primordiale. Alte montagne nascondevano le cime tra nubi che si riversavano lungo i pendii fino a diffondere spirali di foschia per tutta la brughiera. Qua e là, gli scheletri di case da lungo tempo abbandonate, con i tetti spioventi desolati e cupi contro un cielo plumbeo. La torbiera ostile e inospitale, disseminata da frammenti di *loch* e da frastagliati isolotti. Le rovine di tutti i tentativi falliti di uomini e donne di addomesticare la natura erano in bella mostra ovunque, e ciò che ne restava era una manciata di piccoli villaggi nei punti piú riparati.

Ancora piú a sud, dopo altri ponti stradali, l'isola di Benbecula, piatta e priva di tratti caratteristici, scorse via come in un sogno. Poi chissà come il cielo sembrò aprirsi, il senso di oppressione svaní e davanti a Fin si spalancò la vista è South Uist, con le montagne a est, le fertili pianure del *machair* a ovest, una distesa senza confini sino al mare.

Le nubi ora erano piú alte, interrotte da un vento sempre piú forte, e la luce del sole si apriva un varco per riversarsi in fiumi e pozze su tutto il terreno. Fiori gialli e viola si piegavano nella brezza, e Fin si sentí sollevato. Superò lo svincolo verso il porto di Lochboisdale, da dove partivano i traghetti della costa orientale, e dirigendosi verso ovest vide i capanni abbandonati del vecchio stabilimento per la lavorazione delle alghe marine a Orasaigh, e poco piú in là un cimitero protestante circondato da un muro. Anche nella morte, a quanto pareva, cattolici e protestanti restavano separati.

Finalmente, svoltò a est sulla strada per Ludagh, e al di là dello scintillante Sound of Eriskay scorse per la prima volta l'isola. Era piú piccola di quanto avesse immaginato, sovrastata da Barra con il suo anello di isolotti che indugiavano scuri oltre l'acquerello del mare dietro di essa.

Una banchina in pietra si protendeva nell'imboccatura della baia di Ludagh, e poche case isolate si ergevano sulla collina rivolte verso sud e affacciate sul Sound. La marea era bassa e alcune barche all'ancora nella baia giacevano nella sabbia, inclinate sulle loro chiglie. Il sostegno in cemento di un molo in disuso si allungava oltre lo scalo di alaggio dove un tempo doveva trovarsi un traghetto che portava avanti e indietro uomini e merci.

Fin parcheggiò sulla banchina e uscí in una brezza tesa che soffiava tiepida da sud. Respirò il profumo del mare e, per guardare in direzione di Eriskay, sollevò una mano a schermarsi gli occhi dal riflesso abbagliante del sole sull'acqua. Non avrebbe saputo dire il perché, ma mentre osservava l'isola si sentí quasi sopraffatto da un bizzarro senso di predestinazione, una sorta di déjà-vu.

Un uomo anziano che indossava un paio di jeans e un pullover lavorato a maglia era indaffarato attorno allo scafo di un dinghy capovolto. Aveva un volto simile a cuoio sotto una capigliatura di fili argentei. Rivolse un saluto silenzioso a Fin, che gli disse: – Pensavo che ci fosse un ponte da qui a Eriskay.

L'uomo si alzò e puntò il dito verso est. – Sí, c'è. Segua la strada fin laggiú.

Fin sforzò lo sguardo contro il bagliore che lo accecava e notò all'orizzonte il ponte che abbracciava il Sound. – Grazie –. Tornò all'auto e seguí la strada fino a dove curvava verso il punto indicato dal vecchio, per poi ritrovarsi ad attraversare una griglia per il bestiame e raggiungere un'altra strada, stavolta lunga e dritta, elevata su migliaia di tonnellate di macigni gettati per costruire il ponte fra le due isole.

Man mano che Fin si avvicinava, Eriskay si rivelava come un luogo arido e privo di alberi. La strada che portava all'interno dell'isola saliva tra le pieghe delle colline. Quando giunse a un incrocio, Fin girò a sinistra su uno stretto nastro d'asfalto che lo condusse fin giú alla vecchia darsena di Haunn, dove secondo Bill Lawson doveva trovarsi il cottage della famiglia O'Henley.

Una vecchia banchina di pietra in condizioni di totale degrado si allungava in una stretta insenatura protetta. Una coppia di case in rovina resisteva tra le rocce sul lato opposto, presso un molo di cemento dall'aria completamente abbandonata. Cinque o sei altri edifici sorgevano attorno all'insenatura, alcuni abitati, altri lasciati andare. Fin parcheggiò all'estremità della vecchia banchina e risalí la strada, passando accanto a mucchi di nasse e reti stese ad asciugare. Si ritrovò a guardare in basso, dove c'era uno scivolo in cemento, e di nuovo indietro, verso il Sound e South Uist.

– Una volta lí arrivavano i traghetti –. Un anziano con una giacca trapuntata e un berretto si fermò al suo fianco, mentre un fox-terrier a pelo duro tirava e si dimenava alla fine di un lungo guinzaglio. – La vecchia barca per passeggeri invece arrivava all'altro molo –. Ridacchiò. – Non c'era proprio bisogno di un traghetto per le auto finché non hanno costruito la strada. E questo è successo solo negli anni Cinquanta. Ma anche allora erano in pochi a possedere una macchina.

– Lei è nato qui, giusto? – chiese Fin.

– Nato e cresciuto. Ma da come parla gaelico direi che lei invece non è di queste parti.

– Sono un Leodhasach, – disse Fin. – Da Crobost, su Lewis.

– Non sono mai stato cosí a nord, – disse il vecchio. – Che cosa la porta quaggiú?

– Sto cercando la vecchia *crofthouse* degli O'Henley.

– Be', è qui a due passi. Venga con me.

E il vecchio si voltò per risalire verso la banchina in disarmo, con il cane che correva avanti, saltando e abbaiando contro il vento. Fin lo seguí. Arrivati al molo l'uomo si fermò, con la piccola insenatura che si apriva davanti a loro.

– Quella casa gialla lí in fondo a sinistra, quella senza il tetto... una volta era l'emporio e l'ufficio postale del paese. Lo gestiva un certo Nicholson, se ben ricordo. L'unico protestante di tutta l'isola –. Sorrise. – Se lo immagina?

Fin non riusciva a immaginarselo.

– Subito lí sopra a destra, ci sono i resti di un vecchio cottage di pietra. Non è rimasto granché. Quella era la casa degli O'Henley. Ma lei è morta parecchi anni fa, ed era vedova da tanto tempo. Aveva una ragazzina che viveva con lei. Ceit, se la memoria non m'inganna. Ma non sono sicuro che fosse sua figlia.

– E che cosa le è successo?

– Mah, lo sa Dio. Se ne andò ben prima che la vecchia morisse. Come tutti i giovani, che all'epoca non vedevano l'ora di abbandonare l'isola –. Il suo sorriso era venato di malinconia. – All'epoca e anche al giorno d'oggi.

Lo sguardo di Fin si perse oltre la casa in rovina e indugiò su una grande casa bianca costruita sulle rocce subito sopra. Quello che sembrava un vialetto nuovo di zecca risaliva tortuoso la collina fino a una spianata erbosa davanti alla porta d'ingresso e a un terrazzo in legno accessibile dall'interno attraverso portefinestre. Al piano superiore, un balcone era chiuso da vetrate che lo riparavano dal vento e sul muro c'era una lampada al neon. – Chi abita in quella grande casa bianca? – chiese Fin.

Il vecchio ridacchiò. – Quella è la casa di Morag McEwan. Si è ritirata sulla sua isola natia piú o meno sessant'anni dopo essersene andata. Io non riesco proprio a ricordarmela, ma è un personaggio particolare. Magari la conosce.

– Io? – Fin rimase sorpreso.

– Sempre che lei guardi la televisione. È stata la protagonista di una di quelle fiction. E ha un bel po' di soldi, glielo dico io. Tiene la casa tutta illuminata dodici mesi all'anno, e viaggia su una Mercedes rosa decappottabile –. Scoppiò a ridere. – Dicono che casa sua dentro sia come la caverna di Aladino, ma io non ci sono mai entrato.

– Quanta gente vive su Eriskay attualmente?

– Be', mica tanta. Piú o meno centotrenta persone. Quand'ero ragazzo erano cinquecento o giú di lí. L'isola è lunga solo quattro chilometri e nel punto piú largo arriva a due chilometri e mezzo. Non c'è molto di che vivere, né con l'agricoltura né con la pesca.

Fin lasciò vagare lo sguardo lungo i pendii desolatamente rocciosi e si chiese come la gente fosse riuscita a sopravvivere in un simile ambiente. I suoi occhi si posarono su un edificio scuro in cima alla collina alla sua destra, in posizione dominante su tutta l'isola. – E quello cos'è?

Il vecchio seguí il suo sguardo. – È la chiesa, – rispose. – St Michael.

Fin risalí la collina in auto fino al piccolo gruppo di case denominato Rubha Ban, costruito attorno alla scuola elementare e all'ambulatorio medico. Un cartello indicante la «Eaglais Naomh Mhicheil» lo condusse su per uno stretto viottolo fino a una chiesa in pietra con un tetto molto spiovente e alte finestre bordate di bianco. Un portone ad arco sovrastato da una croce bianca e dalla scritta «Quis ut Deus?» – Chi è come Dio? – dava accesso alla chiesa dal lato meridionale. All'esterno la campana nera di una nave era montata su un piedistallo e Fin si chiese se fosse la campana usata per richiamare i fedeli alla messa. Il nome della nave, dipinto in bianco, era Sms *Derfflinger*.

Fin parcheggiò e guardò indietro, giú per la collina verso il molo di Haunn e oltre il Sound fino a South Uist. Il mare brillava e scintillava, muovendosi come se respirasse, e la luce del sole inondava le alture al di là, mentre le ombre delle nubi in corsa ne segnavano i contorni. Lassú il vento era impetuoso, gonfiava la giacca di Fin e soffiava tra i ricci dei suoi capelli come se volesse stirarglieli.

Una signora molto anziana, con un golfino rosso e una gonna grigio scuro, stava lavando il pavimento dell'ingresso. Indossava guanti di gomma verdi lunghi fino al gomito e versava acqua e sapone da un secchio rosso brillante. Sui capelli bianchi come la neve aveva legato un foulard e, facendosi da parte per lasciar passare Fin, gli rivolse un cenno del capo.

Per un istante gli sembrò che il tempo si fermasse. La luce penetrava dalle finestre ad arco. Statue colorate della Vergine Maria e di Gesú Bambino e angeli alati chini in preghiera gettavano lunghe ombre su stretti pulpiti di legno. Stelle brillavano nel firmamento celeste dipinto sulla cupola sopra l'altare, e l'altare stesso, drappeggiato di bianco, era sostenuto da una piccola barca.

Fin si sentí la pelle d'oca. Questa era la chiesa con la barca di cui aveva parlato Tormod. Si girò verso l'ingresso.

– Mi scusi.

La vecchia signora si raddrizzò. – Prego?

– Qual è la storia della barca sotto l'altare? La conosce?

La donna si mise le mani sui fianchi e si raddrizzò in tutta la sua statura. – Certo, – disse. – È una storia bellissima. Questa chiesa fu costruita dalla gente di qui, con le sue mani. Scavarono e ripulirono le pietre, portarono a braccia la sabbia e tutto il materiale necessario fin quassú. Erano anime pie. Si guadagnarono tutti quanti un posto in paradiso, non c'è dubbio –. Cacciò lo straccio nel secchio e si appoggiò al manico della scopa. – Ma furono i pescatori a pagare. Si offrirono di cedere il guadagno di una notte di pesca a favore della costruzione della chiesa. Quella notte pregarono tutti, e i pescatori tornarono con un bottino da record. Duecento sterline! Un sacco di soldi, a quei tempi. Perciò la barca è una sorta di omaggio a quelle anime coraggiose che sfidarono la furia del mare nel nome del Signore.

Una volta uscito, Fin seguí il viottolo di ghiaia sino al lato occidentale della chiesa e vide il terreno che scendeva ripido verso la riva, oltre le case sul pendio e le lapidi sul *machair* sottostante, terminando in una striscia di spiaggia che luccicava argentea contro le basse acque turchesi della baia. Proprio come aveva raccontato Tormod.

Fin ricordava un paragrafo del referto dell'autopsia, che aveva letto non piú tardi della notte scorsa nella sua tenda, alla luce tremolante della lampada a gas.

Si riscontra una contusione ovale, marrone scuro-nera, apparentemente abrasa, della misura di 5 x 2,5 cm, sulla faccia inferiore dell'area occupata dalla rotula destra. La superficie cutanea è leggermente ruvida e vi sono fini granelli di sabbia color argento.

Il medico legale aveva trovato della fine sabbia argentea in tutte le abrasioni e le contusioni negli arti inferiori del cadavere. La sabbia non era color oro, come quella che si trovava sulle spiagge di Harris, bensí color argento, come lí, su quella che Tormod aveva chiamato «la spiaggia di Charlie».

Fin si concentrò sulla mezzaluna d'argento che illuminava la baia fino a un recente frangiflutti posto all'estremità meridionale, e si chiese perché Tormod l'avesse chiamata «la spiaggia di *Charlie*».

25.

– Chi è questo ragazzo?

– È suo nipote, signor Macdonald. Fionnlagh.

Non mi pare proprio di conoscerlo. Vedo che alcuni degli altri residenti, impettiti nelle loro poltrone come conti e contesse, lanciano occhiate a questo ragazzino con i capelli dritti in testa che è venuto a trovarmi. Sono curiosi. Come riesce a farli stare cosí sparati? E perché lo fa?

L'infermiera avvicina una sedia e il ragazzo prende posto accanto a me. Sembra a disagio, ma non posso farci niente se non so chi accidenti sia. – Non ti conosco, – gli dico. Com'è possibile che io abbia un nipote? Ho a malapena l'età per diventare padre. – Che cosa vuoi?

– Sono il figlio di Marsaili, – dice, e sento il cuore fermarsi per un attimo.

– Marsaili? C'è anche lei?

– È andata a Glasgow, nonno, a dare degli esami. Torna tra un paio di giorni.

Questa notizia è come un pugno nello stomaco. – Mi aveva promesso di portarmi a casa. Non ne posso piú di questo albergo –. Passo il tempo immobile su qualche maledetta sedia a guardare fuori dalla finestra. Vedo i bambini dall'altra parte della strada che escono per andare a scuola la mattina, e li vedo tornare il pomeriggio. E non riesco a ricordarmi niente di che cos'è successo nel frattempo. Suppongo di aver pranzato, perché non ho fame. Ma non me lo ricordo.

– Nonno, sai quando ti aiutavo a radunare le pecore per la tosatura?

– Oh, Dio, certo! La tosatura. Un bel lavoro per spaccarsi la schiena.

– Ho cominciato ad aiutarti quando avevo quattro o cinque anni.

– Eri proprio un bel ragazzino robusto, Fin. Marsaili era cotta di te, sai.

– No, nonno, io sono Fionnlagh. Fin è mio padre.

Mi rivolge uno di quei sorrisi che le persone mi fanno un po' troppo spesso in questi giorni. Un po' a disagio, come se pensassero che sono deficiente.

– Sto aiutando Murdo Morrison per tirare su qualche soldo extra. Quest'anno gli ho dato una mano anche con l'agnellatura.

Mi ricordo bene la nascita degli agnelli. Il primo anno sull'isola. Non nevica mai, ma può fare un freddo cane e il vento, a marzo, di notte, può segarti in due. Non avevo mai visto nascere un agnellino, e la prima volta mi sentii quasi male. Tutto quel sangue e la placenta. Ma è incredibile vedere una cosina tutta ossa, come un topolino annegato, che fa il primo respiro e i primi barcollanti passi. La vita, nuda e cruda.

Quell'inverno imparai un sacco di cose. Imparai che per quanto dura fosse stata la mia vita al Dean, esistono situazioni molto peggiori. Non che venissimo maltrattati. Non esattamente. Ma sopravvivere richiedeva una gran fatica ed essere un bambino non ti metteva al riparo.

C'erano le incombenze quotidiane. Alzarsi quando ancora era buio pesto, molto prima di andare a scuola, salire in cima alla collina e riempire i secchi alla fonte. Poi bisognava tagliare le alghe a riva. Donald Seamus prendeva un tanto la tonnellata dalle Alginate Industries allo stabilimento di Orasaigh. Era un lavoro bestiale, che ti uccideva: scivolare avanti e indietro sulle rocce nere con la bassa marea, piegarsi in due con un falcetto spuntato per segare alla base le laminarie e le conchiglie incrostate, taglienti come rasoi. Mi pare che le alghe venissero bruciate, e che le ceneri fossero usate come fertilizzanti. Qualcuno una volta mi disse che dalle alghe ricavavano anche esplosivi, dentifrici e gelati. Ma non ci ho mai creduto. Probabilmente lo dicevano perché mi consideravano un tonto, come Peter.

Dopo l'agnellatura c'era il taglio della torba, su dall'altra parte del Beinn Sciathan: noi sollevavamo i pezzi di torba mentre Donald Seamus li tagliava con il *tarasgeir* e li riuniva a gruppi di tre. Ogni tanto dovevamo rigirarli perché seccassero e indurissero, poi li raccoglievamo in grosse ceste di vimini. Avevamo un pony, ma era in comproprietà con un vicino, perciò quando non era a nostra disposizione dovevamo caricarci le ceste sulla schiena.

Dopodiché c'era anche da lavorare il fieno, tagliato a mano con una falce a formare lunghi fasci. Si portava fuori lo sfalcio e lo si lasciava ad asciugare, pregando che non piovesse. Altrimenti il fieno doveva essere rivoltato, scosso e asciugato di nuovo, sennò sarebbe marcito nelle cataste. Per questo era necessario il bel tempo. Riportato al coperto veniva arrotolato in balle, e finché il fienile non era pieno Donald Seamus non era tranquillo di averne a sufficienza per nutrire le bestie durante l'inverno.

A raccontarla cosí, si penserebbe che non ci fosse quasi tempo per la scuola, ma Peter e io venivamo mandati tutte le mattine con gli altri ragazzini sulla barca per essere poi prelevati dall'autobus e portati a quell'edificio di ferro nervato al bivio per Daliburgh che era la scuola superiore. C'era un altro edificio, l'istituto tecnico, circa quattrocento metri piú avanti sulla strada. Ma io frequentai la scuola solo fino all'incidente di Capodanno. Dopodiché Donald Seamus si rifiutò di mandarmici ancora, e Peter dovette andarci per conto suo.

Non erano cattivi, Donald Seamus e Mary-Ann, ma erano incapaci di dare affetto. Ho conosciuto alcuni bambini orfani che subivano abusi terribili. Non era il nostro caso.

Mary-Ann non parlava quasi mai. A malapena si accorgeva della nostra presenza, se non perché doveva farci da mangiare e lavare i pochi vestiti che possedevamo. Passava la maggior parte del suo tempo a filare, tingere e tessere la lana, e a cardarla in compagnia delle altre donne, tutte sedute attorno a un lungo tavolo in legno, intente a girare e battere il tessuto finché risultava piú spesso e completamente impermeabile. Mentre cardavano, le donne cantavano al ritmo del loro lavoro. Canti senza fine per rendere sopportabile un compito monotono e faticoso. Non ho mai sentito delle donne cantare cosí tanto come nel periodo trascorso sull'isola.

Donald Seamus era duro ma onesto. Se mi prendeva a cinghiate, di solito me l'ero meritato. Però non gli lasciai mai alzare un dito su Peter. Qualunque errore mio fratello potesse compiere, non era colpa sua, e ci volle un confronto tra me e Donald Seamus per mettere la cosa in chiaro.

Ora non ricordo che guaio avesse combinato Peter. Forse aveva fatto cadere le uova nel tragitto dal pollaio alla casa e le aveva rotte tutte. Ricordo che gli era capitato diverse volte, prima che decidessero di non affidargli piú l'incarico.

Ma qualunque fosse la causa, fatto sta che Donald Seamus era furibondo. Afferrò Peter per la collottola e lo trascinò fino al capanno dove tenevamo gli animali, un posto dove faceva sempre caldo e c'era puzza di merda.

Quando arrivai, vidi mio fratello con i pantaloni già calati fino alle caviglie. Donald Seamus lo aveva fatto chinare su un cavalletto e stava sfilandosi la cintura, pronto a dargli una cinghiata. Appena entrai si voltò e mi disse senza mezzi termini di andarmene all'inferno. Ma io rimasi dov'ero e mi guardai attorno. C'erano due manici d'ascia nuovi di zecca appoggiati al muro in un angolo del capanno, e io ne sollevai uno, sentendo il legno freddo e liscio nel mio palmo mentre stringevo le dita e saggiavo il peso.

Donald Seamus si fermò; io lo guardai, senza un battito di ciglia, con il manico d'ascia che mi pendeva al fianco. Era grande e grosso e sono certo che in una zuffa mi avrebbe riempito di botte. Ma io all'epoca ero un ragazzino robusto, quasi un uomo ormai, e con un solido manico d'ascia nessuno dei due dubitava che avrei potuto fargli molto male.

Senza dire una parola, stabilimmo la regola. Se avesse alzato le mani su mio fratello, avrebbe dovuto vedersela con me. Riallacciò la cintura e disse a Peter di sparire, e io posai nell'angolo il manico d'ascia.

Non opponevo mai resistenza quando toccava a me sentire la sua cintura sul fondoschiena e penso che forse quella volta mi picchiò il doppio del solito, come se dovessi essere punito per tutti e due. Ma non m'importava. Un sedere dolorante passa, e io avevo mantenuto la parola data a mia madre.

Fu durante la nostra seconda agnellatura che salvai uno dei neonati da morte certa. Era un animaletto fragile, una femmina quasi incapace di reggersi in piedi, e per qualche ragione la madre si rivoltò contro di lei, rifiutandosi di allattarla. Donald Seamus mi diede una bottiglia con una tettarella di gomma e mi disse di nutrirla io.

Passai quasi due settimane a occuparmene, e certamente la bestiola pensava che fossi io sua madre. La chiamai Morag, e mi seguiva ovunque, come un cagnolino. Veniva giú sulla riva con me quando andavo a tagliare le laminarie e, quando sedevo tra le rocce a mezzogiorno per mangiare i grezzi sandwich che Mary-Ann mi avvolgeva in un pezzo di carta oleata, si accoccolava lí vicino, offrendomi il suo calore e assorbendo il mio. Se le carezzavo la testolina, mi guardava con due grandi occhi adoranti. Amavo quell'agnellino, era il primo sentimento d'amore che provassi per una creatura vivente da quando mia madre era morta. Tranne, forse, per Peter. Ma era un'altra cosa.

È buffo, ma penso che fu grazie all'agnellino se ebbi la mia prima esperienza sessuale con Ceit. O, quanto meno, grazie alla sua gelosia nei confronti di Morag. Sembrerà sciocco essere gelosi di un agnellino, ma va detto che il mio attaccamento a quella piccolina era quasi morboso.

Fino a quel momento non avevo mai avuto alcun genere di rapporto sessuale, e una parte di me riteneva che probabilmente non mi sarebbe mai capitato di averne uno e che avrei quasi certamente passato il resto della mia vita a masturbarmi sotto le lenzuola.

Finché Ceit non si occupò di me. Per cosí dire.

In diverse occasioni si era lamentata della quantità di tempo che passavo con l'agnellino. Prima, lei e Peter mi trovavano sempre al molo quando scendevano dalla barca dopo la scuola, e andavamo a tirare sassi nella baia, oppure scavalcavamo la collina per scendere in quella che lei chiamava «la spiaggia di Charlie», sul lato occidentale dell'isola. Lí non c'era mai nessuno e ci divertivamo un sacco a giocare a nascondino tra le piante e le rovine delle *crofthouses*, oppure a rincorrerci lungo la sabbia compatta nelle ore di bassa marea. Ma da quando era arrivata Morag, ero stato piuttosto occupato.

«Tu e quella stupida bestia, – mi disse un giorno Ceit. – Non la sopporto piú. Nessuno ha un agnellino domestico! Un cane, magari, ma un agnello?» Il periodo in cui l'animaletto aveva avuto bisogno di me per nutrirsi era finito da un pezzo, ma io non avevo alcuna voglia di lasciarlo andare. Camminavamo in silenzio lungo il sentiero che portava oltre l'emporio di Nicholson. Era una bella giornata di primavera, una dolce brezza soffiava da sud-ovest e il cielo era striato di nuvole alte che parevano ciuffi di lana cardata. Il sole ci scaldava la pelle e l'inverno sembrava finalmente essersi fatto da parte per aspettare quieto l'equinozio d'autunno, quando avrebbe annunciato il suo imminente ritorno trasportato dalle selvagge tempeste di fine settembre. In quei giorni luminosi di fine primavera e inizio estate, però, tutto ciò sembrava lontanissimo.

La maggior parte delle donne sedeva sui gradini davanti alla porta di casa, a filare e tessere. Gli uomini invece erano quasi tutti fuori in mare. Il canto delle loro voci si diffondeva oltre le colline portato dalla brezza, stranamente commovente. Mi faceva venire la pelle d'oca sulla schiena ogni volta che lo sentivo.

Ceit abbassò la voce come se qualcuno potesse ascoltarci. «Vieni da me stanotte, – disse. – Voglio darti una cosa».

«Stanotte? – risposi sorpreso. – Quando? Dopo cena?»

«No, quando sarà buio, quando tutti saranno a dormire. Esci dalla finestra sul retro, ci riesci?»

Ero sconcertato. «Be', sí... suppongo di sí. Ma perché? Qualunque cosa sia, perché non me la dài adesso?»

«Perché non posso, stupido!»

Ci fermammo quasi in cima alla collina, guardando la piccola insenatura sotto di noi e al di là del Sound, in direzione di Ludagh.

«Troviamoci al molo alle undici. I Gillies saranno a letto per quell'ora, vero?»

«Certo».

«Bene. Allora è deciso».

«Non sono sicuro che Peter riesca a rimanere sveglio», dissi.

«Porco diavolo, Johnny, non puoi per una volta fare qualcosa senza tuo fratello?» Aveva il volto arrossato e una strana espressione negli occhi.

Fui colto completamente alla sprovvista dal suo impeto improvviso. Facevamo sempre tutto assieme, io e Ceit e Peter. «Certo che posso», risposi, un po' sulla difensiva.

«Bene, allora saremo solo io e te. Alle undici al molo». E balzando lungo il pendio scese dall'altra parte della collina verso il cottage degli O'Henley.

Non saprei dire perché, ma ero eccitato all'idea di sgattaiolare fuori nel buio della notte per incontrare Ceit. E quando finalmente scese la sera e il vento cessò, non riuscivo quasi piú a dominare l'impazienza. Peter e io portammo a termine i nostri incarichi serali e poi cenammo con Mary-Ann e Donald Seamus nel silenzio che seguiva sempre la preghiera. Non lo facevano apposta a non parlare con noi, a dire il vero non si rivolgevano la parola nemmeno tra loro. Di fatto, nessuno di noi aveva qualcosa da dire agli altri. Di che cosa avremmo dovuto parlare? Il ciclo della vita rimaneva praticamente immutato, giorno dopo giorno. Cambiava da una stagione alla successiva, ma anche in questo seguiva il suo corso naturale, e non richiedeva mai alcuna discussione. Non fu da Donald Seamus Gillies né da sua sorella che apprendemmo il gaelico. Peter lo imparò dai compagni di scuola. Durante la ricreazione, ovviamente, non in classe, dove si parlava solo inglese. Io lo imparai dai contadini, alcuni dei quali l'inglese nemmeno lo conoscevano. O se lo conoscevano, non lo avrebbero certo usato per parlare con me.

Donald Seamus fumò per un po' la sua pipa e lesse il giornale accanto alla stufa, mentre Mary-Ann lavava i piatti e io aiutavo Peter con i compiti. Alle dieci in punto andammo tutti a dormire. Il fuoco fu smorzato per la notte, le lampade vennero spente, e ci ritirammo nelle nostre camere portando nelle narici l'odore di fumo di torba, tabacco e stoppini a olio.

Peter e io dividevamo un letto doppio nella stanza sul retro. C'erano un armadio e un cassettone, e rimaneva uno spazio appena sufficiente ad aprire a fatica la porta. Peter si addormentò nel giro di pochi minuti, come sempre: non l'avrei certo disturbato mentre mi rivestivo e mi arrampicavo fuori dalla finestra. Ma non sapevo se Donald Seamus e Mary-Ann avessero il sonno leggero o pesante. E cosí, prima di incamminarmi per compiere l'impresa quando l'orologio avesse battuto le undici, aprii di poco la porta e tesi l'orecchio nell'oscurità del corridoio. Uno dei due fratelli russava con un'intensità da scala Richter. Se fosse lui o lei non lo sapevo, ma dopo un po' mi accorsi che c'era un secondo russare, di tono piú alto, intermittente, di gola piú che di naso. Bene, erano addormentati entrambi.

Richiusi la porta e mi avvicinai alla finestra, tirai da parte la tenda per sganciare il saliscendi e sollevai il vetro piú silenziosamente che potei. Peter emise un grugnito e si girò nel letto, ma non si svegliò. Vidi le sue labbra che si muovevano come se stesse parlando tra sé e sé, forse pronunciando le frasi che nessuno mai gli chiedeva di dire durante i pasti. Mi sedetti sul davanzale, feci dondolare le gambe dall'altro lato e mi lasciai cadere sull'erba.

Fuori c'era ancora luce, un lieve bagliore che moriva verso ovest, mentre la luna già riversava la sua luminosità incolore su tutte le colline. Il cielo era blu scuro, piú che nero. Se fosse stata piena estate sarebbe stato chiaro fino a mezzanotte e oltre, ma mancavano ancora alcune settimane. Mi voltai per tirare di nuovo le tende e richiusi da fuori la finestra.

Poi via, me ne andai giú per il pendio come un levriero fuggito da una gabbia, correndo nell'erba alta, con i piedi che sguazzavano nella palude, reso euforico da un incredibile senso di libertà. Ero fuori, e la notte mi apparteneva.

Ceit, che mi stava aspettando al molo, mi parve nervosa e un po' impaziente. «Perché ci hai messo cosí tanto?» Il suo sussurro suonò eccessivamente alto e mi resi conto che non c'era vento, ma solo il lento e costante respiro del mare.

«Saranno al massimo le undici e cinque», dissi. Ma Ceit mi zittí, mi prese per il braccio e mi condusse lungo il sentiero verso Rubha Ban. Non c'era alcuna luce accesa, in nessuno dei cottage, da una parte all'altra della collina; l'intera isola era addormentata, o cosí almeno sembrava.

Il chiaro di luna illuminava il nostro cammino, ma al tempo stesso ci rendeva vulnerabili. Se qualcuno fosse uscito di casa, ci avrebbe sicuramente scoperti.

«Dove stiamo andando?» le chiesi.

«Alla spiaggia di Charlie».

«Perché?»

«Vedrai».

Ci fu un solo momento in cui qualcosa avrebbe potuto andare male. Ceit improvvisamente mi tirò per la manica e ci stendemmo tra l'erba alta sul ciglio del sentiero nel momento in cui una luce brillò dalla porta aperta di una casa, e vedemmo un vecchio uscire nel chiarore della luna con in mano una pala e un giornale. Di notte, la gente perlopiú usava un pitale, che veniva vuotato la mattina. Ma il vecchio signor MacGinty doveva aver pensato che era la serata giusta per liberarsi nella brughiera. E cosí dovemmo restarcene lí distesi a ridacchiare tra l'erba, mentre il vecchio scavava un buco poco profondo e vi si accovacciava sopra, con la camicia da notte sollevata fino al collo, mugugnando e gemendo.

Ceit mi mise una mano sulla bocca per zittirmi, ma lei stessa faticava a trattenersi, e l'aria le usciva dalle labbra strette in piccole esplosioni di ilarità. Perciò anch'io le misi una mano sulla bocca e rimanemmo cosí, stretti l'uno all'altra, per almeno dieci minuti, mentre il signor MacGinty si occupava dei suoi affari.

Oserei dire che quello fu il primo momento in cui presi coscienza del suo corpo da un punto di vista sessuale. Il suo calore, la morbidezza del petto premuto contro il mio, una sua gamba aggrovigliata alla mia. Sentii montare l'eccitazione, sorpreso e spaventato. Ceit indossava un vestito stampato a colori tenui con lo scollo a V che le scopriva il solco tra i seni. E ricordo ancora che quella notte era senza scarpe. Le sue gambe nude esposte alla luce della luna erano sensuali e tentatrici.

Ora aveva i capelli molto piú lunghi che ai tempi del Dean, e li portava sciolti in soffici onde castane sulle spalle, mentre la frangetta le scendeva costantemente davanti agli occhi.

Mentre stavamo stesi nell'erba percepii anche un lieve profumo di fiori sulla sua pelle, un aroma con una nota bassa e muschiata, diverso da quello che aveva al collegio. Quando il signor MacGinty se ne fu tornato finalmente a letto e noi staccammo le rispettive mani dalla bocca dell'altro, l'annusai e le chiesi di che profumo si trattasse.

Ceit fece una risatina. «È l'acqua di colonia della signora O'Henley», disse.

«Cosa vuol dire?»

«Profumo, sciocco. Me lo sono spruzzato sul collo. Ti piace?»

Certo che mi piaceva. Non capivo cosa significasse ma mi faceva sentire le farfalle nello stomaco. Gli occhi di Ceit mi sembravano molto scuri, mentre stavamo lí distesi sotto la luna. Le sue labbra piene erano un richiamo praticamente irresistibile. Mi ritrovai a desiderare con tutto me stesso di baciarla. Ma prima che soccombessi alla tentazione, Ceit era già in piedi e mi tendeva una mano perché mi alzassi in fretta.

Mi tirai su e lei mi guidò fino in cima alla collina, oltre la scuola elementare e lungo la strada che sovrasta la spiaggia. Ci fermammo, senza fiato, a osservare il panorama. Il mare ribolliva in un silenzio iridescente attorno alla curva dell'insenatura sotto di noi, rotolando lento verso la riva per poi rompersi in una soffice schiuma argentea. Il riflesso della luna sull'acqua si allargava su tutta la distesa marina, e l'orizzonte era rotto solo da cinque o sei isolotti scuri e dall'ombra di Barra.

Non avevo mai visto l'isola in questo modo. Benevola, seducente, come se fosse complice del grande piano di Ceit.

«Vieni», mi disse, conducendomi lungo uno stretto sentiero tra l'erica fino alle rovine di un vecchio cottage rivolto verso la spiaggia; saltellando da una pietra all'altra, ne raggiungemmo l'interno ricoperto d'erba. Ceit subito si sedette per terra e con la mano mi indicò il posto accanto a lei. Mi sedetti anch'io, improvvisamente consapevole del calore del suo corpo, del dolce sospiro del mare, del vasto firmamento sopra le nostre teste, ora nero e tempestato di stelle. Nel momento in cui Ceit mi guardò con i suoi occhi scuri, mi sentii invadere da un'aspettativa che mi tolse il fiato. Sentii le sue dita sul volto come piccole scosse elettriche.

Non so proprio dove impariamo a fare certe cose, ma prima ancora di saperlo l'avevo già cinta con le braccia e ci stavamo baciando. Labbra morbide e calde, che si schiudevano per consentire alle lingue di incontrarsi. Sconvolgente, emozionante. Sentii la mano di lei tra le gambe, dove già i pantaloni mi stringevano, e feci scivolare la mia sotto il suo vestito di cotone fino ad avvolgere un seno delicato, con il capezzolo duro come una nocciola che mi graffiava il palmo.

Mi sentivo esaltato. Ubriaco. In balia di un oceano di ormoni. Completamente incapace di controllarmi. Ci spogliammo con frenesia, gettammo lontano i vestiti con impeto, e infine ci ritrovammo pelle contro pelle. Morbida, calda, bagnata. Non avevo idea di cosa stessi facendo. I ragazzi non lo sanno mai, seguono solamente il crudo istinto. Ceit era piú controllata. Mi prese nella sua mano e mi guidò delicatamente dentro di sé. Ansimava, quasi gridava. Non ero sicuro se fosse dolore o piacere. Infine i miei istinti piú primordiali ebbero il sopravvento e feci quello che suppongo fossi nato per fare. Le sue grida mi eccitavano sempre di piú e mi portavano verso la conclusione inevitabile, che ovviamente giunse troppo presto.

Ma Ceit era all'erta e mi allontanò in modo che il mio seme traboccasse, argenteo alla luce della luna, sulla morbida curva del suo ventre. «Non vogliamo mica che io resti incinta, vero? – disse, e si portò la mia mano tra le gambe. – Fai venire anche me».

Non avevo idea di che cosa intendesse, ma sotto la sua guida le mie dita goffe impararono in un attimo come suscitare una risposta in quella morbida umidità e mi sentii invadere dal desiderio di darle piacere, finché il suo corpo s'inarcò piú volte sotto di me e la sentii gridare alla notte; poi rimase immobile nell'erba, ansimando, con il volto arrossato e sorridente.

Si allungò a prendermi la testa fra le mani e mi attirò a sé per baciarmi. Un bacio lungo, con la sua lingua che lentamente ruotava attorno alla mia, senza fine. Dopodiché si alzò in piedi e mi prese per mano. «Andiamo, Johnny». E corremmo nudi tra le pietre e giú fino alla spiaggia, scivolando sulla sabbia e cadendo in mare.

Lo shock dell'acqua mi tolse il fiato. Era gelida, mentre la mia pelle era bollente. Entrambi gridammo senza volerlo, e per fortuna non c'erano cottage abitati vicino alla spiaggia, altrimenti qualcuno ci avrebbe sicuramente sentito. Anzi, sono ancora stupito che nessuno abbia colto le nostre voci, che dovevano aver raggiunto ogni angolo dell'isola.

«Forza, scopami!» gridò Ceit nell'oscurità.

E io scoppiai a ridere e dissi: «Credevo di averlo appena fatto».

Tornammo correndo e schizzando alla spiaggia e al vecchio cottage, dove ci rotolammo nell'erba per asciugarci e ci rimettemmo in tutta fretta i vestiti. Scacciammo il freddo stringendoci l'uno tra le braccia dell'altra, con la pelle che bruciava, e rimanemmo lí a guardare le stelle, senza fiato, incantati, come se avessimo scoperto il sesso per la prima volta nella storia dell'umanità.

Per un bel po' di tempo nessuno dei due parlò, finché io dissi: «Cos'era che volevi darmi?»

E Ceit scoppiò in una lunga e forte risata.

Io mi sollevai sul gomito e la guardai, perplesso. «Che cosa c'è di tanto divertente?»

Sempre ridendo, mi rispose: «Un giorno lo capirai, ragazzo».

Mi ridistesi accanto a lei e mi buttai subito dietro le spalle la sensazione di essere vittima di uno scherzo, sopraffatto com'ero dall'amore e dal desiderio di tenerla stretta e di proteggerla. Lei si avvinghiò a me, strofinando il naso sul mio collo, un braccio sul mio petto, una gamba sopra la mia. E io guardai le stelle, pieno di una nuova sensazione di gioia per il fatto di essere vivo. La baciai sulla testa. «Perché la chiami "la spiaggia di Charlie"?» le chiesi.

«Perché è qui che il Bonnie Prince Charlie approdò quando venne a formare un esercito per marciare contro gli inglesi nella rivolta giacobita del 1745, – rispose. – Ce l'hanno insegnato a scuola».

Nelle settimane seguenti ci incontrammo parecchie volte per tornare al vecchio cottage in rovina e fare l'amore. Il bel tempo primaverile continuava e sentivamo che l'oceano si stava scaldando a mano a mano che la corrente del Golfo invadeva le fredde acque invernali dell'Atlantico settentrionale. Fino alla notte della tempesta, in cui tutto andò a rotoli.

Io e Ceit ci eravamo accordati per vederci come al solito la sera tardi. Ma verso fine pomeriggio il vento cambiò e grandi nubi nere si formarono all'orizzonte, addensandosi con il calare dell'oscurità. Il vento aumentò fino a raggiungere una forza otto o nove e portò con le nuvole anche la pioggia, che tempestò tutta l'isola, cadendo quasi orizzontale. La sera, il fumo che riscendeva dal camino riempí il soggiorno, e alla fine ci costrinse ad andare a letto piú presto del solito, anche se non era ancora del tutto buio.

Rimasi a lungo steso a fissare il soffitto, chiedendomi che cosa fare. Avevo appuntamento con Ceit e non eravamo riusciti a parlarci per disdirlo. Anche se quella notte non avremmo potuto fare l'amore, dovevo assolutamente mantenere fede all'impegno, nel caso lei fosse uscita per il nostro incontro. Non potevo lasciare che affrontasse il maltempo da sola, esposta alle intemperie giú al molo in attesa del mio arrivo.

Perciò feci passare le ore controllando continuamente le lancette fosforescenti dell'orologio, finché venne il momento di uscire. Scivolai fuori dalle lenzuola, mi vestii e presi la cerata da dove l'avevo nascosta prima, sotto il letto. Stavo aprendo la finestra quando nell'oscurità udii Peter parlare a voce piuttosto alta, per farsi sentire sopra l'ululare del vento.

«Dove stai andando?»

Sentii il cuore fermarsi. Mi girai con una rabbia immotivata che mi gonfiava il petto. «Non te ne deve fregare niente di dove sto andando! Torna a dormire!»

«Ma Johnny, tu non vai mai da nessuna parte senza di me».

«Parla piano, per l'amor di Dio. Girati dall'altra parte e fa' finta che io sia ancora a letto. Tornerò prima che tu te ne accorga».

Sollevai del tutto il vetro e mi sedetti sul davanzale, dondolando le gambe per darmi la spinta e cadere giú, sotto la pioggia. Mentre mi voltavo per chiudere la finestra, vidi la faccia esangue di Peter seduto sul letto che mi guardava andar via, con un'espressione di paura e incomprensione al tempo stesso. Mi girai di nuovo e mi tirai il cappuccio sulla testa per proteggermi dalla pioggia.

Quella notte non era possibile scendere la collina di corsa. Era buio pesto e dovevo prestare molta attenzione a ogni passo che facevo tra le rocce e l'erba alta, proteggendomi dal vento e dalla pioggia che mi sferzava il volto. Infine raggiunsi il sentiero per il molo e potei muovermi un po' piú in fretta.

Quando arrivai, Ceit non era da nessuna parte. La marea sembrava alta e né la banchina né la natura del luogo offrivano sufficiente protezione contro il mare, che penetrava onda dopo onda infrangendosi sulle rocce che costellavano la riva. Il rombo dell'acqua era assordante. Gli spruzzi sollevati dal mare nell'urtare la pietra della banchina, uniti alla pioggia, mi inzupparono completamente. Sentivo i vestiti bagnati sotto la cerata. Scrutai nel buio attorno a me, chiedendomi per quanto aspettare. Era stato da pazzi uscire in quelle condizioni. Avrei dovuto sapere che Ceit non avrebbe messo il naso fuori di casa, in una notte come quella.

Ma poi vidi una minuscola figura sbucare dalle ombre della collina. Era Ceit, con calosce verdi troppo grandi, avvolta in un impermeabile che sicuramente era stato della signora O'Henley. La presi tra le braccia e la strinsi forte. «Non volevo mancare, se tu fossi venuta», le gridai sopra il rombo della notte.

«Neanch'io –. Mi sorrise, e io la baciai. – Ma sono felice che tu sia venuto. Anche se fosse stato solo per dirmi che non potevi venire».

Le sorrisi a mia volta. «Senza doppi sensi, immagino».

Ceit scoppiò a ridere. «Non pensi ad altro!»

Ci baciammo di nuovo e io la tenni stretta per ripararla dallo sferzare del vento e della pioggia, mentre la tempesta si abbatteva tutto intorno a noi. Dopodiché lei si staccò.

«È meglio che vada. Non so proprio che scusa inventerò per giustificare i vestiti bagnati».

Mi diede un ultimo rapido bacio e si allontanò, inghiottita dalla tempesta fino a sparire nella notte. Rimasi lí per un momento a riprendere fiato, poi m'incamminai per il sentiero che saliva la collina verso la *crofthouse* dei Gillies. Non avevo fatto neanche dieci metri quando vidi una sagoma emergere dall'oscurità. Mi spaventai a morte e stavo per mettermi a urlare, quando mi resi conto che si trattava di Peter. Non indossava niente di impermeabile, soltanto la salopette e la sua vecchia giacca di tweed, passatagli di seconda mano da Donald Seamus. Era già bagnato fradicio, aveva i capelli incollati al volto e un'espressione di profondo dolore che riuscivo a cogliere anche al buio. Sicuramente si era alzato e vestito e mi aveva seguito appena ero uscito.

«Per l'amor di Dio, Peter, cosa ci fai qui?»

«Eri assieme a Ceit», mi rispose.

Non potevo certo negarlo, era ovvio che ci aveva visti.

«Sí».

«Senza dirmi niente».

«No, Peter».

«Sí, Johnny. Noi tre siamo sempre insieme, tu io e Ceit. Sempre insieme dai tempi del Dean –. I suoi occhi bruciavano di una strana intensità. – Ti ho visto che la baciavi».

Lo presi per un braccio. «Vieni, Peter, andiamo a casa».

Ma lui si divincolò. «No! – mi guardò attraverso la pioggia battente. – Mi hai mentito».

«No, non è vero –. Stavo iniziando ad arrabbiarmi. – Porca miseria, Peter, io e Ceit siamo innamorati, chiaro? Tu non c'entri niente».

Rimase un attimo immobile a fissarmi, e non dimenticherò mai quello sguardo che mi accusava di averlo tradito. Dopodiché se ne andò, correndo nella notte. Rimasi cosí sorpreso che mi ci vollero alcuni secondi per reagire, e nel frattempo lui era già sparito alla mia vista.

«Peter!» gridai nella sua direzione. Non era scappato verso casa, ma dall'altra parte, verso il mare. Pieno di angoscia gli corsi dietro.

Onde gigantesche si rompevano lungo l'intera, frastagliata costa settentrionale, dove immense rocce giacevano in blocchi e grossi frammenti ai piedi della bassa scogliera. Ora riuscivo a vedere una sagoma scura che di sicuro era Peter, e che vi stava salendo. Era completamente impazzito. In qualunque momento il mare avrebbe potuto raggiungerlo e trascinarlo con sé nel Sound, dove sarebbe morto. Maledissi il giorno in cui mi era nato quel fratello e mi lanciai all'inseguimento.

Lo chiamai diverse volte, ma la mia voce svaniva nel rumore del mare e si disperdeva nel rabbioso ruggito del vento. Non potevo far altro che evitare di perderlo di vista e provare in tutti i modi a raggiungerlo. Arrivai a quindici o venti metri da lui, ma a quel punto si mise ad arrampicarsi. In circostanze normali non sarebbe stata una scalata faticosa, ma quella notte, in quelle condizioni atmosferiche, era pura follia. Il *machair* scendeva fino a circa venti metri dalla riva prima di precipitare diritto sulle rocce sottostanti, e una profonda crepa lo attraversava, come se qualcuno lo avesse spaccato con un gigantesco cuneo e una grossa leva.

Peter era quasi arrivato in cima quando cadde. Non so se gridò, non lo sentii. Scomparve semplicemente nel nero baratro di quella spaccatura nel terreno. Abbandonai qualunque precauzione e mi arrampicai sulla roccia in preda al panico, fino ad arrivare nel punto in cui l'avevo visto sparire. Guardando nel baratro vedevo l'oscurità piú assoluta.

«Peter!» gridai, e le profondità della terra mi restituirono l'eco del suo nome. Con grande sollievo, udii un flebile richiamo.

«Johnny! Johnny, aiutami!»

Quel che feci fu un'assoluta pazzia. Se mi fossi fermato a pensare, sarei tornato di corsa a casa e avrei svegliato Donald Seamus. Non importava in che guai saremmo finiti, l'unica cosa da fare era andare a chiedere aiuto. Ma non mi fermai e non pensai, e pochi istanti dopo avevo bisogno di aiuto tanto quanto Peter.

Iniziai a scendere nella spaccatura, cercando di puntellarmi contro le due pareti, quando la roccia si sbriciolò sotto il mio piede sinistro e sprofondai nelle tenebre.

A un certo punto durante la caduta presi una botta alla testa, e persi conoscenza ancor prima di arrivare in fondo. Non so per quanto rimasi incosciente, ma la prima cosa che udii svegliandomi fu la voce di Peter, molto vicina al mio orecchio, che ripeteva continuamente il mio nome, come un folle mantra.

La consapevolezza portò con sé il dolore. Un dolore lancinante al braccio sinistro, che mi toglieva il respiro. Giacevo su un letto di roccia e ghiaia, con il braccio contorto sotto di me in una posizione impossibile. Compresi subito che era rotto. Con enorme fatica mi voltai e mi tirai a sedere contro la roccia, e gridai la mia frustrazione alla notte, maledicendo Dio e la Madonna, Peter e tutto ciò che mi veniva in mente. Non riuscivo a vedere nulla, ma il rombo dell'oceano era assordante. I sassi sotto di me erano bagnati, coperti di alghe e sabbia, e mi resi conto che l'unica ragione per cui non eravamo morti era che la marea doveva essere cambiata.

Con l'alta marea e una tempesta simile, l'acqua ribollente e schiumante del mare sarebbe penetrata con violenza nella fenditura, e noi saremmo annegati. Peter si lamentava e potevo sentire che batteva i denti. Si strinse forte a me e mi accorsi che tremava come una foglia.

«Devi andare a cercare aiuto», gli gridai.

«Non ti lascio, Johnny». Sentivo il suo alito sul mio volto.

«Peter, se tu sei tutto intero, devi arrampicarti fuori di qui e andare a chiamare Donald Seamus. Io ho un braccio rotto».

Ma Peter si strinse a me ancora piú forte, scosso dai brividi e dai singhiozzi, e io appoggiai la testa contro la roccia e chiusi gli occhi.

Quando li riaprii, un filo di luce grigia dell'alba entrava nel crepaccio come una canna da pesca. Peter era rannicchiato accanto a me sui sassi, immobile. Fui preso dal panico e iniziai a gridare e a chiedere aiuto. Ero impazzito! Chi avrebbe potuto sentirmi?

Ormai avevo la voce roca e non riuscivo piú a urlare, quando un'ombra si chinò sull'apertura una decina di metri piú in alto di noi e sentimmo una voce familiare che ci chiamava: «Santa Madre di Dio, che cosa ci fate laggiú, ragazzi?» Era il nostro vicino, Roderick MacIntyre. Piú tardi scoprii che al termine della tempesta si era accorto che gli mancavano delle pecore ed era sceso lungo la scogliera a cercarle. Non fosse stato per quel colpo di fortuna del tutto insperato, saremmo morti entrambi. Ma a dire la verità, ancora temevo per la vita di Peter. Da quando avevo ripreso conoscenza, non si era mai mosso.

Gli uomini che non erano usciti a pescare si radunarono in cima alla collina e uno di loro fu calato con una corda per portarci in salvo. La tempesta era cessata, ma soffiava ancora un forte vento, e non dimenticherò mai lo sguardo sul volto di Donald Seamus nella luce giallastra dell'alba, quando mi tirarono fuori. Non disse una parola, mi prese in braccio e scese al molo, dove ci stava aspettando una barca per portarci a Ludagh. Peter era ancora svenuto, e nella folla di uomini accalcati attorno a noi sul molo udii qualcuno dire che rischiava di assiderare. «Ipotermia, – disse qualcun altro. – Se sopravvive, è fortunato». Queste parole mi provocarono una fitta di senso di colpa. Niente di tutto ciò sarebbe accaduto se io non fossi sgattaiolato fuori per incontrare Ceit. Come avrei potuto affrontare mia madre nell'aldilà dopo aver lasciato che a Peter capitasse qualcosa di male? Glielo avevo *promesso*!

Non ricordo molto dei giorni successivi. So che a Ludagh ci misero sul retro del furgone di Donald Seamus e ci portarono nel piccolo ospedale di Daliburgh, il Sacro Cuore. Anch'io probabilmente rischiavo di assiderare, perché non ricordo nemmeno il momento in cui mi ingessarono il braccio. Un'ingessatura grossa, pesante e bianca che andava dal polso al gomito, e da cui fuoriuscivano solo le dita della mano. Ho il ricordo di suore che si chinano sul mio letto. Mettevano paura, tutte vestite di nero e con le cuffie bianche, sembravano uccelli del malaugurio. E ricordo di aver sudato tanto, e delirato: un istante mi sentivo bruciare e l'istante successivo avevo brividi di freddo.

Quando finalmente ripresi i sensi, fuori era buio. Non avrei saputo dire se fosse passato un giorno, oppure due. C'era una lampada accesa accanto al mio letto e mi parve incredibile che ci fosse di nuovo la luce elettrica, come se avessi fatto ritorno alla mia vita precedente.

Ero in una camerata a sei letti. Un paio erano occupati, ma in nessuno dei due vidi Peter. Iniziai a sentirmi in ansia: dov'era mio fratello? Scivolai fuori dal letto, a piedi scalzi sul linoleum freddo, con le gambe tremanti che a malapena mi reggevano, e zoppicai fino alla porta. Vidi un breve corridoio e la luce che usciva da una porta aperta. Sentivo le voci soffuse delle suore che parlavano con un uomo. Forse era il dottore. «Questa notte sarà critica, – stava dicendo lui. – Se riesce a passarla, è salvo. Ma la situazione è molto delicata. Comunque, dalla sua ha la forza della giovinezza».

Camminai in una sorta di trance lungo quel corridoio e mi ritrovai davanti alla porta aperta. Tre teste si girarono verso di me, e una delle suore si alzò immediatamente e mi afferrò per le spalle. «Cosa diavolo ci fai alzato, ragazzino?»

«Dov'è Peter?» fu tutto quel che riuscii a dire. Loro si scambiarono degli sguardi perplessi.

Il dottore era un uomo di cinquant'anni o poco piú, con un abito scuro. Disse: «Tuo fratello ha la polmonite». Il che per me non significava nulla. Ma dalla sua espressione capii che era grave.

«Dov'è?»

«In una stanza speciale alla fine del corridoio, – rispose una delle suore. – Lo potrai vedere domani».

Ma li avevo sentiti dire che forse non ci sarebbe stato nessun domani. Mi colse un senso di nausea.

«Andiamo, adesso, torna a letto». La suora che mi teneva per le spalle mi guidò lungo il corridoio da cui ero venuto, fin dentro la camerata.

Quando fui di nuovo al sicuro nel mio letto, mi disse di non preoccuparmi e di provare a dormire. Spense la luce e scivolò di nuovo nel corridoio in un sussurro di gonne.

Nell'oscurità udii la voce di un uomo che occupava uno degli altri letti. «La polmonite uccide, ragazzo. È meglio che preghi per tuo fratello».

Rimasi a lungo lí disteso ad ascoltare il battito del mio cuore e il sangue che mi pulsava negli orecchi, finché sentii il lieve russare degli altri pazienti, vinti ormai dal sonno. Ma io sapevo che quella notte non avrei potuto addormentarmi. Aspettai e aspettai, finché dopo un tempo interminabile la luce nel corridoio si spense e una coltre di silenzio calò sul piccolo ospedale.

Dopo un po' mi feci coraggio e scesi dal letto per raggiungere nuovamente la porta. La socchiusi appena e guardai nel corridoio. C'era una sottile striscia di luce sotto il battente della stanza delle suore, e un po' piú avanti un bagliore filtrava da sotto un'altra porta. Schizzai fuori e passai rapido davanti alla stanza delle suore fino a raggiungere la seconda porta, e molto lentamente girai la maniglia per aprirla.

La luce lí dentro era molto bassa e aveva uno strano colore giallo-arancione. Caldo, quasi ammaliante. L'aria era pesante, mi sentivo soffocare. C'era un solo letto, con dell'attrezzatura elettrica su un lato, cavi e tubi che come una scia passavano sopra le coperte fino alla sagoma di Peter stesa sotto le coperte. Mi richiusi l'uscio alle spalle e corsi al suo capezzale.

Aveva un colorito terribile. Pallidissimo, con ombre scure sotto gli occhi, il viso lucido di sudore. Teneva la bocca aperta e mi accorsi che le sue lenzuola erano fradice. Gli toccai la fronte con il dorso della mano e mi ritrassi subito per il forte calore. Bruciava, quella temperatura era innaturale. I suoi occhi si muovevano sotto le palpebre e il suo respiro era rapido e corto.

Lí, davanti a quel letto, il senso di colpa finí per stordirmi. Trascinai una sedia il piú vicino possibile e mi sedetti sul bordo per arrivare a prendere la mano di Peter e aggrapparmici con tutto me stesso. Se avessi potuto, avrei dato la mia vita al posto della sua.

Non so quanto a lungo rimasi lí seduto. Sicuramente per ore. Ma a un certo momento mi addormentai, e poi so solo che una delle suore mi svegliò, mi prese per un braccio e mi riportò alla mia camerata, senza una parola di rimprovero. Tornato a letto dormii un sonno inquieto, destandomi in continuazione, agitato da strani sogni di tempeste e di sesso, finché la luce dell'alba iniziò a penetrare dagli spiragli delle tapparelle, e poi arrivò il sole, che si riversò sul linoleum in sottili strisce del colore di un incendio.

La porta si aprí e le suore spinsero dentro un carrello con la colazione. Una di loro mi aiutò a mettermi seduto e disse: «Tuo fratello sta bene. La febbre è calata durante la notte, si riprenderà. Dopo colazione puoi andare a trovarlo».

Per quanto mangiassi e bevessi piú in fretta che potevo, mi sembrò di perdere troppo tempo.

Quando finalmente entrai, trovai Peter ancora disteso nel suo letto, adesso però il suo volto era piú colorito, le ombre sotto gli occhi un po' meno scure. Girò la testa per guardarmi mentre tiravo la sedia accanto a lui. Fece un sorriso pallido, ma sembrava davvero felice di vedermi. Temevo che non mi avrebbe mai perdonato, invece disse: «Mi dispiace, Johnny».

Sentii le lacrime salirmi agli occhi. «E di che cosa? Non hai niente di cui scusarti, Peter».

«È tutta colpa mia».

Scossi la testa. «Non hai nessuna colpa. Se c'è qualcuno che ha sbagliato, sono io».

Sorrise. «Una donna è venuta a sedersi vicino a me ed è rimasta tutta la notte».

Scoppiai a ridere. «No, Peter, ero io».

Ma ora fu lui a negare. «No, Johnny, era una donna. Sedeva proprio lí su quella sedia».

«Allora era una delle suore».

«No, non era una suora. Non la vedevo bene in faccia, ma aveva addosso una specie di giacca verde corta e una gonna nera. E mi ha tenuto la mano per tutta la notte».

Sapevo già allora che la febbre può far delirare. Vedere cose inesistenti. Ero stato io a tenergli la mano, e sicuramente le suore erano entrate e uscite spesso. Di certo, nella mente di mio fratello le due immagini si erano sovrapposte.

«Aveva delle belle mani, Johnny. Con dita bianche e lunghe. Ed era sposata, quindi non poteva essere una suora».

«Come fai a sapere che era sposata?»

«Aveva un anello al dito dove si mette la fede. Un anello strano, come non ne avevo mai visti prima. Una specie di spirale d'argento, come dei serpenti attorcigliati».

In quel momento mi sentii gelare. Peter non aveva mai saputo dell'anello che nostra madre mi aveva regalato. Non aveva mai saputo che lo avevo nascosto in un calzino nella sacca in fondo al letto e che era finito bruciato assieme a tutte le altre nostre cose il giorno in cui il signor Anderson si era vendicato della nostra bravata.

Credo sia comunque possibile che nella sua mente fosse rimasto qualche ricordo d'infanzia, una memoria inconscia dell'anello al dito di nostra madre. Ma sono convinto che ciò che Peter vide quella notte non avesse niente a che vedere con il riemergere di eventi passati o con il delirio. Sono convinto che mia madre sia rimasta accanto a lui durante tutte le ore piú critiche della polmonite, dandogli la forza di sopravvivere, intervenendo lei stessa, dalla sua tomba, nel momento in cui io avevo mancato alla promessa di badare sempre e comunque a mio fratello.

E porterò con me quel senso di colpa fino alla morte.

Ci vollero alcuni giorni prima che ci lasciassero andare a casa; quando uscimmo, io avevo il braccio ancora ingessato. Ero terrorizzato, sicuro che ci aspettasse una pesante punizione da parte di Donald Seamus. L'espressione del suo volto quando ci avevano tirato fuori dal crepaccio era scolpita nella mia mente.

Donald Seamus venne a prenderci al Sacro Cuore col suo vecchio furgone e aprí il portellone posteriore per farci salire dietro. Durante i venti minuti di tragitto fino a Ludagh non fu detta una sola parola. Al traghetto, Neil Campbell ci chiese come stavamo e scambiò qualche frase con Donald Seamus, ma lui continuò a ignorarci. Quando salimmo sul molo a Haunn, vidi che Ceit ci stava guardando dalla *crofthouse* degli O'Henley, una minuscola sagoma vestita di blu sulla collina. Ci fece un cenno di saluto, che io non osai ricambiare.

Donald Seamus ci precedette su per il pendio fino a casa, dove Mary-Ann ci stava aspettando all'interno, intenta a prepararci la cena nella cucina piena del profumo di pietanze appetitose. Appena entrammo si girò e ci lanciò una lunga occhiata, ma nemmeno lei disse alcunché e tornò a rivolgersi alle pentole sulla piastra elettrica.

Le prime parole che udimmo furono la preghiera di ringraziamento per il cibo che stavamo per mangiare, dopodiché Mary-Ann ci serví un pasto degno di un re. All'epoca non ero un grande esperto della Bibbia, ma mi venne in mente la storia del figliol prodigo e di suo padre che gli aveva dato il bentornato come se niente fosse accaduto. Mangiammo una densa e calda minestra di verdura e pulimmo i piatti con grossi pezzi di una morbida e fresca pagnotta. Quindi ci fu servito uno stufato di carne e patate bollite, e per finire un budino di pane e burro. Non ricordo di essermi mai gustato cosí tanto un pasto in tutta la mia vita.

Alla fine, indossai la salopette e gli stivaloni e uscii per dar da mangiare agli animali, alle galline e al pony. Con il braccio sinistro ingessato non era affatto facile, ma io ero felice di trovarmi di nuovo lí. E, forse per la prima volta nell'anno e mezzo trascorso in quel luogo, mi sentii a casa. Poi scesi lungo il campo alla ricerca di Morag. Ero sicuro di esserle mancato, e forse una parte di me temeva che mi avesse dimenticato. Ma non riuscii a trovarla da nessuna parte, e dopo una mezz'ora di ricerche tornai a casa.

Donald Seamus era seduto accanto alla stufa e fumava la pipa. Quando aprii la porta si girò.

«Dov'è Morag?» chiesi.

Con noncuranza mi rispose: «L'hai appena mangiata, figliolo».

Non gli permisi di vedere quanto male mi aveva fatto la sua crudeltà, né lasciai trasparire le lacrime che piansi silenziosamente quella notte nel mio letto. Ma avevo tutta l'intenzione di vendicarmi.

Il giorno successivo mi portò al capanno dove si uccidevano le pecore. Era solo un vecchio riparo con il tetto di lamiera arrugginita, ma per qualche strano motivo, nel momento stesso in cui ci entravi, sentivi che si trattava di un luogo di morte. Non avevo mai assistito prima alla macellazione di una pecora, ma Donald Seamus aveva deciso che era arrivato il momento. «Gli animali servono per essere mangiati, – disse. – Non per affezionarsi».

Trascinò una giovane pecora nel capanno e la sollevò sulle zampe posteriori. Mi costrinse a immobilizzare l'animale che si dimenava tenendolo per le corna, mentre lui gli metteva sotto il ventre un secchio; quindi tirò fuori un coltello lungo e affilato, scintillante nella luce che entrava dalla finestrella. Poi con un unico, rapido movimento incise l'arteria principale del collo, e il sangue schizzò fuori cadendo nel secchio.

Credevo che l'animale avrebbe lottato di piú, invece si arrese alla morte in un istante, e i suoi grandi occhi disperati continuarono a fissarmi finché tutto il suo sangue fu versato e la luce della vita li abbandonò.

Lo stesso sguardo che avrei visto negli occhi di Peter quella notte sulla spiaggia di Charlie, quando anche a lui tagliarono la gola.

Il ragazzo ora mi sta guardando, come se aspettasse una mia reazione. È strano, ma in un certo modo vedo me stesso nei suoi occhi, e gli stringo la mano. Maledette lacrime. Offuscano qualunque cosa. Sento che lui ricambia la stretta e tutto ciò che la mia vita è ed è stata mi appare nero di disperazione.

– Mi dispiace, Peter, – dico. – Mi dispiace tanto.

26.

Dietro le mura in pietra ricoperte di licheni del vecchio cimitero non c'era piú posto, e una nuova area scavata nel *machair* stava sorgendo sul pendio che portava alla chiesa.

Fin parcheggiò e camminò tra le lapidi in quella dépendance della casa dei defunti. La morte era affollata, anche su una piccola isola. Le croci si ergevano sul terreno, spoglie in un luogo privo di alberi. Cosí tante anime passate da una vita all'altra. Tutte all'ombra della chiesa in cui un tempo avevano pregato. Una chiesa pagata dai pescatori. Una chiesa con una barca sotto l'altare.

Sul lato opposto della recinzione si trovava un cottage moderno, a un solo piano, con una veranda sul retro rivolta verso il Sound. Ma non era un'abitazione privata. Una tavola rossa di legno appesa in cima alla facciata e un cartello ovale sul muro della rampa che conduceva alla porta laterale indicavano che si trattava di un pub, *Am Politician*. Un localino per fermarsi a bere qualcosa sulla strada dalla chiesa al cimitero, destinato ai morti, pensò Fin, o piuttosto ai partecipanti al funerale. Un posto dove affogare il dolore.

Nel parcheggio c'era una Mercedes rosa decappottabile e dal suo interno uno yorkshire gli abbaiò contro mentre passava.

Il pub era tranquillo, c'erano pochi clienti che si godevano un drink in quel tardo pomeriggio. Fin ordinò una birra a una loquace giovane donna dietro il bancone, che subito gli spiegò che il pub portava il nome della barca *The Politician*, affondata nel Sound mentre faceva rotta verso i Caraibi durante la guerra.

– Naturalmente, – disse, – chi ha letto *Whisky Galore* di Compton Mackenzie sa che nella stiva c'erano 28 000 casse di whisky di puro malto. E che gli isolani passarono gran parte dei successivi sei mesi a cercare di salvarlo e di nasconderlo agli uomini del dazio.

Mentre gli mostrava tre bottiglie ancora piene di whisky, sostenendo che provenivano dal naufragio, Fin si chiese quante volte la donna avesse raccontato quella storia.

Sorseggiò la sua pinta e cambiò argomento. – Quella spiaggia sul lato occidentale dell'isola, – disse, – oltre il cimitero.

– Sí.

– C'è un motivo per cui qualcuno potrebbe chiamarla «la spiaggia di Charlie»?

La ragazza alzò le spalle. – Non ho mai sentito che qualcuno la chiamasse cosí –. Si rivolse a una donna piú anziana, che sedeva da sola nella veranda e guardava il Sound mentre si rigirava tra le mani un gin tonic. – Morag, hai mai sentito chiamare la spiaggia qui sotto «spiaggia di Charlie»?

Morag si girò e Fin pensò che da giovane doveva essere stata una vera bellezza. Aveva lineamenti marcati e una pelle liscia e abbronzata sotto una folta capigliatura bionda tinta. Dava l'impressione di avere tra i cinquanta e i sessant'anni, anche se osservandola meglio si capiva che doveva essere piú vicina ai settanta. Entrambi i polsi erano ricoperti di oro e argento, le dita erano cariche di anelli, e prese un sorso del suo gin tonic tenendo il bicchiere in una mano elegante, con unghie curate e dipinte di rosa fucsia. Indossava un bolero fantasia sopra una camicia bianca e una gonna blu intenso. Parecchio fuori luogo, in un posto come quello.

La signora rivolse a Fin e alla barista un sorriso estatico. – Non ne ho idea, *a ghràidh*, – disse parlando in inglese ma usando il vezzeggiativo gaelico. – Ma ora che ci penso, potrebbe avere a che fare con il luogo dove la fregata francese *Du Teillay* fece sbarcare il Bonnie Prince Charlie e i sette uomini di Moidart quando vennero a reclutare un esercito per la ribellione giacobita contro gli inglesi.

– Non lo sapevo, – disse la ragazza.

Morag scosse la testa. – A scuola non vi insegnano piú niente di questi tempi. A quanto si dice, Charlie trovò riparo laggiú, in una grotta chiamata «Coilleag a' Phrionnsa», la piccola valle del principe –. Rivolse i suoi profondi occhi scuri a Fin. – Chi è che desidera saperlo?

Fin sollevò la sua pinta e andò alla veranda per presentarsi. – Fin Macleod. Sto cercando di rintracciare la famiglia che viveva nella casa proprio sotto la sua.

La donna alzò un sopracciglio per la sorpresa. – Oh. Lei quindi sa chi sono io?

Fin sorrise. – Prima di arrivare sull'isola, no. Ma non ci è voluto molto perché qualcuno me lo dicesse. Ho tirato a indovinare, e forse mi ha un po' aiutato anche la Mercedes rosa nel parcheggio. Lei è Morag McEwan, l'attrice?

La donna s'illuminò. – Ha indovinato, *a ghràidh*. Avrebbe dovuto fare il poliziotto.

– L'ho fatto –. Fin sorrise. – In realtà dovrei conoscerla dalla televisione.

– Non tutti sono schiavi di quella scatola –. Sorseggiò il suo gin. – Lei *era* un poliziotto?

– Adesso sono semplicemente Fin Macleod.

– Bene, *a ghràidh*, io sono cresciuta qui ai tempi in cui tutte le *crofthouses* erano ancora abitate. Perciò se qualcuno le può dire quel che sta cercando di sapere, quella sono io –. Vuotò il bicchiere e si alzò con movimenti rigidi, allungando rapidamente la mano per sostenersi al braccio di Fin. – Maledetti reumatismi! Andiamo a casa mia, signor Fin Macleod, ex poliziotto, e le racconterò tutto davanti a un paio di drink –. Si chinò verso di lui con fare confidenziale, anche se la sua voce rimase ben al di sopra del livello di un sussurro. – L'alcol è piú a buon mercato.

Una volta usciti, disse: – Lasci qui la macchina e venga con me. Può sempre tornare a prenderla a piedi –. Salí nella sua Mercedes rosa accolta in maniera entusiastica dallo yorkshire. E mentre Fin si accomodava sul sedile del passeggero, disse: – Questo è Dino. Dino, ti presento Fin –. Il cane lo guardò e poi saltò in braccio alla padrona, mentre lei metteva in moto e abbassava il tettuccio. – Adora il vento sul muso. E in queste rare giornate in cui il sole splende, mi pare un peccato tenere la capote alzata, non è d'accordo?

– Completamente d'accordo.

Morag McEwan si accese una sigaretta. – Maledette leggi. Non ci si può piú godere una buona fumata assieme a un drink, se non a casa propria –. Aspirò profondamente nei polmoni ed espirò con soddisfazione. – Cosí va meglio.

Mise la prima grattando e si diresse tra uno scossone e l'altro verso il cancello, mancando di poco il pilastro mentre sterzava per immettersi sulla strada che risaliva la collina. Dino le si era accoccolato sul braccio destro, con il muso fuori dal finestrino aperto, e Morag si destreggiava tra la sigaretta e la leva del cambio sfrecciando verso la scuola elementare e la chiesa. Fin si rese conto di essersi aggrappato al sedile con una forza tale che le sue nocche erano sbiancate, e di avere le braccia rigide per la tensione. Morag guidava distratta, scartando a sinistra o a destra ogni volta che cambiava marcia. La cenere della sua sigaretta e il fumo che le usciva di bocca venivano frustati via dall'aria vorticante.

– Quando gli ho detto che la volevo rosa, il concessionario della Mercedes mi ha risposto che non esistono, – disse. – Lo sapevo già. Gli ho mostrato le mie unghie e gli ho lasciato una boccetta di smalto in modo che potesse trovare lo stesso colore. Quando mi hanno consegnato la macchina ho detto: «Visto? Tutto è possibile» –. Scoppiò a ridere, e Fin pensò che avrebbe fatto meglio a tenere gli occhi sulla strada invece che guardare lui mentre parlava.

Arrivarono in cima alla collina, poi scesero accelerando verso il porticciolo di Haunn, girarono a destra all'ultimo istante per costeggiare la piccola insenatura e risalirono il vialetto nuovo fino alla grande casa bianca. Passarono sferragliando su una griglia per il bestiame, con le ruote che scricchiolavano su sassolini di granito cosparsi di pezzetti di vetro colorati.

– Di notte, quando le lampade sono accese, brillano nel buio, – disse Morag mentre lei e Dino scendevano dal lato del guidatore. – Sembra di camminare tra le stelle.

A guardia dei gradini che portavano al terrazzo stavano alcune statue in gesso di donne nude, mentre dei cervi a grandezza naturale erano collocati, sulle quattro zampe o sdraiati, nel giardino, e una sirena di bronzo si allungava sopra gli scogli artificiali che attorniavano una piccola piscina. Fin vide delle lampade al neon a forma di campana appese alla recinzione, e grosse piastrelle di terracotta posate tra i ciuffi di erica e i pochi, resistenti cespugli in fiore sopravvissuti in qualche modo al vento. Tutto intorno alla casa risuonavano delle campane eoliche, una cacofonia ininterrotta di bambú e acciaio.

– Entri, la prego.

Fin seguí Morag e Dino in un atrio dove una corsia di tartan a pelo lungo portava su per un'ampia scalinata fino al primo piano. Le pareti erano tappezzate di stampe dai soggetti piú vari: fiori,

Madonne, barche a vela e santi. Vistosi ornamenti addobbavano colonne greche e una slanciata pantera d'argento a grandezza naturale si innalzava all'ingresso del soggiorno, che era una stanza con grandi finestre panoramiche su entrambi i lati e portefinestre che davano sul terrazzo. Tutti i piani d'appoggio disponibili, scaffali e tavoli e il bancone del bar, erano coperti di statuette cinesi, scatole portagioie a specchio, lampade e oggetti di ogni genere. Il pavimento di piastrelle era cosí lucido che quasi ci si poteva riflettere.

Morag lanciò la giacca su una poltrona reclinabile in pelle e si spostò dietro il bar per preparare da bere. – Birra, whisky? O qualcosa di piú esotico?

– Va benissimo una birra, grazie –. Fin aveva bevuto meno di metà della sua pinta all'*Am Politician*. Prese il bicchiere schiumante dalle mani di Morag e si fece strada in mezzo a quel guazzabuglio di oggetti fino alla portafinestra affacciata a nord, da cui la vista spaziava oltre il Sound, fino a South Uist. Subito sotto c'era la piccola insenatura con il suo minuscolo porticciolo in pietra, dal quale il traghetto arrivava e ripartiva verso Ludagh all'epoca in cui la mancanza di strade rendeva necessario l'uso della barca. – Lei è nata qui?

– No, ma ci ho passato gran parte dell'infanzia e della giovinezza.

Fin si voltò e la vide sorseggiare il suo gin tonic. Il ghiaccio nel bicchiere risuonò come le campane eoliche all'esterno. – E come ha fatto una ragazza di Eriskay a diventare un'attrice famosa?

Morag scoppiò a ridere fragorosamente. – Sulla fama non so cosa dirle, – rispose, – ma il primo passo che una ragazza di Eriskay deve fare per diventare qualcosa di diverso da una ragazza di Eriskay è lasciare questo maledetto posto.

– Quanti anni aveva quando se n'è andata?

– Diciassette. Andai alla Royal Scottish Academy di musica e recitazione a Glasgow. Avevo sempre voluto diventare un'attrice. Fin da quando era stato proiettato un film su Eriskay nella sala parrocchiale. Non era esattamente una storia; era piuttosto un documentario girato da un tizio tedesco negli anni Trenta. Ma vedere quelle persone sul grande schermo mi colpí moltissimo, ne rimasi affascinata. Come dire?, conferiva loro una sorta di immortalità. Era quello che volevo anch'io –. Ridacchiò e si spostò da dietro il bancone per andare a sistemarsi sul divano. Dino le saltò subito sulle ginocchia. – Ricordo la grande eccitazione che provai il giorno in cui un insegnante sull'isola disse ai ragazzi di andare a casa sua a guardare dei film. Fu poco dopo l'avvento dell'elettricità. Tutti ci schiacciammo nel suo soggiorno per guardare. Ci fece pagare un penny ciascuno, quindi proiettò delle diapositive delle sue vacanze a Inverness. Figuriamoci! – Scoppiò in una forte risata e Dino alzò la testa e abbaiò due volte.

Fin sorrise. – Tornava qui, ogni tanto?

Morag scosse la testa con veemenza. – No, mai. Per anni lavorai in teatro a Glasgow e a Edimburgo, e feci tournée per tutta la Scozia. Poi Robert Love mi offrí la mia prima parte in tv alla Scottish Television. Dopodiché andai a Londra. Partecipavo a un sacco di casting, qualche parte la ottenevo. E tra una e l'altra lavoravo come cameriera. Penso di aver fatto tutto per bene. Ma non riuscivo a diventare una vera star –. Un altro sorso di gin accompagnò un momento di riflessione. – Finché non mi fu offerta una parte in *The Street*. È stato un successo un po' tardivo, ma immediato. Non so perché. Alla gente piaceva il mio personaggio –. Rise sonoramente. – Divenni quello che si può definire un nome noto. E i vent'anni di celebrità che mi portò, assieme ai grossi guadagni che li accompagnarono, hanno pagato tutto questo –. Fece un ampio gesto con il braccio a mostrare il suo impero. – Una pensioncina molto confortevole.

Fin la guardò pensoso. – Che cosa l'ha indotta a tornare qui?

Morag lo guardò. – Lei è delle isole, vero?

– Sí, di Lewis.

– Allora sa che cos'è stato. Le isole hanno qualcosa, *a ghràidh*, che alla fine ti riporta sempre qui. Ho già prenotato il mio posto nel cimitero sulla collina.

– Si è mai sposata?

Il suo sorriso ora si venò di tristezza. – Una volta mi sono innamorata, ma sposata mai.

Fin guardò fuori dalle finestre laterali in direzione delle colline. – Quindi lei conosceva la gente che viveva nel campo qui sotto?

– Certamente. Quando ero bambina ci abitava la vecchia vedova O'Henley. Lei e Ceit, una ragazzina che era in classe con me. Una *homer*.

Fin non comprese. – *Homer?* Che cosa significa?

– Un'orfana, *a ghràidh*. Data in affido. I consigli comunali e la

Chiesa cattolica ne presero centinaia dagli orfanotrofi o dalle case famiglia e li mandarono qui sulle isole. Consegnati come nulla fosse a perfetti estranei. Senza alcun controllo. I bambini venivano fatti scendere dal traghetto a Lochboisdale e rimanevano lí sul molo con il cognome della famiglia affidataria appeso al collo, ad aspettare che qualcuno venisse a prenderli. La scuola elementare sulla collina ne aveva molti tra i suoi alunni. Quasi un centinaio in un unico arrivo.

Fin era sconvolto. – Non ne avevo idea.

Morag si accese una sigaretta e mentre parlava soffiò fuori il fumo. – Eh, già, questo capitava negli anni Sessanta. Una volta ho sentito il prete dire che era bello avere sangue nuovo sulle isole dopo generazioni di unioni tra parenti. Credo che l'idea fosse questa. Anche se non tutti erano orfani, in verità. Alcuni venivano da famiglie separate. Ma non c'era modo di tornare indietro. Una volta arrivati qui, tutti i legami con il passato erano rotti per sempre. Qualunque contatto con genitori o parenti era proibito. Molti venivano semplicemente sfruttati nelle fattorie come schiavi. Alcuni sono stati piú fortunati, come me.

Fin ebbe un moto di stupore. – Anche lei era in affido?

– Sí, signor Macleod. Abitavo con una famiglia a Parks, dall'altra parte dell'isola. Ora non è rimasto nessuno. Non avevano figli. Ma a differenza di molti *homers*, ho ricordi felici del periodo trascorso con loro. E questo è il motivo per cui non ho avuto difficoltà a tornare a vivere qui –. Vuotò il bicchiere. – Ho bisogno di un rabbocco. E lei?

– No, grazie –. Fin non aveva praticamente toccato il bicchiere.

Morag fece scendere Dino dalle ginocchia e si alzò dal divano per versarsi un altro drink. – Certo, non erano solo i nativi a trattare male i bambini. C'erano anche dei nuovi arrivati. Soprattutto inglesi, come il preside della scuola di Daliburgh –. Sorrise. – Teoricamente era venuto qui per civilizzarci, *a ghràidh*, e invece vietò la Gillean Cullaig.

– Non so che cosa sia.

– È il nome dato alla tradizione di Hogmanay. La sera di Capodanno, gruppi di ragazzi andavano di casa in casa a recitare poesie, e in cambio ricevevano pane e biscotti, dolci e frutta. Si portavano dietro un sacco da farina bianco e mettevano tutto lí dentro. Era una tradizione secolare, ma il signor Bidgood pensava che assomigliasse troppo a un'elemosina e proibí a tutti i suoi alunni di prendervi parte.

– E obbedirono tutti.

– Quasi tutti. Ma in classe con me c'era un ragazzino, Donald John, anche lui un *homer*, che abitava con la famiglia Gillies, fratello e sorella, lassú dall'altra parte della collina. Donald John sfidò il divieto e uscí con i ragazzi piú grandi. Quando Bidgood venne a saperlo, lo prese a frustate.

Fin scosse la testa. – Non aveva il diritto di farlo.

– Oh, a quei tempi avevano tutti i diritti che volevano. Ma Donald Seamus, l'uomo da cui abitava Donald John, non fu d'accordo. Andò a scuola e prese a botte quel coglione del preside. Mi perdoni la volgarità. Quel giorno stesso portò via da scuola Donald John, e non ce lo rimandò piú –. Sorrise. – Bidgood tornò in Inghilterra con la coda fra le gambe nel giro di poche settimane –. Sorrise ancora. – Avevamo una vita avventurosa a quei tempi.

Fin si guardò intorno e pensò che ancora oggi Morag aveva una vita avventurosa. – E ha idea di che cosa accadde a Ceit?

Lei alzò le spalle e bevve un altro sorso di gin. – No, nessuna. Mi spiace, *a ghràidh*. Lasciò l'isola poco dopo di me, e a quanto ne so non è piú tornata.

Un altro punto morto.

Quando venne il momento di congedarsi, le nubi si stavano radunando con aspetto sinistro su tutta la costa occidentale, e il vento era aumentato e odorava già di pioggia. Da qualche parte ancora piú a ovest, in lontananza, il sole al tramonto colava il suo oro liquido sull'oceano.

Morag disse: – È meglio che le dia un passaggio in macchina, *a ghràidh*. C'è aria di nubifragio. Apro subito il garage, cosí quando torno non devo scendere dall'auto sotto la pioggia.

Digitò un codice su una tastiera di fianco alla porta, facendola lentamente alzare e sparire alla vista. Mentre salivano sulla Mercedes, Fin notò un vecchio telaio sul fondo del garage. – Non mi dica che fila la lana, – osservò.

Morag scoppiò a ridere. – Oh, Dio mio, no. Non l'ho mai fatto né mai lo farò –. Dino le saltò in grembo e la donna chiuse la portiera, ma questa volta non abbassò il tettuccio. Il cane cominciò ad annusare e a guaire e strofinò il naso umido contro il finestrino finché Morag non lo aprí; dopodiché si posizionò come prima sul suo braccio e sporse fuori il muso. Mentre percorreva il vialetto, Morag disse: – È un vecchio telaio che ho fatto restaurare. Starà bene in sala da pranzo. Un ricordo di un'altra epoca. Quand'ero ragazza tutte le donne qui filavano la lana, che veniva oliata e poi usata per tessere coperte, calzini e maglioni per gli uomini. Per la maggior parte gli uomini lavoravano come pescatori, stavano in mare cinque giorni la settimana, e i maglioni di Eriskay fatti con quella lana oliata erano praticamente impermeabili. Li usavano tutti.

Ai piedi del vialetto sterzò bruscamente mentre si accendeva una sigaretta, e mancò il pilastro per pochi centimetri.

– Ogni donna aveva il suo disegno personale, sa. Solitamente se lo passavano di madre in figlia. Era cosí specifico che quando il mare restituiva il corpo di un uomo, anche decomposto fino a essere irriconoscibile, lo si riusciva a identificare grazie al disegno del suo maglione. Una sorta di impronta digitale.

Morag salutò con la mano il vecchio con il cane con cui Fin aveva parlato in precedenza, e la Mercedes finí quasi in un fosso. Ma lei parve non accorgersene.

– C'è un anziano prete in pensione sull'isola, un esperto di storia locale –. Si mise a ridere. – Non c'è molto altro da fare per un uomo celibe nelle lunghe notti invernali –. Scoccò a Fin un sorriso malizioso. – Comunque sia, sa tutto dei disegni sui tessuti della vecchia Eriskay. Ha una collezione di fotografie e di illustrazioni, cosí ho sentito. Pare risalgano a cent'anni fa e anche piú.

Mentre raggiungevano la cima della collina, lanciò uno sguardo curioso al suo passeggero. – Non parla granché, signor Macleod.

E Fin pensò che sarebbe stato difficile infilare anche solo una parola nel profluvio di discorsi della signora McEwan. Ma replicò solamente: – Stavo apprezzando i suoi racconti, Morag.

Dopo un istante di silenzio, la donna proseguí: – Come mai le interessa la famiglia che viveva nella *crofthouse* degli O'Henley?

– In realtà non mi interessa in particolare la signora O'Henley. Sto cercando di rintracciare le origini di un anziano signore che ora vive a Lewis e che credo provenga da Eriskay.

– Be', magari lo conosco.

– Non credo che il nome le possa dire qualcosa. Ufficialmente si chiama Tormod Macdonald, ora. Ma non è la sua vera identità.

– E quale sarebbe?

– È proprio quello che sto cercando di scoprire.

La pioggia cominciò a cadere mentre Fin guidava da Ludagh verso nord, spazzando il *machair* dal mare aperto verso ovest. Gocce grosse e gonfie scesero prima lentamente, poi aumentarono di intensità costringendo Fin a far andare i tergicristalli a velocità doppia. A Daliburgh svoltò sulla strada per Lochboisdale, con la mente ancora intenta a ragionare sulla storia di Morag riguardo ai disegni sui tessuti di Eriskay: poteva essere la sua ultima possibilità di conoscere la vera identità del padre di Marsaili. Ma una possibilità molto, molto remota.

Il *Lochboisdale Hotel* si trovava sopra il porticciolo, riparato dal Ben Kenneth. Era un vecchio edificio intonacato alla maniera tradizionale ma con ampliamenti recenti, e la sala da pranzo affacciava sulla baia. Al cupo bancone della reception, una ragazza con indosso una gonna di tartan diede a Fin la chiave di una singola e gli confermò che sí, certo che avevano un fax. Lui prese nota del numero e salí in camera.

Dall'abbaino contemplò il molo nella luce calante, mentre il traghetto della CalMac da Oban, con i suoi due fumaioli rossi, emergeva dalla pioggia per raggiungere con faticose manovre la rampa e abbassare il portellone del ponte per le auto. Piccole sagome in cerata gialla sfidavano le intemperie per dare indicazioni alle vetture in uscita. Fin si chiese che cosa avessero provato quei poveri bambini spaventati, strappati a tutto ciò che avevano conosciuto fino ad allora e scaricati su quel molo ad affrontare il loro destino. E sentí montare la rabbia verso gli uomini che ne erano la causa per le loro idee religiose e politiche.

Chi lo sapeva, all'epoca, a parte i diretti interessati? Perché la stampa non ne aveva mai parlato, come certamente sarebbe successo al giorno d'oggi? Come avrebbe reagito l'opinione pubblica se avesse saputo che cosa stava succedendo? I suoi stessi genitori, ne era sicuro, si sarebbero indignati. Piú ci pensava e piú la sua rabbia aumentava. La rabbia di un padre. E il dolore di un orfano. La sua capacità di immedesimarsi in quei bambini sfortunati gli risultava fisicamente dolorosa. Avrebbe voluto prendersela con qualcuno o qualcosa, in nome loro.

E la pioggia continuava a scendere lungo il vetro della finestra come lacrime versate per tutte quelle povere anime perse.

Andò a sedersi sul bordo del letto nel bagliore della sera e, mentre accendeva la lampada sul comodino, sentí la tristezza calare su di lui come un sudario. Nella rubrica del cellulare cercò il numero di casa di George Gunn e lo compose. Rispose la moglie, e Fin ricordò che George lo aveva invitato in piú di un'occasione ad andare da loro a mangiare il salmone selvaggio. Finora non c'era mai stata l'occasione di accettare.

– Buonasera, signora Gunn, sono Fin Macleod. Potrei parlare con George?

– Oh, buonasera, signor Macleod, – disse la donna, come se si conoscessero da tanto. – Un momento, vado a chiamarglielo.

Pochi istanti dopo, Fin udí la voce di Gunn. – Dove si trova, signor Macleod?

– A Lochboisdale, George.

Percepí la sorpresa nella sua voce. – E che cosa ci fa, laggiú?

– Sono giunto alla conclusione che il padre di Marsaili proviene da Eriskay. E penso che ci sia la possibilità di risalire alla sua vera identità. Ma devo chiederti un favore non del tutto ortodosso, George.

Seguí un lungo silenzio. – In che senso?

– Li hai poi fatti disegnare i motivi della coperta in cui era stato avvolto il cadavere?

La voce di Gunn era sempre piú sorpresa. – Sí, l'illustratore è stato qui proprio oggi –. Fece una pausa. – Ha intenzione di darmi qualche spiegazione?

– Sí, George, non appena saprò qualcosa di sicuro.

All'altro capo della linea si udí un sospiro. – Lei sta mettendo a dura prova la mia pazienza, signor Macleod –. Fin attese. Poco dopo Gunn domandò: – Cosa vuole che faccia?

– Vorrei che mi inviassi per fax i disegni qui al *Lochboisdale Hotel.*

27.

Ancora questo maledetto buio! È sempre buio. Stavo sognando. Qualcosa che pareva vero. Accidenti, adesso non mi ricordo piú che cosa fosse. Però mi ha svegliato, ne sono sicuro.

Che ore sono? Oh. Mary deve aver tolto la sveglia dal comodino. Ma sarà ora di andare a mungere. Spero che abbia smesso di piovere. Tiro indietro la tenda e vedo ancora l'acqua scorrere sulla finestra. Maledizione!

Non ci metto molto a vestirmi. Sulla sedia c'è il mio vecchio berretto, ce l'ho da un sacco di anni, mi ha sempre tenuto caldo e asciutto con qualsiasi tempo, e mi è anche volato via un paio di volte.

Nel corridoio c'è la luce accesa, ma non vedo Mary. Forse è in cucina e mi sta preparando la colazione. Vado a sedermi a tavola e la aspetto. Non mi ricordo che cosa abbiamo mangiato per cena ieri sera, ma adesso ho fame.

Oh, Dio! All'improvviso mi torna in mente. Quel maledetto sogno. Ero da qualche parte su una spiaggia, camminavo con un ragazzo e lui mi ha dato una medaglietta, o una moneta, attaccata a una catenina. E io l'ho lanciata nell'oceano con tutte le mie forze. Solo quando l'ho vista sparire mi sono reso conto di che cosa fosse. Era san Cristoforo. Me l'aveva dato Ceit. Me lo ricordo, chiaro come il sole. Però era buio e io non mi sentivo affatto bene.

Eravamo sul molo a Ludagh. Peter era sul retro del furgone di Donald Seamus, avvolto in una vecchia coperta. Morto. Una tragedia. E io non riuscivo a controllare le mie emozioni.

Lo avevamo portato da Haunn attraversando il Sound sulla piccola barca a remi che Donald Seamus teneva nell'insenatura. Era una notte infernale. Sentivo nel vento la rabbia di Dio, e nella sua voce i rimproveri di mia madre. Grazie al cielo c'erano le luci delle case attorno alla baia, altrimenti non ce l'avremmo mai fatta. Era buio pesto, quella notte, e la barca ondeggiava come un tappo di sughero. Ogni tanto non riuscivo neppure a immergere i remi nell'acqua per far leva.

La barca era legata all'estremità del molo, e saliva e scendeva sulle onde alte nell'oscurità; sapevo che Ceit avrebbe dovuto riportarla indietro da sola. E sapevo che non voleva. Non dimenticherò mai il suo sguardo. Afferrò il bavero della mia giacca con entrambe le mani.

«Non andare, Johnny».

«Devo».

«No! Possiamo raccontare che cos'è successo».

Ma io scossi la testa. «No, non possiamo». La presi per le spalle e la tenni stretta. «Non devi dirlo a nessuno, Ceit. Mai. Promettimelo». Visto che non replicava, la scossi. «Promettimelo!»

Abbassò gli occhi per non guardarmi e chinò il capo a terra. «Te lo prometto». Le sue parole furono portate via dal vento quasi nel momento stesso in cui le udii. La abbracciai e la tenni cosí stretta che temetti di farle male.

«Non c'è modo di spiegare a nessuno quello che è capitato, – le dissi. – E ci sono delle cose che devo fare». Avevo deluso mia madre, e sapevo che non avrei piú potuto vivere in pace con me stesso finché non avessi rimesso tutto a posto. Sempre che fosse possibile.

Ceit mi guardò e sul suo volto vidi la paura. «Smettila, Johnny. Smettila».

Ma non potevo. E lo sapeva anche lei. Si liberò dalla mia stretta e si portò le mani dietro il collo per slacciare la sua catenina con la medaglietta di san Cristoforo. Me la porse, e la catenina si mosse al vento. «Voglio che la tieni tu».

Feci cenno di no. «Non posso. L'hai sempre avuta, da quando ti conosco».

«Prendila!» Dal tono con cui lo disse compresi di non poter obiettare. «Ti difenderà, Johnny. E ogni volta che la guarderai, voglio che pensi a me. Che ti ricordi di me».

Controvoglia, la presi dalle sue mani e la strinsi tra le mie. Era una piccola parte di Ceit, che avrei tenuto con me per tutta la vita. Si allungò a toccarmi il viso, proprio come aveva fatto quella prima volta, e mi baciò. Fu un bacio morbido, dolce, pieno d'amore e di dolore.

Fu l'ultima volta che la vidi. E anche se poi mi sono sposato e sono diventato padre di due splendide figlie, non ho amato nessun'altra donna.

Oh, Dio! Quale maledizione si è impossessata di me nel momento in cui ho gettato la medaglietta in mare? L'ho sognato o l'ho fatto davvero? Perché? Perché avrei fatto una cosa del genere? Povera Ceit. Perduta per sempre.

Qualcuno accende la luce e io strizzo gli occhi infastidito. Una donna mi guarda come se fossi un mostro. – Che cosa ci fa qui seduto al buio, signor Macdonald? Ma è anche completamente vestito!

– È ora di andare a mungere, – le dico. – Sto solo aspettando che Mary mi porti la colazione.

– È troppo presto per la colazione, signor Macdonald. Venga, la aiuto a tornare a letto.

Neanche per idea! Ormai mi sono alzato. E le mucche non possono aspettare.

La donna mi mette la mano sotto il braccio per aiutarmi ad alzarmi. Mi sta fissando. Vedo che qualcosa la preoccupa.

– Oh, signor Macdonald... Sta piangendo!

Davvero? Mi tocco la faccia e la sento tutta bagnata.

28.

La casa dell'anziano prete si trovava sulla collina proprio sopra la spiaggia di Charlie, subito prima della curva, dove la strada a carreggiata unica portava verso Parks e Acarsaid Mhòr. Il prete era un uomo rinsecchito, curvo e rugoso per gli anni e per la vita dura dell'isola, ma con una bella testa di capelli bianchi e occhi azzurri penetranti, che indicavano un'intelligenza vivace.

Dalla porta della sua vecchia *crofthouse* lo sguardo spaziava fino a Coilleag a' Phrionnsa e al nuovo frangiflutti, con una splendida vista sul Sound of Barra.

Fin era arrivato a metà mattinata e si fermò sui gradini a osservare il panorama mentre aspettava che il vecchio signore gli aprisse la porta. La luce del sole inondava il turchese cristallino della baia, e il vento soffiava impetuoso come sempre.

– Non riesco a immaginare un posto migliore sulla faccia della Terra per passare i miei ultimi anni –. La voce del prete lo colse di sorpresa; Fin si girò e vide l'uomo anziano, gli occhi persi in lontananza verso il Sound. – Tutti i giorni guardo il traghetto andare avanti e indietro da Barra, e mi riprometto che un giorno o l'altro ci salirò e farò una visitina dall'altra parte. Vorrei andare a trovare dei vecchi amici prima che muoiano. È una gran bella isola, Barra. La conosce?

Fin scosse il capo.

– Allora dovrebbe andarci anche lei, senza rimandare continuamente come faccio io. Ma venga, entri.

Una volta in soggiorno, si chinò sul tavolo da pranzo, dove erano sparsi disegni e fotografie in mezzo ad album aperti pieni di ritagli, fotocopie ed elenchi manoscritti. Il prete aveva tirato fuori tutto subito dopo la telefonata di Fin. Non capitava spesso che qualcuno volesse vedere il suo materiale. Sotto un cardigan verde abbottonato, indossava una camicia a quadri bianca e marrone, aperta sul collo. I pantaloni di flanella grigia ricadevano sopra le pantofole scure. Fin notò che aveva le unghie sporche e che non si radeva da un paio di giorni, perché sulla pelle cascante della sua faccia c'era una corta barba argentata.

– La maglieria di Eriskay costituisce uno dei piú significativi esempi di artigianato che ancora oggi si trovino in Scozia, – disse il prete.

Fin ne fu sorpreso. – Esiste ancora?

– Certo. Viene prodotta per la cooperativa, la Co-Chomunn Eirisgeidh, ma le donne che se ne occupano sono ormai poche. Ai vecchi tempi i maglioni erano di un unico colore. Blu scuro. Adesso li fanno anche beige. Peccato, però. La tinta unita non rende del tutto merito alla complessità dei disegni.

Pescò in un sacchetto di plastica posato sul pavimento un maglione da mostrargli. Lo distese sul tavolo e Fin comprese che cosa intendesse quell'uomo. Il disegno era magnifico, con file su file di coste verticali, orizzontali e ad angolo, alcune a forma di diamante, altre con un motivo a zigzag. Il vecchio fece scorrere leggermente il dito sulla lana blu a coste.

– Usano ferri molto fini e fanno dei punti stretti. Come può vedere, non ci sono cuciture. Sono maglioni che tengono molto caldi e asciutti. Ci vogliono due settimane per produrne uno.

– E ogni famiglia aveva il suo disegno particolare?

– Esattamente. Se lo passavano da una generazione all'altra. Un tempo era una tradizione diffusa in tutte le Ebridi, ma ora rimane solo a Eriskay. E non c'è dubbio che anche qui finirà per estinguersi. Ai giovani non interessa portarla avanti. È un lavoro lento, le ragazze adesso vogliono tutto in fretta. Subito, o anche prima –. Sorrise tristemente e scosse la testa guardando Fin. – Per questo motivo ho pensato che sarebbe un peccato se un'arte cosí bella scomparisse senza rimanere documentata.

– E lei ha catalogato tutti i disegni familiari dell'isola?

– Direi di sí. Perlomeno degli ultimi settant'anni. Posso offrirle qualcosa da bere? Un bicchierino di whisky, magari.

Fin declinò educatamente. – È un po' presto per le mie abitudini.

– Ma no, non è mai troppo presto per un sorso di whisky, signor Macleod. Non sono arrivato a questa età aspettando il momento giusto per farmi un goccetto, o bevendo latte –. Il prete sorrise e si avvicinò a una vecchia credenza con un'apertura a ribalta, dentro la quale teneva una collezione di bottiglie. Ne scelse una e si serví con moderazione. – Sicuro di non gradire?

Fin sorrise. – Sicuro, grazie.

L'anziano prete tornò al tavolo sorseggiando. – Ha un modello di ciò che sta cercando?

– Sí, certo –. Fin prese dalla sua borsa il fax di Gunn e lo stese sopra il maglione sul tavolo.

Il vecchio lo guardò. – Certo, questo è sicuramente un disegno di Eriskay, – disse. – Dove l'ha trovato?

Fin esitò. – È la riproduzione dell'impronta lasciata da una coperta o un tappeto. Da qualche tessuto, comunque.

Il prete annuí. – Be', ci vorrà un po' di tempo per confrontarlo con tutti i miei campioni. Se non riesco a tentarla con un bicchierino di whisky, si prepari almeno un tè –. Fece un cenno in direzione del fornello. – E si sieda accanto al fuoco. Le posso offrire una Bibbia da leggere –. Gli lanciò un sorriso malizioso. – Ma forse è ancora presto per cose cosí forti.

Fin sedette vicino al fuoco, con in mano una tazza di tè scuro e dolce, a guardare la spiaggia dalla piccola finestra incassata. L'istinto gli diceva che stava osservando la scena di un crimine. Che quello era il luogo dove il ragazzo ritrovato nella torbiera a Lewis era stato assassinato. Ancora non aveva idea di chi fosse, ma se tratteneva il fiato e ascoltava il vento poteva quasi sentirlo sussurrare che la sua identità era ormai a portata di mano.

– Signor Macleod?

Lui girò la testa verso il tavolo.

Il vecchio prete sorrideva. – Credo di aver trovato chi ha realizzato questo disegno.

Fin si alzò e attraversò la stanza per raggiungere il suo ospite. Un istante dopo stava osservando la vecchia fotografia in bianco e nero di un maglione di Eriskay. Era un disegno molto dettagliato e, mettendolo vicino alla riproduzione mandata da Gunn, si riusciva a fare un confronto diretto tra i due schemi.

Il vecchio indicò tutti i punti di corrispondenza. Erano troppi per poter pensare che si trattasse dell'opera di due mani diverse. I due lavori erano praticamente identici.

Fin puntò l'indice sul fax. – Ma questo non era un maglione.

– No –. Il prete scosse la testa pensieroso. – Credo che fosse una coperta. Dei quadrati di tessuto cuciti insieme. Sicuramente teneva molto caldo –. Tracciò il contorno appena accennato dell'angolo retto di uno dei quadrati; Fin pensò che un cadavere non ha bisogno di essere tenuto al caldo. – Non mi ha ancora detto dove lo ha trovato.

– Mi spiace, – rispose Fin, – ma non sono ancora autorizzato a rivelarglielo.

L'uomo annuí con l'accettazione passiva di chi ha basato tutta la sua vita sulla fede.

Ma Fin non riuscí a contenere oltre la propria curiosità. – Allora, di chi è il disegno?

Il prete voltò la fotografia e mostrò il nome, scritto a mano con un inchiostro ormai sbiadito, di Mary-Ann Gillies. E la data: 1949.

Il rudere si trovava in posizione elevata sulla collina, quasi perso tra l'erba alta che si piegava al vento. La parte superiore della *crofthouse* aveva ceduto parecchi anni prima e la porta d'ingresso non era che un'apertura tra due muri pericolanti. Le finestre, piccole e incassate in profondità su ciascun lato, resistevano intatte, nonostante le parti in legno e in vetro non ci fossero piú. Alle due estremità del tetto sopravvivevano i comignoli. In cima a uno c'era addirittura un alto vaso giallo di ceramica ancora in bilico. In mezzo all'erba attorno alla casa erano visibili le fondamenta di altre costruzioni: un capanno dove sicuramente venivano tenuti gli animali; un granaio per riporre il fieno con cui nutrirli d'inverno. La striscia di terra dove si coltivava si estendeva giú per la collina, fino alla strada. In fondo alla striscia d'asfalto, la luce del sole scintillava su tutta la piccola insenatura e, oltre, sul Sound. Frammenti di nubi attraversavano rapidi un cielo blu intenso, rincorrendo le proprie ombre al di là delle colline. Nel piccolo giardino battuto dal vento di un cottage bianco lungo la strada, alti fiori primaverili dai vivaci colori rossi e gialli si alzavano e ricadevano scossi dalle turbolente correnti d'aria.

Sulla cima della collina opposta, chiaramente visibile, si ergeva la chiesa di granito costruita con i proventi di una sola notte di pesca. Per oltre un secolo aveva dominato la vita dell'isola e ancora vi incombeva con la sua presenza.

Fin si addentrò con cautela nella *crofthouse*, una confusione di macerie mezzo nascoste tra l'erba e le ortiche. Questa era la casa dei Gillies che Morag McEwan gli aveva indicato il giorno prima. La casa di Donald John, il ragazzo che era stato frustato per aver disobbedito al preside della scuola di Daliburgh. La casa di Mary-Ann Gillies, che aveva tessuto la coperta il cui disegno si era impresso sulla pelle di un ragazzo estratto dalla torbiera sull'isola di Lewis, a quattro ore di distanza da lí. Anzi, a ben piú di quattro ore, rifletté Fin, perché all'epoca in cui il corpo era stato sepolto le strade erano peggiori, non c'erano viadotti e la traversata in traghetto sicuramente portava via parecchio tempo. Per la gente che viveva a Eriskay in quegli anni, l'isola di Lewis era un pianeta lontano.

Il suono di un clacson giunse portato dal vento, e Fin uscí dalle rovine della casa, sprofondato fino al ginocchio nell'erba e i fiori. Vide subito la Mercedes rosa di Morag che si fermava accanto alla sua auto ai piedi della collina. Dal tettuccio abbassato, lei lo salutò con la mano.

Fin scese camminando con attenzione tra zone paludose, nel tentativo di mantenere i piedi asciutti. Infine raggiunse l'auto. Dino abbaiò un saluto dal suo solito posto in braccio alla padrona.
– Buongiorno, – disse Fin.

– Che cosa ci fa quassú, *a ghràidh*?

– Ieri mi ha detto che questa era la *crofthouse* dei Gillies, vero?

– Esatto.

– E che un *homer* di nome Donald John Gillies viveva qui.

– Sí, con il vecchio Donald Seamus e sua sorella Mary-Ann.

Fin annuí pensoso. – Solo loro tre?

– No, Donald John aveva un fratello –. Morag si accese una sigaretta facendo schermo con la mano. – Sto cercando di ricordarmi come si chiamava –. Prese un tiro ed espirò lungamente il fumo, che svaní nel momento stesso in cui lasciò le sue labbra. – Peter, – disse infine. – Donald Peter, cosí si chiamava –. Scoppiò a ridere. – Qui tutti si chiamano Donald, ma quello che conta è il secondo nome –. Poi scosse la testa con espressione triste. – Povero Peter. Era un ragazzo adorabile. Ma non del tutto a posto con la testa, se capisce cosa intendo.

E Fin seppe di aver trovato il luogo da cui veniva il padre di Marsaili, e di chi era il corpo che avevano estratto dalla torbiera a Siader.

29.

Una strana calma era calata su Fin all'arrivo nella parte settentrionale dell'isola di Lewis. Una calma che contrastava con il caos di pensieri che gli avevano affollato la mente durante la lunga traversata verso nord.

Aveva guidato senza fermarsi nemmeno una volta, se non una mezz'ora a Stornoway per raccontare a George Gunn quel che aveva scoperto. Gunn aveva ascoltato in silenzio nella stanza degli interrogatori. Era rimasto in piedi, guardando fuori dalla finestra sopra i tetti delle case di fronte, verso il Lews Castle e gli alberi in collina, con l'ultima luce del giorno che scendeva obliqua tra i rami e si soffermava in lunghe strisce rosa sul pendio. E aveva detto: – Quindi il ragazzo morto è il fratello del padre di Marsaili.

– Donald Peter Gillies.

– Anche se in realtà nessuno dei due si chiama Gillies. Era il loro nome da *homers*.

Fin annuí.

– E non abbiamo idea da dove provenissero né quali fossero i loro veri nomi.

Dopo essere ripartito da Stornoway, Fin ci aveva riflettuto lungo la strada che passava attraverso la brughiera di Barvas e tutti i villaggi della costa occidentale. Siader, Galson, Dell, Cross. Una confusione di chiese, ciascuna con una denominazione diversa. Di *Daf houses*, *whitehouses*, *blackhouses*, moderni cottage intonacati, aggrappati alla costa in attesa del prossimo assalto.

Non aveva idea di quale documentazione, ammesso che esistesse, la Chiesa potesse aver tenuto di quei poveri bambini che aveva strappato alle loro case sulla terraferma per trasferirli sulle isole. Non c'era alcuna garanzia che le autorità locali avrebbero offerto maggior collaborazione. Era successo tanto tempo prima. E chi si interessava, all'epoca, degli scarti umani di famiglie distrutte, di bambini orfani senza parenti a difendere i loro diritti? L'emozione che aveva assalito Fin era un senso di vergogna al pensiero che azioni simili fossero state perpetrate cosí pochi decenni prima dai suoi stessi connazionali.

Il problema principale nel tentativo di identificare chi fossero davvero Donald John e Donald Peter Gillies consisteva nel fatto che nessuno aveva la minima idea di dove fossero nati. Erano sicuramente arrivati, passeggeri anonimi sul traghetto per Lochboisdale, con un cartello al collo e senza piú passato. E ora, con Peter morto e suo fratello John perso nella nebbia della demenza, chi avrebbe potuto ricordare? Chi avrebbe potuto testimoniare sulla loro reale identità? Quei ragazzi erano perduti per sempre, ed era probabile che né lui né la polizia avrebbero mai saputo chi aveva ucciso Peter, o perché.

Le luci di Ness punteggiavano tutto il promontorio nell'oscurità, come un riflesso delle stelle che emergevano nel cielo chiaro e sereno. Il vento che aveva accarezzato l'auto di Fin sul percorso esposto attraverso le due isole di Uist era calato fino a un'innaturale immobilità. Nello specchietto retrovisore s'intravedevano ancora le nubi che brontolavano nel loro abituale luogo di ritrovo attorno alle cime di Harris, e lontano a ovest sopra un oceano che pareva di vetro, mentre l'ultima luce riflessa del giorno svaniva nella notte.

Tre auto erano parcheggiate sulla ghiaia sopra il cottage di Marsaili: la Mini di Fionnlagh, la vecchia Astra di Marsaili e il Suv di Donald Murray.

Quando Fin entrò dopo aver bussato, Donald e Marsaili sedevano assieme al tavolo di cucina. Per un momento Fin sentí una strana e spiacevole fitta di gelosia: era stato con Donald Murray che Marsaili aveva perso la verginità, tanti anni prima. Ma si trattava di un'altra vita, quando tutti loro erano stati persone diverse.

Donald fece un cenno di saluto. – Fin.

Marsaili, come se volesse fargli sapere subito che non aveva motivi per essere geloso, si affrettò a dire: – Donald è venuto con una proposta riguardo a Fionnlagh e Donna.

Fin si rivolse al pastore. – Fionnlagh è venuto a parlarti?

– Sí, stamattina.

– E...?

Donald fece un sorriso storto, che tradiva tutta la loro storia. – È figlio di suo padre –. Fin non poté trattenere a sua volta un sorriso.

Marsaili disse: – I ragazzi si sono trasferiti definitivamente qui, tutti e due. E la bambina. Sono di sopra –. Lanciò a Donald uno sguardo incerto. – Donald ha suggerito che io e lui ci dividiamo i costi e la responsabilità della bambina per consentire a Fionnlagh e Donna di finire gli studi. Anche se questo significasse che uno di loro, o entrambi, lascino l'isola per andare all'università. Voglio dire, sappiamo tutti quant'è importante non sprecare le opportunità che la vita offre quando sei giovane. Poi passi gli anni che ti restano a pentirtene.

C'era ben piú che una punta di amarezza nella sua voce. E Fin si chiese se ci fosse anche della recriminazione.

– Mi sembra un buon progetto.

Marsaili abbassò gli occhi sul tavolo. – Non sono sicura di potermelo permettere. Che Fionnlagh vada all'università, intendo. E il mantenimento della bambina. Sopravvivo grazie all'assicurazione sulla vita di Artair e speravo che potesse bastare per i *miei* studi all'università, se ce la faccio. Ma immagino che dovrò rimandare la laurea e intanto trovarmi un lavoro.

– Sarebbe un peccato, – disse Fin.

Marsaili si strinse nelle spalle. – Non ci sono grandi alternative.

– Forse sí.

Gli rivolse uno sguardo interrogativo. – Tipo?

– Tipo che io e te dividiamo a metà la parte che spetta a te –. Fin sorrise. – Sono il nonno di Eilidh, dopotutto. Forse non possiamo impedire ai nostri figli di compiere gli stessi errori nostri, ma almeno possiamo stargli vicino quando bisogna raccogliere i cocci.

Lo sguardo di Donald passava dall'uno all'altra, cercando di capire e interpretare tutto quel che rimaneva tra le righe. Infine si alzò. – Bene, vi lascio a parlarne fra di voi –. Esitò prima di dare la mano a Fin. Ma poi la allungò e se la strinsero. Uscí senza aggiungere altro.

Dopo che Donald se ne fu andato, la cucina rimase stranamente silenziosa, come fosse vuota, quasi irreale nel luccichio tremolante della lampada appesa al soffitto. Da qualche parte dentro la casa proveniva il suono della musica di Fionnlagh con il battito sordo delle percussioni.

Infine Marsaili disse: – Ma *tu* te lo puoi permettere?

Fin alzò le spalle. – Ho qualcosa da parte. E non ho intenzione di rimanere per sempre senza un lavoro.

Seguí un ulteriore pesante silenzio tra loro. Un silenzio carico di rimpianti. Per tutti i loro fallimenti, individuali e comuni.

Lui disse: – Come sono andati i tuoi esami?

– Non chiedermelo nemmeno.

– Già. Immagino che non fossi esattamente preparata al meglio.

– No.

Fin sospirò. – Ho delle notizie da darti. Riguardano tuo padre –. Gli occhi azzurri di Marsaili lo fissarono pieni di non celata curiosità. – Perché non usciamo da qui? Andiamo a prendere un po' d'aria fresca, è una bella serata e la spiaggia sarà deserta.

Il sussurro del mare riempiva la sera. Pareva un gemito, come se l'oceano si sentisse sollevato, libero dall'obbligo di mantenere un atteggiamento rabbioso. Tre quarti di luna illuminavano le tenebre e gettavano luce sull'acqua e sulla sabbia, una luce che proiettava ombre e oscurava tante verità su volti visibili solo in parte. L'aria era lieve e ricca della prospettiva dell'estate in arrivo, una poesia notturna portata dalle basse onde che s'infrangevano come una fontana delle Muse su tutta la spiaggia.

Fin e Marsaili camminavano abbastanza vicini da percepire il calore l'uno dell'altra, lasciando le loro impronte sulla sabbia vergine.

– C'è stato un tempo, – disse lui, – in cui ti avrei tenuta per mano camminando su una spiaggia come questa.

Marsaili gli rivolse uno sguardo meravigliato. – Adesso leggi anche nella mente?

E Fin pensò quanto naturale sarebbe stato eppure imbarazzante, in quel momento. Rise. – Ti ricordi quando vi rovesciai addosso quel sacco pieno di granchi dall'alto della scogliera, mentre voi ragazze prendevate il sole qui sotto?

– Mi ricordo che ti diedi tanti di quegli schiaffi da farmi male alla mano.

Fin fece un sorriso triste. – Me lo ricordo anch'io. E ricordo anche che in quel momento eri in topless.

– Stupido guardone!

– E ricordo quando facevamo l'amore tra le rocce lí in fondo e poi ci buttavamo nudi nell'oceano per calmare i bollori –. Marsaili non reagí e lui si voltò a guardarla. Nei suoi occhi lesse un'espressione distante, pensieri che la trasportavano in un luogo e in un tempo remoti.

Erano quasi giunti alla rimessa per le barche, che si stagliava nell'oscurità come un presagio di passata e futura sofferenza, e Fin pose lievemente una mano sulla spalla di Marsaili per farla girare verso il punto da cui erano venuti. Il mare stava già eliminando le loro impronte, cancellando la memoria del loro passaggio. Fin lasciò il braccio dov'era e sentí che Marsaili si appoggiava a lui mentre le faceva risalire un breve tratto di spiaggia, allontanandola dall'acqua.

Camminarono in silenzio per quasi metà del tragitto, finché si fermarono nello stesso momento, come se si fossero messi d'accordo, e Fin la voltò verso di sé. Marsaili aveva il volto in ombra e lui le posò un dito sotto il mento per sollevarglielo alla luce. Lei evitò di incrociare il suo sguardo.

– Ricordo la bambina che mi prese per mano il primo giorno di scuola, – proseguí Fin, – e mi portò ai *Crobost Stores* dicendomi che si chiamava Marjorie ma che preferiva la versione gaelica Marsaili. Quella stessa bambina decise che il mio nome inglese era brutto e lo abbreviò in Fin. Ed è cosí che tutti mi hanno chiamato da quel momento in poi.

Lei ora sorrideva, un sorriso velato di tristezza, e finalmente lo guardò negli occhi. – E io ricordo quanto ti amavo, Fin Macleod –. La luce della luna fece brillare le lacrime che affioravano nei suoi occhi. – E non sono sicura di avere mai smesso.

Fin si chinò finché le loro labbra si toccarono. Calde, esitanti, incerte. E si baciarono. Un bacio morbido e dolce, pieno di tutto ciò che c'era stato un tempo e di tutto ciò che da allora avevano perduto. Lui chiuse gli occhi, e i rimpianti e le passioni di una vita lo inondarono.

Poi finí. Marsaili si scostò, liberandosi dal suo abbraccio, e lo studiò nel buio. Occhi indagatori, pieni di paura e di dubbio. Quindi si voltò e si allontanò verso le rocce. Fin si fermò a guardarla; dopo un attimo si mise a correre per raggiungerla. Quando furono nuovamente vicini, Marsaili disse, senza rallentare il passo: – Che cos'hai scoperto su mio padre?

– Ho scoperto che non è Tormod Macdonald.

Lei si fermò e si girò perplessa a guardarlo. – In che senso?

– Nel senso che ha assunto, o rubato, l'identità di un ragazzo morto di Harris. Lui si chiamava Donald John Gillies ed era di Eriskay. Il ragazzo che hanno estratto dalla torbiera era suo fratello, Donald Peter.

Marsaili lo guardò a bocca aperta, incredula.

– Solo che nemmeno Donald John è il suo nome vero –. Nel dolore che le solcava gli occhi, Fin vide che tutto il suo mondo stava cadendo a pezzi. Tutte le certezze di una vita le crollavano sotto i piedi, come la sabbia su cui camminava.

– Non capisco...

E lui le spiegò tutto ciò che aveva scoperto e come ci era arrivato. Marsaili ascoltò in silenzio, piú pallida della luna, e alla fine gli pose una mano sul braccio per tenersi salda.

– Mio padre era un *homer*?

Fin annuí. – Con ogni probabilità un orfano. O un bambino affidato a qualche struttura per orfani, spedito poi sulle isole con suo fratello dalla Chiesa cattolica.

Lei si lasciò cadere sulla sabbia, sedendosi a gambe incrociate, con il volto tra le mani. Fin pensò che stesse piangendo, ma quando Marsaili sollevò la testa vide che i suoi occhi erano asciutti. Lo shock aveva sopraffatto ogni altra emozione. Le sedette accanto. Lei teneva lo sguardo fisso davanti a sé, verso la fugace benevolenza del mare. Infine disse: – È strano. Pensi di sapere chi sei perché pensi di sapere chi sono i tuoi genitori. Ci sono cose semplicemente... – cercò la parola giusta, – date per scontate, che fanno parte di ciò che non si mette in discussione –. Scosse la testa. – E poi all'improvviso scopri che tutta la tua vita poggiava su una bugia, e non sai piú chi sei –. Si girò a guardarlo, con gli occhi pieni di disillusione. – È stato mio padre a uccidere suo fratello?

Fin si rese conto che, mentre per lui era accettabile la possibilità che la vera origine di Tormod e l'identità di chi aveva ucciso suo fratello restassero imperscrutabili, Marsaili non avrebbe avuto pace finché non avesse scoperto la verità. – Non lo so –. Le mise un braccio attorno alle spalle e lei poggiò la testa contro la sua.

Rimasero seduti in quel modo a lungo, ascoltando il lento e inesorabile pulsare dell'oceano, immersi nella luce della luna, finché lui la sentí tremare per il freddo. Marsaili però non provò neanche a spostarsi. – Sono andata a salutarlo prima di partire per Glasgow, e l'ho trovato seduto fuori, sotto la pioggia. Pensava di essere su una barca. La *Claymore*, cosí l'ha chiamata, proveniente dalla terraferma –. Si voltò a guardarlo, con lo sguardo triste e annebbiato. – Credevo che vaneggiasse e basta, che parlasse di qualcosa visto alla televisione o letto in un libro. All'inizio mi ha chiamata Catherine, poi Ceit, come se fossi qualcuno che conosceva. Non sua figlia. E ha parlato di qualcun altro, un certo Big Kenneth.

– Beinn Ruigh Choinnich. È la montagna che protegge il porto di Lochboisdale. Sicuramente la vedevano dal traghetto, già da lontano –. Fin le scostò una ciocca di capelli dagli occhi. – E che cos'altro ha detto, Marsaili?

– Nulla che avesse senso. Perlomeno non in quel momento. Stava parlando con Ceit, non con me. Diceva che non avrebbe mai dimenticato i giorni che avevano passato insieme, al Dean. O le torrette della casa di Danny. Qualcosa del genere. Che quella casa ricordava a tutti e due quale fosse il loro posto nel mondo –. Lei lo guardava con la sofferenza impressa in ogni linea del suo viso. – E poi ha detto un'altra cosa, che ora assume un significato del tutto diverso –. Chiuse gli occhi, cercando di ricordare le esatte parole di suo padre. Quindi li spalancò. – Ha detto: «Ce la siamo cavata abbastanza bene, per essere una coppia di orfanelli».

Marsaili vide una luce nello sguardo di Fin, perché aggrottò la fronte e inclinò la testa fissandolo. – Cosa c'è?

E se c'era una luce nello sguardo di Fin, era la luce di una rivelazione. Disse: – Marsaili, credo di sapere esattamente che cosa intendeva parlando del Dean. E delle torrette di Danny. E significa che Ceit, la ragazza che abitava dalla vedova O'Henley, era arrivata con loro sulla barca –. E pensò: forse dopotutto esiste ancora qualcuno che conosce la verità. Si alzò e offrí la mano a Marsaili, la quale si mise in piedi accanto a lui. Fin disse: – Se riusciamo a trovare due posti, domani dobbiamo prendere il primo aereo per Edimburgo.

L'unica luce nella stanza proveniva dall'illuminazione bluastra dello schermo del suo computer. Fin sedeva da solo alla scrivania, al buio, con il silenzio della casa che lo circondava. La presenza di altre persone, in altre camere, sembrava in qualche modo accrescere il suo senso di isolamento.

Si trovava nella stanza dove aveva passato tante ore a seguire le lezioni del padre di Artair. Dove si erano seduti lui e Artair, da soli o insieme, ad ascoltare le lunghe spiegazioni sulla storia delle Ebridi, o a impazzire sulle equazioni matematiche. Dove gli anni della sua infanzia erano trascorsi in una sorta di carcere soffocante, da cui la libertà poteva essere colta solo sotto forma di sguardi rubati dalla finestra. Marsaili aveva detto che poteva passare la notte sul divano letto. Ma i ricordi erano troppi. La macchia di caffè che dalla forma sembrava l'isola di Cipro, sul tavolo da gioco dove lavoravano. Le file di libri con i loro titoli esotici, ancora lí sugli scaffali. L'odore della pipa del padre di Artair, sospeso nell'aria ferma in fili blu che si muovevano lenti. Se respirava a fondo riusciva ancora a percepirlo, anche se solo nella memoria.

Marsaili, fragile e affaticata, era andata a letto già da un po', dicendogli che poteva rimanere quanto voleva e usare la connessione wi-fi di Fionnlagh. Il cursore sulla schermo lampeggiava su una pagina web con il logo delle National Galleries of Scotland. Al di sotto, una finestra blu con nuvole bianche a pecorelle annunciavano *Un altro mondo. Dalí, Magritte, Miró e i surrealisti*. Ma aveva smesso già da un po' di guardare. Gli ci erano voluti pochi istanti per trovare una conferma ai propri sospetti, dopodiché aveva immediatamente acquistato i biglietti per il volo del mattino. E aveva passato la maggior parte dell'ora successiva immerso in ricerche approfondite.

Era stanco e dietro gli occhi sentiva dolore. Era come se il suo corpo fosse stato picchiato, ferito; la sua mente perdeva il filo dei pensieri nel momento stesso in cui vi si affacciavano. Non aveva alcun desiderio di tornare a Edimburgo, di tuffarsi in un passato doloroso che non era riuscito a lasciarsi alle spalle. Finora, il meglio che aveva saputo fare era conquistarne una lontananza fisica, ma adesso il destino gliela stava per sottrarre. Senza quel viaggio

Marsaili non avrebbe mai potuto chiudere con tutta quella vicenda, ma a lui sarebbe servito solo a riaprire vecchie ferite.

Fin si chiese per un attimo come lo avrebbe accolto se fosse scivolato silenziosamente in corridoio e poi in camera sua, se si fosse infilato sotto le coperte accanto a lei. Non per sesso, e nemmeno per amore. Solo per conforto. Per il calore di un altro essere umano.

Ma sapeva che non l'avrebbe fatto. Spense il computer e si mosse pian piano per la casa, chiudendo con cautela la porta della cucina dietro di sé. Camminò nella notte fino a dove la sua tenda lo stava aspettando. La luce della luna che rifletteva l'immobilità dell'oceano era quasi dolorosamente intensa, le stelle assomigliavano alle punte arroventate di un miliardo di spilli che trafiggevano l'universo. Negli asettici confini della sua tenda non lo aspettavano altro che un freddo sacco a pelo, alcuni fogli in una cartelletta con descritta la morte di suo figlio e tutte le ore prive di sonno che sapeva di dover sopportare fino a quando non fosse giunto il mattino.

30.

Il clima a Edimburgo era piú mite, una lieve brezza soffiava dalle Pentland Hills, mentre il sole entrava e usciva da bolle di nubi bianche, spargendo luce e colore su quella città di granito e arenaria.

Fin e Marsaili avevano portato con sé una ventiquattrore nel caso fosse stato necessario fermarsi, anche se lui riteneva che non ci sarebbe stato altro da trovare se non il luogo di cui Tormod aveva parlato. Una visita che avrebbe portato via non piú di un'ora. Dall'aeroporto presero un taxi; nei pressi di Haymarket l'autista mise la freccia per girare a sinistra in Magdala Crescent, ma Fin gli disse: – No, non da quella parte.

– Ma è la strada piú breve.

– Non importa. Vada su per Palmerston Place.

Il tassista alzò le spalle. – È lei che paga.

Fin sentí su di sé gli occhi di Marsaili. Senza guardarla disse: – Quando Padraig Macbean mi portò ad An Sgeir sul suo vecchio peschereccio, mi raccontò la storia di come aveva perso la barca nuova di zecca di suo padre nel Minch. E per un pelo non ci aveva rimesso anche la pelle –. Si girò verso Marsaili, che lo fissava a occhi spalancati per la curiosità. – Anche se non c'è nulla che indichi il punto preciso in cui è colata a picco, Padraig mi disse che lo sente ogni volta che ci passa sopra con la sua barca.

– Tuo figlio è stato ucciso in Magdala Crescent?

– In una traversa.

– Ti va di parlarmene?

Fin guardò oltre il tassista, attraverso il parabrezza e il traffico che si estendeva davanti a loro in West Maitland Street. Alla fine disse: – No, credo di no.

Il taxi girò in Palmerston Place, passando davanti a edifici nero fumo con le finestre a bovindo, a un parco rigoglioso di primavera, alla grandezza gotica della cattedrale episcopale di St Mary, poi scese giú per la collina fino a dove la chiesa di arenaria rossa sull'angolo era stata convertita in un ostello della gioventú con le porte di un rosso piú intenso, simile a quello delle cassette postali.

La macchina proseguí risalendo la collina lungo Belford Road e si fermò sul piazzale di un hotel *Travelodge*, di fronte a un cancello in pietra sotto una bandiera bianca e blu che ondeggiava nella brezza.

– «Dean Gallery», – lesse Marsaili quando scesero dal taxi. Fin pagò l'autista e si voltò verso di lei, sempre piú perplessa. – Il Dean è una galleria d'arte?

Fin annuí. – Lo è ora –. La prese per un braccio e attraversarono la strada passando tra le auto. Oltre un cancello nero di ferro battuto, seguirono uno stretto sentiero di ghiaia su per la collina tra un'alta siepe di ligustro e un muro di pietra. Il sentiero infine si allargava e proseguiva sinuoso in un parco ombreggiato da alti castagni, con statue in bronzo su basamenti di pietra in mezzo a prati ben curati. – Quando ancora non esisteva lo stato sociale, – disse Fin, – in Scozia vigeva la *Poor Law*, una legge per gli indigenti. Era una sorta di previdenza sociale per i piú poveri della società, pagata in gran parte dalla Chiesa. E dove c'erano dei buchi a volte subentravano enti di beneficenza privati. L'Orphan Hospital di Edimburgo fu fondato all'inizio del Settecento dalla Società per la diffusione della dottrina cristiana con lo scopo di riempire uno di quei buchi.

– È questo che stavi guardando su internet ieri notte?

– Esatto –. Passarono davanti all'annerita scultura di una Madonna con bambino chiamata *La Vergine d'Alsazia*. – Nel 1833 l'istituto si spostò in un nuovo edificio, esattamente su questa proprietà, cioè sulla Dean Estate, e divenne noto come Dean Orphanage –. Una signora di Edimburgo di età indefinita con capelli grigi tagliati a caschetto e una gonna blu scuro passò di corsa, lasciandosi dietro una scia di profumo fiorito che per un istante ricordò a Fin la madre di Marsaili.

In fondo alla curva in cima alla collina, il Dean apparve alla loro vista in tutta la sua imponenza d'arenaria: portici, finestre ad arco, torri quadrangolari e balaustre di pietra. Fin e Marsaili si fermarono a guardare. C'era uno strano senso di predestinazione nel trovare quell'edificio lí su quella collina, nascosto dietro siepi e alberi, pronto a rivelarsi all'improvviso come uno sguardo nella storia, nazionale e personale. Il cerchio del fato la cui prima curva era iniziata con la partenza del padre di Marsaili si completava ora, con l'arrivo della figlia in quel luogo.

La sua voce divenne un sussurro pieno di timore reverenziale. – Questo era un orfanotrofio?

– A quanto pare, sí.

– Dio mio! È un edificio splendido, Fin. Ma non è un luogo in cui far crescere dei bambini senza famiglia.

Lui pensò che nemmeno la casa di sua zia era stata un luogo in cui far crescere un bambino senza famiglia. Disse: – Ieri notte ho letto che all'inizio agli orfani davano da mangiare solo porridge e cavolfiore, e che le bambine dovevano cucire i vestiti per tutti loro. Ma credo che negli anni Cinquanta le cose fossero diverse –. Fece una pausa. – Certo che comunque è difficile immaginarsi tuo padre qui.

Marsaili si voltò verso di lui. – Sei sicuro che sia questo il posto che intendeva?

Fin la fece salire un po' piú in alto e indicò oltre il Dean, verso le torri gemelle di un altro imponente edificio nella valle sottostante. – Stewart's Melville, – disse. – Una scuola privata. Ai tempi in cui pensiamo che tuo padre fosse qui si chiamava Daniel Stewart's College.

– La casa di Danny.

Fin annuí. – Una terribile ironia, che tuo padre non ha mancato di rilevare. I bambini piú poveri e piú soli della sua generazione vivevano fianco a fianco con i piú privilegiati. Com'è che ha detto? Che le torrette di Danny erano sempre state un promemoria del suo posto nel mondo.

– Sí, – disse Marsaili. – L'ultimo degli ultimi –. Si voltò verso di lui. – Voglio entrare.

Seguirono il vialetto fino al portico d'ingresso, dove alcuni gradini tra due pilastri conducevano a una porta rosso cupo. Una scalinata di pietra alla loro sinistra scendeva in uno spazio aperto verde che forse un tempo era stato un parco. Fin osservò il volto di Marsaili mentre attraversavano un atrio piastrellato fino al corridoio principale che correva per tutta la lunghezza dell'edificio. Stanze immense e grandiose si aprivano sui due lati, gallerie cariche di quadri o di statue, un negozio, una caffetteria. A ciascuna estremità del corridoio la luce penetrava da finestre nella tromba delle scale delle due ali dell'edificio. Sembrava addirittura di sentire l'eco lontana di quei bambini perduti.

Era quasi doloroso guardare l'emozione sul volto di Marsaili mentre riesaminava tutta la propria vita. Chi era, da dove veniva, che orribile vita aveva avuto suo padre da ragazzo. Una vita che non aveva mai condiviso con nessuno di loro. Il suo segreto personale.

Una guardia in uniforme chiese se poteva aiutarli.

Fin disse: – Questo posto un tempo era un orfanotrofio.

– Già, si stenta a crederlo –. La guardia indicò con la testa un'estremità del corridoio. – I maschi stavano in quell'ala, da quel che sappiamo. Le bambine nell'altra. La sala mostre in fondo sulla sinistra era l'ufficio del preside, o come si chiamava.

– Andiamo via, – disse improvvisamente Marsaili e Fin vide che lacrime silenziose riflettevano la luce sulle sue guance. La prese sotto braccio e la condusse fuori, sotto lo sguardo perplesso dell'uomo che si chiedeva cosa avesse detto di sbagliato. Marsaili si fermò in cima ai gradini, respirando a fondo per almeno un minuto. – Possiamo scoprirlo dalla documentazione dell'epoca, no? Chi era davvero, intendo. Da dove veniva la sua famiglia.

Fin scosse la testa. – Ho cercato a lungo su internet ieri sera. I documenti rimangono secretati per un secolo. Solo i bambini che stavano qui hanno il diritto di accedervi –. Si strinse nelle spalle. – Credo che l'intento sia quello di proteggerli. Anche se immagino che il tribunale possa concedere alla polizia un mandato per consultarli. Dopotutto, si tratta di un'indagine per omicidio.

Marsaili alzò su di lui gli occhi pieni di pianto, asciugandosi le guance con il dorso delle mani. Fin le vedeva sul volto la stessa domanda a cui non era riuscito a rispondere in spiaggia, la sera prima. Suo padre aveva forse ucciso il fratello? Scoprirlo gli pareva improbabile, a meno che un miracolo non mettesse sul loro cammino la ragazzina di nome Ceit, quella che aveva abitato nella *crofthouse* della vedova O'Henley.

Camminarono in silenzio lungo il sentiero acciottolato fino a Belford Road, passando accanto al Dean Cemetery pensieroso nella sua ombreggiata serenità dietro un alto muro di pietra. Quando arrivarono al cancello il cellulare di Fin mandò l'avviso di una nuova e-mail. Fin scorse il menu con il dito e aprí il messaggio. Vedendo che lo leggeva a lungo e lentamente, aggrottando la fronte, Marsaili disse: – Qualcosa di importante?

Lui attese finché ebbe digitato una risposta, poi le spiegò. – Quando stavo cercando informazioni sull'orfanotrofio ieri sera in internet, mi sono imbattuto in un forum di ex orfani del Dean che si scambiano fotografie e ricordi. Immagino che ci sia un legame particolare tra tutti loro, anche se al Dean magari non si conoscevano.

– Fanno parte della stessa famiglia.

Fin la guardò. – Sí, la famiglia che non hanno mai avuto. Si sente sempre un'affinità maggiore con un cugino di secondo grado mai incontrato che con un completo sconosciuto –. Si ficcò le mani in tasca. – A quanto pare molti di loro sono emigrati. L'Australia è stata la destinazione piú frequente.

– Il piú lontano possibile dal Dean.

– Per ricominciare da capo, immagino. Con un mondo intero tra te e la tua infanzia. Un colpo di spugna sul passato –. Ogni parola che pronunciava suscitava in lui cosí tanti echi che mentre parlava si sentiva quasi soffocare. In fondo, era proprio quel che aveva fatto lui. Avvertí la mano di Marsaili sul braccio. Il solo tocco diceva piú di qualunque cosa avrebbe potuto esprimere a parole. – In ogni caso, uno di loro vive ancora qui a Edimburgo. Si chiama Tommy Jack e probabilmente era al Dean negli stessi anni di tuo padre. Ho trovato la sua e-mail e gli ho scritto –. Scrollò le spalle. – All'inizio non volevo farlo, è stato un ripensamento dell'ultimo minuto.

– Ed era la sua risposta?

– Sí.

– E...?

– Mi ha mandato il suo indirizzo. Dice che sarebbe felice di parlare con noi stasera a casa sua.

31.

La luce del pomeriggio filtrava dai contorni delle tende, le quali sembravano respirare nella brezza che entrava dalla finestra aperta portando con sé anche il rumore del traffico, lontano e irreale. A questo si aggiungeva il rumore dell'acqua che dalle chiuse scrosciava nel Water of Leith.

La loro stanza era nell'attico, con una bella vista sul fiume e sul Dean Village. Ma Fin aveva tirato le tende nel momento stesso in cui erano entrati. Avevano bisogno del buio per ritrovarsi.

Non c'erano stati discorsi né decisioni. L'hotel era sull'altro lato della strada rispetto alla galleria d'arte, e a loro serviva un posto per la notte. Fin non sapeva esattamente perché nessuno dei due avesse corretto la receptionist quando li aveva presi per una coppia che chiedeva una doppia. Avrebbero potuto tranquillamente farlo.

Erano saliti all'ultimo piano in un minuscolo ascensore, senza dirsi una parola né guardarsi negli occhi. Fin si sentiva lo stomaco sottosopra per la tensione.

In qualche modo era stato piú facile spogliarsi al buio, nonostante ci fosse stato un tempo in cui conoscevano il corpo l'uno dell'altra in maniera molto intima. Ogni curva, ogni superficie, ogni dolcezza.

E ora, con il fresco delle lenzuola sulla pelle, riscoprirono quell'intimità. Fu stranamente semplice, e familiare, come se non fosse passato neanche un istante dall'ultima volta. Fin trovò dentro di sé la stessa passione che Marsaili gli aveva suscitato fin dal primo momento trascorso assieme. Un desiderio violento, fremente, che lo divorava. Trovò il suo viso con le mani, tutti i lineamenti a lui ben noti. Il collo, le spalle, il dolce gonfiore dei seni, la curva delle natiche.

Le loro labbra furono come vecchi amici che si riscoprono dopo molti anni, cercando, esplorando, quasi non credessero che tutto è ancora come prima.

I loro corpi salivano e scendevano all'unisono, il respiro era affannoso, accompagnato da gemiti involontari. Nessuna parola. Nessun controllo. Desiderio, passione, fame, avidità. E calore, sudore, immersione completa. Fin sentiva il sangue del suo retaggio isolano pulsare a ogni colpo: le infinite brughiere battute dal vento, la furia dell'oceano che si schiantava sulla riva. Le voci in gaelico dei suoi antenati si alzavano in un canto tribale.

E all'improvviso tutto finí. Come la prima volta. Si aprirono le cataratte, l'acqua si riversò con violenza, dopo anni di costrizione dietro dighe emotive costruite dalla rabbia e dall'incomprensione. Tutto andato, in un istante, a spazzar via fino all'ultimo minuto sprecato delle loro vite.

Dopo rimasero stesi, avvinghiati l'uno all'altra, perduti nei loro pensieri. E a poco a poco Fin si rese conto che il respiro di Marsaili si era fatto piú lento, piú corto, la testa piú pesante sul suo torace, e si chiese dove mai sarebbero andati, da lí.

32.

Tommy Jack viveva in un bilocale sopra un'enoteca e un'edicola in Broughton Street. Fin e Marsaili scesero dal taxi in York Place e si incamminarono lentamente su per la collina nella morbida luce della sera, respirando gli strani odori della città. Gas di scappamento, malto macerato nei tini, curry. Nulla avrebbe potuto essere piú lontano dalla realtà dell'isola. Fin aveva trascorso quindici anni della sua vita in quella città, ma erano bastati pochi giorni sulle isole e già gli sembrava un luogo alieno, insopportabilmente claustrofobico. E sporco. Chewing gum sputati sul marciapiede, spazzatura che fuoriusciva dai bidoni.

L'ingresso alle abitazioni era in Albany Street Lane, e mentre svoltavano per imboccarla Fin vide un furgone che li superava in direzione della collina. Era della Barnardo, l'ente benefico per l'infanzia, e portava scritto il logo «Ridiamo ai bambini il loro futuro». Fin si chiese come si potesse ridare qualcosa che era già stato distrutto.

Tommy era un uomo basso con una faccia tonda e luminosa sotto una testa liscia e lucida. Aveva il colletto della camicia logoro e indossava un pullover grigio macchiato d'uovo sul davanti, infilato in pantaloni di una taglia troppo grande trattenuti sullo stomaco da una cintura un po' troppo stretta. Le pantofole di stoffa erano consumate fino ad avere dei buchi.

Fece entrare i due visitatori in un piccolo ingresso con una carta da parati scura e in un soggiorno che di giorno doveva essere assolato ma che ora, alla luce del tramonto, risultava squallido. Un odore stantio di cibi grassi aleggiava in tutto l'appartamento, assieme a quello lievemente sgradevole del corpo umano.

Ma Tommy era un uomo di buon carattere, con acuti occhi

scuri che li guardavano brillando attraverso le lenti senza montatura. Fin immaginò che avesse tra i sessantacinque e i settant'anni. – Vi va un tè?

– Volentieri, grazie, – disse Marsaili, e l'uomo continuò a parlare con loro dalla porta aperta della minuscola cucina dove aveva messo a bollire una pentola e da dove sbucò con tazze, piattini e bustine di tè.

– Vivo da solo, da quando la mia signora è morta quasi otto anni fa. Siamo stati sposati per oltre trent'anni. Ancora non mi sono abituato a non averla piú accanto.

E Fin pensò che c'era una tragica ironia nell'iniziare e finire la vita completamente da solo.

Marsaili chiese: – Non ha figli?

L'uomo comparve sulla soglia, sorridente. Ma era un sorriso carico di rimpianto. – Purtroppo no, è stata una delle grandi delusioni della mia vita. Non aver avuto figli e non potergli dare l'infanzia che avrei tanto voluto per me stesso –. Tornò in cucina. – Non che avrei potuto dargli chissà che, con lo stipendio di un impiegato di banca –. Fece una risatina. – Pensate un po', una vita spesa a contare denaro, il denaro degli altri però.

Portò il tè già nelle tazze e si sedettero sul bordo di vecchie poltrone dal tessuto logoro coperte con sudici coprischienali bianchi. Una fotografia in bianco e nero incorniciata di Tommy e colei che doveva essere stata sua moglie era posata sulla mensola del caminetto, che mandava lo smorto bagliore di un fuoco a gas in quell'ambiente tetro. Il fotografo aveva catturato l'amore reciproco nei loro occhi e Fin si commosse al pensiero che, perlomeno, Tommy aveva trovato un po' di felicità nella sua vita. – Quando è stato al Dean, Tommy?

L'uomo scosse la testa. – Non saprei fornirle le date precise. Ma abitai lí per buona parte degli anni Cinquanta. All'epoca il Dean era diretto da un uomo brutale. Anderson, si chiamava. Per essere la persona responsabile di una casa che avrebbe dovuto offrire conforto e protezione agli orfani, non era un tipo che amasse molto i bambini. Aveva un carattere violento. Una volta prese tutte le nostre cose e le bruciò nella caldaia. La punizione per esserci divertiti –. Ridacchiò al ricordo.

In qualche modo aveva la forza di trovare il lato divertente di quella storia, e Fin si stupí della capacità umana di dare luce a quanto di peggio la vita ti può gettare addosso. Un'infinita capacità di ripresa. Era tutta una questione di sopravvivenza, immaginò. Se ti arrendevi, anche per un solo istante, finivi trascinato nell'oscurità.

– Ovviamente non abitai soltanto al Dean. Noi orfani venivamo spostati piuttosto spesso. Era difficile conservare le amicizie, cosí smettevamo semplicemente di farcene. E non ci permettevamo di sperare che le cose sarebbero cambiate, nemmeno quando degli adulti venivano a vederci e a scegliere uno o due di noi in adozione –. Rise. – Ora non lo farebbero, ma a quei tempi ci davano una bella lavata, ci vestivano al meglio e ci mettevano in fila mentre delle signore spruzzate di qualche profumo francese e signori che sapevano di sigaro venivano vicino per guardarci, come fossimo pecore al mercato. Naturalmente sceglievano sempre le bambine. I ragazzini minuti come me non avevano chance –. Si sporse in avanti. – Ancora del tè?

– No, grazie –. Marsaili mise una mano sopra la sua tazza mezza piena. Fin scosse la testa.

Tommy si alzò. – Ne faccio un'altra per me. Se devo alzarmi la notte, è meglio che abbia qualcosa da vuotare nel serbatoio.

Tornò nel cucinino per rimettere il bollitore sul fornello. Alzò la voce perché lo sentissero. – In uno dei posti in cui sono stato, una volta venne Roy Rogers. Ve lo ricordate? Era un famoso cowboy, nei film e in tv. Faceva un giro della Scozia col suo cavallo, Trigger, e si fermò al nostro orfanotrofio e scelse una delle bambine. La adottò e la portò con sé in America. Pensate un po'! Un minuto sei una povera orfanella in una casa d'accoglienza in Scozia e un minuto dopo sei la figlia di un uomo ricco nel paese piú benestante del mondo! – Tornò con in mano la tazza colma di tè appena fatto. – Queste sono cose che succedono nei sogni, eh? – Si mise a sedere, poi si alzò di nuovo. – Ma cos'ho nella testa? Non vi ho nemmeno offerto un biscotto.

Fin e Marsaili declinarono educatamente e l'uomo tornò a sedersi.

– Quando divenni troppo grande per gli orfanotrofi, mi misero in una casa di accoglienza in Colinton Road. All'epoca si parlava ancora di un ragazzo che aveva vissuto lí per un po' una decina di anni prima. Era rientrato dal servizio in marina e la sua famiglia non aveva posto per lui. O una storia del genere.

Big Tam lo chiamavano. Un ragazzo bello e robusto, peraltro. Un suo compagno aveva sentito dire che in città c'erano le audizioni per il coro di *South Pacific*, il musical, sapete, e suggerí a Big Tam di presentarsi –. Tommy sorrise. – E certamente sapete com'è andata a finire.

Ma né Fin né Marsaili avevano idea di che cosa stesse parlando.

– Big Tam era Sean Connery! – Il loro ospite rise. – La stella del cinema. E abbiamo vissuto nella stessa casa di accoglienza! Tornò in patria per l'apertura del parlamento scozzese. La prima volta che un parlamento si insediava a Edimburgo dopo quasi trecento anni. Ci andai anch'io. Un momento storico, eh? Da non perdere. Comunque, vedo Sean che sta entrando. Gli faccio un cenno dalla folla e grido: «Come va, Big Tam?» – Tommy sorrise ancora. – Ovviamente non mi riconobbe.

Fin si sporse in avanti. – Il Dean era un orfanotrofio cattolico, Tommy?

Gli occhi dell'altro si spalancarono per la sorpresa. – Oh, Dio mio, no! Quel signor Anderson odiava i cattolici. A dir la verità, odiava tutto e tutti.

Marsaili chiese: – C'erano mai dei cattolici al Dean?

– Be', sí, ma non restavano a lungo. Arrivavano i preti e li prendevano per portarli in qualche posto cattolico. Per un periodo ce ne furono tre, mi ricordo; vennero portati via di corsa dopo che un ragazzo era morto sul ponte.

– Di quale ponte parla? – chiese Fin, sentendo risvegliare l'interesse.

– Il ponte del Dean, che attraversa il Water of Leith proprio sopra il Dean Village. Un salto di una trentina di metri.

– E che cosa successe?

– Mah, nessuno l'ha mai saputo con certezza. Ci furono un sacco di chiacchiere e di ipotesi, ovviamente. Una scommessa, o una sfida. Camminare sul cornicione dalla parte esterna del parapetto. Una cosa del genere. Ed erano coinvolti alcuni ragazzi del Dean. Una notte sgattaiolarono fuori dall'istituto e un ragazzo del villaggio cadde e perse la vita. Due giorni dopo quei tre ragazzi cattolici se n'erano già andati. Portati via in una grossa macchina nera, a detta di tutti.

Fin sentí il cuore che perdeva un colpo, quella sensazione di essere cosí vicino alla verità da poterla quasi toccare. – Si ricorda i loro nomi?

– Oh, – Tommy scosse la testa. – È stato tanto tempo fa, signor Macleod. C'era una ragazzina, Cathy, o Catherine, credo che fosse. E due fratelli. Uno forse si chiamava John. O magari Johnny –. Fece una pausa cercando di andare indietro con la memoria. – Ricordo bene il nome di quello che morí. Patrick Kelly. Tutti conoscevano i ragazzi Kelly. Vivevano al Dean Village e il padre faceva parte di qualche banda criminale. A quanto si diceva, era stato in prigione. I ragazzi erano belli tosti; se potevi, meglio stargli alla larga –. Chinò il capo, perso in un momento di riflessione. – Alcuni di loro vennero su al Dean qualche giorno dopo, a cercare il piccolo ritardato.

Marsaili aggrottò la fronte. – Ritardato?

– Sí, il fratello. Come si chiamava...? – Il ricordo proruppe improvviso nei suoi occhi, come la luce del giorno. – Peter! Cosí si chiamava. Il fratello di Johnny. Un caro ragazzo, ma non ci stava del tutto con la testa.

Era quasi buio quando uscirono dalla casa di Tommy, prima di quanto facesse normalmente buio sulle isole, e tutto sembrava piuttosto irreale, incolore a causa delle pozze di luce fredda che cadeva dai lampioni stradali.

– Perciò mio padre e suo fratello si chiamavano John e Peter, in realtà, – disse Marsaili, come se conoscere i loro nomi in qualche modo glieli rendesse piú veri. – Ma come facciamo a scoprire il cognome?

Fin aveva uno sguardo pensoso. – Parlando con qualcuno che li conosceva.

– Tipo?

– Tipo i Kelly.

Marsaili era perplessa. – E come li troviamo, *loro*?

– Be', se fossi ancora un poliziotto ti direi: sappiamo bene chi sono.

– Non capisco.

Una giovane coppia emerse dalla facciata azzurra dell'enoteca, con alcune bottiglie che tintinnavano in un sacchetto di carta. La donna mise il braccio sotto quello del compagno. Le loro voci erano come i versi di due uccellini nel crepuscolo.

Fin disse: – I Kelly sono una famiglia ben nota nel mondo del crimine di Edimburgo, Marsaili. È cosí da anni. Hanno iniziato in quello che un tempo era il quartiere malfamato del Dean. Droga, prostituzione. Sono anche stati coinvolti in parecchi omicidi tra gang, anche se niente è mai stato dimostrato.

– Li conosci? – Marsaili non riusciva a mascherare l'incredulità.

– Non ho mai avuto a che fare con loro. Ma so che il mio ex capo li ha conosciuti. Il mio capo di quando sono entrato in polizia, Jack Walker. Adesso è in pensione –. Tirò fuori il cellulare. – Scommetto che sarà felice di incontrarci per un drink.

Sembrava che qualcuno andasse in giro per Edimburgo dipingendo le serrande dei negozi, dei bar e dei ristoranti con i colori primari. Vandali con un errato senso di orgoglio civico. Il *Windsor Buffet* in cima a Leith Walk era di un verde intenso, gli ex studi della Scottish Television lí accanto di un blu elettrico. Gialli e rossi si trovavano ovunque lungo la strada, assieme ad altri verdi e blu. Tutti sovrastati da scialbi edifici abitativi in arenaria, alcuni dei quali erano stati intonacati mentre altri rimanevano anneriti dal passare degli anni, come una dentatura malsana in un bel sorriso.

Il *Windsor* era quasi pieno, ma Jack Walker aveva riservato un tavolo in un séparé sul retro. Quando Marsaili gli fu presentata, la guardò con curiosità ma non fece domande. Ordinò una birra per sé e per Fin e un bicchiere di vino bianco per lei. Era un uomo grosso con le spalle ampie e con una massa incolta di capelli che parevano sbiancati in candeggina.

Nonostante avesse piú o meno settantacinque anni, non era il tipo con il quale verrebbe voglia di ingaggiare una rissa. Aveva il viso abbronzato e occhi color smeraldo che non mostravano mai lo stesso calore apparente del sorriso beffardo che vagava sempre sulle sue labbra.

Walker scosse la testa serioso. – Non vorrai immischiarti con i Kelly, vero, Fin? Sono dei gran bastardi.

– Non ne dubito, signore. E non ho intenzione di immischiarmi con nessun bastardo –. Mentre lo diceva, si rese conto che stava rivolgendosi al suo ex capo chiamandolo «signore». Le vecchie abitudini sono dure a morire. – Voglio solo parlare con qualcuno di loro che fosse un ragazzo negli anni Cinquanta, quando la famiglia viveva al Dean Village.

Walker alzò un sopracciglio. La faccenda lo incuriosiva, ma tutti i suoi anni in polizia gli avevano insegnato che a volte ci sono domande che è meglio lasciare senza risposta. – L'unico rimasto di quei tempi credo sia Paul Kelly, all'epoca era praticamente un bambino. C'erano due fratelli maggiori, ma sono morti ammazzati davanti a casa loro ormai piú di cinquant'anni fa. Un regolamento di conti, cosí l'abbiamo liquidato. Allora c'erano delle guerre violentissime tra bande rivali. Io ero solo un giovane poliziotto agli inizi della carriera, ma ricordo che non indagavamo mai piú di tanto su questi omicidi, perciò nessuno veniva mai incriminato. E poi nel corso degli anni ho visto Paul Kelly crescere fino a prendere le redini dell'attività. Ha costruito un impero sulle miserie degli altri –. La sua espressione mascherava un cumulo di rabbia e frustrazione represse. – Non siamo mai stati capaci di mettergli le mani addosso.

– Quindi è ancora lui il capobanda?

– Sta un po' invecchiando, Fin, ma è cosí. Senza dubbio gli piace vedersi come il Padrino. È uscito dai bassifondi ma ora vive in una grande cazzo di villa a Morningside –. Lanciò uno sguardo a Marsaili, ma non si scusò per il linguaggio volgare. – Ha figli e nipoti. Li manda tutti in scuole private, mentre la gente onesta come te e me fa fatica a pagare il riscaldamento. È feccia, Fin. Solo feccia. Io non vorrei averci niente a che fare.

Erano stesi in silenzio da quella che sembrava un'eternità, nel buio della stanza d'albergo. Il solo accompagnamento al loro respiro era l'acqua che scorreva nel fiume. La stessa acqua che passava sotto il ponte del Dean. Dopo aver lasciato il *Windsor*, Fin ci era voluto andare, e avevano raggiunto la campata centrale e guardato il Dean Village e il Water of Leith trenta metri piú sotto. Il padre di Marsaili e suo fratello una volta erano stati lí. Su quel ponte era accaduto qualcosa e un ragazzo aveva perso la vita.

La voce di Marsaili suonò fin troppo alta, provenendo dall'oscurità, e si schiantò contro i pensieri di Fin. – È stato strano oggi stare a guardarti, – disse. – Con quel poliziotto.

Fin girò la testa verso di lei, anche se non poteva vederla. – Perché strano?

– Perché era come guardare uno sconosciuto. Non il Fin Macleod con il quale andavo a scuola, né il Fin Macleod che faceva l'amore con me sulla spiaggia. E nemmeno il Fin Macleod che mi ha trattata come una merda a Glasgow.

Lui chiuse gli occhi e ripensò alla loro breve convivenza quando frequentavano l'università di Glasgow. L'appartamento in comune. Il male che le aveva fatto, incapace di affrontare il proprio dolore e riversandolo su Marsaili. Quanto spesso succede, si disse, che le persone piú vicine a noi sono quelle a cui facciamo piú male?

– Era come guardare un estraneo. Il Fin Macleod che devi essere stato durante tutti gli anni in cui non ti ho conosciuto. Sposato a un'altra donna, padre di un bambino, di professione poliziotto.

Fin fu colto di sorpresa dall'improvvisa carezza che Marsaili gli fece sul volto.

– Non sono sicura di conoscerti affatto. Non piú.

E i pochi momenti di passione che avevano condiviso nel pomeriggio, con quelle sottili linee di luce che zigzagavano sui loro corpi mentre si amavano con frenesia, sembravano già appartenere a un'altra vita.

33.

Paul Kelly abitava in una villa di arenaria gialla costruita su tre livelli, con il tetto spiovente e gli abbaini, un sontuoso porticato all'ingresso e un terrazzo sul retro che dava su un giardino rigoglioso e ben tenuto.

Un vialetto semicircolare, con cancelli elettronici in ferro battuto a entrambe le estremità, saliva da Tipperlinn Road alla porta principale. La luce del sole inondava azalee in fiore interrotte dal verde di giovani foglie di faggio.

Il taxi lasciò Fin e Marsaili al cancello sul lato sud, e lui chiese all'autista di aspettare. Ma l'uomo scosse la testa. – No, voi mi pagate adesso. Io qui in giro non ci resto –. A quanto pareva l'indirizzo gli era noto e non vedeva l'ora di andarsene. Fin e Marsaili lo seguirono con lo sguardo mentre si allontanava in direzione di Morningside Place.

Fin si girò verso il citofono incassato nel pilastro del cancello e premette il pulsante. Dopo un attimo una voce chiese: «Che cosa volete?»

– Mi chiamo Fin Macleod. Sono un ex poliziotto. Vorrei parlare con Paul Kelly.

«Il signor Kelly non parla con nessuno senza un appuntamento».

– Gli dica che riguarda un fatto accaduto oltre cinquant'anni fa sul ponte del Dean.

«Non vi riceverà».

– Lei glielo dica –. La voce di Fin aveva un tono imperativo. Un tono che non tollerava repliche.

Il citofono tacque e lui guardò Marsaili, a disagio, rendendosi conto di essere nuovamente quel Fin Macleod che lei non conosceva. E non aveva idea di come colmare il divario tra loro.

Attesero per quello che sembrò un tempo eccessivamente lungo, prima che il citofono gracchiasse nuovamente e la voce si facesse risentire. «Okay», fu tutto ciò che disse, e il cancello cominciò subito ad aprirsi.

Mentre camminavano lungo la stradina di accesso, Fin notò le luci di sicurezza e le telecamere a circuito chiuso montate tutto attorno alla casa e nel terreno circostante. Paul Kelly chiaramente desiderava evitare visitatori non graditi. La porta d'ingresso si aprí non appena ebbero raggiunto il porticato, e un giovane uomo con una camicia bianca dal colletto aperto e con impeccabili pantaloni grigi che ricadevano su scarpe italiane li squadrò con occhio attento. Aveva i capelli neri corti e tirati indietro con il gel a lasciare la fronte scoperta. Tagliati da un hair stylist di grido. E Fin sentiva il profumo del suo dopobarba a quasi due metri di distanza.

– Devo controllarvi.

Senza dire una parola Fin avanzò, a gambe aperte e braccia larghe. L'uomo lo perquisí accuratamente, davanti e dietro, lungo tutti gli arti.

– Anche la donna.

Fin disse: – È pulita.

– Devo controllare.

– Ti do la mia parola.

L'uomo lo fissò dritto negli occhi. – Non me lo posso permettere, amico.

– Non c'è problema, – intervenne Marsaili. E fece un passo avanti per la perquisizione.

Con rabbia impotente Fin guardò l'uomo che le metteva le mani addosso. Davanti e dietro, sulle natiche, sulle gambe. Ma non si soffermò dove non avrebbe dovuto. Era un professionista. Marsaili rimase priva di espressione, anche se arrossí leggermente.

– Okay, – disse l'uomo. – Seguitemi.

Li condusse lungo un corridoio tinteggiato color crema e ornato da un folto tappeto rosso, e su per una scalinata di legno di faggio fino al secondo piano.

Paul Kelly oziava su un divano in pelle bianca sul terrazzo, fumando un enorme sigaro Avana. Sebbene una lieve brezza frusciasse tra le foglie primaverili nel giardino, il fumo di Kelly aleggiava in fili immobili, bluastri nei punti in cui venivano colpiti dal sole che filtrava obliquo tra gli alberi. Sembrava quasi di essere all'aperto, nel giardino stesso, del quale però non arrivavano né i profumi né i suoni. Morbide poltrone rosse erano poste attorno a un tavolo d'acciaio satinato e la brillante luce del giorno faceva luccicare il pavimento di legno tirato a cera.

Kelly si alzò nel momento in cui il suo leccapiedi fece entrare i visitatori. Era un uomo molto alto, ben oltre il metro e ottanta, e nonostante un leggero sovrappeso sfoggiava ancora un'ottima forma fisica, considerando che era ormai vicino ai settant'anni. La sua florida faccia rotonda era perfettamente rasata e aveva capelli grigio acciaio tagliati a spazzola. Una camicia rosa inamidata tirava un po' sul ventre abbondante. I jeans erano stirati con la piega, in contrasto con lo stile casual che avrebbero dovuto avere.

L'uomo sorrise, il capo piegato in una posa lievemente interrogativa, e porse la grossa mano a Fin e a Marsaili. – Un ex poliziotto e una storia sul ponte del Dean. Devo ammetterlo, mi avete incuriosito –. Con la stessa manona fece un cenno in direzione delle poltrone rosse. – Sedetevi. Posso offrirvi qualcosa da bere? Tè? Caffè?

Fin scosse il capo. – No, grazie –. Si sedette a disagio sul bordo della poltrona, accanto a Marsaili. – Stiamo cercando di stabilire l'identità di un uomo che ora vive sull'isola di Lewis e che abitò all'orfanotrofio del Dean verso la metà degli anni Cinquanta.

Kelly scoppiò a ridere. – È sicuro di non far piú parte della polizia? Lei non mi sembra un *ex* poliziotto –. Tornò a sedere sul suo divano bianco.

– Le garantisco che lo sono.

– Bene, allora, le credo sulla parola –. Tirò una boccata dal sigaro con sguardo assorto. – Cosa vi fa pensare che io possa esservi di aiuto?

– La sua famiglia all'epoca viveva in un vecchio condominio al Dean Village, abitato da operai del cotonificio.

Kelly annuí. – Esattamente –. Ridacchiò. – Adesso quel posto è irriconoscibile. È diventato il paradiso degli yuppie –. Fece una pausa. – Perché pensate che io sappia qualcosa di un ragazzo del Dean?

– Perché crediamo che sia stato coinvolto in un incidente sul ponte che ha toccato la sua famiglia.

Negli occhi di Kelly vi fu un tremolio quasi impercettibile, e un leggerissimo cambiamento del colorito sul suo volto. Fin si chiese se quello che stava vedendo fosse dolore. – Come si chiama?

Marsaili disse: – Tormod Macdonald –. E Fin le lanciò un'occhiata, proseguendo subito: – Ma lei non può averlo conosciuto con quel nome.

Gli occhi di Kelly si spostarono su Marsaili. – E chi è quest'uomo per lei?

– È mio padre.

Il silenzio che seguí aleggiò pesantemente nell'aria, proprio come il fumo del sigaro di Kelly, e durò fin troppo a lungo. Quindi Kelly disse: – Mi spiace. Si tratta di qualcosa che ho passato l'intera vita a cercare di dimenticare. Non è facile perdere un fratello cosí giovane. Specialmente se lo consideravi il tuo eroe –. Scosse il capo. – Patrick era tutto il mio mondo.

Fin fece un cenno di assenso e disse: – Pensiamo che il nome del ragazzo fosse John. Ma non conosciamo il cognome ed è quello che cerchiamo di scoprire.

Kelly prese una lunga boccata dal suo sigaro ed espirò il fumo dalle narici e dagli angoli della bocca prima di soffiare un fiotto grigio nell'atmosfera greve della veranda. – John McBride, – disse infine.

Fin cercò di controllare il proprio respiro. – Lo conosceva?

– Non di persona. Non ero sul ponte quella notte. Ma c'erano tre dei miei fratelli.

– Quando Patrick cadde e perse la vita? – intervenne Marsaili.

Kelly spostò la sua attenzione da Fin a lei. La sua voce fu a malapena udibile. – Sí –. Aspirò altro fumo e Fin rimase sconcertato vedendo che negli occhi dell'uomo si stava formando quella che sembrava una lacrima. – Ma non ne ho mai parlato, per oltre cinquant'anni. E non sono sicuro di voler iniziare ora.

Marsaili annuí. – Mi dispiace. La capisco.

Percorsero in silenzio Tipperlinn Road con le sue ville in pietra, nascoste dietro alte mura ed enormi alberi, passando davanti alla vecchia rimessa per carrozze di Stable Lane fino a dove l'acciottolato di Albert Terrace s'inerpicava su per la collina alla loro destra in un verde lussureggiante.

Alla fine, Marsaili non riuscí piú a trattenersi. – Secondo te cosa accadde davvero sul ponte del Dean quella notte?

Fin scosse il capo. – È impossibile saperlo. Tutti quelli che erano presenti sono morti. Tranne tuo padre. E forse Ceit, che però non abbiamo idea se sia ancora viva.

– Almeno ora sappiamo chi è mio padre. O chi era.

Fin la guardò. – Avrei preferito che non dicessi a Kelly qual è ora il suo nome.

Marsaili impallidí di colpo. – Perché?

Fin fece un profondo sospiro. – Non lo so, Marsaili. Semplicemente avrei preferito che non lo facessi.

34.

Fin guardò fuori, verso le frastagliate dita di roccia che si allungavano nel Minch, con le onde che si rompevano bianche tutto attorno. Il terreno paludoso si estendeva all'interno dell'isola, pieno di sfregi e cicatrici dovuti a secoli di taglio della torba. Il Loch a Tuath rifletteva le cupe nubi minacciose che si stavano ammassando nel cielo, corrugate dal vento contro il quale il piccolo aereo della British Airways combatteva strenuamente per riuscire ad atterrare sulla corta pista dell'aeroporto di Stornoway. Lo stesso vento che ora frustava Fin e Marsaili nel parcheggio, mentre infilavano le loro ventiquattrore nel portabagagli e, salendo in macchina, cercavano riparo dalle prime pesanti gocce di pioggia che arrivavano da ovest attraverso la brughiera.

Fin accese il motore e mise in azione i tergicristalli. Gli erano bastati pochi minuti al centro anagrafico dell'Archivio nazionale scozzese per rintracciare John William e Peter Angus McBride, nati rispettivamente nel 1940 e nel 1941, nel distretto di Slateford a Edimburgo, da Mary Elizabeth Rafferty e John Anthony McBride. John Anthony era morto nel 1944 mentre era in servizio presso la Royal Navy. Mary Elizabeth undici anni dopo per un arresto cardiaco, la cui causa non era specificata. Marsaili aveva pagato per avere i certificati di nascita e morte di tutta la famiglia, li aveva infilati in una cartellina e messi nella borsa che teneva stretta al petto sul sedile del passeggero.

Fin non comprendeva bene che cosa le stesse accadendo nella testa e nel cuore. Durante il volo di ritorno sull'isola non aveva detto una parola e lui poteva solo ipotizzare che stesse riconsiderando tutto ciò che aveva sempre conosciuto o creduto di se stessa. Aveva appena scoperto che, nonostante fosse nata e cresciuta sull'isola di Lewis, il suo sangue non era delle Ebridi. Una madre inglese, un padre della terraferma, originario di Edimburgo, che aveva inventato tutta la propria vita. Era un fulmine a ciel sereno.

La guardò. Era pallidissima, gli occhi cerchiati, i capelli opachi e smorti scompigliati dal vento. Appariva piccola e sconfitta e, nonostante lui desiderasse con tutto se stesso abbracciarla, sentiva che tra loro c'era una barriera. A Edimburgo era accaduto qualcosa. Per un attimo era parso che avessero riscoperto tutto ciò che erano stati un tempo, ma poi la loro intimità era svanita, come fumo nel vento. Scoprire chi era veramente suo padre l'aveva cambiata. E ora la Marsaili che aveva conosciuto era perduta da qualche parte in una confusione di passato e identità personale. Fin temeva che non sarebbe piú tornata. O che, se l'avesse fatto, avrebbe manifestato un cambiamento irrevocabile.

Sapeva anche che scoprire l'identità di suo padre, e del fratello di lui, non aveva ancora chiarito gli eventi che avevano portato all'omicidio di Peter McBride a Eriskay tanti anni prima.

Dopo lunghi minuti passati seduti in auto con il motore acceso, scossi dal vento, colpiti dalla pioggia, con i tergicristalli che andavano avanti e indietro senza sosta, Marsaili finalmente si girò verso di lui. – Portami a casa, Fin.

Ma Fin non accennò a innescare la marcia e uscire dal parcheggio. Le sue mani stringevano il volante. Gli era venuta in mente una cosa, come dal nulla. Una cosa semplicissima, e cosí ovvia da risultare accecante. Disse: – Voglio andare a casa di tua madre.

Marsaili sospirò. – Perché?

– Voglio dare un'occhiata alle cose di tuo padre.

– Per cercare cosa?

– Non ne sarò sicuro finché non l'avrò trovato.

– Non capisco il punto, Fin.

– Il punto è, Marsaili, che qualcuno ha ucciso Peter McBride. Ci sarà un'indagine. Un poliziotto arriverà la prossima settimana. E a meno di avere una prova del contrario, tuo padre sarà ancora il primo nella lista dei sospettati.

Marsaili si strinse nelle spalle, stancamente. – Dovrebbe importarmene?

– Sí, dovrebbe. È ancora tuo padre. Niente di quel che abbiamo scoperto cambia le cose. È sempre lo stesso uomo grande e gentile che ti portava in spalla al taglio della torba. Lo stesso che ti baciava sulla fronte la sera quando ti metteva a letto. Lo stesso che è stato accanto a te per tutta la tua vita, dal tuo primo giorno di scuola a quello delle tue nozze. Ora tocca a te stare accanto a lui.

Marsaili gli rivolse uno sguardo che esprimeva l'enorme confusione che aveva nell'animo. – Non so piú cosa pensare di lui.

Fin annuí in segno di comprensione. – Scommetto però che, se potesse, ti spiegherebbe tutto, Marsaili. Tutte le cose che ha tenuto dentro di sé per tanti anni, tutte le cose che non ha condiviso con nessuno. Non riesco a immaginare quanto dev'essere stata dura –. Si passò una mano tra i corti ricci biondi in un gesto di compassione e di frustrazione insieme. Chi avrebbe mai potuto immaginare la verità dietro la facciata della sua vita? – Entriamo in quella casa di riposo e non vediamo che un sacco di ospiti lí seduti. Sguardi assenti, sorrisi tristi. Li liquidiamo definendoli semplicemente... be', vecchi. Persone finite, che non meritano piú che ci si preoccupi di loro. Eppure dietro quegli sguardi ognuno di loro ha avuto una vita, ha una storia da raccontare. Di dolore, amore, speranza, disperazione. Tutte le sensazioni che proviamo anche noi. Diventare vecchi non li rende meno umani, o meno reali. E inoltre, domani ci saremo noi al posto loro, lí seduti a guardare i giovani che ci liquidano definendoci semplicemente... be', vecchi. E come ci sentiremo?

Il senso di colpa ardeva ora negli occhi di Marsaili. – Non ho mai smesso di volergli bene.

– Allora non smettere di credere in lui. E credi che qualunque cosa sia accaduta, qualunque cosa abbia fatto, l'ha fatta per un motivo.

La visibilità dall'angolo nord-occidentale di Lewis era quasi nulla. La pioggia soffiava dall'oceano in banchi tanto fitti che parevano nebbia. Si riusciva a scorgere solo qualche accenno di schiuma bianca che si infrangeva contro lo gneiss nero, al di là del *machair*. Anche il potente fascio di luce lanciato nell'oscurità dal faro sul Butt era visibile a stento.

La madre di Marsaili rimase stupita vedendo arrivare la figlia e Fin, stretti l'uno all'altra per proteggersi sotto l'unico impermeabile che avevano, già inzuppati di pioggia per il breve tratto dall'auto alla porta della cucina.

– Dove siete stati? – chiese. – Fionnlagh ha detto che siete andati a Edimburgo.

– E allora perché ce lo chiedi?

La signora Macdonald era chiaramente irritata. – Sai cosa intendo.

– Era una faccenda personale, mamma –. Sulla strada verso Ness, Marsaili e Fin avevano deciso di non dire nulla di ciò che avevano scoperto su Tormod. Sicuramente prima o poi sarebbe venuto fuori ma, per il momento, pensavano che parlarne non avrebbe avuto alcuna utilità.

Fin disse: – Vorremmo dare ancora un'occhiata alle cose di suo marito, se è possibile, signora Macdonald.

Il volto della donna avvampò. – Perché?

– Desideriamo farlo, mamma –. Marsaili si diresse verso il vecchio studio di suo padre, mentre la madre la seguiva.

– Non ha senso, Marsaili. Quella roba non può piú servire né a me né a te, e tantomeno a lui.

La figlia si fermò sulla soglia e davanti a sé vide una stanza vuota. I quadri erano stati tolti dalle pareti, la scrivania era stata liberata. Andò ad aprire i cassetti: nulla. Il raccoglitore per i documenti: vuoto. Le vecchie scatole piene degli oggetti di suo padre: sparite. Ogni traccia di lui era stata rimossa. Rivolse lo sguardo a sua madre, incredula. – Che cosa hai fatto?

– Lui non sta piú qui –. Il senso di colpa la spingeva sulla difensiva. – Non voglio avere la casa piena della sua vecchia immondizia.

Ma l'accusa nella voce di Marsaili non si poteva certo equivocare. – Mamma, sei stata sposata con lui per quasi cinquant'anni, Dio mio! Lo amavi. O no?

– Non è l'uomo che ho sposato.

– Ma non per colpa sua. La demenza, mamma, è una malattia.

Fin intervenne: – Ha buttato via tutto?

– Ho messo tutto dentro un po' di scatole per portarle fuori il giorno in cui viene il camion della spazzatura. Sono ancora nell'ingresso.

Marsaili era rossa in volto per la rabbia. Sollevò un dito per ammonire la madre. – Non provare a buttare via quella roba. Mi hai sentita? Sono cose che appartengono a papà. Se non le vuoi in casa, le prendo io.

– E allora prendile! – Ora la donna cercava di nascondere il senso di colpa aggredendo la figlia. – Prendi tutta quella maledetta roba. Io non la voglio! Per quel che m'importa la puoi bruciare! – E, ormai vicina a crollare, spinse da parte Fin e corse via lungo il corridoio.

Marsaili aveva il respiro affannoso e guardava Fin con gli occhi ancora brucianti di rabbia. E lui pensò che perlomeno aveva ritrovato l'amore per suo padre. Disse: – Tiro giú il sedile posteriore e mettiamo tutto in macchina.

La condensa appannava le finestre della cucina. Le scatole di cartone si erano bagnate nel trasferimento dalla casa alla macchina e dalla macchina al cottage. Ma il loro contenuto era rimasto protetto grazie ai sacchetti di plastica che Fin vi aveva appiccicato sopra con il nastro adesivo. Niente, però, aveva salvato Fin e Marsaili dall'inzupparsi di pioggia. Lui si era tolto subito la giacca bagnata e lei si stava ancora strofinando i capelli con un asciugamano.

Fionnlagh rimase a guardare mentre Fin apriva le scatole una dopo l'altra. Alcune contenevano album di fotografie, altre delle vecchie note contabili. C'erano scatole piene di cose inutili, ciarpame, chiodi, una lente d'ingrandimento; penne mai usate il cui inchiostro si era seccato, una pinzatrice rotta, graffette.

Fionnlagh annunciò: – Ho fatto la pace, per cosí dire, col reverendo Murray.

Fin sollevò lo sguardo. – Mi ha detto che sei andato a parlargli.

– Piú di una volta.

Fin e Marsaili si guardarono. – E...?

– Sapete che ora è d'accordo che Donna e Eilidh vivano qui.

Fin annuí. – Sí.

– Be', gli ho detto che avrei lasciato la scuola per trovarmi un lavoro ad Arnish. Cosí avrei potuto mantenere tutti e tre.

Marsaili rimase sorpresa. – E lui cos'ha risposto?

– Mi ha quasi preso a botte –. Fionnlagh fece un sorriso sarcastico. – Mi ha detto che se non finisco gli studi e non riesco a entrare all'università, mi fa un culo come un paiolo.

Fin sollevò un sopracciglio. – Ha usato queste parole?

Fionnlagh scoppiò a ridere. – Piú o meno. Pensavo che i pastori non usassero un linguaggio simile.

Fin rise a sua volta. – I pastori hanno una dispensa speciale da parte di Dio per tirar fuori il peggior turpiloquio immaginabile. A patto che sia per un buon motivo –. Fece una pausa. – Quindi andrai all'università?

– Se sarò ammesso.

Sulla soglia comparve Donna con la bambina in braccio, appoggiata alla spalla. – Le dài da mangiare tu o faccio io?

Fionnlagh fece un gran sorriso a sua figlia e le carezzò la guancia con le dita. – Faccio io. Il biberon è a scaldare?

– Sí, certo –. Donna gli porse la piccola.

Fionnlagh si voltò un istante, prima di seguire la compagna fuori dalla cucina. – A proposito, Fin, avevi ragione. Sul padre di Donna. Non è poi cosí male.

Uno sguardo passò tra padre e figlio, quindi Fin sorrise. – Sí, per lui c'è ancora speranza.

Quando Fionnlagh fu uscito, Fin rivolse la sua attenzione alla scatola successiva e la aprí, trovandola piena di libri e quaderni. Sollevò il primo volume, con la copertina rigida e verde. Era un'antologia di poeti del Novecento. – Non sapevo che tuo padre amasse la poesia.

– Nemmeno io –. Marsaili attraversò la cucina per dare un'occhiata.

Fin aprí il libro e, sul retro della copertina, in un'elegante grafia lesse: «A Tormod Uilleam Macdonald. Buon compleanno. Mamma. 12 agosto 1976». Fin rimase perplesso: – Mamma?

Percepí il tremito nella voce di Marsaili mentre gli rispondeva: – Si sono sempre riferiti l'uno all'altra come mamma e papà.

Mentre Fin faceva scorrere le pagine, dal libro cadde un foglio a righe piegato. Lo raccolse. Era scritto fitto fitto con una grafia tremolante e portava il titolo *Solas*.

– È il centro per anziani dove lo abbiamo portato l'altro giorno, accanto alla casa di ricovero, – disse Marsaili. – Questa è la sua scrittura. Che cosa dice? – Prese il foglio dalle mani di Fin, il quale si alzò per leggerlo assieme a lei. Ogni tre o quattro parole c'era un segno, a volte marcato piú volte, come se Tormod avesse cercato di correggere i suoi stessi errori di ortografia. Marsaili si coprí la bocca con la mano per trattenere l'angoscia. – Era sempre molto fiero della sua capacità di scrivere correttamente –. Quindi lesse:

«Mentre ero lí c'erano piú o meno venti persone. Per la maggior parte sono molto anziani».

La parola «anziani» era stata scritta in maniera errata e cancellata tre volte.

«Alcuni sono decisamente deboli e sembrano incapaci di parlare. Altri non sono in grado di camminare, ma provano a fare un passo di pochi centimetri alla volta. Qualcuno però riesce a percorrere distanze maggiori».

La voce di Marsaili si ruppe, costringendola a smettere di leggere.

Fin proseguí al suo posto:

«Quando scrivo una lettera non riesco a evitare di sbagliare alcune parole. È un problema che non è comparso all'improvviso, ovviamente. È cominciato verso la fine dell'undicesimo anno, ma all'inizio quasi non si notava. Solo con il passare del tempo ho cominciato a rendermi conto che stavo perdendo sempre piú la capacità di ricordare le cose. È una sensazione tremenda e non manca molto al momento in cui diventerò un incapace».

Fin appoggiò il documento sul tavolo. Fuori, il vento ululava ancora contro la porta, e la pioggia martellava le finestre. Passò il dito lungo il bordo seghettato, dove il foglio era stato strappato da qualche quaderno. Ancora peggio della malattia, pensò, dev'essere la consapevolezza di essere ammalato. Sapere che passo dopo passo stai perdendo la ragione, i ricordi, tutto quel che ti rende ciò che sei.

Posò lo sguardo su Marsaili, che faceva respiri profondi e si asciugava le lacrime con il dorso della mano. Purtroppo non si poteva fare molto piú che piangere. La sentí dire: – Preparo del tè?

Mentre lei si teneva impegnata con il bollitore, le tazze e le bustine di tè, Fin si chinò ad aprire altre scatole. La successiva era piena di libri contabili, entrate e uscite della fattoria durante tutti gli anni in cui Tormod vi aveva lavorato. Li sollevò uno dopo l'altro, e sul fondo trovò un album pieno di articoli ritagliati da giornali e riviste nel corso di molti anni. Lo appoggiò in cima a una scatola ancora chiusa e lo aprí. Nelle prime pagine i ritagli erano stati incollati con precisione, poi erano stati semplicemente buttati dentro, liberi, tra una pagina e l'altra. Ce n'erano moltissimi.

Udí il rumore del bollitore che fischiava, delle intemperie che battevano alla porta, della musica che vibrava attraverso il pavimento dalla stanza dei ragazzi. E la voce di Marsaili: – Cosa c'è, Fin? Cosa sono tutti quei pezzi di carta?

Ma lui era come nell'occhio di un ciclone, dove regna l'immobilità assoluta. La sua stessa voce gli parve giungere da molto lontano. – Penso che dovremo riportare tuo padre a Eriskay, Marsaili. È il solo luogo dove troveremo la verità.

35.

C'è Marsaili! Lo sapevo che prima o poi sarebbe venuta a prendermi. E c'è anche quell'uomo giovane. Non so esattamente chi sia, ma è gentile e mi aiuta a mettere un po' delle mie cose in una borsa. Calzini e mutande. Camicie. Un paio di pantaloni. Lasciano parecchie cose nell'armadio e nei cassetti, ma immagino che intendano tornare a prenderle piú tardi. Non ha importanza. Avrei voglia di mettermi a cantare! La mia cara Marsaili. Non vedo l'ora di essere a casa, anche se non mi ricordo esattamente dove sia. Ma lo sanno loro.

Mentre me ne vado, tutti mi salutano dalle loro poltrone e io ricambio felice con la mano. La signora che mi tormenta continuamente chiedendomi di spogliarmi e di entrare in quella maledetta vasca non sembra molto contenta. Come se si fosse accucciata nella brughiera per fare pipí e fosse finita con le chiappe su un cardo. Ah, ah! Ben ti sta, le voglio dire. Ma non sono sicuro delle parole che mi escono di bocca. Mi è sembrato di sentire Donald Duck. Ma chi l'ha detto?

Fuori fa freddo, e la pioggia mi riporta indietro. Tutte quelle giornate solitarie nei campi con gli animali. Una volta mi piaceva. C'era un senso di libertà. Nessun bisogno di fingere. Solo io e la pioggia sulla mia faccia. Il giovane mi chiede se ho bisogno di fare pipí. Dice che può fermarsi in qualsiasi momento. Be', ovvio, dico io. Non mi piscerò mica addosso, no?

Mi pare che siamo in macchina da un sacco di tempo. Forse ho addirittura dormito per un po'. Guardo il paesaggio fuori dal finestrino. Non mi sembra di riconoscerlo. Non so se è l'erba a spuntare dalle rocce o le rocce dall'erba. Ma non c'è nient'altro. Erba e rocce su tutti i pendii.

Oh, adesso in lontananza vedo una spiaggia. Difficile credere che esista una spiaggia cosí grande, o un oceano cosí blu. Mi ricordo che una volta ho visto una spiaggia del genere. Ma mi sentivo cosí angosciato e in colpa che quasi non me ne accorgevo. Stavo guidando il vecchio furgone di Donald Seamus. Peter era ancora nel retro, avvolto nella coperta che avevo preso dalla camera da letto per portarlo giú alla barca.

Mary-Ann e Donald Seamus dormivano come sassi. Pareva che niente potesse scuotere quei due una volta appoggiata la testa sul cuscino. Meglio cosí, perché io quella notte ero nel panico piú totale e continuavo a piangere. E immagino di aver lasciato sangue dappertutto. Ma ero cosí sconvolto che non me ne importava niente.

Quando arrivammo a Ludagh ero un po' piú calmo e riuscii a far finta di nulla davanti a Ceit. Mi ricordo di aver guardato nello specchietto retrovisore del furgone di Donald Seamus e di averla vista lí in piedi sul molo, al buio, ferma a guardarmi partire. E sapevo, anche in quel preciso momento, che non l'avrei piú rivista. Ma attorno al collo avevo il suo san Cristoforo, quindi lei sarebbe venuta dappertutto assieme a me. In un modo o nell'altro.

Ebbi fortuna con la marea, riuscii a guadare la zona umida senza dover attendere. Sapevo che occorreva mettere quanti piú chilometri possibile tra me e l'isola entro l'alba. Non ci sarebbe voluto molto prima che Donald Seamus scoprisse che io e Peter ce n'eravamo andati, con il suo fucile e i suoi soldi, e che anche il furgone era sparito. Con ogni probabilità avrebbe chiamato immediatamente la polizia. Dovevo scappare lontano, molto lontano.

Ero a Berneray in attesa del primo traghetto del giorno quando un'alba pallida sorse dalla foschia sul Sound of Harris. Gli altri veicoli in attesa erano per lo piú commerciali e nessuno fece molta attenzione a me. Eppure trasportavo il cadavere di mio fratello nel retro di un furgone rubato e avevo i nervi a fior di pelle. Lí mi sentivo davvero esposto, come anche a Leverburgh, all'attracco del traghetto. Ma cercai di mettermi nei panni dei poliziotti. Avevo rubato un fucile, dei soldi e un furgone. Loro non sapevano di Peter, ovviamente. Avrebbero pensato che fossimo complici. Avrebbero cercato di indovinare dove saremmo andati. E si sarebbero convinti che avremmo tentato di passare sulla terraferma. Quindi, si sarebbero aspettati che in furgone raggiungessimo Lochmaddy e prendessimo il traghetto per Skye. Perché avremmo dovuto andare verso nord, a Harris o a Lewis? Insomma, cercavo di usare il cervello, anche se in quel momento non mi fidavo granché dei miei ragionamenti.

Quel mattino il traghetto attraversò il Sound come uno spettro, solo una leggera imperfezione su un mare di peltro, il sole oscurato da nubi dense e basse. Poco dopo sbarcai a Leverburgh e ripresi la strada.

In quel momento vidi per la prima volta le spiagge, a Scarista e a Luskentyre, e passai per il villaggio di Seilebost, pensando che in teoria era da lí che venivo. Mi fermai solo qualche minuto, per seguire un sentiero in mezzo al *machair* e dare un'occhiata alla sabbia dorata che sembrava estendersi all'infinito. Adesso ero Tormod Macdonald. E quello era il luogo in cui ero cresciuto. Ero stato ed ero molte persone diverse, e senza dubbio lo sarei stato ancora in futuro. Tornai al furgone e guidai senza altre soste, superando la periferia di Stornoway e la brughiera di Barvas fino alla strada lungo la costa occidentale che portava a Ness. Non sarei potuto andare piú lontano di cosí.

A Barvas svoltai su un sentiero sterrato e sconnesso che passava davanti a poche case costruite sul margine della strada e raggiungeva un *loch* sferzato dal vento, quasi completamente racchiuso dalla terra circostante. Intravedevo il mare che si schiantava sulla riva a perdita d'occhio, e sedetti lí con Peter, aspettando che facesse buio.

Sembrava che la notte non arrivasse mai. Avevo lo stomaco che brontolava sempre piú forte, erano praticamente ventiquattr'ore che non mangiavo e mi sentivo sempre piú stordito. Infine, dopo aver guardato la luce morire a ovest, nell'oscurità lungo l'orizzonte, misi in moto il vecchio furgone di Donald Seamus nella notte. Tra uno scossone e l'altro tornai sulla strada principale e mi diressi ancora a nord.

A Siader scorsi un sentiero che pareva perdersi nel nulla, verso il mare, e lo imboccai a fari spenti, avanzando lentamente e dolorosamente verso la scogliera, basandomi solo sulle rare ed effimere apparizioni della luna che di tanto in tanto rischiarava la via. Appena vidi e udii il rumore di un mare quasi fosforescente nel buio della notte, spensi il motore e scesi. Non si vedeva nessuna luce, da nessuna parte, e tirai fuori il *tarasgeir* di Donald Seamus dal retro del furgone.

Sebbene la torbiera fosse paludosa, mi ci volle quasi un'ora per scavare una fossa abbastanza profonda e larga da diventare il luogo del riposo eterno di Peter. Per prima cosa tagliai delle zolle d'erba e le misi da parte, poi scavai, scavai, tanto a fondo che l'acqua filtrava nel buco e occupava lo spazio che tra poco avrebbe ospitato il corpo di mio fratello. Quando avessi riempito la fossa e rimesso le zolle al loro posto, nessuno avrebbe potuto accorgersi che la superficie era stata intaccata. E anche se qualcuno se ne fosse accorto, probabilmente avrebbe pensato a un tentativo fallito di tagliare la torba. Ma io sapevo che la terra si sarebbe risaldata in pochissimo tempo, sigillando Peter per sempre, racchiudendolo fra le sue braccia e tenendolo stretto per l'eternità.

Quando lo scavo fu finito, dunque, tolsi mio fratello dalla coperta e lo posi con molta cura nella tomba. M'inginocchiai accanto alla sua testa e lo baciai, pregando per la sua anima, anche se non ero piú tanto sicuro che ci fosse un Dio. Dopodiché lo ricoprii con la terra, divorato dal dolore e dal senso di colpa al punto da riuscire a malapena a sorreggere la pala. Una volta riposizionata l'ultima zolla, rimasi lí in piedi per dieci minuti o piú, lasciando che il vento mi asciugasse il sudore, prima di raccogliere quella dannata coperta e incamminarmi lungo la brughiera e in mezzo a un guazzabuglio di rocce fino a una piccola insenatura sabbiosa.

Lí mi accucciai per proteggermi dal vento e appiccai il fuoco alla coperta. Mi sedetti a guardare le fiamme che salivano e danzavano nell'oscurità, riempiendo la notte di scintille e di fumo. Una cremazione simbolica. Il sangue di mio fratello tornava alla terra.

Rimasi seduto in spiaggia fin quasi a svenire per il freddo, dopodiché tornai con passo rigido su per la brughiera, fino al furgone. Accesi il motore, ripresi il sentiero verso la strada principale e mi diressi a sud passando per Barvas, prima di svoltare a est su un'altra strada angusta da qualche parte vicino ad Arnol. Una stradina che si snodava tortuosa nella torbiera verso le colline. La mia intenzione era di bruciare il furgone, ma continuavo a temere che qualcuno mi vedesse, per quanto lontano e in un luogo isolato riuscissi ad andare. E a quel punto, alla luce della luna, vidi il *loch* che brillava sotto di me. Tolsi dal bagagliaio le mie cose e portai il furgone sul ciglio. Quindi spensi il motore e saltai giú sul terreno molle; poggiando una spalla sul portellone, spinsi per gli ultimi metri, finché il furgone prese una rincorsa sufficiente.

Scivolò giú per il pendio nell'oscurità e lo sentii finire in acqua, anche se non lo vidi. Nel corso dell'ora successiva, quando la luna faceva capolino, seduto lassú sulla collina vedevo una parte del furgone galleggiare ancora in superficie e mi chiesi se non avessi fatto uno sbaglio enorme. Ma quando giunse il mattino, non ce n'era piú traccia.

Impiegai le ultime ore di buio per smontare il fucile che Donald Seamus usava per sparare ai conigli, in modo da poterlo nascondere nella borsa. Quindi, con la prima luce, riattraversai a piedi la brughiera, fino alla strada. Camminavo da soli cinque minuti in direzione di Barvas quando un vecchio contadino si fermò a darmi un passaggio. Stava andando a Stornoway. Non smise un attimo di parlare e nel frattempo io sentivo la vita tornare lentamente dentro di me, aiutato dal riscaldamento acceso nell'auto. Eravamo quasi a metà strada nella brughiera di Barvas quando l'uomo disse: «Parli un gaelico strano, amico. Non sei di queste parti».

«No, – risposi. – Sono di Harris». E gli tesi la mano. «Tormod Macdonald». Il nome che da allora ha accompagnato tutta la mia vita.

«Che cosa ci vai a fare a Stornoway?»

«A prendere il traghetto per la terraferma».

Il vecchio contadino sorrise sarcastico. «Buona fortuna, allora, ragazzo. È una traversata faticosa».

In quel momento non avevo idea che alla fine di tutto sarei ritornato. Spinto dalla necessità, in qualche modo, di stare vicino a mio fratello, come se cosí potessi sgravarmi del pesante fardello di aver mancato la promessa fatta a mia madre.

– Dove siamo? – domando.

– A Leverburgh, papà. Prendiamo il traghetto per North Uist.

North Uist? Ma io non vivo lí, ne sono sicuro. Mi gratto la testa. – Perché?

– Ti portiamo a casa, papà.

36.

Al momento della partenza, Marsaili e Fin non sapevano con certezza quanto tempo sarebbero stati via, perciò avevano lasciato a Fionnlagh il cellulare di lei, in modo da poterlo raggiungere in qualsiasi istante. Nella tarda mattinata il ragazzo era andato fino ai *Crobost Stores* a fare la spesa per i giorni successivi.

Era una giornata orribile, il vento soffiava in raffiche esplosive, portando con sé ondate di pioggia e schiacciando l'erba primaverile appena spuntata. Ma Fionnlagh non ci badava: era cresciuto in quel clima, per lui era normale. Anzi, gli piaceva sentire la pioggia pungergli il volto. E gli piaceva anche il modo in cui il cielo si apriva nel momento piú inatteso per lasciar filtrare la luce. Raggi freddi e accecanti sulla superficie dell'oceano, come pozze di mercurio, che potevano durare minuti oppure secondi.

Nubi nere si ammassavano sul paesaggio in cumuli cosí vicini alla terra che sembrava quasi di potersi allungare a toccarli. Mentre Fionnlagh tornava al cottage la cima della collina era quasi invisibile. Donna aveva promesso di preparare il pranzo in tempo per il suo rientro. Niente di speciale, un'insalata con bacon e uova, cosí aveva detto. Fionnlagh fu sorpreso di vedere una Range Rover bianca parcheggiata sulla ghiaia dietro casa, dove solitamente lui lasciava la Mini. La targa gli era sconosciuta. A Lewis tutti avevano l'abitudine di guardare la targa di un veicolo che si avvicinava e fare un cenno di saluto nel caso se ne conoscesse il proprietario. Difficilmente i parabrezza lasciavano vedere i volti, perché di solito riflettevano la luce oppure erano strisciati di pioggia. Quello non era un numero di targa dell'isola.

Fionnlagh si fermò accanto alla Range Rover e, mentre scendeva dalla sua macchina, notò una copia dell'«Edinburgh Evening

News» sul sedile posteriore dell'auto sconosciuta. Prese le borse della spesa dal bagagliaio della Mini e corse sotto la pioggia fino alla porta della cucina. Riuscí ad abbassare la maniglia senza far cadere il sacchetto di carta che teneva nella mano destra, e appena la porta si aprí vide Donna sulla soglia tra cucina e corridoio. In casa aleggiava un odore estraneo di fumo, e Donna teneva stretta Eilidh come se potesse volare via. Il suo volto era dello stesso colore della Range Rover parcheggiata in cima al vialetto, e le pupille talmente dilatate che le iridi sembravano nere. Fionnlagh comprese subito che era successo qualcosa di grave.

– Cosa c'è, Donna?

I suoi occhi, simili a quelli di un coniglietto spaventato, guizzavano da una parte all'altra della cucina; Fionnlagh si voltò e vide un uomo seduto al tavolo. Era grande e grosso, con i capelli grigi tagliati corti. Indossava una camicia bianca aperta sul collo sotto una giacca Barbour, jeans e stivali neri di marca italiana. Fumava un enorme sigaro, giunto ormai a metà strada verso le nocche macchiate di nicotina.

Nello stesso momento qualcuno spinse Donna da dietro, dentro la cucina. La ragazza barcollò per due o tre passi prima di ritrovare l'equilibrio, e alle sue spalle apparve un altro uomo. Era molto piú giovane di quello che sedeva al tavolo e aveva folti capelli neri tirati indietro con del gel che li faceva brillare. Era vestito sportivo, con una camicia blu e pantaloni color antracite sotto un lungo impermeabile marrone. Assurdamente, Fionnlagh notò che le sue eleganti scarpe italiane erano sporche di fango. Ma notò anche quello che aveva tutta l'aria di essere un fucile a canne mozze sollevato a mezz'aria nella mano destra dell'uomo, e fu preso da terrore e incredulità.

– Che cosa...? – Le parole gli uscirono di bocca prima che si rendesse conto di quanto suonassero sciocche. Il suo primo pensiero fu che doveva essere una specie di scherzo, ma non gli pareva ci fosse nulla di neanche lontanamente spassoso in tutta la situazione. E quella stampata sul volto di Donna era vera e propria paura. Fionnlagh rimase immobile, con le braccia cariche di sacchetti della spesa, mentre il vento e la pioggia gli sferzavano le gambe attraverso la porta aperta. Non aveva idea di che cosa fare.

L'uomo seduto al tavolo era appoggiato allo schienale della sedia e lo guardava con aria interrogativa. Diede un lento tiro al suo sigaro. – Dov'è tuo nonno?

Fionnlagh si girò verso di lui. – Non ne ho idea.

– Invece credo di sí. Tua madre e il suo amico lo hanno portato via dalla casa di riposo questa mattina presto. Dove sono andati?

Fionnlagh si sentí la pelle d'oca. – Non lo so –. Sperò di aver messo nella voce un accento spavaldo.

– Non cercare di fare il furbo con me, ragazzino –. Il tono dell'uomo col sigaro rimaneva piatto, imperturbato. I suoi occhi scivolarono su Donna e la bambina. – È tua figlia, giusto? E il vecchio Tormod è il bisnonno?

Il terrore trafisse Fionnlagh. – Prova a toccarla con un solo cazzo di dito e...

– E che cosa? Cosa fai, ragazzino? Dimmi un po'.

Fionnlagh lanciò un'occhiata all'uomo con il fucile, che era rimasto impassibile. Ma qualcosa nei suoi occhi consigliava di non commettere sciocchezze.

– Devi solo dirmi dove hanno portato tuo nonno. Nient'altro.

– E se non lo faccio?

Il fumatore di sigaro mosse quasi impercettibilmente la testa prima di tirare un'altra boccata e lasciarla sfuggire assieme a un sorriso. – Credo che tu non voglia nemmeno sapere che cosa farò alla tua ragazza e a tua figlia.

Fionnlagh non riusciva a respirare, e lí per lí fu assalito dal panico. Dopodiché si convinse che era tutto un sogno. Doveva esserlo. Si trovava sul fondo dell'oceano, era buio pesto e faceva freddo. Sapeva che, se avesse respirato, i polmoni gli si sarebbero riempiti d'acqua. Perciò scalciò, cercando di raggiungere la superficie. Da qualche parte molto sopra di lui scorgeva la luce che filtrava. Lentamente, troppo lentamente, attorno gli si fece piú chiaro, ma la salvezza sembrava ancora lontanissima. Si sentiva scoppiare i polmoni. Scalciò piú forte, concentrandosi sulla luce. Finché all'improvviso spaccò la superficie in un lampo accecante, e un dolore atroce frantumò ogni pensiero cosciente.

Ne aveva la testa piena, di quel dolore, e riusciva a sentire la propria voce ansimante tanto era forte. Rotolò su se stesso, chiedendosi perché non fosse in grado di muovere braccia e gambe, con gli occhi puntati verso la luce, finché a poco a poco la cucina prese forma attorno a lui. Ma i suoi pensieri erano ancora vaghi, confusi. Chiarezza e memoria tornarono solo lentamente.

Rimase disteso immobile, cercando di controllare il respiro e di ignorare il dolore alla testa, e si sforzò di ricordare cosa fosse successo al suo ritorno dai *Crobost Stores*: la Range Rover bianca, l'uomo col fucile, quello con il sigaro che minacciava di fare del male a Donna e Eilidh se non gli avesse detto dove sua madre e Fin avevano portato Tormod. Ma anche se ce la metteva tutta, i suoi ricordi non andavano oltre quel momento. E poi di colpo si rese conto del perché non poteva muoversi.

Era sul pavimento, con le caviglie legate e le mani immobilizzate dietro la schiena. Sulle piastrelle c'era del sangue. Fu preso dal terrore e si mise a gridare: – Donna! – piú forte che poté. La sua voce rimbombò nella cucina vuota e in risposta ebbe solo un profondo, angoscioso silenzio. Paura e panico lo paralizzavano, ma una scarica di adrenalina alimentava i suoi convulsi tentativi di tirarsi a sedere.

Quando infine ci riuscí, vide che le caviglie erano legate con uno strofinaccio, attorcigliato e annodato in maniera goffa. Con un enorme sforzo, si mise in ginocchio e poi sui talloni, raggiungendo con le mani il nodo che gli bloccava gli arti inferiori. Gli ci volle qualche minuto per slegarsi e rimettersi faticosamente in piedi. Gridò ancora il nome di Donna e seguí la propria voce per tutta la casa. Ma gli fecero eco solo stanze vuote. Non c'era traccia né di lei né della bambina. In camera da letto vide per un attimo il proprio riflesso nello specchio, e notò il sangue che gli colava lungo il volto da una ferita alla testa. Fu sollevato al pensiero che, almeno, il sangue sul pavimento della cucina era suo, e non di Donna o di Eilidh.

Ma loro dov'erano? Dove le avevano portate, maledizione?

Tornò di corsa in cucina e si guardò intorno come una furia. C'erano dei coltelli in un ceppo sul piano di lavoro, ma non gli veniva in mente nessun sistema per prenderli e liberare i polsi ancora legati dietro la schiena. Aveva bisogno di aiuto.

Con grande difficoltà riuscí ad aprire la porta della cucina, mettendosi di schiena e armeggiando con le dita per girare la chiave. E finalmente fu fuori. Sotto la pioggia. Risalí di corsa il pendio in mezzo all'erba alta, fino alla strada. Quando raggiunse l'asfalto inciampò e cadde pesantemente, scorticandosi la guancia sulla superficie ruvida. La pioggia lo schiaffeggiava con violenza mentre si alzava in piedi e si rimetteva a correre, controvento, giú per la strada fino alla curva che portava alla chiesa e alla canonica.

In giro non c'era anima viva. Nessuna persona sana di mente si sarebbe avventurata all'aperto con quel tempaccio, se non fosse stato assolutamente necessario.

Mentre correva su per la collina fino al parcheggio, passando in equilibrio precario sopra la griglia per il bestiame senza attendere che qualcuno gli aprisse il cancello, sentí che le forze gli venivano meno; ma poi con un ultimo scatto raggiunse i gradini che conducevano alla canonica. Li salí due alla volta e solo quando raggiunse la porta si rese conto di non poter né suonare il campanello né bussare. Cominciò quindi a scalciare e a gridare, mentre il sangue e le lacrime gli oscuravano la vista.

Infine la porta si aprí e Donald Murray lo accolse con uno sguardo sconcertato. Trascorse solo un istante prima che lo sconcerto si tramutasse in terrore, e Fionnlagh vide il volto del reverendo sbiancare di paura.

37.

Si erano lasciati dietro il maltempo, dopo che vento e pioggia da nord-ovest li avevano seguiti verso sud, arrendendosi finalmente solo sulle montagne di North Uist. A mano a mano che scendevano trovavano un clima migliore, senza pioggia, con il vento che affondava nell'oceano e i gialli raggi solari del tardo pomeriggio che allungavano le ombre sulla terra.

Solo quando si fermarono in una sala da tè a Benbecula, Fin si rese conto che il suo cellulare era spento. Le notti passate tra gli hotel e la tenda gli avevano impedito di ricaricare la batteria. Quando tornò alla macchina, collegò il cavo all'accendisigari e mise il telefono nel portaoggetti tra i due sedili. Un'ora dopo, mentre giravano attorno al promontorio di East Kilbride, scorsero il piccolo molo di Ludagh e l'isola di Eriskay immersa nella luce del sole dall'altra parte del Sound.

Percorrendo la stretta corsia del viadotto, seguendolo mentre curvava e s'inerpicava tra dolci pendii, un vento leggero arruffava la superficie azzurra del mare. In fondo alla strada, Fin svoltò verso l'insenatura e il porticciolo di Haunn.

Dallo specchietto retrovisore osservò Tormod che guardava fuori dal finestrino, ma nei suoi occhi spenti nessun segno indicava che riconoscesse quei luoghi. Era stato un viaggio stancante: avevano seguito la spina dorsale dell'Isola Lunga e, comprese la traversata in traghetto e le soste per il pranzo e un caffè, ci erano volute quasi cinque ore. L'anziano padre di Marsaili era stanco e assonnato.

Fin lasciò la stretta strada che si srotolava intorno all'insenatura e svoltò sul vialetto di ghiaia che conduceva alla grande casa bianca sulla collina. L'auto sferragliò sulla griglia per il bestiame e andò a fermarsi accanto alla Mercedes rosa. Lui e Marsaili aiutarono Tormod a scendere dal sedile posteriore: durante il lungo viaggio le sue vecchie membra si erano irrigidite e, finché non si trovò sul sentiero e si fu un po' sgranchito, si mosse con difficoltà. Dopodiché si guardò intorno, sentendo la brezza fresca sul volto e respirando l'aria impregnata di salsedine. Ora sembrava piú lucido, i suoi occhi erano piú attenti, ma ancora non parevano riconoscere alcunché mentre osservava la collina e il porticciolo al di sotto.

– Dove siamo? – chiese.

– Siamo tornati dove tutto ha avuto inizio, signor Macdonald –. Fin lanciò un'occhiata a Marsaili, ma il suo sguardo carico d'ansia era fisso sul padre. – Venga, vorrei farle incontrare una persona.

Salirono i gradini fino alla porta d'ingresso e, mentre Fin suonava il campanello, udirono risuonare nella casa l'inno *Scotland the Brave*. Dopo una breve attesa, la porta si spalancò e ne uscí Morag, con in mano un bicchiere di gin e una sigaretta e con Dino che le abbaiava attorno alle gambe. Restò immobile sulla soglia a osservare i tre visitatori, prima che uno sguardo di rassegnazione le attraversasse il volto come un'ombra. Poi disse a Fin: – Immaginavo che sarebbe tornato.

– Salve, Ceit, – le rispose lui.

Una strana intensità arse per un istante negli occhi scuri di lei. – Ne è passato di tempo da quando mi chiamavano cosí, *a ghràidh*.

– John McBride forse è stato uno degli ultimi –. Fin si girò verso Tormod, e non appena lo guardò Ceit rimase a bocca aperta.

– Oh, mio Dio –. E dopo un po': – Johnny?

Lui la fissava senza espressione.

Fin disse: – Soffre di demenza, Ceit. E ha una consapevolezza molto vaga di ciò che lo circonda.

Ceit attraversò oltre mezzo secolo e andò ad accarezzare la guancia di un amore perduto per sempre in una tempestosa notte di primavera, in un'altra vita. Tormod la guardò incuriosito, come se volesse chiedere «perché mi tocchi?» Ma non diede alcun segno di riconoscere la ragazza di un tempo, la quale ritirò la mano e rivolse lo sguardo a Marsaili.

– Io sono sua figlia, – disse lei.

Ceit posò il bicchiere e la sigaretta sul tavolino nell'atrio e prese la mano di Marsaili fra le sue. – Oh, *a ghràidh*, avresti potuto essere anche figlia mia, se le cose fossero andate in maniera diversa –.

Guardò nuovamente Tormod. – È tutta la vita che mi chiedo cosa sia successo al povero Johnny.

Fin la interruppe: – O a Tormod Macdonald, come si è chiamato da allora in poi –. Fece una pausa. – Fu lei a rubare il certificato di nascita?

La donna gli scoccò un'occhiata. – È meglio che entriate –. Lasciò andare la mano di Marsaili, riprese il gin e la sigaretta e li guidò in soggiorno, con la sua vista meravigliosa sulla collina e la baia. – Come l'ha capito che sono io Ceit?

Fin pescò dalla borsa l'album di Tormod con i ritagli di giornale. Lo aprí sul tavolo in modo che la donna potesse guardarlo. La sentí sospirare nel momento in cui si rendeva conto che erano tutti articoli su di lei. Strappati o ritagliati da quotidiani e riviste per oltre vent'anni, da quando era diventata famosa grazie alla parte recitata in *The Street*. Decine di fotografie, migliaia di parole. – Lei non ha mai saputo cosa ne fosse stato di Tormod. Ma lui sicuramente ha sempre saputo cosa ne era stato di lei.

Tormod fece un passo verso il tavolo e guardò il libro.

Fin gli chiese: – Ricorda questi articoli, signor Macdonald? Ricorda di averli ritagliati e incollati in questo album? Sono tutti articoli che parlano dell'attrice Morag McEwan.

Il vecchio li fissò a lungo. Una parola sembrò formarsi piú volte sulle sue labbra, prima che riuscisse infine a pronunciarla. – Ceit, – disse. E guardò Morag. – Tu sei Ceit?

Alla donna mancò la voce e si limitò ad annuire.

Tormod sorrise. – Ciao, Ceit. È tanto tempo che non ti vedo.

Lacrime silenziose scorrevano sul volto della donna. – Sí, Johnny, è vero –. Sembrava sul punto di perdere il controllo, e prese un rapido sorso di gin prima di spostarsi dietro il bancone. – Posso offrirvi qualcosa da bere?

– No, grazie, – rispose Marsaili.

Fin disse: – Non ci ha ancora raccontato del certificato di nascita.

Morag si riempí nuovamente il bicchiere con mano tremante e accese un'altra sigaretta. Solo dopo un sorso e una boccata di fumo trovò le parole. – Io e Johnny ci amavamo, – disse, e guardò quel vecchio che ora stava in piedi nel suo soggiorno. – Avevamo preso l'abitudine di incontrarci di notte al vecchio molo, e da lí risalivamo la collina e scendevamo alla spiaggia di Charlie. C'erano delle rovine, con una splendida vista sul mare. Ci andavamo a fare l'amore –. Lanciò uno sguardo imbarazzato a Marsaili. – Spesso parlavamo di fuggire insieme. Ovviamente, lui non sarebbe mai fuggito senza Peter. Non sarebbe mai andato da nessuna parte senza di lui. Aveva promesso alla madre sul letto di morte che avrebbe sempre badato al suo fratellino. Peter aveva avuto un incidente. Si era ferito alla testa, e da allora non era del tutto normale.

Posò il bicchiere sul bancone e vi si aggrappò, come se pensasse che lasciando la presa sarebbe caduta a terra. Quindi tornò a guardare Tormod.

– Sarei andata in capo al mondo con te, Johnny, – disse. Quando Tormod le restituí uno sguardo vacuo, Ceit si rivolse di nuovo a Fin. – La vedova O'Henley mi portava sempre con sé quando andava a passare le vacanze da sua cugina Peggy a Harris. Pasqua, estate, Natale. E quando il figlio di Peggy affogò nella baia, mi portò al funerale. Lo avevo incontrato qualche volta, era un ragazzo simpatico. Comunque sia, la casa era piena di parenti e io dormii sul pavimento della stanza del figlio morto. Ma quella notte non riuscivo proprio a prendere sonno. E qualcuno, forse i genitori, aveva lasciato il suo certificato di nascita sul cassettone. Decisi che, assorbiti com'erano dal funerale, nessuno si sarebbe accorto se fosse scomparso. E quando se ne fossero resi conto, non lo avrebbero certo collegato a me.

– Ma perché lo prese? – domandò Marsaili.

– Se dovevamo fuggire insieme, io e Johnny, pensavo che lui avrebbe avuto bisogno di una nuova identità. Non si può fare praticamente nulla senza un certificato di nascita –. Aspirò a lungo dalla sigaretta, assorta. – Quando lo presi non potevo prevedere le circostanze in cui si sarebbe rivelato utile. Certamente non erano quelle che avevo previsto –. A quel punto sorrise. Un breve sorriso tinto di amarezza e di ironia. – Alla fin fine, fu molto piú facile per me cambiare nome. Bastò registrarne uno nuovo presso il tribunale e smisi di essere Ceit. Divenni Morag McEwan, attrice. E potevo interpretare qualunque parte volessi, sul palcoscenico o fuori. Nessuno avrebbe mai saputo che ero solo una povera orfana abbandonata, spedita sulle isole a far da serva a una vedova.

Un silenzio carico di domande sottintese e di risposte taciute calò sulla stanza. Fu Tormod a romperlo. – Adesso possiamo andare a casa? – domandò.

– Tra poco, papà.

Fin guardò Morag. – Peter fu ucciso sulla spiaggia di Charlie, vero?

Lei annuí, mordendosi il labbro inferiore.

– Allora penso sia venuto il momento che tutti noi conosciamo la verità su quel che accadde.

– Ma lui mi ha fatto promettere che non l'avrei mai detto ad anima viva. E cosí è stato.

– È passato tanto tempo, Ceit. Se potesse, sono sicuro che ce lo direbbe lui stesso. Il corpo di Peter è stato ritrovato, è stato riportato alla luce in una torbiera sull'isola di Lewis. Ci sarà un'indagine per omicidio. Per questo è importante che sappiamo anche noi la verità –. Fin esitò. – Non è stato Johnny, vero?

– Oh, mio Dio, no! – Morag sembrava sconvolta al solo pensiero. – Avrebbe preferito morire piuttosto che torcere un capello a quel ragazzo.

– E allora chi è stato?

La donna si perse nei suoi pensieri per alcuni lunghi istanti, dopodiché spense la sigaretta. – È meglio che vi porti sulla spiaggia di Charlie e ve lo racconti lí. Vi sarà piú facile immaginare la scena.

Marsaili rimise il berretto in testa al padre e tutti seguirono Morag nell'ingresso, dove staccò una giacca dall'appendiabiti. Si chinò a prendere in braccio Dino. – Possiamo andare tutti con la Mercedes.

Fin entrò un attimo nella sua auto per recuperare il cellulare. Aveva finito di ricaricarsi, e lo poté accendere. Il display indicava che c'erano quattro messaggi sulla segreteria telefonica. Ma avrebbe potuto ascoltarli piú tardi. Richiuse la portiera e corse sulla ghiaia fino alla Mercedes rosa in attesa.

Il tettuccio era abbassato. Morag accelerò risalendo la collina, con Dino accoccolato sul braccio destro, mentre la dolce aria di quella serata di primavera sulle Ebridi soffiava tiepida attorno a loro. Tormod rideva, come se trovasse tutto molto divertente, e tratteneva il berretto sulla testa. Dino abbaiava, come in risposta alle sue risate. Fin si domandò se la chiesa sulla collina, la scuola elementare o il vecchio cimitero avrebbero risvegliato qualche ricordo nella nebbia della mente di Tormod, ma a quanto pareva il vecchio era ignaro di qualunque cosa lo circondasse.

Morag si fermò su una strada da cui si vedeva la spiaggia di Charlie, proprio sopra il rudere di una vecchia *crofthouse*.

– Siamo arrivati, – disse. Scesero tutti dall'auto e con attenzione camminarono nell'erba fino al rudere. Il vento si era un po' alzato, ma era ancora piacevole. Il sole stava calando sull'orizzonte, versando bronzo liquido su un mare che pareva ribollire.

– Era proprio come oggi, quella sera, – raccontò Morag. – O almeno cosí era stato fino a poco prima. Quando arrivammo qui era quasi buio, e c'erano nuvoloni neri che si ammassavano al largo oltre Lingeigh e Fuideigh. Sapevo che era solo questione di tempo prima che pioggia e vento si riversassero sulla baia. Ma per il momento l'atmosfera era ancora placida, come la quiete prima della tempesta.

Si appoggiò contro quel che restava del muro frontale, per sostenersi, e guardò Dino che scorrazzava estasiato sulla spiaggia, sollevando nuvole di sabbia dietro di sé.

– Come ho detto, all'inizio ci trovavamo al molo di Haunn per scavalcare assieme la collina. Ma era rischioso, e dopo che per un paio di volte fummo quasi scoperti, decidemmo di vederci direttamente qui, arrivando ognuno per conto proprio.

Dino correva dentro e fuori dalle onde, abbaiando al tramonto.

– Quella notte era tardi. La vedova O'Henley non era stata bene e ci era voluto piú tempo del solito perché andasse a dormire. Perciò arrivai qui di corsa. E fui delusa di non trovare Johnny ad aspettarmi –. Fece una pausa, persa in un momento di riflessione. – A quel punto sentii delle voci che provenivano dalla spiaggia. Riuscivo a sentirle nonostante il frastuono del mare e del vento. E qualcosa in quelle voci mi mise subito in guardia. Mi accucciai proprio dietro questo muro per cercare di vedere cosa succedeva in riva.

Fin osservava attentamente il suo viso. Dai suoi occhi comprendeva che Ceit in quel momento si trovava lí, inginocchiata tra le pietre e l'erba, intenta a guardare la scena che si svolgeva sotto di lei sulla spiaggia.

– Distinsi quattro persone. Sulle prime non capii chi fossero, non sapevo dare un senso a quel che stavo vedendo. Poi all'improvviso ci fu uno squarcio nel cielo e la luce della luna illuminò la spiaggia; e riuscii solo a non mettermi a urlare.

Con dita annaspanti tirò fuori una sigaretta e la accese proteggendola con la mano. Fin percepí il tremore nel suo respiro mentre inalava il fumo. Subito dopo venne distratto dal suono del cellulare che teneva in tasca. Lo prese e vide che era Fionnlagh. Qualunque cosa fosse, poteva aspettare. Spense il telefono e lo rimise a posto.

– Erano proprio accanto all'acqua, – disse Ceit. – Peter era nudo, con le mani legate dietro la schiena e i piedi bloccati all'altezza delle caviglie. Due ragazzi lo trascinavano sulla sabbia per una corda che gli avevano legato attorno al collo. Ogni due o tre metri si fermavano e lo prendevano a calci, finché Peter si rimetteva in piedi; quindi ricominciavano a tirare facendolo cadere di nuovo. C'era anche Johnny e all'inizio non riuscivo a capire perché non intervenisse. Poi mi accorsi che anche lui aveva le mani legate, sul davanti però, e mezzo metro di corda tirato fra le caviglie per limitare i suoi movimenti. Cercava di stargli dietro in qualche modo, e li implorava di smetterla. La sentivo la sua voce, che gridava al di sopra delle altre.

Fin guardò Marsaili, il cui volto era teso per la concentrazione e l'orrore. Quello che Morag stava descrivendo era suo padre, che angosciato e inerme supplicava di risparmiare la vita al fratello. E Fin si rese conto che, anche quando si crede di conoscere a fondo qualcuno, non si può mai sapere quali vicende possono aver tormentato la sua vita.

La voce di Ceit era bassa e rotta dall'emozione e si faticava a udirla nel rumore del mare e del vento. – Si erano allontanati di trenta o quaranta metri, ridendo e incitandosi a vicenda, quando improvvisamente si fermarono e fecero inginocchiare il povero Peter nella sabbia bagnata, con la marea in aumento che gli inondava le gambe. E vidi delle lame scintillare nel chiaro di luna –. Si voltò a guardarli, rivivendo ogni tremendo istante di ciò a cui aveva assistito quella notte. – Non riuscivo a credere a quel che stavo vedendo. Continuavo a pensare che forse io e Johnny ci eravamo incontrati, avevamo fatto l'amore e che adesso dormivo sull'erba e quello era solo un maledetto incubo. Vidi Johnny cercare di fermarli, ma uno di loro lo colpí e lo fece cadere in acqua. E poi lo stesso ragazzo iniziò a pugnalare Peter. Gli stava davanti, mentre un altro lo teneva fermo da dietro. Vedevo il coltello salire e scendere e ogni volta il sangue che gocciolava, e avrei voluto mettermi a gridare. Dovetti premermi la mano sulla bocca per impedirmelo.

Distolse lo sguardo per rivolgerlo al mare, mentre l'evento si ripeteva nella sua testa, in tutti i suoi terrificanti dettagli.

– Poi quello dietro passò la lama sulla gola di Peter. Un singolo movimento, che provocò uno squarcio dal quale vidi schizzare il sangue a fiotti. Johnny era in ginocchio nell'acqua e gridava. E Peter rimase lí, con la testa all'indietro, finché la vita lo abbandonò completamente. Non ci volle molto. Lo lasciarono cadere con la faccia in mare. Anche da qui vedevo la schiuma delle onde che diventava rossa appena si infrangevano sulle rocce. Gli assassini si voltarono e se ne andarono come se niente fosse accaduto.

Fin domandò: – Li aveva riconosciuti?

Ceit annuí. – Erano i due fratelli Kelly sopravvissuti a quella terribile notte sul ponte del Dean a Edimburgo –. Lo guardò: – Conosce la storia?

Fin fece cenno di no. – Non bene.

– Il fratello maggiore, Patrick, cadde dal ponte e morí. Danny e Tam accusarono Peter di averlo spinto –. Scosse la testa disperata. – Dio solo sa come scoprirono dov'eravamo. Ma ci riuscirono, altroché. E vennero a cercare vendetta –. Rivolse nuovamente lo sguardo alla spiaggia.

Come a voler sottolineare quel momento, il mare divenne rosso sangue mentre il sole tramontava sull'orizzonte.

– Dopo che se ne furono andati, corsi giú alla spiaggia, dove trovai Johnny inginocchiato sul corpo di Peter. La marea stava alzandosi tutto intorno a loro. C'era sangue sulla sabbia, e la schiuma del mare era ancora colorata di rosa. In quel momento compresi quale voce abbia un animale che soffre per la morte di qualcuno. Johnny era inconsolabile. Non ho mai visto un uomo adulto cosí disperato. Non si lasciava toccare nemmeno da me. Gli dissi che sarei andata a cercare aiuto e lui subito si alzò in piedi e mi prese per le spalle. Mi fece paura –. Guardò Tormod. – Non era il volto di Johnny quello che mi stava di fronte. Era come posseduto. Quasi irriconoscibile. Mi chiese di giurare sulla mia anima che non avrei mai fatto parola con nessuno di quel che era successo.

Io non capivo. Quei ragazzi avevano assassinato suo fratello. Ero isterica, ma lui mi scosse con veemenza e mi schiaffeggiò dicendo che gli avevano intimato chiaramente di non dire mai che cos'era accaduto. Altrimenti sarebbero tornati a cercare me.

Si voltò verso Fin e Marsaili.

– Per questo intendeva fare come gli avevano detto. Gli avevano ordinato di liberarsi del cadavere da solo e di non parlarne mai con anima viva. Se non voleva che uccidessero anche me –. Aprí davanti a sé i palmi delle mani, sconfitta. – In quel momento non me ne importava nulla. Volevo a tutti i costi che Johnny andasse alla polizia. Ma lui si rifiutò, e non riuscii a fargli cambiare idea. Disse che avrebbe sepolto Peter dove nessuno lo avrebbe mai trovato e che poi aveva una cosa da fare. Ma non mi spiegò che cosa. Aggiunse solo che lo doveva a sua madre, per averla delusa.

Fin guardò oltre le rovine della casa, verso il punto in cui Tormod si era spostato, sedendosi sui resti del muro anteriore e puntando gli occhi spenti al di là della spiaggia di Charlie, mentre il sole scompariva definitivamente alla vista e le prime stelle emergevano nel cielo blu scuro. Si chiese se le parole di Ceit, che avevano ricreato in maniera cosí vivida gli eventi di quella notte, fossero in qualche modo penetrate nella coscienza del vecchio. O se il semplice fatto di essere in quel luogo, dopo cosí tanti anni, avesse di per sé suscitato qualche lontano ricordo. Ma si rese conto che non lo avrebbero mai saputo.

38.

È cosí difficile tenere a mente le cose. So che ci sono. E a volte riesco a sentirle, ma non a vederle o a raggiungerle. Sono cosí stanco. Stanco di tutto questo viaggiare e di tutto questo parlare che non sono in grado di seguire. Pensavo che mi stessero riportando a casa.

Comunque, è una bella spiaggia. Non come quelle di Harris. Ma è bella. Una delicata falce d'argento.

Oh. E quella è la luna? Guarda come brilla la sabbia sotto la sua luce, come se fosse illuminata da sotto. Credo di essere già stato qui. Ne sono sicuro, anche se non so dove siamo. Ha un'aria familiare. Con Ceit. E con Peter. Povero Peter. Mi pare ancora di vederlo. Quell'espressione nei suoi occhi nel momento in cui comprese che stava per morire. Come la pecora nel capanno, quando Donald Seamus le aveva tagliato la gola.

Ogni tanto faccio ancora sogni di rabbia. Una rabbia fredda. Nata dal dolore e dalla colpa. La ricordo, quella rabbia. Quanto mi divorava dentro; si portava via ogni frammento dell'essere umano che ero un tempo. E nel sogno mi osservo. Come se osservassi una vecchia pellicola tremolante, in bianco e nero, o color seppia. E aspetto. Aspetto.

L'aria era calda sulla mia pelle quella notte, anche se non riuscivo a smettere di tremare. I rumori della città sono cosí diversi. Mi ero abituato alla vita sulle isole e fu quasi uno shock ritornare tra edifici alti, macchine e gente. Tanta gente. Ma non lí, non quella notte. Era una notte tranquilla e il rumore del traffico era lontano.

Stavo aspettando da forse un'ora. Nascosto tra i cespugli, accovacciato sulle gambe ormai rigide. Ma la rabbia ti rende paziente, come la passione che ritarda il momento dell'orgasmo per poterne godere ancora di piú. E ti rende anche cieco. Non pensi all'esito, alle conseguenze. Offusca l'immaginazione, riduce la tua attenzione a un singolo punto e cancella tutto il resto.

Nella veranda si accese una luce e ogni mio senso si risvegliò. Udii un chiavistello che grattava nella serratura e dei cardini che stridevano, poi li vidi uscire alla luce. Tutti e due. Uno dietro l'altro. Danny si fermò per accendersi una sigaretta, Tam stava per voltarsi a chiudere la porta.

Fu allora che uscii allo scoperto sul vialetto. In piena luce. Volevo essere sicuro che mi vedessero. Che sapessero chi ero e cos'ero venuto a fare. Non m'importava chi altri mi avrebbe potuto riconoscere, bastava che lo sapessero loro.

Il fiammifero brillò all'estremità della sigaretta di Danny, e grazie alla luce che gli illuminò il volto ne fui certo: aveva capito che ero venuto per ucciderlo. In quel momento si voltò anche Tam, e mi vide.

Attesi.

Volevo che capisse.

E capí.

Sollevai il fucile e vuotai la prima canna. Colpii Danny in pieno petto, con una forza tale da scagliarlo contro la porta. Non dimenticherò mai lo sguardo di puro terrore e di ineluttabilità negli occhi di Tam quando sparai di nuovo. Un po' fuori mira, ma abbastanza da staccargli metà della testa.

Mi girai e me ne andai. Non avevo bisogno di correre. Peter era morto e io avevo fatto quel che dovevo. Al diavolo le conseguenze! Ormai non tremavo piú.

Non so quante volte ho fatto quel sogno. Abbastanza spesso da non essere piú sicuro che le cose siano davvero andate cosí. Ma il sogno, tutte le volte che torna, è sempre uguale. Peter è sempre morto. E nulla lo può riportare in vita. Lo avevo promesso a mia madre, e l'ho delusa.

– Andiamo, papà. Comincia a far freddo.

Mi volto e vedo Marsaili che si china per prendermi sottobraccio e aiutarmi a mettermi in piedi. Mi alzo e la guardo alla luce della luna, mentre mi sistema il berretto. Sorrido e le tocco il viso. – Sono cosí felice che tu sia qui, – le dico. – Lo sai, vero, che ti voglio bene? Ti voglio tanto, tanto bene.

39.

Mentre percorrevano il vialetto verso casa, Ceit si accigliò e disse: – Le luci sono spente. Il timer avrebbe dovuto scattare già da un po' –. Ma fu solo quando passarono sopra la griglia per il bestiame che videro la Range Rover bianca parcheggiata accanto all'auto di Fin.

Lui lanciò un'occhiata alla padrona di casa. – A quanto pare, ha visite. Conosce quella macchina? – Ceit scosse la testa.

Uscirono tutti dalla Mercedes e Dino corse abbaiando alla porta d'ingresso. Mentre salivano i gradini del terrazzo al buio, Fin sentí del vetro che si sbriciolava sotto i suoi piedi. Qualcuno aveva rotto la lampadina sopra la porta.

Preoccupato disse a Ceit: – Prenda in braccio il cane! – E qualcosa nel suo tono la convinse a eseguire l'ordine subito e senza domande. Fin era teso allo spasimo. Teso e in ansia. Si mosse con cautela verso la porta, allungandosi ad afferrare la maniglia.

Ceit sussurrò: – Non è chiuso a chiave. Non lo è mai.

Fin spinse la porta nell'oscurità. Con una mano fece cenno agli altri dietro di lui di non seguirlo, ed entrò facendo molta attenzione. Ulteriori schegge di vetro erano sparse sul tappeto di tartan sotto i suoi piedi. Anche la lampadina nell'atrio era stata spaccata.

Si fermò ad ascoltare, trattenendo il respiro. Ma a parte l'abbaiare di Dino tra le braccia di Ceit all'esterno, non riuscí a sentire altro. La porta del soggiorno era socchiusa. Si vedeva l'ombra della pantera d'argento proiettata sulla parete dalla luce lunare che entrava dalle portefinestre. Fin fece un passo nella stanza e immediatamente percepí una presenza, appena prima che il pianto soffocato di un bambino risuonasse nel buio.

Un fiammifero venne acceso e dietro la sua luce Fin vide il volto di Paul Kelly, seduto accanto alla finestra sul lato destro della stanza. L'uomo aspirò diverse volte dal suo sigaro, finché la punta diventò rossa, quindi accese una lampada a stelo col paralume in vetro. Fin si accorse che aveva un fucile a canne mozze poggiato sulle gambe.

Di fronte a lui, quasi sospesa sul bordo del divano, sedeva Donna, con la bambina stretta al petto. L'uomo bruno che Fin aveva conosciuto alla villa di Edimburgo era in piedi accanto a lei, e teneva a sua volta in mano un fucile a canne mozze, puntato alla testa della ragazza. Aveva un'aria nervosa. Donna pareva un fantasma, raggomitolata su se stessa e con gli occhi segnati. Tremava.

Fin udí dietro di sé lo scricchiolio di vetri rotti e il respiro ansimante di Ceit. Il cane aveva smesso di abbaiare, ma la voce di Marsaili che sussurrava: – Oh, mio Dio! – ebbe un effetto assordante.

Nessuno si mosse e negli istanti di silenzio che seguirono Fin si rese conto che la situazione era drammatica. Quel fuorilegge non aveva certo fatto tanta strada solo per spaventarli.

La voce di Kelly per contrasto risuonò calma. – Ho sempre pensato che fosse stato John McBride a uccidere i miei fratelli, – disse. – Ma quando i nostri uomini arrivarono qui, era sparito senza lasciare tracce. Proprio come se non fosse mai esistito –. Fece una pausa e tirò dal suo sigaro. – Fino a oggi –. Sollevò il fucile dalle gambe e si alzò. – Oggi potrà vedere sua figlia e sua nipote morire, proprio come io ho visto i miei fratelli morire tra le mie braccia –. La sua bocca si storse in una smorfia incontrollata, orribile e minacciosa. – Ero poco dietro di loro quella notte, quando qualcuno gli sparò e li lasciò morire dissanguati sui gradini di casa. Bisogna esserci passati per capire cosa provo io ora. È tutta la vita che aspetto questo giorno.

Fin disse: – Se uccidi uno di noi, devi ucciderci tutti.

Paul Kelly sorrise e i suoi occhi assunsero un'espressione divertita. – Ma non mi dire!

– Non puoi farci fuori tutti con un colpo solo. Prova a sparare a quella ragazza e dovrai vedertela con me.

Kelly alzò il fucile e lo diresse su di lui. – Non se mi occupo prima di te.

– È pura follia! – La voce di Marsaili trafisse l'immobilità della stanza. – Mio padre è in uno stadio avanzato di demenza. Ammazzare qualcuno non servirà a niente, tanto lui nemmeno se ne accorgerà.

Gli occhi di Kelly divennero freddi e duri. – Me ne accorgerò io. Alla fine, occhio per occhio, dente per dente.

Ceit fece un passo avanti, con Dino ancora stretto al petto. – Non sarà occhio per occhio, signor Kelly. Sarà solo un lurido omicidio, nient'altro. Lei non era sul ponte quella notte. Ma io sí. E Peter McBride non spinse affatto suo fratello. Patrick perse l'equilibrio per il panico nel momento in cui vide arrivare la polizia. Stava cadendo e Peter rischiò la vita salendo sul parapetto per cercare di afferrarlo. I suoi fratelli hanno ammazzato un innocente. Un ragazzo ritardato che non avrebbe mai fatto male a una mosca. E ne hanno avuto la giusta ricompensa. È finita! Lasci perdere.

Ma Kelly si limitò a scuotere la testa. – Tre dei miei fratelli sono morti per colpa dei McBride. È il momento della vendetta –. Si girò verso Donna, con il fucile all'altezza della bambina. E mentre Fin, disperato, si scagliava su di lui, vide l'altro uomo ruotare il fucile per puntarglielo addosso.

Il rumore fu assordante, nello spazio ristretto del soggiorno. L'aria sembrò riempirsi di frammenti di vetro. Fin si sentí tagliare il volto e le mani, mentre le sollevava per proteggersi. Sentí il calore del sangue inondargli il viso e il collo, e l'odore del sangue riempirgli le narici. Fu solo in parte consapevole della mole di Paul Kelly che barcollava all'indietro per la forza dell'esplosione, e rimase totalmente confuso. L'uomo si schiantò contro la finestra in fondo alla stanza, colorandola di rosso, poi scivolò sul pavimento con un grosso buco in mezzo al torace e uno sguardo di assoluta sorpresa negli occhi. C'era una donna che gridava, Dino che abbaiava, Eilidh che piangeva. Fin percepí l'aria sulla faccia e vide Donald Murray dietro la finestra che aveva appena mandato in frantumi con il suo fucile. Lo teneva ancora sollevato, puntandolo sul giovane sgherro di Kelly. L'uomo aveva l'aria sconvolta e lasciò cadere la sua arma, affrettandosi ad alzare le mani.

Fin si lanciò a raccoglierla. Dietro Donald, nel buio, c'era Fionnlagh, pallido e con lo sguardo vitreo.

– Non mi ha lasciato chiamare la polizia. Non mi ha lasciato –. Il ragazzo era in preda a un attacco isterico. – Diceva che avrebbero solo fatto un gran casino. Ti ho chiamato, Fin. Ti ho chiamato. Perché non hai risposto al telefono?

Sul volto di Donald non c'era traccia di colore. I suoi occhi disperati corsero alla ricerca della figlia e della nipotina. La voce gli uscí in un sussurro. – State bene?

Donna non riusciva nemmeno a parlare, si limitava a tenere stretta al petto la sua bimba piangente. Annuí e gli occhi di suo padre si incontrarono per qualche istante con quelli di Fin. Tra loro aleggiava il ricordo di tutte le convinzioni che avevano sostenuto in una notte di sbornia dopo essersi picchiati sotto la pioggia, e di nuovo sulla scogliera sferzata dal vento nella fredda luce del mattino successivo. Ogni cosa era stata spazzata via premendo un grilletto. Quindi rivolsero l'attenzione all'uomo che Murray aveva appena ucciso, steso tra schegge di vetro e oggetti spaccati, nella pozza del proprio sangue. Donald strizzò forte gli occhi per scacciare quella visione.

– Dio mi perdoni, – disse.

40.

Non so piú cosa sta succedendo. Ho ancora gli orecchi che ronzano e non riesco a sentire quasi nulla. È successo qualcosa di terribile, questo lo so. Mi hanno fatto sedere qui in cucina, fuori dai piedi. Nella stanza accanto c'è un sacco di gente e quel dannato cane non smette di abbaiare.

Ci sono luci blu e arancioni che lampeggiano là fuori nel buio. Prima ho sentito anche un elicottero. Non ho mai visto tanti poliziotti in vita mia. E quell'uomo che è venuto a parlare con me al Solas. Me lo ricordo solo per via dei capelli sparati in testa. Mi fa venire in mente un ragazzino del Dean.

Mi chiedo che cosa ci faccia qui il pastore della nostra chiesa. L'ho visto, prima. Aveva l'aria malata, non mi sembra in buona salute. Mi dispiace per lui. Non ha lo spirito di suo padre. Quello sí che era un brav'uomo, timorato di Dio. Maledizione, non mi ricordo proprio come si chiamava.

La donna adesso è venuta in cucina. So di averla già conosciuta. Ma non mi ricordo dove. Mi fa pensare a Ceit, chissà perché.

Prende una sedia e si siede di fronte a me, poi mi afferra le mani e le tiene fra le sue. È una bella sensazione. Ha mani eleganti e morbide e splendidi occhi scuri che mi fissano.

– Ti ricordi il Sacro Cuore, Johnny? – mi chiede. Ma non so cosa intenda. – Il posto dove portarono te e Peter dopo quella notte in cui rimaneste intrappolati sulla scogliera. Tu ti rompesti un braccio, ricordi? E Peter si beccò la polmonite.

– C'erano delle suore, – dico io. Strano, ma riesco a vederle nella gialla penombra del reparto. Gonne nere, cuffie bianche.

La donna mi sorride e mi stringe forte una mano. – Esatto. Ora è un ricovero per anziani, Johnny. Voglio chiedere a Marsaili se puoi venire a vivere lí. E io verrei a trovarti tutti i giorni e ti porterei qui a casa mia per pranzare assieme. E potremmo andare a passeggiare sulla spiaggia di Charlie, e parlare del Dean e della gente che conoscevamo qui sull'isola –. Ha degli occhi cosí belli quando sorride. – Ti piacerebbe, Johnny? Ti piacerebbe?

Le stringo a mia volta la mano, le restituisco il sorriso e mi torna in mente la notte in cui la vidi piangere sul tetto del Dean.

– Sí, mi piacerebbe, – le dico.

Nota e ringraziamenti.

Il vero Dean Orphanage chiuse i battenti alla fine degli anni Quaranta e i bambini che vi abitavano furono dispersi tra vari altri istituti. Per gli scopi del presente romanzo gli ho allungato la vita di otto, dieci anni. Le condizioni narrate nel libro, comunque, sono esattamente quelle descritte dall'ultimo «residente» che ne varcò i cancelli.

Desidero ringraziare tutti coloro che mi hanno generosamente offerto il loro tempo e la loro competenza durante le ricerche che ho svolto per *L'uomo di Lewis*. In particolare, vorrei esprimere la mia gratitudine al medico legale Steven C. Campman di San Diego, California; a Donald Campbell Veale, ex «residente» al Dean; a Mary-Alex Kirkpatrick, attrice (Alyxis Daly), per la sua squisita ospitalità mentre mi trovavo a South Uist per studiare i luoghi; a Derek (Pluto) Murray per i suoi insegnamenti sulla lingua gaelica; a Marion Morrison, impiegata al Tarbert Registry Office; e a Bill Lawson, del Seallam! Visitor Centre di Northton, isola di Harris, esperto di storia familiare e sociale delle Ebridi Esterne da oltre quarant'anni.

L'uomo degli scacchi

alla piccola Jennifer, in tenero ricordo

È tutta una scacchiera di notti e giorni
in cui il destino gioca con gli uomini come pedoni:
li muove qua e là, li accoppia, li ammazza
e uno alla volta li ripone nella scatola

OMAR KHAYYĀ'M, *Rubā'iyyāt*, quartina 69.

Ecco una semplice guida alla pronuncia di alcuni nomi e parole gaeliche del libro. *Ch* si pronuncia come in tedesco o nella parola scozzese *loch*:

Artair	Arshtar
Baile-na-Cille	Bala-Na-Kilah
Beag	Bug
Bearnaraigh	Biyarnaray
Ceit	Kate
Coinneach	Coinyach
Eachan	Iachan
Eilean	Ieilan
Fionnlagh	Fionlach
Iolaire	Yiolath
Mairead	Meirid
Marsaili	Marshally
Mealaisbhal	Mayalsval
Niseach	Nishoch
Sanndabhaig	Soundavig
Seonag	Shawnag
Siadar	Sheeadar
Suaineabhal	Swainaval
Tathabhal	Tahaval
Uilleam	Uilliam

Machair, pronunciato *macher*, è il termine gaelico che si usa per definire il fertile terreno sabbioso intorno alle aree costiere delle isole occidentali della Scozia. È entrato nell'inglese grazie alla preoccupazione internazionale per il problema dell'«erosione del *machair*» che, gradualmente, viene invaso dal mare.

Prologo

L'uomo siede alla scrivania, pallido per la paura e il peso del passo estremo che, una volta intrapreso, sarà senza ritorno. Come il tempo e la morte.

Mentre scrive, nella sua mano la penna trema.

Ecco ciò a cui penso da un po' di tempo. So che la maggior parte della gente non capirà il perché, specialmente quelli che mi vogliono bene, e ai quali io voglio bene a mia volta. Tutto quel che posso dire è che nessuno conosce l'inferno che ho attraversato e che, in queste ultime settimane, è diventato semplicemente insopportabile. È ora che io vada. Mi dispiace proprio tanto.

L'uomo appone la sua firma. Il solito pomposo scarabocchio. Illeggibile. Quindi piega il biglietto, quasi che coprire le parole potesse farle scomparire. Come un incubo. Come il passo che sta per compiere, nell'oscurità.

Poi si alza e si guarda attorno nella sua stanza per l'ultima volta, chiedendosi se davvero avrà il coraggio di portare a termine quel che ha iniziato. È giusto lasciare il biglietto oppure no? Farebbe davvero qualche differenza? Lo guarda, ora è aperto e appoggiato allo schermo del computer, dove spera che sarà impossibile non vederlo. Il dolore del rimorso gli riempie il cuore, mentre il suo sguardo segue le lettere tondeggianti che ha imparato a scrivere tanti anni fa, quando aveva ancora tutta la vita davanti. Un ricordo agrodolce di innocenza e giovinezza. L'odore della polvere di gesso e del latte caldo della scuola.

Come si è rivelato tutto inutile!

Uno

Quando Fin aprí gli occhi, l'interno del vecchio rifugio in pietra che aveva dato loro riparo dalla tempesta era soffuso di una strana luce rosata. Salendo dal fuoco ormai quasi spento, del fumo vagava pigro nell'aria immobile. Whistler se n'era andato.

Si sollevò sui gomiti e notò che la pietra che chiudeva l'accesso al rifugio era stata spostata. Al di là riusciva a vedere la foschia dell'alba tinta di rosa che faceva da cappello alle montagne. La tempesta era passata, aveva scaricato la sua pioggia e lasciato dietro di sé un silenzio innaturale.

Dolorosamente, sgusciò fuori dalle lenzuola e strisciò oltre il caminetto, fino ai suoi vestiti, sparsi ovunque sulla pietra. Erano ancora un po' umidi, ma abbastanza asciutti per essere indossati di nuovo: Fin si stese supino e contorcendosi entrò nei pantaloni, poi si sedette per abbottonarsi la camicia e infilarsi il maglione dalla testa. Si mise i calzini e spinse i piedi negli anfibi, e subito uscí gattoni sul pendio della montagna senza preoccuparsi di allacciarli.

Il panorama che lo accolse pareva provenire da un altro mondo. Le montagne della parte sudovest di Lewis si ergevano ripide tutto attorno, scomparendo nell'oscurità di nubi basse. La valle sottostante appariva piú ampia di quanto era sembrata alla luce dei lampi durante la notte. Gli enormi frammenti di roccia disseminati sul terreno crescevano come spettri fuori da una nebbia che giungeva ad avvolgere il paesaggio da est, dove il sole non ancora visibile gettava il suo bagliore di un rosso innaturale. Pareva di essere all'alba dei tempi.

La sagoma di Whistler si stagliava contro la luce, oltre l'insieme di rifugi diroccati che la gente chiamava alveari, su un crinale sovrastante la valle, e Fin per raggiungerlo incespicò con le gambe tremanti su un terreno impregnato d'acqua.

Whistler non si voltò né fece cenno di aver percepito la sua presenza. Si limitò a rimanere lí, come una statua ibernata nello spazio e nel tempo. Fin rimase scioccato a vederne il volto, prosciugato di ogni colore. La barba sembrava della pittura graffiata nera e argento su una tela bianca. I suoi occhi scuri e impenetrabili erano persi nell'ombra.

– Cosa c'è, Whistler?

Ma Whistler non rispose e Fin distolse lo sguardo per comprendere che cosa stava guardando. Inizialmente, la vista che gli diede il benvenuto nella valle lo riempí solo di confusione. Capiva tutto ciò che vedeva, eppure nulla aveva senso. Si voltò e si guardò dietro, oltre gli alveari fino alle rocce ammucchiate piú in alto, e il pendio sassoso che si ergeva fino al crinale della montagna dove lui si trovava la notte precedente e aveva visto i lampi riflessi sul *loch* sottostante.

Si rivolse di nuovo alla valle. Ma non trovò alcun *loch*, solo un grande buco vuoto. I suoi contorni erano chiaramente visibili dove, nel corso delle ère, l'acqua aveva eroso la torba e la roccia. A giudicare dalla depressione che aveva lasciato nel terreno, doveva essere lungo quasi due chilometri, largo quasi uno e profondo una ventina di metri. Il suo letto consisteva di una densa fanghiglia di torba e melma punteggiata da massi piú o meno grandi. All'estremità orientale, dove la valle svaniva nella foschia dell'alba, un ampio canale marrone, largo tra i dodici e i quindici metri, attraversava la torbiera simile alla traccia lasciata da una gigantesca lumaca.

Fin lanciò un'occhiata a Whistler. – Che cos'è successo al *loch*?

Ma Whistler si limitò ad alzare le spalle e scuotere il capo. – Non c'è piú.

– E come fa un *loch* a sparire senza lasciare traccia?

Whistler continuò a fissare a lungo lo spazio vuoto, come fosse in trance. Finché all'improvviso, come se Fin avesse parlato un secondo prima, disse: – Qualcosa del genere è successo un sacco di tempo fa. Prima che noi nascessimo. Negli anni Cinquanta. Su a Morsgail.

– Non capisco. Cosa intendi? – Fin provava un forte senso di confusione.

– È la stessa cosa. Il postino passava ogni mattina lungo un *loch* sul sentiero tra Morsgail e Kinlochresort. Un posto del tutto isolato, in mezzo al nulla. *Loch nan Learga*. Una mattina, il postino scende dal sentiero come al solito, e... niente piú *loch*. Solo un grande buco al suo posto. Ci sono passato parecchie volte anch'io. All'epoca ne parlarono tutti. I giornali e la televisione arrivarono fin quassú da Londra. E le ipotesi che fecero... be', oggi ci sembrano assurdità da pazzi, ma allora riempirono le onde radio e le colonne dei giornali. L'idea piú gettonata era che il *loch* fosse stato colpito da un meteorite ed evaporato.

– E invece, che cosa era successo?

Whistler sollevò le spalle per poi lasciarle ricadere. – Secondo la miglior teoria si è trattato di quello che chiamano *bog burst*, o soliflussione.

– E che cosa sarebbe?

Whistler fece una smorfia con le labbra, tenendo lo sguardo sempre fisso sul bacino melmoso al posto del *loch* scomparso. – Be'... può succedere quando c'è un lungo periodo senza pioggia. Non molto comune da queste parti –. Fece un mezzo sorriso. – La torba si secca e si crepa in superficie. E come sa qualunque tagliatore, una volta secca la torba diventa impermeabile all'acqua –. Fece un cenno del capo verso il punto dove la gigantesca scia di lumaca finiva nella nebbia. – C'è un altro *loch* là in fondo, piú in basso nella valle. Se avessi soldi, li scommetterei sul fatto che questo si sia prosciugato defluendo nell'altro.

– E come?

– La maggior parte di questi *lochs* sorgono su uno strato di torba che ricopre lo gneiss di Lewis. Spesso tra l'una e l'altro ci sono balze di qualche roccia meno stabile, come l'anfibolite. Quando il periodo secco è seguito da piogge torrenziali, come la notte scorsa, l'acqua scorre tra le crepe nella torba, creando uno strato di melma sopra il substrato roccioso. È possibile che ciò che è accaduto qui sia che la torba tra i due *lochs* è semplicemente scivolata via sulla melma, mentre il peso dell'acqua nel *loch* superiore ha sfondato l'anfibolite e tutto il suo maledetto contenuto è drenato nella valle.

Si alzarono refoli d'aria, mentre il sole si spostò un po' piú in alto e la nebbia si sollevò di pochissimo, ma quanto bastò a rivelare qualcosa di bianco e rosso su cui si rifletteva la luce in quella che con ogni probabilità era stata la parte piú profonda del *loch*.

– Che diavolo è? – disse Fin, e poiché Whistler non rispondeva, aggiunse: – Hai un binocolo?

– Nel mio zaino –. La voce di Whistler fu poco piú di un alito.

Fin corse nel loro rifugio e strisciò dentro a cercare il binocolo dell'amico. Quando uscí nuovamente sul crinale, Whistler non si era mosso. Continuava a fissare impassibile la voragine dove prima c'era l'acqua. Fin sollevò il binocolo e sistemò le lenti finché l'oggetto rosso e bianco risultò a fuoco. Quindi udí la sua stessa voce esclamare: – Dio mio!

Era un piccolo velivolo, a motore singolo, che giaceva in mezzo a un cumulo di sassi piegato con una leggera angolazione. Sembrava intatto. I finestrini della cabina di pilotaggio erano scuri di fango e melma, ma il rosso e il bianco della fusoliera erano ben visibili. Cosí come il nome dell'aereo stampato in caratteri neri.

G-RUAI.

Fin sentí la pelle d'oca. RUAI, abbreviazione di Ruairidh, la versione gaelica di Roderick. Un nome che era stato per settimane su tutti i quotidiani diciassette anni prima, quando l'aereo era scomparso assieme a Roddy Mackenzie.

La nebbia si alzò come fumo tinto dei colori dell'alba, liberando le montagne. Era tutto immobile e nessun rumore interveniva a rompere il silenzio. Nemmeno il verso di un uccello. Fin abbassò il binocolo di Whistler. – Sai di chi è quell'aereo?

Whistler annuí.

– Cosa cazzo ci fa qui, Whistler? Avevano detto che stava facendo rotta su Mull e che era sparito da qualche parte in mare.

Whistler si strinse nelle spalle ma non fece alcun commento.

Fin disse: – Scendo a dare un'occhiata.

Whistler gli afferrò un braccio. Aveva uno sguardo strano e, se Fin non avesse conosciuto la verità, lo avrebbe scambiato per paura. – Non dobbiamo.

– Perché?

– Perché non ci riguarda, Fin –. Whistler fece un sospiro. Un profondo, triste sospiro di rassegnazione. – Immagino che dovremo avvertire le autorità, ma dovremmo evitare di essere coinvolti.

Fin gli rivolse una lunga occhiata severa, ma decise di non fare domande. – Scendo a dare un'occhiata. Puoi venire con me o aspettarmi qui –. Cacciò il binocolo in mano a Whistler e iniziò a scendere lungo il pendio verso il bacino svuotato.

La discesa era ripida e difficile, sopra spuntoni di rocce e torba indurita e resa scivolosa dall'erba bagnata. Dei massi seguivano quello che una volta era il perimetro del *loch*, e Fin cercò di superarli, sforzandosi di restare in piedi e in equilibrio, usando le braccia per frenare le cadute. Giú, giú nelle viscere del *loch*, si fece strada tra fango e melma che a volte gli arrivavano alle ginocchia, tra rocce che usava per posarci i piedi e attraversare la vasta depressione.

Aveva quasi raggiunto l'aereo quando si volse e vide che a pochi passi di distanza lo seguiva Whistler, il quale si fermò, con il respiro affannoso. I due uomini rimasero fermi in piedi, a guardarsi, per almeno un minuto. Dopodiché Fin diresse lo sguardo oltre il suo compagno, su strati di torba e pietra che parevano le curve di livello di una mappa militare, verso quello che solo dodici ore prima era il litorale del *loch*. Se ci fosse stata ancora l'acqua, i due uomini si sarebbero trovati quindici metri sotto la sua superficie. Fin si girò e riprese a camminare in direzione dell'aereo.

Era leggermente inclinato in mezzo a quella confusione di rocce, pietre e sassi, e pareva essere stato posato lí dalla delicata mano di Dio. Fin percepiva il respiro di Whistler al suo fianco. – Sai cosa trovo strano?

– Cosa? – La voce di Whistler non suonava affatto interessata a sentire la risposta.

– Non vedo alcun danno al velivolo.

– E allora?

– Be', se l'aereo si fosse inabissato nel *loch*, si sarebbe fracassato, no?

Whistler non replicò.

– Voglio dire: guarda, non c'è un'ammaccatura. Tutti i finestrini sono intatti. E non è rotto nemmeno il parabrezza.

Si arrampicò sulle poche ultime rocce e aiutandosi con le mani riuscí a salire sull'ala piú vicina. – E c'è ben poca ruggine qui. Immagino che perlopiú sia fatto di alluminio –. Poi non si fidò di rimanere in piedi sulla superficie dell'ala, pericolosamente scivolosa, e strisciò su mani e ginocchia verso il vicino sportello della cabina di pilotaggio. Il finestrino era coperto da una densa melma verde ed era impossibile vedere dentro. Fin afferrò la maniglia e cercò di aprire, ma lo sportello non cedette.

– Lascia stare, Fin, – lo chiamò Whistler da sotto.

Ma Fin era deciso. – Sali quassú e dammi una mano.

Whistler non si mosse.

– Dio mio, c'è Roddy qui dentro!

– Non voglio vederlo, Fin. Sarebbe come profanare una tomba.

Fin scosse la testa e tornò a dedicarsi allo sportello, poggiando i piedi sui due lati della fusoliera per sostenersi e tirando con tutte le forze. Di colpo lo sportello cedette, con un forte stridore di metallo squarciato, e Fin ricadde all'indietro sull'ala. La luce del giorno inondò l'interno della cabina per la prima volta in diciassette anni. Fin scattò su in ginocchio e afferrò la cornice dello sportello per tirarsi in piedi e guardare dentro. Udí Whistler salire sull'ala dietro di lui, ma non si voltò. La vista che gli si presentò davanti era sconvolgente, e il suo naso fu assalito da una puzza simile a pesce marcio.

La plancia sotto il parabrezza attraversava come un arco l'abitacolo, con la sua quantità di strumenti e manopole, mentre il vetro era strisciato e sporco di fango, e le superfici interne scolorite dall'acqua e dalle alghe. Il sedile del passeggero o del copilota, sul lato piú vicino a Fin, era vuoto. I pulsanti rossi, neri e blu per l'accelerazione, posti tra i sedili, erano ancora visibili, tirati indietro nella posizione di fermo. I resti di un uomo erano legati con una cintura al sedile del pilota sull'altro lato. Il tempo, l'acqua e i batteri si erano portati via tutta la carne, e a tenere insieme le ossa dello scheletro rimanevano solo i tendini sbiancati e i legamenti piú forti, che non si erano decomposti grazie alla temperatura costante dell'acqua fredda. La giacca di pelle dell'uomo era intatta, cosí come i jeans, nonostante avessero perso il loro colore originario. Lo stesso valeva per le scarpe da ginnastica, anche se Fin poteva vedere che la gomma si era gonfiata, allargandole attorno a ciò che era rimasto dei piedi.

La gola, le orecchie e il naso avevano perso la loro forma e il cranio era facilmente identificabile, con qualche rara ciocca di capelli attaccata ai resti dei tessuti molli.

Tutto ciò risultò sconvolgente per i due vecchi amici, che ricordavano il giovane, dotato e irrequieto Roddy con la sua zazzera di capelli ricci e biondi. Ma quel che li turbò fu soprattutto il tremendo danno inflitto alla parte destra del viso e alla parte posteriore del cranio. Metà della mandibola mancava, esponendo una fila di denti rotti e ingialliti. Lo zigomo e la parte posteriore del cranio erano distrutti tanto da risultare irriconoscibili.

– Dio mio! – La voce di Whistler giunse a Fin come una bestemmia soffocata.

C'era voluto solo un momento per assorbire la scena manifestatasi ai loro occhi una volta aperto lo sportello, e Fin all'improvviso si ritrasse con uno scatto involontario, andando a sbattere con la testa contro la spalla di Whistler. Richiuse lo sportello e si girò per scivolare giú fino a mettersi seduto con la schiena appoggiata all'aeroplano. Whistler si accovacciò, osservando Fin con gli occhi spalancati.

– Hai ragione, – disse Fin. – Non avremmo dovuto aprirla –. Scrutò il volto di Whistler, cosí pallido da rendere visibile la trama butterata che finora non aveva mai notato, forse risultato di qualche epidemia di varicella durante la loro infanzia. – Ma non perché stiamo profanando un tomba, Whistler.

– E allora perché? – domandò il compagno con espressione accigliata.

– Perché stiamo contaminando la scena di un crimine.

Whistler fissò Fin a lungo, con gli occhi scuri offuscati dallo stato di confusione; dopodiché si volse, scese dall'ala e ripercorse la via fino alla battigia, arrampicandosi con sicurezza fuori dal cratere e su verso i loro rifugi.

– Whistler! – lo chiamò Fin, ma l'omone grande e grosso non rallentò il passo né si guardò mai indietro.

Due

Fin sedeva nell'ufficio di Gunn e osservava la confusione di documenti accumulati uno sopra l'altro come una nevicata sulla scrivania del sergente. Ogni tanto si sentiva passare un'auto lungo Church Street e, a dispetto della distanza, Fin riusciva a cogliere i versi dei gabbiani che nel porto volavano in cerchio sopra i pescherecci. Case cupe, intonacate alla maniera tradizionale scozzese, con i tetti spioventi, riempivano il panorama dalla finestra, e Fin si alzò e si avvicinò per avere una visione piú ampia. La macelleria Macleod & Macleod, nessuna parentela. Il negozio a scopo benefico Blythswood Care all'angolo, con in vetrina il cartello scritto a mano NON ACCETTIAMO MERCI AVANZATE DA RACCOLTE FONDI. Il ristorante indiano *Bangla Spice* e il *Thai Café*, gente molto lontana dalla propria casa natale.

La vita continuava per gli altri come se non fosse accaduto nulla. Eppure la scoperta dei resti di Roddy nell'aeroplano in fondo al *loch* aveva capovolto tutti i ricordi di Fin, alterando per sempre la sua memoria dei fatti e del modo in cui si erano svolti.

Un *bog burst* sembra la cosa piú probabile. Il tuo amico Whistler se ne intende.

Fin si voltò mentre Gunn gli si avvicinava stringendo un fascio di fogli. La faccia rotonda del poliziotto era rasata fino a brillare sotto l'attaccatura a V dei capelli, con la cute chiara spalmata di un dopobarba astringente e insistentemente profumato. Fin disse: – Non ci sono molti argomenti di cui Whistler non si intenda –. E si domandò che cosa ci poteva essere che Whistler sapeva ma nascondeva.

– C'è il *loch* che scompare giú a Morsgail. E a quanto pare ci furono un paio di forti *bog bursts* all'inizio degli anni Novanta in pendii ripidi rivolti a nord sulle isole di Barra e Vatersay. Perciò non è un fenomeno sconosciuto –. Gunn lasciò cadere i fogli sulla scrivania, come un'ulteriore nevicata, e sospirò. – E non abbiamo molta fortuna con la famiglia dell'uomo trovato cadavere.

Fin non era sicuro del perché, ma il riferimento a Roddy come «l'uomo trovato cadavere» gli risultò doloroso. Eppure era morto da diciassette anni. La star del rock celtico di maggior talento e successo della sua generazione, perduto nel fiore degli anni.

– Suo padre è morto cinque anni fa, sua madre l'anno scorso nel reparto geriatrico a Inverness. Niente fratelli né sorelle. Immagino che da qualche parte ci siano dei parenti piú lontani, perché sembra che la casa di Uig sia stata venduta. Ci potrebbe volere un po' per rintracciarli –. Gunn si passò una mano sui capelli, scuri e pettinati con il gel, poi senza pensarci la asciugò sulla gamba dei pantaloni. – Il suo amico professor Wilson sta prendendo l'aereo da Edimburgo proprio in questo momento.

– Angus?

Gunn annuí. Non conservava un bel ricordo del suo unico incontro con l'acido medico legale. – Vorrà esaminare il cadavere dove è stato ritrovato, e faremo fotografare l'intera scena –. Gunn si strofinò il mento con aria pensierosa: – Sarà su tutti i giornali, signor Macleod. I maledetti giornalisti si staranno già precipitando qui come avvoltoi. Ah, e gli alti papaveri, poi. Da Inverness. Non mi sorprenderebbe se venissero i grandi capi in persona, che diventano matti per poter stare davanti alle telecamere e vedere alla televisione le loro facce belle in carne –. Fece una pausa e, prima di girarsi per chiudere del tutto la porta, aggiunse: – Mi dica, signor Macleod. Che cosa le fa pensare che Roddy Mackenzie sia stato ucciso?

– Preferirei non dirlo, George. Non voglio pregiudicare la tua interpretazione della scena. Penso sia una valutazione che devi fare tu stesso.

– È giusto –. Gunn si lasciò cadere sulla sedia e la ruotò in modo da trovarsi faccia a faccia con Fin. – Ma che diavolo stavate facendo, lei e Whistler Macaskill su in montagna sotto una tormenta, signor Macleod?

– È una lunga storia, George.

Gunn sollevò le braccia e intrecciò le dita dietro la nuca. – Be', dobbiamo far passare il tempo prima che arrivi l'aereo del medico legale... – Lasciò la frase in sospeso. Uno spunto per Fin, il quale si rese conto che erano passati solo un paio di giorni da quando lui e Whistler si erano ritrovati per la prima volta dopo decenni. Sembrava già trascorsa un'eternità.

Tre

1.

Era un'estate di san Martino, quel lungo, caldo e secco incanto che si prolunga fino a settembre inoltrato, un fenomeno raro su quest'isola, la piú settentrionale delle Ebridi Esterne e la terra piú a nordovest d'Europa. L'isola di Lewis era di un color marrone bruciato da mesi di sole estivo e insolite settimane prive di pioggia. E il bel tempo continuava a tenere.

Quel giorno ci erano volute due ore a Fin per raggiungere in auto Uig, partendo da Ness e percorrendo la costa occidentale. Dal punto piú a nord, Siadar, Fin aveva visto le montagne che si innalzavano da sudovest verso Harris stagliarsi come un pensieroso ammasso violaceo contro il cielo dell'azzurro piú chiaro. Era il solo punto in tutto l'orizzonte dove ancora indugiassero le nubi. Non erano minacciose, restavano semplicemente lí, ammucchiate tra le vette. La gialla fioritura della flora selvatica lussureggiava tra le felci, offrendo un pizzico d'oro a un paesaggio in cui persino l'erica aveva una tonalità pallida. I piccoli petali si inchinavano nella brezza in aumento che soffiava dall'oceano portando con sé l'aroma del mare e un lontano sentore dell'inverno.

Nel primo giorno della sua nuova vita, Fin rifletteva su quanto fosse cambiata in poco piú di un anno e mezzo. All'epoca era sposato, aveva un figlio, una vita a Edimburgo, un lavoro nella divisione A della polizia criminale. Ora di tutte queste cose non aveva piú nulla. Era ritornato nel grembo materno, l'isola della sua nascita, pur non essendo sicuro del perché lo avesse fatto. Alla ricerca di se stesso, forse. La sola cosa che sapeva con certezza era che il cambiamento era irrevocabile ed era iniziato il giorno in cui un uomo alla guida di un'auto aveva tolto la vita a suo figlio, ancora un bambino, in una strada di Edimburgo, ed era fuggito senza fermarsi.

Mentre doppiava il capo di Loch Ròg Beag, Fin svoltò con la sua Suzuki 4 x 4 schizzata di fango, abbandonando la strada a corsia unica per una strada sterrata senza piazzole di sosta. Superata una mandria di bovini delle Highlands con le loro corna lunghe e curve e il loro ispido manto marrone, Fin seguí il fiume verso la sorgente dove si trovava un piccolo *loch* in cui, stranamente, gli alberi crescevano al riparo di una quinta di colline e all'ombra della loro protezione era stato costruito il *Suaineabhal Lodge*.

Era passato parecchio dall'ultima volta in cui Fin aveva visto Kenny John Maclean. Big Kenny aveva lasciato l'isola nello stesso periodo di Fin e tutti gli altri. Ma la sua vita aveva preso un corso del tutto diverso. Kenny viveva ora in una vecchia *crofthouse* ampliata e modernizzata, che sorgeva di fronte al *lodge* sul lato piú lontano del sentiero. Una quantità di cani uscí abbaiando da un capanno col tetto di lamiera non appena Fin giunse nel parcheggio. Il *lodge* stesso era stato costruito su un'antica fattoria, e quando Sir John Wooldridge aveva comprato la Red River Estate, aveva ristrutturato il retro e i lati e aveva aggiunto una veranda su quello anteriore che dava sul *loch*. A differenza di *Cracabhal Lodge*, edificata sul punto piú alto di Loch Tamnabhaigh, che poteva accogliere oltre venti persone durante il periodo della caccia e della pesca, *Suaineabhal* aveva solo quattro o cinque camere da letto, a uso esclusivo dei pescatori. Ma aveva anche un bar aperto a tutti, che in quella stagione era sempre pieno di pescatori, guide di caccia e gente del luogo che usciva per farsi una pinta e un bicchierino di whisky.

Quella mattina non c'era in giro un'anima, fino a quando Kenny uscí a grandi passi fino al cancello dal lato del *loch* e gridò ai cani di fare silenzio. Intimoriti dai rimproveri del loro padrone, i cani si dedicarono a fiutare in direzione di Fin con tranquilla curiosità, respirando il suo odore a loro sconosciuto, mentre la luce del sole formava tutto attorno delle macchie screziate come pozzanghere. Kenny indossava stivaloni verdi Hunter sopra pantaloni cachi, e un gilè multitasca sopra un maglione di lana verde militare con le toppe su spalle e gomiti. Mentre si avvicinava, si tolse con un gesto rapido il berretto che copriva una zazzera riccia di capelli rossi che stavano perdendo il loro colore originario, e allungò una grossa mano callosa per stringere calorosamente quella di Fin.

– Diavolo se ne è passato di tempo, Fin –. Anche se nella maggior parte dei casi Kenny parlava inglese, con Fin tornò al gaelico senza quasi rendersene conto. Era la lingua della loro infanzia, l'unica lingua che poteva sgorgare spontanea dalle loro bocche.

– Sono felice di vederti, Kenny, – disse Fin con sincerità.

Rimasero per un attimo fermi a guardarsi, a studiare i cambiamenti che gli anni avevano inciso sui loro volti. La cicatrice lunga almeno cinque centimetri che seguiva la curva dello zigomo sinistro di Kenny, risultato di un incidente da bambino in cui per poco non aveva perso l'occhio, era svanita con il passare del tempo. Kenny era sempre stato un ragazzone grosso, piú di Fin. Adesso era gigantesco, appesantitosi ovunque. Sembrava piú vecchio di Fin. Ma era sempre stato un ragazzo «vecchio stampo», intagliato nel legno dei contadini e non particolarmente elegante nei modi. Tuttavia era stato abbastanza brillante da poter frequentare la facoltà di Agraria a Inverness e tornare sull'isola per gestire la terra di proprietà su cui era cresciuto.

Fin, anche se non era di bassa statura, aveva mantenuto i tratti di ragazzo: i suoi capelli biondi, dai ricci fitti, crescevano ancora folti e i suoi occhi verdi erano ora fissi sulla nascosta diffidenza che coglieva nello scuro sguardo del suo ex compagno di scuola.

– Ho sentito che sei tornato con Marsaili. Vivete insieme, mi hanno detto.

Fin annuí. – Almeno finché non avrò terminato di ristrutturare la *crofthouse* dei miei genitori.

– E si dice anche che suo figlio sia tuo, non di Artair.

– Davvero?

– Cosí ho sentito dire.

– Senti un sacco di cose, mi pare.

Kenny sorrise. – Tengo l'orecchio ben attaccato a terra.

Fin gli restituí il sorriso. – Fai attenzione, Kenny. Potresti sporcartelo di fango e magari finiresti per non sentirci piú cosí bene.

Kenny sbuffò. – Sei sempre stato un gran figlio di puttana, Macleod.

Esitò per un attimo mentre il sorriso gli svaniva dal volto, come il sole che passa dietro una nuvola. – Ho anche sentito dire che hai perso un figlio.

Il colore aumentò solo leggermente attorno agli occhi di Fin, posandovi sopra un'ombra. – Hai sentito dire giusto –. E seguí una lunga pausa a rendere chiaro che non aveva alcuna intenzione di parlarne.

Che la conversazione di natura personale fosse terminata fu reso chiaro da Kenny nel momento in cui si rimise il berretto e lo abbassò fino a coprire le sopracciglia. Anche il suo tono di voce cambiò. – Ho bisogno di darti le istruzioni sui tuoi compiti. Immagino che Jamie ti avrà già fatto la lista precisa ma, come la maggior parte dei proprietari terrieri, non conosce granché la terra.

Fin capí al volo: Jamie poteva anche essere il suo capo, ma Kenny si considerava superiore. E ora era il capo di Fin, e il loro breve scambio verbale tra pari era terminato.

– Non sono sicuro che ti avrei preso come responsabile della sicurezza, se fosse dipeso da me. Senza offesa, Fin. Sono certo che sei stato un ottimo poliziotto, ma temo che questo non costituisca le referenze giuste perché tu abbia successo contro i cacciatori di frodo. Comunque... non sta a noi chiederci il perché, eh?

Fin disse: – Forse anche tu potresti avere un lavoro migliore.

– Non c'è dubbio. Ma mandare avanti una proprietà di oltre cinquantamila acri, con una pesca intensiva di salmoni, trote marmorate e trote di mare, oltre a braccare e cacciare, mi porta via tutto il tempo –. Parlava come un dépliant che pubblicizzasse la proprietà. – E i problemi che abbiamo non sono di poco conto.

2.

La Range Rover di Kenny sobbalzava e sbatacchiava sul sentiero pieno di buche che seguiva il corso del fiume, mentre attorno il terreno si alzava ancora piú ripido. Colline spoglie, irregolari, punteggiate di rocce e tagliate da gole si sollevavano fino a diventare cime montuose perse tra le nubi. Singoli massi rimanevano fissati ai pendii, grossi pezzi di gneiss vecchi di quattro miliardi di anni. Kenny lanciò un'occhiata a Fin e ne seguí lo sguardo. – Le rocce piú antiche del mondo, – disse. – Quelle lastre si trovano qui sulle colline fin dall'ultima glaciazione –. Indicò verso l'ombra delle montagne alla loro sinistra. – Vedi quei corsi d'acqua che scorrono in mezzo? In origine erano fenditure. E quando l'acqua che avevano dentro gelava, il ghiaccio si espandeva finché la roccia esplose e gettò questi maledetti enormi bernoccoli su tutta la valle. Dev'essere stato uno spettacolo! Ma sono contento di non averlo visto.

Davanti a loro un piccolo *loch* con la superficie increspata dal vento rifletteva il blu cristallino del cielo soprastante, e Kenny parcheggiò accanto a una baracca di lamiera dipinta di verde che chiamava «capanno da pranzo». Era un luogo dove i pescatori e i loro aiutanti si potevano riparare dal brutto tempo mentre mangiavano i loro panini. La strada carrozzabile finiva lí. Un sentiero percorribile solo a piedi portava giú all'acqua, mentre un altro si inerpicava tra mille curve lungo il pendio della collina, risalendo ripido tra gruppi di rocce e attraversando corsi d'acqua trasparente che normalmente in quel periodo dell'anno erano in piena. Dopo settimane di siccità la maggior parte era ridotta a un rivoletto.

Kenny era in forma per la sua stazza e Fin lottava per stare al passo con lui mentre camminava veloce lungo la salita. Il sentiero procedeva serpeggiando tra le fenditure delle colline, appoggiandosi al lato inferiore di una roccia a picco alla destra dei due uomini, prima che Kenny lo abbandonasse per attraversare il letto di un torrente quasi secco. Dopodiché tagliò per un tratto di erba alta ed erica, dirigendosi verso la cima di una collina a sinistra. Lunghi passi che lo portarono a destinazione parecchi minuti prima di Fin.

Solo quando lo raggiunse, Fin si rese conto di quanto in alto si erano arrampicati, prima con la Range Rover e poi a piedi. Sentí il vento gonfiargli la giacca e la bocca, rubandogli il respiro mentre sotto di loro il pendio terminava in un panorama mozzafiato di acqua e terra. Colori marroni, azzurri, verdi e viola sbiadivano in una iridescente distanza ai loro piedi.

– Loch Suaineabhal, – disse Kenny, e si girò sorridendo verso Fin. – Quassú ti senti come un dio –. Qualcosa attirò la sua attenzione nel cielo sopra il *loch*. – O un'aquila –. Fin seguí il suo sguardo. – Ne abbiamo ventidue coppie, che nidificano tra qui e i terreni su Harris. La piú alta densità di aquile reali in Europa.

Osservarono l'uccello prendere le termiche, quasi allo stesso loro livello, con un'apertura alare di oltre due metri, le piume come dita, stese sulle punte e aperte a ventaglio sulla coda, pronte a sfruttare ogni movimento dell'aria. All'improvviso scese in picchiata, come una freccia scoccata dal cielo, scomparendo nella quantità di colori della terra sottostante, prima di tornare inaspettatamente a mostrarsi, con un animaletto appeso sotto di sé, stretto da artigli letali e ormai morto.

– Guarda laggiú verso la punta del *loch.* Vedrai un gruppo di edifici in pietra con i tetti di metallo. Un capanno e un paio di granai. Due dei nostri osservatori vivono lí e non c'è modo di raggiungerli in auto. Solo in barca o a piedi. E a piedi ci vuole una giornata intera. Ma è necessario che tu li incontri.

– Chi sono?

– Studenti che cercano di guadagnare qualcosa durante l'estate. Fanno una vitaccia infame, credimi. Non c'è acqua corrente, niente elettricità. Io ne so qualcosa, l'ho fatto anch'io quand'ero all'università –. Kenny si girò verso ovest e indicò le quattro cime che delineavano la parte piú lontana della valle. Mealaisbhal si ergeva di parecchio sopra le altre, la vetta piú alta di Lewis. – Avevamo degli osservatori anche dall'altra parte, in un vecchio capanno a Loch Sanndabhan. Lo troverai sulla mappa ufficiale. Ma adesso non ci sono piú, tre notti fa sono stati picchiati da cacciatori di frodo che stavano posizionando le loro reti all'ingresso dell'Abhainn Bhreanais. E non riesco a trovare nessuno che li sostituisca.

– Immagino che avrai denunciato il fatto alla polizia.

Kenny scoppiò a ridere e il suo petto si gonfiò di spontaneo divertimento. – Certo. Ma come tu ben sai, serve proprio a molto! – La sua allegria svaní in un istante, come se qualcuno avesse spento un interruttore. – Questi bastardi ci guadagnano un sacco di soldi. Il prezzo del salmone selvaggio sulla terraferma, o in Europa, o magari anche in Estremo Oriente, è astronomico, Fin. Ho sentito dire che una parte del salmone viene affumicata prima di essere spedita, e fa guadagnare ancora di piú. Gettano le reti all'imboccatura dei fiumi e prendono centinaia di pesci. Abbiamo poche scorte e ci stanno rovinando gli affari. Ci sono associazioni di manager che pagano migliaia di sterline per una battuta di pesca in uno dei nostri fiumi. Ma non se i pesci mancano!

Si incamminò verso sud fino al limite del pendio e in lontananza, oltre il massiccio di Cracabhal, riuscirono a vedere il grande *lodge* sulle rive del Loch Tamnabhaigh. Kenny parlò rivolto all'indietro. – Noi gestiamo i fiumi e i *lochs*, accertandoci che i pesci risalgano la corrente per deporre le uova, in modo che le quantità non calino. Ma quei bastardi si portano via tutto quel che trovano, tra dieci anni non rimarrà piú niente –. Si girò verso Fin, con una cupa determinazione nello sguardo. – Bisogna fermarli.

– Hai qualche idea di chi ci sia dietro tutto questo?

Kenny scosse tristemente la testa. – Se lo sapessi, ci sarebbero un po' di gambe rotte in giro per l'isola. Dobbiamo coglierli in flagrante. Jamie si è assúnto il compito di gestire la proprietà dopo l'infarto di suo padre la scorsa primavera, ed è intenzionato a fare qualunque cosa pur di fermare questa razzia. Ed ecco la ragione per cui tu sei qui –. La disapprovazione nello sguardo che lanciò a Fin parlava chiaro. – Ma forse preferisci entrare un po' alla volta. Iniziare con un obiettivo semplice.

Fin aggrottò la fronte. – Che cosa intendi?

A Kenny quasi tornò il sorriso. – Whistler, – disse.

– John Angus?

Fin rimase cosí sbigottito che Kenny sogghignò. – Già. Un idiota colossale.

Fin non aveva piú visto Whistler da quando aveva lasciato l'isola. Alla Nicolson era il ragazzo piú intelligente del suo anno, o forse di sempre, con un Qi talmente alto che era quasi impossibile misurarlo. Whistler avrebbe potuto frequentare qualunque università in cui avesse fatto domanda. E invece, di tutti loro, era stato l'unico che aveva deciso di rimanere sull'isola.

– Whistler è coinvolto con questi pescatori di frodo?

Il sogghigno di Kenny si trasformò in una risata. – Oh, Dio mio, no! Whistler Macaskill non è interessato ai soldi. Sono anni che pesca e caccia di frodo. Sai com'è: cervi, lepri, salmoni, trote. Ma solo per metterseli in pentola. Da parte mia ho sempre chiuso un occhio con lui. Ma Jamie… be', Jamie ha altre idee.

Fin scosse la testa. – A me sembra tempo sprecato.

– Già, magari lo è. Ma quell'idiota ha fatto saltare i nervi a Jamie.

– Cos'è successo?

– Jamie lo ha incontrato qualche settimana fa mentre pescava a Loch Rangabhat. In pieno giorno, sfacciatamente. E quando gli ha chiesto che cosa pensava di stare facendo, si è preso una bella serie di insulti e un calcio nel didietro per aver tentato di fermarlo –. Kenny sorrise. – Non mi sarebbe dispiaciuto essere presente –. Subito dopo il sorriso svaní. – La parte peggiore è che Jamie è anche il suo padrone di casa e sta cercando qualunque scusa per buttare Whistler fuori dal *croft* dove vive.

– Credo che scoprirà che Whistler è protetto dal Crofters Act.

– Non se non paga l'affitto. E lui non lo paga da anni. Il vecchio Sir John magari non se ne preoccupava, ma per Jamie è il pretesto perfetto. E dal momento che affitta a Whistler la sua casa… – Kenny sputò nel vento un grumo di catarro che aveva in bocca. – La verità, Fin, è che Whistler è proprio pazzo. Voi due eravate molto amici. Potrebbe essere una buona idea se vai a farci due chiacchiere tranquille. Poi procederemo con il lavoro vero e proprio.

3.

Il *croft* di Whistler era fuori dalla strada, non lontano dal cimitero di Ardroil, una ripida striscia di terra che saliva fino a una *blackhouse* ristrutturata con vista sulle dune e, piú in là, sulla distesa della spiaggia di Uig. C'era uno sparuto gregge di pecore che pascolava sul pendio piú basso, e vicino alla casa un vecchio e trascurato orticello rimesso in sesto per coltivare patate, e poi file di terra arata fertilizzate da strati di alghe tagliate dagli scogli e trascinate su per la collina.

Fin era stato lí spesso durante l'adolescenza, seduto sulla collina con Whistler per evitare il signor Macaskill, a fumare e parlare di ragazze, e dando per scontato quel panorama. Erano stati solo gli anni passati in città a far capire a Fin quanto privilegiati erano a quei tempi.

Ma il luogo era cambiato. Niente piú vecchio tetto di lamiera arrugginita, sostituito da quello che sembrava un tetto di paglia costruito in maniera artigianale ma con degli stridenti pannelli solari sul lato rivolto a sud. Il tutto era reso sicuro contro le burrasche che arrivavano dall'Atlantico grazie a reti da pesca stese sul tetto e tenute ferme da grossi sassi che penzolavano da pezzi di robusta corda. Era come tornare indietro nel tempo.

I pezzi non riciclabili di tre o quattro vecchi veicoli, tra i quali un trattore, giacevano tutto intorno come carcasse di animali morti da molto tempo. Una bella spina di pesce formata da torba messa ad asciugare era stata allestita a pochi metri dal lato occidentale della casa, e oltre quattro metri al di sopra c'erano le pale di due turbine eoliche costruite artigianalmente e che giravano veloci.

Fin lasciò la macchina sul ciglio della strada e risalí la collina a piedi. Non c'erano veicoli parcheggiati accanto alla casa. Fin bussò alla porta e, non ricevendo risposta, tolse il chiavistello e aprí. Dentro era buio, dal momento che le finestre erano piccole come in tutte le costruzioni tradizionali e lasciavano entrare solo il minimo di luce necessaria. Appena i suoi occhi si abituarono all'oscurità, Fin vide che il luogo era totalmente trascurato. Un vecchio divano e delle poltrone, sporche e consunte, avevano buchi nel rivestimento da cui uscivano crini di cavallo. Un tavolo era disseminato di strumenti abbandonati e di trucioli di legno caduti anche sul pavimento. In maniera bizzarra, lungo una parete erano posizionati uno accanto all'altro i pezzi di una scacchiera di Lewis intagliati nel legno. Alcuni erano sette-otto volte piú grandi degli originali.

Quel che restava di un fuoco ardeva ancora nel focolare dove un caminetto era stato costruito contro il culmine piú lontano del tetto, e il tipico odore affumicato di torba calda riempiva la casa. Entrarci dentro era come cadere nella tana di un coniglio.

Fin udí un suono provenire da dietro di lui e si voltò. La sagoma di un uomo grande e grosso si stagliava sulla soglia della porta, occupandola quasi per intero. Ci fu un momento di imbarazzante silenzio finché l'uomo si spostò sotto la luce della finestra e Fin ne vide per la prima volta il volto. Un volto largo, con una barba nera di una settimana; capelli scuri e lunghi, striati di bianco come fili elettrici, pettinati all'indietro a mettere in risalto una fronte segnata da rughe profonde. L'uomo indossava dei jeans scoloriti, rattoppati e sfilacciati intorno alle caviglie, e un pesante maglione color carbone sotto una giacca cerata. I suoi stivali erano bagnati e incrostati di torba. Fin poteva sentirne l'odore anche da dove si trovava.

– Be', che mi venga un colpo! Sembra proprio quel *niseach* del cazzo, Fin Macleod.

La sua voce riempí la *crofthouse*. Con sorpresa di Fin, Whistler fece due passi verso lui e lo abbracciò cosí forte da fargli quasi uscire tutta l'aria dai polmoni. La sua grossa e ruvida faccia strusciò sul viso di Fin quasi graffiandolo. Poi si ritrasse e lo guardò, tenendogli le mani sulle spalle, con i suoi grandi e acquosi occhi castani, chiaramente felice di rivedere il suo vecchio amico.

– Porca puttana! In nome di Dio dove sei stato in tutti questi anni?

– Via.

Whistler sorrise. – Sí, be', questo penso di averlo già capito –. Lo fissò in modo interrogativo. – A fare cosa?

Fin si strinse le spalle. – Non un granché.

Whistler puntò un dito pesante come una sbarra di ferro nel petto di Fin. – Eri un maledetto poliziotto. Pensavi che non lo sapessi?

– Be', allora perché me lo chiedi?

– Perché volevo sentirlo dalla tua bocca. Ma si può sapere che cosa ti aveva preso, eh?

– Non ne ho idea, Whistler. Può capitare di prendere una strada sbagliata.

– Oh sí, è andata proprio cosí. Eri un tipo sveglio, Fin Macleod. Avresti potuto fare qualcosa di buono nella tua vita, altroché.

Fin osservò la casa con sguardo critico. – Non tanto quanto avresti potuto fare tu. Il migliore della scuola. Il ragazzo piú intelligente della tua generazione, dicevano. Avresti potuto diventare qualsiasi cosa volessi, Whistler. Perché vivi cosí?

C'era stato un tempo in cui Whistler si sarebbe offeso, avrebbe imprecato da far rabbrividire e sarebbe arrivato alle mani. Ora, invece, si mise a ridere. – Sono esattamente chi voglio essere. Non c'è molta gente che possa dire lo stesso.

Whistler si tolse una borsa di tela dalla spalla e la gettò sul divano. – La casa di un uomo è il suo castello. E io sono un re tra i re. Hai visto quei pannelli solari sul tetto? – Non attese la risposta. – Li ho fatti io stesso... E anche le turbine eoliche. Producono tutta l'elettricità di cui ho bisogno. Sono il re del sole e del vento. Ho pure l'acqua. Ho la mia sorgente d'acqua dolce. E anche del fuoco sono un dio. La torba è gratis, come tutto il resto. L'unico costo è il mio lavoro. Guarda questo...

Si diresse verso la porta e uscí fuori al vento. Fin lo seguí.

– Mi coltivo anche il cibo, se non cresce spontaneamente.

– O vai a caccia di frodo nella tenuta.

Whistler gettò a Fin uno sguardo minaccioso, ma le ombre che conteneva svanirono in un attimo. – Come abbiamo sempre fatto.

Un uomo ha diritto di sfruttare la terra che il Signore ci ha dato. E Lui l'ha data a tutti noi, Fin. Non puoi portarla con te quando muori, quindi cosa ti fa pensare che da vivo ti appartenga?

– La tenuta spende soldi, tempo e manodopera per la gestione dei pesci e dei cervi, Whistler. Ed è stato l'uomo a portare i conigli e le lepri per la caccia.

– Ma se prendo un pesce qui o un cervo là non faccio del male a nessuno. Quando i pesci depongono le uova, ce ne sono a bizzeffe nel fiume. E i cervi si riproducono sulla collina. E i conigli? – Sorrise. – Be', si riproducono come conigli, cazzo, o no? – Il sorriso scomparve. – Non rubo a nessuno, Fin. Prendo ciò che Dio dona. E non devo niente a nessuno.

Fin lo guardò attentamente. – E che mi dici dell'affitto? – Vide un'ombra attraversare il faccione dell'uomo.

– È a posto, – disse, e si girò per rientrare in casa, urtando con noncuranza la spalla di Fin, come se nemmeno ci fosse. Anche Fin si girò, si appoggiò contro lo stipite della porta e scrutò nel buio dell'interno.

– Che cosa fai per guadagnare, Whistler?

Whistler gli dava ancora le spalle, ma Fin percepí che la sua sicurezza stava venendo meno. – Guadagno quanto mi basta per vivere.

– Come?

Il suo vecchio amico si girò e lo fissò. – Non sono cazzi tuoi! – Eccolo qui, il Whistler che Fin aveva sempre conosciuto. Pungente e irascibile. Ma questa volta cedette quasi subito e Fin gli vide scivolare la tensione dalle spalle come una giacca tolta a fine giornata. – Raccolgo legname dalla spiaggia, se proprio vuoi saperlo. Legno bello, asciutto, sbiancato, e intaglio gli scacchi di Lewis per i turisti.

Fece un cenno col capo verso i giganteschi pezzi allineati contro il muro. E poi scoppiò di nuovo a ridere.

– Ti ricordi, Fin, che a scuola ci hanno insegnato che quando Malcolm Macleod trovò i piccoli guerrieri nascosti in quella cava proprio qui sotto, all'estremità di Uig Beach, pensò che fossero spiriti o elfi e gli prese una paura da farsela sotto? Una paura sufficiente a farlo andare con gli scacchi dal ministro di Baile-na-Cille. Immagina che terrore avrebbe avuto di questi grossi bastardi! – E sollevò un alfiere per metterlo sulla tavola.

Fin si avvicinò per guardare meglio. A quanto pareva, Whistler aveva un talento sconosciuto. Era una figura ben scolpita, una replica accurata fin nei dettagli. Le pieghe nella tunica dell'alfiere, le linee sottili sui suoi capelli sotto all'elmo. Gli originali erano alti tra i sette e i dieci centimetri. Questi erano quasi un metro. Senza dubbio Whistler avrebbe potuto essere assunto nelle officine dei vichinghi a Trondheim, dove i pezzi originali probabilmente erano stati intagliati dalle zanne d'avorio di trichechi e dai denti di balena nel XII secolo. Ma, pensò Fin, di certo non avrebbe gradito gli orari fissi di lavoro. Fece scorrere lo sguardo su tutti i pezzi allineati al muro. – Non mi pare che tu ne venda molti.

– Questi li ho fatti su commissione, – disse Whistler. – Sir John Wooldridge li vuole per la festa degli scacchi. Lo conosci?

Fin annuí. – Ho sentito che li riportano a casa. Tutti i settantotto pezzi.

– Sí, per un giorno! Dovrebbero restare a Uig tutto l'anno, non solo per un'esposizione speciale. Non è giusto che restino chiusi in musei a Edimburgo o a Londra. Magari la gente verrebbe qui per vederli e questo ci porterebbe profitto –. Si lasciò cadere in una poltrona e fece scorrere le mani sulla barba che gli copriva le guance. – In ogni caso, Sir John ha ordinato questi per una partita di scacchi giganti sulla spiaggia. La proprietà aiuta a finanziare la festa. Immagino pensi che sia tutta buona pubblicità.

Lo sguardo di Fin cadde casualmente sulla fede d'oro che Whistler portava all'anulare. – Non sapevo che fossi sposato, Whistler.

L'uomo parve per un attimo preso in contropiede, poi tolse la mano dalla faccia e guardò l'anello, sentendosi inondato da una strana malinconia. – Be', ero. Al passato –. Fin aspettò che continuasse. – Seonag Maclennan. Probabilmente la conoscevi, ai tempi della scuola. Mi ha lasciato per Big Kenny Maclean. Te lo ricordi? Adesso fa il cazzo di manager della Red River Estate –. Fin annuí. – E lei si è portata via anche la mia bambina. La mia piccola Anna –. Per un attimo rimase in silenzio. Poi aggiunse: – Comunque, il bastardo non se l'è goduta a lungo. Seonag si è ammalata di cancro al seno e gli è morta.

Lanciò uno sguardo in direzione di Fin, spostandolo subito dopo, come se temesse di mostrare al vecchio amico le sue emozioni.

– Il problema è che questo ha dato a lui la tutela legale su Anna. Mia figlia. Non ho niente contro Kenny, è una persona perbene. Ma lei è figlia mia e dovrebbe stare con me. Siamo in causa al tribunale dello sceriffo.

– E che possibilità hai?

Il sorriso di Whistler era venato di tristezza. – Praticamente nessuna. Voglio dire, basta che ti guardi intorno –. Scosse le spalle. – Certo, potrei darmi una ripulita e forse questo avrebbe qualche effetto. Ma c'è un problema piú grave.

– E sarebbe?

– Anna. Mi odia e non c'è molto che io possa fare per cambiare le cose.

Fin notò il dolore nel suo sguardo e nel modo in cui serrava forte la mascella, ma Whistler subito si mise a ridere, alzandosi di colpo dalla poltrona, con un'inaspettata rabbia nella risata.

– Ma io ho costruito la mia vendetta segreta –. Rimise l'alfiere tra gli altri pezzi lungo la parete e ne prese un altro, che posò sulla tavola. – Il Berserker. Sai che cos'è?

Fin scosse il capo.

– I Berserker erano guerrieri norvegesi, che raggiungevano uno stato di trance che permetteva loro di combattere senza paura e senza dolore. Erano i piú coraggiosi tra i guerrieri vichinghi. Questi artigiani del XII secolo fecero la torre con l'aspetto di un Berserker. Occhi sporgenti da folle, un pazzo che morde la cima del suo scudo –. Whistler sorrise di soddisfazione mentre ruotava la statua verso la luce. – Mi sono preso qualche libertà nella mia versione. Guarda qui.

Fin girò il pezzo perché la luce gli permettesse di vederlo meglio e si rese improvvisamente conto che Whistler aveva fatto il suo Berserker con le fattezze di Big Kenny. Impossibile sbagliarsi. Gli stessi lineamenti piatti del volto e lo stesso grosso cranio. La cicatrice sulla guancia sinistra. Un sorriso irresistibile si fece strada sul suo viso. – Bravo bastardo.

La risata di Whistler riempí la stanza. – Naturalmente, non lo saprà mai nessuno. Ma io sí. E adesso anche tu. E forse, quando sarà finita la festa, glielo offrirò in regalo –. Guardò Fin con improvvisa curiosità. – Hai figli, Fin?

– Ho un figlio da Marsaili Macdonald che fino a un anno fa non sapevo di avere. Lo ha chiamato Fionnlagh.

Whistler guardò la mano sinistra di Fin. – Quindi non ti sei mai sposato?

Fin fece un cenno positivo. – Sí, sono stato sposato per quasi sedici anni.

Gli occhi di Whistler cercarono quelli di Fin, sentendo che c'era qualcosa che l'amico gli teneva nascosto. – E niente figli?

Per Fin era sempre difficile parlarne senza che questo gli causasse dolore. Sospirò. – Avevamo un maschietto, che ora è morto.

Whistler gli tenne lo sguardo addosso per un bel po', e Fin si ritrovò quasi a desiderare di abbracciarlo ancora una volta. Forse solo per condividere il dolore, o per dividerlo a metà. Ma nessuno dei due uomini si mosse; poi Whistler prese il suo Berserker e lo rimise sul pavimento. – E cosa ti porta qui a Uig, amico? Non sei certo venuto solo per vedere me.

– Ho trovato un nuovo lavoro, Whistler –. Esitò solo un momento. – Responsabile della sicurezza nella proprietà.

Whistler gli rivolse uno sguardo che diceva cosí chiaramente «tradimento» che Fin quasi si sentí in imbarazzo. Ma fu solo un attimo. – Perciò sei qui per mettermi in guardia.

– A quanto pare hai fatto incazzare il padrone.

– Quella merda di Jamie Wooldridge non è suo padre, hai capito? Me lo ricordo quando suo padre lo portava qui da bambino. Un moccioso del cazzo era, già allora.

– Be', quel moccioso del cazzo ora gestisce la proprietà, Whistler. A quanto ho saputo, suo padre ha avuto un ictus la scorsa primavera.

Whistler parve non essere al corrente della notizia e i suoi occhi per qualche istante guizzarono verso gli scacchi.

– Ha problemi con la caccia e la pesca di frodo peggiori di te. Ma tu ne hai fatto una questione personale. E lui è il padrone della tua casa, non dimenticarlo. Non vorrai perdere il tuo castello –. Fin inspirò profondamente. – E non voglio essere io a beccarti mentre cacci di frodo.

Fin rimase sorpreso nel vedere Whistler buttare la sua testa barbuta all'indietro e scoppiare in una risata che sapeva di reale divertimento. – Beccarmi, Fin? Tu? – Continuò a ridere. – Neanche nel prossimo milione di anni!

Quattro

Il molo dell'impianto di lavorazione del pesce a Miabhaig apparve sfuocato, macchiato del rosso dei canotti del Seatrek ancorati nella baia. E anche se le acque del Loch Ròg penetravano solo per un breve tratto lungo la fenditura profonda nelle terre di Glen Bhaltos, la strada a una corsia lo seguiva in linea retta, affiancata da sfumature verdi, rosa e marrone interrotte solo da spruzzi di grigio lichene che cresceva sulle rocce di gneiss.

Fin vide la sagoma scura dell'elicottero attraversare veloce la terra sotto di loro e scomparire tra le ombre delle nuvole che inseguivano e superavano. Il ruggito dei rotori nelle orecchie era assordante. Davanti si stendevano le sabbie dorate della spiaggia di Uig e il verde-blu del mare, dal fascino ingannevole perché, anche dopo una lunga e calda estate, le acque del Nord Atlantico rimanevano fredde.

A sud si notavano le montagne, buie e inquietanti, che proiettavano le loro sagome sulla terra dominando l'orizzonte. Fin e Gunn sedevano pigiati nella parte posteriore, mentre il professor Wilson sedeva davanti con le cuffie e chiacchierava col pilota. Mentre passavano sulla spiaggia se le tolse restituendole a Fin e gridando: – Vuole sapere dove deve andare!

Fin guidò il pilota nell'unica direzione che conosceva, facendogli seguire la strada sottostante. Sorvolarono Ardroil e le cave di ghiaia, si diressero verso ovest, passarono sopra il gruppo di edifici della Red River Distillery e procedettero lungo la strada che portava a sud verso *Cracabhal Lodge*. Videro un convoglio di tre veicoli avanzare a strappi sulla strada tutta piena di buche tra le montagne. Una Land Rover della polizia, un furgone bianco e un'ambulanza. La squadra di soccorso si faceva strada verso l'ultimo luogo dov'era stato avvistato l'aereo di Roddy. Li aspettava una lunga camminata verso la valle.

Tutto sembrava cosí diverso visto dall'alto. Fin scorse il Loch Raonasgail all'ombra delle montagne di Tathabhal e Tarain e individuò Mealaisbhal a ovest di esse. Si sporse in avanti, indicando col dito. – Laggiú, dall'altra parte della valle.

Il pilota virò bruscamente a destra scendendo di quota e videro sul fondovalle la sagoma di una roccia grande come una casa, risultato di primordiali esplosioni di ghiaccio, ora immersa in acqua nel punto in cui il *loch* aveva rotto gli argini allagando il corso inferiore. Al di sopra, oltre la scia della lumaca gigante che si snodava attraverso la torba, si trovava il buco nero lasciato dal lago vuoto. Dal cielo sembrava ancora piú innaturale.

L'aereo sul fondo era ben visibile tra le rocce, capolinea del suo ultimo viaggio, e sembrava assurdamente piccolo.

Il pilota sorvolava la valle in cerca di un posto dove poter scendere e decise alla fine di atterrare sulla cresta sovrastante il lago, abbastanza piatta e stabile, dove Whistler e Fin avevano trovato riparo dalla tormenta. Fu un atterraggio morbido nell'erba alta, in mezzo a rovine di antichi rifugi e, quando i rotori finalmente si fermarono, tutti saltarono giú per guardare oltre l'ampia cavità nella valle al di sotto.

Era ormai tardo pomeriggio. Il sole era alto nel cielo e appena inclinato verso ovest, creando un sottile cambiamento nell'angolatura e direzione delle ombre nella valle. Fin, Gunn e il medico legale erano giunti equipaggiati con scarpe da trekking, stivaloni di gomma e robusti bastoni, e Fin condusse i suoi compagni lungo lo stesso percorso che lui e Whistler avevano intrapreso quella mattina, scegliendo con cautela ogni passo sulle rocce che si erano asciugate al calore del sole, mentre la superficie della torba sul fondale del *loch* iniziava già a indurirsi e creparsi.

Laggiú non arrivava nemmeno un alito d'aria e i moscerini si riunivano simili a grappoli attorno a loro: entravano nei capelli e nei vestiti, e mordevano, mordevano come centinaia di aghi bucando la loro pelle. Non era doloroso in senso stretto, ma era irritante in maniera quasi insopportabile.

– Cazzo, nessuno ha pensato di portare un repellente per gli insetti? – Il professor Wilson lanciò un'occhiataccia a Gunn, come se la colpa fosse sua. Aveva la faccia rossa per la rabbia e la fatica, con l'irregolare barba color rame che pareva esplodergli dal mento come un filo elettrico che fuoriesca dal cavo che lo ricopre. Un'aureola rossa e crespa gli cresceva su una testa che in cima era calva, bianca e punteggiata di grosse macchie cutanee. Continuava a tirarsi schiaffi con le mani aperte, quasi bestemmiando. – Porco diavolo! Gesú Cristo!

Ma dopo che Fin lo ebbe aiutato a salire sull'ala piú vicina, il professore si era già dimenticato della nube di moscerini ed era tutto preso dalla scena che gli si presentava davanti. Il suo sguardo guizzò da una parte all'altra, passando su ogni dettaglio visibile dell'aeroplano; dopodiché si infilò un paio di guanti di lattice e aprí lo sportello dell'abitacolo. Persino lui, abituato com'era ai piú diversi odori emanati dai cadaveri, si ritrasse non appena una zaffata lo investí come un pugno. Nello spazio chiuso dell'abitacolo, simile a un forno dopo parecchie ore sotto il sole, la velocità di decomposizione aveva subito un'accelerazione, rincorrendo i diciassette anni che aveva perso. L'odore era decisamente piú pesante di quando Fin e Whistler avevano aperto lo sportello quella mattina stessa.

– Dobbiamo portarlo a Stornoway in fretta e furia, altrimenti perderemo tutto quel che è rimasto di quest'uomo, – disse il professore. – Forza, piú veloci che possiamo –. Si arrampicò con cautela sul tetto della cabina di pilotaggio fino all'ala piú lontana e cercò di aprire lo sportello dal lato del pilota, che però resisteva ben chiuso. Fin e Gunn si affrettarono a raggiungerlo e insieme riuscirono a far leva e aprire; dopodiché si fecero da parte per lasciare al medico legale l'accesso al cadavere.

Era uno spettacolo terribile, il corpo quasi completamente decomposto ma ancora del tutto vestito, poiché le fibre naturali degli abiti avevano resistito meglio della carne umana nell'acqua fredda.

Il professor Wilson aprí la giacca al cadavere, mettendo in mostra una T-shirt bianca decorata con il logo dei Grateful Dead. – *Dead* lo è di sicuro, ma quanto a *grateful*, che sia grato ne dubito fortemente, – scherzò il professore. Sollevò quindi la T-shirt e mise in mostra il tessuto bianco e gommoso che era ancora attaccato alle zone adipose del torso. Il medico esplorò quella poltiglia con dita che in un attimo vi scomparvero dentro. – Adipocera, – disse con apparente noncuranza. – Ce ne sarà dell'altra attorno alle cosce e ai glutei, ma dei tessuti interni temo che non sia rimasto piú nulla da tempo.

Quindi spostò con grande cautela la testa del cadavere da un lato, scoprendo le ossa della spina dorsale all'altezza delle vertebre cervicali. Rimanevano solo pochi residui di tessuto grigiastro, che tenevano unito lo scheletro. Wilson estrasse dalla tasca della sua giacca uno strumento lungo e appuntito e pian piano pungolò le zone tra le ossa. – Sono porose e friabili. Non appena lo sposteremo da qui, si romperanno e il tessuto rimasto non riuscirà a tenerle unite. Meglio lasciargli addosso i vestiti per trasportarlo fuori. Sono le uniche cose che lo mantengono unito. Se quest'acqua fosse stata solo un po' piú calda, non avremmo trovato altro che un mucchietto di ossa.

Dopodiché rivolse l'attenzione al cranio.

– Grave trauma, – disse. – Metà della mandibola non c'è piú e il cervello da questa parte si è polverizzato.

– È questa la causa della morte? – domandò Fin.

– Non è possibile esserne sicuri, Fin. La ferita potrebbe essergli stata inflitta dopo la morte, per quanto ne sappiamo. In ogni caso non è escluso, anzi è una buona ipotesi.

– Qualche idea su che cosa possa averla provocata?

– Qualcosa di smussato e grosso. Le dimensioni di una mazza da baseball, anche se piú piatto, direi. Ma la forza usata per colpire cosí... – Scosse la testa.

– Non è il risultato dello schianto dell'aereo, quindi, – disse Gunn.

Il professore gli lanciò uno sguardo. – Questo aereo le pare si sia schiantato, sergente?

Gunn guardò a sua volta Fin. – No, signore, non mi pare.

– No, per la miseria! Non sono un esperto ma direi che questo aeroplano non si è schiantato nel lago. Vi è atterrato sopra ed è affondato. Una cosa sicura invece è che a pilotarlo non era questo tizio –. Gli aprí la bocca con la sonda di metallo. – E tutte queste ferite alla mandibola e ai denti significano che non ci sarà possibile risalire alla sua identità tramite radiografie odontoiatriche eventualmente esistenti.

– E del Dna cosa ne dice? – chiese Fin.

– Sicuramente possiamo estrarne dalle ossa. Della peluria del corpo è rimasto molto poco. Ma con che cosa possiamo fare un confronto?

Gunn disse: – I suoi genitori sono morti e non ci sono né fratelli né sorelle.

– Perciò non è possibile verificare alcun legame familiare stretto. E immagino che il suo nome non sia nel database. Qualche oggetto personale? Pettine, spazzola, rasoio? Qualunque cosa possa avere resti del suo Dna.

Gunn scosse la testa. – Non credo proprio, signore. La casa dei genitori è stata svuotata e messa in vendita dopo la loro morte. E degli effetti personali del signor Mackenzie a Glasgow non possiamo sapere che ne è stato.

Il professor Wilson gli disse in malo modo: – Non è proprio di nessun aiuto, sergente? – Poi tornò a dedicare la sua attenzione al corpo e con molta cautela infilò due dita nella tasca della giacca di pelle. Lentamente tirò fuori un portafoglio di pelle scolorito. – Forse dovremo basarci solo su questo –. Lo aprí. Se aveva contenuto delle banconote, già da tempo non ne era rimasto piú nulla. C'era una manciata di monete e tre carte di credito intestate a Roderick Mackenzie. Da un risvolto interno tirò fuori una scheda plastificata con la foto di Roddy. Era l'iscrizione a una palestra di Glasgow. Il medico rivolse lo sguardo a Fin. – Lo conoscevi?

Fin annuí.

– Immagino che sia lui, quindi.

– Sí –. Fin si ritrovò a fissare la sbiadita faccia di un giovane un tempo di bell'aspetto, con i suoi ricci biondi e il sorriso lievemente asimmetrico. E, come prima, quando Gunn si era riferito a lui chiamandolo «il cadavere», sentí una fastidiosa fitta di dolore.

– Quindi… – il professor Wilson si rivolse a Gunn, – che cosa ne pensa lei, sergente?

– Penso sia stato ucciso, signore.

Il medico legale si strinse nelle spalle, per una volta d'accordo con il poliziotto. – Non abbiamo la certezza, ovviamente, ma direi che è molto probabile. Fin, il tuo parere?

– Ho pensato la stessa cosa nel momento in cui ho aperto lo sportello dell'abitacolo, Angus. E ora non ho visto nulla che possa farmi cambiare idea.

Il professore annuí. – Bene, dunque, dobbiamo far venire qui la squadra di recupero il piú presto possibile. È necessario fotografare il corpo e poi portarlo a Stornoway. Vedremo se sul tavolo per l'autopsia troveremo qualche altra informazione.

Mentre Wilson scivolava giú dall'ala, Gunn afferrò Fin per un braccio. – Quindi era venuto qui a cacciare di frodo, signor Macleod? Il suo amico Whistler, intendo.

– Sí, esatto.

– Durante una tormenta?

Fin annuí, sapendo però che Gunn si era accorto della sua evasività.

– Non è cosí semplice, George.

Per quanto riguardava Whistler, niente era mai stato semplice. E Fin tornò con la memoria agli eventi di due giorni prima, chiedendosi come aveva potuto essere cosí sciocco da abboccare all'amo.

Cinque

1.

Dopo quel primo incontro con Whistler, Fin non riusciva a pensare ad altro mentre guidava di notte verso casa. Il modo in cui aveva vissuto, lo sfratto imminente.

Il sole gettava delle ombre che si allungavano tra la vegetazione secca mentre superava il bivio per la chiesa di Crobost. Lanciò uno sguardo alla canonica sulla collina e alla macchina del reverendo Murray parcheggiata ai piedi della scalinata. Anche se non avevano mai condiviso le rispettive convinzioni su Dio e la fede, Fin provava una grande empatia per il suo amico d'infanzia, e ogni volta che passava nei pressi della chiesa sentiva dentro di sé parte del dolore di Donald. Insieme alla rabbia al pensiero che la gente potesse essere cosí poco comprensiva.

L'insieme di case e *crofts* che costituivano il villaggio di Crobost, privo di alberi ed esposto al vento, si estendeva per circa ottocento metri lungo il costone roccioso sopra la spiaggia di Port of Ness, la piú settentrionale dell'isola. Ma il porto era stato danneggiato da una tempesta e in quel periodo veniva usato solo dai pescatori di granchi. Da lí Fin vide alcune piccole imbarcazioni portate sulla sabbia e altre che galleggiavano al riparo del muro del porto facendo scricchiolare dolcemente le funi di ormeggio.

Circa cento metri piú vicino a Port of Ness rispetto al *croft* dei genitori di Fin c'era il bungalow di Marsaili, appena sotto la strada. Era appartenuto ai genitori di Artair, ma sia loro che Artair erano morti e Marsaili viveva lí con suo figlio. Che era anche figlio di Fin.

La vecchia *crofthouse* sopra la strada dove Fin aveva vissuto fino alla morte dei suoi genitori era stata restaurata solo parzialmente. Lui l'aveva riportata alle condizioni originali, con i muri di pietra a vista. E ci aveva messo un nuovo tetto. Ma non era ancora abitabile e cosí si era trasferito da Marsaili. Una sistemazione temporanea, erano entrambi d'accordo. Lui avrebbe dovuto occupare la vecchia stanza della madre di Artair. Ma nel giro di poco si era ritrovato nel letto di Marsaili. Come se tutti gli anni trascorsi da quando avevano vissuto l'estate del loro amore prima di partire per l'università non fossero mai esistiti. Le persone che erano diventate nel frattempo, le vite separate che avevano vissuto, sembravano ora irreali. Come fantasmi in un brutto sogno. Eppure Fin sapeva che mancava qualcosa. Se fosse qualcosa di suo o di Marsaili, o il fatto di non essere piú riusciti del tutto a ricreare la magia di quell'estate perduta, non avrebbe saputo dirlo. Ma qualunque cosa fosse lo turbava.

L'auto di Marsaili era ferma sulla ghiaia alla fine della strada che portava al bungalow, con il portellone aperto. Fin si avvicinò da dietro. Attraversò l'erba e sentí sotto i piedi un terreno fragile, lo strato di torba indurito dopo tanto tempo senza pioggia. La porta della cucina era aperta e poteva sentire la voce di Marsaili da qualche parte nella casa. – E non dimenticare il maglione. Ora è caldo, ma tra poco farà freddo e ne avrai bisogno.

Appena Fin entrò in cucina sentí la risposta di Fionnlagh gridata dalla camera da letto al piano di sopra. – Non c'è abbastanza spazio nella valigia... – Fin sorrise. I maglioni fatti a mano non erano esattamente di moda e Fionnlagh era proprio un ragazzo del suo tempo.

– Vengo su se vuoi!

– No, no, va tutto bene. Mi arrangio.

Fin era piuttosto sicuro che il maglione sarebbe stato trovato nei giorni successivi in fondo a un cassetto. Marsaili entrò in cucina sospirando tutta la sua esasperazione. – Ragazzi! – Eruttò la parola e gettò uno sguardo pericoloso in direzione della risata di Fin. Era uno sguardo che lui amava, pieno dello spirito della Marsaili adolescente, con i capelli ramati pettinati all'indietro e un bel viso con labbra sorridenti e occhi blu penetranti come ghiaccio infuocato. – Cosa c'è di cosí divertente?

– Tu.

– Grazie –. Gli rivolse un sorrisetto ironico, senza umorismo e ritornò al tavolo dove stava preparando i panini per il viaggio sul traghetto. – Allora, come ci si sente ad avere di nuovo un vero lavoro?

Fin si appoggiò al frigo. – Non mi pare un vero lavoro. Niente ufficio, niente telefoni, nessuno che tiene il conto delle mie ore.

– Quando non vengono contate significa di solito che si lavora molto piú di quanto si dovrebbe.

Fin sorrise e annuí. – Probabilmente è il mio caso –. Poi disse: – Ho incontrato un vecchio compagno di scuola oggi.

– Sí? – Marsaili era ancora concentrata sui suoi panini e lui capí che non era affatto interessata.

– John Angus Macaskill. Tutti lo conoscevano come Whistler.

– Oh, sí. Suonava il flauto con… come si chiamavano allora? I Sòlas.

– Proprio lui.

– Un bravo ragazzone. Ma con la testa non del tutto a posto, credo.

Fin sorrise per come lo aveva descritto. – Era troppo intelligente, e questo non è sempre un vantaggio. E per Whistler è ancora cosí.

– Non l'ho mai conosciuto bene. A scuola non frequentavamo gli stessi giri –. Marsaili iniziò ad avvolgere i panini nella carta stagnola.

– No, tu eri troppo occupata con Artair in quei giorni.

Lei fece una pausa quasi impercettibile mentre si occupava dei panini, ma non si voltò. – Cosa sta facendo adesso?

– Vive come un barbone in un piccolo *croft* a Uig.

Marsaili ora si voltò, tenendo i panini avvolti tra le mani, con un lampo di curiosità negli occhi. – Come un barbone?

Fionnlagh trascinò un'enorme valigia marrone in cucina. Era alto come Fin. Forse di piú. Con i suoi fitti riccioli biondi intrisi di gel e gli occhi azzurri della madre. Fece un cenno di saluto al padre mentre Fin continuava a descrivere Whistler a Marsaili. – Si è isolato. È autosufficiente. Fa del bracconaggio, naturalmente. E si è intestardito in una sorta di battaglia per la custodia di sua figlia.

– Con la moglie?

– No, lei è morta. Il tutore legale della figlia è Kenny John Maclean.

Fionnlagh interruppe la conversazione. – Stiamo parlando di Anna Bheag?

Fin lo guardò, sorpreso. – La conosci?

– Anna Macaskill, di Uig?

– Sí, lei.

Fionnlagh annuí. – È piena di problemi. Fa il terzo anno alla Nicolson. Mai visto cosí tanti tatuaggi su una ragazzina in vita mia. Sarebbe anche carina, ma i capelli li porta corti come un uomo e ha il viso pieno di metallo.

Fin fu preso alla sprovvista. Non corrispondeva all'immagine della «piccola Anna» descritta da Whistler. – Quanti anni ha?

Fionnlagh si strinse nelle spalle. – Forse una quindicina? Ma non è vergine, questo è sicuro. Frequenta dei tossici. Dio sa cos'ha in testa. Peccato. Una ragazza intelligente ma si è fumata il cervello –. Guardò sua madre. – Porto questa alla macchina?

– Vai, – disse Marsaili. – Metterò i panini nel tuo zaino.

Fionnlagh trascinò la valigia fuori dalla porta. – Non ho bisogno di panini. Posso comprare qualcosa sulla barca.

Marsaili si diresse verso il salotto e replicò: – Il denaro non cresce sugli alberi, Fionnlagh. Lo scoprirai ben presto quando proverai a vivere con quattro soldi a Glasgow.

Quindici minuti piú tardi stavano camminando tutti fino alla strada con le ultime cose di Fionnlagh quando arrivò l'auto di Donald, il quale scese e aiutò Donna con la sua valigia. Ogni volta che Fin vedeva Donald in quei giorni gli sembrava dimagrito. Non aveva piú da tempo l'aspetto giovanile e i capelli biondi sottili. E Fin rimase colpito, come sempre, da quanto Donna sembrasse giovane. Pareva quasi non avere l'età per poter essere la madre della nipote di Fin. Una diciassettenne con l'aspetto di una dodicenne. Nonostante la lunga e calda estate il viso era di un pallore invernale, come se non fosse mai uscita di casa. Fin si chiese quanto di sé stesso ci fosse in Fionnlagh, e se la sua storia con Donna sarebbe sopravvissuta agli anni dell'università. Almeno, pensò, avevano il collante di un figlio a tenerli insieme. A differenza di lui e Marsaili. Forse le cose sarebbero state diverse se Fin a suo tempo avesse saputo che Marsaili aspettava un figlio da lui.

Misero la valigia di Donna nella macchina di Marsaili. Lei li avrebbe portati al traghetto di Stornoway. Rimasero tutti in piedi, per un imbarazzante momento in cui nessuno di loro voleva salutare, nonostante fosse necessario. Alla fine, ci furono gli abbracci e i baci di rito e, prima di sedersi al volante, Marsaili disse a Donald: – Di' a Catriona che passerò a prendere Eilidh domani mattina –. Era l'ultima notte che la bambina avrebbe trascorso dai Murray. Marsaili aveva accettato di prendersi cura di sua nipote mentre Fionnlagh e Donna erano all'università. Una sorta di seconda maternità indesiderata, che seppelliva il desiderio espresso solo pochi mesi prima di riprendere gli studi e andare alla ricerca della giovane donna il cui potenziale all'epoca lei stessa aveva sprecato. Ora stava sacrificando la sua seconda chance di vita e donando loro la prima.

Fin e Donald erano in piedi a guardare l'auto che girava lungo la curva dove la strada a una corsia scendeva verso i negozi di Crobost e la via principale che li avrebbe portati a Stornoway. Alla stessa ora, la notte successiva, i loro figli sarebbero stati a Glasgow per iniziare una nuova vita, lasciandosi alle spalle i genitori e venendo a patti con il pasticcio che avevano combinato.

Fin guardò il sole calante a ovest. Le giornate erano ancora lunghe e rimanevano parecchie ore di luce. Ma presto quei giorni avrebbero cominciato ad accorciarsi e gli isolani avrebbero accolto di malumore l'inizio di un altro lungo e tetro inverno subito dopo la miglior estate a memoria d'uomo.

Il rumore di un accendino fece voltare Fin, che rimase sconvolto nel vedere Donald accendersi una sigaretta, le mani a coppa intorno a una fiamma tremolante. Era una visione che strideva con il maglione nero e il collare da prete, che a loro volta formavano una nota strana con i jeans e le scarpe da ginnastica. Il suo volto divenne piú sottile mentre tirava dalla sigaretta. L'ultima volta che Fin aveva visto Donald fumare era stato quasi diciotto anni prima, e quasi certamente quel che fumava era uno spinello.

– Quando hai iniziato a fumare di nuovo?

Donald aspirò ancora piú fumo nei polmoni. – Quando ho smesso di preoccuparmi.

– Di che cosa?

– Di me –. Soffiò il fumo nel vento. – Oh, non ti preoccupare, Fin. Non sto autocommiserandomi ancora –. Lui lo guardò. – Facciamo due passi sulla spiaggia. Ho bisogno di chiederti un favore.

La marea stava risalendo. La schiuma cremosa copriva la sabbia vergine compatta: interrotta solo dalle tracce di gabbiani che cercavano cibo appena sotto la superficie. Anche Fin e Donald lasciarono le loro impronte mentre camminavano, risalendo spesso il lieve pendio per evitare di bagnarsi. Stormi di gabbiani emettevano i loro versi sopra le teste dei due uomini, godendosi l'ultimo sole che colpiva i tetti delle case lungo la strada sovrastante il porto. Il vento soffiava piú forte ora, ma era ancora benevolo sui loro volti.

Avevano camminato in silenzio, finché Donald disse: – L'altro giorno ho sentito che potrebbero chiedermi di lasciare la canonica.

Fin era stupito. – Non si è innocenti fino a prova contraria? Sei stato solo sospeso, per l'amor di Dio!

– È per amore della Chiesa, Fin, non di Dio –. Donald teneva gli occhi fissi su un punto lontano, molto piú avanti di loro. – A quanto pare alcuni anziani ritengono che il ministro che hanno mandato a predicare in mia vece debba avere anche casa mia.

– Gli stessi anziani che ti accusano, senza dubbio –. Sulle labbra di Donald apparve per un secondo un sorriso innocente. – Certo –. Ma poi altrettanto rapidamente svaní. – Temo che Catriona stia pensando di lasciarmi.

Fin si fermò di colpo nella sabbia, mentre Donald aveva proseguito per diversi passi prima di rendersene conto e fermarsi. Si voltò. Fin chiese: – Perché?

Donald si strinse nelle spalle. – Perché dice che non sono l'uomo che ha sposato.

– Tu sei l'uomo che ha salvato la vita di sua figlia.

– Uccidendo un altro uomo.

– Anche il pubblico ministero ha detto che non esiste giuria che ti avrebbe condannato per aver ucciso al fine di salvare vite innocenti. Non hai fatto nulla di male.

– Agli occhi della legge forse.

– Non avevi scelta.

– C'è sempre una scelta.

– E si è scelto il minore tra due mali.

– Dio è chiaro, Fin. Non uccidere. Non è una richiesta, è un ordine –. Trasse un profondo respiro. – In ogni caso questo è ciò che sosterranno i miei accusatori. E questo è quello che volevo chiederti.

– Il sesto comandamento?

Fece una risatina. – No, Fin. Penso di avere abbastanza familiarità con i tuoi punti di vista a proposito di Dio e la Chiesa.

– Che cosa, allora?

Il sorriso di Donald si spense. – Il presbiterio ha deciso di portare la questione davanti a un tribunale disciplinare. A tutti gli effetti si tratta di un processo, secondo la legge della Chiesa. Se voglio conservare il mio lavoro dovrò difendermi. E loro intendono portare testimoni. Hanno deciso di chiamarti, Fin –. Ora, per la prima volta, Donald apparve poco sicuro di se stesso. – Testimonierai?

E Fin ricordò tutti i momenti di quand'erano ragazzi in cui Donald aveva preso le sue difese anche se questo significava mettersi in pericolo. Sentiva l'emozione crescere in lui come un fiume in piena. Per un attimo non riuscí nemmeno a parlare. Poi finalmente ritrovò la voce. – Donald, come potresti mai pensare che non lo farei?

2.

Il giorno seguente Fin ebbe il suo primo incontro con Jamie nell'ufficio privato del proprietario della tenuta. Lui e Kenny guardavano in piedi la mappa n. 13 dell'Ordnance Survey di West Lewis e North Harris aperta sulla scrivania, mentre Jamie con un evidenziatore arancione segnava i vari sistemi idrici che costituivano la Red River Estate.

Big Kenny non faceva niente per nascondere la noia. Conosceva la tenuta e il suo sistema idrico meglio di qualunque altra persona al mondo, ma Jamie era il suo capo, e voleva dare personalmente le informazioni a Fin.

L'ufficio di Jamie era disordinato, con un'ampia scrivania che lo riempiva quasi per intero. Bacheche in vetro di pesci impagliati ed esche da pesca erano allineate lungo le pareti, un'imponente testa di cervo era montata su una targa sopra la porta.

Fin ricordava Jamie fin dagli anni dell'adolescenza passati a Uig con Whistler. Sir John Wooldridge a Natale, a Pasqua e durante le vacanze estive portava sull'isola suo figlio, che studiava in qualche collegio nel Sud dell'Inghilterra, perché conoscesse bene la proprietà. Era di un paio d'anni piú grande degli altri ragazzi, ma già da giovane aveva acquisito quell'inconscio atteggiamento condiscendente tipico del proprietario terriero. Del resto, non era passato cosí tanto tempo da quando tutta Lewis apparteneva a un singolo padrone, e tra gli abitanti dell'isola i contadini che vivevano nei *crofts* e lavoravano la terra erano trattati alla stregua di servi. Quando si decise che allevare pecore era piú redditizio rispetto all'agricoltura, molti fittavoli erano stati buttati fuori a forza e imbarcati per il Canada e gli Stati Uniti, considerando le loro vite cosí come avevano fatto gli schiavisti che avevano condotto i neri dall'Africa.

I ricordi andavano indietro nel tempo, le storie dello sgombero delle terre riguardavano piú generazioni e i proprietari terrieri venivano ancora guardati con sospetto e timore reverenziale. E anche se i loro poteri al giorno d'oggi erano stati ristretti dal parlamento, e gli agricoltori avevano la sicurezza di un impiego permanente, il «signore» continuava stranamente e con una certa rabbia a essere considerato superiore. Una considerazione che i possidenti stessi avevano di sé.

Jamie era magro e abbronzato, ma i capelli si andavano diradando. Dopo l'infarto subito da suo padre, aveva portato la moglie e i due figli a vivere con lui a *Cracabhal Lodge*. Jamie aveva il pastoso, languido accento del Sud, anche se – con sorpresa di Fin – dimostrava un'ottima conoscenza del gaelico. Quando lo parlava era quasi una lingua ignota, ma la sua capacità di comprensione era notevole. Indossava pantaloni di fustagno, stivali fino al ginocchio e un giaccone Barbour.

– Nella tenuta abbiamo cinque sistemi idrici, Fin, fiumi che alimentano i vari *lochs*. Si possono pescare ovunque salmoni e trote salmonate e fario. Abbiamo oltre cento *lochs* per la pesca alla trota fario, anche se non è a quella che i pescatori di frodo mirano.

Jamie muoveva l'evidenziatore su un paesaggio punteggiato da decine di «macchioline» blu e circondò un lungo reticolato d'acqua che andava da sud a nord e da ovest a est. – Loch Langabhat. Termine norvegese per «lago lungo». E in effetti è lungo quasi 13 km. Il maggior *loch* delle Ebridi –. Ed ecco, in quella singola informazione, la convinzione di star dicendo a Fin qualcosa di nuovo per lui, nonostante fosse Fin a essere cresciuto sull'isola, non Jamie. – Condividiamo i diritti di pesca con altre cinque tenute. Con una gestione oculata abbiamo aumentato la quantità di pesci anno dopo anno, arrivando a raddoppiare negli ultimi cinque.

Questi maledetti pescatori di frodo finiranno per svuotare tutto. E non solo nel Langabhat ma in tutta la nostra rete d'acqua. E se ci danneggiano gli affari, andrà a finire che un sacco di gente qui perderà il lavoro.

Si alzò e scrutò Fin con uno sguardo interrogativo nei suoi occhi nocciola.

– Conto su di te, Fin, per trovare questa gente e fermarla. Disporrai di tutte le risorse che ti servono.

A Fin suonò come un vero e proprio incarico investigativo di polizia. I pescatori di frodo non erano gente di fuori, ma abitanti dell'isola che ne conoscevano ogni angolo. Qualcuno sicuramente sapeva chi erano. E la faccenda non era limitata alla pesca. Altri prendevano il pesce per affumicarlo. E qualcuno lo comprava. C'era una catena che portava fuori da Lewis, con varie destinazioni in Europa o ancora piú lontano, e poiché quando si parla di pesce la freschezza è importantissima, probabilmente veniva portato via in aereo piuttosto che in nave.

– Be', credo che nel giro di un mese o due riusciremo a tirare le fila, signor Wooldridge.

– Jamie, – lo corresse il suo interlocutore.

Fin annuí. – Jamie –. Ma non si sentiva a suo agio a rivolgersi a lui con il nome di battesimo. Anni nella polizia lo avevano condizionato nel riferirsi a chiunque, a parte i livelli piú bassi del suo, con il cognome o con «signor» o «signora».

– Bene, mi fa piacere, Fin. Spero che tu abbia ragione.

Il rumore di un veicolo che si fermava all'esterno richiamò l'attenzione di Kenny, peraltro già poco concentrata, il quale andò alla finestra dell'ufficio di Jamie per guardare nel cortile sottostante. C'erano parecchie auto in sosta fuori dal *Suaineabhal Lodge*, clienti del bar a pianterreno, ma quest'ultimo veicolo si era fermato sull'altro lato, davanti al cancello della casa di Kenny. – È mia figlia che arriva da scuola, – disse. – Torno tra cinque minuti –. E corse fuori.

Jamie prese un'aria scocciata per l'improvvisa uscita di Kenny, come se ritenesse che il manager della tenuta avrebbe dovuto chiedere il permesso prima di allontanarsi. Richiuse la mappa e la consegnò a Fin. – Studiatela. Dovrai conoscere ogni centimetro quadrato della proprietà –. Girò attorno alla scrivania e andò alla porta. – La gente pensa che dovrebbe essere facile prendere i cacciatori di frodo su un'isola –. Aprí la porta, ma esitò con la mano ferma sulla maniglia. – La verità, Fin, è che questa tenuta costituisce una delle aree piú inaccessibili e selvagge della Scozia. Ci sono ampie zone non raggiunte da una strada. Sembra di tornare indietro nel tempo. L'unico modo per andare in giro è a piedi o in barca –. Inspirò a fondo. – Torno tra un minuto. Poi ti offro qualcosa da bere qui al bar cosí puoi incontrare qualcuna delle nostre guide.

Jamie scomparve lungo il corridoio e Fin si spostò alla finestra, spinto dalla curiosità e dalla descrizione che Fionnlagh aveva fatto di Anna Macaskill, sperando di riuscire a vedere la ragazza con i tatuaggi e la faccia piena di piercing.

Il cielo era nuvoloso e la luce stava iniziando a calare, ma Fin la vide abbastanza chiaramente, in piedi sotto gli alberi in fondo al viottolo. L'auto che l'aveva portata fino al cancello stava andandosene lungo la stessa via che conduceva alla strada principale, e Kenny stava attraversando a grandi passi il cortile per andare a parlare con Anna.

Nonostante la precisa descrizione della ragazza fatta da Fionnlagh, il suo aspetto risultò comunque scioccante. Aveva il collo e le parti visibili delle braccia coperte di tatuaggi blu scuro. A quella distanza non era possibile capire che cosa rappresentassero. I capelli erano troppo neri per essere naturali, ed erano corti come aveva detto Fionnlagh, ma tinti di rosa su un lato, sopra un orecchio ricoperto da una dozzina o piú di anelli che attraversavano la cartilagine del padiglione auricolare. Il sopracciglio opposto era forato da cinque o sei borchie, e parecchi anelli sfiguravano il labbro inferiore. Ne aveva uno anche sul naso e, sebbene Fin non potesse vederlo, immaginò che la ragazza si fosse fatta un piercing pure alla lingua.

Indossava una corta gonna nera su leggings neri e una felpa grigia col cappuccio su una T-shirt nera scollata. A tracolla portava una borsa di cuoio.

Nonostante tutto, aveva un bel viso e qualcosa nei suoi occhi cerchiati di eyeliner nero diceva a Fin che non poteva essere altro che la figlia di Whistler.

Ma fu il suo patrigno ad attraversare il cortile per andare a salutarla. Anche se da sola aveva un aspetto esagerato, accanto a Kenny sembrava piccola, e lui un gigante, e Fin si rese conto di quanto minuta fosse. Anna Bheag. La piccola Anna. Osservò cosa diceva il loro linguaggio del corpo. Anna appariva guardinga, ma non ostile. Non si scostò dalla manona che si era posata teneramente sulla sua guancia, un fuggevole gesto di calore e affetto che contraddiceva l'immagine di rude virilità che Kenny ci teneva a manifestare. Rimasero a parlare in piedi per qualche istante, con un tono che appariva spontaneo e privo di rabbia, e a Fin parve evidente che il loro rapporto non era gravato dall'antagonismo che caratterizzava cosí tante relazioni tra padri e figlie adolescenti. C'era qualcosa di quasi commovente nel loro modo di stare assieme.

Subito dopo Fin si accorse dello sguardo di Anna su di lui e vide un cambiamento non solo nella sua espressione ma anche nel modo in cui atteggiava il proprio corpo, voltandosi nella sua direzione e di colpo mettendosi ben diritta, ostile e provocatoria al tempo stesso. La ragazza disse qualcosa e Kenny si girò, sollevando lo sguardo verso la finestra dell'ufficio di Jamie. Fin doveva apparirgli chiaro come il sole, in piedi lí accanto intento a osservarli.

Anna alzò il dito medio della mano destra e lo agitò in direzione di Fin. E anche attraverso il doppio vetro la si udí gridare: – Perché non ci fai una foto? Cosí te la tieni quanto vuoi –. Fin si sentí sconvolto, come se qualcuno lo avesse picchiato, e sapeva di essere arrossito.

Kenny disse qualcosa alla ragazza, ma lei si voltò senza dire altro e s'incamminò lungo il viottolo fino alla porta di casa. Kenny si guardò indietro, verso Fin, con le sopracciglia sollevate, un sorrisino di imbarazzo sulle labbra e una lieve alzata di spalle, il tutto a indicare le sue scuse.

3.

Il bar era affollato, i vetri sempre piú appannati mano a mano che la temperatura esterna diminuiva. Una mezza dozzina di uomini era riunita a un tavolo da biliardo posto in un angolo, altri avevano portato delle sedie intorno a tavoli rotondi di legno. Ma la maggior parte stava in piedi, tre o quattro lungo il bancone a bere pinte di birra, con le voci che si levavano alte per farsi sentire sopra il frastuono. A Fin giungevano i bassi di un brano musicale suonato da uno stereo.

Quando Jamie si ricavò uno spazio verso il bancone seguito da Fin e Kenny, i gruppi si separarono come le acque del Mar Rosso davanti a Mosè. Appena lo raggiunsero, Kenny portò le labbra all'orecchio di Fin e disse a bassa voce: – Mi dispiace per la ragazza. È in un'età difficile –. E per un attimo Fin si chiese come diavolo Kenny fosse riuscito a gestire la tenuta e contemporaneamente crescere una figlia ora adolescente. Poi si ricordò che Anna viveva lontana da casa cinque giorni alla settimana, presso gli alloggi studenteschi di Stornoway. Proprio come aveva fatto lui. Quindi, in realtà, assomigliava piú a un lavoro part-time. Ma non ci si sarebbe mai immaginati, guardando Kenny, che quell'uomo avesse dovuto affrontare la tragica morte della moglie e tirare su da solo la figlia di un altro uomo. La figlia della donna che aveva amato. L'unica parte di sé che gli aveva lasciato.

Jamie ordinò loro delle pinte senza chiedere che cosa volessero e il barista spillò tre bicchieri di ambra frizzante la cui condensa e schiuma finirono su un bancone già lucido di birra. Quindi sollevò la sua pinta per un brindisi. – Al successo, – disse. Anche Fin e Kenny sollevarono i bicchieri e sorseggiarono in silenzio le loro birre. Poi Jamie fece un cenno a un gruppo di uomini nella stanza, e gridò: – Ewan. Peter. Venite a conoscere Fin Macleod.

Parecchie teste si girarono verso di loro e Ewan e Peter si mossero in direzione dei tre.

– Guardacaccia e sovrintendente alle acque, – disse Jamie. – Tutti e due brave persone.

Ewan era un uomo sulla cinquantina, con il volto abbronzato a causa del tempo trascorso all'aperto. Peter era piú giovane, una specie di orco con una folta barba, come crini di cavallo che spuntino da un materasso. Tutti si strinsero la mano.

– Fin è il nostro nuovo capo della sicurezza, – disse Jamie. – Catturerà i bracconieri –. Entrambi gli uomini riservarono a Fin degli sguardi scettici, ma rimasero in silenzio.

Fin disse: – Sarebbe meglio non parlarne troppo, signor Woldridge. Non vogliamo mostrare la mano prima ancora di aver giocato una carta.

Kenny rise. – Non si può mantenere un segreto qui, neanche

per cinque minuti, Fin. Dovresti saperlo. Probabilmente i bracconieri sapevano tutto su di te sin dal momento in cui hai messo piede nella tenuta.

Fin si era reso conto a malapena dell'apertura della porta, con la ventata di aria piú fresca intorno alle gambe, ma l'improvviso silenzio nel caos delle voci nel bar catturò la sua attenzione. Si voltò e vide Whistler in piedi sulla soglia. Il rumore intorno a loro sfumò nel silenzio, a parte il continuo battito della musica.

Whistler sembrava un selvaggio sbucato dalle colline. I suoi capelli erano scompigliati e aggrovigliati dal vento. Un altro giorno di barba, chiazzata di grigio come i capelli, lo faceva apparire ancora piú trasandato. I suoi occhi erano neri, senza distinzione di luminosità tra iridi e pupille. Scrutò i volti, tutti girati nella sua direzione, e Fin intravide la lieve parvenza di un sorriso sulle sue labbra. Non c'era dubbio che gli piacesse trovarsi al centro dell'attenzione e la sua apparizione nel bar a *Suaineabhal Lodge* assomigliava a un debutto da star.

– Cosa c'è che non va? Avete visto un esercito? – La sua voce tuonò nel pub e a un tratto tutti si resero conto della scena, ma erano bloccati in uno sguardo comune e un silenzio che nessuno voleva essere il primo a spezzare. Whistler si diresse verso il bancone. – Una pinta di limonata –. Il barista sembrava pietrificato. I suoi occhi da coniglio spaventato saettavano da Whistler a Jamie e viceversa. – Non preoccuparti di come pagherò, – disse Whistler cercando di placare i suoi dubbi. – Ho dei buoni crediti. I Wooldridge mi devono una fortuna.

– Temo che ti sbagli, John Angus –. L'aspetto esteriore di calma imperturbabile di Jamie era tradito dal tenue tremore nella sua voce.

Whistler girò la testa rivolgendo lo sguardo a Jamie. – Oh? E come va, signor Wooldridge?

– Sei tu quello che ci deve dei soldi. Piú di dieci anni di affitto arretrato. Quindi c'è una buona probabilità che ti manderò gli ufficiali giudiziari per farti sloggiare. Dal *croft*, e dalla tenuta. A meno che stasera tu non sia venuto a onorare i tuoi debiti.

– Ne sarei felice, se lei sputasse fuori quel che deve a me.

Qualcuno aveva spento la musica e il silenzio ora era rotto solo dal rumore del vento che fischiava dalla porta e dalle finestre.

– Non ti dobbiamo niente.

– Suo padre sí.

– Spiegati!

Whistler lasciò cadere lo zaino dalla schiena e lo posò pesantemente sul bancone, aprendolo per mostrare uno dei suoi pezzi degli scacchi intagliati. – Me ne ha commissionato il lotto completo, da approntare per il giorno di gala. Venga a prenderli quando vuole.

Jamie sostenne il suo sguardo con fermezza. – Immagino che tu abbia un contratto da mostrarmi.

E per la prima volta Fin vide l'incertezza farsi strada negli occhi di Whistler. – Non c'è stato nessun contratto. Suo padre si fidava di me, cosí come io mi fido di lui.

– Be', – Jamie sorrise, sapendo di avere ora il coltello dalla parte del manico, – abbiamo solo la tua parola. Visto che mio padre è ancora ricoverato in una clinica dopo l'infarto che ha avuto, non sarà facile verificare le tue parole –. Fece una pausa. – E ti posso assicurare che non ti arriverà un centesimo finché non avrò parlato con lui –. Jamie alzò la sua pinta dal bancone per berne una sorsata, a questo punto del tutto sicuro di aver vinto il confronto. – Quindi, se non paghi entro la prossima settimana, aspettati una visita degli ufficiali giudiziari.

Il bicchiere non gli arrivò mai alle labbra. Whistler lo aggredí: un ringhio simile al grido di guerra di un animale selvaggio gli uscí dalla bocca mettendo a nudo una dentatura giallastra. Il bicchiere di Jamie volò per aria, inzuppando alcuni dei presenti piú vicini, mentre il rumore di vetro rotto accompagnò lo scontro dei due uomini che cadevano sul pavimento. Il suono dell'aria emessa forzatamente dai polmoni di Jamie risuonò di dolore. Tutto il peso di Whistler gli si era gettato addosso. Un primo pugno si agitò nell'aria e colpí il giovane possidente in pieno sullo zigomo. Un altro gli affondò nella pancia. Jamie rantolò di dolore, ma nei polmoni non aveva aria sufficiente per gridare.

Una gran quantità di mani e braccia allontanarono Whistler, tra loro anche Fin e Kenny. E nella confusione di pensieri che attraversarono come dei flash la sua mente, Fin ricordò che non era la prima volta che aiutava ad allontanare Whistler da qualche altro poveraccio. Ma Whistler non aveva nessuna intenzione di lasciarsi reprimere senza dare filo da torcere all'avversario. Agitò le braccia come un forsennato, liberandosi delle mani che lo trattenevano, girandosi con gli occhi ardenti e pieni di quell'esaltazione che prima gli era mancata. Un pugno attraversò nuovamente l'aria per colpire Fin dritto sulla mascella e mandarlo a cadere all'indietro contro la folla e poi sul pavimento, con la testa in fiamme.

Parecchi degli uomini che si trovavano lí quella notte conoscevano il passato tra Fin e Whistler, il legame indistruttibile di quand'erano ragazzi. E questo rendeva ancora piú incredibile il fatto che Whistler avesse colpito l'amico. Le voci che prima erano uscite dal silenzio chiamando sangue tornarono a zittirsi. Molti piedi scivolarono indietro e attorno ai contendenti si aprí uno spazio. Kenny aiutò Jamie a rialzarsi, mentre Whistler rimaneva lí fermo, con il respiro ansante, fissando Fin steso a terra. – Mai avrei pensato che tu fossi lo scagnozzo di un padrone, – gridò, quasi cercasse di trovare una giustificazione a ciò che aveva fatto.

Fin si sollevò su un gomito e si mise una mano sul volto per controllare se la mandibola era fratturata. Si ritrovò con del sangue sulle dita dove il labbro si era tagliato tra i denti. Delle mani si tesero verso il basso per aiutarlo ad alzarsi. Fin guardava Whistler, e il silenzio che era sceso nel locale si trasformò in attesa. Ma Fin non aveva alcuna intenzione di farsi coinvolgere in una rissa. Il suo dolore andava piú a fondo di qualsiasi ferita esterna. Scosse la testa: – Non ti ho mai considerato altro se non un amico.

Il senso di colpa di Whistler traspariva dai suoi occhi umidi e dalle sue labbra serrate, ma il rimorso lottava per il predominio con la rabbia che ancora lo invadeva. – Non ce l'ho con te.

– Ma se mi hai appena picchiato!

– E tu ti sei messo dalla sua parte contro di me –. Si voltò e rivolse quasi un ringhio a Jamie, che suo malgrado trasalí.

– Non mi sono messo dalla parte di nessuno, Whistler. Sono dalla parte della legge. E tu la stai infrangendo.

– A volte essere dalla parte della legge significa essere dalla parte sbagliata, Fin.

– Io non la penso cosí –. Ma non appena le parole gli furono uscite di bocca, gli venne in mente Donald.

Whistler sbuffò, come un cavallo impaziente di uscire al galoppo. – Bene, vediamo. Questa notte c'è luna piena, una notte splendida per uscire e andare dalle parti di Loch Tathabhal. I pesci abboccheranno di sicuro. Forse mi vedrete lí, e forse no. Ma se mi vedete... be' forse capiremo chi ha ragione e chi ha torto.

Era chiaro a tutti i presenti che Whistler stava lanciando una sfida. Prendetemi se ci riuscite. Si girò e si fece strada con rabbia fino alla porta, per poi svanire nella notte.

– Chiama la polizia, Kenny, – disse Jamie. Era bianco di collera, tremava e non riusciva ancora a controllare il respiro.

– No –. Fin lo fermò immediatamente.

– Ha assalito sia me che te, e tutti i presenti sono testimoni oculari –. Jamie riusciva a malapena a controllare la rabbia.

– Gli uomini litigano e si azzuffano, – disse Fin. – Questa è una faccenda che riguarda loro, non la polizia. Lei ha detto a quell'uomo che gli avrebbe portato via la casa, dove la sua famiglia risiede da generazioni. Come pensava che la prendesse?

– Sono dieci anni che non paga l'affitto!

– Non mi dica che per lei è un grave danno! Qualche centinaio di sterline. E gli è debitore per gli scacchi.

– E chi lo dice?

– Li ho visti. Il lotto completo. Non li ha fatti per passare il tempo, le suggerisco di verificare con suo padre.

Jamie fece due passi verso di lui, abbassando la voce e mettendovi ora un tono di minaccia. – Lo deve prendere, Macleod. O lo prende lei, o farò venire gente che ne sarà capace –. A Fin non sfuggí come l'amichevole «Fin» era stato abbandonato a favore del cognome.

– Certo, mi darò da fare con lui, – disse Fin, fissando con i suoi occhi verdi gli occhi di Jamie. – Ma per il bene di Whistler, non per lei.

Circa venti minuti piú tardi, Fin uscí nella luce del crepuscolo. Il vento era calato e la luce della luna stava già inondando le colline e penetrando con pennellate d'argento tra le foglie degli alberi attorno al *lodge*. Le stelle erano riconoscibili contro un cielo blu scuro, e i moscerini mordevano ancora, in quella stagione resa piú lunga dal protrarsi del periodo caldo e secco. Nubi dei minuscoli insetti, mascherati dalla luce calante, riempivano la notte. Non erano visibili, ma certamente si facevano sentire.

Mentre il subbuglio nel locale si spegneva dietro di lui, Fin vide le ombre di due persone dietro gli alberi dall'altra parte del cortile, e si rese conto con sconcerto che si trattava di Whistler e Anna. Riusciva a sentire le loro voci, forti e arrabbiate, ma non quel che si stavano dicendo. I due non avevano fatto caso a lui, che poté quindi rimanere immobile in silenzio a guardare in distanza, sentendo il loro litigio che aumentava di volume. All'improvviso però Anna tirò uno schiaffo a suo padre con una forza tale da farlo retrocedere. Il rumore dello schiaffo rimbombò nella notte. Un colpo cosí violento da una ragazza cosí minuta. Anna Bheag. La piccola Anna, che dominava quell'omone che era suo padre. La ragazza si girò di scatto e corse lungo il vialetto verso casa. Fin era certo di poter sentire i singhiozzi che le uscivano dalla gola.

I due uomini rimasero fermi per quella che sembrò un'eternità, Whistler ancora inconsapevole della presenza di Fin, fino a che quest'ultimo si schiarí la gola e la testa dell'omone si girò a guardarsi attorno. Rimasero ancora per un po' immobili, a studiarsi attraverso l'oscurità della notte. Dopodiché Whistler si voltò di colpo e si incamminò nella notte senza rivolgere lo sguardo indietro.

Sei

Fin e Gunn si trovavano vicino all'elicottero e osservavano il lavoro della squadra di recupero. Ci era voluta un'altra ora perché questa arrivasse e la luce del giorno cominciava a svanire. Il professor Wilson era rimasto sorpreso nello scoprire che il cellulare poteva funzionare sulla cresta della montagna. Stava parlando animatamente con qualcuno a Edimburgo.

Gunn aveva lo sguardo rivolto alla valle e rifletteva in silenzio. Di colpo si voltò verso Fin.

– Ieri ho ricevuto una lettera dal presbiterio, signor Macleod. Mi convocano a testimoniare al processo di Donald Murray, o come lo chiamano.

Fin annuí. Non c'era dubbio che anche lui avrebbe ricevuto la medesima convocazione. E si chiese che cosa avrebbe detto alle persone che volevano espellere Donald Murray dalla loro Chiesa. Chiuse gli occhi e ricordò l'orrore di quella notte a Eriskay quando due uomini di Edimburgo li avevano aggrediti con le armi e l'intenzione di ucciderli. E Donald era arrivato come un angelo vendicatore a togliere la vita a uno di loro e salvare tutti gli altri. Un uomo spinto dalla minaccia per la vita di sua figlia e sua nipote, la sua progenie, l'unica ragione, forse, per cui Dio lo aveva messo su questa terra.

Sempre se credevi in Dio, è ovvio.

– Non *devo* andare, – disse Gunn. – Voglio dire, non è una convocazione a norma di legge.

Fin annuí. – No –. Poi aggrottò la fronte. – Ma perché non dovresti?

– Perché ho paura che potrei fargli piú male che bene, signor Macleod –. Fin aveva da tempo rinunciato a farsi chiamare per nome da Gunn. Mentre era ancora in servizio, era un ispettore, superiore in linea gerarchica, e George era un accanito sostenitore del protocollo. Anche se Fin aveva lasciato la polizia da tempo.

– Perché dire la verità gli farebbe del male?

– Perché dopo che quei maledetti criminali avevano portato via Donna e la bambina da Crobost dirigendosi a sud in cerca di lei e degli altri, tutto quello che Donald Murray doveva fare era alzare il telefono e chiamare la polizia. Ma era deciso a fare tutto da solo. Se soltanto ci avesse chiamato, le cose sarebbero andate in modo diverso.

– Sí –. Fin annuí gravemente. – Saremmo morti tutti. Non ci sarebbe stata partita tra un paio di poliziotti isolani disarmati e due delinquenti armati della terraferma, George. Lo sai anche tu.

Gunn si strinse nelle spalle, con riluttante accondiscendenza. – Forse.

– Perché altrimenti la corte penale avrebbe lasciato cadere le accuse di omicidio?

– Perché sapevano che non avrebbero ottenuto una condanna in un tribunale, signor Macleod –. Gunn si grattò la testa. – Ma un tribunale della Chiesa libera di Scozia... è tutta un'altra storia.

Fin sospirò e annuí convinto, e fu sopraffatto dalla preoccupazione per un amico verso cui si sentiva impotente.

Gunn lo guardò per un attimo poi si voltò verso l'aereo nella valle sottostante. – Non so come tireranno fuori di lí quell'affare. Ma suppongo che vorranno portarlo a Stornoway per esaminarlo. Forse lo potremmo sistemare in un hangar all'aeroporto. O forse nel vecchio mulino Clansman in città. Penso che sia ancora vuoto. Però poi sarebbe impossibile farlo girare per le strade. No, l'aeroporto andrebbe meglio.

Si voltò, cercando l'approvazione di Fin. Ma Fin lo ascoltava a malapena. Disse: – George, c'è qualche possibilità che io possa presenziare all'autopsia?

– Nemmeno per sogno, signore. Senza offesa. Lei è stato un buon poliziotto, signor Macleod. E non ho dubbi che la sua esperienza potrebbe essere utile. Ma lei non è piú un agente di polizia, solo un testimone visivo della scoperta dell'aereo. Lei e John Angus Macaskill –. Si mosse a disagio. – Ho ricevuto una telefonata prima di partire. C'è una squadra incaricata dell'inchiesta sulle sue tracce. E se la lascio avvicinare anche solo lontanamente alla stanza dell'autopsia è sicuro che sarei io il prossimo a essere sezionato sul tavolo operatorio per stabilire la causa della morte –. Il suo sorriso venne sfiorato da una punta di imbarazzo prima di svanire –. Come mai Whistler Macaskill non è venuto con lei per segnalare il ritrovamento?

Fin esitò. Ricordava il modo strano in cui aveva reagito Whistler alla scoperta del velivolo. Ora che Fin era risalito fino agli alveari, Whistler e tutta la sua roba se ne erano andati. E nel lungo cammino impiegato per recuperare la sua Suzuki, Fin non lo aveva mai visto. Lanciò un'occhiata imbarazzata a Gunn e si strinse nelle spalle. – Credo che abbia pensato che non fosse necessario.

Gunn lo squadrò a lungo, duramente. – Mi sta nascondendo qualcosa, signor Macleod?

– Niente, George.

Gunn sospirò. – Be', io non ho tempo di andare a cercarlo in questo momento. Ma quando lo vede gli dica di presentarsi alla stazione di polizia di Stornoway appena gli è possibile. Ho bisogno di una deposizione.

Sette

Meno di un'ora dopo, Fin lasciò la strada e svoltò sul sentiero di ghiaia per parcheggiare davanti alla porta della casa di Whistler, anche se istintivamente sapeva che l'amico non era lí. L'alta vegetazione che cresceva tutto intorno si inchinava al vento. Fin scese dalla Suzuki e guardò al di sopra della spiaggia. Da questa posizione elevata poteva vedere tutta la baia al di là della vasta distesa di sabbia, sino alle isole di Tolm e Triassamol che erano quasi invisibili nell'obliqua luce della sera.

La porta di casa, in legno stagionato non verniciato, grigio e granuloso, era socchiusa. Il chiavistello e la serratura erano arrugginiti e col tempo avevano lasciato strisce sul legno. Fin era certo che anche se fosse esistita una chiave per la serratura, questa non avrebbe girato all'interno. Nessuno chiudeva le porte sull'isola e, in ogni caso, chi avrebbe rubato da un uomo che non aveva nulla?

Fin poggiò il palmo della mano sulla porta e la spinse nell'oscurità. Nel silenzio il cigolio si fece sentire e, appena Fin fu dentro, lo spessore delle pareti fece immediatamente calare l'ululato del vento dalla collina.

– Chi cazzo sei? – La voce proveniva da dietro i raggi del sole velato che entravano inclinati da ovest attraverso una delle piccole finestre sul retro della casa. Era stridula e pretenziosa, ma con una punta di allarme. Fin fece un passo di lato in modo da avere una visione piú ampia della casa, e vide Anna Bheag, arroccata sul bordo di una poltrona vicino alle ceneri di un fuoco spento. Teneva le mani appoggiate sulle braccia ed era tesa, pronta a muoversi in un istante, come un gatto. Ma un gatto denutrito, magro e macilento, con gli occhi fiammeggianti di rabbia. La zona di cute chiara della nuca catturava la luce dalla finestra e brillava nella penombra come un neon.

– Fin Macleod. Sono un amico di tuo padre.

– Mio padre non ha amici –. Sputò le parole verso di lui.

– Ne aveva –. La ragazza era ancora all'erta e inclinò la testa da un lato, strizzando gli occhi verso di lui attraverso la polvere che aleggiava in granelli galleggianti nella luce proveniente dalle finestre. – Sei quel tizio orrendo che ci stava guardando dalla finestra ieri a Suaineabhal.

Fin sorrise. – Sono quel tizio, sí. Ma è la prima volta che qualcuno mi chiama orrendo.

– Che cosa stavi guardando, allora?

– Te.

Sembrava sorpresa dalla sua spontaneità. – Perché?

– Volevo vedere com'era la figlia del mio vecchio amico.

– Te l'ho detto, il figlio di puttana non ha amici.

Fin fece un paio di passi cauti all'interno della casa e la vide irrigidirsi. – Ero a scuola con lui.

– Non ho mai sentito parlare di te.

– Sono stato lontano dall'isola per lungo tempo.

– Perché dovresti tornare in un buco come questo?

Fin si strinse nelle spalle e si chiese anche lui il perché. – Perché è casa mia. E perché da quasi diciotto anni ho qui un figlio che non sapevo di avere.

Per la prima volta vide la curiosità negli occhi di Anna. – Qui a Uig?

– No, a Ness. Ha appena lasciato l'isola per andare all'università.

– Deve essere stato alla Nicolson, allora. Forse lo conosco.

– Forse sí. Fionnlagh Macinnes.

La ragazza si rilassò un po'. – Tu sei il padre di Fionnlagh?

Fin annuí.

– Tutte le ragazze hanno avuto una cotta per Fionnlagh.

E Fin ricordò Marsaili che diceva la stessa cosa di lui.

– Anche tu? – Qualcosa di simile a un sorriso portò un po' di luce sul viso della ragazza, che rispose vaga: – Forse –. Per poi rabbuiarsi di nuovo. – Hai detto di chiamarti Macleod.

– È una lunga storia, Anna. Lui e io abbiamo pensato che fosse figlio di qualcun altro per la maggior parte della sua vita.

– Allora, dove sei stato tutti questi anni?

– Sulla terraferma. Glasgow, poi Edimburgo.

– Sposato?

Annuí.

– Cos'ha pensato tua moglie quando ha scoperto che avevi avuto un figlio da un'altra?

– Lei non è venuta qui con me.

– Perché no?

Fin aveva risposto pazientemente a quelle domande implacabili, ma lei ora stava scavando in un angolo buio della sua vita in cui l'anima era ancora esposta e nuda. Esitò.

– L'hai lasciata?

Fin avvicinò una sedia al tavolo. Il suono delle gambe che raschiavano le assi di legno si sentí fin troppo forte. Si sedette. – Non è cosí semplice.

– Be', o l'hai lasciata tu o lei ha lasciato te.

Fin guardò le mani davanti a sé. Era successo proprio questo? Non la pensava cosí. Un matrimonio senza amore lungo sedici anni si era dissolto quando l'unica cosa che l'aveva tenuto insieme era svanita. Scosse lentamente la testa. – Avevamo un figlio, Robbie, di appena otto anni –. Non riusciva ad alzare la testa per guardarla in faccia, ma percepí subito il cambiamento nella sua voce. C'era una nuova calma. In maniera intelligente riusciva a prevedere come la storia continuava.

– Cos'è successo?

Per un momento Fin non ebbe il coraggio di parlare. Perché era cosí difficile dire a questa ragazza che non lo sapeva? – È stato ucciso da un pirata della strada a Edimburgo –. Se chiudeva gli occhi poteva vedere le fotografie della strada fatte dalla polizia, conservate ancora in una cartella che non riusciva a buttare via.

Nella vecchia *blackhouse* vi fu un lungo silenzio prima che Fin alzasse la testa a incontrare lo sguardo di Anna. Sul viso della ragazza c'era un gran guazzabuglio di emozioni. Simpatia, confusione, paura. Ma non paura di lui. Proseguí in maniera evasiva. – Quindi eri a scuola con mio padre?

– Sí.

– Era un grande stronzo anche allora, come oggi?

Fin non riuscí a fermare le sue labbra dall'iniziare un sorriso, che si tramutò in un respiro.

– Sí, lo era.

Anche lei rise, e in un attimo si trasformò da una brutta adolescente dark in una bella ragazza con la luce negli occhi. Il cambiamento fu quasi scioccante. Ma mentre l'immagine era cambiata, le sue parole non altrettanto. – Quindi, come cazzo sei diventato suo amico?

– Hai sentito parlare della *Iolaire*?

Lei scosse la testa, e Fin si chiese quanto velocemente la storia si cancellava. Ma non avrebbe dovuto sorprendersi. Anche lui non ne aveva saputo niente fino a quel giorno a Holm Point.

Otto

La prima volta che incontrai Whistler Macaskill fu quando lasciai la scuola di Crobost a Ness per iscrivermi al terzo anno del Nicolson Institute a Stornoway. Noi ragazzi di Ness eravamo abituati a darci un sacco di arie, a crederci i migliori, finché non arrivammo alla Nicolson e scoprimmo che anche tutti gli altri si credevano altrettanto i migliori: il gruppo di Uig, i ragazzi dei Lochs, i rozzi occidentali di Carloway. Ma la grande città non ci mise molto a spegnere i nostri ardori.

Ora mi viene da ridere, ma cosí consideravamo Stornoway all'epoca: era l'unica cittadina sull'isola, con i suoi negozi, bar e ristoranti, il suo porto interno e quello esterno. Era la sede della flotta da pesca delle Ebridi e aveva una popolazione di undicimila persone. Purtroppo, a quei tempi non c'era un cinema, poiché la Chiesa aveva costretto il Playhouse a chiudere dopo aver messo in programma *Jesus Christ Superstar*. Perlomeno, cosí si diceva, ma era successo prima che io arrivassi e quindi non posso giurare che sia vero. L'ex cinema divenne, ed è ancora, il club della British Legion.

La Chiesa, nelle sue varie suddivisioni, dominava ogni aspetto della vita, e in molti sensi lo fa ancora. Le due Chiese principali erano la Chiesa presbiteriana e il suo ramo separatista, la Chiesa libera di Scozia: quando ero bambino, non permettevano di viaggiare né in aereo né in traghetto nel giorno del Signore, la domenica, e non c'era nemmeno un negozio, un bar, un giornalaio o un baracchino di *fish and chips* che tenesse aperto. I giornali della domenica venivano letti il lunedí e, se ti dimenticavi di comprare le sigarette al sabato, avresti passato una domenica peggiore del solito, perché non c'era modo di trovarne.

Comunque, in quell'anno i ragazzi di Uig avevano davvero

qualcosa di speciale. Arrivarono con la loro band, sei ragazzini che facevano musica insieme fin dalle elementari. Si facevano chiamare i Sòlas, termine gaelico per benessere o comodità, e avevano già sviluppato il loro peculiare mix di musica celtica tradizionale e rock. Un risultato eclettico che nel giro di pochi anni li avrebbe resi la rock band celtica della loro generazione con il maggior numero di dischi venduti.

Io all'inizio non sapevo della loro esistenza, ero troppo preso dalla mia nuova vita lontano da casa, negli alloggi studenteschi al *Gibson Hostel* di Ripley Place. Arrivavamo da Ness in autobus il lunedí mattina e tornavamo a casa il venerdí sera. Non posso dire che mi mancasse la vita che conducevo a Crobost: i miei genitori erano morti alcuni anni prima e io vivevo con mia zia, in maniera a dir poco spartana. Il mio amico Artair era stato iscritto al Lews Castle College perché non aveva voti abbastanza buoni per riuscire a entrare alla Nicolson. Oggi una cosa del genere non la fa piú nessuno, perché toglie ai ragazzi l'autostima, ma a quei tempi non si teneva conto di simili considerazioni. Io e la mia fidanzatina delle elementari, Marsaili Macdonald ci eravamo lasciati per una «pausa di riflessione», perciò in quei primi mesi ero impegnato soprattutto a cercare di non pensare a lei e a farmi nuovi amici.

La prima volta che la mia strada incrociò quella dei Sòlas fu quando giunse l'annuncio che a scuola ci sarebbe stata una festa con musica e ballo, quella che in gaelico chiamiamo *ceilidh*. Avevo sentito che un gruppo di ragazzi di Uig avrebbe suonato alla festa e qualcuno mi disse che facevano le prove in uno degli edifici annessi alla scuola. Cosí andai a sentirli provare per decidere se valeva la pena di partecipare al *ceilidh* o no. Fu una decisione che mi cambiò la vita.

La band era composta da sei ragazzi.

Roddy Mackenzie era il leader e suonava la tastiera. Gli altri lo seguivano in tutto. Roddy aveva un sintetizzatore, un Yamaha Dx-9, e io non avevo mai sentito dei suoni simili: archi, ottoni, pianoforti, canto… a quanto pareva, quello strumento poteva riprodurre qualunque suono e convincerti che fosse l'originale. Roddy era un bel ragazzo, alto quasi uno e ottanta, con una quantità di riccioli biondi che gli ricadevano ovunque sul volto e un sorriso che, purtroppo, riusciva a conquistarti anche contro la tua volontà.

Il batterista, Murdo «Skins» Mackinnon, quando arrivò alla

Nicolson aveva due piatti e un rullante e usava uno scatolone come grancassa e scatole di latta per biscotti al posto delle percussioni piú piccole. Quando ripartí possedeva una batteria Ludwig completa.

Il chitarrista, Uilleam Campbell, era un ragazzo basso ed emotivo, che tutti chiamavano Strings, perché era teso come una corda di violino. La maggior parte degli abitanti dell'isola aveva un soprannome, poiché c'erano moltissime omonimie; se quindi fosse arrivata una cartolina dall'Australia destinata a «Strings, Isola di Lewis, Scozia» avrebbe sicuramente raggiunto il destinatario.

Iain MacCuish era il bassista, chiamato Rambo per l'incredibile somiglianza con Sylvester Stallone.

E poi c'era Whistler, chiamato come l'uccellino «fischiatore» perché pareva nato con il flauto celtico sulle labbra. Era una musica pura, un incantesimo, quella che scorreva da quel suo flauto. Suoni che scendevano in picchiata o s'innalzavano in volo con un guizzo delle sue dita o una piega della sua bocca. Era quasi bizzarro, provenendo da un ragazzo cosí grosso e rozzo, il cui caratteraccio e umor nero mi sarebbero diventati tanto familiari. Un ragazzo cosí intelligente che, mentre io passavo innumerevoli ore a studiare per gli esami di fine semestre, se ne andava in giro a mettere trappole per i conigli o a prendere trote sul Red River, e alla fine usciva con i migliori voti di tutta la scuola. A quell'epoca non sapevo cosa significasse la parola «autistico», ma se qualcuno me lo chiedesse oggi, direi che Whistler Macaskill era esattamente questo. O qualcosa di molto simile.

E poi c'era Mairead Morrison, che suonava il violino e cantava. Aveva la voce di un angelo, un corpo che stimolava la passione in qualunque adolescente e un sorriso da spezzarti il cuore. Aveva lunghi capelli neri che le scendevano su spalle squadrate, e occhi blu, celtici. Mi innamorai di lei nel momento stesso in cui la vidi, cosí come capitava a tutti gli altri ragazzi della scuola.

Ero nell'edificio a guardare il gruppo che iniziava a sbaraccare al termine della giornata di prove, sbavando come un idiota dietro a Mairead che riponeva il suo violino, e inizialmente non mi resi conto che quell'«ehi» che udii era rivolto a me. Veniva da un ragazzone con i capelli rossi e una cicatrice livida di almeno cinque centimetri sulla guancia sinistra, che se ne stava in piedi sul lato piú lontano dell'aula. Lo guardai. – Come ti chiami? – chiese.

– Fin. Fin Macleod.

– Da dove vieni, Fin?

– Crobost.

– Oh, merda, un altro *niseach* –. Era il termine gaelico per riferirsi agli abitanti del distretto di Ness, dove io vivevo e che si trovava nell'angolo piú a nordovest dell'isola. I membri della band si misero a ridere alla battuta e io arrossii vedendo Mairead che mi guardava. – Be', immagino che dovrai farlo, – disse peldicarota. – Sono Kenny John, ma tutti mi chiamano Kenny Mòr –. Cioè «Kenny il grosso». – Mi serve una mano per portare tutta questa roba su nella sala.

– Perché serve una mano? Ce l'hai sempre fatta prima di oggi –. Whistler si rivolgeva a Kenny, ma guardava me.

– C'è un nuovo amplificatore, Whistler, e tutta la roba di Roddy. Non ce la faccio da solo.

– Cazzate! Abbiamo già abbastanza parassiti che ci girano intorno –. Whistler uscí dall'aula.

Kenny fece una smorfia. – Ignoralo. È incazzato perché ti ha visto sbavare dietro a Mairead.

Arrossii nuovamente, questa volta fino alla radice dei capelli, e vidi Mairead sorridere guardando verso di me. Non sapevo ancora quanto l'ossessione di Whistler per Mairead avrebbe inciso sul suo futuro. Kenny mi lanciò una scatola di cartone. – I cavi vanno lí dentro. Tutti ben arrotolati e legati.

Io attraversai l'aula e abbassai la voce. – Whistler e Mairead sono... be'...?

Kenny scoppiò a ridere. – Gli piacerebbe –. E poi sottovoce: – Come a tutti noi –. Guardò verso il tastierista. – Ma lei è proprietà di Roddy –. Dopodiché rivolse nuovamente lo sguardo a me. – Allora, mi aiuti o no?

Annuii.

E fu cosí che per il resto della mia permanenza alla Nicolson divenni un tirapiedi dei Sòlas.

E fu pure cosí che divenni un membro del gruppo dei motociclisti. Forse dovrei dire «la banda» dei motociclisti, ma questa parola ha delle connotazioni che non sarebbero appropriate. Eravamo solo un gruppo di ragazzini che volevano avere due ruote e un motore sotto le chiappe appena raggiunti i sedici anni. Roddy fu il primo, dal momento che i suoi genitori erano i piú ricchi di tutti noi. Ricevette uno scooter rosso fiammante, che usava per girare la città con Mairead seduta sul portapacchi posteriore, avvinghiata a lui, mentre noi tutti immaginavamo che cosa doveva essere averla schiacciata addosso in quel modo. Non sono sicuro che fosse legale avere un passeggero dietro, ma la polizia non li fermò mai.

Credo che nella maggioranza di noi il desiderio sia iniziato cosí. E uno dopo l'altro, appena ce lo potemmo permettere, comprammo degli scooter da 50 cc, che in realtà non erano molto piú che biciclette a motore. Il solo denaro che io avevo era quello che guadagnavo dando una mano ai Sòlas. Nel giro di quattro o cinque anni suonavano a feste private, *ceilidh* e pub in tutta Lewis, e persino a Harris, e io godevo un po' del loro successo. Ma quando mi potei permettere un vecchio e malridotto scooter, Roddy aveva già compiuto i diciassette anni ed era stato promosso a una Vespa 125 cc T5 Mk1. Blu. Di seconda mano ovviamente. Non era altro che uno scooter e i veri appassionati di motociclismo lo avrebbero preso in giro, ma a noi sembrava avere una patina d'oro.

Nella band c'era sempre stata rivalità tra Roddy e Strings. Erano le due principali menti creative della musica originale che i Sòlas stavano iniziando a produrre. Ma quella rivalità si replicava anche nel gruppo delle moto e poco dopo Roddy, anche Strings arrivò con il suo 125. Non mi ricordo il modello, ma non potrò mai dimenticare il colore. Era giallo limone, lo stesso colore della cinquefoglie che d'estate cresceva in mezzo alle felci costiere. Ogni volta che Strings arrivava, lo vedevi fin da lontano.

Io passavo gran parte del mio tempo libero intento alla manutenzione della moto, almeno perché potesse continuare a funzionare. Era un Puch, un Dakota Vz 50, con un motore 50 cc raffreddato con un ventilatore e dotato di tre marce. Ormai stava su per miracolo. Non lo portai mai a Ness, non solo perché mia zia non avrebbe approvato, ma perché avevo seri dubbi che ce la facesse lungo tutta quella strada.

Nei bei pomeriggi di primavera, dopo la scuola andavamo in giro con le nostre moto, oltre il mulino di Engie e Kenneth Mackenzie e lungo il pendio di Oliver verso l'aeroporto. Tornavamo indietro una volta raggiunto Holm Point, una lingua di terra che si estendeva nella baia subito prima dello stretto collo di bottiglia della spiaggia e della strada lastricata che portava alla penisola di Eye. I campi attorno a noi erano incolti e brillavano di giallo pieni di denti di leone. A Holm Farm c'era un gruppo di case, ma noi ce ne tenevamo lontani e ci radunavamo subito dopo la fine della strada che guardava verso le rocce note come «le Belve di Holm».

Sul lato piú lontano della baia si poteva vedere l'impianto petrolifero di Arnish e il piccolo e tozzo faro in cima alle «belve». E dietro di noi godevamo di una splendida vista su tutta Stornoway, nella sua posizione protetta, assolata e riparata dagli alberi che coprivano il pendio fino al castello alle spalle della città. Il vento portava fino a noi i rumori del centro abitato, indaffarato e distante, ma a smorzarli ci pensavano il fluire delle onde e i versi delle beccacce di mare e delle ballerine che si tuffavano tutto attorno a noi.

Non che lí facessimo granché. Oziavamo al sole, fumando, bevendoci una birra se ce l'avevamo e coccolando le ragazze che avevamo portato con noi sul retro delle moto.

Immagino che se qualcuno di noi avesse posto attenzione all'obelisco di granito sferzato dalle intemperie che si ergeva dietro una recinzione rettangolare in ferro battuto proprio sul punto piú esposto, avrebbe pensato che si trattasse di qualche monumento a memoria della guerra. Ma non credo che qualcuno di noi vi abbia mai posto attenzione. Fino al giorno in cui quel vecchio ci sgridò perché mancavamo di rispetto ai morti.

Era un venerdí pomeriggio. Alcuni di noi non avevano lezioni nel tardo pomeriggio e avevamo raggiunto Holm per approfittare del sole primaverile prima di riprendere l'autobus verso casa. All'inizio non lo avevamo notato, lí in piedi sulla punta, accanto alla recinzione arrugginita, tra l'erba e le piante che vi crescevano tutto attorno. Una figura solitaria e curva, vestita di nero, con sottili capelli bianchi che il vento sferzava sulla sua testa.

Lo avevo adocchiato appena arrivati, ma subito dopo me ne dimenticai, nel momento in cui scoppiò la lite tra Whistler e Big Kenny. Non ricordo esattamente come ebbe inizio, preso com'ero dal tentativo di far colpo su una ragazza carina di nome Seonag, che era venuta fino a Holm Point sul retro della mia moto. Eravamo tutti allegri e alcuni dei ragazzi avevano portato delle lattine di birra.

Ma la mia attenzione fu attratta dal tono delle voci che si alzarono sopra le altre. Voci piene di rabbia. E di minacce. Mi girai e vidi Whistler colpire Kenny al torace con entrambe le mani e farlo barcollare all'indietro mentre aggrottava le sopracciglia come se stesse per scoppiare una tempesta.

– Ne ho le palle piene di te, Coinneach!

Quando Whistler usava il nome gaelico di Kenny sapevo che la faccenda era seria. Kenny raccolse quel che rimaneva del suo orgoglio e si mise diritto. – Sei proprio fuori di testa, Macaskill, lo sai?

Quelle parole furono come un drappo rosso per un toro, e Whistler si buttò addosso all'avversario con i pugni aperti. Kenny fu colpito sulla testa e allo stomaco, prima che entrambi i contendenti cadessero sull'erba uno sull'altro. Kenny sollevò un ginocchio cercando di colpire Whistler in mezzo alle gambe, ma non raggiunse il bersaglio; dopodiché vedemmo sangue sprizzare dalla sua bocca non appena il grosso pugno di Whistler incontrò le sue labbra.

In pochi istanti tre o quattro di noi si lanciarono sopra ai due cercando di separarli. Mani che afferravano le spalle e le braccia del grosso suonatore di flauto, e lo trascinavano lontano da Kenny che ansimava cercando di respirare. Ma Whistler era furibondo, uno dei suoi scatti d'ira che gli facevano perdere completamente il controllo. A quel punto rivolse la sua collera su di noi. Purtroppo io ero quello piú vicino, e fui il primo a ricevere la botta di quelle nocche che parevano acciaio. Mi colpirono sul lato della testa cosí forte che finii a terra, mentre dei bagliori mi riempivano gli occhi, proprio come mi sarebbe successo tanti anni piú tardi.

Quando ripresi i sensi, vidi che Whistler si era già girato verso Kenny e lo stava raggiungendo con una sorta di ringhio che gli saliva dalla gola. Nessuno dei presenti aveva le forze per fermarlo, meno di tutti io. Ma la parte piú malsana di me stesso, che sempre mi aveva messo nei guai, mi bruciò dentro spingendomi a combattere senza riflettere e senza paura. Io e Whistler, a quanto pare, eravamo destinati a risolvere sempre i nostri conflitti con i pugni.

Mi tuffai con le spalle in avanti – lo avevo imparato sul campo da rugby – e lo afferrai all'altezza delle ginocchia. Whistler cadde come un sacco di patate, con la faccia a terra, mentre il suo stesso peso gli privava i polmoni di tutta l'aria che contenevano, simile al risucchio del mare dagli scogli. Se non fosse stato per le voci che si alzavano sopra le urla e gli strilli per la paura e per incoraggiare i contendenti, penso che Whistler avrebbe potuto uccidermi non appena ebbe ripreso fiato.

Nessuno di noi si accorse dell'arrivo del vecchio, ma la sua voce si insinuò nel clamore, alta e acuta, affilata come una lama.

– Cosa credete di fare! Vi comportate come degli idioti in presenza dei morti! Non avete nessun rispetto? – Se avesse parlato inglese, forse le sue parole avrebbero avuto un impatto minore, ma il gaelico in qualche modo portava con sé un'autorevolezza maggiore.

Il silenzio cadde simile a un velo su di noi, mentre io e Whistler eravamo ancora stesi a terra ad ansimare. Tutti si girarono a guardare il vecchio: indossava un logoro vestito nero, sotto il quale portava un pullover grigio su cui erano ben visibili macchie di cibo. Il berretto che davanti al monumento aveva tenuto stretto tra le mani, ora era ben calcato sulla sua testa. Gli occhi, in parte nascosti, erano scuri e pieni di rabbia. Aveva la faccia cascante su un cranio ossuto, la pelle bianca di un fantasma, con chiazze marroni dovute all'età. Sollevò la mano in cui teneva il bastone e puntò nella mia direzione un dito deformato dalle articolazioni nodose.

– Dovresti vergognarti, Finlay Macleod! – Io rimasi sorpreso a sentire il mio nome, non avevo idea di chi fosse quell'uomo. Mentre cercavo di rimettermi in piedi, il vecchio si girò verso Whistler. – E anche tu, John Angus Macaskill! – Notai la sorpresa anche nel volto di Whistler. – Tutti e due dovreste essere piú saggi e sapere che non sareste qui oggi se John Macleod non fosse riuscito a portare la sua barca a terra.

Girò quindi il suo sguardo in direzione di Big Kenny e i suoi occhi per un istante si soffermarono sul sangue che aveva attorno alla bocca. – E tu, Coinneach Iain Maclean, dovresti essere grato: tuo nonno fu concepito durante una licenza militare nel 1916; altrimenti non saresti nemmeno al mondo.

Nessuno sapeva che cosa dire. E nel silenzio che seguí riuscimmo a sentire il lontano brontolio del traffico lungo South Beach; non so perché ma il mio sguardo cadde sulle file di lapidi al cimitero di Sanndabhaig, sentinelle ritte in silenzioso rimprovero per un crimine che non sapevamo di aver commesso.

Il vecchio chinò il capo e si allontanò da noi camminando con l'ausilio del bastone verso la fine della strada. E noi restammo a guardarlo svanire in lontananza, mentre si dirigeva con determinazione verso la strada principale.

– Cosa cazzo significa tutto questo? – chiese qualcuno. Ma io avevo perso interesse per il gruppo di amici ed ero concentrato sul monumento in fondo alla punta. Il vecchio aveva suscitato la mia curiosità, turbandomi come se avesse appena camminato sulla mia tomba. Dimenticai la lite con Whistler e lasciai il gruppo, la cui animata discussione veniva portata via dal vento, per camminare fino alla punta, per la prima volta in vita mia. Il monumento in se stesso era piuttosto triste, alterato dalle intemperie e trascurato, con le lettere nere incise ormai quasi illeggibili. Chiunque fosse stato a erigerlo era morto da lungo tempo, e la gente aveva dimenticato persino il motivo per cui era stato eretto.

Il mondo attorno a me sbiadí in una dimensione lontana: mi accucciai per passare la mano sopra al testo e nella mia consapevolezza trovarono posto solo le parole e le immagini evocate.

> Eretto dal popolo di Lewis e dai suoi amici in grato ricordo degli uomini della Royal Navy che persero la vita nel disastro della *Iolaire* presso le Belve di Holm il 1° gennaio 1919. Delle 205 persone disperse, 175 erano nativi dell'isola; per loro e per i loro compagni a Lewis si eleva ancora il pianto e la commozione. Con gratitudine per il loro ardimento e con profondo dolore per la loro perdita.

A quel punto udii il rumore degli scooter che venivano messi in moto e gridai un saluto mentre il gruppo scaldava i motori e accelerava sull'erba per arrivare alla strada che avrebbe riportato tutti a casa. Io mi alzai e mi resi immediatamente conto di un'ombra alle mie spalle. Era Whistler, con uno sguardo nuovo e sbigottito sul volto. E dietro a lui, fermo accanto alla sua moto, Big Kenny ci guardava fisso. Sembrava quasi che avesse paura di venire a vedere con i suoi occhi. Tutti e tre avevamo ormai dimenticato il nostro litigio e la ragione per cui era scoppiato. Cercai di catturare lo sguardo di Whistler per trovare qualche segno di conoscenza e comprensione e, non trovandone, chiesi: – Cos'è la *Iolaire*?

Il mio amico alzò le spalle. – Non ne ho idea.

La luce, quella notte, aveva qualcosa di diverso e, quando l'autobus passò davanti al capanno con il tetto verde nella brughiera di Barvas, mi sentii rabbrividire. Forse piú che mai prima percepii la presenza di mia madre e mio padre nel luogo in cui avevano perso la vita.

Quando arrivai a casa il cielo era di un bizzarro colore viola screziato di grigio, e giallo lungo la linea dell'orizzonte dove il sole riversava il suo oro liquido da dietro nubi invisibili. Al di là del Minch, le montagne di Sutherland erano chiare come non le avevo mai viste. E questo significava che stava arrivando il brutto tempo.

Non riuscivo a togliermi dalla testa il vecchio che avevamo incontrato e forse ero molto silenzioso poiché non capitava spesso che mia zia mi chiedesse se c'era qualcosa che non andava. Era una donna che non badava a nulla, con un carattere piuttosto originale, sempre riservata e senza emozioni palesi. Non mi trattava mai male, ma sentivo sempre il suo fastidio per l'essere stata gravata del compito di badare al figlio di sua sorella minore. Come se la mia presenza rubasse parte della sua vita. Una vita, cosí la vedevo io, che era già finita e che lei trascorreva in un triste isolamento nella grande *whitehouse* che dava sul molo oltre il villaggio.

Quella sera era seduta al tavolo da pranzo con indosso uno dei suoi scialli colorati di chiffon, con candele già accese sulla mensola del caminetto e l'odore di incenso e di sigaretta che riempivano l'aria come malinconico ricordo di un'altra vita, in quel mondo di giovinezza e speranza che erano stati gli anni Sessanta.

– Allora, – disse, – sputa il rospo, Finlay –. Non mi parlava mai in gaelico e non mi chiamava mai Fin. Probabilmente era l'unica persona al mondo a parlarmi cosí.

– Che cos'era la *Iolaire*? – le chiesi.

Mi rivolse uno sguardo incuriosito. – Perché lo chiedi?

– Oggi ho visto il monumento a Holm Point –. Non sapevo perché, ma non me la sentivo di parlarle anche del vecchio.

Gli occhi le si velarono, rivedendo scorrere un passato lontano. Scosse la testa. – È qualcosa di cui nessuno ha mai voluto parlare. E penso che oggi sia del tutto dimenticato.

– Che cos'è successo?

– Si dice che sia stato tra i peggiori disastri avvenuti in mare in tempo di pace, secondo solo al *Titanic*.

– E accadde qui su Lewis? – Ero incredulo di non averne mai sentito parlare.

– Sí, in una scura mattina di Capodanno sugli scogli delle Belve di Holm, a poca distanza dalle luci del porto di Stornoway e con centinaia di persone che aspettavano sul molo –. Per qualche minuto la zia si perse nei suoi pensieri e io tacevo nel timore che non volesse raccontarmi altro. Dopo un po' mi disse: – Era il 1919, la Grande guerra era finita da poco e sa Dio quanti dei nostri uomini erano morti in quel conflitto insensato. I superstiti stavano tornando a casa, con il disperato desiderio di rimettere piede sulla loro isola natale e di sentire l'abbraccio di madri e di mogli, di figli e figlie.

Ai pasti la zia solitamente beveva un solo bicchiere di vino, ma quella sera si tirò vicino la bottiglia e se ne versò un secondo.

– Erano i riservisti della Royal Navy, – disse. – Di Lewis e di Harris. Lasciati dal ministero sul molo di Kyle of Lochalsh dopo un viaggio in treno da Inverness. Il contrammiraglio requisí una vecchia bagnarola a vapore che si chiamava *Iolaire*, per portare a casa tutti quei soldati che non avevano trovato posto sul postale di MacBrayne. Se non ricordo male erano piú di duecentottanta uomini –. Scosse la testa. – Quella barca era del tutto inadatta a un tale carico, i soldati indossavano l'uniforme completa e stivali pesanti. Molti di loro non avevano il giubbotto di salvataggio e solo alcuni avevano un posto a sedere –. Si portò il bicchiere alle labbra e bevve un sorso. – Il viaggio fu quindi faticoso, ma giunsero fino a vedere l'isola, la loro patria, e le luci del porto. Alcuni dissero che parte dell'equipaggio aveva bevuto parecchio whisky per festeggiare l'anno nuovo: che questo sia vero o no non lo sapremo mai, fatto sta che il capitano scelse la rotta sbagliata per raggiungere il porto e la *Iolaire* finí contro la barriera alle Belve.

Si alzò con in mano il bicchiere e si mise a guardare fuori dalla finestra fino alla baia sottostante. Osservando il suo riflesso sul vetro, assunse una posa che di sicuro le parve adatta alla tragedia che stava raccontando.

– Di fatto, erano a poche decine di metri dalla riva. Una presa in giro del destino, dopo essere sopravvissuti a tutti quegli anni di guerra. Il mare era molto mosso e parecchi di loro finirono scagliati contro le rocce. Altri non sapevano nuotare –. Rivolse lo sguardo a Fin. – Sai come siamo fatti noi isolani –. Tornò a guardare dalla finestra, portandosi di nuovo il bicchiere alle labbra. – Alcuni erano uomini fatti, altri solo degli adolescenti. Morirono oltre duecento uomini, di cui centottanta originari della nostra isola. Alcuni villaggi quella notte persero tutti i loro uomini, Finlay. Tutti.

Tornò verso il tavolo. Non riuscivo a vedere bene il suo volto contro la flebile luce della finestra, solo la sagoma tremolante al chiarore delle candele. Sembrava svuotata, solo un teschio, con i capelli come un sottile alone attorno alla testa.

– Una volta ho sentito i vecchi del villaggio che ne discutevano. Ero ancora una ragazzina e, a quanto posso ricordare, fu l'unica volta che ne sentii parlare. L'arrivo di tutti quei corpi a Ness, su carrozze trainate da cavalli, che tiravano quattro o sei bare ciascuna per tutta la strada lungo la costa occidentale –. La zia posò il bicchiere e si accese una sigaretta. Il fumo si sollevò in volute attorno alla sua testa come alito in un mattino ghiacciato.

– E noi abbiamo perso qualcuno? La nostra famiglia, intendo.

Scosse lentamente la testa. – No. I Macleod di Crobost furono tra i fortunati. Tuo nonno aveva diciannove anni e stava tornando dopo un solo anno di guerra. Dio solo sa come, riuscí a sopravvivere –. Mi guardò, inclinando la testa in maniera curiosa. – Era il padre di tuo padre. Tu non saresti qui oggi se lui fosse annegato assieme agli altri –. Mi sentii rabbrividire, proprio come quando l'autobus era passato davanti al capanno qualche ora prima.

– Chi era John Macleod? – chiesi quasi con un filo di voce. – Era un nostro parente?

– John Finlay Macleod, intendi? – Vuotò il bicchiere. – Non che io sappia. Comunque fu un eroe: in qualche modo riuscí a raggiungere la riva con una corda, proprio sotto al punto dove oggi c'è il monumento, e in questo modo salvò la vita a quaranta persone, tra cui tuo nonno.

Trascorsi il weekend in una nube di incertezza e depressione, incapace di togliermi dalla mente tutti quei poveri uomini che erano sopravvissuti alla guerra solo per morire a due passi da casa. E il pensiero che mio nonno fosse sopravvissuto continuava ad assillarmi come un sapore sgradevole. Mi ci volle un po' per capirne il motivo.

Il senso di colpa.

Dicono che i sopravvissuti a gravi disastri spesso soffrono di senso di colpa: perché ce l'hanno fatta loro e molti altri no? È possibile che mi sentissi cosí per affinità. Se mio nonno fosse morto con tutti gli altri, io non sarei mai venuto al mondo. E la domanda che mi ponevo era: perché ero venuto al mondo?

Il maltempo infine arrivò la notte di sabato. Vento di tempesta da sudovest, nuvoloni neri, pioggia pesta e sanguinante. Durante la triste domenica la guardavo scorrere lungo la mia finestra e non vedevo l'ora di essere sull'autobus che mi riportava a Stornoway il mattino dopo.

Il lunedí la tempesta era passata, ma il cielo rimaneva scuro e mandava una luce soffusa grigio-verde, come se ci trovassimo tutti intrappolati in una scatola di vetro. Ma il vento aveva asciugato le strade e i campi e sull'autobus verso la città cercai di svuotare la mia mente concentrandomi sui fiori bianchi che danzavano nella palude di torba.

Non c'era verso che riuscissi a concentrarmi sulla scuola e, appena terminate le lezioni, corsi in biblioteca, che si trovava in un prefabbricato all'angolo di Keith Street. Pensavo che lí tenessero gli archivi della «Stornoway Gazette». Sí, certo, mi disse la donna al bancone, gli archivi si trovavano in una stanza chiusa a chiave alla mia destra. Quale annata desideravo consultare? Il 1919, risposi.

La donna sollevò un sopracciglio. – Un anno molto frequentato stamattina, a quanto pare. State lavorandoci per un progetto alla Nicolson? – E in risposta al mio sbigottimento disse: – C'è un altro ragazzo che sta guardando un microfilm di quello stesso anno nella sezione di storia gaelica e locale in fondo al corridoio.

Nell'aula indicata trovai Whistler, seduto a un tavolo intento a sbobinare lentamente gli articoli di giornale sul disastro della *Iolaire*. Quando entrai si voltò, ma non disse nulla. Io presi una sedia e mi sedetti vicino a lui a guardare immagini rovinate e ingiallite di parole scritte molto tempo prima su una tragedia di cui la gente non aveva mai voluto parlare. Le vidi scorrere sotto ai miei occhi come la catastrofe stessa.

Sedemmo una buona mezz'ora davanti a quell'apparecchio, senza mai scambiare una parola, e alla fine uscimmo dalla biblioteca rivolgendo un cenno di ringraziamento alla responsabile. Lí fuori sul marciapiede trovammo Big Kenny fermo accanto ai cassonetti dell'immondizia. Il vento scompigliava i suoi capelli rossi, e Kenny aveva l'aria indecisa se entrare in biblioteca o meno. Rimase stupito di vederci e spalancò gli occhi chiedendoci: – Che cosa avete scoperto?

– Niente che tu non sappia già, scommetto, – rispose Whistler.

– Mio padre non ha saputo raccontarmi granché. Mi ha detto che suo padre non ne voleva mai parlare.

Whistler si strinse nelle spalle. – Mio padre non è rimasto sobrio abbastanza a lungo da potergliele chiedere.

Kenny annuí. – Sono stato al municipio, – disse. – All'ufficio anagrafe –. Non so perché, ma rimanemmo molto sorpresi.

– E cos'hai trovato? – domandò Whistler.

– A quanto pare sono ancora in vita tre sopravvissuti. Uno vive a Bhaltos, giú a Uig. Conosco la sua famiglia.

Norman Smith viveva in una vecchia *whitehouse* ai piedi del villaggio che dava sulle isole di Pabaigh Mòr, Bhàcasaigh e quella definita Siaram Mòr. Impropriamente perché, se Siaram Mòr era l'isola grande, era impossibile immaginare quanto poteva essere piccola Siaram Beag, anche se nessuno di noi l'aveva mai vista né sentita.

Arrivammo giú con due moto, Big Kenny da solo e io seduto dietro a Whistler. Avevo la schiena a pezzi. Il vento si era calmato e il mare era una lastra spenta e increspata.

Il vecchio riservista della Marina sedeva su una poltrona accanto alla finestra, da cui godeva di una vista completamente libera sullo stretto fino a Pabaigh Mòr. Ci diede il benvenuto sua figlia, lei stessa una donna piuttosto anziana, che ci disse quanto suo padre era felice di avere visite, bastava però che non lo stancassimo troppo. Uscí dalla stanza per andare a preparare il tè mentre noi ci sistemammo accanto al vecchio sopravvissuto in una stanza cosí piccola e ingombra che a malapena c'era spazio per noi quattro. L'aria era intrisa di umidità e dell'odore del fumo di torba proveniente dal caminetto. Ricordo di essermi chiesto come quell'uomo avesse potuto vivere cosí a lungo. Ma aveva già dato scacco alla morte una volta, perché non avrebbe dovuto riuscirci ancora?

Aveva novantadue anni, ci disse orgoglioso con il suo filo di voce stridula, ridotta cosí dal passare degli anni. I suoi occhi erano piccoli e scuri come perle nere, e riflettevano la luce della finestra, acuti e ancora vivaci. So che l'età può rendere gli uomini piú bassi e magri, ma Norman Smith rimaneva un omone, lí seduto sulla sua poltrona, con le mani dalle grosse nocche poggiate sul bastone. Sulla sua testa ampia e dalla nuca piatta, chiazzata dall'età, non rimaneva neanche un capello.

– Mi ci sono voluti anni, – disse in risposta alla nostra domanda sulla *Iolaire*, – anche solo per riuscire a pronunciare il nome di quella maledetta barca.

– Come successe? – domandò Kenny.

– Dio solo lo sa, ragazzo mio! Il capitano fece un errore quando fissò la rotta per il porto, un piccolissimo errore. Saremmo dovuti rimanere un pochino piú a ovest –. Sentimmo il suo respiro fischiare mentre inspirava in silenziosa riflessione. Non riuscivo a immaginare quali pensieri gli si affacciassero alla mente. – Molti di noi stavano dormendo, con gli stivali fuori bordo e la testa sotto, dovunque ci fosse spazio sul ponte. Dietro di noi soffiava un vento forte, ma c'era quiete quando sentii qualcuno gridare che riuscivano a vedere le luci di Stornoway a dritta. E proprio in quel momento cozzammo contro le rocce. Il rumore dello scafo che si apriva sembrò quasi un grido umano, un urlo di dolore. Dopodiché scoppiò il pandemonio. Un pandemonio come non ho mai visto né prima né dopo. Se solo ci fossimo incagliati piú vicino alla riva, forse molti altri si sarebbero salvati. Ma le rocce erano proprio il punto piú esterno –. Scosse lentamente la testa. – Della parte di barca dove mi trovavo io, ci salvammo solo in due.

Io sedevo tutto concentrato ad ascoltarlo, con la mente che elaborava immagini da semplici parole che però evocavano un orrore indicibile.

– La barca si inclinò su un lato e un uomo raggiunse la riva con una corda.

– John Finlay Macleod, – disse Whistler.

Il vecchio annuí. – Ricordo di aver spostato la sua corda da poppa verso il fianco, non ho mai capito come ci riuscii, ma quella corda salvò me e molti altri. Non ce l'avremmo mai fatta a raggiungere la riva senza quell'aiuto –. Il suo respiro si fece piú ansimante.

– Era una notte nera come la pece, ragazzi, e sentivamo quasi la presenza del diavolo che veniva a prenderci.

Espirò a lungo e fino in fondo, come dopo un singhiozzo, e parve rilassarsi di nuovo sulla sua poltrona.

– Ero senza stivali quando scesi a riva e mi arrampicai sul *machair*. Ero inzuppato fradicio e battevo i denti per il freddo. Sapevo di essere ferito al torace e alle gambe, anche se in realtà non ne avevo nessuna percezione. Vidi un gruppo di uomini radunati nella casa piú vicina, ma decisi di continuare a camminare fino in città.

Io e Whistler ci guardammo, ben sapendo quanto lungo fosse quel tragitto, che tante volte avevamo percorso sui nostri scooter.

– Appena arrivato mi diressi all'ammiragliato, dove trovai altri che si erano messi in salvo. Tutti sedevano lungo una parete, con addosso delle coperte e in mano una sigaretta. Nessuno parlava.

«L'ammiraglio Boyle mi venne vicino e mi posò una mano sulla spalla. Norman, c'è un'auto pronta per te, Uilleam e Malcolm, che vi riporterà a Uig. In realtà ci portò fino a Calanais e da lí la lancia di Duncan Macrae ci portò quaggiú, al molo di Bhaltos. Intanto si era fatta mattina, il primo di gennaio. La mia famiglia non sapeva che stavo tornando a casa, la mia intenzione era di fargli una sorpresa.

Dal naso del vecchio scendeva una goccia di muco e soprappensiero si strofinò con il dorso della mano per toglierla.

– Altroché se rimasero sorpresi! Lungo la strada incontrai mia sorella Morag e lei mi portò a casa dove mia madre stava preparando il pranzo di Capodanno. La notizia di quel che era successo alla *Iolaire* non fu appesa all'ufficio postale di Uig fino al giorno successivo, perciò nessuno sapeva ancora nulla.

Notai che la sua mascella si irrigidiva e che i suoi occhi, offuscati dalle lacrime, perdevano la loro vivacità.

– E nemmeno io riuscii a raccontarglielo. Il torace e le gambe mi facevano un male del diavolo, ma non dissi niente e feci finta che tutto andasse bene –. Il suo respiro cominciava a farsi molto corto. – Finché alla nostra porta arrivarono le famiglie Macritchie e MacLennan e io non potei nemmeno a guardarli in faccia, perché sapevo che i loro ragazzi erano morti nonostante loro non ne avessero la piú pallida idea. Corsi nella mia stanza e chiusi la porta; nessuno riuscí a capire il mio strano comportamento –. Grosse lacrime silenziose scorrevano ora dai suoi occhi arrossati.

La figlia entrò con il tè su un vassoio e il suo sguardo si mostrò preoccupato quando vide le lacrime sul volto del padre. – Ragazzi, cos'avete fatto per mettergli tanta agitazione? – Posò il vassoio sul tavolo e corse ad asciugare le lacrime al vecchio. – Va tutto bene, papà. Ora calmati.

Ma lui fece il gesto di mandarla via. – Altro che calmarmi. Andò proprio cosí –. Quindi rivolse lo sguardo a Kenny. – Io ti conosco, – disse. – Te o tuo padre.

Kenny lo guardò sbigottito. – Mio padre, penso. Kenny Dubh Maclean.

Il vecchio signor Smith annuí. – Eh, già. Conoscevo suo nonno, lo chiamavamo Big Kenny.

– Davvero? – Kenny rimase sconcertato a sentire che il suo bisnonno era noto con lo stesso soprannome che aveva lui.

– Era a poppa sulla barca con me, quando ci fu l'incidente –. Scosse la testa. – Non ce la fece. Non so perché, ma la tua famiglia non lo riportò mai a casa. È sepolto con molti altri al cimitero di Sanndabhaig.

Entrambi guardammo Kenny e vedemmo tutto il suo stupore, come se stesse sentendo parlare per la prima volta della morte di un parente stretto.

Il vecchio girò i suoi occhi umidi verso Whistler. – E tuo padre è quell'ubriacone che sta ad Ardroil.

La bocca di Whistler si contrasse in una smorfia, ma non rispose né sí né no.

– Niente a che vedere con quel grand'uomo di suo nonno, Calum John, che rischiò la vita per portare con sé un altro uomo quando sarebbe stato piú facile afferrare la corda e tirarsi in salvo da solo.

Infine, sentii il suo sguardo fermarsi su di me.

– Te non ti conosco, direi.

Avevo la bocca secca, come se mi trovassi in presenza del Signore Iddio che stesse puntando un dito contro di me. – Sono Finlay Macleod di Crobost, a Ness, – dissi. – Mio padre si chiamava Angus.

– Ahhh! – Parve che i suoi occhi si liberassero delle cataratte e gli permettessero di vedere chiaramente per la prima volta. – E suo padre era Donnie. Per questo voi ragazzi siete qui.

Rivolsi un'occhiata a Whistler ma il mio amico si strinse nelle spalle. – Che cosa intende dire? – chiesi.

– Fu Donnie Macleod l'uomo per il quale Calum John Macaskill rischiò la vita pur di tirarlo fuori dal relitto della *Iolaire* quella notte. Di sicuro voi non sareste qui oggi, figlioli, se il bisnonno di questo ragazzo non avesse portato a riva tuo nonno.

Fuori rimanemmo a lungo fermi davanti alle nostre motociclette senza dire una parola. In lontananza si vedevano le onde infrangersi lungo tutta la costa e il vento era l'unico rumore che sentivamo tra noi. Infine fu Kenny a rompere il silenzio. Salí sulla moto. – Torno a Stornoway, – disse. – Voglio vedere la tomba –. Gli rivolgemmo un cenno di assenso e lo guardammo accendere il motore del suo scooter e salire su per la collina. Io mi rivolsi a Whistler e dissi: – Penso che ci sia qualcosa che anche noi dobbiamo fare.

La Charles Morrison Ltd, il fornitore marittimo, si trovava in Bank Street a Stornoway, un magnifico negozio in un vecchio magazzino, con tutti i tipi di equipaggiamento possibili dietro il cupo bancone. Io e Whistler uscimmo socchiudendo gli occhi alla luce del sole, con in mano una bottiglia di acquaragia, e ci incamminammo verso il porto interno dove avevamo lasciato gli scooter.

In meno di un quarto d'ora raggiungemmo Holm Point, ma lungo la strada ci fermammo al cimitero di Sanndabhaig a prendere Big Kenny. Lo avevamo visto da lontano fermo in piedi davanti a quella che doveva essere la tomba del suo bisnonno. Tutti e tre lasciammo le moto alla fine della strada e continuammo a piedi fino al monumento.

Io avevo nella borsa una vecchia maglia da rugby, e passammo l'ora successiva a lavorare con pazienza e attenzione sulla lapide, per pulirla dai decenni di sporcizia e trascuratezza che avevano quasi cancellato le parole in memoria degli uomini che erano morti in quella notte tremenda.

Appena finito ci sedemmo con la schiena contro la recinzione e guardammo le Belve di Holm sotto di noi. Piatte onde di acqua verde si sollevavano lentamente e si gonfiavano attorno allo gneiss nero brillante per rompersi in bianca schiuma attorno ai suoi bordi frastagliati, rumoreggiando come se fossero vive e singhiozzassero.

Cosí tanti uomini avevano perso la vita in quel luogo all'alba di un nuovo anno tanto tempo prima. Tra loro anche il bisnonno di Kenny. E tutto quello che riuscii a vedere guardando verso gli scogli fu l'immagine che avevo visto quella mattina sulla «Stornoway Gazette». La foto dell'albero della *Iolaire* che fuoriusciva di poco dall'acqua, la sola parte della barca ancora visibile. Alla prima luce del giorno le forze di salvataggio avevano visto un uomo ancora attaccato nel tentativo di salvarsi. Ce n'erano stati altri, ma nel corso della notte il freddo li aveva abbattuti e uno dopo l'altro erano caduti preda del mare.

Kenny si alzò. La sua cicatrice era molto arrossata. – Ci vediamo domani, – disse. E se ne andò senza aggiungere altro.

Solo quando sentimmo il rumore del suo scooter svanire in lontananza Whistler si accese un'altra sigaretta e mi disse: – Suppongo che questo significhi che dovrò badare a te ora.

Aggrottai la fronte senza capire. – Che cosa intendi?

– Salvare una vita ti dà una grossa responsabilità. Non vedo motivo per cui quella responsabilità non debba passare da una generazione all'altra.

Piú tardi, riflettendo sulle parole di Whistler, pensai che – se aveva ragione lui – allora John Finlay Macleod sicuramente si era sentito responsabile di un gran numero di vite. E quando i miei ricordi tornano a soffermarsi su quel primo giorno in cui sentimmo parlare della *Iolaire*, spesso mi chiedo chi fosse mai quel vecchio e come potesse sapere esattamente chi eravamo.

Nove

Il rumore del vento disturbava appena il silenzio all'interno della casa di Whistler.

Fin disse: – Il bisnonno di tuo padre salvò la vita di mio nonno nel disastro della *Iolaire*.

Anna aggrottò la fronte.

– Era una nave che stava riportando a casa gli uomini di Lewis alla fine della Prima guerra mondiale. Affondò in una notte tempestosa appena fuori del porto di Stornoway e duecentocinque uomini persero la vita.

– Gesú! – La sua voce era ridotta a un sussurro.

– Tuo padre pensava che salvare una vita te ne rendesse responsabile e che la responsabilità venisse tramandata di generazione in generazione.

Il sorriso della ragazza sfiorava l'incredulità. – Quindi si è preso la responsabilità di te e della tua vita?

– Sí. E mi ha anche salvato, non molto tempo dopo.

– Raccontami.

– Un'altra volta.

– Chi dice che ci sarà un'altra volta?

– Forse non ci sarà –. Fin fece una pausa. – Cosa stai facendo qui, Anna?

Ora toccò a lei evitare il suo sguardo. Si girò verso le braci del fuoco di torba spento già da tempo.

– Sei venuta per vedere tuo padre?

– No! – Il suo diniego fu rabbioso e immediato. – Vengo solo quando so che è fuori.

– Perché?

Gli occhi, due carboni ardenti, si posarono su di lui. Fin vide sul suo viso il conflitto che la ragazza aveva dentro di sé. Perché avrebbe dovuto dirglielo? Aveva le sue ragioni, del tutto personali. Lui non c'entrava. Tuttavia Fin aveva risposto alle sue domande, raccontandole vicende private che gli avevano provocato dolore. – Ho trascorso la prima metà della mia vita in questa casa. Con mia mamma e mio papà. Ho... ho ricordi felici. A volte, se mi siedo qui e chiudo gli occhi, rivivo quei momenti. Solo per un attimo. Ma può essere sufficiente, lo sai. Quando la vita è una merda –. Si succhiava gli anelli attaccati al labbro inferiore. – Volevo bene a mia madre. Mi manca.

– E tuo padre?

– Cosa vuoi sapere?

– Anche a lui vuoi bene?

– Stai scherzando. È un cazzone imbarazzante. Lo odio!

– Il che è solo un altro modo per dire che gli vuoi bene.

Sul suo viso si dipinse l'incredulità. – Merda!

– Davvero? Se dici di odiarlo cosí tanto quasi certamente è solo perché gli vuoi bene e detesti doverlo ammettere.

I segni del disprezzo erano incisi in ogni piega del suo viso. – Cazzate –. Fin non replicò, ma vide vacillare le certezze di Anna, che lottava per ritrovare la sua determinazione. – Alla mia età, anche tu non avresti detto ai tuoi genitori che gli volevi bene.

Fin disse: – I miei genitori sono rimasti uccisi in un incidente stradale quando ero bambino. Avrei dato qualsiasi cosa al mondo per poter dire loro che li amavo.

Anna lo scrutò in modo diverso, soppesandolo con lo sguardo. Per la seconda volta, nel breve tempo da che stavano parlando, lui aveva rivelato fatti personali che gli avevano di sicuro provocato dolore. Forse la ragazza si stava chiedendo perché. Forse pensava che parlare dei propri sentimenti fosse piú facile con uno sconosciuto. Nessun imbarazzo. Nessun giudizio. – Preferirei stare con mio padre che con Kenny –. Anna si prese un momento per digerire questa ammissione. – Non ho nulla contro Kenny. È buono e mia mamma lo amava, credo –. Fece una pausa. – Ma non è mio padre –. Sospirò a fondo e scosse la testa, frustrata. – Se solo lui non fosse una tale testa di cazzo!

Erano cosí presi dalla loro conversazione da non rendersi conto del veicolo che si era fermato all'esterno, ed entrambi si stupirono nel sentir bussare alla porta e veder comparire una giovane donna sulla trentina.

Era piuttosto bella, con capelli biondi lunghi fino alle spalle, scomposti e aggrovigliati dal vento. Indossava pantaloni neri aderenti e una camicetta bianca sotto una giacca a vento grigia aperta. In mano teneva una borsa di cuoio. Fin si alzò in piedi.

– Signor Macaskill? – La donna sbatté le palpebre mentre i suoi occhi si abituavano alla poca luce nella casa.

– Chi vuole saperlo?

– Mi chiamo Margaret Stewart –. Entrò e si sporse in avanti per stringergli la mano; sembrava un po' nervosa, con gli occhi che guizzavano avanti e indietro da Anna. – Vengo per conto del dipartimento del Lavoro a Stornoway. Sto compilando un rapporto per lo sceriffo. Macaskill contro Maclean per la custodia della minore Anna Macaskill.

Fin alzò un sopracciglio e girò la testa verso Anna. – Quindi non vi siete ancora incontrati?

Margaret aggrottò la fronte. – Tu sei Anna?

– C'è qualcun altro qui? – Anna era tornata aggressiva.

L'assistente sociale sembrava confusa. – Pensavo che tu e tuo padre non andaste d'accordo.

– Chi glielo ha detto? – domandò Fin in tono brusco.

Adesso era lei a sentirsi imbarazzata. – Non lo posso dire.

– Be', perché non lo chiede direttamente alla ragazza? Tanto dovrà comunque farle delle domande –. Entrambi si girarono verso Anna, il cui sguardo di sfida divenne all'improvviso un po' meno inattaccabile. La ragazza sporse la mascella e li guardò. Fin attirò la sua attenzione alzando il sopracciglio di mezzo centimetro. Ma lei ancora esitava, fino a quando il silenzio divenne quasi insopportabile.

Poi da ultimo sbottò: – Voglio un gran bene a mio padre, cazzo! Perché sarei qui altrimenti?

Nel silenzio che seguí, con il solo fischio del vento intorno alla casa, l'assistente sociale sembrò del tutto sconcertata. Non era affatto ciò che si aspettava. Recuperò un po' della sua compostezza e guardò Fin. – Forse, signor Macaskill, potremmo fissare un appuntamento per un colloquio privato?

Fin disse: – Sono sicuro che John Angus sarebbe felice di incontrarsi con lei, signora Stewart. Ma dovrà chiederlo a lui.

Il viso della donna arrossí. – Oh. Pensavo... Fece una pausa. Lei non è Macaskill?

Fin sorrise. – Cominciamo da capo, va bene? – Le offrí la mano per stringerla di nuovo e lei la prese, incerta. – Mi chiamo Fin Macleod. Ex agente di polizia del Lothian and Borders. Ora capo della sicurezza qui nella tenuta. Vivo a Ness e sono uno dei piú vecchi amici di John Angus Macaskill. Quindi, se è alla ricerca di referenze sulla persona, sarò lieto di fornirgliele.

Dieci

La sera era ormai calata quando Fin fu di ritorno a Ness. Non essendo riuscito a trovare Whistler, la preoccupazione per la sua scomparsa stava iniziando a tormentarlo.

La pausa dalla tempesta era terminata. La tregua offerta quell'unico giorno di bel tempo era svanita e schiere di nuvole scure montavano a ovest, dove l'ultimo baluginio del sole morente versava la sua colata d'oro sulle acque lontane. Stava arrivando una burrasca e il vento soffiava sferzando l'erica.

Fin diresse la Suzuki al di fuori della strada principale fino ai Crobost Stores, quindi risalí la collina e arrivò dove la strada curvava. Alla sua sinistra la terra scomparve per lasciar spazio alle scogliere che cadevano a picco nella mezzaluna della spiaggia sottostante. La parrocchia di Crobost della Chiesa libera si ergeva scura contro il cielo alla sua destra, massiccia e disadorna. Quando raggiunse il bivio della chiesa, Fin vide l'auto di Marsaili sulla strada, parcheggiata sulla ghiaia sopra il bungalow. L'aveva chiamata per informarla che stava bene, ma non le aveva ancora detto nulla della scoperta dell'aereo. Quella novità poteva attendere.

Svoltò verso la chiesa e attraversò traballando la griglia per il bestiame verso un parcheggio dove linee bianche dipinte guidavano i fedeli in file ordinate come tanti posti di un drive-in. C'era una sola macchina parcheggiata ai piedi della scalinata che conduceva alla casa parrocchiale, e Fin vide la moglie di Donald scendere sbatacchiando una grossa valigia sui gradini. Indossava jeans, un maglione fatto a mano e un cappotto aperto, mentre la borsa le penzolava dalla spalla. Quando raggiunse la fine della scalinata, Fin era fermo accanto alla sua auto. Lo guardò di sfuggita, con una ciocca dei capelli ramati che le nascondeva il viso, e si voltò per aprire il bagagliaio. Mentre Fin girava intorno all'auto, lei aveva già sistemato la valigia all'interno. Il viso era arrossato per lo sforzo, e forse per l'imbarazzo. Cercava chiaramente di evitare lo sguardo di Fin.

– Vai da qualche parte, Catriona?

Lei gli passò accanto e arrivò alla portiera del conducente. L'aprí e si voltò verso di lui, con una postura che somigliava tanto a una sfida. – Sto trasferendomi dai miei genitori –. Poi aggiunse, mitigando un po' l'atmosfera: – Fino a quando tutto questo sarà risolto.

Fin si accigliò in modo ipocrita. – Tutto cosa?

– Oh, andiamo! Lo sai benissimo.

– Forse dovresti dirmelo –. Stava giocando di proposito con il senso di colpa della donna.

– Non hai idea di quanto sia umiliante.

Fin disse: – Sei umiliata perché tuo marito è nei guai per aver salvato la vita di tua figlia?

Lei gli rivolse uno sguardo cosí pieno di dolore e di rabbia che lui quasi si ritrasse. – C'è un altro prete che predica nella nostra chiesa. Ci hanno permesso di stare nella casa parrocchiale, ma siamo come dei lebbrosi. Nessuno si avvicina. Nessuno desidera essere visto mentre parla con noi. C'è gente che vuole che Donald se ne vada. E quelli che non lo vogliono sono troppo spaventati per dire la loro.

– A maggior ragione, quindi, tu dovresti stare con lui. Nella buona e nella cattiva sorte. Non è il giuramento che hai fatto quando l'hai sposato?

Catriona fece una smorfia di disprezzo. – Ipocrita! Te ne stai lí e mi giudichi? Un uomo che ha lasciato sua moglie un mese dopo la morte del figlio in un incidente stradale. Proprio nel momento in cui con ogni probabilità lei aveva bisogno piú che mai di suo marito. Che mi dici dei *tuoi* giuramenti?

Fin sentí che il suo volto cambiava colore, come se la moglie di Donald lo avesse schiaffeggiato su entrambe le guance. Forse vide del rimorso nei suoi occhi per le parole offensive pronunciate con rabbia. Ma era troppo tardi per riprenderle. Catriona scivolò nel sedile del conducente e chiuse la portiera.

Il motore tossí nella luce della sera e la macchina di Catriona attraversò con fragore la griglia del bestiame. Fin la guardò allontanarsi e la tristezza calò su di lui come la notte. Rimase lí a lungo prima di salire stancamente i gradini della canonica. Quando bussò alla porta nessuno rispose. Aprí e chiamò il nome di Donald, ma la casa era al buio. Guardò oltre il parcheggio e nella penombra notò che metà delle porte della chiesa erano aperte.

Era quasi buio all'interno, ma trovò Donald seduto sulla prima panca che fissava il pulpito da cui tante volte aveva predicato, esortando i fedeli a una fede piú profonda e al sacrificio. Dall'esterno, si sentiva il vento sferzare rabbioso, ma nel corpo centrale della chiesa regnava una strana quiete, infestata dai fantasmi della colpa e della disperazione.

Fin si sedette accanto a Donald, senza dire una parola, e il pastore gli lanciò uno sguardo silenzioso prima di tornare a contemplare il vuoto nel suo cuore. Infine disse: – Se ne sta andando.

– Lo so.

Donald si girò verso di lui, sorpreso.

– L'ho vista nel parcheggio.

La delusione scese su Donald come una gelida nevicata. Forse aveva sperato che la moglie potesse avere un ripensamento. – È andata, allora?

Fin annuí. E sedettero senza dire una parola per piú di cinque minuti. Poi Fin ruppe il silenzio. – Che cosa ci è successo Donald? – Rifletté sulla sua domanda. – Voglio dire, tutte le speranze e le aspettative. Quando eravamo solo bambini e la vita era solo un gran potenziale. Tutto quello che volevamo essere, tutto quello che avremmo potuto essere –. E aggiunse in fretta, prima che Donald potesse parlare: – E non parlarmi del grande piano di Dio. Mi farà solo incazzare con Lui ancor piú di quanto già lo sia.

Vide abbassarsi un po' la testa di Donald.

– Ricordi la festa sulla spiaggia che facemmo l'estate prima di partire per l'università? Su quella piccola isola da qualche parte al largo della costa di Great Bearnaraigh. Era sembrata idilliaca. Fuochi e barbecue sulla spiaggia, bere birra e fumare canne sotto un cielo pieno di stelle luminose che brillavano come le speranze che avevamo per noi stessi. Tutta la vita davanti e niente da perdere, tranne la nostra verginità.

Donald gli rivolse un sorriso ironico. – Alcuni di noi l'avevano già persa, Fin.

E Fin sorrise, ricordando quanto era stato goffo quella notte quando aveva fatto l'amore per la prima volta con Marsaili, solo per scoprire che Donald le aveva già portato via la verginità. Il suo sorriso svaní. – E guarda ora. Intrappolati in questo stretto angolo del mondo. A crogiolarci nel dolore e nella colpa. Ci guardiamo delusi indietro e paurosi in avanti –. Si voltò verso Donald. – Niente di tutto questo mette alla prova la tua fede, Donald?

Donald si strinse nelle spalle. – È la natura della fede essere costantemente messa alla prova. Compiacersi significa darla per scontata. E, se lo fai, perdi il contatto con Dio.

Fin manifestò il suo disprezzo soffiando attraverso le labbra serrate. – Troppo facile.

Donald si sporse in avanti, le braccia incrociate sulle cosce, e girò lentamente la testa verso l'amico. – Non c'è niente di facile al riguardo, Fin. Credimi, non c'è nulla di banale o facile nella fede quando la tua vita si sta trasformando in merda.

– Allora perché ti preoccupi?

Donald ci pensò a lungo. Poi disse: – Forse è la sensazione di non essere mai da solo –. Incontrò lo sguardo di Fin. – Ma tu non puoi sapere cosa si prova, Fin. Essere sempre da solo con il tuo dolore e il tuo odio.

E per la seconda volta quella sera Fin sentí una mente saggia arrivare nella sua anima per toccare la ferita. Disse: – Hai saputo dell'aereo?

– Quale aereo?

– Quello di Roddy. Il Piper Comanche. Ti ricordi? Con la sigla G-RUAI.

Donald si mise a sedere, aggrottando la fronte. – È stato trovato?

– Sí.

– Come? Dove?

– Sul fondo di un *loch* a Uig.

Le rughe intorno agli occhi di Donald si strinsero in un cenno di incredulità. – Dio mio, come ci è arrivato?

Fin si strinse nelle spalle.

– Gesú! – Sembrava proprio il vecchio Donald. E poi sorrise all'improvviso. – Ho sempre pensato che un giorno Roddy sarebbe comparso sulla porta a ritmo di valzer, un sorriso sul suo stupido volto mentre ci dice che è stato tutto uno scherzo elaborato.

– Non è uno scherzo, Donald. Roddy è stato assassinato.

Il sorriso svaní. Sul viso di Donald lo shock fu ben visibile. Si sedette di scatto, fissando Fin incredulo.

– Raccontami –. Poi ci ripensò, come se si fosse improvvisamente ricordato dove si trovavano. – No, non qui –. Si alzò. – Andiamo a prendere un po' d'aria.

E mentre uscivano nella notte tempestosa, Fin ricordò che era stato proprio Donald a indirizzare i Sòlas sulla strada per il successo, fino alla sua spettacolare rottura con Roddy.

Undici

La vera scalata della band verso il successo iniziò, a mio parere, con una scommessa.

Roddy e Strings avevano scritto la maggior parte del materiale originale che i Sòlas suonavano nei loro concerti durante il quinto anno di scuola. Erano un formidabile duo creativo, come Lennon e McCartney. Ma, proprio come successe ai Beatles, non andavano molto d'accordo.

C'era gelosia artistica, una competizione continua per dimostrare chi fosse il piú creativo. E poi, naturalmente, c'era Mairead. In qualche modo lei era al centro di ogni conflitto della band, se non il motivo scatenante. In questo caso aveva avuto una storia di tre mesi con Strings, nel corso di un periodo di rottura con Roddy. L'atmosfera, dentro e fuori dal palco, era diventata insostenibile.

Ma nel giugno di quell'ultimo anno alla Nicolson la storia con Strings era già finita e Mairead era tornata con Roddy. Tutto l'universo era di nuovo al suo posto. Solo che Roddy e Strings riuscivano a malapena a parlare tra di loro di qualsiasi argomento senza litigare.

La scommessa arrivò perché, anche se tutti erano d'accordo che la band avesse bisogno di cambiare nome prima di andare a Glasgow, non fu possibile raggiungere l'unanimità di giudizio su quello che avrebbe dovuto essere scelto.

Sòlas era troppo banale, semplice. Volevano qualcosa di piú incisivo, che riflettesse la miscela unica di folk celtico e rock che era il loro carattere distintivo.

Alla fine rimasero in lizza due nomi. Uno era di Roddy, l'altro di Strings. Ma nessuno aveva intenzione di scegliere, perché avrebbe voluto dire schierarsi con una delle due parti.

La proposta di Roddy era Amran, che significa «canzone» in antico irlandese. Sentiva che avrebbe portato la band al di fuori di ciò che lui chiamava il ghetto gaelico, verso il piú vasto mondo celtico. Strings la odiava. Lui voleva Caoran, la parola gaelica per i piccoli pezzi di torba piú duri e piú scuri, che quando bruciano dànno piú calore. Roddy lo prendeva in giro, dicendo che la pronuncia – *kuuran* – lo faceva suonare come Corano.

La soluzione all'impasse arrivò durante la prima settimana di giugno. In quei giorni avevamo sostenuto l'esame di maturità e vivevamo in un limbo in attesa della fine dell'anno scolastico; nessuno aveva piú il pensiero delle lezioni da frequentare. Da quando eravamo venuti a conoscenza della vicenda della *Iolaire* il gruppo di motociclisti aveva smesso di radunarsi a Holm Point e si trovava presso il Bridge to Nowhere, un vecchio ponte in cemento sopra la spiaggia di Garry, oltre il villaggio di Tolastadh sulla costa orientale, circa venticinque minuti a nord di Stornoway. Era l'inizio, e la fine, della Road to Nowhere; sia il ponte sia la strada erano chiamati allo stesso modo, non a caso, dato che entrambi finivano nel nulla. Il ponte era stato costruito nel 1920 e nello stesso anno era iniziata anche la costruzione della strada. Erano stati partoriti dalla mente dell'allora proprietario di Lewis e Harris, il visionario imprenditore Lord Leverhulme, che intendeva costruire una strada lungo la costa orientale tra Tolastadh e Sgiogarstaigh nei pressi di Ness. Ma Leverhulme morí prima che i suoi grandi progetti potessero essere realizzati, e la Road to Nowhere si trasformò presto in una strada sterrata percorsa da allora in poi solo dagli escursionisti.

Era uno di quei rari, deliziosi, primi giorni d'estate, quando il vento da sudovest è dolce e il cielo è rotto da alte nuvole bianche che solo di tanto in tanto coprono il sole. I fiori primaverili brillavano di giallo, viola e bianco nella brughiera e i moscerini erano tenuti a bada dalla brezza. Certo, c'era sempre qualcosa a rovinare una giornata perfetta, e in questo caso erano i *cleggs*. I piccoli pungenti bastardi si aggiravano nella vegetazione piú alta. Si chiamano anche tafani, e ti mordono in modo davvero fastidioso persino attraverso vestiti aderenti.

Eravamo tutti riuniti sul ponte, circa una dozzina, a bere birra, a incidere i nostri nomi nel cemento o a stare semplicemente sdraiati lungo il parapetto a prendere il sole, senza paura di cadere di sotto. Il sole baciava le sabbie dorate della spiaggia di Garry e il Minch, e ricordo di aver pensato che in quel momento c'era qualcosa di quasi idilliaco. Gli esami erano alle spalle e ci aspettava un nuovo, eccitante, futuro. Fuggire dall'isola; era la prima volta che avevamo la possibilità di aprire le ali e volare. In quel momento tutto sembrava possibile.

Ero steso con gli occhi chiusi, la testa appoggiata sulla giacca piegata, fluttuando in un futuro immaginario. Proprio in quel momento delle voci rabbiose irruppero nel mio idillio, distruggendolo.

– Bene! Bene! – Udii la voce di Strings salire di tono sino a diventare quasi isterica. – Ci siamo. Lo faremo. Domani.

Aprii gli occhi, infastidito dall'interruzione, e rimisi i piedi giú sul ponte. Gli altri erano tutti riuniti in fondo, dove la Road to Nowhere si snodava verso le scogliere. Sospirai, saltai giú e mi diressi verso il gruppo.

– Cosa sta succedendo?

Whistler sorrise e si voltò verso di me. – Abbiamo trovato un modo per scegliere il nuovo nome.

Aggrottai le sopracciglia, sorpreso. – Come?

Mairead disse: – Roddy e Strings faranno una gara con le moto. Fino alle rocce e ritorno.

Non rimasi piú di tanto colpito. – Non è granché.

Rambo dichiarò: – Sono circa tre chilometri. È abbastanza.

E Skins aggiunse: – Chi vince sceglierà il nome.

Tutti stavano guardando me, come se in qualche modo cercassero la mia approvazione.

– Molto stupido, se volete il mio parere, – dissi. – E pericoloso.

Ci furono un sacco di brontolii e si voltarono tutti. Roddy disse: – Chi cazzo ti sta chiedendo qualcosa, a te?

La mattina seguente, io e Whistler camminavamo lungo la strada scelta per la corsa. Era un'altra giornata di tempo splendido, ma il vento non riusciva a spazzare via i moscerini. Durante la prima parte della passeggiata, dove la strada si snodava attraverso la brughiera e saliva verso la scogliera, ci schiaffeggiavamo il viso e il collo, agitando le mani intorno alle teste come marionette dementi.

In quel punto il fondo stradale era rugoso, fatto di fitti sassolini, con muschio ed erba che vi crescevano nel mezzo. Delle rocce s'innalzavano alla nostra sinistra, e a destra il terreno scendeva a sbalzi verso la riva, coperto da felci e piantine di cinquefoglia, e graffiato da formazioni di torba. Girammo dietro una curva e spaventammo un gregge di pecore al pascolo con la lana rigata da macchie verdi e viola, che corsero lontano da noi.

– Non voglio andare all'università, – disse Whistler all'improvviso, sorprendendomi.

– Gesú! Perché no?

Si strinse nelle spalle. – Sarebbe solo una rottura di palle.

Lo fissai incredulo. – Cristo, amico, per te non sarebbe proprio nessuna rottura di palle. Ho sudato sangue per cercare di superare gli esami, mentre tu li hai fatti senza nemmeno aprire un libro.

– Allora, dov'è la sfida in tutto ciò?

Ero a bocca aperta. – Ma cosa vorresti fare?

– Restare qui –. Guardò impassibile oltre le spiagge.

– Sei pazzo? Non conosco nessuno che non voglia lasciare l'isola. E non c'è un ragazzo alla Nicolson che non darebbe il suo braccio destro per metà del tuo cervello e la possibilità di andare all'università.

Si strinse di nuovo nelle spalle. – Giusto. Ma nessuno di loro è me. E io voglio restare.

La mia mente correva, cercando di trovare gli argomenti che lo avrebbero convinto della follia di quella decisione. – E la band?

– Cosa c'entra?

– Be', tutti i componenti dei Sòlas andranno a Glasgow.

– E allora?

– E allora non puoi rimanere ancora nella band se loro sono lí e tu sei qui.

– E allora?

– Ma stai dicendo sul serio?

Girò lentamente la testa e mi fissò con i suoi grandi occhi scuri.

– Perché non dovrei?

– Perché sei un flautista brillante. Perché è la tua vita.

Scosse la testa. – No. Sono capace di suonare un flauto, va bene, ma a che serve? E non è la mia vita. Non lo è mai stata. È la band di Roddy. Sua e di Strings. È la loro vita, non la mia.

Sapevo che Whistler non andava contraddetto quando aveva

preso una decisione su qualcosa, e cosí camminammo in silenzio sino alla prima grande curva della strada. La brezza divenne piú forte, scacciando via i moscerini e portando con sé un odore di pesce e di umidità. Dei fulmari volavano e strillavano sopra le nostre teste e scorgemmo anche dei cormorani. Guardandoci indietro vedevamo Garry e, piú in là, la mezzaluna di Tràigh Mhòr, che in gaelico significa «la grande spiaggia». Tolastadh Head e il suo villaggio si snodavano all'orizzonte, senza alberi, nitidi alla luce del sole.

La strada scendeva per poi risalire alla seconda curva. Era piú stretta e piú vicina al mare, che ora pareva molto al di sotto di noi, e si vedeva il tratto di litorale che si spingeva verso nord, rialzandosi a picco sull'azzurro ingannevolmente tranquillo del Minch. Il cielo era striato di nubi alte, quasi luminose nel sole del mattino, come se fosse stato spazzolato da qualche irrequieto pittore di acquerelli.

Non molto piú avanti, un breve spiazzo erboso sulla sinistra si riversava direttamente oltre il bordo della scogliera in un'insenatura quasi verticale, o *geodha* in gaelico, che s'insinuava nella roccia. Guardando dall'alto non si riusciva a vedere il fondo.

Mi sporsi per guardare in basso sino al punto massimo consentito dal mio coraggio.

– Qui è davvero pericoloso, – dissi. – Dovremmo metterci qualcuno, in modo da segnalarlo ai ragazzi.

L'idea era di posizionarci a coppie in corrispondenza delle curve e nel punto di svolta alla fine della strada, giusto per assicurarsi che non barassero.

Whistler uscí dalla strada e iniziò a muoversi lungo il lato inferiore del *geodha* per cercare di vederlo meglio.

– Attento, – gli gridai. Era ripido. Potevo scorgere delle pecore su una stretta cengia erbosa circa a metà, ma poi nient'altro.

Il mio amico agitò il braccio. – Vieni a vedere.

Feci bene attenzione a dove mettevo i piedi sugli spiazzi erbosi e le rocce fino a quando vidi quel che voleva mostrarmi. Rifiuti domestici. Tonnellate, gettate oltre il bordo, senza dubbio dalla brava gente di Tolastadh nel corso di molti anni. Una matassa di metallo arrugginito, carrozzine, telai di biciclette, scatolette di tonno, vecchie reti, filo spinato. Il mare aveva artigliato il fondo del cumulo di rifiuti, ma il piú era bloccato a metà, in mezzo ad ammassi di roccia frastagliata.

Il mare era di una strana calma nel punto in cui entrava nella fenditura, verde smeraldo e chiaro come il sole. Si vedevano le rocce sotto la superficie, ingrandite e ribollenti nella corrente. E anche se eravamo lontani, sentivamo il risucchio del mare e il suo sospiro, la respirazione amplificata dall'effetto acustico del *geodha*, quasi fosse vivo.

Ritornammo indietro a fatica fino alla strada. Whistler annuí. – Sí, dobbiamo quanto prima segnalare questo punto come pericoloso.

La strada proseguiva seguendo la linea della scogliera sino a dove i costruttori erano stati costretti a far saltare in aria una roccia gigante che bloccava il passaggio. Parte di essa, a un'altezza fra i tre e i quattro metri, era stata lasciata sul lato della scogliera con le stratificazioni ben visibili, striature rosse che attraversavano la superficie lacerata, quale diario geologico risalente agli albori del tempo.

Questa porta verso il nulla era il punto di svolta. Restammo in piedi nella spaccatura della roccia fatta brillare piú di novant'anni prima e ne vedemmo i frammenti sparsi su tutto il pendio, un miscuglio di rocce, rimaste dov'erano cadute dopo l'esplosione. E guardandoci indietro, dove la strada curvava, vedevamo le vette lontane dei monti della Scozia, la cui sagoma confusa in lontananza era ben nota a generazioni di isolani.

– Sai una cosa? – dissi. – È pazzesco. Perché non fare una votazione segreta? Vince il voto di maggioranza.

Whistler scosse la testa. – Roddy non sarebbe mai d'accordo. Avrebbe paura di perdere.

La notizia si era diffusa e, a parte la dozzina di membri regolari del gruppo dei motociclisti, un'altra quindicina di ragazzi erano arrivati fin lí quel pomeriggio per assistere alla gara. Tutti erano riuniti al ponte. Qualcuno aveva portato una lattina di vernice spray, e alcuni dei ragazzi spruzzarono i loro nomi sui parapetti in cemento. Roddy e Strings erano in silenzio, tesi e agitati, concentrati sulla gara. Era impossibile confonderli. Roddy con la sua Vespa blu brillante e il giallo violento della moto di Strings.

Io e Whistler ci eravamo messi alla seconda curva, Skins alla roccia spaccata e Rambo di guardia al *geodha*. Mairead e un'altra ragazza si trovavano alla prima curva, curiosamente Mairead non aveva espresso alcuna opinione su uno dei nomi proposti, il che secondo me voleva dire che quasi di sicuro preferiva Caoran, ma non osava dirlo.

Sentimmo le grida alzarsi dal ponte e il rombo dei motori che salivano di giri, ma non vedemmo le moto fino a quando non girarono alla curva. Strings apparve per primo, chino sul manubrio, tutto concentrato sulla strada davanti a lui. Roddy era solo un paio di metri dietro, e faceva brusche sterzate per evitare la polvere e le pietre che schizzavano dalla ruota posteriore di Strings.

Passarono davanti a me e a Whistler e presero velocità sul rettilineo, coi motori urlanti mentre sfilavano davanti a Rambo. Poi sparirono dalla vista. Quando riapparvero, al ritorno, Roddy era un po' piú avanti, con la moto in derapata a causa del cambio di marcia in curva. Prendemmo le nostre moto che avevamo lasciato sul prato tra le felci e partimmo dopo di loro, con Skins e Rambo non lontano dietro di noi. Già prima di arrivare al ponte si sentiva una forte esultanza. Mairead era tornata davanti a noi e tutti erano accanto alla moto blu e a quella gialla, le voci eccitate.

– Che cosa è successo? – disse Whistler appena arrivammo accanto a loro.

– Una roba pazzesca, – gridò qualcuno.

Uno degli altri ragazzi disse: – Erano testa a testa quando hanno raggiunto il ponte. Non c'è modo di sapere chi ha vinto.

– Bene, – dissi. – L'onore è salvo. Ora, perché non lanciamo una moneta?

Strings si asciugò il sudore dal viso impolverato mentre scendeva dalla sella e puntava la moto sul cavalletto. – Potrebbe essere una buona idea.

– No! – Roddy era irremovibile, ancora seduto a cavalcioni sulla Vespa. Le voci intorno a lui si spensero. – C'è un altro modo per risolvere la questione. Lo facciamo di nuovo. Solo che questa volta lo cronometriamo. Uno dopo l'altro. È l'unico modo per essere sicuri.

Una ragazza di nome Dolina si mise a frugare in una borsa di maglia rosa che portava a tracolla. – Io ho un cronometro. Lo usiamo per gli allenamenti di velocità al club di atletica.

– D'accordo allora –. Roddy espresse con un sorriso la sua soddisfazione e guardò Strings per una conferma.

Strings alzò le spalle. – Certo.

– Tiriamo a sorte per chi va prima, allora –. Roddy prese una moneta da dieci pence e la lanciò in aria. – Testa, – gridò, e tutti si affollarono per vedere la faccia della moneta per terra. Era testa. Roddy sorrise. – Io per primo.

Rambo partí sulla sua moto per andare sino al punto di svolta, sia per marcare con una linea per terra il punto che ogni moto doveva attraversare, sia per assicurarsi che lo attraversasse davvero. Dolina, con il cronometro, era alla fine del parapetto e Roddy mise la ruota anteriore della moto in corrispondenza della linea che segnava la fine del ponte e l'inizio della strada. Aspettammo per dare a Rambo tempo sufficiente per arrivare alla roccia, e facemmo un conto alla rovescia partendo da tre a cui si unirono tutti. Roddy tirò su di giri il motore e partí non appena Dolina premette il pulsante del cronometro.

Si vedeva dalla posizione del corpo quanto fosse teso e determinato, con la ruota posteriore che slittava da destra a sinistra mentre accelerava al massimo su per il pendio verso la prima curva. Poi scomparve, e anche il suono del motore svaní in lontananza, coperto dalla collina.

Strings sedeva sul parapetto, le mani unite davanti a sé come se pregasse, senza dire una parola. Il resto di noi faceva supposizioni, cercando di indovinare a bassa voce l'esito della gara, quasi avesse paura di rompere la concentrazione di Strings. Lo guardai e vidi come la tensione interiore si stava modellando sul suo viso. Per qualche ragione, tutto questo significava per lui molto piú di quanto avrebbe dovuto. Dopotutto, che cosa diavolo voleva dire un nome? E, alla fine, che cosa importava davvero?

Sentimmo la moto di Roddy prima di vederla. Era di ritorno molto velocemente. Guardai l'orologio. Poco piú di tre minuti e mezzo. E poi apparve, piegato a un angolo pericoloso mentre arrivava sbandando da dietro la curva. Gli ci vollero meno di trenta secondi per raggiungere il ponte. Ci sporgemmo tutti su entrambi i lati, quando accelerò al massimo sulla linea del traguardo per poi inchiodare, facendo scivolare la ruota anteriore sino a fermarsi.

Il suo viso era arrossato, gli occhi lucidi. Sapeva di aver fatto un buon tempo. – Allora?

– Tre minuti e cinquantasette, – disse Dolina, e Roddy gettò uno sguardo trionfante verso Strings.

Ma se Strings nutriva qualche dubbio su di sé, non lo dava a vedere. Si alzò bello tranquillo e si sedette sulla moto per togliere il cavalletto e avviare il motore. Intorno alla linea di partenza era tutto un gran vociare, e mi alzai sul parapetto per avere una visuale migliore.

Iniziò il conto alla rovescia.

Strings diede gas e rilasciò la frizione, facendo sgommare la ruota posteriore che stridette come un bulimico affamato, finché non fece aderenza col terreno e schizzò via in uno spruzzo di terriccio. Vidi che Roddy lo guardava, con il dubbio che si insinuava lento ma inesorabile nella sua mente. Poi Strings scomparve una volta girata la curva. Molti di noi controllarono gli orologi, mentre il rombo del motore si spegneva nel pomeriggio. La tensione si aggirava come un fantasma in mezzo a noi.

Passarono tre minuti e mezzo e ancora non vi era alcun segno di quel motore urlante da 125 cc. Nessuna sfumatura gialla sulla curva. Quattro minuti, e ancora niente.

– Qualcosa non va, – dissi, e per la prima volta quel fantasma tra di noi si trasformò da tensione ad apprensione, fino alla paura.

– Ahi, mi sa che è caduto, – disse Roddy. – Cercando di andare troppo veloce.

Ma non aspettai di scoprirlo. Saltai sul mio scooter e corsi nella pietraia della Road to Nowhere, urtando i bordi della strada verso la curva. Sentii un'altra moto alle mie spalle e lanciai uno sguardo all'indietro, vedendo Whistler. Dopo di lui altri partirono alla ricerca. Non trovai traccia di Strings fino a quando oltrepassai la seconda curva e mi accorsi che Rambo era tutto agitato sul lato della strada sopra il *geodha*. La moto gialla di Strings giaceva contorta sull'erba, la ruota anteriore rovesciata, ancora in movimento, una grande fascia di torba strappata nel punto in cui era finita fuori strada. Tre pecore pascolavano sull'altro lato. Io e Whistler raggiungemmo Rambo prima degli altri. Era in preda al panico, gli occhi spalancati.

– Stavo prendendo la mia moto quando ho sentito lo schianto. Devono essere state quelle cazzo di pecore che hanno attraversato la strada. A quanto pare, è andato dritto.

– Cazzo –. La parola sfuggí dalla mia bocca come un soffio. Whistler si stava già dirigendo giú per il pendio sul lato sud. Incautamente. Roteando le braccia come le pale di un mulino a vento, saltò fino al punto piú basso delle sporgenze rocciose visibili dall'alto, e si fermò. Gli andai dietro. Quando raggiunsi la cengia, notai i detriti che avevamo visto quella mattina, bloccati dalle rocce a metà della discesa. Il fondo non era visibile da dove mi trovavo, e non c'era alcun segno di Strings. Guardai di nuovo su per la collina e vidi tutti quanti affollarsi lungo la strada. Roddy arrivò correndo giú per il pendio verso di noi. Ci raggiunse, senza fiato, gli occhi spalancati e pieni di paura. – Dov'è?

– Nessun segno, – disse Whistler.

– Oh, Gesú –. Roddy iniziò subito a calarsi sopra la sporgenza. Whistler cercò di afferrarlo, ma non riuscí a trattenerlo. – Per l'amor di Dio, non fare lo scemo. Non c'è modo di arrivare laggiú. E se c'è, non si può risalire.

Ma nulla poteva fermare Roddy. Vidi la sua disperazione mentre scendeva, il viso rivolto alla scogliera, le braccia e le gambe allungate a destra e sinistra, alla ricerca di appigli per le mani e i piedi. Era arrivato al punto massimo nel *geodha* in cui potevamo vederlo, quando si girò verso di noi. – Non riesco a trovarlo! – La sua voce echeggiò per tutta la scogliera. E poi lui scomparve dalla vista in un attimo.

– Merda! – Whistler iniziò subito a scendere dopo di lui, ma lo afferrai per un braccio.

– Dovremmo cercare aiuto –. Guardai disperatamente il pendio dove gli altri erano riuniti lungo la strada, e con mio grande stupore vidi Strings tutto spettinato che si faceva largo attraverso di loro sul bordo del *geodha*. Era coperto di fango di tòrba nera e aveva il sangue che gli colava dalla fronte. Non avevo mai visto un viso cosí privo di colore. Gli altri si allargarono per fargli posto, fissandolo in un attonito silenzio. Lui guardò verso Whistler, poi di nuovo verso di me.

– Da dove diavolo arrivi? – gridai. Strings scosse la testa ed era chiaramente in confusione. – Non so cosa sia successo. Una maledetta pecora correva sulla strada. L'ultima cosa che ricordo sono io che finisco nel fosso sul lato opposto e voi riuniti intorno al *geodha*.

– Abbiamo pensato che fossi caduto giú!

– Per l'amor di Dio, – disse. – Ma proprio nessuno ha pensato di guardare in quel cavolo di fosso! – Alzò le braccia, poi le lasciò cadere di nuovo lungo i fianchi. – Dov'è Roddy?

– È sceso a cercarti! – urlò Whistler. Era ovvio che aveva poca simpatia per Strings. Si voltò verso di me. – Chiedi se qualcuno lassú ha una corda nel bauletto della moto –. E scavalcò il bordo, alla ricerca degli stessi appigli usati da Roddy.

Mentre mi arrampicavo di nuovo fino alla strada, mi meravigliai della disperazione di Roddy. Solo quindici minuti prima era determinato a battere e umiliare Strings in quella sciocca competizione per decidere il nuovo nome della band. E ora era andato a rischiare la vita, forse anche a perderla, per cercare di salvarlo.

Tre dei ragazzi avevano corde da traino, ma nessuna di loro era abbastanza lunga. Con sorpresa di tutti, Mairead si dimostrò capace di legare i capi delle corde per ricavarne una lunghezza sufficiente. Non avremmo dovuto sorprenderci, dal momento che suo padre era un pescatore, ma la velocità e la destrezza con cui annodò insieme quei capi di corda ci prese tutti alla sprovvista. Strings rimase a guardare impotente. Nessuno era interessato a dove e quanto fosse ferito. L'attenzione era tutta su Roddy.

Corsi giú per il pendio con la corda assieme a molti altri ragazzi, e mi spostai lentamente con attenzione verso il bordo della roccia per vedere se riuscivo a individuare Whistler. Non c'era traccia di lui. Urlai il suo nome piú forte che potevo e con mio grande sollievo sentii la sua voce che faceva eco alla mia.

– Hai preso una corda?

– Sí.

– Buttala giú, e assicurati che sia ben fissata in alto.

L'unico modo perché fosse sicura era avvolgerla intorno alla mia vita e usarmi a mo' di ancora, mentre davanti a me gli altri ragazzi la presero, una mano dopo l'altra, come membri di una squadra di tiro alla fune. Io ero a pancia in su, quasi seduto, con le scarpe piantate a fondo nella torba, e la fune venne gettata nel *geodha*.

Dopo pochi minuti sentimmo uno strattone, e poi qualcosa che sembrava pesare come due Whistler mise alla prova la nostra capacità di reggerlo. Non era scontato che ce l'avremmo fatta. Gridai verso la strada in cerca di ulteriore aiuto, sperando che i nodi di Mairead tenessero. Molti altri vennero giú correndo, anche ragazze, tutti pronti a dare una mano, fino a quando vedemmo finalmente la sagoma gigante di Whistler issarsi oltre il bordo con Roddy, prono, in spalla.

Appena raggiunse la terra, mollò la corda e depose Roddy sul manto erboso. Roddy emise un urlo acuto di agonia, la gamba destra distorta in un angolo terribile. Whistler era rosso e sudava per lo sforzo. – Gamba rotta, – disse, senza che fosse necessario.

Roddy respirava rantolando e aprí un momento gli occhi per guardare in alto. Strings si chinò su di lui, il volto insanguinato in una maschera di preoccupazione. Le labbra di Roddy si contorsero in una sorta di smorfia, e disse: – Quindi sarà Amran.

Non vidi piú Roddy sino a dopo l'inizio delle vacanze estive. Venne ricoverato in ospedale e sottoposto a un intervento chirurgico, durato diverse ore, al femore fratturato. Gli misero delle placche di metallo e delle viti. I concerti estivi furono cancellati e i membri della band ebbero l'occasione di vedersi dopo l'incidente solo per una riunione convocata per discutere del loro futuro. Non ho mai saputo che cosa accadde tra Strings e Roddy riguardo alla gara, ma l'incidente al *geodha* non venne mai menzionato, perlomeno non in mia presenza. A suo modo, ostinato com'era, Roddy sembrava davvero felice di aver vinto la scommessa. La sua gamba era ingessata e si presentò su una sedia a rotelle spinta da un'infermiera privata pagata dai suoi genitori.

L'incontro si tenne nel bar di *Scaliscro Lodge*, sulla sponda ovest che si affaccia sul Little Loch Ròg. Roddy aveva un aspetto terribile. Ma era stato risoluto nel convocare la riunione, per poter tracciare il futuro del gruppo una volta a Glasgow.

Tuttavia, fu Mairead a scioccarci. Ci stupimmo tutti nel vedere che si era tagliata i capelli praticamente a spazzola. Addio ai lunghi capelli ondulati scuri che le cadevano sulle spalle. Sembrava forte e asciutta con quel taglio maschile, anche se conservava tutta la sua femminilità. Non erano molte le donne che avrebbero potuto portare i capelli in quel modo. Ma Mairead aveva lineamenti forti e sorprendenti e anche la forma della sua testa, ora del tutto visibile, era bella in modo classico. Non riuscivo a staccarle gli occhi di dosso.

Roddy era agitato, come se avesse preso un eccitante. E forse lo aveva fatto davvero. Magari un cocktail di antidolorifici e birra. O forse era solo quella sua tipica ambizione implacabile, inquieta. Il suo viso era arrossato e c'era uno strano bagliore nei suoi occhi.

– Amran, – disse, e gettò un'occhiata trionfante verso Strings. – Suona bene –. Nessuno aveva intenzione di discutere con lui. – Appena mi rimetterò in sesto, io e Strings andremo a Glasgow per cercare di mettere in pista alcuni concerti e mi sa che avremo bisogno di un manager.

Guardai Whistler con la coda dell'occhio, mentre posava il bicchiere sul bancone con uno strano senso di irrevocabilità. Sapevo cosa stava per succedere. – Io non verrò a Glasgow, – disse.

La musica martellante proveniente dallo stereo sottolineò ancora di piú il silenzio che seguí.

Rambo disse: – Cosa... vuoi dire che ti sei iscritto alla Strathclyde o a Edimburgo o da qualche altra parte? – Si percepiva incredulità nella sua voce.

– Voglio dire che non andrò in nessuna università. Glasgow, Edimburgo o qualsiasi altro posto. Io resto sull'isola.

Quasi trattenni il respiro.

– Ma cosa stai dicendo? – chiese Roddy. La luce era scomparsa dai suoi occhi. – Non puoi stare qui e fare ancora parte della band.

– Congratulazioni. Hai appena vinto un set di coltelli da bistecca e una vacanza per due a Torremolinos. Faresti meglio a cercare un altro suonatore di flauto quando sarai a Glasgow.

Roddy aveva l'aria di uno cui sia caduto addosso il mondo.

Mairead disse piano: – Quando lo hai deciso questo?

Whistler si strinse nelle spalle. – Un po' di tempo fa.

– E non ce lo hai mai detto? – Roddy era arrabbiato, ora.

Il suono della mano aperta di Mairead che colpí il lato del viso di Whistler fu come il rumore di un fucile che spara. Lo picchiò cosí forte che Whistler dovette mettere una mano sul bancone per tenersi in equilibrio. La ragazza lo fissò per un lungo, duro, momento con uno sguardo in cui era visibile il disgusto, prima di uscire dal bar.

Ironia della sorte, gli Amran, come alla fine si chiamarono, raggiunsero il loro piú grande successo senza Whistler, e l'incidente sulla Road to Nowhere sembrò, in modo perverso, aver avvicinato Strings e Roddy.

Ma il cardine del loro passaggio da band isolana di rock celtico a gruppo famoso fu Donald Murray. Big Kenny aveva frequentato la facoltà di Agraria di Inverness, lasciando la band senza un tecnico del suono. E, dopo la mia rottura finale con Marsaili, ricevetti un giorno una telefonata da Donald.

– Ehilà, – disse con la sua voce strascicata. Aveva un accento mezzo atlantico in quei giorni, un misto a cavallo tra Ness e New York. Era uno dei ragazzi piú brillanti del suo anno alla Nicolson, e si era iscritto all'università di Glasgow portando con sé le speranze dei suoi genitori. Suo padre, Coinneach Murray, era uno degli uomini piú temuti e rispettati a Ness. Ministro della Chiesa libera a Crobost, uomo focoso, sostenitore instancabile di un cristianesimo duro e spietato. Un cristianesimo che suo figlio aveva respinto sin dalla piú tenera età, diventando l'archetipo del ribelle senza causa e sfidando continuamente il padre. Beveva, bestemmiava, andava a letto con piú ragazze di quante se ne potevano contare e sembrava deciso a percorrere una strada verso l'autodistruzione.

Abbandonò l'università a Natale del primo anno e persi le sue tracce fino a quella telefonata all'alloggio studentesco.

– Donald? – Mi sembrava diverso da come lo ricordavo.

– Sono io, fratello.

– Dove diavolo sei? Intendo, cosa stai facendo? – Sentii ridacchiare all'altro capo della linea.

– Lavoro nel mondo della musica, fratello.

– Donald, io non sono tuo fratello!

– Ehi, Fin, ragazzo, stai calmo. È solo un modo di dire.

– In che senso nel mondo della musica? – chiesi.

– Lavoro in un'agenzia musicale. Abbiamo la rappresentanza di band, cantanti, organizziamo tour, negoziamo accordi con le etichette discografiche –. Fece una pausa e percepii l'orgoglio nella sua voce. – Sono assistente personale di Joey Cuthbertson, un fantastico impresario. Un tizio incredibile, Fin. Quello che non conosce del mondo della musica non vale la pena conoscerlo. E ho intenzione di succhiargli tutto il mestiere possibile.

– Buon per te.

Lui rise. – Nulla ti impressiona, vero?

– Non quando ci provi apposta, Donald. La cosa che non hai mai capito è che non hai bisogno di provarci.

Altre risate sulla linea. – Fin, Joey Cuthbertson ha fatto firmare gli Amran –. Fece una pausa. – In seguito a una mia raccomandazione. Stanno facendo strada, ragazzo. Segnati le mie parole. Penso che avranno un contratto discografico prima di Pasqua.

– Buon per loro. Cos'ha a che fare tutto ciò con me, Donald?

– Abbiamo bisogno di un assistente, Fin. Big Kenny è andato a Inverness, ed è venuto fuori il tuo nome. I ragazzi si trovano bene con te.

– Alcuni di noi stanno ancora cercando di laurearsi, Donald.

– Notti e weekend, Fin. C'è da far soldi. E potrai continuare a studiare, fratello, senza neanche sudare piú di tanto.

Donald aveva torto su un sacco di cose. Ma aveva ragione riguardo agli Amran. Fui il loro assistente durante il resto dell'anno accademico, e facemmo spettacoli in tutta la Scozia e il Nord dell'Inghilterra. Il contratto discografico di cui aveva parlato Donald arrivò nel mese di giugno. La band trascorse l'estate in studio per registrare il primo album, che chiamarono *Caoran*, come contentino per Strings. Erano perlopiú canzoni frutto della collaborazione tra Roddy e Strings, ma furono arrangiate e rifinite professionalmente da un produttore chiamato da Londra. Whistler non fu mai rimpiazzato. Nel mese di settembre, quando venne pubblicato il loro primo singolo, si piazzò subito al numero cinque delle classifiche.

Mairead stava diventando una piccola celebrità; il suo viso appariva regolarmente nei tabloid scozzesi e sulle copertine di diverse riviste a diffusione nazionale. Aveva un guru personale della moda, almeno è cosí che la chiamava Mairead. Una sorta di lesbica trasandata che aveva lasciato la scuola d'arte e le dava consigli sui vestiti e sul make-up. A volte dovevo darmi un pizzicotto per ricordare che Mairead era solo una ragazzina dell'isola, che avevo conosciuto e di cui mi ero invaghito a scuola.

Il padre di Roddy gli aveva comprato un aeroplano monomotore di seconda mano. Un Piper Comanche rosso e bianco. E la band aveva iniziato a guadagnare abbastanza per consentire a Roddy di pagarsi le lezioni di volo a Glasgow. Ma Roddy volava alto in senso lato. Era destinato alla celebrità e a veder riconosciuto il suo talento speciale. Noi la pensavamo cosí. E fu quell'arrogante ambizione che lo portò, alla fine, al conflitto con Donald.

All'inizio del secondo anno di università, Roddy e il resto degli Amran abbandonarono gli studi per concentrarsi sulla loro carriera di musicisti. Joey Cuthbertson era ridotto a poco piú di un invalido a causa di un attacco di cuore e Donald gli subentrò alla direzione dell'agenzia. Sembrò davvero aver prosciugato il vecchio Joey.

Ma anche se l'incredibile ascesa di Donald alla ribalta nel mondo della musica scozzese portò a una rinascita dell'interesse per le band di Glasgow come gli Amran, quel periodo coincise anche con la sua discesa nella spirale dell'alcol e delle droghe. Era sempre stato, credo, il tipico candidato a quella condizione unica dell'isola nota come *cùram*, quando l'indottrinamento avuto da ragazzi nelle implacabili credenze presbiteriane riemerge come un virus dopo anni di vita dissoluta per rimodellare le sue vittime a immagine dei loro padri. In questo caso, il reverendo Coinneach Murray. Ma ci sarebbero voluti ancora un paio di anni prima che Donald si ritrovasse a seguire le orme paterne. Per il momento si stava divertendo troppo a respingerle.

Faceva fatica a concentrarsi sul lavoro, e la carriera degli Amran iniziò a perdere colpi prima ancora di registrare il secondo album. Il successo può arrivare in un batter d'occhio, ma scomparire altrettanto rapidamente, come una lacrima che evapora. I concerti erano noiosi e ripetitivi e non erano di alcuna utilità per far progredire la carriera della band. Donald non c'era mai per una telefonata o per discutere gli argomenti che Roddy e Strings e il resto della band ritenevano importanti per il futuro. Aveva già intrapreso quel lungo e insidioso scivolone verso la dipendenza.

Io non me ne curavo piú di tanto. Guidavo il furgone, e il denaro che guadagnavo non mi faceva pensare troppo al futuro. In verità, non avevo voglia di pensarci. Non avevo interesse per lo studio, nessuna ambizione, nessuna idea su cosa fare della mia vita. La notizia che ricevetti al mio ritorno sull'isola per il funerale di mia zia mi privò di qualsiasi voglia di impegnarmi: Artair e Marsaili si erano sposati. Avevo perso il mio piú vecchio amico e l'unica ragazza che avessi mai veramente amato.

I contrasti tra Roddy e Donald emersero in tutta la loro gravità un fine settimana all'inizio di novembre.

Era venerdí notte, e gli Amran stavano tenendo un concerto in uno di quei capannoni al termine dei moli, sopravvissuto ai giorni dei music-hall in riva al mare, salvato dalla demolizione e restaurato con cura, da qualche parte sulla costa occidentale dell'Inghilterra. Non ricordo esattamente dove, una di quelle località costiere vittoriane che erano in qualche modo riuscite a sopravvivere ai vandali urbani degli anni Cinquanta e Sessanta, e conservavano una sorta di fascino decadente. Il lungomare originale, che si estendeva per circa un paio di chilometri, era lo stesso di quell'epoca e il molo era una struttura complessa di montanti di ferro e travi lunghe circa centocinquanta metri. Il capannone in sé era un caos di tetti curvi sulla T alla fine del molo e ospitava un auditorium con una capienza compresa tra quattro e cinquecento posti. In estate vi si tenevano quegli spettacoli di varietà che in qualche modo attiravano ancora un vasto pubblico. Ma gli eventi di novembre erano pochi e lontani tra loro.

Era uno dei concerti tipici che Donald organizzava per la band e Roddy era di pessimo umore ancor prima di iniziare, deciso a chiarire le cose con Donald, il quale aveva accettato di incontrarci lí. Era una notte orribile, umida e ventosa, con la luce morente mentre attraversavamo una piccola città, nascosta tra le pieghe sconosciute della verde e ondulata campagna inglese. Sbirciavo attraverso il parabrezza inzaccherato di pioggia alla ricerca di indicazioni quando Rambo, che aveva sempre viaggiato con me sul furgone, mi gridò improvvisamente di fermarmi. Inchiodai di colpo.

– Che diavolo...?

La macchina con il resto della band ci venne quasi addosso.

– C'è un uomo sul ponte –. Rambo mi indicò il parapetto di un ponte che attraversava le acque marroni di un fiume in piena. Era un vecchio ponte di pietra, con lampioni posti su tutta l'arcata. Un uomo si alzò in piedi sul parapetto, stringendo un lampione con la mano. Stava guardando l'acqua che scorreva al di sotto. Non si potevano equivocare le sue intenzioni: era in procinto di saltare.

Roddy, Mairead e gli altri balzarono fuori dalla vettura e corsero vicino alla mia portiera. – Cosa c'è che non va? – gridò Roddy.

Indicai il ponte. – Sembra che il ragazzo stia per farla finita.

Tutti guardarono e ci fu una pausa momentanea. – Gesú, – sussurrò Roddy. – Che cosa dobbiamo fare?

Guardai l'orologio. – Siamo già in ritardo.

Mairead mi lanciò uno sguardo. – La vita di un uomo è un po' piú importante, non credi, di un concerto su un molo?

Noi tutti la guardammo con sorpresa.

– Ha ragione, – disse Strings. – Dài, cerchiamo di parlargli –. Ma Mairead gli afferrò un braccio.

– No, lo spaventerai. Parlerò io con lui.

Guardammo Mairead avvicinarsi con cautela e la sentimmo parlare. – Ciao, mi chiedo se potresti aiutarmi... Credo che ci siamo persi.

La testa dell'uomo scattò di colpo, gli occhi di un coniglio spaventato la fissarono. Direi che era sulla cinquantina e stava perdendo i capelli. Barba lunga, indossava un impermeabile logoro sopra i pantaloni grigio scuro e un cardigan fatto a mano. – Non venirmi vicino! – Alzò la voce al di sopra del fragore dell'acqua e guardò nella nostra direzione.

– Che ci fai lassú? – gli chiese Mairead.

– Secondo te?

Mairead guardò il fiume e scosse la testa. – Non è una buona idea. Potresti rovinarti le scarpe.

Lui la guardò incredulo, poi lei gli sorrise, e c'era qualcosa nel sorriso di Mairead a cui nessun uomo che abbia mai conosciuto poteva resistere. Lui ricambiò il sorriso. Un sorriso timido, incerto. – Non sono nuove, – disse. – Quindi non ha importanza.

Lei gli guardò i piedi. – Indossi calze spaiate.

Sembrava sorpreso, e si osservò. – A chi importa?

– Ci dovrà pur essere qualcuno.

Le sue labbra si strinsero, cupe, e scosse la testa.

– Nessuno.

– Davvero nessuno?

– L'unica a cui importava se ne è andata.

Vidi gli occhi di Mairead posarsi sulla mano sinistra dell'uomo che reggeva il lampione e sull'anello d'oro al terzo dito. – Tua moglie?

Lui annuí.

– Ti ha lasciato?

– È morta.

– Di recente?

Scosse ancora la testa. – Un anno fa oggi. Cancro. Ce lo aspettavamo da tanto –. Si voltò a guardare l'acqua luccicante di sotto, poi si rivolse di nuovo a Mairead. – Ce l'ho messa tutta per tirare avanti. Ma non ce la faccio piú.

Mairead si mosse con cautela, poi gli girò intorno per mettersi a sedere sul parapetto ai suoi piedi, le mani appoggiate al muro su entrambi i lati. – Non hai dei figli?

Un altro movimento del capo. Poi: – Be', sí. Ma lui è in Australia. Te l'ho detto, non interessa a nessuno.

Lei inclinò la testa per guardarlo. – A me sí.

Lui si mise quasi a ridere. – Non mi conosci nemmeno.

– Sí. Ti conosco molto bene.

– No, non è vero! – Il suo tono era ostile ora.

– Sí, invece –. E vidi un'ombra attraversare il suo viso, una nube di vera emozione. – Tu sei tutti gli uomini che hanno perso la donna che amavano. Tu sei mio padre. Vorrei esserci stata per lui. Ma non l'ho mai saputo. Lui non l'ha mai detto. E non l'ho capito fino a quando non c'era piú. I giovani sono troppo presi dalla propria vita ed è facile dimenticare che anche i tuoi genitori hanno ancora una loro vita. Sentimenti. Quelli non si può mai perderli, anche quando si invecchia –. Si voltò verso di lui, gli occhi umidi. – Glielo hai detto? A tuo figlio. Gli hai detto come ti senti?

– Non ho intenzione di disturbarlo per cose del genere.

– E non pensi che sarà comunque disturbato quando la polizia busserà alla sua porta per dirgli che suo padre si è ucciso? Non pensi che sarà lui a chiedersi il motivo per cui non gli hai mai parlato? O il senso di colpa con cui probabilmente dovrà convivere per il resto della sua vita, pensando che ci fosse qualcosa che avrebbe potuto o dovuto fare?

Il volto dell'uomo si incrinò in una smorfia e poi le lacrime scorsero sulle sue guance insieme alla pioggia. – Non volevo essere di peso –. Mairead si staccò dal muro e gli tese una mano. – Andiamo, – gli disse. – Tu non sei un fastidio. Andiamo e lo chiamiamo. Proprio adesso.

– È notte fonda lí, – disse.

Mairead sorrise. – Non gli importerà. Fidati di me.

L'uomo la guardò per un lungo momento e lei resse il suo sguardo, la mano ancora protesa, fino a quando finalmente lui l'afferrò e saltò giú sul marciapiede accanto a lei. Mairead gli mise le braccia al collo e lo abbracciò. La pioggia divenne piú intensa, come se piangesse insieme a loro, infradiciandoli mentre si trovavano nel bel mezzo del ponte; si fece buio, le luci delle automobili spazzavano la strada come rastrelli, con i conducenti ignari del dramma di vita e morte che si era svolto sul parapetto.

Poi, sempre tenendo la sua mano, Mairead camminò verso di noi.

– Forza, amico, – disse Roddy, facendolo salire in macchina.

– Andiamo a casa tua –. L'uomo viveva in una bifamiliare in una breve via alla periferia della città. Un luogo povero e triste. Mairead accese le luci e mise a scaldare l'acqua in un bollitore. Un treno passò sferragliando vicino a un giardino lungo e stretto con una gocciolante tettoia fatiscente e un prato incolto.

Roddy andò alla porta accanto e tornò con la vicina di casa, una donna anziana che si diede da fare nella minuscola cucina dove ci eravamo radunati, e disse che conosceva un amico che sarebbe venuto a stare con lui. Mairead lo fece sedere accanto al fuoco con il telefono, e compose il numero del figlio in Australia.

Lo lasciammo, con la vicina di casa a tenerlo d'occhio fino all'arrivo dell'amico, mentre lui parlava esitante a suo figlio distante sedicimila chilometri. Non riuscivo davvero a immaginare che tipo di conversazione potesse essere. Ma era vivo e parlava di come si sentiva, invece di tenersi tutto dentro e decidere di togliersi la vita. E tutto questo era merito di Mairead.

Sulla strada, mentre tornavamo alle auto, le dissi: – Non sapevo che i tuoi genitori erano morti.

Lei si strinse nelle spalle. – Non lo sono –. E poi rise quando corrucciai il viso. – Oh, Fin, Fin, sei cosí ingenuo. La situazione richiedeva una storia, cosí gliene ho fornita una. Quando canto di un cuore spezzato, o dell'amore eterno, la gente ha bisogno di credere che sia vero. Che le mie lacrime sono reali. Sono brava in questo.

Ripensai all'emozione che aveva offuscato il suo viso mentre mentiva all'uomo sul ponte, e quanto facilmente sia lui sia io ne eravamo stati convinti. E mi resi conto allora che non avrei mai potuto fidarmi che Mairead mi dicesse la verità su qualsiasi cosa.

Il risultato di tutto ciò fu che arrivammo con un'ora di ritardo al concerto sul molo. Il direttore era un ometto calvo, magro e teso di nome Tuckfield. Indossava un vestito blu con scarpe marroni, una combinazione che non mi aveva mai ispirato fiducia. Era rosso in viso e pareva prossimo a un colpo apoplettico. E, naturalmente, non c'era traccia del mellifluo Donald per cercare di calmare le acque agitate.

– Ho trecento clienti paganti che urlano per avere il mio sangue o per essere rimborsati, – farfugliò a Roddy.

Io e i ragazzi lasciammo che Roddy fornisse delle spiegazioni mentre scaricavamo il furgone. Non so come ci riuscimmo, ma la band fu sul palco ad aprire lo show nel giro di mezz'ora. Io e un ragazzo di Glasgow chiamato Archie, che guidava l'auto, ci sistemammo dentro a dei sacchi a pelo nella parte posteriore del furgone per cercare di dormire un po', e la band suonò quasi tre ore per recuperare il ritardo.

Mi resi conto che c'erano dei problemi quando le porte posteriori del furgone si spalancarono e vidi Roddy in piedi sul molo, la faccia grigia di rabbia. – Quel bastardo non ci vuole pagare!

– Cosa? – Mi sedetti di scatto. Se la band non fosse stata pagata, neanche io ci avrei guadagnato nulla.

– Abbiamo suonato quasi un'ora in piú rispetto a quanto concordato, per compensare il ritardo, ma lui dice che non abbiamo rispettato il contratto e non verremo pagati.

Saltai giú. – Andiamo a parlargli.

Lo trovammo nel suo ufficio alla fine di un corridoio dietro il palco. Quando io e Roddy entrammo, si mise sulla difensiva e fece un passo indietro, istintivamente. Alzò una mano. – Non voglio guai.

– Non ci sarà nessun problema, – dissi. – Basta che ci paghi e ce ne andiamo.

Lui agitò un dito. – No, no, no. Voi mi avete messo in una brutta situazione stasera. Non avete avuto un atteggiamento professionale. Non avete rispettato il contratto. Fatemi parlare al telefono con il vostro manager e quando ci saremo accordati sul risarcimento avrete i vostri soldi.

– Hai avuto il tuo risarcimento, – Roddy quasi gli urlò contro. – Abbiamo suonato una maledetta ora in piú!

– C'erano ancora persone che chiedevano indietro i loro soldi. Persone che se ne sono andate prima del vostro arrivo.

Pensai che Roddy avesse intenzione di picchiarlo, e intervenni nella discussione alzando la mano. – Va bene, telefoniamo a Donald –. Non tutti avevano i telefoni cellulari allora. Donald aveva l'ultimo modello, ma non vi era alcuna garanzia che sarebbe stato in grado di rispondere. Avrebbe dovuto essere al concerto con noi. Ma non c'era. Dio solo sapeva che cosa ne era stato di lui.

Presi in prestito il telefono di Tuckfield e ascoltai lo squillo senza risposta fino a quando partí la segreteria telefonica di Donald. Non mi pareva che avesse senso lasciare un messaggio. Quando riattaccai, vidi negli occhi di Roddy uno sguardo assassino.

Cercai di essere ragionevole. – Signor Tuckfield, sa perché siamo arrivati in ritardo? Stanotte abbiamo salvato la vita di un uomo. E le abbiamo dato un'ora in piú del nostro tempo per compensare. Ora, non siamo persone irragionevoli. E sono sicuro che anche lei non è un uomo irragionevole. Quindi adesso noi andiamo a caricare la roba sul furgone e la aspettiamo lí davanti. Quando deciderà di pagarci, ci stringeremo la mano, non diremo una parola di piú e ce ne andremo per la nostra strada –. Mi fermai. – E se non lo farà... – Mi sentivo addosso gli occhi di Roddy, che si chiedeva cosa sarebbe successo. – Be', rimarrà qui a marcire. Ho guidato per quattrocento maledetti chilometri per arrivare e ne ho altri quattrocento per tornare a casa, e non me ne andrò fino a quando non avrò i miei cazzo di soldi.

Raramente usavo un linguaggio volgare, anche se il signor Tuckfield non lo sapeva. Ma Roddy sí. E quando tornai a grandi passi verso il furgone, con Roddy che quasi correva per tenermi dietro, mi disse: – Forse dovresti essere tu il nostro manager, Fin –. Gli rivolsi solo un'occhiata.

Finimmo di caricare e fummo pronti ad andarcene poco dopo la mezzanotte. Mairead e gli altri membri della band che viaggiavano in macchina volevano partire, lasciando me e Roddy ad affrontare Tuckfield.

Ma fui irremovibile. – No. Restiamo tutti, o andiamo tutti. E se me ne vado senza essere pagato questo è l'ultimo concerto in cui guiderò per voi –. Sapevano che parlavo sul serio.

Cosí rimanemmo lí alla fine del molo, fumando, avvolti nei cappotti e con le sciarpe, ascoltando il mare che sbatteva contro i pali di sostegno sotto di noi. I lampioni della città che salivano su tutta la collina dietro il lungomare brillavano nel buio. Ma la brava gente di questo luogo di villeggiatura una volta famoso era andata a dormire da tempo, e le case che fiancheggiavano la collina erano nelle tenebre. La pioggia era cessata, ma era tutto ancora bagnato e rifletteva la luce dei lampioni e delle stelle.

Non sapevo per quanto tempo Tuckfield fosse disposto a rimanere lí, ma ero pronto a sedermi fuori fino al mattino seguente, se necessario. All'una, gli altri stavano diventando irrequieti.

– Andiamo, – disse Strings. – È inutile. Andiamo.

Roddy scuoteva piano la testa, come se fosse in trance. Borbottò, quasi impercettibilmente: – Questa è la fine per quel coglione di Donald Murray. Ha chiuso. Finito!

Le luci intorno al padiglione si spensero, immergendo nel buio l'estremità del molo. Tutti si misero improvvisamente in allarme. Quasi allo stesso tempo, ci giunse da lontano nella notte il lamento di una sirena della polizia, e mi voltai trovando la luce blu di una pattuglia della polizia che scendeva lungo la collina. Non fummo sorpresi quando arrivarono al lungomare e si diressero sul molo, verso di noi.

– Gesú! – disse Rambo. – Ha chiamato la polizia.

Mi sentivo sgorgare l'indignazione dal petto. – E allora? Non abbiamo fatto nulla di male.

Ma, come scoprimmo, i poliziotti non erano interessati a noi. La pattuglia tirò dritto, fermandosi proprio fuori dalla porta principale, con una sbandata di mezzo giro del retrotreno effettuata con il freno a mano. Spuntò Tuckfield, pallido, che si chiuse rapidamente la porta alle spalle e saltò sul sedile posteriore della macchina della polizia. L'auto accelerò, sgommando con le ruote posteriori, e corse via lungo il molo.

Restammo per un momento tutti in piedi a guardare, increduli.

Mairead si portò sul sedile anteriore della vettura, pallida e arrabbiata, come una luna piena riflessa sul parabrezza. Roddy e Strings erano dietro, Roddy seduto con le gambe fuori dalla portiera. Io non so davvero cosa mi successe, ma mi sentii ribollire di rabbia e mi misi al volante della vettura accendendo il motore.

– Cosa stai facendo? – gridò Roddy.

– Chiudi la porta!

Ebbe appena il tempo di tirare dentro le gambe e chiudere la portiera che girai l'auto e accelerai al massimo lungo il molo alla ricerca della macchina della polizia. – Per l'amor di Dio, Fin, non si può andare a caccia della polizia!

Vidi la faccia da coniglio spaventato di Strings ingrandirsi nello specchietto retrovisore.

– Gesú, Fin, ci farai arrestare tutti.

Non risposi, e mentre tenevo premuto il piede nel tentativo di colmare la distanza dalla luce blu lampeggiante davanti a noi, mi accorsi che Mairead si era girata a guardarmi. Ma non disse una parola.

La macchina della polizia percorse tutto il lungomare e svoltò verso sud, in direzione di un luna park chiuso per l'ora tarda. Il conducente mise la freccia e girò verso la collina. Potevo sentire la tensione nelle mie mani mentre sterzavo e lo seguivo. Non c'erano altri veicoli in giro a quell'ora.

In cima alla collina, l'auto della polizia svoltò a destra per poi girare piano a sinistra, e sentii le gomme della nostra auto scivolare sulla superficie bagnata della strada mentre li seguivo; persi per un attimo il controllo della vettura, ma poi ripresi a correre. Ero quasi ipnotizzato dal blu lampeggiante davanti a me, e non pensavo nemmeno a che cosa diavolo avrei potuto fare se e quando li avessi raggiunti. Ma stavamo guadagnando terreno, e la tensione che mi comunicavano gli altri in macchina era quasi tangibile.

All'improvviso, le luci dei freni dell'auto che ci precedeva riempirono il parabrezza, offuscato dai tergicristalli. Frenai di colpo, sentendo la nostra auto che slittava a sinistra e a destra, mentre cercavo di riprenderne il controllo con lo sterzo per compensare la sbandata. Ci fermammo, credo, a non piú di cinquanta centimetri dal paraurti posteriore della macchina della polizia.

Ci fu un sospiro collettivo di sollievo da parte di Roddy, Strings e Mairead; io ero seduto con le mani strette sul volante, respirando affannosamente. Per un tempo che sembrò lunghissimo non successe niente. Entrambe le auto erano lí, una dietro l'altra, i motori al minimo.

Vidi la faccia spaventata di Tuckfield quando si girò verso di noi nel buio. Nessuno si mosse. Nessuno parlò.

Poi la portiera del conducente della macchina della polizia si aprí piano. Un sergente enorme in uniforme scese e si mise il berretto calcandolo sulla fronte. Rimase per un attimo a fissarci, poi si diresse piano verso il mio finestrino, una mano sul fianco, l'altra poggiata sul manganello che pendeva dalla cintura.

Abbassai il finestrino mentre si chinava per guardarmi. Il suo volto era impassibile, e i suoi occhi scuri scrutarono prima Mairead, poi Roddy e Strings dietro, quindi tornarono su di me. Vidi una fascia di capelli rossi rasati intorno alla testa sotto il berretto. – Fai parte della band?

– Sono l'assistente.

Il poliziotto annuí e prese un taccuino nero e una penna dal taschino. La porse a Mairead. – Mia figlia ha comprato il vostro cd. Penso che le piacerebbe avere il tuo autografo.

Mairead gli fece uno dei suoi sorrisi. – Certo –. Prese il taccuino, trovò una pagina vuota e lo firmò. Guardò l'uomo. – Vuoi anche gli altri?

– Fanno parte del gruppo?

– Sí.

Fece cenno di sí con la testa e Mairead porse il taccuino a Roddy e Strings perché lo autografassero. Roddy me lo diede facendolo passare sopra la mia spalla, e io lo restituii. L'uomo lo mise nel taschino, poi concentrò nuovamente lo sguardo su di me. Con mia grande sorpresa spinse la grossa mano attraverso il mio finestrino.

– Qua la mano, ragazzo –. Per un attimo non fui in grado di muovere il braccio, poi improvvisamente, quasi senza volerlo, lo allungai perché lui potesse stringermi la mano. Una stretta calda, che mantenne per un tempo che mi sembrò eterno. Quando infine mi lasciò andare disse: – Hai le palle ragazzo, te lo riconosco –. Fece una pausa e un lungo respiro. – Ora però devi raccontarmi una storia credibile.

Cosí gli raccontai tutto. Il poliziotto ascoltò in silenzio, il suo respiro era lento e rantolante, l'alito condensato gli turbinava intorno alla testa. Quando ebbi finito, annuí e strinse le labbra. – Be', figliolo, ti dirò come stanno le cose –. Fece un cenno indicando la sua macchina. – Il signor Tuckfield ha amici nelle alte sfere. E sto solo facendo quello che mi hanno detto, nessuna domanda. Quindi, qualunque siano le ragioni o i torti di quello che è successo stasera, andrete a casa senza il vostro denaro e siete maledettamente fortunati a non passare la notte in cella –. Avrei giurato che ci fosse un sorriso nei suoi occhi che stava cercando di nascondere a tutti i costi. – In tutti i miei anni di servizio, – disse, – nessuno mi ha *mai* dato la caccia mentre ero in una macchina della polizia. E sono certissimo che non accadrà di nuovo –. Piegò la testa verso il lungomare. – Andate, ora –. Si chinò poi sorridendo verso Mairead e si batté sul taschino. – Grazie per gli autografi.

Restammo seduti in silenzio a guardarlo tornare al volante dell'auto e ripartire nella notte. Riuscii a vedere la faccia compiaciuta di Tuckfield che sorrideva rivolto verso di noi. Rialzai il finestrino e Roddy disse: – Donald è un uomo morto!

Non seppi mai di preciso ciò che accadde tra Roddy e Donald, ma prima della fine della settimana la band lo licenziò e firmò con una rinomata agenzia di Londra. E mentre la carriera e la vita di Donald andavano in caduta libera, le fortune degli Amran crescevano. Fecero diverse apparizioni televisive, e Roddy e Strings ricevettero l'incarico di scrivere una canzone per un film di Hollywood che doveva essere girato in Scozia. Ai produttori piacque così tanto che chiesero alla band di scrivere tutta la colonna sonora, la quale fu poi alla base del loro album seguente. Il successo del film portò agli Amran ancora più popolarità. La canzone fu pubblicata come singolo ed entrò nelle classifiche direttamente al primo posto, dove rimase per quasi cinque settimane. Da lì al momento dell'uscita nei negozi del nuovo cd, Roddy e compagni erano ormai lanciati su quella che sembrava una strada inarrestabile verso il successo.

Ma Roddy, con tutto il suo talento e tutta la sua ambizione, non visse abbastanza per vederlo.

Ricordo che era l'estate seguente, giugno o luglio, quando venni a saperlo. Mi ero ubriacato, la sera prima, per i problemi di una storia che andava avanti da diversi mesi, ed ero finito nel letto di una ragazza che avevo incontrato a una festa, una studentessa che viveva in un monolocale a Partick, ai margini di una zona di poco pregio nella parte ovest di Glasgow. Mi alzai non prima delle dieci o le undici, piuttosto sbronzo e con pochi ricordi di ciò che era accaduto tra noi la notte precedente. Quando la ragazza si chinò sul letto e mi scosse gentilmente per svegliarmi, il suo volto non mi sembrava nemmeno familiare.

– Mi hai detto ieri sera che eri l'assistente degli Amran, – disse.

Non riuscivo ad aprire la bocca, da quanto era asciutta. – E con questo?

– Il tastierista è Roddy Mackenzie, giusto?

– Gesú, gli è successo qualcosa? – Alzai gli occhi verso la luce.

– È su tutti i giornali del mattino. A quanto pare il suo aereo è scomparso da qualche parte ieri sera sulla costa occidentale. Le ricerche sono proseguite tutta la notte, ma non ci sono piú speranze di ritrovarlo vivo. Ora cercano solo il relitto in mare.

Dodici

Il vento schiaffeggiava violentemente Donald e Fin mentre camminavano nella luce morente diretti a Port of Ness, e Fin raccontò a Donald la scoperta che lui e Whistler avevano fatto quella mattina. I lampioni erano già accesi lungo la via che portava alla grande casa bianca alla fine della strada. Svoltarono prima di arrivarci, di fronte a Ocean Villa, e seguirono le curve della striscia di asfalto verso il porto. Le nasse delle aragoste erano ammucchiate sulla parete interna del molo. Erano stati effettuati alcuni lavori di riparazione nei punti in cui il maltempo aveva provocato danni. Ma la parete di fondo, in prima linea contro gli assalti furiosi dei venti da nordest, era danneggiata in modo incredibile. Da ragazzo, Fin era stato testimone del frangersi su di essa di onde alte quasi cinque metri, la cui schiuma bianca arrivava a un'altezza doppia rispetto alle onde stesse, per poi essere spazzata via da tempeste forza dieci e portata in mezzo alle rocce.

Quella sera, con il vento che soffiava da sudovest, il porto si trovava relativamente al riparo, anche se i pochi pescherecci per granchi ormeggiati all'interno andavano su e giú seguendo il moto delle onde, strattonando con decisione le cime. Quando raggiunsero la fine del molo, Donald mise le mani a coppa intorno a una sigaretta e fece diversi tentativi per accenderla.

Quando finalmente ci riuscí, il fumo venne spazzato via dalla bocca. – Trovo ancora difficile credere che sia morto. Anche dopo tutti questi anni –. Scosse la testa. – Ogni cosa riguardo a Roddy era esagerata. Il suo talento, il suo ego, la sua ambizione. Un'ambizione cieca! Roddy era cosí. Consumato al punto che nient'altro aveva importanza. Al punto di non riuscire a capire il dolore che stava infliggendo alle persone intorno a lui.

– Persone come te? – Donald gli lanciò un'occhiata. – Non l'ho ucciso, se è questo che stai pensando.

Fin scoppiò a ridere. – Donald, non ho mai pensato neanche per un minuto che tu possa averlo fatto. Chi lo ha ucciso era in grado di pilotare un aereo e atterrare sull'acqua. Anche se tu fossi stato capace di volare, a quei tempi non eri in condizione nemmeno di guidare una bicicletta.

Donald distolse lo sguardo, stringendo la mascella. Non era un periodo che gli facesse piacere che qualcuno rivangasse. – Mi ha mollato senza dirmi una parola, Fin. Inoltre non c'era alcun contratto scritto con la band. Solo fiducia. E ha tradito quella fiducia. Sono venuto a saperlo per la prima volta quando ho letto nel «New Musical Express» che gli Amran avevano firmato con l'agenzia Copeland di Londra. Avevano qualche aggancio con la Caa a Los Angeles, ed è questo che li ha portati al contratto per il film.

– Donald, forse non hai proprio dato l'anima per guadagnarti la loro fiducia. O promuovere la loro carriera.

Donald fece un tiro dalla sigaretta e scosse tristemente la testa. – Eh, lo so. Ero un asino, Fin. In quasi tutti i modi possibili. Ho fatto e detto delle cose in quei giorni che... che ancora non riesco a perdonarmi. Mi sento arrossire di vergogna ogni volta che ripenso a com'ero.

– Sono sicuro che Dio sa che si trattava solo di una fase di passaggio.

La testa di Donald si girò di scatto, la rabbia ribolliva nei suoi occhi. Ma tutto quello che disse fu: – Non essere cosí cinico, Fin. Non è bello.

Fin disse: – Quindi non hai mai avuto davvero un confronto faccia a faccia con lui?

Donald aspirò ancora del fumo. – Mai. Probabilmente mi meritavo la sua rabbia, anche se non ha mai avuto il coraggio di dirmelo in faccia. Ma ero stato io a fargli avere il primo contratto discografico, Fin. Altrimenti sarebbero rimasti soltanto uno dei tanti gruppi universitari i cui componenti se ne sarebbero andati ognuno per la propria strada una volta laureati –. Gettò la sigaretta nel vento. – Quando firmarono per Copeland, per me fu l'inizio della fine. L'agenzia Joey Cuthbertson mi lasciò a casa non molto tempo dopo. Andai a Londra. Ma questo significò solo finire dalla padella nella brace –. Grugní il suo disprezzo per se stesso. – Una personalità dipendente, capisci. Non potevo resistere a una tentazione.

La stessa personalità dipendente, pensò Fin, che ora lo tiene legato alla sua religione. Poi sentí l'ironia nella risata dell'amico. – Strano che Catriona si sia rivelata la mia salvezza. O, meglio, una notte di passione sfrenata da ubriaco e sesso non protetto in cui è rimasta incinta. Non c'è niente come avere la responsabilità di un'altra vita per iniziare a preoccuparti della tua.

Fin si chiese se sentire la responsabilità per la sua vita avesse fatto preoccupare ancor piú Whistler della propria. Non la pensava esattamente cosí, ma non condivideva nemmeno il pensiero di Donald.

– Fu anche una pura fortuna averla incontrata, – disse Donald. – Forse te la ricordi ai tempi della scuola. Aveva un paio d'anni meno di noi alla Nicolson.

Fin annuí.

– Ho pensato che Dio l'avesse mandata a salvarmi –. Fece una pausa. – Ma forse ho sbagliato anche in questo.

– Hai mai volato con Roddy, Donald?

– Cristo, no! Soffro di vertigini, Fin. E odio volare anche quando devo farlo –. Si grattò pensieroso il mento. – Se non ricordo male, dopo che lui e Mairead si lasciarono, Roddy aveva un suo giro di amicizie. Ma non so se abbia volato o meno con loro. Mi ricordo che si era messo con una ragazza di Glasgow. Non ho idea di come si chiamasse, ma era un tipo molto elegante. Un vero gusto per gli occhi. E pure danarosa.

– Sí, mi ricordo di lei –. Fin aveva un ricordo della ragazza a una festa in una grande villa in arenaria nella zona meridionale di Glasgow. Una bella ragazza bionda e slanciata.

– Era stato poco prima di partire per Londra –. Donald sorrise. – Roddy non ha mai avuto alcuna difficoltà a trovarsi una donna.

– Neanche tu, Donald.

Un guizzo del vecchio Donald gli balenò negli occhi prima di tornare a pensare a Roddy. – È strano, però.

– Che cosa?

– Come la band senza Roddy si sia rinforzata sempre piú. Questo dimostra che nonostante la grande opinione che aveva di se stesso, era Strings quello che esercitava l'influenza musicale piú significativa –. Scosse la testa. – Non li ho piú ascoltati neanche una volta in tutti questi anni. Dio ci insegna a perdonare, ma è molto difficile dimenticare. So che solo sentire il suono della voce di Mairead mi farebbe tornare in mente ogni cosa. E non ho proprio bisogno di provare il dolore che ne conseguirebbe.

Cercò di accendersi un'altra sigaretta, ma il vento era talmente forte che rinunciò. Sentirono le prime gocce di pioggia cadere sul viso.

– Roddy non stava simpatico a tutti, Fin. Lo so. Dio sa quanti motivi avevo io stesso per odiarlo. Ma chi sarebbe veramente arrivato a ucciderlo? E perché?

Fin scosse la testa. – Non ne ho la minima idea, Donald.

La pioggia divenne un diluvio e i due uomini corsero via dal molo a cercare riparo nel capanno delle barche sulla spiaggia. Donald aprí una delle porte scorrevoli ed entrarono, infradiciati dalla testa ai piedi. All'interno c'era odore di gasolio e pesce e le ombre delle piccole barchette erano inclinate con strane angolature tra le finestre che davano sulla spiaggia e da cui veniva il rumore del mare. La luce ormai era terminata, quando all'improvviso l'accendino di Donald si accese e la fiammella tremolante rese il suo viso arancione, che virò al rosso quando il tabacco prese fuoco, per poi ripiombare di nuovo nell'oscurità.

Per qualche istante nessuno dei due parlò, consci di essere in presenza della morte. Proprio in quel luogo Angel Macritchie aveva trovato la sua fine. L'omicidio che aveva riportato Fin sull'isola natia dopo un'assenza durata diciotto anni. Nel buio, con i loro ricordi, la presenza di Macritchie divenne palpabile, e i due uomini vennero avvolti da spifferi di vento gelido che entravano dalle finestre aperte e dalle porte scalcinate.

Fin batteva i piedi, piú per esorcizzare i fantasmi che per riscaldarsi. La sua voce risuonò alta in modo anomalo. – Credo che il consiglio dei presbiteri non abbia ancora fissato una data per interrogarti, vero?

– Sarà entro una quindicina di giorni. Nel salone della Chiesa libera in Kenneth Street a Stornoway –. Mentre Donald tirava dalla sigaretta, sul suo viso c'erano ancora i riflessi della stessa. – Mi hanno detto che si sono affidati a un consulente legale.

Ho dato un'occhiata agli atti dell'assemblea che regolamentano le condizioni per istituire una commissione giudiziaria. Sembra che l'udienza seguirà piú o meno lo stesso iter di un tribunale normale.

– Quindi anche tu puoi trovarti un avvocato?

La risata di Donald fu come uno sparo nel buio. – Sí, se potessi permettermelo.

– Faranno testimoniare sia Fionnlagh sia Donna, credo.

– Gli ho chiesto di non farlo.

Fin rimase stupito. – Perché no? Nessuno ne sa piú di loro sui fatti di quel giorno.

– Hanno sofferto abbastanza, – disse Donald. – Non voglio che vengano tirati in ballo ancora.

Fin cercò di trovare qualche argomento di conversazione, ma ancor prima di aprire bocca capí che non aveva senso. Donald aveva sacrificato tutto per loro già una volta. Perché avrebbe dovuto sottoporli nuovamente a una prova? Piuttosto preferiva che lo cacciassero dalla Chiesa.

– Comunque speriamo che George Gunn venga a testimoniare. Ha raccolto le loro dichiarazioni, come teste è affidabile e imparziale.

– Sí, Donald, lo è. Ma questa stessa imparzialità potrebbe anche sfavorirti.

Donald annuí in modo solenne. – Lo so.

Ancora silenzio nel buio. Fin sentiva l'odore della sigaretta dell'amico. Chiese: – Come pensi che andrà?

– Penso, – disse Donald, – che prima della fine del mese mi ritroverò senza lavoro e senza casa.

– E Catriona?

Il viso di Donald era impassibile alla luce della sigaretta. – Questa è una domanda che dovresti fare a lei, Fin.

Tredici

La vista della casa di sua zia che giaceva abbandonata e dimenticata riusciva sempre a colpire Fin. L'intonaco screpolato, le tegole rotte, le finestre infrante o sbarrate, come denti mancanti in una bocca trascurata.

Stranamente, non aveva mai pensato a quell'edificio come a qualcosa di diverso dalla casa di sua zia. Mai come la *propria* casa. Eppure aveva trascorso la maggior parte della sua infanzia qui, in una camera da letto fredda e umida con l'abbaino arrugginito rivolto alla baia rocciosa sottostante. Ricordò la prima volta che era stato portato a vivere lí, pochi giorni dopo la morte dei suoi genitori. Una manciata di oggetti in una valigetta marrone che la zia aveva messo sul letto dicendogli di riporli mentre lei scendeva a preparare il tè. E lui era rimasto seduto da solo, sentendo sotto di sé il freddo umido del materasso che filtrava nella sua anima, a piangere.

Ora si trovava sulla stradina di fronte alla casa e guardava la finestra di quella stanza, una finestra su un passato che non aveva alcun desiderio di rivivere. Eppure in qualche modo il passato era sempre con lui. Nei ricordi belli e brutti di una vita ormai lontana, popolata da gente morta da tempo. E non c'era scampo.

Come faceva spesso, si chiese che senso avesse tutto ciò. Siamo qui solo per procreare e trasmettere, lasciando il nostro seme sulla terra perché venga replicato ciò che abbiamo fatto, come i nostri padri prima di noi, e i loro prima ancora? Un ciclo senza senso di nascita, vita, morte?

Si avvicinò al bordo del sentiero che portava sino alla riva, una spiaggia di ghiaia in una baia punteggiata di massi dove aveva spesso giocato tra le rovine della vecchia casa del sale. Si aspettava quasi di vedere se stesso laggiú, un ragazzo solitario in cerca di sostegno nel mondo della sua immaginazione.

Era stata una lunga notte insonne a scatenargli quello stato d'animo. Immagini del corpo spezzato e decomposto di Roddy nell'aereo. Lo sguardo sul volto di Whistler. L'omone che camminava, risaliva fino alla cresta per poi scomparire. Fin si era svegliato dal sonno poco profondo, tutto sudato, con la certezza nel cuore che Whistler sapesse qualcosa che non voleva dire. Eppure lo shock che aveva mostrato alla scoperta del corpo era stato cosí grande, se non piú grande di quello di Fin.

Si era alzato presto, lasciando Marsaili ancora addormentata, e si era avviato lungo le scogliere sopra Crobost, fino a raggiungere l'insenatura riparata dove generazioni prima i suoi antenati avevano costruito il porticciolo. Una rampa scendeva ripida verso un corto pontile e una profonda vasca tra le rocce dov'erano tenuti i granchi vivi fino al momento in cui sarebbero stati spediti all'estero. Sembrava che ogni cosa buona dell'isola se ne andasse. Le sue risorse. La sua gente. E tutte le loro ambizioni.

Il vento soffiava forte nella luce del sole, i cirrocumuli galleggiavano nell'aria, sparsi in un cielo vasto e mutevole. Non faceva ancora freddo, anche se mancavano pochi giorni a ottobre. Fin si sedette sull'erba secca, con le ginocchia al petto e lo sguardo rivolto all'acqua verde increspata che saliva e scendeva, gonfiandosi dolcemente in onde scintillanti nella baia.

E ricordò il primo giorno in cui Whistler era venuto lí a passare la notte con lui e sua madre.

Quattordici

È strano che la storia ci avesse influenzato con tanta intensità. Ma la scoperta che i nostri antenati erano sopravvissuti al disastro della *Iolaire*, uno grazie all'altro, aveva creato un legame tra me e Whistler che nessun altro poteva davvero capire. Eravamo molto diversi. Io ricordo me stesso come un adolescente introverso, con poche amicizie. E forse questa è l'unica cosa che Whistler e io avevamo in comune. Io ero freddo e mi irritavo di rado, e non ero particolarmente incline alla depressione anche se, a ripensarci, c'erano un sacco di motivi per cui avrei potuto deprimermi. Whistler, per contro, era un tipo che da un momento all'altro vedeva tutto nero se le cose non andavano proprio come le aveva immaginate lui. Altre volte era ironico e divertente, capace di animare qualunque festa.

Non riusciva però mai a capire quando attraversava la linea di confine tra l'essere divertente e l'essere offensivo. L'ho visto combinare dei casini pazzeschi. Mettere le mani sul seno di una ragazza e riuscire in qualche modo a far credere che fosse uno scherzo. E poi un'altra volta farsi prendere a schiaffi per qualche osservazione assolutamente fuori luogo, cosa che lo mandava in bestia. Non aveva intenzione di offendere. Perché nessuno aveva capito l'ironia?

Era brillante e lunatico, talentuoso e imprevedibile. Dovevi accettarlo cosí per essere suo amico. E lui doveva accettare te. E a me era stato concesso l'accesso esclusivo a quel club, un club con un solo socio.

Non ho soggiornato spesso a casa di Whistler. Suo padre di rado era sobrio, e quando era ubriaco era imprevedibile, gli piaceva lanciare oggetti dappertutto e urlare come un pazzo. Non ci ha mai causato alcun danno fisico, ma avevo paura di lui e anche Whistler ne aveva.

Anche se stava diventando un gigante, Whistler non era ancora in grado di competere con suo padre, che era di due taglie piú grosso. Derek Macaskill aveva passato metà della sua vita in mare, prima nella marina mercantile e in seguito sui pescherecci. Ma era un uomo irrimediabilmente dedito al bere ed era non solo disoccupato, ma anche inabile al lavoro. Era di peso a bordo di una barca. Aveva perso un occhio in un incidente su un peschereccio e beneficiava ancora, a quanto pareva, dopo tutti quegli anni, di qualche tipo di sussidio.

L'occhio di vetro che aveva al posto di quello perso non si muoveva, e non importa dove ti trovavi nella stanza o in che direzione stesse guardando l'altro occhio; sembrava sempre che ti fissasse. Di tanto in tanto lo estraeva per lucidarlo con qualche fazzoletto sporco, con un grande sorriso malizioso sul volto. Lo faceva solo perché sapeva che ci dava i brividi.

Non ho mai visto mani cosí grandi in un uomo, dei pugni per cui non avresti mai voluto trovarti dalla parte sbagliata. Aveva capelli cortissimi, scuri un tempo ma ormai virati al grigio. Una lunga cicatrice gli attraversava la fronte sino alla parte posteriore dell'orecchio sinistro. Non ho mai saputo se se la fosse procurata nello stesso incidente in cui aveva perso l'occhio.

Dopo la morte della madre, quando aveva solo nove anni, Whistler aveva vissuto un paio d'anni con i familiari materni a Miabhaig, sino al giorno in cui il grosso Derek Macaskill, fresco di licenziamento, era venuto a reclamarlo e portarlo a vivere con sé ad Ardroil.

Mi sono sempre chiesto dove trovasse il denaro per bere. Dopotutto aveva solo l'indennità per disabili. Ma presto l'avrei scoperto.

I Sòlas stavano iniziando a farsi un nome, suonando in tutta l'isola in occasione delle feste locali, nelle scuole di danza, nei pub e nelle sale comunali. La maggior parte dei miei venerdí e sabato sera, ma anche talvolta delle serate infrasettimanali, li passavo a sfacchinare per loro caricando e scaricando gli strumenti. Io e Big Kenny. Kenny aveva compiuto diciassette anni prima di me e fu il primo a prendere la patente. In tal modo fu assolutamente naturale che diventasse l'autista dei Sòlas.

In quei giorni nessuno di noi lo sapeva, ma Whistler aveva già preso la decisione di non andare a Glasgow e il suo interesse per la band aveva iniziato a scemare. C'erano giorni in cui non si presentava nemmeno, senza avvisare nessuno, neppure me. La band si era trovata spesso nella condizione di suonare senza il proprio flautista.

A dire la verità non è che questo influisse granché sulla qualità dello spettacolo. I Sòlas erano bravi comunque. Almeno, io la pensavo cosí. Ma l'inquietante suono del flauto celtico, in abbinata al violino di Mairead, era la ciliegina sulla torta che li rendeva speciali. Li rendeva magici. E Roddy impazziva quando Whistler non era presente.

Tutti i nodi vennero al pettine una notte dopo uno spettacolo al *Cross Inn* di Ness. Dopo tre serate di fila senza di lui, Whistler si presentò come se niente fosse. Era di buon umore, addirittura sovreccitato, incurante del malanimo crescente nei suoi confronti da parte degli altri membri della band. C'erano stati ovviamente degli incontri per discutere delle sue assenze, incontri a cui io non ero stato invitato. Ma sapevo che qualcosa bolliva in pentola.

Io e Kenny andammo al bar dell'hotel a bere una birra mentre la band stava suonando. Alla fine del concerto la notte stava dando il benservito alle ultime luci nel cielo. Andammo a prendere il furgone per averlo pronto davanti alla porta. Kenny lo parcheggiò di fianco al grande albero che cresceva nel parcheggio, l'unico vero albero di tutta la costa occidentale. Un albero gigante. Dio solo sa come avesse fatto a resistere ai venti provenienti dall'Atlantico per tutti quegli anni, ma doveva proprio aver visto arrivare e andarsene un bel po' di generazioni di isolani.

Roddy e Whistler erano lí, nel cono della sua ombra, a inveire l'uno con l'altro. Li sentimmo ancor prima di vederli. La gente che usciva dal bar dell'hotel diretta verso le auto si girava a guardarli.

– Per Dio, ragazzi. Calmatevi –. Kenny era a disagio, ma nessuno dei due lo prese in considerazione.

– Non è giusto nei confronti del resto della band, – gridò Roddy. – Tutti i nostri arrangiamenti, le prove, si basano sull'essere un gruppo di sei elementi. E parecchio gira intorno al tuo cazzo di flauto. C'è un buco enorme nel sound quando non ci sei. E questo è imbarazzante.

Whistler se ne stava lí, apparentemente indifferente alla discussione. – Forse avresti dovuto pensarci prima di iniziare a mettermi in disparte.

La frase fu come uno schiaffo in faccia a Roddy. – Metterti in disparte? Ma di cosa stai parlando, amico? Nessuno sta cercando di farti fuori.

– Sei arrivato di colpo a Uig con i soldi in tasca e hai preso il sopravvento. Tutto. La band, le ragazze, le luci della ribalta. Una vera e propria cazzo di star.

Roddy scosse la testa esasperato. – Non *c'era* nessuna band!

– Sí, c'era. Io, Strings e Mairead suonavamo insieme da molto prima che arrivassi tu.

Roddy adesso era sarcastico. – Quello non era un gruppo. Erano solo ragazzini che suonavano nel soggiorno a casa di qualcuno.

Whistler avanzò pericolosamente di un passo verso Roddy. – Che cosa ne sai? Tu eri appena arrivato. Non sapevi nulla di noi, di come eravamo. Ti sei solo messo a comandare. E ti sei preso tutto. Anche Mairead.

Per la prima volta mi resi conto che tra di loro c'era tensione a causa di Mairead.

– Mairead? – Roddy rimase a bocca aperta. – Non farmi ridere. Lei non si sarebbe messa con un perdente come te per nessun motivo al mondo

La frase fece infuriare Whistler, che si avventò contro Roddy, le grandi mani protese ad afferrare la camicia e il viso. Caddero all'indietro rotolando piú volte nella ghiaia polverosa del parcheggio, mentre volavano calci e pugni.

Roddy era dotato di una struttura fisica molto piú leggera e non aveva alcuna possibilità contro quel gigante di Whistler. Lo sentii gridare di dolore e vidi il sangue sul suo volto; io e Kenny ci gettammo in un lampo su entrambi, trascinando via Whistler da Roddy, divincolandoci a nostra volta per evitare di prenderci qualcuno dei pugni che ancora volavano in aria.

La folla che si era riunita si tirò indietro come schizzi d'acqua. Sentii urlare delle ragazze e alcuni dei ragazzi gridare il loro incoraggiamento. Io e Kenny spingemmo Whistler contro l'albero e lo bloccammo lí, respirando tutti a fatica, ringhiando quasi come animali. Roddy si rimise in piedi, sanguinante dalle labbra. Ma la ferita piú grave era quella inflitta al suo orgoglio.

– Tu, stupido idiota! – urlò. – Questa è la fine. Hai chiuso. Sei fuori! – Strings, Skins e Rambo si fecero largo tra il gruppo dei curiosi e lo trascinarono via, lanciando occhiate ostili a Whistler. E la folla, intuendo che era finita, cominciò a disperdersi.

Io e Kenny lasciammo andare Whistler, che ringhiò: – Lo ammazzo.

– No che non lo farai –. La voce uscí dal buio, una figura solitaria ferma in piedi, mentre la folla se ne andava. Era Mairead. Lo guardò con un'intensità straordinaria. – Abbiamo lavorato troppo duramente per arrivare sin qui, Whistler. Non butteremo via tutto proprio adesso. Non a causa tua.

Con mio grande stupore, Whistler rimase quasi intimidito da lei. Abbassò gli occhi, incapace di reggere il suo sguardo.

– Abbiamo le prove mercoledí sera. Tu ci sarai, va bene? – E quando lui non rispose, lei disse: – Va bene? – ancora piú decisa di prima.

Lui annuí. Di nuovo senza guardarla.

– Parlerò con Roddy. Dobbiamo solo metterci tutto questo alle spalle e andare avanti, okay? – C'era una tale autorità nel tono della sua voce e una fiducia piena nella propria capacità di gestire quei ragazzi che si erano menati di fronte a lei. Bisognava proprio vederlo, il potere che aveva. E penso che quella sia stata la prima volta in cui ho visto in lei una grande ambizione. «Non butteremo via tutto proprio adesso». Mairead era destinata al successo. Lo sapeva sin da allora. E niente l'avrebbe ostacolata. Certamente non Whistler.

Qualcuno con un'auto offrí un passaggio al resto del gruppo sino a Uig e Whistler si allontanò nel buio, sedendosi a rimuginare addosso a un muro all'estremità sud del parcheggio. Io e Kenny raccogliemmo e sistemammo tutto nel furgone, in silenzio. Solo dopo aver finito dissi: – Allora, qual è la storia di Whistler, Roddy e Mairead?

Il grande Kenny si strinse nelle spalle. – Lo sapevi che Whistler e Mairead stavano insieme prima dell'arrivo di Roddy?

– Certo, avevo sentito dire che Whistler e Mairead stavano insieme sin da piccoli, ma non sapevo come fosse finita.

– Sin dalla terza elementare. Erano inseparabili.
– Allora cos'è successo?
– È successo Roddy.
– Quindi non è nato a Uig?

Kenny si accese una sigaretta e me ne offrí una, e ci appoggiammo al furgone a fumare. – Lo erano i suoi nonni. Ma i suoi genitori sono nati da qualche parte sul continente. Suo padre ha fatto fortuna in qualcosa, non ho mai capito precisamente in che cosa. Poi sono tornati sull'isola e hanno costruito quella bella grande casa sulla strada per Baile-na-Cille che si affaccia sulla spiaggia. Il padre va ancora sul continente di tanto in tanto, per affari, e a Roddy non è mai mancata la grana. È cosí che si è potuto permettere la tastiera e l'amplificatore della Marshall. Chi pensi abbia pagato l'amplificatore e messo i soldi per il deposito del furgone?

Devo confessare che non avevo mai pensato seriamente da dove provenisse il denaro. Il gruppo era pagato ovviamente per i concerti, però mi resi conto solo in quel momento che i guadagni non sarebbero mai stati sufficienti a coprire i costi. Kenny disse: – Whistler aveva ragione. Roddy è stato come una stella caduta dal cielo. Esotico, ricco, di talento. E Mairead è stata attratta da lui come una falena dalla luce –. Gettò la sigaretta nella notte, con una pioggia di scintille che schizzarono nel parcheggio. – Fine di Mairead e Whistler.

Non ci volle molto per convincere Whistler a pernottare a Crobost quella notte. Sapevo che stava male dentro, con quel suo umore autodistruttivo, e non riuscivo a sopportare il pensiero che tornasse alla *blackhouse* di Uig, con il padre ubriaco seduto di fronte al fuoco a lucidarsi l'occhio di vetro. Era venerdí notte e la band sabato non avrebbe suonato, cosí avevamo tutto il weekend davanti a noi. Sapevo che a mia zia non sarebbe dispiaciuto. C'era una stanza libera in fondo al corridoio al piano superiore. Non era mai venuto nessuno, ma c'era sempre un letto fatto pronto all'occorrenza.

Kenny ci fece scendere ed entrammo in casa, dove mia zia sedeva da sola nel soggiorno, sulla sua poltrona preferita accanto al fuoco. Sembrava lontana un milione di chilometri. La stanza era arredata in stile anni Sessanta. Tende arancioni e turchesi, carta da parati con motivi assurdi, grandi piatti di porcellana dai colori vivaci che la zia aveva comprato da Eachan, il vasaio ai piedi della collina. Stava ascoltando sul suo vecchio impianto stereo un disco che riconobbi come *Sgt Pepper's Lonely Hearts Club Band*. Vinile! Era cosí antiquato. Tutti avevano lettori di cassette in quei giorni, o lettori cd, la nuova meraviglia, se uno poteva permetterselo. La zia stava fumando. Sembrava soddisfatta all'idea di avere un ospite per il fine settimana, e disse che Whistler avrebbe potuto usare il nostro telefono per avvisare che non sarebbe tornato a casa.

Whistler era imbarazzato. – C'è solo mio padre. Non se ne accorgerà nemmeno –. Lei lo guardò in modo strano. In seguito, quando uscimmo di casa per fare una passeggiata sino alla spiaggia per fumare nel buio, mi disse: – Fuma erba, tua zia.

Lo guardai con stupore. – Cosa te lo fa pensare?

– Non senti l'odore?

– È incenso, – dissi.

Si mise a ridere. – Quello lo brucia per coprire l'odore dell'erba, idiota. Forse pensa che tu non approveresti.

Ero sbalordito. I ragazzi della mia età fumavano erba. Non gli adulti.

O almeno cosí credevo. E mia zia mi sembrava vecchia. Piú tardi mi resi conto che Whistler aveva ragione e che di sicuro la zia comprava la marijuana da Eachan, che le vendeva le ceramiche ma era noto per essere un tossico. Fu solo molto piú tardi, quando scoprii che mia zia aveva un cancro in fase terminale, che mi chiesi se magari non la prendesse per il dolore. Ma poi ho pensato che piú probabilmente fumava sin dagli anni Sessanta, o anche prima. Quei giorni inebrianti di giovinezza e ottimismo, quando senza ombra di dubbio pensava che tutta la vita si estendesse all'infinito di fronte a lei. Un'abitudine che non abbandonò, fino a quando quei giorni interminabili arrivarono alla fine a cui nessuno di noi crede mai davvero.

Non era ancora aprile, quindi non faceva caldo. Ci sedemmo tra le rocce, rannicchiati nei nostri cappotti, e fumammo un paio di sigarette, guardando guizzare la luce della luna che seguiva il moto delle onde della baia. Qui eravamo piú riparati, rivolti a nordest e protetti dal vento. La striscia di crostacei arancioni brillava nel buio sulle rocce, nel punto piú alto della marea.

Alla fine gli dissi: – È finita questa storia con Mairead? La smetterai di non presentarti ai concerti o di fare a botte con Roddy?

Mi rivolse uno dei suoi sguardi.

– È cosí, non è vero? Tu e Roddy e ogni altro ragazzo della scuola le correvate dietro. E ora litigavate per lei.

– Non è il motivo per cui stavamo litigando.

– Davvero?

– No! – Quasi mi mostrò i denti. – In ogni caso, non sono affari tuoi –. Gettò il mozzicone di sigaretta sull'acqua e si alzò, segnando la fine della nostra conversazione. Si allontanò nel buio mentre io rimasi seduto lí per un po' chiedendomi che cosa mi desse tanto fastidio. Non sembrava esserci molta gratificazione in un'amicizia a senso unico.

Pensai a Mairead, a quegli occhi blu scuro lampeggianti e all'effetto che aveva su tutti i maschi intorno a lei. E mi chiesi se comprendesse l'angoscia che causava e, nel caso, se lo facesse di proposito, forse anche divertendosi. Lí per lí decisi che non mi piaceva granché, anche se sapevo che avrebbe potuto ridurmi a balbettare con un solo sguardo.

In quel momento sentii l'urlo di Whistler nel buio e lo schianto nell'acqua, cosí forti da superare il rumore del vento e delle onde. Mi misi in piedi in un istante e corsi sulle rocce in direzione del suo grido. Mi arrampicai su conchiglie taglienti come rasoi, incrostate ai massi giganti che sostengono il muro del porto, fino allo scalo di alaggio del molo. Anche al buio fui in grado di scorgere la schiuma bianca dell'acqua della vasca dov'erano tenuti i granchi. Corsi giú per la banchina e vidi Whistler dimenarsi in acqua, ansimando dal freddo.

– Gesú! – gridò. – Qualche idiota ha lasciato una cazzo di trappola sulla banchina. Avrei potuto morire!

M'inginocchiai e capovolsi un grosso anello di metallo arrugginito. Era stato cementato nella pietra molto prima che noi venissimo al mondo. E non riuscii a trattenermi dal ridere.

– Non è divertente!

– Fa morire dal ridere, Whistler. Devi guardare dove metti i tuoi piedoni.

Srotolai una cima che si trovava tra le nasse e gli gettai un capo. Lo afferrò e si tirò su per la rampa. Alcune delle gabbie erano aperte e c'erano dei granchi attaccati al suo cappotto. Whistler rimase lí, in piedi, a battere i denti dal freddo mentre glieli toglievo e li gettavo in acqua, senza smettere di ridere. Tutto questo lo fece incazzare ancora di piú. – Vieni, – dissi, spingendolo sul pendio davanti a me. – Devi toglierti questi vestiti altrimenti rischi di crepare.

Doveva essere mezzanotte quando riuscimmo a levargli di dosso i vestiti e infilarlo in un bagno. Mia zia brontolò e si lamentò in un modo che con me non aveva mai fatto, assicurandosi però di trovare grandi e soffici asciugamani puliti e portando via i vestiti per metterli a lavare.

Whistler era ancora nella vasca da bagno, e io in pigiama pronto per andare a letto, quando mia zia si affacciò alla porta della mia camera. Aveva una strana espressione sul viso.

– Voglio che tu venga al piano di sotto, Finlay.

Capii subito che qualcosa non andava. – Cosa c'è?

– C'è una cosa che voglio che tu veda.

La seguii giú per la ripida scala stretta, sui gradini irregolari che scricchiolavano come neve bagnata, sino al piccolo corridoio davanti alla porta. Arrivò nel locale della lavanderia. Era poco piú di un retrocucina, con lavatrice e asciugabiancheria. Una corta puleggia su cui di solito mettevamo ad asciugare i vestiti pendeva dal soffitto. Gli abiti bagnati di Whistler erano sparsi sulle macchine.

Si voltò verso di me. – Guarda queste.

Le rivolsi un'occhiata, incapace di capire. – Che cos'hanno?

– Guarda! – Sollevò le calze. – Sono piene di buchi –. E mentre le sollevava le vidi anch'io. Logore e bucate e sottilissime lungo la linea delle dita, quasi al punto di sbriciolarsi. – E queste –. Alzò le mutande, tenute schizzinosamente tra il pollice e l'indice. Le era costato un grande sforzo di volontà solo toccarle e aveva un'aria di estremo disgusto sul viso. – Gli elastici sono rotti –. Le lasciò cadere. – E i pantaloni. Guarda in che condizioni sono –. Mi mostrò l'occhiello nel punto dove una volta c'era un bottone. La cerniera era rotta. – E qui –. Li rigirò e vidi uno squarcio nel cavallo, la cucitura a brandelli.

Poi sollevò il cappotto rivoltando le maniche. – Non è che questo sia molto meglio. La fodera è tutta strappata ed è ridotta a un fazzoletto. E guarda le scarpe, per l'amor di Dio –. Si chinò per sollevarle. – A una prima occhiata non lo noti, ma le suole sono staccate dalla tomaia e sembra aver usato del nastro adesivo per riattaccarle –. Mi lanciò uno sguardo accusatore. – Come hai potuto non accorgertene?

– Accorgermi di che cosa?

– Oh, per l'amor del cielo, Finlay. *Questo!* – Agitò la mano sopra i vestiti. – Vanno bene solo per la spazzatura.

Mi strinsi nelle spalle. – Non lo so. Ho pensato che fosse soltanto il suo look.

– I buchi nelle calze non sono un *look*, Finlay –. Mi prese per un braccio guidandomi fino al soggiorno e abbassò la voce. – Vive con suo padre, ha detto. Dov'è sua madre?

– È morta.

– Hai visto suo padre?

Annuii.

– E sei stato a casa sua?

– Sí.

Chiuse la porta e disse: – Siediti. Voglio che tu mi dica tutto.

Non dissi nulla a Whistler quando uscí dal bagno. Gli diedi un paio di vecchi pantaloni larghi del pigiama che gli andavano bene a malapena e una T-shirt XXL che si allargò sul suo petto. Si avvolse, con gratitudine, nella mia vecchia vestaglia e andò nella stanza degli ospiti in fondo al corridoio borbottando contro gli idioti che lasciano oggetti pericolosi sui moli. Dormimmo quasi fino all'ora di pranzo del giorno dopo.

A svegliarmi fu il rumore della macchina di mia zia davanti alla porta. Aprii gli occhi contro il sole di mezzogiorno e dalla finestra la vidi prendere alcuni sacchetti dal sedile posteriore. C'era un vento fresco che cacciava via le nuvole, da cui qua e là uscivano dei raggi di sole. Ma la giornata era asciutta e mi sentivo bene.

Quando io e Whistler andammo al piano di sotto, trovammo mia zia in cucina intenta a prepararci una sfrigolante colazione. Porridge, pancetta, uova, salsicce, sanguinaccio e pane fritto, il tutto innaffiato da grandi bicchieri di succo d'arancia fresco. Whistler vi si gettò come un lupo affamato, e alzò a stento lo sguardo fino a quando non ebbe finito. Poi ci sedemmo tutti e tre attorno al tavolo a bere il tè, e Whistler raccontò una storiella su due uomini che avevano tentato di portare un toro su un gommone da una parte all'altra di un'isola a Uig. Giurò che era vero. Erano molto preoccupati, disse, che il gommone potesse rovesciarsi e il toro annegare. E il gommone si rovesciò, a metà strada, e tutti finirono in mare. Gli uomini pensavano che sarebbero annegati, perché nessuno dei due sapeva nuotare. Ma poi scoprirono che il toro era capace e cosí ci si aggrapparono; il toro nuotò verso l'isola e arrivarono a terra. Il modo in cui l'aveva raccontata era stato davvero avvincente.

Guardai mia zia mentre parlava. Nei suoi occhi, pensai, c'era piú vita di quanta ne avessi mai vista prima. E rideva in un modo che non avevo mai sentito. Una risata come acqua corrente, che scorreva dalle labbra sorridenti. Non so che cosa la attirava in Whistler. Era sicuramente piú di una semplice compassione nei suoi confronti. Ho spesso pensato che avrebbe probabilmente preferito crescere Whistler al mio posto. E anche se non l'avevo mai amata, sentii una fitta sconcertante di gelosia.

Quando finimmo di mangiare, Whistler disse: – Sarà meglio che mi vesta –. E si guardò intorno alla ricerca dei suoi vestiti. Mia zia mi lanciò uno sguardo.

– Li ho buttati via, John Angus, – disse.

Ci fu un silenzio strano in cucina e Whistler restò a bocca aperta, fissandola incredulo. Mi sentivo come se stessi guardando un film. Coinvolto nell'azione, ma senza poter intervenire in ciò che stava accadendo.

– Sono stata a Stornoway a comprarti qualcosa di nuovo. Niente di fantasioso. Sono andata ai Crofters. Vedrai che ti andranno bene –. Sollevò sul tavolo i sacchetti che aveva portato dalla macchina.

Whistler non aveva ancora parlato. Guardò nei sacchetti, uno dopo l'altro. C'era un robusto paio di stivali in pelle. Jeans. Una camicia a scacchi. Una giacca impermeabile con cappuccio. E sette paia di calze e mutande.

– Non ero sicura della taglia, quindi ho preso quelli piú grandi.

La bocca di Whistler era ancora spalancata. La guardò e scosse la testa. – Non posso permettermeli.

– Io sí –. Fu tutto ciò che disse e in un tono che non ammetteva repliche. – Ora vai e vestiti. Mi piacerebbe essere fuori entro un quarto d'ora.

– Dove stiamo andando? – le chiesi.

– A Uig –. Rivolsi lo sguardo a Whistler. Il suo viso era roseo, i grandi occhi scuri pieni di confusione. Vidi un'obiezione che cercava di farsi strada sulle sue labbra, ma non trovò la voce. Mia zia non era una persona con cui discutere.

Andammo a Uig in silenzio. Io seduto davanti con mia zia e Whistler dietro, insolitamente quieto, a occupare la maggior parte dello schienale. Era una giornata tipica di fine marzo, il vento soffiava forte dall'Atlantico fino in fondo alla costa occidentale e la pioggia non era mai troppo distante dalla costa. Ma vedemmo il cielo quasi sereno a est e il sole si riversava a chiazze nella zona interna disabitata. Molto piú a sud, scorgemmo i punti in cui la pioggia cadeva a intermittenza, e gli arcobaleni fugaci, dai toni pastello, che coloravano il cielo e poi sparivano di nuovo quando la luce del sole veniva inghiottita dalle nuvole. Superata Garynahine, seguimmo il percorso tortuoso verso sudovest; nubi temporalesche si addensarono minacciose tra le montagne che si ergevano oltre Uig, un presagio di imminenti conflitti.

Un senso di timore cresceva dentro di me. Dio solo sa che cosa provasse Whistler. Guardai nello specchietto e lo vidi seduto a disagio nei suoi vestiti nuovi, ma il suo volto non lasciva trasparire nulla.

Con mio grande sollievo, non c'era traccia di suo padre quando arrivammo al *croft*. Mia zia chiuse sbattendo la portiera della macchina, e spinse fiduciosa la porta della *blackhouse*.

– Salve? – gridò, ma fu accolta dal silenzio.

Io e Whistler la seguimmo e rimanemmo in silenzio a guardarla mentre cercava di farsi un'idea del posto. Arricciò il naso disgustata.

– Fammi vedere dove dormi, – disse, e Whistler la condusse nella stanza minuscola sul retro che era la sua camera da letto. C'era un odore stantio, il letto era disfatto, le lenzuola macchiate di sudore e sporche. Guardò l'armadio e una cassettiera, trovando poco piú di un paio di jeans con i buchi sulle ginocchia e un paio di vecchi maglioni strappati. C'erano degli stivali di gomma incrostati di fango e un cassetto con due o tre paia di calzini logori e alcune mutande con l'elastico rotto, come quelle che aveva buttato. – Dov'è il resto dei tuoi vestiti? – domandò.

Si strinse nelle spalle. – A lavare.

– E chi li lava?

– Li porto con me a Stornoway durante la settimana –. Era la prima volta che capivo l'importanza per Whistler degli alloggi studenteschi. Era l'unico posto dove poteva lavarsi, fare la doccia e il bucato. Osservai mia zia e scorsi sul suo viso uno sguardo che conoscevo bene. Una rabbia contenuta. Si voltò e si diresse di nuovo verso il soggiorno. C'era un vecchio frigorifero vicino a un lavandino pieno di piatti sporchi. Aprí le ante e guardò dentro. La luce interna era rotta da tempo. – Accendi le luci, – ordinò, e Whistler obbedí senza dire una parola. Lei guardò verso l'interno buio del frigo. – Non c'è nulla tranne della birra. Dov'è il cibo?

Whistler fece spallucce e aprí un armadietto sull'altro lato del lavello. C'erano un po' di stoviglie scheggiate e rotte, un sacchetto mezzo vuoto di zucchero solidificato dall'umidità. Bustine di tè. Un barattolo di caffè solubile. Un barattolo di marmellata, che una volta aperto rivelò della muffa. Su un piano di lavoro al di sotto c'era una scatola di pane con una mezza pagnotta rafferma all'interno. Vidi l'orrore sul volto di mia zia.

– Cosa mangi?

Whistler soffiava l'aria attraverso le labbra serrate. – Pesce, perlopiú. Durante il fine settimana. Qualunque cosa riesco a prendere –. Mi lanciò un'occhiata, e sentii l'imbarazzo che provava per il padre. – Ma mangio principalmente durante la settimana –. E mi ricordai di come aveva divorato la colazione di mia zia quella mattina, come se non mangiasse da una settimana, e forse era proprio cosí. Non mi era mai venuto in mente che l'unico posto dove avesse mai consumato un pasto normale fosse la scuola. Era un miracolo che fosse cresciuto in quel modo.

– Che cazzo sta succedendo qui?

Ci voltammo tutti udendo il ruggito della voce del padre di Whistler. La grande figura del signor Macaskill sembrava riempire la stanza, gettando la sua ombra su di noi.

– Non usi un linguaggio come questo in presenza di ragazzi! – La voce di mia zia sferzò l'aria fetida della casa di Macaskill e rimpicciolí l'omone di diversi centimetri. Sembrava confuso. Era la prima volta da quando eravamo bambini, e mi chiedo se mai una donna avesse parlato a Macaskill in quel modo.

– Chi diavolo sei?

Fece alcuni passi verso di lui e Whistler si spostò per lasciarla passare. La differenza tra loro era quasi comica. Quella piccola anziana signora affrontava un gigante di proporzioni quasi bibliche. Davide e Golia. Ma non si trattava di chi fosse il piú forte.

– Tu, lurido selvaggio! – La sua voce era stridula, intensa e furiosa. – Mandi in giro tuo figlio affamato e vestito di stracci, mentre passi le giornate a ubriacarti. Forse è una vita inutile. E forse non te ne importa nulla –. Puntò il pugno chiuso, con un dito rivolto a Whistler. – Ma qui c'è una giovane vita che vale qualcosa. Una giovane vita che ha bisogno di essere educata e nutrita. Non trascurata e maltrattata.

Si girò e tornò verso il frigo, spalancando l'anta e mettendo dentro la mano per raccogliere tutte le lattine di birra nel braccio, tirarle fuori e gettarle sul pavimento. Il rumore fu impressionante e tutti e tre la guardammo stupiti.

– La prossima volta che verrò voglio vedere il frigo pieno di cibo, non di alcol. E voglio vedere i vestiti nei cassetti della stanza del ragazzo e delle lenzuola pulite sul letto. E se non sei in grado di farlo, Macaskill, allora farò una mia crociata personale per toglierti questo ragazzo e tutti i benefici che scrocchi dallo Stato –. Aveva il viso arrossato ora e respirava a fatica. – È chiaro? – E quando l'esterrefatto Macaskill non rispose, alzò ancora di piú la voce. – È chiaro?

L'omone sbatté le palpebre, intimorito e sottomesso, proprio nel modo in cui avevo visto Mairead dominare Whistler. – Sí.

– Ti definisci un padre? Dovresti vergognarti di te stesso.

Il padre di Whistler guardò suo figlio e mi stupii di vedergli in faccia la vergogna, come se in qualche modo avesse sempre saputo che pessimo padre fosse. Ma c'era voluta mia zia per farglielo notare.

– Forza, – disse all'improvviso. – Via i cappotti, tutti voi –. E si tolse il suo –. Cerchiamo di rendere abitabile questo posto.

Trascorremmo il resto del sabato pomeriggio a pulire la casa da cima a fondo. Non c'era la lavatrice, ma una volta ripulito il lavandino mia zia disfece i letti e lavò a mano le lenzuola. Non appena Macaskill le stese fuori casa, si asciugarono in un attimo.

Montagne di rifiuti si accumularono sul muro esterno, mentre la zia girava decisa per la casa scegliendo cosa gettare. Scatole piene e vuote di lattine di birra, pile di bottiglie. Vestiti sporchi e lenzuola. Stoviglie rotte. Macerie di vite trascurate e declinanti. E mentre Macaskill lavava le assi del pavimento con una vecchia spazzola, proprio come si laverebbe il ponte di una barca, io e Whistler cercavamo di ripulire le finestre da anni di sporcizia. Mia zia si sedette al tavolo e scrisse una lista della spesa.

Quando ebbe finito, la diede al padre di Whistler. – Questa roba è prioritaria. Cibo, vestiti, biancheria da letto. Se non baderai a quel tuo ragazzo, credimi, la tua vita non sarà valsa la pena di essere vissuta. E tornerò di nuovo per accertarmi che tu lo faccia.

Lui prese la lista e annuí.

Quando quel giorno ce ne andammo, ero pieno di trepidazione per il mio amico e vidi anche che lui aveva paura di restare da solo con il padre. Non mi riferí mai i dettagli di ciò che accadde quando ce ne andammo, però mi raccontò che rimasero seduti a lungo in silenzio quella notte, il padre sobrio per la prima volta da tempo immemorabile. E che alla fine, spontaneamente, Macaskill aveva guardato suo figlio dicendo: – Mi dispiace, figlio mio.

Dopo quel fine settimana, mia zia mi incoraggiò a passare lí piú tempo possibile. Non credo che avesse bisogno di me come suoi occhi e orecchie, perché sono quasi certo che facesse frequenti viaggi a Uig nei giorni infrasettimanali mentre eravamo a scuola, ma immagino che volesse che io fossi un richiamo costante per il signor Macaskill, in modo che sapesse che qualcuno lo teneva d'occhio. E cosí mi trovavo lí un fine settimana, quando decidemmo di andare a pescare a Loch Tathabhal.

Era l'inizio di aprile ed era piovuto veramente tanto, anche per i canoni della costa occidentale dell'isola di Lewis. Un fronte in lento movimento, che aveva raccolto l'umidità lungo un tragitto di cinquemila chilometri sull'oceano Atlantico, si era stabilito sull'isola riversando a terra l'abbondante carico accumulato. Il clima era mite, comunque, con venti di media intensità che soffiavano da sudovest. Un ottimo inizio di stagione per pescare. C'erano un sacco di giovani trote nei laghi, che sarebbero state deliziose avvolte nella stagnola e arrostite a fuoco lento sulle braci di torba, e io e Whistler eravamo determinati a pescarne un bel po'.

Naturalmente ci saremmo trovati nei guai se il sovrintendente alle acque ci avesse sorpresi, nonostante a quell'epoca non fosse poi tanto impegnato. Il bracconaggio non era ancora diventato un problema grave e fiumi e laghi pullulavano di trote. La cosa peggiore che sarebbe potuta accaderci sarebbe stata ricevere un calcio nel sedere e la confisca del pesce. Ma se ci avessero catturati con dei salmoni, allora sarebbe stata tutta un'altra storia. Cosí decidemmo di accontentarci delle trote e tenemmo gli occhi aperti per il sovrintendente alle acque o il guardiacaccia.

Ci vollero quasi due ore di cammino per arrivare fino al lago. I picchi di Mealaisbhal, Cracabhal e Tathabhal sopra di noi erano coperti dalle nuvole. L'acqua scorreva lungo il sentiero in piccoli rivoli zampillanti, scoprendo lo strato di grossi ciottoli di mare che ne formavano il fondo, turbinando in vorticosi mulinelli e aprendo buche che potevano spaccare un semiasse. Profondi canali di drenaggio scavati nella torba riversavano migliaia di litri di acqua piovana marrone proveniente dalle montagne.

Anche se indossavamo giacche cerate con il cappuccio, stivali di gomma e gambali impermeabili, arrivammo entrambi bagnati fradici. Vedevo le grosse guance paffute di Whistler che scintillavano nella pioggia, mentre mi sorrideva attraverso il cappuccio che lasciava intravedere il suo viso, i capelli neri spalmati sulla fronte. Ma vedevo anche la circospezione nei suoi occhi; mi fece cenno con la testa in direzione del cancello ai piedi della strada che porta a Loch Tathabhal.

C'era una Land Rover parcheggiata. Ci guardammo intorno con attenzione, senza vedere nessuno, e ci avvicinammo in silenzio al veicolo. Whistler mise una mano sul cofano. – Freddo. È qui da un po' –. Asciugai le gocce di pioggia dal finestrino e sbirciai all'interno. Le chiavi penzolavano dal cruscotto. Sul sedile del passeggero c'era una copia del giornale di quel giorno, e il cappello di lana di un pescatore a mosca con le esche appuntate lungo il perimetro. Inutile come protezione in quelle condizioni. Ma lo riconobbi immediatamente.

– È di Jock Macrae, – dissi. – Il sovrintendente alle acque.

Whistler annuí. – Meglio stare attenti, quindi.

Percorremmo la strada verso il lago, seguendo la linea di un torrente che in estate era poco piú di un rigagnolo. Ora, però, era un flusso fragoroso d'acqua che si schiantava spruzzando sulle rocce e massi che cadevano lungo il pendio come una serie di gocce verso Loch Raonasgail. Il torrente aveva rotto gli argini nel punto in cui il terreno si appiattiva in direzione di Loch Tathabhal, gonfiandosi per una larghezza di circa tre metri dove usciva dal lago, scorrendo veloce verso le cascate.

Quando arrivammo al lago vedemmo che il livello dell'acqua era salito sino ad arrivare a pochi centimetri sotto il vecchio ponte di legno. Di solito c'era una distanza di circa un metro e mezzo. Se l'acqua fosse salita ancora piú in alto avrebbe spazzato via la fragile struttura, lasciando solo i muri di sostegno su entrambi i lati. Ma anche quelli erano in pericolo, visto che l'acqua scorreva con una forza che riempiva l'atmosfera con la sua furia. Whistler alzò la voce per farsi sentire sopra il fragore. – Lanciamo dal ponte. Verso il lago. Le correnti porteranno i pesci da questa parte –. Eravamo dilettanti in quei giorni.

Annuii, e ci arrampicammo sulle pietre e sul ponte stesso. C'erano dei binari che correvano lungo il lato del lago e li usammo per passare. Posammo l'attrezzatura e preparammo le canne. L'acqua ci scorreva sotto i piedi formando un torrente. Spaventoso nella sua forza e vicinanza. Non osavo guardarlo o mi avrebbe fatto girare la testa.

Whistler sorrise. – Questa è vita, eh?

Sorrisi di nuovo, e per qualche assurdo motivo feci un passo indietro prima di lanciare. Fu un attimo. Una momentanea sensazione di volare nell'aria sottile, prima di colpire l'acqua e sentire la sua forza spazzarmi via. Il freddo mi impediva di respirare e non riuscivo nemmeno a gridare. E poi finii sotto, sapendo con assoluta certezza che stavo per morire.

Ho sentito dire che negli ultimi secondi prima di un incidente, o di un avvenimento in cui si rischia la pelle, il tempo sembra fermarsi e la vita ti passa davanti in un istante, riproponendo i momenti che esistono solo nella propria memoria e stanno per essere perduti per sempre. A me non andò cosí.

La prima cosa che sentii fu il dolore di quando mi schiantai contro una roccia che divideva il flusso dell'acqua. La forza dell'impatto e la corrente mi sollevarono per alcuni secondi vitali. Vidi sotto di me l'acqua bianca infrangersi sulle rocce e ricadere spumeggiante, nebulizzata sotto la pioggia che continuava a scendere. E mi ritrovai quasi spiaggiato sul lastrone di roccia che aveva fermato la mia corsa verso valle, scivolando a faccia in giú sulla sua superficie nera, puntando i piedi e sapendo che, se non fossi riuscito a tenermi aggrappato, sarei di sicuro finito a sbattere, sfracellandomi, sulle rocce piú avanti.

Mentre scivolavo inesorabilmente verso l'angolo del masso, con la corrente che mi circondava, cercai con un ultimo sforzo disperato di trovare un appiglio, le dita protese in cerca di qualcosa da afferrare. Mi sentivo scivolare e mi ritornò la convinzione di morire ma, all'ultimo, le dita trovarono una sporgenza che solcava la superficie liscia della roccia e si bloccarono nei cinque centimetri disponibili.

In quei pochi secondi cruciali, sentii la corrente afferrare e cercare di tirare verso il basso la parte del mio corpo ancora in acqua. Ma la mia seppur fragile presa sulla roccia mi impedí di affondare abbastanza a lungo da permettermi di muovere il braccio destro e trovare una fenditura che mi diede qualcosa di piú sostanzioso a cui aggrapparmi.

Mi pareva incredibile: solo pochi secondi prima stavo lanciando una lenza per pescare le trote, senza il benché minimo problema a cui pensare. E ora lottavo per la mia vita contro qualcosa che sembrava un ostacolo insormontabile.

Era accaduto tutto cosí velocemente che mi ero del tutto dimenticato di Whistler. Ora, al di sopra del fragore dell'acqua, lo sentii gridare. – Aspetta, Fin! Per l'amor di Dio, aspetta! – Inclinai la testa a destra, con l'acqua che mi si frangeva contro oscurandomi quasi la vista. Era lí sulla riva, a non piú di un paio di metri di distanza. Aveva un piede in acqua, con un braccio allungato. Ma ci separava ancora un bel tratto e sapevo che, se avesse tentato di guadare il torrente, la forza dell'acqua l'avrebbe spazzato via. Potevo vedere la disperazione sul suo volto. Sarebbe stato un suicidio cercare di raggiungermi, ma c'era un limite a quanto avrei potuto resistere, un limite a cui ero sempre piú vicino. Riuscii quasi a leggergli negli occhi cosa stava pensando. Doveva poter fare qualcosa.

Improvvisamente gridò: – Torno subito. Prometto. Non mollare –. E se ne andò, uscendo dal mio campo visivo. In quel momento mi sentii piú solo di quanto mi fossi mai sentito in vita mia. La vista e il rumore dell'acqua mi riempivano gli occhi, le orecchie, la mente e mi dovetti concentrare col massimo sforzo per mantenere la presa sulla roccia. Mi fidavo ciecamente che Whistler sarebbe tornato con qualcosa per farmi uscire da lí, ma dubitavo della mia capacità di resistere per un tempo sufficiente. Sentivo il freddo paralizzarmi il corpo, la forza abbandonarmi le braccia. Non avevo quasi piú alcuna percezione delle mie mani.

Posai la testa contro la roccia e chiusi gli occhi, del tutto concentrato sul non lasciarmi andare. Eppure rischiavo quasi di addormentarmi e lasciare la presa, andando alla deriva come in un sogno dal quale non ci sarebbe stato un risveglio. E c'era qualcosa di inspiegabilmente confortante in quel pensiero. Tornai cosciente sentendo il rumore di un motore.

Una Land Rover arrivò a marcia indietro fino al limite delle acque, con le ruote che slittavano, per poi fermarsi, con il suono inconfondibile di un freno a mano. Sentii sbattere una portiera e Whistler arrivò di corsa alla parte posteriore del veicolo. Aveva un rotolo di corda tra le mani. Se ne legò subito un capo intorno alla vita e si inginocchiò fissando l'altro capo alla barra di traino. Si alzò in piedi e senza un attimo di esitazione guadò il torrente verso di me. Quasi subito venne spazzato dalla forza della corrente. Mentre andava sotto, vidi il suo braccio teso e la corda avvolta attorno alla mano e al polso che gli impedí di essere portato via.

Con mia sorpresa trovò degli appigli, qualcosa per ancorare i piedi, e la parte superiore del suo corpo si sollevò dall'acqua come Nettuno che sorge dal mare. E d'un tratto eccolo lí, proprio accanto a me, le vene sulla fronte tese come corde, un ragazzone con i tendini tirati allo spasimo che si metteva contro le forze della natura per cercare di salvare il suo amico. L'acqua gli si schiantava addosso come una furia, bianca e schiumosa, mentre mi sollevava tra le sue braccia. Con un enorme atto di fede abbandonai la presa sulla roccia e afferrai la cima, sentendo le braccia di Whistler chiudersi intorno alla mia vita. Nello stesso momento lui scivolò dal punto d'appoggio ed entrambi fummo trascinati via dall'acqua. Entrambi perduti per un istante dentro una forza molto piú grande di quanto avremmo mai potuto immaginare. Fino a quando la corda si tese e ci girammo brutalmente di lato, sbattendo contro la riva piú vicina. Whistler in qualche modo trovò la forza di issarci sino alla fine della corda, e arrivammo alla Land Rover, cadendo senza fiato e senza parole tra le canne e la torba fradicia di pioggia sotto le ruote posteriori. L'acqua scorreva a pochi centimetri dalle nostre facce, sibilando, sputando e imprecando. Beffata, in un certo senso. Mi venne in mente che sulla *Iolaire* il bisnonno di Whistler doveva aver usato piú o meno allo stesso modo la canna di John Finlay Macleod per salvare la vita di mio nonno.

Whistler si girò sulla schiena e cominciò a ridere al cielo. Lottai per ritrovare il respiro, e sentii la mia voce tremante che chiedeva di sapere cosa ci trovasse di cosí dannatamente divertente. Girò verso di me il suo grande faccione sorridente. – Tu, stupido bastardo. Il piú grande pesce che abbia mai tirato fuori dal fiume, e immangiabile!

Durante il viaggio di ritorno a valle, sobbalzando e urtando tra le buche che la pioggia aveva scavato, le mie ossa congelate tornarono lentamente a rivivere grazie all'aria calda del riscaldamento. Ero seduto in preda ai brividi accanto a Whistler, che guidava la Land Rover come se lo facesse da tutta la vita. Ma non ero nemmeno sicuro che avesse la patente.

– Cosa diavolo dirà Jock Macrae quando non troverà piú la sua Land Rover? – domandai. Whistler si mise di nuovo a ridere. – Mi piacerebbe saperlo. Riesco già a vedere l'aria che diventa blu. E dovrà tornare a casa a piedi.

– Finiremo nei guai.

– Ma no! – Whistler scosse il testone, come un cane che si scrolla l'acqua dalla pelliccia. Il sorriso era quasi folle. – Non saprà mai che siamo stati noi. Chi dovrebbe dirglielo? Non io, non tu. Ringraziamo solo che il vecchio bastardo fosse lí con una fune nel baule.

A casa ci togliemmo i vestiti bagnati; Whistler li mise ad asciugare su un appendiabiti di fronte a un fuoco scoppiettante di torba, e versò dell'acqua in un bollitore. Si vestí, e riconobbi la maglietta che gli aveva comprato mia zia. – Torno tra poco, – disse e, quando uscí, sentii la Land Rover avviarsi e partire. Passò mezz'ora prima che facesse ritorno, a piedi, trovandomi rannicchiato davanti al fuoco, le mani a coppa intorno alla seconda tazza di tè caldo. – Ho qualcosa che ti riscalderà meglio di cosí –. Scomparve in una stanza sul retro e riapparve con una bottiglia mezza vuota di whisky, per versarmene una buona dose nella tazza. Sorrise. – Riscaldamento centralizzato. Il mio vecchio pensa che io non sappia dove lo nasconde –. Scomparve per tornare al nascondiglio e poi si sedette accanto a me.

Lo guardai. – Tu non ne prendi neanche un po'?

Si limitò a scuotere la testa. – Chissà cosa c'è nei geni. Non voglio finire come mio padre.

Rimasi seduto a fissare la tazza per molto tempo prima di berne un sorso, girando la testa verso di lui. – Mi hai salvato la vita, Whistler.

Si strinse nelle spalle. – È il mio lavoro, Fin.

Seppi poi che Jock Macrae s'infuriò quando non trovò piú la sua Land Rover. Al termine di una lunga passeggiata sotto la pioggia, entrò nella prima casa che trovò per telefonare alla polizia e denunciare il furto. Per la sua, e la loro costernazione, l'auto venne ritrovata poco dopo parcheggiata davanti a casa sua. Nessuno scoprí mai chi l'aveva presa, o perché.

Quindici

– Marsaili ha detto che avrei potuto trovarla qui.

Fin fu sorpreso dalla voce alle sue spalle e alzò lo sguardo su George Gunn che lo fissava. Dietro di lui scorse l'auto del poliziotto ferma sul ciglio della strada, circa cento metri oltre la casa in cui Fin era cresciuto. Non aveva sentito l'avvicinarsi di Gunn a causa del rumore del vento. Si alzò in piedi e gli strinse la mano.

Gunn indossava una camicia bianca, una cravatta scura svolazzante e un giaccone nero trapuntato, aperto. Pantaloni un po' troppo lunghi, su lucide scarpe nere. La sua comparsa, che aveva interrotto le riflessioni di Fin, non era di buon auspicio.

– Com'è andata l'autopsia?

Gunn si strinse nelle spalle e fece una smorfia. – È stata piuttosto sgradevole, signor Macleod. E in realtà non ha fornito ulteriori particolari riguardo alle circostanze o alla causa della morte –. Fin trattenne il respiro. – Ma sono arrivati dei pezzi grossi da Inverness. E indagheranno ipotizzando che sia un omicidio.

Fin annuí.

– È arrivata anche l'avanguardia del quarto potere. Con il primo volo di questa mattina. Dio solo sa come la stampa venga a conoscenza di queste cose, ma data la fama di Roddy Mackenzie nel mondo della musica, e le circostanze della sua scomparsa, possiamo verosimilmente aspettarci una marea di giornalisti nei prossimi giorni. E immagino che la maggior parte di loro vorrà parlare con lei, con l'uomo che lo ha trovato.

Fin sorrise cupo. – Allora farò in modo di restargli alla larga, George.

– Sí, è una buona idea –. Gunn si massaggiò la mascella pensieroso. – È poi riuscito a parlare con il suo amico, signor Macleod? – La domanda sembrava quasi casuale, ma Fin sapeva che non lo era.

– Whistler?

– John Angus Macaskill, – precisò Gunn.

– No –. Esitò. – C'è qualche problema?

– L'ispettore vorrebbe scambiare due parole con lui.

– Perché?

– Come le ho detto ieri, abbiamo bisogno della sua dichiarazione circa il ritrovamento dell'aereo –. Fece una pausa. – Inoltre, conosceva il defunto.

– Anch'io.

– Sí, signore. Ma lei non è scomparso.

Fin aggrottò la fronte. – Whistler è scomparso?

– Be', a quanto pare non si trova, o non vuole essere trovato. Penso che lei sia andato a cercarlo ieri, vero?

Fin confermò.

– Noi questa mattina, per prima cosa, abbiamo mandato il poliziotto locale da lui. Ma non era in casa e sembra che non ci abbia nemmeno passato la notte. Lei non sa dove possa essere?

– Non ne ho idea, George. Whistler è uno spirito libero. Va dove lo porta la fantasia. Probabilmente ha trascorso la notte in qualche capanno, in stato di shock a causa di Roddy.

Gunn spinse all'infuori il labbro inferiore, pensieroso. – Le nostre fonti ci dicono che Whistler Macaskill e Roddy Mackenzie erano noti per aver avuto delle divergenze.

Fin si mise quasi a ridere. – Stai pur certo, George, che se qualcuno dovesse pensare che Whistler abbia qualcosa a che fare con l'omicidio di Roddy starebbe prendendo lucciole per lanterne. E comunque anche lui è rimasto sconvolto quanto me quando abbiamo trovato il corpo nell'aereo.

– Può essere, signor Macleod. Ma sembra un po' piú che strano che sia sparito dalla faccia della terra, non crede? – Il poliziotto esitò. – A rischio di ripetermi, glielo chiedo di nuovo: c'è qualcosa che non mi sta dicendo?

Fin sentí le prime gocce di pioggia cadergli sul viso, mentre arrivava un vento fresco da ovest. E si chiese di nuovo che cosa Whistler non gli avesse detto. – No, George. Nulla.

Sedici

La *blackhouse* di Whistler aveva un aspetto deserto, anche dalla strada. Fin non avrebbe saputo dire perché, ma sapeva che lí non avrebbe trovato l'amico. Solo quando si era già arrampicato sulla collina si rese conto che la porta non era chiusa, ma aperta di diversi centimetri, e il vento la faceva oscillare avanti e indietro, come se la casa respirasse.

Con cura, la spalancò, lasciando che gli occhi si abituassero al buio prima di entrare. Si aspettava quasi di trovarvi la piccola Anna, com'era successo il giorno prima. Ma non c'era nessuno. Entrò e sentí il freddo del luogo, nell'aria un odore di umidità. I resti di un fuoco di torba nel camino, vecchi di un giorno, erano freddi come la morte. La casa sembrava stranamente abbandonata, come se nessuno ci vivesse da giorni. E per la prima volta Fin cominciò a temere per il suo vecchio amico. I pezzi degli scacchi di Lewis erano in fila lungo il muro, testimoni silenziosi in agguato nel buio. Ma testimoni di cosa?

Con un senso strisciante di inquietudine, Fin uscí fuori, al vento. La marea era salita, l'acqua verde smeraldo raggiungeva l'altezza di trenta centimetri, ricoprendo acri di sabbia dorata; schegge di lontana luce solare fuoriuscivano come lame attraverso gli squarci nelle nuvole, sparando lampi di luce in rapida successione sopra tutta la pianura lontana.

Una Range Rover si fermò sulla strada sottostante e ne scesero due uomini. Fin dovette strizzare gli occhi per riuscire a distinguere i volti coperti dal riverbero del mare e del sole dietro di loro, ma aveva riconosciuto il veicolo e capito che il conducente era Jamie. Quando iniziarono la salita verso la *blackhouse*, Fin riconobbe anche la sagoma dell'altro. Solida e quadrata, con il berretto calato sulla fronte. Big Kenny.

Jamie si fermò davanti a Fin, col respiro un po' affannoso a causa della salita. Kenny rimase un paio di passi dietro a lui incrociando brevemente lo sguardo di Fin, poi lo distolse, come se si vergognasse.

– C'è? – disse Jamie.

– Chi?

Jamie espresse tutta la sua irritazione. – Macaskill, naturalmente.

– No.

– Allora dov'è?

– Non ne ho la minima idea.

Jamie inclinò la testa guardando Fin con scetticismo. – Eri con lui quando hai trovato quell'aereo.

– Non è possibile mantenere un segreto da queste parti.

Se anche Jamie avesse immaginato insolenza, il tono di Fin non la tradí affatto. – Quindi hai abboccato all'amo e sei andato con lui fino a Tathabhal quella notte?

– Sí.

– E allora?

– Allora niente.

– Non stava cacciando di frodo?

– No.

Jamie sospirò, nascondendo a malapena la propria irritazione. – Quindi cos'è successo?

Fin si chiese quanto, o quanto poco, avrebbe dovuto raccontargli. La sua stupidità era imbarazzante. L'unico altro testimone degli eventi al *loch* la sera prima della tempesta era James Minto. E Minto, Fin ne era sicuro, era improbabile che dicesse alcunché. Anche se ora Fin si rammaricava di averlo coinvolto.

Diciassette

Nel periodo di tempo impiegato da Fin per arrivare in auto a Uig il giorno dopo il confronto con Whistler al bar, il vento era rinforzato sino ad arrivare a forza sei o sette. Ma faceva ancora stranamente caldo e forti venti nella stratosfera avevano pettinato le nuvole sottili in bizzarri ciuffi e strisce, come rotoli di garza che velavano il sole.

Intorno alla casa di James Minto, l'erba alta e fine nascosta tra le dune di sabbia affacciate sulla spiaggia di Uig si muoveva a onde, formando dei vortici come acqua nel vento. C'era una Land Rover parcheggiata di fronte a una casupola fatiscente, che non vedeva della vernice da molti anni. Fin diresse la sua Suzuki fuori dalla strada asfaltata fino alla fine di un sentiero sabbioso che terminava davanti alla casa. Al di là delle dune le montagne si innalzavano scure, come onde di roccia che volessero bagnare il cielo.

Non c'era alcun segno di vita dietro alle piccole finestre incassate nel tradizionale intonaco bianco e il rumore delle nocche di Fin che bussavano alla vecchia porta di legno risuonò nel vuoto dell'interno. Stava per rinunciare e proseguire verso Ardroil, quando la porta si aprí, e nella luminosa luce del mattino apparve la figura scarmigliata di James Minto in vestaglia. L'uomo guardò di traverso Fin, con una mano alzata per ripararsi gli occhi.

– Gesú Cristo, amico! Che cazzo di momento hai scelto per venire? Non lo sai che lavoro di notte?

Fin ricordava ancora quella voce calma e piatta con l'accento *cockney* fin dalla prima volta che si erano incontrati, e la minaccia latente che si celava dietro a essa. Minto aveva fatto parte delle forze speciali, ed era stato chiamato nella tenuta un paio d'anni prima per contrastare i bracconieri. Aveva svolto molto bene il suo compito, ma con mezzi piú o meno leciti. A Uig era temuto e odiato in ugual misura da quasi tutti. Ma non c'era nessun altro in grado di affrontare il bracconaggio, che si era sviluppato nel tempo su scala industriale, e Minto non possedeva l'abilità di investigatore di Fin. Era un rottweiler, non un cane da caccia.

Fin lo guardò pensieroso, privo di rimorsi per averlo trascinato fuori dal letto. – Tu non ti ricordi di me, vero?

Minto lo fissò per un attimo, prima di capire. – Tu sei quello sbirro. Un anno fa mi hai accusato di aver ucciso dei bracconieri a Ness.

– Non c'erano accuse a tuo carico. Ti abbiamo semplicemente escluso dalla nostra indagine.

– Ah be', non è cosí che mi era sembrata, amico.

– In ogni caso, questo appartiene al passato. Non sono piú uno... sbirro. Sono il capo della sicurezza della Red River Estate. Mi chiamo Fin Macleod. E sono il tuo capo a tutti gli effetti.

– Oh, be', mi prenda un colpo se non sto davvero tremando, signor Macleod.

Fin guardò i pallidi occhi verdi nel magro viso abbronzato. I capelli scuri tagliati a spazzola di Minto erano abbondantemente cosparsi d'argento, ma non era un uomo con cui scherzare. Addestrato a uccidere e ancora in forma sotto una vestaglia aperta a rivelare solo i boxer e un paio di infradito. Fin disse: – Be', probabilmente perché sei mezzo nudo e hai freddo. Perché non mi chiedi di entrare cosí ti puoi mettere qualcosa di piú comodo?

Minto esitò per un momento, come se non fosse del tutto sicuro di accettare. Ma lo scintillio negli occhi di Fin gli fece comparire un sorriso riluttante sul viso. Fece un passo indietro tenendo la porta aperta. – Allora vieni dentro. In soggiorno. Torno tra un minuto.

Appena entrato nello spazio angusto del soggiorno, Fin ricordò l'impressione che aveva avuto nel corso della sua ultima visita, il senso di una pulizia e un ordine maniacale molto poco maschili. Ogni mobile era posizionato in un'ottica di massima efficienza e accessibilità, coprivestiti bianchi e puliti erano posati sopra le maniche e la schiena di un abito a tre pezzi. Su scaffali senza polvere erano disposti libri e soprammobili. Diversi ferri da stiro stavano appesi ordinatamente sopra al camino, le piastrelle erano pulite e lucidate a specchio. La porta aperta della cucina dava su un piano di lavoro ordinato, con tazze appese in file regolari su ganci fissati alle pareti, mentre dei piatti lavati si asciugavano in uno scolapiatti sul lavello.

Nell'aria c'era un leggero odore di disinfettante.

Fin si voltò verso la finestra e vide la scacchiera su un piccolo tavolo quadrato sotto il davanzale. Non vi era spazio per delle sedie ai due lati, ma c'era una partita in corso.

Riproduzioni in resina degli scacchi di Lewis color porpora e avorio. Fin si avvicinò per dare un'occhiata, e sollevò il Berserker dalla sua casella guardando la barba folta, il ringhio della bocca, i denti affondati nello scudo. Fin pensò che l'originale assomigliava molto piú a Whistler che a Kenny. Rimise al suo posto il pezzo e si voltò quando Minto entrò nella stanza con un maglione di lana cachi sopra a una canottiera bianca. Ora indossava jeans e scarpe da ginnastica e Fin vide che aveva gli occhi gonfi e ancora pieni di sonno.

Fece un cenno in direzione della scacchiera. – Giochi ancora per telefono con il tuo vecchio comandante?

– Via e-mail ora. I tempi cambiano –. Si diresse verso la cucina. – Una tazza di tè, amico?

– Grazie –. Fin sprofondò nel divano e si ritrovò a guardare un muro con una fila di foto incorniciate di Minto assieme a vari gruppi di uomini, a volte in divisa e a volte in abiti civili. In occasione di una parata o in tuta mimetica in qualche lussureggiante foresta tropicale dall'altra parte del mondo. E rifletté sull'esistenza solitaria che ora conduceva quell'uomo dopo anni di cameratismo e lavoro di squadra. Ma quello che aveva perso in termini di compagnia gli era rimasto nella meticolosa cura dei dettagli e nell'organizzazione che l'esercito gli aveva inculcato. Ogni cosa al suo posto, un posto per ogni cosa. Un motivo per andare a letto la sera e per alzarsi al mattino. Minto però faceva il contrario.

Fin guardò dalla finestra attraverso i chilometri di spiaggia, visibili a causa della bassa marea, Baile-na-Cille sulla sponda opposta, la chiesa, il cimitero, la selvaggia e prorompente bellezza di quel luogo. Minto se ne rendeva conto oppure questo posto per lui era solo un nascondiglio da una vita in borghese che aveva trovato difficile affrontare? Un disadattato che viveva ai margini.

A differenza della sua ultima visita, a Fin venne servito il tè in una tazza, sul vassoio c'era anche un piccolo piatto con zollette di zucchero e del latte in una lattiera di porcellana. Minto sollevò la tazza con cura e la posò su uno tra una mezza dozzina di sottobicchieri ordinatamente disposti sul tavolino da caffè. Scelse di bere il tè in piedi davanti al caminetto, come se si scaldasse al fuoco di inesistenti fiamme di torba. – Sarai alla ricerca dei bracconieri, suppongo.

Fin annuí e sorseggiò il suo boccale. – Conosci Whistler Macaskill?

– Chi non lo conosce? – Minto mosse la testa verso una scultura alta sessanta centimetri di un pezzo degli scacchi di Lewis posta su un piccolo tavolo di legno in un angolo della stanza. Fin si voltò per guardarla.

– Questo è uno dei suoi. Un bel lavoro.

– Dove l'hai preso?

– L'ho acquistato da lui. In realtà, dopo averlo visto, al vecchio sir John venne l'idea per il giorno di festa.

Fin inclinò la testa e lo guardò da vicino. – Di che idea si tratta?

– Si tratta di avere un set completo di questi pezzi da collocare su una scacchiera gigante sulla spiaggia. Sai, per quando portano qui gli originali in ottobre. Staranno nella vecchia chiesa in teche di vetro –. Fece un cenno verso la finestra. – È una storia interessante. Il vecchio che li trovò non sapeva che cosa farci. Cosí li portò al pastore della chiesa di Baile-na-Cille, un tal reverendo Macleod. È una bella cosa, gli scacchi faranno ritorno a quella chiesa. Ora appartengono a dei privati, ma sembra che i nuovi proprietari siano lieti di farli usare per quel giorno –. Bevve un sorso di tè. – A quanto pare ci saranno anche un paio di veri campioni di scacchi che giocheranno una partita con gli originali. E ogni mossa verrà trasmessa a un ragazzo che avrà un walkie-talkie sulla spiaggia. Poi porteranno gli uomini sulla grande scacchiera a replicare le mosse in chiesa. Questa era l'idea di Sir John, in ogni caso.

– Come fai a sapere tutto questo?

Minto sembrava sorpreso. – Be', me lo ha detto il mio vecchio amico. Non è un grande segreto.

– Suo figlio sembra non saperlo.

– Un coglione! – Minto mormorò quasi sottovoce, incerto su come avrebbe potuto reagire Fin alla sua mancanza di rispetto.

– Potrebbe essere un'idea se tu glielo dicessi.

– Perché?

– Perché Sir John è ancora convalescente in Inghilterra a causa dell'ictus, e Jamie dice che lui non ne sa nulla. Quindi Whistler non è stato pagato.

Minto grugní. – Tipico!

– Lo sai che è un bracconiere?

Minto aggrottò la fronte. – Chi? Whistler? – Fin annuí. – Certo che lo so. Ma lo fa solo di tanto in tanto, per mangiare. Non fa nulla di male a nessuno. Cosí lo lascio in pace.

– Jamie vuole che io lo faccia smettere.

La tazza di Minto si fermò a metà strada dalla bocca. Guardò Fin in modo curioso. – Perché?

– Non hanno le stesse opinioni.

– Be', non è certo una sorpresa –. Tacque per qualche istante. – Che cos'hai intenzione di fare?

Fin sospirò. – Credo che ci siano pesci piú grandi di Whistler da friggere, Minto. Ma c'è una vera inimicizia tra quei due e, se non riusciamo a convincere Whistler a fare marcia indietro, allora Wooldridge junior potrebbe anche farlo pestare da qualche scagnozzo. E questa sarebbe una pessima notizia per Whistler, ma anche tu ti troveresti senza lavoro.

Minto rimase pensieroso per un momento. Poi chiese: – Allora?

– Non posso farlo da solo. È un bestione. Be', lo sai. Riuscirebbe a darle anche a te.

– Oh, potrei metterlo al tappeto, signor Macleod. Nessun problema. Ma dovrei fargli del male.

Fin scosse la testa. – Non voglio che accada. Non voglio fargli del male. Basta che lo fermi. Gli arriverà il messaggio anche in questo modo.

Minto sembrava dubbioso. – Come?

– Sarà al Loch Tathabhal stasera.

– Come fai a saperlo?

Quasi inconsciamente Fin si passò una mano sulla mascella. Faceva ancora male. – Perché voleva che io lo sapessi. Una sfida stupida.

Minto scosse la testa. – Non mi piace granché, signor Macleod.

Fin posò la tazza sul sottobicchiere e si alzò. – Vado da lui ora, per cercare di farlo ragionare. Ma se non ci riuscirò ci vediamo stasera presso il vecchio ponte, nel punto in cui il fiume esce dal lago.

– Va bene, amico –. Minto si strinse nelle spalle. – Ma dovrò sempre fargli del male per metterlo k.o.

Il sole dell'estate stava abbassandosi lentamente, ma irrevocabilmente, verso l'Equatore, facendo calare ogni sera, sempre prima, un velo buio sulle Ebridi. Quelle lunghe notti di luce diurna, quando a volte era possibile vedere il sole sorgere e tramontare allo stesso tempo, se ne erano andate. L'orario ufficiale del tramonto era alle 20.45 ma, anche se erano già passate le 21.30, c'era ancora luce nel cielo. Un cielo insolitamente chiaro, anche sulle montagne che incombevano scure a sud. E il vento di inizio giornata era calato sino a un silenzio quasi inquietante. Fin non era riuscito a trovare Whistler e cosí se ne andò all'appuntamento che era stato concepito la sera prima come una sfida.

Vide cicatrici chiare che tagliavano le colline buie di fronte a lui appena arrivò sopra la collina di Ardroil, sfregi sul paesaggio causati dagli scavi delle cave di ghiaia, e il primo chiaro di luna argenteo brillare sulla strada che si snodava al di sopra della distilleria Abhainn Dearg verso Mangurstadh.

Un paio di pezzi rossi degli scacchi giganti scolpiti nel legno montava la guardia all'ingresso della prima e unica distilleria dell'isola in quasi centosettant'anni. Abhainn Dearg era la parola gaelica per Fiume Rosso, lo stesso nome della tenuta, e la distilleria fu chiamata cosí perché situata nei pressi del punto in cui il Fiume Rosso sfociava nell'Atlantico. Il fiume, secondo la leggenda, aveva preso il nome a seguito di una battaglia sanguinosa tra clan che aveva colorato di rosso le sue acque.

L'ultima distilleria di Lewis era stata chiusa nel 1844, quando l'isola venne acquistata dall'astemio e proibizionista Sir James Matheson. L'ironia, forse non evidente per gli isolani a quel tempo, è che il denaro che serví a Matheson per comprare l'isola proveniva dalla vendita di oppio ai cinesi. Ma era un'ironia di cui Fin era a conoscenza e che gli fece nascere un rapido accenno di sorriso sul viso, mentre sulla strada sotto di lui scorrevano i tetti rossi e verdi, a falde poco profonde per attutire gli effetti del vento, dell'eterogenea collezione di edifici metallici e ravvicinati che costituiva Abhainn Dearg.

Ma il sorriso svaní ricordando il motivo per cui si trovava lí.

Se Whistler aveva cercato di evitarlo per tutto il giorno, c'era riuscito bene. E Fin si stava dirigendo fino al Loch Tathabhal per un appuntamento che avrebbe preferito evitare.

Quasi un chilometro piú avanti lasciò la strada principale e il viaggio tra le montagne proseguí poco piú che a passo d'uomo su una ruvida strada piena di buche che si attorcigliava faticosamente attraverso ampie vallate punteggiate di massi. La luce della luna creava nastri d'argento sui piccoli corsi d'acqua e si rifletteva in ogni pozza presente negli avvallamenti di quel paesaggio primordiale.

Ma la luna era ancora bassa, e mano a mano che le montagne su entrambi i lati diventavano sempre piú alte, la strada piombò nel buio e tutta la luce si concentrò nel cielo sopra la testa. Fin costeggiò le acque nere del Loch Raonasgail, le cime scure di Mealaisbhal e Tathabhal che incombevano sinistramente su entrambi i lati. Quando arrivò al lago, dopo essere salito ancora qualche centinaio di metri, vide in basso la linea della valle sino alle lontane acque scintillanti di Loch Tamnabhaigh e le luci della riva nord del *Cracabhal Lodge*.

Svoltò verso est, con gli pneumatici che sollevavano una scia di torba e pietra una volta lasciata la strada, e seguí lo sbiadito contorno di un antico e ripido sentiero. Salí parecchio, arrivando fino alle tranquille acque del Loch Tathabhal, nascosto nelle ombre di scoscesi pendii di detriti. Lingue d'acqua guizzavano fuori dal lago e sembravano leccare il letto di pietra di un emissario quasi a secco, ricadendo in un susseguirsi di piccole cascatelle verso il Loch Raonasgail piú in basso.

All'estremità del lago, nel punto da cui usciva il fiume, c'era un ponte di legno che univa le due sponde, posto su colonne a secco e con un solo corrimano traballante sul lato del lago. In quel punto era stata livellata una superficie di terreno tale da consentire il parcheggio dei veicoli ai pescatori. La Land Rover di Minto si trovava accanto all'acqua e quando Fin parcheggiò e uscí dalla sua Suzuki, udí nel buio il ticchettio del motore del veicolo di Minto che si raffreddava. Non era lí da molto tempo quindi, ma non c'era traccia né di lui né di John Angus Whistler Macaskill. Fin si accorse immediatamente delle nuvole di moscerini che gli si ammassarono intorno, e sperò che il repellente che si era spalmato in abbondanza sul viso e sul collo gli assicurasse un minimo di protezione. Guardando a ovest dal punto elevato in cui si trovava, Fin poteva scorgere tutta la valle, tra le vette del Mealaisbhal e del Cracabhal e, anche se non riusciva a vederlo, sapeva che il mare si trovava da qualche parte lontano, oltre le montagne. Quello che poteva ben vedere erano le nuvole che si stavano ammassando, nere e minacciose all'orizzonte. E il crepitio lontano di un fulmine, ancora troppo distante per udire il tuono susseguente. Sentí il freddo della tempesta in arrivo, il cambiamento del clima predetto a lungo e si voltò per vedere la luna piena salire in un cielo terso a est. Sperava che non ci sarebbe voluto molto e di poter tornare nel letto di casa prima dello scoppio della tempesta.

Un suono, come ciottoli gettati nell'acqua, attirò la sua attenzione; riuscí a vedere gli anelli argentati allargarsi da un punto non lontano della riva opposta. Un pesce, forse, che saltava per catturare degli insetti. Non c'era alcun segno di vita. Nessun altro suono.

Fin camminò sino al ponte di legno e guardò il lago. Sentiva il vento aumentare, le nuvole che prima erano lontane ora si trovavano quasi sopra di lui, araldi della tempesta in arrivo. Proprio mentre era sul ponte, guardando tutta la lunghezza del torrente in cui aveva rischiato la vita tanti anni prima, sentí scendere la temperatura. I moscerini erano già spariti, e la luna appariva e spariva con sempre maggiore frequenza, un bizzarro, fuggevole, incolore spettacolo di luci.

Quando si voltò verso il lago vide un movimento sulla riva opposta. Un'ombra che si muoveva contro il ghiaione alle spalle.

– Minto! – gridò nel buio, udendo la propria voce strappata dalla bocca, nel vento.

Per tutta risposta, gli giunse una risata che conosceva fin troppo bene. E in un improvviso battito di luce lunare vide Whistler che lo guardava attraverso l'acqua. Alzò il braccio destro, e notò un enorme salmone selvatico che penzolava dalla sua mano, forti dita grosse chiuse a tenaglia attraverso le branchie. – Potremmo tornare al *croft*, Fin. Arrostirlo sopra la torba nella carta stagnola. Farci un bicchiere e perderci nei ricordi. Che ne dici?

Fin era quasi tentato. – Oh, andiamo, Whistler, piantala. Dobbiamo parlare, io e te.

– È per questo che hai portato con te quell'uomo muscoloso? Una chiacchierata? Mi hai deluso, Fin. Pensavo sapessi fare di meglio –. E Fin capí l'errore che aveva commesso nel coinvolgere Minto.

Quasi nello stesso momento la luna scomparve dietro una nuvola e Whistler fu di nuovo inghiottito dal buio. Fin sentí il rumore di qualcosa che sbatteva proveniente dalla direzione della Land Rover di Minto. Saltò giú dal ponte, corse verso l'area del parcheggio e spalancò il portellone posteriore.

Minto giaceva rannicchiato nel bagagliaio, legato saldamente come un pollo con la sua stessa fune di traino, uno straccio unto infilato in bocca. Si era girato sulla schiena in modo da poter scalciare con i piedi il portellone.

– Gesú, Minto! – Fin lo slegò, togliendogli lo straccio dalla bocca. Minto rimase a bocca aperta per qualche secondo prima di riprendere fiato, con la saliva intorno alle labbra.

– Lo ammazzo. Lo uccido, cazzo!

Fin lo guardò incredulo. – Che diavolo è successo?

– Mi è saltato addosso, questo è successo, porca troia.

Fin si ritrovò quasi a ridere. – *Lui* ti è saltato addosso?

– È forte come un bue quel tizio, Macleod.

– Pensavo che saresti stato tu a metterlo al tappeto.

Minto lo guardò in cagnesco, il suo orgoglio era seriamente compromesso. Nessun uomo avrebbe dovuto essere in grado di fargli qualcosa di simile. – Lo avrei fatto, se solo avessi avuto mezza possibilità –. Si mise a sedere e fece una smorfia, la mano sinistra di traverso a toccare la spalla destra. – Credo che mi abbia slogato questa cazzo di spalla.

Fin, seduto per terra a gambe incrociate, lo guardò. – Be', allora credo proprio che non mi servirai piú di tanto, vero?

Minto gli lanciò uno sguardo scorbutico. – Non ce la farai mai da solo, amico. Sei tutto ossa.

Fin si mise in ginocchio e si diresse verso l'uscita posteriore dell'auto. Saltò giú. – Vai a casa, Minto.

Si alzò e guardò l'uomo cercare di sistemarsi al posto di guida e avviare il motore. I fari vennero divorati dal buio, facendo quasi svanire il ricordo dell'auto non appena il veicolo si gettò lungo il sentiero verso il lago sottostantc. Fin sentí cadere sul viso le prime gocce di pioggia.

Adesso c'erano solo lui e Whistler.

Si voltò e scrutò il Loch Tathabhal, la superficie si stava increspando a causa del vento che aumentava, e i lampi fugaci della luna creavano brevi momenti di luce. E c'era l'ombra del suo amico che si muoveva lungo la sponda opposta, la sua risata che sovrastava il vento. – Dài, Fin, prendimi se ci riesci –. La voce lontana, portata via dalla notte.

Per Whistler era tutto un gioco. Non doveva essere preso sul serio. Ma contrastare Jamie come aveva fatto significava andarsi a cercare la catastrofe. Se avesse perso la casa, era probabile che avrebbe perso anche la causa legale per la custodia della figlia. E se avesse perso entrambe, Dio solo poteva sapere che cosa ne sarebbe stato di lui.

Per diversi lunghi istanti Fin pensò di tornare alla Suzuki e andarsene a casa. A che cosa sarebbe servito giocare la partita di Whistler? Ma andare via avrebbe voluto dire voltare le spalle a chi gli aveva salvato la vita. Whistler non avrebbe mai fatto a Fin una cosa simile. Perlomeno aveva bisogno di fargli capire il guaio in cui si era cacciato.

– Whistler, aspetta! – La voce, tuttavia, venne consumata dalla notte e Fin vide l'amico stagliarsi contro il cielo un attimo prima di cominciare a scivolare giú per il ghiaione verso la valle sottostante.

Fin sospirò ed esitò per un breve momento prima di aprire il portellone del suo fuoristrada e prendere la giacca impermeabile e un piccolo zaino. Si infilò la giacca, mise lo zaino sulle spalle e afferrò con la mano destra l'impugnatura antiscivolo del suo bastone telescopico.

Il momento stava per arrivare, pronto o non pronto che fosse.

All'inizio fu facile non perdere di vista Whistler. C'era ancora, incredibilmente, qualche traccia di luce diurna nel cielo e un grande chiaro di luna si riversava dalle nuvole sui sentieri. Fin scorse l'ombra di Whistler muoversi agile tra le rocce mentre scendeva lungo il pendio. La forza del vento stava aumentando, la temperatura diminuiva mano a mano che le nubi nere di tempesta si avvicinavano. Ma la pioggia, per ora, era solo qualche goccia sulla faccia.

Il Loch Raonasgail non era altro che un grande buco nero tra il Tathabhal e il Mealaisbhal creato dallo spostamento dei ghiacciai in qualche remota èra glaciale e ora riempito con i milioni di litri d'acqua piovana riversatisi dai costoni delle montagne intorno. Fin vide Whistler aggirare il litorale a sudovest, attraversare il sentiero e dirigersi attraverso la valle all'ombra del Cracabhal.

Il fulmine arrivò prima della pioggia. Grandi lampi frastagliati illuminarono le montagne immergendo le valli nell'oscurità piú profonda. Whistler era lontano e visibile solo a tratti, ora che il buio era sceso come polvere su di loro.

L'erica e le felci sotto i piedi erano asciutte e crepitavano nel buio. Di solito la torba fradicia era compatta e granitica quando ci si camminava sopra. Fin strinse i denti e si costrinse a proseguire. Per almeno quaranta minuti seguí il fantasma di Whistler. Sentí i muscoli delle gambe dolenti, le ginocchia martellate dalla durezza del terreno, il respiro sempre piú rapido, con i polmoni che si sforzavano di pompare ossigeno sufficiente ai muscoli già stanchi.

Per quanto provasse, Fin non sembrava mai riuscire ad avvicinarlo. E gli fu chiaro che, se Whistler avesse voluto, avrebbe potuto seminarlo in un attimo. Invece continuava ancora a vederlo, proprio quando pensava di averlo perso. Eccolo là, che saltava da una roccia all'altra come una capra di montagna. Poi là, che si voltava a guardare di nuovo nel buio. Stava giocando con Fin. Si stava divertendo. Non si allontanava troppo per evitare di perderlo, mostrandosi solo, tentatore, in certi momenti, come il richiamo esercitato da una mosca legata a un amo verso un pesce.

Il fulmine gli cadde cosí vicino che Fin istintivamente si chinò, mettendosi in ginocchio, l'immagine della valle davanti a lui impressa sulla retina. Un paesaggio bizzarro e brutale disseminato dei resti di esplosioni di ghiaccio vecchie di milioni di anni. Per un attimo perse quasi l'udito, le narici piene dell'ozono che si era diffuso nell'aria a seguito delle scariche elettriche della tempesta.

Anche Whistler era lí, in quell'immagine scolpita dal fulmine, circa tre o quattrocento metri davanti a lui. Si arrampicava su ammassi giganti di roccia. Poi di nuovo fu inghiottito dalle tenebre.

Alla mente di Fin si affacciarono pensieri assurdi sullo spauracchio che aveva ossessionato l'immaginazione infantile di generazioni di bambini dell'isola: il fuorilegge Mac an t-Stronaich. Un uomo accreditato degli omicidi e delle aggressioni piú brutali di qualunque altro essere vivente. Eppure era realmente esistito, senza dubbio in scala minore rispetto alla leggenda, e aveva cercato rifugio tra quelle montagne per sfuggire alla cattura, prima di essere portato alla fine davanti alla giustizia e impiccato nel 1836. Whistler si aggirava tra le rocce come il suo fantasma.

Un fulmine illuminò nuovamente il cielo e Fin vide le nuvole nere che ruggivano sopra le cime, cariche di umidità e della minaccia di un incombente diluvio. In quel momento capí la follia di quella caccia infruttuosa. Avrebbe lasciato scorrazzare Whistler tra le montagne. Che andasse al diavolo! Lui sarebbe tornato fino al Tathabhal a prendere la sua Suzuki. Avrebbe guidato sino a casa di Whistler e l'avrebbe aspettato lí. Prima o poi doveva tornare e l'avrebbe preso in quel momento.

Un altro lampo illuminò la figura di Whistler che si stagliava sul costone della montagna, in piedi, intento a guardare in basso il pendio con lo sguardo rivolto verso Fin. I capelli gli si scompigliavano tutto intorno alla testa e lui stava lí fiero, come un antico guerriero vichingo, il viso colorato dal fulmine. Il tuono che seguí immediatamente fu cosí vicino da sembrare un pugno. E infine venne la pioggia. Dal nulla. Scrosci improvvisi che ridussero la valle in una nebbia accecante, la prima esalazione della tempesta. La grandine frustò il volto di Fin, spinta da un vento il cui aumento repentino di forza per poco non lo fece cadere. Si voltò e cominciò a fare ritorno quasi alla cieca nella direzione da cui era venuto.

In pochi minuti perse completamente l'orientamento. La visibilità era a zero. Poteva vedere solo durante quei brevi momenti in cui un fulmine spandeva la sua luce. Annaspò a tentoni, seguendo il ricordo che gli era rimasto di pochi metri di strada, fino a quando la fiducia vacillò e si bloccò, in attesa della successiva esplosione di chiarore.

Ben presto si rese conto che stava salendo invece che scendere. Ma quando si voltò verso la discesa non ebbe la convinzione che fosse proprio quella la direzione giusta.

La pioggia gli frustava ininterrottamente la faccia, facendosi strada sotto la giacca verso i polsi e nel collo. Non indossava sovracalzoni impermeabili, e i jeans divennero presto fradici e pesanti. I piedi, nelle scarpe da trekking, erano bagnati e cominciavano già a raffreddarsi.

Si chinò e si tolse lo zaino alla ricerca della torcia e della bussola attaccata a una fettuccia che avrebbe potuto appendere al collo. Strinse la torcia, ma prima che le sue dita si chiudessero intorno alla bussola, lo zaino si riempí di aria per una raffica di vento che lo fece quasi cadere, strappandoglielo di mano. Si tuffò per afferrarlo mentre volava via nella notte, un salto senza speranza nel buio che lo ricompensò solo di aria fredda. Lo zaino era sparito, lui era disteso tra l'erba e l'erica, con l'acqua che scorreva come un fiume sopra la dura superficie impermeabile della torba sotto di lui.

In preda alla disperazione si guardò intorno in cerca del bastone, con il sottile raggio di luce della sua torcia che non riusciva a prevalere sul buio. Era certo di averlo appoggiato accanto a sé quando si era accovacciato per aprire lo zaino. Ma ora era sparito e Fin cominciò a rendersi conto di essere nei guai. Non aveva la bussola né una mappa, nessun bastone che lo aiutasse a mantenersi in piedi. Era bagnato fradicio e iniziava a sentire il freddo infiltrarsi nelle ossa. Non aveva idea di dove fosse né in quale direzione andare. E ormai, di sicuro, in quelle condizioni, anche Whistler si era perso.

Si accovacciò, la schiena contro il vento, cercando di fare una valutazione razionale della sua situazione. Ma tutto il pensiero razionale del mondo non poteva scacciare ciò che gli riempiva la mente: in quelle condizioni erano morti degli uomini. Escursionisti e scalatori esperti, sorpresi da una tempesta tra le montagne, anche se molto ben attrezzati e spesso in pieno giorno, avrebbero rischiato di morire nel giro di poche ore. Fin era inesperto, mal equipaggiato e disperso nel buio. Un passo falso avrebbe potuto causargli una distorsione alla caviglia o una gamba rotta, situazione che lo avrebbe lasciato irrimediabilmente esposto agli elementi. Il freddo lo avrebbe stordito. Il sonno sarebbe giunto in fretta e non ci sarebbe stato alcun risveglio. Sapeva oltre ogni dubbio che doveva trovarsi un riparo, e in fretta.

Chiuse gli occhi e cercò di concentrarsi su dove riteneva di essere. Whistler lo aveva portato attraverso la vallata tra il Mealaisbhal e il Cracabhal, verso sud. L'ultima volta che lo aveva visto era in piedi vicino al costone di ciò che poteva essere il Mealaisbhal alla sua destra.

Fin non si era praticamente mosso da allora, e se fosse salito sarebbe finito nello stesso punto. Non era mai stato nella valle a nord della montagna. Ma si ricordava dai tempi della scuola le storie della Cailleach di Mealaisbhal. Cailleach era la parola gaelica per «donna anziana»: si narrava che avesse ucciso il figlio per poi vivere come una selvaggia nelle grotte di Carnaichean Tealasdale sotto le scogliere a nord di Mealaisbhal. In quella zona dovevano esserci numerose grotte, tra le scogliere e le rocce. Grotte che avrebbero fornito riparo a un uomo per salvarsi la vita.

Decise di continuare a salire.

Con il raggio della torcia puntato sul terreno davanti a sé si fece forza per risalire il pendio, seguendo la via piú breve tra le rocce ammassate alla rinfusa. Erano scivolose e infide e Fin riusciva a malapena a vedere, con la grandine che gli pungeva il volto e la pioggia negli occhi.

Ma riuscí subito a capire quando il terreno cominciò a livellarsi, anche se allo stesso tempo si ritrovò ancora piú esposto alle intemperie. Barcollò in avanti sotto la pioggia, il vento lo sferzava con tale intensità che cadde piú volte. Ma continuò a camminare, nonostante tutti i muscoli e i tendini del suo corpo gli gridassero di fermarsi.

L'ombra di una roccia enorme gli si erse davanti, e Fin girò intorno al lato sottovento, dove trovò un fuggevole riparo dalla corrente. Premette la schiena contro la nuda superficie di quel gigante e rimase senza fiato. Non si era mai sentito cosí piccolo o cosí vulnerabile in vita sua. Le dimensioni e l'estensione della zona e la forza degli elementi lo fecero sentire insignificante.

Si ritrovò a tremare di freddo, a battere i denti. Fermarsi sarebbe stato fatale. Doveva trovare un riparo. Mentre si voltava di nuovo per affrontare la nera incertezza davanti a sé, il cielo venne illuminato da una serie di fulmini che gettarono uno splendore spettrale su tutta la valle sottostante. Fu sorprendente e desolante, in quella luce che non perdonava, vedere un paesaggio cosí estraneo e primordiale che non sarebbe stato fuori luogo sulla luna. Le scogliere si ergevano alla destra di Fin: nere come la pece e luccicanti di pioggia, riflettevano gli sfarfallii dei lampi dall'alto. Poi il terreno scendeva in terrazzamenti e pendii fino a un'ampia valle disseminata di massi grandi come torri, enormi blocchi di gneiss e granito gettati sulla terra da antiche esplosioni di ghiaccio. A volte a grappoli, a volte in singoli pezzi solitari disposti ad angolazioni impossibili, in equilibrio su spigoli, proiettanti ombre allungate come pugni, prima di sparire di nuovo nel buio. Era uno spettacolo che Fin non aveva mai visto.

Proseguendo lungo la gola, una grande massa d'acqua rifletteva la tempesta in chiarori lunghi o brevi, quasi un divino segnalatore Morse nel cielo notturno. Era un lago nascosto nel fondo della valle.

Fin cominciò la discesa, all'inizio lentamente, ogni passo con cautela. Scivolò una prima volta per diversi metri senza riuscire a fermarsi. Poi di nuovo in piedi, e avanti, piú velocemente ora, mentre il peso del corpo lo portava giú, sospinto dal vento che era come una mano gigante posata sulle sue spalle. La sua torcia lampeggiava avanti e indietro attraverso il groviglio di felci ed erica che aveva davanti, prima di illuminare i resti di una pietra fracassata che formava un ripido pendio di detriti da cui precipitavano in basso le ombre scure delle rocce frastagliate. L'acqua piovana scorreva veloce dalla collina formando torrenti e ruscelli, facendosi strada attraverso le pietre su cui Fin camminava. Aveva percorso solo pochi metri quando il ghiaione si spostò alla sua sinistra e poi alla sua destra, guadagnando slancio. Poi, come una valanga, gli afferrò i piedi e lo spazzò via, facendolo precipitare impotente nel buio, le orecchie piene del rumore delle pietre in caduta. Fino a quando qualcosa lo colpí cosí forte da togliergli il respiro. Per un breve, terribile, momento la sua testa fu piena di luce, prima di essere preda di un buio da cui sapeva che non ci sarebbe stato ritorno.

Una tremula luce gialla filtrava lentamente attraverso il velo che appannava la sua coscienza. Portava con sé dolore, paura e un brivido incontrollabile. E anche il faccione pallido di Whistler, con le sue macchie di baffi neri e argento tremolava, simile a una lampadina a fine vita. Il velo era fumo. Uno spesso senso di soffocamento, il fumo caldo che riempiva l'aria. Fin tossí mentre respirava, un colpo di tosse doloroso, e cercò di mettersi a sedere. Ma non poteva. Era avvolto, come in un bozzolo, incapace di muoversi.

Un metro sopra di lui un soffitto di pietra irregolare era inclinato nel buio. Un complesso tracciato di ragnatele pendenti rifletteva la luce delle fiamme che lambivano le tenebre a non piú di cinquanta centimetri dal suo viso.

– Stupido idiota! – sentí la voce tesa di Whistler attraverso il velo. – Se hai intenzione di seguire un uomo in montagna in una notte in cui è prevista una tempesta, dovresti almeno essere preparato.

Fin riuscí a staccarsi la lingua secca dal palato. – Sapevi che ci sarebbe stata una tempesta? – Whistler mostrò i denti.

– Naturalmente. Pensavo che avresti controllato.

Fin vide i propri vestiti bagnati e quelli di Whistler stesi su delle pietre, da dove emanavano un vapore che saliva sul lato opposto del fuoco, e si rese conto per la prima volta di essere nudo dentro il bozzolo. – Dentro cosa mi hai avvolto?

– Un paio di giri di lana e una coperta di alluminio. E continua a rabbrividire, ragazzo. Questo ti genera un aumento della temperatura pari a circa due gradi l'ora. Il bozzolo conserverà questo calore e ti riprenderai. Con un po' di fortuna i tuoi vestiti saranno quasi asciutti domattina –. Si chinò e mise le dita sulla fronte di Fin, il tocco leggero come seta. – Hai preso una brutta botta alla testa, però. Ti ho disinfettato e vestito, ma sarà meglio che tu ti faccia vedere da un medico.

Fin notò che Whistler era seduto a gambe incrociate sul lato opposto del cerchio di pietre che contenevano la torba dalla quale si generavano sia il calore sia il fumo. I suoi lunghi capelli neri erano ancora bagnati, ed erano tirati all'indietro in un groviglio che partiva dalla fronte. Il maglione che aveva sotto la giacca era asciutto, cosí come i jeans protetti da sovracalzoni impermeabili. – Che posto è questo, Whistler?

– Siamo in un piccolo *beehive* a nord di una valle discretamente inaccessibile tra Mealaisbhal e Brinneabhal. Ci sono altri *beehives* qui. Non alveari veri, naturalmente. Ma è cosí che li chiamano gli archeologi. Dio solo sa chi li ha costruiti, o perché. Pastori, forse, quando portavano le pecore fino ai pascoli alti. In ogni caso la maggior parte è in rovina. Solo cerchi di pietra e manto erboso. Questo me lo sono ricostruito io e l'ho rifornito di torba secca. Meglio cosí, vero?

– E che diavolo ci vieni a fare qui?

– Cervi. Lepri di montagna –. Poi rise. – E ho passato molto tempo da queste parti alla ricerca della grotta di spade.

Fin aggrottò la fronte. – Quali spade?

Un sorriso di qualcosa simile all'imbarazzo si disegnò sul volto di Whistler. – Eh sí, è una caccia inutile, lo so. Ma sono sempre stato affascinato dalla storia che ho sentito di un uomo che conosceva queste valli come il palmo della propria mano. Una volta si perse nella nebbia e cadde in una grotta nascosta tra le rocce. All'interno c'erano delle impronte, e vi trovò un mucchio di vecchie spade arrugginite. A decine. Non poteva portarle via da solo, ma era sicuro che avrebbe ritrovato la strada per tornare con gli amici e portarle al villaggio –. Whistler scosse la testa. – Non ci riuscí. Non importa quante volte ci provò, non riuscí piú a trovare quella grotta. Nessuno dubitò mai di lui, però, e ci furono un sacco di speculazioni riguardo alla provenienza di quelle spade e a chi le avesse messe lí.

– E allora?

Whistler si strinse nelle spalle. – E allora niente. Neanch'io le ho mai trovate. La mia teoria preferita era che fossero appartenute agli uomini di Uig che le nascosero agli inglesi dopo la sconfitta dell'esercito giacobita a Culloden. Tutto ciò che era «scozzese delle Highlands» venne proibito, tra cui l'uso del kilt e portare armi. Quindi, se la gente del posto avesse nascosto lí le spade non le avrebbe mai trovate nessuno, ma sarebbero state rapidamente disponibili in caso di bisogno –. Rise. – Mi sarebbe piaciuto sentire il peso di quelle spade giacobite nella mano, Fin. Anche perché valevano una maledetta fortuna –. Inclinò la testa da un lato, gettando uno sguardo indagatore a Fin. – Come ti senti?

– Di merda.

– Bene. Andrà tutto bene fino a quando ti senti in qualche modo.

Prese un bastone robusto e tolse dalle braci parecchie pietre annerite spostandole sul terreno.

– Quando si saranno raffreddate abbastanza da poterle toccare, le avvolgerò nelle tue coperte per generare piú calore. Sotto le ascelle e nella parte posteriore del collo. Dio sa che sei senza cervello, ma quel poco che hai si trova alla base del collo e regola la temperatura interna, insieme alla respirazione e alla circolazione. L'ipotalamo. Dobbiamo tenerlo caldo e in buono stato di funzionamento –. Era tipico di Whistler sputar fuori dalla bocca queste nozioni quasi senza pensarci.

Fin lasciò cadere la testa da un lato, ancora tremante, e udí il suono del vento tonante intorno alla parte esterna di quella piccola costruzione di pietra. – Credo che tu l'abbia fatto di nuovo, – disse.

– Fatto cosa?

– Salvarmi la vita.

Whistler ruggí. – Be', – disse quando fu finalmente in grado di smettere di ridere. – È una tradizione di famiglia –. Sorrise. – E dato che ho sfruttato quello stupido tuo orgoglio per indurti a venire qui, non potevo certo lasciarti morire. Non importa con quanta testardaggine stessi tentando di ammazzarti da solo –. Il suo sorriso lentamente sbiadí per essere sostituito da qualcosa che somigliava a un senso di colpa. Esitò un attimo, poi aggiunse:

– Mi dispiace di averti colpito l'altra sera.

– Anche a me –. Fin fece un sorriso mesto.

– Non avrei dovuto farlo.

– No, non avresti dovuto.

Il sorriso di Whistler tornò, e sbocciò in un'espressione che gli fece ritornare la luce negli occhi. – No. Avrei dovuto uccidere quel bastardo di Jamie Wooldridge. La prossima volta lo farò.

Fin chiuse gli occhi, e per la prima volta da quando aveva ripreso i sensi, sentí i brividi che iniziavano a placarsi un po'. Si rese poi conto che Whistler infilava le pietre calde tra le pieghe delle sue coperte, e sentí il loro calore portare di nuovo la vita al suo corpo congelato. Whistler aveva ragione. Era uno stupido, un idiota.

Si svegliò per un rumore che sembrava la fine del mondo, e sentí la terra muoversi sotto di lui, come se tutta la montagna tremasse. Il fuoco ardeva, e vide la paura e la confusione in faccia a Whistler seduto di fronte a lui. Fin si mise a sedere e si ruppe quasi la testa sul tetto della costruzione. – Che diavolo era?

Il ruggito continuò, superando anche il fragore della tempesta, riempiendo l'aria, col terreno che fibrillava intorno a loro. Whistler posò una mano sul tetto sopra la testa, come se avesse paura che potesse cadergli addosso. – Non ne ho idea –. La sua voce era molto bassa e Fin riusciva a malapena a sentirlo.

– Sembra un terremoto, – gridò Fin al di sopra del rumore.

– Sí. Ma non può essere. Non di tale intensità, in ogni caso –. Il tremore diventò sempre piú violento. Whistler mise entrambe le mani sul tetto come Sansone, ma allo scopo contrario, cercando di non far cadere il tempio. – Gesú Cristo!

Fin non aveva idea di quanto tempo fosse passato. Sembrava

una vita. Una vita a cui pareva mancare un solo istante alla fine. Anche se nessuno di loro lo diceva apertamente, entrambi temevano di essere sul punto di morire, senza una chiara idea del perché. Improvvisamente com'era cominciato, il tremore si arrestò, il rumore si placò e il suono della tempesta ritornò a prevalere.

Rimasero seduti in silenzio senza fiato per qualche minuto, osando appena credere che fosse finita, di qualunque cosa si trattasse, e temendo che avrebbe potuto ricominciare da un momento all'altro.

Poi Whistler si mise in ginocchio e strisciò verso l'ingresso. – Vado a dare un'occhiata –. Spostò la grande pietra piatta che fungeva da porta e Fin sentí un'ondata di aria fredda che fece schizzar via delle scintille dal fuoco e soffiò i tizzoni di torba riempiendo la costruzione della loro strana luce incandescente. Whistler sgattaiolò fuori nella notte e Fin sedette avvolto nelle coperte, pieno di incertezza e apprensione.

Whistler ritornò in meno di un minuto, fradicio, nonostante il poco tempo. I suoi capelli erano scompigliati e spalmati su una faccia insolitamente pallida.

– Allora? – Fin voleva sapere, a ogni costo.

Ma Whistler si sedette di nuovo sul lato opposto del fuoco, stringendosi nelle spalle. – Non sono riuscito a vedere niente. È buio là fuori. Dovremo aspettare fino all'alba.

– Che ore sono adesso?

– Appena passate le due. Altre quattro ore circa.

Fin si sdraiò sulla schiena, ancora in tensione, in attesa che ricominciassero il rumore e l'agitazione. Ma solo la tempesta disturbò la notte, la pioggia e il vento aggredirono il loro piccolo rifugio con la furia di assalitori respinti. La lunga estate secca era davvero finita.

Il risveglio di Fin, alle prime luci del giorno, corrispose al momento in cui aveva trovato Whistler sul crinale in quella strana luce rosa dell'alba, intento a guardare verso il basso nel lago scomparso dove l'aeroplano di Roddy giaceva inclinato tra le rocce.

Diciotto

Jamie infilò le mani fino in fondo alle tasche del Barbour e protese la mascella. – Allora?

– Non è successo niente, – disse Fin. Guardò oltre Jamie e notò lo scetticismo di Kenny.

– Niente?

– Non molto. Whistler mi stava aspettando al lago. Si è scusato per l'altra sera. Abbiamo parlato dei vecchi tempi e abbiamo cercato riparo dalla tempesta.

L'incredulità di Jamie ora era evidente. – L'aereo è stato trovato lontano dal Tathabhal.

Fin fece spallucce. – Perché lo stai cercando?

– Non sarebbero affari tuoi, Macleod, ma sto per dare a Macaskill una notifica di sfratto. Ho pensato di farlo io stesso piuttosto che mandare gli ufficiali giudiziari.

Fin sentí montare la rabbia dentro di sé e guardò Kenny. – E portarti una scorta nel caso in cui ti prendesse di nuovo a calci in culo?

– Non sono sicuro che mi piaccia il tuo tono.

– E io non sono sicuro di voler lavorare per qualcuno che intende buttare un uomo fuori da casa sua.

Jamie si adirò. – Non è casa sua. Né la terra né l'edificio. Suo padre vendette al mio la proprietà della *blackhouse* anni fa per racimolare del denaro per bere. Ho controllato di nuovo i registri. Non risulta un centesimo pagato per l'affitto della casa o del terreno sin dal secolo scorso.

Fin sibilava attraverso le labbra serrate. – Un affitto miserabile. Sarei pronto a scommettere che non stiamo parlando di qualcosa che vale piú di qualche centinaio di sterline. Non è nemmeno una frazione del valore degli scacchi che Whistler tiene in casa –. Fece cenno con il pollice in direzione della *blackhouse*. – Whistler aveva ragione. Tu non vali la metà di tuo padre. Loro due avevano stretto un accordo. Tu sei solo un bastardo vendicativo.

La rabbia ribolliva pericolosamente dentro lo sguardo imperturbabile di Jamie. – E tu sei licenziato! – La sua voce era dura e calma, appena udibile sopra il vento.

– Troppo tardi, – disse Fin. – Me ne sono già andato.

Jamie rimase un attimo fermo, in un silenzio carico di rabbia, ma quali che fossero i pensieri che gli attraversavano la mente, non profferí parola. Si voltò e si avviò giú per la collina verso la sua Range Rover.

Kenny restò a fissare il terreno, imbarazzato. Quando la portiera dell'auto si chiuse, girò lo sguardo verso Fin. – Niente di tutto ciò è opera mia, Fin.

Fin lo fissò per un lungo, difficile, momento, poi annuí. – Lo so –. Fece una pausa. – Dove si trova, Kenny? Sembra scomparso.

Kenny si strinse nelle spalle. – Chi lo sa? – Alzò lo sguardo al di là della casa, verso le montagne. – Potrebbe essere ovunque –. I suoi occhi guizzarono verso Fin. – Ma so dove sarà domani mattina.

Fin aggrottò la fronte. – Cosa intendi dire?

– C'è un procedimento presso l'ufficio dello sceriffo. Per la custodia della piccola Anna. Se non si presenta perderà la causa. Mi aspetto quindi che sarà lí.

Fin lo guardò, gli occhi pieni di costernazione. – Com'è possibile, Kenny, prendere la moglie di un uomo e sua figlia e rimanere ancora suo amico?

– Sei stato lontano dall'isola troppo a lungo, Fin. Non ci si può permettere che le vicende abbiano una ricaduta personale in un posto come questo. Non definirei Whistler un mio amico in questi giorni, ma la nostra storia ci lega molto di piú che l'amore di una donna o la cura di un bambino.

Fin guardò Kenny scendere a grandi passi lungo la collina, dove lo attendeva un Jamie furioso nella Range Rover. In linea con il suo umore il cielo si era chiuso, la luce era scomparsa, e la terra giaceva minacciosa nella semioscurità.

Diciannove

Era una mattinata grigia e squallida, le nubi basse si muovevano veloci sopra la città lasciando cadere una pioggia fine che rendeva tutto lucido e rubava il colore dalle strade, facendole apparire come vecchie stampe in bianco e nero. L'ufficio del giudice, in Lewis Street, era un edificio vittoriano di arenaria chiara, con il tetto spiovente e alti camini in pietra. Si trovava a due porte di distanza dalla Chiesa di Scozia. Uno amministrava la giustizia in terra, l'altra prometteva il giudizio nell'aldilà.

C'era una folla di gente sul marciapiede, radunata alla ricerca di riparo dalla pioggia e dal vento sotto un gruppo di luccicanti ombrelli neri. Testimoni e parenti, colpevoli e innocenti, tutti uguali sotto il cielo triste, a condividere la dipendenza dal tabacco. La maggior parte indossava abiti sobri, con camicia bianca e cravatta scura. Abiti della domenica, per far buona impressione sul giudice. C'era una vecchia barzelletta che girava nel paese da molti anni su come veniva chiamato un uomo che indossava un abito elegante a Stornoway. La risposta, abbastanza appropriata, era «l'imputato».

Fin arrivò da Ness, in ritardo, a causa di un rallentamento dovuto a un camion che aveva riversato sulla strada il suo carico, e non aveva idea se Whistler si fosse presentato all'udienza. Aveva discusso a lungo se dirlo o meno a George Gunn, ma alla fine decise che avrebbe preferito parlare per primo a Whistler.

Rimase solo sul lato opposto della strada, dando le spalle ai cancelli chiusi di un cantiere con un gruppo di edifici in cemento armato e tetti rossi di alluminio. Indossava jeans, stivali, un berretto da baseball e una giacca impermeabile, e teneva le mani affondate nelle tasche, curvo contro il freddo. Era in attesa da mezz'ora quando riconobbe l'assistente sociale che aveva incontrato a casa di Whistler. La donna uscí dalla porta ad arco del palazzo di giustizia alzando verso il cielo un ombrello rosa e facendosi largo tra la folla in attesa. Un paio di avvocati in toga nera si fermarono sui gradini per fumare, quando Whistler si fece strada tra di loro avviandosi verso le porte. Era la prima volta che Fin lo vedeva dopo la scoperta dell'aereo, ed ebbe un'immediata reazione di sollievo.

Ma fu preso alla sprovvista dal cambiamento del suo aspetto. Si era rasato, i capelli lavati e luminosi, raccolti in un ordinato codino. Indossava il suo abito funebre – Fin era certo che non fosse mai andato in chiesa – e la cravatta. Le scarpe nere erano lucidate a specchio. Poteva quasi passare per rispettabile. Ma non aveva il cappotto né l'ombrello. Si voltò, sorpreso, quando Fin lo chiamò e si affrettò ad attraversare la strada per andargli incontro.

– Ti cerco da giorni, Whistler.

L'amico non sembrava contento di vederlo ed evitò il suo sguardo, gli occhi fissi verso un punto in lontananza, come se avesse notato qualcosa di molto piú interessante. – Sono stato occupato.

Fin sorrise. – Capisco. Com'è andata?

Gli occhi di Whistler guizzarono verso di lui per poi spostarsi. – Il giudice ha fissato un'altra udienza fra due settimane per avere il tempo di leggere il rapporto dell'assistente sociale.

Fin annuí. – Sei riuscito a parlare con Anna?

– No –. Gli occhi che guardarono Fin erano scuri e pieni di risentimento.

Fin disse: – Io le ho parlato.

Lo sguardo di Whistler si rabbuiò. – Perché l'hai fatto?

– Ero andato a cercarti a casa tua e lei era lí –. Vide lo sbalordimento negli occhi di Whistler.

– Che cosa ci faceva?

– Stava ricordando com'era prima, Whistler. Con te e sua madre. Desiderava rivivere ancora quei momenti.

– Be', non può. Seonag è morta.

– Ma tu no.

– Quella ragazzina non è interessata a me. Lei pensa che io sia... be', pensa che io sia strano.

Fin non riusciva a trattenere la risata che si stava facendo strada tra le sue labbra. – Whistler, tu *sei* strano! – Fece una pausa per osservare l'inclinazione pericolosa assunta dalla testa di Whistler e la breve fiammata di rabbia nei suoi occhi. – Ma questo non significa che lei non ti ami.

– Non dire cazzate, amico!

– Mi ha detto che per lei tu sei imbarazzo allo stato puro. *Sue* testuali parole. Ma ha anche detto che ti ama. Nel suo modo inimitabile.

Whistler guardò Fin per un lungo momento, senza vederlo. – Non me lo ha mai detto. Mai –. Parlava sussurrando, come se avesse paura di non poter controllare la voce.

– E tu a *lei* lo hai detto, Whistler?

– Che cosa?

– Che *tu* la ami.

Whistler non riuscí a mantenere il contatto visivo e voltò di nuovo la testa.

Ma Fin non gli diede tregua. – Le vuoi bene, vero?

– Sí, certo.

Tale padre tale figlia, pensò Fin. Quei due erano cosí simili. – Allora forse dovresti farglielo capire.

– Io sono il padre. Va da sé.

– Nulla va da sé, Whistler –. Fin fece una pausa. – Come ciò che ti stai tenendo dentro da quando abbiamo scoperto Roddy in quell'aeroplano.

Whistler era diffidente ora. – Di cosa stai parlando?

– Tu non volevi che aprissi la cabina di pilotaggio, vero? Penso che sapessi quello che avrei trovato all'interno. O almeno pensavi di saperlo –. Fin cercò di intuire le reazioni dell'amico, ma una nube di confusione gli era scesa sugli occhi. – Sei rimasto stupito quanto me da ciò che c'era dentro, non è vero?

– Perché non ti fai i cazzi tuoi? – Whistler abbassò la voce a poco piú di un ringhio, ma la minaccia era inconfondibile.

– È questo il motivo per cui hai cercato di evitarmi, Whistler? Nel caso in cui te l'avessi chiesto?

La sua grande mano sbucò dal nulla. Non a pugno, ma col palmo aperto, come il piatto di una pala, e colpí Fin in pieno petto. Fin era impreparato e fece un passo indietro incespicando con il piede sul bordo del marciapiede e cadendo sull'asfalto. Il suo berretto da baseball volò via, dall'altra parte della strada. Whistler incombeva su di lui, con un grosso dito puntato attraverso la pioggia.

– Stai lontano da me, Fin. Stammi lontano. Va bene? – E si voltò sparendo alla vista tra la folla.

Il baccano fuori dai cancelli del palazzo di giustizia era sfumato nel silenzio e tutti gli occhi erano rivolti verso Fin steso sulla strada. Gli avvocati, ancora intenti a fumare sulla soglia, guardarono incuriositi nella sua direzione.

Fin ebbe appena il tempo di riprendere fiato prima che una grossa mano si agganciasse intorno al suo braccio, sollevandolo quasi in piedi. Big Kenny gli porse il cappello, con uno sguardo indagatore. – Che cosa succede, Fin?

Fin vide la preoccupazione negli occhi dell'omone. – Non ne ho idea, Kenny. Vorrei proprio saperlo anch'io.

Vide Anna Bheag in piedi fuori dal cancello con un gruppo di compagni di scuola. Sul suo viso c'era stupore e ostilità; il metallo che lo ornava scintillava sotto la pioggia. Fin vide anche che qualunque tipo di rapporto avesse instaurato con lei quel giorno a casa di Whistler era ormai dimenticato. Per un attimo sembrò che stesse per parlare, poi si voltò verso i suoi amici. – Andiamo, – disse, e il gruppo di ragazze adolescenti si diresse veloce verso Francis Street. Fin dubitava che stessero andando a scuola.

Rimuginò cupo sul comportamento inspiegabile di Whistler per tutto il lungo viaggio di ritorno lungo la costa occidentale.

Ottobre era ormai dietro l'angolo e l'inverno che si avvicinava per la prima volta stava facendo sentire la sua presenza. L'estate indiana aveva ingannato l'autunno, e sembrava quasi che il clima dovesse saltare direttamente dall'estate all'inverno. La temperatura era scesa e il vento soffiava da nordovest, tagliente come un rasoio. La pioggia, pungente e fredda, portava la promessa della grandine.

I villaggi si susseguivano uno dopo l'altro, sotto la pioggia, davanti ai finestrini dell'auto di Fin. Umidi e bui, distesi lungo la strada come tante piccole scatole infilate su un filo, senza alberi e nudi, esposti agli agenti atmosferici. Solo pochi arbusti resistenti crescevano in quel terreno torboso dove anime speranzose avevano fatto vani tentativi di creare giardini e prati in una scorbutica brughiera. Barabhas, Siadar, Dail, Cros. Ognuno con la sua sala di preghiera o una chiesa, un occasionale negozio o una stazione di servizio. Piccole scuole elementari. E rivendite di ceramica per turisti create da nuovi arrivati, come se l'isola stessa e le persone che ci vivevano fossero casuali.

Quando giunse a Ness, Fin vide onde bianche infrangersi lungo tutta la costa di nordovest, e le stoppie cresciute intorno alle lapidi sul terreno sopra la scogliera dove gli abitanti di Crobost avevano seppellito i loro morti per centinaia di anni. Il pensiero di passare lí un altro inverno si chiuse intorno al suo cuore come dita gelide. I lavori per il ripristino della casa dei suoi genitori si sarebbero fermati, e, senza un impiego retribuito, avrebbe condotto un'esistenza senza scopo né direzione. Dopo le svolte sbagliate che aveva imboccato a tutti i crocevia della sua vita, sembrava che alla fine si fosse davvero perso.

Pensò a Donald, e al suo monito sul fatto che Fin era sempre solo con il proprio dolore e il proprio odio. Il dolore per il figlio morto, l'odio per l'uomo che lo aveva ucciso ed era sfuggito alle conseguenze. Ma Donald aveva dimenticato la disperazione. La disperazione di una vita e di un amore sprecato. Mona, la donna che aveva dato alla luce suo figlio, ma che lui non aveva mai amato. Marsaili, il cui amore aveva gettato via con indifferenza. Avrebbe potuto tornare nel suo letto, ancora una volta, ma qualcosa di prezioso si era perduto tanti anni prima senza che riuscissero mai del tutto a ritrovarlo. Proprio come quelle anime perse di mezza età che cercano il loro passato sui social network, solo per scoprire che la realtà dell'oggi non può mai essere all'altezza dei ricordi a tinte rosee.

Quasi invidiava la fede di Donald. «La sensazione di non essere mai da solo», aveva detto, e Fin si chiese come doveva essere.

Mentre guidava fino a superare la Chiesa libera di Crobost, vide una strana macchina parcheggiata accanto a quella di Marsaili sulla ghiaia oltre il bungalow. Quando le fu di fianco notò che si trattava di un veicolo del luogo, ma non conosceva il proprietario. Sull'isola si riconoscevano gli amici per strada dal numero di targa dell'auto. I parabrezza erano di solito troppo bagnati, o di tanto in tanto vi si rifletteva troppo sole per riuscire a riconoscere i volti dietro le ruote. Sceso dalla sua jeep, Fin sbirciò attraverso il finestrino del guidatore e vide un contratto di noleggio auto sul sedile del passeggero.

La curiosità lo spinse lungo il sentiero e sulle scale fino alla porta della cucina. Aprí del tutto la porta e sentí voci di donne che ridevano; poi il silenzio, quando si lasciò alle spalle il vento per entrare nel calore della casa. Marsaili era in piedi, appoggiata contro il piano di lavoro, e cullava una tazza di tè tra le mani. Una donna con i capelli corti scuri e un lungo cappotto nero era seduta al tavolo della cucina, una tazza appoggiata sul sottobicchiere che aveva di fronte. Guardò speranzosa verso Fin, con un pizzico di amaro divertimento negli occhi.

Era Mairead.

Venti

Credo che la mia ossessione per Mairead sia iniziata sin dal primo giorno in cui la vidi nella sala prove dell'istituto Nicolson.

Avevo rotto con Marsaili qualche tempo prima ed ero arrivato a Stornoway a quindici anni, pieno di fantasie e di testosterone. Mairead mi apparve come una luminosa stella sorta da Uig mentre il sottoscritto, un ragazzo di Ness col viso fresco e semplice, iniziava il suo primo anno alla Nicolson, con in bocca ancora il sapore del latte. Lei era una dea, con una voce che faceva venire i brividi lungo la schiena.

Naturalmente c'erano altre ragazze di bell'aspetto a scuola, ma Mairead era di un'altra categoria. Lei era splendida, con quel suo portamento e quella sua autostima, trasudava una sensualità latente che sembrava creata con il preciso scopo di infiammare le passioni di un ragazzo adolescente.

Ricordo che aveva delle belle mani, delicate, con le dita lunghe e le unghie curate alla perfezione. Il suo volto era piacevole, ma anche forte. Era alta, e camminava ondeggiando i fianchi e con i seni sempre ostentatamente tesi nella divisa scolastica. I suoi capelli erano castano-ramati, mossi da un'onda naturale, e a quei tempi li portava lunghi sulle spalle, o tirati indietro in una coda di cavallo avvolta in uno chignon e fissata con dei fermagli.

Ma furono i suoi occhi a stregarmi. Scuri, blu profondo, con un cerchio un po' piú scuro intorno all'iride, perennemente allegri, interrogativi e unici. Ricordo la prima volta che mi guardò. Lo stomaco si capovolse ed ebbi la consapevolezza delle ginocchia che si mettevano a tremare.

Io non ero certo l'unico ragazzo perdutamente innamorato di lei. In effetti, dubito che ci fosse un solo ragazzo nella scuola che non lo fosse. Fatta eccezione per Anndra, un ragazzo piuttosto tranquillo di Carloway, che si rivelò essere gay.

Ovviamente, Mairead era fin troppo consapevole dell'effetto che suscitava, e non sarebbe stata umana, suppongo, se non si fosse un po' montata la testa. Ci prendeva in giro, ci tormentava e giocava con noi come se fossimo dei bambini. E a livello mentale, a essere sinceri, era diversi anni avanti a noi, rispecchiando il classico divario tra ragazzi e ragazze adolescenti della stessa età. Mi faceva pensare a *Girl*, la canzone dei Beatles che sentivo cantare a mia zia. Parlava di una ragazza che ti stordiva solo per divertimento, che dava per scontata la tua adulazione, e ti faceva del male solo per il gusto di farlo. Pensieri cosí commoventi, dalla penna di un ancor giovane John Lennon, nati senza dubbio da un'esperienza diretta. Un'altra Mairead.

Cantare e suonare con i Sòlas pose Mairead in un'altra dimensione, issandola su una sorta di piedistallo. Soffriva della sindrome della star, anche in quei giorni. Ma niente di tutto ciò affievolí il mio ardore. Il fatto che fosse cosí incredibilmente irraggiungibile in qualche modo la rendeva ancora piú desiderabile.

Fu solo l'anno successivo che ebbi il mio primo incontro ravvicinato con lei.

Era l'inizio dell'estate, prima delle vacanze, e il gruppo dei motociclisti si era già trasferito lontano da Holm Point dopo essere venuto a conoscenza della storia della *Iolaire*. Eravamo tutti a Gary Beach con le moto. In quel periodo stavo già con i Sòlas da circa un anno e mezzo, e avevo accettato da tempo che una storia con Mairead non era scritta nel mio destino. Ciò non mi aveva impedito comunque di ammirarla da lontano e arrossire ancora come un idiota quando mi parlava. Ma, per quanto riguarda il sesso opposto, avevo iniziato focalizzando le mie attenzioni su ciò che era raggiungibile. Anche se, va detto, in modo non molto efficace.

Il rapporto tira e molla tra Mairead e Roddy era in uno dei suoi frequenti periodi negativi, e lei quel giorno si era fatta dare un passaggio da Whistler per andare a Tolastadh, penso per far ingelosire sia Roddy sia Strings.

Quel che era iniziato con la promessa di un pomeriggio rilassante sotto il sole d'estate svaní rapidamente. Nuvole scure rotolavano da ovest sopra la brughiera, portandosi dietro un vento freddo e l'indizio di pioggia imminente. Eravamo una dozzina, scherzavamo, fumavamo, immergevamo i piedi nelle acque gelide del Minch e correvamo urlando lungo la spiaggia mentre le onde si infrangevano sui nostri polpacci.

Ce la prendevamo piú comoda possibile, non volevamo che finisse. Poi, con le prime gocce, decidemmo, un po' troppo tardi, di tornare a Stornoway.

Per quanto si sforzasse, Whistler non riusciva a far partire il suo ciclomotore. Alcuni degli altri se n'erano già andati, e quelli di noi che erano rimasti non avevano certo voglia di star lí a lungo sotto la pioggia.

Io stesso dissi a Whistler, sorridendo: – Godetevi la passeggiata di ritorno –. Non avevo dubbi che ce l'avrebbe fatta, alla fine, ma era divertente prenderlo un po' in giro.

Lui si girò verso di me con la sua solita delicatezza. – Ma vaffanculo, Macleod.

Misi in moto e stavo per andarmene, quando una voce mi chiamò: – Fin, aspetta!

Mi girai e vidi Mairead correre sulla sabbia. Aveva una rivista aperta sopra la testa, ma non serviva a molto per ripararla. Aveva il viso arrossato e gli occhi brillanti.

– Ho bisogno di un passaggio.

Il cuore mi batteva forte. – Non vuoi aspettare Whistler?

Lei fece una smorfia. – Vorrei tornare a casa *prima* che finisca la settimana.

Mi misi a ridere, un po' nervosamente, e mi guardai intorno. C'erano molti altri a cui avrebbe potuto chiedere un passaggio ma lei aveva scelto me. Ormai avevo la bocca asciutta. – Certo, – risposi. E stavo per dirle di salire, ma lei aveva già messo una gamba sopra la ruota posteriore per sedersi a cavalcioni facendo scivolare le braccia intorno alla mia vita.

– Andiamo, allora, – gridò al di sopra del rumore del mio scooter da 50 cc. – Mi sto bagnando.

Diedi gas e rilasciai la frizione, accelerando di fronte al parcheggio verso la strada, facendo slittare la ruota posteriore e sbandando a destra e sinistra per fare colpo su di lei. Sentivo le sue braccia stringersi intorno a me. Un brivido attraversò tutto il mio corpo e culminò in una profonda fitta di desiderio nei lombi. Mi voltai e vidi Whistler, in piedi di fianco alla sua moto, che ci fissava. La pioggia cominciò a cadere sul serio.

Di solito ci volevano circa venticinque minuti per tornare a Stornoway, ma quel giorno impiegai ben piú di mezz'ora. Potrei accampare la scusa di essere andato piú adagio a causa della pioggia. Ma la verità era che non avrei mai voluto che quel viaggio finisse. Anche se in pochi minuti ci ritrovammo entrambi bagnati fino alle ossa, la sensazione delle braccia di Mairead intorno a me era inebriante, i palmi aperti appoggiati sul petto, la morbidezza del suo corpo contro il mio, i suoi seni sodi premuti sulla schiena. Sentivo il calore passare attraverso i nostri corpi e penso di non essere mai stato cosí eccitato in vita mia.

A un certo punto la sua testa si appoggiò alla mia spalla. Avrei voluto cosí tanto potermi girare e guardare il suo viso, trovare i suoi occhi, le sue labbra e baciarla dolcemente. Ma non osai staccare lo sguardo dalla strada.

La mia mente ribolliva di emozioni contrastanti. Il desiderio, la paura, e mille possibilità immaginarie. Che cosa avrei potuto dirle all'arrivo in città? Come avrei potuto far durare quel momento? C'era anche una minima possibilità che mi avesse chiesto il passaggio perché in segreto le ero sempre piaciuto? Provai a inventare almeno una decina di proposte nella mia testa. «Cosa fai stasera?» «Ti va di andare a bere un caffè?» Suonavano tutte banali e prive di ingegno o ispirazione.

Quando finalmente arrivammo all'inizio di Matheson Road e girammo in Springfield Road, mi fermai al marciapiede del cancello della scuola. La maggior parte degli altri era arrivata prima di noi. Tutti fradici. Ma aveva smesso di piovere, e stavano lí a gruppetti a chiacchierare e ridere. Mairead passò la gamba al di sopra della ruota posteriore e mi sorrise. Aveva i capelli bagnati lungo tutto il viso. Li scostò dagli occhi con le sue dita eleganti, e pensai che non l'avevo mai vista cosí adorabile.

I miei occhi vennero immediatamente attratti dal bagliore della camicetta bianca sotto la giacca bagnata e resa trasparente dalla pioggia, lasciandomi scioccato nel vedere il contorno dei suoi seni e i cerchi piú scuri delle areole visibili attraverso un reggiseno sottile. Lei abbassò lo sguardo per vedere cosa stavo guardando, ma si limitò a sorridere, abbottonandosi la giacca lentamente, senza fretta e senza imbarazzo, gli occhi fissi nei miei, fin troppo consapevole dell'effetto che mi stava facendo. Penso di essere arrossito come una femminuccia. E tutte le frasi che andavo ripetendomi nella testa scomparvero in un mare di ormoni. Non riuscii a trovare una sola parola da aggiungere.

Lei disse: – Grazie, Fin. Ci vediamo piú tardi –. E corse a unirsi ai suoi amici. È uno dei momenti della mia vita che ho rivissuto piú volte. E ogni volta le restituisco il sorriso, senza arrossire, dicendo qualcosa di intelligente che la conquista. Quanto possiamo essere intelligenti *dopo*, quanto soave e sofisticata è la nostra immaginazione! Donald avrebbe saputo cosa dire e fare, e senza dubbio sarebbe finito a letto con lei. Magari non quella notte, ma qualche altra volta. E chi lo sa? Conoscendo Donald, forse lo ha fatto davvero.

Il mio incontro ravvicinato del secondo tipo avvenne non molto tempo dopo. Mi trovavo a Uig, il fine settimana successivo. La band non era impegnata in concerti, e io e Whistler avevamo deciso di andare con la tenda in montagna a fare un po' di pesca alla trota di frodo. Piantammo la tenda sulle rive di uno dei tanti *lochs* a ovest di Brinneabhal. Il paesaggio si apriva sotto le montagne, regalando la vista sulla brughiera e sulla fertile pianura verso la scogliera, mentre le onde dell'Atlantico si frangevano in spuma bianca lungo tutta la costa.

Le nubi erano cosí basse da impedire la vista delle cime delle montagne, e la pioggia si muoveva sul lago come fosse nebbia. Noi eravamo seduti con i nostri impermeabili e gli stivali di gomma tra le rocce lungo la riva, la tenda montata, le canne da pesca sollevate, dopo aver lanciato nell'acqua scura, increspata. Nessuno di noi due aveva particolarmente fretta di catturare un pesce. Tanto ce l'avremmo fatta, lo sapevamo. Il lago ne era pieno. Per essere contenti ci sarebbero bastate un paio di trote da arrostire sul fuoco quando ci fosse venuta fame. Quelli sono giorni della mia vita a cui ripenso con grande nostalgia. Momenti ormai lontani, che mi auguro possano essere rivissuti. Sogno irrealizzabile, naturalmente.

Per un po' non parlammo. Ma era un silenzio confortevole. Le migliori amicizie sono quelle che non hanno bisogno di parole per riempire i silenzi.

All'improvviso Whistler disse: – Come mai diventi mezzo scemo ogni volta che Mairead ti guarda appena?

Rimasi cosí sconcertato che girai la testa per fissarlo negli occhi, ma non mi venne in mente nemmeno una parola per replicare. Alla fine mormorai: – Ma veramente?

Whistler mi lanciò una delle sue occhiate. – Eh, sí.

Questo mi diede il tempo di riprendermi e smentirlo. – Non faccio cosí!

Ora rideva. – Ti piace, vero?

Non potei negarlo. – A chi non piace?

Guardò verso l'acqua. – Non è la ragazza che immagini, sai?

– Ah no?

Scrollò le spalle. – Tutti pensano che sia superfiga, supertosta, persino arrogante. Egocentrica e piena di sé.

Non dissi niente. Non avrei saputo descriverla meglio di cosí.

Ma Whistler scosse la testa. – La verità è che, al di sotto di questo atteggiamento, è una ragazza profondamente insicura.

– Come fai a saperlo?

Teneva gli occhi sul punto in cui la sua lenza entrava nell'acqua. – Io e Mairead stavamo sempre insieme ai tempi delle elementari e delle medie. L'ho anche portata al ballo di fine scuola.

Era la prima volta che sentivo parlare del rapporto che Whistler e Mairead avevano avuto in passato e guardai il mio amico stupito e geloso. – Wow. Cos'è successo? Voglio dire, perché non state piú insieme?

Spinse la mascella e piegò la testa di lato. – Tutte le cose belle hanno una fine.

Come immaginavo, Kenny mi disse poi che era stata l'intromissione di Roddy a far finire tutto. Ma Whistler quel giorno non aveva intenzione di ammetterlo.

– Il fatto è che la conosco. Sono cresciuto con lei. Non è proprio come appare. È confusa e incasinata, e… be', cerca di sembrare diversa da com'è in realtà –. Mi guardò. – Per questo lei e Roddy vivono in un continuo stato di tira e molla. Le piacerebbe essere la ragazza di Roddy. Come idea, intendo. Ma di fatto lei non è cosí –. Poi sorrise. – Penso che tu le piaccia un po'.

Mi sentii arrossire fino alla radice dei capelli. – Merda!

– Ehi. Lei avrebbe potuto scegliere chiunque per tornare a

Stornoway l'altro giorno. Ma ha scelto te, Fin. E ho visto il modo in cui ti guarda.

– Oh, piantala! – Smisi di sentirmi imbarazzato e pensai che mi stesse prendendo in giro.

Whistler si strinse nelle spalle. – Fa' come vuoi –. E rivolse di nuovo lo sguardo verso il lago. – Pensavo che ti fosse utile saperlo, in modo da non perdere la grande occasione venerdí prossimo.

Aggrottai la fronte. – Che cosa succederà venerdí prossimo?

– Big Donald Ruadh e Ceit «Cat» Mackinnon si sposano a Mangurstadh. Sei stato invitato, giusto?

– Oh. Sí –. Me ne ero completamente dimenticato. Donald Ruadh era di Ness, un cugino di secondo grado o qualcosa del genere. Non l'avevo mai saputo. Non era raro essere parente di qualcuno senza saperlo. Aveva dieci anni piú di noi ed era il classico tipo a cui piace godersi la vita. L'ultima cosa che ci si poteva aspettare era che si sposasse. Meno che mai con una ragazzina di Uig che non aveva nemmeno messo incinta. Il matrimonio si sarebbe celebrato alla chiesa di Baile-na-Cille e la festa a casa di Ceit, a Mangurstadh. Uno di quei matrimoni che durano tutta la notte e finiscono con la colazione la mattina dopo. Ed è per questo che era previsto al venerdí e non al sabato. Perché in quel caso i festeggiamenti sarebbero finiti a mezzanotte con l'inizio del giorno del Signore.

Whistler disse: – Be', anch'io, Roddy e Mairead siamo invitati. E senza dubbio Roddy porterà Cairistiona –. Cairistiona era l'ultima fiamma di Roddy. Una fiamma che avrebbe tremato e sarebbe svanita nel momento stesso in cui Mairead lo avesse voluto di nuovo con sé. Ma per il momento Mairead era libera, e Whistler aggiunse: – Il che significa che Mairead è disponibile per chiunque di noi le chiederà di ballare –. I suoi occhi ora brillavano, il sorriso era malizioso. – Sei pronto per la sfida, ragazzo?

– Sfida?

– Sí. Al vincitore il bottino. O forse non hai le palle per farti avanti con lei.

Fu facile, seduto lassú, entrare nello spirito della sfida, immaginando di andare verso Mairead e chiederle di ballare. E, ancora meglio, il pensiero di sentirla rispondere di sí, e poi tenerla stretta, il calore del suo corpo contro il mio e la morbidezza dei suoi seni contro il mio petto mentre la stringo tra le braccia. È facile sognare quando si è a un milione di chilometri dalla realtà. Ma il ricordo di lei, seduta dietro sulla moto con le braccia intorno a me, era ancora fresco nella mia mente e per un attimo credetti che tutto fosse possibile.

Sorrisi di nuovo a Whistler. Lui l'aveva avuta e l'aveva persa. Forse era il mio turno.

La piccola chiesa di Baile-na-Cille si trovava sulla collina sopra le dune erbose e aveva una vista panoramica sulle spiagge di Uig. Era affollata per la cerimonia. Restavano solo posti in piedi. Era tardo pomeriggio di venerdí e quando ritornammo a Mangurstadh si erano fatte quasi le sette. Era ancora pieno giorno, poiché era da poco passato il solstizio d'estate e ci sarebbero volute ore prima che il sole si immergesse nell'oceano, oltre l'orizzonte lontano. E anche in quel caso il cielo non si sarebbe mai fatto del tutto buio.

I genitori di Ceit Mackinnon vivevano in una casa alla fine di uno sterrato in direzione della spiaggia di Mangurstadh. C'erano due costruzioni, una dietro l'altra, e un grande fienile in pietra con un tetto ondulato color ruggine in cui si sarebbe svolta la festa. Le macchine degli invitati erano parcheggiate ovunque lungo il sentiero, a partire dalla strada e sino al campo accanto a un recinto per pecore abbandonato.

Da quel punto si poteva vedere la spiaggia e, piú oltre, un tratto di terra all'estremità sud della baia, formato da scogliere che avevano resistito per eoni agli assalti dell'Atlantico. Terra verde, fertile pianura costiera con dune erbose, punteggiata da piccole fattorie sparute e serpeggianti dighe ormai da tempo inutilizzate. A sud e a est le cime delle montagne erano immerse nelle nubi. A ovest, il mare luccicava al sole. La giovane coppia era stata fortunata con il tempo.

Tra la folla in chiesa ero riuscito a scorgere Mairead solo per un attimo. Ero arrivato in un minibus bianco con un gruppo di invitati provenienti da Ness, ed ero con loro mentre andavo verso la casa. Quando arrivai, Mairead era in cucina con tutte le donne di Uig, intente a preparare il pranzo.

Avevano predisposto due lunghi tavoli. Uno in salotto, l'altro in sala da pranzo. Ma non erano sufficienti per tutti gli invitati.

Sapevamo che avremmo mangiato a turni, e cosí ce ne stavamo fuori a fumare, ridere e bere birra da alcune grandi botti che gli sposi avevano portato da Stornoway. Fu una lunga attesa.

Alcuni invitati arrivarono portando polli e conigli per il pranzo. Poiché non si deve mai arrivare a un matrimonio con un animale morto, dovettero essere uccisi lí per lí, spennati o scuoiati, infine sventrati e cotti. Ma non c'era fretta, nessuno se ne sarebbe andato fino al mattino seguente.

Vidi Whistler una o due volte, ma era impegnato con la gente di Uig. Ognuno stava col gruppo del proprio villaggio, come fazioni in un raduno tribale. Ci si sarebbe mescolati una volta iniziate la musica e le danze. Poi la birra e il whisky, infilato in fiaschette nelle tasche posteriori della maggior parte degli uomini, avrebbero allentato le inibizioni facendo passare a tutti dei bei momenti.

Quando arrivò il turno di mangiare per quelli di Ness era ormai tardi, e la luce si stava affievolendo. Io mi ero già scolato un bel paio di birre, avevo il viso paonazzo e mi sentivo un po' instabile. Un sacco di uomini erano vestiti con il kilt. Ma io non l'avevo e indossavo il mio abito migliore, che era però consunto intorno al sedere e ai gomiti. Avevo allentato la cravatta blu scuro e mi ero aperto il colletto della camicia bianca. Riuscivo a malapena a mangiare per la tensione, perché sapevo che prima o poi mi sarei trovato di fronte a Mairead con la grande domanda.

Le ragazze non hanno idea di quanto sia difficile per un adolescente trovare il coraggio di chiedere un appuntamento o un ballo. Si deve sempre prendere l'iniziativa, correndo però il rischio di ricevere un rifiuto e quindi un'umiliazione. E cosí mi ritrovai a rimandare quel momento.

Finito di mangiare, cercai i ragazzi di Ness che erano sul retro e ci radunammo a parlare, fumare e guardare il mare increspato che cambiava colore, passando dal rame al rosso sangue, prima di dissolversi in una foschia blu scuro, con una macchia all'orizzonte formata dalle isole dell'arcipelago di St Kilda che sparivano nel crepuscolo. Sentii che nel fienile avevano iniziato con la musica. Una fisarmonica e un violino. Cercai Whistler, ma lo vidi solo per un attimo. Sembrava passato molto tempo da quando mi aveva strizzato l'occhio facendomi un segno di okay con il pollice sopra le teste degli altri invitati, prima di sparire nel granaio.

Poi lo vidi uscire, a testa bassa, le mani affondate nelle tasche. Mi passò davanti e si allontanò in direzione del vecchio sentiero per i carri che scendeva verso la spiaggia. Spensi la sigaretta e gli corsi accanto.

– Cosa c'è che non va?

Non girò nemmeno la testa. – Vaffanculo, – disse ringhiando.

Cercai di afferrargli il braccio per farlo fermare, ma si liberò della mia stretta. – Cosa è successo, Whistler?

– Non vuole ballare con me –. Si voltò a guardarmi, gli occhi persi sotto le sopracciglia aggrottate. – Sono stato con lei quasi sei anni a scuola, e mi ha scaricato. Ha detto che stava aspettando qualcun altro –. Si guardò di nuovo intorno. – Suppongo sia tu.

– Non è possibile!

– Be', chi altro allora? Roddy è seduto in un angolo a sbaciucchiarsi quella Cairistiona. Strings è con una ragazza del terzo anno. E Mairead non guarderebbe nemmeno di striscio Skins o Rambo, te lo posso garantire –. Rivolse un ghigno sprezzante nella mia direzione. – Puoi essere solo tu. Altrimenti perché ti avrebbe chiesto di riportarla a Stornoway?

Riuscivo a malapena a crederci. Davvero Mairead Morrison era in attesa che io andassi nel fienile per chiederle di ballare?

– Vai, cretino. Meglio arrivare lí prima che si stufi e dica sí a qualcun altro.

Il fienile mi era parso enorme quando ero entrato prima e non c'era nessuno. Ora era strapieno e sembrava molto piccolo. La gente stava a gruppi di due o tre lungo le pareti. Mentre nel centro del pavimento fangoso cosparso di fieno si ballava con grande allegria. Uomini e donne si fronteggiavano in file contrapposte, in attesa del momento di fare un passo avanti e prendere sottobraccio il partner per ballare.

C'erano delle lanterne appese alle travi, e il fumo saliva sino al tetto assieme alla musica e alle risate. Notai Mairead in piedi da sola in fondo al fienile che scrutava ansiosamente sopra le teste di chi stava ballando, come se cercasse qualcuno. Feci un respiro profondo aprendomi un varco tra la folla. Lei mi vide arrivare e mi fece uno dei suoi sorrisi. – Ciao Fin. Ti stai divertendo?

– Certo, – dissi, improvvisamente incerto, dovendo urlare per sovrastare il rumore. Adesso o mai piú. – Vuoi ballare?

Lei sorrise. – Mi piacerebbe –. E per un momento tutto il mondo si fermò. – Ma sono venuta con un altro e non credo che sarebbe molto felice se accettassi di ballare con te.

Mi sentii come un palloncino in cui avevano infilato una puntina da disegno. – Chi? – Non potei fare a meno di chiedere.

– Whistler, naturalmente –. E sorrise appena. Whistler apparve tra la folla prendendole la mano e portandola via. Rimasi a bocca aperta, incredulo, Whistler si girò verso di me, il volto diviso dal piú ampio dei sorrisi. Mi fece l'occhiolino e infilò un braccio attorno alla vita di Mairead.

La cosa peggiore, credo, è che ero intrappolato lí con la mia umiliazione. Avrei voluto solo andare a casa, ma non potevo. Dovetti sopportare una lunga notte di compagnia maschile, sigarette e birra, vedendo piú volte Whistler e Mairead entrare e uscire dal fienile.

Quando finalmente riuscimmo a smaltire la sbornia grazie alla colazione della mattina seguente e salimmo sul minibus per tornare a casa, la mia umiliazione fu sostituita dalla rabbia. Mi resi conto allora che la gelosia di Whistler era iniziata il giorno in cui Mairead aveva fatto ritorno in città con me, e tutta questa messa in scena al matrimonio era stata il suo modo di avvertirmi. Mi ci volle molto tempo per superarla. Non credo di aver piú parlato con lui fino a dopo le vacanze.

Ora mi è chiaro che deve aver disperatamente cercato di riconquistarla. Che era sempre stato innamorato di lei e lo sarebbe sempre rimasto. E che nonostante il tira e molla con Roddy aveva nutrito la speranza che un giorno sarebbe tornata da lui. Una speranza miseramente naufragata al quinto anno, quando lei fu pronta a imbarcarsi per un viaggio che lui non poteva fare, lungo una strada su cui non sarebbe mai potuto andare.

È per questo che Whistler prese la decisione di rimanere a casa mentre il resto di noi partiva per Glasgow. L'aveva perduta, e non voleva recitare il ruolo del povero innamorato respinto per tutti gli anni dell'università. E quando mi guardo indietro ora, con il senno di poi, non sento rabbia. Solo tristezza.

Quello che non avrei mai sognato allora era che la mia fantasia di una storia con Mairead si sarebbe finalmente realizzata tre anni dopo, durante il mio sfortunato secondo anno all'università di Glasgow.

Era da un anno e mezzo che facevo da assistente e autista alla band, dando sempre meno importanza ai miei studi, e sentendomi sempre piú infelice e insoddisfatto della vita e di me stesso. Ero caduto in una sorta di spirale negativa a seguito della rottura con Marsaili. Stare con gli Amran era un'attività che mi permetteva di non pensare, mi faceva guadagnare il denaro che mi serviva e mi dava la possibilità di farmi una serie di fan disposte a venire a letto con l'autista che in qualche modo rappresentava la band. Una sordida e insoddisfacente successione di incontri sessuali che non contribuí per nulla ad aumentare la mia autostima.

Non sono mai stato uno che cerchi rifugio nel bere o nelle droghe, ma feci la mia parte con l'alcol e fumai piú spinelli di quanto avrei dovuto. Il mio vero problema era l'apatia. Non me ne fregava niente di niente.

Era inverno inoltrato, intorno a febbraio o marzo. Avevamo suonato a un concerto da qualche parte a sud della città e poi eravamo stati invitati a una festa in uno di quegli enormi palazzi rossastri di Pollokshields. L'edificio si stagliava orgoglioso nella parte alta di un giardino dalla forma irregolare, circondato da alberi di castagno, neri e forti nella loro nudità invernale. Un terreno in un angolo che deve essere stato grande almeno un paio di ettari.

Un enorme giardino d'inverno con elaborati tetti ricurvi era stato costruito sul retro della casa per contenere una piscina coperta. La casa era arredata con gusto. Tappeti di lana spessa, accatastati, stampe firmate alle pareti, mobili d'antiquariato. Costosissimi cristalli e ornamenti di porcellana allineati su mensole all'interno di armadietti. Non era esattamente il posto ideale per cinquanta o sessanta ragazzi con droghe e bevande varie che avevano intenzione di spassarsela.

La storia tra Mairead e Roddy, a quanto pareva, era finita per sempre, e Roddy era lí con la sua nuova fidanzata, una bella ragazza bionda di nome Caitlin. Eravamo nella casa dei suoi genitori, partiti per una vacanza. Il fratello di Caitlin, Jimbo, si era autonominato guardiano al loro posto. Era un ragazzo sgradevole con un taglio di capelli modaiolo e un orecchino solo. Sembrava avere diverse ragazze a portata di mano, e se ne stava impettito nelle sue scarpe Gucci e vestito Armani, come volesse ostentare che la casa era di sua proprietà.

L'alcol scorse a fiumi, e verso l'una o le due del mattino quasi tutti si ritrovarono a fare il bagno nudi in piscina, versando champagne e urlando per farsi sentire al di sopra del volume altissimo dell'impianto stereo.

Ero stanco e stufo e non volevo avere a che fare con nessuno. Mi sedetti nella sala principale, sdraiato sul divano, con una lattina di birra in mano, guardando un video nel televisore piú grande che avessi mai visto. A dire il vero non so se si può dire che guardavo veramente qualcosa. Non ricordo che cosa veniva trasmesso. Un film forse, o dei video musicali. Gomma da masticare per gli occhi. E per il cervello.

All'inizio mi resi conto a malapena che qualcuno si era seduto accanto a me. Fino a quando non sentii il calore di una coscia premuta contro la mia e un profumo cosí familiare da essere quasi confortante. Girai la testa e vidi Mairead che mi sorrideva, un sorriso che un tempo mi accelerava il polso. Ma c'ero abituato ormai, e non mi fidavo.

– Che ci fai qui da solo? – chiese.

Mi strinsi nelle spalle. – Vorrei essere da qualche altra parte –. Ma era bello poter parlare di nuovo in gaelico.

– Sveglia!

Alzai un sopracciglio. – Non devi stare qui per forza. Puoi prendere un taxi e andare a casa quando vuoi. Io invece devo aspettare che ci sia qualcuno disponibile a darmi un passaggio alla fine della festa.

Anche se avevo smesso di pensare a lei in quel periodo, avevo ancora soggezione della sua bellezza. I suoi capelli scuri erano tagliati corti, come dopo l'incidente sulla Road to Nowhere, ed era diventata una donna incredibilmente bella. Le caratteristiche soft di un'adolescente si erano trasformate in qualcosa di piú maturo, ma non meno affascinante. Era dimagrita e i suoi occhi sembravano piú grandi, ancora piú seducenti.

Indossava l'abito di scena, un lungo vestito nero che abbracciava una figura sottile e ricadeva dalle spalline sino a una profonda V tra i seni, uno straordinario contrasto con la sua pelle celtica di porcellana bianca. Non era esagerato dire che mozzava il fiato.

– Cosa succederebbe se ti chiedessi di portarmi a casa?

La guardai con sospetto. – Perché me lo chiederesti?

– Forse perché non voglio andare a casa da sola.

Non dissi nulla e il suo sorriso si allargò.

– Ti ricordi quella volta che mi hai dato un passaggio a Stornoway sul tuo vecchio scooter scassato?

Fui sorpreso che lo ricordasse. – Sí, eravamo fradici.

– Per giorni mi è rimasto il sedere a forma del portapacchi.

Mi misi a ridere ad alta voce. – Stai scherzando!

– Avrei dovuto mostrartelo, ma non volevo ti facessi un'idea sbagliata. Roddy aveva sempre una coperta ripiegata sul suo portapacchi. Il tuo era solo tubi di metallo. Fu un'agonia. Tutto il viaggio di ritorno.

– E pensare che credevo che tu mi stringessi a quel modo per passione.

Non c'era malizia nei suoi occhi. – Forse lo era.

– Sí... come no.

Il suo braccio era disteso sopra lo schienale del divano dietro di me, e le sue dita giocavano distrattamente con i miei riccioli. Mi faceva sentire a disagio. Disse: – Ti piacevo, Fin, non è vero?

– Mi piacevi.

– Ma ora non piú?

Mi strinsi nelle spalle.

– Cos'è successo?

Mi voltai per incontrare il suo sguardo. – Ho avuto modo di conoscerti, Mairead –. Fu come se una luce si fosse spenta nei suoi occhi e la vitalità avesse abbandonato il suo viso. Levò il braccio dallo schienale e si sporse in avanti sul bordo della seduta, le mani giunte in grembo. Non potevo vedere il suo viso ora. – È forse la cosa piú dolorosa che mi sia mai stata detta –. C'era un leggerissimo tremito nella voce.

Mi sentii male, ebbi una sensazione di vuoto dentro. Non avevo intenzione di offenderla, ma era una sorta di rivalsa per tutti quegli anni di fantasie adolescenziali frustrate, quando Mairead provava piacere, o almeno cosí pensavo, nell'approfittare delle mie debolezze. E all'improvviso mi chiesi se fosse stato tutto semplicemente frutto della mia immaginazione.

– Nessuno mi conosce, – disse. – Non fino in fondo.

– Whistler credeva di sí. Una volta mi disse che sei molto insicura. E cerchi di essere diversa da come sei.

Si girò verso di me, sorpresa. E vidi le tracce delle lacrime silenziose che brillavano sulle sue guance. Ma ancora non sapevo se fidarmi. – Cos'ha detto Whistler?

– Era innamorato di te, Mairead. Probabilmente lo è ancora. Ho sempre pensato che sia questo il motivo per cui non è venuto a Glasgow. Per staccarsi dalla fonte del suo dolore.

Uno sguardo lontano si posò per un momento sul suo viso, poi si concentrò nuovamente su di me.

– Portami a casa, Fin. Ti prego.

Credo che nessuno ci vide uscire. Ma notai che Mairead si voltò indietro per guardare dalle finestre aperte nel giardino d'inverno, dove Roddy stava giocherellando nudo in piscina con Caitlin. Non mi interessava piú di tanto come sarebbero tornati a casa gli altri. Tutti potevano permettersi di prendere un taxi, ormai. E mi sentivo in colpa per quello che avevo detto a Mairead. Una cosa è pensarlo, un'altra è dirlo ad alta voce e infliggere dolore con indifferenza.

Guidai in silenzio nel buio, con le luci che si riflettevano sulle strade bagnate in una successione senza fine lungo gli edifici periferici della zona sud e verso Paisley Road West. Mairead aveva comprato un loft in un magazzino vittoriano di tessuti restaurato all'incrocio tra due strade. Sul vertice del triangolo, nel punto piú orientale, c'era la scultura d'oro di un angelo rivolto verso la città. L'edificio si chiamava Angel Building, e ho sempre pensato che Mairead non avrebbe potuto vivere in un luogo piú appropriato.

Non si preoccupò di accendere tutte le luci dell'appartamento. Le finestre disposte lungo ogni lato della casa lasciavano entrare le luci della città, gettando ombre profonde in tutto il salotto. All'estremità opposta, da una cucina a vista, una porta conduceva fino alla camera da letto.

– Vado a cambiarmi, – disse. – Versati qualcosa da bere –. Le sue scarpe ticchettarono sul parquet lucido e aprí la porta. Al di là del letto, da una grande finestra ad arco rivolta a est, vidi la distesa della città. Ma non feci una mossa. Non ero interessato a un drink. Si voltò, il suo profilo si stagliava contro la città dietro di lei, e rimase a guardarmi nel buio per un tempo che sembrò eccessivo. Poi alzò la mano, facendo scivolare via le spalline. Il vestito nero cadde a terra in un sussurro di seta. Era completamente nuda.

Sentii la mia gola che si chiudeva, e tutti i desideri repressi della mia adolescenza tornarono a inondare i miei sensi. Lí c'era l'oggetto di tutte quelle fantasie, in piedi, nuda davanti a me, che offriva se stessa in un modo tale che sperimentai per la prima e ultima volta da parte di una donna. Quando la raggiunsi mi ero già tolto la maglietta. Mi tolsi i jeans in pochi secondi e condivisi la sua nudità pochi istanti dopo. Ci fermammo a qualche centimetro di distanza, l'uno a guardare l'altra, ascoltando il respiro reciproco nel buio. Sapevo che nel momento in cui l'avessi toccata non sarei mai potuto tornare indietro. Sarebbe stato come aprire una diga, ed ero destinato ad annegare in lei.

Misi le mani intrecciate dietro la sua nuca e sentii la morbidezza dei suoi capelli, la forma del suo cranio, e l'attirai verso di me. Al primo contatto delle nostre labbra ero già perso. I nostri corpi si unirono, sentii la mia passione premere con forza contro il suo ventre mentre cademmo all'indietro, al rallentatore, sul letto. Il suo corpo era cosí bianco, incorniciato tra le lenzuola di raso nero tese sul materasso. Finalmente era mia. Ma, come sempre, alle sue condizioni.

Durò piú di tre mesi. Una relazione basata sul sesso. Non ci furono cene a lume di candela né momenti romantici. Non ci tenemmo per mano e non ci scambiammo dichiarazioni di amore eterno. Solo desiderio fisico.

Facevamo l'amore a casa sua, nel mio monolocale, nel retro del furgone. In innumerevoli camere d'albergo. E non persi mai la voglia di lei. Non smisi mai di volerla. Né lei me, a quanto pare.

Capivo che in realtà stavamo solo usandoci l'un l'altra. Io per lei ero il mezzo per riavere Roddy, facendosi vedere con me di fronte a lui con la speranza di farlo ingelosire. Anche se, in verità, penso che apprezzasse la nostra intesa sessuale tanto quanto me. Da parte mia, ero interessato solo al sesso. Mairead non mi era mai veramente piaciuta, ma in uno strano modo ero diventato dipendente dalla sua presenza. Quando non ero con lei sentivo che mi mancava. Non parlammo mai molto, ma in un certo senso penso che fosse ciò che mi piaceva di piú. Lei non ebbe mai pretese emotive su di me. Non c'erano crisi o stati d'animo di gelosia, né alcun obbligo di dire cose che non mi sentivo di dire. Fu, probabilmente, il rapporto sessualmente piú appagante e meno impegnativo che abbia mai avuto.

Ci rimasi quindi molto male la sera in cui decise di chiudere, improvvisamente e senza preavviso.

Dovevamo andare a una festa ed eravamo d'accordo di incontrarci al bar del *Cul de Sac* in Ashton Lane, nel West End di Glasgow. Mairead fissò l'appuntamento alle sette. Alle otto e mezzo la stavo ancora aspettando, ed ero già alla mia terza pinta. Il posto era affollato, e guardavo la gente che camminava nella strada di sotto. C'erano diversi ristoranti, bar e un cinema nella vecchia strada acciottolata e uno dei ristoranti sul lato piú lontano aveva messo dei tavolini all'esterno in modo che i clienti potessero godersi il bel tempo di mezza estate e approfittare delle notti di luce.

All'inizio non mi preoccupai. Mairead era una ritardataria, e a volte decideva di farsi una doccia cinque minuti prima di uscire. Pur non dovendo passare ore a sistemarsi i capelli, comunque la fase del trucco poteva durare anche mezz'ora. Aveva piena coscienza del suo aspetto o, come amava dire, della sua immagine. Mairead possedeva un cellulare, e avrei voluto chiamarla. Ma io non potevo permettermene uno, per cui scartai l'opzione. Stavo per uscire e andare all'Angel Building quando la vidi farsi strada attraverso la gente per venire da me. Come al solito, faceva girare le teste.

– Ehi, – dissi, – cosa è successo? – Le diedi un bacio sulla guancia, ma allontanò la testa in un movimento stranamente brusco. Capii subito cosa stava per accadere.

Si avvicinò, abbassando la voce e gli occhi. – Fin, mi dispiace. È finita.

Aspettai fino a quando alzò lo sguardo per incontrare il mio. – Perché?

C'era qualcosa di simile all'esasperazione nella sua voce. – Sapevamo che non era per sempre, Fin. Entrambi lo sapevamo.

Annuii. – Sí, ma vorrei comunque sapere perché.

Scosse la testa. – Non ha senso. Le spiegazioni non ci faranno sentire meglio –. Improvvisamente mi prese il viso con entrambe le mani, e c'era un'intensità tale nei suoi occhi che non ricordavo di aver mai visto prima; mi baciò cosí dolcemente, e con tanta tenerezza, che credetti davvero che provasse qualcosa per me. – Mi dispiace, Fin.

Poco dopo non c'era piú. In quei pochi istanti, tutto quello che ero stato e avevo conosciuto in quegli ultimi mesi se ne era andato. Il sogno era svanito. Non si poteva piú fare finta di niente. Mi voltai verso il bar per finire la mia pinta.

Fuori l'aria era fresca, ma morbida sulla pelle. Camminai in stato confusionale fino al West End, dirigendomi istintivamente verso la festa a cui avrei dovuto partecipare con Mairead. Era in un condominio di appartamenti in arenaria rossa a Hyndland. Sapevo che non volevo tornare a casa. È molto piú facile essere soli in mezzo alla folla. Non avrei mai creduto che la rottura con Mairead potesse essere cosí dolorosa. Il pensiero che non l'avrei mai piú baciata, o non avrei piú toccato i suoi seni, o sentito le sue gambe avvolte intorno alla mia schiena era quasi piú di quanto potessi sopportare. Volevo solo ubriacarmi.

Arrivai a festa già iniziata. Salutai i pochi volti noti, e sentii qualcuno che mi chiedeva dov'era Mairead. Non risposi. Trovai un cuscino morbido in un angolo buio e di fianco una confezione da sei lattine di birra, e ne aprii subito una.

La musica era assordante, la gente ballava. La ragazza piú vicina inciampò all'indietro sulla borsetta di qualcuno e si ritrovò seduta su di me. Una bella ragazza con i capelli corti e neri.

Aveva bevuto. Ridacchiò. – Ooops. Scusa.

Forse c'era qualcosa in lei che mi ricordava Mairead. Non sono sicuro ora di che cosa fosse, ma sorrisi. – Fai pure, – dissi.

Lei inclinò la testa guardandomi curiosamente. – Sei all'università?

– Sí.

– Mi pareva di averti già visto da qualche parte. A che anno sei?

– Il secondo.

– Io al primo.

– Be', – dissi, – noi intellettuali dovremmo stare insieme. Mi chiamo Fin.

Lei ridacchiò di nuovo. – Sí, dovremmo. Mi chiamo Mona.

Ed è cosí che conobbi la ragazza che mi avrebbe svegliato al mattino per dirmi che Roddy era morto. La ragazza che avrei sposato e che avrebbe dato alla luce mio figlio. La ragazza da cui avrei divorziato sedici anni dopo, quando l'unica cosa buona che avevamo fatto insieme non c'era piú.

Ventuno

I.

Mairead indossava ancora il cappotto; forse Marsaili sperava che non si fermasse e non aveva nemmeno fatto il gesto di chiederle di toglierlo. Era lungo e nero, e scendeva fino al pavimento intorno alla sedia. Lo stile di Mairead non era cambiato in tutti quegli anni. Anni che erano stati benevoli con lei: il viso era smagrito e aveva ora dei tratti aquilini, ma era ancora bella, con la pelle bianca e lucida e solo un piccolo accenno di zampe di gallina agli angoli degli occhi.

Le labbra erano piene e sorprendentemente scure in confronto al resto del viso. C'era consapevolezza nel suo sorriso, e una strana tenerezza negli occhi.

– Ciao, Fin, – gli disse, come se il loro ultimo incontro al *Cul de Sac* fosse avvenuto la sera prima.

Gli occhi di Fin guizzarono verso Marsaili e viceversa. – Ciao, Mairead. Vedo che vai ancora dallo stesso parrucchiere.

Lei sorrise e si passò una mano tra i capelli. C'era solo un po' d'argento che faceva capolino qua e là, ma non si preoccupava di tingerli. – È il mio marchio di fabbrica. Mi metteranno nella bara con i capelli ancora cosí. Mi auguro solo che saranno bianchi per allora.

– Vuoi una tazza di tè, Fin? – La voce di Marsaili entrò nel discorso come un bambino alla ricerca di attenzione.

– Preferisco una birra, – disse, e si voltò per prendere una bottiglia dal frigo.

– Il solito vecchio Fin –. Mairead bevve un sorso dalla sua tazza. – Sempre con la birra in mano.

Fin stappò la bottiglia. – Che cosa ci fai qui, Mairead?

– È venuta a cercarti, – disse Marsaili.

– In città mi hanno detto che stavi rimettendo a posto la casa dei tuoi genitori. Mi sono stupita nel sentire che sei tornato. Ho saputo anche che eri un poliziotto a Edimburgo –. Ridacchiò. – Ho riso di gusto quando me l'hanno detto. Fin Macleod. Poliziotto! Ricordi l'inseguimento ai poliziotti per le strade di quella città vicino al mare in Inghilterra?

Fin sorrise. – Credo che siamo stati fortunati a non finire in cella.

– Cosa intendi con quel *siamo* stati fortunati?

Marsaili li guardò, perplessa, prima uno poi l'altra, mentre ridevano. – Qualcuno vuole spiegarmi lo scherzo?

Fin agitò la mano con noncuranza. – È una lunga storia, Marsaili –. Poi fece una pausa, mentre un pensiero gli attraversò la mente. – Voi due vi conoscete dai tempi della scuola?

– Per un certo periodo siamo state nella stessa classe, – disse Mairead. – Ma frequentavamo amici diversi –. Sorrise a Marsaili. – Non ti avrei mai riconosciuto, se non fosse perché mi hanno detto che voi due state insieme.

– Naturalmente, io ti conoscevo –. Marsaili sorrise, ma c'era un'incrinatura nella sua voce. – Chi non ti conosceva? – Si voltò verso Fin. – L'ho vista dalla finestra. Era in piedi lí sul margine della collina e pareva un po' un'anima persa.

Fin sviò rapidamente la conversazione. – Immagino che tu sia qui per il funerale.

Il viso di Mairead si rabbuiò. – Non solo per questo, Fin. Per organizzarlo. Non conosciamo alcun parente. Quindi tocca agli amici di Roddy farsene carico. Verrete entrambi?

– Io no –. Marsaili si allontanò per svuotare il tè nel lavandino e risciacquare la tazza. – Non ho mai conosciuto Roddy. E devo accudire la bambina.

Mairead alzò un sopracciglio, sorpresa. – Bambina?

– Nostra nipote, – disse Fin. E poi si sentí in dovere di spiegare. – Abbiamo avuto un figlio della cui esistenza fino a poco fa non sapevo nulla.

Mairead prese spunto da Marsaili e si alzò con la tazza. – Non riuscivi proprio a tenerlo nei pantaloni, vero Fin? – Fin arrossí e lei sorrise. – E vedo che arrossisci ancora. Non sei mai stato bravo a nascondere le tue emozioni –. Sostenne il suo sguardo per un lungo momento. – Abbiamo vissuto un periodo molto interessante.

Fin annuí. – È vero –. E bevve un sorso dalla bottiglia per mascherare il suo disagio. – Mi farai sapere quando ci sarà il funerale?

– Certo, ora che so dove sei. Io sto al *Cabarfeidh*, in città –. Fece una pausa, e suonò quasi come un invito. E poi aggiunse: – Ci sono anche Strings, Skins e Rambo.

A Fin suonò strano riascoltare quei soprannomi da adolescenti, come se in qualche modo non fossero piú appropriati per degli uomini. Anche se lui Whistler lo chiamava ancora Whistler.

Mairead rivolse un surrogato di sorriso a Marsaili. – È stato bello incontrarti di nuovo. Grazie per il tè –. Fin le aprí la porta della cucina e lei si fermò un attimo mentre gli passava davanti, uno strano sguardo indagatore negli occhi. Ma si limitò a dire: – Ci vediamo al funerale, – e se ne andò.

Ci fu un lungo silenzio in cucina, dopo che Mairead se ne fu andata. Marsaili pareva in attesa di sentire il rumore dell'auto che partiva, per essere certa che fosse lontana, prima di parlare. – Quindi voi avete avuto una relazione?

Era inutile negarlo. – È cosí evidente?

– Oh, sí –. Una lunga pausa. – Come mai non me lo hai mai detto?

Fin si strinse nelle spalle. – Non c'era niente da dire. Era un altro me, in un altro posto e in un altro tempo.

– Mi sembra ci siano un sacco di Fin Macleod di cui io non so niente –. Tolse la tazza di Mairead dal tavolo per portarla nel lavello, e vide il proprio riflesso nella finestra della cucina. Fin notò che alzava una mano, quasi involontariamente, per passarsela tra i capelli. – È ancora molto bella, – disse, come se il contrasto con il suo riflesso avesse causato quel pensiero.

– È vero –. Fin bevve ancora un po' di birra. – Sí, Marsaili, abbiamo avuto una relazione. Ma non mi è mai piaciuta molto.

Marsaili era sorpresa. – No?

Fin scosse la testa.

– Perché no?

– La conoscevo troppo bene. Non le è mai importato molto di niente e nessuno, tranne che di se stessa. Era tutto un io, io, io.

Marsaili si asciugò le mani sullo strofinaccio e fece un sorriso triste. – Mi ricorda qualcuno –. E gli passò davanti dirigendosi verso il soggiorno.

2.

La chiesa risuonava della voce squillante di Mairead, chiara, limpida e senza accompagnamento. Le porte erano aperte, in modo che le persone all'esterno potessero sentirla, e nella quiete di quella triste mattinata grigia la sua voce fluttuò attraverso il Loch Ròg, un lamento dolente per la perdita di un amico e di un amante.

Se dovessi camminare in una valle oscura,
non temerei alcun male,
perché tu sei con me.
Il tuo bastone e il tuo vincastro
mi dànno sicurezza.

Per chissà quale motivo, in gaelico sia le parole sia la melodia risultavano piú potenti, piú tribali, appartenenti intimamente alla terra, al luogo e alle persone. A Fin si rizzarono i capelli. Lui non era stato presente al funerale dell'epoca, ma gli altri erano tutti lí per seppellire Roddy per la seconda volta, proprio come diciassette anni prima. Solo che allora la bara che avevano portato era vuota, fatta eccezione per alcuni sassi e degli oggetti personali della sua infanzia. I suoi genitori avevano voluto cosí. Per dare un senso di chiusura. La possibilità di dire addio.

Ora la bara con all'interno il corpo li attendeva fuori dalla vecchia casa di Roddy affacciata sulle spiagge di Uig dal lato nord. Anche i suoi genitori erano morti ormai, ma i nuovi proprietari della casa che suo padre aveva costruito avevano dato il permesso per far partire da quel punto il corteo funebre.

Mentre i partecipanti uscivano dalla piccola chiesa di Miabhaig, Fin pensò che la situazione assomigliava piú a un circo che a un funerale. I media scozzesi erano arrivati in massa, insieme ai free lance, che costituivano la maggior parte dei rappresentanti della stampa inglese. C'erano i flash delle macchine fotografiche, penne che prendevano appunti sui bloc-notes e registrazioni video digitali per i posteri e per il notiziario delle sei. La scoperta del corpo di Roddy aveva occupato il posto d'onore dei notiziari per giorni. Il materiale d'archivio di diciassette anni prima era stato riportato alla luce e montato frettolosamente con gli ultimi video per soddisfare l'appetito vorace del pubblico per il gossip. La morte delle celebrità richiama la massima attenzione da parte della gente. Condirla con un omicidio e un pizzico di mistero garantiva ottima audience. Le vendite dei vecchi cd degli Amran erano aumentate.

Fin si aspettava di vedere Whistler. Era scomparso di nuovo dopo il loro incontro fuori dal tribunale e non c'era traccia di lui in chiesa. Poi uscí e vide per la prima volta Strings, Skins e Rambo.

Rimase scioccato da quanto erano invecchiati Skins e Rambo. Rambo era quasi completamente calvo e dimostrava vent'anni piú degli altri. I capelli di Skins erano striati di grigio acciaio e pettinati all'indietro su un viso privo del fascino del ragazzo di una volta. Anche Strings era scivolato in silenzio nella mezza età, sperando forse che tingersi i capelli e tenerli lunghi fino alle spalle raccolti in un codino avrebbe creato l'illusione di un uomo piú giovane. Ma era piú magro, piú misero in qualche modo, con la mano a forma di ragno sulla chitarra e le dita piú lunghe e ossute di quanto Fin ricordava. Solo Mairead sembrava possedere il tocco di Peter Pan. Appariva raggiante e bella come da adolescente. Non aveva mai perso quel certo non so che con cui aveva stregato tanti ragazzi, e senza dubbio tanti uomini piú in là nel tempo. Lei era l'unica immagine identificabile degli Amran. C'era sempre il suo viso sulle copertine dei loro cd, sul loro sito web, sui manifesti dei concerti. Nessuno, tranne il piú sfegatato dei fan, avrebbe riconosciuto Skins o Rambo o anche Strings. Erano uno sfondo. Tappezzeria. Solo dei musicisti. Mairead *era* gli Amran.

Molti dei partecipanti al funerale si recarono direttamente al cimitero di Ardroil. Coloro che avevano intenzione di seguire la processione si radunarono davanti alla ex casa dei Mackenzie sulla strada sopra la spiaggia, insieme al circo mediatico.

Fin si stupí di vedere Donald, uscito dall'esilio autoimpostosi a Ness per esporsi al pubblico ludibrio per la prima volta dopo la sparatoria a Eriskay. Rappresentava una fonte di interesse e curiosità per il pubblico tanto quanto la presenza dei celebri Amran. Trapelò la voce che sarebbe stato uno dei portatori della bara, su richiesta di Mairead, insieme a Fin, Strings, Skins, Rambo e Big Kenny. Tutti di nuovo insieme, per la prima volta dal quinto anno alla Nicolson.

Ma dato che Ardroil era lontana piú di tre chilometri, c'erano altri sei uomini che si sarebbero dati il cambio per la processione. La bara in sé pesava molto piú dei resti dell'uomo all'interno; fatta di rovere massello, poggiava gravemente sulle spalle larghe che l'avevano sollevata dalle sedie su cui era stata riposta in mezzo alla strada. Un elicottero, noleggiato da un network televisivo, sorvolava la scena.

La processione coinvolse piú di cinquanta persone e impiegò piú di un'ora per raggiungere il bivio per il cimitero. C'era un cartello dipinto a mano con una freccia bianca che puntava oltre il cancello di una fattoria e una strada sterrata saliva sul *machair* sino alle mura del cimitero, che si trovava sull'altro versante. Arrivarono con le spalle doloranti e le mani intorpidite.

Le montagne dove tanti anni prima era precipitato l'aereo di Roddy incombevano su di loro e dominavano l'orizzonte a sud. Il cimitero inclinava leggermente a ovest e, mentre la processione si snodava tra le lapidi verso la piccola parte di terreno aggiunta all'estremità inferiore e cinta da mura, iniziò a piovere. I progettisti, a quanto pare, non avevano tenuto conto della natura inarrestabile della morte.

Era una pioggia sottile, mista a nebbiolina. Ma impediva quasi di vedere oltre il muro verso la spiaggia, e rendeva scivoloso il terreno negli ultimi metri. L'abbassamento della bara con le corde bagnate fu reso ancora piú pericoloso a causa della pioggia; le braccia e le mani non riuscivano a far bene presa e il feretro urtò e raschiò i lati della tomba mano a mano che scendeva. La buca era stata scavata il giorno prima, ed erano stati riesumati i resti della bara che era stata posta lí diciassette anni prima. Sotto l'erba il terreno era di sola sabbia, senza sassi né ciottoli, e quando la cassa toccò il fondo si stava già sbriciolando. La lapide originaria era stata posta da un lato, e avrebbe dovuto essere rimpiazzata una volta riempita la tomba.

Anche se la tradizione di avere solo uomini davanti alla tomba era ancora universalmente rispettata, nessuno rimase sorpreso quando Mairead la ignorò. Stava lí tra gli uomini, pallida e rigida, una cupa figura tutta vestita di nero, a intermittenza innamorata e amante di Roddy.

Fu allora che Fin si guardò intorno e vide, scioccato, Whistler, in piedi nella parte alta del cimitero, lontano dalle persone in lutto. Non indossava piú il completo, sostituito da una giacca impermeabile e dei jeans, i capelli sciolti che ricadevano sulle spalle. Aveva smesso ancora una volta di radersi e aveva delle ombre nere sotto gli occhi. Il suo aspetto sano, da uomo abituato a vivere all'aperto, era stravolto da un pallore cadaverico.

Per un attimo Fin pensò che Whistler stesse guardando semplicemente nel vuoto, da qualche parte al di là del corteo funebre, prima di rendersi conto che i suoi occhi erano fissi su Mairead. Era possibile, dopo tutti quegli anni, che l'amasse ancora? Eppure c'era qualcosa nella sua espressione che faceva pensare piú all'odio che all'amore. Al disprezzo piú che all'affetto. E Fin trasalí.

La sua attenzione tornò alla tomba mentre Donald leggeva un brano della Bibbia in gaelico. – Con il sudore del tuo volto mangerai il pane; finché tornerai alla terra, perché da essa sei stato tratto: polvere tu sei e in polvere tornerai –. Un pugno di sabbia fu gettato sul coperchio della bara. E quando Fin guardò di nuovo, Whistler non c'era piú.

3.

Fu quindi una grossa sorpresa per Fin scorgere il suo vecchio amico alla veglia organizzata dagli Amran all'*Hotel Cabarfeidh* di Stornoway. Il bar era pieno di persone in lutto che avevano sentito dire che sarebbe stato offerto un drink gratuito, oltre a membri della stampa mescolati tra la folla in cerca di una notizia, qualcosa di originale e di diverso per i bollettini serali e i giornali del mattino.

Fin era in piedi al bar con Strings, Skins e Rambo, a condividere birra, ricordi e qualche risata commossa pensando a storie che riguardavano Roddy e alcune loro avventure durante i primi anni. Lo spettro che aleggiava tra di loro, però, e a cui nessuno osava fare riferimento, era la consapevolezza che Roddy non era semplicemente morto. Era stato ucciso. Era uno spettro senza voce.

Fin scorse Whistler che si faceva strada per uscire. Poggiò la sua pinta sul bancone. – Ci vediamo piú tardi, ragazzi, – e gli corse dietro.

Quando arrivò all'ingresso, non c'era traccia di Whistler. Allora provò a dare un'occhiata nel salone, ma vide solo delle persone in piedi che chiacchieravano a gruppetti, o sedute ai tavolini. Tornò all'ingresso e stava per rientrare nel bar, quando sentí delle voci nel parcheggio. La voce di una donna e quella di un uomo. Parlavano gaelico. Fin uscí e vide Mairead e Whistler. Whistler stava cercando di allontanarsi, ma Mairead lo afferrò per il braccio con l'intenzione di fermarlo. Whistler si voltò di scatto e gridò, a pochi centimetri dal viso di lei. Fin non era abbastanza vicino per udire le parole, ma non fece nulla per nascondere la rabbia. Mairead trasalí. Poi Whistler guardò dietro di lei e vide Fin che lo osservava. Disse qualcosa e anche Mairead si voltò. In quel momento, Whistler si diresse fuori dal cancello, camminando di buon passo. Questa volta lei lo lasciò andare e Fin vide le sue spalle che crollavano.

Continuò a guardarla mentre veniva verso di lui, ricomponendosi mano a mano che si avvicinava; Fin non aveva dubbi che si sarebbe inventata qualche bugia su ciò che era accaduto tra lei e Whistler. Quando gli fu accanto i suoi occhi erano chiari e sorridenti e Fin si ricordò benissimo la sua capacità di ingannare. Anticipò la domanda con un sorriso triste. – Una volta mi hai detto che pensavi che Whistler non avesse mai smesso di amarmi. E per questo non venne a Glasgow –. Fece una pausa di riflessione. – Staccarsi dal dolore. Mi pare che tu avessi detto qualcosa del genere.

Fin annuí.

– Be', penso di aver fatto riemergere quel dolore.

Ma Fin sapeva che non era amore ciò che aveva visto negli occhi di Whistler al cimitero. E, mentre gridava, c'era solo rabbia nella sua voce. Se c'era dolore, allora era causato da qualcos'altro. Mairead doveva aver notato nello sguardo di Fin lo scetticismo per le sue parole, perché di colpo cambiò argomento.

– Comunque, sono contenta di averti rivisto. Ho portato con me un album. Pieno di foto dei vecchi tempi. Tu sei in quasi tutte. Ho pensato che ti avrebbe fatto piacere vederle.

– Forse un'altra volta –. Fin guardò l'orologio. – Dovrei proprio andare.

Ma c'era insistenza nella voce di lei. – Potrebbe non esserci un'altra volta, Fin. Me ne andrò entro un paio di giorni e non riesco a pensare a una sola ragione che possa farmi tornare.

Fin fu sorpreso. – Che cosa è successo ai tuoi genitori?

– Li ho portati a Glasgow anni fa. Non ho nessuno della famiglia sull'isola. E, a essere sinceri, il motivo della nostra presenza qui oggi ha gettato un'ombra su tutti i bei ricordi. Già è stato difficile superare la morte di Roddy a suo tempo. Ma perdere qualcuno due volte? Be', questo ti ammazza, Fin. Non l'avrei mai creduto, ma è dannatamente piú difficile la seconda volta –. Infilò un braccio sotto quello di Fin e lo costrinse a girarsi verso la porta del locale. – Dammi solo un po' del tuo tempo. Me lo devi.

Fin si fermò e Mairead fu costretta a girarsi e guardarlo in faccia. – Non credo di doverti niente, Mairead. Sei stata tu ad andartene, ricordi?

I suoi occhi erano immensi, umidi e impenetrabilmente blu. – E non c'è stato un solo giorno in cui non me ne sia pentita.

Pesanti tendaggi blu ricoprivano le finestre della sua stanza. Un copriletto a scacchi blu e crema era ben disteso sul letto rifatto dalle cameriere. Una grande valigia era posata sul pavimento sotto la finestra, il coperchio alzato contro le tende. Mairead si accovacciò per rovistare dentro un fagotto di vestiti alla ricerca dell'album fotografico, poi si alzò e lo gettò sul letto prima di togliersi il cappotto e appoggiarlo su una sedia. Indossava una camicetta nera e una gonna nera a tre quarti, con stivali neri.

– Non ti dispiace se mi cambio, vero? – Non aspettò la risposta, e Fin si chiese che differenza avrebbe fatto se avesse detto di no. Si tolse gli stivali. – Niente che tu non abbia già visto.

Ma Fin si girò, imbarazzato, e prese l'album fotografico aprendolo alla prima pagina. L'immagine che lo colpí immediatamente fu la fotografia ufficiale della classe di Roddy del quarto o quinto anno alla Nicolson. Il blazer della scuola con il bordino da capoclasse, la camicia bianca inamidata e la cravatta della scuola. Il sorriso un po' sbilenco di Roddy, i riccioli biondi che gli cadevano intorno alla testa. Fin alzò lo sguardo per vedere Mairead mentre indossava i jeans. Aveva uno striminzito reggiseno nero e mutandine, la sua pelle come avorio, le curve morbide e le linee di un corpo che un tempo aveva conosciuto molto bene. Nonostante tutto, sentí l'eco dell'eccitazione di un tempo farsi largo tra i suoi lombi. Si girò verso l'album e cambiò pagina.

C'erano diverse fotografie incollate tra le pagine successive. Una di una giovanissima Mairead sul palco. Quanto piú rotondo era il suo viso a quel tempo. La band che si preparava a un concerto da qualche parte. Donald seduto in poltrona a una festa, gli occhi rossi per il flash, con l'aria di essere decisamente ubriaco. E c'era Fin, con Whistler e Strings, forse a diciassette anni. Tutti con le birre in mano, abbracciati, che facevano le boccacce. Fin non aveva alcun ricordo di quelle foto e gli venne voglia di rivedersi. Lui non aveva fotografie di quel periodo della sua vita. Allora non possedeva una macchina fotografica, e sua zia non era mai stata appassionata di fotografie. Il giovane Fin, che sorride come un idiota. Ma guardando ora riusciva a vedere il dolore dietro i suoi occhi, la negazione di una verità che non era stato in grado di affrontare.

– Sono belle, vero? – Mairead si chinò accanto a lui a dare un'occhiata. Indossava una felpa di alcune taglie piú grande ed era ancora a piedi nudi. – Ho centinaia di foto. Sono cosí felice di averle conservate. Suscitano ricordi di momenti che avrei dimenticato, altrimenti –. Si allungò per girare pagina e Fin sentí il seno contro il suo braccio.

C'erano alcune fotografie della band sul palco durante una festa gaelica in qualche località, e nella pagina a fianco diversi scatti al Bridge to Nowhere. Prima, al cimitero, aveva rivisto parecchie delle stesse facce, ma molto invecchiate.

Mairead prese l'album e si sedette sul bordo del letto. Diede un colpetto con la mano di fianco a sé. – Siediti –. Ma Fin sapeva che sarebbe stato fatale. – Devo andare, Mairead –. Lei sostenne a lungo il suo sguardo, gli occhi carichi di delusione, prima di chiudere l'album e alzarsi. Era alta. Alta quasi quanto Fin, e gli era vicinissima. Sentiva il suo respiro sul volto. – Non andare –. La sua voce era un sussurro.

Fin riusciva quasi a percepire il battito del proprio cuore, il sangue pulsargli in testa. Sarebbe stato cosí facile. Le toccò il viso con la punta delle dita. Ancora pochi secondi e si sarebbe perso in lei. Ancora una volta. Tutte quelle passioni primitive che lei gli aveva suscitato tanti anni prima, risvegliate, potenti e seducenti come mai prima di allora. E pensò a Marsaili, al modo in cui l'aveva trattata durante quelle prime settimane all'università. A Mona, e a come non avesse mai provato a riconciliarsi con lei dopo l'incidente, anche se entrambi avevano bisogno di qualcuno con cui condividere il dolore. Pensò a come avesse preso la strada sbagliata davanti a quasi tutti i bivi della sua vita, anche quando sapeva quale fosse la strada giusta. E si chiedeva come fosse possibile che Mairead potesse desiderare di fare l'amore con lui quando aveva appena sepolto l'amore della sua vita.

Disse: – Mi dispiace, Mairead –. Si chinò in avanti e la baciò dolcemente sulla fronte. – Stammi bene.

E la lasciò lí, da sola, in mezzo alla stanza. Lei non si voltò mentre lui aprí la porta e scomparve nel corridoio.

Fin si sentí enormemente sollevato mentre guidava attraverso gli ampi spazi aperti della brughiera di Barabhas, come se si fosse tolto un peso dal cuore. Un fardello che aveva portato per anni, quasi senza rendersene conto. Il cielo, grigio con squarci di blu, rifletteva il suo umore; lampi di luce cadevano in chiazze abbaglianti sopra tratti lontani di torbiere segnate da generazioni di tagli. Con il cambiamento della luce comparvero colori in tutta la brughiera, oro e viola; il vento era rinforzato e ora sferzava le piante piú alte creando un ambiente piú fresco e piú luminoso.

L'aver respinto Mairead lo faceva sentire in qualche modo piú legato a Marsaili e ora era ansioso di tornare a casa. Per abbracciarla. Per dirle cosa provava per lei. Se qualcuno meritava il meglio di lui, era solo lei.

Marsaili stava stendendo i panni quando Fin parcheggiò la Suzuki di fianco alla sua auto. Rimase per un attimo sulla strada sopra la casa a osservarla, i capelli al vento, come le lenzuola che stava fissando alle corde. Il viso, arrossato dallo sforzo di fronteggiare la brezza, era ancora bello anche senza trucco, e ricordò la bambina con le trecce e i nastri azzurri che aveva conosciuto il primo giorno di scuola, che aveva abbreviato il suo nome in Fin e che gli aveva preso il cuore dal primo momento in cui l'aveva vista. E da qualche parte dentro sé sentí dolore. Un dolore per la loro innocenza perduta, per metà della loro vita sprecata per sempre.

Camminò lentamente lungo il sentiero, fermandosi presso i gradini della porta della cucina. Lei non lo aveva ancora sentito né visto, e lui notò il suo corpo sottile che si inarcava contro il vento, le braccia allungate nello sforzo di tenere la corda ed evitare che le lenzuola si aggrovigliassero. Poi si voltò e lo vide. Si chinò a raccogliere il cesto vuoto della biancheria, guardandolo con un'espressione stanca attraverso l'erba.

Occhi blu, pallidi e ansiosi, gli perlustrarono il viso. – Non mi aspettavo di vederti tornare cosí presto.

Fin si strinse nelle spalle. – Un funerale non è un'occasione per starsene lí a perdere tempo.

– Non sei andato alla veglia?

– Solo per poco.

La testa inclinata e lo sguardo con cui lei lo esaminò sottintendevano dei quesiti. – E com'era?

– La veglia?

– Il funerale.

– Come ti aspetteresti che sia. C'era anche Donald e ha aiutato a portare la bara.

Lei alzò un sopracciglio. – Strano.

Fin sorrise. – Vero –. Poi esitò. – Mairead ha cantato il ventitreesimo salmo in chiesa. Senza accompagnamento.

– Dev'essere stato toccante –. Non c'era traccia di sarcasmo nel suo tono, ma Fin lo percepí comunque.

– Sí –. Voleva dirle cos'era successo nella stanza di Mairead. Come le avesse resistito e voltato le spalle. Ma sapeva che avrebbe provocato fraintendimenti. Allungò la mano per toccarle il viso, come aveva toccato quello di Mairead meno di un'ora prima. Ma lei si girò verso i gradini.

– In ogni caso, sono contenta che tu sia tornato. Stavo andando da mia madre. Puoi badare alla bambina ora. E tieni d'occhio i panni. Riportali dentro se inizia a piovere –. Fu inghiottita dalla porta aperta e scomparve in casa. Fin si fermò un attimo a osservare le lenzuola frustate dal vento che sventolavano all'aria e che mettevano in tensione le corde. Vide arrivare le nuvole all'orizzonte e capí che non sarebbe passato molto tempo prima di doverle riportare in casa.

4.

Fin si svegliò in preda al panico, tutto sudato. Il sogno era ancora reale nella sua mente. Era inciso sulle retine, come se avesse guardato un film e vi fosse una persistenza delle immagini a luce spenta. Lottò per ricordare con esattezza ciò che era accaduto. Stava già svanendo, ma la sensazione del tradimento e il dolore di Marsaili gli rimasero impressi come una pietra nel cuore. Per un attimo pensò che Marsaili l'avesse sorpreso con Mairead. Forse nel sogno. Ma poi si ricordò, nauseato dalla propria crudeltà, ciò che era realmente accaduto quasi vent'anni prima. Quel giorno, negli alloggi condivisi dagli studenti, quando era tornata trovandolo a letto con la ragazza della stanza di fronte. Il loro letto. La neve cadeva sulle fradicie case popolari all'esterno. La fine, definitiva, di tutto ciò che avrebbero potuto essere insieme.

Fin rimase disteso nel buio, il respiro pesante, fissando il soffitto. L'unica luce nella stanza proveniva dalla sveglia digitale sul comodino. Sentiva il lento battito regolare di Marsaili, che stava ancora dormendo.

Ma c'era qualcosa di sfuggente, appena al di là dalle sensazioni consce. Qualcosa nel sogno, che non riusciva a ricordare del tutto. Era stato nella stanza di Mairead, lo sapeva. L'aveva davvero baciata nel sogno? Era questo che voleva veramente? Era questo ad aver fatto scattare il ricordo terribile del divano letto nell'appartamento per studenti? In parte, forse. Ma c'era qualcos'altro. Chiuse gli occhi e vide l'album fotografico poggiato sul letto della camera d'albergo di Mairead, tutta la vecchia compagnia in piedi, sorridente, sul Bridge to Nowhere, e all'improvviso capí. Si sedette di scatto e si chiese perché, in nome di Dio, non gli fosse mai venuto in mente prima.

Ventidue

1.

Fin guidò la sua Suzuki nel parcheggio di ghiaia appena sopra Garry Beach e girò la chiave dell'accensione. Restò seduto ad ascoltare il ticchettio del motore che si raffreddava, guardando il breve tratto di prato verso la curva della spiaggia. Era la prima volta che tornava in quel luogo dal giorno della gara con le moto. Dal punto in cui era parcheggiato poteva vedere l'arco di cemento del Bridge to Nowhere, e la strada che si snodava intorno alla linea delle scogliere che fronteggiavano il Minch.

Afferrò il volante con entrambe le mani, appoggiando la testa in avanti sugli avambracci per riflettere, chiudendo gli occhi. Pensò a come si era comportato Whistler quando avevano ritrovato l'aereo, a come aveva guardato Mairead al cimitero, la sua voce rabbiosa al *Cabarfeidh*. E pensò a Mairead, all'impressione che aveva suscitato nella gente con il canto in chiesa e al cimitero, quando aveva infranto le tradizioni. Le sue espressioni di dolore, quando non c'era niente nel suo comportamento che lo mostrasse davvero. Quando aveva cercato di sedurre Fin, con la sabbia ancora freschissima sulla bara del suo amante. I demoni gemelli della paura e della confusione perseguitavano i suoi pensieri.

Sentí arrivare un'auto e si voltò verso Tolastadh, attraverso un tratto di un lago soffocato da canneti e gigli, e vide l'auto di Gunn che girava attorno al promontorio e iniziava la lieve discesa verso il parcheggio. Il poliziotto si affiancò alla jeep e spense il motore. Guardò Fin, ma nessuno dei due fece un cenno all'altro. Fin si voltò verso la spiaggia e strinse ancora piú forte il volante, poi lo lasciò e scese dall'auto. Mise i piedi sul pietrisco sbattendo la portiera per chiuderla, aprendo quella dell'auto di Gunn e sedendosi accanto a lui. Chiuse la portiera, abbassò il finestrino e i due uomini si ritrovarono seduti in silenzio per qualche minuto.

Infine Gunn disse: – Non è mai venuto a casa mia, signore, per gustarsi il salmone selvaggio.

– Non chiamarmi signore, George. Mi fa sentire come se fossi di nuovo in servizio.

– Mi dispiace, signor Macleod. Lapsus.

– Mi chiamo Fin, George.

Gunn annuí. – Ne abbiamo mangiato ieri sera. Del pesce veramente buono.

– Al vapore?

– No, signor Macleod. Mia moglie lo preferisce alla griglia –. Sorrise. – Potrebbe venire con Marsaili.

Fin rispose: – Credo che le piacerebbe –. Di nuovo silenzio. Imbarazzante, adesso. Infine Fin disse: – Lo hai portato?

Il viso di Gunn si oscurò. – Potrei perdere il lavoro.

– Lo so e lo apprezzo, George.

– Davvero? Me lo domando sul serio, signor Macleod. A me sembra che lei chieda sempre favori e non sono sicuro di ciò che ottengo in cambio.

Fin non aveva una risposta per quell'affermazione.

– Comunque cosa vuole dal rapporto autoptico? Voglio dire, che cosa potrebbe ancora rivelarle che non sappiamo già?

– Non lo saprò fino a quando non lo vedrò.

– Non glielo posso dare, signor Macleod. Ha un valore superiore al mio lavoro –. Strinse la mascella e guardò la spiaggia. – Ma forse… se lo lasciassi sul sedile posteriore, e lei dovesse leggerlo senza il mio permesso… be', potrebbe ricadere in quella cosa che chiamano giustificazione plausibile? – Lanciò un'occhiata a Fin. – Ho bisogno di aria.

Scese dall'auto, con un fruscio di nylon trapuntato, e Fin seguí la figura nella giacca a vento nera che attraversava il prato diretta verso la spiaggia. Il vento gli sferzava i capelli scuri creandogli una cresta di gallo. Dietro di sé, Fin vide una busta marrone formato A4 appoggiata sul sedile. Si allungò per prenderla ed estrasse la fotocopia del rapporto autoptico.

Ci vollero solo pochi minuti per sfogliarlo. Il passaggio che stava cercando era nell'introduzione. La descrizione dettagliata del corpo da parte del professor Wilson. Quello che lesse gli diede un tremore cosí profondo che rabbrividí.

Quando Gunn tornò alla sua auto trovò la busta con il rapporto sul sedile posteriore, dove l'aveva lasciata. Ma l'espressione di Fin, bianco come un cadavere, faceva capire chiaramente che l'aveva aperta e aveva letto il contenuto. Ciò che aveva scoperto l'aveva fatto impallidire in quel modo.

– Che cosa ha trovato, signor Macleod? Sembra che abbia appena visto un fantasma.

Fin girò la testa per incontrare gli occhi di Gunn. – Penso di aver capito, George –. Aprí la porta per uscire.

– Aspetti un attimo, signor Macleod. Credo di meritarmi di sapere.

Fin esitò. – Sí, George. E prometto che sarai il primo. Ma non ancora –. Chiuse la portiera sbattendola, e mentre saliva nella jeep udí il rumore insolito di Gunn che imprecava dentro l'auto.

2.

Il cielo sopra le spiagge di Traigh Uige sembrava dipinto. Grandi pennellate di grigio pallido e crema. Il vento era vivace e fresco e soffiava attraverso i prati di cinquefoglie, facendo appassire i loro petali gialli come il primo respiro dell'inverno. Fin deviò dalla strada asfaltata prendendo il sentiero che conduceva alle rocce levigate di fronte alla *blackhouse*. Non aveva una vera speranza di trovarvi Whistler, ma era il posto piú ovvio da dove iniziare.

Quando uscí dalla jeep, sentí nell'aria l'odore del fumo di torba, come pane d'avena tostato lasciato un po' troppo a lungo nel forno. Quindi, forse, era in casa. La porta d'ingresso non era completamente chiusa, e Fin la spinse nell'oscurità.

– Whistler, sei lí? Whistler? Dobbiamo parlare.

Silenzio. Entrò e trattenne il fiato alla vista che gli si parò davanti. Una distruzione totale. Mobili rovesciati, cocci sparsi sul pavimento fra i trucioli di legno. La fila di scacchi di Whistler era spezzata, diversi pezzi erano capovolti sulla schiena. Fece un ulteriore passo e alla luce che cadeva obliquamente attraverso la stretta finestra nella parete posteriore vide la grande sagoma di

Whistler sdraiata a faccia in giú sul pavimento. C'era del sangue tra i capelli, che colava sulle assi del pavimento.

– Oh Dio, Whistler! – Fin attraversò la stanza in tre passi e si inginocchiò al suo fianco per sentire il battito sul collo. Aveva un labbro spaccato e il sangue gli colava dalla bocca. Fin notò i lividi e il sangue sulle nocche della sua grande mano aperta. Ma era ancora vivo. Il rumore di un passo proveniente da dietro lo fece sobbalzare. Si voltò, e una luce gli scoppiò nella testa. Un dolore gli attraversò il corpo. E tutto si fece subito buio.

3.

Padraig «Posta» consegnava la corrispondenza in quella parte dell'isola da tempo immemorabile, e nessuno riteneva piú divertente il suo soprannome. Lasciò come sempre il suo furgone sulla strada asfaltata e camminò lungo il sentiero che portava alla casa di Whistler. Quel giorno doveva consegnare una raccomandata da parte del tribunale che richiedeva una firma. Quindi bussò e aprí la porta nel caos che regnava dentro.

Fin riusciva a malapena a muoversi, ma si rese conto della luce che si riversò su di lui quando la porta venne aperta. Chiuse gli occhi dal dolore, accecato dal lampo di luce nella testa. Quando li riaprí, vide qualcuno in ginocchio accanto a sé, un sacco della Royal Mail poggiato tra la roba per terra. Sentí una mano sulla sua spalla e una voce gli disse di non muoversi. C'era un'ambulanza in arrivo. La voce gli tuonava nelle orecchie. Sbatté le palpebre per far scorrere via il sangue dagli occhi e vide Whistler a pochi centimetri di distanza, il suo faccione barbuto sbattuto contro il pavimento, le labbra insanguinate, la mascella mollemente aperta. E tutt'intorno i volti dei guerrieri nordici in un silenzio beffardo.

Era impossibile dire quanto tempo fosse passato. Era consapevole di ciò che andava e veniva, come frammenti di luce in un cielo nuvoloso. Il rombo delle ruote sotto di lui, il suono di una sirena. Luce, buio, poi di nuovo luce. Una luce blu ora. E poi luci bianche sopra la testa, che scorrevano in successione come dei grandi palloni. Pensò di aver visto il volto pallido di Marsaili, con i segni della preoccupazione, ma non poteva essere sicuro che non fosse un sogno.

Alla fine, dopo l'emersione dalle tenebre, il mondo sembrò di nuovo avere una parvenza di solidità. Il dolore c'era ancora, come un'eco lontana nella parte posteriore della mente, filtrato attraverso una garza e del cotone idrofilo. Era in un letto con la struttura di metallo. Un altro accanto a lui. Due di fronte. Tutti vuoti. La luce del sole trapelava dietro tende verticali. Un uomo si chinò su di lui. Un uomo in camice bianco con un accento straniero. Tedesco forse. E ricordò, da chissà dove, che George Gunn una volta gli aveva detto che l'ospedale era pieno di tirocinanti stranieri. Dio solo sapeva cosa li avesse portati lí.

Guardò gli occhi di Fin, sollevandogli le palpebre, una dopo l'altra. – Ha una seria commozione cerebrale, – disse, e Fin si chiese con chi stava parlando. – Voglio tenerlo qui sotto osservazione per altre ventiquattr'ore –. Si raddrizzò e si allontanò dal letto. – Dopodiché... – Fin vide la scrollata di spalle, – potrà stare qualche momento con lui.

Uscí dal raggio visivo di Fin, che scoprí di non poter girare la testa per seguirlo. Un'ombra cadde su di lui. E poi un'altra. Odorava di dopobarba in modo quasi insopportabile, come una puttana con addosso troppo profumo. Questo, e qualcosa nel comportamento di un uomo in piedi vicino al suo letto, suggerí subito a Fin che si trattava di un poliziotto.

– Ispettore Colm Mackay –. La voce lo confermò. Si girò di lato. – Sergente Frank Wilson –. Una pausa. Si avvicinò, la voce piú sommessa. – Non appena si sarà ripreso, signor Macleod, la arresterò per sospetto omicidio di John Angus Macaskill. Nel frattempo lascerò un ufficiale alla porta. Solo nel caso in cui decida di fare una passeggiata.

E tutto ciò che Fin riuscí a pensare, con un dolore piú forte di quello che gli riempiva la testa, fu che Whistler era morto.

Ventitre

1.

La luce del sole filtrava obliqua attraverso la finestra con le sbarre. Fin sedeva sulla branda, le mani aggrappate ai bordi come se avesse paura di cadere. Teneva il capo chino e fissava il pavimento di pietra. Sul lato opposto di quella piccola stanza c'era una freccia bianca dipinta per terra vicino alla porta rivolta verso est. Se avesse creduto in Dio, e fosse appartenuto a quella fede, Fin avrebbe potuto essere tentato di inginocchiarsi a pregare. Una preghiera per un amico morto. Un momento passato, e una vita perduta. Non c'era modo di farlo rivivere. Non c'era modo di riavvolgere il tempo e rifare tutto in modo diverso. Whistler esisteva ormai solo nei suoi ricordi e in quelli degli altri. E una volta sbiaditi, di lui non sarebbe rimasta alcuna traccia su questa terra, fatta eccezione per le sue ossa, le sue turbine eoliche e i suoi scacchi. E una figlia che ora era orfana.

Fin si sentiva ancora la testa stretta in una morsa. Una benda bianca intorno alla fronte manteneva ferma la medicazione dietro la nuca, dove era stata ricucita la ferita. Ma non provava dolore. Era ancora troppo intorpidito. Solo quando il torpore fosse svanito avrebbe realizzato in pieno tutto ciò che era accaduto e avrebbe avuto piena coscienza del dolore. E si chiese se sarebbe stato in grado di sopportarlo.

Chiuse gli occhi. Quante anime perse erano passate in quel luogo? Ubriaconi e mariti violenti, truffatori e criminali. Ma lui, lo sapeva, era uno dei pochissimi che avrebbero mai rischiato un'accusa di omicidio. Per il momento stava solo collaborando alle indagini della polizia. Non che fosse stato, o avrebbe potuto essere, di grande aiuto. Non aveva idea di cosa fosse successo a Whistler e nessuno glielo aveva ancora chiesto. Aveva perso un giorno in ospedale, e ora aveva perso anche la libertà, rinchiuso in una cella della polizia, vittima di eventi che sfuggivano al suo controllo.

Sentí il rumore di una chiave nella serratura e la porta si aprí. George Gunn avanzò e richiuse in fretta la porta dietro di sé. Indossava ancora la giacca a vento trapuntata che aveva il mattino precedente. Si voltò e guardò Fin, che gli lesse in faccia la tensione. – Suppongo che il salmone sia terminato ormai, – disse.

Ma Gunn non sorrise. – Per l'amor di Dio, signor Macleod! Sa che vogliono accusarla?

Fin abbassò la testa per guardare nuovamente il pavimento e annuí.

– È un vero bastardo quel Mackay. Lo conoscevo, quando ero a Inverness.

– Non l'ho ucciso, George.

– Gesú Cristo, signor Macleod. Non l'ho mai pensato, nemmeno per un minuto.

– Whistler era ancora vivo quando sono arrivato. Il suo cuore batteva.

Gunn annuí. – Sembra che si sia trascinato sul pavimento mentre lei era svenuto. La scia di sangue che ha lasciato fa pensare che stesse cercando di raggiungere qualcosa. Il medico legale ha detto che è morto per un ematoma epidurale, e che non è raro che possa esserci un breve periodo di lucidità dopo l'incoscienza, a cui seguono il coma e la morte. Gli hanno fatto davvero un gran buco sul cranio, signor Macleod.

– Ci sarà stata una colluttazione, George.

– Ah be', questo è certo. Ma che cosa ci faceva lí, signor Macleod? Che cosa ha visto in quel rapporto dell'autopsia per mettersi alla ricerca di Whistler Macaskill?

Fin non rispose e Gunn fece esplodere la sua frustrazione a denti stretti. – Be', lasci che le dica quello che *io* so. So che le ho lasciato leggere il rapporto autoptico su Roddy Mackenzie. So che vi ha letto qualcosa che non ha condiviso con me. E so che è andato direttamente da Tolastadh alla casa di John Angus Macaskill a Uig. Lí il suo amico è stato trovato morto, con lei sdraiato accanto con una ferita al cranio –. Ancora silenzio. – Per l'amor di Dio! Ho fatto di tutto per aiutarla, signor Macleod. Piú di una volta. Penso che lei sia in debito con me.

Fin trasse un profondo respiro. Mairead, e ora Gunn. – Sí. Ma non posso dire niente, George. Non ancora –. Sentí il sospiro esasperato dell'uomo.

Gunn aprí leggermente la porta e allungò la testa per dare un'occhiata ansiosa lungo il corridoio. Abbassò la voce. – Non dovrei essere qui. E non posso aiutarla se lei non aiuterà se stesso –. Guardò Fin negli occhi. – Spero solo di non finire nella merda fino al collo per colpa sua.

Fin alzò gli occhi per incontrare quelli di Gunn e sollevò un sopracciglio. – Penso che tu mi conosca tanto da sapere che non accadrà, George.

– Lo spero, signor Macleod. Lo spero davvero.

Aprí un po' di piú la porta e scivolò nel corridoio richiudendola dietro di sé. Fin sentí la chiave girare nella serratura.

Quasi mezz'ora dopo udí il rumore di cuoio sul cemento e di nuovo lo sferragliare di una chiave nella serratura. Questa volta era un sergente in divisa che rimase sulla soglia a scrutare Fin con curiosità, pensieroso. – L'ispettore è pronto a incontrarla, signor Macleod.

Fin annuí e si alzò lentamente in piedi.

C'era una sola finestra nella sala degli interrogatori, affacciata su una sorta di cortile o parcheggio. L'ispettore Mackay e il sergente Wilson erano in piedi dietro a un tavolo di legno, con due sedie dietro di loro e una sola sedia sul lato opposto del tavolo. Il sergente in uniforme chiuse la porta e vi si appoggiò con la schiena, le braccia conserte. Mackay fece segno con la mano a Fin di sedersi.

L'ispettore era alto, il viso sottile, uno sguardo subdolo, i pochi capelli tenuti troppo lunghi e pettinati all'indietro con il gel su un cranio stretto, nel tentativo di nascondere la calvizie. Da sempre Fin aveva poca fiducia in chiunque mostrasse segni di inganno di quel tipo. Era ben rasato, con la pelle violacea, evidentemente sensibile alla lama. Il lungo collo era segnato da un pomo d'Adamo prominente e svaniva in un colletto troppo grande. Mentre si sedeva premette con un lungo dito ossuto il tasto «record» di un registratore digitale poggiato di fronte a lui sul tavolo accanto a una cartelletta beige.

Il sergente Wilson era un uomo piccolo, ridotto al ruolo di osservatore dal rango del suo ufficiale superiore. Era quasi invisibile. Né Fin né Mackay gli prestavano attenzione.

Mackay pronunciò la data, l'ora e i nomi dei presenti con il suo forte accento di Inverness. Intrecciò le dita scheletriche sul tavolo. – Forse desidera dirci, signor Macleod, perché ha ucciso John Angus Macaskill?

Fin guardò fisso negli occhi Mackay fino a quando l'ispettore cominciò a sentirsi a disagio. Sapeva che Fin aveva raggiunto il grado di ispettore prima di lasciare la polizia, e quindi c'era una sorta di rivalità tra di loro. Quasi un'aperta ostilità.

Fin disse: – Vorrei che fosse chiaro fin da ora, ispettore, che non ho ucciso John Angus Macaskill –. Mentre pronunciava quelle parole, sentí di nuovo il dolore per la morte di Whistler. Ogni volta che lo diceva, tutto diventava piú reale.

– La ascolto.

– John Angus era un mio caro amico sin da quando eravamo a scuola insieme al Nicolson Institute qui a Stornoway piú di vent'anni fa.

– Non cosí amico, secondo le testimonianze che abbiamo raccolto –. Mackay lo guardò pensieroso. – A quanto pare siete stati coinvolti in una rissa al bar del *Suaineabhal Lodge* poco piú di una settimana fa, quando la vittima l'ha colpita, minacciandola –. Aprí la cartelletta beige. – E di nuovo, proprio l'altro giorno, fuori dal tribunale. Vi hanno visto discutere, e la vittima l'ha picchiata facendola cadere per terra.

– Forse, – disse Fin, – se la smettesse per cinque minuti di guardare i moventi e si limitasse a esaminare i fatti… – Fin vide il pomo d'Adamo di Mackay andare su e giú mentre inghiottiva la rabbia.

– Vada avanti.

– Sono andato a trovare John Angus a casa sua a Uig ieri mattina, e l'ho trovato disteso e privo di sensi sul pavimento. C'erano i chiari segni di uno scontro. I mobili erano rovesciati e c'erano vetri rotti e stoviglie su tutto il pavimento. Mi sono inginocchiato accanto a lui per sentirgli il battito del collo e in quel momento era ancora vivo. Ho percepito subito che qualcuno si stava avvicinando da dietro, dopodiché non ricordo piú nulla, fino a quando ho ripreso conoscenza vedendo il postino accovacciato accanto a me.

Si fermò, mantenendo lo sguardo costantemente rivolto verso l'ispettore.

– Whistler sanguinava dalla parte posteriore della testa. C'era una pozza di sangue sul pavimento sotto di lui. Il viso era livido. Il labbro era spaccato e sanguinante. Le nocche della mano destra erano gonfie ed escoriate. Sono piuttosto sicuro che queste, e altre lesioni, siano state descritte nella relazione del medico legale. E sono altrettanto sicuro che la conclusione sia che l'uomo è stato vittima di un'aggressione.

Mackay ammise: – Le prove avranno senza dubbio avallato questa ipotesi.

Fin si alzò. E il sergente in uniforme divenne improvvisamente vigile, scostandosi dalla sua posizione contro la porta.

– Dove diavolo pensa di andare? – chiese Mackay.

– Non vado da nessuna parte, ispettore –. Fin si sbottonò la camicia e se la tolse, appoggiandola allo schienale della sedia mentre i due detective lo guardavano stupiti. – Potete far entrare un medico per visitarmi, se volete –. Tese le braccia e allargò le mani per mostrare le nocche. – Ma non credo che troverete un solo livido, taglio o escoriazione sulla parte superiore del mio corpo, sulle braccia o sulle mani, che potrebbero derivare dal coinvolgimento in tale lotta. Whistler Macaskill era un uomo molto grosso. Di sicuro avrà lasciato parecchi segni visibili addosso al suo assassino. E chiunque sia stato, è evidente che non sono io.

Fin guardò gli occhi dell'ispettore fissi sul suo tronco e sulle sue mani, e vide il dubbio che vi si stava insinuando. Sollevò la camicia dalla sedia per rimettersela.

– Ora, io sono felice di aiutarvi in ogni modo possibile. Ma non credo che abbiate alcun motivo per trattenermi, nemmeno per le ore consentite dalla legge. Quindi vorrei suggerirvi o di accusarmi o di lasciarmi andare. E, a meno che non vogliate passare per scemi, vi consiglio vivamente la seconda.

Mackay lo fulminò con lo sguardo. Si sporse sul tavolo per spegnere il registratore. – Voi cazzo di ex poliziotti pensate di sapere tutto –. Si alzò e puntò una delle sue dita ossute in direzione di Fin. – Ma sono pronto a scommettere, Macleod, che sai molto piú di quello che ci stai dicendo. E quando scoprirò di che cosa si tratta, credimi, ritornerai qui...

– Alla velocità della luce? È questo che vuol dire, signor Mackay? – Fin fece una pausa. – Molto originale.

Per la prima volta gli occhi di Fin vagarono verso il sergente e gli parve di scorgere l'accenno di un sorriso sulle labbra del giovane sottufficiale.

2.

Il sergente in servizio lo condusse al parcheggio a lato della stazione di polizia informandolo che la sua jeep era stata parcheggiata lí da un poliziotto dopo averla recuperata a Uig.

Fin uscí dalla stazione di polizia in Church Street, con il sole intermittente di una giornata ventosa di ottobre. Quel che lo stupí fu che la vita era continuata come se nulla fosse accaduto. Una giovane madre con i capelli ondulati spingeva il figlioletto nel passeggino. Due anziani stavano parlando fuori dalla Sala del Regno dei Testimoni di Geova. Le auto andavano verso il porto, dove nuvole di gabbiani volteggiavano in cerchi infiniti intorno ai pescherecci in arrivo, le loro grida perennemente lamentose trasportate dal vento insieme al rombo del traffico proveniente da Bayhead.

Whistler era sparito, ma il mondo continuava a girare. Fin si era sentito cosí anche quando era morto Robbie. I giocattoli sparsi sul pavimento della camera da letto dove il suo bambino li aveva lasciati. Un disegno di Fin fatto da lui, ancora poggiato sul tavolo della cucina accanto alla confezione aperta dei pastelli. «Il mio Pappi», scarabocchiato in basso. Anche se aveva otto anni confondeva le lettere doppie. E ogni volta che Fin aveva camminato lungo il corridoio al piano di sopra, il dolore lo aveva assalito non appena si rendeva conto che Robbie non sarebbe mai piú arrivato correndo dalla sua cameretta per saltare tra le braccia del papà.

Conservava un chiaro ricordo di se stesso seduto sul bordo del letto la domenica mattina dopo l'incidente, con il rumore di un vicino che tagliava l'erba del prato. Cosí banale. La vita non si era fermata, anche se Robbie non c'era piú. Era la presa di consapevolezza che il mondo non se ne era nemmeno accorto a colpirlo di piú. Allora come oggi.

Aveva le gambe di piombo mentre camminava fino all'area

di parcheggio parzialmente recintata adiacente alla stazione della polizia. Aveva appena infilato la chiave nella portiera della Suzuki quando sentí il rumore di un passo sulla ghiaia dietro di sé. Si voltò, sorpreso, e barcollò all'indietro contro la jeep, sotto una pioggia di colpi, pugni martellanti contro il petto e il volto, urla nelle orecchie, un respiro caldo sulla pelle. Ebbe la fugace impressione di essere sotto attacco da parte di uno stormo di uccelli impazziti, la vista colma solo di braccia mulinanti, le orecchie piene di grida stridule di rabbia. Ora sentiva dei calci sulle gambe, colpi dolorosi e ben assestati sugli stinchi. E fu quasi una sorpresa il rendersi conto che aveva a che fare con la furia di una sola piccola ragazzina.

Combatté per fermare i pugni che, come pistoni, lo colpivano in rapida successione. Vide il padre dentro agli occhi della ragazza, nella sua rabbia, nel temperamento che Whistler non era mai stato in grado di controllare.

E dopo quella che sembrò un'eternità, riuscí ad afferrarla e tenerle entrambi i polsi, inchiodandole le braccia e tirandosela contro il petto per fermare l'assalto.

– Basta! Fermati! – le gridò.

Ma lei continuò a lottare, e quasi gli sfuggí di nuovo. – Hai ucciso mio padre! L'hai ucciso!

– Per l'amor di Dio, Anna, non ho ucciso tuo padre. La polizia mi avrebbe lasciato andare se l'avessi fatto? – Sentí quasi subito l'effetto delle proprie parole perché la lotta si placò. – Io gli volevo bene.

Il corpo della ragazza si afflosciò e i singhiozzi incontrollabili che seguirono lo scossero nel profondo, facendo piangere anche lui. Non aveva mai dato voce ai propri sentimenti per Whistler. Non aveva motivo di dar loro una forma. Whistler era solo il suo amico, il ragazzo e l'uomo che per due volte gli aveva salvato la vita. Uniti dalla storia e da tutte le ore che avevano condiviso da adolescenti, dalle speranze e dai sogni, dalle lotte e dall'amicizia. Whistler era imprevedibile, irascibile, a volte crudele. Ma era sempre stato presente quando Fin aveva avuto bisogno di lui, un impegno che si era preso quel giorno, tanti anni prima davanti al monumento della *Iolaire*. E ora se ne era andato, e tutto ciò che ne restava era tra le braccia di Fin.

Lasciò andare i polsi e girò Anna verso di sé. I capelli neri con la striscia rosa, gli anelli e le borchie che ne caratterizzavano il volto la facevano sembrare una caricatura grottesca in lutto. Il trucco nero degli occhi le colava lungo le guance. Le labbra col rossetto viola tremavano come quelle di un bambino. Tirava su col naso e riusciva a malapena a respirare tra i singhiozzi.

– Io... non gliel'ho mai detto.

Fin aggrottò la fronte. – Detto cosa?

– Che gli volevo bene.

Chiuse gli occhi e sentí delle lacrime calde sulla pelle; le mise le braccia intorno, stringendola, tenendola vicina al suo cuore. – E ora è troppo tardi –. La voce di Anna era soffocata. – Per tutto.

Fin la prese per le spalle e le fece fare un passo indietro, costringendola a guardarlo. – Anna, ascoltami.

– Cosa c'è? – Lei lo fissò con aria di sfida, come se Fin stesse cercando di forzarla ad ascoltare qualcosa che non voleva sentire.

– Gli uomini non parlano spesso tra di loro dell'amore –. Fin trasse un respiro profondo, tremante. – Ma io e tuo padre l'abbiamo fatto. L'altro giorno, fuori dal tribunale. E gli ho ripetuto quello che mi avevi detto a casa –. Nonostante tutto, sorrise tra le lacrime. – Certo, ho lasciato perdere i dettagli delle oscenità. Anche se a lui non sarebbero dispiaciuti. Non pensare che sia morto non sapendo che la sua ragazzina lo amava –. Gli ci volle un momento o due per controllare di nuovo la voce. – E so che l'unico rammarico che avrebbe in questo momento sarebbe il non aver mai avuto la possibilità di dirti la stessa cosa.

Lei lo fissava con gli occhi di suo padre, la faccia tutta pasticciata, il respiro ancora irregolare, e Fin sentí il suo dolore e la confusione.

– Vieni, ti accompagno a casa.

Ma lei alzò un braccio con un gesto improvviso di rabbia, liberandosi della sua presa. – No, – gridò. – Stai lontano da me. Tu, Kenny, tutti. Vi odio. Vi odio tutti –. Si girò e scappò verso Church Street, dando libero sfogo alle lacrime mentre correva. Sparí dalla vista in pochi secondi.

Fin rimase lí a lungo, appoggiato alla jeep, prima di girarsi stancamente e mettersi al posto di guida. Stette seduto per parecchio tempo, fino a quando cedette al dolore. Per Whistler e per la sua ragazzina perduta.

3.

Il ritorno a Uig avvenne in un doloroso stato di confusione. Grosse gocce scendevano sul parabrezza, come lacrime versate per i morti. Cadevano da un cielo molto scuro e molto basso, rimbalzando e graffiando ovunque, tanto che a Fin pareva di potersi quasi allungare e toccarlo. Le montagne a sudovest erano perse nella nebbia di una grande nuvola che le avvolgeva.

I pensieri di Fin erano concentrati su un solo uomo. L'unico capace di far abbastanza male a Whistler tanto da ucciderlo.

La Land Rover di Minto era ferma fuori da casa sua. La pioggia cadeva orizzontalmente attraverso chilometri di sabbia che si estendevano in tutta la baia verso Baile-na-Cille, appiattendo l'alta vegetazione che cresceva intorno alla casa.

Se Fin si fosse fermato per un attimo a valutare le sue azioni, forse ci avrebbe ripensato prima di agire, ma era accecato da una cappa di nebbia rossa che era scesa su di lui. Aprí la porta della casa con una tale forza che la sbatté contro la parete del corridoio interno, facendo un buco profondo con la maniglia nell'intonaco. – Minto! – Sentí la propria voce che ruggiva nella casa. Fece irruzione in salotto e avvertí il residuo di calore delle braci di un fuoco di torba quasi spento. Non c'era nessuno. La porta della cucina era semiaperta. Si ritrovò dentro, ma era vuota. Poi si voltò di scatto al suono di un'asse del pavimento che scricchiolava dietro di lui.

Minto era in canottiera e boxer, aveva un fucile sollevato e impugnato col braccio sinistro, che portò di scatto con la mano contro la spalla sinistra. Tremava leggermente, ma puntò diretto verso Fin. Il braccio destro era legato al petto.

– Che cazzo vuoi?

Guardò Fin con un misto di rabbia e confusione. Ma Fin non riusciva a distogliere lo sguardo dalla benda che teneva fermo il braccio al petto. Alzò gli occhi per incontrare quelli di Minto. Aveva dimenticato che Whistler gli aveva slogato la spalla durante il loro incontro a Tathabhal.

– Qualcuno ha ucciso Whistler Macaskill.

– Lo so. Il bastardo che mi ha picchiato –. Minto teneva la canna del suo fucile verso Fin. Fece un mezzo sorriso e uno sbuffo di disprezzo. – Hai pensato che fossi stato io?

Fin scosse la testa. Nemmeno Minto avrebbe potuto sconfiggere Whistler con un braccio solo. Ma se non era stato lui, allora l'unica altra possibilità lo conduceva nei regni dell'impensabile.

Ventiquattro

1.

C'era solo una manciata di auto nel parcheggio del *Cabarfeidh*. Mentre parcheggiava la jeep di fronte all'ingresso principale Fin diede un'occhiata agli altri veicoli. Non c'era traccia dell'auto noleggiata da Mairead. Si precipitò nella hall e andò alla reception. La ragazza dietro il banco gli rivolse un sorriso formale, ma nonostante il saluto all'americana non riuscí a nascondere l'accento di Stornoway. – Buongiorno. Come posso aiutarla? – Fin vide i suoi occhi guizzare verso la testa fasciata.

– Mairead Morrison è in hotel o è uscita?

La ragazza sembrò sorpresa. – La signorina Morrison se n'è andata questa mattina, signore. L'incaricato dell'autonoleggio Lewis ha appena ritirato la sua auto. La signorina ha preso un taxi per l'aeroporto.

Fin guardò l'orologio. – A che ora parte il suo volo?

– Il volo per Glasgow è alle 12.20.

Erano le 11.45.

Fin raggiunse l'aeroporto in poco piú di dieci minuti. Mentre percorreva la strada da Oliver's Brae verso la rotonda, vide sulla pista il piccolo aereo a elica, con il carrello dei bagagli che venivano ammassati nella stiva.

Le gocce di pioggia colpivano il parabrezza allargandosi su tutto il vetro per il movimento dei tergicristalli. Non c'era tempo di cercare un posto per la macchina e Fin passò oltre il parcheggio e accostò davanti alle porte scorrevoli che si aprivano nel piccolo terminal. Scese dall'auto lasciando il motore al minimo e corse all'interno. Un piccolo gruppo di persone era seduto vicino al gate, sagome contro le finestre panoramiche affacciate sulle piste. I ritardatari in fila per passare attraverso i controlli della sicurezza stavano in paziente attesa del proprio turno.

Fin vide Mairead nel suo lungo e caratteristico cappotto nero. Stava mostrando il biglietto al responsabile della sicurezza.

– Mairead! – La sua voce risuonò ovunque nel piccolo aeroporto e tutti si girarono. Anche Mairead. Fin rimase quasi scioccato dal pallore del suo viso, cosí in contrasto con il nero, il suo colore preferito, e il castano scuro dei suoi capelli corti.

L'agente di sicurezza teneva in mano il biglietto, in attesa di restituirlo. Ma lei era come un coniglio bloccato alla vista di un paio di fari e fissava Fin, con gli occhi socchiusi. Lui si fece largo verso di lei, gridando a voce alta. – Ho bisogno di parlare con te.

Alla fine la raggiunse. – Non c'è tempo. L'aereo sta per partire –. Si voltò per prendere il biglietto.

– Prendi il prossimo.

La gente in coda guardava alternativamente Mairead e Fin, affascinata dalla scena che si stava svolgendo davanti ai suoi occhi.

Non solo la cantante Mairead Morrison era prenotata sul loro stesso volo, ma era impegnata in una discussione con uno schizofrenico sanguinante e con la testa bendata.

– Non posso.

– Se salirai su quell'aereo, tornerò subito alla polizia di Stornoway a raccontargli quel che so –. Vide l'ansia e l'incertezza negli occhi di lei, che si chiedeva cosa Fin sapesse.

– Deve sbrigarsi, signora, – esclamò il responsabile della sicurezza. Fin si bloccò e sostenne lo sguardo di Mairead per un lungo momento prima di vedere sbriciolarsi la sua resistenza, arrendendosi all'inevitabile. Mairead fece un respiro profondo e camminò impettita lungo la fila dei passeggeri di fianco a Fin, stringendo il biglietto, con un atteggiamento inequivocabilmente ostile. Abbassò la voce a poco piú di un sibilo, con il viso a dieci centimetri da lui. – Dimmi.

– So che non era Roddy in quell'aeroplano.

Gli occhi azzurri di Mairead divennero freddi e ci fu un momento in cui Fin poté quasi scorgervi le varie ipotesi che stava valutando. Alla fine prese una decisione, lo afferrò per un braccio e in fretta lo condusse lontano, verso l'area d'attesa davanti alle finestre. – Di cosa stai parlando?

– Sto parlando dell'operazione subita da Roddy per sistemare il femore rotto dopo l'incidente sulla Road to Nowhere. Gli misero delle placche e delle viti per fissarlo, che però mancano dal corpo che abbiamo trovato nella cabina di pilotaggio –. Lei non riuscí a reggere il suo sguardo e girò la testa verso l'aereo sulla pista, silenziosa e riflessiva, desiderando probabilmente di essere già a bordo. – Chi abbiamo seppellito l'altro giorno, Mairead?

I suoi occhi guizzarono verso di lui e subito si allontanarono.

– Whistler sapeva che non si trattava di Roddy. Non so come, ma lo sapeva. Non è stato piú lo stesso da quando abbiamo trovato quell'aereo. Che cosa sapeva, Mairead? – Quando lei non disse nulla, le afferrò il braccio sopra il gomito, affondando le dita nella carne morbida, osservando la sua smorfia di dolore. – Avanti! Qualcuno ha ucciso Whistler per farlo tacere, vero?

Mairead si girò di colpo, gli occhi pieni di una nuova mescolanza di rabbia e dolore. – No! – Respirava a fatica. – Non ho idea di chi possa aver ucciso Whistler. O perché.

– Non ti credo –. Fin la fissò. – C'era qualcosa tra voi due. Entrambi sapevate che non era Roddy –. Rimase quasi scioccato nel vedere gli occhi di Mairead riempirsi di lacrime.

– Povero Whistler –. E le lacrime le scesero lungo le guance di porcellana bianca.

Fin era impassibile. – Se non ti conoscessi, Mairead, potrei quasi credere che siano lacrime autentiche –. E dal suo sguardo capí che quelle parole le avevano fatto male. – Dimmi di Roddy. È vivo, è morto? La verità, Mairead –. C'era un'esitazione evidente negli occhi, nel volto, in tutto il corpo della famosa cantante. – Non farò finta di nulla. Puoi dirlo a me o alla polizia. Vedi tu.

Lei si voltò, guardando nuovamente attraverso la finestra, come se cercasse aiuto o forse un intervento divino. E Fin vide i passeggeri, a capo chino contro il vento e la pioggia, mentre si facevano strada velocemente sulla pista sino alla scaletta dell'aereo. Tra questi, fissi nella luce fuori dal terminal, i volti pallidi di Strings, Skins e Rambo. Era chiaro che avevano visto Fin con Mairead. Tra loro ci fu uno scambio di parole. Ma era troppo tardi per tornare indietro.

Mairead disse improvvisamente: – Ho bisogno di fare una telefonata –. Liberò il braccio dalla presa di Fin e se ne andò verso l'atrio, estraendo il cellulare dalla tasca del cappotto. Scelse un numero dalla rubrica e appoggiò il telefono all'orecchio.

Fin la osservò da lontano mentre parlava concitatamente con qualcuno. Per un attimo si chiese se potevano essere Strings, Skins o Rambo che si stavano imbarcando sull'aereo. Sembrava stesse litigando. Gesticolava in aria con la mano libera e Fin sentí brevemente la sua voce che protestava. Quindi riattaccò. Rimase ferma per alcuni secondi, come stesse ripassando la conversazione nella sua testa, poi si voltò di nuovo verso Fin e si avvicinò mettendo in tasca il telefono.

C'era qualcosa di duro ora nei suoi occhi. Senza emozioni. Disse: – Vuoi la verità? – Fece una pausa per quello che fu chiaramente un lungo, doloroso momento. – Vediamoci dopodomani. A Malaga.

2.

– Non voglio che tu vada –. Di nuovo quel ritornello.

Fin alzò gli occhi sopra il suo computer portatile. Marsaili era ferma sulla porta dello studio. La stanza che un tempo era stata la tana del padre di Artair e dove Fin e Artair avevano ricevuto lezioni di matematica, inglese, storia e geografia, nelle lunghe sere invernali. Fin avrebbe giurato che l'odore della pipa del signor Macinnes aleggiasse ancora nella stanza, anche dopo tutti quegli anni.

Una lampada da tavolo gettava luce sulla tastiera mentre Fin digitava date e orari e controllava i prezzi sullo schermo. – Te lo ripeto. Non voglio che tu vada –. Era lo stesso ritornello che Mona aveva usato la prima volta che Fin era stato rispedito sull'isola per trovare l'assassino di Angel Macritchie.

– Devo sapere, Marsaili.

– Devi andare alla polizia e dir loro quello che sai già. Pensano che tu abbia qualcosa a che fare con l'omicidio di Whistler, per l'amor di Dio. È follia.

– Ci andrò quando conoscerò la verità. Tutta la verità.

– E pensi che la saprai da Mairead? – Il modo in cui pronunciò *Mairead* gocciolava di sarcasmo.

Fin la guardò di nuovo, sentendosi piú nervoso. – Di questo si tratta, non è vero? Io che incontro Mairead in Spagna.

– Ho visto il modo in cui ti guardava, Fin. E ho visto anche lo sguardo nei tuoi occhi. È uno sguardo che conosco. Anche noi siamo stati amanti una volta, ricordi?

Fin la fissò dritto negli occhi. – Non ho alcun interesse per Mairead, Marsaili. Non mi piaceva allora e non mi piace adesso.

Ci fu una pausa momentanea mentre Marsaili digeriva quell'affermazione, chiedendosi se fosse la verità, ma tradendo l'incertezza di una mente annebbiata dalla gelosia.

– Non capisco il motivo per cui tu debba andare lí. Tutti sanno che gli Amran hanno un posto nel Sud della Spagna dove compongono e registrano. Se Mairead aveva qualcosa da dirti, perché non te lo poteva dire qui?

Fin stava perdendo la pazienza. – Non lo so! Ma se devo fare avanti e indietro dalla Spagna per scoprire perché Whistler è morto, allora lo farò. Gesú, Marsaili! Mi ha salvato la vita. Due volte. E l'unica volta che ha avuto bisogno di me, io non c'ero –. Rimase quasi soffocato al pensiero, e si rimise rapidamente a osservare lo schermo del computer.

La ricerca diede come risultato un volo di andata e ritorno da Glasgow a Malaga due giorni dopo, con partenza poco dopo le nove, il ritorno il giorno successivo. Avrebbe dovuto volare a Glasgow l'indomani e pernottare. Premette il tasto «invio» per l'acquisto del volo e pagò.

Quando guardò di nuovo sopra lo schermo Marsaili non c'era piú.

Venticinque

L'area degli arrivi era quasi deserta quando Fin passò attraverso i controlli della dogana e dell'immigrazione. I gruppi di turisti si erano tutti diretti verso gli autobus in attesa e solo una manciata di viaggiatori indipendenti si aggirava nella grande sala vuota e scura. Il sole di mezzogiorno era alto nel cielo, ma filtrava poca luce dalle pareti di vetro che si estendevano lungo un lato. Fuori il cielo era luminoso, abbacinante, la forte luce del sole sbiancava le auto e gli edifici.

Mairead se ne stava solitaria al centro di un pavimento scuro che rifletteva le luci naturali. Fin si mise la borsa su una spalla e attraversò la sala per andarle incontro. Nessun sorriso, occhi privi di calore. – Ho parcheggiato sul tetto, – fu tutto ciò che disse, e girò i tacchi verso la porta.

All'esterno il calore fu quasi uno shock dopo l'autunno delle Ebridi, e Fin si tolse rapidamente la giacca, rimpiangendo di non aver portato vestiti piú leggeri.

Mairead si mise alla guida di un polveroso Nissan X-Trail blu con cambio automatico. Non era un'auto a noleggio e Fin si chiese se fosse suo o se appartenesse alla band, un mezzo di servizio usato in quella città in occasione delle registrazioni delle loro ultime canzoni.

Era una bella giornata. Il cielo azzurro pallido, privo di nubi, si estendeva a perdita d'occhio. Deviarono dall'A7 alla strada costiera a pedaggio e Fin vide il Mediterraneo scintillante sotto di loro a ovest, un blu vibrante, solo leggermente piú scuro del cielo, e file di auto in rapido movimento di fronte a loro dirette a sud e a ovest con i parabrezza che riflettevano la luce solare con lampi intermittenti.

– Dove stiamo andando? – Fin lanciò un'occhiata a Mairead che sedeva al volante a denti stretti, gli occhi fissi sulla strada davanti a lei.

– Alla villa, – si limitò a dire.

Fin contenne la sua curiosità e approfittò della posizione elevata in cui si trovavano per osservare la riarsa pianura costiera spagnola tagliata dalla fascia delle sei corsie dell'autostrada. Alla loro destra, le pendici purpuree della Sierra Bermeja salivano aspre, delineate chiaramente contro il cielo come ritagli di carta. Grappoli di edifici bianchi si annidavano nelle valli e sulle colline, antichi borghi sopravvissuti dai tempi dei Mori. Tutto era in netto contrasto con le migliaia di appartamenti non finiti nei grattacieli che fiancheggiavano entrambi i lati dell'autostrada, abbandonati da tempo dai costruttori il cui denaro era stato prosciugato dalla recessione. Le gru erano state rimosse una volta bloccata la costruzione e gli alberi e gli arbusti avevano già cominciato a recuperare terreno nelle aree dove sorgevano gli edifici. Gli appartamenti portati a termine erano vuoti.

Mairead scrutò Fin e poi seguí la direzione del suo sguardo. – Non riescono a venderli, – disse. – Nessuno vuole essere l'unico proprietario in un palazzo vuoto. Troppo spettrale.

Passarono sotto i cartelli di luoghi che Fin aveva sempre e solo visto nei cataloghi delle vacanze. Marbella. Algeciras. Cadice. Attraversarono due *garitas de peaje*, dove Mairead rallentò per pagare il pedaggio. Ci volle quasi un'ora prima di imboccare l'uscita a Estepona, dove seguirono le indicazioni per un luogo chiamato Casares. La strada poi li condusse attraverso una vasta area di terreni municipali conosciuti come Los Pedregales, oltre una grande centrale elettrica e un impianto di riciclaggio che pompava il suo profumo nel calore vibrante del primo pomeriggio.

Proseguirono attraversando paesini con dei piccoli ristoranti che stavano preparandosi per il pranzo spagnolo a ora tarda. *Venta Victoria. Arroyo Hondo*. Arrivarono su una strada stretta con un susseguirsi di curve che si inerpicavano su una ripida salita tra boschi di pini e querce da sughero.

Nuvole di polvere si formarono dietro di loro mentre affrontavano la strada tortuosa e alberata su cui si affacciavano cancelli occasionali oltre i quali dei vialetti portavano a ville nascoste visibili solo a scorci. Ci vollero venti minuti prima che la strada finalmente ridiventasse piana, un burrone alla loro destra e i pendii alberati che si estendevano sino a un fiume in secca in fondo a vallate che serpeggiavano attraverso le montagne. Il sole splendeva argenteo, abbagliante e scintillante sull'oceano lontano, il debole profilo della costa appena distinguibile tra la foschia.

Ville bianche si nascondevano tra il fogliame, ognuna isolata in un mare di verde e marrone riarso, circondate dalla foresta. E Fin si chiese che cosa sarebbe potuto succedere se fosse scoppiato un incendio tra quegli alberi.

– Siamo arrivati –. Mairead indicò una gola e Fin vide un agglomerato di tetti a tegole rosse e pareti bianche assemblate intorno a un terrazzo a mezza costa, e delle poiane che volavano nelle termiche sopra di loro. Anche dal punto in cui si trovavano si poteva intuire che doveva esserci una vista straordinaria. E quasi come se avesse letto la sua mente, Mairead disse: – In una giornata limpida è possibile vedere lo Stretto di Gibilterra, l'Africa e le montagne dell'Atlante –. Difficile immaginare qualcosa di piú lontano dalle monotone torbiere e dalle coste tempestose dell'isola di Lewis. A Fin sembrò straordinario che la musica celtica della sua patria potesse essere stata scritta, registrata e cantata nel gaelico bello e chiaro di Mairead nel calore e tra i boschi delle montagne selvagge del Sud della Spagna.

Al culmine della salita, Mairead girò improvvisamente a destra e la X-Trail puntò verso il basso in una ripida strada tra i due montanti bianchi di un cancello, con il nome della villa scritto su una piastrella bianca e blu. «Finca Sòlas».

Scesero in un parcheggio recintato e Mairead girò il veicolo prima di spegnere il motore. Quando uscí dall'auto, sull'asfalto, Fin sentí una vampata di calore quasi sconvolgente dopo il freddo dell'aria condizionata.

Sotto il muro alla loro destra, oltre una fila di alberi, una piscina turchese luccicava invitante nel sole del pomeriggio. Fin seguí Mairead lungo le scale attraverso un giardino di spinosi cactus e aloe vera selvatica. Passarono sotto un arco che dava accesso a un fresco passaggio coperto e terminava su una terrazza piastrellata con fontane e laghetti.

In fondo alla terrazza, sotto l'ombra di foglie carnose di un albero di fico, un uomo sedeva a un tavolo dando loro le spalle mentre guardava verso il mare. Alla sua destra aveva un bicchiere contenente qualcosa di rosso, con del ghiaccio non ancora sciolto del tutto che creava condensa sul piano sottostante. Stava battendo sulla tastiera di un computer portatile MacBook.

Si voltò quando sentí aprire la porta sul terrazzo: era un uomo di mezza età, quasi calvo sulla sommità della testa, ma con dei riccioli rigogliosi sui lati e sul retro. Forse in passato erano stati biondi ma ora stavano ingrigendosi. Un po' sovrappeso, le gambe abbronzate in pantaloncini lunghi sino al ginocchio, sandali aperti, una camicia bianca spalancata su un grosso ventre abbronzato da bevitore di birra. La sua faccia marrone si piegò in un sorriso fin troppo familiare, e allungò una mano ancora snella. Sembrava in ottima salute per essere un uomo sepolto due volte.

– Ciao Fin, – disse Roddy. – Quanto tempo.

Ventisei

Fin e Roddy lasciarono Mairead seduta all'ombra di una stuoia stesa sopra un pergolato che copriva il tavolo. Era abbattuta, con gli occhi annebbiati e disse solo poche parole. Forse aveva capito che questa prima breccia nei loro diciassette anni di silenzio poteva segnare solo l'inizio della fine.

Roddy, invece, era sopra le righe, esagitato. Fin seguí il fantasma del suo vecchio amico verso i gradini di una scala che conduceva a un altro livello e attraversò una terrazza rivolta a est fino a un'ampia dépendance sul retro della villa.

– La casa ha sei camere da letto, – disse Roddy. – Abbastanza per ospitare tutti i membri della band quando vengono a provare e a registrare. Naturalmente Strings viene qui piú spesso degli altri. Scriviamo ancora insieme –. Aprí una pesante porta insonorizzata e fece scattare un interruttore che inondò di luce la sala adibita a studio, con file di manopole, pulsanti, fader e quadranti; in un angolo troneggiava un enorme mixer. Attraverso una finestra che correva lungo tutta una parete, le ombre arrivavano fino all'interno dello studio, disseminato di deflettori audio e microfoni appesi. Una batteria era montata all'interno di uno spazio insonorizzato, e un groviglio di cavi che ricordava il mar dei Sargassi poggiava su un tappeto a strisce.

– Stiamo ultimando il nostro dodicesimo cd. La maggior parte è già stata registrata. Sto lavorando al mixaggio –. Si chinò sul banco e premette un interruttore. La stanza si riempí del bel suono degli Amran. Un sintetizzatore, un violino, l'inquietante presenza di un flauto celtico, il tutto sovrapposto al ritmo ripetitivo di una batteria e di un basso rock; e poi la voce triste e pura di Mairead, che cantava il dolore della nostalgia di un abitante delle Ebridi per un passato perduto. Roddy spense di colpo e il silenzio sembrò rimbombare nella stanza. Aveva gli occhi lucidi. – È l'unico modo in cui posso tornare a casa, – disse. – Con la mia musica –. Poi il momento passò, e l'uomo sorrise con un affetto sincero.

– È bello rivederti, Fin, davvero.

Ma Fin provava sensazioni ambivalenti. Sin dal momento in cui aveva letto il rapporto autoptico, aveva sospettato che Roddy potesse essere ancora vivo. Ma confrontarsi con lui in quel modo, in carne e ossa, dopo aver vissuto per due volte il lutto e dopo averlo creduto morto per diciassette anni, era qualcosa piú che vagamente surreale. Disse: – Io invece non so come mi sento, Roddy, nel vederti di nuovo. Di certo confuso, questo è sicuro. E ora come ora piuttosto incazzato.

Roddy rise e gli prese il braccio per condurlo fuori, alla luce del sole. – Non essere arrabbiato con me, Fin. Niente di tutto ciò è colpa mia. Davvero –. Attraversarono la terrazza e guardarono il panorama. Fin vide Mairead col viso all'insú che li osservava dalla terrazza sottostante. – La band farà una tournée negli Stati Uniti l'anno prossimo per promuovere il nuovo cd. Ma, ovviamente, non andrò con loro. Anche se scrivo ancora le canzoni con Strings e sono io quello che ascolti nelle registrazioni, non ho piú potuto suonare dal vivo con gli Amran dopo quella notte terribile di diciassette anni fa. Non hai idea di quanto sia frustrante.

Si voltò a guardare l'amico negli occhi, agitando una mano in modo vago verso la villa.

– Guardati intorno, Fin. Questo posto è un paradiso. Sole tutto l'anno. Una vista bella da morire. L'Africa al di là del mare. Ogni sette anni il sughero viene estratto dagli alberi. Da quando sono qui è stato fatto due volte. Potresti pensare che sia felice. Ma io mi sento come in una cazzo di prigione.

Si voltò, e guardò senza vederlo lo Stretto di Gibilterra, afferrando la sbarra di fronte. Fin notò le nocche diventare bianche per la tensione. – Non hai idea di cosa darei per essere in questo momento sulla spiaggia di Traigh Uige a guardare le montagne di Harris. Sentire il vento in faccia. Sí, e la pioggia. Mi piacerebbe scambiare tutto questo per essere a casa cinque minuti al giorno.

Allentò la tensione e lasciò la sbarra, rilassandosi di nuovo con un sorriso.

– Ma a cosa sto pensando? Che terribile padrone di casa sono. Non ti ho nemmeno offerto un drink.

Fin guardò oltre le cime degli alberi nella valle sottostante. Alla sua sinistra, dove il bosco era stato tagliato, i picchi rasati della Sierra Bermeja raschiavano il cielo. Dei gradini portavano a un giardino inclinato di alberi nodosi e arbusti polverosi, fichi e ulivi, cactus e oleandri. Tutte le piante e i fiori selvatici, a fine stagione, erano riarsi e color marrone bruciato.

Fin si voltò appoggiandosi alla sbarra per guardare la casa con i tetti inclinati in strane angolazioni, una loggia in alto dietro una fila di archi, le camere da letto le con porte-finestre affacciate su di essa. La statua di un Buddha seduto a gambe incrociate era fissata sotto una peschiera, e Mairead fumava sul bordo di una sedia accanto a un tavolo. Non aveva ancora rivolto una sola parola a Fin.

Roddy uscí dalla porta ad arco dalla cucina con un vassoio di bevande e dei bicchieri alti colmi di un liquido rosso frizzante con dei cubetti di ghiaccio. – Vieni a bere qualcosa.

Fin si allontanò dalla ringhiera e attraversò la terrazza salendo i due gradini che portavano alla zona pranzo. Prese una sedia e si sedette di fronte a Mairead all'ombra, mentre Roddy serviva i drink e un piatto di noci di macadamia.

– Ora vi preparo qualcosa da mangiare, – disse. – Va bene una paella? – Sorrise. – Molto spagnola, ma probabilmente fanno arrivare i gamberetti da Stornoway –. Alzò il bicchiere. – *Slàinte.*

Era strano sentire parlare gaelico in quel luogo, a cosí tanti chilometri da casa, in un clima e in una cultura cosí estranei alle sue origini.

Roddy bevve un lungo sorso del suo drink. – Rinfrescante, eh? *Tinto de verano*, lo chiamano gli spagnoli. Letteralmente, il vino rosso dell'estate. Vino rosso mescolato con una bevanda gassata dolce al limone. Lo adoro –. Bevve un altro sorso. – Mi dicono che c'è una distilleria a Uig ora. Abhainn Dearg. Whisky del Red River. È buono?

Fin annuí. – È un buon whisky –. Prese un piccolo sorso di *tinto de verano* e fissò Roddy negli occhi. – Chi ha ucciso Whistler, Roddy?

Fu come se qualcuno avesse premuto un interruttore e spento

una luce da qualche parte dietro gli occhi di Roddy. Il suo viso si rabbuiò. – Non lo so, Fin. Ma mi piacerebbe trovarlo, perché non respirerebbe a lungo.

Fin disse: – Mi sembra che tra te e Whistler non ci sia mai stato un amore folle –. Guardò Mairead che sedeva fissando imbronciata il suo drink. – Anche a proposito delle attenzioni di una certa giovane donna –. Lei gli lanciò un'occhiata cupa.

Ma Roddy scosse la testa. – Certo. Abbiamo avuto le nostre divergenze nel corso degli anni, io e Whistler –. Ridacchiò tristemente. – Whistler ha litigato praticamente con tutti –. Alzò gli occhi per incontrare quelli di Fin. – Ma l'ho sempre considerato uno dei miei piú vecchi e migliori amici. Era come un grosso cane, Fin. Poteva anche morderti di tanto in tanto, ma non avrebbe mai smesso di amarti –. E Fin pensò che non aveva mai sentito una descrizione migliore di Whistler in cosí poche parole. Roddy posò il bicchiere sul tavolo facendo scorrere la punta delle dita sul bordo e guardando pensieroso la rossa effervescenza. – Gli dovevo piú di quanto sappia la maggior parte delle persone.

– In relazione alla... tua «morte»? – disse Fin.

Roddy annuí senza alzare gli occhi.

– Raccontami.

Roddy guardò Mairead, assorbendo ma ignorando la sua disapprovazione. Trasse un lungo respiro. – Suppongo che dovrei cominciare dall'inizio.

– Be', visto che sappiamo già come va a finire, – disse Fin, – forse sarebbe una buona idea.

Roddy si appoggiò allo schienale della sedia e mise la mano nella tasca della camicia per prendere un pacchetto di sigari. Ne estrasse uno, lo accese, e sbuffò riflettendo per alcuni momenti. Un fumo bluastro salí intorno alla sua testa formando morbide spirali nella calura del pomeriggio.

– Forse ti ricorderai la ragazza con cui stavo durante il secondo anno a Glasgow. Caitlin. Aveva i genitori che possedevano quella grande cazzo di villa con la piscina a Pollokshields.

Fin annuí. La ricordava bene. La ragazza bionda nuda in piscina con Roddy la notte in cui Fin e Mairead erano stati insieme per la prima volta.

– E quel suo cazzo di fratello, Jimbo –. Roddy sputò quasi il suo nome. – Gasato bastardo, con una faccia che non ti saresti mai stancato di prendere a calci.

Fin fu preso alla sprovvista dalla ferocia di Roddy. Ricordava Jimbo, impettito in casa dei suoi genitori, come se fosse il padrone. Un ragazzino ricco e viziato.

Sembrò che Roddy dovesse costringersi a rilassarsi per continuare il racconto. Rovesciò la testa all'indietro e soffiò il fumo verso la stuoia sopra di loro; gli spiragli che passavano attraverso spandevano sul tavolo una luce che pareva polvere fatata. – Colpa mia, davvero. Credo. Ero innamorato perdutamente di Caitlin. Ossessionato –. Guardò Mairead e sembrò imbarazzato di confessarlo in sua presenza. – E pensavo che lei provasse lo stesso per me –. Sorrise e scosse la testa. – Anche se forse ho sempre saputo che c'era qualcosa in lei che aveva a che fare con la mia fama –. Aggiunse, inutilmente: – Stavamo iniziando ad avere successo a quei tempi.

Mairead disse: – Attieniti ai fatti, Roddy –. La sua insofferenza era palese.

Roddy bevve un altro sorso dal bicchiere. – Hai capito anche tu vedendo la casa che i suoi genitori erano decisamente benestanti. Mi disse che il padre lavorava in banca e aveva gusti costosi. Abbigliamento, scarpe, buon cibo, buon vino. Ma ciò che io le davo, Fin, e che nessun altro poteva darle, era il brivido del volo. Imparare a pilotare quel vecchio Piper Comanche è stato il miglior investimento che abbia mai fatto. Lei lo adorava. Non ne aveva mai abbastanza. Voleva stare in aria ogni volta che avevamo un momento libero. Mi disse anche che era interessata a imparare a volare lei stessa –. Sbuffava dalle labbra serrate. – E come un idiota mi sono anche offerto di pagarle le lezioni.

Rimase seduto a lungo perso nei suoi pensieri, fumando tranquillamente il sigaro. Fin osservò Mairead dall'altra parte del tavolo, ma lei si ostinava a evitare il suo sguardo.

Infine, Roddy disse: – Fu un'idea di Caitlin quella di volare fino a North Uist e atterrare a Solas Beach –. I suoi occhi guizzarono verso Fin. – Ironico, non è vero? Solas. Senza accento, naturalmente. E il toponimo non deriva dalla parola che significa «benessere». Tutto tranne quello –. Fin lo vide stringere la mascella. – Comunque Caitlin mi disse di aver letto da qualche parte, in qualche rivista, che era possibile far atterrare un piccolo aereo sulla sabbia con la bassa marea. Era quasi piena estate e pensò che sarebbe stato romantico se avessimo potuto volare lassú, atterrare sulla spiaggia a mezzanotte e farci un picnic con il solstizio. Forse anche pernottare. Dormire sotto le stelle –. Si strinse nelle spalle e sorrise rammaricato. – Mi sembrò una buona idea.

Vuotò il bicchiere e si alzò, sopraffatto da un'improvvisa irrequietezza, e si voltò verso il bordo della terrazza appoggiandosi con le mani sulla sbarra.

– Avevo già volato fino alle Ebridi. Non era difficile. Ma non sapevo se sarebbe stato possibile atterrare sulla spiaggia e tornare indietro. Avrei avuto bisogno di una speciale abilitazione per il volo strumentale, anche se non diventa mai davvero buio in quel periodo dell'anno. Ma non c'era abbastanza tempo per modificare la mia licenza tanto da poter volare di notte o in condizioni di visibilità limitata, e quindi l'ho fatto lo stesso. Abbiamo guardato le previsioni del tempo e sembravano quasi perfette per il 21 giugno. Cosí abbiamo deciso che quello sarebbe stato il giorno.

Si voltò, seduto a metà sulla sbarra, le braccia incrociate sul petto. Mairead gli dava le spalle e si accese un'altra sigaretta, e a Fin parve che Roddy stesse guardando dritto attraverso di lui, perso in un mondo di ricordi lontani.

– Il tramonto al solstizio d'estate a North Uist è alle 22.30, e sapevo che non avrei potuto atterrare con il buio. Cosí siamo partiti con largo anticipo per arrivare prima del tramonto. Era una bella notte, Fin. Perfetta per volare. Non avevo mai visto il cielo di un blu cosí scuro, il rosso fuoco del tramonto illuminava il mare con striature arancioni e gialle lungo l'orizzonte. L'ultima luce del giorno aveva raggiunto le montagne di Harris contro il cielo a nord mentre stavamo volando in cerchi sempre piú bassi sulla spiaggia. Una mezzaluna quasi perfetta di sabbia era esposta per la bassa marea. Ho fatto due passaggi per assicurarmi che le condizioni fossero adatte per l'atterraggio, poi al terzo giro ho iniziato la manovra.

Fin capí che Roddy, nella sua mente, era tornato nella cabina di guida di quel piccolo aereo monomotore, mentre si preparava ad atterrare su una strana spiaggia in una notte di mezza estate, senza fiato, eccitato, spaventato. E con una donna su cui far colpo accanto a sé.

– Ero nervoso, certamente. Ho continuato a dare leggermente gas per un atterraggio il piú morbido possibile, scendendo piú veloce del solito perché non c'era alcun limite di lunghezza. E ho cercato di tenere alto, per quanto potevo, il muso dell'aereo per assicurarmi che non affondasse nella sabbia asciutta –. Il suo viso si illuminò nel rivivere quel momento, l'orgoglio era percepibile nella sua voce. – Poi sono atterrato e ho spento il motore; Caitlin era impazzita, come se avessi appena trasformato l'acqua in vino –. Scosse la testa. – Fu una bella sensazione, Fin, atterrare su una spiaggia come quella. Saltare giú sulla sabbia compatta, con il vento in faccia, e l'ultimo squarcio del giorno che dalle dune allungava le ombre sull'acqua. Mi voltai per aiutare Caitlin a scendere, tenendola tra le braccia e la baciai… e nemmeno mi resi conto di quanto fosse fredda. E non mi riferisco alla temperatura del corpo –. La sua espressione si indurí. – Fu allora che mi girai e vidi tre uomini che attraversavano la spiaggia venendo verso di noi. In un primo momento non pensai nulla di particolare. Non avevo motivo di allarmarmi. Non avevo fatto nulla di male –. Trasse un lungo, lento respiro. – Poi mi resi conto che l'uomo che li guidava era Jimbo, il fratello di Caitlin.

Il respiro si fece piú intenso mentre ricordava il momento e il volto avvampò dietro l'abbronzatura. In quel momento per lui era tutto reale come allora. – All'inizio ero confuso. Mi strinse la mano, salutandomi come un amico che non vedeva da tempo, e si congratulò con me per l'atterraggio. Poi si rivolse a Caitlin e disse: «Ben fatto, ragazza». Quindi notai che gli uomini che erano con lui portavano borsoni di tela marrone. Jimbo disse: «Un po' di bagaglio extra che riporterete indietro con voi» –. Roddy aprí le braccia, le mani dietro di sé strette alla sbarra e si concentrò su Fin. – Chiamami tonto, Fin, ma mi ci volle un po' per capire che si trattava di un carico di droga e che io ero appena stato fregato. Mi ricordo che mi voltai per guardare Caitlin, e di come lei evitasse il mio sguardo. Che cazzo di stupido ero stato!

Si allontanò dalla sbarra e si accasciò sulla sedia, attingendo a ciò che restava del suo sigaro.

– Venne fuori che il padre di Caitlin non aveva niente a che fare con le banche, ma con l'eroina, la cocaina e la cannabis. Un business di famiglia, a quanto pareva, e che rendeva molto bene. Aveva intenzione di diventare il principale fornitore di droghe illegali nell'Europa del Nord. Ambizioso. Voleva rimpiazzare i boss della droga a Liverpool e Manchester che erano pressati dalla polizia. E Caitlin era la trappola al miele che avevano preparato per me. Per me e per il mio Comanche. Volevano qualcuno «pulito» per trasportare i carichi. Cinquemila chilometri di costa intorno alla Scozia. Impossibile da controllare –. Si chinò in avanti per spegnere attentamente il sigaro nel portacenere. – Come puoi immaginare, rifiutai di aiutarlo. Ma Jimbo mi chiarí le conseguenze di una mancata cooperazione. Mi avevano catturato nella loro rete quella sera: non c'erano possibilità che mi lasciassero andare. Non solo mi minacciarono di violenze fisiche ma, se non avessi volato per loro, ci sarebbe stata una telefonata anonima alla polizia che avrebbe trovato nascosto da qualche parte sul mio aereo un pacchetto che mi avrebbe fatto passare metà della mia vita in carcere –. Respirò duro, a denti stretti. – Mi avevano incastrato, Fin. Senza via d'uscita.

Il crepuscolo era sceso in un attimo su di loro, cadendo come una polvere sottile di carbone in tutta la valle; le montagne alle loro spalle creavano lunghe ombre verso la costa. Il sole nascosto lanciava ancora la sua luce da un oceano lontano. L'aria calda della sera si era riempita con il suono delle cicale e delle rane e le ultime poiane volavano in cerchio sulle loro teste, come se sperassero di trovare qualcosa rimasto in cui rovistare dopo che Roddy aveva terminato di rivangare nel suo passato.

Roddy non aveva ancora finito di raccontare, ma si rese conto all'improvviso che il giorno stava scivolando via. – Perdonami, – disse. – Devi essere affamato. Mi metto a cucinare quella paella. È tutto pronto e non dovrebbe volerci troppo –. Prima di lasciarli, accese delle grandi candele sul tavolo e attorno alla terrazza, poi scomparve nel buio della casa. Venne accesa una luce in cucina e, attraverso la terrazza, cadde dalla finestra una lastra di giallo, che ora sfarfallava a causa della candela che gettava intorno strane ombre danzanti, come un bizzarro teatro di marionette.

Il volto di Mairead era quasi del tutto in ombra. Solo la linea del naso e la curva della fronte sopra l'occhio destro erano visibili. Anche i suoi occhi erano al buio. L'oscurità era arrivata dopo il crepuscolo come una saracinesca sul giorno. Fin e Mairead ascoltavano in silenzio i rumori provenienti dalla cucina di Roddy intento a preparare la paella. C'era anche della musica. Una chitarra flamenca e il lamento di una gutturale voce aliena che cantava una melodia stonata di una cultura antica che doveva piú all'Africa araba che all'Europa. Fin chiuse gli occhi per un attimo e si chiese come fosse stato possibile mantenere il segreto per cosí tanto tempo. Mairead si accese una sigaretta e il suo viso si illuminò brevemente nel buio. Fin disse: – Tu sapevi di tutto questo?

Mairead aspirò la sigaretta e soffiò il fumo nella notte, scuotendo la testa. – No, niente. L'ho saputo solo quando si è confidato con me e mi ha detto come pensava di fuggire –. Girò la testa verso Fin, ma lui non riuscí ancora a vedere i suoi occhi. – Tutto ciò è avvenuto mentre tu e io stavamo vivendo la nostra… come vorresti chiamarla? Storia? Avventura? – Quando Fin non rispose, lei disse: – Certo, mi ero accorta del cambiamento. Non eravamo amanti all'epoca, ma quando suoni con qualcuno in una band è come se ci vivessi insieme. Sai com'è.

Fin annuí.

– Era diventato cupo, introverso. Non come il Roddy che conoscevamo. E tu conosci Roddy. Era come un libro aperto. Non importa se fosse felice o depresso, ti doveva dire il perché. Ma non era piú cosí. Era reticente, passava sempre meno tempo con i ragazzi. Notai che stava perdendo peso e mi chiedevo se fosse malato. C'era qualcosa di sbagliato, lo sapevo per certo. Ma non avevo idea di cosa fosse fino alla notte in cui me lo disse.

Scosse la sigaretta nel posacenere e, mentre aspirava un altro tiro, Fin vide del rimorso nei suoi occhi. Occhi che guizzavano riluttanti nella sua direzione. E si chiese se fosse davvero rimorso ciò che vide.

– Me lo disse la notte in cui manifestò l'intenzione di scomparire per sempre. La stessa notte in cui io e te abbiamo rotto –. Fece una pausa. – E questo è il motivo.

Dopo tutti quegli anni, finalmente, Fin capí.

– Roddy era in difficoltà, Fin. Aveva bisogno di me. E c'era stato troppo tra di noi perché io potessi dargli qualcosa meno del cento per cento –. Ma la spiegazione non era necessaria.

Non ebbero il tempo di soffermarsi su quell'argomento o discutere ulteriormente. Roddy uscí dalla cucina con una bottiglia e tre bicchieri. Li posò sul tavolo e tolse il tappo con un gesto teatrale. Il suo buonumore, a quanto pareva, era ricomparso.

– Rioja, – disse. – Gran Reserva. Il migliore che ci sia. Liscio come il burro sulla lingua, scivola via come seta alla vaniglia –. Riempí i bicchieri. – Assaggia, Fin.

Fin sorseggiò e annuí. – È buono –. Ma il vino non era la sua passione e Roddy sembrò deluso.

– La paella sarà pronta fra poco –. Scomparve, e ritornò con tre piatti e le posate, poi ricomparve a tavola dieci minuti dopo con una grande paella fumante piena di riso, gamberi, pollo e cozze. La mise al centro del tavolo e si sedette. – Abbuffiamoci, ragazzi.

Si servirono e mangiarono per un po' in silenzio, fino a quando Fin non riuscí a contenere ulteriormente la sua curiosità. – Allora, che cosa accadde, Roddy?

Roddy lo guardò e l'entusiasmo per il cibo svaní rapidamente. Sospirò, spingendo il piatto mezzo vuoto lontano da sé e alzando il bicchiere alle labbra. Lasciò che il vino gli scorresse sulla lingua e lo assaporò per un momento. – Trasportai per loro dieci o undici carichi a partire dalla metà di luglio, e Jimbo venne sempre con me. Ero finito in un tunnel senza alcuna luce all'orizzonte, Fin. Ero troppo angosciato per andare alla polizia e, probabilmente, non avrei vissuto a lungo se lo avessi fatto. Poi mi venne in mente un piano –. Fece una risata amara che quasi lo soffocò. Bevve un altro sorso di vino. – Era infallibile, pensai. Avrei dovuto scomparire. Io e l'aereo, insieme. Da qualche parte sul mare. Se avessero pensato che ero morto non mi avrebbero potuto fare niente.

Riempí il bicchiere, sporgendosi in avanti sul tavolo e cullandolo tra le mani. Fin vide i sui occhi vitrei alla luce riflessa delle candele.

– Non ho mai compilato un piano di volo su quelle tratte fino a Solas, quindi nessuno mi ha mai fatto domande. Ovviamente imbarcavo abbastanza carburante per poter andare e ritornare. Ma la notte in cui pensai di scomparire presentai un piano di volo verso Mull, la pista di atterraggio a Glenforsa. Un breve volo di andata e ritorno, cosí quando fossi scomparso mi avrebbero cercato nel posto sbagliato. Feci un rifornimento sufficiente per arrivare fino alle

Ebridi Esterne, ma non abbastanza per fare ritorno. Doveva essere un viaggio di sola andata –. Sorrise tristemente. – Per l'eternità.

Bevve parecchio vino, fissando pensoso l'oscurità, rivisitando i ricordi dolorosi nella sua mente.

– Rimasi vicino alle montagne nel tragitto lungo la costa occidentale, per creare problemi ai radar primari. Non volevo che qualcuno mi vedesse. Ignorai i ripetuti richiami da parte del controllo del traffico aereo, poi esclusi il radar secondario spegnendo il transponder, raccontando al controllo del traffico che si era rotto. Da lí in poi silenzio radio. Naturalmente, per quanto ne sapeva Jimbo, si trattava solo di un altro trasporto e atterrammo a Solas come al solito.

«Non c'era mai nessuno lí a venirci incontro. Era solo il posto dove raccogliere i pacchi. Non ci sono case che si affacciano sul mare e il villaggio di Solas è dall'altra parte delle dune. Il mio piano era di aspettare all'aeroplano mentre Jimbo andava a ritirare la merce e poi volare via senza di lui.

Respirava tra i denti ricordando la frustrazione, e scosse la testa.

– Ma temo di aver trasmesso delle vibrazioni. Ero nervosissimo e devo averlo fatto capire anche a lui. Insistette che lo accompagnassi. Cosa potevo fare? Non potevo rifiutare, cosí lasciammo il motore acceso e ci incamminammo frettolosamente sulla sabbia sin dove la roba era nascosta, tra l'erba alta. Io fremevo, Fin. Era tutto pronto. Se non l'avessi fatto in quel momento credo che non lo avrei rifatto mai piú. Portavo una delle borse, ed era abbastanza pesante. Parecchi chili, penso. Non so cosa contenesse. Probabilmente della droga. Comunque lo colpii sulla testa con quella borsa, da dietro, piú forte che potevo. Cadde come un sacco di patate, e io mi misi a correre a piú non posso verso l'aereo. Pensavo di avercela fatta. Ma proprio mentre stavo arrivando, lo sentii respirare come un treno a vapore dietro di me. Cercai di salire sull'ala, ma mi tirò giú. Aveva la forza di un maledetto bue. Gli scendeva del sangue sul collo e voleva chiaramente uccidermi.

Roddy guardò in un abisso lungo diciassette anni, respirava a fatica, come se fosse ancora lí.

– Sapevo che dovevo abbatterlo o per me sarebbe finita. Ma era forte, quel bastardo. Cercò di colpirmi e io mi difesi, e poi lo spinsi con forza. Barcollò all'indietro –. Roddy chiuse gli occhi.

– Proprio addosso all'elica, che gli spappolò metà della testa uccidendolo all'istante.

Fin ora aveva capito come mai il corpo nell'aeroplano presentava quelle terribili ferite al cranio. Immaginò che tragedia doveva essere stato quel momento.

– Era morto, Fin. Stecchito. Il suo cervello era sparso su quella cazzo di spiaggia. In un primo momento non sapevo cosa fare. Il mio istinto immediato fu quello di salire sull'aereo e andarmene. Ma poi capii che non potevo lasciarlo lí. La sua famiglia avrebbe capito che l'avevo ucciso, e non avrebbero mai creduto che fossi scomparso subito dopo. Nessuno l'avrebbe creduto –. Respirò profondamente e Fin lo sentí tremare. – Allora cominciai a pensare piú lucidamente. Gli feci indossare la mia giacca, con dentro il mio portafoglio e altri generi personali, nel caso qualcuno lo avesse trovato. Poi lo misi seduto in cabina di pilotaggio –. Si passò una mano sul viso in ricordo di quell'orrore. – Non hai idea di quanto sia stato difficile, Fin. Era un peso morto. Letteralmente. Sangue ovunque. Mi ci vollero circa venti minuti prima di riuscire a sistemarlo sul sedile del passeggero, chiudere la porta della cabina e decollare.

Roddy sembrò improvvisamente consapevole dei due volti che lo fissavano, tutto assorbito nel racconto degli eventi di quella notte. Mairead doveva aver già sentito tutto. Forse molte volte. Ma era come paralizzata, tanto quanto Fin, dalla sua rivisitazione sotto le stelle di quella calda serata spagnola. Roddy prese la bottiglia e riempí tutti i bicchieri. Tirò fuori un altro sigaro e lo accese.

– Presi la droga e la lasciai cadere dall'aereo una volta arrivato sopra l'oceano. Sapevo che l'arrivo della marea avrebbe cancellato le prove della morte di Jimbo. Poi impostai una rotta, come previsto, per le montagne a sudovest di Lewis.

«Era la fine di luglio. Il sole tramontava attorno alle 22.00. Era già piú tardi, ma c'era ancora luce, e sapevo esattamente dove stavo andando. Avevo Mealaisbhal come punto di riferimento, mentre volavo a bassa quota tra le montagne. Avevo già passato un lago appena poco piú a nord. Nascosto in una valle, distante chilometri da qualsiasi abitazione. Sapevo quindi che nessuno mi avrebbe visto o sentito in quel momento della notte. Volai dritto lí, basso e piatto, con il carrello retratto, e atterrai sull'acqua con la pancia dell'aereo. Un istante spaventoso. Ma per essere onesto,

Fin, ero oltre la paura a quel punto, e non c'era modo di tornare indietro. Avevo usato quasi tutto il carburante, come previsto dal piano. Non volevo che si formassero delle chiazze di petrolio rivelatrici sulla superficie del lago.

Aspirò il sigaro e attraverso il fumo raccontò di come fosse uscito dall'abitacolo, avesse spostato il corpo di Jimbo sul sedile del pilota per poi legarlo.

– L'aereo galleggiava, e probabilmente ci avrebbe messo molto tempo per affondare. Troppo per i miei scopi. Ma la cosa buona del Comanche è che il carburante viene immesso da collettori posti su entrambe le ali ai lati della cabina di pilotaggio, e le ali erano già sott'acqua. Cosí andai sulle ali e aprii i collettori. I serbatoi si riempirono d'acqua e l'aereo affondò.

Fin disse: – L'acqua dev'essere stata gelida anche se era luglio.

– Era freddissima, Fin. Davvero. Ma ci sono rimasto immerso abbastanza a lungo per lavare via il sangue di Jimbo. Perché c'era qualcuno che mi aspettava sulla riva con dei vestiti asciutti e non volevo che vedesse il sangue o sapesse del corpo nell'aereo.

– Whistler, – disse Fin.

Roddy annuí, imbarazzato. – Non ce l'avrei fatta da solo. Avevo bisogno di vestiti, portati dalle montagne. Whistler era l'unico di cui mi fidassi. Gli avevo raccontato tutto.

– Non tutto, Roddy. Non gli hai detto di Jimbo. E ciò lo ha reso complice in un omicidio, anche se non lo sapeva.

– Non ho ucciso Jimbo! – Roddy alzò la voce in segno di protesta. – È stato un incidente.

– Credo che su questo punto avresti difficoltà a convincere una giuria.

Roddy lo fissò per un attimo, poi si rassegnò all'interpretazione che senza dubbio tutti avrebbero dato. La sua voce si abbassò di nuovo. – È stato un incidente.

– Quindi ti sei incontrato con Whistler sulla riva, – sollecitò Fin.

– Sí. Mi aspettava, come promesso. Mi tolsi i vestiti bagnati e li seppellimmo nella torba. Mi vestii con le cose asciutte che aveva portato Whistler e scendemmo nella valle al chiaro della luna, fino al punto in cui Whistler aveva lasciato una 4 x 4 per noi. Abbiamo guidato sino a Harris, e il mattino dopo per prima cosa sono salito sul traghetto che porta da Tarbert a Skye. Vestito come un escursionista. Un cappello di lana e un cappuccio, in modo che nessuno potesse riconoscermi.

Mairead parlò per la prima volta, inaspettatamente, e la sua voce quasi li spaventò nel buio. – Ci siamo incontrati una volta sceso dal traghetto a Skye. Ero arrivata lí la sera prima, subito dopo averti lasciato al *Cul de Sac*.

– Le raccontai tutto, – disse Roddy. – A proposito di Jimbo, voglio dire. E venimmo qui in Spagna per cercare un posto dove stare. Un posto dove avrei potuto in qualche modo essere ancora un membro della band, almeno per la parte riguardante la scrittura e la registrazione, ma morto per il resto del mondo. Perso con il mio aereo da qualche parte nel mare delle Ebridi Interne.

Fin disse: – Ovviamente il resto della band era venuto a conoscenza della storia completa.

– Oh, non della parte relativa a Jimbo, – precisò Roddy. – Non lo abbiamo mai detto a nessuno.

Fin guardò Mairead. – Deve essere stato imbarazzante per voi nei confronti degli altri quando abbiamo ritrovato il corpo di Jimbo nell'aereo.

Lei abbassò gli occhi. – Lo è stato e lo è ancora.

Roddy fissò Fin in modo molto diretto, con una richiesta negli occhi. – Se questa cosa dovesse mai saltar fuori, Fin, intendo il fatto che io sono vivo, ci sono ancora delle persone che verrebbero a cercarmi.

Fin sedette fissando il vino per molto tempo prima di prenderne un piccolo sorso. – Se taccio, sapendo quello che so, diventerei complice a posteriori di un omicidio.

– Ti avevo detto di non dirgli niente, – disse Mairead. La sua voce era dura e carica di tensione.

Ma gli occhi di Roddy non si staccavano da quelli di Fin. – Non dirai niente a nessuno, vero Fin? Insomma, chi ne avrebbe un beneficio? Certamente nessuno di noi. Non c'è niente da cui trarre dei vantaggi. Servirebbe solo a mettere a rischio delle vite.

Fin restituí a Roddy l'occhiata. – La tua.

– Sí, la mia.

Fin ci pensò su. Non c'era, dopotutto, un collegamento apparente tra l'uccisione di Whistler e il corpo nell'aereo. Eppure la coincidenza era preoccupante. Whistler era rimasto scioccato nello scoprire quel corpo. E doveva aver capito che Roddy non gli aveva detto tutta la verità; forse sospettava anche che lo avesse ingannato e che Mairead fosse sua complice. Ricordò il modo in cui Whistler l'aveva guardata al cimitero. La sua voce rabbiosa fuori dal *Cabarfeidh*.

Allo stesso tempo, la richiesta di Roddy a Fin di mantenere il silenzio era lusinghiera. Pur conoscendo i rischi nel dire la verità, Roddy aveva riposto la fiducia sul fatto che un vecchio amico non l'avrebbe tradito. Mairead, chiaramente, non condivideva la sua fiducia.

Fin sospirò e spinse via il suo piatto. C'era ancora qualcosa che gli sfuggiva. Qualcosa di ovvio che non considerava, una connessione che non stava collegando. – Chi altro sapeva? – disse. – Non della morte di Jimbo, ma della tua morte simulata.

– A parte la band?

Fin annuí.

Roddy scosse la testa. – Nessuno.

– Ne sei sicuro?

– Sí –. Ma poi esitò. – Be', c'era un'altra persona. Qualcuno a cui implicitamente tutti abbiamo dato fiducia. E ancora è cosí. Nel senso che non ha mai detto una parola in tutti questi anni.

Fin si accigliò. – Chi?

Ventisette

1.

Si trattava dello stesso sole che a Fin aveva bruciato la pelle in Spagna, ma quattromila chilometri piú a nord lo avevano ridotto a un pallido disco in un cielo nebbioso che riusciva a compensare a malapena il vento freddo da nordovest.

La ventata gelida di quell'aria dalla brughiera si abbatté su Fin appena sceso dall'aereo a Stornoway. Si diresse velocemente all'edificio del terminal. L'estate indiana se n'era andata da tempo, ma quel giorno era secco e luminoso e, per una volta, la pioggia sembrò molto remota.

Il viaggio verso casa fu pieno di pensieri ansiosi su Roddy, Whisler e il corpo nell'aereo. Per quanto cercasse con tutte le forze di distogliere quel pensiero dalla mente, Fin provava un forte senso di colpa. Aveva capito subito dalla reazione di Whistler che c'era qualcosa che andava oltre il ritrovamento del corpo. Eppure aveva lasciato andare alla deriva quella situazione, non riuscendo a farvi fronte fino a quando era diventato troppo tardi. Se avesse perseverato, forse Whistler sarebbe stato ancora vivo. E quel dubbio, lo sapeva, lo avrebbe perseguitato per il resto dei suoi giorni.

Ma anche dopo aver passato in rassegna tutti i pensieri e le emozioni, ne restava ancora uno in sospeso. Un solo nome. Un nome che era uscito in Spagna dalle labbra di un uomo morto, e che aveva turbato Fin lasciandolo incerto su come procedere.

La sua Suzuki stava aspettando nel parcheggio, lí dove l'aveva lasciata, ancora bagnata e scintillante dall'ultima doccia di acqua piovana. Salí, mise in moto i tergicristalli e si allontanò dall'aeroporto oltre la collina verso Oliver's Brae. La luce del sole si riversava sul porto esterno di Stornoway, in lontananza, rimbalzando sui vetri del terminal dei traghetti. La città gli si sarebbe presentata davanti con un crocevia di scelte, situazione che non aveva ma gradito in vita sua. Solo all'ultimo momento prese una decisione girando a sud della città alla rotonda appena oltre il negozio Coop e dirigendosi verso Uig.

Si era completamente dimenticato della giornata di gala. Il ri torno a casa, per un giorno solo, di tutti i settantotto scacchi d Lewis. Sessantasette pezzi erano conservati al British Museum di Londra, deposito dei reperti trafugati provenienti da tutto i mondo. I rimanenti undici erano a Edimburgo, comunque lon tano da casa. Ricordò l'auspicio di Whistler il giorno in cui s erano incontrati per la prima volta a casa sua da quando eran adolescenti. «Dovrebbero stare tutto l'anno a Uig. Una mostr speciale. Non bloccati nei musei di Edimburgo e Londra. Fors la gente verrebbe a vederli e si potrebbe creare un giro di dena ro». Be', quel giorno stavano generando un bel giro di denaro pensò Fin. C'erano centinaia di auto e una serie di pullman par cheggiati fino al lato della strada e lungo i prati, e un migliaio piú di persone sulla spiaggia che, con la bassa marea, era stat trasformata in qualcosa di simile a una fiera.

Fin accostò nei pressi dell'*Uig Lodge* e camminò lungo i prati in salita per dare uno sguardo alla spiaggia da una posizione piú elevata Il vento soffiava, come sempre, ma Dio era dalla parte degli scacchi che avevano portato il sole. Era davvero strano vedere quella spiag gia normalmente deserta, in un angolo remoto dell'isola, popolat da centinaia di turisti, gente del posto e della stampa, tutti insiem tra bancarelle di legno temporanee e tende piantate sulla sabbia Era come una tela gigante dipinta da Laurence Lowry. C'eran escursioni in barca che andavano e venivano dalla riva lontana, gite con elicotteri che decollavano e atterravano da una zona al d sotto della chiesa di Baile-na-Cille. C'era un castello gonfiabile co dei bambini urlanti, e un trenino. Si poteva giocare a tombola, fa re il tiro al bersaglio per abbattere le noci di cocco e indovinare i peso di un salmone. C'erano gare di mungitura di pecora e lanci dell'*haggis*. Era una straordinaria manifestazione di ottimismo in u clima che, nove giorni su dieci, avrebbe rovesciato pioggia sulla festa

La chiesa era al centro dell'attenzione. Lí i pezzi degli scacch erano collocati in vetrine sotto rigide misure di sicurezza, e du giocatori di fama erano impegnati in una battaglia di ingegno con trentadue dei pezzi originali. C'era folla intorno alla chiesa, un flusso costante di persone che andava e veniva e formava una linea serpeggiante che risaliva dalla spiaggia.

Il massimo della stravaganza sulla spiaggia era rappresentato da una scacchiera gigante, ogni casella delle dimensioni di sessanta centimetri quadrati. I pezzi di Whistler riempivano la scacchiera, fieri guerrieri vichinghi compiaciuti, nel loro campo di battaglia bianco e nero, con i movimenti sincronizzati alla partita che si stava giocando nella chiesa, ogni mossa trasmessa ai volontari che muovevano i pezzi con dei walkie-talkie.

Whistler sarebbe stato orgoglioso di vedere le sue sculture muoversi in quel modo, pensò Fin. La confusione sulla loro messa in opera doveva essere stata risolta in qualche modo. Ma se Whistler non era già stato pagato, allora non lo sarebbe stato di certo adesso.

Fin tornò alla sua jeep e guidò sino alla rotonda del bivio che portava alla casa di Whistler. Il rettangolo attentamente curato di terra che si estendeva lungo la collina sarebbe senza dubbio andato in rovina ora, rendendo vani gli sforzi di Whistler, perché la natura che non ha alcun rispetto per gli sforzi effimeri dell'uomo. Arrivò sulla ghiaia davanti alla casa e vide che le eliche delle turbine eoliche di Whistler continuavano a generare un'elettricità che non sarebbe mai stata usata.

Non c'erano piú resti del nastro delimitante la scena del crimine che di sicuro era stato posto sulla porta subito dopo l'omicidio di Whistler. Gli esperti della scientifica avevano ricercato le impronte digitali, scattato delle foto, raccolto sangue e fibre sul pavimento ed erano ormai lontani. La porta non era chiusa a chiave e Fin la spinse. L'aria all'interno aveva un sentore di antisettico ed era soffocante e umida. I mobili erano stati raddrizzati e il pavimento ripulito. Le uniche tracce rimaste del caos che si era creato erano la tenue sagoma di gesso disegnata sul pavimento, la macchia di sangue che si era formata per terra e la traccia, sempre di sangue, lasciata da Whistler quando aveva tentato di trascinarsi verso la parete di fondo.

Fin si sedette sul bordo del logoro e malconcio vecchio divano, guardandosi intorno. Ricordò l'indignazione di sua zia sullo stato di manutenzione della casa e la sua rabbia nel trovare solo birra in frigo. Gli venne in mente il giorno in cui si era seduto su quel divano, tremante dopo essere stato salvato da morte certa nel fiume Tathabhal, mentre beveva il tè al whisky di Macaskill. E ricordava anche di com'era stato abbracciato da Whistler quando si erano ritrovati per la prima volta dopo tanto tempo. Il suo grande e ruvido faccione con la barba contro quello di Fin, il calore e l'affetto nei suoi occhi. E sentí il dolore dentro di sé a cui, pochi momenti dopo, fecero seguito la rabbia e la volontà di concentrarsi.

Batté le palpebre per schiarirsi la vista ed esaminò la sagoma delimitata dal gesso sul pavimento. Una gamba diritta, l'altra piegata all'insú, il ginocchio a livello della vita. Un braccio steso di fianco, l'altro oltre la testa. E Fin ricordò quel che gli aveva detto Gunn il giorno in cui si era introdotto nella sua cella alla stazione di polizia. «Sembra che si sia trascinato sul pavimento mentre lui era svenuto. La scia di sangue che ha lasciato fa pensare che stesse cercando di raggiungere qualcosa».

Fin cercò di immaginare quello che Whistler avrebbe potuto cercare di raggiungere. E poi d'un tratto lo capí, e tutto andò a posto, come le icone sul rullo di una slot-machine. Era certo di sapere chi aveva ucciso Whistler. Ma era ancora alle prese con il movente.

Estrasse il cellulare dalla tasca e trovò il numero che stava cercando nella rubrica.

Sentí la voce di Gunn quando rispose dopo il terzo squillo.

– George?

Gunn sospirò. – Basta favori, signor Macleod.

– Nessun favore, George. Ma ho bisogno che tu venga a Uig, e credo di poterti mostrare chi ha ucciso Whistler.

Ci fu un lungo silenzio. – Perché non può semplicemente dirmelo?

– Perché prima ho bisogno di essere sicuro. E ho bisogno che tu porti qualcosa.

– Cosa?

– Le foto del corpo sulla scena del crimine. Solo i campi lunghi.

Sentí Gunn che inspirava rumorosamente. – È uno scherzo, signor Macleod!

– So che puoi farlo, George. Anche solo delle copie.

– Mi farà cacciare dalla polizia.

Fin non poté trattenere un sorriso. – Grazie, George –. Esitò.

– E c'è solo un'altra cosa –. L'esasperazione di Gunn gli esplose nell'orecchio.

2.

Uscí dallo spazio claustrofobico della casa e cercò un posto per sedersi sulla collina a guardare la spiaggia mentre aspettava Gunn. Sapeva che avrebbe potuto impiegarci almeno un'ora e mezza.

Aveva perso il conto delle volte in cui lui e Whistler si erano seduti insieme a parlare sulla collina sotto casa. Spesso per ore. Non c'era mai stata carenza di parole tra di loro, ma anche i silenzi erano piacevoli.

Vide una figura avvolta in una cerata rossa e blu, due taglie troppo grandi, intenta a salire la strada verso di lui. Portava un cappuccio e un grande collare blu, ed era visibile solo una piccola parte del tatuaggio sul collo. Indossava stivali di gomma sopra i leggings e qualcosa che somigliava a una muta sotto la cerata. Tutte le borchie e gli orecchini erano scomparsi e il suo volto appariva stranamente nudo. I suoi occhi erano in ombra, il viso era pallido e senza trucco.

Si fermò e guardò dov'era seduto. – Ero sulla spiaggia e ho visto la tua auto che saliva verso casa –. Notò i suoi occhi interrogativi che scrutavano la cerata, e le scappò quasi un sorriso. – Un sacco di tempo fa avevo promesso di dare una mano agli organizzatori delle escursioni in battello. In un primo momento non avevo intenzione di accettare, ma poi ho pensato che avrebbe potuto aiutarmi a scacciare i brutti pensieri dalla testa –. Si strinse nelle spalle e guardò cupamente in direzione della spiaggia lontana. – Ma tutte quelle persone che si stanno divertendo... – Si voltò rivolgendogli un triste sorriso. – Ti fanno sentire peggio –. Lei esitò. – Ti va bene se mi siedo accanto a te?

– Certo.

Sembrava strano che la bambina di Whistler fosse seduta accanto a lui, proprio dove un tempo si era seduto Whistler.

– Perché sei qui? – domandò lei.

Fin evitò di incrociare il suo sguardo e appoggiò gli avambracci sulle ginocchia per guardare al di là del mare, dove la marea era ancora in calo ed esponeva lunghe linee irregolari di sabbia dorata. – Volevo dare un'occhiata al luogo dov'è stato ucciso tuo padre. Avevo ricordi vaghi. Qualcuno mi ha quasi rotto la testa pochi istanti dopo averlo trovato.

– Perché? Voglio dire, che cos'hai pensato di trovare?

– Sono stato un poliziotto per tantissimo tempo, Anna. Ho pensato che forse, non lo so, avrei potuto vedere qualcosa che non era stato notato.

– Ed è successo?

Fin si fermò solo per una frazione di secondo prima di scuotere la testa. – No –. Poi si voltò a guardarla e rimase di nuovo scioccato da quanta somiglianza con il padre c'era nei suoi occhi. Sussultò per un attimo, e lei lo fissò candidamente, alla ricerca di qualcosa nel suo sguardo. – Chi ha dato il permesso di usare gli scacchi? – chiese Fin.

– Io. Jamie Wooldridge ha detto che erano necessari per la giornata di gala.

E Fin ricordò come Jamie avesse negato di sapere alcunché sulla loro esistenza. – Ha detto che c'era stata un po' di confusione sul fatto che suo padre li avesse commissionati o meno.

– Ma è stato tutto chiarito e si è scusato per non averli pagati prima. Ha confermato che mi pagherà dopo la festa –. Anna si voltò a guardare il mare, con la mascella caparbia che Fin aveva visto tante volte in suo padre. – Ma io non voglio i suoi soldi. Voglio i pezzi degli scacchi. Voglio tenerli.

Lottò per controllare la voce. – Li ha fatti mio padre. Questo li rende miei ora, vero? – Girò verso di lui gli occhi focosi cosí simili a quelli di Whistler.

Fin annuí. – Sí.

– Tutto. Ogni curva, ogni linea e ogni particolare cesellato è stato fatto da mio padre. Sono nati dal suo cuore e dalla sua mano e, se è rimasto qualcosa di lui in questo mondo, è in quegli scacchi.

Fin trasalí per la sua eloquenza inattesa, la profondità dei sentimenti e la capacità di esprimerli. Dopotutto, era la ragazzina che non piú di una settimana prima aveva confessato a malincuore: «Voglio un gran bene a mio padre», dopo averlo descritto come uno stronzo e un «cazzone imbarazzante». Una ragazza che riusciva a malapena a comporre una frase senza infarcirla di bestemmie. Tutta un'immagine costruita attentamente, ora lo capiva. Un guscio protettivo. Qualcosa che le avrebbe fatto guadagnare il rispetto dei suoi coetanei, ma allo stesso tempo l'avrebbe tenuta al sicuro dalle sue vulnerabilità. Sparito tutto, ora, insieme ai suoi piercing. Ricordò la descrizione di Fionnlagh. «Una ragazza intelligente, ma si è fumata il cervello». Figlia di suo padre, in quasi ogni aspetto.

– Voglio tenerli per sempre, – disse. – E in questo modo avrò sempre con me una parte di lui.

Fin allungò la mano per toccarle il viso. – Tu sei la parte piú grande e migliore di lui, Anna. Rendilo orgoglioso di questo.

Gli occhi di Anna si riempirono di lacrime e si alzò rapidamente in piedi. – Meglio che vada. Avranno bisogno di me laggiú. Con questo tempo ci sarà di sicuro una grande richiesta di gite in barca.

Mentre parlava, un elicottero piombò sopra le dune e volò basso sulle loro teste. – E anche di voli in elicottero, – gridò Fin per coprire il rombo dei rotori. Si alzò in piedi, e lei esitò un attimo.

– Posso parlare con lei qualche volta, signor Macleod? Non voglio essere un fastidio. Ma a quanto ne so lei lo conosceva meglio di chiunque altro. Vorrei conoscerlo un po' meglio anche io.

– Mi piacerebbe, – rispose Fin. E gli venne il desiderio improvviso di abbracciarla, come se quel gesto potesse avvicinarlo a Whistler per un'ultima volta. Ma non lo fece.

Lei sorrise debolmente. – Grazie –. E si incamminò svelta sulla strada verso la spiaggia.

3.

Il sergente George Gunn parcheggiò la sua auto ai piedi della strada che portava alla casa di Whistler. Alzò gli occhi e vide Fin seduto tra l'erba alta, il mento appoggiato alle ginocchia, con una dolce brezza da ovest che gli soffiava tra i capelli. Il suono delle cornamuse dalla spiaggia lontana fluttuava nel vento. Il poliziotto iniziò una stanca camminata su per la collina.

Fin lo notò lungo la strada e sentí il frusciare della sua giacca a vento nera di nylon ancora prima del suo respiro pesante e veloce per lo sforzo della salita. Aveva una cartella verde nascosta sotto un braccio, e si fermò a guardare Fin in cagnesco. Fin notò la lucentezza delle scarpe e la piega dei pantaloni. Un'applicazione extragenerosa di gel aiutava a mantenere a posto i capelli neri nonostante il vento.

– È andato molto oltre l'amicizia questa volta, signor Macleod. Ho dovuto interessarmi a un'indagine in cui non sono coinvolto per avere ciò che volevo. È stato notato e sono state fatte delle domande.

– Ma hai preso tutto?

Gunn lo fissò. – Il rapporto dell'assistente sociale ora è superfluo per quanto riguarda le sezioni interessate del tribunale. Macaskill è morto, quindi il caso contestato della custodia non ha piú ragion d'essere. Tuttavia viene ritenuto rilevante per l'indagine sull'omicidio ed è ancora parte dell'inchiesta.

– E gli hai dato un'occhiata?

– Ne ho una copia proprio qui –. Accarezzò la cartella verde.

– E?

– L'assistente sociale consigliava al tribunale di concedere la custodia della figlia a John Angus Macaskill, sulla base dei desideri della ragazza.

Fin lasciò cadere la testa e chiuse gli occhi. E si chiese se il suo intervento avesse contribuito ad arrivare a quella situazione. Fece un respiro profondo e si alzò in piedi. – E le foto della scena del crimine?

– Ho anche quelle.

Fin prese Gunn per un braccio. – Vieni dentro e mostramele.

Ricavarono uno spazio sul tavolo di Whistler e Gunn vi mise una mezza dozzina di foto a colori da 20 x 30 centimetri su una superficie segnata e macchiata da decenni di usura. Fu sconvolgente vedere Whistler disteso tra i resti di oggetti frantumati. Il suo sangue era sgargiante e innaturalmente rosso nel bagliore dei flash delle foto della polizia. Il volto, al confronto, era crudamente pallido, il sangue intorno alla bocca e il naso quasi nero. Un omone cosí grande ridotto a niente. Tutte le sue conoscenze perse nell'arresto del battito cardiaco. Il mosaico di ricordi che comprendeva la sua vita andato per sempre, come se non fosse mai esistito. Fin desiderò avere la fede di Donald. Sapere che c'era un disegno in tutto ciò, e che non sarebbe andato tutto perduto come lacrime nella pioggia.

Esaminò tutte le foto con attenzione prima di scegliere la terza. – Guarda, George. Si può vedere bene qui. La mano tesa quasi a toccare il pezzo caduto degli scacchi.

Gunn aggrottò la fronte. – Perché avrebbe cercato di raggiungere un pezzo di legno, signor Macleod? Stava morendo, per amor di Dio!

– Probabilmente lo sapeva. Stava cercando di dirci chi l'aveva ucciso, George.

Gunn rivolse uno sguardo costernato all'uomo piú giovane. – Indicando un pezzo degli scacchi?

Fin si sentí stanco. – Non un pezzo qualunque –. Puntò il dito contro quello caduto. – Questo è quello che chiamano Berserker. Il piú feroce di tutti i guerrieri vichinghi. Raggiungevano uno stato di trance, a quanto pare, e cosí non sentivano paura né dolore. Whistler fece una replica fedele di tutti gli altri, ma realizzò una sua versione del Berserker –. Fece una pausa. – Somigliante a Kenny John Maclean. La sua piccola vendetta contro Kenny che gli aveva preso la moglie e la figlia.

La bocca di Gunn pendeva semiaperta mentre metabolizzava la rivelazione. – Sta dicendo che Kenny John ha ucciso Whistler Macaskill?

Fin annuí. – Sí, George.

– Perché?

Fin fece un lungo, lento respiro e cercò di dare un senso alle proprie parole. – Sto tirando a indovinare, ma credo che Big Kenny avesse scoperto il contenuto del rapporto dell'assistente sociale.

– Come?

– Non lo so. Forse Anna ha detto qualcosa. Forse gli ha riferito le parole dell'assistente sociale.

– E lei pensa che Kenny John abbia ucciso Whistler per evitare che si riprendesse la figlia?

Fin scosse la testa. – No, non è cosí semplice. Ma penso che la scoperta di quel corpo nell'aereo abbia dato a Kenny una chance che non si sarebbe mai sognato. Qualcosa che avrebbe eliminato la possibilità che Whistler ottenesse la custodia di Anna. La mia ipotesi è che deve essersi confrontato con Whistler su questo fatto. Non posso credere che abbia mai avuto l'intenzione di ucciderlo. Ma conosco Whistler. E posso solo immaginare come deve aver reagito –. Chiuse gli occhi e nella sua mente prese forma un'immagine. Due uomini giganti, amici fin dall'infanzia, che si scontrano in quella stessa stanza chiusa a chiave, in un conflitto disperato. Mobili che volano. Piatti e tazze e bicchieri che si infrangono intorno a loro.

La voce di Gunn si scontrò con quella immagine. – Non c'è nessuna prova.

Fin aprí gli occhi, quasi spaventato. – Sono passati solo un paio di giorni da quando Whistler è stato ucciso, George. Ci dev'essere stata una lotta sanguinosa e terribile qui. Kenny avrà ancora le cicatrici e i lividi. Ed è quasi certo che vi siano prove esibibili in tribunale raccolte in questa stanza dai ragazzi della scientifica. Se solo il tuo capo smettesse di cercare indizi contro di me e iniziasse a guardare nei posti giusti.

Ci fu un lungo silenzio nella quiete della casa. – Quale chance, signor Macleod? – Lo sguardo di Fin puntò verso Gunn. – Ha detto che il ritrovamento del corpo nell'aereo ha fornito a Kenny John una chance che non sapeva di avere.

E Fin seppe che non c'era modo di mantenere il segreto di Roddy.

4.

Impiegarono meno di quindici minuti per arrivare al *Suaineabhal Lodge*, un tempo sufficiente a Fin per riassumere a Gunn la storia che Roddy gli aveva rivelato neanche ventiquattr'ore prima.

Quando parcheggiarono di fianco al *lodge*, Gunn spense il motore e si sedette al volante a guardare fuori attraverso il parabrezza, oltre gli alberi, sulla superficie increspata del lago. – Oh Dio, signor Macleod, che storia pazzesca –. Girò la testa verso l'uomo piú giovane. – E Roddy Mackenzie ha vissuto tutti questi anni in Spagna, quando il resto del mondo lo credeva morto? – Non era tanto una domanda, quanto una riproposizione della propria incredulità. – Finirà in guai grossi.

Fin annuí. Era d'accordo. Sentí una fitta passeggera di colpa. Ma niente di tutto ciò era opera sua, ed era al di fuori del suo raggio d'azione.

Camminarono sino alla casa di Kenny e bussarono alla porta

Non ricevendo risposta, Gunn aprí ed entrò nel buio del corridoio. – Buongiorno? Signor Maclean? – Il suo appello venne accolto dal silenzio e dopo un momento il poliziotto fece un passo indietro nel forte vento fresco. – Proviamo in ufficio.

La segretaria di Jamie Wooldridge alzò lo sguardo, sorpresa di vederli. Né Jamie né Kenny John erano al *lodge*, disse. Erano andati entrambi alla festa degli scacchi in spiaggia. Fin fu preso alla sprovvista. – Che cosa ci fa lí Kenny John?

– Sta pilotando una delle barche per i giri turistici, signor Macleod.

Ventotto

Le barche apparivano molto lontane mentre Fin e Gunn camminavano sulla sabbia solida e compatta sotto i loro piedi e solo debolmente increspata dalle correnti nel sottosuolo della marea calante. La giornata di festa era al culmine, e la folla sulla spiaggia era aumentata. Il castello gonfiabile brulicava di bambini e le loro grida di eccitazione sovrastavano le cornamuse, il cui suono veniva trasportato dal vento di Traigh Uige. C'era anche la musica assordante di una fisarmonica che usciva dagli altoparlanti di una delle bancarelle e, mentre i due uomini passarono vicino alla scacchiera gigante, udirono da qualche parte il limpido lamento della voce di Mairead che si ergeva oltre il caos della folla, il pianto di un violino, il gemito di un flauto celtico. Un brano di Roddy Mackenzie riprodotto dallo stereo di qualche bancarella. La sua musica, alla fine, era tornata a casa.

Fin si fermò per un attimo alla scacchiera e Gunn, che aveva proseguito per qualche metro prima di accorgersi di non avere Fin a fianco, si fermò a sua volta per guardare indietro. Seguí lo sguardo di Fin sulla figura intagliata del Berserker alta quasi un metro, spostata da una casella all'altra da due volontari che seguivano le istruzioni della ragazza con il walkie-talkie. Non c'era possibilità di confondere le labbra spesse di Kenny John Maclean, la caratteristica cicatrice che seguiva la linea dello zigomo e i denti sporgenti che mordevano la parte superiore dello scudo.

I due uomini si scambiarono un'occhiata e qualcosa del Berserker sembrò infondere in loro un maggior senso di urgenza. Gunn si voltò e allungò il passo verso la riva lontana. Fin si affrettò a raggiungerlo.

Una struttura di robusti pali di legno conficcata nella sabbia garantiva un ancoraggio ai pontili che erano stati legati insieme per creare un molo galleggiante. Una lunga rampa con corrimano di cordami, che partiva dalla spiaggia, saliva e scendeva seguendo il movimento del pontile. Sopra un camion con il pianale ribassato era stato predisposto uno spazio adibito alla distribuzione dei giubbotti di salvataggio e degli impermeabili alle lunghe file di persone in attesa del proprio turno per le gite in barca nella baia.

Entrambe le barche erano ferme al molo quando Gunn e Fin si avvicinarono. I gommoni a scafo rigido Delta Deep One a noleggio erano arancione e nero, con potenti motori a quattro tempi da centocinquanta cavalli. Coppie di posti a prua e a poppa della cabina di guida permettevano il trasporto di dodici passeggeri. Uno di loro aveva appena finito di sbarcare delle persone e altri turisti in paziente attesa si avvicinavano con cautela lungo la rampa per salire a bordo.

Fin passò in rassegna i volti al molo alla ricerca di Kenny John. Poi, all'improvviso, l'omone si alzò in piedi nella cabina di guida da cui erano appena scesi i passeggeri. Si girò quasi nello stesso momento e vide Fin e Gunn che puntavano lo sguardo verso di lui. Per un attimo il suo volto sembrò inespressivo, celando una moltitudine di pensieri confusi.

Ma, una volta schiariti i pensieri, Fin vide il panico nei suoi occhi.

Si girò in un istante dando gas al motore, e la barca partí impennando verso il mare. Una persona minuta con l'impermeabile, che era rimasta in piedi a prua ad avvolgere una cima, cadde all'indietro nella barca con un urlo. Fin ebbe una visione fugace del suo volto pallido e spaventato.

– Gesú, George! C'è Anna Bheag su quella barca! – Corse lungo la rampa, spingendo via i passeggeri e gridando loro di spostarsi. Quelli già a bordo della seconda barca si voltarono, allarmati dalle grida.

– Scendete! Scendete dalla barca! – gridò loro Fin.

Gunn era proprio dietro di lui e agitava il mandato sopra la testa. – Polizia. Si prega di evacuare immediatamente la barca.

Volti spaventati si urtavano nella calca affollandosi sul pontile e la barca ondeggiava pericolosamente. Il pilota si girò mentre Fin saltava a bordo. Fin lo conosceva. Un uomo piú anziano di lui, un operaio di nome Donnie Dubh che lavorava nella tenuta. Fin vide la costernazione nei suoi occhi, il suo viso impallidire di colpo. – Che diavolo sta succedendo, Fin?

– Donnie, abbiamo bisogno che tu segua Big Kenny. Pensiamo che abbia ucciso Whistler Macaskill.

– Gesú!

– E ha con sé la piccola Anna su quella barca.

Gunn saltò giú accanto a lui. – Muoviamoci, per l'amor di Dio!

Donnie fece oscillare la barca mentre scioglieva le cime, poi si girò di nuovo nella cabina di pilotaggio per accendere il motore Yamaha e accelerare all'inseguimento di Kenny.

Il vento gli gettava in faccia gli spruzzi dell'acqua mentre la prua del gommone rimbalzava sulla dura superficie del mare contro le onde. Gunn si accucciò al riparo del piccolo parabrezza con un dito in un orecchio gridando nel cellulare. Fin non riuscí a capire quello che diceva, ma l'unica possibilità era che stesse cercando rinforzi. Si voltò verso la riva e vide la vasta distesa della spiaggia che si estendeva verso l'*Uig Lodge*, le remote grida eccitate della gente in festa che correva sulla riva dopo aver visitato le bancarelle, gli scacchi e aver fatto dei giri con il trenino, erano sovrastate dal rombo del motore. Fin rimase accanto a Donnie, aggrappandosi alla struttura tubolare nera sopra la cabina di guida, e cercò di vedere la direzione presa da Kenny con la sua barca attraverso gli spruzzi e la foschia. Colse solo squarci di arancione attraverso la schiuma e le onde. Il vento gli sferzava i capelli e gli abiti, il rumore lo assordava, l'acqua lo aveva completamente infradiciato. E di colpo si sentí vulnerabile, senza un giubbotto di salvataggio, mentre stringeva il tubo nero con le dita che presto si paralizzarono, e gli sbalzi della barca che correva sempre piú veloce.

George Gunn, ancora accovacciato a terra con la schiena rivolta al motore, rimise in tasca il telefono, con il viso color cenere. Alzò lo sguardo verso Fin con la preoccupazione dipinta negli occhi scuri, che richiuse subito dopo, prendendo lunghe e profonde boccate d'aria, e Fin si chiese quanto tempo ci sarebbe voluto prima che il poliziotto vomitasse.

I neri strati frastagliati che costituivano le rive si sollevavano su entrambi i lati mentre correvano nella baia di Uig, le piccole isole di Tom, Tolm e Triassamol passarono rapide in una macchia color grigio scuro. Una volta fuori dal rifugio rappresentato dalla baia stessa, le onde, di un verde smeraldo quasi trasparente, divennero piú alte, sollevandoli fino alle creste di schiuma spumeggiante per poi farli cadere altrettanto improvvisamente nelle successive. Sembrava come se il mare li avesse inghiottiti e poi risputati fuori. Mentre oscillavano diretti a nord, Fin si domandò quanto potesse resistere il gommone su cui si trovavano; la barca di Kenny davanti a loro era ancora lontana circa cinquecento metri e a malapena visibile.

Giunsero vicini a una costa che sorgeva a picco dall'acqua. La marea era cambiata e si faceva largo rabbiosa verso le rocce nere di gneiss con furia schiumante, spinta dal vento che aumentava d'intensità e diminuiva di temperatura. Fin lo sentí penetrare nelle ossa e cominciò a chiedersi se vi fosse uno scopo in tutta quella situazione. Se si fosse trattato solo di Kenny, probabilmente no. Sarebbe sbarcato a terra da qualche parte e sarebbe stato catturato. Ma aveva Anna con sé, e nel suo attuale stato d'animo non era possibile prevedere quello che avrebbe potuto fare.

– Non ci stiamo avvicinando, – urlò Fin sopra il rombo del motore.

– Non posso andare piú veloce di lui, – gridò Donnie. Era già un'impresa cercare di evitare che la barca fosse sbattuta contro le rocce, dato che le onde li spingevano di lato minacciando di ribaltarli. Fin gettò lo sguardo verso le scogliere e le profonde *geodhas* che le caratterizzavano, con l'acqua di mare che ribolliva intorno a ogni spaccatura e che lanciava in aria spruzzi alti quasi dieci metri.

Impiegarono piú di venti minuti prima di raggiungere la punta della penisola a Gallan Head, dove per un attimo furono completamente esposti alla rabbia dell'oceano. La barca di Kenny era scomparsa due minuti prima. George Gunn, sconvolto, strisciava a quattro zampe nella parte posteriore della barca, mentre il suo vomito veniva portato via dal vento.

Ma una volta doppiato il promontorio si trovarono al riparo dalla corrente e il mare si calmò, trasformandosi in una costante successione di onde regolari. L'acqua era di un verde impenetrabile e non vi era alcun segno della barca di Kenny.

Fin aggrottò la fronte e guardò lungo la linea della riva di fronte. In lontananza vide un tratto di spiaggia deserta e alla loro sinistra, oltre il promontorio successivo, le scintillanti scogliere delle isole di Pabaigh Beag e Pabaigh Mór si stagliavano contro le bluastre acque agitate di An Caolas.

– Dove diavolo sono?

Donnie ridusse i giri del motore sino a una normale velocità di crociera. – Ci sono insenature e grotte lungo tutta la costa in questo punto, Fin. Potrebbero essere ovunque.

Gunn, barcollando, tornò alla cabina di guida. Aveva lo stesso colore del mare. – L'elicottero sta arrivando, – disse. – Forse riusciranno a individuarlo.

Per i dieci minuti che seguirono navigarono lentamente lungo la linea dentellata delle alte scogliere che proiettavano la loro ombra in acqua. Potevano sentire il risucchio e il ringhio del mare intorno alle grotte rocciose e alle *geodhas*. Fin alzò lo sguardo quando sentí il rumore dell'elicottero, che solo mezz'ora prima aveva sorvolato le montagne con a bordo i partecipanti alla festa. Il telefono di Gunn squillò e il poliziotto se lo portò all'orecchio. Fece cenno di sí con la testa e il suo sguardo mandò un lampo a Fin.

– Vedono la sua scia; sembra scomparire proprio nella scogliera. O è affondato o è entrato in una grotta.

– Quanto è avanti rispetto a noi? – chiese Donnie.

– Dicono circa mezzo chilometro.

Donnie allora accelerò in avanti sino ad aumentare la velocità nell'arco di qualche centinaio di metri, e cosí facendo ricevettero nuovamente gli spruzzi in faccia. Fin stava tremando in modo quasi incontrollabile.

– Là, – disse Donnie, e rallentò di nuovo. Fin vide l'acqua chiara lasciata dalla scia della barca di Kenny John, ben visibile nel verde scuro del mare. Si dirigeva verso alte cime di roccia in una schiuma vorticosa, e Donnie e i suoi passeggeri notarono le pericolose sporgenze di granito e di gneiss che avrebbero lacerato il gommone se avesse deviato anche solo di pochissimo dal percorso che Kenny aveva seguito prima di loro. O conosceva quelle acque come il palmo della mano, o era guidato da Dio in quella turbolenza emotiva che gli stava facendo correre dei rischi folli.

Donnie rallentò sino alla velocità di uno o due nodi. Si spostarono pian piano in avanti tra le rocce in un profondo arco naturale ricurvo e scuro sopra le loro teste. Quella roccia piú antica del pianeta era stata plasmata dagli elementi nel corso di milioni di anni e la luce del giorno si rifletteva sulla superficie ricoperta di sale. Ora, al riparo delle scogliere, il vento era calato sino a un mormorio e il motore Yamaha brontolava rumorosamente tra le pareti del tunnel. L'elicottero scomparve dalla vista, cosí come il ronzio dei suoi motori. L'acqua sospirava, ondeggiava ed echeggiava intorno a loro fino a quando sbucarono in una piccola baia, circondata da scogliere, rocce bianche striate di guano. Il rombo dei rotori dell'elicottero tornò a farsi sentire, riecheggiando da ogni superficie del luogo dove si trovavano. I gabbiani volteggiavano e gridavano sopra le loro teste sparpagliandosi nel vento.

Fin si rivolse a Gunn. – Per l'amor di Dio, George, digli di allontanarsi. Non sentiamo niente.

Gunn abbaiò nel telefono e le eliche sparirono alla vista. Cadde un silenzio irreale. Solo il mare gli sussurrava nell'ombra, sotto il sordo rumore del motore in folle.

La scia pallida della barca di Kenny attraversava il breve tratto di mare e scompariva in una profonda fenditura nella parete rocciosa. Rocce taglienti e colorate erano avvolte sopra l'ingresso di quella che sembrava una grotta. Strati blu e gialli, arancioni, verdi e rossi. La schiuma all'ingresso formava un mulinello e, nel profondo buio della grotta, il mare stesso gemeva come un mammifero marino in difficoltà.

Donnie li trascinò in avanti; alle loro spalle la luce del giorno spariva e la strada da percorrere era buia e ben poco sicura.

– Spegni il motore, – disse Fin, e nel silenzio che seguí sentirono il motore di Kenny al minimo da qualche parte davanti a loro, e il suono stridulo di voci querule che echeggiava nel buio di quella grotta a forma di cattedrale naturale. Fin alzò la testa e vide una delle tante lampade fissate alla sbarra. Cercò un interruttore per accenderla e improvvisamente la grotta fu inondata di luce, con i sorprendenti, sensazionali colori delle rocce.

La barca di Kenny si alzava e si abbassava seguendo il dolce moto ondoso una decina di metri piú avanti nella grotta. Lui e Anna erano in piedi a discutere a prua della barca, con la voce rabbiosa e confusa della ragazza che superava quella dell'uomo. Entrambi spalancarono gli occhi verso la luce, per poi ripararsi dal bagliore. Kenny sollevò un palmo che gettò un'ombra sul suo volto, come qualcuno colto di sorpresa dal flash di una macchina fotografica.

Nel buio, era come una faccia bruciata dalla luce. La bocca, le narici e gli occhi erano buchi neri capaci solo di trasmettere la sua paura.

– Che diavolo sta succedendo? – La voce di Anna Bheag risuonò nella grotta.

Fin la ignorò e si concentrò completamente su Kenny. Lo chiamò dal buio. – Questa è follia, Kenny. Smettila.

Kenny lo fissò come un cervo spaventato dai fari di un'auto. – Non posso, Fin. Non posso.

Fin vide la saliva accumulargli agli angoli della bocca. – Roddy mi ha raccontato quello che è successo la notte in cui abbandonò l'aereo, Kenny, e che li hai incontrati in montagna. Che cosa ci facevi lí?

Kenny respirava a fatica. Scosse la testa. – Frequentavo la facoltà di Agraria quell'anno. Passavo le mie estati a lavorare per la tenuta come osservatore.

– Hai pensato che fossero bracconieri?

– Non ne avevo idea. Camminavo nella valle quando ho sentito l'aereo. E poi l'ho visto arrivare, troppo basso, prima che sparisse alla vista, e ho pensato che doveva essere caduto. Quando sono arrivato sulla collina e nella valle successiva, era al centro del lago e affondava velocemente. Ma ancora intero. In quel momento vidi Roddy e Whistler sulla riva lontana.

– In nome di Dio, ma perché tu e Whistler avete mantenuto il segreto per tutti questi anni, Kenny?

– È quello che ci legava, Fin. Un legame piú forte della fine di un matrimonio o delle battaglie per la custodia.

– Ma alla fine hai rotto quel legame. Ti hanno fatto giurare che avresti mantenuto il segreto, Kenny –. Fu come un proiettile uscito dal buio. Un'accusa di tradimento.

Kenny contrattaccò. – Hanno mentito. Non mi hanno mai detto che c'era un corpo nell'aereo.

Fin scosse la testa. – Whistler non lo ha mai saputo. Quello era l'oscuro segreto di Roddy. Whistler non sapeva nulla fino a quando non abbiamo trovato l'aereo, l'altro giorno. Era sconvolto, Kenny. Completamente scioccato.

Quella frase parve turbare profondamente Kenny. Ma qualunque pensiero gli attraversasse la mente, non pronunciò una parola.

Fin disse: – Che cosa è successo la mattina in cui sei andato a trovarlo, Kenny? Che cos'hai fatto? Hai minacciato di denunciarlo se non avesse rinunciato ad Anna?

Dalla bocca di Kenny uscí uno strano suono selvatico, come di animale dolente. Chiuse gli occhi, poi li aprí del tutto, alzandoli verso il buio che lo sovrastava, prima di abbassarli ancora in direzione di Fin. – Io amo quella ragazza con tutto me stesso, Fin. In lei vedo sua madre ogni volta che la guardo –. Proprio come Fin vedeva solo Whistler. – Ho pensato che se lo avessi minacciato di raccontare alla polizia ciò che sapevo dell'aereo, Whistler avrebbe rinunciato alla causa in tribunale. Sapevo che Roddy non era in quell'aereo. Quindi Whistler avrebbe perso Anna per sempre, se fosse stato veramente coinvolto nella morte del tipo che avete trovato –. Fece una pausa, respirando ancora affannosamente. – Ma non lo avrei mai raccontato, Fin. Non lo avrei fatto. Ho pensato che sarebbe bastata la minaccia. Ma lui è impazzito, come un Berserker –. Fin capí benissimo quell'espressione. Se qualcuno avesse dovuto essere paragonato a un Berserker, quello era Whistler. Un uomo che aveva vissuto la sua vita con la miccia corta, con un carattere che l'aveva portato spesso oltre il limite, rendendo vano ogni pensiero intelligente. – È venuto verso di me come un pazzo, Fin. Non me lo aspettavo. Non ho mai voluto ucciderlo! Ho dovuto fare tutto quello che potevo per impedirgli di uccidermi.

– Per l'amor di Dio, Kenny. Stavi minacciando di portargli via la figlia. Non immaginavi come avrebbe potuto prenderla? – Fin si sentí male. Gli era chiaro ora che, in una strana e spietata piega del destino, Whistler aveva gettato i semi della propria distruzione accettando di aiutare Roddy con il suo sotterfugio diciassette anni prima. E a ucciderlo era stata la minaccia di Kenny di rompere il legame di silenzio che i tre vecchi amici avevano mantenuto per tutto il tempo.

Kenny alzò le mani impotente e scosse la testa, le lacrime sul suo volto scintillavano alla luce dei riflettori. Disse di nuovo: – Non ho mai avuto intenzione di ucciderlo –. Come se, in qualche modo, ripeterlo potesse cambiare ciò che era accaduto.

Il grido che risuonò nella grotta trasformò in ghiaccio il sangue di Fin. Non ebbe nemmeno il tempo di gridare «No!» prima di vedere lo scintillio della luce riflessa sull'asta del mezzomarinaio, impugnato a due mani dalla piccola Anna e che, con un arco di furia, roteò in aria prima di conficcarsi profondamente nel petto di Kenny John.

Ventinove

1.

La Chiesa libera di Scozia in Kenneth Street a Stornoway era un grande edificio rosa non particolarmente elegante, il campanile coronato da quattro guglie in miniatura, ognuna con la propria banderuola. Il meteo sull'isola di Lewis era sempre un argomento all'ordine del giorno.

Un avviso sul cancello informava che le celebrazioni in inglese si tenevano il sabato alle 11.00 e alle 18.30, mentre quelle in gaelico erano negli stessi orari ma nella chiesa di Francis Street. Le messe nelle chiese rurali dell'isola erano di solito in gaelico, ma a Stornoway i predicatori gaelici erano in minoranza.

La sala della chiesa correva lungo il lato destro della chiesa stessa, un edificio recente con le finestre poste in alto sulle pareti in modo che nel suo interno cupo entrasse il piú possibile la luce di Dio.

In quella chiesa, una giuria di dodici membri del Comitato giudiziario nominato dall'assemblea generale della Chiesa era riunita in un desolante mercoledí di pioggia del mese di ottobre per ascoltare le testimonianze contro il reverendo Donald Murray. Un grande castagno davanti all'entrata aveva fatto cadere quasi tutte le sue foglie sul prato, come ad annunciare definitivamente la fine dell'estate. Come presagio non era certo positivo.

Ogni centimetro del parcheggio era occupato da veicoli lucenti di pioggia, e altre auto erano parcheggiate su linee gialle singole e doppie fino ai lati di Kenneth Street, un'eccezione per quel giorno, con i vigili che controllavano l'ingresso a ogni estremità della strada. Era il palcoscenico di un teatro mai visto prima sull'isola, la messa in scena di un dramma umano che la Chiesa stessa avrebbe visto di buon occhio se fosse nato dalla penna di un drammaturgo e recitato da attori veri.

Ma non c'era nessuna finzione in quell'evento. Era in gioco il futuro di un uomo. Nonostante la decisione del procuratore di non dare seguito a un procedimento penale, era stata depositata una denuncia presso il presbiterio da un gruppo di anziani della congregazione di Donald Murray. Lo accusavano con una dichiarazione scritta e firmata di aver commesso un reato contro la Parola di Dio e le leggi della Chiesa. Dopo un'indagine a seguito della denuncia, il presbiterio aveva demandato al Comitato giudiziario una sentenza delle prove, con la raccomandazione che se il reverendo Murray fosse stato dichiarato colpevole, avrebbe dovuto essere licenziato su due piedi dal posto che occupava come ministro della Chiesa libera di Crobost.

Anche se pioveva, Fin aveva deciso di parcheggiare a South Beach e camminare. Una volta finito il processo era ansioso di allontanarsi il piú in fretta possibile, e lo avrebbe fatto piú velocemente a piedi. Lui e Marsaili si dividevano un ombrello mentre superavano lo spazio polifunzionale d'arte di An Lanntair e videro la folla in piedi sotto una moltitudine di ombrelli colorati nello spazio antistante la chiesa sulla collina. La gente si appoggiava sulle finestre aperte sopra la bottega del barbiere e la libreria religiosa dall'altro lato per avere una visione di quel circo. La Chiesa aveva ricevuto una copertura molto ampia sia sulla stampa locale sia su quella nazionale, i media erano accampati all'esterno, c'erano furgoni con le antenne satellitari nel parcheggio e fotografi, operatori e giornalisti girovagavano tra la folla.

Sebbene Marsaili fosse appoggiata al braccio di Fin, tra loro erano distanti. Il viaggio in Spagna e gli eventi successivi avevano aperto una breccia nel loro rapporto, di cui erano consapevoli per la prima volta dopo mesi in cui avevano finto di ignorare i problemi. Né, forse, erano stati disposti ad ammettere che a causa del loro passato comune, il futuro era incerto e l'eventuale ammissione di un fallimento gettava un'ombra inquietante. Mentre camminavano lungo la strada, due anime di un mondo a parte, Fin avrebbe solo voluto alzare la mano e dire basta. E ricominciare tutto da capo. Dall'inizio. Da quel primo giorno di scuola, quando la bambina con le trecce e i nastri azzurri aveva sorriso dicendo all'insegnante che avrebbe tradotto lei per quel compagno di classe che parlava solo gaelico.

Erano passati pochi giorni da quando avevano celebrato il funerale di Whistler. Per un miracolo Kenny John era sopravvissuto al mezzomarinaio, grazie alla protezione offerta dal giubbotto di salvataggio. Ma giaceva ancora in gravi condizioni in un letto d'ospedale. Dei tre che si erano ritrovati quel giorno di tanti anni prima al monumento di Holm Point, scoprendo un background comune nel disastro della *Iolaire*, uno era morto e un altro accusato del suo omicidio. Anna era detenuta in un carcere minorile sulla terraferma mentre le autorità stavano decidendo sul modo migliore di procedere con il caso di una ragazzina che aveva tentato di uccidere l'assassino di suo padre.

E Fin si chiedeva come fosse possibile una tale perdita di innocenza e di vita.

Gli Amran, prima Sòlas, la band che era stata l'accompagnamento musicale della sua adolescenza, erano lacerati da lotte intestine e azioni legali, e cadevano a pezzi sotto i riflettori della pubblicità internazionale. I giornali e i telegiornali erano stati riempiti per giorni con la storia di Roddy che aveva finto la propria morte e che era ancora vivo dopo diciassette anni. Era in corso una richiesta di estradizione dalla Spagna per l'accusa di tentato omicidio. Era solo una questione di tempo prima che venisse emesso un mandato europeo per il suo arresto.

E ora toccava a Donald affrontare il suo momento della verità. Marsaili era venuta non per tenere compagnia a Fin, ma per offrire sostegno morale a Donald e testimoniare a suo favore. Era, dopotutto, il ragazzo con cui aveva perso la verginità quand'erano ancora adolescenti. E Fin ricordava solo ora con sollievo che non era stato Artair.

Le file di sedili disposti dietro di loro nella sala erano tutte piene. Fin, George Gunn, gli accusatori di Donald e altri testimoni sedevano lungo la fila dietro i tavoli che ospitavano gli avvocati della Chiesa sulla sinistra e la figura solitaria di Donald Murray sulla destra.

Di fronte ai convenuti c'erano i dodici membri del Comitato giudiziario, seduti a un lungo tavolo, come Gesú e i discepoli durante l'Ultima Cena. Solo questi uomini indossavano abiti scuri e volti opportunamente cupi, chiamati a giudicare uno di loro, un compito che chiaramente pesava sulle loro spalle. Almeno la metà erano colleghi ministri. L'atmosfera era tesa, il senso di sospensione elettrico. Il presidente batté il martelletto per richiamare il silenzio in sala e un segretario, che era anche responsabile della registrazione, si alzò per leggere la denuncia. Era un uomo piccolo, quasi completamente calvo, e Fin rimase ipnotizzato alla vista delle sue labbra viola lucide e umide. Ascoltò a malapena l'atto di accusa: all'imbrunire, sull'isola di Eriskay, una sera di primavera all'inizio di quell'anno, il reverendo Donald Murray aveva ucciso un altro uomo sparandogli un solo colpo del suo fucile nel petto. Ciò violava chiaramente e inequivocabilmente il sesto comandamento passato da Dio a Mosè sul monte Sinai. Non uccidere. Un comandamento sancito dalle leggi della Chiesa.

Il presidente si girò verso Donald. Era un uomo piú anziano, molto probabilmente sulla sessantina, con folti capelli ondulati grigio acciaio. Aveva occhi marroni lugubri e umidi che sembravano trasmettere, se non proprio simpatia, almeno neutralità. – Avete il diritto di fare una dichiarazione iniziale in vostra difesa, reverendo Murray.

Donald si alzò in piedi. Indossava un vestito grigio chiaro sopra una camicia di cotone bianco con il colletto da prete; mise le dita di entrambe le mani sul tavolo che aveva di fronte, come se dovesse tenersi in equilibrio. La pelle aveva lo stesso colore dell'abito e il tono e la consistenza dello stucco. I capelli avevano perso la bionda vivacità. La maggior parte dei presenti in chiesa sentí la sua voce chiara e forte. Ma Fin lo conosceva meglio di chiunque altro e percepí del tremore. – Non ho niente da dire in mia difesa, signore. I fatti sono noti e parlano da soli. Qualunque decisione prenderete oggi si baserà sulle prove a voi sottoposte. E io accetterò tale decisione senza discutere. Ma non sarò giudicato se non dal Signore mio Dio.

– E sarete giudicato dal Signore, reverendo Murray, come accadrà a tutti noi. Ciò avverrà tra voi e Lui. Siamo qui oggi per determinare se avete infranto le Sue leggi e, cosí facendo, portato la Sua Chiesa in discredito. E, vi posso assicurare, è qualcosa che intendiamo assolutamente appurare.

L'udienza richiese due giornate. Gran parte delle prove presentate il primo giorno riguardarono le dichiarazioni da parte degli anziani che avevano sporto denuncia contro il loro ministro

Una serie di uomini cupi, risoluti nella loro implacabile fede a sostegno della santità dei Dieci comandamenti e dell'indegnità di Donald a condurre la loro congregazione. Lunghe argomentazioni giuridiche e dottrinarie che fiaccarono l'energia di tutti i presenti.

Solo il secondo giorno vennero presi in esame i fatti relativi al caso in oggetto. La testimonianza piú importante in quel contesto fu del sergente George Gunn. Fin lo osservò mentre camminava verso la parte anteriore della sala per prendere posto dietro al tavolo riservato ai testimoni. Nel corso di una lunga carriera in polizia aveva fornito parecchie volte testimonianze sia sull'isola che in terraferma. Era un esperto funzionario di polizia. Ma Fin non l'aveva mai visto cosí nervoso. Il cancelliere si rivolse direttamente a lui.

– Dica il suo nome, per favore.

– George William Gunn.

– Giura solennemente che dirà la verità, che non ha alcun motivo specioso nel fornire testimonianza qui oggi e non è in alcun modo deliberatamente prevenuto?

– Sí.

Il presidente annuí verso il consigliere della Chiesa, un avvocato di Edimburgo in pensione. – Signor Kelso?

Kelso si alzò da dietro la scrivania di fronte alla sala. Era un uomo piccolo e tondo con un abito scuro, con gli ultimi rimasugli di capelli tinti di nero pettinati di lato e la testa piatta. Fin lo immaginò con una parrucca e la toga nei tribunali di Edimburgo, mentre dibatteva il caso con tutta la fiducia acquisita in piú di trent'anni di esperienza giuridica. Ma oggi non aveva nessuno dei corredi della ex professione dietro cui nascondersi e la Bibbia non era una legge del Parlamento con un'interpretazione verosimilmente definitiva. Era una serie di storie e aneddoti che avevano sedimentato in numerose sette religiose da cui ognuna aveva tratto le proprie deduzioni e applicato le proprie sovrastrutture.

– Lei è un sergente del dipartimento di Indagini criminali della polizia di Stornoway, è corretto?

– Sí, signore.

– Lei fu chiamato sulla scena di una sparatoria sull'isola di Eriskay nella primavera di quest'anno.

– Sí.

– Quel luogo si trova a diverse ore di distanza da Stornoway. Come ci arrivò?

– Chiesi l'aiuto della guardia costiera, signore, e io e alcuni agenti in divisa fummo trasportati in elicottero per assistere la polizia locale.

– E quando giunse sul posto che cosa vi trovò?

– Un uomo giaceva morto sul pavimento del salotto della casa. Era stato colpito al petto. Un secondo uomo era stato fermato dai cittadini presenti in casa e poi arrestato dagli agenti di polizia di South Uist.

– Quindi, sergente, lei raccolse delle dichiarazioni da tutti i presenti, alcuni dei quali non sono in grado o rifiutano di essere qui oggi. Sulla base di tali dichiarazioni le chiedo di presentare al Comitato giudiziario, con un quadro il piú chiaro possibile, gli eventi che hanno portato alla sparatoria.

Gunn fece un respiro profondo. – La situazione, signore, è nata da un'ipotetica vendetta per un atto o atti che possono o non possono aver avuto luogo piú di cinquant'anni fa. Non siamo in grado di verificarlo. Ciò che è chiaro è che un noto capo di una banda di Edimburgo arrivò sull'isola di Lewis quel giorno, insieme a un collega, con l'intenzione di fare del male a un *niseach* chiamato Tormod Macdonald. Un *niseach*... si intende un abitante di Ness, signore.

Kelso annuí.

– Il signor Macdonald è un uomo anziano che soffre di una forma avanzata di demenza senile. La sua famiglia quella mattina lo portò a casa di una vecchia amica a Eriskay. Alla scoperta che il signor Macdonald non era in casa, gli uomini giunti da Edimburgo rapirono la pronipote del signor Macdonald e sua madre e le portarono a Eriskay, dove avevano intenzione di ucciderle davanti al signor Macdonald.

– Con tutto il rispetto, sergente, non credo che lei possa conoscere le intenzioni del defunto. Le sarei grato se volesse attenersi ai fatti cosí come li conosce.

Fin vide l'irritazione di Gunn. – Con altrettanto dovuto rispetto, signor Kelso, sparare alla pronipote del signor Macdonald e a sua madre era l'intento del defunto, un'intenzione dichiarata alla presenza di diversi testimoni da cui ho raccolto le dichiarazioni. E questi sono i fatti come li conosco.

Se Kelso venne sorpreso dalla controreplica di Gunn, non lo diede a vedere. Ma essere dalla parte sbagliata di un'argomentazione posta da qualcuno che probabilmente lui considerava solo come un poliziotto di provincia senza dubbio era quanto meno umiliante. Fin si ritrovò a soffocare un sorriso. Kelso consultò alcune carte sulla scrivania. – Torniamo alla dichiarazione che lei raccolse dal nipote del signor Macdonald e padre della bambina. Fionnlagh Macinnes. Da tutti i resoconti risulta che gli uomini di Edimburgo lo lasciarono legato nella sua casa di Ness mentre si recarono a Eriskay. E, tuttavia, egli si trovava con il reverendo Murray al momento della sparatoria. Come è possibile?

Gunn si schiarí la gola. – Secondo la sua testimonianza, Fionnlagh Macinnes riuscí a liberarsi e andare verso la casa del reverendo Murray per dargli la notizia di ciò che era accaduto.

– Perché dal reverendo Murray e non alla polizia?

– Perché la madre della bambina, Donna, è la figlia del reverendo Murray.

– Cosí il reverendo Murray andò alla polizia?

– No, signore.

– Che cosa fece?

– Prese un fucile e una scatola di cartucce dalla cassaforte della canonica e si diresse a Eriskay.

– Con Fionnlagh Macinnes?

– Sí, signore.

– Perché non chiamò la polizia?

– Dovreste chiedere a lui, signore.

Kelso sospirò la propria irritazione. – Lei perché *pensa* che non chiamò la polizia?

– Con tutto il rispetto, signore, non credo di poter parlare per l'imputato. Preferirei attenermi ai fatti per come li conosco.

Kelso contenne con difficoltà il nervosismo. – Lei raccolse una dichiarazione del reverendo Murray?

– Sí.

– E perché *disse* di non aver chiamato la polizia?

Gunn esitò. Non c'era modo di evitarlo. – Disse che non riteneva i poliziotti inesperti e disarmati di South Uist adatti a fronteggiare dei criminali armati intenzionati a fare del male a sua figlia e a sua nipote.

– In altre parole, si fece giustizia da sé.

– Non sono sicuro che direi cosí, signore.

– Non segnalò un crimine, ma cercò di agire per proprio conto. Ciò non significa farsi giustizia da sé?

Gunn si mosse a disagio. – Suppongo di sí.

Kelso accettò l'ammissione con un sorrisetto sarcastico. – Grazie, sergente –. Spostò gli occhiali a mezzaluna sulla punta del naso, rovistò tra le carte sul tavolo, poi se li tolse con un sorriso.

– Sarebbe lecito supporre quindi che, avendo omesso di informare la polizia ed essendosi procurato un fucile da caccia, il reverendo Murray era pronto a usarlo.

– Si potrebbe fare questa ipotesi, signor Kelso. Ho appreso che il reverendo Murray e Fionnlagh Macinnes fecero diversi tentativi di raggiungere sul cellulare la figlia del signor Macdonald, Marsaili, per avvertirla che stavano arrivando i membri della banda criminale di Edimburgo.

– Sí, ma anche se fosse riuscito a metterla in guardia, ciò non avrebbe cambiato il fatto che sua figlia e sua nipote erano state rapite da pericolosi delinquenti. E lui si era armato e messo a inseguirli. È improbabile che la sua intenzione fosse di leggere loro un passo della Bibbia.

Dalla sala vennero delle risate.

Il presidente del Comitato giudiziario, però, non si era divertito. Si appoggiò sul tavolo. – Non credo, signor Kelso, che questa sia un'occasione per frivolezze.

Kelso fece un piccolo inchino con la testa. – Le mie scuse, signor presidente –. Poi si rivolse verso Gunn. – Grazie, sergente, è tutto.

Gunn rimase di sasso. – Non vuole sentire ciò che accadde nella casa?

– Ce lo diranno coloro che erano lí. Grazie.

Gunn lanciò un'occhiata di scuse verso Donald Murray mentre tornava al suo posto, ma Donald era impassibile.

Toccò a Marsaili deporre su quanto accaduto nella casa. Fin la guardò mentre parlava con voce forte e sicura, e descriveva gli eventi che aveva vissuto lui stesso. In lei persisteva una triste e diafana bellezza. Aveva solo un accenno di trucco sul viso dalla carnagione chiara, i capelli tirati indietro e legati in una coda di cavallo, ma lui riusciva a vedere ancora la bambina di un tempo.

Quella bambina che aveva amato con tutto il cuore quando non sapeva che cos'era l'amore. La bambina il cui cuore lui aveva spezzato, non una, ma due volte. La bambina il cui amore per lui non aveva mai vacillato, fino all'ultimo atto di tradimento. C'era da meravigliarsi che fosse molto difficile ritornare a ciò che erano stati in precedenza?

La sua versione di quanto accadde quella notte fu convincente. Il boss della malavita di Edimburgo aveva alzato il fucile per sparare a raffica verso Donna e la bambina, per vendicarsi di qualche vecchia storia tra lui e il padre di Marsaili. Ma a quel punto il vetro era andato in frantumi quando Donald aveva sparato attraverso la finestra, mandando il criminale a sbattere contro una finestra lontana, e salvando una giovane madre e la figlia da morte certa. La gente di Lewis stipata nella sala quel giorno trattenne il respiro mentre Marsaili parlava.

Fin si rese conto a malapena della fine della deposizione e di essere stato chiamato a sua volta. Solo quando Marsaili sedette di nuovo accanto a lui, sussurrando: – Tocca a te, – capí che era il suo turno.

Prese posto dietro il banco dei testimoni e assicurò solennemente di dire la verità senza malizia né pregiudizi.

Kelso lo guardò speculativamente. – Lei era un poliziotto, signor Macleod?

– Lo ero.

– Per quanto tempo?

– Circa quindici anni.

– E che grado raggiunse?

– Ispettore.

– Quindi ha una notevole esperienza di reati e di criminali.

– Sí.

– E vi è qualche circostanza in cui consiglierebbe a qualcuno di farsi giustizia da sé?

– Credo che in lei ci sia un equivoco di fondo sulla legge, signor Kelso.

– Oh, davvero? – Kelso sembrò divertito. – Mi occupo di legge da piú di trent'anni, signor Macleod.

– E sono sicuro che la pratica rende perfetti, signor Kelso. Ma non è solo la sua legge. E non è solo la mia. La legge appartiene a tutti noi. Noi eleggiamo rappresentanti che promulghino leggi per nostro conto e ci avvaliamo dei poliziotti per farle rispettare. E quando non sono nei pressi, a volte dobbiamo farlo noi stessi. Per questo succede, come ora, di ritrovarci con l'arresto di un cittadino. E se armiamo un poliziotto e gli diamo il permesso di sparare a un criminale al posto nostro, anche questo significa farsi giustizia da sé. Gli stiamo solo passando una delega.

– Quindi crede che il reverendo Murray abbia agito bene nel fare ciò che ha fatto?

– Non solo credo che abbia avuto ragione, ma mi auguro che avrei avuto anch'io il coraggio di fare la stessa cosa.

– Lei non crede che l'esito sarebbe stato diverso se il reverendo Murray avesse chiamato la polizia?

– Oh sí, signore, l'esito sarebbe stato molto diverso. Donna Murray e la sua bambina sarebbero morte, come probabilmente tutti gli altri presenti nella casa quella notte. Invece è morto un solo uomo. Un uomo la cui dichiarata intenzione era quella di uccidere una ragazza innocente e sua figlia.

Kelso sbuffò derisorio. – Come può affermarlo?

– Perché io ero lí e lei non c'era. E con l'esperienza di quindici anni come agente di polizia posso affermare senza equivoci che la polizia locale, disarmata e inesperta, non avrebbe mai potuto affrontare la situazione con successo.

Kelso gli lanciò una lunga occhiata gelida, poi si mise gli occhiali e abbassò lo sguardo sul foglio di carta che teneva in mano. – Be', torniamo ai dettagli degli eventi di quella notte.

– No –. Fin scosse la testa. – Penso che ne abbiamo sentite abbastanza al riguardo –. La testa di Kelso sobbalzò per la sorpresa

Fin disse: – Sono stato seduto tutto il giorno ieri ad ascoltare un gruppo di bacchettoni riversare bile sotto forma di pietà –. C fu un mormorio scioccato di stupore tra la folla mentre Fin faceva scorrere uno sguardo indagatore tra di loro. Poi, all'improvviso puntò il dito. – Là. Torquil Morrison. Si ubriacava e picchiava la moglie. Finché ha trovato Dio. O Dio ha trovato lui. Ora è uno stinco di santo –. Mentre in sala si udivano i rantoli, Fin passò il dito indicando il mare di facce. – E lí. Angus Smith. Mi vengono in mente almeno due figli illegittimi che non ha riconosciuto Scommetto che non avrebbe avuto il coraggio di uccidere un uom per salvare la vita di uno di loro. Non conosco gli altri accusatori del reverendo Murray, ma direi questo: chi di voi è senza peccato, scagli la prima pietra.

Il presidente del Comitato giudiziario sbatté il martelletto, il viso arrossato per la rabbia e l'imbarazzo. – Questo è troppo, signor Macleod!

– Non ho ancora terminato, – disse Fin. – Sono qui alle mie condizioni, non alle vostre. Sono qui perché un uomo buono ha fatto l'unica cosa che poteva fare in circostanze impossibili. Non fare nulla non era un'opzione. Non fare nulla avrebbe significato la perdita di vite innocenti. Fare ciò che ha fatto ha salvato quelle vite a scapito di una che, francamente, non valeva un fico secco. E io non ci casco nella merda del sesto comandamento. Non uccidere? No. A meno che non ti capiti di essere un tedesco nella Prima o nella Seconda delle due guerre mondiali, o un iracheno nella guerra del Golfo. Allora va bene, perché è... *giustificato*. Non sapevo che ci fosse una clausola nel sesto comandamento, signor presidente. Non uccidere – a meno che non sia *giustificato*.

Fin alzò la testa e annusò l'aria.

– Sento odore di qualcosa di familiare –. Annusò di nuovo. – So di cosa si tratta. Ho annusato prima. È ipocrisia. È un odore fetido, e non ci dovrebbe essere posto qui dentro per un atteggiamento del genere –. Si girò verso Donald e restò quasi di stucco nel vedere i suoi occhi che si riempivano di lacrime. Anche a Fin venne un groppo in gola a causa delle proprie emozioni, prima di ritrovare finalmente la voce. – Il tuo Dio ti giudicherà, Donald. E se Egli è anche solo la metà del Dio che tu pensi che sia, allora probabilmente ti ha aiutato a tirare il grilletto.

Un silenzio cadde sulla folla all'esterno della sala quando Fin uscí con Marsaili sottobraccio. Si fecero largo in silenzio, aprendosi un varco verso il cancello. A metà di Kenneth Street, Marsaili strinse il braccio di Fin e volse gli occhi blu fiordaliso su di lui, proprio come aveva fatto quel primo giorno di scuola. – Sono orgogliosa di te, – gli disse.

2.

Il Comitato emanò il verdetto il terzo giorno. C'erano solo posti in piedi nella chiesa, e altre centinaia di persone in strada. Donald sedette fresco e senza emozioni al suo posto, le mani giunte una dentro l'altra. E solo una volta, prima dell'ingresso dei membri del Comitato, si girò per controllare i volti nella folla dietro di sé. Fu uno sguardo che non passò inosservato a Fin. Si rivolse a Marsaili, un sopracciglio alzato in segno di richiesta. Lei si strinse nelle spalle: ancora nessuna traccia di lei.

L'unica persona che brillava per l'assenza era infatti la moglie di Donald, Catriona. Il cuore di Fin doleva per lui. Qualunque fosse il verdetto, la moglie e madre di sua figlia non sarebbe stata lí per confortarlo o condividere la sua gioia. Donald si presentava come una figura solitaria di fronte alla sala.

Cadde un improvviso silenzio quando i membri del Comitato spinsero indietro le sedie del lungo tavolo. Era impossibile capire dai loro volti inespressivi quale decisione avessero preso.

Il procedimento si aprí, come ogni giornata precedente, con una preghiera. Poi il presidente si rivolse a Donald. – Vuole alzarsi, prego, reverendo Murray?

Donald si alzò ad affrontare il suo futuro.

– Questa decisione è stata estremamente difficile da prendere per la commissione. Siamo, come lei stesso, di fronte a una complessa rete di decisioni morali. E mentre noi abbiamo avuto il vantaggio di prenderci il nostro tempo per arrivare a una decisione consapevole, comprendiamo che lei non ha avuto lo stesso tempo. Si potrebbe quasi pensare che Dio l'abbia messa alla prova, reverendo Murray, come ha fatto per noi. Dannato se lo fai, dannato se non lo fai. Alla fine, quali che siano le argomentazioni morali e religiose, potevamo solo, ognuno di noi, umanamente chiederci che cosa avremmo fatto nella stessa circostanza, e misurare le nostre azioni contro le attese del Signore nostro Dio. E alla fine, davvero, solo Lui può dare quel giudizio.

Fece un lungo respiro, esaminandosi brevemente le mani sul tavolo di fronte. Quando alzò di nuovo gli occhi il silenzio era assoluto.

– Tuttavia, siamo stati incaricati di prendere una decisione

E cosí, su questa base, abbiamo deciso di non avvalorare l'accusa contro di lei. È libero di continuare il suo ministero a Crobost per tutto il tempo in cui la sua congregazione la vorrà al suo posto.

Il ruggito che salí dalla folla e gli applausi che seguirono furono quasi assordanti. Era chiaro per chi tifava il pubblico. Tutti i presenti fecero a gara per congratularsi con Donald e dei tanti che gli strinsero la mano a seguito del verdetto facevano parte anche coloro che in precedenza avevano avuto paura di schierarsi in pubblico dalla sua parte. Donald stesso apparve disorientato, perso tra un mare di facce e una confusione di voci. L'annuncio del presidente che un resoconto scritto completo e dettagliato del verdetto sarebbe stato pubblicato entro due settimane si perse nel caos.

Fin e Marsaili aspettavano fuori in mezzo alla folla che Donald uscisse dalla sala. Quando lo videro era pallido e scosso. Non indossava cappotto, ma sembrava impermeabile alla pioggia che gli cadeva addosso dal cielo plumbeo. Venne spintonato dai suoi sostenitori e dai giornalisti, e le luci della tivú creavano un'atmosfera irreale sulla scena frenetica nel parcheggio.

Cadde prima che qualcuno sentisse lo sparo. A causa della camicia nera il sangue, nel punto in cui il proiettile entrò nel petto, non fu immediatamente visibile. In un primo momento la folla pensò che fosse semplicemente inciampato e caduto. Ma Fin riconobbe il *crack* che seguiva il colpo sparato da un fucile.

Mentre gli altri si precipitarono verso Donald, lui si voltò in direzione dei tetti delle case di fronte, e vide la sagoma di un uomo e la canna del fucile mentre sparivano alla vista.

Poi si alzarono le urla nell'aria umida del mattino, mentre il sangue di Donald si riversava per strada e la folla si disperdeva n preda al panico. Fin e Marsaili furono i primi a raggiungerlo, accovacciandosi per valutare le ferite. Il reverendo aveva gli occhi spalancati, e li fissava con paura e confusione. Tremava tutto. Marsaili gli mise una mano sotto la testa per sollevarlo dalla strada bagnata. Fin urlò: – Chiamate un'ambulanza! Subito! – Si tolse la giacca e l'appoggiò sul petto e sulle spalle di Donald. E si ricordò di quel giorno, quando erano solo bambini: Donald era tornato a riprenderlo nel buio e a trascinarlo via quando dei bulli lo avevano lasciato sanguinante in mezzo alla strada. E anche di quando presero la cabriolet della zia di Fin per il giro in auto piú bello della sua vita, pochi mesi prima che lei morisse. Sentí la mano dell'amico stringergli il braccio, la voce ridotta a un sussurro.

– Penso che Dio abbia appena emesso il Suo verdetto, Fin. Pare che avrò parecchio di cui rispondere.

Un piccolo colpo di tosse portò un gorgoglio di sangue alle labbra, poi Donald Murray esalò l'ultimo respiro.

Epilogo

La luce del sole si riversava sui verdi pendii dei Salisbury Crags, giungendo fino alle rocce che dominavano lo skyline di Edimburgo. Il taxi di Fin svoltò in St Leonard Street e lo lasciò davanti al n. 14, l'edificio di mattoni color sabbia che ospitava la stazione di polizia cittadina della divisione A.

C'era qualcosa piú che un senso di irrealtà nel trovarsi di nuovo lí. Era come tuffarsi in una vita passata per scoprire che tutto ciò che un tempo era stato cosí familiare ora era diventato alieno. Piú piccolo, piú brutto, piú sporco. Totalmente diverso da come te lo ricordavi. St Leonard's Lane pareva piú stretta, schiacciata tra gli edifici in arenaria su entrambi i lati; anche i Crags sembravano piú piccoli, meno imponenti.

Era passata una settimana dalla sepoltura di Donald, la piú lunga processione funebre che si potesse ricordare a Crobost. Un funerale di cui avevano scritto anche i quotidiani nazionali, per poi passare in archivio assieme alla ricerca dell'assassino da parte della polizia. Fin dubitava che sarebbe mai stato trovato. Era stato il lavoro di un professionista, quasi certamente per vendicarsi della sparatoria a Eriskay. Il killer era sparito senza lasciare traccia e l'arma non era stata ritrovata. Tutto ciò che rimaneva a Fin al termine della vicenda era una sensazione di vuoto, ammesso che si potesse descrivere come una sensazione.

Mona lo stava aspettando fuori dall'alta facciata a vetri dell'ingresso. Per contro, lei sembrava piú giovane. Forse vivere senza Fin le faceva bene. Indossava un lungo cappotto beige e la nuova acconciatura con i capelli piú corti le stava proprio bene. Come un ritorno alla giovinezza, che metteva in evidenza i suoi lineamenti ancora ben definiti. Mona non era propriamente bella, ma sotto molti aspetti aveva fascino. Fin sentí un morso di dispiacere nel salutarla, stringendole la mano guantata e baciandola sulla guancia.

Mona inclinò la testa. – Tu sai di che cosa si tratta?

– Robbie, immagino. Non credo ci possa essere un altro motivo per cui ci vogliano entrambi qui.

La telefonata dell'ispettore Black era stata breve e chiara. Non voleva parlare al telefono né mettere le cose per iscritto, cosí aveva detto. Fin e Mona sarebbero potuti venire a incontrarlo di persona?

Il volto di Black aveva il colorito cereo di un uomo che raramente stava all'aria aperta. La curva del naso e gli occhi piccoli e neri lo facevano assomigliare a un falco sempre a caccia di una preda. La sua scrivania era un disastro e Fin sentí i vestiti dell'ispettore impregnati dell'odore di vecchie sigarette. Anche le sue dita erano ancora gialle di nicotina. Non era uomo da perdere tempo in convenevoli: dopo il piú breve dei saluti, sollevò una cartelletta di plastica chiara con una nota scritta a mano e accartocciata infilata tra le pagine. La estrasse per mostrarla alla coppia che stava dall'altro lato della scrivania, e Fin la prese dalle sue mani e la girò verso la luce in modo che sia lui sia Mona potessero leggerla. Parole scarabocchiate in inchiostro blu.

> Ecco ciò a cui penso da un po' di tempo. So che la maggior parte della gente non capirà il perché, specialmente quelli che mi vogliono bene, e ai quali io voglio bene a mia volta. Tutto quel che posso dire è che nessuno conosce l'inferno che ho attraversato e che, in queste ultime settimane, è diventato semplicemente insopportabile. È ora che io vada. Mi dispiace proprio tanto.

Fin alzò gli occhi verso Black per avere spiegazioni.

– Ci sono volute delle settimane perché questo foglietto trovasse la giusta destinazione, cioè l'ufficio che investigava sulla morte di vostro figlio. Il legame non è emerso subito chiaramente, ma è stata una serie di frasi tormentate e incoerenti nel suo diario ad aiutarci a capire il riferimento a Robbie.

Il viso di Mona era arrossito. – Questo è l'uomo che ha ucciso Robbie?

Black annuí. – Anche se non vi sarà di grande consolazione, sappiate che la sua vera vita è finita quello stesso giorno. E quan do non è piú riuscito a sopportare il peso del rimorso, ha portato un tubo collegato con lo scappamento dell'auto all'interno dell'abitacolo e ha acceso il motore.

Fin scosse la testa. – No, – disse. – Non è di alcuna consolazione –. Lanciò un'occhiata a Mona. – Ma almeno ci mettiamo una pietra sopra.

Il taxi di Mona era fermo con il motore acceso nella fredda aria novembrina. Si erano già separati in precedenza, ma questa volta fu piú difficile, perché era chiaro che sarebbe stato un addio definitivo. E Fin pensò a quanto difficile fosse lasciar andare una parte cosí lunga e importante della sua vita. Ricordò il momento in cui Mona gli era caduta in braccio alla festa la sera in cui si erano incontrati, e ricordò il suo volto che si chinava su di lui la mattina successiva, in cui lo aveva svegliato con la notizia che l'aereo di Roddy era disperso.

– Ritorni sull'isola, immagino.

– Sí, credo di sí.

Gli strinse il braccio mentre si avvicinava per dargli un ultimo bacio. – Addio, Fin.

Lui la guardò entrare nel taxi, che si mosse verso il centro città. Un'altra parte della sua vita consegnata al mondo dei ricordi. E ora si chiese se lui e Marsaili avrebbero davvero avuto un futuro, se sarebbe mai stato possibile riscoprire l'amore che avevano provato durante quell'estate da adolescenti, prima di partire per l'università.

E si chiese anche che vita lo aspettava sulla sua isola natia, il luogo da cui aveva tentato con tutte le sue forze di scappare ma che alla fine lo aveva richiamato a sé. Pensò a tutto ciò che era accaduto e a tutto ciò che gli prospettava il futuro. Il lungo e vuoto capitolo ancora da scrivere che sarebbe stato il resto della sua esistenza. Solo due cose erano sicure: aveva un figlio che necessitava della sua guida e c'era una ragazza di quindici anni a cui serviva un sostegno. L'ultima traccia vivente dell'uomo che gli aveva dato amicizia e gli aveva salvato la vita. Una ragazza sconvolta, orfana, che aveva bisogno di una persona che prendesse le sue parti e la conducesse verso una speranza nel futuro.

E sapeva che quella persona poteva solo essere lui.

Ringraziamenti.

Desidero esprimere la mia gratitudine a tutti coloro che mi hanno messo a disposizione il loro tempo e le loro competenze durante le ricerche per *L'uomo degli scacchi*. In particolare, desidero ringraziare il medico legale Dr Steven C. Campman, San Diego, California. Il Laboratorio centrale per le identificazioni dell'esercito americano per le loro informazioni sulla decomposizione dei corpi; Stewart Angus, nativo di Lewis, scrittore e consulente di ecologia costiera per lo Scottish Natural Heritage; Ronald Turnbull, escursionista, scrittore e fotografo, per il suo essenziale aiuto sull'escursionismo in montagna; Sarah Egan, esperta di tutto ciò che riguarda Uig, straordinaria ricercatrice e mia sherpa in un trekking sulle montagne del sudovest dell'isola con il peggior tempo immaginabile; Keith Patrick Stringer, regista di Lewis, per il suo cortometraggio *Hunter*, che mi ha ispirato il personaggio di Whistler; Lewis Crombie della Highland Aviation di Inverness, per le sue spiegazioni sui piccoli velivoli, per avermi portato in volo fino a Solas Beach e per le sue fotografie aeree del luogo; George Murray della polizia di Stornoway; Robin Reid, guardia forestale della North Harris Estate; il reverendo Nigel Anderson, della Chiesa libera di Scozia; Innes Morrison, manager presso l'Amhuinnsuidhe Castle sull'isola di Harris; e Margaret Martin della biblioteca di Stornoway.

Indice

Stampato per conto della Casa editrice Einaudi
presso ELCOGRAF S.p.A. - Stabilimento di Cles (Tn)
nel mese di giugno 2018

C.L. 23881

Edizione							Anno			
1	2	3	4	5	6	7	2018	2019	2020	2021